LOS HEREDEROS DE LA TIERRA

ILDEFONSO
FALCONES

LOS HEREDEROS DE LA TIERRA

VINTAGE ESPAÑOL
UNA DIVISIÓN DE PENGUIN RANDOM HOUSE LLC
NUEVA YORK

PRIMERA EDICIÓN VINTAGE ESPAÑOL, NOVIEMBRE 2016

Información de catalogación de publicaciones disponible en la Biblioteca del Congreso de los Estados Unidos.

Vintage Español ISBN en tapa blanda: 978-0-525-43330-9

Para venta exclusiva en EE.UU., Canadá, Puerto Rico y Filipinas.

www.vintageespanol.com

Impreso en los Estados Unidos de América
10 9 8 7 6 5 4 3 2 1

PRIMERA PARTE

Entre el mar y la tierra

1

Barcelona, 4 de enero de 1387

El mar estaba embravecido; el cielo, gris plomizo. En la playa, la gente de las atarazanas, los barqueros, los marineros y los *bastaixos* permanecían en tensión; muchos se frotaban las manos o daban palmadas para calentárselas mientras que otros trataban de protegerse del viento gélido. Casi todos estaban en silencio, mirándose entre ellos antes de hacerlo a las olas que rompían con fuerza. La imponente galera real de treinta bancos de remeros por banda se hallaba a merced del temporal. Durante los días anteriores los *mestres d'aixa* de las atarazanas, ayudados por aprendices y marineros, habían procedido a desmontar todos los aparejos y elementos accesorios del navío: timones, armamento, velas, mástiles, bancos, remos... Los barqueros habían llevado todo aquello que se podía separar del barco hasta la playa, donde fue recogido por los *bastaixos*, quienes lo transportaron a sus correspondientes almacenes. Se dejaron tres anclas que eran las que, aferradas al fondo, tironeaban ahora de la *Santa Marta*, un imponente armazón desvalido contra el que batía el oleaje.

Hugo, un muchacho de doce años con el cabello castaño, y las manos y el rostro tan sucios como la camisa que vestía hasta las rodillas, mantenía clavados sus ojos de mirada inteligente en la galera. Desde que trabajaba con el genovés en las atarazanas había ayudado a varar y a echar a la mar bastantes como aquella, pero esa era muy grande y el temporal hacía peligrar la operación. Algunos marineros deberían embarcar en la *Santa Marta* para desanclarla y luego los barqueros tendrían que remolcarla hasta la playa, donde un enjambre de personas la esperaba para arrastrarla hasta el interior de las atarazanas. Allí hibernaría. Se trataba de una labor ardua y, sobre todo, extremadamente dura, incluso haciendo uso de las poleas y los cabestrantes de que se servían para tirar de la nave una vez varada en la arena. Barcelona, pese a ser una de las potencias marítimas del Mediterráneo junto con Génova, Pisa y Venecia, no tenía puerto; no existían refugios ni diques que facilitasen las tareas. Barcelona era toda ella playa abierta.

—*Anemmu*, Hugo —ordenó el genovés al muchacho.

Hugo miró al *mestre d'aixa*.

—Pero… —intentó alegar.

—No discutas —le interrumpió el genovés—. El lugarteniente de las atarazanas —añadió señalando con el mentón hacia un grupo de hombres que se hallaba algo más allá— acaba de dar la mano al prohombre de la cofradía de los barqueros. Eso significa que han llegado a un acuerdo sobre el nuevo precio que el rey les pagará como consecuencia del peligro añadido por el temporal. ¡La sacaremos del agua! *Anemmu* —repitió.

Hugo se agachó y agarró la bola de hierro que permanecía unida mediante una cadena al tobillo derecho del genovés y, no sin esfuerzo, la alzó y se la pegó al vientre.

—¿Estás listo? —inquirió el genovés.

—Sí.

—El maestro mayor nos espera.

El muchacho cargó con la bola de hierro que impedía moverse al *mestre d'aixa*. Tras él anduvo por la playa y discurrió entre las gentes que, ya apercibidas del trato, charlaban, gritaban, señalaban y volvían a gritar, nerviosas, a la espera de las instrucciones del maestro mayor. Entre todos ellos se contaban más genoveses, también hechos prisioneros en el mar e inmovilizados con bolas de hierro, cada uno con otro chico a su lado que la sostenía en sus brazos mientras ellos trabajaban forzados en las atarazanas catalanas.

Domenico Blasio, que así se llamaba el genovés a quien acompañaba Hugo, era uno de los mejores *mestres d'aixa* de todo el Mediterráneo, quizá mejor incluso que el maestro mayor. El genovés había tomado a Hugo como aprendiz a ruego de micer Arnau Estanyol y de Juan el Navarro, el ayudante del lugarteniente, un hombre todo barriga y de cabeza calva y redonda. Al principio, el genovés lo había tratado de forma algo arisca, por más que en el momento de trabajar la madera parecía olvidarse de su condición de prisionero, tal era la pasión que sentía aquel hombre por la construcción de navíos; pero desde que el rey Pedro el Ceremonioso firmara una precaria paz con la señoría de Génova, todos aquellos prisioneros que trabajaban en las atarazanas se hallaban a la espera de que esta pusiera en libertad a los presos catalanes para hacer lo propio con los genoveses. Entonces, el maestro se volcó en Hugo y empezó a enseñarle los secretos de una de las profesiones mejor consideradas a lo largo y ancho del Mediterráneo: construir barcos.

Hugo descansó la bola sobre la arena, a espaldas del genovés, cuando este se reunió, junto a otros prohombres y *mestres*, en derredor del maestro mayor. Recorrió la playa con la mirada. La tensión iba en aumento: el ir y venir de la gente que preparaba los aperos, así como los gritos, los ánimos y las palmadas en la espalda que pugnaban por vencer al viento, al frío y a esa luz tenue y brumosa tan extraña en unas tierras perennemente premiadas con el brillo del sol. Pese a que su trabajo consistía en portar la bola de hierro del genovés, Hugo se sintió orgulloso por formar parte de aquel grupo. Se habían congregado numerosos espectadores en el linde de la playa, junto a la fachada del mar de las atarazanas, que aplaudían y gritaban. El muchacho miró a los marineros que llevaban palas para excavar la tierra por debajo de la galera; a los que preparaban los cabestrantes, las poleas y las maromas; a otros que trajinaban con los travesaños de madera sobre los que, previamente untados con grasa o cubiertos de hierba, debería desplazarse la nave; a los que portaban las pértigas; a los *bastaixos* preparándose para tirar…

Olvidó al genovés, abandonó la bola y corrió en dirección al numeroso grupo de *bastaixos* congregados en la playa. Fue bien recibido, entre cariñosos pescozones. «¿Dónde has dejado la bola?», le preguntó uno de ellos rompiendo la tensión y la seriedad de los reunidos. Lo conocían, o más bien sabían de él por el afecto que le profesaba micer Arnau Estanyol, el anciano que se encontraba en el centro de todos, empequeñecido a la vera de los fuertes prohombres de la cofradía de los *bastaixos* de Barcelona. Todos sabían quién era Arnau Estanyol; admiraban su historia, y todavía vivían algunos que relataban los muchos favores que había hecho a la cofradía y a sus cofrades. Hugo se plantó junto a micer Arnau, en silencio, como si fuera de su propiedad. El anciano se limitó a revolverle el cabello sin perder el hilo de la conversación. Trataban del peligro que correrían los barqueros al remolcar la galera, así como del propio cuando esta quedase varada lejos de la playa y hubiera que llegar hasta ella para amarrarla. Podría volcar. El oleaje era tremendo y la mayoría de los *bastaixos* no sabía nadar.

—¡Hugo! —se oyó gritar por encima de la algarabía.

—¿Ya has abandonado al maestro otra vez? —le preguntó Arnau.

—Todavía no tiene que trabajar —se excuso el muchacho.

—Ve con él.

—Pero...

—Ve.

Cargado con la bola, Hugo siguió al genovés por la playa mientras este daba órdenes a unos y otros. El maestro mayor lo respetaba y la gente también; nadie ponía en duda el arte de Domenico como *mestre d'aixa*. El frenesí se inició en el momento en el que los barqueros consiguieron llegar hasta la *Santa Marta*, agarrar sus cabos, desanclarla y empezar a remolcarla hacia la orilla. Cuatro barcas, dos por costado, tiraban de ella. Algunos observaban la escena con espanto; la angustia se reflejaba en su rostro y en sus manos crispadas. Otros, los más, preferían dejarse llevar y los gritos de ánimo competían en incontrolable algarabía.

—No te despistes, Hugo —lo llamó al orden el genovés ante su retraso, ya que la atención del muchacho estaba puesta donde la tenía el gentío: una barca a punto de zozobrar y un par de barqueros que caían por la borda. ¿Lograrían subir?

—Maestro... —rogó sin poder separar la vista de los barqueros que luchaban por rescatar a sus compañeros mientras la *Santa Marta* se escoraba debido a las maniobras de aquella cuarta barca.

Hugo temblaba. Veía en esa escena aquella otra que les habían contado los marineros que estaban con su padre cuando este murió, hacía un par de años, engullido por las olas en un viaje a Sicilia. El genovés lo entendió; conocía la historia, y también se vio atrapado por el drama que se vivía más allá de la orilla.

Uno de los barqueros logró izarse hasta la barca; el otro luchaba desesperado entre el oleaje. No lo iban a olvidar. La barca que tiraba del mismo costado de la galera que la primera soltó su maroma y se dirigió allí donde los brazos del barquero que pedía auxilio habían desaparecido bajo el agua. Poco después los brazos, moviéndose, volvieron a verse. Los presentes exhalaron casi a un tiempo el aire contenido en sus pulmones. Pero los brazos desaparecieron de nuevo. Las corrientes arrastraban al barquero mar adentro. La primera barca también soltó el cabo, y las dos del otro lado se sumaron al comprender qué pretendían. Las cuatro barcas bogaban ahora con brío en socorro de su compañero al compás de una fuerza que se les transmitía desde la playa: gritos, oraciones, silencios.

Hugo notó las manos del maestro genovés crispadas sobre sus hombros. No se quejó del dolor.

Las tareas de rescate coincidieron con el momento en el que la *Santa Marta*, a la deriva, encallaba en el pequeño espigón de Sant Damià. Algunos miraron, un solo instante, pero luego volvieron a prestar atención a las barcas. Pudo distinguirse una señal desde una de ellas, y aunque alguien la dio por buena y cayó de rodillas, a la mayoría no le pareció suficiente. ¿Y si era errónea? Más señales, desde todas las barcas ahora, algunos brazos en alto, el puño cerrado como si quisieran golpear al cielo. Ya no había duda: regresaban. Remaban hacia una playa donde risas, abrazos y lágrimas envolvían a la gente.

Hugo sintió el alivio del maestro, pero él continuaba temblando. Nadie pudo hacer nada por su padre, les habían asegurado. En ese momento lo imaginó con los brazos levantados pidiendo ayuda igual que acababa de hacer el barquero, inmerso entre las olas.

El genovés le palmeó cariñosamente el rostro desde detrás.

—La mar puede ser tan atractiva como cruel —le susurró—. Hoy quizá haya sido tu padre el que, desde ahí abajo, ha ayudado a ese hombre.

Mientras tanto, la *Santa Marta* era atacada una y otra vez por las olas, que la destrozaban contra las rocas del espigón.

—Ese es el resultado de permitir la navegación fuera de la época entre abril y octubre, como se hacía antes —explicaba Arnau a Hugo.

Los dos se dirigían al barrio de la Ribera al día siguiente del desastre de la *Santa Marta*. La gente de las atarazanas recogía las maderas de la galera que el mar llevaba hasta la playa y trataba de salvar lo posible desde el pequeño espigón de Sant Damià. Allí no podía trabajar el genovés, con su bola al pie, por lo que tanto él como Hugo disfrutaron de una jornada de fiesta que se alargaría con la siguiente: la Epifanía, que además coincidía con domingo.

—Ahora —continuó Arnau con sus explicaciones—, las galeras son mejores, con más bancos y más remos, de mejores maderas y hierros, y construidas por maestros con más conocimientos. La experiencia nos ha hecho progresar en la navegación y ya hay quien se atreve a retar al invierno. Olvidan que la mar no perdona al imprudente.

Volvían a Santa María de la Mar para guardar en la caja del Plato de los Pobres Vergonzantes, la institución benéfica de aquella iglesia, los dineros recaudados pidiendo limosna de casa en casa. El Plato gozaba de buenas rentas; poseía viñas, edificios, obradores, censos... Pero micer Arnau gustaba de buscar la caridad de las gentes como era obligado para los administradores del Plato, y desde que había acudido en ayuda de la familia de Hugo para paliar, en nombre de Santa María de la Mar, la miseria a la que les abocó la muerte del cabeza de familia, el muchacho le ayudaba en la colecta con la que después socorrería a aquellos que lo necesitaban. Hugo conocía a los que daban, nunca a los que recibían.

—¿Por qué...? —empezó a preguntar el chico. Arnau le instó a que continuara con un gesto cariñoso—. ¿Por qué un hombre como vos... se dedica a pedir limosna?

Arnau sonrió con paciencia antes de responder.

—Pedir limosna para los necesitados es un privilegio, una gracia de Dios, no conlleva escarnio alguno. Ninguna de las personas a las que visitamos daría una sola moneda si no es a hombres en los que puede confiar. Los administradores del Plato de Santa María de la Mar deben ser prohombres de Barcelona y, efectivamente, han de mendigar para los pobres. ¿Sabes una cosa? —No hizo falta que Hugo negara; micer Arnau continuó—: Los administradores no estamos obligados a dar cuenta de lo que hacemos con los dineros del Plato, no solo de los que recaudamos, sino de todos los demás. A nadie, ni siquiera al arcediano de Santa María... ¡Ni al propio obispo! Y esa confianza debe recaer en los prohombres de la ciudad. Nadie sabe a quién o a qué familia he ayudado con la caridad de los ciudadanos piadosos.

Hugo solía acompañar a micer Arnau en esas tareas hasta que este le consiguió trabajo en las atarazanas, con el genovés, para que aprendiera a construir barcos y algún día se convirtiera en *mestre d'aixa*. Cuando Hugo entró en las atarazanas hacía algún tiempo que Arnau había encontrado acomodo para su hermana pequeña, Arsenda, como sirvienta de una monja del convento de Jonqueres. La religiosa aceptó vestir, alimentar y educar a la niña, hacer de ella una mujer de valía y al cabo de diez años dotarla con la cantidad de veinte libras para contraer matrimonio; eso fue lo que constó en el contrato que se suscribió con la monja de Jonqueres.

La ilusión con la que Hugo entró en las atarazanas y se halló envuelto en la fascinante tarea de construir barcos, aunque su única función fuera la de transportar la bola del genovés, se vio sin embargo empañada por las consecuencias que ello conllevó para con Antonina, su madre.

—¿Vivir allí? ¿Dormir? —le preguntó asustado después de que ella le hablara de su nueva ocupación—. ¿Por qué no puedo trabajar y volver a dormir con vos, aquí, como siempre?

—Porque yo ya no viviré aquí —anunció Antonina con voz dulce, como si solo así pudiera convencerlo.

El chico negó con la cabeza.

—Es nuestra casa…

—No puedo pagarla, Hugo —se adelantó ella—. Las viudas pobres y con hijos somos como viejas inútiles: no tenemos posibilidad alguna en esta ciudad. Deberías saberlo.

—Pero micer Arnau…

Antonina volvió a interrumpirle:

—Micer Arnau me ha encontrado un trabajo en el que me darán vestido, cama, comida y quizá algo de dinero. Si tu hermana está en el convento y tú en las atarazanas, ¿qué hago yo aquí sola?

—¡No! —gritó Hugo aferrándose a ella.

Las atarazanas reales de Barcelona se ubicaban frente al mar. Consistían en una edificación de ocho naves, sostenidas por pilares y techadas con cubiertas a dos aguas, tras las que se abría un patio lo suficientemente amplio para permitir la construcción de galeras grandes. Tras este había otro edificio con ocho naves más, todas altas, todas diáfanas, todas aptas para construir, reparar o guardar los barcos catalanes. La magna obra ya iniciada en tiempos del rey Jaime, auspiciada después por Pedro III el Ceremonioso, culminaba con cuatro torres, una en cada esquina del complejo.

Junto a naves, torres y balsas con agua para humedecer la madera se abrían almacenes en los que depositar todos los materiales y los accesorios de las galeras: maderas y herramientas; remos; armas: ballestas, saetas, lanzas, guadañas, bastardas, destrales, jarras de cal viva para cegar al enemigo en el momento del abordaje y otras con jabón para hacer resbalar a los marineros, o con alquitrán para incendiar las embarcaciones contrarias; paveses, que eran los escudos alargados que se alzaban a lo largo de los costados de la galera para defender a los remeros una vez iniciado el combate; cueros con los que tapar los cascos para que el enemigo no lograse incendiarlos; velas; banderas y clavos, cadenas, anclas, mástiles, fanales, así como un sinfín de enseres y aparejos.

Las atarazanas se levantaban en un extremo de Barcelona, el opuesto a Santa María de la Mar, junto al convento de Framenors, pero si los monjes se hallaban protegidos por las antiguas murallas de la ciudad, las atarazanas estaban a la espera de que las que Pedro III había ordenado construir llegaran a envolverlas e incluirlas en su seno. Todavía faltaba, tanto como los dineros necesarios para continuar la obra que pretendía rodear el nuevo barrio del Raval.

Antonina no lo acompañó.

—Ya eres un hombre, hijo. Recuerda a tu padre.

Se despidió de él simulando entereza, erguida, manteniendo a su pesar un par de pasos de distancia y rogando al cielo que micer Arnau se llevara pronto a su niño para poder llorar su pena en secreto.

Arnau entendió y empujó suavemente a Hugo por la espalda.

—Seguirás viéndola —le comentó mientras el muchacho andaba con la cabeza vuelta hacia atrás.

Transcurrieron pocos días hasta que Hugo se acostumbró a su nuevo entorno y corrió a la ciudad para ver a su madre. Micer Arnau le explicó que trabajaba como criada en la casa de un guantero, en la calle Canals, junto al Rec Comtal, por detrás de Santa María.

—Pues si es tu hijo, ve con él —replicó con grosería la esposa del guantero a Antonina ante la tímida excusa con que esta se defendió cuando su señora los descubrió en la puerta, abrazados—. No sirves para nada; solo sabes de pescado y poco más. Nunca has trabajado en una casa rica. ¡Tú…! —gritó al mismo tiempo que señalaba a Hugo—. ¡Largo de aquí!

Luego esperó atenta. Hugo obedeció a la extraña mirada que le dirigió su madre y le dio la espalda acongojado ante la tristeza y la impotencia que destilaban unos ojos hasta hacía poco siempre alegres y esperanzados. Antonina vio que su hijo se alejaba unos pasos, no los suficientes, sin embargo, para que el muchacho no llorara al oír la reprimenda que resonó en el callejón aun con la puerta de la casa cerrada.

Hugo continuó acudiendo a la calle Canals con la esperanza de ver a su madre. La siguiente vez se quedó parado en las cercanías de la casa, sin tener donde esconderse entre los edificios arracimados en la callejuela. «¿Qué haces ahí, mocoso? —le chilló una mujer desde la ventana de un segundo piso—. ¿Pretendes robar algo? ¡Largo!» Al pensar que los gritos atraerían a la esposa del guantero y que su madre se llevaría otra regañina, Hugo aligeró el paso y abandonó el lugar.

Desde entonces se limitaba a circular por la calle Canals, como si fuera o volviera de otro sitio, demorándose cuanto podía frente a la fachada del guantero y tarareando la cancioncilla que siempre silbaba su padre. No consiguió verla en ninguna de esas ocasiones.

Y tras dejar la calle Canals y refugiarse en el consuelo que le proporcionaba saber que la vería el domingo, en misa, Hugo se dirigía al barrio de la Ribera y buscaba a micer Arnau, bien en Santa María, bien en su casa, encajonada entre otras ocupadas por gente de la mar, o quizá en el escritorio, al que cada vez acudía con menor frecuencia y cuya gestión depositaba en manos de sus oficiales. Si no lo hallaba allí, lo buscaba por las calles. Acostumbraba a encontrarlo. La gente de la Ribera conocía bien a Arnau Estanyol y la mayoría lo apreciaba. Hugo solo tenía que preguntar por él, en la panadería de la calle Ample o en la carnicería de la Mar, en cualquiera de las dos pescaderías o en el obrador de quesos.

Durante esa época supo de la esposa de micer Arnau, llamada Mar. «Hija de un *bastaix*», se enorgulleció el anciano. También supo de su hijo, Bernat, algo mayor que él.

—¿Doce tienes? —repitió Arnau luego de que Hugo le dijese una vez más su edad—. Pues Bernat ha cumplido los dieciséis. Ahora está en el consulado de Alejandría, aprendiendo del comercio y la navegación. No creo que tarde en regresar a casa. Yo ya no quiero tener que ocuparme de ningún negocio. ¡Estoy viejo!

—No digáis...

—No discutas —le interrumpió Arnau.

Hugo no lo hizo, y asintió mientras el anciano se apoyaba en él y continuaban camino. Le gustaba que micer Arnau se apoyase en él. Se sentía importante mientras unos y otros les mostraban sus respetos, y hasta se divertía devolviendo los saludos, a veces de manera tan exagerada que Hugo llegaba a perder pie con la reverencia.

—No hay que inclinarse tanto ante nadie —llegó a aconsejarle un día Arnau.

Hugo no contestó. Arnau esperó: sabía que replicaría; lo conocía.

—Vos podéis no inclinaros porque sois un ciudadano honrado —arguyó el chico—, pero yo...

—No te equivoques —le corrigió Arnau—. Si he conseguido ser un ciudadano honrado, quizá sea porque nunca me incliné ante nadie.

En esa ocasión Hugo no replicó, aunque Arnau ya no estaba pendiente de él: su mente vagaba al día en que había recorrido de rodillas el salón de los Puig hasta llegar a besar los pies de Margarida. Los Puig, familiares de los Estanyol, enriquecidos y ensoberbecidos, habían humillado a Arnau y a Bernat, su padre, quien terminó ahorcado como un vulgar delincuente en la plaza del Blat por su culpa. Margarida le odiaba como si en ello le fuera la vida. Pese al tiempo transcurrido, un escalofrío le recorrió la espalda al acordarse de ella. No había vuelto a saber de ellos.

Aquel día de enero de 1387, mientras se acercaban a la iglesia de Santa María de la Mar, Hugo recordó el consejo que Arnau le había dado a la vista del saludo exagerado que les efectuó un hombre humilde, quizá un marinero. Sonrió. «No debes inclinarte ante nadie.» ¡Muchas fueron las bofetadas y patadas que recibió por seguir aquel consejo! Pero tenía razón micer Arnau: después de cada pelea, los chicos de las atarazanas le tenían en mayor consideración, aunque saliera vapuleado, como acostumbraba a sucederle en sus enfrentamientos con los mayores.

Cruzaban el Pla d'en Llull, por detrás de la plaza del Born y de la iglesia de Santa María de la Mar cuando unas campanas lejanas empezaron a sonar. Arnau se detuvo, como muchos otros ciudadanos: no eran toques de llamada.

—Doblan —susurró el anciano con los ojos entrecerrados—. El rey Pedro ha muerto.

No había acabado de decirlo cuando las campanas de Santa María atronaron. Luego fueron las de Sant Just i Pastor y las de Santa Clara y las de Framenors... En unos instantes todas las campanas de Barcelona y sus alrededores tocaban a difuntos.

—¡El rey...! —se confirmó a gritos por las calles—. ¡El rey ha muerto!

Hugo percibió inquietud en el rostro de micer Arnau; su mirada cansada y acuosa parecía perderse en algún punto de la entrada de la plaza del Born. El muchacho malinterpretó aquella congoja.

—¿Apreciabais al rey Pedro?

Arnau torció los labios y negó con la cabeza a modo de contestación. «Me casó con una víbora, su ahijada, mala mujer donde las hubiera», podría haber respondido.

—¿Y a su hijo? —oyó que insistía el chico.

—¿Al príncipe Juan? —preguntó atendiendo a las palabras de Hugo.

«Él fue quien causó la muerte de una de las mejores personas de este mundo», le habría gustado contestar. El recuerdo de Hasdai ardiendo en la hoguera lo atormentó fugazmente: el hombre que le salvó la vida luego de que él hiciera lo mismo con sus hijos, el judío que lo acogió y le enriqueció. ¡Tantos años habían transcurrido...!

—Es una mala persona —contestó en cambio.

«Alguien que exigió tres culpables —añadió para sí—; tres hombres buenos que se inmolaron por sus seres queridos y los de su comunidad.»

Arnau suspiró y se apoyó con fuerza en Hugo.

—Volvamos a casa —le instó en la confusión de las campanas mientras la gente gritaba y corría de un lado a otro—. Me temo que durante los próximos días, quizá semanas, Barcelona vivirá tiempos difíciles.

—¿Por qué? —inquirió Hugo notando al anciano en su brazo como un peso muerto. Se irguió en espera de una respuesta que no llegó—. ¿Por qué decís que viviremos tiempos difíciles? —insistió unos pasos más allá.

—Hace días que la reina Sibila huyó de palacio con sus familiares y su corte —explicó Arnau—, tan pronto como tuvo la seguridad de que su esposo iba a morir...

—¿Ha abandonado al rey? —se extrañó Hugo.

—No me interrumpas —le recriminó Arnau—. Escapó porque tiene miedo de la venganza que tome en ella el príncipe... El nuevo rey Juan —se corrigió—. La reina nunca ha tenido el menor aprecio hacia su hijastro, y este la ha culpado siempre de todos sus males, del distanciamiento y hasta de la enemistad con su padre. El año pasado este le privó del título y de los honores de lugarteniente del reino, una humillación para el heredero. Habrá venganza, seguro, no faltarán las represalias —auguró Arnau.

Al día siguiente de la muerte de Pedro III, los feligreses estaban de luto, la iglesia estaba de luto; todo era aflicción. Hugo siguió la misa dominical junto a su madre en los únicos momentos de libertad que el guantero de la calle Canals permitía a Antonina. Vio a micer Arnau entre la multitud, de pie, encorvado pero de pie, como ellos, como los humildes. Miró hacia la Virgen. Micer Arnau decía que sonreía. Él no lo veía, pero el anciano insistía, y regresaban a la iglesia a horas diferentes para rezar y mirarla.

A Hugo la Virgen de la Mar no le sonreía nunca, pero no por ello dejaba de rezarle y solicitar, como hizo ese día, su intercesión: por su madre, para que dejara al guantero y fuera feliz y volviera a reír y a quererlo como antes; para que pudieran vivir juntos, con Arsenda también. Rezó por su padre, y rezó por la salud de micer Arnau y por la libertad del genovés. «La libertad... —dudó—. Si lo liberan se irá a Génova y no me enseñará a ser *mestre d'aixa* —se dijo sin poder evitar que le remordiera la conciencia—. Sí. Intercede por su libertad, Señora», terminó cediendo.

Cuando acabó la larga ceremonia Hugo y Antonina no dedicaron el poco rato de que ella disponía a charlar y quererse, como hacían cada domingo, sino que prestaron atención a los rumores. En la plaza de Santa María, allí donde se alzaba la maravillosa fachada de la iglesia con su homenaje en bronce a los *bastaixos* que ayudaron a construirla, Hugo vio a micer Arnau, pero no consiguió acercarse a él: la gente lo rodeaba ávida de noticias, como sucedía con todos los prohombres que en lugar de ir a la catedral habían acudido a Santa María y que ahora eran el centro de interés de los parroquianos.

Con su madre y muchos más que escuchaban se enteró de que la reina Sibila, refugiada en el castillo de Sant Martí Sarroca, a dos jornadas de Barcelona, negociaba entregarse con todos los suyos al infante Martín, hermano del rey Juan. También supieron que el nuevo monarca se hallaba en Gerona, muy enfermo, aunque se decía que en cuanto tuvo noticia de la muerte de su padre se puso en camino hacia Barcelona. La gente hablaba y especulaba. Hugo trataba de prestar atención a todos.

—Hijo —le llamó Antonina—, tengo que…

No había terminado la frase cuando Hugo prescindió de rumores y se abrazó a ella hundiendo la cabeza entre sus pechos.

—Tengo que irme —insistió la mujer al mismo tiempo que evitaba las miradas más libidinosas que tiernas por parte de algunos hombres.

Mucha de la gente de la Ribera conocía la situación de Antonina originada por el fallecimiento de su esposo, pero eran pocos los que se percataban de sus ojeras, de las arrugas que empezaban a surcar su rostro o de sus manos enrojecidas; continuaba siendo una mujer bella, tremendamente sensual.

Antonina se liberó con delicadeza del abrazo de su hijo, se acuclilló frente a él y apoyó suavemente las manos en sus mejillas.

—Nos encontraremos el domingo que viene. No llores —trató de animarle al ver que le temblaba el labio inferior y se le contraía el mentón—. Sé fuerte y trabaja mucho.

Hugo mantuvo unos instantes la mirada en el gentío en el que su madre se confundió hasta desaparecer, como si en cualquier momento pudiera verla de nuevo. Al cabo frunció los labios y volvió a dirigir su atención allí donde se encontraba micer Arnau rodeado de gente. Se notó la garganta agarrotada y los ojos humedecidos, y decidió irse. «Ya lo veré mañana», pensó.

No fue así. Ninguna de las veces que logró escabullirse de las enseñanzas y de la bola de hierro del genovés y corrió en busca de micer Arnau pudo encontrarlo.

—No está, muchacho —le aseguraba Juana, la sirvienta.

Nadie le supo dar noticia.

—Está en el Consejo de Ciento —le confirmó otro día Mar, advertida de la presencia de Hugo por la criada—, con los prohombres y los concelleres de la ciudad —le aclaró.

—Gracias, señora —articuló azorado—. Cuando vuelva…

—No te preocupes. Sabe que has venido. Se lo hemos dicho. Me ha rogado que te pida disculpas. Te aprecia mucho, Hugo, pero son tiempos difíciles —quiso excusarse Mar repitiendo el comentario de Arnau.

Hugo era consciente de que efectivamente eran tiempos muy difíciles para Barcelona y para Cataluña. Lo oía en las atarazanas, donde los trabajos se ralentizaban al albur de los comentarios entre maestros y oficiales.

—Ya ha llegado a Barcelona —anunció una tarde uno de los serradores refiriéndose al rey Juan.

—Pero ¡está muy enfermo! —gritó otro.

—Dicen que la reina Sibila lo tiene hechizado. Que por eso está tan enfermo.

—La reina está detenida.

—Y su corte, y también los que fueron consejeros del rey Pedro. Todos están detenidos.

—Los someten a tortura —se oyó decir desde las brasas de carbón, donde los hombres humedecían con vapor de agua los tablones de madera para poder curvarlos.

—¡No es posible! —exclamó alguien—. Las leyes lo prohíben. Primero tendrán que juzgarlos.

Sin embargo, era cierto, coincidieron varios maestros unos días después: el rey Juan y sus ministros habían dado orden de que torturasen a los detenidos pese a la oposición de los jueces y los concelleres de la ciudad. No se oyeron comentarios. Las sierras, las hachas y los martillos volvieron a resonar en las inmensas naves de las atarazanas, pero ya no era la orquesta vivaz a la que todos estaban acostumbrados.

—¡No deberíamos permitirlo! —vociferó alguien rompiendo el silencio.

Hugo agarró con fuerza la bola del genovés, las manos crispadas alrededor de ella como si con esa actitud se sumara a la lucha apuntada.

—¡El rey tiene que cumplir las leyes! —se oyó afirmar desde otro rincón.

Nadie osó hacer nada.

La reina Sibila fue torturada hasta que, rendida y atemorizada, cedió al rey Juan todas las tierras, los castillos y los bienes de su propiedad. El monarca perdonó a la esposa de su padre, y a su hermano, Bernardo de Fortiá, así como al conde de Pallars, pero dispuso la continuación de los procesos contra los demás detenidos.

Y, como si deseara atemorizar aún más a prohombres, concelleres, jueces y ciudadanía, ordenó también la decapitación pública de Berenguer de Abella, ministro de su padre el rey Pedro, y de Bartolomé de Limes, uno de los caballeros que había huido con la reina.

Barcelona siguió sin oponerse a la voluntad real. La ciudad vivía acobardada, como percibió Hugo en el Pla de Palau, la gran explanada que se abría entre la playa, la lonja y el pórtico del Forment, donde el rumor del mar sonaba por encima de la resignación de los cientos de barceloneses que habían acudido a presenciar la decapitación de dos hombres cuyo único delito era el de mostrar fidelidad a su monarca. El muchacho buscó a Arnau entre la gente congregada en torno al cadalso, una simple tarima de madera algo elevada y rodeada por los soldados del rey Juan, en la que destacaba el tajo. No lo vio, aunque sabía que estaba allí. Sí vio, no obstante, a los concelleres de la ciudad, serios, vestidos de negro, igual que los miembros del Consejo de Ciento y los prohombres de las cofradías, así como a sacerdotes, párrocos y prebostes de la Iglesia... Muchos guardaban silencio. Los demás hablaban por lo bajo, en murmullos, la mayoría de ellos evitaban enfrentar sus miradas, como si se supieran culpables y temieran que cualquiera se lo recriminase.

Hugo se abrió paso entre los allí reunidos; podía hacerlo con facilidad, a diferencia de otras ocasiones en las que el público se abigarraba y empujaba para acercarse cuanto más mejor al reo. La llegada de los condenados no se vio acogida con gritos e insultos como era usual. De repente el muchacho se encontró en primera fila. La gente había reculado unos pasos alrededor del cadalso a medida que la comitiva ascendía a él. Una mujer le cogió por los hombros y lo colocó por delante de ella, a modo de escudo. Hugo se zafó de aquellas manos mientras un sacerdote trazaba en el aire la señal de la cruz frente al rostro de un hombre que aún conservaba la altivez de su dignidad, aunque sus exquisitas vestiduras estaban ahora sucias y deterioradas. En fila —tras los reos, en el cadalso y frente al público— se hallaban los soldados y algunos de los nuevos ministros que se habían hecho cargo del reino.

Un heraldo leyó los cargos a una ciudadanía más y más encogida y atemorizada a medida que escuchaba aquella retahíla de mentiras. La ejecución fue rápida y certera. La cabeza sanguinolenta cayó a un saco mientras las piernas de Berenguer de Abella se convulsionaron durante unos segundos ante la mirada estremecida de los presentes. Entonces Hugo lo descubrió. Se hallaba al otro lado de donde él estaba.

—¡Micer Arnau!

Hugo lo dijo para sí, pero aquellas dos palabras resonaron en el aterrador silencio con que fue acogida la muerte de un noble barcelonés. El muchacho se sorprendió, pero nadie parecía prestarle atención.

El sacerdote atendía ahora al segundo noble mientras se procedía a retirar el cuerpo y la cabeza de Berenguer de Abella. Hugo cruzó por delante del cadalso, para lo que atravesó el espacio libre entre el gentío y los soldados a fin de acercarse a Arnau. Fue a decirle algo, pero observó que el anciano permanecía quieto, con la vista clavada en alguno de los nobles que acompañaban a los nuevos ministros, situados a uno de los lados del cadalso.

—Micer Arnau…

No obtuvo respuesta.

El heraldo leía en ese momento los cargos correspondientes al caballero Bartolomé de Limes.

Hugo se volvió hacia donde miraba el anciano. Lo supo nada más verla: una vieja decrépita que boqueaba en busca del aire que parecía faltarle al mismo tiempo que se esforzaba en vano por levantarse de la silla de manos en que la transportaban unos criados, súbitamente preocupados ante la excitación de su señora.

Un escalofrío recorrió la espalda de Hugo al percibir la ira que reflejaba aquel rostro crispado. Dio un paso atrás y chocó con Arnau; lo notó rígido.

El escándalo que rodeaba a la mujer de la silla de manos retrasó la ejecución. El heraldo puso fin a la lectura de los cargos, y alguien acercó el oído a los labios secos y azulados de la anciana y siguió con la mirada la dirección del dedo descarnado que señaló a Arnau. Ese alguien se aproximó al cadalso y llamó por señas al ministro que presidía la ejecución, un noble maduro, alto y fuerte, con barba negra y tupida y lujosamente ataviado en seda roja y oro.

—¿Qué sucede, micer Arnau? —alcanzó a preguntar Hugo sin volverse hacia él, la vista puesta en el ministro que se acuclillaba al borde del cadalso.

Arnau siguió sin contestar.

El ministro se incorporó. También fijó su mirada en Arnau, igual que hicieron muchos de los congregados. Luego ordenó que continuara la ejecución, y el caballero de Limes se postró frente al tajo con el mismo orgullo con el que lo había hecho su predecesor. La gente, Hugo entre ella, volvió a prestar atención al verdugo y al hacha que se alzó sobre el cuello del condenado. Solo Arnau se percató de que aquel noble llamaba con discreción a uno de los oficiales y le decía algo.

—Margarida Puig —susurró entonces el anciano.

Arnau los vio aproximarse, al oficial y a un grupo de soldados; las espadas ya desenvainadas, enardecidos como si fueran a enfrentarse a un héroe invencible. Sin duda el odio mantenía con vida a aquella mujer.

La cabeza del caballero rodó hasta el saco mientras los soldados, espadas en alto, apartaban a empellones a los presentes. Un par de mujeres chillaron. Nadie se opuso.

—Ve a casa y dile a mi esposa —rogó el anciano a Hugo mientras lo zarandeaba para que dejase de prestar atención al cadalso— que los Puig han regresado, que me van a detener. Que busque ayuda.

—¿Qué?

—¡Y que tenga mucho cuidado…! —añadió a gritos. Hugo agitó la cabeza; no entendía qué le decía—. Ve…

No pudo repetirlo. Los soldados se abalanzaron sobre un Arnau indefenso que no hizo el menor intento de evitar la detención, pese a lo cual recibió varios golpes que lo aturdieron por unos instantes. Hugo presenció, con espanto e incredulidad, cómo aporreaban y sacudían al anciano. La gente se apartó y les hizo sitio. ¡Nadie respondía! Nadie iba a salir en defensa de micer Arnau, comprendió el muchacho antes de lanzarse con fuerza sobre el soldado que tenía más cerca.

—¡Soltadlo! —aulló.

—¡No…! —trató de impedírselo Arnau.

Pero Hugo consiguió pillar desprevenido al primer soldado, que trastabilló y cayó al suelo.

—¿Por qué lo maltratáis? —escupió un Hugo enfurecido, e intentó provocar a los barceloneses que los rodeaban, que se mantenían a una distancia prudente—. ¿Lo vais a permitir? —les gritó antes de enfrentarse al segundo soldado.

—Hugo… —quiso terciar Arnau.

—Muchacho, no… —se oyó entre el gentío.

Las frases quedaron en el aire. El tremendo golpe que Hugo recibió en la espalda con la espada plana de uno de los soldados lo lanzó a los pies de otro, que lo acogió con una patada en el vientre.

—¡Es solo un niño! —protestó entonces una de las mujeres—. ¿Es esta la hombría de las tropas del rey Juan?

Uno de los soldados hizo ademán de encararse con ella, pero el oficial lo contuvo y les indicó que regresaran al cadalso con un Arnau que logró volver la cabeza para ver cómo aquella mujer se arrodillaba junto a Hugo, hecho un ovillo en el suelo, con las manos aferradas al vientre. El dolor se mostraba en sus facciones, en sus quejidos sordos y ahogados.

—¡Arnau Estanyol! —gritó el noble de rojo y oro en cuanto el oficial empujó al anciano sobre el cadalso—. ¡Traidor al reino!

Dos de los concelleres de la ciudad, que se habían acercado para interesarse por la detención de alguien tan conocido y querido en Barcelona, se detuvieron en seco al oír la acusación. Mucha gente que había empezado a dispersarse devolvió su atención a la escena.

—¿Quién lo dice? —inquirió no obstante a voz en grito uno de los miembros del Consejo de Ciento, un tintorero ya mayor, tan barrigón como descarado.

Los concelleres, ciudadanos honrados y mercaderes, recriminaron con la mirada a su compañero el tono utilizado. Acababan de decapitar a dos ministros del rey Pedro sin otra razón que la venganza; la reina Sibila había sido torturada sin juicio; los demás ministros del Ceremonioso y miembros de la corte de su viuda estaban encausados, y su vida pendía del capricho de un monarca enfermo que se creía hechizado, y aquel tintorero engreído osaba discutir a los nuevos ministros de la ley.

La respuesta no se hizo esperar.

—¡El rey Juan es quien lo dice! —sentenció el noble del cadalso—. Y en su nombre hablo yo, Genís Puig, conde de Navarcles, capitán general de sus ejércitos.

El tintorero rindió su gruesa cabeza.

—¡Arnau Estanyol! —repitió el noble—. ¡Ladrón y usurero! ¡Hereje! ¡Prófugo de la Santa Inquisición! ¡Traidor al rey! ¡Traidor a Cataluña!

El rencor con que se gritó la acusación de traición empujó a los barceloneses, que volvieron a separarse del cadalso. ¿Sería posible?, se preguntaron muchos. Aquel conde no podía actuar así.

—¡Te condeno a morir decapitado! Todos tus bienes serán requisados.

Un murmullo de indignación se propagó. El conde de Navarcles ordenó a los soldados que protegían el cadalso que desenvainaran la espada.

—¡Hijo de puta! —Hugo volvía a estar en tierra de nadie, entre la gente y los soldados—. ¡Perro sarnoso!

A los gritos de Hugo se sumaron inesperadamente los agudos chillidos, ininteligibles, de una mujer que se abría paso a manotazos. Alguien había corrido a avisar a Mar.

—¡Detenedla! —ordenó el oficial.

Esa fue la única vez que Arnau trató de enfrentarse a sus captores, al ver a su esposa chillar, revolverse y patear por librarse de las manos de los soldados. El mismo Genís Puig, con displicencia, como si se tratase de un animal, le propinó un bofetón que lo derribó.

Algunos nobles rieron.

—¡Canalla! —volvió a chillar Hugo, ahora en dirección a la vieja de la silla, que sonreía desdentada y babeante ante la caída de Arnau sobre el entarimado.

—¡Haced callad a ese muchacho loco! —ordenó el oficial.

Los insultos de Hugo, dirigidos a quien consideraba la causante de la detención de Arnau, impidieron que el oficial culminara su amenaza.

—¡Marrana! ¡Asquerosa! ¡Infame saco de huesos!

—¿Cómo te atreves?

Un joven noble que no llegaría a la veintena, rubio, bien plantado, vestido con cota azul de seda damasquinada con piel en el cuello, calzón y zapatos de cuero blando con hebilla de plata, mantón terciado y espada al cinto apareció de entre los nobles. Ni siquiera llevó la mano a la empuñadura de la espada mientras se acercaba a Hugo. A una señal casi imperceptible, un criado y un soldado se echaron encima del muchacho y lo molieron a palos.

—¡Póstrate! —exigió el joven noble al final de la paliza.

El criado mantuvo de rodillas a un Hugo derrotado, agarrándolo del cabello para mantenerle erguida la cabeza. La sangre le corría por el rostro.

—Discúlpate —exigió el noble.

Por detrás del borrón azulado plantado delante de él, con los ojos casi cerrados por la paliza y la visión borrosa, Hugo creyó reconocer a Arnau en el cadalso. ¿Le animaba a oponerse? Escupió. Sangre y saliva.

El joven echó mano a la espada.

—Basta.

Margarida Puig logró articular la orden. El conde de Navarcles entendió las razones de su tía. ¿Cómo iba un crío zarrapastroso a empañar la venganza que el azar les ofrecía? ¿Y si la gente terminaba sublevándose a causa del muchacho? Arnau era un prohombre de la ciudad; la ejecución tenía que llevarse a cabo de inmediato. Si los concelleres intervenían, todo podía echarse a perder, y llevaba años esperando ese momento. Lo que dijera el rey no le preocupaba; ya encontraría argumentos para convencerlo.

—¡Soltadlo! —ordenó el conde—. ¿No me has oído! —repitió ante el ademán que hizo su sobrino de terminar de desenvainar la espada.

—La próxima vez no tendrás tanta suerte, palabra de Roger Puig —le amenazó el joven, que acto seguido abrió y extendió ostensiblemente los dedos de la mano que empuñaba la espada para soltarla a fin de que se deslizara en la vaina.

Dos *bastaixos* se apresuraron a recoger a Hugo en cuanto el noble recuperó su sitio. Intentaron llevárselo de allí. Hugo se resistía.

—Arnau —balbuceó.

Los *bastaixos* entendieron y lo sostuvieron por las axilas, en pie, en primera fila. No llegó a verlo. No logró abrir los ojos ni limpiarse la sangre que le cubría el rostro y le nublaba la poca visión que le restaba, pero lo sintió más que si lo hubiera visto. Oyó el silbido del hacha y el chasquido sobre el tajo, como si el cuello liviano de Arnau no hubiera sido más que un hilo de seda interpuesto en su camino. Escuchó el silencio y olió la mezcolanza del miedo de las gentes con el aire salobre que traía el mar. Notó el temblor en los *bastaixos* y percibió alientos espasmódicos. Luego el cielo se rasgó ante el grito de Mar y el mareo se apoderó de él, una sensación casi placentera que pugnó por encubrir el dolor de sus heridas. Y se dejó llevar.

2

La sonrisa que Hugo entrevió en el rostro redondo de Juan el Navarro no apaciguó en modo alguno el dolor que le asaltó al despertar. Movió un brazo y oyó su propio gemido, como si hubiera sido otro el que lanzara la queja.

—No debes moverte —le aconsejó el Navarro—. Te esperan unos días difíciles, aunque según el judío no se te ha quebrado ningún hueso. Has tenido suerte.

Hugo tomó conciencia de su situación: los vendajes le mantenían inmóviles una pierna y un brazo. También notó otro que le atravesaba la cara, tapándole un ojo. Recordó el cadalso, las ejecuciones...

—¿Micer...?

La garganta, seca y ardiente, le impidió continuar.

El Navarro le acercó a la boca un vaso con agua que trató de verter con cuidado. No lo consiguió, nervioso ante el mero pensamiento de tener que explicar la suerte de su amigo.

—¿Micer Arnau? —insistió Hugo entre toses.

El hombre no quiso contestar. En su lugar acarició el cabello astroso del muchacho mientras este rechazaba el agua y trataba de mantener los labios apretados, aunque el temblor de su mentón venía a revelar el dolor que se añadía al de sus heridas.

Solo había estado allí en una ocasión: el primer día de trabajo en las atarazanas, cuando Arnau le acompañó y le presentó a Juan el Navarro. Hugo reconoció la vivienda. Correspondía al lugarteniente, que tenía obligación de dormir en ella, pero en realidad la ocupaba su ayudante y el otro vivía en una buena casa cerca de la plaza de Sant Jaume. Pese a la grandiosidad de las atarazanas, la vivienda era pequeña:

una sola planta, como los demás almacenes o tiendas, con dos habitaciones y una pieza destinada a cocina y comedor. Allí vivían el Navarro, su esposa y dos hijas jóvenes, además de un par de perros que la familia dejaba sueltos por las noches para que vigilasen.

Hugo descansaba en un rincón del comedor sobre un jergón de paja dispuesto en un camastro que le habían hecho los carpinteros de las atarazanas. Durante los días en que tuvo que guardar reposo pudo contemplar a las hijas del Navarro, dos bonitas muchachas que corrían de aquí para allá pero que nunca se acercaban a donde él se encontraba. En más de una ocasión, cuando las pillaba cuchicheando y mirándolo de reojo, se preguntó si se lo tendrían prohibido. Le atendía la madre, la mujer del Navarro, en las escasas oportunidades de las que disponía para dedicarle un rato.

Mientras tanto Hugo no hacía más que acariciar las cabezas de los perros, que se mantenían permanentemente junto a él. Tan pronto como dejaba de hacerlo, en el momento en que le asaltaba la culpa y tenía que volver a apretar los labios con fuerza, uno u otro apoyaba el morro en el camastro y gemía como si quisiera compartir su tormento. «¿Por qué grité el nombre de micer Arnau frente al cadalso? —se preguntaba—. Si no lo hubiera hecho, estaría vivo.» Sus penas se aliviaban cuando el perro le daba un lametazo en el rostro. Se conocían. Si a su madre y a micer Arnau intentaba verlos durante el día, después del trabajo, Hugo había tenido que vencer el miedo y trabar amistad con los animales a fin de saltar la tapia del patio de las atarazanas, algunas noches, cuando se disponía a cruzar Barcelona y llegar hasta el convento de Jonqueres para ver a su hermana. Renunció a parte de su rancho y, pedazo a pedazo, fue simpatizando con aquellos perros hasta que logró sustituir la comida por las caricias y los juegos. Nunca lo delataron.

Intentaron visitarlo algunos de los muchachos que cargaban bolas para los prisioneros genoveses, todos impresionados por los exagerados rumores acerca del comportamiento de Hugo frente al cadalso, pero la esposa del Navarro los echó sin contemplaciones. Ahora bien, si no pudo disfrutar de quienes esperaban que les contase cómo había librado aquella batalla con el noble vestido de azul, sí que se vio sorprendido por la constante presencia del genovés. «Ningún chico lleva la bola tan bien como tú —dijo con su característico acento italiano para excusar su primera visita, como si no tuviera derecho a estar allí—. Con los demás no hay quien pueda trabajar.»

El maestro acomodaba la bola en el suelo, se sentaba junto a él en una silla, y después de examinar sus heridas y felicitarse por su evolución, para lo que ni siquiera reclamaba la opinión de Hugo, se empeñaba en proseguir sus lecciones.

—El día que vuelva a mi tierra, que confío en que sea muy pronto —anunció—, no tendrás oportunidad de aprender lo que tengo que enseñarte. ¡Cómo vas a comparar a un maestro genovés con uno catalán! —Entonces levantaba al aire una mano con los dedos cerrados, muy arriba, y la sacudía con vigor—. ¿Por qué crees que tu rey nos retiene aquí?

Y en aquellas sesiones el genovés le hablaba de las maderas:

—La encina y el roble son resistentes, los mejores para los elementos que sufrirán mayor tensión, como el vaso o casco de la nave, la quilla, los timones... —Y seguía—: Con el álamo y el pino se hacen los tablones, la arboladura, las antenas...

Luego le explicó cómo reconocerlas; cómo usarlas y trabajarlas; como cortarlas y, lo más importante, cuándo hacerlo.

—Tiene que ser madera de buena luna —le instruía—. La de hoja caduca coincidiendo con la luna vieja; la de hoja perenne, con la luna nueva.

Entonces Hugo no solo dejaba a un lado a micer Arnau y sus propias heridas, sino que se permitía fantasear con ser un gran maestro, respetado como lo era el genovés incluso con su bola de hierro a cuestas. Y soñaba con vivir en una buena casa, formar una familia y que le saludasen por la calle, y tener dinero y ayudar a su madre. Sobre todo eso: devolverle la libertad y la sonrisa que le había robado el guantero. ¡Cuánto deseaba ir a aquella casa de la calle Canals, reventar la puerta y llevarse a su madre ante las quejas del guantero y su esposa!

Mientras tanto, ansiando poder levantarse y ponerse a trabajar, escuchaba al maestro contándole de un duende que estaba siempre presente en la construcción de los barcos.

—*Piccin, piccin, piccin* —afirmaba el genovés llevándose el dedo corazón y el pulgar a la altura de los ojos, como si tratase de observar un grano de arena sostenido entre ellos.

—¿Un duende? —se interesó Hugo, y se incorporó en el camastro.

—Sí, un duende al que nadie puede ver. Si el duendecillo está de buen humor y no lo molestan, el barco navegará bien. Si se enfada…

—¿Y qué le hace enfadar?

—Yo creo que la torpeza —contestó el genovés bajando la voz, como si le revelara un secreto—. Pero estoy seguro de que lo que más le enfurece son los maestros soberbios, aquellos que prescinden del arte y desprecian los peligros del mar.

Por las noches, cuando los perros vigilaban las atarazanas y nadie le acompañaba, y los ronquidos del Navarro pugnaban por derribar los grandes pilares que se alzaban al cielo, la mente de Hugo regresaba a micer Arnau. Entonces se preguntaba quién era el noble que había ordenado sin juicio, allí mismo, la decapitación de micer Arnau. Le había acusado de traidor.

—Eran enemigos acérrimos —le explicó un día el Navarro.

Hugo no se atrevió a insistir, pero el genovés, que escuchaba atento, sí lo hizo.

—¿Enemigo de micer Arnau?

—Sí. Hace años Arnau arruinó a la familia de los Puig. Por eso le odiaban.

—Alguna razón tendría para hacerlo —intervino Hugo para excusarlo.

—Seguro que sí. Arnau era una buena persona, no me lo imagino…

—¿Y cuándo fue eso? —inquirió el genovés abriendo las manos.

—¡Uy, hace mucho tiempo! Genís Puig es el hijo de uno de los Puig a los que Arnau arruinó. Tuvo que volver con su familia a Navarcles y malvivir bajo la protección del señor del pueblo, Bellera. Luego se casó con su hija, y de ahí…

—Sin embargo —terció Hugo—, ¿cómo pudo ese tal Puig ejecutar a micer Arnau sin juicio?

—Cuentan que el rey sigue enfermo y pendiente de su hechizo, que ni siquiera se ha preocupado por la ejecución y que ha ratificado los actos de su ministro alegando que si este afirmaba que Arnau era un traidor, por algo sería. Por otra parte han requisado todos los bienes de Arnau para el tesoro, y eso siempre satisface a los monarcas.

—¿Tan importante es ese noble para influir en la voluntad real? —insistió el genovés.

—Parece ser que sí. Hace dos años el rey Pedro quiso castigar al conde de Ampurias a causa de una discusión sobre las tierras de un vizcondado. El conde presentó batalla a los ejércitos del monarca con sus propias tropas, pero además trató de comprar su seguridad y pagó sesenta mil florines a los franceses para que acudieran en su ayuda. Fue el príncipe Juan el que hizo frente a los franceses y los expulsó de Cataluña. Nadie pensaba que lo conseguiría, debido a su carácter blando y apocado. Pues bien, el artífice de esa victoria no fue otro que su capitán general, Genís Puig, a quien Juan nombró conde de Navarcles. Desde entonces se convirtió en su consejero, su amigo y su ministro. Ni el rey ni la reina, por lo que se oye decir, discutirán sus decisiones, cuando menos en público.

—¿Y eso les da derecho a ejecutar a un ciudadano de Barcelona? —se extrañó el *mestre d'aixa*.

—Sí. —El Navarro suspiró—. Y, contra la opinión de los jueces y los concelleres de la ciudad, también han ejecutado a dos ministros del rey Pedro. Y han torturado a la reina Sibila y le han quitado todos sus bienes, y aseguran que Juan no jurará ni ratificará las donaciones que su padre hizo en vida, lo cual es lo que más preocupa a mucha gente. ¿Qué les importa un viejo decrépito que se dedicaba a pedir limosna para los necesitados?

Hugo y el genovés dieron un respingo al mismo tiempo y miraron sorprendidos al Navarro.

—Sí, un viejo decrépito que pedía limosna. Eso es lo que me dijeron de micer Arnau algunos de esos ciudadanos honrados de esta ciudad tras hacer la misma observación que tú, Domenico. Barcelona está acobardada y cada uno persigue sus intereses.

—¿Y la señora Mar? —se interesó el muchacho después de un silencio tenso al pensar que si habían requisado todos los bienes de micer Arnau, la situación de su viuda no podía ser muy buena.

—No le ha quedado nada, solo le permitieron conservar lo que llevaba puesto... salvo los zapatos. —El Navarro arqueó las cejas y se encogió de hombros—. Los muy bellacos la dejaron descalza. ¿Por qué lo harían?

—¿Adónde ha ido? ¿Dónde está ahora?

—Acogida en casa de unos *bastaixos*, unos parientes de su padre. Por cierto que uno de ellos se interesó por ti en nombre de la viuda de Arnau.

Transcurrieron algunos días, y el médico judío que había mandado llamar Juan el Navarro permitió que Hugo se levantase y volviera al trabajo, pero «sin hacer esfuerzos», matizó. Pese a ello y a su brazo todavía dolorido, con el rostro ya libre de vendajes aunque con una cicatriz cerca de la oreja de la que alardeaba frente a los demás muchachos, Hugo cargó con la bola del genovés y se empeñó con denuedo. «Si trabajas duro, serás un gran *mestre d'aixa*», repicaban en su mente las palabras que aquel le dedicara en repetidas ocasiones durante su convalecencia.

Una noche en la que la luna rielaba en el mar e iluminaba una ciudad sumida en la oscuridad, Hugo sintió la necesidad de visitar a su hermana. Arsenda estaría preocupada, le había prometido que iría a verla regularmente y hacía mucho de la última vez. Llevaba tiempo dentro de las atarazanas. Ni siquiera acudía a misa a Santa María de la Mar. «La Virgen no te lo tendrá en cuenta —le tranquilizó el Navarro—. Estás impedido.» Tampoco era esa la razón, se decía él. Temía lo que podía encontrarse fuera... Quizá a aquellos hijos de puta de los Puig. ¿Y si se cruzaba por la calle con el de azul? «La próxima vez no tendrás tanta suerte», le había advertido. Se le encogió el estómago al recordarlo. Lo matarían; si poco les costó acabar con micer Arnau, menos valía él. Estaba bien allí dentro, con los barcos, los maestros y una tropa de muchachos —mayores incluidos— que le respetaban y envidiaban después de su hazaña. Tras terminar con la bola buscaba a quien ayudar. «Siempre que no sea otro *mestre d'aixa* —condicionó el genovés su autorización—. Te malearían», sonrió después. Hugo se acercó a los carpinteros de ribera y a los serradores, y a los que fabricaban los remos, pero sobre todo a los calafateadores, aquellos que impermeabilizaban las naves con estopa, alquitrán obtenido de la destilación de la madera de pino, y la pega, el principal elemento sellador, un residuo del propio alquitrán. «A ver si terminarás de calafateador en lugar de *mestre d'aixa* —le provocaron cierta vez que le habían permitido remover el alquitrán y la pega en un gran caldero en el que además echaban sebo—. ¡La cara que pondría entonces el genovés!»

Esa noche Hugo esperó a que las respiraciones y las toses de genoveses y ayudantes se acompasaran para levantarse con sigilo. Dormían todos hacinados en un almacén frente al patio abierto entre las inmensas naves. Los perros menearon la cola antes incluso de que cruzara el espacio que le separaba de la tapia que daba al exterior. Los saludó y jugueteó con ellos unos instantes y luego se encaramó con dificultad y se dejó caer al otro lado. El rumor de las olas que lamían perezosamente la orilla no llegó a verse alterado por el imperceptible chasquido de las abarcas de Hugo sobre la tierra. Arnau tornó a su recuerdo: él se las había regalado, con buena suela de cuero en lugar de esparto o madera, como las de los demás muchachos que tenían la fortuna de ir calzados. «Pertenecían a mi hijo. Ya no le sirven», le dijo al entregárselas. Con la garganta arañada Hugo escuchó el silencio y trató de quitarse a micer Arnau de la cabeza. Escrutó en la noche: era inusual toparse con alguien en el lugar donde se encontraba. A su espalda quedaba el mar, con aquella franja plateada, regalo de la luna, que temblequeaba en su superficie; a su izquierda, los campos de cultivo que se derramaban a las faldas de la montaña de Montjuïc; por delante tenía el Raval, el nuevo espacio de la ciudad que se pretendía amurallar, casi deshabitado; y a su derecha, por detrás de la muralla antigua, el convento de Framenors. Más allá de donde los monjes estaba la Barcelona viva, el único lugar donde se percibía el resplandor tenue de alguna luz.

Se dirigió a la playa y se sorprendió presuroso, casi corriendo, mientras Arsenda ocupaba todos sus pensamientos. Bordeó el final de la antigua muralla que moría junto a Framenors y se encontró en la playa, rodeado de barcos varados. Escuchó el mar, escuchó el silencio y la brisa que soplaba; tembló y maldijo el frío. Vestía solamente su camisa manchada por el óxido de la bola del genovés. Le habría gustado continuar por la orilla y gozar de la oportunidad de observar los barcos hasta la altura de Santa María de la Mar, desde donde podría subir por la calle de la Mar hasta la plaza del Blat y de allí al convento, pero prefirió hacerlo por el barrio de los ceramistas, donde vivía menos gente y era menos probable que tuviera un mal encuentro con los guardias, pues estaba prohibido andar por Barcelona de noche sin linterna o fuego, como él hacía. Siguió el curso de la muralla vieja. Corrió y saltó para deshacerse del frío, y rodeó la ciudad hasta llegar al convento, allí donde su hermana servía como criada de una monja… cuyo nombre nunca recordaba. Lo que sí recordaba Hugo perfectamente era que procedía de una de las familias más influyentes de Cataluña, como sucedía con la treintena de mujeres que profesaban en Jonqueres. Las monjas pertenecían a la orden de Santiago y gozaban de unos privilegios difíciles de armonizar con la clausura y la estricta obediencia de otras religiosas. Eran ricas; el convento contaba con cuantiosas rentas. No vivían en celdas sino en una serie de casitas independientes, algunas incluso con ventanas a la calle y pequeñas capillas, propiedad de cada una de las religiosas y construidas en el interior de la institución. Allí disponían de la atención de esclavas o de criadas como Arsenda. Tampoco vestían hábito, sino que portaban una capa blanca y la cruz de Santiago en forma de espada sobre las ropas. Tenían privilegios a la hora de testar a favor de terceros que no fueran la comunidad. Con permiso de la priora, recibían visitas, salían a la calle y hasta dormían fuera del convento, pero lo más importante era que en cualquier momento podían contraer matrimonio y abandonar los hábitos.

Hugo dejó atrás la iglesia de Santa María del Pi y en poco rato llegó al convento de Santa Ana, en el extremo opuesto a la playa. Allí terminaba la ciudad. Giró a la derecha y algo más allá se plantó junto al convento de Jonqueres, cuya iglesia, claustro y demás edificios se disponían en una especie de triángulo, dos de cuyos lados lindaban con la calle y el torrente de Jonqueres, haciéndolo el tercero con la pared que lo separaba de la muralla.

Con sigilo, mirando constantemente a todas partes, continuó hasta la calle de Jonqueres, allí donde se abría el portal de la iglesia además de una pequeña puerta por la que se entregaban los suministros, y las traseras de varias de las casas de las monjas. Aquella en la que servía Arsenda tenía una ventanita enrejada. Silbó una cancioncilla con la oreja pegada a una de las contraventanas. Lo hizo en voz muy baja, atento a las sombras de los edificios del otro lado, temiendo que se encendiese alguna luz, con la mirada fija en el final de la calle, donde se unía a la plaza de Jonqueres y se hallaba la entrada principal del convento. Comenzó a tararear luego la cancioncilla, y si aumentaba la intensidad la bajaba de inmediato, reprendiéndose él mismo. Tenía los ojos entrecerrados escrutando en la oscuridad, y tiritaba tanto por el frío como por el temor a que le descubriesen.

En alguna ocasión había tenido que dar media vuelta sin ver a Arsenda, pero por lo general, por más amortiguado que fuera su soniquete, su hermana acostumbraba a despertarse. Aquella tonadilla era la que utilizaba su padre cuando regresaba a casa, ya fuese de uno de sus largos viajes, ya de beber unos vinos. Ambos hermanos se criaron al pecho de su madre e inconscientemente, uno tras otro, asociaron la musiquita a la alegría de ella y, más tarde, a la suya propia. Llegaron a abrir los ojos al oír ese sonido incluso en las noches más inclementes, hasta que un día se acabó. El mar se tragó al hombre.

Unos golpecitos en la contraventana le indicaron que Arsenda le escuchaba. Ahora venía lo más peligroso. Siempre podría inventar alguna excusa si le pillaban al pie de una ventana, pero difícilmente podría hacerlo si le descubrían encaramándose a aquel poyo de la fachada que servía para que los jinetes, prohibido el uso del caballo en la ciudad, montaran antes de abandonarla por la puerta de Jonqueres, o si lo sorprendían escalando después como una lagartija, manos y pies afianzados en las piedras, hasta el tejado plano de las casitas de las monjas.

Arsenda salió corriendo y subió por una escalera que partía desde el patio. El precioso rostro de la niña, tan congestionado por la carrera como risueño, recibió a Hugo al culminar su ascenso.

—¿Por qué has tardado tanto tiempo? —le recriminó ella a modo de saludo.

Hugo trató de recuperar el aire y respiró hondo; luego la abrazó sin contestar. Arsenda había tenido la precaución de subir la manta con la que dormía. Se envolvieron en ella y se sentaron, bien juntos, pegados a una esquina, escondidos.

—¿Por qué? —insistió la niña.

Lloró al saber de la muerte de micer Arnau. Se interesó por las heridas de su hermano y, en la noche, sus grandes ojos oscuros brillaron de admiración ante la valentía y el arrojo de los que Hugo alardeó. Sin embargo, volvió a llorar al recuerdo de su madre. Arsenda no salía del convento; Antonina tampoco podía hacerlo de casa del guantero.

—¿Qué has aprendido desde la última vez? —trató de distraerla Hugo mientras la cogía del mentón y la obligaba a alzar la cabeza.

Por fin la habían dejado ayudar a elaborar *nogats*, le contó, unos dulces de harina, miel y nueces horneados, recordó a su hermano. También ayudaba a hacer agua de rosas e hilaba lino o cáñamo. Todavía no le enseñaban a bordar porque decían que tenía que crecer, que podía malbaratar la tela.

—¿Te trata bien la señora…?

—Geralda —la ayudó ella—. Sí. Es muy mandona y exigente, y muy religiosa y aprensiva, pero sí. Me permite escuchar a distancia mientras enseña a las niñas de las familias ricas de Barcelona, y luego acostumbra a dedicarme algo de atención. ¿Y a ti cómo te va?

Hugo le habló entonces de las atarazanas, de lo que se esforzaba, del porvenir que le esperaba como *mestre d'aixa*, de cómo ayudaría a su madre.

—¡Y a ti también! —añadió—. Aumentaré la dote de…

—Geralda —repitió la niña de forma cansina.

—Eso. La aumentaré para que encuentres un buen esposo, el mejor de Barcelona.

Arsenda se echó a reír, contenta.

—¡Calla! Tendrás tu propia familia —dijo al cabo.

—Seguro, pero nunca me olvidaré de ti —prometió Hugo apretándose todavía más contra el cuerpo de su hermana en una unión íntima, entrañable.

Aún dormían juntos, en un jergón pegado al hogar, el malhadado día en que las olas se tragaron a su padre. Durante los siguientes a la noticia, mucho tiempo después incluso, los dos lloraban al compás de las lágrimas de su madre, tumbada sola en el otro extremo de la estancia. Lo hacían abrazados y sollozaban en silencio, tratando de que ella no los oyese a fin de no aumentar su congoja.

Hugo pretendió aquel consuelo en la siguiente ocasión en la que su hermana y él se encontraron en el tejado de las monjas, más de una semana después. Arsenda le agarró del antebrazo y apoyó la cabeza en su hombro en cuanto le oyó hablar, con voz temblorosa.

—Pensaba que la gente me… No sé. El otro día los *bastaixos* introdujeron en las atarazanas un cargamento de madera que llegó por mar, desde los Pirineos. Los bajan por el río… Algún día me gustaría ir a ver cómo lo hacen —le explicó, aunque no sabía por qué le contaba todo aquello—. Bueno, lo cierto es que los *bastaixos* son quienes transportan la madera desde que llega hasta las atarazanas. Después de descargar los grandes troncos me felicitaron, casi todos, me dijeron que hice bien, que hice lo que nadie se atrevió; hasta los maestros y los oficiales de las atarazanas asintieron. Los chicos de las bolas me aplauden y todavía ahora me piden una y otra vez que les cuente cómo fue. Juan el Navarro también me apoya; era muy amigo de micer Arnau. Pero el pasado domingo en Santa María muchos me miraron mal; algunos de reojo, pero los vi, y otros con descaro. Un mercader incluso me empujó en el momento de ir a comulgar. Luego el guantero no permitió a madre que se retrasara un instante. Tiraron de ella sin contemplaciones. No pudimos cruzar ni una palabra.

Calló de repente. No debía hablarle de esas cosas. Arsenda era pequeña. ¿Qué podía saber una niña de todo eso? Ella vivía feliz entre los muros de Jonqueres. Comía y la vestían y aprendía y la dotarían y se casaría…

—Te has enfrentado al poder —susurró Arsenda en la noche, con voz grave, seria, volviéndose apenas hacia él en el interior de la manta.

—¿Qué dices! —saltó Hugo, atónito—. ¿Qué sabrás tú?

—Lo mismo pasó aquí, en el convento. Una de las monjas se quejó del trato que reciben por parte de la sacristana. La mayoría de las viejas estaban de acuerdo, lo sé porque oí que lo discutían en casa de Geralda, mi señora. Pero solo se quejó Angelina. La priora apoyó a la sacristana y las demás dieron de lado a Angelina. Ahora casi ni le hablan. Lo mismo te pasa a ti —sentenció.

—Odio a los Puig —afirmó Hugo luego de unos instantes de silencio en los que reconoció que su hermana tenía razón.

—No debes odiar —le recriminó Arsenda—. Jesucristo…

—¡Jesucristo permitió la muerte de nuestro padre! —la interrumpió él. Arsenda se santiguó—. Y la de micer Arnau.

—Todos moriremos —insistió la niña con calma—. Dejaremos este valle de lágrimas para pasar a una vida eterna y feliz.

Hugo suspiró.

—Prométeme que no odiarás a nadie. Debes perdonar.

Hugo permaneció en silencio.

—¡Prométemelo! —exigió Arsenda.

—Lo prometo —accedió su hermano de mala gana.

Jamás tuvo la menor intención de cumplir aquella promesa. Si antes trabajaba con denuedo, después del trato recibido en Santa María lo hizo con más ahínco todavía, aunque siempre con el rencor a flor de piel al ver la ciudad tan cerca y sin embargo tan alejada de él. Ya no le importaba que se le cargaran las espaldas o le crecieran los brazos de tanto llevar la bola del genovés de un lado a otro, como les sucedía a algunos de los muchachos de más edad. ¿Qué habría sido de él de no ser por el genovés? Era muy difícil entrar como aprendiz de un *mestre d'aixa*. Pero ahora que ya tenía ciertos conocimientos quizá lo lograra. Juan el Navarro le prometió ayuda en el momento en el que liberasen al genovés. «Por la memoria de Arnau», alcanzó a oírle susurrar Hugo.

Mientras proseguían los juicios contra los ministros y favoritos de Pedro el Ceremonioso, y la reina Sibila seguía prisionera en una torre situada extramuros, más allá del portal de los Orbs, el 8 de marzo de 1387 el rey Juan, ya curado del hechizo que tanto mal le causara, juró los privilegios, leyes y costumbres de Cataluña. No confirmó, como había advertido, cuantas donaciones había efectuado su padre durante los últimos veinte años, con lo que se ganó el apoyo incondicional y la pleitesía de todos aquellos que quedaron en precario. Por su parte, diez días después, las Cortes Catalanas le juraron fidelidad y le nombraron conde de Barcelona.

Entre otras muchas disposiciones, el rey Juan nombró lugarteniente de los Estados del Oriente al vizconde de Rocabertí, quien dio orden de que se preparara la armada para partir con destino a Morea, en los dominios catalanes de los ducados de Neopatria y Atenas. El llamamiento de la armada real revolucionó las atarazanas. Remos, velas, paveses, cueros, armas... todo fue recontado y preparado para la llegada de los barcos, muchos de ellos simples galeras comerciales que se armaban para la ocasión.

En una de las naves del arsenal se procedía a los últimos trabajos para la botadura de la capitana de la armada, una inmensa galera de treinta remos por banda en la que navegaría el vizconde de Rocabertí. Hugo había presenciado en una ocasión la ceremonia de entrega de una nueva embarcación como aquella: ocho sacerdotes y el obispo concelebraron la misa, y el rey, sus ministros y los concelleres de la ciudad estuvieron presentes. Hubo regalos, comida, fiesta y alegría. Junto al genovés, Hugo, con la bola en las manos, observó el inmenso casco desarbolado de la nave, construido con buen roble, y se sintió orgulloso porque él había colaborado en ello. Alzó la mirada al tejado a dos aguas que cubría la atarazana, y el vasto espacio le devoró una vez más hasta empequeñecerlo. Percibió el olor intenso a madera desbastada y a alquitrán y pega; oyó el repicar de los martillos, el sisear del agua al verterla sobre el carbón para curvar las tablas y el chasquido de los serruchos.

—¡*Santa Brígida*! Así se llamará la capitana.

Hugo se volvió al mismo tiempo que el genovés. Por detrás de ellos una comitiva encabezada por el vizconde de Rocabertí, el lugarteniente de las atarazanas y los concelleres de la ciudad se dirigía hacia la galera. Juan el Navarro les acompañaba solícito.

—Hoy nos premiarán con unas buenas monedas —susurró el genovés al oído de Hugo—. En cuanto las tenga, irás a comprar un buen vino. Esta noche beberemos y brindaremos por la *Santa Brígida*... y por el trabajo bien hecho.

A la altura de donde se arremolinaba el personal, el Navarro presentó al maestro mayor a la comitiva. Hugo lo vio hablar con el vizconde y sus acompañantes mientras los demás se mantenían atentos a la conversación. Señalaba la galera y gesticulaba con las manos, simulaba el mar, simulaba el casco, los remeros y hasta lo que parecía ser una tormenta. El vizconde sonrió abiertamente, los dientes negros por encima de una barba cana, en el momento en que el maestro mayor puso fin al peligro con la mano extendida y la alejó luego de su cuerpo vibrando sutilmente, como si la galera navegase en aguas tranquilas. Alguien aplaudió. El genovés no se equivocaba: un mayordomo del vizconde entregó una pequeña bolsa al maestro mayor antes de que la comitiva se pusiera de nuevo en marcha. Los oficiales y los aprendices les abrieron paso hasta el barco que se mantenía afianzado por encima de ellos.

El maestro mayor fue señalando a los *mestres* más importantes al vizconde, quien los saludaba con una leve inclinación de la cabeza. A continuación, mientras el noble departía ya con algún otro, Hugo reparó en que el mayordomo se acercaba a aquel que había tenido el honor de recibir el saludo de su señor y le gratificaba con unas monedas.

—Domenico Blasio, genovés —anunció el maestro mayor—. Vuestra excelencia, deberíais tratar de convencerle para que continúe con nosotros una vez que alcance la libertad.

—Que será pronta —auguró el vizconde de Rocabertí en las primeras palabras que dirigía a uno de ellos.

—Confío... —empezó a decir el genovés, pero un grito lo interrumpió.

—¡Perro!

Hugo supo quién era aun sin ver todavía que el joven Puig, en esa ocasión teñido de rojo, desde los calzones de seda hasta el rostro congestionado, saltaba de entre la corte que acompañaba al vizconde y se abalanzaba sobre él, secundado por su criado.

—¡Hijo de puta! —aulló justo antes de alcanzarlo.

Hugo, con la bola del genovés en vilo, reaccionó entregándosela a Roger Puig, quien la agarró sorprendido. El óxido del hierro manchó las manos y la cota colorada del noble, que tardó unos instantes en recobrarse y dejar caer la bola a tierra, los mismos que aprovechó Hugo para buscar protección tras su maestro.

—¿Qué sucede? —inquirió el de Rocabertí.

Mientras Roger Puig se propinaba manotazos en la cota para limpiarse el óxido, su criado y varios soldados atraparon a Hugo y lo presentaron ante el vizconde.

—Este canalla —bramó Roger Puig, las manos todavía sacudiendo las vestiduras— ultrajó a mi abuela, Margarida Puig. Merece ser castigado.

Al tiempo que escuchaba al joven, el vizconde de Rocabertí lo hacía también a las palabras que su mayordomo le susurraba al oído. Asintió levemente antes de hablar.

—¿Qué quieres hacer con él? —preguntó al noble.

—En las mazmorras del castillo de Navarcles tendrá oportunidad de arrepentirse de sus insultos.

Un murmullo se alzó entre los presentes. Hugo palideció y pugnó por liberarse de las manos del criado, el mismo que le había propinado la paliza el día de la ejecución de micer Arnau y que ahora volvió a abofetearle.

Juan el Navarro quiso terciar, pero el lugarteniente de las atarazanas le detuvo con un enérgico gesto de su mano.

—De acuerdo —concedió entonces el vizconde—. Enciérralo durante un año, al cabo del cual lo liberarás. Le proporcionarás suficiente alimento y no deberá morir. Respondes de ello.

—No... —clamó Hugo; sus rodillas cedieron y se desplomó.

—Así será —prometió Roger sin conceder importancia alguna a las quejas de Hugo—. Los Puig os estaremos agradecidos —añadió.

El vizconde empezaba a dar la espalda a Hugo cuando resonó la voz del genovés:

—Os equivocáis.

El noble no llegó a volverse; ralentizó sus movimientos, como si esperase una explicación que no tardó en llegar.

—Este muchacho ha trabajado duro en la *Santa Brígida*. La nave lleva algo de él, algo de su espíritu, como del de los demás maestros, oficiales y aprendices. Si hoy, el día en que se os presenta la galera, vuestra capitana, no sois generoso ni caritativo, el duende se enfadará. ¿Qué hay de la benevolencia de los poderosos?

Roger Puig dio un manotazo al aire y soltó una carcajada. Hugo trató de erguirse.

—¿Qué duende? —preguntó el vizconde, todavía de espaldas al genovés.

—Todos los barcos tienen uno, señoría —contestó el maestro mayor señalando la inmensa popa de la galera que se alzaba sobre sus cabezas.

—¿Y qué sucede si se enfada? —inquirió el de Rocabertí pese a imaginar la contestación.

—La galera nunca navegará bien.

—Y hasta podría hundirse —agregó el genovés.

—¿No daréis crédito a esas patrañas?

El vizconde alzó una mano e interrumpió la queja de Roger Puig. Luego se mantuvo en silencio.

—Estoy seguro —dijo al cabo volviéndose hacia Roger Puig, Hugo y el genovés— de que tu insigne abuela y tu tío, toda tu familia, preferirán asegurarse de que nada pueda entorpecer la victoria de la armada real, al castigo de un canalla deslenguado, más si alguien de esa familia forma parte de mi tripulación. ¿O acaso te gustaría navegar bajo tales auspicios?

Roger Puig titubeó.

—El rey ya tiene bastantes problemas con los hechizos que le llevan a la postración para enterarse ahora de que hemos molestado al duende de su capitana por un pordiosero imberbe. ¡Soltadlo! —ordenó el vizconde directamente a los criados antes de proseguir camino sin aguardar a ver cumplidas sus palabras, como si no existiera la posibilidad de que alguien llegara a desobedecerle.

Y así fue. Hugo se vio libre.

«¡Soltadlo!» En dos ocasiones había escuchado Hugo aquella orden que le ponía en libertad. Su mirada se cruzó entonces con la de Roger Puig, cargada de ira. «La próxima vez no tendrás tanta suerte», le había advertido frente al cadalso. Hugo sonrió. La tenía. Creyó notar la ira de aquella mirada y fue a bajar la cabeza cuando recordó el consejo de Arnau: «No te inclines ante nadie». Respiró hondo, apretó los puños y se la sostuvo. Por detrás del noble transitaba la comitiva que seguía de nuevo los pasos del vizconde y del maestro mayor, pero para Hugo no fue más que una sombra que se movía sin sentido. Por delante, Roger Puig temblaba, tenía las venas del cuello y las sienes hinchadas; se le veía en tensión, colérico. Hugo esperó, con la mirada firme, hasta que el noble decidió seguir al vizconde.

—Hugo. ¡Hugo!

La segunda vez notó que lo sacudían con fuerza por detrás. Se volvió. Era Juan el Navarro. El muchacho trató de esbozar otra sonrisa, pero el semblante adusto del ayudante lo disuadió.

—Tienes que abandonar las atarazanas —le anunció. Hugo dio un respingo—. El vizconde no te quiere junto a los barcos. Debes marcharte ahora mismo. Esas son sus órdenes.

3

Hugo ascendió en dirección al Raval, allí donde se construía la nueva muralla. Lo hizo sin pensar. «Escóndete —le había aconsejado en susurros el Navarro mientras un soldado del vizconde comprobaba el cumplimiento de la orden—. Hazlo por lo menos hasta que Roger Puig embarque con la armada real.» El genovés también fue a decirle algo, pero la emoción se lo impidió y en su lugar le dio un beso largo que le dejó empapada de lágrimas la mejilla. Todavía las notaba, aunque quizá fueran las suyas propias.

Por detrás de las atarazanas, entre la Rambla y la nueva muralla ordenada por el rey Pedro, se abría el Raval, un extenso barrio de Barcelona que fue poblándose a medida que se erigían construcciones que no cabían intramuros o no convenía que estuviesen en la ciudad: el monasterio de Sant Pau del Camp; el hospital de San Lázaro para leprosos; el gran monasterio de los carmelitas, con sus dos claustros y que dio nombre a la calle del Carme; el hospital de Colom, que también nominó su calle, la del Hospital, junto al cual estaba el convento de las dominicas; otro pequeño hospital, el de Vilar; el convento de Sant Antoni Abat, o los de Montalegre y Nazaret... Tantos eran los conventos, las iglesias y los monasterios en Barcelona que Pedro el Ceremonioso prohibió la construcción de nuevos edificios religiosos así como que los ya existentes se ampliasen, pues de seguir a ese ritmo, sostenía el rey, Barcelona quedaría sin ciudadanos útiles para su defensa y conservación.

Alrededor de esos monasterios y hospitales del Raval crecieron núcleos de población, la gran mayoría de ellos humildes; muchos míseros. Con todo, la zona habitada del nuevo barrio —parte del espacio comprendido calle del Carme hacia arriba— era ínfima con respecto a su superficie; el resto, lo que quedaba entre la muralla nueva y el mar, se dedicaba a huertos y campos de cultivo.

Por esos huertos sembrados de barracas habitadas por indigentes deambulaba Hugo una tarde del mes de abril de 1387. El sol de primavera que anunciaba la llegada del calor y de la bonanza, tan celebrado en las atarazanas por implicar el inicio de la época de navegación, pareció recordar al muchacho cuál era su nueva, y precaria, situación. Hugo buscó con la mirada el mar, que quedaba atrás. El rumor de las olas, el alegre trasiego de los arsenales, de los pescadores o de los marineros en la playa mudó en la congoja de unas tierras plagadas de hortalizas que crecían en silencio, lentamente. Intentó oler el mar y una vaharada de abono pestilente terminó de abrirle los ojos… y la mente. Lo había perdido todo. Y antes había pensado que le acompañaba la suerte… «¡Estúpido!», se recriminó en voz alta. Ya no llegaría a ser *mestre d'aixa*, ni siquiera calafateador. Sueños e ilusiones arruinados al albur del capricho de un noble engreído.

Permaneció indeciso, sin saber qué hacer, ignorando si debía esconderse. No creía que Roger Puig le persiguiera. ¿Por qué habría de preocuparse de un pordiosero imberbe como él… de un canalla? No recordó el último insulto del vizconde. Roger Puig partiría en breve con la armada real, vestido de… ¿oro?, y con la espada al cinto. «¡Así te ahogues y te devoren los peces! —le deseó Hugo, y ladeó la cabeza al pensar en los peces—. ¡Ten cuidado, Roger Puig! Ahí abajo está mi padre, y en la mar no cuentan linajes.» La sola idea lo animó.

Anduvo en dirección al convento de las dominicas y el hospital de Colom. Las pocas calles que existían en el Raval eran largas y rectas, a diferencia de las intrincadas callejuelas que se abrían en el interior de la ciudad. Los edificios, por su parte, carecían de aquellos puentes o arcos habitables que volaban sobre las calles para unir unos a otros y así aprovechar el poco espacio urbano, y que hacían posible recorrer Barcelona de extremo a extremo sin pisar el suelo. Esa cualidad finalizaba en las puertas de las antiguas murallas, la de la Portaferrissa y la de la Boquería, a partir de las cuales, ya cruzada la Rambla, se iniciaban las dos vías más importantes del Raval: la calle del Carme y la del Hospital.

Hugo ascendió por la calle Robador, en la que ya empezaba a alzarse alguna casa y a verse trajín humano, hasta dar con la del Hospital, donde moría. A su derecha quedaban el convento de las dominicas y más cerca el de Colom, un sencillo edificio con cubierta a dos aguas y una pequeña iglesia con campanario adosada. A las puertas del hospital se acumulaban bastantes personas, la mayoría de ellas menesterosas a juzgar por su aspecto.

Había oído hablar a micer Arnau sobre el hospital de Colom. Atendía a una decena de enfermos pobres y a otros tantos niños abandonados. Bajo las órdenes del administrador había colectores mendicantes que día tras día pedían por las calles pan para el hospital, así como donados —hombres o mujeres que sin ser religiosos se entregaban al servicio de una comunidad—, y sirvientas y nodrizas para los lactantes. Todos ellos constituían el personal del hospital de Colom, similar en su composición al resto de los hospitales de la ciudad. «¿Y los médicos?», recordaba haber preguntado Hugo después de la explicación de micer Arnau. «Allí no hay médicos —le había contestado el anciano—, pero todos los de Barcelona tienen la obligación de acudir a los hospitales, gratuitamente y por turnos semanales, a sanar a los pobres. Así lo ordenó hace muchos años el rey Pedro. Si no lo hicieran, perderían la licencia para ejercer la medicina.»

Lo que también le había contado Arnau era que en Colom disponían de bastantes recursos y que acostumbraba a sobrarles pan, que entregaban a los pobres. Hugo volvió a mirar a la gente que se apiñaba a las puertas del hospital y notó que la boca le salivaba. Esa mañana no había almorzado a causa de la visita del vizconde a las atarazanas. Se entremetió en la última fila, aunque poco transcurrió hasta que notó el murmullo de otras personas tras él. No quiso volverse. Quizá le dieran algo de pan, pero... después ¿qué? ¿Tendría algo que llevarse a la boca esa noche o al día siguiente? Un sudor frío le recorrió la espalda y le humedeció desagradablemente las palmas de las manos. No sabía qué podía hacer ni de qué iba a vivir.

Olvidó sus cuitas tan pronto como se abrieron las puertas del hospital y aparecieron un par de donados cargados con un cesto. En ese momento hombres y mujeres, viejos y jóvenes, empezaron a luchar por alcanzar el mejor sitio. Hugo se vio aprisionado en la marea. Gritos, empujones, zancadillas y hasta algún que otro golpe se sucedieron en cuanto los donados empezaron a repartir el pan. Después de un buen rato de aguantar empellones le quedaban unas pocas filas para llegar y deseaba siquiera un mendrugo. Tenía hambre, y por un instante temió que el pan de la cesta fuera a terminarse. Corrió el rumor, aumentó el nerviosismo y con él la violencia. Hugo empujó a quienes le precedían sin la menor contemplación. Intentaba superarlos cuando le agarraron de un hombro. Dio un fuerte manotazo hacia atrás. ¡Nadie iba a quitarle el sitio! Empujó, sin avanzar; no lo conseguía. Otra mano le tiró del otro hombro. Lo presintió. Eran manos grandes, fuertes, impropias de aquel grupo de desheredados que le rodeaban. No quiso mirar. Se echó al suelo y logró liberarse. Arreció el griterío. Oyó las órdenes del criado de Roger Puig mientras gateaba entre las piernas de la gente y escapaba. También le llegaron los gritos de los que quedaban atrás y que creían que el criado, en su persecución, pretendía saltarse la cola y robarles el pan.

—¡Sal de aquí, canalla!

—¡Ladrón!

—¡Pídele comida a tu señor!

Hugo recibió patadas y coscorrones, pero siguió gateando, arrastrándose, hincando los dientes en las pantorrillas de quienes no se apartaban. Llegó a la primera fila, donde estaban los donados. Los que esperaban su turno pretendieron impedirle el paso, pero los esquivó, avanzó acuclillado y se coló en el hospital. Uno de los donados lo siguió con la mirada, hizo una mueca, se encogió de hombros y continuó con el reparto. Nadie más le prestó atención.

El muchacho corrió atropelladamente hasta que se encontró en el centro de una nave alargada. Inclinado, con las manos en las rodillas, se dio tiempo para recuperar el resuello. Comprobó la entrada: nada. El escándalo del exterior parecía disiparse en aquel entorno, en el que solo vio camastros a ambos lados, algunos de ellos ocupados por dos enfermos. Casi todos se mantenían en silencio; los que no, elevaban quejas a cual más lánguida. Respiró hondo. Una mujer rolliza se le acercó.

—No debes estar aquí —le recriminó en voz baja—. Si quieres pan…

—Me persiguen —acertó a gemir Hugo justo en el momento en que aumentaba el griterío más allá de la puerta.

La mujer se concedió un instante para juzgarle.

—Ven, sígueme —le ordenó.

Salieron por una puerta lateral que daba a un patio en el que jugaban algunos niños. Lo cruzaron presurosos mientras la mujer indicaba silencio con un dedo tieso sobre los labios a las amas de cría que amamantaban a unos pequeños. Al otro lado del patio abrió una puerta con una de las llaves que portaba en un gran manojo que tintineaba de su cinto e indicó a Hugo que entrase. «La bodega», se dijo él, más por el aroma que por acertar a ver en la penumbra. El chasquido de la llave al cerrar desde el patio resonó con estruendo en el interior. Se preguntó por qué lo había confinado allí. La única luz que entraba lo hacía a través de un ventanillo en la propia puerta.

Hugo cogió una cuba vieja, se subió y se asomó a tiempo de ver cómo la mujer gorda gesticulaba frente a un hombre bien vestido. Ambos miraron hacia donde él estaba y desaparecieron en el hospital.

—¡No! —gritó el muchacho.

Intentó abrir, en vano. Observó el patio, donde una de las nodrizas también negaba con la cabeza.

—¡No puede ser! —se quejó Hugo.

Vislumbró a su lado una serie de tinas y huecos excavados en el suelo de roca y, más allá, intuyó la sombra de algunas cubas. No parecía haber ventana ni puerta alguna. Lo comprobó, a tientas, quejándose primero, gimiendo después. Terminó pateando aperos. ¡Estaba encerrado! Volvió a mirar a través del ventanillo justo en el momento en el que el ama de llaves, el administrador y el criado de Roger Puig cruzaban el patio con resolución. ¡Estaba atrapado! Bajó de la cuba y buscó. ¿Qué? Encontró un palo tan robusto como un remo de los buenos. Serviría. Lo cogió y lo cruzó a través del tirador interior de hierro de la puerta. «¿Y ahora?» El ruido de la llave en la cerradura y el golpeteo del palo al chocar e impedir la entrada se confundieron con los gritos e insultos del criado de Roger Puig el día que le había pegado y que en ese momento resonaban en la memoria de Hugo. Volvería a caer en sus manos.

—Muchacho —oyó a través del ventanillo—. Abre. No te haremos ningún mal.

No era el criado. Hugo habría podido reconocer su voz hasta en el infierno.

Al cabo cambió la persona del ventanillo.

—¡Te mataré!

¡Ese sí era el criado! Hugo tembló. Lo haría, sin duda. Le mataría. Y nadie se enteraría, y… Cogió otro palo, algo más ligero pero igual de duro, y en la oscuridad apoyó su punta en el borde del alféizar del ventanillo.

—¡Cuanto más tardes en entregarte…! —empezó a amenazarle el criado de Roger Puig.

«¡Ahora!», se dijo Hugo.

Deslizó el palo a través del ventanillo con toda la fuerza de la que fue capaz. La madera le transmitió el crujir de algún hueso; los de las cuencas de los ojos, deseó, pues el palo había ido en dirección ascendente. Mientras se sucedían los gritos y los quejidos aprovechó para desatrancar la puerta, la abrió con ímpetu y, esquivando el cuerpo del criado que yacía en el suelo, escapó. Tuvo tiempo de verlo sangrar abundantemente por entre los dedos de las manos con las que se tapaba el rostro. Se disponía a atravesar el patio pero se detuvo y se volvió hacia el administrador y el ama de llaves. Ambos atendían al criado de rodillas y miraban atónitos a Hugo, como si se tratara de un fantasma.

—¡Puta! —chilló con una voz que le surgió aguda como un punzón, como si quisiera descargar en aquel insulto la tensión padecida.

Luego huyó. Cruzó a la carrera el patio y la nave donde estaban los enfermos y, sin pararse, corrió toda la calle del Hospital en dirección contraria a la ciudad, hasta que superó el hospital de San Lázaro. Se detuvo y se desvió en las cercanías de la puerta de Sant Antoni, en la muralla nueva. Allí habría guardias.

La zona volvía a estar deshabitada; ni barracas había en los alrededores de donde se internaba a los leprosos. Creyéndose solo, Hugo se metió en un huerto y hurtó un par de cebollas todavía verdes. Era consciente de la pena a la que podían condenarlo si lo detenían y no tenía dinero para pagar la multa, como era el caso. Sin embargo, alejó de su mente esa posibilidad ante el sabor agrio y la textura correosa de las cebollas. ¿Qué multa podían ponerle por comer tal bazofia? Anduvo sin rumbo, masticando a duras penas los pedazos que lograba arrancarles a dentelladas. Pensó en su madre y en cada una de las ocasiones en las que habían hablado en la plaza de Santa María de la Mar, ya terminada la misa. Ella sonreía ante los proyectos de Hugo, y le abrazaba fuerte, muy, muy fuerte. «Lloro de alegría —le decía—. De alegría, hijo.» Y entonces volvía a abrazarlo tan, tan fuerte que le cortaba la respiración, pero él no se quejaba; le gustaba. No podía confesarle que sus sueños se habían desvanecido. La decepcionaría. Lloraría... pero esa vez de tristeza. Y sería culpa de él. Su madre envejecería como criada en casa del guantero.

Con la garganta agarrotada buscó refugio bajo los restos de unos maderos que algún día debían de haber formado parte de una chabola ahora abandonada. Se sentó en el suelo y alzó una mano para lanzar lo que le quedaba de la segunda cebolla, como si quisiera alejar sus penas, pero rectificó y la dejó a su lado. Pensó en su hermana. También ella se llevaría un disgusto, aunque eso no afectaría a la dote que le proporcionaría aquella puñetera monja cuyo nombre nunca lograba recordar. Arsenda se casaría con un buen hombre.

Oscurecía despacio. ¡Qué hermosa era esa luz colorada sobre el mar! Hugo trató de encontrar alguna semblanza en los huertos y los campos que se extendían frente a él. ¿Cómo iba a ser hermosa la luz del ocaso sobre un campo de cebollas? Se permitió una sonrisa que culminó en carcajada. ¡Cebollas! En esa ocasión sí que lanzó lo más lejos que pudo el resto de la segunda. Luego suspiró y al poco el sueño vino a poner fin a un día de tremenda tensión.

Despertó con las primeras luces y se encontró descalzo. ¡Le habían robado sus espléndidas abarcas con suela de cuero y no se había enterado! Miró a su alrededor y trató de recordar si se había descalzado antes de echarse a dormir. No, estaba seguro de que no lo había hecho. Lo que sí vio fue una cebolla. ¡Le habían cambiado sus zapatos por una cebolla! Debían de haberlo espiado el día anterior, y le vieron lanzarla...

—¡Perros! —gritó saliendo de debajo de las maderas, la cebolla en su mano alzada amenazando al universo.

—¿Por qué gritas, muchacho? —La voz provenía de su espalda. Un viejo que trabajaba en otro de los huertos, comprobó Hugo—.

¿Qué llevas en la mano? —le sorprendió. El chico todavía tenía el brazo medio alzado—. ¡Ladrón! —tronó al fijarse en la cebolla—. ¡Al ladrón!

Hugo echó a correr. No había dado dos pasos cuando pisó una piedra. Un dolor punzante le paralizó. Cayó al suelo. El viejo se acercaba azada en ristre, renqueante, boqueando en busca de un aire que no encontraba para reclamar auxilio. Hugo se levantó. ¡Todo por ese mísero botín! Miró la cebolla, se la mostró al hombre mientras se acercaba, y la dejó en medio del camino. Rogó al cielo que el hortelano se conformase con la devolución. Luego le dedicó una reverencia como las que hacía cuando andaba con micer Arnau y se volvió dispuesto…

—¿De qué va a servirle al viejo Narcís una cebolla arrancada y manoseada por un ladrón?

Dos hombres agarraron a Hugo con tanta fuerza que creyó que iban a partirle los brazos.

—Yo no… —acertó a quejarse mientras lo arrastraban hacia el anciano, quien tan pronto como lo tuvo al alcance le propinó un tremendo golpe en la espalda con el palo de la azada.

—No lo matéis, Narcís. Nos vendrá bien que sirva como ejemplo para los demás mocosos que no respetan nuestros huertos.

—¿Tienes dinero para pagar todas las cebollas que has robado? —le preguntó uno de los hombres tras zarandearlo con violencia. Había acercado su rostro al chico como si pretendiera morderle, y escupió tanto las palabras como una vaharada fétida.

—No he cogido más que dos… —trató de defenderse Hugo.

—¡Mientes! —saltó el otro.

—¿Dónde están tus compinches? ¿Te han dejado solo?

—¡Pagarás por ellos!

—¿Tienes dinero?

Y le zarandearon de nuevo.

—¡No! —repetía Hugo una y otra vez.

La comitiva partió de la Casa de la Ciutat, allí donde se encontraba el salón de Ciento y se reunían los representantes de Barcelona, la rodeó y llegó hasta la plaza de Sant Jaume. Hugo no llegó a reconocer los hurtos que injustamente se le imputaban, pero sí lo hizo con respecto a las dos cebollas que ni terminó de comer, por lo que sometido a juicio de prohombres fue sentenciado en solo unos instantes por tres de los concelleres de la ciudad. El muchacho, ataviado exclusivamente con sus roídos calzones, la espalda al descubierto y las manos atadas por delante, fue montado en un borrico y *escobat.*

—No os excedáis en el castigo —recomendaron los concelleres al alguacil en un aparte.

Hugo recordó entonces la pena a la que la ciudad sometió a un deslenguado que había insultado a Nuestro Señor Jesucristo en una discusión acalorada, porque de haberlo ofendido conscientemente habría merecido la muerte sin posibilidad de perdón. En aquel caso al blasfemo solo le atravesaron la lengua con una verga de hierro, lo ataron encima de un borrico, quizá el mismo en el que ahora iba Hugo, y le pasearon por toda Barcelona mientras a la proclama los ciudadanos le increpaban, le escupían, le apedreaban y, además, le golpeaban con tripas de buey rellenas de excrementos. Hugo volvió a vivir la imagen del hombre con la boca abierta, ensangrentada, y el rostro salpicado de heces. Luego de recorrer las calles lo encadenaron a la picota en la plaza de Sant Jaume cubierto de ellas. ¿Y si en lugar de golpearlo a él con el látigo decidían hacerlo con tripas de buey henchidas de excrementos?, se preguntó Hugo. Se hallaba encogido sobre el borrico, a pelo, con los testículos presionados por el afilado hueso de la cruz del animal, aterrado por aquella visión del blasfemo atragantándose con su propia sangre y las heces que le entraban en la boca abierta por el huso de madera, cuando notó un fuerte golpe en la espalda. Se volvió. ¡Cuerdas de cáñamo! Agradeció la clemencia en el momento en que al grito de «¡ladrón de cebollas!» dio comienzo su escarnio público.

Casi toda la mañana tuvieron a Hugo recorriendo las calles de la ciudad bajo el sol primaveral. De la plaza de Sant Jaume a la catedral. De allí a la plaza del Blat y a Santa María de la Mar. El Born, Santa Clara, la playa, la lonja, donde el Consulado de la Mar, el convento de Framenors, las atarazanas…

Un par de soldados abrían camino y llamaban a gritos a los ciudadanos a presenciar la vergüenza de Hugo, como si no fuera suficiente con el ejército de chiquillos escandalosos que la anunciaba con sus correteos y aullidos alrededor del borrico. Mientras le azotaban con aquellas cuerdas que ya habían abierto brecha en su espalda joven, Hugo se convirtió en blanco de insultos y escupitajos; también se escapó alguna piedra, pero los alguaciles ponían coto de inmediato a las pedradas.

Al paso por las calles del barrio de la Ribera, donde vivía la gente de la mar, después de Santa María, cuando la comitiva se acercaba al Rec Comtal, los rostros congestionados de los hombres y las mujeres que le gritaban, le señalaban o se reían de él se transformaron en una masa borrosa indefinible. Casi dejó de sentir el machacante golpeteo de la cuerda sobre su espalda y desapareció la preocupación por la posibilidad de que Roger Puig o alguno de sus esbirros lo descubriera. Ya no importaba. Cerró los ojos, y entre el barullo y la algarabía, rezó. Rezó a la Virgen y le suplicó que su madre no fuera testigo de la desgracia en la que había caído.

—La próxima vez utilizaremos un buen látigo de cuero —le advirtió el alguacil al desmontarlo del borrico de regreso a la Casa de la Ciutat. Le desató y le devolvió su camisa—. Ve a lavarte antes —le recomendó al ver que el muchacho hacia ademán de ponérsela. Hugo dudó, aturdido—. Al mar. Tienes el mar entero para ti.

Todavía tuvo que sufrir algunos insultos mientras recorría las calles que separaban la Casa de la Ciutat de la playa, pero en esa ocasión, sin alguaciles, sin borrico y sin cuerdas, con la espalda sangrando, fueron más los que estuvieron a su favor que aquellos que le gritaban.

—¡Calla! ¡Deja en paz al chico! —terció una mujerona a otra que insultaba a Hugo en la calle del Regomir, a la altura de la panadería—. Ya ha pagado su culpa. Es el hambre lo que los lleva a robar cebollas. Toma, muchacho —añadió, y arrancó un pedazo del pan recién horneado que llevaba.

Pan de garbanzos con algo de harina blanca. Hugo devoró el trozo de hogaza sin darse tiempo a saborearlo. Llegó a la playa y, bajo la mirada de algunos marineros y trabajadores, cruzó entre las barcas hasta la orilla, donde las olas rompían perezosamente. Hacía un buen día, templado, soleado y sin viento. Pese a las condiciones, se internó en el agua fría con recelo, y antes incluso de que le llegase a la cintura hundió la espalda y notó un tremendo escozor. Allí permaneció hasta que remitió la quemazón. «Tengo suerte», se había felicitado en las atarazanas al librarse de que lo encarcelaran en el castillo de los Puig. Después en el Raval lo dudaría. Pero ahora... en un par de días su mundo se había desmoronado. Con todo, los Puig no lo habían descubierto; claro que difícilmente lo habrían reconocido montado en aquel borrico enano y con la cabeza gacha ante quienes formaban hileras a su paso. Tampoco lo había visto su madre, estaba seguro. Puso la mirada en el horizonte, inmenso, imponente. «¡Cebollas...! ¡Ja!»

Salió del mar con la piel erizada por el frío y se apresuró a ponerse la camisa.

—Sécate antes, muchacho —le aconsejó un calafate bajo y barbudo al mismo tiempo que le lanzaba un paño. Luego se acercó a mirarle la espalda—. Has tenido suerte —añadió—. No se han ensañado contigo.

—¿Suerte? —se le escapó a Hugo.

—Sí. ¿Tú eres el que se peleó en la ejecución de micer Arnau? —afirmó más que preguntó—. Valiente. Insensato pero valiente. Deberían haber sido los concelleres quienes reclamaran justicia a los nobles, pero están más preocupados por parecerse a ellos que por defender a los ciudadanos, y ahora sin el rey Pedro... —Chasqueó la lengua y dejó inconclusa la frase para llamar a gritos a un tal Andrés, que asomó la cabeza por entre las barcas—. Tráete el remedio para las heridas —le ordenó.

La playa de Barcelona se hallaba delimitada mediante mojones que señalaban las zonas para varar las barcas de pesca separándolas de aquellas otras en las que se construían barcos a la intemperie. La que había frente a la antigua puerta romana del Regomir era una de ellas: la más antigua de Barcelona. Disponía de un modesto edificio junto a los soportales, llamados Voltes dels Fusters, en el que se almacenaban velas, mástiles, entenas y demás aparejos, pero las naves se trabajaban en la playa, como lo hacían Andrés, un chico algo mayor que Hugo, y Bernardo, su padre: aprendiz el primero, maestro calafate el otro.

Fue el propio Bernardo quien le untó el remedio para las heridas, un ungüento que hizo revivir a Hugo el escozor sufrido con el agua salada. Mientras lo hacía se acercaron algunos trabajadores. Todos sabían que lo habían *escobat*; más aún, parecían estar al tanto de lo del día de la ejecución de micer Arnau.

—Tú eres el hijo de Matías Llor, ¿verdad? —inquirió uno de ellos, un viejo encorvado, arrugado y tostado por el sol—. El Silbante, le llamaban. Siempre andaba silbando tu padre. —Lanzó un graznido a modo de risa—. Fue una lástima. ¿Cómo está tu madre?

—Bien... —titubeó Hugo.

—Guapa mujer —añadió el viejo.

—Y tú —terció otro—, ¿también serás marinero?

¿Marinero? Hugo negó con la cabeza como si no se atreviese a expresarlo en voz alta. Su padre... siempre decía que el mar era maravilloso. «Como una mujer bella que te mece —aseguraba—. Lo mejor de lo que puedo gozar... después de ti», se retractaba si Antonina lo oía y torcía el gesto. Luego los dos solos, en lo que Matías planteaba como una conversación de hombre a hombre, aconsejaba a su hijo: «No hay hembra igual de caprichosa y que llegue a encolerizarse tanto como la mar, Hugo. Cuídate de ella». El muchacho no llegó a conocer cuán caprichosa podía llegar a ser. «Prométeme que tú nunca te irás a la mar como él, hijo», le rogó su madre el mismo día del entierro señalando el ataúd. Y lo prometió.

—¿Conoces la calle del Regomir?

La pregunta, formulada por un hombre que debía de ser *mestre d'aixa* por la azuela que tenía en una mano, despertó a Hugo de sus recuerdos. Dudó, aturdido.

—¡Sí, hombre, esa por la que has bajado hasta la playa! —indicó Andrés.

—¡Ah!

—Pues ve allí y busca la herrería de Salvador Vinyoles —ordenó el *mestre d'aixa*—. Le dices que vienes de mi parte, de Joan Pujol, y que te dé los clavos que le tengo encargados. ¿A qué esperas, muchacho? —le apremió.

Aquellos clavos y otro par de encargos que hizo a los calafates antes de terminar el día le proporcionaron un pedazo de pan, una escudilla de olla de gallina con hortalizas y un buen vaso de vino que Andrés le llevó a la playa. También le permitieron dormir al cobijo de una de las naves que estaban desmantelando.

Hugo vivió entre la gente del mar y durmió al amparo de las embarcaciones, escondiéndose tan pronto como percibía los destellos de los trajes de los nobles u oía los rumores y preparativos que siempre precedían a su llegada. Visitó a Arsenda. No se atrevió a confesarle que ya no trabajaba en las atarazanas. Tuvo que explicarle por qué iba descalzo, alegando que había extraviado sus zapatos. «Un día los dejas en un sitio y al volver a por ellos no los encuentras...», le dijo. Pasado algún tiempo mermaron los recelos del guantero tras el enfrentamiento de Hugo con los Puig, y madre e hijo recuperaron esas palabras apresuradas que se cruzaban los domingos a la salida de Santa María de la Mar. Tampoco a Antonina le habló Hugo de lo de las atarazanas. No habría sabido cómo contárselo. La angustia que le corroía ante la mentira se difuminó, no obstante, en la actitud de ellas: ni la una ni la otra cuestionaron su situación, aunque con su madre el chico pagó el engaño con el dolor que sus manos desencadenaron en su espalda herida cuando lo abrazó y se la acarició.

También se acercó a las atarazanas en varias ocasiones. El trajín era constante, y la empalizada de madera erigida frente a la fachada marítima para defenderla del oleaje tanto se hallaba en pie un día como desaparecía al siguiente para abrir paso hasta la playa. Los *bastaixos* descargaban madera y transportaban enseres. Marineros y maestros armaban galeras. No había ni rastro del genovés. No llegó a verlo, ni a él ni a ninguno de los otros con sus bolas arriba y abajo. Quizá Domenico había vuelto ya a su país. A quien sí vio, en la distancia, fue a Juan el Navarro. Intercambiaron una mirada y se sonrieron.

Hugo se dirigió hacia él.

—¿Y el genovés? —le preguntó tras un saludo.

—Recuperó su libertad.

Miraron al mar, como si lo viesen en la lejanía.

Un día Andrés le advirtió de que en el Raval preguntaban por él. «El criado de un noble —contestó a Hugo cuando este le preguntó de quién se trataba—. ¿Es cierto que lo descalabraste?» Rieron con el relato, pero la amenaza hizo mella en el muchacho, por lo que evitó aquella zona de Barcelona. De poco le sirvió, sin embargo, la prudencia. Si trataba de evitar al noble y al criado que recorrían el Raval, fueron nobles y criados quienes se acercaron hasta las atarazanas del Regomir. Hugo ya lo había vivido en otras ocasiones; incluso había acompañado a su padre a enrolarse, por lo que no le extrañaron los acontecimientos que se vivieron el domingo siguiente tras el anuncio de la partida de la armada real a Morea.

Salían de misa en Santa María de la Mar y al son de trompetas llegaba la comitiva desde la catedral: el rey y su lugarteniente en Oriente, el vizconde de Rocabertí, el obispo y demás prebostes de la seo, caballeros y nobles, los estandartes de todos debidamente bendecidos; los concelleres de la ciudad, prohombres, el resto del séquito y tras ellos el pueblo de Barcelona, al que se le unieron los fieles que abandonaban Santa María. Mientras los heraldos voceaban y llamaban a la gente a enrolarse en la armada real, Hugo reconoció a Roger Puig, que caminaba al lado de su tío, el conde de Navarcles, por delante de los nobles. Buscó a su criado entre los del séquito y no le costó reconocerlo, pues llevaba una venda que le cruzaba el rostro. Hizo lo posible para que su madre no notase el temblor que le recorrió el cuerpo.

—Recuerda tu promesa —le dijo ella confundiendo la inquietud de su hijo, antes de despedirse y regresar a casa del guantero—. No firmes para ir a la mar.

La comitiva superó Santa María y llegó hasta la plaza que se abría frente a la lonja, a pie de playa, junto a las atarazanas del Regomir donde Hugo trabajaba, y allí, ya ubicada una larga mesa cubierta con un paño carmesí en la que destacaba el escudo real bordado en oro, el propio rey llamó a los ciudadanos a enrolarse en su armada.

Millares de personas se arremolinaron alrededor de los soldados que protegían al monarca y a los nobles. Hugo estaba entre ellos. No temía ser descubierto entre la muchedumbre. El rey Juan puso fin a su arenga y la multitud se movió inquieta. Los heraldos ensalzaron a gritos al monarca, al vizconde de Rocabertí, al almirante de la armada y a sus capitanes; enardecieron y exhortaron a los ciudadanos, a los ballesteros, remeros y demás soldados de Barcelona a compartir la gloria que les esperaba en tierras lejanas. Sonaron trompetas, tambores y una cornamusa. La gente se ponía más y más nerviosa mientras el soberano y los nobles los contemplaban complacientes. Un rumor se alzó de miles de gargantas.

—¡Larga vida al rey Juan! —gritó alguien.

Hugo, de puntillas entre el gentío, permanecía atento, en tensión. Vio sonreír al rey Juan ante el raudal de aclamaciones y ovaciones. El monarca disfrutaba observándolos. Pidió más, y sus súbditos no le defraudaron y lo vitorearon. Al fin, cuando los soldados se veían ya incapaces de contener a la muchedumbre, el rey volvió la mano derecha abierta hacia los ministros que le acompañaban y uno de ellos la llenó de monedas. Hugo creyó escuchar la respiración contenida de la gente durante el instante de silencio que se produjo ante la lluvia de monedas que destelló en mil reflejos sobre las cabezas de los barceloneses; un silencio que se rompió con el estallido de confusión, desorden y lucha por hacerse con los dineros que, a puñados, lanzaban el rey, el vizconde de Rocabertí y el almirante de la armada. Hugo se echó al suelo igual que lo hacían hombres y mujeres. Buscó, ahora crispado por la envidia ante los gritos de alegría de los afortunados, ahora deslumbrado con la mirada alzada al sol para ver adónde iban a caer esas nuevas monedas que no conseguía atrapar.

Le pareció vislumbrar una. Corrió a cuatro patas y pasó por encima de una mujer gorda. Fue a echarle mano, pero alguien, un muchacho calvo, robusto y ágil se le adelantó... ¿De dónde había salido? Hugo titubeó. El otro ni se volvió a mirarlo y, con la moneda en la mano, se alejó gateando en busca de mayor tesoro. Hugo lo observó, decepcionado. Se asemejaba a un perro; olfateaba y olisqueaba excitado, sin preocuparse de la gente. Cazaba. Buscaba los dineros como si persiguiese una presa; empujaba sin contemplaciones; sorteaba a los más fuertes; clavaba los pies en la tierra... ¿Los pies? ¡Aquellos eran sus zapatos! Lo persiguió. Lo hizo ajeno a aquella lluvia de dinero que continuaba originando rencillas y peleas, y sin saber cómo podría enfrentarse a él. Era mayor; los zapatos le quedaban extremadamente justos, el cuero se veía forzado. Además, al cabo de un rato, con el rey y su corte ya camino de palacio, al perro calvo se le unió un grupo de muchachos de todas las edades. Hugo vio que propinaba un pescozón a un niño pequeño que, tras negar con la cabeza, había extendido las palmas de las manos vacías. Se apartó con discreción.

Los congregados ya regresaban a casa, muchos de ellos contentos. Había quienes relataban a gritos y entre gestos cómo se habían hecho con aquellas monedas que mostraban ufanos. En la mesa de contratación solo quedaban los funcionarios y una cola de hombres que pretendían enrolarse en la armada real y cobrar en ese momento su primera paga. Todos debían presentar un fiador y jurar sobre los evangelios; luego correrían a gastar los dineros. Algunos se arrepentirían, pero su compromiso estaba cerrado.

A una distancia prudencial, Hugo siguió al grupo de jóvenes. No le extrañó que se dirigiesen al Raval. Notó nacer en él la ira al imaginarlos igual que ahora, en grupo, riendo y hablando a gritos, interrumpiéndose unos a otros, burlándose de él, de cómo le habían hurtado los zapatos sin que se despertara. «¡Y la cebolla…!», se jactaría alguno de ellos, quizá el perro calvo. «Lo corrieron a escobazos por toda Barcelona», recordaría otro originando una riada de carcajadas igual de irritante que la que se le clavó en lo más profundo a la altura de la puerta de la Boquería, donde los vio reírse y palmearse la espalda unos a otros antes de separarse. El perro calvo subió por la Rambla, acompañado de dos muchachos, entre ellos aquel al que había propinado un pescozón. Entraron en una casa de la calle de Tallers. En esa zona se agrupaban los talleres de ladrillos y vivían los cortadores de carne, junto a la muralla nueva, en el extremo de Barcelona.

El siguiente día, lunes, Hugo se desvió de un recado que le habían encomendado en las atarazanas del Regomir y descubrió al perro calvo trabajando con un hombre inmenso en las carnicerías que había fuera de la puerta de la Boquería, donde sobre sencillas mesas se vendía carne de macho cabrío, cochinillo y oveja, productos cuya venta estaba prohibida en el interior de la ciudad. Le molestó que la sangre que chorreaba el mandil del muchacho pudiera manchar sus zapatos… Rió a desgana, sin saber qué hacer. El otro le sacaba una cabeza y era fuerte e insolente, y quizá un mal tipo… ¡Pero eran sus zapatos! Con los dientes apretados dio la espalda a la carnicería, tras mirarlo una vez más, y se engañó con la excusa de que le esperaban donde los barcos.

Durante días lo siguió y lo espió. La rutina del trabajo en el obrador de la puerta de la Boquería solo se rompía cuando el perro calvo y su padre acudían a la iglesia de Santa María del Pi, la parroquia del barrio. En el espacio abierto entre el cementerio y la iglesia, el carnicero se subía en unos zancos y caminaba entre el hijo y sus amigos, persiguiéndolos y gritando. La concurrencia de la gente ante aquel hombretón que correteaba sobre los palos permitió a Hugo acercarse sin temor a ser reconocido. Entonces se enteró de que el padre del perro calvo hacía de gigante en la fiesta del Corpus y acostumbraba a entrenar para ello. «En la procesión lleva vestiduras hasta el suelo», aclaró una mujer. Al finalizar, como si de un juego se tratara, el perro calvo y sus amigos se subían en los zancos y trataban de imitar al carnicero, que reía con los presentes ante los tropiezos y caídas de los muchachos. Santa María del Pi, y un torreón a medio construir adosado a la iglesia en el que guardaban los zancos, parecía constituir el refugio del perro calvo y sus compinches, quienes los días feriados, después de corretear por Barcelona, acababan reuniéndose en aquella torre abandonada. Hugo los espiaba, escondido en uno de los cementerios.

Se llamaba Juan Amat. Era hijo de un cortador de carne en la Boquería. Y sí, era peligroso. Eso le advirtió Andrés cuando Hugo desistió de perseguirlo porque no se le ocurría cómo recuperar sus zapatos, y se decidió a contar todo al aprendiz de calafate.

—No hay rincón de Barcelona donde no lo conozcan. Mejor que no te enfrentes a él —añadió Andrés, dando a entender que ni él mismo, aun siendo mayor, se atrevía a hacerlo.

—Alguien me dijo que no debía inclinarme ante nadie.

Andrés sonrió abiertamente antes de replicar:

—Un consejo atrevido. ¿Te dijo también cómo lograrlo?

—No —se vio obligado a reconocer Hugo con un murmullo.

Andrés percibió la desazón en la mirada que huyó de él para refugiarse en los barcos.

—Pues eso es lo importante en esta vida: a ninguno nos complace la humillación o la sumisión; el problema es saber cómo escapar de ellas. Ten mucho cuidado con Juan Amat —terminó insistiendo.

Mientras miraba al mar en las noches calmas de primavera, con la espalda apoyada en alguno de los barcos varados en la playa, Hugo se preguntaba cómo habría solucionado aquel problema micer Arnau. A falta de respuesta se planteaba olvidar el asunto; al fin y al cabo eran solo unos zapatos... ¡Sus zapatos! La frase terminaba siempre tronando en su interior para imponerse a la posibilidad de rendición. Además, estaba lo del borrico y las cebollas; todavía le escocían las heridas de la espalda. ¡Todos aquellos brutos se habían burlado de él!

Pero no se atrevía a acercarse al perro calvo.

Entrado mayo, más de un mes después de que se abriera la mesa de contratación junto a la lonja, entre la gente de Barcelona de nuevo arracimada en la playa, Hugo asistió complacido a la partida de la armada real con destino a Morea. Sabía que con ella, refulgente en sus bordados de plata, partía también uno de sus mayores problemas. La noche anterior la marinería «saludó» a las galeras con cánticos y salves, y ahora, mientras a golpe de remos enfilaban las *tasques*, los peligrosos bajíos que encerraban el puerto de Barcelona, los ciudadanos gritaban y vitoreaban a la decena de navíos. Hugo no fue menos. Vio a Roger Puig transitar altanero por el puente de madera que él mismo había ayudado a construir en la orilla para evitar que las lujosas vestiduras de los nobles se estropearan y sus propietarios embarcasen con comodidad en los botes que los llevarían hasta las galeras. Junto a Roger Puig, al cuidado de su equipaje, reconoció al criado con un parche en el ojo derecho.

No habían dejado de flotar los vítores en el aire, las banderas del rey y del vizconde junto a los pendones de los capitanes y el de Sant Jordi todavía coloreando el horizonte, cuando una galera pequeña de dieciséis bancos con pendón mallorquín arribó a puerto. Barqueros y *bastaixos* olvidaron a la armada y se dispusieron a recibir otro más de los barcos que a partir de esa fecha atracarían en Barcelona en ese tráfico marítimo que tan rica hacía a la ciudad y a sus comerciantes.

Hugo se acercó a los *bastaixos*; se sabía bien recibido, y siempre gratificaban su ayuda de una u otra manera. No podía descargar mercancías ya que la cofradía no lo permitía, pero sí correr y llevar de acá para allá los recados de prohombres y comerciantes. En cualquier caso, le gustaba rondar aquellos grupos de personajes que desde la playa controlaban la descarga de los barcos. *Santa Felipa*, así oyó Hugo que llamaban a la pequeña galera, y después añadían, excitados, que había sufrido un ataque de corsarios argelinos.

—Mucho más grande, por supuesto —afirmó uno de los comerciantes refiriéndose a la nave corsaria. Hugo se aproximó cuanto pudo, con la curiosidad plasmada en sus ojos tremendamente abiertos—. ¿Que cómo nos libramos? Agilidad y buen armamento. Dieciséis bancos nos concedieron una capacidad de reacción y maniobra de la que carecen las grandes naves, y eso fue acompañado de un par de disparos de bombarda que acertaron en la cubierta de los corsarios y una certera lluvia de saetas con la que despedimos el encuentro. Agilidad, rapidez y buen armamento, todo ello convierte a una embarcación pequeña en capaz de pelear y vencer a otra mayor —sentenció el comerciante.

Hugo se preguntó si sería capaz de ser más ágil y rápido que el perro calvo. La idea lo machacó durante toda la jornada. Recordaba a Juan Amat olfateando las monedas y sorteando a la gente. ¡Era muy rápido y muy ágil! También había que contar con buen armamento, había dicho el comerciante. Buen armamento…

Esa misma noche, cuando iba a silbar junto al muro de las atarazanas que lindaba con el gran patio, oyó el corretear y el gimoteo sordo de los perros al otro lado. Lo habían presentido. Silbó, no obstante, y se encaramó para escalar el muro y dejarse caer en el patio. Jugueteó con los animales, a los que hacía tiempo que no veía. Los perros percibieron también aquel inicio de tristeza y se lanzaron encima de Hugo, quien acogió sus lametazos con cariño; luego lo siguieron hasta el almacén en el que se guardaban las armas.

Hugo esperó hasta que sus ojos se acostumbraron a una oscuridad solo rota por los reflejos de un hachón encendido en la pared del patio. Recordaba la estancia mucho más llena; era evidente que la armada real había dispuesto de gran parte del arsenal. Aun así, en las hojas afiladas de los destrales reverberó la luz temblorosa de la antorcha. Eso era lo que buscaba, y había un montón de ellos sobre una mesa. Se acercó y deslizó los dedos por encima. Uno de los perros gimió, como si le advirtiese.

—Calla —le reprendió Hugo—. Tú no lo entiendes. Lo necesito para recuperar mis zapatos.

Agarró una de las hachas, la que le pareció más pequeña. No recordaba que pesasen tanto, quizá porque cuando entraba en aquel almacén solo soñaba con imaginarios combates navales y ahora… se disponía a usarla.

Los perros continuaban nerviosos y Hugo los mandó callar. Los dos le obedecieron, y él movió el destral con rapidez. La hoja cortó el aire y silbó en una pelea imaginaria.

Hugo sabía que Juan Amat se levantaba al alba y acudía al puesto de carne de la Boquería, donde limpiaba y preparaba los cuchillos y demás utensilios en espera de su padre. También sabía que era en el solitario recorrido desde la calle de Tallers hasta la puerta de la Boquería donde tendría la oportunidad de asaltarlo y recuperar sus zapatos, y hacia allí se fue. Tembló en la penumbra que anunciaba el amanecer. Pese a no oír ni el roce de las pisadas sobre la tierra, presintió que venía justo hacia él.

—¡Devuélveme mis zapatos, ladrón hijo de puta! —le gritó saliéndole al paso.

La orden le brotó de corrido, tal como la había entrenado toda la noche. Sin embargo, no reparó en su timbre de voz: agudo, atemorizado.

—¡El de las cebollas! —El perro calvo se echó a reír una vez repuesto del sobresalto—. ¿Quieres volver a montar en borrico? —se burló—. ¿Y cómo pretendes quitarme los zapatos, enano?

Juan Amat alzó un brazo para abofetear a Hugo. No llegó a hacerlo, pues el destral refulgió amenazante en la mano derecha del muchacho. El hijo del carnicero dio un paso atrás y evaluó la situación, pero Hugo lo tenía previsto: sabía que se alejaría de él... y si lo hacía... Se lanzó a sus piernas. Tampoco podía permitir que le inmovilizase el brazo; si lo conseguía, aguantaría solo unos instantes. El perro calvo cayó al suelo e intentó revolverse, pero para cuando trataba de incorporarse, Hugo ya presionaba el filo de la hoja del hacha contra sus testículos.

—¡Te castraré! —aulló.

Juan Amat se quedó paralizado.

—Y yo te mataré —le amenazó, no obstante—. Cuando dejes de tener...

Hugo apretó. El otro calló.

—Pon las manos detrás de la cabeza. ¡Ya!

Volvió a apretar, esa vez con la punta del filo. El perro calvo lanzó un quejido y obedeció.

—Ahora dobla la rodilla izquierda.

Apretó aún más sobre los testículos mientras con una sola mano pugnaba por desatar las correas de cuero, primero de un zapato, luego del otro. Faltaba hacer lo más difícil. No lo pensó dos veces: con la punta del mango de madera del destral golpeó con fuerza a Juan Amat en los dedos del pie izquierdo, se levantó de un salto y echó a correr mientras el otro lanzaba alaridos de dolor.

—¡Te encontraré! —lo oyó gritar a su espalda, ya lejos—. ¡Te mataré! Te…

4

Los tenían escondidos los perros que vigilan las atarazanas... ¿Te lo imaginas? Como si fuera un juego —fue la justificación que de improviso Hugo dio a su hermana después de que ella le señalase los zapatos, cuando ya los dos estaban acurrucados en el tejado plano de la casa del convento de Jonqueres bajo un cielo limpio y estrellado.

Arsenda ladeó la cabeza y esbozó una sonrisa. Ya no reía como antes. Parecía... parecía haber crecido. Cada día que transcurría maduraba más y más. Hugo la percibía seria y distante.

—¿Ya no quieres que venga a verte?

Arsenda no modificó la media sonrisa que todavía mantenía.

—No digas tonterías —respondió con dulzura—. Madre y tú... ¡Bueno! Tú siempre serás la persona que más quiero... en este mundo.

—¿En este mundo? —inquirió él ante la coletilla.

—No puedes competir con Dios, Hugo.

Tampoco pudo competir con un cubero de Sitges que le robó a su madre.

—Entiéndelo, Hugo —trató de explicarse Antonina el domingo siguiente, intranquila ante la palidez que asaltó el rostro de su hijo cuando le dio la noticia de que iba a contraer nuevo matrimonio—. Los dos tenéis ya vuestra vida, Arsenda en el convento y tú en las atarazanas... con un futuro prometedor. Todavía soy joven... —Antonina hablaba entrecortadamente—. Todo ha sido a través del párroco de Santa María. Él sabía... conocía... En fin... ¡Me consiguió una dote! Una de esas que los ricos ordenan en su testamento para que las desgraciadas como yo contraigan matrimonio. Ya no tendrás que preocuparte por mí. Escucha, se llama Ferran, ¿sabes?, y es un buen hombre. Ha enviudado y vive en Sitges con dos hijos pequeños a los que…

Antonina no continuó: Hugo se tambaleaba. Logró sujetarlo antes de que cayese. Lo notó frío y lo tumbó en el suelo.

—¡Hijo! —exclamó al tiempo que le palmeaba las mejillas.

Muchos de los fieles que salían de misa se arremolinaron a su alrededor, pero prosiguieron su camino tan pronto como presenciaron que Hugo respondía y se incorporaba.

—¡Hugo! —Antonina respiró con alivio—. No…

—¿Sitges? —la interrumpió él.

Nunca había oído hablar de Sitges.

—Es un pueblo costero que…

—No podremos vernos.

—Haremos por vernos, te lo prometo.

—¿Cómo? ¿A qué distancia está?

—Seis leguas.

Hugo gimió.

—Te prometo que nos veremos.

—No…

Hugo calló. «No prometáis, madre —iba a decirle—. ¿Dejaríais a esos dos chiquillos para recorrer las seis leguas? Vuestro nuevo esposo no os lo permitirá.» La vio llorar.

—Te lo prometo, hijo —balbuceó Antonina.

Dios se llevaba a su hermana y un cubero de Sitges a su madre, pensó el muchacho tras deshacerse de los abrazos y las lágrimas de Antonina y abandonar la plaza de Santa María. La mujer no hizo nada por detenerlo y lo contempló mientras se alejaba, consciente de que era muy probable que no volvieran a verse jamás. Sentía la despedida agarrada a su garganta y alzó una mano tímida que él no llegó a ver.

«Si le hubiera confesado que ya no trabajaba en las atarazanas, que no existe ese futuro prometedor…», se recriminó Hugo mucho más allá de Santa María, deambulando entre los barcos. Quizá entonces ella habría seguido de sirvienta del guantero. Aunque en ese caso por lo menos no lo habría cambiado por esos críos del cubero.

Y él tendría alguien a quien querer sin verse obligado a competir con Dios, porque hasta Andrés recelaba y se apartaba ostensiblemente desde que apareció calzado con sus zapatos de cuero. No le concedió la oportunidad de narrarle cómo los había recuperado: un manotazo al aire al tiempo que negaba con la cabeza, como si ya estuviera sentenciado, alejó a un Hugo que acudió a él, ufano, a contarle de su hazaña.

El silencioso presagio de Andrés cobró vida en el día a día de Hugo, quien se convenció de que le seguían, le espiaban. El perro calvo no se olvidaría de él. En una ocasión le pareció ver al muchacho al que Juan Amat había propinado un pescozón. Hugo aligeró el paso; dobló la esquina de la calle de la Mar, se internó en la plaza del Blat y trató de confundirse entre la gente que compraba grano. Escrutó en derredor, no estaba seguro de si era o no aquel chico. Se le parecía. El perro calvo se lo había advertido: «Te encontraré». Le sobrevino un sudor frío y salió a la carrera. Regresó a las atarazanas del Regomir sin el encargo encomendado y balbuceó una torpe excusa.

«Te encontraré…» La amenaza aguijoneaba su mente y convertía sus sueños en pesadillas. Dormía en el interior de una barca que estaban desmantelando para aprovechar la madera; allí recuperaba el destral que mantenía escondido entre un par de tablones y se tumbaba apretándolo en su mano. Cansado y distraído, preocupado, fallaba en sus labores. A punto estuvo de malograr una partida de alquitrán por no remover con el ímpetu necesario la olla en la que cocía con el sebo. Tardaba mucho más de lo previsto en hacer los recados, siempre pendiente de sombras, pasos, correteos y miradas aviesas tras de sí. Se ganó reprimendas justificadas. La guerra le había librado de Roger Puig y su criado, pero el perro calvo no partiría con la armada; además, disponía de su propio ejército: ese grupo de muchachos que le obedecían, y a los cuales, tampoco le cabía ninguna duda a Hugo, había lanzado a las calles de Barcelona en su busca.

—¡Jesús, Jesús, Jesús, Jesús!

Ese fue quizá el principio: las exclamaciones alteradas de un *mestre d'aixa* que intentaba conjurar la desgracia que percibió en el hecho de que a Hugo, mientras lo ayudaba, le resbalaran de las manos unos cuantos clavos y cayeran en la arena de la playa. El chico se disponía a limpiarlos, pero el *mestre* se lo impidió.

—¡Tíralos! ¡Jesús, Jesús! —Se santiguó con frenesí, una y otra vez—. ¡Mi barco no puede llevar esos clavos! ¡Están malditos!

Se trataba de un hombre de trato difícil, arisco y extravagante, pero nadie iba a contradecir el mal augurio de un maestro. La mayoría de cuantos trabajaban cerca y presenciaron la escena escondieron la mirada. ¿Qué razón podría haber para discutir con él? ¡Hasta los reyes y los religiosos creían en lo sobrenatural, en los astros, los hechizos, los demonios, las brujas y la magia! Ciertamente, pensaron muchos, el barco podía naufragar; no sería el primero ni el último, y si así sucedía, ¿quién negaría entonces que había sido por culpa de los clavos? Hugo se quedó con ellos en la mano mientras el maestro reclamaba a gritos unos nuevos a su oficial, que sustituyó al chico con un inapreciable encogimiento de hombros.

Hugo nunca supo si la embarcación naufragó o no. Lo que sí naufragó fue su reputación, ya que poco tiempo después un carpintero le achacó la aparición de podredumbre en una cuaderna. El hombre lo hizo sin pensar, casi sin intención, como un comentario que podía haber callado, pero hubo quienes lo oyeron. «¿Acaso será el muchacho?», se preguntó en voz alta. Empezaron a impedirle que se acercara a los barcos en construcción. Algunos, como Andrés y Bernardo, lo hacían con cierta compasión; otros, de forma despiadada:

—¡Aléjate, demonio! —llegó a gritarle un remero.

Hugo pudo continuar durmiendo en la embarcación que desmantelaban; nadie quería ya esa madera. La nave destartalada se convirtió en su refugio pues tampoco se atrevía a pasear por Barcelona por no toparse con el perro calvo o su gente. En las Voltes del Vi manaba una fuente de la que podía beber agua, y alguien, él creía que Andrés pese a todo, le dejaba de vez en cuando un poco de comida en el barco.

Ya no encontraba a su madre los domingos en Santa María; el cubero se la había llevado. Arrodillado en el suelo de piedra, empequeñecido por la majestuosidad del templo, rezó a la Virgen e imploró su intercesión. ¿Qué mal había hecho, qué pecado había cometido para que lo tratasen de demonio? ¿Por qué le privaba de su madre? La Virgen continuó sin sonreír para Hugo, al contrario de lo que decía micer Arnau, y permanecía inaccesible, por encima de los fieles.

Fue Arsenda quien le mostró el camino mientras le hablaba de las maravillas de lo divino y lo celestial, y le interrogaba acerca de la bondad de su conducta. Él callaba sus secretos mientras su hermana le instruía a semejanza de las monjas en el convento, conminándolo a comportarse como un buen cristiano. «¿Pecas de orgullo? —le preguntaba la niña—. ¿De arrogancia u otros vicios?» Él negaba, pero... ¿Cómo imaginar que un canalla, un pordiosero, según el vizconde, fuera capaz de no inclinarse ante nadie?

En eso pensaba una vez más un amanecer apostado cerca de la calle de Tallers, descalzo de nuevo, con los zapatos en la mano, cuando vio al perro calvo acercarse. Se había librado de estar preso en la cárcel del castillo de Navarcles, pero su fortuna había cambiado por causa de los dichosos zapatos: se los habían robado, luego lo denunciaron y lo «escobaron», y ahora lo perseguían y no podía dormir. Le trataban de demonio y hasta su madre le abandonaba.

Lanzó los zapatos al perro calvo.

Juan Amat se detuvo extrañado, primero hasta que logró percibir en la penumbra qué era lo que había caído a tierra frente a él, después tratando de imaginar el porqué y descubrir al autor.

—Estamos en paz —dijo Hugo.

No tuvo que alzar la voz. Sus palabras resonaron en el silencio. Se hallaba en una bocacalle, presto a escapar si el hijo del carnicero le atacaba.

Transcurrieron unos instantes.

—No lo estamos —contestó el otro, que cogió los zapatos y los devolvió a donde su dueño—. No me interesan los zapatos, quiero el destral.

Hugo reflexionó.

—Si te lo traigo —dijo al cabo—, ¿estaríamos en paz?

—Sí.

—¿Lo juras?

—Lo juro —afirmó solemne Juan Amat.

—Te lo traeré.

Hugo dudó antes de recuperar los zapatos. El perro calvo no se movía. Respiró hondo y se agachó para cogerlos. El otro seguía quieto. Hugo no quiso demorarse y le dio la espalda descalzo, haciendo esfuerzos por no echar a correr.

No tardó mucho en entregarle el destral. Por alguna razón quiso acercarse a él, ofrecérselo en mano. Se hallaba bajo juramento. El perro calvo acarició la hoja de la pequeña hacha.

—¿De dónde lo has sacado?

—Era de mi padre —mintió Hugo.

—¿Era? ¿Murió?

—Sí.

—Y habiendo sido de tu padre, ¿renuncias a él?

—Algún día me lo devolverás.

Él mismo se sorprendió por su contestación, no comprendía a qué venía semejante provocación.

—¡Clavada en el pecho! —gritó Juan Amat a la vez que alzaba el destral.

Hugo solo tuvo tiempo para encogerse y protegerse la cabeza con los brazos. La risotada de aquel malnacido le permitió abrir los ojos de nuevo; no le amenazaba.

—Hoy ha sido una broma —le dijo mientras trocaba la risa en aspereza—. Pero no trates de aprovecharte de mi juramento. Si de ahora en adelante me ofendes, la paz se romperá.

Hugo contemplaba el mar. En las noches de estío, con la luna radiante, se convertía en un inmenso manto sinuoso que destellaba con el suave vaivén de las olas. Habían transcurrido casi dos meses desde que hiciera las paces con el perro calvo. Andaba por Barcelona despreocupado y dormía con placidez, aunque cada vez con menos protección desde que un sacerdote se había presentado en la playa y había invocado a la Santísima Trinidad.

El religioso rogó que todo lugar sobre el que cayera el agua bendita que iba echando se viera libre de impurezas, peligros, demonios y espíritus pestilentes. También asperjó la barca en la que Hugo se refugiaba. Los propietarios no iban a permitir que se perdiera aquella madera.

—¡Bendecidme a mí, padre! —le rogó el chico al comprender de qué se trataba.

El sacerdote interrogó con la mirada a los maestros que habían reclamado su presencia y exorcizó asimismo al muchacho.

Había logrado librarse de Roger Puig, del perro calvo y hasta de su condición demoníaca, pero en las atarazanas continuaban sin contar con él.

—Mejor para ti —le dijo Andrés, reconciliado después de que Hugo le contara de sus paces con Juan Amat—. Te achacarían cualquier desgracia que sucediese y volverías a ser un demonio. Y estas cosas se sabe cómo empiezan pero nunca cómo acaban.

—¿Tú también pensabas que era un demonio? —inquirió Hugo inesperadamente.

Andrés titubeó.

—No —contestó al cabo, aunque sin excesiva convicción—. ¡Escucha! —dijo adelantándose a la queja que estuvo a punto de surgir de boca de Hugo—. Tengo una propuesta...

Esa noche sentado en la orilla, frente al mar tranquilizador, hipnótico casi, el muchacho hizo un esfuerzo por no rascarse los arañazos que le cubrían el cuerpo de pies a cabeza. Soportó la quemazón después de darse un largo baño en el agua salada para curarse esas heridas que ya empezaban a secarse y cicatrizar. Consideró entonces la propuesta de Andrés: trabajar con un conocido de su padre, un hombre llamado Anselm, a quien pagaban algunos dineros por suministrar gatos en los edificios, casas, capillas, iglesias o conventos señoreados por las ratas.

Anselm no decepcionó la imagen que de él había llegado a formarse Hugo antes de conocerlo, pues era un tipo enjuto, desconfiado, huidizo y escurridizo como los felinos con los que trataba. El gatero le daba de comer a cambio de ayudarle a cazarlos; a mantenerlos con hambre; a entrenarlos con animales pequeños; a soltarlos y azuzarlos contra las ratas, a veces tan grandes y fornidas como los propios felinos; a recuperar los gatos después del trabajo o a rematarlos si resultaban malparados en la lucha contra los roedores, esas peleas en las que los ojos de Hugo eran casi incapaces de percibir qué era lo que sucedía entre semejante revoltijo de pelo, garras, dientes y colmillos que corrían, se enzarzaban y giraban a velocidades de vértigo. Armado con un palo basto por si lo atacaban, presenciaba horrorizado esos enfrentamientos, con el vello erizado ante los chillidos de las unas y los bufidos de los otros, que le parecían más terroríficos que los gritos y lamentos infernales con los que tanto los atemorizaban los sacerdotes.

—¿Hugo?

El muchacho volvió el rostro, atrás y arriba, para descubrir junto a él a un joven delgado que le resultó desconocido, más aún a la luz de la luna.

—¿Qué te ha pasado en la cara? —preguntó el recién llegado antes incluso de presentarse.

—No tengo suerte con los gatos.

El otro tomó asiento en la orilla, a su lado. Hugo contempló sus ropas: parecían de buena calidad.

—¿Dónde están los gatos?

—No son míos, trabajo con ellos.

—¿Y piensas insistir?

—Salvo que tú me ofrezcas otra ocupación...

—Lo siento. No la tengo. Si la tuviera, sería para ti. No lo dudes. Tampoco tengo dinero. Si lo tuviera... —Antes de que continuara, Hugo lo interrogó con la mirada—. Me llamo Bernat Estanyol, soy el hijo de Arnau. —Ambos sonrieron, como si hubieran esperado ese momento—. Mi madre me contó cómo defendiste a...

Hugo interrumpió sus palabras con un manotazo al aire.

—¿Cómo está la señora Mar?

—Deseando la muerte.

—Lamento oírlo.

—Siempre estaré en deuda contigo.

—Él me regaló...

¿Por qué se le hacía un nudo en la garganta? Habían transcurrido ya varios meses de la muerte de micer Arnau. Señaló los zapatos, en la arena, a su lado.

—¡No pretenderás comparar unos zapatos con arriesgar la vida en defensa de una persona!

—Tu padre me quiso. Me trató bien.

—Lo sé.

Bernat se había enterado de la ejecución de su padre en la escala que efectuaron en Mesina, en Sicilia, durante el viaje de regreso desde Alejandría y después de tocar puerto en Rodas y Siracusa. El cónsul catalán establecido en Mesina comunicó la situación al señor de la nave, al capitán y a los demás comerciantes que viajaban de regreso a Barcelona con un buen cargamento de especias —pimienta, jengibre, incienso y canela—, además de monedas y sedas damasquinadas. Todavía en cubierta, Bernat no fue capaz de sostener ni una de las cédulas que se habían tramitado a todos los consulados catalanes de ultramar para que ejecutasen la orden real de requisa de los bienes de Arnau Estanyol.

—¿Traidor? —insistió en preguntar con voz trémula. El cónsul se limitó a asentir. Poco más sabía—. ¿Y lo han ejecutado? ¿Estáis seguro de que así ha sido?

—Eso es lo que me dijo el procurador del tesoro que arribó en el barco con las cédulas. Le cortaron...

—¿Dónde está ese hombre?

—Zarpó hace tiempo.

Bernat observó al cónsul mientras este se disponía a tomar posesión, en nombre del rey, tanto de las mercancías propiedad de su padre como de la proporción de la que él era titular en la nave. Discutieron, pero no acerca de los bienes de Arnau, sino por los dineros que Bernat llevaba consigo. El joven los consideraba propios; el cónsul aducía que, puesto que solo tenía dieciséis años, todos sus dineros eran de su padre. Aun rendido y trastornado como estaba, Bernat peleó por ellos ya que los necesitaría para desplazarse en barcos más rápidos; el que acababa de requisar el rey todavía tenía pendientes escalas en Palermo, Càller y Mallorca antes de arribar a Barcelona. Ganó Bernat, si no por convencimiento del cónsul, sí por la presión que ejercieron sobre este los demás comerciantes, quienes después ayudaron al joven a planear su viaje: contrataron un barco de pesca que navegó de cabotaje hasta Palermo, donde le aseguraron que encontraría alguna nave con destino a Barcelona.

Sin embargo, los lamentos, afectos y respaldos se esfumaron tan pronto como Bernat solicitó una carta de presentación para los señores de aquellos barcos que debía encontrar en Palermo. Nadie iba a firmar un papel de recomendación al hijo de un traidor. Esa misma fue la actitud con la que se topó mes y medio después en Barcelona, donde las escasas puertas que se le abrieron fueron para pedirle, rogarle y suplicarle que no les pusiera en esa tesitura, que por el recuerdo de su padre, a quien tanto habían apreciado, no les pidiera que se enfrentasen con el poder.

A sus dieciséis años, Bernat era un joven preparado: sabía leer y escribir, dominaba el latín y en Alejandría había empezado a defenderse con el árabe. También sabía de matemáticas y contabilidad, y conocía a la perfección las leyes, los usos y las costumbres del comercio. Aun así, nadie lo contrató. «¿Trabajo? Ya le he dado bastante dinero a tu madre —replicó Francesc Boixadós, el último socio de su padre—. Quién crees que la ha mantenido hasta hoy, ¿los *bastaixos* con los que vive? Y por lo que veo —añadió echando un hosco vistazo a Bernat—, tendré que continuar haciéndolo.»

El muchacho le agradeció la ayuda prestada a su madre y prometió devolverla. Ella se lo confesó.

—No tenemos nada, Bernat. Nada de nada. —Mar agitó frenéticamente las manos en el aire como si con ello pudiera explicar mejor sus nulos recursos—. De no ser por Francesc, no sé de qué habría vivido.

Bernat la abrazó para acompañarla en su llanto y sufrir sus gemidos llamando a la muerte. Se arrepintió de haber gastado cuanto tenía en el viaje de vuelta a Barcelona; había pagado sin regatear, con el único objetivo de llegar cuanto antes. Era cierto: en Barcelona no les quedaba nada; no poseían nada. El rey había confiscado a los Estanyol todos los bienes. Antes de que Mar pudiera hacer movimiento alguno, un ejército de soldados y escribanos había tomado al asalto la casa y las dependencias de Arnau. Requisaron los bienes muebles, las joyas y el dinero, se hicieron con los inmuebles e investigaron en los libros de contabilidad hasta encontrar el último sueldo del que podía ser propietario tanto en Barcelona como en cualquiera de los mercados del Mediterráneo.

—Siempre nos quedará el recurso de Jucef...

Bernat trató de animar a su madre refiriéndose al judío al que, de niño, Arnau le había salvado la vida durante el ataque a la judería de Barcelona, cuando la gran peste.

—Jucef me ha buscado, sí —explicó Mar tras sorberse la nariz en repetidas ocasiones, todavía abrazada a su hijo—. Y me hizo llegar su ofrecimiento de ayuda. Buena persona, Jucef. La rechacé. Bien sabes que tu padre no quería que pudieran volver a relacionarnos con los judíos y que diéramos pie a que la Inquisición nos persiguiera otra vez. A nosotros y a ellos. Todos perderíamos. Olvida a los judíos, hijo.

Bernat los olvidó, pero a quien no pudo olvidar fue a Elisenda. Había dejado transcurrir los días antes de afrontar su temor a que aquella niña rubia y sonriente que le había jurado esperarlo de su viaje a Oriente lo rechazara. Se dijo que regresaba de Alejandría como un paria, un repudiado, pobre y mísero. Aun así, fue a verla; tenía que intentarlo. Una simple esclava musulmana lo recibió en casa de Elisenda y, para su escarnio, ella misma lo echó de allí a empujones. Las risas procedentes del interior de la vivienda le martirizaron durante días.

No tuvo mejor fortuna con quienes se llamaban sus amigos. Sí, encontró algún osado que más tarde salió en su persecución y lo asaltó en la calle; Pedro, por ejemplo. «Quiero continuar siendo tu amigo —le aseguró—, pero…»

Bernat no insistió.

Todo esto estaba explicándole a Hugo cuando el aprendiz de gatero, para romper el silencio que se anunciaba tras el fin de su relato, ironizó:

—Pues si te interesa venir conmigo a lo de los gatos…

A pesar de que era verano la noche era fresca a la orilla del mar. La luna había recorrido el cielo mientras Bernat hablaba y Hugo escuchaba.

—¿Te han dicho alguna vez que eres un insolente? —le recriminó Bernat medio en broma medio en serio—. ¿Qué edad tienes…? ¿Trece?

—Doce… creo.

—Pues eso.

—Entonces ¿qué vas a hacer?

—¿Hacer? Pienso matar al conde de Navarcles. Y al rey, si se tercia. ¡Vengaré a mi padre!

El oleaje pareció cobrar fuerza después de que Bernat arrastrase su amenaza.

Hugo dudaba que Bernat, tan joven y delgaducho, pudiera dar muerte al capitán general de Cataluña, con sus soldados, sus armas…

—¿Cómo piensas hacerlo?

—Soy muy buen ballestero. Mi padre… mi padre me enseñó a usar la ballesta. En el último torneo, por San Juan, quedé en un lugar excelente. También prometió enseñarme a usar el cuchillo. Tenía uno que había ganado en…

Se le quebró la voz.

—No puedes ir armado con una ballesta por Barcelona —le advirtió Hugo.

—Solo tengo que esperar a que ese bastardo hijo de la gran puta salga del palacio para ir a misa un domingo o por cualquier otro motivo —mascullló Bernat, quien despreció la advertencia de Hugo.

—No debes ir armado por la ciudad —insistió el chico.

—Ese es mi menor problema, muchacho. Primero tendré que hacerme con una ballesta y unas cuantas saetas. Y confiar en que aquel que me la facilite no imagine para qué la quiero y me denuncie.

Hugo esperó unos instantes. Luego examinó con descaro a Bernat, y aún le pareció más delgado. Un hombre de letras como él no sabría manejar una ballesta.

—¿Qué miras? —pareció molestarse Bernat.

Hugo volvió la mirada al mar y la perdió en sus aguas, ahora oscuras. «Si él dice que puede...», le concedió. Recordó a micer Arnau, su cariño... Había ayudado a su familia. La imagen de Roger Puig y la paliza que había recibido frente al cadalso le despejaron las dudas. Micer Arnau merecía esa venganza.

—Yo puedo conseguirte la mejor ballesta de Barcelona —se ofreció—. Y buenas saetas —añadió—. Y guardaré secreto sobre lo que pretendes.

—¿Tú podrías...?

—Ya te he dicho que sí.

—¿Cuándo?

Hugo escrutó el cielo. Faltaban algunas horas para que amaneciese.

—Ahora mismo.

—¿Por qué esperar?

Tal fue la respuesta que dio Bernat a la pregunta de Hugo en cuanto tuvo en sus manos una de las magníficas ballestas de los soldados que navegaban en las armadas y que permanecían almacenadas en las tiendas de las atarazanas, donde el más joven había vuelto a colarse para hacerse con una de esas armas. Eligió la que le pareció la mejor: quizá no la más grande, pero sí la más recia. Más problemas tuvo con las saetas; las había delgadas y algo más gruesas, desmontadas o ya montadas, con la punta de hierro cónica o piramidal, con tres o cuatro caras... Los perros gimieron ante el desconcierto de Hugo. «Pues me llevo de todas —les contestó mientras buscaba un saco—. ¿Será posible que me cueste más encontrar uno que todas las armas?»

—Pero tendrás que preparar el ataque, ¿no? —se extrañó Hugo ante la contestación de Bernat, recordando el tiempo que él mismo había estado estudiando la rutina del perro calvo.

—Ya lo tengo planeado: me escondo en alguna esquina cerca del palacio Menor, donde vive el conde con el rey, y tan pronto como salga, cargo la saeta y le disparo al corazón... o al cuello. —Bernat simuló hacerlo, y le brillaron los ojos al imaginar la flecha haciendo blanco en el conde de Navarcles—. Sencillo, ¿verdad? He dispuesto de muchas semanas para planear mi venganza. Solo me faltaba la ballesta, y gracias a ti... Hugo, quiero decirte...

«Cargo la saeta y le disparo.» ¿Estaba loco?

—¿Y después qué? —le interrumpió Hugo, espantado—. ¿Cómo escaparás?

—De eso iba a hablarte: no sé qué pasará. En fin, si quieres terminar con lo de los gatos acude a la judería y pregunta por Jucef Crescas. Le dices que vas de mi parte. Es un buen amigo...

—¿Un judío?

—Una buena persona.

Hugo negó con la cabeza como si quisiera olvidar lo del judío.

—Pero ¿cómo escaparás tú? No te resultará fácil.

—Mi única meta es vengar a mi padre.

—A este paso, alguien tendrá que vengarte a ti...

—¿Te he dicho que eres un insolente?

—Sí. Nada más conocernos.

Ambos se miraron. Volvían a estar junto al mar, no muy lejos de las atarazanas reales. El sol ya inundaba de luz la ciudad y la playa.

—Mi padre fue benevolente con los Puig —vino a decir Bernat rompiendo el silencio—. Si los hubiera eliminado a todos nada de esto habría sucedido.

—¿Qué tiene que ver eso con que te dejes coger?

—No pienso dejarme atrapar, pero tampoco estoy dispuesto a perder una sola oportunidad por actuar con excesiva prudencia.

Bernat hizo ademán de marcharse, la ballesta y las saetas ocultas en el saco de cáñamo, a su espalda. Lo pensó y se volvió.

—Gracias, Hugo. En mi nombre, en el de mi madre... y en el de mi padre.

—Te esperaré aquí —mintió el muchacho.

—Hazme caso y ve a ver al judío.

El palacio Menor se encontraba a poca distancia de la playa, adosado a las antiguas murallas romanas de la ciudad. También era conocido como palacio de la Reina, puesto que Pedro III se lo había regalado a su tercera esposa, Leonor de Sicilia, madre del rey Juan. Se trataba de un conjunto irregular de grandes edificios, incluidos una iglesia, varios jardines y un zoológico, del que cuidaban los judíos, con una torre circular en una de sus esquinas. Allí se había mudado la familia real, que dejó el palacio Mayor, con su imponente salón del Tinell para la celebración de ceremonias.

Tan difícil como le resultó a Bernat esconderse en las calles estrechas y sinuosas del interior de las murallas romanas le fue a Hugo tratar de seguirlo: al primero porque no podía detenerse en lugar alguno sin parecer sospechoso ante cualquier soldado real o alguacil, al segundo porque entre la gente que se apelotonaba en las callejas perdía una y otra vez el rastro del hijo de Arnau. Si las calles de Barcelona impedían a menudo el paso de sus ciudadanos debido a los numerosos talleres y obradores que se abrían al exterior, aquel mes de junio de 1387 la aglomeración era aún mayor, y no solo por la llegada y estancia de la corte de Juan, sino porque el rey había convocado concilio para dilucidar a qué Papa se le debía obediencia, si al de Aviñón, Clemente VII, o al romano, Urbano VI. Durante los ocho años que ya duraba el Cisma de la Iglesia de Occidente, el único monarca de la cristiandad que no llegó a tomar partido por uno u otro de los papas fue Pedro el Ceremonioso, quien se posicionó a favor o en contra según sus intereses. A pesar de esa muestra de inteligencia, en su testamento, maldiciendo a su hijo si así no lo ejecutaba, dispuso que se convocase a prelados y hombres de letras para discernir quién era el legítimo Papa.

Por eso, además de los ciudadanos de Barcelona y los cortesanos, un ejército de sacerdotes y letrados con sus correspondientes sirvientes y esclavos, venidos de todo el reino para el concilio, se interponían entre Hugo y Bernat. Un Hugo que, con el bullicio, el contacto y el olor de la gente, alejado ya del hipnótico rumor de las olas y de la conversación mantenida con Bernat, veía más y más descabellado su plan. ¿Cómo iba a armar la ballesta entre ese gentío? Podía extraerla del saco, pero luego debería dejarla en tierra para sacar también una saeta. Montarla, apuntar y disparar. ¡Era una locura!

Volvió a perderlo de vista en la bajada de los Lleons, donde la muchedumbre se aglomeraba frente a un acceso al palacio Menor. Le tranquilizó comprobar que entre la multitud no se encontraba el conde de Navarcles, y al mismo tiempo se preguntó por qué eso le tranquilizaba. ¿Acaso Bernat y él no pretendían venganza? Reconoció más adelante al joven Estanyol en la bajada del Ecce Homo. Seguía abriéndose paso entre la gente con el saco a la espalda, de puerta en puerta, y rodeaba el palacio atento a la posible salida del capitán general del rey Juan y el revuelo que ello originaría.

Sabían que el conde estaba dentro con el monarca, enfermo de nuevo, pero ese día no abandonó el palacio Menor. Bernat cejó en su empeño cuando el sol empezó a declinar y cada cual se retiró a su casa. Fue a esconder la ballesta en el cada vez más disminuido barco de Hugo.

—Si mi madre la descubre —dio como excusa— no me permitirá la venganza.

—Quienes no te lo permitirán serán los soldados —replicó Hugo con escepticismo—. ¡Hasta las piedras de la fachada del palacio deben de conocerte, a ti y a tu saco, tantas han sido las veces que has desfilado por delante de ellas!

—En ese caso también estarán hastiadas de ver que me sigue un mocoso insolente —alegó el otro de malas maneras.

—No, insolente no soy. Mejor di «curioso». Quiero ver cómo te las arreglas para sacar la ballesta del saco, cargar la saeta...

—¿Quieres verlo?

—... todo eso sin que se te echen encima los soldados...

—Mira.

—... y te den una paliza antes de detenerte.

Hugo calló de repente. Bernat había apoyado el saco sobre la arena y sin sacar el arma de él y aguantando el extremo con los dientes, se dedicaba a montar la ballesta. Con ella oculta todavía disparó contra uno de los barcos varados en la playa. La flecha atravesó el lienzo de cáñamo sin siquiera rasgarlo, tan solo dejó un pequeño agujero, y silbó en el aire hasta clavarse con fuerza en el lateral de la barca elegida.

—Piensa que allí estaré más cerca; no fallaré el disparo.

«Podrá hacerlo —se vio obligado a corregirse Hugo—. Lo conseguirá.»

—Te felicito.

—Hazlo cuando haya matado a ese hijo de puta.

El día siguiente se planteó similar: buen sol y buena temperatura, muchos ciudadanos en las calles; muchos nobles y caballeros, y más religiosos con su tropa de servidores. Para Hugo únicamente variaba una circunstancia: había renunciado a seguir con los gatos, e hizo caso omiso al recado que le hizo llegar Anselm, el gatero, llamándolo a trabajar. Presentía que su vida iba a cambiar. La figura de Bernat, con el saco a la espalda, le distrajo. Era inteligente. Tenía la habilidad y la decisión necesarias. Solo faltaba saber si tendría el arrojo suficiente.

La jornada discurrió también como la anterior: gente que entraba y salía de palacio, pero ningún indicio de que lo fuera a hacer el conde de Navarcles. A media mañana, poco antes de que el sol alcanzase su cenit, Hugo, aburrido, olvidado el celo, distraído observando a cuantos por allí pasaban, sus vestidos, unos lujosos, otros sencillos, tratando de captar conversaciones ahora apoyado en una pared, ahora moviéndose entre los que hablaban, creyó reconocer al perro calvo ascendiendo desde la playa por la bajada de los Lleons. No le concedió importancia hasta que sus miradas se cruzaron y, aun en la distancia, percibió un destello de ira en sus pupilas. Juan Amat se encaminó hacia él con decisión; su rostro mostraba mayor congestión a cada paso que avanzaba. Fuera lo que fuese aquello que lo tenía irritado, a Hugo no le interesaba cruzarse con él, concluyó, de modo que dio media vuelta y aceleró el paso para alejarse. Pretendía llegar a Ecce Homo y de allí... Entonces vio a sus compinches. Descendían por Lleons y le habían visto. Miró hacia atrás por si se trataba de una encerrona. Sin duda lo era. Al perro calvo lo acompañaban dos de sus secuaces. Había tenido tiempo suficiente para localizarlo y pillarlo y... «¡Idiota!», se insultó a sí mismo.

—¿Adónde crees que vas? —le espetó Juan Amat al llegar con sus compinches a su altura, complicando aún más el tránsito de la gente. —¿No estábamos en paces?

El otro soltó una carcajada falsa.

—Lo estaríamos si el destral efectivamente hubiera sido de tu padre.

—¿Qué?

—¡Era propiedad del rey!

—No lo sabía —trato de defenderse Hugo—. Mi padre...

—Tenía labrada en el mango la cruz de Sant Jordi. ¿Cómo no ibas a saberlo?

—Yo creía...

Lo que Hugo no previó era que Juan Amat alardearía sin cesar de su destral. La voz corrió y alguien, posiblemente un maestro o un oficial de los que trabajaban en las atarazanas y que oyó los gritos de Juan el Navarro tras un rutinario recuento de los destrales, lo delató. El ayudante del lugarteniente se negó a tener en consideración las excusas del muchacho, quien, abandonada su inicial soberbia, insistió en acusar a otro, pequeño y extrañamente vestido con unos buenos zapatos, asegurando que era quien se lo había dado. «¿Y por qué ese crío te dio algo tan preciado?» Al parecer Juan Amat balbuceó una excusa ininteligible mientras el Navarro repetía para sí sus palabras: «Unos buenos zapatos». ¿Quién podía ser sino Hugo? Intentó tapar el asunto, como poco tiempo después tendría que hacer de nuevo tras las quejas del ballestero por la falta de un arma. No obstante, se prometió que no permitiría una tercera ocasión. El hurto se solventó con la devolución del destral y una multa que pagó el padre del perro calvo, quien se la cobró con creces a su hijo a base de bofetones y azotes.

Unas palizas que ahora ardían en el recuerdo de Juan Amat frente a su causante, acorralado y acobardado.

—Yo... —intentó excusarse Hugo.

Un guantazo acalló sus palabras. Al instante los compinches del perro calvo formaron un corro para esconder a la vista de los transeúntes los golpes que propinaba este a un Hugo que empezó defendiéndose y peleó como hacía en las atarazanas con los otros chicos, pero que al tercer puñetazo recibido optó por protegerse el rostro y la cabeza con brazos y manos.

—¡Niños! —se quejó una mujer.

—¡Id a jugar a otra parte! —les instó un escribano que, como la anterior, tuvo que esquivarlos para seguir su camino.

Iba otro ciudadano a recriminarles el colapso, cuando Bernat irrumpió entre ellos y rompió el corro a manotazos.

—¿Qué hacéis! —gritó—. ¡Dejadlo en paz!

Los amigos del perro calvo, superada la sorpresa, la emprendieron a golpes también con Bernat. El corro se amplió. La gente se apartó ante la pelea. Algunos gritaron, otros intentaron detener la trifulca, lo que originó todavía mayor confusión. Poco resistió el saco a la espalda de Bernat, pues se rajó con uno de los tirones, y la ballesta y las saetas cayeron al suelo justo en el momento en que llegaban unos soldados a poner orden.

Curiosos y contendientes se apartaron de la ballesta y las saetas como si estuvieran endemoniadas. El perro calvo y sus compinches escaparon a la carrera antes incluso de que las armas hubieran tocado tierra, empujando y colándose entre la muchedumbre. Allí tan solo quedó Bernat, atónito a la vista del arma que tenía que haberle proporcionado la venganza, y Hugo, pegada la espalda a la pared, resoplando, con el labio y una ceja sangrando, todo él tembloroso.

—¿De quién es esta ballesta? —inquirió uno de los soldados.

Bernat no contestó. Alguien lo hizo por él:

—De ese —señaló mientras muchos de los presentes asentían—. La llevaba en el saco.

—Detenedle —ordenó el soldado a sus compañeros—. ¿Y aquel? —añadió con el mentón en dirección a Hugo.

—Ese no tiene nada que ver —le defendió una mujer—. Le daban una paliza unos…

La mujer se volvió en derredor y buscó con la mirada, pero ni Juan Amat ni los suyos se hallaban ya por allí.

—Han huido —se oyó decir.

—Es cierto —confirmó un religioso—, a mí me han empujado.

Del mismo modo que la denuncia de Bernat originó consensos, también la explicación de la mujer sobre Hugo tuvo sus apoyos, por más que solo ella hubiera intuido qué era lo que sucedía en el interior del corro.

—De acuerdo —asintió el soldado—. Llevaos a este a las mazmorras de palacio —indicó a sus compañeros—. Y tú —dijo mirando a Hugo— no te quedes ahí parado.

5

Mar lo llevaba agarrado y tiraba de él como si fuera un niño pequeño. Hugo no se atrevió a zafarse de aquella mano toda hueso y pellejo, pero firme. Lo intentó en el camino desde la plaza del Blat hasta la judería, pero la mujer le regañó y le apretó la muñeca todavía más con la energía que cabía esperar de alguien mucho más joven que micer Arnau, con quien había contraído matrimonio pese a que este le llevaba casi veinte años. De tal guisa llegaron a la plaza de Sant Jaume.

Se habían encontrado un poco más allá de la judería, superada la bajada de la Presó, en la plaza del Blat. Hugo esperaba a Mar a la puerta de la cárcel de corte del veguer de Barcelona, adonde la mujer había ido para llevar alimentos a su hijo a fin de que no muriese de hambre. Había llorado a la vista de unos hematomas que él pretendía esconder sin éxito, fruto del tormento al que lo habían sometido, y finalmente había entregado un par de sueldos al alguacil con la súplica de que dispensara un buen trato a Bernat. Sabía que no podría darle mucho más dinero, pues Boixadós, el socio de Arnau, había estallado cuando le anunciaron la visita de su viuda.

El comerciante ni le permitió acceder al comedor.

—Tu hijo ha reconocido que quería matar al conde de Navarcles...

—¡Lo han torturado! Él nunca...

Boixadós no le hizo ni caso.

—Al mismísimo capitán general del rey Juan, a ese es a quien se disponía a asesinar —le soltó rápido y en voz baja, nervioso, junto a la puerta de entrada, pendiente de quien pudiera verlos.

—¡No!

—¿Se ha vuelto loco?

—Francesc…

—¡No quiero verte por aquí nunca más! Ni a tu hijo… si es que algún día abandona la cárcel.

—Francesc, por favor…

—¿Pretendes traerme la ruina?

Aquellos dos míseros sueldos y algo de comer habían sido cuanto Mar había conseguido de Francesc Boixadós tras prometerle que no volvería.

—He hecho cuanto estaba en mi mano —se justificó él, y cerró la puerta antes de que la viuda de su antiguo socio hubiera dado media vuelta.

Mar nunca había entrado en la judería, no conocía a aquellas personas a las que tanto aprecio tenía Arnau. Desde la muerte de su marido había seguido su consejo: no debían relacionarlos. Pero dada la situación… Bernat necesitaba ayuda, aunque proviniese de los judíos, y aquel mocoso que no hacía más que meterse en líos y peleas también la precisaba. En la cárcel Bernat se interesó por Hugo como si estuviese más preocupado por el futuro de aquel muchacho que por el suyo propio. «Lo echaron de las atarazanas por culpa nuestra —explicó a su madre lo que esta ya sabía de boca de Juan el Navarro—. Le he dicho que busque a Jucef Crescas. —Y añadió riendo—: Nadie más hará nada por ese… insolente.»

Y Mar se agarró a la excusa del niño. Si acompañaba a Hugo conocería a Jucef. Y si este reiteraba su ofrecimiento de auxilio, ella no dudaría en aceptarlo, judío o no… Bernat lo necesitaba.

Mar y Hugo se detuvieron a la entrada de la pequeña plaza junto a la iglesia de Sant Jaume, con su lonja gótica formada por cinco arcos ojivales al frente y otros dos laterales. Hugo se sintió observado por los hombres y las mujeres que charlaban al amparo de la sombra del pórtico. Superaron la iglesia y la fachada posterior de la Casa de la Ciutat, adentrándose en un espacio irregular ocupado por un gran olmo que hacía las veces de picota donde atar a los condenados al escarnio público; otro lugar destinado a la venta al encante, allí donde se subastaban los bienes de los embargados y los fallecidos y, sobre todo, un buen número de escribanías a modo de casetas adosadas a los muros que daban a la plaza y donde los escribanos copiaban o redactaban los documentos y las cartas que les indicaban sus clientes.

Cruzaron entre el gentío que deambulaba hasta llegar a una de las dos puertas de la judería, donde manaba una fuente y se levantaba una torre de vigilancia.

—¿Conoces a Jucef Crescas? —preguntó Mar al portero de la judería—. Venimos a verle.

—¿Cómo no lo voy a conocer?

El portero ordenó a un niño que corría por allí que los acompañase. Jucef vivía en la que fuera la casa de su padre, una edificación de dos plantas con un pequeño jardín trasero, situada en la calle del Call, como la llamaban los cristianos —para los judíos era, simplemente, «la que va de la plaza de Sant Jaume a las murallas nuevas»—, poco antes de su intersección con la de Banys Nous. Jucef no solo había conservado la vivienda de Hasdai Crescas sino también su profesión: era cambista.

El judío los recibió ataviado con una túnica bordada y una sonrisa abierta y sincera. Tal como entraron en la casa ordenó a una sirvienta que llevara a Hugo a la cocina y le diera de comer, por lo que el muchacho no se enteró de lo que hablaron Mar y él en el jardín: del dinero que necesitaban para un abogado que defendiera a Bernat, del que quizá habría que pagar para comprar su libertad...

—Los Puig nunca lo permitirán —le interrumpió Mar.

Jucef hizo caso omiso: debían luchar.

—¿Qué necesitas?

—Paz —contestó Mar—. Saber que mi hijo está bien para poder reunirme con Arnau en paz.

—Lo de reunirte con Arnau no está en mi mano. En cuanto a tu hijo, lo intentaremos —prometió Jucef—, pero nadie debe saber que un judío está detrás.

—Te lo agradezco.

—Arnau salvó mi vida, la de mi hermana y la de Saúl. Desgraciadamente Raquel murió, pero Saúl todavía vive, aquí, en Barcelona. Debe de tener unos cincuenta años, cinco más que yo. Es médico, como también lo es una de sus hijas.

—Ya pagasteis aquella deuda —recordó Mar—. Arnau siempre sostuvo que tu padre...

—La vida no tiene precio —la interrumpió Jucef—. Nunca podrá pagarse una deuda así.

Acordaron buscar una fórmula para ayudar a Bernat sin que se supiese de los judíos.

—No te preocupes —afirmó Jucef—. A menudo nuestras operaciones tienen que ser discretas, cuando no clandestinas. Disponemos de los medios. Y mientras no te reúnes con Arnau —añadió con una sonrisa, inclinándose en la silla y tomando con delicadeza las manos de Mar—, ¿cómo puedo ayudarte a ti?

Jucef no tenía posibilidad de dar trabajo a Hugo ya que el chico no sabía leer ni escribir, por lo que hicieron llamar a Saúl, quien se presentó con uno de sus hijos. Los recién llegados dieron su sentido pésame a Mar.

—Nunca imaginé que un hombre como Arnau pudiera morir de esa forma... Lo siento —reiteró Saúl.

—¿Qué es lo que sabes hacer, muchacho? —le preguntó el hijo de este, un hombre de cerca de treinta años, en cuanto Hugo apareció en la estancia.

El chico se encogió de hombros.

—Algo de carpintería de ribera —se atrevió a afirmar. Los tres judíos negaron a un tiempo—. Sé de alquitrán para calafaetar... —Otra negativa—. Hago recados y encargos.

Silencio. Hugo se sintió escrutado por aquellos tres hombres. Mar le sonreía, animándole para que dijera algo apropiado. El muchacho optó por no hablarles de los gatos.

—También soy capaz de sostener una bola de hierro durante mucho rato —añadió, en cambio, haciendo el gesto de agarrar la bola del genovés.

Para su sorpresa, el judío joven dio un respingo y se interesó.

—¿Cuánto rato?

—El que sea necesario —afirmó Hugo.

—¿Sin moverte?

—Sí... —titubeó.

El hijo de Saúl se adelantó hasta un armario en el que había varios libros grandes, los cogió, se acercó a Hugo y se los puso en los brazos.

—¡Quieto! —ordenó.

Hugo se mantenía impasible sobre una tarima situada en una de las esquinas de la plaza de Sant Jaume, cerca de la iglesia y de su lonja ojival, con un códice en las manos, un libro grande y pesado con las tapas de madera forradas de cuero rojo. Jacob, el hijo de Saúl, le dedicó un gesto amable y lo animó a ir de comprador en comprador. Hugo permanecía inmóvil delante de ellos con la mirada perdida para no importunarlos mientras examinaban con detenimiento el códice que salía a subasta.

—*De animalibus*, escrito por el obispo e insigne doctor de la Iglesia Alberto Magno —anunciaban públicamente Jacob y sus dos hijos una y otra vez—. No encontraréis un ejemplar como este.

No era el primer libro que mostraba un Hugo con el pelo cortado para la ocasión, camisa limpia y manos y uñas impolutas. Ya se habían vendido varios de ellos. Cuarenta y tres libras se habían llegado a pagar por un buen manuscrito. ¡Más del doble de lo que cobraría Arsenda tras diez años de criada para aquella monja, cuyo nombre él nunca recordaba!, pensó Hugo. Algunos ejemplares podían costar más incluso que una casa en Barcelona. Jacob, el corredor de oreja judío, estaba exultante. Se trataba del patrimonio de un acaudalado comerciante de la ciudad que había fallecido. La escasez de efectivo, como acostumbraba a suceder en la mayoría de las herencias, conllevaba la subasta pública de los bienes del finado para hacer frente al pago de las deudas y posterior reparto del resto entre los herederos.

La venta al encante de los bienes del comerciante, que se había pregonado por las calles desde hacía más de un mes, fue a coincidir con la estancia de la corte real en Barcelona y la celebración del concilio acerca del Cisma de la Iglesia de Occidente. Muchos personajes adinerados se hallaban en la ciudad y numerosos fueron los que llamaron la atención de Hugo para que se acercase a mostrarles el libro: obispos y nobles; hombres de letras, ciudadanos honrados y comerciantes. Algunos, muy pocos, lo hojeaban; otros se limitaban a admirarlo, y casi todos especulaban con el precio que alcanzaría y quién sería el comprador. «No muevas ni un músculo», le había ordenado Jacob antes de la subasta. Y Hugo no lo hizo, por más que en un momento determinado el propio conde de Navarcles, Genís Puig, se acercase a la tarima para hojear un tratado de caballería y bromease con un par de nobles que le acompañaban. El capitán general no reconoció a Hugo; es más, le palmeó una mejilla con afecto antes de dejar de lado la caballería para dedicarse a examinar una serie de joyas y varios objetos de plata que también saldrían a subasta mientras comentaba con el escribano público el coste y las características de las piezas. Quien sí reconoció a Hugo fue el perro calvo, presente allí donde pudieran reunirse más de dos personas, y las bulliciosas subastas propiciaban oportunidades para hacerse con algún objeto al descuido. Los alguaciles incrementaron la vigilancia ante la llegada de la pandilla, con independencia de que los dos hijos de Jacob, dos jóvenes grandes y fuertes algo mayores que Hugo, se plantaran delante de Juan Amat, a quien ya conocían. No necesitaron palabras.

El encante se prolongó durante tres días, jornadas a lo largo de las cuales los hombres ricos de Barcelona pujaron entre sí, en ocasiones por verdadero interés, en otras por mera vanidad, para hacerse con las pertenencias del comerciante muerto. Jacob y sus hijos se dejaron la voz anunciando a gritos los objetos a la venta, sus precios y las posturas, así como todas las bondades de aquellas copas de plata o de aquel anillo con esmeralda o de los paños bordados. Pero si eso les costó esfuerzo, mayor fue el que tuvieron que hacer cuando ofrecieron las ropas, los enseres y los muebles, todos usados, algunos gastados, muchos en mal estado que quedaron una vez satisfechos ya nobles y prebostes. El encante continuó con los capazos y las cuerdas, los platos y las escudillas, los orinales, las calderas, las camas con sus colchones, los candiles de barro desportillados, una mesa con una pata torcida... Hasta del trasto más viejo, estropeado o absurdo debían obtener dinero, por poco que fuera, y eso lo sabían los barceloneses, que se apiñaban alrededor de la tarima para hacerse con una camisa vieja o una caldera de cobre a bajo precio.

Hugo ya no tenía que estar quieto ni mostrar objetos valiosos. Participaba en la vorágine siguiendo las instrucciones de Jacob y sus dos hijos, que no se detenían ni callaban un instante. Así, entregaba los bienes que se adjudicaban a medida que el corredor de oreja remataba las posturas, a veces sin dar tiempo a que alguien ofreciese más, ya que era mucho lo que se tenía que subastar. «No te preocupes —le aclaró el propio Jacob a Hugo, extrañado por aquella rapidez—.

La próxima puja estarán más atentos y comprarán lo que sea. ¿Quién será el afortunado que se hará con esta magnífica vela?», gritó después en dirección a la gente mientras mostraba una vela a medio consumir como si se tratase del mayor de los tesoros.

Hugo estuvo tentado de levantar la mano por aquel trozo de vela que le iluminaría por las noches. Habría pujado hasta por un cabo de haber tenido alguna moneda. También lo habría hecho por unas escudillas de loza decoradas con dibujos en verde y morado que eran como las que le gustaban a su madre. Envidió al hombre que se hizo con ellas por unos pocos dineros que Jacob no quiso poner en discusión pública. Y las camisas... ¡A Arsenda le habrían encantado!

Al final dieron cuenta de todos los bienes del comerciante; ninguna de las pujas quedó desierta. Al atardecer del tercer día el escribano cerró sus libros y Jacob cobró su comisión del uno por ciento de los albaceas de la herencia: una cantidad apreciable que se incrementaba en algunas de las ventas especiales, como las de joyas o libros. Jacob, sus dos hijos y Hugo se despidieron poco antes del anochecer, como hacían cada jornada, pero en esa ocasión el judío le premió con tres monedas de dinero menudo. El pago no formaba parte del acuerdo suscrito entre Mar, Jucef y Saúl: comida, cama y algo de ropa una vez al año. Sin embargo Jacob quiso premiarlo por no haberse movido mientras que, sin malicia, recriminaba con la mirada al hijo a quien Hugo había sustituido.

—Gracias —acertó a decir el muchacho.

—Apresúrate —le conminó Jacob—, o la campana tocará el *seny del lladre* y te quedarás encerrado aquí. Mañana volveremos a vernos en el almacén.

Hugo no lo pensó dos veces y enfiló el portal de los Orbs para salir de Barcelona antes de que la campana del castillo del veguer, allí donde permanecía encarcelado Bernat, tocase a oscuro y llamase a las gentes a recogerse al mismo tiempo que se cerraban los accesos a la ciudad. David, el hijo menor de Jacob, aquel que era incapaz de mantenerse quieto mientras los compradores ojeaban libros y demás enseres, lo había acompañado el primer día, cuando Mar decidió plantarse en la judería.

—Podemos darte trabajo —le dijo mientras recorrían Barcelona.

Hugo caminaba entonces retraído por ir junto a un judío ataviado con su característica túnica con capucha y su rodela amarilla a la altura del pecho. Tenía la impresión de que la gente los miraba.

—No te preocupes… —El muchacho, ante las miradas furtivas de Hugo, cambió de discurso—: No solemos comernos a nadie. Te ayudaremos.

Hugo tartamudeó lo que habría querido que sonara como una disculpa.

—Te acostumbrarás —aseguró David—. Mira, podemos andar juntos y charlar… y hasta reír si nos apetece, pero lo que no podemos es vivir juntos. Ningún cristiano puede vivir bajo el techo de un judío, ¿entiendes? Por eso salimos de la ciudad, y por eso tendrás que hacer el recorrido de ida y vuelta a diario.

El *hort i vinyet*; la huerta y viña de Barcelona. Así era denominada la extensa planicie de cultivo que se abría más allá de las murallas. Se trataba de una zona muy fértil y especialmente protegida por las autoridades de la ciudad, con pequeños núcleos de población como Sant Vicenç de Sarrià, Sant Martí de Provençals, Vallvidrera, Santa María dels Sants y Sant Gervasi de Cassoles, entre otros, así como un par de monasterios —el de Valldonzella y el de las clarisas de Pedralbes—, pero en especial se trataba de una zona sobre la que se habían lanzado los comerciantes y los prohombres ricos de Barcelona, ávidos por poseer tierras que les asemejasen a nobles y caballeros. Castillos, baronías, pueblos enteros con o sin jurisdicción, censos, todo lo adquirían los potentados barceloneses a lo largo del territorio catalán. Suponía un cambio sustancial en la economía del principado, ya que el dinero se refugiaba en tierras y rentas en lugar de continuar en el impulso comercial, en ese riesgo mercantil que tanta riqueza había proporcionado a Barcelona. También compraban en la huerta y viña, por lo que no era extraño toparse con masías de muros anchos, tan aisladas como fortificadas, propiedad de esos ricos prohombres de la ciudad. El resto lo invertían en huertos, frutales, y sobre todo en viñedos. Agricultores asalariados y esclavos, esos eran los personajes que transitaban por las extensas viñas de los alrededores de Barcelona, pues con ellos explotaban los magnates sus fincas agrícolas.

Saúl poseía una de esas viñas extramuros, a medio camino de Sant Vicenç de Sarrià.

—Entonces ¿tu abuelo también es rico? —inquirió Hugo ante las explicaciones de David sobre la compra de tierras por parte de los prohombres de Barcelona.

—¡No! —El chico se echó a reír—. Es médico. Y no es rico. Hace muchos años que tanto mi familia como unas cuantas más de origen judío poseen viñedos extramuros de la ciudad, y ahora, con la nueva muralla, incluso dentro de ella, en el Raval. Los cristianos podéis comprar cualquier vino, pero nosotros solo podemos consumir vino *kosher*.

Hugo miró a David y siguió andando mientras esperaba unas explicaciones que no tardaron en llegar.

—La uva podría ser cristiana, pero todo el proceso de vinificación, elaboración, pisado, prensado, trasiego, aclarado, almacenaje y demás deben efectuarlo obligatoriamente los judíos sin que intervenga ningún cristiano.

—Si las uvas pueden ser cristianas, ¿a qué esa necesidad vuestra de tener viñas, como me has contado? Con comprar la uva...

—¿Al precio que los cristianos nos la venderían? Resultaría más cara que el oro. Ya ha sucedido con ocasión de malas cosechas, que lo son para todos; en eso somos iguales...

Hugo se volvió ante el comentario para encontrarse con la sonrisa de David. Dudaba que los consideraran iguales, aunque no se lo discutió.

—Los cristianos podéis comprar vino en otros lugares si las autoridades lo autorizan. Nosotros no. A menudo no nos permiten comprar vino *kosher* de otras comunidades judías, en el supuesto de que tuviesen excedentes, y si hemos de adquirir la uva a los cristianos...

Caminaron entre viñas y huertas; Barcelona y el mar a sus espaldas, y por delante y encima de ellos la sierra de Collserola. Lo que bien se ocupó de silenciar David, consciente del recelo de Hugo por los suyos, fue que la mayor parte de la uva cristiana a la que accedía la judería de la ciudad era en pago de préstamos en los que previamente se había pactado convertir esta en moneda de cambio y fijado ya su valor. De esa forma el viticultor cumplía y la comunidad tenía garantizada suficiente uva para cubrir sus necesidades.

—Si la uva no pudiera ser cristiana, tú, como cristiano que eres, no podrías trabajar en las viñas de mi abuelo —concluyó David.

Hugo compaginaba ambas ocupaciones: la de ayudante de Jacob como corredor de oreja y la de ayudante del otro hijo de Saúl, Mahir, quien no solo se encargaba de las viñas y actuaba como corredor de vinos, sino que también preparaba remedios para los médicos judíos en los que intervenía el vino o su destilado, el *aqua vitae*. La apariencia delgada y fibrosa de Mahir contrastaba con un carácter que se había acomodado al ritmo de las plantas a las que dedicaba su vida; parecía que únicamente las sequías, las inundaciones o las plagas podían alterar su temperamento.

Saúl, con la aprobación de Jucef y Mar, había dispuesto que Hugo durmiera en el lagar, el edificio que albergaba las instalaciones necesarias para elaborar el vino y donde, asimismo, se guardaban los aperos y demás enseres precisos para las viñas. Alegó que allí no vivía nadie, que no era hogar de judíos, y que, además, estaba permitido que los judíos contratasen cristianos para realizar labores agrícolas.

Pero la noche en que pusieron fin a la venta al encante de los bienes del comerciante y Hugo llegó al lagar con sus tres monedas apretadas en la mano derecha sí que había alguien en su interior. De hecho Saúl ya se lo había advertido: «A veces mi hija o yo atendemos a pacientes en la viña». Mar se había mostrado sorprendida al oírlo. «Sí —continuó explicando Saúl—. Astruga, mi hija, es partera, pero también es médico. El rey Pedro le concedió el título, como antes hizo con su madre y como confío que haga el rey Juan con mi nieta. Las mujeres solo se dejan atender por mujeres, y a menudo los problemas que hay que tratar… ni pueden ser medicados en sus casas, delante de sus esposos, ni tampoco en la judería. ¡Pocas de ellas vendrían! Por lo tanto no queda otro remedio que hacerlo a escondidas, en las viñas. Si alguno de esos hombres se enterase de lo que pretende su mujer o de cuál es su situación…»

A Hugo le había costado imaginar aquel día cuáles podían ser esos problemas, más allá de las relaciones sexuales. ¡Su padre y su madre lo hacían a menudo! Los dos gemían y gritaban, aunque al día siguiente les tranquilizaban a Arsenda y a él. Al final, ambos se acostumbraron.

«¡Jura que nunca contarás nada de lo que puedas ver en ese edificio!» La voz seria y firme de Saúl lo había devuelto entonces a la realidad, aunque le extrañó que un judío le pidiera que jurara. «¡Júralo!», lo había instado Mar antes de que cometiera un error. Y él lo juró.

Dolça, la nieta de Saúl e hija de Astruga, fue la encargada de salirle al paso cuando volvía de la venta al encante antes de que llegara al edificio y abriera la puerta. Debía de tener su edad, calculó Hugo a la luz del atardecer. La chica tenía el cabello castaño, suelto y abundante, unos ojos sagaces en un rostro duro, de facciones afiladas, y un cuerpo que parecía querer desprenderse de la inocencia para empezar a mostrarse sensual y voluptuoso.

—¿Hugo? —preguntó. Se presentó después de que él asintiera—. Tendrás que esperar fuera a que terminemos.

—¿Y cuánto tiempo falta?

—Nunca se sabe. Pero puedes aprovechar para vigilar que no se acerque nadie.

Dolça iba a dar por finalizado el cruce de palabras cuando se fijó en el muchacho. Lo miró de arriba abajo. Hugo no pudo sino removerse violento ante aquellos ojos escrutadores. Quiso reñirla, pero ella se le adelantó.

—Pues el primo David me aseguró que eras capaz de quedarte quieto —bromeó.

Hugo balbuceó. Y Dolça se burló de su azoramiento.

—¡Dolça! —oyó llamar desde el interior del edificio.

—Tengo que irme. Ya sabes: vigila. Y sobre todo, sobre todo, no espíes lo que hacemos dentro ni…

—No —se anticipó Hugo.

—… ni se te ocurra chafardear a través de la rendija grande del lateral del cobertizo. ¿Has entendido? —Él se quedó paralizado. Ella ladeó la cabeza con coquetería—. Nadie se acercará —trató de tranquilizarlo—. Pero sobre todo, sobre todo… —En esa ocasión la muchacha dio un par de pasos hasta que Hugo pudo notar su respiración, cálida, fascinante, y negó con la cabeza sin saber por qué—. Es importante que las de dentro no te vean cuando salgan. No pueden saber que alguien habita en esta casa.

—¡Dolça!

La voz provenía ya de fuera del edificio. Se trataba de otra niña de la edad de la nieta de Saúl.

—Es Regina, mi amiga —indicó Dolça—. Mi madre nos enseña…

—¡Ven! —insistió Regina al mismo tiempo que pateaba la tierra y señalaba con urgencia hacia el interior.

Las dos chicas desaparecieron raudas. Hugo se preguntó si debía o no espiar mientras miraba los centenares de cepas que como un ejército se extendían frente a él. Las órdenes de Dolça lo confundían. ¿Para qué le había dado la indicación de la rendija grande del lateral? De repente se encontró delante de esa rendija; no le costó encontrarla. Trató de convencerse de que no debía hacerlo. Allí estarían Astruga, madre de Dolça e hija de Saúl, y las pacientes de las que la joven le había hablado. «No debo», se repitió. A la tercera negativa, sin embargo, Hugo ya estaba con el ojo pegado a la rendija en la pared.

Había cinco mujeres: Dolça y Regina, que atendían prestas a las instrucciones de una tercera, con toda seguridad Astruga, la médico, además de otra que no debía de superar la veintena y una más que quizá fuera su madre. Hugo observó a las chicas que trajinaban con una cazuela directamente sobre unas brasas, en tierra: una removía, la otra vertía el contenido de unos tarros que le daba Astruga. «No tanto. Un poco más. Sí. Ya está... algo más. Muy bien», creyó entender, más por los gestos de Astruga que por lo que conseguía oír. Entre instrucción e instrucción, Dolça miraba hacia donde él estaba, y Hugo temió que pudiera verse también a través del otro lado de la rendija. No tuvo tiempo para planteárselo, puesto que tan pronto como su madre se dirigió a la veinteañera, Dolça le sonrió. Regina se volvió hacia la rendija y movió la cabeza con coquetería. ¡Sabían que miraba, que estaba allí!

Iba a apartarse cuando Astruga llamó a su hija. Regina quedó al cuidado del contenido de la cazuela y las otras dos se acercaron a la paciente a la vez que Astruga indicaba a la madre de esta que se apartara. Hugo vio que la mujer rendía la cabeza y obedecía, como si el destino ya no estuviera en sus manos. Se preguntó qué estaban haciendo. ¡La desnudaban! Instintivamente no solo pegó el ojo sino todo el tronco a la pared, como si así pudiera ver más. No prestó atención alguna a las miradas de reojo que Dolça le dirigía; temblaba mientras Astruga y su hija descubrían los secretos de aquel cuerpo de veinte años, de pechos grandes y firmes, caderas anchas y un pubis salpicado de pelo corto y rizado, castaño como el que enmarcaba el rostro de aquella muchacha que se dejaba hacer con más respeto que sumisión.

Desnuda, Astruga la llevó a donde estaba la cazuela y le indicó cómo debía situarse: un pie a cada lado, bien abierta de piernas para que las brasas no la quemasen. Regina continuó removiendo un líquido que ya bullía y Dolça alcanzó a la joven una especie de cayado para que apoyase las nalgas a fin de poder mantenerse en pie el largo rato que debería hacerlo. Luego, en el momento en que el sahumerio ascendía entre las piernas de la chica, Astruga le frotó el clítoris con aquel humo medicinal y la obligó a abrirse la vulva con las manos cuanto pudiera.

—¡Tiene que penetrar hasta tus entrañas —oyó Hugo que gritaba Astruga—. Si no es así, no abortarás ese bastardo que llevas dentro.

Hugo permaneció absorto, hechizado. Observaba a la joven mientras esta forzaba la vulva y el clítoris, acariciándolos unas veces, otras con violencia, arañándolos, sudando, todo su cuerpo impregnado del sahumerio, jadeando mientras su pechos ascendían y descendían al ritmo de un vientre que se contraía espasmódicamente como si quisiera absorber el humo que debía restituirle la libertad, el honor… o quizá un novio o un esposo.

—Te dije que sobre todo, sobre todo…

Hugo dio un salto hacia atrás con el corazón a punto de reventarle. No se había percatado de que Dolça abandonaba el edificio. Ignoraba si Regina había salido también. No se atrevió a mirar de nuevo por la rendija ni a volverse hacia Dolça. Notaba su entrepierna húmeda. Palpó… ¡La camisa incluso! ¡Dios! Se quedó de cara a la pared, quieto.

—¿Qué? —preguntó ella antes de comprender y echarse a reír—. Allí tienes una alberca —le indicó en tono burlón—. Y no vuelvas. Ya queda poco para que salgan.

Hugo no se despidió. Le dio la espalda y escapó en dirección a la alberca.

—¡La paz! —oyó sin embargo que le decía Dolça.

Los días siguientes Hugo los pasó a las órdenes de Mahir.

—¿Sabes algo de viñas? —le preguntó—. ¿Y de árboles, de huertas, de la tierra? ¿Para qué te han mandado conmigo, pues?

Hugo se encogió de hombros. Lo cierto era que preferiría estar con Jacob, el corredor de oreja, pero Mahir le comunicó que de momento no le necesitaban.

—El problema es si te necesitaré yo —terminó planteándose el judío.

Llegaba julio y se dirigieron hacia uno de los extremos de la viña, donde las cepas solo tenían un año.

—El sol y el calor de esta época son muy malos para las vides nuevas —le explicó Mahir antes de enseñarle cómo remojar la tierra al pie de la planta y compactarla bien después para que el sol no llegara a colarse por las hendiduras y secara las raíces.

Trabajaron de sol a sol de forma agotadora durante varias jornadas. Hugo caía rendido en el lagar tras dar cuenta de la comida que diariamente le proporcionaba Mahir. Se trataba de un lugar amplio, con todos los aperos de trabajo y algunas instalaciones para la vendimia.

—¿Quién cuidaba de todo esto antes de que yo durmiera aquí? —le preguntó a Mahir.

—Hay guardianes que vigilan los huertos y los viñedos.

Después de las viñas nuevas saltaron a las viejas y limpiaron de hierbas toda la plantación, Mahir con una azada pequeña y Hugo a mano. El judío parecía no notar el calor, el esfuerzo ni el cansancio, seco y fibroso como era, pero Hugo casi no podía erguirse del tremendo dolor de espalda que le sobrevino por trabajar agachado. Mahir no hizo caso alguno a sus quejas.

—Eres joven —argumentaba—. Ya se te pasará.

Sin embargo, hubo unas heridas de las que Hugo no se quejó, pensando que no merecía la pena hacerlo, y que Mahir sí tomó en consideración: las llagas, algunas con mal aspecto, que pudo verle en las manos mientras almorzaban a la sombra de una higuera junto al lagar.

—Hemos adelantado mucho… pese a tu inexperiencia.

Hugo levantó una mirada torva del pedazo de queso que cortaba con un cuchillo. Mahir sonrió.

—Lo cierto es que has trabajado duro —reconoció—. Después de comer visitaremos a mi padre para que te vea esas manos.

Saúl no estaba. Quienes sí estaban en la casa eran Astruga y Dolça, que convivían con él desde que la primera enviudara. Mientras la criada buscaba a la señora, Mahir acompañó a Hugo hasta una estancia con una silla, una mesa y un catre; el resto de la sala estaba repleto de instrumentos médicos desconocidos para el muchacho, libros, muchos libros, y un sinfín de tarros y frascos. Hugo trataba de acostumbrarse a los indefinibles olores que se mezclaban, en pugna por señorear un ambiente cerrado que le incomodaba, cuando entraron Dolça y la otra aprendiza de partera, Regina. Hugo enrojeció. El sofoco y la sangre ascendieron a borbotones a su rostro mientras las dos amigas, simulando atender el saludo de Mahir, le miraban desvergonzadamente la entrepierna. El chico se irguió y trató de sobreponerse, seguro de que ya no se le notaría nada después de los días que llevaba arrastrándose por las viñas. Apareció Astruga.

—Aquí os lo dejo —oyó decir a Mahir a modo de despedida. Luego se dirigió a Hugo—. Me parece que durante algunas jornadas no podrás trabajar... en las viñas —le dijo antes de darle una palmada en la espalda—. Mi hermana te cuidará bien.

Por alguna extraña razón Hugo se sintió abandonado, como si Mahir lo entregara a unas personas que lo dominaban.

—¿Tú eras el protegido de Arnau? —se presentó Astruga, que le cogió las manos para examinárselas. Hugo se disponía a contestar, pero la mujer se le adelantó—. Era un buen hombre. Ni tú ni yo viviríamos de no ser por Arnau Estanyol —agregó dirigiéndose a su hija—. Llevadlo al pozo y lavádselas bien hasta que desaparezca toda la tierra que hay en esas heridas —ordenó después.

Cruzaron una puerta, la que daba del consultorio médico al huerto, y el olor a flores, el frescor vespertino y la luz que jugueteaba con mil colores vinieron a sosegar los espíritus. Hugo extendió las manos junto al brocal del pozo, donde las muchachas, tras verter agua del cubo, se las frotaron con cuidado.

—Es cierto —dijo Dolça.

—¿Qué? —preguntaron casi a un tiempo los otros dos.

—Que no podrás trabajar durante algunos días.

Hugo se atrevió a mirarla. Ella casi le desafió.

—Regina —dijo entonces sin distraer su atención de Hugo, las manos de él posadas en sus palmas—, ve a ver si mi madre quiere algo más del pozo. Por favor —añadió adelantándose a la queja de su amiga.

Se quedaron solos. Hugo quería... le habría gustado preguntarle por qué le había hablado de la rendija. Se ruborizó al recuerdo de la chica abierta de piernas… Y después evocó su vergüenza cuando Dolça salió. Imaginó los jóvenes e incipientes pechos de Dolça subiendo y bajando igual que…

—¡Eh! —gritó ella y le soltó las manos con violencia.

—Perdona, yo no quería… —trató de excusarse.

—Perdona, yo no quería —repitió Dolça con retintín—. ¡Lujurioso! Pero además, ¿no te das cuenta de que soy judía?

Hugo sintió desazón. Era cierto: él era cristiano y ella judía. Cualquier pensamiento de esa clase estaba prohibido.

—No hemos hecho… nada —tartamudeó—. Ningún sacerdote lo tendría en cuenta —afirmó sin excesiva convicción, la mirada puesta en sus manos heridas.

—Poco les importaría a tus sacerdotes que un cristiano yaciese con una judía, pues lo ven como otra forma de sumisión, del poder que mantienen sobre nosotros. Al revés sí que les importa; bien establecen vuestras leyes que si se encontrase a judío yaciendo con cristiana los dos deberían ser quemados de inmediato —sentenció Dolça. Hugo suspiró—. Lo que me preocupa es la reacción de mi propia comunidad. ¿Acaso crees que les gustan las relaciones entre mujeres judías y varones cristianos? A una niña la desfiguraron cortándole la nariz para que dejara de incitar al cristiano que la pretendía.

—Discúlpame —repitió él, nervioso, sin saber adónde mirar.

—A los ojos —reclamó ella percatándose de su apuro—. Mírame a los ojos.

Así lo hizo Hugo, y encontró ternura en unos bonitos ojos pardos en los que, no obstante, percibió un destello de frialdad.

—¡Astruga dice que entréis en cuanto tenga las manos limpias! —gritó Regina desde la puerta.

—¿Por qué hiciste que mirara a aquella joven? —preguntó Hugo de vuelta al despacho del médico.

—No era más que una cristiana —le sorprendió Dolça—. Una puta que había yacido con quien no debía y estaba pagando lo que tampoco tenía para abortar a su bastardo. ¿Te gustó?

Hugo no contestó; los ojos castaños de Dolça se habían convertido en hielo en su imaginación.

—Me saltó el alquitrán caliente de los calafateadores —mintió Hugo a su hermana, Arsenda, en respuesta a la pregunta de esta acerca de las heridas cubiertas ya con jirones de ropa limpia.

Le había costado trepar el muro del convento de Jonqueres. Una vez arriba volvió a mirarse las manos. Todavía le escocía el ungüento que Dolça le había aplicado; al principio llegó a arderle.

—¡Duele!

—¡Calla! —le ordenó la muchacha mientras Regina le aguantaba con fuerza la mano.

Y él se calló. Ahora solo esperaba que amaneciera un día nuevo para que Dolça volviera a untarle el ungüento, por más que escociese. «Curadle durante varios días», ordenó Astruga antes de dejarlo al cuidado de Dolça y Regina.

Encumbradas a médicos por Astruga, las dos muchachas se volcaron en su cura; comentaban y examinaban la misma herida desde todos los ángulos, daban consejos para acto seguido rectificar, y discutían entre ellas. En aquel infierno de olores acres y penetrantes, Hugo se deleitó con el frescor natural de la una y la otra; una vaharada de juventud, de aire limpio, le envolvía cada vez que una de ellas hacía algún movimiento, le rozaba o le tomaba la mano.

Luego, ya hecha la cura, en el huerto otra vez, le asaeteaban a preguntas sobre su vida. Hugo estaba encandilado con esos rostros que le interrogaban. Les habló de sus padres, de la muerte de Matías y del nuevo matrimonio de Antonina. Dolça ladeó la cabeza y comentó que ella también había perdido a su padre.

—No lo conozco —contestó a Regina cuando esta le interrogó sobre su padrastro.

—Entonces ¿ya no ves a tu madre? —preguntó inocentemente esta—. ¿No has ido nunca a verla, no ha venido ella a verte a ti?

No, ella no había ido, y de haberlo hecho no habría sabido dónde encontrarlo. Una duda lo atenazó: ¿y si había ido a las atarazanas? No, el Navarro le habría avisado, se dijo. En cuanto a él, en una ocasión intentó visitar a su madre. Fue un sábado en el que Mahir le había dado fiesta. Solo eran seis leguas hasta Sitges, unas nueve horas a buen paso. Sin embargo, no superó en mucho Castell de Fels, a tres de Barcelona. La aprensión empezó a hostigarle tan pronto como cruzó las puertas de la ciudad; un sinfín de preguntas relativas a la nueva familia de su madre le asaltaron. ¿Y si ya no le quería? Pero si era capaz de sobreponerse a aquellos recelos, que se disipaban al evocar la sonrisa de Antonina, no lo fue a la hora de dominar el miedo que sintió ante el camino desierto en cuanto dejó atrás Sant Boi. Él nunca había salido de Barcelona. Las historias violentas de los caminos que se oían de boca de la gente le vinieron a la cabeza todas a una: cabalgadas de nobles que raptaban y mataban viajeros; ladrones; esclavos fugados; corsarios; brujas; demonios...

A medida que se acercaba al macizo del Garraf desaparecían los huertos y los campos de cultivo, dando paso a las extensiones para pastos de ganado. Lugares solitarios. Hugo escuchó en el silencio. El chasquido de una rama al quebrarse le sobresaltó. Se quedó quieto en el camino, atento a unos sonidos que él mismo convirtió en aterradores. Había quien aseguraba que algunas brujas se escondían en bosques como aquellos, que hacían desaparecer el miembro viril de los hombres y que lo introducían en una caja en la que continuaba moviéndose. Se sabía de hombres a quienes se lo habían quitado y de otros que atestiguaban que las brujas los coleccionaban. Hugo había oído jurar a un tipo, durante un descanso en las atarazanas del Regomir, que había visto aquellos penes en cajas.

En mitad del trayecto Hugo sintió que se le encogían los testículos. Miró hacia el Garraf: tenía que rebasar aquella montaña y aquellos bosques. Vio a personas en el camino, por delante, dirigiéndose hacia él... ¿o no? Una polvareda le indicó que corrían. Se escondió más allá del lindero, en el sotobosque. Transcurrió el tiempo y nadie apareció. Volvió la cabeza, una, dos, varias veces, los sentidos atentos, temeroso de que los desconocidos lo hubieran rodeado. Temblaba. Sudaba. Regresó al camino, donde reinaba de nuevo el silencio. Una brisa marina, húmeda, cargada de sal le acarició con un roce viscoso. Dio media vuelta y respiró hondo por el solo hecho de emprender el regreso a Barcelona.

Definitivamente, no iba a contar todo aquello a Dolça y a Regina.

—No, no he ido —terminó excusándose ante la pregunta de Regina sobre su madre—. No sé dónde está ese pueblo de Sitges... Nunca he salido de Barcelona —alegó a modo de impedimento.

—Podrías pedírselo a Mahir —apuntó Dolça, y ante la expresión de interés que mostró Hugo se vio obligada a explicarse—. Mi tío tiene mucha relación con los vinateros de Sitges y los alrededores. Dice que hacen un vino griego dulzón muy apreciado, malvasía lo llaman ellos. Tengo entendido que va con cierta frecuencia.

—¿Y me llevaría?

Dolça sonrió ante la ingenuidad y la ilusión con las que el muchacho lo preguntó.

—El tío Mahir es muy buena persona. Seguro que sí.

Tras otra de las curas, Hugo habló a Dolça de Arsenda y de las atarazanas. Regina no estaba ese día; había ido a su casa, ubicada en la misma judería. En su contrato de aprendizaje no se incluía que Astruga le proporcionara comida y habitación.

Con Dolça escuchando atenta, Hugo rememoró con nostalgia su sueño de llegar a ser *mestre d'aixa*. Le habló de Arnau y de su ejecución cruel e injusta, para acto seguido renegar de los Puig y del criado que le persiguió.

—¿Le sacaste un ojo? —inquirió Dolça tras fruncir el ceño y erguir el cuello, más desconcertada que asustada, incapaz de imaginar a Hugo peleando con un hombre fuerte como ese criado del que hablaba con temor.

—Era la única forma que tenía…

—Ya, ya, ya —le interrumpió la otra como si perdonara la acción.

Luego se encogió de hombros y sacudió la cabeza al compás de un violento escalofrío que recorrió su cuerpo ante la visión de ese ojo sanguinolento.

Entregado a aquella muchacha, le contó del robo del destral y del perro calvo, y en el momento de confesar lo de la ballesta y mencionar a Bernat recordó la promesa que se había hecho de ir a la cárcel a interesarse por él. La noche se acercaba.

—¿Cómo has podido hablar con él? —le preguntó Arsenda después de que Hugo le hablase de Bernat la misma noche en que lo había visitado en la cárcel.

—Por la reja de la ventana que da a la escalera del castillo. Si el carcelero lo permite, los familiares se acercan y desde allí hablan con los presos.

Había acudido un abogado a defenderle. Según Bernat, se lo costeaba un comerciante de Nápoles con quien su padre había mantenido buenas relaciones. «Aunque evidentemente quien está detrás no es otro que Jucef —susurró a Hugo entre las rejas—. Fuisteis a verle, ¿no? He hablado con mi madre.» Le contó también que le pagaban la comida y un jergón de paja.

—Pero pretendía matar a una persona, a un noble del principado, ¡al capitán general del rey! —se indignó Arsenda después de escuchar de boca de su hermano toda la historia, tergiversada por Hugo en cuanto a su propia participación.

—¡Eso no es cierto! —replicó él sin excesiva convicción—. ¡Lo torturaron, Arsenda! He visto los moratones en su cuerpo. En cuanto supieron que era hijo de Arnau Estanyol...

—Hermano —la interrumpió ella—, someter a los reos a tormento es un procedimiento estimable. La verdad siempre debe prevalecer, y el tormento es un instrumento admitido por la Iglesia y el rey. Tu amigo se hallaba con un arma cerca del palacio Menor. Debe confesar la razón que le llevó a ello. No te preocupes, que si mintió por evitar el dolor del tormento Dios sabrá juzgarlo, pero hoy, aquí, sin duda merece el castigo del rey, sea hijo de Arnau o no.

—Es una buena persona —casi llegó a sollozar Hugo, impresionado por el razonamiento de su hermana menor, cuyas palabras parecían las de toda una mujer.

—Dios lo sabrá. En este mundo ese joven merece el castigo. Los hombres no deben juzgar intenciones.

¿Qué castigo? Aún no se había iniciado proceso alguno en la corte del veguer. La acusación era irrefutable: bajo tortura o no, Bernat había confesado su culpa.

El barco viejo en el que dormía ya no existía. Una vez exorcizado, los carpinteros se habían apresurado a dar buena cuenta de él. Hugo se sentó en la orilla, como tantas otras veces, tras la visita de Arsenda. El vigilante nocturno no le dijo nada, así que se tumbó en la arena, protegido del relente al costado de otro barco, uno nuevo que olía a madera desbastada y que todavía no habían calafateado. Le costó dormirse. Sus pensamientos volaban de Dolça a Bernat y de este a Arsenda, cada vez más estricta, más devota, más mujer. Tan pronto como condenó al joven Estanyol por haber atentado contra la vida del capitán general, su hermana se negó a seguir hablando de él y todo su discurso no fue más que una prédica religiosa. Parecía que el amor hacia Dios que le refiriera en otra ocasión se hubiera convertido en una obsesión. Sin embargo, a la hora de despedirse Hugo sentía la garganta encogida, arañada. Y ella, tan niña en el fondo a pesar de su severidad, dejaba correr alguna lágrima por su mejilla en la creencia de que la oscuridad las mantenía ocultas.

«La necesitó», reconoció para sí. Necesitaba su compañía, oír su voz, notar su presencia. Arsenda era... era como el eslabón que lo unía a su pasado, su historia, su familia y su infancia alegre.

Con una sonrisa para Arsenda la apartó de su mente. Le costó más evitar el recuerdo de Bernat y su reclusión. En pocos días había adelgazado las carnes que no tenía. Hugo lo había visto como un fantasma tras la reja de la ventana que daba a la escalera del castillo del veguer, la voz cansina, los movimientos lentos. ¿Cómo resistiría allí dentro? «Perdona, Bernat», le rogó en la noche. Y se dejó llevar a los brazos de Dolça. No le importaba que fuera judía. Nadie de este mundo podía saber de sus sueños junto a ella. En cuanto al otro mundo... Probablemente Dios estuviese demasiado ocupado flirteando con su hermana para preocuparse por una judía, pensó el muchacho sonriendo.

—Por supuesto —acertó a decir Mahir tras lograr arrancar de Hugo aquella petición que no se atrevía a formular. Ignoraba que la madre del muchacho se hubiera casado en segundas nupcias—. Planeaba ir a Sitges pasada la vendimia —aseguró—, pero podemos adelantarlo. Así ves a tu madre.

No se cruzaron con nobles de cabalgada, ni con corsarios ni con brujas ávidas por el pene de los hombres. Partieron a pie antes incluso de que amaneciera, y el viaje se hizo placentero, con un Mahir que habló a Hugo acerca de los pueblos por los que pasaban y de los diferentes cultivos que se extendían más allá del camino, enseñándole cosas del vino como hacía machaconamente desde que le había tomado cierto cariño. Parecía que no supiera hablar de otra cosa. La vega del río Llobregat presentaba una circunstancia que sorprendió a Hugo y de la que no llegó a percatarse en su primer intento por viajar a Sitges: las vides se cultivaban emparradas. Se adentraron en una de aquellas viñas y ambos quedaron prendados del techo que se extendía sobre su cabeza. Miles de sarmientos, que se apoyaban o rodeaban las ramas de unos árboles regularmente distanciados entre sí, se entrecruzaban en el aire, abrazándose para formar un manto tupido de vegetal retorcido, del que colgaban ramas, hojas verdes y miles de racimos de uva. Hugo cogió una y la mordió.

—Maduran más tarde que las nuestras —le advirtió Mahir.

—Es como una inmensa… —Hugo no supo definirlo.

—Siempre he pensado que es el Edén.

Hugo intentó captar una visión del conjunto, donde la luz del sol se colaba caprichosa entre el ramaje. Aquí y allí brillaban racimos y hojas; otros quedaban en la oscuridad. En la distancia se veía caer el sol en haces sobre el suelo, sus rayos a modo de saetas delgadas y luminosas.

—¿Cómo lo consiguen? —preguntó ensimismado.

Mahir señaló el tronco de uno de los árboles. Plantada a su lado había una cepa. Hugo no necesitó que le dijese nada más. Recorrió con la mirada esa cepa que trepaba por el tronco del árbol hasta llegar a sus ramas, las seguía y las superaba hasta juntarse con los sarmientos del árbol de su costado, y del otro y del otro y del otro.

—¿Qué tipo de vino producen?

—Vino griego. Dulce. Pero muy poco. La mayoría de la cosecha se destina a uva de mesa. Moscatel. Muy apreciada en Barcelona.

Aprovecharon la existencia de una fuente para hacer un alto allí mismo, cobijados bajo las parras. Almorzaron el pan y el queso que llevaba un judío que, por no mostrar su preocupación, se volcó en más explicaciones y lecciones sobre el mundo y el comercio del vino.

Mahir siempre había creído que la madre de aquel muchacho recomendado por Jucef y su propio padre, Saúl, trabajaba de criada en casa de un guantero; eso le habían contado. Por esa razón se sorprendió cuando Hugo le comunicó que estaba casada con un cubero de Sitges. Algo debía de haber fallado, se dijo, para que una viuda contrajera nuevo matrimonio. Los cristianos consideraban la viudedad como una oportunidad para dedicar la vida al servicio de Dios. La mujer que enviudaba se liberaba del matrimonio y de la potestad del hombre, y recuperaba su condición virginal. Las viudas estaban llamadas a la castidad y a la oración, a la penitencia y al ayuno, a la humildad y al recogimiento. Poco importaba a los eruditos cristianos la situación económica y familiar de la mujer; lo único que tenían en consideración era su conducta, su moralidad.

Conocido ya el contacto carnal, las segundas nupcias no solo eran una bigamia sucesiva sino que demostraban la incontinencia de la mujer: la encarnación del diablo. Si la Iglesia asumía la prostitución en aras de impedir el adulterio y las relaciones contra natura, toleraba las segundas nupcias, sobre todo de las viudas jóvenes ante el riesgo de que cayeran en la lujuria. Quizá por eso habían casado a la madre de Hugo. Mahir se interesó y supo que se trataba de una mujer todavía atractiva, incluso voluptuosa. Preguntó por el guantero y sus sospechas fueron confirmándose. Acudió a Mar, a la que poco le costó sonsacar al sacerdote de Santa María, el mediador en la dote para Antonina, el porqué de aquel segundo matrimonio: el guantero forzaba a la joven viuda. De poco sirvió la amenaza de excomunión para el guantero; las viudas estaban protegidas por la ley de Dios y por la del hombre. El guantero reincidió pese a la oposición que Antonina aseguraba mantener cuando se confesaba con el sacerdote. Buscarle otro trabajo era una posibilidad antes de que alguien sostuviera que Antonina, en estado de viudedad, ya había vuelto a disfrutar del placer carnal; de poco serviría, pues, un trabajo lejos del guantero. El cubero de Sitges apareció como la solución idónea.

Por eso Mahir no dejó de hablar de vinos durante las nueve horas a buen paso que se empleaban en llegar a Sitges por un camino peligroso, intransitable para los carros y que, siguiendo la costa, en ocasiones se alzaba majestuosamente en vertical sobre el mar a causa del imponente macizo del Garraf por el que discurría. Aquel era el camino que Hugo no había afrontado por miedo a las brujas que robaban el pene de los viajeros. Ahora, mientras escuchaba a Mahir, se felicitó por la decisión tomada, puesto que de haber continuado se habría encontrado con que no tenía dinero para pagar el derecho de pasaje que hubieron de satisfacer antes de avanzar por las costas del Garraf y que les cobró un funcionario hosco y apático. Un dinero por cada caballería, otro por quien las conducía y uno menudo barcelonés por cada peón; esas eran las tarifas, en las que ni siquiera se preveía el cobro por carros.

Satisfechos los dineros, Mahir renegó del impuesto y, por un momento, cambió de tema de conversación. El rey Juan, explicó a Hugo, había permitido a los señores de la zona que cobrasen aquel pasaje y que destinasen lo recaudado a mantener en buenas condiciones el camino. Sin embargo, seguía tratándose de una vía solitaria y peligrosa, con los castillos que debían defenderlo, como el del Garraf, en absoluta ruina. Al final el vino comprado en Sitges se transportaba por mar, lo que lo encarecía sobremanera.

Anduvieron por aquellos parajes tan hermosos como solitarios, el mar a sus pies, hasta llegar a Sitges. Se trataba de una villa costera perteneciente a Violante, la esposa del rey Juan, y se encaramaba sobre un pico rocoso que se introducía en el mar para dominar la costa. De murallas viejas, con dos portales de acceso, en esos momentos se procedía a construir una nueva para dar cabida a las cerca de seiscientas personas que vivían al amparo de un castillo erigido en la cumbre. La iglesia y el hospital de Sant Joan, con una capilla y cuatro camas para pobres, enfermos, huérfanos y peregrinos, se alzaban entre el castillo y la sima sobre el mar.

Mahir se encaminó a la casa de Vital, un prestamista judío, ubicada en una plazuela a espaldas del castillo. Había hecho bastantes negocios con él. En algunas ocasiones, según como se formalizasen, los préstamos sobre las cosechas de vid implicaban que el agricultor que solicitaba el dinero perdiera el dominio de la viña hasta que el prestamista se hubiera visto reintegrado en su crédito con la recolección. Entonces se necesitaba personal, y Vital solo sabía de dineros. Mahir era quien se ocupaba de proporcionar agricultores con experiencia, de controlar aquellas explotaciones para que rindiesen el fruto esperado e incluso de comerciar con la uva.

Hugo paseó por la plazuela mientras los dos hombres charlaban en el interior de la casa; le habían dicho que esperara. Hacía un día espléndido y los niños jugaban en las calles. Se preguntó si alguno de ellos sería hijo de Ferran el cubero, aunque no era probable, pues Mahir le había explicado que los cuberos acostumbraban a vivir en las afueras de los pueblos, y veía alzarse por encima de su cabeza el castillo con su torre circular en el centro. El trabajo de Ferran consistía en construir cubas para vino o aceite, y pasaba por hacer fuego dentro de la propia cuba para calentar la madera previamente manipulada y hacerla flexible mientras se constreñían los aros que rodeaban las duelas. Hacer fuego en el interior de una población cuyos edificios se erigían sobre estructuras de madera suponía un riesgo temido por autoridades y ciudadanos, había contado Mahir a Hugo, por lo que las ordenanzas o los propios vegueres enviaban a los cuberos lo más lejos posible de los núcleos urbanos.

Entre la chiquillería y las mujeres que circulaban por la plazuela y los obradores de los artesanos que daban a las calles, Hugo intentó imaginarse al cubero que le había robado a su madre; sería un hombre rudo y probablemente torpe, de corta estatura.... Sí, tenía que ser menudo. Según Mahir, los cuberos eran como los *mestres d'aixa*, su trabajo era similar aunque de menor categoría. Le dijo también que eran aprendices de *mestres d'aixa* que no habían demostrado tener las habilidades necesarias para trabajar con los barcos. ¿Cómo no iba a ser rudo, torpe y menudo alguien que no alcanzaba el arte necesario para ser *mestre d'aixa*?, concluyó.

Mahir le señaló la calle en la que, según le habían referido, vivía y trabajaba el cubero, ya en las afueras de Sitges, lindando con huertos y viñedos.

—Me esperan para acompañarme hasta unas viñas que rodean la ermita de Santa María del Vinyet —le anunció—, muy cerca, a un cuarto de legua. Allí me encontrarás si me necesitas. En caso contrario nos veremos al anochecer a las puertas del hospital.

—¿No me acompañáis? —preguntó el muchacho con la vista en la calle, como si esperase que Mahir le abriese camino.

—Mejor que no te vean con un judío, Hugo. No sé cómo será ese hombre, pero aquí hay muy pocos judíos y se percibe la hostilidad.

Mahir aguardó unos instantes. Luego, ante la vacilación del chico, lo empujó por la espalda.

—Ve a ver a tu madre, corre —le animó.

Hugo no tuvo ni que preguntar: un par de cubas ya terminadas expuestas a las puertas de un obrador le señalaron la casa en la que la encontraría. Se trataba de un edificio apartado de los demás; una construcción de dos plantas; en la inferior se hallaba el obrador y la tienda, mientras que en la superior estaban las estancias en las que la familia hacía vida.

Acertó con lo de rudo, y si la torpeza no tuvo oportunidad de comprobarla, sí pudo desechar la idea de su escasa talla en cuanto levantó la vista y se enfrentó a un hombre corpulento con la barba tupida, tan negra como su cabello, y unas cejas espesas que se le juntaban por encima de la nariz. Un chico escuálido estaba a su lado.

—¿Tú madre, has dicho? —inquirió el cubero a gritos, cerca de Hugo, la cabeza por encima de él—. ¿A qué has venido? ¿Qué quieres?

—Verla —acertó a contestar él después de dar un obligado paso hacia atrás—, si no es molestia.

—Sí que es molestia.

El hombre le dio la espalda y, como si el muchacho no existiera, se aplicó con ambas manos y una cuchilla plana a dar panza a una de las duelas que configuraría una cuba. «¿Qué molestia?», se preguntó Hugo mientras durante un instante desviaba la mirada hacia un aprendiz menudo que sostenía una garlopa, el cepillo para pulir la madera y que tan bien conocía de las atarazanas. ¡Era su madre!

—Oídme…

No llegó a percatarse de la mueca con la que quiso advertirle el chico escuálido que estaba junto al cubero. Una fuerte bofetada de este, dada con su poderoso brazo totalmente extendido y con el dorso de la mano, lanzó a Hugo a la otra punta del obrador.

—No permito que me molesten mientras trabajo —oyó que decía el hombre, quien ni siquiera se volvió por completo, como si la bofetada fuera algo normal en su quehacer.

Hugo se llevó la mano a la mejilla y se la frotó, en un vano intento por mitigar el dolor; solo consiguió que le ardiera aún más. La espalda del cubero le pareció inmensa; sus hombros se movían adelante y atrás al ritmo con el que trabajaba la duela. En esa ocasión sí vio al aprendiz. «No insistas», le aconsejaba con la mirada.

Hugo tomó distancia.

—Solo quiero ver a mi madre…, maestro —añadió.

Volvió a recular hasta plantarse en la misma calle ante el resoplido con el que el cubero se levantó.

—Ya no es tu madre, ¿entiendes? Ahora es mi esposa y la madrastra de mis hijos, y a ellos se debe por completo. No te necesita. No vengas a molestar. Vete y no te haré daño.

—No me iré hasta que la vea.

Le asombró su propia osadía. El cubero estaba delante de él, inmenso, aterrador; el aprendiz, por detrás, negaba con la cabeza enérgicamente y hacía aspavientos para indicarle que se fuese.

—¿Quieres verla? Sea, pues. ¡Antonia! —El grito resonó en el interior del obrador; también en la cabeza de Hugo, que intuyó su error—. ¡Antonia! —insistió el hombre.

Hugo buscó al aprendiz. Se le encogió el estómago al encontrarlo con la mirada fija en el suelo, el rostro serio, afligido.

—Escuchad, yo no… —trató de retractarse Hugo justo en el momento en el que Antonina aparecía en el obrador con un niño desnudo en brazos y otro algo mayor agarrado a su falda.

Ella no le vio. En cambio él, desde la calle, sufrió con su aspecto demacrado y desaliñado. Llevaba el cabello enmarañado, iba sucia, descalza y con un vestido astroso, y tenía uno de los brazos cubierto de moratones. Hugo presintió lo que sucedería: el cubero le iba a pegar. Huir quizá fuera la única posibilidad de librar a su madre del golpe. Vio que el chico escuálido acudía a hacerse cargo de los dos niños, como si se tratase de un ritual. Antonina se los entregó y bajó la mirada hacia sus manos, entrelazadas por delante del vientre ahora, sumisa, en un silencio que hasta los niños parecían respetar. Hugo no podía moverse; las rodillas le temblaban.

—¿Querías verla? —gritó de nuevo el cubero.

Una bofetada tan fuerte como la que Hugo había recibido dio con Antonina en tierra, entre las maderas y los aros de las cubas, justo en el momento en que cruzaba la mirada con su hijo.

Hugo saltó. El aprendiz volvió a negar. La madre gritó. Los niños empezaron a llorar y el cubero se deshizo del muchacho con un manotazo.

—¡Hugo! —chilló Antonina—. ¡Por Dios, vuelve a las atarazanas!

—¿Querías verla? —repitió el cubero al tiempo que acompañaba la pregunta con una patada en el vientre de Antonina.

La mujer se aovilló. Hugo no sentía, no veía, no oía, y volvió a abalanzarse sobre el cubero.

—No le pegues —gimió Antonina.

—¡Déjalo! —resonó una voz desde la calle.

El cubero se detuvo.

—Déjalo, Ferran —repitió el hombre que acompañaba a Mahir.

Los dos habían ido corriendo a casa del cubero en cuanto Mahir había hablado a su amigo de Hugo y de su madre, explicándole que el muchacho pretendía verla.

—Ha venido a molestar. ¿Qué busca? —El cubero zarandeó a Hugo, al que tenía asido de un brazo—. ¿Vivir aquí? ¿Acaso quiere que le dé de comer?

—Solo ha venido a ver a su madre —terció Mahir.

—¡Calla, hereje!

—Pero es cierto: solo ha venido a eso —reiteró el hombre.

—Ya no es su madre, es mi esposa, y él no es bien recibido en esta casa.

—Suéltalo, por favor.

Libre, Hugo hizo ademán de acuclillarse junto a Antonina, que permanecía con la cabeza oculta entre los brazos, temiendo más golpes. Sin embargo, el cubero lo apartó de un empujón.

—Vete —ordenó— y no vuelvas por aquí, porque si lo haces, la mataré a palos.

Y para demostrarlo pateó de nuevo a Antonina, esa vez en la espalda

—¡Cabrón! —gritó el muchacho, y trato de acercarse de nuevo a su madre, quieta ahora, como muerta.

No fue el cubero quien le detuvo: Mahir le agarró desde atrás.

—Cuanto más insistas, peor será para ella, Hugo. Vámonos.

Esa noche, en el baluarte de Sitges, el pueblo en silencio, Hugo conoció aquella mar tirana y caprichosa de la que su padre le hablara. Él lloraba por su madre; la mar rompía contra las rocas, una, otra, otra y otra vez. «Es su esposo —llegó casi a gritar Mahir de regreso de comprar vino—. Mientras no la mate, puede pegarle y castigarla.»

«Puede pegarle, puede pegarle, puede pegarle…», resonaba en Hugo al ritmo del estallido de unas olas que le animaban a poner fin a sus penas lanzándose sobre ellas. Las lágrimas se hicieron más y más saladas cuando una nube tapó la luna y la oscuridad fundió a unos y otros. «Puede pegarle.»

6

Barcelona, 1389

Hablaban de cerca de dieciocho mil hombres a caballo que habían invadido Cataluña y que se dedicaban al robo y al pillaje en el Empordà, al norte del principado, donde ocuparon Bàscara y algunos otros lugares. Se trataba de grandes compañías de guerra de diversas nacionalidades, principalmente francesas e inglesas reclutadas y capitaneadas por Bernardo de Armagnac, hermano del conde de Armagnac. El rey Juan, que acababa de jurar en Zaragoza los fueros de Aragón y convocado Cortes Generales en Monzón, regresó a Barcelona para preparar la defensa. La gente se hallaba inquieta, buena parte de ella temerosa de la actitud y capacidad de un rey que desde que había sanado de su última enfermedad vivía entregado a las fiestas y al ocio.

Igual que su monarca, tanto los nobles como las ciudades empezaron a prepararse para la guerra. Barcelona hizo volver a la *Santa María y Santa Juana*, una galera que había armado el año anterior para defender sus costas y sus mares del corso de los sarracenos. Hugo corrió a la playa tan pronto como se enteró de que la nave arribaba: Bernat iba en ella.

Porque esa fue la solución que había obtenido el dinero de Jucef. Ni el rey ni su capitán general iban a liberar a Bernat, pero sí Barcelona. Todos los reos, salvo los condenados por ser sodomitas, herejes, asesinos, cambistas quebrados, traidores o fugitivos de los ejércitos, entre otros delitos similares, podían obtener el indulto si se enrolaban como galeotes, sin paga, en las galeras reales o en las que armasen las ciudades. Jucef instó al abogado de Bernat para que acudiese a los concelleres y repartiese con generosidad algunos dineros; si solo uno de ellos, un tintorero viejo y barrigón, alzó la voz ante la injusta ejecución de Arnau, en ese caso la diputación del general reclamó al rey que se cumpliese con el hijo la misma ley que con los demás reos. ¿Acaso no había obtenido suficiente venganza el conde de Navarcles para acosar ahora a un muchacho de diecisiete años?, alegó

Pero Bernat no regresó a bordo de la *Santa María y Santa Juana*.

—Dicen que hicieron una aguada cerca de Tortosa —explicó el Navarro a Hugo en la misma playa, de espaldas a las atarazanas—, y Bernat desapareció.

—¿Huyó?

—Quiero creer que sí.

—Pero —insistió Hugo— ¿no los llevan encadenados y vigilados?

—A Bernat no. Parece ser que a la vista de sus conocimientos decidieron que era mejor emplearlo en otras tareas que a los remos.

—No estaba muy fuerte —dijo Hugo al recordar la delgadez de su amigo.

—No, aunque sí lo suficiente para escapar.

No fue en una fuga en lo que pensó Hugo, tiempo atrás, cuando despidió a Bernat. «Toma», le dijo ofreciéndole un par de croats de plata que había conseguido ahorrar. Disponía de algunos dineros: los que le diera Jacob en su primera venta al encante, otros con los que le premiaban tras realizar algún recado para la familia de Saúl, y aquellos que ganaba ayudando en las fincas vecinas cuando ya no tenía que hacer en la de Saúl. Mahir se lo permitía ya que su acuerdo no contemplaba pago alguno, tan solo la cama en el lagar, reposición del vestido cada año y comida, como si fuera un aprendiz, «que es lo que eres», en palabras del judío. Bernat rechazó los dineros. «No puedo llevar nada, ya me han registrado y…» Hugo le miró atónito. ¿Registrado? ¿Qué creían que podía ocultar un joven famélico que vestía una simple camisa raída? «¡Trágatelas! —le conminó el muchacho—. Solo son dos monedas. Te servirán. Seguro.» Bernat se opuso, pero finalmente Hugo lo convenció. «Yo podré ganar más. Soy libre», le dijo.

Ahora, en la playa, imaginó a su amigo huyendo a través de los campos: tropezaba y se levantaba, quizá perseguido por los soldados.

No. Bernat era inteligente. No lo pillarían. Y sus dos croats quizá sirvieran para subsanar en parte el error de su detención.

—¿Adónde irá? —preguntó al Navarro.

—Yo que él escaparía de los dominios del rey Juan y de su capitán general. Imagino que irá a Castilla.

Hugo sonrió, la mirada puesta en el horizonte.

—Suerte —le deseó sin recelar de que lo oyesen animar a un fugado.

Con el ruido del mar y el griterío de los hombres mientras desarbolaban la *Santa María y Santa Juana* de fondo, el Navarro contempló a Hugo: la atención del muchacho puesta en la línea del horizonte, como si Bernat corriera por ella. Ya no era el niño de doce años, curioso y atolondrado, que cargaba la bola del genovés. Dos años le habían cambiado: su semblante acostumbraba ahora a ser serio, había crecido y ensanchado hombros y pecho. «Está bien alimentado por los judíos», se felicitó el lugarteniente de las atarazanas. Arnau Estanyol había sido un gran amigo para el Navarro, pero a su recomendado había acabado por cogerle un cariño especial que no sabría definir.

—La merece —dijo el Navarro.

—¿Qué?

—Bernat —aclaró—. Merece esa suerte que le deseas.

El edificio anexo a la viña de Saúl, el médico, disponía de un lagar en el que recoger el mosto, luego de ser pisado, y donde herviría los primeros días. Allí trabajaba Hugo, aunque su mente estaba en los barcos. La escueta conversación con el Navarro le había transportado, con nostalgia, a la época en que vivía ilusionado con ser *mestre d'aixa*. Recordó al genovés... Sabía que lo habían liberado y que había vuelto con los demás presos a su tierra. Hugo limpiaba el lagar; pronto habría que hacer la vendimia. «Buen hombre el genovés», se dijo. Estaba dispuesto a ayudarle a ser maestro, pero todas sus ilusiones se esfumaron al paso del hijo de puta de Roger Puig... Alejó al noble de su mente y pensó en su hermana. Arsenda ignoraba lo de su madre; Hugo no quiso darle el disgusto. Todavía pensaba que él trabajaba en las atarazanas, aunque lo cierto era que parecía que le daba igual dónde lo hiciera siempre que le asegurara que cumplía con Dios por encima de todo. «He hablado con el mosén de este convento —le dijo Arsenda una de esas noches de encuentro— para que lo haga con el párroco de Santa María. Sabré si no vas a misa», terminó amenazándolo.

¡Claro que iba a misa! No faltaba ningún domingo ni fiesta de precepto. Mahir se lo exigió. «Tienes que parecer más piadoso y devoto que nadie —le dijo—. En caso contrario, podemos tener problemas, todos.» Hugo sabía que los sacerdotes visitaban a sus parroquianos y les instaban a que hablasen y denunciasen los pecados de los demás: los adulterios, los actos de brujería, las casas deshonestas, los juegos prohibidos, a aquellos que vivían en concubinato, a los judíos que no cumplían con sus obligaciones... «Nadie debe tener motivos para señalarte», le apremió Mahir.

Hugo cumplió con creces, y no solo acudía a misa sino que terminó ayudando gratuitamente en el cultivo de una de las viñas que la Iglesia poseía en el *hort i vinyet* de Barcelona. En Santa María de la Mar vivía sentimientos encontrados. Recordaba las palabras de micer Arnau; el anciano había encontrado a una madre en la Virgen. En aquel entonces Hugo se sentía feliz porque él tenía madre, pero ahora... No iba a sustituir a su madre por la Virgen de la Mar, como micer Arnau, pero sí que le rezaba y solicitaba su intercesión. «Que el cubero no le pegue», le rogaba. Con eso se daba por satisfecho. Durante los dos años transcurridos desde que había vivido la trágica paliza recibió noticias de Antonina a través de Mahir y sus conocidos de Sitges. Un día el judío le comunicó que su madre estaba embarazada. Hugo torció el gesto. «Quizá así tu padrastro no le pegue más», argumentó Mahir. El muchacho lo pensó y asintió. El otro calló; jamás le explicaría lo que de verdad le contaban. Hugo tampoco preguntó.

Pero lo que más le preocupaba cuando se hallaba en la iglesia, escuchaba a los sacerdotes y participaba en la misa era su propia situación personal. Esa no se la contaba a la Virgen. «Dios lo ve y lo sabe todo», recordaban los curas hasta la saciedad logrando con ello que su rebaño no pudiera librarse ni siquiera de la culpa de los pecados que mantenían ocultos y en secreto. «De acuerdo —se decía Hugo—, Dios lo sabe todo, pero tampoco es necesario que le cuente a la Virgen cuanto conoce de sus feligreses, ¿o sí?» Porque Dolça supo de lo sucedido en Sitges con Antonina y el cubero. Probablemente se enteraran hasta los esclavos tártaros de las viñas vecinas a la de Saúl, llegó a pensar Hugo. Sin embargo, nadie le mostró tanto apoyo y cariño como Dolça. Le acompañó en silencio durante los días en los que él lloró su desgracia. La visión de Antonina aovillada entre las duelas del taller del cubero se hallaba permanentemente en su recuerdo; luego, cuando el tiempo se alió con el olvido, ella le regaló su amistad... Si es que podía llamarse amistad a lo que ofrecía alguien capaz de mudar de la charlatanería al mutismo en un instante y sin causa aparente. Dolça lo abandonaba, a veces de manera hosca, a veces con indiferencia, pero tanto lo desairaba como hacía por volver; aunque de hecho no volvía, se limitaba a indicarle que lo hiciera él. Y Hugo la buscaba, siempre. Crecieron juntos esos dos años; jugaron a ser amigos y enemigos; ella aprendía de medicina, partos y remedios para las mujeres; él, de las viñas, del cultivo y del vino; ambos con unos maestros constantes y exigentes. De esos dos años era de lo que Hugo no quería que se enterara la Virgen. Del cosquilleo que se instalaba en su estómago al verla acercarse y del estremecimiento que le producía un simple e inocente roce. De la desazón cuando ella gritaba, daba un manotazo al aire o le insultaba y se iba. No quería que la Virgen supiera del olor de Dolça, un olor que él aspiraba en la soledad de la noche mientras fantaseaba con ella, con besarla y acariciarla y... ¿Cómo le iba a contar todo eso de una judía a la Virgen?

Hugo rascó con fuerza el lagar. Rió al pensar en su pretensión de esconder a la Virgen su amor por una judía. Ella lo sabía. ¿Cómo no lo iba a saber? Una cosa así se sabía. Dios se lo habría contado. Quizá no lo hiciera del pecadillo de tal o cual *bastaix*, del adulterio de un barquero o del hurto en el peso de un carnicero, pero los amores de un cristiano por una judía... ¿cómo no iba a contárselos? Sin embargo, por el momento nadie le decía nada ni parecía que la Virgen estuviera contrariada. Continuó rascando con brío el lagar, donde permanecería el mosto para su primer hervor. Tras un año sin uso, era imprescindible limpiar bien aquel gran depósito. Durante más de una hora solo se oyó en el interior del edificio el frotar de Hugo y su respiración agitada, constante. No podría pisar la uva ni llevarla al lagar. Todo eso debían hacerlo los judíos para que se considerara vino *kosher*.

Hugo sonrió una vez más al ver los desesperados intentos de Dolça por deshacerse de las moscas que se adherían a su cara. La vio dar infructuosos manotazos al aire tratando de impedir que zumbasen alrededor de su cabeza y la oyó renegar tan fuerte que su madre tuvo que llamarle la atención. La propia Dolça, dos años antes, en la primera vendimia de Hugo, se lo había advertido: «Ten cuidado: miles de moscas se te echarán encima y se te pegarán a la cara».

Y así fue, más y más a medida que el azúcar de las uvas impregnaba ropa, manos, brazos, piernas y rostro de los vendimiadores. Aquel primer año Hugo y Dolça rieron despreocupados mientras ella le enseñaba cómo usar el cuchillo de hoja curva, como una pequeña hoz, con el que cortar los racimos cuidadosamente, sin dañar la cepa, y luego elegirlos y clasificarlos según su calidad en los diferentes cestos en los que los llevarían al lagar. También le enseñó a distinguir y separar las uvas enmohecidas o podridas, y le exhortó, casi como si fuera un juego, a quitar los caracoles y las arañas, las hojas de parra o cualquier resto de suciedad que acompañara al racimo y, sobre todo, el racimo agraz, aquel que todavía no estaba maduro y que confería al vino un sabor acedo. «Tío Mahir dice —explicó la niña— que hay sitios donde pisan el vino con todas esas porquerías, y sale malo.» Entonces solo contaban doce años. Ahora, dos después, Dolça ya se mostraba como una mujer rebelde, poseedora de un carácter que se revelaba en cada uno de los rasgos afilados de su rostro.

—Mi trabajo es la medicina —se quejó antes de iniciar esa jornada.

—La uva está tostada y clara —contestó su tío Mahir con cariño—. También está dulce. Pruébala —le pidió al mismo tiempo que le lanzaba un racimo pequeño—. Tenemos que hacerlo con presteza; una tormenta podría destruirlo todo.

—Los agricultores estaban exentos de ir a la guerra en época de vendimia —terció el abuelo Saúl—, ¿qué menos deberemos hacer los médicos... como tú y yo? —sentenció, concediéndole su misma categoría.

Dolça esbozó una sonrisa que iluminó su rostro, aunque Hugo vio que el efecto se desvanecía a medida que Mahir empezaba a dar órdenes y a repartir el trabajo. Dolça no era médico, ciertamente, como tampoco lo era Regina. Los médicos debían tener al menos veinticinco años, según establecían las normas de la Universidad de Medicina de Montpellier, por lo que parecía lógico que, si los hombres tenían que contar con esa edad mínima, las mujeres, que solo podían acceder al título de medicina por graciosa concesión real, no iban a ser menos.

Entre manotazo y manotazo a las moscas, Hugo aprovechó para intentar entregar a Dolça un par de cencerrones, los racimos pequeños que ella se ocupaba de almacenar en una cesta separada. «¡Ponlos tú!», le replicó ella con impertinencia. Hugo no lo dudó: se separó de la línea de cepas, pasó a su lado y depositó los cencerrones en la cesta. Ella le miró hacer con los labios prietos y las cejas fruncidas. A su regreso, Hugo adelantó los brazos hacia Dolça, con ambos puños cerrados.

—Elige una —le instó.

—Déjate...

—¡Hazlo!

Dolça señaló el izquierdo con el mentón, con malas formas, como si lo hiciera obligada. Hugo abrió el puño y mostró dos uvas pequeñas. Se llevó una a la boca y le ofreció la otra. Ella no la cogió.

—Cómela —le insistió.

Ella cedió y lo hizo. El muchacho fue a continuar con su trabajo, pero Dolça lo detuvo.

—¿Qué hay en la otra mano?

Él negó con la cabeza.

—Tendrías que haberla elegido.

Dolça no dijo más. Hugo sabía que no lo haría. Nunca lo hacía. Tampoco le pediría perdón por su mala respuesta con lo de los cencerrones. Nunca lo pedía. A veces Hugo creía que su carácter se debía a todos los problemas que veía trabajando con su madre, pero luego la comparaba con Regina, que era abierta, alegre y graciosa, y concluía que esa no podía ser la causa. Regina era guapa; Dolça no, pero conseguía ser bella en aquellos momentos en los que hacía las paces con el universo... Quizá consigo misma. Entonces sus facciones tomaban carne y se dulcificaban.

En una ocasión Hugo le propuso ir a ver el mar.

—Es una pérdida de tiempo —contestó ella.

El chico insistió, como siempre tenía que hacer cuando le proponía algo. Fueron. Se sentaron en la orilla y él la animó a mecerse con el rumor de las olas.

—Una inmensidad que no piensa —criticó ella—. Solo se mueve una, otra y otra vez. Y otra más. Año tras año, siglo tras siglo. Sí, majestuoso, pero siempre muere aquí, a los pies de quienes vienen a contemplarlo. Mañana será lo mismo. Y el día en que arrasa, mata y siembra la destrucción no sabe por qué lo hace. Si de sonidos se trata, prefiero la risa de un niño o el estertor de un anciano.

—Quizá tengas razón —reconoció Hugo al cabo de un rato.

Dolça ni siquiera volvió la mirada. La brisa le apartó el cabello; frente, nariz, labios y mentón firmemente delineados contra el mar.

—¡Vamos en busca de un niño que ría! —propuso él.

Los labios de la muchacha se curvaron en el esbozo de una sonrisa. Entonces esas facciones duras que parecían en guerra contra el infinito se confundieron con el agua y se tornaron apacibles, dóciles.

—Hoy prefiero escucharte a ti —murmuró.

Hugo asintió y jugueteó con la arena mojada.

—¿Sabes que mi padre está en el fondo de ese mar? —Suspiró—. Quizá sea él quien empuja las olas…

Finalizada la vendimia, toda la familia de Saúl se preparó para pisar las uvas ya almacenadas en el lagar. En un entablado, situado por encima del depósito que Hugo había limpiado, se amontonó el fruto separado en función de su calidad. Hugo, a cierta distancia, contempló a aquel grupo de personas —formado por el propio Saúl y su esposa, los hijos de ambos con sus cónyuges, los nietos y algunos amigos e invitados— mientras subían al entablado por parejas, descalzos y con las pantorrillas desnudas, para pisar con fuerza las uvas al mismo tiempo que el mosto se filtraba al lagar. Para no resbalar, se agarraban a unas cuerdas que colgaban del techo. Primero pisaron los cencerrones, luego la uva de peor calidad y al final la mejor. Las dos primeras hervirían en cubas de madera o en tinajas de barro arenisco cocido que no transpirase, como sucedía con el barro poroso utilizado en los cántaros de agua. Hugo había lavado y preparado las cubas y las tinajas bajo las órdenes y la vigilancia atenta de Mahir. Raspó la madera interior de las cubas y comprobó los arcos que previamente este había examinado. Luego, cuba tras cuba, encendió fuego bajo ellas y las mantuvo sobre las llamas hasta que la madera se calentó por fuera, momento en que Hugo vertió pez derretida y algo de vinagre en su interior. Agua fría, y ya estaban preparadas. Con las vasijas se seguía un procedimiento similar: fuego y pez. En esos recipientes, el mosto con la brisa, el hollejo de la uva del que después sería liberado, se sometería a la primera fermentación. El mosto de la uva de calidad se dejaría hervir en el propio lagar, bien cubierto y cerrado, también con la brisa, durante cinco o seis días, quizá más a criterio de Mahir. Luego lo trasegarían, limpio, a cubas o vasijas para la segunda fermentación, la lenta. Los restos del hollejo de la uva serían macerados en agua para obtener un vino descolorido y flojo llamado aguapié, destinado al consumo de los esclavos.

Todos bebieron vino, comieron y respiraron el aroma dulzón del mosto. Charlaron, cantaron y bailaron sobre las uvas, sustituyéndose unos a otros con una alegría que mudó en barullo y confusión a medida que los efluvios del mosto fueron convirtiéndose en más y más empalagosos. Hasta Saúl perdió la compostura con el transcurso de las horas. Algunos cayeron sobre las uvas a medio pisar al escurrírsele de las manos la soga del techo a la que se agarraban, y originaron tantos aplausos como burlas. Solo Mahir parecía controlar una situación que divertía a sus parientes y amigos. Todo eran risas y bromas de las que Hugo también participaba; quizá no pudiera pisar la uva, trasegar el mosto o transportar cubas, pero sí podía ayudar en aquello que no estuviera directamente relacionado con el vino.

A diferencia de lo que había sucedido en la vendimia, Dolça fue sumándose a la fiesta sin protestar. Parecía no ser consciente de la sensualidad de un cuerpo que cada día se mostraba más y más voluptuoso. La muchacha pisaba la uva con los brazos estirados por encima de la cabeza y agarrada con fuerza a la cuerda, casi como si quisiera colgar de ella, y bailaba sobre la fruta exhibiendo, sin desvergüenza pero sí con indolencia, unos pechos jóvenes que subían y bajaban al frenético ritmo de las palmas de sus familiares y amigos, aplausos estos que en algunos casos eran inocentes y en otros no tanto. «Bebida divina. Néctar de los dioses, ciertamente», se decía Hugo pensando en el jugo que producían los pies de Dolça.

A través de la rendija de la pared de aquel mismo lagar, Hugo había espiado en más ocasiones los sahumerios de las cristianas que deseaban abortar o que eran sometidas a otros tratamientos, como conocer si eran vírgenes —o no— o quizá estériles. Para ello les introducían un tubo en la vagina por el que hacían pasar el humo de la cocción de un piñón con brea; dependiendo de si el humo llegaba o no a la boca y con qué sabor, la mujer era o no virgen o estéril. «La vagina, la nariz y la boca están comunicadas», le explicó Dolça de aquel extraño procedimiento. Sin embargo, con el tiempo Hugo fue desviando su mirada de las mujeres que Astruga trataba a una Dolça con la que no podía dejar de fantasear. A diferencia de Regina que, consciente del espía que se apostaba tras la pared, quizá excitada precisamente por eso, se movía casi con sensualidad, y se ofrecía y lanzaba miradas atrevidas hacia la rendija, Dolça permanecía ajena a la presencia de Hugo, atenta a su trabajo, a las necesidades de la paciente, a las órdenes de su madre.

Sobre el lagar, contenta, desinhibida, era Dolça la que de cuando en cuando miraba a Hugo. ¿Qué querían decirle aquellos ojos sagaces que se clavaban en él? Empezó a sofocarse y a temer la erección de su miembro ante una Dolça arrebatadora, voluptuosa, empapada en mosto, que danzaba y danzaba agarrada a la cuerda. Hechizado en ella, el baile de la muchacha sobre las uvas cesó de súbito. Astruga tiró del brazo de su hija y casi la arrojó del lagar. La judía no quiso que el silencio que se produjo señalara todavía más a una Dolça a quien obligó a salir de allí al tiempo que animaba a los demás a que continuaran, como si no hubiera sucedido nada.

—¡Adelante! ¿A quién le toca ahora? —dijo entre risas mientras trataba de disimular su violencia inicial.

Sus hermanos lo entendieron, su padre también, y todos ellos pelearon por ocupar el puesto de Dolça.

Hugo se sintió avergonzado. ¿Cómo había podido contemplar a Dolça de aquella forma? Seguro que el deseo y la lujuria se le notaban en el rostro como marcados a fuego. Todos eran judíos… y le ayudaban, y… Bajó la vista al suelo. Anheló no estar allí. Quiso escurrirse hasta la puerta de salida. Fue a hacerlo, miró en derredor y percibió que nadie le prestaba atención. Astruga y otras mujeres regañaban a David, el hijo de Jacob, y a un amigo de este, y Hugo suspiró, aliviado. Dolça ya no estaba.

Si alguien se fijó en que Hugo abandonaba el lagar no le dio la menor importancia. El sol todavía arrancaba destellos de las vides. Sin brisa alguna, el aire parecía todavía impregnado de azúcar; el olor dulzón flotaba y envolvía toda presencia. Buscó a Dolça. Se dirigió a la alberca y la encontró sentada en el borde, descalza, con las pantorrillas teñidas de mosto y las ropas manchadas. El cabello recogido dejaba a la vista un rostro tan sucio que resultaba gracioso. La muchacha deslizaba las puntas de los dedos sobre la superficie del agua.

Hugo dudó en romper el silencio. Dolça le pareció preciosa. Se deleitó unos instantes en aquella estampa. Luego carraspeó. No se extrañó de que ella ni se volviera ni se sorprendiera cuando se sentó a su lado: Dolça nunca hacía lo que cabía esperar.

—Mi madre vendrá pronto —le advirtió la chica sin dejar de juguetear con el agua.

—Está regañando a tu primo y a su amigo.

—No sé por qué —mintió Dolça, que olvidó el agua y volvió el rostro hacia Hugo.

El muchacho reprimió una sonrisa. El sol los iluminaba; una atmósfera especial los envolvía.

—Yo sí lo sé —afirmó. Luego acercó un dedo al rostro de Dolça. No se atrevió a tocarla—. Tienes…

Ella se frotó las mejillas y el mentón con la mano.

—No —insistió Hugo—. Es… —Le tocó el puente de la nariz con delicadeza—. Es aquí. Ya está —añadió mostrándole un hollejo que limpió de su dedo con el agua de la alberca.

Cuando volvió a mirarla, Dolça mantenía los ojos, ahora dulces como el aire, fijos en él como si el tiempo se hubiese detenido, como si esperase algo. Solo su respiración se revelaba un poco acelerada. El muchacho notó que la suya se acompasaba a la de Dolça mientras un temblor tan ligero como mágico atacaba sus manos, sus hombros… todo su cuerpo. No lo pensó. Tampoco pudo reprimirlo. Acercó los labios a los de Dolça y la besó. Ella lo aceptó y abrió los suyos para recibirlo con suavidad. Un instante…

—¡No! —se opuso de repente.

Hugo separó sus labios. «¿Por qué…?», empezaba a preguntarse cuando Dolça lo agarró de las mejillas y lo atrajo de nuevo hacia sí.

—Vendrá mi madre —insistió sin embargo al cabo de otro instante, separando definitivamente su rostro del de Hugo.

El chico la miró. Jadeaba. No supo qué hacer, cómo responder, qué decirle. Quería hablarle, pero todavía temblaba con el fresco sabor de sus labios y su saliva inundando todos sus sentidos.

—Vete —le pidió ella.

Él intentó acariciarle el dorso de la mano.

—¡Vete!

Hugo escapó aturdido poco antes de que Astruga saliera por la puerta del lagar.

Después de pedir infructuosamente la ayuda del rey de Francia y de presentar batalla en algunos de los lugares que atacaban los invasores, el rey Juan convocó a la guerra a las gentes de Cataluña conforme al *usatge Princeps namque*, una ley que le permitía llamar al ejército a los hombres de todo el principado con independencia de si eran ciudadanos libres o vasallos del propio rey, de la Iglesia o de otros nobles. No hacía muchos años que aquella leva se efectuaba directamente sobre las personas de la condición que fuere, pero poco a poco se alcanzó la conclusión de que la mayoría de ellas no estaban preparadas para el combate, no disponían del armamento que por ley debían tener en caso de guerra o lo tenían en muy mal estado; no estaban entrenadas en el uso de esas armas y carecían de las cualidades necesarias para entrar en batalla. Poco a poco el *Princeps namque* se transformó en la obligación de que señores, pueblos y ciudades pagaran soldados preparados en proporción a los hogares o fuegos que componían sus territorios: ballesteros y lanceros a razón de dos sueldos diarios. Los primeros debían portar ballesta, cuarenta y ocho saetas, yelmo y cota; los segundos, escudo, cota, yelmo, lanza, espada y cuchillo. Junto a ellos, a los peones, los caballeros, armados, cobraban entre cuatro y siete sueldos diarios, dependiendo de si su caballo estaba totalmente armado, protegido solo con cuero, o iba sin armar, como la mayoría de las mulas. Mediante ese procedimiento, y con la ayuda de aragoneses y valencianos, el rey Juan consiguió un ejército de cerca de cuatro mil jinetes y otros tantos miles de hombres de a pie, a cuyo frente partió hacia Gerona, a tres jornadas al norte de Barcelona en dirección a Francia, en marzo de 1390.

A retaguardia del imponente ejército, mezclado entre todo tipo de comerciantes, chamarileros, prostitutas, ladrones y gente oportunista o de mal vivir, todos dispuestos a aprovechar la devastación de una guerra y los beneficios fáciles del esperado botín, Hugo tiraba del ronzal del buey y la carreta alquilados en los que transportaba el vino joven de la última vendimia, fuerte y agrio para los soldados, unos botes sellados de cerámica vidriada con *aqua vitae* así como un rudimentario alambique para destilar más vino si fuera necesario.

—Se utiliza como componente de muchos remedios —le explicó Mahir del *aqua vitae* mientras en el lagar sometía el vino a un proceso de destilación a través del alambique que tanta curiosidad llegó a despertar en el muchacho—. Y en las guerras se necesitan muchas medicinas —añadió—. A menudo hay que fabricarlas en el lugar porque los médicos quieren hacer *aqua vitae* compuesta, esto es, vino destilado con raíces u otras hierbas. También lo llaman *aqua ardens* o aguardiente, por la quemazón que produce al contacto con las heridas o al tragarla.

—¿Y cura? —se extrañó Hugo.

—Sí. Piensa que si el vino recibe el rocío y la humedad celestial, el *aqua vitae*, destilado del vino, reducido por lo tanto a su espíritu, a su quintaesencia, se convierte en un líquido que contiene el sol y las estrellas. Cura, desde luego que cura.

—Pero si quema la garganta… —insistió el muchacho.

—¡No siempre se bebe! —Mahir se echó a reír—. Se frota en los golpes o las heridas, solo o con hierbas; también se aplica en los ojos y las orejas, o en diversas partes del cuerpo para el reuma. Se bebe para curar el frío o los pulmones, o para la debilidad y la mudez. Sin embargo, los sabios advierten que el *aqua vitae* es tan fuerte y procura tanto calor que ha de administrarse en pequeñas dosis, mezclada con vino, agua u otros líquidos. Los tratados de medicina nos hablan de que la cantidad que debe proporcionarse a una persona es la que quepa en una cáscara de avellana o incluso menos, dos o tres gotas, y en ambos casos con un poco de vino. El *aqua vitae* no puede beberse sin peligro. El vino es el néctar de los dioses, pero bebido en exceso… Un consumo inadecuado de *aqua vitae* originaría la muerte, sin duda; así lo sostienen sabios y médicos.

Hugo vivió expectante la primera jornada. Con la mirada de aquí para allá, atento a todo, absorbía mil sensaciones desconocidas. En los años que llevaba con Mahir le había acompañado en numerosos viajes, siempre relacionados con el vino y su comercio: a Martorell, donde elaboraban un vino tinto muy apreciado; a Manresa y sus pueblos cercanos, como Navarcles y Artés. También fueron a Alella, próxima a Barcelona, por su conocido vino dulce, y a Vilafranca del Penedès, e incluso llegaron hasta Murviedro, en Valencia, en busca de sus vinos. Hugo no quiso volver a Sitges; Mahir tampoco se lo propuso. Sin embargo, todas aquellas salidas de Barcelona fueron relativamente solitarias ya que Mahir y él andaban los caminos sin más compañía que la que casualmente pudieran encontrar de mercaderes y arrieros, que no les molestaban. El judío no cesaba de hablar de vinos y viñas, y Hugo escuchaba atento.

Nada tenían que ver esos viajes con la barahúnda de miles de hombres en movimiento que seguían al ejército. Hugo oyó retazos de conversaciones de quienes caminaban a su lado: Gerona; los soldados y los nobles; los hombres del de Armagnac; la guerra... Tiraba del buey con fuerza persiguiendo las palabras que se le escapaban en la distancia. A veces creía oír que hablaban del capitán general y aceleraba el paso, con las consiguientes recriminaciones de Mahir, quien no entendía la súbita prisa. Él tiraba y tiraba de un buey que ignoraba los deseos del muchacho y se empecinaba en su lentitud.

—Si tienes dinero ven a verme esta noche —se le insinuó un día una prostituta tan ajada como desvergonzada y que aparentaba el doble de los años de Astruga.

Hugo rehusó. Para desvanecer sus recelos la mujer replicó:

—Las jovencitas nunca te enseñarían lo que yo.

Hugo bajó la mirada a la tierra, seca y dura por el paso del ejército.

—¿Y qué es lo que aprendería de ti? —terció Mahir de repente—. ¿El ímpetu, el deseo ardoroso, quizá la inocencia? —añadió. La puta negó con un manotazo al aire y se alejó para evitar la discordia con el judío—. Ilusión, fantasía... —Mahir susurraba ahora como si ya hablase solo para él—. Asombro, embeleso, encanto, fascinación... ¡Estupor! Entusiasmo, devoción...

Hugo se volvió hacia Mahir, que caminaba al lado del carro con la mirada perdida en algún antiguo amor.

—Pasión. Pasión. Pasión —remachó el judío como si le contestase—. ¿Qué le darías tú al muchacho? —gritó para sorpresa de cuantos los rodeaban, aunque no de la prostituta, que estaba ya muy lejos.

Les ofrecieron todo tipo de alimentos, productos y remedios. Algunos mercaderes lo hacían con desgana, como si se tratara de una obligación que cumplían con indolencia; otros, sin embargo, con tesón y mayor insistencia a medida que Hugo y Mahir negaban una y otra vez. Sufrieron insultos y escupitajos como consecuencia de la rodela amarilla cosida a la capa oscura y con capucha, larga hasta los tobillos, que vestía el judío. A Hugo le sorprendió la entereza y serenidad con que Mahir asumió el injusto castigo. «No te preocupes, sigue adelante», trataba de tranquilizar al muchacho. Les compraron vino. Otros intentaron robarles. Mahir mostró a algunos soldados las guías que llevaba, leyéndolas bien alto para que se enterasen cuantos más mejor. Eran cartas de Saúl y de los propios médicos que acompañaban al ejército. «¿Con qué os curarán si caéis heridos?», los amenazó. Consiguió que se corriera la voz e insistió a los soldados para que les permitieran caminar con la *host* y no a retaguardia con la chusma. No los autorizaron, pero tampoco les dejaron desvalidos después de consultar con los médicos la importancia de proteger el *aqua vitae* que llevaba Mahir y el alambique con el que destilar aún más. Se decidió que un turno diario de dos soldados acompañarían la carreta.

Hicieron noche en las afueras de Granollers. Hugo no fue capaz de seguir los deseos de Mahir de que compartiese la vigilancia y cayó rendido bajo la carreta, envuelto en una manta, después de saciar su hambre con unas cebollas y algunos ajos con pan, carne salada, queso y unos tragos de vino. Y pese a los soldados, Mahir solo dormitó, también al abrigo de la carreta, pendiente de la mercancía y del buey, bien trabado y atado a su lado.

Por la mañana, como sucedía en las viñas, el judío hizo gala de una fortaleza enraizada en los nervios y los tendones que distinguían su cuerpo enjuto. Hugo, por su parte, se sentía cansado. Bajo un sol que ya anunciaba la primavera detestó el colorido y los gritos y las peleas a su alrededor. Un mercader trató de acercarse, pero cejó en su empeño; Hugo ni se volvió hacia él. Para su desesperación, acababa de entender que todo esfuerzo por arrastrar al buey era vano, inútil: el animal andaba igual con sus tirones que sin ellos. Probó a dejarlo marchar en pos de la carreta que los precedía, y el animal echó a andar con resignación, sin necesidad de apremios.

—Has tardado en comprenderlo —se burló Mahir a su espalda—. Solo ha faltado que la bestia te mirara y se riera de ti.

Hugo se volvió.

—¿Por qué no me lo dijisteis?

—Es como lo de las jovencitas, muchacho: tienes que descubrirlo tú. —Se echó a reír—. ¿Qué valor tendría que un viejo como yo te enseñara de bueyes?

«Descubrir a las jovencitas...» ¡Qué más quisiera él! Hacía cerca de seis meses que Dolça había permitido que la besara, para luego apartarse de él y, un instante después, agarrarlo de las mejillas y besarlo ella. Duró poco rato, ciertamente, pero para Hugo fue un momento mágico, indescriptible. El sabor de Dolça; el aroma que definitivamente hizo suyo al tocarla, como si hasta entonces no le hubiera estado permitido más que recordarlo con nostalgia; el roce, tan suave como hechizante. Días más tarde Hugo pudo acercarse a la chica. Lo hizo tan tímidamente como esperanzado, pero chocó contra sus facciones. ¿Quizá por ser cristiano? Entonces ¿por qué lo había besado? Ella no quiso hablarle, rehuía su presencia, y por primera vez desde que se conocían prolongó su silencio durante más de un mes, a lo largo del cual Hugo conoció un tormento que hasta ese momento ignoraba que existiera: el del desdén del ser querido. Perdió el apetito y durmió mal. En las pocas ocasiones de las que disponía, puesto que estaban en tiempo de excavar las viñas, la siguió y la espió. Apostado en una esquina, tras una arcada o confundido entre la gente que acudía al mercado, se deleitaba en su contemplación. Acostumbraban a ir las tres, Astruga, Dolça y Regina. La última, pese a su condición de judía, levantaba más miradas que su amiga. Sí, quizá Regina fuera voluptuosa, coqueta, delicada, atractiva, bella incluso, pero de Dolça emanaba una sensualidad natural que difícilmente podía compararse con favor alguno. Y a ojos de Hugo no había mujer en el mundo equiparable a ella.

Transcurrían los días, y solo cuando Regina se acercó a él, insinuante, en una ocasión en que el muchacho limpiaba el poso de las tinajas en la bodega de Saúl, Dolça reaccionó.

—¿Qué haces aquí? —llegó casi a gritar a su amiga al sorprenderla en la bodega, al acecho de Hugo, hablándole con dulzura, rozándolo con los pechos cada vez que el otro se movía.

Los dos se volvieron hacia la escalera donde se encontraba Dolça, que no llegó a descender.

—Pues… —intentó defenderse Regina, azorada.

—¡Calla! Es mi… —Dolça se interrumpió—. Es la bodega de mi abuelo —rectificó nerviosa—. No deberías estar aquí. Lo sabes bien. Solo podemos estar arriba.

—Tenía que hablar con Hugo.

—¡No tienes nada que hablar con él!

La voz le había surgido ronca, amenazante.

—Igual él tiene algo que decir —se atrevió a proponer Regina.

En la penumbra de la bodega Hugo reconoció el fuego en los ojos de Dolça.

—¿Tienes algo que decir? —le espetó Dolça. Hugo evitó la mirada de Regina y se encogió de hombros en dirección a la otra—. ¿Lo ves? —se revolvió Dolça, victoriosa—. ¿Estás contenta ya? Fuera de la bodega.

Regina cedió, y sin mirar a Hugo subió la escalera.

—¿Y tú puedes quedarte? —preguntó al superar a su amiga, parada en la escalera.

Dolça no le prestó atención y esperó hasta oír que la puerta de acceso a la bodega se cerraba por encima de ella, a su espalda.

—¿Prefieres a Regina? —inquirió entonces con un hilo de voz, transformada de repente.

—¡No!

Hugo se acercó hasta el pie de la escalera sin saber si debía subir o si Dolça descendería.

No sucedió ni una cosa ni la otra.

—Entonces ¿por qué estabas con ella?

—Bajó… Vino aquí… No ha pasado nada —aclaró. Le temblaba la voz. ¿Por qué dudaba? ¿Por qué se excusaba?—. Dolça, yo…

—Confío en que no vuelva a suceder. Regina no es buena persona. Se lo he advertido muchas veces a mi madre, pero… parece ser que las familias tienen un compromiso. ¡Fíjate bien en su nariz! ¡Obsérvala! No la verás volver la cabeza ni los ojos si quiere enterarse de lo que hablan los demás. No la veras fruncir el ceño; siempre parece estar alegre y dispuesta. No oirás de su boca una mala palabra ni un insulto. Pero su nariz la delata: las aletas se le hinchan de forma casi imperceptible, y en el momento en el que está atenta a lo que no debe es como si se le torciese. No la puede controlar. Engaña a todos menos a su nariz. ¡Esa nariz…!

Y, tal como había aparecido, Dolça desapareció.

Al recuerdo de aquella escena Hugo arreó al buey con malas maneras.

—¿Qué te sucede, muchacho? No pagues tus problemas con el animal —oyó que Mahir le decía, y comprendió que lo había azotado demasiado fuerte.

Pero se lo merecía. El buey no, claro, sino Dolça. Era ella quien merecía ese azote, porque después del suceso de la bodega continuó sin hablarle ni prestarle atención. ¿Por qué le había interrumpido entonces cuando estaba con Regina?

Desde aquel momento la atención de Hugo fue de la nariz de la muchacha a los pechos que se adivinaban espléndidos bajo las ropas que vestía. No atisbó nada de lo aseverado por Dolça, aunque esta se lo indicaba si coincidían los tres, y alzaba el mentón, las facciones rígidas, para hacerle ver que así era, que se fijase bien. Y Hugo miraba: la nariz de Regina; los pechos de Regina…

Intentó volcarse en su trabajo y olvidar todas esas preguntas para las que no discurría otra respuesta que la de que era cristiano. En aquella época quitaban las barbajas, los sarmientillos y todas las malas hierbas que crecían bajo las cepas. Luego las excavaban una a una, rodeaban su pie y hacían un hoyo para que pudieran recibir el agua, con cuidado de no dañar las raíces. Por lo demás, el vino ya vivía en sus cubas y tinajas. Ayudó en la propiedad de Santa María y le pagaron algunos dineros por hacerlo en las demás viñas, junto a esclavos y trabajadores asalariados. Santa María de la Mar le abrió sus puertas y ofreció refugio a sus cuitas; necesitaba apartar a Dolça de su mente.

También visitó a Arsenda con mayor asiduidad. Le parecía cada vez más difícil acercarse al convento de Jonqueres, como si el hecho de crecer aumentara el peligro. Continuaba engañándola con lo de las atarazanas. ¡Qué lejanas quedaban ya aquellas ilusiones! Quiso hacerla partícipe de la angustia que lo asaltaba cada vez que iba, el temor a que lo detuviesen, pero la espontánea súplica de ella de que nunca dejara de ir a verla le hizo mudar de opinión. «Tú eres mi contacto con el mundo… y mi familia —confesó Arsenda—. Las monjas hasta salen a la calle, pero a mí no me lo permiten ni siquiera para hacer recados con las demás criadas. No sé qué haría sin tus visitas.»

Se preguntó qué sucedía con las mujeres de su vida: su madre, Arsenda, Dolça, Regina… Amigos tenía pocos… o ninguno porque aquellos con los que llegó a trabar cierta amistad quedaron en las atarazanas. Un día se cruzó con un par de muchachos que sostenían las bolas de los genoveses, en la plaza Nova, frente al palacio episcopal y cerca de la catedral, un punto en el que varias calles confluían y formaban un espacio abierto donde unos bancos dispuestos en el centro separaban las zonas de venta de los campesinos que acudían a Barcelona de los simples revendedores de mercaderías. Junto a la antigua puerta en la muralla romana se ofrecía el pan amasado fuera de la ciudad, en mesas separadas de las de los panaderos que residían intramuros. Entre el aroma del pan recién horneado, la algarabía de la gente y los bandos que clamaban a voz en grito los heraldos, en aquellos momentos referentes a un ciudadano que había dejado de pagar sus deudas, Hugo reconoció a los dos muchachos, algo mayores que él.

Quiso llamar su atención y levantó una mano. No advirtieron su presencia. Alzó la voz por encima de la del heraldo y gritó: «¡Jaume!». Le extrañó que no lo oyera, pues estaba muy cerca. Y de repente lo comprendió: su trato con los judíos, o quizá su pelea con Roger Puig, o puede que los desplantes a su tío, el capitán general. Atrás había quedado el prestigio que aquella muestra de osadía le reportara en su día. Por un momento creyó que el desprecio de la gente al tal Antonio Vela del que pregonaba el heraldo se volvía contra él, como si el moroso en boca del oficial fuera Hugo Llor: «… ha dejado de pagar sus deudas, lo que se advierte para general conocimiento…».

Toda Barcelona sabría que Antonio Vela, albañil, con casa abierta en la calle de Sant Pau, era un mal pagador. El heraldo lo anunciaría a gritos por la ciudad entera para que nadie le fiara, y crecerían los rumores y las críticas. Quizá también hablaran de él, de Hugo, de su caída en desgracia, de su trabajo para los judíos. No contaba ya con el apoyo de micer Arnau ni con el del Navarro. Ahora era un leproso de los de San Lorenzo a los que no convenía acercarse; un deudor al que no era prudente fiar.

Pero le quedaba Bernat, se dijo, y sonrió, a pesar de que no estaba seguro de que fueran amigos. Quiso pensar que sí, aunque, de serlo, de poco le servía... Bernat no volvería a Barcelona. Estaría loco si lo hiciera.

—¡Con Dios, muchacho!

El golpe en la espalda que acababa de propinarle el soldado le hizo trastabillar. El buey, manso y paciente, había guiado los pasos de un Hugo embebido en sus pensamientos. Había ido andando distraído junto al animal sin reparar en el cambio de guardia.

—Con Dios —contestó.

Se quedó mirando a aquellos dos ballesteros que apresuraban el paso con la aljaba llena de saetas a la espalda, sin duda deseosos de regresar con sus compañeros y olvidar el castigo al que sus oficiales los habían condenado: la tediosa y vergonzosa escolta de un corredor de vinos judío.

Hugo volvió la cabeza para ver a los nuevos soldados que hablaban con Mahir, junto a la carreta, y tuvo que agarrarse al arnés del buey para no caer al suelo. Uno de ellos se parecía al perro calvo. Se recuperó y volvió a mirar, pegado al animal, tratando de confundirse en él. El yelmo viejo y oxidado le ocultaba el rostro, pero en ese momento se lo quitó para secarse el sudor de la cabeza y Hugo vio que se trataba de Juan Amat.

Suspiró. Luego resopló. Les dio la espalda y trató de huir lo más lejos posible, tieso, un par de pasos por delante del buey, como si tirara de él. «¿Cuánto tardará en reconocerme?», se preguntó notando un temblor en brazos y piernas. Él había crecido, pero el perro calvo mucho más; se le veía alto y fornido, más incluso que el otro soldado, un hombre mayor que Amat. Si el odio y el rencor del perro calvo se habían desarrollado igual que su cuerpo, estaba perdido. Notó que le faltaban fuerzas para andar. Pensó en huir. Podría perderse entre la muchedumbre que acompañaba al ejército; el buey caminaría mansamente tras la otra carreta hasta que se detuvieran a hacer noche, y él regresaría al día siguiente, después de que cambiara la guardia.

—¡Necio!

Hugo se encogió, creyó que ya lo había descubierto, pero nadie se acercó. Resonó otro grito y entonces comprendió que no se dirigían a él. Tampoco se trataba de la voz del perro calvo. Le venció la curiosidad y se volvió a mirar: el soldado veterano zarandeaba a Juan

Amat como si fuera un muñeco. Las saetas saltaban en el interior de su aljaba.

—¡No puede ser! —se le escapó a Hugo.

Entre zarandeo y zarandeo, sus miradas se cruzaron; la de Hugo asombrada, la del perro calvo sumisa. Sin embargo, ante la presencia de su enemigo, Amat trató de vencer la humillación y defenderse. Intentó agredir al veterano con un puñetazo. El otro lo esquivó sin excesivo esfuerzo y, acto seguido, con una agilidad inusitada, la emprendió a golpes con él. El perro calvo quedó encogido en tierra.

—Te lo dije el primer día —le escupió el veterano sin la menor compasión—, no me gusta cómo eres, ni cómo hablas, ni… ¿Cuántas veces tendré que pegarte para que entiendas que no puedes ganarme en combate? Mucho tienes que aprender. ¡Ingenuo!

La larga hilera continuó andando tras el ejército; la carreta y el buey entre ella. Juan Amat, sin embargo, se retorcía de dolor a un lado del camino. Hugo vio dudar a Mahir. Los dos volvieron la vista hacia el veterano, que siguió avanzando como si nada sucediera.

—Ven —ordenó a Hugo el judío—. ¡Corre! —le apremió mientras se acercaba al perro calvo, aún inmóvil en el suelo.

El muchacho obedeció sin planteárselo, aturdido ante la paliza que acababa de presenciar. No sin esfuerzo lo cogieron en volandas, él y Mahir.

—A la carreta. ¡Rápido! —exclamó el judío al mismo tiempo que la señalaba con la cabeza.

Tuvieron que acelerar el paso, el joven colgando, escurriéndose de sus manos, para dar alcance al buey y lanzar a Amat al carro como si fuera un saco.

—Ve con él —volvió a ordenar Mahir—. Dale un poco de vino para que se recupere.

Mientras Hugo saltaba a la carreta, el judío volvió sobre sus pasos y recogió el armamento del chico: la ballesta, las saetas desperdigadas y el yelmo.

Hugo no podía creer lo que estaba haciendo. Negó para sus adentros mientras empujaba al perro calvo para acomodarle las piernas en aquel carro atestado por el alambique, las cubas y los odres de piel de cabra para el transporte del vino. Logró apoyarlo contra uno de los laterales de madera. El perro calvo se presionaba los costados con ambas manos; le costaba respirar. Hugo lo contempló un instante: desvalido, indefenso, y sin embargo…

—¿Qué miras, imbécil? —le soltó el otro entre toses.

¿Imbécil, lo había llamado? Hugo se incorporó y apoyó un pie en el hombro de aquel bruto.

—¿Quieres saber qué miro, hijo de puta? —mascculló—. Miro cómo vas a caer de esta carreta, y luego miraré cómo te pisotean las mulas que vienen detrás.

Lo empujó, un poco; esperaba que el otro rectificara. No lo hizo. Empujó algo más, lo suficiente para que el torso del perro calvo se inclinase hasta el límite del carro. Respiraba con dificultad, sin separar las manos del pecho.

—¿Qué haces? —le reprochó Mahir, que llegó cargado con el equipo del soldado.

Hugo trató de contenerse; el judío era buena persona, pero no sabía con quién estaba tratando.

—No es asunto vuestro —replicó entonces.

Mahir lanzó las armas al carro. Luego siguió su paso.

—Sí que es asunto mío —le rebatió—. La carreta es mía. Y mía será la culpa si él cae. Y será ese quien me acuse. —Señaló con el mentón hacia delante, al veterano—. Poco importará que él lo haya apaleado antes. Si este chico cae del carro de un judío, la culpa de lo que le suceda será mía, ¿lo entiendes?

Hugo apartó el pie.

—Ahora, muchacho —le dijo Mahir—. Dale de beber, le calmará.

Hugo le dio vino hasta que Amat cayó en un sopor tranquilizador. Entonces Mahir se encaramó a la carreta y lo examinó.

—Esperaremos —comentó—. Si a lo largo del día no mejora sensiblemente es que tiene rota alguna costilla y habremos de llamar al médico.

Continuaron camino en la jornada que los dejaría a las puertas de Gerona. Hugo, ya a pie detrás de la carreta, vigilaba a un dolorido Juan Amat mientras Mahir controlaba al buey, que caminaba pacientemente, y el soldado veterano se perdía entre las otras carretas en persecución de las mujeres, amenazando a gritos a quien se le opusiera.

Esa noche, ya acampados a las afueras de Gerona, el veterano ni apareció por donde Mahir y Hugo. El perro calvo no pudo o no quiso cenar lo poco que le ofrecieron y, pese al vino, se debatió entre dolores hasta el amanecer, momento en el que se presentó su compañero. Traía las secuelas del desenfreno reflejadas en su rostro, en sus movimientos lentos y torpes y en su boca pastosa. Hugo se dijo que aquel canalla no les iba a defender de nada. Antes permitiría que les robaran… si no lo hacía él mismo.

—El muchacho está muy mal —anunció Mahir en tono grave—. Ve a avisar a los tuyos para que manden a un médico con la nueva guardia.

—No… —Le costaba hablar—. No me des órdenes… —acertó a articular—. ¡Hereje!

—No es una orden —rectificó Mahir, que bajó la mirada y mudó el tono—, pero necesita tu ayuda.

—En ese caso… —Se volvió e inició un caminar inseguro—. Sea… ¡Sea por un compañero de armas! —exclamó para darse ánimos.

Mahir presagió problemas en cuanto vio que el vendedor de ropa acampado a pocos pasos de ellos les señalaba en respuesta a un oficial que terminó dirigiéndose hacia su carreta con paso firme y decidido. Con él iban cuatro soldados de los de escudo, espada y cuchillo, y el médico.

—¿Dónde está el herido? —preguntó el último sin preámbulos.

—Ahí —señaló Mahir.

Hugo miró al hombre mientras este se encaramaba a la carreta, hasta que las palabras del oficial restallaron en sus oídos:

—Judío: Pau Climent te ha denunciado por haber golpeado a traición a su compañero Juan Amat. ¿Tienes algo que decir?

Mahir abrió las manos, gesticuló y trató de defenderse:

—¿Por qué iba a hacerlo? Yo no he sido. No. ¿Por qué iba a maltratar a un joven? Lo he acogido en mi carro.

Hugo paseó su mirada de la carreta y de un Juan Amat que, apoyado en el lateral, contemplaba la escena, a Mahir, y luego al oficial con su guardia. Los soldados permanecían atentos por si el judío y el muchacho que estaba con él oponían resistencia o trataban de huir.

—¿Puedes hablar? —preguntó el oficial acercándose al perro calvo. Este asintió con la cabeza mientras el médico le palpaba el torso—. ¿Es cierto que estos dos te han asaltado a traición y te han pegado?

Hugo lo vio en los ojos del perro calvo: asentiría. Iba a denunciarles. Sin duda. «Di la verdad», escuchó que imploraba Mahir a su espalda. El judío no tenía la culpa. El único enemigo de Juan Amat era él.

—¡He sido yo! —proclamó Hugo acercándose al oficial y retando a Amat con la mirada, altanero, soberbio—. El judío… —masculló con desprecio Hugo— es incapaz de hacer daño a nadie. Es miedoso como todos los herejes.

—¿Es eso cierto? —preguntó el oficial a Juan Amat.

Los ojos de los dos jóvenes continuaban retándose. Hugo creyó ver un destello de victoria en los del otro.

—Es cierto —ratificó con voz débil.

—No… —intentó terciar Mahir.

—¡Calla! —le ordenó el oficial a la vez que lo apartaba de un manotazo. Luego se dirigió a Hugo—: ¿Cómo te llamas? —Tras decirle su nombre el chico, anunció—: Hugo Llor, te detengo en nombre del rey.

En la cárcel del veguer de Gerona tendrían que alimentarlo, igual que si lo llevaban con la compañía, pensó el oficial. ¿Qué iban a hacer con un muchacho de poco más de catorce años? Además, continuaba la vigilancia por parte de una guardia diaria. «No es mala solución», se dijo finalmente el hombre.

—Te quedarás aquí, bajo la responsabilidad de este judío —ordenó a Hugo después de haber hablado con el médico acerca del estado de Juan Amat y de que este negara repetidamente—. Cuidarás y alimentarás a aquel a quien has dañado como si fueras su esclavo hasta que el ejército regrese a Barcelona. Entonces serás juzgado en la corte del veguer. Y en cuanto a ti —añadió dirigiéndose a Mahir—, si el muchacho escapa, lo pagarás caro.

El rey Juan se hizo fuerte en Gerona. Los lugares poco preparados para su defensa se desampararon al mismo tiempo que se fortificaban las plazas importantes como Manresa, Olesa de Montserrat, Palafrugell, Palamós, Torroella de Montgrí y algunas otras. Las escaramuzas entre los dos bandos se sucedían en Besalú, Cabanes o Navata, donde Bernat de Cabrera rompió a los enemigos y les tomó cuatrocientos caballos.

Mientras todo ello sucedía Hugo se hallaba a disposición del perro calvo, repuesto ya, en pie y con el torso fuertemente vendado. Vigilado por la guardia de dos soldados que se turnaban, con Mahir negociando sus productos casi todo el día en el interior de la ciudad, Juan Amat se divertía ensañándose con Hugo. Le hacía ir y venir sin propósito alguno, y como todavía no estaba lo bastante curado para golpearle, le gritaba, le insultaba y le escupía, sobre todo le escupía.

—Porque vos no teníais la culpa —contestó por enésima vez Hugo a Mahir en la noche cuando pudieron cuchichear acerca de lo sucedido—. Si yo no hubiera dicho que era el culpable —insistió—, nos habrían detenido a los dos, no os quepa duda. —Hugo silenció sin embargo sus rencillas con el perro calvo—. Vos sois judío —continuó— y me lo advertisteis. ¿Recordáis lo de la carreta? Estaba a punto de empujarlo con el pie. Me advertisteis que podíais perderlo todo. Y si así hubiera sido, yo no tendría la oportunidad de estar hoy aquí. No sé adónde me habrían llevado ni lo que habrían hecho conmigo.

Pero el judío continuaba sintiéndose culpable: de haber llevado a Hugo consigo, de haber solicitado la guardia de soldados, de no haber intervenido en el momento de la paliza del veterano a Juan Amat... Y de no acompañarlo en el castigo.

—No os preocupéis —insistió Hugo.

La salida se le planteó después de que una tarde el perro calvo lo humillara e hiciera que lo golpearan.

—Vive con judíos —lo señaló Juan Amat al pasar por delante de un cobertizo precario convertido en burdel—. Habría que comprobar si tiene el rabo cortado.

Los hombres que esperaban su turno fuera del cobertizo se rieron. Uno se encogió de hombros, aceptó el envite y se acercó a Hugo.

—¿Por qué no? —les dijo a los otros—. ¿Y si de verdad es un judío sin rodela en sus ropas ni nada que lo identifique?

Hugo retrocedió un par de pasos. ¿Mostrarles el pene? No serviría de nada: estaban borrachos. Optó por escapar. Los otros lo persiguieron, gritando que detuvieran al muchacho. El campamento de la gente que seguía al ejército no era sino una maraña de carretas, mulos, tiendas y cobertizos con estrechos y complicados pasos entre ellos. No tardaron en agarrar a Hugo del cabello. Creyó que se lo arrancarían a puñados, pero también lo cogieron de un brazo, y luego del cuello, y del otro brazo... Y de tal guisa, dos hombres por detrás de un Hugo que se revolvía y jadeaba lo llevaron de nuevo hasta el cobertizo.

Allí, reunido un buen número de personas alertadas por los gritos y la persecución, le rasgaron la camisa y le bajaron los calzones. Alguien manoseó el pene flácido de Hugo.

—No es judío —sentenció.

Los curiosos perdieron interés y empezaron a irse. Pero los que lo habían atrapado no lo soltaban; es más, lo retenían con mayor fuerza, como si precisamente esperaran eso: quedarse solos. Lo vio en la expresión de algunos de ellos, en el brillo libidinoso de sus ojos y en su ligero e incontenible nerviosismo. ¿Para qué esperar y pagar a las putas? Se trataba de un chico joven y atractivo. El tipo que le había tocado mantenía la mano a un palmo de su miembro.

—¡Quieren sodomizarme! —gritó cuan alto pudo—. ¡Auxilio!

Tardaron en taparle la boca. Varios hombres y otras tantas mujeres habían vuelto ya la mirada; volvieron sobre sus pasos al comprobar los esfuerzos de Hugo por zafarse de las garras de aquellos malnacidos.

—Ya hemos visto que no es judío —exclamó uno de los hombres mientras los curiosos se reunían de nuevo—. ¿Por qué lo retenéis?

Uno de los hombres lo soltó. El que estaba delante se apartó, pero el tercero, aquel que había empezado, lo mantuvo agarrado como si aún no se hubiera divertido bastante.

—Nos ha insultado —contestó mientras zarandeaba a Hugo.

—Cierto —se oyó de boca del perro calvo—. Os ha acusado de querer tener relaciones contra natura.

El de detrás golpeó a Hugo en la nuca. Se disponían a patearle de frente, pero una mujer se separó del grupo y se interpuso.

—¡Cerdos! ¿Acaso no lo habríais hecho? Le habríais dado por el culo como hacéis con todo lo que se os pone por delante.

Era una mujer harapienta, tenía el pelo enmarañado y grasiento y negros los pocos dientes que le quedaban. Se defendió a arañazos del tipo que trató de apartarla. La pelea originó la intervención de otros hombres, que buscaron la paz.

—¡Ya tenemos suficiente guerra fuera de aquí!

—Calmaos...

—Ha sido un malentendido.

La desdentada aprovechó el jaleo para volverse hacia Hugo.

—Escapa —le exhortó.

Hugo quiso preguntarle quién era, a qué su intervención…

—Escapa —le insistió ella, y lo empujó.

Un día u otro lo conseguiría. No había transcurrido ni una semana de las cuatro de convalecencia que el médico prescribió al perro calvo. Después del altercado frente al burdel, Hugo llegó a esa conclusión: un día u otro aquel miserable lo mataría. Pensó en escapar. Pero responsabilizarían a Mahir, los judíos le repudiarían y Dolça no querría saber de él. Meditó hasta que creyó haber hallado la solución. Una noche el perro calvo le entregó su jarra para que le sirviera más vino; los tres soldados permanecían alrededor del fuego, distraídos; los de la guardia dormitaban y Mahir descansaba ya bajo la carreta. Sin reflexionar, sin siquiera comprobar que nadie mirase, Hugo vertió en la jarra el contenido de uno de los botes que contenían la preciada *aqua vitae*. Dudó mientras el líquido caía, y recordó la explicación de Mahir: como máximo el «que quepa en una cáscara de avellana». Dio un vistazo al interior del bote. ¿Cáscara? ¡Un avellano entero había vertido ya! Decidió echarlo todo y así lo hizo. Luego lo diluyó en una buena cantidad de vino y removió. Tenía un olor fuerte, muy fuerte, pero el perro calvo rozaba la borrachera.

Juan Amat arrugó la nariz al primer trago. Miró extrañado la jarra mientras Hugo temblaba junto a la carreta y observaba. Dio un segundo trago, más largo. Exhaló aire al terminar, como si le ardiese la garganta. Eso le había comentado Mahir, que quemaba. De ahí que lo llamaran también aguardiente. El perro calvo sacudió la cabeza y volvió a mirar intrigado la jarra.

—He tomado vinos agrios y potentes —comentó sin interlocutor concreto—, pero este es… delicioso. ¡Está fuerte!

Hugo relajó los hombros y vació los pulmones al verle beber de nuevo, un trago mucho más largo que los anteriores.

—¡Dios! —soltó al terminar.

Mahir no le había explicado cuánto tardaría en morir, ni cómo moriría. Quizá como un perro rabioso, o dulcemente, como una anciana a la que se le escapa la vida. Aunque lo cierto, comprobaba una y otra vez Hugo, era que no parecía que el *aqua vitae* fuera a llevarlo a la muerte. Juan Amat despachó la jarra entera y pidió más. Hugo repitió la operación.

El perro calvo no se murió. Hugo se esforzó por no rendirse al sueño a la espera del fallecimiento, pero la noche se hacía larga y se le cerraban los ojos. Entonces despertaba alarmado, sin saber si había transcurrido un instante o un rato largo, y se acercaba allí donde dormía Amat. Roncaba. En una ocasión no oyó sus ronquidos. Lo tocó con la punta del zapato, y el otro se revolvió bajo la manta y empezó a roncar de nuevo. Amaneció, y la muerte quedó en un terrible dolor de cabeza del que aquel bruto estuvo quejándose toda la mañana.

—¡Deberían detenerte por el vino que vendes! —logró gritar a Mahir.

El judío torció el gesto. Saltó al interior de la carreta y no tardó en descubrir los botes de *aqua vitae* vacíos.

—¿Dos? —se sorprendió mirando a Hugo y agitando en una mano ambos recipientes.

El muchacho resopló y se vio obligado a asentir. Mahir frunció los labios, alzó las cejas y se encogió de hombros.

—Los sabios también se pueden equivocar —comentó en voz baja a Hugo, ya en tierra. En esa ocasión el que se sorprendió fue el chico al ver que no se molestaba por que hubiera usado el *aqua vitae*—. No sé si merece la muerte, en fin… —reflexionó en voz alta el judío—. En cualquier caso, no era necesario.

—Acabará conmigo —se quejó Hugo con la mirada puesta de nuevo en el perro calvo.

—No. Ya verás. Ha sido bastante sencillo y mucho más barato de lo que todos pensábamos.

—¿Todos?

—Tienes amigos, Hugo, personas que después de lo que hiciste por mí estaban dispuestos a ayudarte. Sin embargo, no ha sido necesario. Estos soldaditos se venden muy baratos.

Hugo entendió el mensaje críptico de Mahir cuando a media mañana vio aparecer a Pau Climent, el soldado veterano que había dado la paliza a Amat, y al oficial que lo detuvo a raíz de su denuncia. La palidez que asaltó el rostro del perro calvo tranquilizó a Hugo. Sin duda le tenía pánico a aquel hombre. Pero ni la palidez ni el vendaje que le comprimía el torso impidieron que el otro lo saludara con un bofetón.

—¡Mentiroso! —le increpó.

Juan Amat se inclinó para vomitar, ya fuera por el *aqua vitae*, el miedo o las dos cosas, especuló Hugo. El veterano esperó a que echara todo lo que tenía en el estómago. Luego lo agarró del cabello y le alzó el rostro.

—¿Por qué me dijiste que fueron el judío y el muchacho quienes te pegaron? —se burló de él.

—Yo… no…

—¡Mentiroso! —bramó de nuevo Pau Climent.

—¿Estás diciendo que no fueron ellos? —terció el oficial.

El veterano, agarrándolo del cabello todavía, zarandeó al perro calvo, que aulló de dolor y se llevó las manos a los costados.

—¡Contesta al oficial! —le exigió—. Los dos sabemos que no fueron ellos, ¿cierto?

¡Vaya si lo sabían!, pensaron a un tiempo Hugo y Mahir.

—No —reconoció Juan Amat.

—No, ¿qué?

—No fue él.

—Entonces ¿por qué…? —se lanzó Hugo antes de que Mahir lo sujetara por la camisa y tirara de él al mismo tiempo que negaba con la cabeza.

El chico hizo ademán de insistir, pero Mahir volvió a negar. Ahí terminaba el asunto, le diría después; ese había sido el trato alcanzado con el veterano y el oficial: ninguna denuncia más, ninguna repercusión.

El oficial se acercó a donde estaban Mahir y Hugo.

—Parece que ha habido un malentendido —se limitó a comentar—. Estás libre.

Ese mismo mes de marzo el rey Juan salió de Gerona al frente de su ejército para plantar batalla a las fuerzas enemigas. Pese a la considerable superioridad de la caballería invasora, pocas fueron las compañías francesas que se enfrentaron a él. A las que se atrevieron las venció, y los demás huyeron, abandonaron Cataluña. Tras el intenso saqueo al que la habían sometido durante los meses anteriores, los miles de mercenarios y ladrones que componían las huestes invasoras no quisieron medirse con un ejército bien formado y dispuesto a defender su tierra.

El rey decidió continuar hasta Perpiñán. Libre Cataluña del invasor, se licenció al ejército. Mahir y Hugo regresaron a Barcelona con todos aquellos que lo hacían sin haberse enriquecido con el comercio de un botín que nunca llegó.

7

Mahir le contó que en Italia había pueblos en los que se recogía la orina de sus habitantes, en las casas, mediante caños que salían de los edificios y llegaban a unos aljibes donde se dejaba pudrir. También se levantaban urinarios en plazas y otros lugares públicos con grandes depósitos. Le explicó que aquella orina ya podrida, mezclada con agua a partes iguales, servía para fertilizar los huertos, los árboles y las viñas. Con el tiempo, sostenía el judío, todas las plantas estercoladas de esa forma daban más y mejor fruto, porque el primer año, y quizá hasta el segundo, la vid acusaba el estiércol. No convenía abonarlas de nuevo hasta transcurridas cinco o seis temporadas.

La orina humana podrida, pero en este caso mezclada con ceniza de vides o sarmientos, servía también para curar las plantas enfermas a las que se les caía o se les secaba la uva antes de madurar. Mahir sabía qué cepas eran las que necesitaban la cura, y la primavera era la época del año en la que debían afrontarse esas tareas.

A la vuelta de Gerona el judío se dedicó a quemar sarmientos y cepas muertas para conseguir ceniza suficiente mientras Hugo asumía la labor de llevar hasta la viña la orina que recogía en la judería. Lo ocurrido en el campamento con el perro calvo y el veterano así como la generosidad de Hugo al atribuirse la exclusiva culpa de lo sucedido corrieron de boca en boca, por lo que la mirada torva con la que acostumbraba a recibirle el vigilante de la puerta de la calle del Call, esquina a la de la Font, la que daba a la plaza de Sant Jaume, si no se convirtió en una recepción alegre, sí que perdió los tintes de recelo que hasta entonces venían caracterizándola.

Saúl y su extensa familia también se lo agradecieron. El viejo médico le honró llamándole a la estancia en la que se mezclaban mil olores, donde le ofreció su mano.

—Te debo mi gratitud, muchacho. Nunca se sabe lo que le puede suceder a uno de los nuestros tras ser detenido. Generalmente se arregla con dinero, pero en estos tiempos convulsos, en situación de guerra… —Negó con la cabeza—. Gracias.

Charlaron, de la viña, de Arnau y de muchas otras circunstancias sobre las que Saúl le interrogó. Luego le premió con un florín de oro, fortuna que quedó en nada cuando, tras abandonar la estancia, cerrar la puerta tras de sí, de espaldas al pasillo, sin dejar de agradecer la generosidad del médico, Hugo se dio la vuelta y se encontró con los labios de Dolça sobre los suyos. Antes de que la moneda tintineara en las baldosas del suelo, la chica ya se había separado de él lo suficiente para que nadie que se asomara pudiera sospechar.

—Mi madre me ha dicho que tengo que ayudarte en lo de recoger la orina —anunció ella.

Hugo asintió embobado, sin terminar de creerse el regalo de aquel beso.

—Vamos —acertó a decir.

—¿Y la moneda? —le recordó Dolça cuando Hugo ya se lanzaba por el pasillo.

Se detuvo de sopetón y se volvió, azorado.

—¿Te pongo nervioso? —quiso juguetear Dolça con él.

—No… —Lo pensó mejor—. ¡Sí! —afirmó rotundo—. Sí. ¿A ti no te pasa?

Se arrodilló para evitar ponerla en mayores aprietos. El rostro de Dolça, de rasgos bellamente serios, se tensó como si pretendiera alzar un muro ante aquellas preguntas. Hugo se dio por contestado con su silencio, y perdió un poco de tiempo haciendo ver que buscaba una moneda cuyo brillo había percibido nada más bajar la mirada al suelo de cerámica.

—Está ahí. ¿Acaso no la ves? —dijo ella señalándola.

Hugo murmuró a modo de asentimiento. Alargó la mano y cogió la moneda.

—¿Te imaginas lo que podríamos hacer con este florín? —exclamó con una sonrisa y guiñándole un ojo.

—Guárdalo. Hay quien recibe cuatro o cinco florines como este tras varios años de aprendizaje de un oficio —contestó Dolça, ya repuesta, en tono cortante.

En la calle, Hugo cargó una de las dos grandes tinajas viejas para la orina que le proporcionó Mahir. No era el primer año que lo hacía, pero sí el primero que Dolça le acompañaba; hasta entonces lo había hecho bien Astruga, bien alguna de las mujeres de la extensa familia de Saúl.

La judería de Barcelona, como muchas otras, no era sino una ciudad dentro de la propia ciudad. Rodeada por la catedral, la plaza de Sant Jaume, el Castell Nou y la muralla romana, alojaba en su interior a cerca de cuatro mil personas que se hacinaban en un espacio insuficiente. Tan pequeña se había quedado que se creó una judería menor, al otro lado del Castell Nou, por fuera de la antigua muralla romana.

Pese a ello, la judería contaba con cinco sinagogas y escuelas: la conocida como la Mayor y la más importante, la única que disponía de bancos o asientos propiedad de los fieles; la de las Mujeres; la de los Franceses, construida por los judíos expulsados del país vecino; la llamada de Massot Avengena, rico prohombre de la comunidad, y la sinagoga Pequeña. También tenía baños, alhóndiga, carnicería y pescadería, el hospital para pobres fundado por Samuel Ha-Sardí, tabernas, tiendas y obradores. Todo ello abigarrado, aprovechando hasta el último palmo de suelo… o de vuelo, con innumerables puentes o pasadizos habitables sobre las calles que unían unas casas con otras y que impedían el paso del sol a unas callejuelas de por sí oscuras. La comunidad judía era propiedad del rey, al que pagaba una cantidad fija anual en concepto de impuestos que ella misma redistribuía entre sus miembros. Por privilegio real se regían a través de un secretario y un consejo, regulaban su funcionamiento interno, vivían conforme a sus leyes y calendarios hebreos, administraban su propia justicia y practicaban su fe.

Sastres, coraleros, fabricantes de dados, plateros o tejedores de velos; tales eran la mayoría de los obradores de los artesanos que se abrían en las calles de la judería por las que discurrieron Hugo y Dolça, él cargado con la tinaja, atento a sonidos, aromas y colores, sorteando mesas y gente; ella a cierta distancia, que aumentaba sensiblemente tan pronto como veía aparecer a las mujeres con los bacines cuyo contenido vertían en la tinaja causando una explosión de hedor.

Recolectaban la orina de los familiares y de algunos amigos convenientemente prevenidos.

—Pues en el momento en que esté podrida olerá peor —se burló Hugo la segunda vez que la vio apartarse, después de que ella le indicara una casa y le presentara a la dueña.

—Oye, he aguantado la corrupción de los cadáveres. He limpiado heridas purulentas, infectadas y apestosas. He tratado a mujeres... bueno... mujeres que llevan esa misma pestilencia adherida a sus partes secretas.

Hugo volvió la cabeza hacia atrás, la miró y asintió, como si lo imaginase.

—¡Ten cuidado! —le recriminó un hombre con el que estuvo a punto de chocar.

—Haz caso —le aconsejó Dolça con media sonrisa en los labios—. ¡No se te vaya a derramar la orina y tengas que recogerla!

—¿Me ayudarías?

—No. Si está en mi mano, solo hago aquello que me place.

Hugo se detuvo hasta que ella le alcanzó.

—¿Por eso me diste el beso? —le susurró al oído.

Por segunda vez en el mismo día la ponía en un compromiso. Si en la primera se arrodilló a buscar la moneda, en esta reinició la marcha con la tinaja y volvió a dejarla atrás, intuyendo la seriedad que habría vuelto a cubrir sus facciones.

—Sí —escuchó sin embargo Hugo a sus espaldas.

La joven lo alcanzó.

—Por eso te di el beso. Y también me pongo nerviosa.

Hugo hizo ademán de volverse.

—¡Camina! —le ordenó Dolça. Él obedeció—. Y a menudo sueño contigo, y termino húmeda...

—¿Húmeda? —la interrumpió Hugo.

—Sí, mucho. No sabes nada, ¿cierto? Nunca has estado con una mujer, ¿no es así? —Hugo quiso detenerse, pero Dolça le ordenó seguir—. Tuerce en la próxima calle, la de los baños.

—Y tú, ¿has estado con algún hombre? —preguntó él después de comprobar que nadie podía oírles.

Dolça dudó. Optó por no engañarle:

—No. Pero sé mucho por mi trabajo. Soy partera, ¿recuerdas?

Transcurrió la primavera y llegó el verano. Durante aquellos meses Hugo trabajó las viñas de Saúl, ayudó en las de Santa María de la Mar y, como jornalero temporal, en las de aquellos otros ricos prohombres que las poseían en las afueras de Barcelona, como las del mercader Rocafort. En su idas y venidas trató de no toparse con el perro calvo y evitó transitar por el Raval, los alrededores de la calle de Tallers y la puerta de la Boquería, donde las carnicerías de cabrío. No quería pensar en lo que le haría el bruto de Amat si lo atrapaba.

En lo que sí pensaba, día y noche, era en Dolça. Los dos se buscaban a escondidas, en casa de Saúl, donde ella vivía con su madre, o en la viña. Hacían por verse y, si lo conseguían, algunas veces volvían a besarse e incluso a fundirse en unos abrazos torpes que fueron alcanzando sensualidad a medida que conocieron sus cuerpos. Él le tocó los pechos, jóvenes, firmes, de pezones duros, y se los manoseó hasta que aprendió a acariciarlos y a mecerse en su respiración entrecortada. Bajo las ropas de Dolça, Hugo disfrutaba con su pubis prieto contra su miembro erecto, rozándolo y rozándolo hasta que estallaba en un orgasmo frenético y la abrazaba con fuerza, como si no fuera a soltarla nunca más.

Sin embargo había ocasiones en las que Dolça no le permitía acercarse. «Vete... ¡Déjame!», lo rechazaba. «¿Por qué?», preguntaba él. «Porque sí», se limitaba a rehuir ella si tenía a bien contestarle, que era lo menos habitual. A pesar de su insistencia, lo máximo que consiguió Hugo fue que un día Dolça meditara como si estuviera dispuesta a sincerarse. No lo hizo. En algunas otras ocasiones era ella quien lo sorprendía y tomaba la iniciativa, ávida de algo que podía ser amor, cariño o placer. «Te amo», llegó a confesarle Hugo. Lo pensaba en las noches. «Te amo, te amo, te amo...» Había imaginado cómo se lo diría en innumerables ocasiones y situaciones diversas. Al oírlo, Dolça se puso tensa, clavó la mirada en él y calló, pero volvió a besarlo con pasión. Frialdad y pasión, dos inclinaciones contradictorias que parecían controlar a la muchacha. «¡Basta!», decía Dolça a menudo, poniendo fin de manera repentina a un beso, a una caricia..., al deseo. Alguna vez rectificaba y volvía, con mayor ardor, abrumándole; otras, sencillamente, le daba la espalda.

Corría el mes de julio cuando una sirvienta llamó a Dolça mientras los dos se encontraban en el huerto, ocultos entre unos manzanos. La criada no estaría a más de cinco pasos. ¿Qué habría visto?, se preguntaron ambos con la mirada.

—¿Qué quieres? —le contestó Dolça alisándose la camisa y atusándose el cabello.

—Micer Saúl pregunta por Hugo. Le espera en su consulta.

¿Y cómo sabía la muchacha que Hugo estaba allí? Nadie los había visto…

—¿Para qué? —preguntó Dolça, arrepintiéndose enseguida, convencida de que su abuelo nunca habría compartido con la criada las razones por las que quería hablar con Hugo.

—No lo sé, pero estaba de muy mal humor.

Transcurrieron unos instantes de silencio.

—Ahora irá —la despidió Dolça.

Hugo accedió a la estancia de los mil olores atemorizado.

El semblante del médico, adusto, no le auguró nada bueno.

—Siéntate —le ofreció Saúl.

Hugo lo asumió como una orden. Nunca se había sentado en aquel despacho. Lo hizo en una silla de respaldo alto que le obligaba a mantenerse incómodamente erguido.

—Te he mandado llamar…

El muchacho perdió el hilo de la conversación, absorto en sus temores. Pensó en confesar, como había hecho con Mahir, pero esa vez para exculpar a Dolça.

—¿No me escuchas? —interrumpió sus pensamientos el judío.

—Perdón.

—¿Has oído lo que he dicho?

Transcurrió un instante.

—No.

—Mar, la viuda de Arnau Estanyol, ha fallecido. Mañana la enterrarán en el cementerio de Santa María de la Mar.

Hugo dirigió sus pensamientos hacia Bernat, que no podría llorarla. Se preguntó dónde estaría, si viviría siquiera.

Hugo descendía por la calle de la Mar, incómodo en la gonela negra con mangas que los judíos le habían prestado y que le caía por debajo de las rodillas. Sudaba. La ropa de lana abrigaba demasiado para el calor del verano. Y picaba. Su aspecto contrastaba con el brillo de las preciadas mercancías que se exhibían en los obradores de los plateros a ambos lados de la calle y dificultaban el paso de los viandantes. Vio a compradores interesados en alguna joya que negociaban animadamente; a mujeres que se probaban collares o pulseras; a gente que hablaba a gritos y reía... Todo menos él parecía relucir bajo el sol radiante de aquella mañana de julio, en la que el olor del mar le anunciaba la cercanía de la playa.

La majestuosidad de Santa María lo engulló nada más traspasar su puerta principal. El templo se hallaba casi vacío, algunos fieles desperdigados aquí y allá, y el titilar de las muchas velas que alumbraban el altar mayor sucumbía ante el raudal de luz coloreado que se filtraba por los ventanales para caer a plomo sobre el suelo, dejando en penumbra el resto de la iglesia. Hugo empequeñeció. Micer Arnau le había hablado muchas veces de esa sensación, pero le costaba experimentarla con el templo lleno de gente. Sin embargo, en ese momento se sintió paralizado: incapaz de recorrer el espacio colosal que se abría ante él, como si todo el peso de aquella iglesia, de sus columnas esbeltas, de los arcos con sus inmensas piedras de clave hubiera caído sobre sus hombros y le impidiera moverse.

Le devolvieron a la realidad los correteos de tres niños que trataban de expulsar del templo a varios perros que corrían más que ellos. Él mismo tuvo que hacerlo en ocasiones. Era difícil, pero no convenía disgustar a los curas si buscaban chiquillos para perseguir a los animales. «Así no —estuvo tentado de gritarles—. ¿Os dais cuenta? Se os han escapado.»

—Vamos, muchacho.

Quizá el hombre que le empujó por la espalda solo se había fijado en su vestidura negra, pero Hugo reconoció en él a uno de los *bastaixos* que acostumbraban a trabajar en las atarazanas. Lo siguió hasta el deambulatorio, el pasillo circular que rodeaba por detrás el altar mayor. Allí, entre los contrafuertes del ábside donde se abría la capilla de los *bastaixos*, se congregaban varios de ellos con sus familias, todos de luto. Hugo no reconoció entre los presentes a ninguno de aquellos que tan respetuosamente, con frecuencia rayando el servilismo, saludaban a micer Arnau en sus recorridos con los dineros del Plato de los Pobres Vergonzantes, antes de que cayera en desgracia con la llegada de los Puig. Solo una persona ajena a la cofradía compareció a llorar a la esposa de Arnau Estanyol: Juan el Navarro, que, parado tras su barriga inmensa, se secaba sin cesar el sudor que le perlaba la calva.

En la pequeña capilla la gente se arremolinaba en derredor del sencillo ataúd de madera de pino. El sacerdote dio inicio al oficio, pero Hugo no lo escuchaba. Se sentía traidor a la Virgen por el engaño respecto a sus relaciones con Dolça, cada vez más apasionadas. Y si no lo compartía con la Virgen ni se arrepentía, tampoco lo hablaba con Dolça, como si entre ambos se hubiera establecido un acuerdo tácito. Ella nunca sería cristiana, sus convicciones eran inamovibles. Y, aunque en Cataluña hubiera podido convertirse al cristianismo, Hugo no podía hacerlo al judaísmo. Tan pronto como abrazara aquella fe sería detenido por la Inquisición. Le constaba. Un día se lo había preguntado a Mahir, planteándoselo como si fuera una cuestión intrascendente que le hubiera venido a la mente mientras trabajaban codo con codo en las viñas.

—Mahir, ¿qué pasa si un cristiano se hace judío?

El otro siguió inclinado sobre las raíces de la planta.

—Tendría que apostatar y convertirse a la fe judía.

Se hizo un silencio solo roto por los sonidos del campo: el rascar del hierro al cavar la tierra, algún animal o el vuelo de un insecto.

—No pensarás hacerlo, ¿eh?

El judío se incorporó con una mano sobre los riñones.

—No, claro.

—Porque si lo hicieras serías considerado un hereje, la Inquisición te detendría y te juzgaría como tal. Los cristianos que apostatan y se convierten en judíos o mahometanos son considerados herejes por la Inquisición. La pena podría llegar a ser la muerte... Acabarías quemado en la hoguera.

—Entiendo —musitó Hugo.

—Piensa hasta qué extremos llega la Inquisición que incluso a los cristianos que apostatan por miedo a la muerte o tras ser torturados, como ha sucedido con algunos presos liberados por los mercedarios de las cárceles de Berbería, también se los considera herejes.

—Ah —se limitó a decir el muchacho.

Volvieron al trabajo, pero al cabo de un rato Mahir se incorporó de nuevo, repentinamente, y continuó su discurso, esa vez en voz más alta y recalcando las palabras:

—Y con el hereje que apostata de la cristiandad, la Inquisición también considera herejes a aquellos judíos o infieles que pervierten al cristiano. No te quepa duda —aseveró— que si tú apostatases yo sería inmediatamente detenido por pervertirte.

«Y Dolça también podría serlo», pensó Hugo, y se echó a temblar.

—No os preocupéis, Mahir. No tengo intención de apost…

—Apostatar —le ayudó el otro—. Confío en ello, muchacho.

Los llantos de las mujeres en el interior de la capilla de los *bastaixos* devolvieron a Hugo a la realidad. Quizá algún día pudiera huir con Dolça a algún lugar donde nadie los conociera y aparentar que él también era judío. A Granada. Había oído que allí mandaban los musulmanes y habitaban judíos. ¿A quién le importaría que fuera o no cristiano en el reino de Granada? Tenía que proponérselo de una vez por todas a Dolça. Chasqueó la lengua y una anciana se lo recriminó con la mirada. Había pensado hacerlo mil veces, pero luego, con Dolça delante, le fallaban las palabras, dudaba, se atoraba, temeroso de cuál sería su respuesta.

Enterraron a Mar en el cementerio mayor que se hallaba en la plaza de Santa María, frente a la entrada principal del templo. Fue allí, en el momento en que bajaban la caja a la fosa, cuando Hugo volvió a recordar a Bernat, lamentando que no estuviera presente para darle un último adiós a su madre.

Los *bastaixos* y sus familias dudaron en retirarse tras la última palada y la despedida del sacerdote: no había a quien presentar sus respetos, ningún familiar de la muerta. Hugo los dejó con sus cuitas y buscó el mar. Necesitaba olerlo, refrescarse, pisar el agua, hinchar sus pulmones del salitre que flotaba en el aire.

—He oído rumores de que navega a las órdenes de un corsario castellano.

Hugo se volvió. El Navarro le daba alcance; resoplaba.

—¿Bernat? —intuyó Hugo que era a quien se refería el otro.

—Sí. Solo son rumores, pero…

—¿Dónde está?

—Cartagena, Sevilla… ¿Quién sabe?

—Me alegro. Siento lo de su madre.

—¿Y tú...? —preguntó el Navarro—. ¿Cómo estás tú?

«Desquiciado por el amor de una judía.»

—Yo quería ser *mestre d'aixa* —optó por contestar.

—Lo sé.

—Me habría gustado continuar en las atarazanas: los barcos, el mar...

—¿Quieres visitarla? —La invitación sorprendió al muchacho, aunque todavía lo hicieron más las siguientes palabras del Navarro—: Entraríamos por la puerta principal. No será necesario que saltes el muro y te introduzcas a escondidas en la noche.

—Lo siento —confesó él.

—Recuperamos el destral. En cuanto a la ballesta... nos la devolvieron los soldados del rey.

—No tuvimos suerte.

—Los dos seguís vivos después de intentar asesinar al capitán general de los ejércitos de Juan —replicó el Navarro propinándole una fuerte palmada en la espalda—. Sí que tuvisteis suerte, ¡por supuesto que la tuvisteis!

La actividad en las atarazanas era frenética; Hugo no recordaba una intensidad como la que se le ofreció a la vista. El rey Juan había ordenado la construcción de una armada para acudir a Sicilia en defensa de los derechos dinásticos de su sobrino Martín el Joven, que acababa de contraer matrimonio con María, la reina de Sicilia, refugiada en Cataluña desde hacía casi diez años a causa de la rebelión de los nobles sicilianos. Se trabajaba a destajo en las ocho naves cubiertas y en el patio. El ruido era ensordecedor y el ambiente, por altas que fueran las naves, era casi irrespirable debido al humo, a la madera, al alquitrán y el sebo, y al sudor de la multitud.

—El rey... —El Navarro tuvo que alzar la voz ante el rostro asombrado de Hugo—. El rey ha ordenado que todos los artesanos ocupados en la construcción de barcos, desde los calafateadores y los *mestres d'aixa* hasta los *bastaixos* y los lanceros, permanezcan en Barcelona a disposición del alguacil de las armadas reales. Como si fuera un ejército, todos están obligados a trabajar para el rey —añadió con orgullo, y con un gesto de la mano abarcó las atarazanas para demostrarlo.

Hugo sabía de aquella armada. «Necesitarán vino, mucho —le

había comentado Mahir—, pero hasta que la construyan y se decidan a zarpar pasarán uno o dos años, como mínimo. Será el tiempo que tendremos nosotros para comprometer y comprar esas cosechas.»

«Nosotros.» Recordó el término empleado por Mahir: «Nosotros». De repente, el escándalo y la confusión que se vivían en las atarazanas le parecieron muy lejanos, ajenos a él, a la calma con que trabajaba la viña. Habían transcurrido varios años y efectivamente se sentía parte de la tierra. «Nosotros.» Mahir y él habían terminado entablando una relación basada en un cariño que el judío trataba de disimular. Mahir no tenía hijos. Dolça le explicó un día que su tío se había divorciado de su primera esposa porque era estéril, pero tampoco consiguió nada con la segunda mientras la primera, fiada a su supuesta carencia, daba a luz el hijo de una relación adúltera; ella se puso en evidencia y a Mahir le robó su hombría. «No le habría sucedido eso si hubiera permanecido casado con las dos», sentenció Dolça al final de la explicación. «¿Con las dos?», se sorprendió Hugo. «Claro que sí —confirmó Dolça—. No había nada que lo impidiera, sobre todo si la primera era estéril.»

La revelación acaecida en las atarazanas unió a Hugo a aquella tierra que no le pertenecía. Mahir le trataba bien y le enseñaba con tesón y paciencia cuanto sabía de la vid, el vino y el *aqua vitae*. Él trabajaba satisfecho; aprendía a querer la naturaleza, como si hasta entonces no se hubiera atrevido. «Sí. Tengo suerte», celebraba. Dudó en confesárselo a Arsenda, y al final decidió no hacerlo: ella nunca aceptaría que trabajase para los judíos y mucho menos que pudiera llegar a halagarlos. Hacía ya algún tiempo que no escalaba hasta el tejado de la casa de la monja. Ahora cuando iba a verla hablaban discretamente a través de la pequeña ventana enrejada. Y ella siempre le pedía que regresara. «No me falles, hermano.»

No le falló. Tampoco a Dolça.

—Estás… estás diferente —observó ella a finales del mes de septiembre, unos días antes de la vendimia.

Dolça acudió al lagar, junto con Saúl y Astruga, para ayudar a preparar los aperos. La joven aprovechó un descanso para acercarse a Hugo, alejado a unos pasos pero a la vista de todos.

—Sí —afirmó él. Luego se mantuvo en silencio hasta que la expresión de Dolça le obligó a continuar—. Porque…

Carraspeó y tragó saliva. Ella se irritó.

—Porque ¿qué?

—Porque tú y yo nos fugaremos al reino de Granada para vivir juntos y sin problemas —soltó de un tirón.

Dolça dejó escapar una risita. Calló. Lo miró y gesticuló con las manos. Volvió a reír, con fuerza esa vez. Y lo miró de nuevo de arriba abajo.

—¿Qué? —le espetó.

¡Se lo había dicho! Y ella no se había opuesto.

—Lo que has oído —contestó él con una seguridad que desarmó a la muchacha—. Tú y yo…

—Ya, ya, ya —lo interrumpió Dolça—. ¡Estás loco!

—Sí… —empezó a decir Hugo.

—¿Por qué está loco?

La pregunta surgió de Astruga, que se había acercado sin que se percataran.

Dolça tartamudeó.

—Porque… —Hugo se detuvo sin saber qué contestarle.

Astruga paseaba la mirada de uno a otro y empezaba a fruncir el ceño.

—¿Se lo digo, Dolça? —preguntó Hugo ingenuamente mientras discurría qué contarle.

—¡Claro que sí! —se escabulló la otra al instante—. Es mi madre.

—¿Y bien? —insistió Astruga en el momento en que los demás también se acercaban.

Hugo se volvió hacia las viñas, buscando una excusa que le sacara de aquel embrollo.

—Le he propuesto hacer un vino especial…

Mahir lo interrogó con la mirada.

—Aquellas cepas… —Hugo las señaló—. Las que lindan con el huerto de los Vilatorta dan una uva distinta, quizá por el sol, no tan dulce como las demás pese a madurar igual.

Era verdad. A Hugo le gustaba el sabor sutilmente amargo de esas uvas, e incluso había llegado a pensar que darían un buen vino, diferente.

—Cierto —reconoció Mahir—, pero no lograríamos suficiente vino.

—Aunque fueran unas pocas tinajas… —insistió el muchacho—. ¿Qué más da?

—Sería complicar más el proceso de pisado…

—Me comprometo a recolectarla antes que ninguna otra y a apartarla en el lagar. De esa forma no habría complicación alguna.

Dolça le miraba, recriminándole que continuara con la propuesta. «Ya está —le decía con los ojos entrecerrados—, ya hemos salido airosos del desliz. No insistas.» Los demás, el viejo Saúl incluido, esperaban la decisión de Mahir.

—De acuerdo —concedió este.

—Pues esas uvas —terció entonces el abuelo— que las pisen mis nietos Dolça y Saúl. El vino que produzcan lo guardaremos para celebrar su matrimonio.

Hugo palideció. Dolça clavó los ojos en el suelo.

—En la vendimia del año que viene, por septiembre, Saúl ya habrá cumplido veinte años y tú, Dolça, dieciséis, las fechas que se establecieron en los *ketubot*. ¿Me equivoco? —inquirió en dirección a su hija Astruga.

—No, padre, no os equivocáis. En esa fecha contraerán nupcias. Ya hemos preparado muchas cosas para el matrimonio, pero me parece fantástico elaborar un vino especial para el día de la celebración. Confiamos en que no te equivoques, Hugo. Gracias por la idea.

Hugo se limitó a levantar el brazo, vuelto hacia esas cepas que señalaba, como si las estudiase en la distancia. Rezaba para que nadie se acercara hasta él y descubriera las lágrimas que corrían por sus mejillas, para que nadie percibiera el temblor de su cuerpo, para que nadie oyera sus sollozos contenidos.

—Voy a por unas cuantas uvas para que las probéis —acertó a decir antes de cruzar entre las cepas y alejarse de todos ellos.

Hugo se hallaba en el límite de la viña, donde lindaba con la huerta de los Vilatorta. Vendimiaba aquellas uvas con cuyo jugo Dolça celebraría su matrimonio. Pisoteó un racimo caído mientras pensaba en la crueldad de la joven. ¡Se iba a casar! Mahir le contó que la familia lo había pactado cuando ambos eran niños, antes de que él apareciera en la judería de la mano de Mar tres años atrás. ¡Y en ese tiempo ella nunca se lo confesó! Se casaba con uno de sus primos, Saúl, el hijo mayor de Jacob. Hugo lo conocía de la venta al encante. Hasta entonces lo tenía en estima. Sacudió la cabeza, intentando alejar el dolor. Recogería aquella uva. Recogería toda la que fuera necesaria, se lo debía a Mahir, y luego desaparecería. No volvió a hablar con Dolça. Quizá por eso ella dudaba siempre; por eso se separaba de él y lo rechazaba. No se trataba de que fuera cristiano, era porque estaba prometida. Se iría. Lo decidió en las noches de insomnio, entre lágrimas unas veces, entre insultos otras. Disponía del florín de oro y de algunos otros dineros obtenidos en las viñas. Iría en busca de Bernat, a Sevilla o Cartagena, donde el Navarro le había contado que podía estar.

Madrugó para empezar la vendimia de aquella zona y dejarla lista, tal como le prometió a Mahir. Miró el racimo pisoteado. Iba a dejarlo, pero decidió cogerlo y lanzarlo al cesto, con los otros, diciéndose que no le preocupaba cómo saliera aquel vino. Debía de llevar cerca de un cuarto de las cepas vendimiadas y la luz despertaba indolente, como si no quisiera alumbrar, cuando vio llegar a Mahir al lagar. Le acompañaba alguien… Entornó los párpados, se puso la mano derecha sobre los ojos a modo de visera y forzó la mirada. Sí, era Dolça. ¿Qué hacía tan temprano en la viña? Mahir le saludaba desde la distancia. Él correspondió y levantó con apatía la izquierda mientras Dolça se internaba en la viña y caminaba en su dirección. Hugo no se movió, mantuvo la mano derecha sobre la frente y esperó a que llegara, sin decir nada, incapaz de pensar.

La joven se detuvo junto al cesto de las uvas y hurgó en él.

—Elige —le sorprendió adelantando sus manos cerradas.

—¡Déjame en paz! ¿Por qué no me dijiste nada?

—No tuve que ver con ello. Lo pactaron mi madre, mi tío y mi abuelo. Yo solo era una niña pequeña.

—Pero… ¡te vas a casar!

Dolça guardó silencio. Luego, como si no tuviera más alternativa, repitió:

—Elige.

Hugo examinó su rostro: no mostraba aquella seriedad extrema que lo torturaba.

—Por favor —imploró ella.

—La izquierda —cedió Hugo.

En lugar de abrir la mano, Dolça estrujó las uvas en su puño hasta que el jugo empezó a fluir entre sus dedos. Acercó la mano a la boca de Hugo.

—Quiero que seas el primer hombre que beba el zumo de estas uvas, las que tú has elegido.

Sin mover la cabeza, Hugo volvió los ojos hacia el lagar. Mahir estaría trabajando en su interior: tenía mucho que preparar. Entonces lamió el jugo que chorreaba de los dedos de Dolça.

—También quiero que seas el primer hombre que me posea.

Dolça le presionó de los hombros hasta que él cedió y se arrodilló. Ella lo hizo a su lado, le levantó la camisa, le bajó el calzón hasta las rodillas y acarició su miembro erecto. Hugo tembló. Un escalofrío de placer le recorrió el cuerpo. Dolça apartó un par de piedras y se tumbó sobre la tierra, se subió la camisa, le ofreció su pubis cubierto de vello rizado castaño y lo atrajo hacia sí. Tuvo que ayudarle a penetrarla. Él jadeó mientras se movía con violencia. Ella reprimió el dolor que explotó en sus entrañas. «Te amo», repetía Hugo una y otra vez. Dolça callaba. Remitió el dolor, y ya le acompañaba en sus rítmicos movimientos en el momento en que Hugo alcanzó el orgasmo y estalló en placer. Dolça se sintió tan vacía como llena de él.

—Te amo —repitió Hugo, sudoroso, jadeante, el peso de su cuerpo a plomo sobre ella.

Dolça no contestó. De repente el silencio les recordó dónde estaban.

—Levántate —le apremió ella—. Pero vístete antes, ¡por lo que más quieras! —añadió ante su descuido.

Hugo obedeció. Se puso de pie y miró a su alrededor.

—Mahir no está —la tranquilizó.

Ella se levantó también.

—Yo… —quiso decir Hugo.

—Hay mucho que hacer —le interrumpió Dolça.

8

—Hay laúdes —contestó el Navarro a su pregunta— que navegan de cabotaje desde Barcelona principalmente hasta Valencia, aunque pueden llegar algo mas allá.

Hugo los conocía. Se trataba de barcos pequeños de poco calado, vela latina y aproximadamente seis remos por banda que comerciaban a pequeña escala pero que, aunque disponían de poco espacio, también podían llevar algunos pasajeros, quizá un par, tres o cuatro como máximo.

—Tu florín de oro sería más que suficiente para que te transportaran. De allí hasta Cartagena…

Hugo se había presentado en las atarazanas y preguntado por el lugarteniente para que le informara de cómo podía ir en busca de Bernat. El trajín en la construcción de la armada real destinada a Sicilia continuaba siendo estremecedor. Ahora tendría que decirle la verdad.

—¿Y a dos personas? —le interrumpió—, ¿sería suficiente el florín de oro para que embarcaran a dos personas?

El Navarro lo miró de arriba abajo.

—¿La conozco?

—No. —Acompañó la negación con un firme movimiento de la cabeza—. ¿Sería suficiente?

—Espero que no vayas a cometer ninguna locura, muchacho.

Una locura… Así lo había calificado Dolça el día que le propuso huir. «¿Estás loco?», le dijo. Pero poco después todo cambió e hicieron el amor. ¿Acaso su vida no se había convertido en una verdadera locura? Vendimiaron, en silencio. Hugo trató de hablar con ella en un par de ocasiones. «¡Calla! No digas nada —le ordenó Dolça—. No me mires», le exigía al sentir los ojos de Hugo fijos en su rostro sucio y pringoso, atacado por las moscas. El muchacho no pudo hablar. No pudo recrearse en ella… hasta que llegó el momento de pisar la uva en el lagar. Saúl y su familia celebraron la vendimia, y corearon a Dolça y a Saúl mientras estos bailaban sobre las uvas agarrados a las cuerdas que colgaban del techo. Dolça forzaba la sonrisa en respuesta a la de Saúl, y simulaba reír ante los gritos y aplausos de su madre o los vítores de su familia. Hugo la miró danzar, sensual. La pareja de prometidos continuó exprimiendo las uvas, sus uvas, aquellas cuyo vino honraría su boda, hasta que Hugo percibió una lágrima que corría por la mejilla de Dolça. Ella le miraba. Soltó una mano de la cuerda y se la pasó por la cara. Simuló resbalar y se esforzó por lanzar una carcajada.

Huirían. Por supuesto que huirían. Tenían que hacerlo. Tras la vendimia Dolça siguió tratándolo como acostumbraba: apasionada en ocasiones y dubitativa en otras; gélida a menudo. No le permitió ni rememorar ni hablar de lo sucedido en la viña de su abuelo, allí donde lindaba con el huerto de los Vilatorta. Tanto se negaba ella que Hugo empezó a pensar que para Dolça todo había sido un error, un momento fugaz fruto de… ¿de qué? Se preguntaba qué podía haber llevado a Dolça a entregarse a él, a darle de beber el zumo de aquellas uvas. «Quiero que seas el primer hombre…» Hugo dejó de buscarla con el ahínco con que lo hacía para que no creciese aquella herida cuyo dolor aumentaba con la presencia de Dolça.

—¿Ya no me amas? —le sorprendió ella un día que se cruzaron en la casa de Saúl.

Hugo titubeó.

—No… ¡Sí! Quiero decir que sí. ¡Claro que te amo! Pero pensaba que tú…

—¿Qué pensabas?

—Yo…

Se sintió incapaz de hablar con soltura.

Dolça lo llevó a la bodega y cerró la puerta tras de sí. En la oscuridad se escondieron tras unas cubas a cuyo abrigo ella lo desnudó. Luego lo hizo ella, cogió las manos de Hugo y las guió por su cuerpo mientras suspiraba y le besaba, y se ponía en tensión, con la respiración contenida, cuando él atinaba con el punto que le proporcionaba placer. «Ahí —le animaba entonces, y soltaba sus manos—. Continúa... No te detengas.» Le mordió y le arañó. Dolça alcanzó el éxtasis antes incluso de tumbarse y acoger unos embates que trató de moderar. «Sin prisa», susurró. Había oído que su madre así lo explicaba a las judías —y a algunas cristianas de confianza— que acudían a ella. Dolça y Regina no podían reprimir las sonrisas ante esos consejos. «Tienes que disfrutar tú también —sostenía—. El placer es imprescindible en la mujer para que produzca su semen. Con ese semen y el del hombre se puede concebir. Si no hay goce por nuestra parte, no habrá concepción.» Y eso hacía Dolça en ese momento: abandonarse al placer. Llegó de nuevo al orgasmo. Luego lo alcanzó Hugo, a quien la joven tuvo que taparle la boca para que sus gemidos no se oyeran más allá de la bodega.

—Yo también te amo —confesó justo en el momento en que él forcejeaba por penetrarla de nuevo.

Hugo se quedó inmóvil.

—¿Qué has dicho?

—Vámonos ya, rápido, o sospecharán de nosotros.

El muchacho no hizo caso y se lanzó a besarla, en el rostro, en los labios, en los pechos, otra vez en el rostro y de nuevo...

—¡Venga! —lo empujó ella.

Huir se convirtió para él en la única opción. Se entregaron el uno al otro en varias ocasiones; el riesgo de ser descubiertos les excitaba aún más, mientras que el riesgo de embarazo quedaba controlado por quien entendía de cosas de mujeres.

Hugo habló a Dolça de Granada, de su proyecto. Él se haría judío; allí no existía la Inquisición y a nadie le importaría. Ella escuchó, sin intervenir, aunque tampoco se opuso como hacía en otras ocasiones ni le acusó de loco o ingenuo por fantasear con una vida conjunta en el reino musulmán.

Un día le contó que sabía de un laúd que podría llevarlos. «He hablado con el señor del laúd —insistió un mes después, cuando el barco había regresado al puerto de Barcelona—. Lo haría por mi florín de oro.» El tiempo corría y la boda con el primo Saúl estaba cada vez más cerca. «Me han asegurado que en Granada viven judíos. Tienen que llevar un gorro amarillo para distinguirse. No hay cristianos», explicó a Dolça. Pero llegó el nuevo año, y Dolça continuaba obstinada en su silencio. «Cultivan mucho en Granada, y yo sé de viñas. Mahir me lo ha enseñado todo. Encontraría trabajo, y tú… ya eres una gran partera.» Hacían el amor, ella con una pasión turbadora, como si fuera la última vez. «Podríamos viajar en barco hasta una población que se llama Alicante, al lado del reino de Murcia. Me han dicho que cerca de allí está Cartagena. Tengo un buen amigo…»

La primavera terminaba. Llegaría el verano, la vendimia… y la fecha señalada para la boda.

—Decídete, Dolça, por lo que más quieras.

—No sé…

La voz, temblorosa, sobrecogió a Hugo. Y ahora fue él quien se quedó callado mientras ella estallaba en llanto. No supo qué hacer, cómo consolarla. Nunca había visto llorar a Dolça.

Su madre. Su familia. Saúl. No podía fallarles huyendo con… Dolça evitó decirlo.

—¿Un cristiano? —inquirió él.

Ella negó con la cabeza; no solo era eso. La preparaban para que llegase a médico, le explicó. Sabía leer y escribir. Sabía latín… Estudiaba medicina. Su madre se suicidaría. ¡Era viuda y solo la tenía a ella! Vivía por ella. Dolça imaginó a Astruga perdida, balbuceante, llamándola. En cuanto a su abuelo, ¿qué mal había hecho para que su nieta preferida lo agraviara desapareciendo de su vida de la mano de un cristiano? La deshonra, el escarnio, la desgracia caería sobre la familia de Saúl. Y ella sería la única responsable. Era incapaz de cargar con una culpa así toda la vida.

—No puedo, Hugo.

—Dijiste que me amabas.

—Esa es mi desventura.

—Pero…

Las facciones de Dolça se endurecieron como nunca antes.

—¿No lo entiendes? —gritó—. ¡Déjame! ¡No puedo! No me hagas soñar más.

En la mente de Hugo los planes de huir se alternaban con los de suicidarse. Dolça insistió en su negativa; gritó y hasta lo insultó. Y él se planteó dejar a Mahir y las malditas viñas, el vino, los judíos... ¡Era todo tan maravilloso junto a Dolça! Podía enrolarse en una galera, de lo que fuera. Fallaría a su madre, pensó, al tiempo que se decía que ella le había fallado a su vez con el cubero.

Podía raptar a Dolça. La idea asaltó sus pensamientos en numerosas ocasiones. Eran muchos los raptos de mujeres, algunos consentidos, otros violentos. Fantaseó acerca de cómo hacerlo: acercarse a ella, sorprenderla, llevársela con la mínima violencia. Sin embargo, se vio incapaz de imaginar a una Dolça sumisa después de ser raptada. Sería capaz de... matarlo. Negó con un suspiro. Podía buscarla, pedirle perdón y continuar como hasta entonces, en secreto, a escondidas... aunque ella estuviera casada. Corría agosto y faltaba poco más de un mes para la boda. Entonces otro hombre la haría suya. Encogido ante aquella imagen, Dolça desnuda en brazos de otro, Hugo presionó la herida que tenía en la mano derecha, la que se había hecho el día en que, tratando de librarse de la misma visión, se ensañó con uno de los pilares de madera del lagar. Se le ocurrían posibilidades descabelladas, como asesinar al nieto de Saúl, pero no tardaba en desecharlas. Tuvo que rendirse a la evidencia de que Dolça nunca sería suya. Como ella misma había dicho, sabía latín. Y él no sabía nada, pensó. Volvió a apretarse la herida porque el dolor distraía sus penas. Se trataba de un corte largo aunque no excesivamente profundo en la palma de la mano. Él mismo se lo curó vertiendo sobre él un frasco de *aqua vitae*. El escozor le desgarró más que el propio tajo.

Se quedó contemplando el frasco, absorto en un pensamiento. Luego lo agitó, lo miró al trasluz, se lo llevó a los labios y dio un trago.

Sabía que no moriría, como tampoco había muerto el perro calvo. Un día, como si no le diera la menor importancia, había planteado el tema del *aqua vitae* a Mahir. El judío, que había continuado pensando acerca de la razón por la que aquel soldado había sobrevivido a la ingesta de dos frascos, le respondió:

—Se trataba de la primera destilación del vino, Hugo. La llevaba preparada para macerarla o destilarla más veces y así no perder tanto tiempo. En las guerras hay que estar preparado. Imagino que por eso semejante ingesta no mató a aquel muchacho. El *aqua vitae* no llegó a alcanzar la quintaesencia. Tú mismo lo habrás comprobado en el momento de su elaboración, al saborear el agua que cae del serpentín para saber si el proceso ya ha terminado o no. Cuantas más veces destilamos el *aqua vitae* mayor es su espíritu y más intenso su sabor, más nos quema en los labios por poco que nos los mojemos y más fuerte prende la llama al comprobar si ha salido como es debido. Parece evidente que la primera destilación, aquella que arde imperfectamente, no mata.

Hugo repasó el complicado proceso de la elaboración del *aqua vitae*. En la primera destilación se rechazaba la mitad del vino que quedaba en la caldera y el resto volvía a destilarse por segunda vez. En esta ocasión se aprovechaban solo siete partes de diez, y aún se realizaba una tercera destilación con cinco partes de esas siete. Lo normal era efectuar tres destilaciones, pero podían hacerse siete o incluso hasta diez.

—¿Estáis seguro de que ese primer destilado no mata? —preguntó Hugo.

—Tanto que he bebido... Y aquí me tienes.

Hugo notó que aquel líquido, fruto de la primera destilación, ardía en su descenso hasta al estómago. Carraspeó. Tosió y volvió a carraspear. Sin embargo, al cabo de unos instantes se relajó y sus problemas fueron desvaneciéndose. Mahir tenía razón: no mataba. Y Hugo continuó afrontando las noches largas e insomnes a base de aquellos tragos de *aqua vitae* que le acompañaban en el olvido.

Los sábados eran los días en que aprovechaba para ocuparse de las vides de Santa María de la Mar, ya que los judíos celebraban el Sabbat y Mahir le había dicho que si él no trabajaba tampoco podía hacerlo su aprendiz, como no lo hacía su criada; además, le comentó con un guiño, le gustaba pensar que hasta las cepas descansaban el día sagrado.

Era el primer sábado del mes de agosto de 1391 y, después de dos semanas recluido entre el lagar y la viña de Saúl, Hugo decidió acudir a la de Santa María. Quizá después fuera a la ciudad, que quedaba cerca. Trabajó poco. Los mayores propietarios de tierras en el principado eran el rey, algunos nobles y la Iglesia. Esta última, impedida por ley para vender sus propiedades, las cedía en enfiteusis, por lo que se desprendía del dominio de sus posesiones para recibir censos anuales en una especie de compraventa encubierta. Sin embargo, aquellas, como otras, las explotaba Santa María a través de un par de jornaleros viejos que estaban más pendientes del vino y de las pocas mujeres que transitaban por la zona que de cuidar la viña. Si ellos no se preocupaban, menos iba a hacerlo Hugo.

—Me voy —anunció el joven mucho antes de que el sol alcanzase el cenit y el calor del verano se hiciera insoportable.

Decidió acercarse al mar, respirar su brisa, otear el horizonte. Sí, le esperanzaba mirar aquella línea lejana, y deseaba coincidir con algún barco que arribara o que partiera. Aquel era su destino. Lejos, dejando a Dolça atrás, con su esposo.

—Lleva esto a los curas —le indicó uno de los jornaleros al tiempo que señalaba un cesto colmado de melocotones.

Hugo estuvo tentado de soltar un improperio. No tenía ganas; los curas siempre se aprovechaban de él. Aun así, agarró el cesto y se lo cargó al hombro porque tampoco tenía ganas de discutir e insultar a un viejo, aunque obedecerle lo condujese, como sucedía a menudo, a terminar inmiscuido en las discusiones de los sacerdotes de Santa María.

Hacía seis años que Berenguer de Barutell había sido nombrado arcediano de Santa María siendo menor de edad, una falta de autoridad que conllevó que los casi sesenta beneficiados de la iglesia más el clero regular, vicarios y subvicarios pelearan entre ellos por los honores, el patrimonio y los ingresos de un templo tan rico. Hugo nunca llegaría a recordar si aquel que salió a su paso tan pronto como él entró cargado con el cesto de melocotones era el segundo o el tercer beneficiado de la capilla de Santo Tomás. A aquellas horas del sábado, festividad de Sant Domènec, solo se oficiaba una misa íntima en otra de las capillas laterales, por lo que los correteos de ese primer beneficiado y de otro que lo siguió llamaron la atención de algunos de sus compañeros que andaban por allí.

Hugo dejó el cesto en el suelo y se separó en el momento en el que los dos primeros beneficiados le asaltaron, tratando de repartirse la fruta antes de que aparecieran los demás. No lo consiguieron, y el muchacho abandonó el templo con un par de melocotones en la mano. A su espalda dejó una más de las discusiones que en ocasiones terminaban en reyertas, pues muchas veces los rencores y las envidias afloraban por algo tan fútil como unas piezas de fruta.

Le costó llegar hasta la playa del Regomir, donde las atarazanas. Acababa de arribar una galera de Alejandría. Las mercaderías que transportaba estaban expuestas en la misma playa y la gente se apiñaba en derredor. No quiso detenerse, no le interesaba la alegría del viaje exitoso ni quería participar de la admiración hacia aquellos mercaderes que se movían ufanos entre tanta riqueza. Sorteó a la muchedumbre para dirigirse a la orilla, donde se sentó a dar cuenta de los melocotones. El mar estaba calmo y radiante al sol de agosto.

La galera recién llegada y otras dos grandes naves castellanas procedentes del Grao de Valencia permanecían ancladas aprovechando la bondad del tiempo. Si se levantara temporal, y a falta de defensas en las playas de Barcelona, deberían partir a puerto seguro: Salou principalmente. El genovés lo había comentado en ocasiones: «Resulta irónico que la segunda ciudad más importante del Mediterráneo, que comercia con el mundo entero y que dispone de unas atarazanas como estas, carezca de un puerto como es debido».

«La segunda.» Hugo sonrió en recuerdo del *mestre d'aixa*. Le habrían ido mejor las cosas si hubiera continuado con Domenico Blasio. Pero bien podía ir a Génova. Volvió a sonreír al mismo tiempo que las naves castellanas captaban su atención. Entendió entonces qué era lo que le había desconcertado de muchas de las personas que deambulaban por la playa y la ciudad: eran marineros castellanos. Hablaban en otro idioma, tenían otro aspecto, se comportaban de otra forma.

Alejó todo pensamiento e intentó encontrar en el mar el consuelo que necesitaba. Se dejó llevar por el suave roce de las olas sobre la arena, a sus pies, y un griterío vino a perturbarle. Hugo suspiró y volvió la cabeza. Por entre las barcas varadas en el Regomir alcanzó a ver a unos cuantos marineros castellanos que gritaban y gesticulaban. No alcanzó a entender qué decían y volvió a fijarse en la mar, pero no pudo obviarlos. Se levantó. Vio que se sumaban más castellanos hasta formar un grupo de cuarenta o cincuenta hombres. Se preguntó si se trataría de una pelea. No era así. Muchos ciudadanos acudían hasta donde los castellanos, pero no para pelear. Se entremetían en el grupo y vociferaban también. Se formó una multitud. Mientras Hugo se acercaba, el gentío convino en sus gritos:

—¡Herejes!

Hugo se echó a temblar. Solo podía ser…

—¡A la judería!

Cerró los ojos. Luego corrió hasta ellos.

—¡Acabemos con los judíos!

¡Dolça! De repente se encontró cautivo entre la muchedumbre, armada con palos, cuchillos y algunas espadas que sobresalían por encima de las cabezas y con los brazos alzados al cielo clamando sangre. La turba le arrastró por la calle de la Ciutat, estrecha, atestada de violentos. Las amenazas, los insultos y las blasfemias reverberaban en las paredes de piedra mientras artesanos y comerciantes retiraban con precipitación las mercaderías expuestas en la calle. Más de uno no lo consiguió y las mesas con sus productos fueron arrasadas y pisoteadas.

La muchedumbre enardecida desembocó en la pequeña plaza de Sant Jaume y allí se fue amontonando. «¿Qué pasa?» «¿Qué sucede?» «¿Por qué nos detenemos?» Las preguntas corrieron entre quienes carecían de visibilidad sin que por ello cesaran los gritos que llamaban a la muerte de los herejes. Hugo, atrapado entre ellos, respiró al oír que las puertas de la judería permanecían cerradas.

—Una compañía de soldados del veguer está apostada en la plaza en defensa de los judíos —dijo alguien.

—Eso es porque seguro que están al tanto del asalto a la judería de Valencia de hace pocos días —aseveró otro—. Cuentan que allí murieron a centenares.

La masa apretaba y se movía como un líquido en ebullición.

Hugo se arrepintió de haber permanecido recluido tantos días en las viñas. Si lo hubiera sabido, habría podido advertir a sus amigos.

—Y otros tantos centenares de judíos valencianos se convirtieron a la verdadera fe —se oyó apostillar.

Pero la familia de Saúl sin duda estaba al corriente. Quizá hubieran huido, se dijo Hugo; aunque el día anterior había visto a Mahir…

—Se cuenta que también han atacado la judería de Mallorca.

—¡Barcelona no será menos!

La amenaza, de boca de un marinero exaltado al que Hugo reconoció del Regomir y al que tenía por buen hombre, coincidió con el inicio del ataque. Las casetas de los escribanos que rodeaban la plaza empezaron a arder; la combustión fue rápida, explosiva. También se prendió fuego a las puertas de la judería. Las calles que confluían en la plaza de Sant Jaume, a rebosar, no fueron capaces de asumir la riada de gente que pretendía huir. Empezó a cundir el pánico. Tanto el veguer con sus soldados como los concelleres de la ciudad que habían acudido a negociar con los amotinados temieron por su vida y desampararon la judería.

La plaza de Sant Jaume quedó libre de tropas. El clamor arreció en el momento en que las puertas cedieron al fuego y los embates. Hugo se vio empujado al interior de la judería por una masa vociferante, más y más enardecida a medida que se adentraba y dispersaba por sus callejuelas: la del Call; la de la Font; la de la Volta del Call; la de la sinagoga Mayor, o la de las Mujeres o la de los Franceses. No consiguió dirigirse a la del Call, donde estaba la casa del viejo Saúl; le arrastraron por la de la Font, la que se abría frente a la entrada.

—¿Adónde pretendes ir? —le gritó un hombre ante el ademán que hizo Hugo de volverse.

El individuo lo empujó hacia delante. Hugo trastabilló y a punto estuvo de caer. Comprendió que lo pisotearían sin contemplación alguna y se dejó llevar.

Los salteadores reventaron las puertas de las casas para entrar en ellas a saco. Muy pronto los gritos de terror de los judíos se impusieron a los de los asaltantes, la mayoría de ellos entregados al robo y la rapiña. Las calles se llenaron de judíos, hombres y mujeres, niños y ancianos, que huían. ¿Cómo era posible que hubieran permanecido allí dentro, a expensas...?, se preguntó Hugo. «De que el veguer y sus soldados los abandonaran a su suerte», se contestó enseguida. Contempló espantado cómo un hombre acuchillaba en el vientre a un judío que corría desesperado. Una joven con dos niños se arrodilló junto a quien debía de ser su esposo, quizá su padre. La mujer trataba de detener la hemorragia, pero la sangre que manaba a borbotones del herido se le escapaba entre los dedos. «¡Huye!», quiso gritarle Hugo. Alguien propinó una patada en el vientre a la joven. Hugo sufrió una arcada. Vomitó en el momento en el que la mujer volvía la cabeza de una forma violenta e inverosímil tras ser golpeada con un madero grueso. Los asaltantes entraban y salían de las casas cargados con todo tipo de objetos y enseres, lo que permitía al muchacho moverse entre la gente, ahora dispersa por la judería. Algunos ya salían de ella con su botín. A empellones se dirigió a casa de Saúl. Tuvo que sortear a los judíos caídos en las calles, algunos ya cadáveres, otros agonizantes.

Se trataba de una casa rica. Los ladrones todavía estaban desvalijándola. Entró. Se cruzó con ellos y los vio hacer. Algunos reventaban hasta las paredes en busca de escondrijos de joyas o dinero. Nadie se preocupó por su presencia. Recorrió las estancias. En el despacho de los mil olores reinaba ahora un hedor insoportable, los frascos se hallaban rotos en el suelo y los efluvios volaban libres. Saúl no estaba. Se dirigió a la bodega, luego a la cocina, el jardín, los dormitorios… No encontró a ninguno de sus amigos. Una mujer acarreaba un montón de ropa. Reconoció la de Dolça y escupió a su espalda.

—¿Y los judíos de esta casa? —preguntó después a un hombre que apilaba la vajilla.

—No había nadie. Deben de haber huido como ratas.

Le asaltó tal debilidad al intuir que Dolça no estaba en peligro que a punto estuvo de dejarse caer en una silla. Pero se irguió. No quería que lo vieran sentado. Salió a la calle. Tenía que escapar de aquel infierno. Pensó en Mahir y quiso convencerse de que también había escapado: la familia actuaba siempre unida.

Anduvo por la calle del Call en dirección a la puerta. Los cadáveres se amontonaban. Antes de llegar reconoció la casa donde vivía Regina. Vio las puertas descerrajadas y oyó gritos en su interior. Entró sin pensar. Descubrió al padre de la joven degollado en el salón que daba a la entrada, expuesto en una silla con dos maderos en forma de cruz sobre el pecho. Siguió la procedencia de los gritos hasta los dormitorios. En uno de ellos se topó con Regina, desnuda en la cama. Sus ropas estaban desgarradas y un hombre la montaba salvajemente. Otros dos, uno de ellos con los calzones bajados y el pene erecto, miraban con lujuria, jaleaban la violación y esperaban su turno. No llegaron a percatarse de la entrada de Hugo, tampoco lo vieron coger una espada ensangrentada que estaba apoyada contra la pared. Solo lo percibieron en el momento en que alzó el arma y la descargó con violencia sobre la nuca del malnacido que forzaba a Regina. El crujido con que le partió el espinazo antecedió a un silencio absurdo.

—¿Qué…?

—¿Por qué…?

Los otros dos, incapaces de reaccionar, balbuceaban. Hugo comprendió que eran más fuertes que él, y cuando el que tenía los calzones en las rodillas hizo por subírselos y esconder su pene ya flácido, supo que tenía que hacer algo.

—¡Se lo dije! —gritó. Volvió a alzar la espada, ahora hacia los dos hombres—. ¡Se lo advertí! —aulló colérico—. ¡Era mía! —Escupió al cadáver—. ¡Esta joven era para mí! ¡Se lo advertí! —Blandió el arma, presto a atacar a uno de ellos—. ¿Pretendéis quitármela! Tenéis mil marranas como esta ahí fuera.

Ese último argumento y la espada amenazante vibrando sobre sus cabezas les convenció. Tan pronto como cruzaron la puerta, Hugo la cerró y apoyó la espalda en ella. La espada se le escurrió de la mano y cayó al suelo con un golpeteo metálico. Cerró los ojos. Había tanta sangre a sus pies que empezó a resbalar contra la puerta. Tras unos instantes los sollozos de Regina le tornaron a la realidad. La muchacha no hacía nada por levantar el peso muerto que tenía sobre ella. Solo lloraba, con los brazos extendidos a los lados de su cuerpo como si no se atreviese a moverlos por no rozar el de su violador. Hugo vio el terror en sus ojos. Y sus lágrimas. Se levantó. Volteó el cadáver hasta que cayó por el costado de la cama y envolvió a Regina en una sábana, intentando no fijarse en la multitud de magulladuras, heridas y mordiscos que presentaba la joven.

La levantó, la hizo andar y la urgió a escapar de la casa tras unos gemidos agónicos cuando vio a su padre. Recorrieron la calle del Call entre la gente, más preocupada por huir con su rapiña que en plantearse qué hacía aquel joven que empuñaba una espada en una mano y con la otra guiaba a una muchacha envuelta en una sábana. Llegaron a la plaza de Sant Jaume, adonde habían regresado los soldados de los que disponía el veguer. Los asaltantes corrían para perderse en las calles de la ciudad. Nadie los perseguía, porque las autoridades no deseaban otra revuelta. Uno de los soldados se acercó a Hugo.

—¿Adónde la puedo llevar? —le preguntó el muchacho—. ¿Dónde la acogerían? —Ante las dudas del soldado, Hugo añadió—: ¿Crees que la acompañaría hasta aquí si le hubiera hecho algún daño?

Otro hombre bajo y delgado que hasta entonces había permanecido inclinado sobre algunos heridos se acercó hasta ellos.

—¿Regina…?

Hugo asintió.

—¿Regina? —volvió a preguntar no obstante.

—Sí, es Regina —contestó Hugo.

El hombre no le prestó atención y agarró a la muchacha.

—Soy médico y amigo de ella y su familia —dijo ante la oposición de Hugo.

—Llevadla a la Casa de la Ciutat —le instó el soldado señalando la parte trasera del edificio que daba a la plaza—. El Castell Nou está lleno de refugiados y, además, esta muchacha...

—Ocupaos de los otros —replicó el médico, que indicó con un movimiento de su mentón a varios heridos que permanecían resguardados entre los soldados—. Llevadlos al Castell Nou. Allí hay más médicos.

«¡Más médicos!»

—¿Sabéis si en ese castillo están Saúl, su hija Astruga y Dolça?

—Sí —le respondió el otro con prisa, dándole ya la espalda—. Allí están, al cuidado de nuestros heridos.

Hugo contempló al hombre mientras cruzaba la plaza con Regina. Los pies descalzos de la muchacha asomaban por debajo de la sábana.

Después del saqueo e incendio de la judería durante aquel aciago sábado, 5 de agosto de 1391, las autoridades armaron compañías de cincuenta o de diez ciudadanos que montaron guardia durante el domingo. Atrás quedaron más de doscientos cincuenta judíos asesinados. A centenares se habían refugiado en el Castell Nou, una antigua fortificación sobre la puerta de poniente de la muralla romana de Barcelona que a su vez lindaba con la judería. Muchos fueron acogidos en casas cristianas, otros se ampararon incluso tras los muros de algunos conventos y los restantes tuvieron la fortuna de huir de la ciudad.

Superada la cruel revuelta del sábado, con los saqueadores dispersos y en sus casas, quizá contando con avaricia esos nuevos dineros, el veguer con su tropa acudió en busca de los castellanos que habían iniciado la revuelta. Se contaba que la mayoría de ellos también habían participado en el saqueo de la judería de Valencia y hasta en la de Sevilla, la primera que había sido atacada en España, en junio de ese año, como consecuencia de las constantes prédicas que incitaban al odio contra los judíos lanzadas por el arcediano de Écija: Ferrán Martínez.

De Sevilla saltó al resto del reino, de allí a Castilla, al reino de Valencia, al de Aragón, a Cataluña y a Navarra. Decenas de juderías fueron asaltadas y sus miembros asesinados u obligados a convertirse al cristianismo.

No le resultó difícil al veguer dar con los castellanos. Marineros de los dos barcos provenientes del Grao de Valencia, sin domicilio en Barcelona, fueron detenidos en las playas, en las tabernas y los hostales, y en las mismas naves. Al día siguiente, lunes 7 de agosto, el Consejo de Ciento dictó sentencia por la que se condenaba a los cincuenta castellanos a morir en la horca.

Hugo estuvo presente mientras las cincuentenas y las decenas armadas de Barcelona se disponían en formación desde la plaza del Blat hasta la de Sant Jaume y el Castell Nou. También se desplegaron frente a las iglesias de Sant Miquel y de Sant Just i Pastor. En todos aquellos lugares se procedería al ahorcamiento de los castellanos. El Consejo de Ciento de aquel lunes, presentes la casi totalidad de sus miembros —prohombres, ciudadanos honrados, mercaderes y artesanos—, fue implacable a través de una sentencia fulminante que se dictó esa misma mañana. «Lo merecen», pensó Hugo con el recuerdo todavía fresco de las atrocidades del sábado. No sabía de Regina, aunque supuso que aquel médico la habría ayudado. Oyó que las principales familias de la judería, las que componían el consejo, los ricos, los eruditos, los funcionarios reales, habían encontrado acomodo en casas cristianas. Sin embargo, Saúl, que pertenecía al consejo, se hallaba junto con su familia refugiado en el castillo, donde se hacían cargo de los heridos durante el asalto. No le extrañó que Saúl, Astruga y Dolça estuvieran allí, ayudando, socorriendo y curando. Una vez detenidos los castellanos instigadores de los alborotos, armadas las compañías ciudadanas y, sobre todo, ya saqueada por completo la judería y sin mayor interés para la turba, Dolça estaba a salvo en el castillo, por más que los judíos no pudieran regresar a sus casas, arrasadas o incendiadas, y permanecieran escondidos a la espera de que la situación se sosegase y de que el rey, en Zaragoza, tomara decisiones.

Hugo pasó esas dos noches en Barcelona, en la playa, bajo el manto de estrellas que ofrecían las cálidas noches de verano en el Mediterráneo. Intentó entrar en el Castell Nou, pero los soldados no se lo permitieron porque no era judío. Aprovechó para ir a ver a Arsenda y le sorprendió el odio contra los judíos que rezumaban las palabras que le dirigió a través de la ventana: «¡Herejes! ¡Malditos! ¡Asesinos!». No pudo librarse de ellas durante buena parte de la noche. Bajo ningún concepto quería discutir con su hermana; la necesitaba en su vida.

Ahora, con la llegada del día y al igual que muchos barceloneses, Hugo esperaba la ejecución de los castellanos. Algunos sacerdotes ya habían acudido a la cárcel del veguer para recibir en confesión a los reos. El joven miró a su alrededor, al gentío que deambulaba por la plaza del Blat, uno de los centros neurálgicos de Barcelona. Junto al castillo del veguer con su prisión también estaba el matadero principal. En el centro de la plaza, una piedra dividía la ciudad en cuatro barrios, y en sus costados estaban instalados unos bancos en los que se vendía el cereal de Barcelona: en un lado los revendedores residentes en ella, en el otro los campesinos que acudían al mercado a ofrecer su cosecha. En un extremo de la plaza, junto a una fuente y convenientemente delimitada por mojones, había una pequeña zona en la que se permitía la venta de legumbres y hortalizas. Frente a la antigua puerta de la ciudad se alzaban unas horcas.

«Seguro que de esas personas ahora pacientes —pensó Hugo—, ciudadanos modélicos, alguna tomó parte en el asalto a la judería y mantiene ocultos en su casa joyas o copas de plata o sedas o valiosos muebles.» Los escrutó hasta que un hombre frunció el ceño en su dirección. «¿Qué miras? —le espetó—. ¿Quieres algo?» Hugo se excusó, azorado. Podía ser uno de ellos, quizá hasta hubiera asesinado a algún judío o violado a alguna mujer, pero parecía que el Consejo de Ciento se contentaba con la muerte de los castellanos. Su ejecución pondría fin a los altercados, sostenían aquí y allá. También lo pensó así Hugo, porque era imposible ejecutar a todos cuantos habían participado en la matanza, la mitad de una población.

Se percibió movimiento en el castillo del veguer: llegaban los concelleres de la ciudad. La gente empezó a arracimarse frente a las puertas, junto a las horcas. Los vendedores de cereal recogieron sus puestos. Todo parecía ponerse en marcha en aquel día soleado de agosto, hasta el punto de que un rumor comenzó a oírse procedente de la calle de la Mar, aquella en la que trabajaban los plateros y que llevaba desde Santa María hasta la plaza del Blat. Pocos le dieron importancia; la mayoría permanecía pendiente de las puertas del castillo, si bien algunos volvían de vez en cuando la cabeza hacia el extremo opuesto, de donde provenía ese rumor que creció, se hizo más y más audible hasta convertirse en alboroto y griterío. Hugo ya lo había vivido el sábado anterior. La turba, armada con ballestas, palos, espadas y cuchillos, ahora portando pendones de guerra, llegó a la plaza del Blat.

—¡Vivan el rey y el pueblo! —clamaban al unísono.

No se detuvieron a conversar con los concelleres que salieron del castillo para negociar. Las saetas lanzadas por las ballestas alcanzaron a varios de los prohombres. Uno de ellos murió, con el pecho atravesado. La muchedumbre arrolló a los soldados del veguer y a aquellos ciudadanos armados que acudieron en su ayuda. Sin oposición, asaltaron el castillo y pusieron en libertad a todos los presos, castellanos o no.

Hugo vio que la gente, aparentemente pacífica, como el hombre que no hacía mucho le había recriminado que le mirase, se sumaba a la revuelta. La mayor parte de la turba se dirigió al Castell Nou, el lugar en el que se refugiaban los judíos. Algunos acudieron a las iglesias de Barcelona para tañer las campanas llamando a somatén a los campesinos de los pueblos contiguos. Otros fueron a abrir las puertas de la ciudad para recibir a los agricultores al grito de: «¡Los grandes han arruinado a los pequeños!».

Los campesinos entendieron bien aquella consigna. Los malos usos que otorgaban a los señores feudales un inmenso poder sobre los siervos de la tierra, desde el derecho a yacer con la novia en la primera noche, el de maltratarlos y castigarlos, hasta la prestación de servicios personales pasando por todo tipo de pagos abusivos, se habían fortalecido. La peste negra de 1348 y el trágico descenso de la población dejó muchos campos sin labrar. La única solución que encontraron los señores feudales, Iglesia incluida, para impedir la movilidad de quienes explotaban sus tierras fue la de aherrojar todavía más a aquellos que eran sus siervos.

Pero si los campesinos entendían tal consigna, también la compartían los ciudadanos barceloneses, pues desde hacía tiempo muchos de los grandes señores burgueses habían dejado de invertir en el comercio para hacerlo en tierras y derechos, en un intento por convertirse en un patriciado urbano con similares prerrogativas que los nobles del reino. Si todos los estamentos de la ciudad, menestrales, comerciantes y artesanos, se vieron beneficiados mientras los patricios y los ricos prohombres de Barcelona dirigían la ciudad y apostaban por el comercio, ahora les rondaba la pobreza puesto que esos mismos dirigentes desviaban sus dineros hacia inversiones improductivas para los demás sectores.

—¡Vivan el rey y el pueblo!

—¡Los grandes han arruinado a los pequeños!

Esas dos consignas, que se oían por toda Barcelona, se convirtieron en los gritos de guerra de una población que encontró en la violencia el alivio a su desencanto.

Porque lo primero que hicieron los campesinos tras entrar en la ciudad y reunirse en la plaza de Sant Jaume fue asaltar la corte del baile y quemar todas las escrituras y todos los títulos de propiedad que encontraron de las tierras sobre las que Barcelona tenía jurisdicción: desde Montgat hasta Castell de Fels y desde el mar hasta Vallvidrera y Molins de Rey.

Hugo vivió las siguientes jornadas corriendo por la ciudad. El Castell Nou se erigía sobre la calle del Call, insuficiente para acoger a toda la gente que pretendía asaltarlo. Por el otro lado, más allá de la puerta romana de poniente, por el de la iglesia de Santa María del Pi, la antigua muralla defendía el edificio. Hugo iba de un lado al otro, entremetido en la muchedumbre que apedreaba el castillo sin cesar. Muchos subieron a los tejados de las casas contiguas, desde donde disparaban sus ballestas contra la fortaleza.

Después de ir y venir varias veces, Hugo llegó a la conclusión de que a la turba le resultaría muy difícil hacerse con el castillo, en cuyo interior había logrado hacerse fuerte el veguer, quien aprovechó el tiempo que tardó en organizarse el somatén y el empleado en llamar a los campesinos. Se trataría de aguantar hasta que el rey interviniese.

Eso pensó Hugo. Eso empezaron a pensar los agitadores y también las autoridades. Si el sábado 5 de agosto los castellanos dirigieron a la población contra la judería, muchos temieron que, si no se conseguía tomar el castillo, la turba y los campesinos llegados de fuera de Barcelona torciesen su ira contra los cristianos, hacia los prohombres que gobernaban la ciudad, hacia sus personas y propiedades. Ya se había producido algún conato de asalto a casas ricas.

Así las cosas, tras todo un día con su larga noche de asedio sin que los asaltantes hubieran conseguido éxito alguno, el martes 8 de agosto de 1391 el veguer de Barcelona, representante del rey Juan I, igual que hizo con la judería, desamparó a los judíos y los entregó a la chusma, que de nuevo se abalanzó sobre ellos. A codazos y empellones, Hugo consiguió acceder al castillo junto con los alborotadores. Si efectivamente Dolça estaba allí... No quiso pensar. No podía. Temblaba, sudaba. Golpeó en el rostro, con violencia y fuerza inusitadas, a un hombre que pretendió cerrarle el paso. El chorro de sangre que manó de su nariz le procuró el respeto de los demás y le permitieron adelantarse. El gentío abarrotaba las diversas estancias de la fortaleza. Hugo se preguntó dónde estarían los judíos.

Un grito que pedía silencio trató de acallar a la masa. «¡Silencio!», se oyó de nuevo. La gente se detuvo, y unos a otros se lo reclamaron. «¡Herejes!», resonó en el amplio salón del castillo. ¿Quién hablaba? Hugo trató de verlo. «¡Seguidores de Jehová! —tronó—. Abjurad de vuestra religión maldita y nada os sucederá. Jesucristo, en su inmensa misericordia, será clemente con vosotros, vuestras esposas y vuestros hijos. Negaos y seréis muertos aquí mismo.»

Una gran cruz se llevó en precipitada procesión desde la catedral hasta la plaza de Sant Jaume, donde se instalaron sacerdotes, notarios y escribanos públicos a la espera de los judíos que decidieran convertirse a la fe cristiana. Allí los bautizarían y los inscribirían con sus nuevos nombres: Juan, Ramón, Pedro...

En el interior del castillo, más de mil judíos que entraban en procesión de a uno en la estancia principal empezaron a desfilar por delante de los cabecillas. «¿Conversión o muerte?», se limitaban a preguntar estos. «Conversión.» Fueron muchos los que optaron por abjurar de su fe. Entonces los conducían hasta la plaza de Sant Jaume.

Hugo consiguió acercarse hasta el centro del salón, allí donde se interrogaba a los judíos, a medida que la gente hacía sitio para acompañar a los que estaban dispuestos a abjurar. Hubo quien no contestó; firme en sus creencias, valiente en su defensa. «Idiota», le insultó el hombre que lo degolló allí mismo, de un solo tajo, tal como habían amenazado.

Los cadáveres fueron amontonándose. Alguien propuso sacarlos. «¡Que los vean!», gritó uno de los cabecillas. Hugo los vio. Le envolvió el olor a sangre y a excrementos de aquellos que decidían morir; sus cuerpos débiles y frágiles incapaces de acompañar su decisión. No le sorprendió tampoco ver al perro calvo a guisa de verdugo, con un gran cuchillo en la mano. Degollaba judíos igual que hacía con la carne. La pestilencia, los gritos, los llantos de hombres y mujeres, la sonrisa de los asesinos… Hugo se irguió y respiró hondo, retando al horror. «Conversión.» «Conversión.» «Conversión.» Bastó un rato para que los presentes se percatasen de que eran las mujeres quienes mayoritariamente se negaban, callaban… o alzaban la voz para rezar a su Dios. Madres e hijas, ancianas y jóvenes se entregaban a la muerte.

Hugo la distinguió en la hilera que desfilaba desde una lejana puerta de acceso. Dolça también lo reconoció entre el gentío. «¿Me sonríe?», se extrañó Hugo. Como si entendiera, Dolça le contestó y ensanchó su sonrisa. Por delante de su madre y de su abuelo, la joven caminaba con resolución. Los judíos se obstinaban en morir, porfiaban en sus creencias como contaban los sacerdotes que hacían los mártires de la Iglesia, pero ninguno de ellos sonreía. Hugo no comprendía por qué Dolça sí lo hacía. Se acercaban allí donde les preguntaban qué era lo que deseaban. Por detrás de ella, Astruga colocó las manos en los hombros de su hija. Dolça le acarició una de ellas, pero no apartó la mirada de los ojos de Hugo.

Él quería correr, escapar de allí; sin embargo, permaneció paralizado ante su amada, sin poder mover unos músculos que no le obedecían.

—¿Conversión o muerte? —preguntaron a la joven.

«Conversión, conversión», suplicaba Hugo en un murmullo.

Dolça adoptó la precaución de no seguir mirándolo por no comprometerle. Casi podían tocarse.

—No —contestó ella entonces.

Astruga dio un inapreciable respingo. Buscó y encontró a Hugo entre la gente. Cerró los ojos, asintió como si hubiera hallado una respuesta y besó a su hija en la coronilla.

—¿No? ¿Qué quieres decir?

—He sido feliz —contestó Dolça.

—¿Abjuras?

—No.

Hugo lo entendió: ¡moría por él! Se liberaba. Se liberaba de la fatalidad de amarle. «Mi desventura», llegó a confesarle. No podía morir. ¡No debía morir! Tenían tanto por vivir... Empujó a quienes le precedían. Fue a gritar, pero se le adelantaron las dos mujeres:

—No —repitió Dolça, dirigiéndose esa vez a Hugo.

—¡No toquéis a mi hija! —clamó Astruga abalanzándose sobre los cabecillas.

La estrategia de la judía desvió la atención de Hugo. La gente se echó atrás y el muchacho quedó atrapado. Hugo quiso pelear justo en el momento en el que el perro calvo segaba con violencia el cuello de Dolça. El grito se atragantó en la garganta de Hugo, que perdió el sentido y cayó instantes después de que lo hiciera el ensangrentado cuerpo sin vida de Dolça.

9

¡Apresurad!

Los dos esclavos avivaron el paso en dirección a la masía. Hugo continuó a ritmo cansino; el cesto con hortalizas que cargaba se tambaleaba peligrosamente. Romeu, el encargado de la finca, hizo ademán de dirigirse hacia él para alentarlo, pero lo pensó mejor, se encogió de hombros y alcanzó a los esclavos con sus otros cestos. Hugo ya llegaría, triste y tardío, como siempre.

Romeu lo había encontrado vagando desorientado por las viñas al anochecer del día que se produjo el asalto al Castell Nou, más de un mes atrás. Lo interrogó, pero el muchacho balbuceó respuestas incoherentes. El hombre lo conocía y lo apreciaba; en ocasiones lo había contratado para que ayudase en las tierras de la masía. Se trataba de un trabajador eficaz y serio, reconoció en numerosas ocasiones. Aquella noche se apiadó de él y lo llevó consigo; no le pareció buena idea acompañarlo a la viña del judío, solo Dios sabía lo que podría suceder con esas tierras y, en cualquier caso, una vez que se le pasase al muchacho esa especie de borrachera, ya sería él quien decidiese qué hacer.

Pero la borrachera tardó en disiparse. Durante unos días Hugo se mantuvo en silencio, acurrucado en un rincón, con la mirada perdida. Romeu intentó sin éxito que comiera. Ordenó a las esclavas que se turnaran para mojarle los labios y evitar que se deshidratase y, pasado un tiempo, a punto estuvo de llevarlo a la viña del judío y abandonarlo allí.

—No puedo tener a las esclavas cuidando de él continuamente —replicó cuando su esposa, encariñada con Hugo, se lo impidió—. ¿Qué dirá micer Rocafort si se entera?

—Seguro que se te ocurre alguna excusa —contestó la mujer ante la posibilidad de que apareciera el propietario de la finca, un mercader rico que comerciaba con casi todo, desde especias hasta esclavos, como las jóvenes rusas que se ocupaban de Hugo—. Además, ¿qué otra tarea tienen estas niñas antes de ser vendidas?

En cualquier caso, Romeu fue hasta la viña de Saúl. La encontró desamparada, aunque el lagar, pese a pertenecer a judíos, parecía haber sido respetado. Se preguntó si Mahir habría sido uno de los más de quinientos muertos con que terminó saldándose el asalto a la judería. Eso se decía: más de quinientos muertos; centenares de judíos obligados a renegar de su fe y convertirse, y otros muchos todavía escondidos en casas cristianas. Con la judería asolada, ninguno de ellos, converso o no, podía regresar a su hogar. Algunos refugiados en conventos recibieron unos pocos dineros para afrontar su nueva vida una vez bautizados, pero la gran mayoría se hallaba en la miseria.

Romeu se planteó la posibilidad de acudir a la ciudad, interesarse por Mahir y contarle del muchacho, aunque terminó descartando la idea, al menos por el momento.

—Si quieres seguir aquí —anunció a Hugo tras renunciar a la búsqueda del judío—, tendrás que trabajar.

Hugo lo entendió. Se acercaba la vendimia, y la ayuda que prestó, aun triste y lento, fue bien recibida por Romeu. Ningún esclavo ponía el cuidado con que aquel chico afrontaba las tareas. Además, nada pactaron acerca de su jornal: cuanto recibía consistía en unos zapatos de suela de cáñamo y una capa vieja de sayal para protegerse del frío; vino y comida, así como una cama en el dormitorio de los esclavos, una construcción anexa a la masía en la que uno nunca sabía cuántos hombres acudirían a dormir, entre los fijos que trabajaban en la finca y los que Rocafort tenía alquilados y que iban y venían.

—¿No piensas pagarle? —se quejó la esposa de Romeu.

—Por supuesto. Tan pronto como lo pida. Hay pocos trabajadores como él.

La otra asintió. Sabía lo difícil que era encontrar jornaleros para el campo. Tras la peste negra de 1348 no había manos suficientes, y las que sí habrían podido hacerlo preferían, por su juventud, lanzarse al ejército y a la aventura antes que dedicarse a cultivar un huerto o una viña. Los esclavos venían a sustituir a los catalanes en muchas tareas, y una de ellas era la del cultivo de las tierras de los burgueses ricos. Se trataba de esclavos mayoritariamente orientales: rusos, búlgaros, albaneses, turcos, griegos, tártaros... comprados en las costas dálmatas o en Génova y Venecia, principales mercados de esclavos orientales. El número de sarracenos disminuía conforme Cataluña dejaba de participar en las guerras africanas. Las mujeres también provenían de aquellos lugares y eran apreciadas para las tareas domésticas; algunas de ellas tenían los cabellos rubios, los ojos claros y una tez nacarada que, según decían, encantaban a los hombres. María, la esposa de Romeu, desvió la mirada hacia dos de las esclavas jóvenes rusas. Luego se inspeccionó ella misma: palpó sus caderas y sus nalgas y sopesó sus pechos. Aún se mantenían firmes pese a que había engordado; se comía bien en la finca de Rocafort. Todavía eran muchos los ojos que seguían sus movimientos. María lo sabía y disfrutaba con ello, pero... Volvió a mirar a las jóvenes y las envidió. ¿Cómo no iban a desearlas los hombres?

Micer Rocafort trataba con esclavos, y atendía a un mercado que demandaba aquella mano de obra. Las casas ricas alardeaban de su personal doméstico, las modestas trataban de imitarlas. Los barqueros necesitaban esclavos para descargar las naves; los propietarios de tierras precisaban esclavos para cultivarlas; carpinteros, cordeleros, patrones de nave y médicos los compraban; también los religiosos: monjas y sacerdotes, obispos incluso... Todos querían esclavos. Cuatro muchachas que vivían en la masía de Rocafort eran las que el mercader había elegido para venderlas luego directamente a clientes escogidos por precios superiores a los habituales. El resto se vendía al encante mediante corredores de oreja que los subastaban en la plaza de Sant Jaume o en el Pla de Palau, allí donde había sido ejecutado Arnau Estanyol y ponían las mesas de contratación para los barcos, pero sobre todo en la plaza Nova, frente al palacio del obispo. Por su parte, los marineros y los patrones de naves que acostumbraban a comprar algún esclavo en aquellos puertos lejanos y exóticos arrastraban y exhibían su mercancía a gritos por las calles de Barcelona hasta que alguien la compraba.

Pasada la vendimia las niñas rusas siguieron buscando a Hugo como si todavía tuvieran que darle de beber. Él esbozó una sonrisa y rechazó la ayuda. No tendría ninguna de ellas más de quince años, se dijo. Eran delicadas y bellas. Hugo recordó que a menudo lloraban acuclilladas delante de él, en un rincón, mientras acercaban el agua a sus labios. Él no pudo consolarlas entonces, su cuerpo todavía temblaba al ritmo de las cuchilladas del perro calvo y el chorro de sangre que brotó del cuello de Dolça empapaba todavía sus pensamientos.

Un día se dejó llevar por la tristeza de una de las niñas rusas y lloró él también, por primera vez, como si despertase de una pesadilla. Compartir el dolor generó un lazo especial entre Hugo y aquellas criaturas robadas a sus familias y llamadas a ser vendidas a los principales de Barcelona.

El trabajo en la vendimia le hizo bien. Ni Hugo, ni los demás esclavos ni el personal de la finca podían departir con las jóvenes rusas, pero él las veía con frecuencia porque María, la esposa de Romeu, le invitaba a la cocina de la masía, donde le obligaba a comer y lo interrogaba acerca de la desgracia que padecía y que le había llevado a vagar por las viñas y a sufrir de aquella manera.

—Mi madre... ha muerto —dijo Hugo, a modo de explicación, callando su dolor por la pérdida y el amor de una judía.

—Lo siento —se condolió la mujer y trató de consolarlo allí mismo, sentado a la mesa.

Situada a su espalda, se inclinó sobre Hugo y lo llenó de besos, primero en las mejillas, luego en el cuello, mientras sus manos fueron deslizándose desde los hombros hasta el pecho de un Hugo turbado que tensó los músculos. Ella pareció notarlo, se separó, se arregló el cabello recogido en un moño y alisó su delantal.

—No hay mayor desgracia que la pérdida de una madre —comentó—. Come, Hugo, come. ¿Qué hacéis aquí vosotras? —saltó, percatándose de la presencia de las rusas, para acto seguido gritarles unas palabras en su idioma agitando las manos en su dirección como si quisiera espantarlas para que se fueran.

En el otoño de ese año se llevaron a dos de las niñas. Hugo supo de la visita de los compradores, unos burgueses adinerados de Barcelona, a la vuelta de las viñas, en el dormitorio de los esclavos. Por un instante se sorprendió y temió por la suerte de las chicas. Sin embargo, se echó en el jergón y cerró los ojos, dejando que la imagen de Dolça reviviera su tormento.

La nueva visita les pilló desprevenidos a todos. Una mañana de principios de diciembre micer Rocafort se presentó en la masía de improviso. El mercader arribó montado en su mula, acompañado por un hombre a caballo y otro a pie.

—¡Fuera, fuera, fuera! —urgió María a Hugo casi levantándolo en volandas de la silla que ocupaba a la mesa de la cocina—. Viene el señor. No puede encontrarte dentro de la masía… con las niñas. No sabe que estás aquí. —La mujer tiró de él hasta la puerta que daba al gran patio de entrada a la masía—. ¡Maldita sea! —renegó por lo bajo al comprobar que ya era imposible abandonar el edificio sin que vieran a Hugo—. Sígueme —le ordenó todavía arrastrándolo de una mano.

Los gritos y las risas del señor y su invitado les llegaron con nitidez. Habían echado pie a tierra de sus monturas y no tardarían un instante en traspasar la puerta que llevaba al comedor, junto a la cocina. María rechazó la idea de esconder a Hugo en la planta superior; les descubrirían mientras subían la escalera. Abrió la primera puerta de las que daban al comedor, una despensa.

—¡Ni respires! —advirtió al muchacho.

Lo empujó adentro y agarró un trozo de tocino seco de una alacena, como si hubiera ido en su busca, antes de cerrar la puerta a sus espaldas.

En la oscuridad, respirando los aromas de todos los alimentos allí almacenados, Hugo oyó que María saludaba a su señor. Voces desconocidas. Risas. Ahora era Romeu quien hablaba. No, Rocafort no venía para fiscalizar la gestión de la finca. En otro momento. Lo que deseaba en ese instante era vino, del mejor, y comida, en abundancia.

—Que se preparen las niñas —ordenó después.

Hugo sintió un escalofrío que se multiplicó por mil al sonido de la voz que contestó:

—¡Espero que merezcan los elogios que he oído de ellas!

—No os preocup…

Entreabrió la puerta. Rocafort hablaba, pero Hugo no le prestó atención. Habían transcurrido cuatro años y el hombre estaba de espaldas, en pie junto a la mesa en la que Romeu disponía el vino; no obstante, lo habría reconocido aunque hubiera transcurrido un siglo. Era Roger Puig quien acompañaba a micer Rocafort. En ese momento se volvió para recibir la copa de vidrio que Romeu le ofreció.

Tenía la barba tupida y minuciosamente arreglada, rubia como el cabello. El lujo con el que vestía contrastaba con la sobriedad del mercader. Su altivez podía masticarse.

—Sirve bien a su señoría —animó Rocafort a su empleado—, ha vuelto de Grecia, donde su valor y sus hazañas serán siempre recordadas —lo aduló sin el menor pudor—. Ha regresado a Barcelona para unirse a la armada que partirá a Sicilia.

—Y para contraer matrimonio —añadió Roger Puig—. Mi tío ha cerrado unos buenos esponsales.

—Eso tengo entendido. Mi sincera felicitación. La vida os sonríe. Sois joven, noble, rico...

—Pero ¡no todo lo que quisiera!

—Siento deciros que nadie es tan rico como desea.

—Quizá porque no pueden. —El noble calló ante la presencia de Romeu. Rocafort le hizo seña de que se fuera—. Yo sí puedo serlo —continuó tan pronto como el otro obedeció—. A través de mi tío, gozo del favor del rey. Está a mi alcance conseguir cuantas licencias sean necesarias para negociar en el Mediterráneo. En Grecia he realizado unas excelentes gestiones secretas... Debo guardar silencio sobre ellas, pero digamos que han sido bien acogidas por su majestad.

Hugo permanecía hipnotizado mirando por el resquicio de la puerta cuando una figura vestida de negro cruzó por delante: el tuerto. Cerró y hasta contuvo la respiración ante el estruendo que se le asemejó el roce de hoja y jamba.

—Los reyes siempre piden contraprestaciones —oyó que decía el mercader.

Si le descubrían allí, ni siquiera tendría la posibilidad de la que dispuso en el hospital de Colom, tras hacerle saltar el ojo al criado.

—Ya estoy armando una galera para Sicilia —replicó Roger Puig.

—¿Qué os falta entonces?

—Un socio. Yo no soy mercader ni voy a preocuparme de dineros...

Percibiendo la presencia del tuerto apostado tras la puerta, Hugo se enteró de las negociaciones entre Rocafort y Puig mientras comían y bebían, hasta que el mercader, asediado por el noble, cedió y alcanzaron un acuerdo de asociación al amparo de la experiencia y el capital de uno y las influencias y los escasos recursos del otro. Al final brindaron, varias veces, tantas como un Roger Puig entusiasta imaginaba llenarse sus arcas.

—Queda claro que es para un primer y único barco —repetía el mercader.

—¡Terminaréis buscándome y rogándome más barcos, Rocafort! —anunció Roger Puig a gritos, derramando el vino sobre su cota de seda—. Y, ahora que hemos resuelto los asuntos de dineros, ¿dónde están esas muchachas rusas?

—No sé si en esta situación… —intentó excusarse Rocafort, quien se preguntó cómo iba a presentar a aquellas dos niñas a un noble borracho y caprichoso.

—¿Qué situación? —bramó Roger Puig—. ¡Mateo! —llamó, y Hugo percibió que el tuerto se alejaba de la puerta—. Trae a las dos esclavas que hemos venido a ver.

—No será necesario —terció el mercader—, yo mismo me ocuparé.

En el comedor quedaron el noble y su criado.

—No te muevas de aquí —oyó Hugo que le ordenó Roger Puig—. No veo a este comerciante excesivamente dispuesto.

De nuevo en el comedor, a Rocafort no le pasó desapercibida la actitud del tuerto, apostado en una esquina desde la que dominaba toda la estancia. María y las dos niñas rusas comparecieron tras el mercader.

Se hizo el silencio mientras Roger Puig tomaba asiento frente a las chicas. Hugo se arriesgó a entreabrir otra vez la puerta. El noble bebía un vino que terminó deslizándosele por las comisuras de los labios. Se los limpió con la bocamanga de seda, sin pensar, seducido ante las jóvenes, los ojos enardecidos, impregnados de deseo.

—Teníais razón —atinó a musitar. Alargó la mano para tocar el brazo de una de las chicas, quien se encogió y tembló al contacto—. Son como pajarillos.

De repente Roger Puig gritó. Fue un aullido salvaje que consiguió que todos menos el criado tuerto dieran un respingo. Hugo estuvo a punto de caer fuera de la despensa. Una de las jóvenes trastabilló y, cuando iba a dar con el culo en el suelo, María la agarró; la otra empezó a llorar.

—Así tratábamos a los pajarillos en Grecia —masculló el noble a unas niñas que no entendían el idioma—. Nos los comíamos. —El gesto con el que acompañó sus palabras, con la boca abierta, los dientes a modo de colmillos y las manos por delante en forma de garras, sí que lo entendieron, e intentaron alejarse ante la oposición de María y del propio Rocafort—. Bien —dijo de repente Roger Puig mudando de tono y actitud—. Desnudadlas.

—Pero... —trató de oponerse el mercader.

—Desnudadlas —insistió el otro—. Si voy a comprar una de ellas, deberé inspeccionar sus virtudes.

Hugo había visto a muchas mujeres a través de un resquicio como el del lagar mientras Astruga y Dolça trabajaban; algunas jóvenes y bellas, otras no, pero siempre sintió que le salivaba la boca, un hormigueo agradable se instalaba en su entrepierna y su miembro respondía. María desligó las holgadas camisas que vestían las niñas para que resbalasen por su cuerpo hasta quedar a sus pies. Ninguna mujer alcanzaba la belleza, la candidez y la inocencia de aquella pareja y, sin embargo, Hugo no sintió atracción. Apretó dientes y puños al verlas expuestas, avergonzadas, con la mirada clavada en el suelo, las manos pugnando por esconder los senos y el pubis a un hombre borracho y ensoberbecido que las escrutaba.

María les susurró al oído y venció la oposición de sus brazos hasta que los bajaron. Ambas se mostraron por entero, cabizbajas, con la respiración agitada y las lágrimas rodándoles por las mejillas.

—El rostro —exigió el noble a la mujer.

Hugo tembló al ver a María cogerlas del mentón y obligarlas también a alzar el rostro y enfrentarse a su demonio. El resquicio que dejaba la puerta de la despensa aumentaba y disminuía imperceptiblemente al compás de la ira del muchacho. Nadie se percató; todos permanecían hechizados por aquellas dos beldades que Roger Puig contemplaba con lujuria. A duras penas consiguió controlar sus impulsos al ver que el noble extendía un brazo y acariciaba los pechos de una de ellas.

—Señor —habló Rocafort con voz pausada, temeroso de ofenderlo—, os ruego que no toquéis a la muchacha.

Roger Puig ni siquiera levantó la mirada hacia el mercader. Con la boca abierta, babeante, continuó sobando aquel seno virgen.

—Os la compro. Esta —anunció—. ¡Mateo! —llamó al criado,

quien respondió como si ya supiera qué era lo que reclamaba su señor en ese momento.

El tuerto se adelantó y cogió a la niña por la cintura, en volandas. Entre los gritos de la rusa y sin prestar atención a María y Rocafort, que no sabían cómo reaccionar, amo y criado miraron en derredor en busca de una habitación. Roger Puig ya se desanudaba la cota de seda manchada de vino y babas.

—Señor… —volvió a rogar Rocafort.

—Arriba —ordenó el noble señalando la escalera.

—No la habéis pagado —le recriminó el mercader.

—Descontad su precio de los próximos beneficios —replicó el otro sin siquiera volverse, ya ascendiendo los escalones tras Mateo y la niña.

Los chillidos de la esclava resonaron hasta en el interior de la despensa. La chiquilla no debió de luchar mucho, porque muy pronto la masía entera se vio asolada por un silencio estremecedor que se prolongó hasta que al cabo de un rato largo Roger Puig descendió seguido por su criado.

—No os equivocabais, Rocafort. Buena calidad. Mandadla a mi casa —ordenó antes de cruzar el umbral, montar y enfilar el camino a Barcelona.

El renacido odio hacia un personaje que tenía olvidado y la intranquilidad ante la casi certeza de que el tuerto haría lo posible por encontrarlo lograron distraer en parte a Hugo del dolor por la muerte de Dolça. Ya no solo pensaba en ella durante las noches o los escasos ratos ociosos que se sucedían en la finca; Roger Puig, su criado e incluso la propia María, una mujerona que aprovechaba la más peregrina de las excusas para acercarse a él y acariciarle y besarle, habían venido a compartir sus cuitas.

Desde que Romeu lo encontrara vagando por las viñas y se lo llevara a la finca de Rocafort, Hugo no había regresado a Barcelona. No volvió a Santa María ni tornó a visitar a Arsenda. «¿Para qué? —se decía—. ¿Para mentirle?» No podría. No se imaginaba escondiendo sus penas por la muerte de su amada, y tampoco se veía engañando de nuevo a su hermana, renegando de lo que había constituido su mayor anhelo en la vida: el amor de aquella judía que Arsenda nunca aceptaría. Allí en la finca, so pretexto de la falsa muerte de su madre, de quien tampoco tenía noticias, podía sufrir sus penas sin nadie que le importunara. Romeu solo le exigía trabajo; su esposa, una compañía embarazosa, y las niñas, poco más que una sonrisa o una mirada de compasión en la distancia hasta que Rocafort las vendió. Los demás esclavos lloraban, reían y charlaban mientras veían que se les escapaba la vida. Igual que a él, se planteaba Hugo de vez en cuando.

Aquel jueves 14 de diciembre de 1391 Hugo escuchó una discusión entre Romeu y María: los dos querían ir a Barcelona. Ambos deseaban presenciar la ejecución de los detenidos por el asalto a la judería, pero uno de ellos debía quedarse para vigilar la propiedad. Al final se quedó María. Hugo, que también quería ver el ajusticiamiento, siguió a Romeu a la ciudad.

—¿Te gustan las ejecuciones? —le preguntó el hombre por el camino. No esperó respuesta. Hugo tampoco se la dio—. Detuvieron a los principales instigadores del asalto... aunque no sería yo el que los condenase por haber matado a tantos marranos. —Romeu hablaba para él—. Consiguieron muchas conversiones. ¿Acaso eso no es bueno para el reino? Cuentan que en realidad el rey no está molesto por la muerte de los judíos, lo está más por el desorden de los campesinos que quemaron los libros oficiales. De hecho, ha indultado a varios de los participantes en la revuelta. En cualquier caso, será un buen espectáculo.

Hugo se preguntó si el perro calvo estaría entre los indultados. El malnacido de Juan Amat había sido uno de los principales partícipes en las matanzas: su cuchillo segó decenas de cuellos... Merecía ser condenado.

—¿A quién han indultado? —preguntó a Romeu.

El hombre se sorprendió al oír la voz de Hugo, pero sobre todo su tono.

—A los principales, como siempre. Hay que ser importante para conseguir el indulto del rey.

El perro calvo no era importante. No era más que el hijo de un carnicero que tenía un puesto en la puerta de la Boquería. La imagen de aquel bruto colgando de una horca asaltó a Hugo tan pronto tuvo conocimiento de la ejecución. No conseguía quitársela de encima.

Necesitaba verlo y saborear la triste venganza. Dolça lo merecía, ¡todos los judíos lo merecían! Miró de reojo a Romeu, intranquilo, como si el solo hecho de compadecerse de los judíos pudiera delatarlo.

Barcelona bullía. Las horcas estaban preparadas en distintos puntos de la ciudad, allí donde se erigían como símbolo del poder. La mayoría de ellas eran fijas, algunas simples estructuras compuestas por dos palos verticales y otro redondo cruzado por encima, aunque también las había de obra, construidas con piedras y coronadas por el mismo palo redondo, adornadas con el escudo real y el de la ciudad. A menudo de las horcas colgaban expuestos los cadáveres de los delincuentes, en ocasiones hasta que se pudrían, por más que hubiera que alzarlos de nuevo a medida que caían al suelo, o hasta que se concedía el permiso real para enterrarlos, pero siempre previa exhibición pública para que todos los ciudadanos conocieran y temieran la justicia real.

Once personas iban a ser ajusticiadas aquel día. Hugo se separó de Romeu y presenció, entre más silencios que vítores, el ahorcamiento de dos hombres en la plaza del Blat. Ninguno era el perro calvo. Antes de que el último de los reos dejara de patalear, Hugo cruzaba la plaza hasta la puerta de entrada del castillo de la corte del veguer donde había otra horca. Tampoco lo vio allí. Le dijeron que en los porches, en la playa, también ejecutaban, y se apresuró a descender por la calle de la Mar… sin el menor éxito. Remontó de nuevo la calle de la Mar en dirección al portal de los Orbs, donde colgaba otro reo. No era Juan Amat. Continuó hasta la plaza de Santa Anna y de allí a la plaza Nova. Tampoco. El último ajusticiado lo fue a la puerta de la judería, en la plaza de Sant Jaume.

—¡No! —exclamó Hugo a la vista de un hombrecillo barrigón al que en la muerte, como lo habría sido en vida, parecían querer ridiculizar unas piernas que colgaban laxas, abiertas, cortas y gordas.

El perro calvo no se hallaba entre los ajusticiados. Hugo negó con la cabeza. «Asesino», murmuró, la mirada de Dolça revivida en su recuerdo. «He sido feliz.» Rememoró sus últimas palabras antes de que el cuchillo…

—¡Asesino! —exclamó en esta ocasión.

—No te manifiestes —oyó que susurraban a su espalda.

—¿Qué…? —fue a decir dándose la vuelta.

Jucef Crescas. Aquel que afirmaba que micer Arnau le había salvado la vida como a Saúl. Ya no vestía la capa oscura con capucha ni exhibía la rodela amarilla que revelaba su condición de judío.

—No debes llamarle asesino —le advirtió el cambista—. Hay mucha gente que no lo entendería, personas que aún sostienen que a quienes mataron a los judíos no deberían haberlos ejecutado.

El joven y el viejo cambista, como si se hubieran puesto de acuerdo, pasearon la mirada entre los muchos ciudadanos que recorrían las calles de una Barcelona convertida en un inmenso patíbulo, en una gran fiesta.

—No es a él a quien llamo asesino... —confesó Hugo en voz baja—, aunque probablemente lo fuera. Me refería al perro... a un matarife llamado Juan Amat, el que degolló...

No pudo seguir; la garganta se le agarrotó.

—En la cárcel del veguer hay once detenidos más a la espera de que el rey ordene su ejecución. Pero desgraciadamente entre ellos no está ese Juan Amat —afirmó Jucef, cuyo tono denotaba hastío hasta en el sufrimiento—. Lo hemos buscado, Dios sabe que lo hemos hecho, y el veguer también, pero ha desaparecido. A todos nos gustaría ver colgado a ese maldito.

Hugo oyó algún asentimiento que surgió de quienes acompañaban a Jucef: hombres y mujeres cohibidos, asustados, pendientes de no ofender a los cristianos que les rodeaban. Creyó reconocer a algunos de ellos de cuando transitaba por la judería.

—Ha desaparecido... —repitió el muchacho, más para sí que para Jucef—. ¿Dónde podría encontraros? —inquirió tras unos instantes de reflexión.

¿Por qué no comprobarlo? Habían transcurrido cuatro meses desde el asalto a la judería pero ¿qué iba a hacer el perro calvo? ¿Dónde encontraría trabajo?, pensaba Hugo mientras caminaba por la calle de la Boquería. La mejor solución, especuló, recordándolo ataviado con su viejo yelmo y la ballesta, era esperar a la leva de soldados para la armada con destino a Sicilia. El caos era considerable, la necesidad de tropas, acuciante, y poco importaría a las autoridades en caso de que lo pillaran o reconocieran, ya fríos los ánimos, el hecho de que Amat se hubiera librado de la horca. Muchos eran quienes todavía consideraban que su actuación fue la correcta, pues la elección entre conversión o muerte se había extendido a lo largo de toda la península.

El barrio del Pi, así nombrado por un pino solitario que se alzaba majestuoso, nació alrededor de la iglesia de Santa María del Pi, entre las viejas murallas romanas de la ciudad y aquellas otras que lindaban con la Rambla y que ahora eran sustituidas por unas terceras cuya construcción avanzaba abrazando el Raval. Igual que sucedía con este último barrio, en su tiempo el del Pi no fue más que un conjunto de huertos con edificaciones diseminadas extramuros de Barcelona. Con el transcurso de los años, sin embargo, llegó a transformarse en lo que ahora recorría Hugo: un núcleo de población vivo, de edificios abigarrados y habitados por mercaderes y artesanos, herreros, picapedreros, maestros de casas…

Tal como creció y prosperó el barrio, lo hizo también su iglesia: Santa María del Pi. Ese mismo año de 1391 se colocó la última piedra de un templo que tardó setenta años en construirse y que Hugo comparaba con el de Santa María de la Mar: planta de una sola nave, visible toda ella desde que se accedía; sobrio pero majestuoso; ancho para que los fieles se sintieran acompañados y recogidos, como en un gran hogar, y con las capillas laterales entremetidas en unos contrafuertes que invadían la iglesia en lugar de erigirse por su exterior. Si la nave central de Santa María del Pi era algo más ancha que la de Santa María de la Mar, esta le ganaba en longitud, altura y anchura total, aunque la gran diferencia entre ambas iglesias radicaba en que Santa María de la Mar disponía de dos torres ochavadas desde las que tañían sus campanas mientras que Santa María del Pi carecía de ellas. Se había proyectado una gran torre aneja al templo en la que instalar las campanas. El rey Pedro III prometió dinero para erigirla y, fiada en su palabra, la Junta de Obra de Santa María del Pi inició la construcción en el año 1379. Pero el monarca falleció sin cumplir su compromiso. La junta se quedó pues sin dinero, y ahora la torre se hallaba inacabada, inútil, y las campanas aparecían colocadas en una espadaña provisional levantada sobre el portal del Avemaría.

Desde la calle de la Boquería, Hugo llegó a la trasera de Santa María del Pi. Allí, entre algunas casas humildes que la rodeaban y el huerto del rector de la parroquia, se alzaba abandonada menos de una cuarta parte de la construcción llamada a ser el gran campanario de la iglesia. En aquel lugar había visto tiempo atrás al perro calvo y a su padre ejercitarse en su papel de gigantes con los zancos que luego guardaban en la torre, la misma donde luego comprobaría que se refugiaban Juan Amat y sus secuaces.

El perro calvo quizá anduviera por allí. Igual que Hugo había hecho cuando trataba de recuperar sus zapatos, se escondió en el cementerio posterior de la iglesia, el de los ciegos, y volvió a acomodarse tras una gran cruz a esperar. No sería extraño que ese bestia permaneciera allí oculto, pues durante el asalto definitivo al Castell Nou, Hugo había oído decir que uno de los promotores más acérrimos de la revuelta era el párroco de Santa María del Pi. Con toda seguridad, si Juan Amat todavía permanecía en Barcelona estaría al amparo de aquel sacerdote, en el lugar donde se escondía de niño. No quiso contar nada de ello a Jucef, porque no deseaba despertar en él esperanzas quizá infundadas.

Entre las tumbas Hugo padeció el frío de diciembre; no llevaba abrigo suficiente, solo una capa raída de sayal regalo de Romeu con la que trató de envolverse. Jucef terminó informándole de que había alquilado una casa con obrador para ejercer como cambista en la calle Ample, cerca de la playa, paralela al mar, junto a la alhóndiga, que fue adonde se dirigió Hugo tiritando, antes de que anocheciera y la campana del castillo del veguer llamara al recogimiento.

—Está escondido en el campanario de Santa María del Pi —acertó a decir entre el castañeteo de sus dientes.

Sin mostrar emoción alguna, Jucef lo invitó a pasar y le acompañó hasta el hogar, donde ardía un fuego acogedor. Varias personas, quizá una docena, se arremolinaban al calor; algunas sentadas, las menos; otras en pie y varios jóvenes en el suelo. Jucef pidió una silla y de una gran olla negra de hierro que colgaba sobre el fuego sirvió una escudilla de sopa humeante con hortalizas.

—He llegado a verlo —comentó Hugo mientras el anciano servía.

—Luego nos lo cuentas —contestó Jucef entregándole la escudilla—. Recupérate primero, no caigas enfermo.

—¿Y Saúl? —se le ocurrió preguntar al oír de enfermedades.

El silencio con el que Jucef le contestó fue suficiente. Hugo no quiso insistir, rodeado por todos aquellos judíos... ahora conversos, pálidos y demacrados, hacinados en la pequeña casa, la tristeza en su sola respiración. Tomó el potaje, las manos ya calientes aunque incómodo por sentirse observado. Nadie habló, muchos reprimieron toses y disimularon lamentos. Jucef se sentó junto a él, frente al fuego, en el que clavó mirada y sentimientos mientras Hugo se recuperaba con la sopa y el vino que le llevó una mujer vieja, probablemente la esposa de Jucef.

—Lo he visto —repitió al fin tras un largo trago de vino, áspero y agrio—. Lo he tenido tan cerca como os tengo a vos ahora —añadió dirigiéndose al cambista.

Pudo llegar a olerlo, podría haberlo tocado con solo alargar el brazo en el momento en el que el perro calvo le pilló desprevenido y se plantó en el cementerio para hacer sus necesidades. Hugo contuvo la respiración, con el corazón palpitante, sin moverse un ápice hasta que aquel asesino regresó distraído al campanario.

—Seguro que confía en poder enrolarse en la armada a Sicilia —añadió.

—¡Matémoslo nosotros mismos esta noche! —corearon los conversos.

La propuesta fue jaleada. Pero Jucef continuaba con la mirada en el fuego. Al final se hizo el silencio en espera de su decisión.

—Mañana, al amanecer, acudiré al veguer. Lo detendrá y lo ejecutará. Lo sé. Por cierto —añadió dirigiéndose a Hugo—, no me llames Jucef, ahora mi nombre es Raimundo... Raimundo Sagrau.

Al cabo de un rato, en un aparte, el converso preguntó a Hugo:

—¿Qué te hizo ese hombre?

—Me robó unos zapatos —contestó Hugo con seriedad.

El otro asintió pensativo.

El viernes 22 de diciembre de 1391 el rey Juan, inclemente incluso ante la cercanía de la Navidad, ordenó la ejecución de doce presos: un corsario genovés y once de los delincuentes que habían asaltado la judería, Juan Amat entre ellos, después de que, como pronosticase Raimundo, el veguer acudiese a detenerlo. Hugo quiso presenciar la detención, aunque a punto estuvieron de impedírselo, pues el veguer quería pillarlo por sorpresa. Fue Raimundo quien insistió ante el oficial real, y cedió.

Una simple patada a los tablones que hacían de puerta del campanario franqueó el acceso a los soldados del veguer. Hugo no entró. Forcejeos, gritos, órdenes, y Juan Amat, con las manos atadas por delante y una lanza azuzándole por detrás, siguió los pasos de los dos primeros soldados que salieron del campanario.

Hugo tuvo que apartarse para esquivar el escupitajo que le lanzó el perro calvo.

—Tenía que haberte matado en Gerona —soltó después.

Hugo sonrió con cinismo.

—Las cebollas y los zapatos te llevarán a la horca, asesino hijo de puta

—¿La horca? —repitió el veguer, que salía con las pertenencias que Juan Amat había amontonado en el interior de la torre inacabada—. A este lo descuartizarán. No merece la horca.

Así fue. Ese viernes se procedió a descolgar los cadáveres de los reos ahorcados ocho días antes y se ejecutó a los nuevos sentenciados. A Juan Amat, como advirtió el veguer, lo descuartizaron. En la plaza de Sant Jaume, a la entrada de la judería, Hugo presenció la llegada del perro calvo. Conversos y algunos judíos temerarios se mezclaron en silencio, sin manifestarse, entre un gentío que aplaudía y vitoreaba al rey. Hugo lo vio llorar. Dos soldados lo arrastraban. Rogaba, ¡suplicaba clemencia!, como si él la hubiera tenido con Dolça.

«Ahí lo tienes, Dolça —masculló para sí al verlo arrodillado con el cuello en el tajo—. Ahí lo tienes.»

Hubo un instante de silencio. Cayó el hacha y la gente estalló en gritos de nuevo. La sangre del perro calvo se mezcló en el recuerdo de Hugo con la de Dolça. ¡Sangre! El muchacho se sorprendió con los puños cerrados con fuerza, sin saber si él también había gritado. Las piernas le temblaron y se sintió mareado mientras en su mente revivía mil escenas: los zapatos, el destral, la detención de Bernat, el viaje a Gerona… ¡el miedo! Miró la cabeza que permanecía en tierra justo en el momento en que un soldado se hacía con ella para impedir que se acercasen los perros.

«Aquí termina todo, Dolça —musitó en su interior—. Los cristianos tenemos la esperanza de reencontrarnos en el cielo. Dicen que los judíos no vais al cielo.»

Hugo permaneció quieto mientras el verdugo, a hachazos y cuchilladas, descuartizaba el cuerpo de Juan Amat en cuatro partes: tórax y brazos, ingles y piernas. «Quizá tenga que hacerme judío para volver a verla. ¿Tienen cielo los judíos?», pensó con la atención puesta en el soldado, que ahora clavaba la cabeza en un palo alto hundido en tierra a la entrada de la judería. Los cuartos del cadáver se repartieron por Barcelona, todos colgando de palos mediante ganchos: uno en la misma plaza de Sant Jaume, con la cabeza; otro en la escribanía de Rovira frente a la corte del baile; otro en la corte del veguer, y el último junto a las horcas de la plaza del Blat. Allí permanecerían expuestos a la ciudadanía hasta que perros y pájaros dieran cuenta de ellos o no fueran más que huesos, como comprobó Hugo en los días que fue a Barcelona desde la finca de Rocafort, ninguno de los cuales dejó de acudir a la plaza de Sant Jaume para ver la cabeza y uno de los cuartos de quien había degollado a Dolça.

—Te lo agradezco... te lo agradecemos todos —oyó que le decía Raimundo a su lado una vez que la gente, saciado su morbo, se retiraba de la plaza de Sant Jaume—. ¿Qué puedo hacer por ti?

«Devolverme a Dolça», quiso responderle.

—¿Tenéis cielo los judíos? —preguntó en su lugar.

Raimundo palideció y miró a un lado y a otro. Hugo comprendió su error. Nadie parecía haberle oído.

—Disculpa —se excusó—, estoy bastante afectado. —Y añadió—: Nada. No es necesario que hagas nada por mí.

Se reencontraron varios días después en la plaza de Sant Jaume ante la cabeza del perro calvo, la mandíbula caída, carnes, ojos y lengua picoteados por los pájaros.

—Presentía que volverías —le dijo Raimundo como todo saludo—. Ignoraba dónde encontrarte y he estado mandando a algunos niños para que vigilasen la plaza y me avisasen si aparecías.

—¿A qué ese interés? —preguntó Hugo con la mirada puesta en los restos del asesino de Dolça.

—Tengo una propuesta que hacerte. ¿Me acompañas?

Hugo se encogió de hombros y le siguió.

A diferencia de la noche en la que el muchacho había acudido para revelar el escondite de Juan Amat, ese día Hugo y Raimundo se reunieron solos en la mesa de cambio ubicada en los bajos de la calle

Ample, sencilla, modesta, amueblada con los elementos estrictamente imprescindibles para ejercer su oficio: libros de cuentas, una vieja mesa con un tapete que costaba distinguirlo como colorado y la cizalla para cortar la moneda falsa.

—El otro día estuve tratando de negocios con Jacob y sus dos hijos, David y Saúl —comentó el cambista—. Tengo entendido que los conoces. —Al oírlo Hugo asintió; Saúl había sido el prometido de Dolça—. Ninguno puede hacerse cargo de la viña de su abuelo, no saben de agricultura, y por otra parte continúan sin noticias de Mahir, por lo que lo dan por muerto en el asalto a la judería. Hasta ahora se han defendido como han podido con el oficio de corredor de oreja de Jacob, pero necesitan dinero para continuar. Perdieron mucho con la revuelta, eso sin contar que ha habido problemas con los de su profesión, pues a los judíos se les ha prohibido ejercer como tales... aunque al final se les ha permitido a los conversos. Por todo ello han acudido a mí; no quieren vender la viña por si se equivocan con Mahir, con independencia de que en la actualidad obtendrían muy poco por la propiedad, dada su condición. Sin embargo, si la explotan debidamente podrían obtener una renta que les sirviese para garantizar y hasta pagar el préstamo que solicitan. ¿Qué te parece?

Hugo se encogió de hombros, no terminaba de entender cuál era la propuesta.

—Te ofrecen explotar la viña —aclaró el cambista.

—¿A mí? No tengo dinero. ¿Por qué...?

—Por varias razones —le interrumpió Raimundo—. Primera: porque saben del cariño que te profesaban Mahir, Dolça y hasta el abuelo Saúl. Segunda: porque Mahir siempre les habló bien de ti, de tu preocupación y buen hacer por la tierra, y eso es una garantía. Y la última y más importante: porque confían en que tú, si algún día reaparece Mahir, romperás y renunciarás al contrato en el estado en que se encuentre. Eso no lo firmaría nadie salvo tú, ¿me equivoco?

—No.

No se equivocaba. Hugo echaba en falta a Mahir. Cumpliría; el judío había terminado convirtiéndose en un maestro para él.

—¿Te interesa entonces?

—Sí —afirmó ya que no tenía nada que perder.

Raimundo se comprometió a organizarlo todo con Jacob.

—¿Por qué hacéis esto por mí?

—¿Por qué hiciste tú aquello por nosotros?

—Ya os dije que aquel malnacido me robó unos zapatos.

—También asesinó a Dolça y a Astruga, ¿no es cierto?

—Sí —confesó.

Se conocieron en silencio. Luego Raimundo le habló de todos aquellos que interesaban a Hugo. Como él ya sabía, el viejo Saúl había fallecido.

—No habría hecho falta degollarlo —le explicó—. Llegó sin aire, moribundo, tras presenciar la ejecución de su hija y de su nieta.

De Mahir ya le había dicho que no se tenía noticia. A diferencia de su padre, su hermana y su sobrina, que en su calidad de médicos habían decidido quedarse con los judíos en el Castell Nou, él tuvo la oportunidad de escapar antes de que se produjera el primer asalto a la judería. Desde entonces no se le volvió a ver. Jacob y su familia siguieron a Mahir y también huyeron. Se convirtieron. Y ahora vivían en Barcelona.

—¿Y Regina? —preguntó Hugo—. ¿La conocéis? Aprendía medicina con Astruga y Dolça. ¿Sabéis algo de ella?

—¡Cómo no! La hija de Bonjuha de Quer. También tuvo fortuna y escapó. Estuvo a punto de morir, pero la salvó un judío con el que se ha casado.

—¿Un judío?

—Mosé Vives, sí.

—¿La salvó? ¿Mosé…?

—Vives. Un médico. Nadie lo habría imaginado. No es una persona… ¿qué te diré? —No era necesario. Hugo lo recordó en la plaza de Sant Jaume: bajo, delgado, el miedo reflejado en el rostro—. Su esposa falleció en la revuelta y le dejó viudo con dos críos pequeños. Después de salvar a Regina se han casado, y tengo entendido que ella sigue aprendiendo medicina a su lado. Él necesitaba una madre que cuidara de sus hijos; Regina, un hombre que la cuidara. Piensa que ha habido que recomponer familias, estructuras…

—¿Y cómo saben que fue él quien la salvó?

Raimundo se encogió de hombros.

—Ella estaba en la judería. A su padre lo asesinaron. ¿Por qué iban a inventar una historia? Muchos refugiados que estaban en la Casa de la Ciutat vieron cómo la entraba desnuda y envuelta en una sábana. ¿Qué sentido tendría?

—Sí… —convino Hugo—. No tendría ningún sentido.

SEGUNDA PARTE

Entre la lealtad y la traición

10

Barcelona, 1394

Hugo escuchó con satisfacción cómo era pregonado su vino por las calles de Barcelona. Era norma obligada por las autoridades que todos los taberneros lo hicieran antes de empezar una cuba de vino nuevo.

—¡En el día de hoy —chillaba el tabernero ahora en la plaza de Sant Jaume con la gente atenta a sus palabras—, en la taberna de Andrés Benet de la calle de Flassaders, se procederá a abrir una cuba de vino tinto de la viña de Hugo Llor, lo que se pone en conocimiento de los ciudadanos de Barcelona!

Hugo había vendido gran parte de la producción de vino tinto de ese año al tabernero Benet. Como era usual, los *bastaixos* fueron a buscar las cubas para transportarlas a Barcelona luego de que las autoridades las hubiesen medido y sellado, y una vez satisfechos los impuestos de la transacción.

Les invitó a un trago, orgulloso de sus vides y su producción. Sirvió del procedente de la viña que lindaba con el huerto de los Vilatorta, el especial de Dolça que, después de trasegarlo y limpiarlo, conservaba en cubas cerradas con telas gruesas de pez bien molida y algo de clavo. Los *bastaixos* no lo degustaron como algo especial; lo tragaron sin paladearlo, como si fuera un vulgar vino joven, del año, pero Hugo sabía que era excepcional, y así se lo reconocieron quienes entendían. Lo vendía como vino añejo, de la cosecha anterior. Otra parte de la vendimia de la parte que lindaba con el huerto de Vilatorta la mantenía en cubas para que envejeciera. Sabía que era difícil que un vino aguantase más de un año sin agriarse, pero aquel era el sueño nunca conseguido por Mahir, quien también lo había intentado con pequeñas cantidades. Hugo trataba de consolarlo cuando examinaban el vino y comprobaban que no era sino vinagre. «Los romanos lo conseguían —se quejaba el judío—. El famoso vino de Falerno debía tener un mínimo de diez años antes de ser consumido. Los autores de esa época hablan de vinos de muchos más años; Plinio, de uno de ciento sesenta años; Horacio, de otro de cien. ¿Por qué no voy a poder conseguir yo uno de más de un año?»

«Porque no lo hicisteis con el vino de la uva de Vilatorta, querido Mahir», se contestó Hugo en el momento en que se acercaba a las cubas y comprobaba que el caldo envejecía sin agriarse. Se trataba de un vino sensiblemente más fuerte que el del resto de la viña. Quizá fuera esa característica la que permitía el proceso. Allí, junto a las cubas, después de haber oído con orgullo que pregonaban y ensalzaban su vino, Hugo pensó en lo mucho que había cambiado su vida en esos tres últimos años. Seguía viviendo en el lagar, como cuando estaba con Mahir. Los aperos, las botas y las cubas permanecían allí; hasta llegó a encontrar los dineros que tenía ahorrados y escondidos bajo tierra.

Raimundo había cumplido su promesa y, poco después de la reunión en la mesa de cambio, Hugo y Jacob concertaron un contrato de *rabassa morta*: un acuerdo especial para la vid por el cual Hugo disfrutaría como enfiteuta de las tierras de Jacob hasta la muerte de dos tercios de las cepas más jóvenes. Según los comentarios que Mahir le hiciera de aquellas cepas, Hugo calculó que el contrato se alargaría durante más de cuarenta años... salvo que el judío regresase. Después supo que aquellos contratos cerrados a la muerte de las cepas se conseguían alargar casi indefinidamente, como si de una verdadera enfiteusis se tratara, a través del ardid de plantar cepas nuevas mediante *capficat*, esto es, enterrar, sin cortarlo de la planta, un sarmiento de una cepa viva para que naciera otra nueva. De esta manera se podía sostener que la cepa nunca moría. A cambio de la cesión de la tierra, Hugo debía pagar el correspondiente censo a anual a Jacob.

Había trabajado duro, se dijo allí, junto a las cubas. Incluso había tenido que acudir a Romeu en busca de ayuda en la temporada en que necesitó más brazos. Sabía que no le gustaría el trato que aquel le propondría, pero todos sus intentos por contratar mano de obra libre, hombres asalariados, resultaron infructuosos; fueron muchos los que se negaron por la humillación que significaría estar a las órdenes de un joven que en aquel entonces tenía diecisiete años, y aquellos que sí estaban dispuestos se creían con derecho a darle tantas instrucciones como lecciones, así lo comprobó con un par de ellos a los que contrató sucesivamente y que se mostraron soberbios e indolentes. Suponía que Romeu incluiría esclavos en el trato, y así fue.

—Después de acabar en tu viña me devolverás el trabajo en la de Rocafort —le propuso.

—¿Cómo pretendéis que os devuelva el trabajo de varios esclavos?

—No, no pretendo eso de ti. Cada vez tengo que afrontar más tareas, Hugo. Rocafort no hace más que encargarme asuntos que nada tienen que ver con la finca, y los esclavos los dirige y controla Juan. Ya lo conoces, es de fiar. El problema es que no saben. Lo que quiero de ti es que les enseñes, ¿de acuerdo?

Hugo aceptó. No tenía más remedio.

—No me gusta esto de los esclavos —comentó, sin embargo, a María en la cocina de la finca de Rocafort, mientras daba cuenta de un poco de queso y un vaso de vino que le ofreció la mujer.

Decidió acudir primero a cumplir su parte del trato; de esta manera, los hombres llegarían a su viña algo más diestros.

—No siempre sucede como con la niña rusa —contestó ella rememorando la violación—. Aquí en Cataluña a los esclavos se les trata bastante bien. Generalmente son manumitidos o consiguen la talla.

—¿La talla?

—Lo que les pide su amo para que ellos mismos compren su libertad. Mes a mes pagan una pequeña cantidad, aunque además deben cumplir con ciertas condiciones: tienen que presentar garantes que se responsabilicen de ellos en caso de fuga; deben mantenerse ellos mismos de su trabajo y presentarse semanalmente ante su amo; no pueden salir de Barcelona y generalmente no se les permite casarse... para que no tengan más gastos, ¿entiendes?

Hugo asintió.

—Además de las niñas rusas, al único esclavo que he tratado es a un genovés al que le llevaba la bola para que pudiese trabajar. Una buena persona que no creo que hiciera nunca mal a nadie. Ningún hombre debería verse obligado a comprar su libertad —replicó.

—Puede ser, pero las cosas son así y tú no las vas a cambiar. Sin embargo, creo que puedes ayudar a esos desgraciados.

—¿Qué queréis decir?

—Eres un buen payés. Entiendes de la vid y del vino, y les enseñas. Para conseguir la talla siempre necesitan un oficio con el que ganar dinero para pagar a su amo. Cuanto más y mejor aprendan, más capacitados estarán para obtener esa libertad.

—¿Qué gana el amo libertándolos? —preguntó Hugo—. ¿No pretenderéis convencerme de que vuestro señor pierde dinero con los esclavos?

María dudó.

—La talla es mucho más cara de lo que costó el esclavo —reconoció al cabo.

—Se tienen que comprar a sí mismos y por más dinero del que valen.

—Sí, así es. Tampoco eso cambiarás. Romeu se aprovecha de ti, de tu buena voluntad y de que en momentos determinados necesitas mano de obra. ¿Acaso crees que no sabe que estuviste buscando asalariados?

Hugo rebufó.

—Aunque también tú podrías aprovecharte de él —susurró la mujer.

—No entiendo. ¿Cómo...?

Lo entendió en cuanto María se alzó la camisa y le mostró unos pechos grandes con unas areolas morenas que rodeaban unos pezones casi tan gruesos como un meñique. ¿Cuánto tiempo hacía que no estaba con una mujer? Dolça. Solo la conocía a ella. «No», trató de oponerse. Creyó traicionar a Dolça con la sola erección de su pene ante los generosos senos de María, pero ella no le permitió pensar: se sentó a horcajadas sobre él y allí mismo, en la cocina, tironeando de sus ropas, acallando gemidos y suspiros, controlando la puerta al principio, entregados al destino después, fornicaron. La mera posibilidad de que apareciesen en el patio de la masía Romeu o, aún peor, el tuerto urgió a Hugo. Para su sorpresa, el riesgo se convirtió en pasión, como si formase parte del juego del amor, y mirar la puerta abierta mientras María cabalgaba encima de él y convertía en gritos sus jadeos le proporcionó un placer desconocido.

Hugo volvió a la finca de Rocafort. Aceptó la ayuda de los esclavos y a su vez los ayudó enseñándoles de las viñas. Un clima benigno y mucho esfuerzo consiguieron que la tierra rindiera con suficiencia. Añadió los conocimientos que Mahir le transmitiera acerca de la elaboración del vino, pero si algo consiguió que un tabernero de renombre como Andrés Benet comprara y pregonara su añejo en las plazas más concurridas de la ciudad fue el interés y el cariño con los que llevó a cabo todo el proceso.

Llegaba el momento de disfrutar del trabajo bien hecho, pensó Hugo. Y se sirvió un vaso de vino, a solas. Su sabor, sin embargo, le recordó a Dolça. «Dolça...» Cada noche se obligaba a llorarla para que no se escapara de sus recuerdos. En ocasiones la imagen de la muchacha judía se diluía y en su lugar aparecía la de otra joven que le había sonreído en Santa María de la Mar, o la de alguna que se había cruzado en la calle y Hugo se recriminaba el hecho de ser capaz de olvidarla. Entonces la buscaba, cerraba los ojos con fuerza hasta que recuperaba las facciones duras y hermosas de la judía. No cesaba de preguntarse por qué había elegido la muerte. Decían que el mayor número de asesinatos se produjo entre las mujeres; ellas no renunciaron a sus convicciones.

El descuartizamiento del perro calvo puso fin a las condenas, y el rey Juan intentó reconstruir la comunidad judía de Barcelona, que tantos dineros le había proporcionado: les garantizó los derechos de los que hasta entonces disfrutaban y les prometió la exención de impuestos durante tres años, incluida la obligación de alimentar a los leones y demás animales de la casa de fieras que existía en el palacio Menor y que recaía en ellos. Los judíos que todavía habitaban Barcelona se opusieron y la ciudad fue declarada libre de judería. En diciembre de 1392 se derribó la torre de entrada del *call*, se cambiaron los nombres de las calles adjudicándoselas a santos varones y se cedieron los inmuebles a cristianos. Dos años después de que les quitasen las casas, los conversos de Barcelona trataban de vencer las dudas y los recelos acerca de su fe reciente y asumían la construcción a sus expensas de una nueva iglesia en lo que fuera la antigua judería menor, un templo ofrecido a la Santísima Trinidad.

No muy lejos de allí, a la altura de la calle Sanahuja, donde se había ubicado la judería menor, pensó Hugo, vivía ahora Regina, con su esposo Mosé y los niños de este. Seguían siendo judíos, pero nada en el ambiente de su hogar proclamaba esa condición. Él había ido a visitarles de vez en cuando en esos años y siempre había tenido la sensación de que aquella casa de gruesas paredes de piedra podía ser la de cualquier matrimonio cristiano acomodado.

Regina tenía ahora diecinueve maravillosos años, los mismos que Hugo, que se expresaban en un movimiento voluptuoso; se había convertido en una mujer de sonrisa abierta y ojos chispeantes, de habla y maneras fluidas y seductoras, envolventes. Regina se sabía bella, y Hugo, como en vida de Dolça, distraía la mirada de sus pechos generosos a su nariz. Hacía un tiempo que no los visitaba, pensó Hugo con la segunda escudilla de vino, pero siempre que acudía a su casa recordaba aquel día, del que ya hacía casi tres años, en que fue a verla para pedirle su ayuda, acompañado por Raimundo, después de que Hugo se presentara en la mesa de cambio con la mula de Romeu y una carreta pequeña y baja, sin laterales y con dos ruedas gruesas de madera, y la niña rusa violada por Roger Puig tumbada, febril, en ella.

Durante muchos días el episodio de Roger Puig y la esclava se mantuvo en la mente de Hugo, pero suponía, tal como ordenó el noble, que la rusa estaría ya a su disposición allí donde viviera. Se le erizaba el vello al recuerdo de los gritos de la niña en la planta superior de la masía y terminaba encogido en su camastro tratando de alejar la imagen de la joven de nuevo forzada por aquel hijo de puta.

Su sorpresa vino en el momento de despedirse de María antes de partir para instalarse de nuevo en el lagar de la viña de Saúl, ahora de Jacob. La buscó hasta que oyó sollozos en el dormitorio de las esclavas. Llamó, pero nadie contestaba. Los lamentos prosiguieron. Allí estaba prohibido entrar, pero Romeu se hallaba en Barcelona y los demás esclavos en los campos. Abrió y entró. María agarraba la mano de una niña que se había quedado en la mitad de lo que era; estaba demacrada, cadavérica.

—Sangró —explicó María—. No le dimos importancia. ¿Acaso no se sangra la primera vez? Pero luego continuó sangrando. Rocafort no quiso saber nada de médicos, convencido de que ya no recuperaría dinero alguno con esta esclava. Buscaron remedios con una curandera. Al cabo apareció la fiebre y ahora está muy mal.

—¿No pensáis hacer nada? —le urgió Hugo sin atreverse a llegar al pie de la cama.

Poco después la propia María ayudaba a Hugo a enganchar la mula a la carreta.

—Que Dios os ayude —susurró cuando el joven arreó al animal.

De tal guisa, Raimundo encabezando la marcha, se plantaron en la puerta de la casa de Mosé Vives en la calle Sanahuja.

—Me lo debes, Regina.

Esas fueron las palabras con las que Hugo venció la mueca de desagrado con la que Mosé y Regina respondieron al destapar a Caterina —así supo que se llamaba la esclava ese mismo día—, todavía tendida en el carro.

—Y vos me lo debéis también —espetó Hugo con dureza ante el ademán que hizo el médico, enclenque y nervioso, por oponerse.

En la carreta, la niña ladeó la cabeza y sus ojos vidriosos se posaron en Hugo, como si entendiera lo que sucedía. Quiso alzar un brazo; el intento quedó en un inapreciable movimiento de su muñeca. Trató de hablar, y un balbuceo en su idioma ininteligible quedó atajado en el momento en que Mosé y Regina cargaron con ella hacia el interior de la casa.

Caterina sobrevivió, se alegró Hugo al recordar ahora su intervención y la de Regina y Mosé. Aunque había personas, como Arsenda, que sostenían que habría debido morir. Hugo le contó de la niña rusa como si él no hubiera llegado a intervenir. «¿Por qué tengo que engañarla?», se recriminaba después de acudir a ver a su hermana. Arsenda no admitía su relación con los médicos judíos. «Los bautizan en los puertos solo para que creamos que todos esos esclavos que traen de Oriente son cristianos, pero ¿qué saben de Jesucristo? ¿Acaso han escuchado misa? Ni siquiera saben nuestro idioma.» Hugo dejaba de escuchar y se arrimaba a la pared tan pronto como Arsenda iniciaba sus diatribas contra toda actitud o circunstancia que no fuera la de un beato pío y devoto. Asentía con murmullos y vigilaba la calleja que daba a las casas de las monjas del convento de Jonqueres. Las palabras de Arsenda resonaban en la noche mientras él pensaba que aquella monja cuyo nombre nunca recordaba era la que dictaba a su hermana los discursos con los que llegaba a confundirle.

Sí, se felicitó Hugo, Caterina había sobrevivido… y la habían llevado a la casa de Roger Puig. Pensar en los Puig casi logró amargarle el momento. Durante esos tres años había pasado noches en vela imaginando venganzas irrealizables, que luego mudaron en el deseo de que los sicilianos por los que aquel indeseable embarcó en la armada real lo mataran con igual saña con la que él violó a una pobre niña. Porque Roger Puig había partido para la guerra contra los nobles sicilianos alzados en aquel mismo año de 1392. Dejó sin embargo en Barcelona a Mateo, el criado tuerto, a quien nombró su procurador para que cuidara de los negocios ya iniciados con Rocafort y estuviera pendiente de las necesidades de su nueva esposa. Por suerte, el tuerto no reconocía a Hugo. Este pudo comprobarlo en una ocasión en que inesperadamente se cruzó con él en la finca de Rocafort. Se le encogió el estómago y se le secó la boca de repente, pero tuvo la serenidad suficiente para aguantar la mirada de aquel único ojo. El tuerto dudó; habían transcurrido cinco años. «La paz», le saludó Hugo sin dejar de andar, el rostro escondido tras una tupida barba y un par de finas cicatrices que le corrían la cara, herencia de los arañazos de los gatos, de cuando trabajaba con ellos y limpiaba de ratas las casas. El otro inspiró mientras parecía pensar. Hugo supo luego que había preguntado por él a Romeu. «Un amigo de los judíos», debió de contestarle este. O quizá: «Trabaja una viña de los judíos». ¿Qué otra referencia podía proporcionar?

Pero si las viñas y el vino le sonreían, otros aspectos de su vida entristecían ese momento, se lamentó Hugo. Lo que más le dolía de todo era la vida que llevaba su madre. Todavía estaba fresca la tinta con la que el notario firmó el contrato de *rabassa morta* sobre la viña de Jacob cuando Hugo se encaminó a Sitges en busca de Antonina; ni siquiera se detuvo en el lagar para contemplar aquello que a partir de entonces sería suyo, tampoco le importó el hecho de que no tendría luz suficiente para llegar. ¡Qué distinto al viaje frustrado que emprendiera de niño! Luego con Mahir… Sacudió la cabeza para evitar el recuerdo de los golpes del cubero y se burló del pánico que le llevó a abandonar aquel camino de crío. ¡Brujas que robaban el pene a los hombres! Se echó a reír. Sin embargo, le costó dormir por la noche, arropado con hojarasca y refugiado en la esquina de un muro de piedra que servía de linde de dos fincas. Quizá no brujas, pero lobos... Tuvo frío, miedo y hambre. Debería haberlo preparado todo: comida, agua, ropa... Y planificar lo que pretendía hacer. ¿Qué le diría a su madre? «Ven conmigo. Deja a ese hijo de puta. Tengo una viña y viviremos los dos juntos.» Así. Sin más. Apretó los puños bajo las hojas secas. Y, rompiendo el silencio de la noche, juró que no sería como en la última ocasión. Dormitó, y tan pronto como el cielo clareó se puso en marcha.

Por la mañana tuvo que pagar el dinero marcado por transitar por el camino de las costas y volvió a reprocharse no haber tomado provisión alguna para aquel viaje; su estómago rugía. Mendigó un poco de pan a un grupo de payeses que viajaban en sentido contrario. Los hombres se mostraron generosos y le dieron un buen pedazo de pan de habas. También bebió agua fresca, y cuando ya se separaban uno de ellos le entregó un huevo reciente de un capazo en el que llevaba varias docenas. Hugo se lo agradeció y mientras los otros proseguían camino él se detuvo en el centro, cascó uno de los extremos del huevo, lo alzó sobre su boca y lo sorbió entero. Luego suspiró. ¡Doce como aquel se habría comido en ese momento!

Se dirigió directamente a la casa del cubero, a las afueras de Sitges. El lugar aparecía más o menos como lo recordaba: el obrador y la casa apartada de las demás. Quizá se había construido algún otro edificio... o no. Las cubas expuestas en la calle continuaban anunciando el destino de los trabajos cuyo repiqueteo se oía desde fuera.

—¡Padre!

De un salto, Hugo se escondió tras el muro de separación del huerto que había frente al obrador del marido de Antonina. No vio al aprendiz que años atrás intentara advertirle del carácter de su maestro. Sin duda el muchacho que ayudaba era uno de los dos hijos de un cubero al que Hugo quiso ver envejecido y algo más encorvado que años atrás. ¿En verdad lo estaba? La barba le caneaba, y fue a contestarse que sí en el momento en que, a instancias de su hijo, el hombre alzó una cuba grande con tanta facilidad como si se tratara de una silla o un simple madero. Hugo se encogió y adosó la espalda al muro tras el que se parapetaba. Aprovechó para mirar en derredor: nadie. Oyó al tal Ferran regañar a su hijo, a gritos e insultos. Se preguntó si su madre habría sobrevivido a aquella bestia. Un sudor frío se le instaló en la espalda y en las palmas de las manos.

—¡Escuchad! —Había sido él. Sí. Hugo se sorprendió plantado en mitad de la calle. Padre e hijo le miraron con una expresión de desconcierto que desapareció a medida que el cubero se acercaba—. No me recordaréis —dijo Hugo—. Soy hijo de Antonina. Antonia —aclaró—, vuestra esposa.

Sí que se acordaba.

—¿Quieres que te dé otra paliza?

Hugo retrocedió un paso.

—¿Por qué ibais a hacerlo? —trató de convencerle.

Cuanto tenía pensado desapareció de su mente a la vista de aquel hombre inmenso.

Retrocedió otro paso. ¿Y si su madre había muerto? Se abalanzó sobre el cubero al solo pensamiento de que efectivamente fuera así. Gritó, le golpeó el pecho con su hombro y los dos rodaron por la tierra. Sería fuerte, pero no tan ágil como Hugo. Por su mente cruzó la lección que le había llevado a enfrentarse años atrás al perro calvo para recuperar sus zapatos: agilidad y buen armamento, justo lo que, recordó, había salvado a la galera del corsario argelino. Hugo se levantó del suelo como un gato. De una patada consiguió librarse de que el cubero, torpe, le agarrara. Armamento, armamento, armamento... le faltaba. Corrió hacia el obrador, se zafó con facilidad del muchacho que intentó detenerlo y una vez dentro miró hasta que dio con un buen martillo, largo y pesado, que agarró con las dos manos y agitó frente a sí. Tenía que impedir que el cubero se hiciera a su vez con otra arma.

—¡Quiero ver a mi madre! —exigió moviéndose delante del hombre, el martillo dispuesto a golpear.

Ferran dudaba si acercarse. Su hijo intentó atacar a Hugo y el martillo rozó su cabeza.

—¡Estate quieto, José! —ordenó el padre—. Este es solo mío. En cuanto a ti, ¡vete a la mierda! —replicó retrocediendo—. Tu madre no es más que una puta a la que jode todo el pueblo. Ve a buscarla al burdel.

Hugo dio un paso adelante, pero el asomo de una sonrisa en los labios del cubero le devolvió a su lugar; no debía alejarse del obrador.

Así las cosas, separados, transcurrieron unos instantes. De repente Hugo golpeó con fuerza sobre unas duelas destinadas a una cuba. La madera se rajó de arriba abajo.

—¡Hijo de puta!

La rotura de la tabla pareció doler al cubero más que si le hubieran golpeado en el pecho.

—¡Mi madre! —exigió Hugo en el momento en el que notó la presencia de más personas.

Volvió la mirada hacia el pie de la escalera que descendía de la casa, en la planta superior, el cubero vigilado de reojo. No la reconoció: las ropas negras colgaban de sus hombros; tenía el cabello ralo y el rostro consumido.

—¿Madre? —musitó.

Notó movimiento y lanzó un martillazo con los brazos extendidos. No se equivocaba: Ferran trataba de aprovechar la distracción, pero el martillo le obligó a retroceder de nuevo.

—¿Madre? —preguntó Hugo con los ojos humedecidos.

El cubero insistió otra vez. Hugo volvió a golpear al aire. ¡No podía mirarla!

—Terminaré pillándote —lo amenazó el otro—. ¡Y entonces te mataré!

—No lo harás.

La voz sonó como un quejido. Fue Antonina la que, para sorpresa de su esposo, replicó antes de acercarse cojeando hasta Hugo.

—¡Te mataré a ti! —gritó el hombre.

—Hazlo —se le encaró ella—. ¿Quién cuidará entonces de tus hijos, estúpido? —Le costaba hablar. Tuvo que tomar aire antes de proseguir—. Estás viejo y eres pobre porque dilapidas tus dineros en putas y vino. No tienes nada que ofrecer a una nueva esposa más que una retahíla de hijos…, mal carácter…, palizas… y borracheras.

El cubero enrojeció.

—Te mataré —repitió.

—Hazlo —le retó de nuevo Antonina. Luego miró a Hugo y sonrió. Hugo no quiso fijarse en los dientes que le faltaban—. ¿Qué haces aquí, hijo?

Hugo golpeó de nuevo el aire con el martillo. El cubero volvió a echarse atrás.

—Necio —le insultó Antonina.

Se dirigió al hogar donde ardía el fuego necesario para flexibilizar la madera de las duelas a medida que se ceñían los aros de la cuba. Cogió una tea encendida y retornó donde estaba Hugo, frente a la calle, en cuyo centro resoplaba el cubero.

—Como vuelvas a intentarlo —amenazó a su esposo—, incendiaré el obrador. —El solo movimiento de Antonina acercando la tea a las virutas de madera procedentes de las duelas logró que Ferran negara frenéticamente con las manos—. ¡Apártate más! —El hombre obedeció. Antonina volvió a ensanchar sus labios en una sonrisa y respiró hondo antes de continuar—: No sabía de ti, Hugo, aunque presentía que estabas bien.

—Tengo una viña, madre —le interrumpió él—. Venid conmigo. Podremos vivir juntos y trabajar…

Ella rió en un susurro y le acarició la mejilla.

—No puedo. ¿Ves aquellos dos mocosos? —Hizo un gesto con el mentón hacia la escalera. Hugo miró solo un instante. Pese a la tea encendida en manos de su madre, desconfiaba del cubero. El muchacho que hacía de aprendiz, catorce años quizá, se mantenía apartado—. El niño y la niña. Son tus hermanos, de madre, claro. Ellos me necesitan.

—Traedlos —asumió Hugo sin siquiera pensarlo.

Antonina volvió a reír. Lo hizo con fuerza y terminó tosiendo.

—También son suyos, Hugo. No puedo llevármelos. No habría dado ni dos pasos y ya andarían en mi busca.

—Madre, se apaga la tea —le advirtió Hugo.

Antonina miró a su esposo.

—¿Por qué eres tan hijo de puta? —le echó en cara antes de volver al hogar y sustituirla.

Hugo la miró hacer: no se trataba de la mujer a la que había visto tirada en tierra y pateada la vez que había ido allí con Mahir; ahora era distinta.

Antonina advirtió la mirada de Hugo y a través de ella supo lo que pensaba. Un escalofrío le recorrió la espalda al percibir que todavía era capaz de sentirlo como suyo, de entender sus sentimientos y sus preocupaciones antes incluso de que los revelara. ¡Ella lo parió! ¡Ella lo cuidó y amamantó! Llegó hasta Hugo con una nueva tea encendida que alumbraba sus ojos anegados en lágrimas. Hacía mucho tiempo que no lloraba.

—He aprendido a distinguir cuál es el verdadero dolor, hijo —declaró—. Desde que murió tu padre tuve que aprender a sobrevivir —Se le quebró la voz—. Luego llegó un día en que deseé morir, y entonces comprendí que no encontraría peor muerte que aquella que pudiera suceder… sin haber vuelto a saber de ti o de tu hermana… —Respiró—. Ni peor que la que dejara huérfanos y en manos de esa bestia a tus hermanos pequeños, que son sus propios hijos. Ellos no tienen la culpa. Aunque quizá tampoco la tenga él. No es más que un animal.

Terminó agotada después de aquel discurso.

—Pero madre…

—¿Cómo está Arsenda? —susurró ella.

—Bien. En el convento. Sigo yendo a verla.

—Me alegro. No faltes, y cuida de ella. ¿Tienes novia?

El recuerdo de Dolça reventó en el interior de Hugo, más fuerte que nunca, como si el hecho de que fuera su madre quien le preguntara le hiciera revivir el dolor con más intensidad.

—¿Sucedió algo? —intuyó Antonina al contemplar a su hijo, el martillo colgando ahora de sus manos.

Observó a su esposo y después miró la tea. Ardía.

—Murió, madre —contestó Hugo en aquel instante.

Antonina le rodeó el cuello con un solo brazo, atenta ahora donde su hijo no lo estaba: su esposo. Le besó en las mejillas y sus lágrimas se mezclaron.

—Tienes que irte. Llegará un momento en el que el animal dejará de pensar lo poco de que es capaz.

—Pero… os matará.

—No, no lo hará.

—Os propinará una paliza.

—Tampoco —mintió ella—. Hace tiempo que ya no lo hace. Todo son bravatas. Sabe que soy débil y que podría matarme, entonces se quedaría solo con los niños. Eso sí que es capaz de entenderlo.

—Volveré a veros —prometió Hugo.

—No lo hagas, hijo. He tenido suficiente con saber de ti y de tu hermana. Me siento feliz al saber de vuestra dicha. No es bueno tentar al diablo. Podría hacerte daño a ti, y esa sería mi mayor desgracia, sufriría más que con la muerte... No te arriesgues, Hugo. Te lo suplico.

—De acuerdo —mintió él ya pensando en su próximo viaje.

—Ve en paz —le deseó Antonina—. Apresúrate porque la tea se apaga —añadió antes de dirigirse a su esposo mascullando una amenaza—. ¡Como hagas algo a mi hijo, juro por Dios y la Santísima Virgen que arderá todo!

Hugo la vio allí plantada, delgada y desastrada, tomando compulsivamente el aire que le faltaba tras su ultimátum, y sin embargo había en ella una fuerza, un espíritu que la convertía en poderosa. Nunca llegó a percibirla así. En lugar de evitar a Ferran y emprender el camino de vuelta, Hugo se dirigió hacia él. Antes de llegar dejó caer el martillo a tierra.

—Como maltratéis a mi madre...

—En el momento en que deje esa tea encendida —le interrumpió el cubero— la moleré a palos.

Hugo dejó transcurrir unos instantes, los imprescindibles para que su corazón relajara aquel latido que le impedía hablar.

—Volveré sin que lo sepáis —anunció al cabo—. Os espiaré y preguntaré en el pueblo, donde no creo que tengáis muchos amigos. Como me entere de que maltratáis a mi madre o de que ha muerto, vendré por la noche y también os juro por Dios y por la Santísima Virgen, y por los ángeles y todos los mártires, ¡por el diablo incluso!, que prenderé fuego a vuestra casa mientras dormís. Arderéis en ella junto a los hijos que habéis engendrado para que vuestra estirpe de ladrones y criminales jamás se reproduzca. ¿Me habéis entendido, perro cabrón?

Esa había sido la última vez que había hablado con el cubero, se dijo Hugo, apurando la copa de vino. Pensar en su madre le hizo recordar a Arsenda. Decidió que esa noche iría a verla. En realidad, hacía algún tiempo que Hugo la notaba extraña. Lloraba. Alargaba los silencios. «Arsenda, no puedo estar aquí toda la noche», le recriminaba él. La última conversación extensa que recordaba con ella era la que mantuvieron acerca de su madre. Hugo le escondió la realidad: se encontraba bien y le mandaba recuerdos. Le pidió que le explicara y él lo hizo, aunque también calló sobre aquellos dos nuevos hermanos; no quería... «¿Cuándo volverás a verla?», interrumpió ella sus pensamientos. «No sé.» «¿Pronto?», insistió Arsenda. «Hermana, se trata de un viaje bastante largo; son dos jornadas, una de ida y otra de vuelta, y los caminos…»

Pero Arsenda se había ido apagando con el transcurso de los días. Era evidente que algo le sucedía, y Hugo pensaba descubrir de qué se trataba esa misma noche.

—¡Arsenda!

Hugo se encogió en la noche al darse cuenta de que había levantado la voz.

Su hermana no contestó. Se había retirado precipitadamente después de cruzar un par de palabras trémulas con él. Era invierno y hacía frío. El sol se ocultaba pronto y a Hugo se le hacía complicado retornar al lagar una vez que la campana del castillo del veguer tañía la hora del *seny del lladre*.

—Hermana —susurró a través de la ventanilla.

Arsenda continuó sin contestar.

—Arsenda —intentó de nuevo, encaramándose a la ventanilla, escrutando en la oscuridad de aquella casa.

—¡Márchate!

No era su voz. Se trataba de un timbre viejo, cansado.

—¿Quién sois? ¿Por qué…?

«¿Cómo se llamaba la puta monja?», pensó.

—¿Y mi hermana?

—Está con Dios. Márchate y no vuelvas.

—No, no, no.

—Haré que suenen las campanas, joven. Te denunciaré y te detendrán.

—¡Por Dios! —gimió Hugo—. ¿Qué es lo que sucede?

La contraventana se cerró, y no volvió a abrirse ninguna de las noches en las que Hugo acudió a silbar la tonadilla con la que su padre regresaba del mar. Desesperado, se lo contó a María cuando se presentó en el lagar y lloró ante una mujer sorprendida e impávida. Hacía más de tres meses que no sabía de su hermana. Hugo no deseaba sexo como en las demás ocasiones, pero María se empeñó en consolarlo en el lecho. Lo consiguió. Arsenda desapareció de su mente tan pronto como se tumbó encima de la mujer y la penetró, ella con las piernas alzadas. Sin embargo, cuando el último estremecimiento del orgasmo todavía le sacudía, el recuerdo de Arsenda regresó con más fuerza. ¿Cómo era capaz de alejarla de su mente por fornicar?

—¡Jódeme otra vez! —gritó María—. ¡Hazlo!

Y empezó a moverse con cadencia, aprisionándolo entre los muslos, cerrando su clítoris, estrangulando su miembro, impidiéndole salir…

—¡Sí! Así —gimió al notar la reacción del joven.

Hugo se presentó de nuevo en el convento de Jonqueres. Se sintió extraño accediendo por su entrada principal, la que daba a la plaza de Jonqueres. Era un largo camino flanqueado por muros ciegos tras los que se abrían los huertos de las monjas, la fachada posterior de la iglesia y algunas dependencias, y que finalizaba en un portalón de madera. Sabía que tras él se hallaba el claustro. Lo había contemplado con Arsenda en las noches en que la luna iluminaba, al principio, cuando se veían en el tejado: dos niveles con su corredor; no muy altos. «Así se cuela la luz en el patio», le comentó su hermana. Cada una de las galerías daba al patio a través de sesenta y seis arcos ojivales tan esbeltos como las columnas con sus capiteles que los sostenían.

El ruido de un cerrojo al descorrerse llamó la atención de Hugo, que se volvió hacia su derecha: la portería. El ventanillo enrejado le trajo a la memoria al tuerto; sin embargo, de este surgió una voz dulce.

—Dios y Nuestra Señora de Jonqueres os protejan, ¿qué deseáis?

—Me llamo Hugo Llor.

—¿Sí?

—Mi hermana está aquí, trabaja como criada para… —¡Dios! ¿Cómo se llamaba?—. Para una de las monjas.

—¿Qué monja?

—No me acuerdo de su nombre, pero su casa linda con la puerta de entrada de mercaderías de la calle de Jonqueres.

—¿Cómo sabéis vos eso?

La voz continuaba siendo dulce, pero Hugo no se atrevió a contarle de sus encuentros por las noches para no perjudicar a Arsenda.

—Hace tiempo que no sé de mi hermana.

—Eso es lógico y natural. Esto es un convento donde hacemos vida religiosa, y por lo tanto permanecemos apartadas del mundo. Lo extraño es que hace tiempo supierais de ella.

¡Otra vez!

—Señora…

—Hermana.

—Hermana, lo único que quiero saber es si la mía está bien.

—Sí. Está bien.

—Perdonad. No quisiera… no quisiera molestaros, pero ¿cómo lo sabéis? No os he dicho su nombre.

—No importa, joven. Desde hace tiempo no ha habido desgracia alguna en el convento, por lo tanto vuestra hermana, sea quien sea, está bien.

—Pero…

—Que Dios os acompañe. Os tendremos presente en nuestras oraciones.

El ventanillo se cerró y Hugo se quedó inmóvil en aquel largo pasillo de acceso al convento meditando si debía creer a aquella monja. Bien mirado, no tenía motivos para engañarlo. Pero entonces, ¿por qué no acudía Arsenda a sus llamadas? Se lo habrían prohibido. Debía de ser eso. Fuera como fuese tenía que verla. Era posible que las monjas no aceptasen visitas, aunque Arsenda le dijo hacía mucho que gozaban del privilegio de salir a la calle, de tener bienes propios y hasta de casarse, pero en cualquier caso su hermana no era monja, no existía ninguna razón para que no pudiese verla.

—Porque es la criada de una monja —le contestó Pau Vilana, uno de los vicarios de Santa María de la Mar, aquel con el que Hugo tenía mayor confianza y a quien había acudido para que mediase a fin de poder ver a Arsenda—. Si ella no le permite romper esa clausura, no la verás. Los criados deben obedecer a sus amos. —El sacerdote percibió la desazón en el rostro de Hugo—. Veré lo que se puede hacer —prometió—. Tú reza a la Virgen. Por cierto… —añadió cuando el joven ya se dirigía hacia el altar—. Me han contado que ya casi no acudes a la viña de la iglesia a ayudar.

—No parece que deseéis ayuda.

—¿Qué quieres decir?

—Que con esos dos sinvergüenzas a los que tenéis contratados nunca conseguiréis nada de esas tierras.

—Ellos aseguran que…

—Y vos les creéis. Si queréis que os ayude, echadlos y ganaréis unas buenas rentas en vino.

—Lo tendré en cuenta.

—¡Quedas detenido!

Se trataba de un oficial del veguer acompañado de dos soldados. Hugo reculó. Llevaba tiempo rondando el convento de Jonqueres. Mosén Pau no llegó a darle respuesta, tan solo excusas y promesas como las de la hermana portera: «Ella está bien… Créeme». Pasados los días el sacerdote hizo por evitarle, hasta que Hugo lo asedió y no tuvo más remedio que confesar que no le habían proporcionado más información que aquella y que la priora no estaba dispuesta a consentir visitas a Arsenda.

Hugo era consciente de que se debía a una viña que estaba dejando abandonada, pero aun así utilizó los dineros que tenía para tratar de averiguar más sobre su hermana. Esperó a los mercaderes que traían las vituallas para las monjas y les ofreció las monedas. Unos las rechazaron, otros le engañaron miserablemente y perdió casi todo lo que tenía. Molestó a las criadas que salían a hacer recados, asaltó a los curas que acudían a oficiar misa y a confesar a las monjas, y espantó a las niñas que asistían a estudiar al convento. Lo único que consiguió con todo ello fue recordar el nombre de la monja que mantenía escondida a Arsenda, Geralda, cuando uno de los confesores se dirigió a él para aconsejarle que olvidase el asunto, que su hermana estaba bien, que aún le quedaban años de contrato con sor Geralda, y que si no lo hacía y continuaba molestando, tendrían que tomar medidas contra él. Le amenazó incluso con acudir al veguer

—Solo quiero… —trató de razonar Hugo con el oficial.

Los soldados lo echaron de la plaza a empellones, lejos de la entrada principal. ¿Por qué lo detenían?, se preguntó. No había cometido ningún delito.

—Solo quiero saber de mi hermana —insistió entre empujón y empujón.

—No tienes nada que saber. Está en un convento.

—¡Soy su hermano! —gritó. Y le golpearon—. Si vos no me ayudáis, acudiré al rey.

—¡Yo represento a su majestad! —clamó el veguer.

—¡Acudiré al rey! —repitió Hugo.

Los soldados le agarraron. Hugo se revolvió y entre los forcejeos se desviaron hacia el torrente con el que lindaba el convento. Uno de ellos le propinó tal puñetazo en el vientre que lo tiró por la pendiente. Entonces se abalanzaron sobre él. «No debes inclinarte ante nadie.» Hacía mucho tiempo que no rememoraba el consejo de micer Arnau. Desde tierra, Hugo cogió una piedra y la lanzó contra el primer soldado. Impactó en su pecho. El que le seguía chocó con su compañero mientras el oficial los jaleaba desde la distancia. El dolor y la sorpresa le concedieron la oportunidad de levantarse con otra piedra asida en su mano a modo de mazo, dispuesto a presentar pelea. «¿Te dijo también como lograrlo?» Las palabras sabias de Andrés, en las atarazanas del Regomir, le acompañaron tan pronto como decidió soltar la piedra y aprovechar la confusión para huir.

Corrió cuanto pudo, mucho más que aquellos soldados entrados en carnes y cargados con su equipo. Más allá de la riera de Sant Joan se perdieron hasta sus gritos.

«Saben quién soy —se repetía una y otra vez esa misma noche encerrado en el lagar, paseándose arriba y abajo—. ¿Cómo no van a saberlo? Soy el hermano de Arsenda.» Quizá solo querían asustarlo y se conformaron con verle escapar, pensó. Trasteó con el alambique con el que elaboraba *aqua vitae*. No sabían dónde vivía, aunque si hablaban con Arsenda esta les remitiría a las atarazanas, y no podía estar seguro de que Juan el Navarro guardara el secreto. Al fin y al cabo, se trataba del veguer…

Unos golpes fuertes en la puerta interrumpieron sus dudas. Se mantuvo en silencio. Los golpes se repitieron, más potentes ahora.

—¡Hugo Llor!

No contestó. Oyó que alguien se movía en el exterior. Rodeaban el lagar. Trató de no hacer ruido, pero le delató el sonido de una de las piezas de cobre del alambique.

—¡Hugo Llor! —volvieron a gritar fuera. Silencio—. ¡Sé que estás ahí!

No tenía escapatoria.

—Me llamo Gabriel Muntsó… —oyó Hugo entonces— y me manda Bernat Estanyol desde Cartagena. ¡Abre!

Tras unos instantes para reponerse de la sorpresa, Hugo corrió hacia la puerta.

11

Señor de una galera?

—Y patrón también —contestó Gabriel Muntsó, un hombre vulgar, sin duda de ascendencia catalana puesto que dominaba el idioma.

Eso fue lo que sorprendió a Hugo tras abrir la puerta: mandado por Bernat esperaba a alguien fuerte, arrollador quizá... En cualquier caso un hombre con carácter. Muntsó, sin embargo, no destacaba por nada.

—Cartagena —le explicó— no es sino un puerto con un castillo bajo el que se amparan más chozas que casas.

Allí fue, le contó después, donde Bernat consiguió hacerse con la propiedad de una galera siciliana apresada por el corsario vasco con el que navegaba.

—¿Y cómo ha podido comprar una galera?

Se hallaban en el lagar, a la luz de una linterna entre aperos, botas y cubas, sentados en dos sillas desparejas frente a una tabla elevada a modo de mesa.

—En los años que lleva en Cartagena se ha hecho respetar por los corsarios castellanos que utilizan el puerto de Cartagena como refugio, cántabros y vascos principalmente. El alcaide del castillo y los miembros del concejo municipal también han reconocido su valía. Bernat es culto y educado; sabe leer y escribir; domina el latín y es un hombre de honor, cualidades todas ellas muy apreciadas en tierras fronterizas con los moros, donde prima la brutalidad sobre la sabiduría. No le costó aprender de navegación y de barcos, y ya con el patrón vasco demostró un arrojo considerable.

Hugo sonrió al recuerdo de Bernat con la ballesta escondida en el saco. No le había faltado valor, no. Mucho tiempo había transcurrido desde entonces... ¿Siete años? Sí. Siete. Bernat contaría ahora con... veintitrés. Hugo trató de seguir el discurso de Muntsó.

—El corso —explicaba— representa unos ingresos muy atractivos para la corona, que percibe un porcentaje sobre los beneficios de los corsarios. Ciertamente, Bernat no ha tenido excesivas dificultades en encontrar socios para comprar esa galera; es una buena inversión.

Pese a su intento, Hugo volvió a perderse en sus propias reflexiones. Tal vez Bernat quisiera que fuese con él. Eso explicaría la presencia de Muntsó. Por un instante se imaginó en la galera de Bernat, aunque no lograba imaginar qué trabajo desarrollaría en ella. Pero... ¿y la viña? Suspiró. Muntsó insistía en que Bernat era un gran patrón. Hugo no podía olvidar que había prometido a su madre que no se embarcaría. Tenía que volver a Sitges para asegurarse de que estaba bien. Y el cubero debía enterarse. Además estaba Arsenda; no olvidaría a su hermana.

—No... —interrumpió a Muntsó—. No creo que pueda.

—Que puedas ¿qué?

—Ir con él.

El otro dio un manotazo al aire.

—No vengo a proponerte tal cosa —aclaró.

Hugo dio un respingo.

—Bernat pretende que le des información. Precisamos noticias de los barcos que van a partir del puerto de Barcelona, sus destinos y, sobre todo, la mercancía que transportan. Tenemos que elegir bien las presas. Desde que se abre la mesa de contratación de los marineros hasta que la nave zarpa a la mar hay tiempo suficiente para hacernos llegar toda esa información. Bernat te necesita.

Hugo se quedó pensativo.

—¿Y cómo espera que lo consiga?

—Dice que ya te las apañarás.

—Ya. —Guardaron silencio unos instantes—. ¿Y cómo debería informaros?

—Por escrito, a través de...

—No sé escribir.

Hugo abrió las manos en gesto de interrogación.

—Bernat está enterado. Y dice que también te las apañarás —contestó el otro—. Los mensajes deberán ir en barcos de cabotaje hasta el puerto del Grao en Valencia, dirigidos a este mercader —añadió entregándole un papel con el nombre indicado—. Envíalos como si se tratase de letras de cambio o documentos mercantiles. Hay muchas de esas embarcaciones.

—Lo sé —afirmó Hugo.

—También puedes mandar los mensajes a través de un correo, pero preferimos los barcos. En todo caso, el mercader nos los hará llegar —prosiguió Muntsó al mismo tiempo que dejaba un sello sobre la mesa.

—¿Y eso?

—Para que lacres los mensajes —explicó el otro como si un Hugo que alzó las cejas debiera estar al tanto—. Por cierto, Bernat me insistió en que, si los hay, prestes especial atención a los barcos que transportan mercancías de los Puig o en los que estos tengan intereses.

Hugo asintió con los ojos entrecerrados.

—Al parecer el padre de Bernat, micer Arnau, los arruinó ya en una ocasión.

—No lo suficiente —replicó Muntsó, dando a entender que conocía la historia.

Hugo bebió un trago de vino. El otro lo imitó.

—Pero... —dudó si completar la frase. Muntsó le apremió a hacerlo con un movimiento de la cabeza—. Pero si delato a los mercaderes catalanes, morirá gente catalana por mi culpa.

—Bernat me previno acerca de tu posible recelo. Mira, él atacará las naves catalanas con tu ayuda o sin ella. No obstante te promete clemencia para aquellos barcos que sean asaltados por tu mediación.

—Me las apañaré —se comprometió el joven.

«Me las apañaré», había dicho. Pero ignoraba cómo. Y había pasado ya una semana desde aquella noche en la que, tras la charla, Muntsó marchara sin esperar al amanecer. El joven le preguntó por Bernat. ¿Estaba casado? No. ¿Lo habían herido alguna vez? Muchas. ¿Pensaba vivir siempre en Cartagena? Muntsó no lo sabía. ¿Era buen patrón, un corsario cruel?

—Cuando tiene que serlo, es tremendamente cruel —le sorprendió Muntsó.

Hugo no imaginaba a su amigo actuando con crueldad, pero quizá la vida le había obligado, como a todos. En cuanto a informarse sobre los barcos que partían de Barcelona y las mercaderías que transportaban, le resultaba muy difícil pensar en cómo conseguirlo. Estaba atado a la tierra, a dos viñas ahora. Porque en esa misma semana, el domingo después de misa, Pau Vilana, el sacerdote de Santa María de la Mar, le mandó llamar y le ofreció el viñedo propiedad de la iglesia que trabajaban aquel par de arrendatarios viejos y holgazanes. «A *rabassa morta*», le propuso, igual trato que con la de Saúl, sin la condición de que retornase ningún Mahir, pero con otra cuya inclusión exigió Hugo: la de plantar una serie de cepas nuevas sobre las que calcular el plazo del contrato, ya que las que seguían vivas habían sido maltratadas durante años, arguyó.

—Me olvidaba —comentó el religioso como de pasada, sin darle mayor importancia, una vez que Hugo hubo asentido con la cabeza, confundido.

Le atraían aquellas tierras, eran magníficas, pero no entendía por qué se las ofrecían a él. Ignoraba si sería capaz de trabajar las dos viñas... Dejó de pensar en la tierra tan pronto como oyó decir al sacerdote:

—He tenido noticias de tu hermana, Arsenda.

Hugo se irguió. Continuaba acercándose al convento, con prudencia, siempre pendiente de si aún lo rondaban los soldados del veguer.

—Sança d'Olivera, la priora, me hizo llamar. Tu hermana ha tomado los hábitos y se encuentra perfectamente. Sor Geralda aceptó dotarla para que entrase en un convento. No debes preocuparte.

—¿En qué convento?

—Eso no quiso revelármelo. La priora sostiene que tu hermana reconoció depender de ti en exceso, de tus visitas secretas —le recriminó mosén Pau, quien sacudió una mano en el aire, los dedos juntos y extendidos, como si fuese a darle un azote—, de tus charlas y de tus noticias acerca del mundo exterior, y eso no podía ser. Tiene que olvidarte y entregarse por completo a Dios Nuestro Señor. El día que lo consiga, volverá a llamarte ella misma, no te quepa duda.

—Pero…

El sacerdote le tomó del antebrazo y lo arrastró a dar un paseo por el interior de Santa María. La luz entraba a raudales e iluminaba un templo que la gente abandonaba, mientras algunos niños perseguían perros entre el olor del incienso y de la cera de la infinidad de velas que ardían en las capillas y el altar mayor.

—¿Cuándo quieres que acudamos a firmar ante el notario la escritura de la viña?

—No sé…

—Doy orden de que la preparen.

—Pero Arsenda…

—Hugo —le interrumpió el mosén con voz grave deteniendo el paseo. Se hallaban frente al altar mayor, la pequeña figura de la Virgen de la Mar con el barco a sus pies alzada en el centro—. Comprendo tu desazón, pero tu hermana ha decidido dedicar su vida a Dios. Deberías alegrarte puesto que pocas son las escogidas —añadió. Hugo miró a la Virgen, sin entrever tampoco esa vez su sonrisa—. Tienes que prometerme que dejarás de incordiar a las monjas de Jonqueres —le exigió con seriedad.

Aquel era el acuerdo al que el sacerdote había llegado con la priora del convento. «Podríamos ordenar que detuvieran al muchacho, sí —reconoció la monja—, pero… ¿qué conseguiríamos? —rectificó un tanto azorada—. Solo es un desgraciado al que le vendrá bien vuestra ayuda, con la condición de que deje tranquila a su hermana.» Mosén Pau no discutió. No veía el interés del convento de Jonqueres en el pacto, pero la promesa por parte de la priora de favorecerle personalmente era lo bastante atractiva para que no se arrepintiera de haberle hablado de la viña. Si la teoría de Hugo era correcta, ganaría Santa María de la Mar con unas tierras que hasta ese momento no rentaban lo suficiente, se beneficiaría la priora, el convento… y también él.

—Prométemelo —insistió mosén Pau.

Hugo permanecía con la atención en la Virgen, preguntándose por qué seguía sin sonreírle a pesar de que le había entregado una hermana. Quizá todavía le recriminaba su relación con una judía, pero se negaba a creer que la Virgen le guardara tanto rencor. Quizá, las vírgenes y los santos…

—Hugo —le despertó mosén Pau arrastrando la última letra de su nombre.

—No las molestaré más —afirmó.

Y eso bastó al sacerdote.

—Esperamos que, como prometiste, esa viña nos rinda un buen censo —cambió de tema al instante, para al momento apretarle el antebrazo y llevarlo consigo por la iglesia de nuevo, como si con ello diese por cerrada la discusión.

Arsenda dejó de inquietarle. Solo de vez en cuando le sobrevenían unas dudas que terminaba por rechazar. Quería confiar en que mosén Pau no iba a engañarle. ¿O sí?

Firmó la *rabassa morta* sobre la viña de Santa María de la Mar. Por la iglesia lo hizo un procurador que no llegó a dirigirle la palabra, pendiente en todo momento de charlar con el notario, como si le molestase la presencia de un Hugo que poco después, ya con el contrato en la mano, se presentó en sus nuevas tierras.

—¿Qué hacéis aquí todavía? —preguntó a los dos jornaleros viejos que trabajaban para la iglesia—. Mosén Pau me dijo que ya os había comunicado…

—También nos dijo que habláramos contigo —le interrumpió uno de ellos—, que eres una persona justa y que quizá nos contratases.

Hugo asintió.

—Primero inspeccionemos la viña —propuso.

Uno de ellos ni fue, al otro se le agotaron las excusas a medida que Hugo señalaba su negligencia y mal hacer. Quedaban cepas por delante cuando el viejo se despidió con un escupitajo y siguió los pasos de su compañero.

Hugo esperó a que se hiciera el silencio y giró sobre sí para contemplar aquella nueva viña, tan extensa como necesitada de cuidados. Escuchó los sonidos del campo y sintió el calor del sol en su rostro. Debía atender la de Saúl algo más allá, camino de Sant Vicenç de Sarrià. ¡Y además tenía que informarse acerca de los barcos de Bernat!

—Me las apañaré —afirmó al mismo tiempo que se acuclillaba frente a una de las cepas—. ¿Qué mal es el que tienes? —preguntó a un sarmiento tironeando de él.

La viña de Santa María de la Mar se hallaba muy cerca de Barcelona: a mitad de camino entre la puerta de Sant Antoni, en la muralla nueva del Raval, y el monasterio de Valldonzella. Disponía de una masía pequeña con huerto y algunos árboles frutales. Ni siquiera la dejadez con la que los dos jornaleros habían tratado la propiedad consiguió ensombrecer la dicha con que Hugo franqueó la puerta de aquella casa. No era como la masía de Rocafort, construida por los ricos barceloneses más al estilo de sus palacios. La de los curas era antigua, agraria, siguiendo el modelo de las torres de defensa: cuadrada, de paredes de piedra gruesas y firmes, con los bajos destinados a unos animales que no existían, una bodega excavada en la tierra y el hogar y dos dormitorios arriba, en la planta primera, donde se debería recibir el calor de las bestias. Hugo paseó por esas estancias: el hogar estaba en buen estado y en las habitaciones encontró sendos camastros que sin duda utilizaron los viejos jornaleros. Un arcón desvencijado, una mesa y tres banquetas carcomidas se revelaron como un tesoro para el joven. Romeu le prestó la mula y la carreta y en varios viajes desde el lagar logró trasladar sus escasas pertenencias, las cubas con el vino elaborado con las cepas que lindaban con el huerto de los Vilatorta —el especial de Dolça— y el alambique para fabricar *aqua vitae.*

Esa misma noche durmió en su nueva masía.

Continuó con el alquiler de esclavos, dos en esa ocasión, aunque tuvo que variar el acuerdo con Romeu.

—No podré ayudar en tus tierras; con la viña de los curas me será totalmente imposible.

—Entonces tendrás que pagar. Creo que te saldría más a cuenta comprarlos —le aconsejó Romeu.

Hugo se negó. No se veía a sí mismo como propietario de una persona. Sin embargo, las cosas se complicaron y ni siquiera tenía tiempo para preparar unas comidas que los esclavos tampoco sabían cocinar. De modo que alquiló una esclava, a pesar de que Romeu se lo desaconsejó.

—No tiene sentido, Hugo —trató de convencerle Raimundo cuando fue a su mesa de cambio en busca de algo del dinero que tenía depositado en ella para pagar los alquileres de los esclavos—. Puede que no seas el propietario, pero igualmente te aprovechas de su trabajo, de su esclavitud. ¿Acaso no es similar?

—Pero no son míos —insistió él, como si con ello estuviera libre de culpa alguna.

—Pues más valdría que fuesen tuyos —le aconsejó. Hugo le interrogó con la mirada—. Estoy convencido de que les darías mejor trato que Rocafort y su gente. Los sustituye a medida que aprenden algo, ¿verdad? Ese es el trato que me comentaste. —Hugo asintió—. ¿Te has preguntado alguna vez adónde va ese esclavo al que has enseñado, en manos de quién cae? Tú los cuidarías mejor y, si tanto te importan, podrías concederles la libertad una vez que hubieras recuperado el precio que pagaste por ellos. Ya sabes que la gente, después de aprovechar su trabajo, los talla en mucho más de lo que les costaron.

—Todos somos esclavos de Dios —le contestó mosén Pau tras la misa del siguiente domingo, cuando Hugo le comentó sus dudas—. ¿Por qué crees que lo llamamos Señor? Da igual, por lo tanto, nuestra condición en este mundo. La gran mayoría de los catalanes son siervos de sus señores, muchos de ellos atados a la tierra. Los «malos usos», los derechos de los señores sobre esos siervos, se han recrudecido en los últimos años. Y a su vez, esos señores son vasallos de otros hasta que la cadena de fidelidad llega al rey. Lo importante es la libertad del alma, Hugo. Compra esos esclavos e instrúyeles en la religión católica. Conviértelos y haz de ellos hombres de bien al servicio de Dios, el único Señor al que hay que rendir pleitesía.

—No seas tan susceptible —opinó Regina después de escucharle, la tarde del mismo domingo en que habló con mosén Pau—. Has vivido las atrocidades que cometemos unos contra otros. ¿Qué puede importar ser o no esclavo si los hombres libres se matan y violan entre ellos? —Regina dejó transcurrir unos instantes en los que cruzaron una mirada cargada de dolor—. Cómpralos, Hugo. Prospera si tienes oportunidad. Lo mereces.

Raimundo, mosén Pau, Regina, todos le aconsejaban que comprase esos esclavos. Miró a Regina. Seguía tan bella y rebosante de vida como siempre, y sin embargo... Se sonrieron. Estaban en el huerto de la casa de la calle Sanahuja. No era la sonrisa de la Regina que desde que le llevara a la niña rusa le recibía con regularidad en sus visitas. Tanto su esposo Mosé como ella precisaban *aqua vitae* para tratar a sus pacientes. Hablaron. Supieron que Hugo explotaba la viña del viejo

Saúl y lamentaron la falta del *aqua vitae* de Mahir. Hugo se ofreció, aunque hacía tiempo que no la elaboraba porque los cristianos la compraban a los boticarios y ya no había judíos que la necesitaran. Siguiendo las enseñanzas de Mahir destiló el vino con fines medicinales. Los resultados fueron excelentes, y el contacto con Regina llevó a que, a base de recuerdos, resurgieran entre ellos los sentimientos de juventud, con mayor vigor ahora, conscientes de que a ambos les habían robado a cuchilladas ilusiones, esperanzas, amores, seres queridos…

Con Dolça siempre presente, evitaban hablar de ella, como tampoco lo hicieron de la mentira acerca de la salvación de Regina; lo que hubieran urdido Regina y Mosé no tenía importancia. ¿Quién podía recriminar nada a unas personas que acababan de vivir semejante tormento? Durante ese tiempo Hugo comprendió a Dolça: Regina hablaba, sonreía y gesticulaba, todo con rapidez y firmeza, con la autoridad de quien se sabía bella y deseada, pero su nariz, sutilmente abultada, podía o no seguirla. La mujer avasalladora perecía en una nariz que ese domingo indicó a Hugo que algo sucedía.

—¿Qué miras? —exclamó Regina con una nueva sonrisa.

«¿Tu nariz?» Se contuvo.

—Me alegro por tu felicidad —contestó en su lugar.

Ella calló. Hugo la acompañó en su silencio.

—¿Sucede algo con Mosé? —preguntó sin embargo.

—No —rechazó Regina, si bien con un gesto de hastío que la contradecía.

Hugo sospechaba que las relaciones entre los esposos no eran todo lo dichosas que ella trataba de aparentar. Regina no tenía hijos propios, algo de lo que Hugo se sorprendía una y otra vez ante la vitalidad de la muchacha. Mosé trabajaba toda la jornada fuera de casa, en ocasiones incluso se ausentaba durante varios días si requerían su presencia en lugares alejados de la ciudad. La explicación de Raimundo cobraba fuerza en los momentos en los que Hugo tenía la sensación de que Regina le ocultaba su verdadera situación: «Él necesitaba una madre que cuidara de sus hijos y Regina un hombre que lo hiciera de ella». Un comentario aquí; un gesto irritado allá si de los niños se trataba, algún grito incluso clamando paz…, todo parecía indicar que Mosé había acabado por conseguir su objetivo a costa de que Regina renunciara al suyo.

—Si no es Mosé… —insistió Hugo.

—No puedo más —estalló Regina con voz ronca, entregada a la realidad—. No puedo más, Hugo.

—¿Los niños?

—¡Todo! Mosé, los niños… ¡los judíos!

Hugo dio un respingo.

—¿Qué…? —quiso preguntar.

—Sí, los judíos —repitió ella con los puños cerrados. Hugo desvió la mirada a su nariz. Le temblaban las aletas—. ¡Es imposible vivir siendo judía! Los cristianos no tenían suficiente con violarnos y asesinarnos, con obligarnos a renunciar a nuestras creencias y convertirnos a la fuerza; ni siquiera nos permiten respirar. —Regina calló y trató de reprimir unos sollozos. Hugo se mantuvo en silencio—. Después de lo de la judería vinimos a esta casa porque en las vecinas vivían nuestros amigos, unos conversos, otros no, pero todos unidos por algún lazo. Los hubo que tuvieron fortuna y escaparon del Castell Nou, donde la segunda matanza, por lo que nadie recriminó a su hermano o a su primo que se plegase a las exigencias fanáticas de los cristianos y se convirtiese a su fe; un asesino con un cuchillo y los muertos a tus pies se alzan como argumentos más que convincentes.

»Hasta hace algún tiempo esa forma de vida me resultó llevadera. —Regina hablaba ahora con vigor; su pena se había transformado en ira—. Nuestros hermanos conversos mostraron su fe con la construcción de la iglesia de la Santíssima Trinitat y la cofradía que los une a todos. No les permiten salir del reino, ¿sabes? Dicen que se van a Berbería con la excusa de mercadear, pero que su único objetivo es volver a abrazar la fe de nuestros antepasados. Nosotros, los que seguimos siendo judíos, nos mantenemos fieles a ella, si bien con prudencia, sin alharacas ni exhibiciones públicas; encerrados en nuestras casas a falta de templos y escuelas, siempre pendientes de no irritar a esta Barcelona que tan mal nos ha querido. Pero ahora, además, la reina y el obispo han prohibido hasta que hablemos con los conversos, ¡ni siquiera podemos estar con ellos! Si alguien transgrediera esa orden, le ahorcarían sin posibilidad de gracia o perdón. No podemos hablar con nadie, Hugo. Tú eres de las pocas personas que se atreven a entrar en esta casa… ¡la única que lo hace con cierta regularidad! —Hugo fue a decir algo, pero ella le interrumpió—:

Se han endurecido las penas por no vestir adecuadamente: los hombres con su levita oscura hasta los tobillos y la rodela roja y amarilla en el pecho; las mujeres con esa especie de sombrero picudo... —Regina negó con la cabeza—. Pero lo más importante, aquello que nos ha enemistado con quienes fueron nuestros amigos y familiares, es que el obispo les concedió un plazo de quince días para abandonar aquellas casas que tuvieran pared medianera con alguna otra habitada por judíos. ¡Todos nuestros vecinos han tenido que mudarse! No es que nos lo recriminen, pero el resquemor es natural. La gente esta hastiada de sufrir. ¿Y quiénes han venido a habitar esas casas vacías? ¡Fanáticos! Tan fanáticos como el nuevo Papa que tenéis en Aviñón. —Al oírla, Hugo abrió las manos en señal de ignorancia—. Es manifiestamente contrario a los judíos. Solo Dios, el vuestro, por supuesto, sabe lo que nos espera. Cada día tengo menos enfermas que requieren de mis servicios. No puedo salir a la calle sin que me insulten o escupan a mi paso —susurró sintiéndose vacía y poniendo fin al discurso.

Durante un rato Hugo no supo qué decir. Luego intentó distraer a una Regina cabizbaja. Le habló de la viña y de Arsenda, y también de aquellos esclavos sobre los que le pedía opinión... Ella no contestaba.

—Lo siento, Hugo —se excusó al fin Regina—. Gracias por tus esfuerzos, pero no estoy en disposición.

Le dio la espalda y lo dejó solo en el huerto.

Él se llamaba Domingo; ella Barcha. Él era búlgaro, y rubio como Caterina; ella, lora, de un moreno tirando a negro. Él era joven, más que Hugo, enjuto y tímido, y no solo no sabía de viñas sino que ni siquiera dominaba un par de palabras en catalán. Ella, de edad imprecisa y entrada en carnes, se resistía a dejar atrás la lozanía que quizá algún día había lucido en todo su esplendor, y parecía saber demasiado por su actitud engreída y por cómo desparramaba las palabras al buscar la atención de Hugo: a gritos y con aspavientos. Uno acababa de ser esclavizado en Oriente y decían que era cristiano; la otra, musulmana, había vivido desde niña en Barcelona, originando pérdidas a unos amos que siempre terminaban vendiéndola más barata por simple hartazgo. Eso era lo que tenían en común los nuevos esclavos de Hugo

Llor: ambos le costaron poco dinero. Rocafort, el vendedor, escondió los vicios de los que adolecía Barcha, puesto que la ignorancia de Domingo era evidente. Romeu le engañó y le planteó el precio como un favor hacia él. María, presente en las negociaciones, calló y aceptó a la mora tal como la vio, pues se dijo que no le supondría competencia en el lecho del joven, al que acudía de vez en cuando. Era consciente de que algún día Hugo la relegaría al olvido, pero ese momento se prolongaba porque él no hacía el menor caso a las chicas que pretendían a un hombre que ya poseía dos viñas. «No me interesa el matrimonio —contestó una noche en que María preguntó por una muchacha a cuya madre conocía—. No insistáis», le tuvo que rogar. El único que sospechó del escaso precio de Barcha fue Raimundo.

—¿Está sana? —preguntó mientras contaba los dineros que Hugo pidió recuperar para la compra.

—Sí. Por supuesto. Romeu no iba a engañarme —contestó Hugo, confiando más, no obstante, en el consejo de la esposa del encargado.

El converso dudó sobre si debía intervenir o no. No era su problema, concluyó, por lo que asintió con la cabeza y le ofreció la bolsa con todos sus ahorros. Quiso decir algo, advertirle. Abrió la boca. Hugo lo miró en silencio, la bolsa colgando por encima de la mesa de cambio, entre uno y otro. El cambista deseaba prevenirle contra Rocafort y cuantos le rodeaban.

—Que Dios te acompañe —terminó deseándole a pesar de todo mientras le entregaba los dineros.

Compró a Domingo y a Barcha a mediados de febrero del año de 1395, en el mismo notario con quien se suscribió la escritura de *rabassa morta* de la viña de Santa María. Hugo no les concedió tiempo para pensar. Tal como llegaron a la masía y subieron a la primera planta donde había decidido acomodarlos, Barcha con sus pertenencias, Domingo con las manos vacías, les urgió a que bajaran y cargaran con las tinajas viejas con las que recogía la orina.

—¿Y la comida? —saltó la esclava mora—. ¿Dónde está la comida? ¿Cuándo prepararé la comida? —le atropelló antes de que Hugo tuviera oportunidad de contestar—. ¿Qué comeremos? —La mora revolvió los pocos recipientes que el tenía dispuestos junto al hogar—. ¡No hay comida!

—Calla.

Domingo permanecía en silencio en una esquina. Barcha no estaba dispuesta a obedecer.

—Si vamos ahora a la ciudad no tendremos tiempo... ¿A recoger orina has dicho?

—Calla.

—¿Para qué quieres la orina? ¿No serás uno de esos amos que disfrutan con guarrerías?

—¡Coge la tinaja! —gritó Hugo entregándole una de ellas.

Domingo se apartó asustado en el momento en el que su nuevo amo se dirigió hacia él con la otra tinaja.

—No te haré daño —le dijo. Tuvo que levantar la voz, pues Barcha continuaba con sus quejas y preguntas—. ¡Cállate! —gritó hacia atrás.

Domingo parecía más asustado aún, como comprobó al volver la atención hacia él. Barcha no cesaba en sus lamentos. El búlgaro, tembloroso, tampoco hizo ademán de coger la otra tinaja. Hugo bufó y la dejó en el suelo. Barcha aprovechó y le imitó, ahora mascullando frases ininteligibles. Hugo abrió las manos con las palmas hacia abajo y las movió repetidamente pidiendo calma, luego se dirigió a ambos, primero la miró a ella y luego a él, y les señaló en silencio las tinajas indicándoles con gestos que las cogieran y le siguiesen. Él, a su vez, cargó con un par de buenos odres de piel de cabra llenos de vino tinto y, sin mirar atrás, enfiló la escalera.

Domingo le siguió con su tinaja. Barcha se quedó arriba, renegando.

—¡Dios! —gritó Hugo poco después de salir de la masía en dirección a Barcelona y notar que el sonido de la voz de la mora menguaba sin que mostrara intención alguna de moverse—. ¡Solo llevo unas horas siendo su propietario! —clamó.

Volvió sobre sus pasos. El tono de las quejas aumentó a medida que se acercaba a la casa. ¡Aquella mujer berreaba aunque estuviera sola!

—¡Barcha! —la llamó Hugo al pie de la escalera. Ella salió al descansillo del piso superior, sin la tinaja. Aún gritaba y hacía aspavientos. Hugo intentó no prestarle atención—. ¡Sígueme con la tinaja! —le ordenó al mismo tiempo que se volvía y se daba de bruces con Domingo, pegado a su espalda—. No. Tú deberías haberme esperado... ¡Qué importa! Vámonos.

Barcha no bajó, con tinaja o sin ella. Permaneció en el descansillo. Profería gritos en una lengua desconocida, árabe tal vez...

—¡Coge la tinaja y sígueme!

Ella gritó más fuerte, casi amenazándole con los puños. Hugo se desesperó: una esclava no podía comportarse así.

—Si no bajas ahora mismo, te…

La mora calló al instante, manteniendo un puño alzado. Hugo tampoco continuó, no sabía cómo completar la amenaza. Si no bajaba, ¿qué? ¿La maltrataría? ¿La azotaría? Barcha percibió la duda, fundada en unos escrúpulos que ninguno de sus anteriores amos habían mostrado.

—Soy una mujer mayor para llevar esa tinaja tan grande y pesada.

—Eres mi esclava, y ni mucho menos eres tan mayor —alegó Hugo, atónito ante la actitud de la mora.

Nunca habría imaginado que las relaciones entre un amo y su esclava hubieran de negociarse. Había visto esclavos en la playa; Barcelona estaba llena de ellos, y ninguno se encaraba con su amo. A los que cometían faltas se los azotabà púbicamente para que los demás aprendiesen. No, lo de esa mora no era normal y él no podía dejarse ganar.

—¡Obedéceme! —aulló Hugo.

La mora terminó cargando con uno de los odres de vino, el más pequeño, el de menor peso. El búlgaro hizo lo propio con su tinaja, y Hugo cogió la otra bota y la segunda tinaja. Y pese a ello Barcha hizo el camino a Barcelona entre quejas y lamentos, obligando a los otros dos a esperarla cada pocos pasos.

—¿Adónde vamos? —gruñó después de cruzar la puerta de Sant Antoni.

Al menos ya no gritaba. Hugo no quiso contestar. Ahora era el griterío de la ciudad el que envolvía al grupo. A las voces de los comerciantes que anunciaban sus productos y las de los ciudadanos que se desgañitaban para hacerse entender se añadían las de los mil pregoneros que rondaban las calles y plazas de Barcelona. Sonaba una trompeta para llamar la atención de la gente y los oficiales anunciaban las muchas disposiciones: bandos, pragmáticas y todo tipo de órdenes, como la que recordó haber oído Hugo tras la coronación del rey Juan, según la cual los miembros de la casa del monarca no podían tener mujeres en el burdel público. Los barceloneses necesitaban conocer todas aquellas disposiciones. Otros pregonaban los nombres de los deudores o de los delincuentes, de un desterrado de la ciudad o de otro condenado por ladrón. Había quien gritaba las obras que la gente preveía hacer en su casa; los taberneros anunciaban sus vinos y el precio por toda Barcelona; los corredores de oreja gritaban sus productos y hasta algún que otro ciudadano lo hacía al respecto de un esclavo. También se divulgaba a gritos la muerte de un ciudadano. Si era rico o noble, su fallecimiento lo anunciaba un jinete vestido de negro que hacía sonar una campanilla y llamaba a los demás a rezar por el finado; si el muerto no era rico, las voces las daba un hombre a pie. Tal como se cruzaban las puertas de la ciudad, Barcelona se convertía en una barahúnda, una algarabía en la que todos gritaban.

El gruñido de la mora se convirtió en un chillido más. Insistía en saber adónde se dirigían.

—Apresura —la urgió Hugo sin aclararle nada.

—Pesa mucho —rezongó Barcha poniéndose a la altura del amo justo antes de que este se replanteara el plan que tenía ideado: una meada por un trago de vino.

Sería un buen trato para los *bastaixos*. De esa forma llenaría las tinajas para curar las cepas de la viña de Santa María y además aprovecharía para charlar con aquellos que conocían de los barcos y de sus mercaderías; ellos eran precisamente los encargados de recogerlas a su llegada y de transportarlas hasta las diversas naves a su partida.

Se internaron en el Raval y recorrieron la calle del Hospital desde la puerta de Sant Antoni hasta la Rambla. Aquellos habían sido los dominios del perro calvo, recordó una vez más Hugo. Pasaron ante el hospital de Vilar primero y luego frente al de leprosos, a las puertas del cual hasta Barcha permaneció silenciosa. Más allá estaba el hospital de Colom, del que Hugo había logrado huir del criado de Roger Puig tras saltarle un ojo. Mateo seguía sin sospechar de él en las varias ocasiones en las que se habían cruzado en la finca de Rocafort. Superaron el convento de las dominicas y descendieron por la Rambla hasta las atarazanas.

Mediaba el mes de febrero y el sol templaba y engañaba al frío invernal. Una gran coca se balanceaba en las aguas del puerto de Barcelona. Hugo encontró algunos *bastaixos* en la playa que trabajaban en desmontar la empalizada que protegía la fachada de las atarazanas de los embates del mar. Les explicó su propuesta, que fue acogida entre risas y consiguió que algunos barqueros se sumasen a la fiesta.

—¿Dónde hay que mear? —preguntó alguien con una carcajada.

—¿Un trago de vino de cuánto tiempo? —inquirió otro.

—Tanto como tu meada —se oyó de entre el grupo.

—Dame el odre —pidió Hugo a Barcha. Se había olvidado de ella. Ya no se quejaba, pero… la mora se acercó con paso titubeante y una sonrisa tonta en los labios. ¡Estaba borracha! Debía de haber ido bebiendo durante el camino, a escondidas—. Dámelo —insistió él tirando de una correa que la mora se resistía a soltar.

—¡Eh!

Hugo todavía no había conseguido recuperar el odre de vino cuando su atención se centró en uno de los *bastaixos*, que, con el pene en la mano, intentaba orinar en la tinaja que llevaba Domingo. Tan pronto como el *bastaix* acercaba el pene a la boca del recipiente, el otro daba un paso atrás con la tinaja.

—Dile que se esté quieto —pidió el hombre.

—Domingo —le dijo Hugo—, se trata de que orinen en las tinajas.

Pero el esclavo no lo entendía y seguía huyendo del *bastaix*.

—Yo me ocupo —le interrumpió Barcha, que soltó el odre y se apresuró dando grititos de alegría hacia el hombre con el miembro al aire.

Sin dejar de reír, la mora arrebató la tinaja a Domingo y la acercó al pene del *bastaix*. Luego, como si fuera una delicada maniobra, alzó al cielo el dedo anular, lo mostró y lo bajó hasta apretar sobre el miembro para que el hombre acertase a orinar en el interior.

—¡No!

Hugo hizo ademán de dirigirse hacia Barcha para impedírselo pero se detuvo al ver que delante de la mora se estaba formando una larga fila de *bastaixos* y barqueros, algunos con el pene fuera, casi todos riendo. Barcha, por su parte, miraba boquiabierta y aplaudía a los hombres. Algunos curiosos se acercaron, pero los *bastaixos* los despacharon. «Esto es solo para nosotros», les dijeron.

El primer *bastaix* se acercó a Hugo y exigió su recompensa.

—¿Tanto como he meado? —le preguntó, aguantando la escudilla que el mismo joven le había proporcionado.

—No habría para cinco de vosotros —se opuso Hugo.

El *bastaix* dio cuenta del vino en un par de sorbos y pasó la escudilla al siguiente. Hugo miró hacia Barcha mientras escanciaba la escudilla. La fila empezaba a deshacerse y los hombres rodeaban a la mora, que seguía empeñada en ayudar con su dedo al que orinaba. Hugo vio que uno de ellos le propinaba una palmada en el culo. Barcha estalló en carcajadas. El círculo se cerró más todavía entre gritos y risas, y Domingo, serio, ajeno a aquella fiesta, se alejó unos pasos.

—Lo estás vertiendo —le advirtió el *bastaix* al que servía.

—¡Maldita sea!

Hugo decidió centrarse en el vino y los *bastaixos* que, atraídos por la mora, seguían acudiendo a por su recompensa fácil. Sirvió escudillas. Algunos repitieron y Hugo no se lo reprochó. Quería que se quedasen. Alguien llegó a alabar su tinto y él anunció que no le molestaría comerciar con vino con Sicilia. Trataron de aconsejarle, y a partir de ahí Hugo consiguió que la conversación, solo momentáneamente interrumpida por algún que otro grito de asombro y admiración de Barcha, se dirigiese hacia lo que deseaba: los barcos y las mercaderías que acababan de llegar o se preveía que partieran.

Las dos tinajas se llenaron y Hugo tuvo que tranquilizar a los que no llegaron a orinar asegurándoles que también tendrían vino. Pero este terminó acabándose. Con todo, Hugo y algunos *bastaixos* y barqueros charlaron durante un buen rato: él preguntaba; ellos le proporcionaban información.

—Muestras demasiado interés por los barcos y sus mercancías.

Las palabras surgieron a su espalda después de que el grupo se deshiciera y Hugo quedara a solas. Se volvió hacia Juan el Navarro y sonrió, extrañándose de no haberse percatado de su presencia. Juan no le devolvió la sonrisa.

—Podría ser cualquier otro —le reprendió en su lugar—, quizá uno de los mercaderes, un patrón o algún oficial que sospechase de tanta pregunta.

—¿Qué queréis decir?

—Que lleves más cuidado.

Hugo frunció la boca, diciéndose que era absurdo negarlo.

—¿Cómo debería hacerlo?

En esa ocasión el Navarro sí sonrió al decirle:

—Seguro que te las apañarás.

«Te las apañarás.» No podía ser una coincidencia.

—Me han contado que ha llegado un cargamento de plata para los florentinos, que ellos mismos lo han transportado.

—¿Y qué?

—¿Qué significa? —preguntó al Navarro. Este dudó—. Os lo ruego…, Juan —pidió Hugo.

—Los florentinos establecidos en Cataluña acaparan el comercio de la plata; la traen desde Aviñón y Montpelier. Significa que una parte de esa plata se venderá aquí, pero la mayor cantidad irá a Valencia. Allí es mucho más cara que en Barcelona.

—No creo que esos florentinos fíen su plata a las naves pequeñas de cabotaje, ¿me equivoco?

—Vas aprendiendo —confirmó el Navarro como si fuera un juego.

—Vos debéis de saber qué barcos tienen previsto partir para Valencia.

—No. Todavía no lo sé. —El Navarro bajó la voz para agregar—: Permanece atento a las mesas de contratación. Se habla de una galera con destino a Flandes. Esa tocará puerto en Valencia. Ese será… vuestro barco.

—¿Estáis seguro?

—No. También hay naves italianas o castellanas que hacen la ruta de poniente y que tras Valencia tocan más puertos castellanos. Es difícil que carguen aquí, pero… Si la plata se transporta en una nave catalana, será en la que vaya a Flandes.

—¿Puede haber varias con ese destino?

—No. Zarpa una al año. No hay más viajes en la ruta de poniente. Además, desde hace tres, muchas naves mercantes se hallan en la empresa de Sicilia llevando tropas. La próxima que se contrate será para Flandes, hazme caso.

Hugo asintió. Como si hubieran terminado aquella conversación, el Navarro señaló con la cabeza en dirección a Barcha y Domingo. Ella, recostada sobre la arena, dormía la borrachera, el otro mantenía en pie las dos vasijas llenas de orina.

—¿Son tuyos? —se interesó el Navarro.

—¿Por qué acudió a mí si vos sabéis más de todo esto? —preguntó Hugo haciendo caso omiso a la cuestión de los esclavos.

—Debe de confiar más en ti.

—Ridículo.

—No. No lo es. Yo fui un gran amigo de su padre. Arnau me ayudó y le estaré agradecido incluso en la persona de su hijo, pero Bernat es tu amigo, no el mío.

—Cuento con vos.

—No lo hagas. No me comprometas. —El lugarteniente de las atarazanas se pasó la manga del jubón por la calva sudorosa—. Solo he venido a advertirte y de paso te he ayudado, pero no cuentes conmigo salvo que en ello te vaya la vida. Mi trabajo y mi familia dependen de mi discreción.

—¿Y tú qué beneficios obtienes de todo esto?

Regina efectuó la pregunta después de lacrar la carta que acababa de escribir con destino al mercader valenciano que constaba en la nota que Gabriel Muntsó había entregado a Hugo junto con el sello. En aproximadamente un mes desde la fecha, rezaba el mensaje, una vez cerrada la mesa de contratación, partiría la galera *Sant Elm* con destino a Flandes y escala en el Grao de Valencia. Entre la mercancía se despacharía una gran cantidad de plata a descargar en aquel puerto.

Hugo se encogió de hombros.

—Nada. Simplemente ayudo a un amigo —contestó.

—Así, sin más, sin cobrar...

Regina alzó la carta hacia él. Seguía sentada al escritorio mientras él estaba de pie.

—Sí.

—No creo...

Retiró la carta en el momento en el que Hugo fue a cogerla.

—También he ayudado a alguna amiga sin pedir nada a cambio —replicó Hugo.

—Me pediste que curara a la rusa —saltó ella.

—No —se opuso él—. Te libré de aquellos tres bárbaros que te violaban y no te pedí nada a cambio. Luego... solo intenté ayudar a aquella esclava moribunda. No te pedí nada para mí.

Regina reflexionó unos instantes y asintió. Le tendió la carta.

—Es peligroso —añadió.

—Lo sé y siento haberte pedido este favor, pero yo no… —Hugo negó con la cabeza—. No sé escribir, y no conozco otra persona en la que confiar. —Había llegado a pensar en Raimundo, pero desechó la idea: era posible que el cambista hasta tuviera intereses en ese u otros barcos—. Lamento ponerte en peligro —añadió el joven.

—¿Peligro? —Regina se echó a reír con sorna—. Lo peligroso es vivir en esta ciudad.

En la playa Hugo entregó la carta al patrón de un laúd de seis remos por banda, un barco de cabotaje que partía ese mismo día rumbo a Valencia. Sabía de su llegada a Barcelona, por eso había ido a ver a Regina para pedirle el favor.

—La otra mitad os la liquidará el mercader del Grao —le comunicó después de pagarle parte del precio.

El patrón sopesó los dineros en una mano.

—Cuesta mucho menos que fugarse con una muchacha, ¿verdad? —comentó guiñándole un ojo—. Qué sucedió, ¿rompisteis?

Se trataba de uno de los patrones de confianza recomendados por Juan el Navarro y al que Hugo había acudido con su florín de oro ilusionado ante la idea de huir a Granada con Dolça. Ahora ya no tenía sentido hablarle de todo aquello.

—Me dejó —contestó pensando que tampoco mentía.

—Una mujer que te abandona no hace más que abrir una puerta por la que entrarán muchas más. —El marinero rió. Hugo forzó una sonrisa—. No te preocupes, yo mismo entregaré la carta, ¿de qué trata?

—De vinos —contestó Hugo con rapidez a una pregunta que ya preveía—. De precios y posibilidades de hacer negocio con vinos.

—Yo podría transportar una buena cantidad de botas —se ofreció el otro—. Tenlo en cuenta —añadió tendiéndole la mano a modo de despedida.

—No —le corrigió Hugo mientras notaba en su mano la fuerza del patrón—. En principio hablamos de vinos de fuera, sicilianos o griegos; ya sabéis que Valencia defiende sus caldos propios y es difícil vender allí los que no son de su tierra.

El patrón asintió. Hugo no esperó a verlo partir. Por un instante pensó qué sucedería si aquel hombre abría la carta, descubría el contenido y le delataba a las autoridades. Se le encogió el estómago y sintió que una tremenda debilidad se instalaba en todos sus músculos. Sopló y se sacudió los temores agitando hombros y brazos. ¿Por qué tenía que meterse en líos? Él estaba bien con sus viñas... Resopló, en esa ocasión ante la visión de Barcha y Domingo en las viñas. Lo cierto era que no encontraba la ayuda esperada en los dos esclavos; es más, probablemente le habrían ido mejor las cosas de haber continuado solo. Domingo era apocado, aunque no era algo que pudiera reprochársele después de que lo hubieran secuestrado en su tierra para venderlo miles de leguas más allá, donde no conocía a nadie ni sabía el idioma. Con todo, el búlgaro parecía buena persona. Barcha sin embargo era incontrolable. Respondía, gritaba, desobedecía, hacía cuanto le venía en gana... y terminaba gritando todavía más.

Una noche Hugo y Domingo regresaron derrotados a la masía. Era cuarto creciente del mes de mayo y habían estado podando las viñas, sobre todo las nuevas. Domingo se extrañó de que Hugo cortara los pámpanos de la vid: los sarmientos tiernos y verdes que ya habían brotado.

—Las plantas se enfadarán —comentó Hugo mientras podaba, indiferente a que Domingo entendiera o no sus palabras— y estarán dos o tres semanas sin crecer, como si quisieran echarnos en cara el que las hayamos cortado, pero luego, con la llegada del calor, brotarán con mucha más fuerza y producirán unos racimos grandes de granos gruesos con los que elaborar un vino excelente. Ya verás.

Cuando termino de hablar miró a Domingo y este sonrió como si estuviera de acuerdo con él.

Esa jornada trabajaron duro. Bebieron agua fresca del pozo nada más llegar a la masía. También se lavaron las manos y el rostro. Luego subieron hambrientos. En el hogar solo vieron rescoldos. Barcha dormitaba en una silla; abrió un ojo, los miró, y volvió a cerrarlo. Los dos se acercaron a la olla que colgaba sobre las brasas mortecinas. Estaba vacía.

—¿Qué significa esto? —gritó Hugo.

Domingo buscaba pan, algo que llevarse a la boca entre los cacharros desordenados. Por su parte, Barcha repitió la operación: abrió un ojo y lo cerró.

—¿Y la comida? —insistió Hugo.

—No hay comida —murmuró la mulata con voz cansina.

—No.

—Sí —replicó la mora.

—¿Cómo que no hay comida? —Hugo trató de mantener la calma—. Ayer todavía quedaba.

La mora se levantó.

—¡Se ha terminado! ¡No hay más comida! Si quieres comida, tendrás que comprar más comida. ¡No hay comida! Yo misma no he podido comer…

—¡Mentira!

—¡Yo no he comido! ¿Cómo sabes que he comido?

—Esta mañana aún había…

—Esta mañana ya no quedaba.

Hugo buscó ayuda en Domingo, que estaba con la espalda pegada a la pared a causa de los gritos. Sin embargo, fue Barcha la que se abalanzó sobre el búlgaro.

—¡Dile que esta mañana no había comida!

Domingo gritó en su idioma y trató, sin éxito, de zafarse de la mora, bastante más corpulenta que él.

—¡No te entiende! —gritó también Hugo acudiendo en ayuda del muchacho.

La situación se alargó. Una zarandeaba al búlgaro, el otro pugnaba para que lo soltase; los dos chillaban.

—¡Te azotaré! —la amenazó Hugo.

Barcha se quedó quieta de repente, como si esperara aquella amenaza desde el día en que Hugo la había comprado. Soltó a Domingo, dio la espalda a ambos y se levantó la camisa.

—¿Dónde me azotarás? —le preguntó arrastrando las palabras y mostrando una piel cubierta de cicatrices enquistadas.

Hugo dio una patada al aire y, no contento con ello, agarró una escudilla y la estrelló contra el suelo. Luego, seguido por un Domingo que se deslizó tras él para que la mora no volviera a pillarlo, salió de la masía.

Bebieron más agua para engañar al hambre y se acostaron bajo las estrellas, el silencio de los campos roto por los ronquidos de Barcha, que dormía arriba, en la cama, sola. La mora tenía tanta facilidad para chillar como para cerrar los ojos, como si en un instante decidiera olvidarse del mundo. Entonces roncaba, roncaba con tanta intensidad que Hugo tuvo que enviarla al otro lado del hogar, lo más lejos posible de las habitaciones, y tentado estuvo de hacerlo a la planta de abajo, donde debería estar el ganado que no tenía. Barcha repartía sus horas y sus días entre chillidos y ronquidos, siempre molestando a los demás… Hugo ya no sabía qué hacer con aquella esclava.

Pasaba la medianoche y Hugo notó que le tocaban el brazo, primero suavemente, después con insistencia. Abrió los ojos y tardó unos instantes en reconocer a Domingo, acuclillado a su lado.

—¿Qué quieres?

El muchacho le indicó el pozo y le mostró un cubo que llevaba en la mano. Luego señaló hacia arriba, bajó los párpados y dejó caer la cabeza como si durmiese; acompañó su caracterización con un par de ronquidos. Hugo seguía sin entender, así que Domingo se levantó, tomó el cubo con ambas manos y simuló lanzárselo a Hugo. Él mismo sacudió la cabeza como si se hubiera despertado sobresaltado por el agua.

—¿Y le afectaría? —inquirió Hugo, más para sí.

Domingo, sin embargo, pareció entender y empezó a lanzar cubo tras cubo; luego señaló la luna y la hizo correr en el cielo a través del movimiento de su brazo.

—¿Toda la noche?

El búlgaro asintió.

¿Por qué no? Era lo único que parecía atraer a la mora: dormir. No le preocupaba que la azotasen, pero quizá le molestara permanecer despierta.

Barcha saltó en el jergón tan pronto como Hugo volcó el cubo sobre ella. Se atragantó debido al agua que se le coló en la boca.

—¿Qué…? —quiso preguntar entre tos y tos.

—¡Esta noche no se duerme! —proclamó Hugo entregando el cubo a Domingo, quien bajó a por más agua.

—¿Cómo que no? —Barcha volvió a toser, sentada en el jergón, empapada—. ¿Por qué no vamos a dormir? ¡Hay que dormir! ¡Dormir es necesario! Los esclavos no podemos…

—Mientras no trabajes como debes, no dormirás —la interrumpió Hugo.

La mora continuó gritando. Hugo le arrojó otro cubo de agua

después de que Domingo se lo subiera. Así continuaron el resto de la noche: Hugo siempre con un cubo lleno a su lado, y si la mora se quejaba o cerraba los ojos le lanzaba el contenido.

Al despuntar el alba todos estaban cansados, pero Hugo y Domingo, que eran jóvenes, aguantaron el día mientras que Barcha se estuvo arrastrando.

—Si no trabajas —le advirtió Hugo antes de partir a la viña—, esta noche tampoco dormirás, ni la de mañana, ni la siguiente. Y como me canses cambiaré el agua por la orina de los *bastaixos*, ¿has entendido?

Barcha fue a responder, pero lo pensó mejor y decidió callar.

12

La noticia del ataque corsario a la galera *Sant Elm* a pocas millas del puerto del Grao en Valencia arribó a Barcelona mucho antes de que lo hicieran las dos bolsas que Gabriel Muntsó puso encima de la mesa del hogar de Hugo. El enviado de Bernat se presentó una mañana, al amanecer, en la masía.

—Me ha resultado difícil llegar hasta aquí —le comunicó después de que Barcha les sirviera pan, vino y carne en salazón, y de que Hugo despidiera a los dos esclavos.

Muntsó iba a seguir hablando, pero Hugo se lo impidió con un gesto. Se levantó en silencio y se deslizó hasta la puerta que daba a la escalera. Abrió, y allí estaba la mora, remoloneando.

—Ve a la viña con Domingo —le ordenó—. Él te indicará lo que tienes que hacer.

—¡No sabe nuestro idioma!

—Así podrás enseñárselo.

—¿Y la comida? ¿Cuándo haré…?

—¡Fuera!

Esperó hasta que Barcha descendió los escalones, para al poco internarse con el búlgaro en las viñas. Luego volvió a sentarse a la mesa en la que el enviado de Bernat daba buena cuenta del pan y la salazón.

—Ya puedes continuar —le animó.

—Comprobé que el lagar de la otra viña estaba deshabitado, y temí que te hubiera sucedido algo…

—¿Como que me hubieran descubierto?

—Como eso, sí.

Hugo asintió con la cabeza. Antes incluso de saber del ataque a la *Sant Elm* envió otra carta en la que anunciaba la partida de otra nave con destino a Alejandría y que haría escala, entre otros lugares, en la isla de Rodas. Allí descargarían más de ochocientas jarras de aceite de oliva de Tarragona, pero lo más importante eran las telas y la gran cantidad de coral, tanto basto como trabajado, que continuaría viaje hacia Alejandría. El altísimo precio del coral, previamente obtenido en Cerdeña, servía a su vez para liquidar las consiguientes importaciones que se realizaban de tierras del soldán. En la segunda carta Regina volvió a ser su amanuense, y el patrón del barco de cabotaje insistió en su disposición, pese a que Hugo le indicó una vez más que no se trataba de transportar vino de Barcelona a Valencia.

—¿Y cómo conseguiste encontrarme aquí? —inquirió Hugo tratando de dejar de lado sus recelos.

—He dormido en tu lagar y esta mañana me he limitado a preguntar a un payés. Eres bastante conocido en esta zona de Barcelona.

—Llevo bastante tiempo, sí.

Hugo señaló con el mentón las dos bolsas que el otro había puesto sobre la mesa.

—Esta es para ti, como pago a tus servicios —contestó Muntsó al mismo tiempo que abría una de ellas y volcaba su contenido.

Quizá más de una veintena de croats de plata se desparramaron sobre la mesa. Hugo fue a decir algo, pero Muntsó no se lo permitió.

—La otra es para Santa María de la Mar.

—¿Cómo dices?

—Es para esa iglesia. Bernat ha encomendado a la Virgen de la Mar sus expediciones. Dice que lo hace en honor a su padre.

—¿Y qué debo hacer con esos dineros? —inquirió Hugo, que sospechó la respuesta antes incluso de poner fin a la pregunta.

—Ya te las apañarás. Tienes que dedicarlos a ese templo o a la limosna, a embellecer a la Virgen o a que los curas recen por nosotros; eso es lo que quiere Bernat.

Hugo se preguntó cómo iba a pagar a los curas catalanes para que rezasen por un corsario con patente del rey de Castilla que, por catalán que fuese, atacaba sus naves. Aun así, ciertamente, no cabía lamentar muerte alguna. Bernat había cumplido su palabra. En cuanto a la Virgen… ¿estaría dispuesta? Era catalana, ¿no? ¿O no lo era? En realidad, pensó, era la Virgen de la Mar, y la mar también era castellana… y genovesa, y pisana, y veneciana… A buen seguro no tendría inconveniente en proteger a un corsario castellano. Y con respecto a los sacerdotes… esos rezarían al diablo por unas cuantas monedas.

—Me las apañaré —prometió.

Hablaron de Bernat, del corso, de Cartagena, de la galera de su amigo…

—Continúa con tus informes sobre los barcos y sus mercaderías —le instó Muntsó a la vez que se levantaba con intención de partir.

—Así lo haré.

—Bernat tenía razón: te las apañas bien.

El año de 1396 continuó trayendo cambios a la vida de Hugo. El día a día en la masía ya era placentero para cuando se presentó Gabriel Muntsó con sus dineros. Barcha gritaba y se quejaba, pero cumplía con los trabajos domésticos e incluso con aquellos que Hugo le encargaba en las viñas; era como si reconociera en el joven al único amo capaz de torcer su voluntad sin violencia, simplemente no permitiéndole dormir. Y la mora quería dormir, necesitaba dormir. Domingo empezaba a chapurrear el idioma y tampoco era un mal trabajador; se esforzaba, pero en su labor se echaba en falta el amor a la viña y al vino, a una tierra que trabajaba obligado.

Quizá si fuese libre… Y Barcha. Hugo sonrió al preguntarse cómo reaccionaría la mora si le concediera la libertad. Las viñas rendían, y él disponía de mucho más dinero del que necesitaba, pensó contando en su mente los croats de plata que escondía en la masía. Se dijo que en su día la excusa para comprar esos dos esclavos había sido precisamente la de libertarlos. Él no quería ser dueño de nadie. Sin planteárselo de nuevo acudió a un notario y otorgó carta de libertad a Barcha y Domingo. La mora lloró. Hizo ademán de abrazar a Hugo, pero se detuvo. Él sonrió y le ofreció una mano, que ella, en lugar de apretar, se lanzó a besar.

—¿Y qué hago ahora? —le preguntó—. ¿Adónde puedo ir?

—Me gustaría que te quedases aquí —le respondió él—. Tendrás techo y comida, y un salario.

Más difícil fue explicárselo a Domingo. El muchacho entendía la palabra «libertad» que Hugo y Barcha le repetían, quizá fuera ese el primer vocablo que aprendían los esclavos, pero no alcanzaba a comprender por qué razón iban a manumitirlo.

—Déjalo, amo —le dijo Barcha—. Ya irá haciéndose a la idea.

—No me llames «amo». Mientras eras mi esclava no lo hacías y ahora que no lo eres…

—Fui tu esclava porque me compraste, ahora que no lo soy quiero que seas mi amo.

El búlgaro fue comprendiendo tan poco a poco como Barcha fue haciéndose con el control de la vida de Hugo. «¿Acercarme a ti? —le contestó un día María cuando Hugo se encontró con ella en la finca de Rocafort y le preguntó por qué ya no le visitaba—. Con lo más leve que me ha amenazado la mora esa que tienes es con cortarme las tetas si vuelvo a acostarme contigo. Eso es lo más suave. ¡Imagínate el resto!»

—No puedes perder tu energía con mujeres viejas, amo —se limitó a alegar Barcha tras la reprimenda que Hugo le soltó en cuanto entró en la masía.

Para sorpresa del joven, la mora le respondió sin alzar la voz, como si hablase con un niño. Estaba arrodillada delante del hogar, ocupada en trocear unas hortalizas que dejaba caer en una gran olla que colgaba de un gancho sobre el fuego y que de vez en cuando removía. Hugo recordaba a su madre en esa misma postura, como muchas otras mujeres mientras cocinaban.

—¡Es mi vida! —gritó el joven.

—Sí —le dijo Barcha permitiéndose mirarlo de reojo, solo un instante—. Y esa vieja arpía te la chupa como una sanguijuela, sin darte a cambio nada más que… ¿un instante de placer? Lo dudo incluso. Te está robando la vida, amo. Tú mereces más.

Hugo titubeó.

—¡No vuelvas a entrometerte! —terminó gritándole.

Hugo ni siquiera quería pensar. La mora no era quién para inmiscuirse en sus amoríos. Quiso zanjar el asunto con aquella advertencia y dio media vuelta.

—Como esa mujer vuelva a aparecer por aquí, la correré a palos —oyó.

Se detuvo, pero no fue capaz de volverse. Intuyó que Barcha ni siquiera se había movido y que se hallaban espalda contra espalda, uno en pie, la otra arrodillada.

—Y no se lo cuento todo al cornudo de su esposo por no perjudicarte —añadió ella. Hugo apretó los puños. El entrechocar del cazo contra la olla de hierro reverberó en el ambiente durante unos instantes—. Échame si quieres —le amenazó.

María no volvió. En su lugar, Barcha invitó a padres con hijas casaderas; algunas miraban a Hugo con ojos brillantes, aunque la mayoría ocultaba el rostro con timidez en una actitud que tanto podía ser real como impostada. Todas sabían que Hugo explotaba dos viñas y elaboraba un vino que ya era conocido en Barcelona.

—El tabernero que pregona públicamente el vino de mi amo gana mucho dinero —recalcaba una Barcha orgullosa.

Hugo soportó aquellas visitas, las charlas interminables, los guiños, los regalos, las promesas de dotes…

¿De dónde las sacaba la mora?

—No traigas más mujeres, por Dios, Barcha, te lo ruego.

—Debes casarte, amo. Debes encontrar una buena esposa que te dé hijos sanos y vele por ti.

—Alguna tendrás que elegir por esposa —le instó también mosén Pau en Santa María de la Mar.

—¿Cómo lo sabéis? —exclamó Hugo extrañado.

—Es noticia corriente. Eres un buen partido. Además, la mora esa que se dedica a buscarte mujer por Barcelona no cesa de pregonarlo. ¿Es cierto que la has manumitido? ¿No podrías intentar acercarla a la verdadera fe?

—No…

—¿Por qué? —se extrañó el sacerdote.

Por un momento Hugo se imaginó tratando de emprender la imposible tarea de convencer a Barcha de que se convirtiese al cristianismo. Intentó cambiar de tema.

—Porque lo que me ha traído aquí es, como os he explicado, encargar las misas en memoria de Arnau Estanyol y su familia, la señora Mar y su hijo Bernat.

—En cuanto a la mora cuya conversión esquivas, te diré que no hay mayor regalo para Nuestro Señor que conducir una oveja descarriada a su rebaño. Es tu obligación conseguirlo a costa de lo que sea. Dios espera eso de ti. Y por lo que respecta a rezar por las almas de los difuntos, sí que puedo hacerlo. Pero no lo haré por la de Bernat, el corsario que ha atacado la *Sant Elm*. No puedo, ¿cómo voy a pedir a Dios por su alma?

Hugo hizo tintinear las monedas en la bolsa.

—Es un buen amigo, padre, y una buena persona, y además no ha hecho daño alguno a los marineros.

Mosén Pau asintió ante aquel argumento que le acercaba más a los dineros. Era cierto: se decía que Bernat respetaba a los marineros catalanes, cosa que no sucedía con los sarracenos ni con los pisanos o los venecianos, de cuyos abordajes se relataban historias a cuál más cruel.

—¿Acaso Nuestra Señora interviene en esas rencillas? —insistió Hugo—. Rezad también por Bernat, para que con la intercesión de la Virgen pueda regresar a su tierra... y ser corsario catalán. Vos sabéis cuáles fueron las circunstancias por las que tuvo que abandonar Barcelona.

Hugo le pagó generosamente las misas durante un año entero y aun así le sobró mucho del dinero que Bernat quería destinar a la iglesia. Mosén Pau insistió en la conversión de la musulmana:

—Cueste lo que cueste, Hugo —le animó, pero él no pensaba tratar de convencer a la mora.

Sopesó las monedas de Bernat para Santa María. ¿En qué emplearlas? Pensó en la caridad. ¿Quién ocuparía ahora el puesto de micer Arnau en el Plato de los Pobres? De repente se le ocurrió, y dejó caer en su palma algunas monedas más.

—Padre —le dijo—, estaría dispuesto a pagar una buena cantidad por alguna información sobre mi hermana.

—Ya sabes que... —empezó a excusarse el mosén. Hugo hizo tintinear las monedas—. Veré lo que puedo hacer —se ofreció el vicario haciendo ademán de coger los dineros.

Hugo cerró la mano antes de que lo consiguiera.

—Como continúes buscándome esposa en Barcelona —anunció a Barcha nada más regresar a la masía—, haré publicar un bando mediante el que negaré que tengas poder alguno para negociar mi matrimonio. ¿Lo has entendido?

—No —contestó la mora.

—Pues eso: todo el mundo sabrá que no puedes negociar por mí.

—¿Y si continúo haciéndolo?

—No puedes engañar a las gentes y defraudar su confianza —trató de explicarle—. Intervendrá el veguer. ¿Quieres ir a la cárcel ahora que eres libre?

Barcha cesó en su empeño. En ocasiones Hugo recordaba a alguna de las muchachas a quien quizá podría haber hecho su esposa. ¡Las había jóvenes y bonitas! Ignoraba por qué se oponía; puede que solo por llevarle la contraria a Barcha, por no tener que depender de ella. Hacía cinco años ya que Dolça decidió inmolarse por su fe... y probablemente también por él, por una relación imposible. En realidad, había transcurrido tiempo suficiente para que rehiciera su vida.

Durante aquellos años fueron varias las ocasiones en las que Hugo, cuando el trabajo en las dos viñas se lo permitía, se encaminó hacia Sitges. En todas ellas quiso que el cubero le viera, que supiera de su vigilancia, y lo consiguió a base de caminar arriba y abajo por la calle donde estaba el obrador. Llegó a ver a su madre, desde la calle. La sonrisa que iluminaba su semblante parecía borrar la tristeza que atestiguaban sus ojos hundidos bajo bolsas moradas y su rostro demacrado. Antonina le saludaba con la mano o le lanzaba un beso, sin intentar acercarse, agradeciéndole que no buscase mayor conflicto con su esposo. Y Hugo aceptaba la situación. Su madre vivía y andaba y se movía, y a él le sonreía.

Esperaba noticias de Arsenda a través de mosén Pau cuando Regina se presentó una madrugada en la masía. Los perros ladraron en aquella noche cerrada y oscura. Hugo se asomó a la puerta desde lo alto de la escalera, intuía la presencia de una persona a la que los animales acosaban. Les ordenó callar. La sombra se acercó al pie de la escalera al mismo tiempo que Barcha aparecía por detrás de Hugo con una linterna en la mano.

—¿Regina? —se extrañó Hugo.

Descendieron, y Barcha iluminó a la judía, quieta. Entonces lo escucharon: el tenue llanto de un recién nacido apagado por la manta en la que Regina lo llevaba envuelto y que mantenía apretado contra el pecho. Hugo y Barcha la rodearon. Domingo no estaba. El búlgaro parecía haber comprendido ya el significado de su libertad y cada vez eran más las noches que no dormía en la masía.

—¿Qué haces aquí?

Regina destapó a la criatura.

—¿De quién es ese niño? ¿Cómo has llegado… y a estas horas?

Mientras Hugo continuaba preguntando sin cesar Barcha alargó los brazos para coger al pequeño y Regina se lo entregó.

—Es una niña —le dijo sin hacer caso al interrogatorio de Hugo.

Ni siquiera habían lavado a aquella criatura después del parto. La mora la apretó contra sus grandes pechos y pareció tranquilizarse.

—¿Por qué la has traído?

—Porque quiero que te la quedes como si fuera tu hija, que la cuides.

Hugo escuchó sus palabras sin terminar de entenderlas.

—¿Como si fuera mi hija? ¿Qué quieres decir? ¿Por qué tendría que cuidarla?

Todos los argumentos que Regina había construido en su mente se le vinieron abajo. Qué contestarle. Podría haberle contado la verdad: que era la hija de su hermana… y que ella llevaba tiempo acudiendo en secreto al convento de Jonqueres para hacer abortar a Arsenda. «Para eso sí que llaman a la partera judía, aunque sean monjas: para abortar. ¡Malditas cristianas!», exclamó para sí Regina.

Trató a Arsenda con diferentes sahumerios en la vagina mientras la priora y una monja vieja rezaban sin cesar y la controlaban. La novicia permanecía con la mirada ida, siempre extraviada, como si además de Regina algún otro médico o las propias monjas la mantuvieran drogada. En la primera ocasión la partera ahumó a la muchacha con sahumerios de artemisa, hierba de Túnez y aceite muscelino y de laurel. Arsenda se mostró tremendamente inquieta mientras Regina trabajaba entre sus piernas, manejando sus secretos.

—Satán —la oyó aterrorizada la judía.

—El diablo, sí —la obligó a callar la priora de manera contundente—, ese será el que venga a castigarte por tu desvergüenza.

En jornadas sucesivas Regina intentó otros sahumerios —azufre, mirra, gálbano…— con una Arsenda que se dejó hacer, ya entregada, satán y el diablo lejos de la actitud de aquella novicia a la que era evidente que le habían aumentado la dosis de la droga que la mantenía enajenada. Ninguno de aquellos tratamientos dio resultado. «La novicia», como Regina oyó que llamaban en alguna ocasión a Arsenda, no abortó. La partera elaboró pesarios con forma de bellota o de dedos envueltos en lana que introdujo en su útero; le dio de comer y de beber remedios para abortar: asfalto, titímalo... Ninguno funcionó. ¿Era esa Arsenda la hermana de Hugo de la que tanto hablaba?, se preguntaba Regina. Él decía que estaba en un convento de Barcelona.

—¡Hugo! —exclamó Regina uno de esos días, mientras frotaba la vagina y el útero de Arsenda con raíz de opopónaco.

La chica reaccionó al oír el nombre de su hermano; se incorporó en el lecho en el que permanecía tumbada con las piernas abiertas y la miró.

—¿Hugo? —alcanzó a preguntar con voz tenue.

Regina simuló no entender, pero ya no necesitó indagar más: era ella; Arsenda. Prosiguió con la raíz de opopónaco; tampoco surtió efecto alguno. La criatura se agarraba con fuerza a las entrañas de una madre que, por demás, no colaboraba.

Al pie de la escalera de la masía de Hugo, Regina lo contempló a la luz de la linterna. ¿Tenía que revelarle que el cuerpo de su hermana estaba llagado y cubierto de moratones? Las monjas trataban de ocultarlo, de impedir que Arsenda se desvistiera delante de la partera. Un propósito absurdo, pues no podía esconder las piernas si debía abrirlas cuanto pudiese para que el humo penetrara en su útero.

—Nuestro Señor nos exige disciplina —se limitó a argumentar la priora el primer día en que Regina vio las heridas y censuró a las monjas con la mirada.

No parecían lesiones producidas por disciplinas, evitó discutir Regina. Ella conocía bien las marcas que dejaban en el cuerpo de las mujeres las perversiones de algunos hombres. «¡Satán!», había clamado aquella desgraciada.

Llegó el momento del parto y sentaron a Arsenda en una silla con una gran muesca en la parte delantera, allí por donde tenía que alumbrarse la criatura. Regina lo hizo a su vez en el suelo, entre las piernas abiertas de Arsenda para evaluar el estado de la parturienta. Se presentaba un parto tan largo como triste. La madre continuaba ajena, drogada, igual que lo había estado durante las ocasiones en las que intentaron el aborto. La partera habría deseado hablar con ella, saber cómo se encontraba, pero ni la priora ni la madre Geralda permitían otro intercambio de palabras que no fuera el estrictamente necesario para el tratamiento. Poco ayudaría al parto esa madre si la criatura tenía que morir, tal como exigió la priora a Regina.

—¿Me tomáis por una bruja? Yo no mato niños —replicó la partera haciendo ademán de irse.

—El doble del precio pactado —ofreció la priora—. El triple —aumentó al cabo, malinterpretando el silencio de una Regina que no pensaba en los dineros sino en que si ella se negaba... igual no atendían a la madre y morían ella y la criatura, o esta última si tanta era la necesidad de que pereciese.

Nadie iba a enterarse de lo que sucedía tras los muros de un convento.

Regina inspiró hondo y asintió con la cabeza ante la monja.

—Sea, pues —aceptó la priora sin esconder una mueca de asco.

«Son las brujas las que matan a los niños recién nacidos.» Sentada en el suelo, entre las piernas de Arsenda, Regina recordó las enseñanzas de Astruga. «Las brujas matan a los recién nacidos o los ofrecen al diablo. Una vez que han nacido —aleccionó a Dolça y Regina— nunca los matéis; os arriesgaríais a cruzar la fina línea que separa a las parteras de las brujas.»

Durante las horas en que se alargó el parto el incesante canturreo de las letanías de las monjas sustituyó los quejidos sordos de una parturienta trastornada, y Regina tuvo tiempo sobrado de repasar todas aquellas veces que Hugo llegó a contarle de su hermana; él la quería y estaba convencido de que había tomado los hábitos gracias a la dote de la monja para la que trabajaba... Regina sonrió; Hugo nunca recordaba su nombre. Ella no lo olvidaría: Geralda. La miró. Estaba arrodillada frente a un crucifijo que colgaba de la pared. Con la cabeza gacha y las manos juntas, la mujer escondía su edad en un cuerpo bien alimentado, como correspondía a su condición, y rezaba sin cesar. Aquellas cristianas hipócritas por un lado rezaban y por otro exigían la muerte de una criatura... tras permitir y silenciar la violación de una joven criada, de aquello no le cabía la menor duda a Regina.

A lo largo del embarazo fueron varias las ocasiones en las que dudó acerca de confesar a Hugo la verdad sobre su hermana, pero ninguna fuerza podía tener un simple vinatero contra todo un convento de monjas emparentadas con nobles y principales. Hugo enloquecería si llegaba a saber de la desgracia de Arsenda. Luego las familias de aquellas monjas lo destrozarían..., y ella no quería que eso sucediese. Cada día necesitaba más de él. Anhelaba sus visitas. ¡Incluso llegó a encargarle *aqua vitae* sin precisar de ella, simplemente para que fuera a entregársela! El odio y el desprecio atávicos de los cristianos hacia los judíos se palpaban en las calles. «¡Debería ser al revés! —se decía, obligada a padecer insultos, empellones y escupitajos—. ¡Soy yo quien os odia, hijos de puta malnacidos...! ¡Violadores! ¡Asesinos!» Hasta el asalto a la judería el rey protegía a los judíos, eran propiedad de un monarca al que servían personalmente y pagaban cuantiosos impuestos. El favor real vino a frenar a los cristianos; ahora ni siquiera aquel Papa cismático abogaba por ellos. Tampoco podía hablar con sus amigos conversos, y la casa, soportando a los hijos de un esposo envejecido en el rencor al mundo entero y al que ya poco trataba, se había convertido en una cárcel de la que solo creía liberarse con las visitas de Hugo.

Dudó un instante: aquel recién nacido no sería más que otro cristiano, concebido en un convento probablemente mediante engaños diabólicos para que la muchacha cediese. Dejar que muriese, matarlo incluso, sería una especie de venganza contra quienes arruinaron su vida, pero al mismo tiempo sentía que la criatura por nacer formaba parte de Hugo: era de su sangre. Si la madre hubiera abortado, habría sido distinto. No, se decía Regina, no podía matar a esa criatura ni permitir que lo hicieran las monjas. Pertenecía a Hugo. Nadie podía predecir las vueltas que llegaría a dar la vida. Además... Regina no deseó reconocerlo aunque acabó haciéndolo: sentía que de esa forma, si conocía aquel secreto, dominaría en cierta manera al joven que la visitaba pero que la dejaba sola junto a un esposo con el que había contraído matrimonio todavía perturbada tras la muerte de su padre, la matanza, la violación..., y en compañía de unos hijos que no eran suyos. No desvelaría quién era la niña ni el estado ni la situación de aquella hermana que Hugo creía feliz sirviendo a Dios en algún convento.

—Esta pequeña —afirmó Regina a los pies de la escalera de la masía de Hugo— merece ser cuidada como una hija por una buena persona... —Dejó flotar las palabras en la noche. Miró a Hugo y luego a Barcha, que abrazaba a la niña. Le pareció que la mora la animaba a continuar, como si estuviese con ella—. Tú eres la mejor persona que conozco.

—Sí —clamó la mora.

—No. —Hugo calló y dio un manotazo al aire—. ¡No intervengas! —le ordenó—. ¿Cómo pretendes que me quede a una niña! ¿Estás loca?

—Morirá si la llevo a un hospital —lo interrumpió Regina—. Lo sabes. Tan pequeña y tan frágil... Morirá.

—Pero... —Hugo se quedó quieto y callado con las manos abiertas por delante de él, las palmas hacia arriba, reclamando cordura—. En un hospital...

—Morirá —repitió Regina.

«Morirá.» Eso fue lo que aseguró a las dos monjas después de que Arsenda pariese a la niña. Sentada entre sus piernas, Regina no levantó a la recién nacida hacia la madre. Cortó el cordón umbilical, obligó a llorar a la criatura y originó el consecuente revuelo entre las monjas, al que ella no prestó la menor atención. Después la acomodó en su regazo para concluir las labores de parto. Arsenda no hizo por ver a la niña. Regina la arropó con su propia camisa y se alzó.

—Pagadme —requirió de la priora.

La mujer no se atrevió a mencionar el trato. Dudó. Balbuceó, gesticuló, y señaló nerviosa a la recién nacida, ahora adormilada en manos de la partera.

—Pagadme —insistió Regina. La otra varió su actitud y se irguió ofendida—. ¡Ah! —se burló la judía—. ¿No pretenderéis que lo haga aquí, junto a la madre, frente a vuestro Dios...?

—¿Entonces? —inquirió la priora después de volverse y santiguarse hacia el crucifijo.

—No os preocupéis. Haré aquello a lo que me he comprometido, pero ni vos ni nadie lo verá. Ninguna monja me va a tratar de bruja.

—Eso no es lo pactado —bramó la mujer sin importarle la presencia de Arsenda.

—No recuerdo haber convenido en matar a una recién nacida en el interior de un convento. ¿La queréis? —Regina ofreció la niña a la priora, quien respondió con un paso atrás—. No os preocupéis. ¿Qué imagináis que podría hacer con ella? ¿Ritos sacrílegos o herejes? ¿Comerme su corazón? Los únicos sacrilegios son los que se han cometido entre los muros de este convento. —La otra fue a replicar airada, pero Regina se lo impidió—: ¿Qué significan esas marcas que le han hecho a la muchacha? ¿Se refieren al diablo? Sabía que era eso: el diablo. Relaciones carnales con el diablo. Quizá por esa razón deseáis la muerte de la recién nacida. ¿Es la hija del diablo?

—¡Callad! —exigió la priora.

—¿Qué miedo tenéis? —continuó sin embargo Regina—. ¿Acaso teméis que una vez fuera de este convento os denuncie? ¿Una judía denunciando al convento de Jonqueres? —Rió con sarcasmo—. ¿Quién me otorgaría crédito? El preboste que ha forzado a esta muchacha nunca permitiría…

—¡Hereje! ¡Silencio!

—No ha sido el demonio quien ha montado a esta desgraciada. Bien lo sabéis. —Regina mantuvo con firmeza la mirada de la priora, que temblaba de ira. Tras ella estaban Geralda, que no cesaba en sus oraciones, y Arsenda…, exhausta, aturdida, ajena—. Pagadme —exigió una vez más.

Regina palpó la bolsa de los dineros que esa misma noche le había entregado la priora, antes de volver a enfrentarse a Hugo, que murmuraba, incrédulo, con las manos abiertas revoloteando por delante de él.

—¿Cómo quieres que me quede a una niña que no es mía? —oyó Regina que se justificaba.

—Sí que es tuya —replicó ella.

La mora se irguió. Hugo cesó en su manoteo.

—¿Cómo…? —balbuceó—. ¿Mía? ¿Qué quieres decir? Yo no sé de ninguna mujer…

—Esta niña estaba muerta y vive única y exclusivamente porque yo pensé en ti, en que tú podrías hacerte cargo, ¿entiendes? Es tuya, sí.

—¡No digas necedades!

—Es tuya, amo —terció la mora.

—¡Calla, Barcha! Regina, no puedes…

—Morirá —le interrumpió Regina.

—No puedes responsabilizarme de ello —se quejó Hugo.

—No. Cierto —afirmó la otra—. Ha sido un error mío. Creía

que… En fin… ¡Siempre te he considerado una buena persona! Confiaba…

—¿Y dejaría de ser buena persona si me negase? —Hugo resopló—. Llévatela —exigió a Regina.

—No —se negó ella—. Déjala morir si no la quieres —añadió al mismo tiempo que daba media vuelta y se encaminaba hacia Barcelona.

—No serás capaz… —empezó a decir Hugo siguiéndola unos pasos. La agarró del brazo. Ella se zafó con un tirón violento—. ¡No puedes hacerme esto!

—Sí puedo. —«Es la hija de tu hermana», estuvo tentada de replicarle—. Quédatela, Hugo —dijo en su lugar.

—Mañana la llevaré a un hospital —amenazó Hugo dejando que se fuera.

—Te equivocarás.

Al amanecer la llevaría a cualquiera de los hospitales de Barcelona donde admitían huérfanos, se prometió Hugo.

—¿Y que dirás? —le echó en cara Barcha, que ni siquiera esperó a que terminara su discusión y ya estaba arriba, acunando a la niña—. ¿Qué dirás? ¿Qué te la has encontrado en un camino? ¿Y piensas que te creerán? La admitirán y morirá, y mientras tanto, como supondrán que eres el padre, habrás de pagar su manutención. Tienes dinero; no te librarás de esa obligación. Claro que podrías abandonarla a las puertas del hospital por la noche, como hacen muchas madres.

Hugo retó a Barcha con la mirada.

—Mañana la llevaremos a un hospital —zanjó.

Al amanecer no estaban ni Barcha ni la niña. El búlgaro tampoco había regresado. De poco le había servido comprar esclavos y favorecerlos con la libertad, se lamentó Hugo. El hogar estaba frío; los rescoldos, apagados. Abrió la puerta, salió a la escalera y llamó a gritos a la mora. La cerró. Pero volvió a abrirla al oír unos ruidos. Descendió los escalones y entró en los establos, que seguían vacíos de animales. Allí estaba Barcha andando de arriba abajo, la niña apretada contra su pecho como a buen seguro había estado durante toda la noche.

—No la entregues, amo —suplicó—. Yo me encargaré de ella.

—Pero ¿cómo vas tú a hacerte cargo?

—Yo la cuidaré y la alimentaré y…

—¿Por qué?

—Tuve tres hijos de dos amos diferentes —respondió; la sinceridad se presentía en su voz—. Los vendieron en cuanto tuvieron edad suficiente. Si hubiera sido cristiana quizá alguno de los padres habría reconocido a su hijo, pero como era musulmana ninguno lo hizo. No sé de ellos. Nunca pude disfrutar de su infancia. Las mujeres musulmanas no podemos amamantar a los niños cristianos, ¿sabes? Tampoco me dejaban acercarme a ellos, tenían miedo… tenían miedo a que les contagiase mi religión. —Guardó silencio un instante. Hugo esperó—. Tú me dejarías acercarme a ella, ¿verdad?

—Sí.

—Permíteme quedármela entonces. Si tú no la quieres, podría irme con ella. Encontraría trabajo…

—¿Cómo vas a tener una hija blanca? Te detendrían.

—Amo…

Mosén Pau Vilana se limitó a torcer el gesto, moviendo la cabeza de un lado a otro al escuchar a Hugo decir que habían abandonado a la niña a las puertas de su masía.

—¿Sabes quién es la madre?

Hugo negó.

—¿No tienes la menor idea de quién puede serlo? —insistió el sacerdote.

Hugo negó de nuevo.

—¡Haz memoria! —Mosén Pau abrió los brazos con cierta desesperación. Hugo negó por tercera vez—. Bien, ya veo que no te voy a sacar de ahí. Tú mismo. ¿Está bautizada? ¿Traía prendida alguna nota? Los niños que dejan en el hospital acostumbran a…

—No traía ninguna nota… —intervino Barcha—, mosén…, padre… —añadió encogiéndose cuan grande era ante la fría mirada del sacerdote—, excelencia…, eminencia…

—No, no la traía —ratificó Hugo a la vez que señalaba a Barcha que permaneciera callada.

La bautizaron esa misma mañana. «Mercè», indicó Hugo tras unos instantes de duda. Se llamaría Mercè. Desde el baptisterio, al lado de la puerta de entrada principal, entre las capillas de Santa Lucía y San Lorenzo, Hugo miró hacia el altar mayor, donde la Virgen de la Mar. «¿Hago mal con esta criatura?», musitó antes de que mosén Pau sumergiese a la niña en la fuente bautismal, el antiguo sarcófago de mármol blanco de santa Eulalia, mártir y patrona de Barcelona. Mercè Paula, cantó el sacerdote, el segundo nombre por él, antes de citar cinco o seis nombres más —Hugo perdió la cuenta—, correspondientes a algunos de los beneficiados de Santa María que actuaban como padrinos de la niña, por más que inicialmente se negaran ante las extrañas circunstancias de su aparición. «Les he prometido una buena recompensa», añadió en un susurro mosén Pau. La promesa de esos dineros venció cualquier reticencia y todos quisieron participar en el sacramento.

Hugo volvió a encararse a la Virgen antes de salir de Santa María de la Mar con la pequeña en brazos, bautizada y endeudado con los sacerdotes. «¿Qué me dices, Virgencita?» Una vez más buscó aquella sonrisa de la que tanto le había hablado micer Arnau, pero no la encontró. Mercè ya no lloraba, solo gemía. Parecía cansada, exhausta. Fuera se encontró con Barcha, a quien le tendió a la cría, nervioso, exhortándola a que hiciera algo.

—No te preocupes, amo —trató de tranquilizarlo la mora cogiendo a la niña en brazos—. Sígueme.

Barcha le hizo rodear la iglesia en dirección a la calle de Montcada, a la que se abrían los palacios de los nobles y ricos mercaderes de Barcelona.

—Vamos a buscar a un ama de cría —anunció a Hugo.

—¿Adónde?

—A la calle donde están las *dides*, las amas de cría.

Anduvieron la calle de Montcada hasta la de los Corders y allí giraron a la izquierda, hacia la plaza de la Llana. Antes de llegar torcieron por un callejón en el que se ubicaba el que se conocía como hostal de les Dides, donde se hospedaban las amas de cría llegadas de fuera de la ciudad.

—Joven y sana, si es posible de la sierra, limpia y de buen talle —susurró Barcha al tiempo que entraban en el hostal.

—¿Y la leche? —inquirió Hugo.

—Eso ya lo sabré yo.

—¿Por qué?

Varias mujeres, algunas con sus niños pequeños en brazos, se pusieron en pie al verles entrar. Barcha no lo dudó y, de entre todas, se dirigió resuelta a una morena, joven y grande, con la que habló unos instantes. Hugo las observaba desde la puerta, como si no se atreviese a entrar allí donde se acumulaban tantas mujeres.

—Se llama Apolonia —la presentó la mora a Hugo, las demás nodrizas ya tomando asiento— y será el ama de cría de Mercè. El salario será el usual de las nodrizas —anunció Barcha a la vez que entregaba la pequeña a Apolonia.

Allí mismo, en pie, la joven descubrió uno de sus pechos y jugueteó con su pezón sobre los labios de la pequeña incitándola a agarrarse.

Regresaron a la calle de los Corders, la siguieron, cruzaron la plaza de la Llana, y continuaron por la de la Bòria hasta la plaza del Blat. Desde allí se dirigieron a la plaza de Sant Jaume, a la Casa de la Ciudad.

—¿Cómo sabes que será buena nodriza? —se interesó Hugo durante el camino, la mora a su lado, la otra detrás de ellos.

—Llevo años viéndolas. Durante mi vida he convivido con muchas de ellas. Apolonia acaba de perder a su hija. Es joven, sana y tiene leche suficiente para dos criaturas.

—¿Y experiencia?

—Ha sido madre ya en otras dos ocasiones.

—¿Ha dejado los hijos?

—Necesitan el dinero.

Hugo volvió la mirada. La niña parecía mamar. Él sacudió la cabeza: no llevaba ni medio día y ya se había comprometido a pagar a los curas y a un ama de cría.

Y además de esos compromisos tuvo que aguantar miradas tan desvergonzadas como acusadoras en la Casa de la Ciutat mientras esperaba que los funcionarios comprobaran con el veguer y los alguaciles la inexistencia de denuncias por la desaparición de una recién nacida. «¿Está bautizada?» «¿En Santa María de la Mar?» «¿Cómo se llama la niña?» «¿Y tú?» «¿Y la madre?» «¿Seguro?» «¿Qué haces? ¿A qué te dedicas? ¿Dónde vives?» Tampoco tuvo problema. Al fin y al cabo, todos llegaban a la conclusión de que ni un loco iba a querer hacerse cargo de una criatura tan pequeña si no era suya.

De nuevo en la masía Hugo cedió a las mujeres y a la niña una de las habitaciones de la planta superior. Entonces se dio cuenta de que el hatillo de Domingo, donde el búlgaro guardaba la ropa de abrigo que le había comprado Hugo y su carta de manumisión, ya no estaba allí. Hacía dos días que no lo veían.

—No puedes conceder la libertad a quien ni se la gana ni la merece —le sermoneó Barcha al comprender por qué permanecía quieto junto al jergón del búlgaro.

Hugo continuó en el mismo sitio. No quería ni pensar que lo que estaba temiendo fuera cierto.

—¿Sucede algo, amo?

Hugo no contestó. El estómago se le encogió con brusquedad. Trató de humedecerse los labios con una lengua repentinamente seca.

—¿Amo?

Hugo se dirigió a la esquina de la pared donde, tras una piedra suelta, escondía todos sus dineros: los ahorrados después de comprar los esclavos, los mandados por Bernat y aquellos otros destinados a Santa María; no había querido confiárselos a Raimundo para no tener que darle explicaciones sobre su origen. La piedra estaba en su sitio, así que respiró, momentáneamente aliviado. Quizá sus temores fueran infundados. Sin embargo, cuando con manos temblorosas apartó la piedra descubrió que el agujero horadado en el muro grueso de la vieja masía estaba vacío: las bolsas con los dineros habían desaparecido.

—¡Maldito hijo de perra! —gritó.

Hugo denunció al búlgaro ante el veguer.

—¿Tanto dinero? —le preguntó el oficial.

—Vendo buen vino —se limitó a responder el otro.

—Debe de estar ya muy lejos. No se va a quedar aquí para que lo pillemos.

Hugo asintió resignado. Salió del castillo del veguer repitiéndose machaconamente las palabras con las que el oficial había puesto fin a la denuncia: «¿Qué ganabas liberando a ese hombre? Como esclavo no se habría atrevido a robarte ni a fugarse».

Desde la plaza del Blat, donde el veguer, enfiló la calle de la Bòria hasta la de Flassaders. Un ramo de pino que colgaba del voladizo de la entrada indicaba que allí existía una taberna y se vendía vino al por menor. Ni siquiera el abrazo y la calurosa acogida con la que le recibió Andrés Benet consiguieron que Hugo olvidara al hijo de puta del búlgaro.

—Pues porque necesito dinero —contestó al tabernero después de que este se interesara por la razón que llevaba a Hugo a vender parte del vino de la viña que lindaba con el huerto de los Vilatorta.

—No sé si tendré suficiente —se excusó Benet.

Hugo echó un vistazo a la taberna, la planta baja de una casa con más madera que piedra. Las cubas con su vino estaban allí, aunque el tabernero solo tenía permitido vender dos vinos a la vez, uno tinto —el suyo— y otro blanco, al mismo precio con el que los había pregonado por las calles de la ciudad y exclusivamente de las cubas que las autoridades habían sellado. Una vez que estas se hubieran vaciado, se sellarían otras nuevas y, si el vino era el mismo y su precio también, no sería necesario volver a pregonarlo.

—La taberna te va bien —replicó Hugo mientras señalaba con la mano las cubas, la gente que bebía y la que esperaba para comprar vino con vasijas y botas.

—Tanto como a ti las viñas. Quizá no sea mi problema...

—No —le interrumpió Hugo con cierta hosquedad. No quería contarlo. No quería que todo el mundo supiera que un muchacho búlgaro al que había regalado la libertad acababa de recompensar su generosidad huyendo de su casa con todos sus dineros. No deseaba que se riesen de él—. Efectivamente no es tu problema —añadió.

Andrés Benet conocía mejor que nadie la calidad del vino que Hugo elaboraba con las uvas de la zona lindante con el huerto de los Vilatorta porque hacía tiempo que se ocupaba de venderlo. Ambos coincidían en que era un tinto destinado a prebostes, señores y burgueses, un vino que la gente corriente no podía permitirse, pero Hugo no tenía acceso a ninguno de ellos, mientras que Andrés... Mahir siempre había sostenido que aquel tabernero se movía bien vendiendo a los ricos.

—No sé si podré pagarte lo que vale —trató de regatear Benet.

Con el engaño del búlgaro, Hugo ya había tenido suficiente por ese día.

—En ese caso acudiré a otro tabernero, o a algún corredor de vinos.

Benet lo pensó: ganaría dinero con el vino especial de Hugo aunque pagase más de lo que este le pedía ahora. Además, necesitaba que el joven continuara sirviéndole el otro vino, el normal; gustaba tanto que incluso algunas mujeres de otros barrios de Barcelona se desplazaban para comprarlo. No, Andrés Benet no podía perder aquel proveedor.

—De acuerdo.

Se estrecharon la mano para cerrar el trato. Antes de soltarla, Hugo tragó saliva; no era lo usual, pero tenía que pedírselo.

—Necesito que me adelantes una parte —rogó.

—Ahí abajo hay un tuerto que quiere verte.

Después de un instante de confusión Hugo trató de mantener la calma ante Barcha y aguantó sentado a la mesa, donde daba cuenta de una escudilla de carne de carnero con hortalizas y legumbres.

—¿Quién es y qué quiere? —le preguntó entre cucharada y cucharada.

—Quién es, me da la impresión de que bien lo sabes —soltó ella. Hugo evitó un bufido. ¡Jodida mora!—. Lo que quiere es verte, eso dice, aunque no creo que haya venido solo para verte… o medio verte —bromeó Barcha tapándose un ojo.

Hugo continuó comiendo como si la visita no tuviera importancia. El disimulo, no obstante, duró una sola cucharada más.

—¿Va bien vestido? —preguntó.

—Como iría el sirviente de un gran señor.

—¿Cómo sabes que es sirviente?

—Amo, llevo toda la vida sirviendo. Sé quién es un criado.

Hugo fue a llevarse otra cucharada a la boca, pero la detuvo a medio camino. Si Mateo lo hubiera descubierto habría ido acompañado… y probablemente él ya estaría muerto.

—Invítale a subir —ordenó a la mora.

Hugo miró la escudilla. Luego se observó las manos, encallecidas y sucias. Barcha no le había permitido tocar a la niña a su regreso de la viña, aunque a él tampoco se le habría ocurrido. Sin embargo, no podía evitar dirigir alguna mirada a la pequeña Mercè cuando esta se reía. ¿Quién era esa niña? Día a día, a medida que se acostumbraba a su presencia, le importaba menos su procedencia. Era suya. Mercè Llor, eso decían sus documentos.

—El señor Mateo —anunció Barcha.

Hugo se apoyó en la mesa e intentó levantarse. No lo consiguió; las piernas no le respondieron. Disimuló. Levantó la vista y la fijó en el tuerto. Transcurrió un instante en el que sus correrías por el Raval de Barcelona acudieron en tropel a sus recuerdos. Luego le señaló la silla que estaba frente a la suya.

—Bienvenido —saludó. El otro murmuró lo que debía de ser una contestación. Hugo se tranquilizó después de escucharse a sí mismo. Temió que le temblase la voz como le temblaban las piernas—. Siéntate. ¿Quieres comer? Barcha —la llamó sin dar tiempo a responder al tuerto—, sirve de comer y de beber a nuestro invitado. ¿Qué te trae por mi casa?

—Mi señor es Roger Puig, sobrino del conde de Navarcles, capitán general de los ejércitos de Cataluña —anunció Mateo con orgullo. Hugo pugnó por mantener un rostro impasible—. Mi señor acaba de regresar de Sicilia...

Hugo se apresuró a beber un buen trago de vino. No lo sabía. Desde que el búlgaro le robara sus dineros había tenido que centrarse en el cuidado de las viñas sin más ayuda que la de una Barcha que renegó ante esa exigencia, si bien mudó su actitud en cuanto el otro la amenazó con echarla de casa. Si algo había logrado Mercè era cambiar el carácter de la mora.

Trabajo, trabajo, trabajo y trabajo; a eso dedicaba Hugo todo su tiempo. Los domingos acudía a misa a Santa María de la Mar y después charlaba aquí y allá para enterarse de noticias que remitir a Bernat. Sabía que el dinero que le restaba de la venta del vino de Vilatorta lo necesitaría para contratar mano de obra en época de vendimia, como así había ocurrido hacía solo un mes. De nuevo tuvo que recurrir a Romeu para alquilarle esclavos a un precio desorbitado que el otro le proporcionó como un favor. No se encontraban asalariados libres. La guerra iniciada tras la muerte del rey Juan al caer de un caballo con el que perseguía a un zorro acaecida en el mes de mayo había llevado a la gran mayoría de esos asalariados al ejército. Desde el mes de agosto las milicias de Barcelona ocuparon los lugares de Martorell y Castellví de Rosanes, donde todavía seguían a la espera de que el conde de Foix atacase y cumpliera su promesa de recuperar el reino para su esposa, Juana, hija del rey fallecido.

En cualquier caso, Hugo consiguió vendimiar y la cosecha fue buena. El vino también.

—El nuevo rey Martín —continuó el tuerto— tiene controlada la guerra en Sicilia y ha mandado a mi señor para que participe en la defensa del reino.

Hugo lo miró directamente al rostro. Un escalofrío lo recorrió de arriba abajo. El criado echó un trago de vino, pero mantuvo apartada la escudilla con la comida. ¿Y?, terminó preguntándole Hugo con un gesto.

—Sí... —Mateo retomó la conversación—. Hace unos días los sirvientes de mi señor compraron a Andrés Benet unas cubas de tinto. —explicó. Hugo se puso en tensión—. A mi señor, a su esposa y a los invitados les pareció un vino magnífico.

Hugo respiró aliviado.

—Me complace saberlo —apuntó, y se llevó a la boca un buen pedazo de carne.

—Tan bueno lo considera mi señor que ha mandado una cuba a su tío, el conde de Navarcles.

—Espero que también le guste —acertó a decir Hugo con la boca llena.

—Roger Puig quiere más vino de ese, del de Vila...

—Vilatorta —le ayudó Hugo.

—Vilatorta, eso mismo. Todo el que tengas. Lo quiere todo.

—No tengo. Hace poco más de un mes que hemos vendimiado; tu señor tendrá que esperar bastante tiempo. —El tuerto torció el gesto—. Es cierto —insistió Hugo—. Lo vendí todo. La calidad de ese vino depende, en gran parte, de que envejezca en las cubas. Ahora le toca permanecer en ellas durante dos o tres años hasta alcanzar las virtudes del tinto que tu señor ha disfrutado. Es la madre naturaleza...

—Está bien, está bien —le interrumpió el tuerto de malos modos—, pero además quiere que trabajes para él.

En este momento Hugo se atragantó y tosió. Barcha corrió hasta la mesa y le palmeó la espalda. El criado no le concedió la menor importancia y continuó.

—Andrés Benet le habló muy bien de ti. Dice que tienes algo, un sentido especial con los vinos.

Después de efectuar tal afirmación, el tuerto dio de la escudilla un largo trago que saboreó en la boca antes de ingerirlo y mostrar su extrañeza, como si pusiera en duda las virtudes que atribuían a Hugo.

—¿No te gusta? —preguntó este.

Ya repuesto, intentaba desviar la conversación y concederse tiempo para recapacitar acerca de la propuesta que Mateo acababa de efectuarle. Trabajar para Roger Puig se le antojaba del todo inaudito.

El tuerto hizo un gesto despectivo.

—Pues ese es el vino que tanto alaba tu señor —mintió Hugo.

—¿Este?

—Sí. —Transcurrieron unos instantes—. Sírvele más —ordenó a Barcha.

El tuerto bebió otro trago largo, pero en esa ocasión el gesto no fue de asco sino de satisfacción..., contenida, pero de satisfacción, como si anteriormente se hubiera equivocado. Hugo reprimió otra sonrisa. ¡Hipócrita! Se trataba de vino normal.

—Bien, parece ser que esto es lo que quiere mi señor. Tu vino de Vil...

—Vilatorta —volvió a ayudarle Hugo.

—No creo que le satisfaga tener que esperar dos años —anunció. Hugo abrió las manos en señal de impotencia—. Y también quiere que seas su botellero, que le encuentres los mejores vinos de Cataluña para su bodega, de todo el reino si es necesario.

—No... —comenzó a decir Hugo. El tuerto ni se inmutó—. No creo que pueda aceptar —trató de excusarse—. Tengo mucho trabajo con las...

—Mañana te presentarás en el palacio para empezar con tus labores de botellero —le interrumpió Mateo, que ya se levantaba de la mesa.

—He dicho...

—Mañana.

—Quizá no me has oído.

El tuerto se irguió frente a Hugo.

—Parece que quien no ha oído has sido tú. Es deseo de Roger Puig que trabajes para él como botellero, y los deseos de mi señor no solo se cumplen sino que se agradecen, más todavía en el caso de ir dirigidos a un pordiosero como tú.

«Pordiosero.» Con ese insulto lo habían humillado en las atarazanas. Entonces Roger Puig estaba delante de él, encendido, temblando de ira. «Imberbe», había añadido el vizconde de Rocabertí: un «pordiosero imberbe», dijo. Hoy Hugo lucía una barba tras la que escondía su identidad al tuerto y probablemente a su señor. Aquel día en las atarazanas hizo caso del consejo de Arnau: no se inclinó ante nadie, y se enfrentó a ellos. Más tarde, en la playa, le advirtieron que quien le había dado ese consejo debería haberle enseñado también cómo ponerlo en práctica. Y ahora caía en la cuenta de que seguía sin saberlo.

—No pretendo… No es mi intención molestar a tu señor, pero debería entender…

—¿Entender qué? —El tuerto descargó un puñetazo sobre la mesa. Jarras y escudillas botaron, vino y potaje se derramaron. Hugo se levantó, súbitamente indignado—. Roger Puig no tiene nada que entender de un payés miserable —escupió el criado—. Mañana preséntate en el palacio sin falta, o atente a las consecuencias.

Hugo desvió su mirada de la del único ojo del tuerto, que le retaba.

—¡Mañana! —gritó este antes de abandonar la masía.

Si aceptaba podría estar cerca de Roger Puig y vengarse de él. Cualquiera se alegraría con la oportunidad que su enemigo le concedía, pero también tenía dos viñas que cuidar. Habló de ello con Raimundo esa misma tarde.

—Volvemos a estar igual que cuando murió el rey Pedro y le sucedió su hijo Juan —le dijo el converso—, solo que en esta ocasión el nuevo rey, Martín, continúa en Sicilia y quien manda es su esposa, la reina María. Han detenido y encarcelado a la mayoría de los consejeros del fallecido rey Juan.

—Entonces a los Puig —le interrumpió Hugo— deberían detenerlos también.

—No. Esos no —le decepcionó el cambista—. Tanto el conde de

Navarcles como su sobrino, Roger Puig, partieron con el actual monarca, Martín, a la guerra contra los sicilianos rebeldes. Han estado ayudándolo personal y económicamente durante los años que lleva guerreando para entronizar a su hijo y a su esposa en Sicilia. Roger y su tío fueron consejeros del rey Juan, es cierto, pero son muy queridos por Martín. Se rumorea que cuando este regrese de Sicilia concederá títulos y favores a Roger Puig. Fue portador de diversas cartas para la reina María, y es de suponer que en una de ellas el soberano diera instrucciones a su esposa con respecto a él, porque al día siguiente la reina le hizo entrega de un palacio, muy cerca de aquí y del palacio Menor donde ella reside, en la calle de Marquet. Parece que quiere tenerlo cerca.

—¿Qué tal es este rey? —mostró curiosidad Hugo.

—¿Martín? —Raimundo negó con la cabeza—. Es un hombre bajo, corto de piernas y obeso, tanto que acostumbra a dormirse. Dicen que es justo, pero lo que más me preocupa, como converso, es que es tremendamente religioso; el Eclesiástico lo llaman, Martín el Eclesiástico. Oye misa tres veces al día, todos los días, y vive rodeado de frailes. El futuro es poco halagüeño para los conversos como yo y peor todavía para aquellos de los nuestros que no abjuraron de su fe.

Hugo pensó en Regina.

—Lo están pasando mal —comentó casi para sí.

—¿Quiénes?

—Los judíos.

—Sí. —Permanecieron unos instantes en silencio. La mesa de cambio olía a rancia—. ¿Qué vas a hacer? —preguntó por fin Raimundo.

—¿Con qué? —Hugo, despistado, seguía pensando en Regina.

—Con Roger Puig.

—¿Puedo negarme a ser su botellero?

—Yo no te lo aconsejaría.

Raimundo recordaba a Roger Puig y a su tío, el conde de Navarcles, de la ejecución de Arnau Estanyol. Aquel día, tras la muerte de Pedro el Ceremonioso, se hallaba en el Pla de Palau y presenció las ejecuciones de los consejeros del rey.

—Odio a ese… —Hugo buscó la expresión y utilizó la que le pareció más sencilla—: hijo de puta.

—Pero ya sabes del carácter del personaje: engreído, y más ahora, tras la guerra de Sicilia. Si no aceptas, su reacción será tremenda. No quiero ni imaginarla. Es soberbio. Nunca admitirá una negativa, y menos por parte de… —Evitó el comentario sobre la cualidad de la persona de Hugo—. Te destrozarán —le advirtió en su lugar—. Te detendrán por cualquier nimiedad, te encarcelarán o simplemente te matarán.

—¡Soy ciudadano de Barcelona!

—También lo era Arnau Estanyol.

«¿Voy a compararme con micer Arnau, yo, un payés miserable?», se dijo para sus adentros.

—Pero no… —renegó por lo bajo.

—Hijo —trató de consolarle Raimundo—, a ti solo te piden que trabajes como botellero de un noble. No es mal cargo. No creo que veas mucho a Roger Puig. Te pagarán un salario y hasta podrás adquirir prestigio.

Hugo le miró por encima del tapete rojo y raído de la mesa de cambio sin comprender del todo lo que decía. Entendió en el momento en que Raimundo entornó sus ojos húmedos y cansados y susurró:

—A nosotros nos exigieron mucho más.

Hugo se decidió. Siempre había deseado tener la oportunidad de vengarse y ahora el propio Roger Puig se la servía en bandeja. Negarse habría sido una estupidez.

13

A la mañana siguiente Hugo se dirigió al palacio de Roger Puig en la calle de Marquet, una callejuela que quedaba fuera de las antiguas murallas romanas de la ciudad, cruzaba la calle Ample, donde Raimundo había instalado su mesa de cambio, y llegaba hasta la playa después de cruzar también la de la Mercè. Tenía aquel nombre porque en ella se alzaba la residencia de la familia Marquet, almirante de la armada catalana uno de sus miembros: Galcerán; comerciantes y consejeros de la ciudad otros; ciudadanos honrados de Barcelona todos ellos.

Eligió llegar hasta allí por la calle de la Mercè, donde se alzaba la iglesia y el convento de los mercedarios, la orden fundada hacía casi dos siglos por san Pedro Nolasco para la redención de cautivos cristianos en poder de los sarracenos. Haraganeó entre la gente que obstruía el paso, que charlaba o compraba en la panadería o en los obradores de los comerciantes que se comían gran parte de la anchura de la vía. Hugo se detuvo tras un grupo de personas que formaban corro alrededor de un pregonero y prestó atención. El hombre anunciaba a gritos las obras que se pretendían realizar en una vivienda de la calle, razón por la que los vecinos lo rodeaban para sopesar si las obras podían afectar a sus propiedades. «¿Hasta dónde llegará ese balcón?», oyó Hugo que preguntaba un hombre. Se distrajo e imaginó, como la mayoría, el balcón que el maestro de casas dibujaba en el aire. «¿Tendrá vistas sobre mi huerto?», preguntó otro. Detrás de la gente, Hugo no alcanzó a ver el huerto de aquel vecino. Sí que vio en su lugar la espalda llena de verdugones enquistados que Barcha le había mostrado de nuevo esa misma mañana. No la llegó a amenazar como la primera vez. Ya no tenía sentido hacerlo puesto que no era esclava. Se habían limitado a cruzar unas palabras al amanecer, antes de que él partiera hacia Barcelona.

—Calla —le rogó Hugo ante la sugerencia de que rechazara el trabajo de botellero de Roger Puig—. No sabes de lo que hablas.

—No deseas trabajar para él —insistió Barcha.

Tenía razón, no lo deseaba, pero no quería problemas con un noble de su carácter, y además le interesaba estar cerca de él.

—¿Y crees que cada cual puede hacer lo que quiere? —inquirió mientras la mora se dirigía hacia la escalera.

—Por lo menos hay que intentarlo —replicó ella, y para demostrarlo exhibió su espalda marcada, fruto de su insolencia.

Lo trajo de vuelta al presente la preocupación de una anciana, entonada con voz cascada: «¿Y qué hay de las luces de las que disfruta mi casa si se levanta esa pared?». Se regañó por estar allí parado perdiendo el tiempo. Preguntó por el palacio de Roger Puig a unos chiquillos que se atropellaron en sus contestaciones y que terminaron acompañándole. Hugo se detuvo ante los portalones recios de madera claveteada con flores de hierro, abiertos a un patio empedrado. Los niños se pegaron a él, todos escrutando el interior.

—Venga —les espabiló Hugo—, id a jugar por ahí.

Nunca antes había pisado un palacio, y se sintió empequeñecer al acceder a aquel gran patio del que nacía una escalera noble que ascendía hasta la primera planta, abierta a aquel con una galería de arcos sostenidos por columnas que lo circundaba. Miró hacia arriba: por encima existía otro piso más, sin galería y rematado con un torreón desde el que controlar el mar. Creyó oír el eco de su respiración contra las paredes que se alzaban encerrando el patio, y se detuvo, como si no quisiera romper aquel encanto.

—¿Qué haces ahí quieto? —le preguntó un mayordomo resabiado.

En un anexo a las cocinas, en la planta baja, le especificó sus obligaciones.

—Habrás de encontrar los mejores vinos para la mesa del señor. Te ocuparás de la bodega, de llenarla y de mantenerla en condiciones…

—¿Tendré que servir el vino? —preguntó, pues Raimundo le había explicado que los botelleros lo servían junto con los coperos.

—¿Tú? —exclamó el mayordomo, y por primera vez torció el gesto en lo que pretendía ser una sonrisa.

Señaló despectivamente a Hugo. El joven se miró y comparó su atuendo sucio de vinatero con la pulcritud de las ropas del mayordomo.

—Te limitarás a comprar el vino y cuidar de la bodega —puntualizó el hombre.

Hugo asintió con un murmullo, la mirada puesta en los zapatos puntiagudos de piel de cordero que parecían acariciar los pies del mayordomo. Sería imposible trabajar una viña con aquellos zapatos.

—¿Qué vinos piensas comprar? —levantó la voz el otro.

—No te preocupes. Tu señor quedará complacido —contestó Hugo.

—No me preocupa en absoluto. Mira, no te he elegido yo. Si los vinos son buenos, el señor estará satisfecho y eso beneficiará a los que vivimos bajo su autoridad. Si no son de calidad, te aseguro que disfrutaré viendo cómo te despellejan.

Concretaron las obligaciones de Hugo y su salario. No era malo, más o menos como el del oficial de un *mestre d'aixa*, comparó el joven. El señor quería buenos vinos ya, le urgieron.

—¿Cómo los transporto?

Le proporcionarían una mula y una carreta.

—¿Y cómo hago para pagar a los vinateros o a los corredores?

—Yo te entregaré lo necesario —contestó el mayordomo ya de camino a la bodega.

Terminó la frase indicándole el principio de una escalera de no más de una docena de peldaños. Desde allí Hugo se asomó a una amplia estancia subterránea, por debajo del nivel de la calle pero no en su altura total, por lo que ventilaba a través de unas ventanas estrechas, alargadas y enrejadas por las que se veían los pies y las pantorrillas de los viandantes. Una vaharada de aire viciado le golpeó el rostro. Hugo suspiró.

—Está sucia —advirtió al mayordomo, a su espalda—. Hay cucarachas. —Señaló el suelo—. Y probablemente haya ratas. —Recordó con cierta nostalgia los días de su infancia en que había trabajado con los gatos; entonces había aprendido casi a olerlas—: Ratas… y demasiada humedad.

—Estamos muy cerca del mar —arguyó el mayordomo.

—Hay buenas bodegas cerca del mar —replicó Hugo sin volverse hacia el hombre. Examinó una de las muchas tinajas dispuestas sin orden y el mal olor lo hizo retroceder—. Igual no se pueden ni limpiar.

—Atiende, muchacho —estalló el mayordomo sin esconder su irritación por las críticas—, para eso se te ha contratado, para que lo organices. Como debes saber, el señor ha ocupado hace poco esta casa, no es responsabilidad suya...

—¿Acaso yo le he echado la culpa a tu señor? —le interrumpió Hugo volviéndose hacia él.

—Acabas de decir...

—Señalo los problemas. ¿No es eso lo que pretendéis de mí?

—¡Arréglalos!

—Haz que ventilen y limpien todo esto. Que saquen todas las cubas y tinajas al patio.

A Hugo le sorprendió su tono enérgico. Al mayordomo también. Se sopesaron mutuamente en la penumbra de la bodega, y al final el hombre accedió.

Esteve, que así si se llamaba, movilizó a todo el personal del palacio, que empezó por transportar cubas y tinajas de la bodega al patio. Hugo dirigía los trabajos a media altura en las escaleras de piedra que ascendían a la planta noble, donde el escándalo había despertado la curiosidad de la familia de Roger Puig y sus criados personales. Vio a Mateo en la galería de arcos del primer piso. El tuerto miraba al patio apoyado con indolencia en la barandilla. Al cabo, la figura de Roger Puig se enmarcó entre las columnas esbeltas de uno de los arcos: rubio y elegantemente vestido en oro, majestuoso cual héroe de una pintura en la que se celebrase la victoria del bien sobre el mal. Pese al estremecimiento que padeció, Hugo se empeñó en no retirar la mirada, preguntándose si aquel hijo de puta le reconocería. Quizá la barba y los arañazos de los gatos habían cambiado su rostro, pero sus ojos eran los mismos que habían retado al noble ante el cadalso de Arnau y en las atarazanas.

Roger Puig se limitó a hacer un gesto con la cabeza, tan leve como condescendiente, antes de retirarse. Hugo mantuvo su atención en el mismo arco hasta que la espalda brillante del noble desapareció; entonces percibió que alguien le miraba y dirigió la vista dos arcos a su derecha. Esos ojos claros sí que los reconocía. La última vez que los había visto estaban como vitrificados por la fiebre; ahora chispeaban, aunque fuera solo por el hecho de reconocerle. Hugo sonrió. Caterina se cercioró de que Mateo no la observaba y le devolvió la sonrisa. Luego dio la impresión de que se lo pensaba mejor y también se retiró.

Hugo tuvo que atender la consulta de un par de criados que le mostraron una vasija rajada de arriba abajo, decirles que la despedazaran, que los trozos podían servir, y volvió a pensar en Caterina. Cuántos años habían transcurrido, ¿cuatro, cinco? En cualquier caso, los necesarios para que la sonrisa de la niña rusa hubiera surgido franca y contundente, como todo lo que Hugo alcanzó a ver, tras la baranda, de un cuerpo que poco le costó presumir exuberante. ¿Qué habría sido de la vida de la esclava durante todo aquel tiempo?

La volvió a ver a lo largo del día mientras él andaba del patio a la bodega, y viceversa. El cabello rubio y la tez pálida la hacían destacar entre tanta gente morena. En la bodega sonrió al pensar en la posibilidad de tener que acudir a Anselm, el de los gatos, para terminar con las ratas, pero uno de los esclavos moros se comprometió a exterminarlas; si aquel moro tenía un carácter similar al de Barcha, pensó Hugo con una sonrisa, lo sentía por los roedores. En cuanto a las cubas y las tinajas, criados y esclavos se afanaban por rascar posos y restos de pez adheridos a las paredes interiores. Tuvo que enviar la mayoría de las cubas a los cuberos para que arreglasen las duelas y en especial los aros de hierro, casi todos sueltos y oxidados. Mandó a buscar agua de mar para limpiar las tinajas de barro.

—La sal del mar es buena —explicó al mayordomo—, pero que intenten coger agua limpia, lo más alejada posible de las atarazanas y del Cagalell u otros desagües similares; si pudiesen cogerla en alta mar, mejor.

—Ya, ya —se limitó a asentir el hombre.

Luego Hugo empezó a disponer lo necesario para que quemasen por dentro las cubas de madera que restaban. Al cabo de unos días de mantenerlas al sol, lo harían también con las tinajas.

Antes de que empezaran a quemar las tinajas, Roger Puig partió a la guerra y se llevó consigo a Mateo, su criado tuerto. O al menos eso es lo que Hugo creyó al no verlo en el palacio. La invasión francesa al mando del conde de Foix, que reclamaba el reino para su esposa, la infanta doña Juana, hija mayor del fallecido rey Juan I, se había efectuado por tres puntos fronterizos: Puigcerdà, Andorra y Castellbó, lugar este último por donde cruzaron conde y condesa con un ejército compuesto por mil hombres de armas, tres mil jinetes y mil sirvientes. Cataluña no iba a consentir que la sucesión de la corona se torciese hacia la línea femenina, por lo que Roger Puig, mientras su tío el conde de Navarcles defendía Balaguer, se sumó a las tropas del conde de Urgell, quien a principios de noviembre de ese año de 1396 se hallaba en Cervera al frente de la caballería del principado de Cataluña. Las fuerzas de Pedro de Urgell perseguirían y lucharían contra el ejército de Mateo de Foix durante casi dos meses, a lo largo de los cuales Roger Puig no solo afianzó su amistad con el conde don Pedro, sino que se hizo cargo de la instrucción bélica de su hijo de dieciséis años, Jaime de Aragón, heredero del condado de Urgell.

La partida de Roger Puig relajó la tensión que atenazaba la vida en el palacio de la calle de Marquet. Las risas de las jóvenes Anna y Agnès, esposa y hermana del noble respectivamente, junto con las de sus amigas e incluso las de las criadas, resonaban desde la primera planta y animaban a levantar la vista a quienes trabajaban en el patio entre tinajas y cubas. También a Hugo. En una ocasión incluso las vio corretear por la galería; se perseguían y chillaban como niñas.

—Están contentas.

Caterina no tuvo el menor embarazo en acercarse a hablar con él en el patio de palacio, a la vista de los demás.

Hugo se sorprendió al oír su voz: tenía un marcado acento, como el de los esclavos orientales que trabajaban campos y viñas, pero se expresaba en catalán. Nada tenía que ver ya con aquellos susurros ininteligibles con los que ella y las demás esclavas habían tratado de consolarlo tras la muerte de Dolça.

—Eso parece —afirmó él con la sonrisa en los labios.

Se estudiaron el uno al otro unos instantes, y Hugo se preguntó qué edad debía de tener Caterina. Conoció a las esclavas rusas tras la revuelta de la judería sucedida hacía cinco años, y entonces no les calculó más de quince, de manera que debía de rondar los veinte. Tenía delante a una mujer de una belleza casi excepcional: pechos firmes; caderas fuertes; ojos claros, pálidos, indefinibles; cabello rubio, y una piel blanca y delicada.

—Tú también has cambiado —se adelantó ella.

—Yo no…

—Te has hecho un hombre, y al parecer un buen botellero.

Hugo asintió con la cabeza.

—¿Cómo estás? —inquirió después.

—¿Yo? La señora me aprecia y a menudo se apiada de mí. Su esposo todavía me visita en ocasiones, y su criado tuerto me desea. Se mantiene al acecho, esperando que su señor se canse definitivamente de la niña rusa.

—Lo siento.

—Hay esclavos que están en peores condiciones. En esta misma casa incluso. No debo quejarme.

Esteve, el mayordomo, cruzó el patio hasta el pie de la escalera de piedra, donde se encontraban ellos. Fue a decir algo a Hugo, pero primero se encaró con Caterina.

—¿No tienes cosas qué hacer? Sabes que no te está permitido bajar al patio ni abandonar las estancias de los señores. Su señoría tiene dicho…

—Si tengo o no tengo cosas que hacer, no te importa —replicó Caterina desafiando al mayordomo—. Estoy al servicio de la señora y es ella quien me manda.

—¿Y te ha mandado que pierdas el tiempo de charla con el botellero, aquí, en el patio, a la vista de todos?

—Pregúntaselo a ella si tanto interés tienes.

El hombre cerró los puños con fuerza a sus costados, como si con ello evitase golpear a Caterina, cuyo rostro sereno contrastaba con el semblante crispado del mayordomo. Al final pareció decidir darle la espalda como castigo, la empujó y se interpuso entre ella y Hugo.

—La señora me ha dicho que pretende luchar contra la inquietud acerca de su esposo y la guerra ofreciendo recepciones a amigas que están en parecida situación —dijo Esteve. Hugo arqueó las cejas—. Necesita vino dulce para invitarlas y no disponemos de una sola gota.

—Me pondré a ello —contestó, aunque con el pensamiento centrado en cuanto acababa de oír acerca de Caterina: no le permitían bajar al patio ni abandonar la galería.

—Es urgente —insistió el mayordomo.

—¿Y por qué no la dejan bajar? —preguntó Hugo. El hombre se sorprendió—. A ella, quiero decir —añadió señalando a Caterina.

Esteve fue a responder, pero la joven rusa se le adelantó:

—El señor no se fía de que esclavos y criados respeten su propiedad, ¿no es cierto? —dijo dirigiéndose al mayordomo.

—Y hace bien —contestó este—. Aunque yo añadiría que quizá tampoco se fíe de que tú misma respetes su propiedad —agregó con sarcasmo—. Las esclavas tienen tendencia al libertinaje. ¡Está escrito! —exclamó acallando el intento de réplica por parte de Caterina—. Tu lugar es junto a los señores. —Se volvió hacia Hugo—. ¿Qué hay del vino dulce?

—Mañana mismo iré a comprarlo.

—¿Adónde?

El joven no tuvo que pensarlo:

—A Sitges.

Hugo se miró los zapatos de suela de cuero y las ropas; aun estando usadas, eran de calidad. Se las había entregado Esteve después de que la esposa de Roger Puig las eligiera. «Nadie creerá que eres el botellero del señor con esos harapos», le advirtió el mayordomo al dárselas.

Vestido como un burgués, aunque con los pies llagados y doloridos por las horas de camino, acababa de cerrar un trato con Antón, un vinatero cuyo negocio estaba cerca de la ermita de Santa María del Vinyet de Sitges. Al día siguiente por la mañana el hombre se presentaría con tres cubas de malvasía en Barcelona, en el palacio de Roger Puig. Alrededor de una mesa, catando el vino, negociaron hasta llegar a un acuerdo. Después Hugo mencionó a Mahir.

—Era un hereje —le sorprendió la respuesta de Antón—. Si no llegó a convertirse, a abrazar la fe verdadera, reconocer sus pecados y a Nuestro Señor Jesucristo al que ellos crucificaron, merece haber desaparecido. ¡Así se haya muerto!

Regina tenía razón en cuanto a la exacerbación del odio hacia los judíos. Hugo había conocido a ese vinatero el primer día que había estado en Sitges con Mahir, después de la horrible experiencia con su madre y el cubero. Unos años habían sido suficientes para que el discurso de aquel hombre mudara de los cumplidos al insulto. Resopló, pensó que a buen seguro Antón no habría dicho lo mismo en presencia de Mahir.

—Tengo que hacer —se excusó ante el vinatero.

—Puedes dormir aquí —le ofreció el otro.

Hugo estuvo a punto de negarse, pero lo cierto era que tampoco tenía dónde pasar la noche. Como en las demás ocasiones, le llevaría poco tiempo comprobar el estado de su madre, y no se le antojó mala idea volver luego a la ermita, dormir y regresar a Barcelona con el vino para la esposa de Roger Puig y sus amigas.

La calle del obrador del cubero estaba, como siempre, casi desierta ya que el edificio se hallaba apartado de los demás. Ferran le vio y alzó una ceja al percatarse de su vestimenta. Sin embargo, se encogió de hombros y continuó trabajando; tensaba un arco de hierro alrededor de una cuba vieja. Nadie le ayudaba. Hugo paseó la calle arriba y abajo. Quizá su madre no estuviera en la casa. En una ocasión, se recordó, hubo de buscarla en el pueblo. Ese día Antonina bajó la cabeza al darse cuenta de su presencia. «No, en el pueblo, no», murmuró al situarse él a su altura. Hugo entendió y pasó de largo. Su madre temía que le fueran con habladurías al cubero. Pensaba en ello en el momento en que apareció en el obrador el muchacho que hacía de aprendiz: el hijo mayor del cubero. Hugo percibió algo extraño en la mirada que este le dirigió, y en sus movimientos, que le parecieron forzados. Le asaltó la inquietud y se acercó decidido al obrador.

—¿Y mi madre? —gritó.

—Está arriba —contestó el cubero mientras su hijo intentaba esconderse.

—Quiero verla. Decidle que baje.

Ferran se acercó a él con una herramienta en las manos que Hugo no supo reconocer. Retrocedió un paso.

—No puede bajar.

Por una vez parecía estar dándole explicaciones. Hugo creyó percibir un cambio, siquiera sutil, muy sutil, en su tono de voz.

—¿Por qué?

—Se muere —afirmó el cubero antes de darse la vuelta.

Hugo calló. Tantas veces como había imaginado aquella situación y ahora quería llorar. Durante un momento se sintió mareado.

—Escuchadme… —consiguió decir.

—¡Vete! —gruño el hombre, ahora con fuerza—. Debería matarte. Has amenazado con quemar mi casa si moría tu madre. Pues está muriéndose. Vete antes de que lo haga.

—Tengo que verla —insistió Hugo.

—¿No me has oído?

Hugo sacó la bolsa de las monedas para pagar el moscatel de la esposa de Roger Puig y cogió varias.

—¡Dejadme verla, por Dios! —rogó mostrándoselas.

—¿Estás loco, muchacho? Me enseñas tu dinero y pretendes entrar en mi casa. Pudiera ser que no salieras nunca. Nadie lo sabría.

—Lo sabría todo el pueblo. Vengo de la viña de Antón, la de la ermita del Vinyet, de comprar moscatel. Sabe que estoy aquí y sabe por qué —mintió—. No tardarían en deteneros y ejecutaros, con seguridad también a alguno de vuestros hijos si consideran que os han ayudado; aquel parece tener edad suficiente. Aceptad el dinero, permitidme subir y, mientras estoy arriba, id y preguntad a Antón. Me encontraréis a la vuelta, descuidad.

Ferran dudó.

—Más —pidió al cabo.

Hugo sumó un par de monedas y trató de no mostrar su temblor cuando el hombre se acercó para cogerlas.

—José —dijo el cubero después—, acompáñalo.

Olió la muerte nada más acceder a una estancia pequeña y cerrada; se percibía en el ambiente opresivo, en el aire viciado. Recordó el comentario del sacerdote del hospital de la Santa Cruz al explicarle la razón de la altura de las naves: para que el aire corriera y no se pudriese.

Ordenó a los niños que atendían a Antonina que abrieran la ventana y respiró un soplo de aire fresco. Se acercó a su madre, postrada en un jergón, inmóvil, y le habló. Los críos permanecían acurrucados en una esquina de la habitación. Ni siquiera consiguió que la mujer abriera los ojos. Un silbido débil revelaba que todavía vivía. Tampoco respondió a sus caricias, ni tras apretarle una mano, toda hueso y pellejo. Permaneció sentado durante unos minutos, pero al darse cuenta de que ni siquiera se percataba de su presencia se levantó y dio un par de pasos. Miró a los niños; dos de ellos, los pequeños, eran sus hermanos. No sintió nada: también eran hijos del cubero. Volvió a sentarse en la cama.

—El sacerdote —casi gritó—. ¿Le han dado la extremaunción?

—No vendrá aquí —replicó José.

—¿Que no vendrá a esta casa, dices? Corre y dale este dinero. —Extrajo algunas monedas de la bolsa—. Dile que si está aquí antes de que mi madre muera tendrá otro tanto.

Llegó el cura con el viático y un par de monaguillos. Proporcionó la extremaunción a la madre de Hugo y exigió lo prometido.

—¿Os ocuparéis de su entierro? —preguntó el joven.

El religioso arqueó las cejas y miró en derredor de la estancia: la miseria como contestación a la pregunta.

—Ferran ni siquiera pertenece a cofradía alguna —aclaró después haciendo un gesto hacia el obrador, donde retumbaba el golpear del martillo—. Le han expulsado de todas partes por borracho y pendenciero. —El cura se arrebató y acompañó sus palabras con gestos airados—. ¡Por vicioso y por mujeriego!

Hugo le dejó ver la bolsa de los dineros y el sacerdote se calmó. La caja, la misa de difuntos, más misas por su alma… «¿Cuántas quieres?» Los enterradores. «¿Alguna inscripción?» Los monaguillos. «Alguna obra pía quizá, también, ¿no?» Las plañideras…

Hugo dio por perdida la totalidad de la bolsa, la soltó y se sentó de nuevo en el jergón, al lado de Antonina, con las tripas revueltas por el hedor a pesar de la ventana abierta. Tomó la mano de su madre moribunda. El cura hizo ademán de irse, pero Hugo lo detuvo:

—Rezad, padre. Rezad aquí hasta que Dios tenga a bien llamar definitivamente a su sierva.

En ese momento notó presión en su mano. Contuvo la respiración. «Madre», susurró. La presión aumentó débilmente… y de pronto el silbido dejó de oírse.

Antes del amanecer se pusieron en marcha con destino a Barcelona. Caída la noche y cerradas las puertas de la villa, tras la muerte de Antonina, Hugo buscó refugio en la viña de Antón. Se acomodó en un jergón junto al hijo mayor del vinatero. Hacía frío y mucha humedad. Toses y ronquidos inundaban la estancia. Permaneció tumbado boca arriba, con la mirada fija en las formas que la luz rojiza de los rescoldos del hogar dibujaban en el techo de la masía.

Lloró.

Pese al calor del cuerpo del joven con el que compartía jergón, la humedad le caló los huesos. Permaneció quieto, encogido.

Lloró. Y tiritó, acosado por el frío, el miedo y la tristeza.

No fue un buen compañero de viaje para el vinatero de Sitges, quien pronto desistió de entablar conversación con él y se centró en guiar a la recua de mulas por aquellos malditos caminos de las costas del Garraf. Pensaba en ella, se preguntaba si el cura cumpliría su palabra de enterrarla. Solo permaneció un momento a su lado después de que falleciera, pero los reproches se agolpaban en su cabeza: debería haber hecho más por ella cuando estaba viva, debería haberla alejado del cubero. Trataba de apartar de sus pensamientos la culpa que le atenazaba, pero en cuanto lo lograba le asaltaba una nueva preocupación: los dineros de los que no disponía para pagar la malvasía se le agarraban al estómago y tiraban de sus miedos moneda a moneda. Lo había gastado todo en su madre y ahora no sabía cómo solucionarlo. Antón había propuesto llevar el vino hasta Barcelona en barco, pero él no tenía dinero para pagar el flete y le insistió en que realizaran el transporte a lomos de las mulas puesto que sería más rápido y barato. Hasta enero o febrero no empezaría a vender el vino de la última cosecha. Ciertamente, podía hacerlo por anticipado o pedir un préstamo con su garantía; Raimundo se lo proporcionaría, estaba casi seguro de ello. Pero todo eso sería imposible para ese mismo día, y él, desde que el búlgaro le robara y que con el vino de Vilatorta pagara el bautizo de Mercè a los curas, así como la mano de obra necesaria para la vendimia, el pisado y demás labores de elaboración, solo disponía de unas pocas monedas que tenía escondidas en la masía, las imprescindibles para llegar hasta enero. Ni siquiera tenía dinero para cumplir con la promesa que le había hecho a mosén Pau Vilana, quien preguntaba por él para darle noticias de su hermana Arsenda.

Llegarían a palacio. Veía las imágenes nítidas en su cabeza. Antón descargaría su malvasía y exigiría el pago pactado. E ignoraba qué iba a decirle entonces.

—Págale, Esteve.

—¡Yo! —El mayordomo se sobresaltó.

Hugo asintió. Se le ocurrió justo en el momento de pisar el patio empedrado y encontrarlo libre de cubas y tinajas. La bodega estaría limpia y ordenada gracias a él: el botellero.

—¿Qué has hecho con los dineros que te di? —gritó el mayordomo—. ¿No irás a negar que te los entregué? —añadió balbuceando.

No llegó a barajar esa posibilidad. Hugo demoró su contestación, lo que ocasionó una evidente angustia en el hombre.

—¿Cómo voy a negar tal cosa, Esteve? Claro que me los entregaste —le tranquilizó al cabo—, para comprar vino, y eso es lo que he hecho…

El mayordomo gesticuló extrañado señalando al vinatero de Sitges.

—Pero no este, ¡hombre de Dios! He comprado vino y lo he pagado, pero no esta malvasía. Esta la tienes que pagar tú.

—Pero el encargo de la señora… Me dijiste…

—El señor quiere vino y yo soy su botellero, ¿no? He tenido la oportunidad de adquirir uno excelente a un buen precio. Tu señor estará satisfecho.

Hugo se sentía cada vez más seguro ante el desarrollo de la conversación.

—¿Y dónde está ese vino? —inquirió Esteve.

—En enero o febrero lo tendremos, terminará de hervir por Navidad.

—Pero…

—Por cierto, costará el doble de la cantidad que me entregaste.

—¡No!

—¿Prefieres que deshaga la operación?

—¿En qué lugar has comprado ese vino?

La pregunta resonó en el patio. Antes de alzar la vista hacia la galería Hugo sabía a quién correspondía la voz. Al parecer, Mateo no estaba en la guerra con su señor. El joven dudó un instante, pero enseguida decidió seguir con el plan pergeñado y miró directamente al tuerto, que estaba apoyado en la baranda.

—El vino es de cerca de los dominios de tu señor…

—También es tu señor —le interrumpió Mateo de malas maneras.

—Cierto —cedió Hugo—. Se trata de una viña de Artés, cerca de Navarcles, de donde el conde…

—Sé bien de dónde es el señor conde y su familia —volvió a interrumpirle—. ¿A quién se lo has comprado?

—Lo he adquirido a través de un corredor de vinos.

—¿Quién?

Hugo lo miró. Conocía corredores, pero si le daba algún nombre aquel hijo de puta sería capaz de ir a preguntar.

—Si desvelo su nombre, cualquiera podría ir a comprarle y yo sobraría.

—Los corredores son conocidos.

—Desde luego, pero lo importante es conocer sus defectos y sus virtudes, como sucede con los vinos: no se puede elegir cualquiera.

Se retaron con la mirada durante unos instantes. «Si supieras...», pensó una vez más Hugo antes de finalizar con una sonrisa forzada.

—Te daré a probar ese caldo en cuanto llegue —ofreció al tuerto antes de volverse de nuevo hacia Esteve, a quien la intervención del criado parecía haber tranquilizado.

—En esta ocasión pagaré la malvasía —aceptó el mayordomo—, pero que no se repita.

Esteve y Antón se perdieron en el interior del palacio mientras Hugo se dirigía a la bodega. La estancia estaba impecable: las cubas que quedaban, ordenadas; las tinajas, acomodadas sobre los pies de madera que las mantenían rectas; el suelo, limpio; el aire ya no estaba viciado, y el moro había cumplido con su palabra: Hugo ya no percibía la presencia de ratas.

La noche de invierno había caído sobre las viñas cuando Hugo se presentó en la masía. Nadie hizo ruido durante el amanecer, así que durmió hasta bien empezada la mañana. Barcha, que percibió su tristeza, no se atrevió a preguntar. Le mostró su preocupación procurándole un desayuno tan abundante como inusual: pan, huevos, queso, carne en salazón y vino. Hugo se sentó a la mesa y alabó a la mora. Ella, sin llegar a volverse, arrodillada frente al hogar, preparando ya la olla para la comida y la cena, dio un manotazo al aire y masculló tres palabras ininteligibles.

Tras saciar el hambre, Hugo observó a Mercè, que dormía plácidamente, y se despidió. Era consciente del trabajo pendiente en las viñas y sobre todo en la bodega. En noviembre procedía estercolar las vides de Jucef. El viñedo de Santa María lo había abonado con estiércol el año anterior, por lo que hasta que no transcurriesen cinco más no pensaba repetir con orina. Decidió que en ambas viñas emplearía ceniza de sarmiento. Pero iba con retraso. En diciembre y enero tendría que dar el último trasiego al vino antes de venderlo, salvo el de Vilatorta ya que pensaba mantenerlo almacenado y envejeciendo, por más interés que en él pudiera tener Roger Puig.

Sabía de ratas, así que convenció a Esteve de que seguía habiendo en la bodega. Le bastó con recoger excrementos de la calle y esparcirlos por debajo de algunas tinajas. «Siguen correteando por la bodega», anunció al mayordomo mostrándoselos. Con todo ello, lo que Hugo pretendía era ver al esclavo moro.

Le dio de beber mientras el otro trataba de adivinar dónde se escondían los roedores. Parecía querer olerlos. Descansaron; Hugo se sirvió vino y le escanció una generosa cantidad en la escudilla. Le contó de los días en los que él mismo trabajara con el gatero y rieron. Bebieron más. Aliazar, que así se llamaba el moro, no estaba acostumbrado al vino de los señores y perdió el control antes de terminarse la segunda escudilla.

—Últimamente he visto mucho movimiento en el palacio —dijo Hugo. Así era: paquetes que se entraban y se almacenaban en una estancia cerrada con llave. Aliazar era uno de los porteadores de aquellos paquetes—. Quizá por ahí estén volviendo las ratas...

Tenía poco sentido lo que acababa de insinuar, pero surtió efecto.

—¡No! —se opuso tajantemente el moro a lo de las ratas—. Son joyas... —añadió bajando la voz, ya pastosa.

—¿Tantas? ¿Quién se las va a poner?

—¡No! —repitió el moro arrastrando la última letra a la vez que negaba con un dedo—. Son para vender.

Cucharas de plata. Y también cruces, y collares de perlas y medallas. Todo de plata, comprado a los orfebres de la calle de la Mar. Aliazar lo había visto. También había transportado piezas de tela catalana y otras extranjeras, aunque ignoraba cuál era su procedencia ya que él se había limitado a llevarlas a unos obradores en los que los embaladores las empacarían. «¿Empacar las telas?», se extrañó Hugo. Eso sí lo sabía el moro: la ley no permitía paquetes de peso superior a unas determinadas libras, por eso los embaladores los ajustaban y empacaban las mercaderías. Hugo desconocía esa regulación.

—¿Y adónde pretenden transportarlas?

—A Sicilia.

—¿Estás seguro?

—El tuerto fanfarronea demasiado —contestó Aliazar al mismo tiempo que pedía más vino.

Hugo suspiró, pero le sirvió.

—Es un hijo de puta —añadió el moro refiriéndose a Mateo—. Las joyas las guardan aquí, en el palacio, pero hemos trabajado con multitud de mercancía en el almacén de un mercader... No lo sé —contestó cuando Hugo alzó las cejas interesándose por el nombre—. Pero es rico.

—¿Rocafort?

—Sí, me suena Rocafort, pero no sabría decirte. Allí hay cuero y hasta pescado en salazón, bacalao creo que es.

El moro desconocía el día de la partida, pero tenían prisa, de eso estaba seguro.

«Te joderé, Roger Puig», pensó Hugo de camino a las atarazanas. Quizá Juan el Navarro pudiera aportarle algún dato más. Estaban en marzo, en plena época de navegación. Pero cuando preguntó por él tuvo la desagradable sorpresa de enterarse de que había muerto. Se lo anunciaron... y confirmaron unos barqueros que trajinaban por delante de las atarazanas. «¡Al menos hace seis meses que murió!», dijo uno. «¡Quia! ¡Y un año hará!», terció otro.

Su madre y el Navarro, dos de las personas que más le habían influido durante su infancia, ya no estaban. Tampoco Mahir ni los demás judíos... En su lugar, él tenía una niña a su cargo, que llevaba su apellido. Y esclavos... ahora libres, y viñas, y era botellero. ¡Cuánto había cambiado todo! Le asaltó la nostalgia, y charló con los barqueros, de igual a igual, y departió con aquellos hombres de la mar en presencia de algunos muchachos, aprendices, que escuchaban con avidez sus historias, como la del naufragio de la *Santa Marta*. «¿Tú eras uno de los barqueros que cayó al mar!», exclamó luego, cautivado.

El genovés. El salvamento de aquellos dos barqueros caídos al mar en la tormenta mientras la galera se estrellaba contra el espigón de San Daniel. Se le erizó el vello, como a otros de los que estaban allí, en la playa.

—No termines la carta —pidió a Regina después de que esta hubiera transcrito cuanto le dictó acerca del viaje previsto por Roger Puig.

Entre Aliazar, los demás esclavos, algunas preguntas aquí y allá, en la playa, sobre todo a barqueros, marineros y *bastaixos*, terminó haciéndose una composición de lugar clara y exacta.

El barco con las mercancías de Roger Puig y Rocafort zarparía a primeros de abril a rebosar de mercancías que nobles, aventureros y soldados estarían ávidos por comprar una vez finalizada la guerra y la carestía. Levaría anclas de Barcelona cuando la armada del rey Martín ya hubiera abandonado Sicilia con destino a Cerdeña, donde el monarca tenía intención de recalar durante un par de meses. Los movimientos del rey, comentaba Hugo a Bernat en la carta, habían impedido que Rocafort y Roger Puig lograsen una escolta, puesto que la mayoría de las naves de guerra estaban a disposición de su majestad y el resto de los patrones deseaban olvidar la campaña de Sicilia y retornar a los negocios y al comercio. Por lo tanto, era de prever que navegaría en solitario, a lo sumo con alguna otra galera. Sin embargo, le informó, se trataba de una gran nave bayonesa, de dos puentes, un solo timón y un tonelaje superior a las mil botas que viajaría fuertemente armada y dotada de un buen contingente de soldados.

La judía, pluma en mano, sentada al escritorio de su esposo, interrogó con la mirada a Hugo, en pie a su lado. La carta era larga. La propia Regina le había proporcionado ideas. Sabía del odio de Hugo hacia los Puig; incluso lo compartía después de escuchar sus lamentos y tener que callar ante unos propósitos de venganza que para sí calificaba de quiméricos. Con todo, no sería ella quien le desengañase.

—¿Qué quieres añadir?

—No sé. Esto es… especial. Podría arruinar a Roger Puig. —Hugo dejó transcurrir un tiempo—. Deséale fortuna de mi parte —dijo al cabo.

Oyó el rasgueo de la pluma sobre el papel.

—¿Qué piensas? —le sobresaltó Regina, ya terminada la carta.

—Que me gustaría estar ahí.

—Estarás aquí. Tu señor —continuó con cierto cinismo— nunca se rebajará a mercadear. Permanecerá en su palacio, donde tú podrás disfrutar viéndolo colérico y rabioso al enterarse de la pérdida de su nave... y sus dineros.

Hugo lo imaginó: el noble ignoraba quién era y, por supuesto, no sabría que él había dado aviso a Bernat. Su criado también desconocía que lo había dejado tuerto. «Una situación complicada... sobre todo si me descubren.» Sonrió.

Regina, todavía sentada, el rostro alzado hacia él, sonrió a su vez. Hugo tuvo oportunidad de fijarse en su nariz, cuyas aletas vibraban de forma casi imperceptible como si quisieran renegar de esa sonrisa. Estaba alterada, aunque él ignoraba por qué. Ella sonrió aún más, pero la vio titubeante, nerviosa. ¿Deseo? Sus ojos lo llamaban. Él se situó a su espalda y apoyó las manos sobre sus hombros. Regina se quedó quieta; su respiración acelerada resonaba en la estancia. Hugo deslizó las manos por su cuello y las introdujo por debajo del escote hasta acariciar sus pechos. Regina suspiró. Él apretó. ¿Cuántas veces deseó tocar aquellos senos? Le besó una oreja. Ella agarró sus manos por encima de la camisa y apretó, guiándole. Hugo le mordisqueo el cuello y el lóbulo de la oreja. Regina lanzó un grito tan prolongado como apagado. Continuaron durante un rato, él la besaba y jugueteaba con sus pechos a la presión y al ritmo que ella le marcaba con sus manos, con sus suspiros. Al cabo, Regina pareció alcanzar el éxtasis con solo aquellos contactos, se desprendió de sus manos, se levantó y lo besó, con una pasión desconocida para Hugo. Luego le tomó de la mano, le recordó la carta, que cogió, y tiró de Hugo hasta el dormitorio, donde atrancó la puerta.

—¿Seguro que no vendrá nadie? —temió Hugo.

—¡Qué importa! —despreció ella mientras se desnudaba sin dejar de mirarle, con los ojos brillantes de deseo.

—¿Y si...?

—¿Y si te descubriera el tuerto o tu señor?

Hugo ni siquiera se lo planteó. Dejó de pensar a la vista del cuerpo de Regina, tal como tantas veces había fantaseado con él de muchacho: bello, firme, voluptuoso, sensual... Esa primera vez no llegó ni a quitarse la ropa; la montó con frenesí, casi con furia. Luego, sin embargo, ella le desvistió y repitieron, en esa ocasión ella encima, a horcajadas, exigiéndole más, más fuerza, más ímpetu. Le arañó el pecho y se inclinó sobre él hasta morderle los pezones. Gritó sin pudor, y Hugo encontró un nuevo placer en la mezcolanza de furor y deseo. Regina no se rindió y requirió una tercera vez, que consiguió después de permanecer un buen rato sobre él a gatas, mostrándose, girando y girando, adulándole, ronroneando, lamiéndole entero.

Hugo salió de casa de Regina aturdido. En su mano llevaba la carta lacrada para el mercader valenciano del Grao como si fuera a entregarla al primero con que se topase. No se explicaba qué había sucedido. No... No era capaz de recordarlo con serenidad. Todo había sido vertiginoso. Estaba en la calle ¡y todavía sentía a Regina encima de él..., debajo, sus urgencias aún ardientes en su recuerdo! ¿Tendría razón Barcha? Se sentía débil, tanto como para dejarse caer en una esquina a dormitar, pero también creía estar lleno, pletórico... o quizá vacío. Las piernas no le pesaban, como si contuvieran aire. Agitó los brazos; la misma sensación. Una anciana le miró. Él le sonrío. Podría contarle... ¡No! Regina era una mujer casada.

Buscó la calle de la Boquería para bajar hasta las atarazanas. Tenía que entregar la carta, que escondió entre sus ropas. Anduvo ajeno al griterío de la ciudad, absorta su mente en cuanto acababa de compartir con Regina: «¿Nunca soñaste con esto?», le había preguntado ella antes de despedirse de él, ya en la puerta de la casa. Y Hugo le dijo que no. Pero era mentira. Mil veces la había deseado y fantaseado con ella. Luego trató de escabullirse, como si se sintiese culpable por engañarla. Y Regina lo detuvo. «¿Todavía piensas en ella?», le preguntó.

¡Dolça! ¿Dónde quedaba Dolça? Regina iba íntimamente ligada a Dolça. Había transcurrido mucho tiempo desde su muerte, pero a menudo seguía evocando su imagen, que ya en ocasiones se tornaba difusa. Sin embargo, ya no se sentía culpable por traicionar su recuerdo.

Hugo le respondió finalmente que cada vez recordaba menos a Dolça, y Regina lo sorprendió diciendo: «Fue una gran mujer. No la olvides nunca».

Descendió hacia el mar por la Rambla al tiempo que trataba de sosegar su espíritu. Acababa de fornicar con una mujer casada y judía. Poco establecía la ley por yacer con una mujer casada: los juicios de Dios y la posibilidad de emparedar de por vida a la adúltera; el esposo no podía matarla, pero eran bien sabidos los indultos que concedía el rey a aquellos maridos que asesinaban a su esposa en caso de adulterio. Lo que no estaba penado era fornicar con mujeres judías; sí lo estaba al revés: si se encontraba a judío copulando con cristiana ambos eran condenados a la hoguera sin posibilidad de perdón. Eso mismo había llegado a echarle en cara Dolça el día en que se terció aquel tema: las relaciones entre un cristiano y una judía no constituían delito, no eran sino otra forma de sumisión de las mujeres judías hacia los cristianos. Hugo lo pensó mientras caminaba. Nadie consideraría sumisa a Regina, decidió con una sonrisa.

Llegó a la playa. El mar, agitado, le trajo a la memoria a su padre... y a su madre... y a Arsenda. Algún día tendría que presentarse ante mosén Pau. Aquel en que pudiera pagarle, decidió con un suspiro. Buscó a gente conocida porque necesitaba a alguien de confianza a quien entregar la carta.

—¿El valenciano? —le contestó un barquero—. No has tenido suerte —añadió ante la confirmación de Hugo—. Zarpó ayer mismo.

—¿Cuándo volverá?

Él mismo se dio cuenta de la estupidez de su pregunta antes incluso de que el otro se encogiera de hombros.

—Va a terminar noviembre y en diciembre, aunque sea navegación de cabotaje...

Se despidió y vio algunas barcas. No conocía ninguna. ¿Cómo enviaría al Grao aquella carta? Tenía miedo incluso de entregársela al valenciano. Después de tres envíos que le había confiado, no sería extraño que abriese alguna de ellas. De todas formas indagó. Ninguno de los laúdes atracados en la playa llegaría hasta Valencia. Uno se quedaba en Tortosa y los demás navegarían hacia el norte.

—¿Cuánto hay desde Tortosa hasta Valencia? —se le ocurrió preguntar.

—Unas veinticinco leguas.

—¿Y habrá algún barco desde Tortosa hasta Valencia?

—Es difícil saberlo —contestó el patrón al que se había dirigido—. Generalmente los hay, pero ten en cuenta que con la guerra contra el francés el comercio se resiente; faltan remeros, marineros y hasta carga. Los mercaderes no quieren arriesgar —añadió. Hugo estuvo tentado de discutírselo: conocía a uno que preparaba un gran cargamento—. Dicen que el de Foix ha salido de Cataluña para poner sitio a Barbastro, en Aragón. Los aragoneses le han hecho frente y el conde de Urgell le persigue con la caballería catalana. Si todo va bien en poco tiempo volveremos a trabajar como antes.

Hugo ni siquiera había previsto esa escasez de tiempo. Aquella carta tenía que llegar a Valencia cuanto antes. Se le pasó por la cabeza embarcar él mismo a Tortosa y allí buscar una solución. Y si no encontraba otro laúd, siempre podría recorrer las veinticinco leguas que la separaban... Pero estaban las viñas; las tierras requerían sus cuidados.

—¿Sucede algo, joven?

Hugo dudó.

—Tenía que mandar una carta urgente a Valencia —optó por revelar—. Un negocio de vinos...

—¿Y qué problema tienes? Mándala con un correo.

Hugo recordó la recomendación que le hiciera tiempo atrás Muntsó; podía mandarlas por correo, si bien preferían por barco.

—¿Un correo? —preguntó, más para sí mismo. Solo había oído hablar de los correos reales o de los de la ciudad. Abrió los brazos en señal de ignorancia—. ¿Un correo? —repitió.

—Sí. Los de la calle de la Bòria —explicó el patrón ante la expresión del otro—, donde los caldereros. Allí encontrarás un hostal autorizado para correos. ¿A Valencia has dicho? No tendrás problema. Siempre hay mucho movimiento de letras y documentos entre Barcelona y Valencia, tanto que la cofradía de los correos que está en el hospital de Marcus agrupa a los cofrades de Barcelona y a los de Valencia. Es la única cofradía que admite extranjeros que trabajan fuera de la ciudad.

—¿Y qué hay que hacer?

—¿Y tú pretendes mercadear con vino? —se burló el patrón—. Vas al hostal, entregas la carta y contratas a un correo para Valencia. Si es urgente y solo para tu documento, te costará muy caro. Si es común, de los que llevan misivas de otros comerciantes, te costará mucho menos. Todo depende, pues, de la urgencia que tengas, pero ya te digo que a Valencia son muy frecuentes.

—¿Y en Valencia...?

—Allí el correo entrega las cartas en otro hostal y el hostelero las reparte a las personas a las que van dirigidas.

Hugo se quedó mirando al patrón. No terminaba de decidirse.

—¿Y... y son fiables?

—Hijo, todo lo que tenga que ver con mercaderes y comerciantes es fiable... y por demás discreto, si eso es lo que te preocupa. Los correos de mercaderes los controla el Consulado de la Mar.

Remitió la carta. Tal como le había anunciado el patrón del laúd, al día siguiente partía un correo hacia Valencia. Al final se quedó tranquilo, más que en las ocasiones en las que había utilizado la vía marítima, y se dedicó a preparar el abono para las viñas: ceniza de sarmientos. Pidió ayuda a Romeu, quien le alquiló un esclavo joven a un precio desorbitado, y con él y Barcha empezó a abonar las vides de Jucef, cavando hoyos a los pies de las cepas para que el agua de las lluvias de invierno filtrase las cenizas. Barcha protestó débilmente; cualquier cosa que la alejara de la niña la malhumoraba.

Tras varias jornadas de trabajo se dedicaron a trasegar el vino. Aquel que permanecía en cubas se trasvasaba con facilidad puesto que la llave por la que brotaba se hallaba por encima del fondo del recipiente, donde quedaban las heces que se formaban en el proceso. La dificultad radicaba en trasegar el contenido en las grandes vasijas de arcilla porque los movimientos bruscos hacían que las heces volvieran a mezclarse con el vino.

En ellas, en las vasijas, fue donde se volcó Hugo. Necesitaba que aquel vino estuviera limpio de impurezas y se mostrase traslúcido al bebedor. Trabajó con paciencia, lentamente y con tranquilidad, lo cual le proporcionó tiempo sobrado para estremecerse con solo pensar en Regina: en la posibilidad de que volvieran a yacer juntos, en el temor de que todo hubiera sido tan solo un capricho de la judía. Le angustiaba no poder prever qué sucedería la próxima vez que la visitase... Quizá ni siquiera le dejasen entrar. La servidumbre debía de haber oído los gritos de placer de Regina. La visión de un esposo indignado se apareció en la mente de Hugo, pero la apartó y desvió la atención hacia Barcha, que controlaba al esclavo. ¿Qué diría la mora si se enteraba de su relación con Regina? Ya no le traía pretendientes a la masía, pero eso no significaba que con cierta regularidad no le recordara que había de contraer matrimonio con un buen partido, recalcaba, con una muchacha joven que aportase una dote considerable. Y mientras tanto él pensaba en yacer con una judía que contaba casi su misma edad. Barcha le devolvió la mirada como si supiese lo que pensaba, pero no dijo nada, Hugo sonrió para sus adentros. Al menos la presencia de la niña había logrado suavizar el carácter de la mora. Quizá solo por eso ya había merecido la pena quedársela, se dijo, aunque en el fondo reconoció que las risas de la pequeña Mercè sosegaban su espíritu.

Mientras tanto todavía tenía que resolver el asunto del vino prometido al mayordomo de Roger Puig. Quedaban dos meses para febrero y no disponía ni del excelente vino ni mucho menos del dinero. El recuerdo del rostro del tuerto interrogándolo desde la galería de la planta superior del palacio desapareció tan pronto como Hugo cogió una de las vasijas que contenían el tinto de Vilatorta; con ellas no podía tener la mente en otra parte y descuidarse.

Llamó a Barcha y al esclavo para que le ayudasen. Pretendía mantener envejeciendo aquel vino durante al menos cuatro años. Ese era el tiempo que se había fijado, el mismo que, según Mahir, transcurría hasta que los monjes del monasterio de Banyoles consumían sus excelentes caldos. Engañaría a Roger Puig con parte de la producción de Vilatorta, pero el resto lo guardaría en la bodega para que envejeciese. Debía trasegarlo primero para separarlo de las heces y después aclararlo para liberarlo de cualquier impureza que flotase en él. Mientras Barcha se ocupaba de ello Hugo empezó a preparar una pasta compuesta de arena fina y huevos de la que, una vez trasegada cada tinaja, echaría parte y la removía con el preciado líquido. Ya solo cabía esperar que la arena y los huevos se decantasen hasta el fondo, arrastrasen las impurezas y dejaran tras de sí un vino limpio y transparente. En los tintos, le había explicado Mahir, se usaba todo el huevo, clara y yema, pero en los blancos la yema coloreaba el vino, así que se desechaba. Ya trasegado y clarificado, Hugo llenaría las tinajas limpias hasta el borde de la boca, lo más arriba que pudiese, y las cerraría de forma que no entrase el aire. Luego las mantendría en reposo en el lugar más fresco de la bodega, en espera de un nuevo trasiego.

Las tinajas con las heces, siempre cubiertas del vino suficiente para que no se corrompiesen, se mantenían apartadas hasta la cosecha siguiente, en la que los caldos jóvenes, una vez habían hervido tumultuosamente en el lagar, continuaban haciéndolo, lentamente, con aquellas «madres del vino».

Durante esos días de trabajo intenso fueron a buscarle del palacio de Roger Puig porque se habían quedado sin existencias. Solo les había provisto de la malvasía para los encuentros de las señoras, pero los demás necesitaban beber y no iban a esperar hasta febrero. Hugo compró vino tinto sin salir de Barcelona; el mismo para todos. No quiso adquirir aguapié, aquel de baja calidad que se proporcionaba a esclavos y criados, y que no era más que el resultado de añadir agua al segundo o tercer prensado del hollejo de la uva una vez pisada. También le vinieron a buscar de casa del médico Mosé Vives ya que necesitaban *aqua vitae* con urgencia. No le pidieron que la preparara con ninguna hierba en especial; sólo debía llevar el *aqua vitae*, dijeron.

Hacía tiempo que no la elaboraba sin hierbas o especias; si no era trementina, eran ceras, o aceite de rosas o goma. También azafrán; jengibre; almizcle; esperma de ballena... De todo le había añadido Hugo. En esa ocasión las gotas transparentes y puras que se precipitaban desde el serpentín del alambique le recordaron al perro calvo durante el viaje a Gerona. Juan Amat no acabó muriendo entonces por beber la mezcla del vino y el aguardiente, más bien al contrario. Le había gustado: estaba fuerte, decía, delicioso... ¿Estaba fuerte? «El vino debe ser fuerte y oloroso», sostenía Eiximenis, el monje erudito que escribía bajo la protección del rey Juan. Incluso había quien los prefería acuosos en lugar de espesos como lo eran los del Rosellón.

Se mojó los labios con el *aqua vitae*. Le ardieron, pero no mataba. Mahir le había explicado que mataba la quintaesencia, la tercera, quizá la cuarta y, por supuesto, la séptima destilación, «el agua perfectísima», según Ramon Llull. Él mismo había bebido *aqua vitae* tras los rechazos por parte de Dolça. Lo hizo a tragos entonces. En esta ocasión, no obstante, bebió un sorbo de la primera destilación. El líquido le arañó la garganta y el estómago. Al tercer sorbo notó calor en el cuerpo y una ligera sensación de mareo. ¡Era maravilloso!

Antes de dirigirse a casa de Regina con el *aqua vitae* fue en busca de Jofré Desplà, el corredor de vinos al que hacía poco le había comprado la última partida de vino tinto para Roger Puig.

—Vino clarete —le encargó ahora—. Ligero, el más ligero que encuentres.

Jofré arrugó el rostro.

—El más barato —insistió.

—No sabrá a nada —replicó el corredor—. En febrero podré encontrarlo, sí, pero…

—¿Barato?

—Costará más el transporte que el vino.

—Ese es el que quiero.

Hugo pidió el doble de lo que preveía entregar a Roger Puig. Cerraron el trato y la comisión que Jofré cobraría.

—Hugo, tú elaboras el mejor de los vinos de Barcelona, ¿puedo preguntarte para qué quieres ese clarete repulsivo?

—Para engañar a los ricos —le contestó el otro de sopetón.

—¡Ah! —Ambos se quedaron un buen rato en silencio—. Yo no me veré inmiscuido en esos manejos, ¿verdad?

—No si me guardas el secreto. Pero si alguien se entera, diré que has sido tú.

—Me lo estás poniendo difícil.

—Ganarás mucho más dinero, Jofré.

La promesa de beneficios fue más que suficiente para que el corredor se pusiera en marcha. Las zonas altas y frías de Cataluña, Valencia o Aragón producían caldos de bajísima calidad, vinos que hervían a duras penas, que no se conservaban más allá de algunos meses y que carecían de cuerpo… y de alma. Vinos en los que ciertamente era superior el coste en transporte que el de la materia prima.

Diciembre trajo a Roger Puig de regreso a Barcelona. Poco después de Navidad, el conde de Foix huyó de Aragón, donde llegó a plantar batalla tras ser expulsado de Cataluña, y se dirigió a Navarra para cruzar hasta sus tierras. Los refuerzos que esperaba de Francia se vieron detenidos en los valles de Arán y de Andorra. Las gentes de Aragón defendieron con valor sus plazas, y el conde de Urgell al frente de la caballería catalana, con Roger Puig destacando entre ellos, no cesó en sus ataques al ejército del francés.

Por Navidad, Hugo surtió de piment a la bodega de palacio. Se trataba de un vino blanco especiado que no podía faltar en las mesas pudientes durante las fiestas, aunque en el momento en que se supo que volvía Roger Puig, sumando honores a los que le habían acompañado a su vuelta de Sicilia, el joven se presentó con una cuba de vino de Vilatorta y negoció con Esteve un buen precio.

—¿Solo una cuba? —preguntó el mayordomo.

—Solo tengo esta —mintió—. El resto debe envejecer. No le gustaría a tu señor.

—Nuestro señor.

—Pues eso.

No faltaría vino en el palacio de Roger Puig. Durante diciembre, con la ayuda de Jofré, Hugo se dedicó a llenar la bodega: vino griego, dulce, de una partida llegada de Cerdeña; vino tinto viejo, del Rosellón, espeso y fuerte; otro tinto no tan fuerte, algo más claro, de Martorell; vino blanco, joven, aunque también del que llamaban maduro, no tan viejo.

En cuanto a Hugo, él no bebió piment, sino que abrió una tinaja del mejor Vilatorta que tenía. Dolça regresó a su recuerdo: aquel era su vino, el que le prometió su abuelo, el que él mismo propuso elaborar. Alzó su copa y brindó con Barcha y Apolonia, el ama de cría de Mercè, todas ellas sentadas a la mesa con él. Las dos mujeres brindaron con timidez, aunque luego bebieron con avidez. Hugo rió. La mesa rebosaba: hortalizas y carne de cordero que Barcha había guisado con salsa especiada; vino de Vilatorta, de aquel que deseaban los nobles y no conseguían, y pan blanco de trigo candeal, todo un festín con el que quiso celebrar la Navidad, la excelente cosecha y el vino que terminaba ya de hervir en la bodega. Lo había catado y era magnífico.

Desmigó un trozo de pan blanco, hizo una bola que empapó en el vino de Vilatorta y se la introdujo en la boca a Mercè, que estaba sentada en el regazo de Barcha, a su lado. Hugo y las dos mujeres permanecieron pendientes de la reacción de la pequeña, que torció el gesto y escupió la miga.

—¿Qué pensabas? —saltó la mora—. ¿Acaso creías que la niña...?

—Hay que acostumbrarla.

—¡No tiene ni un año!

Hugo hizo caso omiso de la reprimenda de Barcha. Preparó otra bola de miga de pan y volvió a empaparla en vino. La acercó a los labios de Mercè mientras las dos mujeres lo miraban con atención e insistió. Al final Mercè abrió la boca y, tras saborearla un rato, la tragó. Hugo la miró en silencio. La niña permaneció callada, como si supiera de la importancia de aquel momento.

—¿Ves? —le dijo el joven a Barcha.

En febrero le llegó el vino que había encargado a Jofré: un par de grandes botas llenas de un clarete de pésima calidad. En cuanto lo tuvo en su bodega, se puso a trabajar, si bien no había previsto la cantidad de *aqua vitae* que necesitaba, y se impacientaba ante la lentitud con la que salía el espíritu del vino por el serpentín: un hilillo que iba a caer al interior de la cuba; cuanto más delgado y fino fuera aquel chorrito, mejor sería el *aqua vitae*. En la planta baja, donde el establo, prolongó las jornadas de trabajo hasta bien entrada la madrugada. Durmió poco, tan poco que pidió a Barcha que estuviera atenta a que no cayera rendido mientras manipulaba el alambique. La mora se ofreció a sustituirle si le enseñaba. Hugo se lo agradeció, pero le aseguró que era imposible ya que la experiencia resultaba imprescindible para controlar la intensidad del fuego que calentaba la caldera, donde hervía el vino, y el funcionamiento del alambique hasta que el espíritu se evaporaba y, al pasar por el serpentín, volvía a convertirse en líquido. Había que haber trabajado mucho con el *aqua vitae* para separar las calidades del hilillo que surgía por el serpentín: primero salía aire y luego flema que debía desecharse; conforme el *aqua vitae* iba perdiendo espíritu y terminaba otra vez en flema, los restos requerían de una segunda destilación. El olor, el sabor, incluso la vista cuando se trataba de comprobar si existía algo de llama azulada, indicaban a Hugo los tiempos de la destilación. No, la mora no estaba capacitada; sería capaz de emborracharse, como hizo el día de la orina y los *bastaixos*, o de acercarse al alambique con una tea encendida y hacer que todo estallase. No obstante, Barcha permaneció días enteros junto a él, ayudándole, pendiente del más mínimo detalle.

Hugo empleó parte del clarete de Jofré para destilarlo. Tenía poco cuerpo y menos sabor, pero disponía de tal cantidad que no tendría problema alguno. Sin embargo, a medida que destilaba *aqua vitae* las dudas le asaltaban. A excepción de la ocasión en que lo preparó para el perro calvo, y las otras en que lo hizo él mismo, nunca se había mezclado vino con *aqua vitae* si no era en ínfimas proporciones para usos medicinales: aquella cáscara de avellana que prescribían los médicos. Los vinos como el clarete de Jofré se reforzaban mezclándolos con otros más fuertes o, tal como le contó Mahir, añadiendo al mosto durante la fermentación el resultado de la cocción de vinos de mejor calidad. Los caldos así reducidos conservaban el nombre con el que los romanos los habían conocido: *sapa* y *defrutum*, según se hubieran reducido a la mitad o a los dos tercios de su volumen original. Él iba a mezclar el clarete con *aqua vitae*. Y temía que alguien lo descubriera. Con todo, se tranquilizó pensando que eso era imposible, ya que nadie conocía el sabor del *aqua vitae* y menos aún si se había mezclada con vino en las proporciones en las que tenía previsto hacerlo Hugo.

No, trataba de convencerse, era imposible... Sin embargo, el temor no desaparecía por completo. Resopló y se le encogió el estómago ante la imagen de un Roger Puig enardecido por la burla, el tuerto detrás de él, o por delante, los dos buscándole para escarmentarle. Resopló de nuevo antes de catar el líquido que caía del serpentín. Todavía faltaba un buen rato hasta que perdiera todo el espíritu. Hizo un nuevo intento por calmarse.

En cualquier caso tampoco tenía otra salida, se dijo al cabo de más de dos semanas de trabajo. Claro que podía pedir un préstamo sobre el vino almacenado en la bodega, o venderlo por adelantado o volver a desprenderse del de Vilatorta. Pero no lo haría. Confió en Barcha para una tarea, la de trasegar el clarete de las dos botas grandes a una serie de cubas mucho más pequeñas y manejables, aunque, como él ya había imaginado, la mora acabó borracha más de un día.

Hugo se dirigió ahora a una de esas cubas y la destapó. Tenía que ser muy preciso. Probó el clarete y su sabor le recordó al aguapié de los esclavos. ¿Por qué endeudarse para complacer a Roger Puig pudiendo engañarle?, reflexionó mientras preparaba una medida de *aqua vitae*. Durante un día entero mantuvo la mitad de esta macerándose con peras y un punto de canela; las peras crecían en el huerto, pero la canela era muy cara. Pasado ese tiempo la probó. El líquido había absorbido los sabores, el de la pera escondido tras un deje que él bien sabía que era a canela. No le preocupó que hubiera perdido algo de su transparencia porque lo vertió en la cuba de vino. Mientras lo removía pensó que si Bernat pretendía abordar el barco de Roger

Puig y quedarse con sus mercaderías, él también le robaría tanto como pudiera. Probó de nuevo el clarete. Había ganado en fuerza, y el olor penetrante del *aqua vitae* desaparecía entre el del propio vino, la pera y la canela en una mezcla que quizá tenía algo de empalagosa. Rectificó con *aqua vitae* pura, sin macerar. ¡Roger Puig era un hijo de puta, sobrino de otro hijo de puta que había asesinado a micer Arnau! Y ese canalla había ordenado que le dieran una paliza frente al cadalso, delante de aquella vieja babeante y asquerosa. Y luego había tratado de encarcelarlo en su castillo, y no lo consiguió gracias al genovés y al duende de los barcos, pero por su culpa acabaron por echarlo de las atarazanas, y entonces mandó en su busca al tuerto... «Aunque en aquel tiempo no lo estaba», pensó Hugo riéndose antes de volver a catar el vino. Fue probando, esforzándose por recordar los pasos para repetirlos con las demás cubas. Ahora un poco de *aqua vitae* macerada; ahora un chorrito de pura, hasta que la mezcla le satisfizo a tal punto que incluso le pareció bueno. Dio otro trago. Sí, era excelente, y fuerte, como tenían que ser los vinos de calidad. No debía tener el menor cargo de conciencia por engañar a Roger Puig. Merecía que lo envenenaran... Era una idea tentadora.

Hugo escrutó el rostro de Jofré mientras este cataba el vino. Era un corredor, tenía paladar y entendía, aunque a buen seguro nunca había probado el *aqua vitae*. Jofré paseó el vino por su boca antes de tragarlo y mirar a Hugo con el ceño fruncido. No dijo nada. Repitió.

—¿Este es el clarete que yo te traje?

—Sí.

—¿Engañar a los ricos? ¿Con qué vino lo has mezclado, Hugo? ¡Habrás estropeado un vino de calidad para hacer esta mezcla! De esta forma no se engaña a nadie.

—Eso es cosa mía —arguyó.

—No logro entenderlo. Para qué querías vino malo, ¿para disponer de mayor cantidad? Porque de no ser así...

—No te preocupes, Jofré. ¿Cuántas cubas quieres?

Cerró un buen acuerdo con el corredor. El éxito radicaba en esconder en lo posible el olor y el sabor penetrante del *aqua vitae*, pensó mientras seguía a los *bastaixos*, que cargaban las cubas con destino al palacio de Roger Puig. Y lo consiguió, hasta el punto que Jofré parecía airado en la creencia de que Hugo había arruinado un buen vino mezclándolo con aquel clarete. Ya sin miedo al fracaso tras la reunión con el corredor de vinos, Hugo acudió al escritorio del arrendador de los impuestos del vino y declaró las cubas que pretendía entrar en Barcelona para Roger Puig. Debía satisfacer el impuesto antes de que los *bastaixos* lo transportasen, pero alegó que no tenía dinero, que él solo era el botellero de Roger Puig, en quien en definitiva recaía la obligación del pago. Hubo dudas, se realizaron un par de consultas por parte del oficial del arrendador del impuesto, hasta que la identidad del destinatario convenció al oficial de que sería preferible cobrar directamente al noble y no estorbar con mayores inconvenientes.

Hugo supuso que el vino había gustado porque al cabo de unos días Esteve, el mayordomo, pagó sin oposición alguna el resto del precio que se inventó. Hugo contaba los dineros cuando el otro le sorprendió.

—El señor desea verte.

No contestó, pero se había descontado. Empezó a contar de nuevo.

—¿No me has oído? —insistió Esteve con gravedad.

Hugo dejó de contar e introdujo los dineros en la bolsa.

—Te he oído. ¿Para qué quiere verme?

—¿Crees que me da algún tipo de explicación?

—¿Le gustó el clarete? —indagó Hugo.

—Parece que sí. Has tenido suerte. Roger Puig es muy exigente con los vinos. —Hugo no pudo reprimir una mueca que no pasó desapercibida para el mayordomo—. ¿Insultas a su señoría?

—No —se arrepintió el otro con rapidez—. Pero eso que has dicho de la suerte me ha hecho gracia. He trabajado mucho para obtener un vino de tanta calidad.

—Poco me importa. Sígueme.

Subieron a la primera planta y accedieron a un recibidor, donde Esteve, después de golpear con delicadeza exagerada en una puerta, entró en una estancia. Con un gesto indicó a Hugo que se quedase fuera, aunque al poco salió para decirle que esperara. Hugo suspiró e hizo ademán de sentarse en una silla de madera taraceada estrecha y con el respaldo muy alto.

—¡De pie! —gritó Esteve, si bien al instante se arrepintió de haber alzado la voz—. Quieto y en pie —mascculló antes de dejarlo allí.

Transcurrió un buen rato. Hugo fue consciente del paso del tiempo porque con el avance del sol las sombras fueron deslizándose por suelos y fachadas. Terminó hastiado de mirar aquella dichosa silla, así como un par de arcones que tenía cerca y hasta el tapiz con un Sant Jordi inmenso que colgaba de una de las paredes de piedra. Finalmente se sentó, se apoyó en el respaldo alto y vio pasar al servicio: criados y esclavos, Caterina incluida, bellísima, quien excusó su silencio con una fugaz sonrisa. Todos cruzaban la otra puerta, una segunda a la que se abría el recibidor en el que Hugo desesperaba. Nadie entró ni salió de la estancia a la que Esteve había accedido. Hugo se levantó y se acercó hasta arrimar la oreja a la madera también taraceada de la puerta, pero no logró oír sonido alguno. Abandonó el recibidor y se asomó a la galería. Desde aquel lugar privilegiado con sus esbeltas arcadas ojivales contempló a la gente que trajinaba en el patio, corriendo de un sitio a otro. Al percibir sus miradas de reojo hacia arriba, hacia la galería de los señores, albergó una sensación que bien podía ser de poder. Se preguntó si era aquello lo que sentían los nobles.

—¿Qué haces aquí?

Se volvió para darse de bruces con el tuerto.

—Llevo mucho tiempo de espera…

—No es tu lugar.

Hugo trató de esquivarlo, pero Mateo le cerró el paso, rostro contra rostro.

—¿De dónde has obtenido ese vino? —le escupió.

Hugo hizo por no amilanarse y se esforzó por soltar algo que debería haber sonado como una carcajada.

—¿De eso se trata? Ya te lo dije: de Artés.

—¡Mientes! —le acusó el tuerto.

—Déjame en paz.

Intentó zafarse del criado, pero este no se lo permitió. Hugo lo empujó. Mateo lo agarró del cuello. Hugo se liberó de un manotazo antes de quedarse quieto al notar la punta de un cuchillo en el vientre.

—No juegues conmigo —le amenazó Mateo—. No me conoces.

Estaba indefenso, totalmente a su merced. Aquel hombre parecía capaz de hincarle el cuchillo. Pero Roger Puig le esperaba. Desde donde Hugo estaba podía ver la puerta abierta.

—No pretendo jugar contigo —trató de calmar al tuerto.

Reculó hasta que topó con la baranda de piedra, en un vano intento por liberarse de la presión del cuchillo. Si aquel malnacido lo mataba, Roger Puig defendería a su criado; confiaba en él, lo necesitaba más que a un simple botellero. Quizá simplemente lo arrojase al patio fingiendo un accidente. Agarró la muñeca que empuñaba el arma. Forcejearon. Hugo presintió que, si cedía, el tuerto le clavaría el puñal.

—¡Caterina! —gritó entonces.

Fue un instante: aquel en el que Mateo volvió la mirada para descubrir el engaño. Un instante que Hugo aprovechó para empujarlo y apresurarse a entrar en la estancia en la que se encontraba Roger Puig mientras el tuerto corría tras él.

—¿Queríais verme? —se presentó al noble.

Se encontraba en una sala larga con ventanales emplomados. Al final de ella, el conde estaba sentado en una silla frente a un escritorio adosado a la pared.

Roger Puig levantó la vista de unos documentos y se sorprendió.

—¡Ah, sí! —dijo después—. ¿El botellero?

Hugo asintió. Miró hacia atrás y vio que Mateo se movía inquieto en la antesala.

—¡Excelente vino! —dijo el conde, alabando el clarete con *aqua vitae*—. Toma —añadió a la vez que lo gratificaba con unas monedas menudas.

Hugo no tuvo más remedio que admitir su generosidad. Y además mostrarse reconocido.

—Gracias, señor..., señoría —dijo con voz queda tras inclinar la cabeza como un vulgar criado.

Roger Puig le indicó con un gesto displicente de la mano que saliera. Hugo dio los dos primeros pasos hacia atrás, de espaldas a la puerta, y dudó si tenía que hacer una reverencia. Pero, dado que ignoraba cómo se hacían, ni siquiera lo intentó, y se volvió para encararse hacia la puerta cansado de que el noble, sentado a su mesa, ni le mirara.

«Algún día me vengaré», murmuró airado para sus adentros sin preocuparse por la presencia del tuerto, con el que se topó de bruces en la antesala. No llevaba el cuchillo; quizá la cercanía de Roger Puig se lo impedía. Hugo le empujó con fuerza. El otro no lo esperaba y cayó al suelo llevándose por delante la silla de respaldo alto.

—¿Qué es ese escándalo? —gritó Roger Puig desde su escritorio.

—Nada, nada —contestó Hugo asomándose de nuevo—. Vuestro criado, que se ha caído cuando acudía a deciros algo.

—¡Pasa, Mateo!

Hugo adelantó la mano derecha hacia el interior de la estancia indicando al tuerto un camino que este no pudo dejar de seguir.

—Perro —mascculló Mateo cuando pasaba al lado de Hugo.

—¡Cabrón! —susurró él.

Hugo abandonó el palacio. ¡Menuda miseria! Esas eran las gratificaciones que los grandes daban a sus sirvientes, y él prometiendo a los curas…

—Es todo lo que tengo —se excusó con mosén Pau después de que este le revelara el convento en el que se encontraba su hermana: el de Santa Isabel de Clarisas, en Valencia.

—No es lo que me dijiste que me entregarías…

—Padre, no tengo más. Si consigo algún dinero… ¿Sabéis si Arsenda está bien? —se atrevió a preguntar.

—¿Qué te hace pensar que no lo esté? —contestó el cura con brusquedad—. Sirve a Dios.

14

Hugo recibió de Bernat una bolsa con mucho dinero. Gabriel Muntsó volvió a entregarle otra en encomienda para Santa María de la Mar. Ocultó al mensajero el robo cometido por el esclavo búlgaro, pero sobre todo calló que mosén Pau le había comunicado que ya no rezaría más por Bernat, que no podía hacerlo por quien se ensañaba con tanta crueldad en una nave catalana y por encima de todo en sus soldados y marineros.

Hugo supuso que el sacerdote estaba enfadado por los pocos dineros que le había entregado en el asunto de Arsenda, aunque razón llevaba el religioso, porque si bien era cierto que Bernat cumplió su palabra de no matar a las tripulaciones de los barcos que asaltaba, con la del barco bayonés de Roger Puig y Rocafort faltó a lo comprometido y se ensañó en la marinería. Contaban que el combate fue tan cruento que, a su término, el corsario ordenó colgar de las entenas, cabeza abajo, al patrón, al piloto y a los oficiales, lanzó al mar a los demás supervivientes y prendió fuego al barco. Solo se salvaron un par de grumetes jóvenes a los que liberó para que hablaran de una hazaña que habría de magnificarse de boca en boca. Todo lo había hecho bien Bernat, se vio obligada a admitir la gente de la mar: situó a sotavento a un enemigo dispuesto a luchar, con el sol a la espalda largó todo el aparejo y la chusma bogó con fuerza inusitada. Abordó la nave catalana magistralmente, pues su proa impactó a gran velocidad contra la amura de la otra en un ángulo de cuatro cuartas; el espolón realzado de la galera corsaria dañó irremisiblemente la contraria. Luego, durante la pelea entre marineros y corsarios, mientras aquellos, torpes y acobardados, trataban de recordar sus experiencias para salvar la vida, los otros actuaban instintivamente, tal como acababan de luchar hacía una semana o dos a lo sumo, temibles, ávidos de botín, indolentes ante la muerte.

El ataque supuso una queja más contra Bernat por parte de las autoridades catalanas frente a las castellanas, quienes reclamaban la correspondiente reparación. Cataluña y Castilla no se hallaban en guerra, por lo que el corso de naves castellanas contra catalanas no debía permitirse en las patentes concedidas por el rey de Castilla. Sin embargo, eran muchos los corsarios vascos que, con patente castellana, atacaban a los barcos catalanes sin que hubiera represalia alguna.

Hugo también se quejó ante Muntsó.

—Me prometiste que respetaría a los marineros.

—Y así ha sido. Pero los de esta nave no se rindieron. El combate fue duro.

—Pero me dijiste...

—¿Cómo podías ignorarlo? ¡Lo sabías! —le recriminó el otro—. No puedes esperar que no haya muertos o heridos en un combate naval.

Hugo asintió al cabo de unos instantes. Pero Bernat... ¡Era casi lo único que le unía con su pasado! ¡El hijo de micer Arnau!

—Cierto —reconoció ante Muntsó—. A pesar de todo confiaba en que Bernat... Si no le hubiera proporcionado todos esos datos, no habrían muerto tantos marineros.

Muntsó soltó una carcajada.

—¿Acaso crees que eres el único espía que tenemos? ¿Te parece que fiamos nuestro corso y nuestros beneficios a que tú nos mandes información? —se burló Muntsó—. No seas engreído. Ya sabíamos de la empresa de Roger Puig. Esa cantidad de mercaderías, las compras, los preparativos no pasan desapercibidos para nadie. ¿Sabes por qué te dije que mandaras tus cartas a través de barcos de cabotaje?

—¿Ellos lo son también?

—Alguno. Por ejemplo, el que tenía que llevarte hasta Valencia con tu novia judía.

—¿Cómo...!

—Sabemos muchas cosas, Hugo. Los espías están por todas partes.

—En ese caso —aprovechó Hugo para interrumpirle—, no creo que a Bernat le importe que yo deje de serlo.

Muntsó lo pensó.

—Dejar de ser espía es difícil, porque cabe sospechar que de ahí a la traición hay un solo paso. Pero tú eres diferente. Bernat te aprecia, dice que le ayudaste, a él y a su familia. En fin, quizá por esa misma razón no creo que desconfíe de ti.

Cada uno de los gritos de Roger Puig producía en Hugo sentimientos encontrados. Algunos le trasladaban al Pla de Palau, frente al cadalso donde ejecutaron a micer Arnau, la voz con la que aquel miserable ordenó que le pegaran; otros, sencillamente, le hacían sonreír. «¡Jódete, cabrón!», lo maldecía. Y en ocasiones lamentaba las muertes de los marineros catalanes. Conocían la reputación de Bernat, deberían haberse rendido en lugar de presentar batalla... Salvo que las órdenes del necio de Roger Puig fueran otras. Muntsó le descargó de algo de culpa al decirle que no era el único espía que tenían. Aun así, no podía tener la conciencia del todo tranquila. Pidió a Regina que le escribiera una nueva carta.

—La última —le anunció.

Se trataba de una misiva breve.

—«Estos dineros —dictó a Regina— son para repartir entre los familiares de los marineros muertos en el asalto a la nave...» ¿Cómo se llamaba? No lo sé. Da igual. Escribe: «... la nave fletada por Roger Puig y que el corsario Bernat Estanyol atacó».

—¿Hay dinero de por medio entonces? —preguntó Regina.

—Sí —reconoció Hugo por primera vez—. ¿Quieres?

—No lo necesito... siempre que siga teniéndote a ti.

También en esa ocasión hicieron el amor de una forma brutal, salvaje, como exigía la judía.

Al anochecer de ese mismo día Hugo simulaba rezar en la iglesia de Santa María de la Mar. «¿Por qué aquí?», se preguntó. Repicó la campana del castillo del veguer tocando el *seny del lladre* y los fieles que todavía quedaban en el interior empezaron a retirarse. Quizá porque era esa iglesia a la que Bernat pretendía beneficiar, quizá porque era la de los marineros, o la de micer Arnau, o aquella a la que él acudía con sus padres primero y luego con su madre... o porque era la iglesia del pueblo, de los ciudadanos de la Ribera de Barcelona.

Hugo se escondió tras la gran pila bautismal que era el antiguo sarcófago de santa Eulalia mientras el silencio se adueñaba del templo. De cuando en cuando algún sacristán, en ocasiones vigilante, en otras apático, recorría la nave central y las laterales, con sus capillas. Muchas de las velas de estas últimas estaban apagadas, pero el altar mayor, allí donde se encontraba la pequeña imagen de la Virgen de la Mar, se hallaba rodeado de numerosos y hermosos candelabros de hierro forjado, algunos de ellos con puntas, brazos o vasos para contener casi un centenar de cirios encendidos que titilaban en la noche.

Hugo, al otro extremo, se quedó extasiado ante aquel semicírculo acotado por decenas de velas que iluminaban a la Virgen, en el centro, y, por detrás de ella, a las ocho esbeltas columnas que cerraban el círculo y parecían alzarse sin fin, sus extremos perdidos en la oscuridad del ábside, tan alto que era imposible que llegara a él la luz de los cirios. Pensó que era como un islote luminoso, rutilante, rodeado de oscuridad, igual que una galera que arribaba en la noche cabeceando sobre un mar negro, una nave reluciente con los hachones encendidos.

No oyó los pasos de ningún sacristán y cruzó confiado la iglesia sin desviar la mirada de la figura de la Virgen. Superó la línea de candelabros que delimitaba el altar mayor y se aproximó. Era la primera vez en su vida que estaba tan cerca. La pequeña imagen de la Virgen con el Niño se montaba sobre una coca catalana y esta a su vez sobre un pilar, para que el conjunto dominase a la feligresía. Hugo rozó con los dedos la nave y luego los pies de la Virgen. En el barco encajó la nota que Regina había escrito para él y junto a la base del pilar depositó las dos bolsas de dinero, la que Bernat mandaba para ensalzar a la Virgen y la que aquel le había hecho llegar como pago por su información.

¿Se liberaría con esa acción de la culpa por la muerte de tantos catalanes? Miró a la Virgen y se santiguó. «Lo siento», murmuró. No tenía tiempo para rezar. Rodeado por decenas de velas encendidas, el ambiente de la capilla se le antojó irreal: el olor a cera y a especias, el calor, el humo que desprendían… Creyó marearse y se apartó con intención de volver a su escondite. Superó la barrera de velas y miró de nuevo a la Virgen, una imagen algo difuminada que parecía haber cobrado vida a través de la cortina de calor que ascendía de las velas y que hacía temblar el aire a su alrededor. «¿La ves sonreír?», le preguntaba siempre micer Arnau. Hugo se fijó en sus labios también en ese momento. Parecían moverse. Y sí... ¡sonreía! Quiso creer que la Virgen de la Mar lo perdonaba.

Se escondió de nuevo tras el sarcófago de santa Eulalia. No tuvo que esperar mucho, pues el sacristán que efectuó la nueva ronda se percató del papel que tapaba parte del barco en cuanto miró hacia el altar mayor. Hugo lo observó mientras lo cogía, lo leía y luego se agachaba para hacerse con las bolsas, que sopesó antes de volverse, como si buscara a alguien en la iglesia. El hombre abandonó apresuradamente el templo con carta y dineros. Hugo pretendía dormir allí mismo, o no hacerlo, pero el sacristán regresó junto con uno de los párrocos. Luego aparecieron más personas, como si se tratarse de un milagro. En la oscuridad y el barullo, Hugo aprovechó para escabullirse, no sin antes despedirse con la mirada de la Virgen de la Mar.

En el palacio de la calle de Marquet la tensión y la ira parecían brotar de las mismas piedras del patio de entrada para colarse por huecos y rendijas e inundar todas las estancias.

Roger Puig continuaba gritando. Familiares, sirvientes y esclavos se deslizaban de un lado a otro en silencio. No se oía risa alguna, ni charla ni comentario, solo las voces airadas del noble rebotando contra las paredes de la casa. Hugo se esforzaba por borrar la sonrisa de su semblante y mantener la seriedad de los demás, hasta que una mañana, cuando dejaba la bodega, se topó con Caterina que entraba en el palacio. La joven tenía el rostro abotargado, los labios partidos e hinchados, y uno de los ojos amoratado. Fue a preguntarle, pero Mateo, que apareció a su espalda, se lo impidió.

—Continúa —exigió el tuerto a la muchacha tirando de ella—. ¿Tú qué miras? —gritó a Hugo antes de adentrarse en el patio.

Hugo prefirió no decir nada; solo conseguiría que la maltrataran más. Sin embargo, cuando pasó por su lado le pareció que Caterina tenía el vientre abultado. No transcurriría un mes antes de que el embarazo de la joven fuera notorio para todo aquel que la viese andar con dificultad por la galería.

Esa misma mañana rezó por Caterina en Santa María. Desde la

noche de la carta y los dineros acudía con mayor frecuencia a la iglesia de la Virgen de la Mar, y la culpa por la crueldad de Bernat se fue diluyendo en oraciones y excusas consigo mismo.

Por lo demás... ¡era feliz! Las viñas, el vino... todo iba bien. Incluso la presencia de Mercè le alegraba al llegar a casa. Había cobrado una buena cantidad de Roger Puig por el clarete con *aqua vitae* que tanto alabó el noble. «Suerte —se decía Hugo—. Un par de meses más tarde y habría coincidido con el abordaje.» En tal caso, no habría sido tan generoso... si es que hubiera llegado a pagarle aquella mitad que Hugo le dijo a Esteve que faltaba por abonar el día en que se presentó con el moscatel de Sitges y la bolsa vacía.

Salió eufórico de Santa María de la Mar y decidió acercarse a la pescadería de la Ribera, donde compró un atún espléndido, recién pescado, con el que se dirigió a casa de Jofré y lo ofreció como regalo para Valença, la esposa del corredor de vinos.

Unos días después del negocio del clarete con *aqua vitae* Jofré citó a Hugo en su taberna. Deseaba felicitarlo y, de paso, tantearlo por si estuviera dispuesto a más empresas como aquella. Si había vendido el vino a un precio similar al que él lo había hecho, pensó el corredor, el joven debía de estar satisfecho. También tenía que darle una noticia.

—El criado tuerto de tu señor me ha hecho una visita —sorprendió Jofré a Hugo nada más entrar este en su establecimiento, una taberna similar a la de Andrés Benet en la que también expendía vino a la gente.

—¿Por qué? ¿Qué quería? ¿Cómo sabía de ti?

Jofré le ofreció asiento a una de las mesas del local antes de contestar.

—Quería saber de dónde procedía el clarete, pero si tú no le has hablado de mí, no entiendo...

Uno dejó suspendida en el aire la frase, el otro pensó unos instantes antes de ofrecer un supuesto.

—El arrendador de impuestos —indicó Hugo—. Seguro que el tuerto lo interrogó cuando acudió a palacio a cobrar los impuestos del vino. Debió de hablar de nosotros. Declaramos la entrada el mismo día. Solo le quedó relacionar nuestros nombres ¿Qué le dijiste?

—Nada, por supuesto. Solo que, si seguía molestando, acudiría a los prohombres o al Consulado de la Mar. También que la ciudad defendía a los mercaderes y los comerciantes, y que yo no tenía que proporcionarle información alguna ni mucho menos revelarle mis proveedores.

Hugo ladeó la cabeza y asintió en señal de asombro.

—Sí —reconoció el otro—, parecía mala persona, gritó y me amenazó, pero lo de los cónsules le aplacó bastante.

Entonces, a mitad de la conversación, fue cuando Hugo la vio: joven, risueña, radiante, limpia.

—Mi hija mayor, Eulàlia —anunció Jofré.

Hugo no percibió reproche alguno por cómo la había mirado. Porque a la fuerza tenía que haberse notado la admiración en sus ojos, dado que ella correspondió regalándole una sonrisa maravillosa.

—Te ruego disculpes su descaro, Hugo. Es muy joven todavía...

—Dios no permita que pierda nunca ese descaro —le interrumpió él sin pensar—. ¡Te pido perdón! —reaccionó al instante—. No quería ofender...

—Su madre siempre está contenta —confesó Jofré, al mismo tiempo que tranquilizaba a Hugo con un movimiento de la mano. Luego se permitió escrutar al joven, sopesándolo, como si nunca hubiera tomado en consideración la posibilidad que ahora se le pasaba por la cabeza—. Bueno, tan joven no es —apuntó al cabo en tono decidido—. Ya tiene dieciséis años. Quizá dentro de uno, dos a lo sumo...

Aquel día Valença, la madre de Eulàlia, aceptó encantada el atún con el que Hugo se había presentado y prometió cocinarlo con su hija. Por supuesto, el corredor y su familia le invitaron a comer.

Un año. Dos, tres, cuatro, cinco... Hugo estaba dispuesto a esperar a Eulàlia el tiempo que fuera preciso. Pese a que Jofré, Valença o incluso los hermanos pequeños de Eulàlia nunca los dejaban a solas, unos u otros siempre presentes, Hugo se fue enamorando de la joven poco a poco. El noviazgo se convirtió en un juego cándido, inocente, alejado de toda malicia, en el que Eulàlia sonreía o incluso reía a carcajadas hasta que su madre le llamaba la atención. A menudo también se sonrojaba por un roce, un leve contacto. En ocasiones sin razón aparente... quizá a causa de un simple pensamiento. Y entonces Hugo se preguntaba qué podía pasar por la mente de aquella niña ingenua que fuera capaz de turbarla.

En casi cada visita Hugo regalaba a Eulàlia alguna vianda que después compartían, solos, aunque vigilados, o con el resto de la familia: una langosta, otro atún o un pez espada; o frutas o quesos, y siempre vino, del bueno, del mejor, del de Vilatorta.

Barcha se dio cuenta de que algo pasaba.

—¿Quién es ella? —lo interrogó, pero no obtuvo contestación.

Aun así la mora le guiñó un ojo, contenta, pero luego se retiró arrastrando los pies. «Tiene miedo», se dijo Hugo, convencido de que Barcha creía que una mujer nueva discutiría un poder que en el interior de la masía casi se había convertido en omnímodo.

—¡Se trata de una buena persona! —gritó entonces a su espalda. Barcha asintió cansinamente, sin volverse. «Se hace vieja», pensó él—. ¿No era eso lo que querías, que me casase?

—También quiero que Mercè crezca sana y feliz —replicó la mora con energía. Se dio la vuelta y enfrentó su mirada, como antes, como la Barcha testaruda que llegó a la viña, aunque falló en el tono de voz, apagado, a modo de lamento, con el que acabó la frase—: Y solo la preparo para que un día me abandone.

—No… —empezó a decir Hugo.

Era algo que no se le había ocurrido y que de repente le pareció una posibilidad terrible. Había aprendido a querer a aquella niña.

—A ti te pasará lo mismo, vinatero. Vendrá alguien y se la llevará.

Si el carácter de Barcha oscilaba entre la pena y la alegría, Regina no pareció percibir en momento alguno el cambio que se había producido en Hugo. Su odio hacia los cristianos, que aumentaba día tras día, parecía cegarla.

—¡Ahora ya no permiten que las judías sean matronas ni médicos de cristianas! —se quejó ante Hugo—. Veinte azotes para la judía; veinte días en la prisión, con grilletes y a pan y agua para el cristiano que lo haga. Con tales penas, ¿quién se atreverá a incumplir la orden?

Odiaba a los cristianos. Odiaba a aquel esposo invisible para Hugo, Mosé, siempre fuera, siempre atendiendo a enfermos, y también odiaba a los hijos de Mosé. Regina ya no compraba *aqua vitae* a Hugo, no la necesitaba para nada. Se limitaba a mandarlo buscar, y una criada se acercaba a la masía o le esperaba algo apartada de las puertas del palacio de Roger Puig. Una vez en su casa, ella se quejaba, gritaba y renegaba. Y al final terminaban acostados en aquella cama de matrimonio que parecía estar siempre disponible para sus encuentros.

¿Cómo no lo notaba Regina?, se preguntaba Hugo. Si pensaba en

Eulàlia se sentía culpable por traicionarla con Regina. En ocasiones intentó oponerse, pero ella insistía, rogaba, suplicaba e incluso lloraba. Al final terminaba respondiendo a sus caricias, a su sensualidad; era casi imposible no hacerlo ante ese cuerpo arrebatador que se le entregaba con una pasión incontrolable, ahogando sus angustias al compás de besos, arañazos y mordiscos. Regina jodía. Jodía desesperada, como si pretendiera reventar con el orgasmo.

Y mientras lo hacía, mientras empujaba con fuerza para satisfacer el ardor de la judía, Hugo recordaba el candor de Eulàlia.

Con el paso del tiempo Jofré y Valença confiaron en Hugo y atenuaron el celo con el que controlaban los encuentros entre ambos. Pensó en lo distintas que eran las mujeres que había conocido en su vida. Dolça dirigió sus relaciones a través de aquel carácter veleidoso que nunca permitió a Hugo conocer cuáles eran exactamente sus deseos o sentimientos. María se abalanzó sobre él ya desde el primer día. Y Regina... exigía, apremiaba, urgía, espoleaba, mordía...

A diferencia de todas ellas, Eulàlia fue para Hugo el retorno a una juventud inexperta. No se atrevía a tocarla; incluso temía asustarla si la cogía de la mano. Eulàlia tembló la primera vez que Hugo se atrevió a rozar su mano, a separar sus dedos con delicadeza y entrelazarlos con los suyos.

Trató de evitar los encuentros con Regina buscando excusas para no ir a verla. La olvidaba tan pronto como pensaba en Eulàlia; el mundo entero se desvanecía mientras estaba con ella. Pero al final siempre acababa volviendo con la judía. La criada de Regina insistía y le seguía por la calle sin dejar de rogarle. Y él... la quería, sí, pero no como a Eulàlia, no como a Dolça. Sabía que Dolça, allá donde estuviera, que no en el cielo de los cristianos, aprobaba su relación con Eulàlia. Nunca se había planteado eso con Regina, de quien Dolça había dicho que era una mala persona, pero con la hija de Jofré sí lo hizo, y mezcló a las dos mujeres en sus pensamientos: a Dolça y a Eulàlia. Y no sucedió nada. Por eso supo de su permiso. Pudo fantasear con Eulàlia sin sentir que traicionaba la memoria de Dolça.

Una noche, al regresar a casa, vio a Barcha jugando con Mercè. La niña correteó hacia Hugo y extendió los brazos. Movido por un súbito sentimiento de ternura, la cogió; empezaba a pesar demasiado. Ordenó a la antigua esclava que la abrigase, y esta la envolvió en una manta y se la entregó. Él la apretó contra su pecho y pensó en lo mucho que había crecido desde que Regina la había llevado a la masía recién nacida. Descendió la escalera y se internó en la viña, a ratos iluminada por la luna, a ratos ensombrecida por las nubes.

Anduvo entre los sarmientos, que le rozaban piernas y brazos, notando la respiración cálida de la niña.

—Estas son tus tierras —le susurró en un momento en que la luna se descubrió e iluminó las hileras un tanto desordenadas de cepas que se abrían frente a ellos.

Permaneció allí quieto. Pensó en su madre, como tantas otras veces. Y pensó en Dolça, que entre unas plantas como aquellas se había entregado a él, sellando, probablemente entonces, su destino con la muerte. «He sido feliz», le había hecho saber Dolça antes de entregarse al verdugo. A Hugo se le agarrotó la garganta. Respiró hondo, una, dos, tres veces. Su vida había cambiado. Había encontrado a otra mujer a la que amar, y sí, también tenía una hija en sus brazos. Una niña que no era suya, pero a la que amaba como si llevara su sangre. Dijo su nombre en voz alta, Mercè Llor, y la apretó contra su pecho hasta que se dio cuenta de que la pequeña se había dormido.

En el mes de abril del año 1399 Martín I fue coronado rey de Aragón y conde de Barcelona en Zaragoza. Diez días más tarde, en la festividad de Sant Jordi, era coronada su esposa, María. Habían transcurrido tres años desde la muerte del rey Juan y dos desde que el heredero de la corona regresase a Barcelona tras la guerra de Sicilia.

Hasta ese año de 1399 fueron constantes los motivos que impidieron la ceremonia de coronación de unos reyes que ya lo eran por derecho, alguno de ellos tan banal como la necesidad de recuperar las coronas reales que estaban empeñadas en garantía de diversos créditos concedidos a los monarcas anteriores.

Sin embargo, los motivos más importantes fueron las muchas empresas bélicas que retrasaron la ceremonia. Al caso, en 1397, poco después de regresar de Sicilia, los piratas berberiscos atacaron la villa de Torreblanca, en el reino de Valencia, profanaron la iglesia y robaron la custodia que contenía el Santísimo Sacramento. La ciudad armó dos galeras, y los gremios financiaron otras dos, al igual que hizo Barcelona, y todas ellas zarparon hacia las costas africanas. La armada arribó al litoral de Argel, asaltó el lugar de Tedelis, de donde eran los sacrílegos, y se recuperó la custodia y el cuerpo de Nuestro Señor. Entre los nobles que lucharon por vengar aquella ignominiosa afrenta se encontraba el conde de Castellví de Rosanes, dignidad a la que encumbró el rey Martín a Roger Puig a su regreso de Sicilia.

Hasta febrero de 1397 no se sometió definitivamente la ciudad de Palermo, en Sicilia, si bien no había transcurrido un año, 1398, cuando Antonio Ventimiglia, al frente de otros nobles, inició una nueva sublevación en la isla que requirió que otra armada partiese de Barcelona para combatirla. Al mismo tiempo el conde de Foix volvía a invadir Aragón y tomaba el castillo de Tiermas. El propio rey, junto con el conde de Urgell, Roger Puig y otros caballeros aragoneses, salió a su encuentro y lo derrotó obligándole a regresar a sus tierras. Por si no fuera suficiente con la revuelta de Sicilia y la invasión del conde de Foix, ese mismo año de 1398 el rey Martín solicitó del papa Benedicto XIII la correspondiente bula para iniciar una cruzada contra los moros. Desde Valencia zarpó una armada compuesta por barcos valencianos y mallorquines que saquearon las costas africanas hasta que una tempestad los obligó a regresar a puerto. Por su parte, la armada siciliana, sometida ya la revuelta de Ventimiglia, en lugar de regresar a Barcelona acudió en socorro de Luis de Anjou en la conquista de Nápoles.

A final de año el rey Martín I armaba dieciocho galeras para que acudiesen en ayuda de Benedicto XIII, aragonés y pariente de su esposa, que se hallaba asediado en el palacio papal de Aviñón por las tropas francesas, reino cuyos cardenales decidieron sustraerse a la disciplina del Papa de Aviñón creando un cisma dentro del propio Cisma de la Iglesia de Occidente, una desobediencia a la que se sumaron los reinos de Nápoles, Castilla y Navarra.

Las galeras catalanas no lograron liberar al papa Benedicto de su crítica situación puesto que les fue imposible remontar el río Ródano hasta llegar a la ciudad de Aviñón. En su lugar, desembarcaron las tropas y regresaron a puerto abandonando a su Papa a un sitio que, pese a la ayuda militar y los esfuerzos diplomáticos, se prolongó durante más de cuatro años en los que el sumo pontífice y su corte se vieron obligados a comer las ratas que cazaban en palacio, si bien Benedicto XIII finalmente burló el asedio y huyó disfrazado de monje cartujo.

Si la ciudadanía lamentó el fracaso en el intento por socorrer al Papa aragonés convertido en soldado, no así Hugo, a quien poco llegó a importarle el destino de las dieciocho galeras. Él ya había hecho su buen negocio con el suministro del vino a beber durante aquella empresa. Tres mañanas cada semana y todos los días por las noches debía proporcionarse vino a los marineros, a los soldados e incluso a la chusma que remaba. Dieciocho galeras con sus tripulaciones y centenares de soldados embarcados suponían una gran cantidad de cuarteras de vino, y unos buenos dineros que Hugo compartió con Jofré, quien ya lo trataba como si efectivamente fuera su yerno.

Eulàlia creció con Hugo durante los dos años de noviazgo; contaba dieciocho, y continuaba refugiándose en su silencio y en una candidez que lo emocionaba. Él la visitaba con frecuencia, más desde que hacía negocios con Jofré, pero también se dejaban ver en misa, en Santa María de la Mar, paseaban por la playa o por Barcelona, siempre escoltados por los padres de la joven, y disfrutaban de las muchas fiestas que celebraba la ciudad.

Eulàlia, por su parte, visitó las viñas de Hugo. Antes de hacerlo, él tuvo que contarles de Mercè, que, ya con tres años, se había convertido en una niña tan vivaz como consentida por un hombre que nada sabía de crianza y una mora que había encontrado en ella la única razón de su vida.

—Un desliz de juventud —confesó Hugo simulando una contrición desmedida que ablandó el corazón de Eulàlia—. ¡Está bautizada! —afirmó rotundo ante el asombro que mostraban los rostros de Jofré y Valença. Eulàlia, por el contrario, asentía sonriente, quizá jugando ya con esa pequeña desconocida.

Nadie preguntó más, después de que Hugo asegurara que la madre de la criatura había muerto.

Pasearon por las viñas, al sol. Lo hicieron de la mano, con Jofré ausente, entretenido en la bodega de la masía, y con Barcha actuando como anfitriona. Hugo le mostró la vid. Eulàlia sabía de vinos pero no de viñas. Cualquier dificultad que Hugo pudiera tener a la hora de hablar y hablar a una muchacha que respondía con parquedad y se sonrojaba ante la picardía más inocente desapareció en el momento de enseñarle las vides. Anduvieron, palparon las hojas de parra y acariciaron los racimos; se agacharon para tocar la tierra, Hugo explicándolo todo con pasión, ella interesada, osando preguntar. Allí la besó por primera vez. Se encontraron cerca el uno del otro, entre dos cepas. Hugo dudó. Eulàlia no buscó escapar y él la besó. Juventud. Los labios de Eulàlia le transmitieron frescor. ¡Dios! Solo fue un contacto leve, tenue, un roce, y sin embargo la sensación de plenitud fue arrebatadora. Ella se sonrojó y también bajó la vista, pero en lugar de encontrar a un Hugo que le animara a alzar el rostro, como acostumbraba a hacer, en esa ocasión se topó con un hombre azorado que tartamudeó antes de apremiarla a continuar con su paseo.

En 1399 Hugo contaba veinticuatro años, le faltaba solo uno para poder acceder al oficio de corredor de vinos, y Jofré estaba interesado en su colaboración. Por ley, los corredores debían trabajar asociados por parejas. Así, a falta de una cofradía que los protegiera, los socios se sustituían uno a otro en caso de enfermedad, hallándose obligados a compartir beneficios durante los primeros quince días de esa ausencia forzosa. A la profesión de corredor, que incluía incluso a aquellos que se dedicaban a pactar matrimonios cobrando una comisión en función de la dote que aportaba la esposa, se accedía por designación de los cónsules de la Mar y su ejercicio lo controlaban dos prohombres elegidos el día de la festividad de Santa María Magdalena por los dos prohombres salientes.

Hugo no se llegó a plantear si deseaba o no ser corredor de vinos. Haría lo necesario para mantenerse al lado de Eulàlia. La vida le sonreía, a él, a un pordiosero imberbe, como lo había calificado hacía ya mucho el almirante de la armada real, con Roger Puig y la comitiva escuchando y asintiendo.

Eulàlia le correspondía. Le costó varios besos y muchas declaraciones de amor que ella se lo confesara. Pero lo consiguió, y ese día la joven, libre de estorbos tras su declaración, le interrogó directamente con la mirada, exigiéndole un compromiso y una entrega que nadie le había pedido jamás.

Hugo la besó, quizá con cierta brusquedad, antes de que sus ojos hablaran de Regina.

Había logrado reducir sus visitas a la judía, pero ella insistía. Venciendo sus recelos por andar entre cristianos, en una ocasión Regina llegó a presentarse en la masía después de que transcurriese más de un mes sin que él atendiese las solicitudes que le remitía a través de su criada. Hugo tuvo que prometerle que iría esa misma tarde para que regresara a su casa.

Por lo demás, las viñas rendían. El vino era bueno y el de Vilatorta alcanzaba la excelencia, hasta tal punto que el propio rey mandaba a su botellero a comprar de aquel añejo que Hugo conseguía que permaneciese durante cuatro años en las tinajas sin avinagrarse ni estropearse. Fue la curiosidad lo que le llevó a guardar unas botas del clarete reforzado con *aqua vitae*. Consiguió convertir un vino malo, detestable, en un vino fuerte como gustaba a la gente. Hugo se preguntaba qué más beneficios... o perjuicios podía producir el *aqua vitae* mezclada en un vino, y llegó a la conclusión de que otro de los beneficios era que lo conservaba. Aquellos claretes sin cuerpo, débiles de aroma, ligeros en la boca como el agua, debían beberse jóvenes, de la misma cosecha; no aguantaban en cubas ni en tinajas y se avinagraban tan pronto como dejaban de hervir. Mahir se lo había explicado y él mismo lo comprobó; también Jofré y otros entendidos se lo confirmaron. Sin embargo, el clarete mezclado con *aqua vitae* se conservó en la cuba. ¡El espíritu del vino! ¡La quintaesencia! Añadió pues *aqua vitae* al vino de Vilatorta, en poca cantidad, pero la suficiente para que aquel magnífico vino no se avinagrase ni perdiera sus rasgos propios.

El vino, su salario como botellero y los negocios con su futuro suegro... Disponía de dinero suficiente. Pudo comprar dos esclavos para trabajar las viñas. Discutió con Barcha, que pretendía controlarlos y dirigirlos, pero terminó liberándolos.

—¡Igual que hice contigo! —le gritó a la mora.

—Igual que hiciste con el búlgaro y mira cómo te lo pagó.

—No —le replicó él—, no será igual. Les concederé la talla, pero con la condición de que paguen por su libertad y trabajen para mí tan pronto como reclame su presencia en las viñas. Estarán obligados a acudir durante el plazo de ocho años. Ese es el tiempo que me ha aconsejado Raimundo que debo exigir para que yo no pierda dinero y ellos paguen exclusivamente su precio.

Barcha asintió. Conocía muchos esclavos a los que se les había impuesto aquella condición durante el tiempo que tardaban en saldar a plazos su libertad. Mientras la conseguían se hallaban en una situación especial, en «acta de libertad», a la espera de obtenerla definitivamente. Pero si incumplían sus obligaciones, volvían a convertirse en esclavos y perdían todo el dinero entregado hasta aquel momento.

A esa condición, que el propietario podía o no exigir, puesto que en la mayoría de los casos era obligación del esclavo encontrar trabajo con el que pagar su libertad, se añadían otras tantas que por su frecuencia se referían en términos generales en las escrituras de manumisión: no emborracharse ni cometer delitos; no convertirse en alcahuete; no jugar; no pelearse, y no casarse para no aumentar sus gastos de manutención. Además, existían otras que decidía el propietario: que el esclavo se presentase en su casa cada semana, o cada tres días, o cada día; que no abandonara Barcelona, o solo hasta unos lindes determinados, y la obligación de presentar fiadores que pagasen el precio de la talla en caso de fuga.

Hugo liberó a aquellos dos esclavos. Se los compró a Romeu, que por indicaciones de Rocafort vendía barato después del desastre de su negocio con Roger Puig. Dos moros jóvenes, uno negro y otro mulato como Barcha, que llevaban algún tiempo en Cataluña y habían abrazado la fe católica.

—Cuídate de Mateo, el tuerto ese que es criado de Roger Puig —le advirtió María, la esposa de Romeu, en una de las ocasiones en las que Hugo fue a tratar de la venta de los esclavos—. Se ha presentado haciendo preguntas sobre ti.

—¿Por qué? ¿Qué razones puede tener para venir aquí?

—Sabe del esclavo búlgaro que te robó y de la denuncia que pusiste ante el veguer.

Hugo resopló.

—¿Que le habéis contado?

—Romeu no le ha contado nada, le ha dicho que ni siquiera recordaba al búlgaro ese. Después de que atacaran el barco de Rocafort las relaciones con Roger Puig se rompieron. La aventura con ese engreído le ha costado mucho dinero, casi diría que la ruina, a Rocafort. Roger Puig no ha cumplido con sus compromisos y el tuerto ese no es más que un hijo de puta. Romeu disfrutó engañándolo, por lo que negó saber algo de ti.

—¿Le creyó?

—¡Qué más da!

Sí que importaba, estuvo tentado de replicar Hugo. ¿Y si volvía a presentarse en la masía como el día que le había exigido que trabajara como botellero de Roger Puig? Advertiría a Barcha. Inspeccionó mentalmente la finca. Solo había un elemento del que el tuerto podía desconfiar si examinaba las tierras: el alambique. El aparato con sus dos recipientes grandes en forma de calabaza era lo único que no armonizaba en la masía. Aun así le costaba creer que aquel cabrón fuera capaz de imaginar que Hugo había mezclado el clarete con *aqua vitae* tiempo atrás.

—Tengo que pediros un favor —dijo a María, que le observaba con un deje de nostalgia—. Quisiera...

Ella se atusó el cabello y se alisó las ropas. «No puede ser», pensó Hugo.

—María, tengo que esconder un alambique y el único lugar en el que...

La mujer hizo ademán de acercarse a él. Sus manos jugueteaban nerviosas entre sí por delante del delantal. Las escondió a la espalda antes de dar un paso.

Hugo la detuvo.

—Me voy a casar pronto —le anunció.

María se quedó donde estaba. El labio inferior le temblaba.

—No debo, María... —insistió Hugo.

—No se enterará nadie. Cuando te gustaba joder conmigo no tenías en cuenta que yo no debía, que era una mujer casada.

Hugo respiró hondo. Tenía razón. María aprovechó su indecisión para abrazarse a él.

—La última vez —susurró a su oído—. Te lo ruego... —Le besó en el cuello—. ¡Ves como sí quieres! —exclamó tras notar el miembro erecto de Hugo.

—¡No! —gritó él mientras se apartaba de ella con una violencia de la que inmediatamente se arrepintió—. Lo siento... Es cierto lo que decís. Pero no puedo, María. No debo. Lo siento —repitió antes de darse la vuelta para marcharse de las tierras de Rocafort.

—Trae ese alambique —concedió la mujer a su espalda. Hugo se detuvo y le sonrió—. Así volveré a verte... —Le devolvió una sonrisa forzada y añadió—: Y quizá entonces cambies de opinión.

Al mismo tiempo que las galeras que acudían en defensa del papa Benedicto XIII partían hacia Aviñón, cerrado el negocio del vino para la armada, Hugo pactaba los esponsales con Eulàlia. Se casarían en un plazo de tres meses, primero en casa de los padres de ella, en una fiesta donde los novios se comprometerían mediante palabras de presente en lugar de las de futuro utilizadas en los esponsales. Con posterioridad celebrarían una ceremonia pública en la iglesia, en la que confirmarían su matrimonio a las puertas del templo y delante de la autoridad eclesiástica para que nadie pudiera alegar que aquel era un enlace clandestino. Santa María ya estaba apalabrada. Hugo y Eulàlia se lo propusieron a mosén Pau, quien acogió la noticia de la boda del joven como si del regreso del hijo pródigo se tratara.

La ceremonia pública en la iglesia constituía un logro de la burguesía barcelonesa, que había sufrido el secuestro y engaño de sus hijas doncellas con matrimonios clandestinos que, sin embargo, la Iglesia aceptaba como válidos siempre que en presencia de dos testigos hubiera existido compromiso de presente entre los contrayentes y posterior cópula carnal. Como esta última condición no acostumbraba a faltar, los burgueses se encontraban a sus hijas mal casadas con algún charlatán y embaucador sin recursos, o desfloradas y después abandonadas a su suerte. Por esa razón Barcelona, bajo severas penas, no aceptaba los matrimonios clandestinos, y se exigía que estos se celebrasen públicamente, *in facie ecclesiae*.

En esos esponsales de futuro Jofré y Valença dotaron a su hija Eulàlia con la cama, las sábanas y el ajuar, así como con seis mil sueldos, una suma considerable que permitiría a los esposos adquirir una casa en Barcelona. Según los futuros suegros de Hugo ya estaba hablado y decidido, aunque a él nada le hubieran permitido opinar al respecto: el matrimonio tenía que vivir en Barcelona, no en una masía extramuros, en las viñas.

Como contrapartida a la dote de seis mil sueldos, Hugo tuvo que aportar el *escreix*, una cantidad que en Barcelona se fijaba en la mitad de la dote a la que se obligaba a la novia, algo más de tres mil sueldos en su caso, y de la que evidentemente no disponía.

—Pero dispones de tierras —le recordó Jofré el día que trataron del tema—. No te preocupes. La dote nosotros sí que tenemos que satisfacerla en el momento en el que os caséis, pero el *escreix* tú no lo tienes que entregar. Se entenderá aportado por tu parte tal como el enlace se formalice.

Hugo perdió el hilo de la lectura de los capítulos matrimoniales que llevaba a cabo el notario tras sus palabras acerca del escreix:

—... Que, como es bien sabido —aclaró el hombre, calvo, menudo, sosegado—, pagará el esposo por razón de la virginidad de la mujer que hoy se compromete en matrimonio.

En el escritorio, notario y oficiales presentes, además de Jofré y Valença, Eulàlia y Hugo, se produjo un solo instante de silencio mientras el hombrecillo tomaba aire para continuar. Lo hizo de forma exagerada, con un suspiro dirigido a Eulàlia que provocó que la muchacha se sonrojara y clavara la vista en el suelo. ¡Pagaba por su virginidad!, pensó Hugo. No escuchó más. Buscó a Eulàlia con la mirada hasta que esta, con el rubor todavía en las mejillas, forzó una sonrisa nerviosa en su dirección. Un leve estremecimiento recorrió el cuerpo de Hugo al imaginar el contacto de aquella piel joven y limpia, suave... Virgen.

El compromiso matrimonial significaba también una nueva etapa en la vida de Hugo. Terminaría con Roger Puig y también con Regina, se dijo, aunque lo segundo era lo único que estaba en su mano. En cuanto al primero, a veces se consolaba pensando en que, si bien no había logrado la venganza que ansiaba, al menos sí había conseguido humillarle comercialmente, ya que había ayudado a perjudicarle en el saqueo de la nave asociada con Rocafort y había sacado dinero a su costa gracias a la venta del clarete con *aqua vitae* y a algún que otro manejo en la calidad y los precios de los vinos que compraba para él. A pesar de todo, era consciente de que la venganza que tanto buscaba contra el conde de Castellví de Rosanes no había llegado a materializarse. A lo largo de los casi tres años que llevaba trabajando como botellero, en raras ocasiones el noble se hallaba en el palacio de la calle de Marquet, y más escasas todavía las que permaneció en él durante un período prolongado. Participó en todas las guerras e incursiones iniciadas por el rey Martín: el asalto a Tedelis, la toma de Palermo, la nueva invasión de Cataluña por parte del conde de Foix..., brilló en cada una de ellas como capitán de las tropas catalanas. Y cuando no guerreaba acudía de caza a las extensas tierras del conde de Urgell, de quien se había hermanado tras numerosas batallas, o simplemente disfrutaba de su señorío en Castellví de Rosanes.

La pérdida de la nave y de la inversión para el negocio que Roger Puig pretendía realizar en Sicilia careció de los efectos que los gritos del conde al enterarse pudieran haber dado a entender. De la ruina a la que tendría que haberse enfrentado tras el saqueo de Bernat, Roger Puig pasó a convertirse en un hombre rico después de que el rey le encumbrase a conde, y más todavía mientras Martín continuó favoreciéndole con cargos y dineros como premio a su entrega y valentía en las acciones de guerra.

No. No solo no se había producido la venganza que Hugo perseguía al acceder al cargo de botellero del noble, sino que su odio fue alimentándose cada día que este residió en el palacio de la calle de Marquet. La soberbia de Roger Puig se intensificó al ritmo del favor real. Los gritos y los castigos se recrudecieron, con esclavos apaleados y criados encarcelados por simples faltas. Caterina dio a luz al bastardo del conde, que probablemente no sería el último. A veces, desde la galería, ella le saludaba con una sonrisa, tan bella como siempre. En cualquier caso, Hugo tampoco fue ajeno a los caprichos de un hombre envanecido.

—¿Acaso crees que soy un necio! —aulló el conde en el momento en el que tuvo a su botellero en pie junto a la mesa larga en la que almorzaba con varios amigos, todos nobles o prohombres barceloneses, sus esposas y los familiares que convivían en palacio—. ¡Este es un vino apestoso! —añadió lanzando a Hugo copa y vino; aquella chocó contra su antebrazo, este empapó su pechera.

—No...

—¿Por qué dudas? —le gritó impidiéndole explicarse.

Alguien de la mesa soltó una carcajada y otros le acompañaron. Hugo vio al tuerto en una esquina del comedor: sonreía sin el menor disimulo.

—Señoría, es el mismo vino... —trató de excusarse de nuevo.

—¡Es el mismo vino que beben los esclavos! —En esa ocasión le lanzó un jarro de cerámica que Hugo esquivó y que se hizo añicos contra el suelo. Dos mujeres lanzaron también sus copas hacia Hugo. Ninguna acertó, aunque sí mojaron a varios comensales que, sin embargo, se lo tomaron a broma; la mayoría de ellos, hombres y mujeres, estaban borrachos—. Vuelve a la bodega y tráenos buen vino —exigió el conde—, u ordenaré que te azoten.

Hugo no tuvo ninguna duda de que cumpliría su amenaza y dio media vuelta para bajar a la bodega. En ese momento oyó el arrastrar violento de una silla y se volvió. El conde se levantaba. Echó a correr para evitar que le propinase una patada en el culo. Se oyeron gritos y risas, más todavía cuando fue Roger Puig el que cayó al suelo con torpeza.

Al cabo, mayordomo y un par de criados se presentaron en la bodega.

—Tomad.

Hugo les entregó una cuba pequeña para que sirvieran el nuevo vino.

—¿Le complacerá este? —se preocupó Esteve.

—Dile que es el mejor de su bodega.

—¿Y por qué el de antes no era el mejor?

—¿Quién te ha dicho que no era el mejor?

—Entonces este... —se extrañó el viejo mayordomo.

—Es el mejor.

—¿Y cómo se lo explico?

—Es asunto tuyo.

—¡Tú eres el botellero!

—Cierto, pero tú me has indicado el vino que debía servir —mintió Hugo, amenazándolo—. ¿Quieres que suba y se lo diga?

Hugo se fue del palacio al mismo tiempo que mayordomo y criados lo hacían de la bodega. Al día siguiente supo que aquel segundo vino gustó al conde y a sus invitados, que elogiaron a su anfitrión y celebraron con aplausos la magnífica calidad del preciado líquido. «¡Era el mismo que el primero, necio bastardo!», le habría gustado a Hugo escupir al conde.

Roger Puig desapareció una vez más, en esa ocasión con destino a Valencia como emisario del rey, y Hugo vio alejarse la posibilidad de llegar a vengarse del noble antes de contraer matrimonio con Eulàlia, aunque a menudo se planteaba en qué debía consistir esa venganza por la que tanto clamaba. Si era sincero consigo mismo, no se imaginaba matándolo. Sus fantasías siempre giraban alrededor de la deshonra, ni siquiera de una paliza como la que aquel malnacido había ordenado que le propinaran de niño. Simplemente deseaba verlo humillado: montado desnudo en un borrico del que le colgasen las piernas para ser *escobat* por las calles de Barcelona mientras la gente le escupía, le apedreaba y le insultaba. ¡Hijo de puta! Pero, mientras llegaba ese momento, Hugo maldecía tener que estar a su servicio. Estaba atrapado, y solo un despido del conde, de consecuencias imprevisibles, podía cambiar esa situación.

En cualquier caso, le resultaba más urgente en esos días poner fin a su relación con Regina. En los últimos tiempos la judía no salía de casa más que para ir en su busca. Lo encontraba, lo perseguía; le exigía su atención allí donde se topase con él, sin discreción alguna, extraviada. A veces Hugo conseguía excusarse: «Tengo cosas que hacer, Regina, ¿no lo entiendes?». No. No lo entendía. Y lloraba, o le gritaba, generalmente acompañada por una criada que también intervenía. Pese al acoso, Hugo llegó a restringir al máximo sus visitas, pero aun así se daban ocasiones en las que ni siquiera la criada podía convencer a su señora y Hugo cedía antes de que se presentase el veguer, o, lo que era más grave, algún religioso que le denunciase a la Inquisición por aquella intimidad con una judía.

Y una vez en su casa Regina no hacía más que plantearle la misma cantilena: críticas, rencores, los cristianos que no le permitían vivir, su esposo, los hijos de este... Día tras día desvariaba con mayor ímpetu. Al final, sin excepción, terminaban en la gran cama de matrimonio. Mosé nunca parecía estar en el hogar. O quizá sí, llegó a sospechar Hugo, pero a lo mejor contemplaba aquellas relaciones adúlteras con indiferencia. ¡Era imposible que no supiera del estado de su mujer! Si era cierto que se hallaba en algún rincón de la casa, a buen seguro tenía que oír los jadeos y los gritos de placer de Regina al alcanzar el orgasmo, como también sus súplicas para que Hugo no abandonara la cama.

—¡No te casarás!

Presentía que aquella sería la postura de Regina, por lo que había aplazado la decisión de comunicarle su matrimonio hasta que solo faltaba un mes para su celebración. En ocasiones llegó a especular con no decírselo, casarse y desaparecer de su vida, pero no quiso arriesgarse a sufrir la reacción de una mujer despechada y tan desequilibrada como se mostraba últimamente Regina. Hugo se esforzó por mantener la calma mientras le hablaba. Se explayó, en momentos incluso ilusionado, y le explicó quién era Eulàlia, cómo era, lo que tenían previsto hacer tras la boda... Regina le escuchó, imperturbable, sin un movimiento ni una palabra... salvo el leve temblor de las aletas de su nariz.

La judía se negó a aceptarlo. Pero Hugo estaba prevenido y tenía pensado su discurso.

—Tú también estás casada. ¿Qué problema tienes en que yo lo esté?

Regina soltó una carcajada.

—Yo estoy casada con un hombre que ha envejecido prematuramente. Esos son los peores, ¿sabes? Los que se hacen viejos voluntariamente y se descuidan hasta convertirse en decrépitos, inútiles e impotentes. Tú te vas a casar con una muchacha joven y bella, eso es lo que me has dicho... y me abandonarás.

—No lo haré —mintió él—. ¿Por qué debería hacerlo? Podríamos continuar...

—No lo harías.

—¿Por qué dudas de mí? ¿Te he fallado en alguna ocasión?

—Llevas fallándome dos años, Hugo. Tú estabas aquí, pero tu mente siempre estaba con ella, en otro lugar.

Hugo fue consciente de que sus argumentos se desmoronaban.

—Si tanto te he fallado —replicó no obstante—, ¿por qué quieres mantenerme a tu lado?

—Eres todo lo que tengo.

—No es cierto. Tienes...

No supo cómo terminar la frase. La miró de arriba abajo. Tenía su misma edad, veinticuatro años, aunque se mantenía joven. No salía de casa y no trabajaba ya que ni siquiera las pocas mujeres judías que quedaban en Barcelona reclamaban sus cuidados. Sin embargo, en lugar de avejentarse, parecía que el odio y el rencor tensasen permanentemente sus músculos, manteniéndola fuerte, enérgica.

—¿Lo ves? No puedes decir nada. Tú eres mi vida, lo sabes.

—No puedes oponerte.

Hugo se dio cuenta de su error antes de terminar la frase. Se había prometido muchas veces no utilizar ese razonamiento. Debía controlarse, no enfadarse ni dar pie a que ella…

—Sí que puedo. ¿O acaso crees que a tu prometida le gustaría saber que su futuro esposo lleva años manteniendo relaciones con una judía?

—¿Serías capaz de decírselo? —preguntó, sorprendido y furioso.

—Hugo, no lo entiendes. Si me dejases, todo carecería de sentido; estaría muerta en vida. No sería yo quien se lo dijera, sería mi demonio.

—¡Vaya! ¿También tenéis demonios los judíos? —estalló él, sarcástico.

—Muchos —contestó Regina con igual tono—. Tantos como para que otro de ellos acudiera a Roger Puig y le contase de la carta que mandaste a Bernat Estanyol. ¿Qué crees que haría el noble? Te mataría, con toda seguridad.

—¡Estás loca!

—Sí —reconoció Regina—. ¿Recuerdas cuántos marineros fallecieron en aquel abordaje? ¡Cientos! Te ejecutarían de la forma más cruel que se pueda imaginar.

Hugo sintió una tremenda debilidad en las piernas que le obligó a apoyarse en la pared. Los muertos le perseguían. ¿Acaso no lo había perdonado ya la Virgen de la Mar?

—La ejecución del perro calvo —continuó ella— parecería clemente con la que toda Barcelona te infligiría a ti. ¡La ciudad entera!, ¿entiendes?

Hugo esperó hasta superar el mareo repentino.

—Tú participaste en lo del barco de Roger Puig —logró articular mientras Regina, frente a él, lo retaba con la mirada y con el temblor de la nariz—. Sería tu suicidio.

—No quieres entender que ya estaría muerta.

—¿Por qué…? ¿Por qué me haces esto? ¿Qué beneficio obtienes?

—A ti. Tú eres mi beneficio. Tú eres mío. En cuanto esa muchacha desaparezca de tu mente, en cuanto te convenzas de que no te conviene y olvides esas ilusiones absurdas de doncel enamorado, despertarás otra vez a mí y te entregarás en lugar de permanecer ajeno... Volverás a mí y el reencuentro será maravilloso.

—Lo nuestro no tiene ningún futuro. Un cristiano y una judía que además está casada... Al final se hará público y saldremos los dos perjudicados. Tu esposo...

—Mosé es un cornudo consentido. Lo sabe, pero no sería capaz ni de satisfacer a una niña de doce años. ¡Hace tiempo que no se le levanta! ¡No se le levanta! —gritó con todas sus fuerzas, sin duda esperando que él, si se hallaba en la casa, la oyera—. A Mosé lo dejaremos atrás —añadió—, no te preocupes por él.

—La gente... —Hugo calló de repente—. ¿Lo dejaremos atrás? ¿Qué quieres decir?

—Que Mosé no será un impedimento.

—No te entiendo, Regina.

—Hugo... —Regina se acercó a él, melosa en esa ocasión. Hugo retrocedió—. No te estoy ofreciendo continuar con el disimulo y la reserva. —Lo alcanzó y le tomó ambas manos—. Te propongo compartir nuestras vidas.

—Pero...

—¡Calla! Estoy decidida a renunciar a mis creencias para convertirme a tu religión. —Regina debió de notar el sudor frío que empapó las palmas de las manos de Hugo. Aun así, prosiguió—: Cuando lo haga, mi matrimonio con Mosé será nulo, y tú y yo seremos libres para casarnos y compartir nuestra felicidad. Volveré a trabajar como partera. Me falta solo un año para que el rey pueda nombrarme médico. He seguido estudiando, ¿sabes? Mucho. No tengo otra cosa que hacer en esta casa, y la biblioteca de Mosé está bien surtida de libros.

La voz de Regina se disipaba antes de llegar a oídos de Hugo en forma de murmullo confuso, como confusa se le mostró también la imagen de aquella mujer. ¿Había hablado de convertirse? ¿De casarse con él? ¡No quería casarse con Regina!

«Es una mala persona.» La advertencia de Dolça resonó en su cabeza y sustituyó cualquier otro sonido. Hugo regresó a la realidad y a un discurso que en momento alguno llegó a cesar.

—... Y si no tenemos hijos...

—¿Tú cristiana? —la interrumpió zafándose de sus manos.

—Sí. Lo he pensado con detenimiento. ¿Qué más me da? Lo que me importa es librarme de mi esposo y de sus hijos. Eso me permitirá volver a mi trabajo, y sobre todo me permitirá tenerte a ti, públicamente, sin secretos. A fin de cuentas tu religión no es más que una secta compuesta por asesinos, violadores, y obispos y sacerdotes lujuriosos que esclavizan y atemorizan a la gente.

Hugo suspiró.

—¿A qué viene ese suspiro?

—Yo no...

—Hugo —le interrumpió Regina con brusquedad—, no te pido nada. Voluntariamente abjuraré de mis creencias para estar contigo. Si estoy dispuesta a ello, a decirme cristiana como mis enemigos, los que me violaron, los que mataron a mi familia y a mis amigos, no es para que tú dudes. No tienes elección, ¿lo entiendes?

La judía permaneció unos instantes en silencio, como si quisiera que Hugo tuviera tiempo de asimilar su última afirmación.

—O te unes a mí... o a la muerte.

—Podría ser yo quien te matase aquí mismo.

Regina dejó escapar una risotada.

—No lo harías —afirmó—. Te conozco. Eres incapaz de hacer daño a nadie.

Hugo trató de controlar los temblores de ira que le asaltaban. Cuanto más furioso se mostraba él, más tranquila parecía Regina, como si tratara de demostrarle su control, su frialdad.

—Si lo hicieses, si me matases, ¿qué sería de Mercè? Irías a la cárcel y te colgarían por asesino, y hasta te acusarían de hereje por estar conmigo. Entonces ¿quién se haría cargo de la niña? ¿La mora? —Dejó que él lo pensase antes de continuar—: Conmigo serás feliz, Hugo, mucho más que con esa jovenzuela estúpida, no te quepa ninguna duda. Hazme caso. Solo tienes dos opciones: yo, o el conde de Castellví de Rosanes y la justicia de Barcelona y la desgracia y la infamia para tu hija. En tu vida no tiene cabida esa muchacha de la que me has hablado, no cuenta, no está. Elige: la muerte o yo.

Se levantaba al amanecer y no regresaba hasta bien oscurecido. Era febrero, tiempo de podar las viñas. Podía hacerse desde poco antes del invierno hasta marzo. Convenía que las ubicadas en tierras calientes se limpiaran pronto, mientras que la tarea podía atrasarse hasta el inicio de la primavera en las vides asentadas en tierras frías; en cuanto a las que estaban en suelo templado —como era el caso de las del *vinyet* de Barcelona, incluidas, claro, las de Hugo—, el momento de la poda podía elegirse. Mahir había explicado a Hugo —y él lo sabía también por experiencia— que si las vides se podaban en invierno daban menos fruto, y más madera, que las podadas en febrero o marzo.

Los primeros días requirió el trabajo de sus nuevos esclavos, Joan, el negro, y Nicolau, el mulato. El primero resultó ser zurdo y empezó a podar al revés de la línea de las cepas que marcaba Hugo, por lo que este lo despidió. El otro se mostró incapaz de podar los sarmientos de un golpe único y certero, por más que Hugo le explicó cómo hacerlo en varias ocasiones. Le dolía oír el crujido de la madera al astillarse tanto como si le golpearan a él; además, no tenía la paciencia que Mahir había demostrado con él, de manera que se deshizo también del mulato Nicolau y afrontó la labor a solas, cepa a cepa.

Antes de podar una cepa había que rodearla y observarla desde todos los ángulos, así como palpar los sarmientos, pues no todas debían podarse de igual manera. En esa tarea estaba cuando el rostro de Eulàlia se le apareció una vez más, aunque no quería pensar en ella. Tampoco en Regina, cuyas palabras aún resonaban en su mente. Se concentró en la poda. No deseaba pensar en nadie.

Barcha le llevaba la comida, y fue ella quien, transcurrida la primera semana, le llevó también noticias. Jofré se había presentado en la masía, preocupado. La mora le dijo que no sabía de su amo, que sí, que estaba bien de salud y que iba a dormir, y que ya le daría recado. Hugo se limitó a coger la escudilla de comida y se sentó en la tierra para dar cuenta de la olla.

—Amo… —quiso intervenir Barcha.

Trató de despedirla con un «déjame», seco y áspero, pero ella insistió.

—¿No me has oído! —volvió a interrumpirla Hugo.

—¡Sí! —llegó a chillar la otra—. Pero es que Mercè quiere venir a la viña. Sabe que estás aquí.

—Como se lo permitas, no volverás a verla.

Se concentró de nuevo en las cepas, ajeno a todo y a todos. Recordó las enseñanzas de Mahir mientras rodeaba una nueva planta; las escrutaba, las toqueteaba y forzaba los sarmientos. «Lo importante es que crezcan a partir de un pie fuerte, vigoroso, capaz de soportar el peso de al menos cuatro ramas en forma de cruz, mejor si son cinco», le había explicado el judío.

Llovió. Barcha le llevó una capa. Al cabo de unos días la mora no pudo impedir que Jofré se internase en la viña en busca de quien estaba llamado a ser su yerno.

—¿Qué te sucede, hijo?

Hugo no contestó, no sabía qué decirle. Continuó podando, tratando de permanecer ajeno a las preguntas del corredor.

—¿Por qué nos haces esto?

No encontraba cómo podar aquella cepa. Le distraían las preguntas de Jofré, la mirada de Barcha por detrás de él. El padre de Eulàlia trató de que le hiciera caso y le agarró de una manga, pero Hugo se zafó con más violencia de la que habría deseado, ya que aquel hombre jamás le había hecho nada malo, siempre se había portado bien con él y... Pero ¡tenía que podar aquella cepa!

Jofré regresó un par de ocasiones más. Hugo nunca le habló. La siguiente lo hizo acompañado de Eulàlia, quien lloró tan desconsoladamente que consiguió que un Hugo acongojado les diera la espalda, se olvidase de la poda y huyera sorteando las cepas a paso presuroso. Se planteó coger a Mercè, su niña y huir. Se liberaría así de Regina... y de Eulàlia. ¡No podía! Todo cuanto tenía eran esas viñas, eran su vida y eran el futuro de Mercè.

Mosén Pau también acudió a reclamarle explicaciones, sobre todo porque el párroco de la iglesia de la Santíssima Trinitat, el templo que los judíos habían erigido tras el asalto a la judería y su conversión forzosa, había acudido a Santa María de la Mar para comunicarle y comentar con él que una judía llamada Regina pretendía abrazar la fe cristiana, anular el matrimonio que la unía a un médico hereje, y casarse con un tal Hugo Llor, parroquiano de Santa María.

—¿Qué significa eso, Hugo? ¿Vas a abandonar a Eulàlia para tomar por esposa a una conversa? ¿Y tus promesas? ¿Y tus esponsales? Confiesas conmigo —le recordó— y nunca me has hablado de esa judía. ¿De qué la conoces?

Estuvo por no contestar, pero mosén Pau pertenecía a la comunidad de Santa María, los dueños de aquella viña.

—¿No me dijisteis vos un día que una conversión era el mejor regalo para Nuestro Señor? ¿Acaso no sostuvisteis que tenía que hacerlo costara lo que costase? ¿De qué os extrañáis ahora, padre? Ahí tenéis una conversión… a costa de mi felicidad.

Mahir le había dicho que la vid era una planta obediente, que un buen podador podía conseguir con ella lo que un alfarero con la arcilla: moldearla a placer. Ahora lo comprobaba. Las plantas jóvenes de la viña de Santa María que había plantado hacía ya cuatro años crecían fuertes y robustas.

Hugo las miró y luego se encaró con el sacerdote.

—No puedo creer que le hagas daño a esa muchacha —le reprochó este.

—¿No es eso lo que quiere la Iglesia? Esa judía se convierte para casarse conmigo. Si no se casa conmigo, no se convierte. ¿No me dais la absolución, padre?

Llevaba casi tres semanas trabajando en las viñas y durante ese tiempo había llegado a creer, en algunos momentos, que la amenaza de Regina no había sido más que una ilusión torpe. Pero no era así. Era real, y Regina cumplía; no lo dejaría. «Es una mala persona.» «Es una mala persona.» «Es una mala persona.» La censura de Dolça machacaba su mente. Si Regina lo denunciaba, con toda seguridad lo ahorcarían como al más perverso de los criminales. ¿Qué sería entonces de Mercè? Solo pensar en la niña, señalada como su hija, la de un traidor infame, se le encogían las tripas y se le agarrotaba la garganta. Desde que Regina le amenazara no podía librarse de la imagen de una Mercè desvalida mientras toda Barcelona la insultaba y le escupía por las calles. No lo consentiría, se dijo. No podía. Dejaría a Eulàlia, porque no tenía alternativa, y se refugiaría allí, en sus viñas, en su masía, en sus tierras. Ya vería qué sucedía con Regina. Quizá no fuera necesario casarse con ella…

Volvió Jofré. Lo llamó a gritos hereje, le insultó desde la distancia y le apedreó.

Al cabo de unos días se presentó el notario ante el que habían firmado los esponsales, igual de calvo y menudo aunque ya no tan sosegado, allí en medio de la viña, con un par de oficiales a los lados.

Quería saber si estaba dispuesto a contraer matrimonio con la joven Eulàlia Desplà, hija de Jofré… Hugo le interrumpió y contestó que no, que no estaba dispuesto. ¿Rompía los esponsales entonces?

—Sí.

Transcurrieron las jornadas de trabajo, y cuando Hugo ya iba a dar por terminada la poda se presentó el sayón de la corte del veguer acompañado de un escribano y dos soldados.

—¿Hugo Llor?

—Yo soy.

El sayón le entregó un documento.

—Os comunico la existencia de un proceso judicial ante la corte del veguer en el que Eulàlia Desplà os reclama la viña de señorío de la iglesia de Santa María de la Mar de Barcelona, así como la que es propiedad de Francesc Riera, converso, antes llamado Jacob…

—¿Qué?

—Tenéis un plazo de cinco días para presentaros ante la corte.

—¿Qué decís?

—Que vais a perder las tierras —explicó el oficial de forma ruda.

—Yo no…

—Firmasteis una pena en los esponsales. Y el que incumple la palabra de matrimonio tiene que pagar la pena a favor de aquel que está dispuesto a casarse. Es muy sencillo.

La hoz de podar resbaló de manos de Hugo y cayó a tierra. Eran sus viñas. Eran…

—¿Habéis entendido bien lo que os he dicho? Eulàlia Desplà os ha demandado para hacerse con estas viñas.

15

Después de cruzar el barrio del Raval, Hugo accedió por la puerta de la Boquería a la ciudad vieja. Por primera vez en su vida Barcelona se le antojó inhóspita. Los pregones públicos y los gritos de mercaderes y menestrales, de los compradores regateando, de la gente que hablaba a voz en cuello de lado a lado de las calles le golpearon como si pretendieran recordarle que allí, en la gran ciudad, era donde se decidía el destino de los hombres. ¡Cuán lejos de esa vorágine quedaba la quietud de las viñas! En esa ocasión la muchedumbre le hizo sentirse extraño. Todos parecían tener algo que hacer, mientras que a él solo le cabía esperar el fallo de un juicio que ya daba por perdido. La misma opinión tenía el abogado al que acudió de la mano de Raimundo.

—He visto la demanda que ha presentado ante la corte del veguer el padre de tu… de Eulàlia —rectificó Pau Juliol, un anciano entrado en carnes de hablar pausado—. Como menor de edad, al no contar con veinticinco años… —le informó en la segunda reunión que mantuvieron en el escritorio del abogado—, siento decirte que no tienes defensa.

—Pero…

—En la escritura de esponsales se pactó una penalización para aquel de los novios que incumpliera su palabra. Los padres de ella se comprometieron a entregar la dote, tú a entregar el *escreix*. Esa es la cuantía de la penalización, la menor de esas dos cantidades.

Hugo no recordaba tal compromiso; sí que se acordaba, no obstante, de haber perdido el hilo de la lectura después de que el notario hiciera alusión a la virginidad de Eulàlia.

—No recuerdo esa parte de la escritura a la que os referís.

—No sirve el no recordar. El *usatge*, que trata de las penas por incumplimiento del matrimonio, solo prevé la excepción del error. Más tarde confirmaste ante el notario que estabas dispuesto a incumplir tu compromiso. —El abogado desvió la mirada hacia Raimundo, sentado junto a Hugo, frente al escritorio, y se dirigió a él—. Entenderás que no pueda hacerme cargo de tu caso.

—¿No podríamos decir nada? —terció Hugo—. Qué me equivoqué, que cometí ese error. ¡Perderé las viñas!

—Por ese camino no solo perderás las viñas sino la libertad. Escucha, joven, te exigirán juramento de calumnia y a mí como abogado también me lo exigirían.

—¿Qué es eso?

El letrado Juliol le indicó que no volviera a interrumpirle.

—El juramento de calumnia obliga a jurar ante el juez que se procede a litigar de buena fe y que si se pleitea es porque se está en la creencia de defender una causa justa ante la que se tiene derecho. Yo no voy a efectuar ese juramento... Y te aconsejo que no lo hagas porque, además de perder el pleito, se te condenaría por falsario, y eso sí que sería pernicioso para ti. Lo siento. Me temo que no encontrarás un abogado que te socorra. En esta ciudad todos los de mi profesión hemos tenido que jurar que no defenderemos causas desesperadas como la tuya; de hacerlo, podrían declararnos infames, y ese sería nuestro final.

—¿No hay ninguna posibilidad? —insistió Hugo.

—Mira, te explicaré cómo funciona esto. El veguer, como representante del rey, no sabe de leyes, por lo que necesita de juristas que le asesoren en los pleitos. Esos juristas somos nosotros, los abogados. Cada semana el prior de nuestra... llamémosla cofradía designa de entre nosotros a aquellos que actuarán de asesores, o jueces, en las cortes del veguer y del baile. Nos conocemos por lo tanto, somos compañeros, amigos, y te puedo asegurar que el juez al que le ha tocado tu caso ya tiene una opinión formada. No tienes la menor posibilidad, Hugo.

—¿Pueden quedarse las viñas? No son mías, solo tengo un contrato de...

—Enfiteusis —se adelantó el otro—. De *rabassa morta*. Y sí, pueden quedarse esas viñas, en respuesta a tu pregunta. Esos contratos son transmisibles siempre que no lo sean a personas de mayor rango o calidad que el propietario y el comprador pague el laudemio que establece la ley. Eulàlia Desplà no posee nobleza alguna, por lo que personalmente puede acceder a las viñas, y no me cabe duda de que pagará el laudemio para hacerse con ellas.

—Pero las dos viñas, sus aperos y el vino valen mucho más dinero del que me obligué a pagar por…

—*Escreix* —le ayudó el abogado.

—*Escreix* —repitió Hugo de mala gana.

—Puede que sí o puede que no. Yo no lo sostendría tan rotundamente. ¡Son tres mil sueldos! Pero en cualquier caso en los esponsales firmaste esa cantidad y la garantizaste con esas dos viñas, sus aperos, sus trabajadores y todo lo que está unido a ellas, si faltabas al compromiso de matrimonio.

Los tres se mantuvieron en silencio unos instantes.

—Lo siento —añadió al cabo el abogado en un tono tal que indicaba su intención de dar por concluida la reunión.

Nada más abandonar el escritorio Hugo se encaró con Raimundo con una agresividad que el anciano cambista achacó a su desesperación.

—¡Tengo que conseguir tres mil sueldos!

—Es una cifra demasiado elevada —le contestó con intención de apaciguarlo—. Lo lamento, pero creo que nadie te prestará esos dineros. Yo ahora ni siquiera los tengo, pero aunque los tuviese… Es un riesgo excesivo para un joven como tú que no posee más que dos viñas en enfiteusis. Una mala cosecha… Lo siento, Hugo, lo siento. Además hay muy poco tiempo. Si quieres, inténtalo, pero no tendrás éxito.

Hugo se despidió del cambista con un brusco gesto de la mano y, sin dudarlo un instante, se encaminó a la casa de Eulàlia. No podía perderlo todo. Eulàlia no tenía derecho a quedarse con las viñas. Debía entender que no había tenido intención de hacerle daño. La presencia de Hugo en la taberna de Jofré fue recibida con el silencio y una serie de miradas torvas que le llevaron a dudar de la oportunidad de su decisión. El establecimiento, con su rama de pino colgando del dintel de la puerta, se ubicaba en la calle Arrover, una callejuela por detrás de la plaza del Born, cerca de donde estaba la casa del guantero en la que trabajó su madre. Unos lugares que no podían traerle fortuna.

—¡Fuera de aquí!

El grito partió de Jofré, quien hasta ese momento había estado de espaldas a la puerta trasteando con una cuba y acababa de volverse a causa del extraño silencio tras la entrada de Hugo.

—Jofré... Yo quisiera...

Hugo dio un paso en dirección al corredor de vinos.

—¡Largo!

Un hombre a quien Hugo conocía de vista se levantó de una de las mesas.

—¿Tú eres el que ha dejado a la pequeña Eulàlia?

Hugo contestó abriendo las manos, como si no fuera culpa suya. El hombre le arrojó el vino de su escudilla.

—¡Que te vayas! —chilló al mismo tiempo.

Más parroquianos se le sumaron.

—¡Hereje!

—¡Vete con tu judía!

El griterío aumentó. Alguien le propinó un empujón. Hugo trató, aunque fuera con la mirada, de implorar a Jofré. El corredor se encaminó hacia él, airado. Hugo retrocedió y trastabilló, si bien no llegó a caer. Los insultos y los gritos se sucedían. Cuando salió de la taberna algunas mujeres, advertidas por el escándalo, acrecentado al reflejarse y reverberar en los muros de los edificios que daban al callejón, esperaban ya asomadas a los balcones. Un par de ellas le reconocieron:

—¡Cabrón!

—¡Canalla!

Le llovieron escupitajos.

—¡No vuelvas por aquí!

Desde lo alto le lanzaron un cubo con excrementos. Y otro repleto de hortalizas podridas. Hugo intentó no correr, pero terminó escapando tan rápido como se lo permitieron sus piernas.

Hugo recorría de buena mañana la calle de la Boquería en dirección a la plaza de Sant Jaume, con destino a la de Marquet y el palacio de

Roger Puig. Habían transcurrido varios días desde su conversación con el abogado y la posterior visita frustrada a Jofré. Pasó cerca de la calle de Sanahuja, donde se encontraba la casa de Regina. Había ido a verla el día siguiente de que lo echaran de la taberna para tratar de que rectificase y asumiese su matrimonio con Eulàlia; así él no perdería las viñas puesto que la joven no podría alegar nada si él se comprometía a cumplir los esponsales. Pero Regina ya no vivía en aquella casa, por supuesto: era imposible que conviviera con judíos quien estaba en camino de convertirse al cristianismo.

Siguió las instrucciones de la criada y la encontró en un edificio de dos plantas cerca de la iglesia de la Santíssima Trinitat, alojada en una habitación minúscula del piso alto que compartía con una pareja de ancianos conversos. Regina, en pie, leía un libro aprovechando la escasa luz natural que se colaba por la ventana. Hugo sintió la mirada de los ancianos clavada en su espalda al seguirla escalera abajo.

—Voy a la iglesia —trató de tranquilizarles ella.

Y allí fueron. Hugo creyó que se trataba de una evasiva, pero Regina lo arrastró hasta el interior del templo de la Santíssima Trinitat, donde hizo una genuflexión al entrar y se santiguó con devoción, quizá fingida.

—Todavía no me han bautizado —susurró para no molestar a los demás fieles.

Hugo no podía dar crédito. Regina se mantuvo en pie: oraba al altar en voz baja, sumando su siseo al que ya se alzaba en el interior del templo. La de la Trinitat era una iglesia pequeña de una sola nave y techo bajo abovedado, sencilla como correspondía a los conversos que la habían erigido.

—Tengo que hablar contigo —susurró Hugo.

Regina le hizo esperar un buen rato. Él sabía que su actitud era impostada, que odiaba a los cristianos y todo lo que estuviera relacionado con ellos, mil veces se lo había confesado, y no comprendía por qué disimulaba así con él.

—¡Regina! —clamó al cabo.

Ella accedió y se apartaron hasta un rincón, junto a la entrada, al amparo de unas sombras que no conseguían vencer las pocas velas que titilaban cerca. Hugo habló de corrido: el juicio, el embargo de las viñas…

—Han hecho inventario de todo lo que existe en ellas, hasta el apero más inútil y destrozado ha quedado plasmado en los libros del escribano, además de los vinos, las tinajas, los esclavos… ¡Todo! Me lo van a quitar todo si no me caso con Eulàlia.

Regina recapacitó un instante.

—Ya sabes lo que dijo san Mateo —dijo, y citó después—: al que quiera entrar contigo en juicio y quitarte tu túnica, dásela juntamente con la capa. Los cristianos no debemos pleitear, Hugo. La caridad debe regir nuestros actos. No te preocupes, seremos igualmente felices sin esas viñas, quizá más. Estarás más a mi lado.

Hugo acalló la protesta que ya surgía de su garganta. Observó a Regina, seria, aparentemente firme en sus nuevas convicciones. En las sombras no alcanzaba a ver su nariz con nitidez. Entornó los ojos mientras ella continuaba su discurso:

—No tardarán mucho en bautizarme, ¿te das cuenta de lo que eso significa? Dado que sé leer y entiendo el latín, mi evangelización es mucho más rápida que la de cualquier otro. El párroco está muy satisfecho con mis avances. Pronto podremos casarnos y vivir juntos. ¿Se lo has comunicado ya a la niña? ¿Qué edad tiene Mercè? ¿Tres añitos? Suficientes para entender lo que sucede a su alrededor, ¿no?

Regina continuó hablando. Hugo no consiguió verle la nariz y tampoco tuvo ánimos para discutir. Lo había intentado aun siendo consciente de cuál iba a ser su respuesta. Lo que nunca llegó a maliciar fue esa postura beatífica tan contradictoria con sus verdaderos sentimientos hacia la cristiandad. Una serpiente que cambiaba de piel, eso era Regina. Una víbora capaz de devorarlo si no accedía a sus deseos. Mucho era lo que Hugo llegó a dudar acerca de si cumpliría su amenaza y lo denunciaría ante Roger Puig y las autoridades. Pensaba que sí, que lo haría, pero en algunos momentos, al recuerdo de risas y charlas, de encuentros carnales en los que si no podía hablarse de amor sí al menos de cariño o de ternura, se decía que no, que no lo haría. ¡Eran amigos! ¡Hugo le había salvado la vida! Tras su actuación en la iglesia de la Trinitat, adorando cuanto odiaba, no le cabía duda de que Regina se inmolaría si él no accedía a sus deseos. Su única posibilidad era huir, pero no tenía adónde ir. Ni siquiera podía recurrir a Bernat, ya que se había negado a continuar trabajando para él. Quizá lo acogería en Cartagena… «No es sino un puerto con un castillo bajo el que se amparan más chozas que casas», le había dicho Gabriel Muntsó. En cualquier caso, aunque lo acogiera, aquel no era lugar en el que vivir con Mercè, entre corsarios, en tierras siempre en guerra, fronterizas con las de los moros de Granada.

Trató de desechar la idea. Aún le quedaba algo del dinero obtenido de los negocios con Jofré, eso no lo pudo inventariar el escribano del juzgado del veguer, como tampoco el alambique, escondido desde que el tuerto se interesase por el clarete. Pero las viñas... Eran su vida, el futuro de su niña... ¡No podía perderlas! Volvió al piso donde vivía Regina.

—¡No puedes hacerme esto! —le gritó, sorprendiendo a la pareja de ancianos.

Regina levantó la mirada del libro de oraciones que continuaba leyendo apoyada en el alféizar; lo hizo tranquila, condescendiente.

—¡Te salvé la vida! —le recordó Hugo.

—No me la quites ahora entonces —contestó ella.

—Voy a perderlo todo. —Hugo se acercó con las manos extendidas, suplicando—. Me quitarán...

—Me tendrás a mí —le interrumpió Regina al mismo tiempo que se separaba de la ventana y dejaba el libro sobre el jergón, al lado de los ancianos.

—¡No quiero tenerte a ti! —Hugo la agarró del brazo y la zarandeó—. ¿Me entiendes? ¡Quiero mis viñas, mi vino! ¡Tengo que casarme con Eulàlia!

—Tienes que casarte conmigo —le rectificó Regina cuando dejó de zarandearla.

—¡No!

Ella trató de abrazarlo y Hugo la empujó. Regina cayó sobre el jergón. Los ancianos se encogieron y se arrimaron el uno al otro sin osar moverse en aquella habitación minúscula, donde Hugo seguía gritando. Una mujer se asomó a la puerta, seguida por un par de vecinos.

—¿Sucede algo? —preguntó uno de ellos.

—Este hombre... —quiso explicar el anciano.

—¡No sucede nada! —Regina saltó de la cama para acercarse a la puerta—. Id a ocuparos de vuestros asuntos —les conminó antes de cerrarla—. Debes tranquilizarte, Hugo. Pégame si quieres.

Él dudó. Podía matarla y así terminarían sus problemas.

—Hazlo si eso te tranquiliza —le retó ella—. Soy tuya.

Hugo bajó la cabeza y se llevó las manos al rostro. Regina se acercó a consolarlo tan pronto como oyó sus sollozos. Nada más notar su contacto, él volvió a empujarla y salió de la habitación.

Pero regresó, al cabo de un par de días. Y volvió a hablarle de las viñas, de su ilusión, del futuro de su hija.

—No me casaré contigo —le dijo. Se hallaban solos pues los ancianos estaban en la ciudad—. Lo haré con Eulàlia. Aún estoy a tiempo de ir al juzgado y revocar mi decisión anterior.

—¡Auxilio!

El asombro inicial de Hugo al ver a Regina asomada a la ventana que daba a la calle pidiendo socorro se transformó en terror al oír sus siguientes gritos:

—¡Está aquí! —chilló señalando al interior de la estancia—. El traidor que informó de los barcos de los catalanes para que…

Hugo tiró de ella y le tapó la boca.

—¿Estás loca!

—¿Cómo quieres que te lo diga? —replicó ella tan pronto como Hugo la liberó. De la escalera de la casa les llegaron voces y el ruido del correr de gente que ascendía—. Moriremos ambos si me dejas. Y tu niña lo hará de hambre, o de vergüenza por su padre. Eso en el caso de que sobreviva a la miseria. ¡Lo juro por tu Dios! —acertó a amenazarle antes de que la puerta de la habitación se abriera de una patada.

—¿Qué pasa! —gritó el primero de varios hombres que irrumpieron en la estancia.

Eran cuatro, y se detuvieron junto a Hugo y Regina. Ella lo interrogó con la mirada. Hugo preguntó a su vez a las aletas de la nariz de la mujer: tensas, firmes. Lo haría, lo denunciaría. En aquel momento no le cupo ninguna duda. Suspiró, y para Regina eso fue suficiente.

—¿Qué hacéis? —preguntó a los hombres fingiendo asombro—. ¿Por qué irrumpís aquí?

—Has pedido auxilio desde la ventana —replicó uno de ellos.

—Y has dicho algo de un traidor.

—Os equivocáis —afirmó con tal serenidad que poca discusión cabía.

—Pero tú...

—¿Por qué iba a pedir auxilio? ¿Qué dices de un traidor?

—¡Yo te he visto!

—Estás equivocado. Tal vez me hayas visto en la ventana, pero no he pedido ayuda.

—Sí lo has hecho.

—No es verdad —terció Hugo.

Se miraron entre ellos.

—No lo he hecho —insistió Regina.

Llegó la sentencia del juzgado del veguer, y no por esperada originó menos dolor. La mora tenía dispuestos los efectos personales de todos. Hugo le había advertido que probablemente no podría pagarle, que era libre de buscar otro trabajo.

—¿Y dejar a la niña? —se indignó ella, y dijo conformarse con un rincón donde dormir y algo para comer.

—Confío en que eso no nos falte —susurró él.

Agotaron el plazo de desalojo que les señaló el sayón del juzgado. Hugo evitó mirar la masía y la viña, pero la olió: el aroma seco a tierra y a sarmiento, el olor penetrante del vino almacenado en la bodega y el dulzón de la uva que ya maduraba; todas aquellas fragancias le envolvieron como los eslabones de una cadena que pugnara por retenerle. Se enjugó las lágrimas que le resbalaban por las mejillas y levantó la mirada a la viña. Jofré paseaba por ella. Tocaba los sarmientos. Se agachaba y examinaba la tierra. Arrancaba algunas uvas y las aplastaba entre los dedos. Lamía el jugo. «¿Qué sabría el corredor?», se preguntó. Como si le hubiera oído, el padre de Eulàlia se volvió y ambos se enfrentaron con la mirada.

—Amo —oyó a Barcha a su espalda.

Hugo no contestó, las lágrimas se habían transformado en ira. Jofré le aseguró que él no tendría que poner nada, que no existía riesgo alguno en su compromiso de pago... por la virginidad de Eulàlia; nunca le advirtió de aquella pena para el supuesto de que rompiese su promesa de matrimonio. ¡De hecho, no le advirtió de nada! Era lo normal, sostenía. La dote, los esponsales, el *escreix*... Era la ley, afirmó. Hugo no creía que lo hubiera engañado. Sin embargo aquella sonrisa le irritaba.

—¡Hereje! —gritó Jofré.

—Amo —volvió a terciar Barcha.

Hugo quiso responderle, dejarse llevar por la furia, pero de repente se encontró con Mercè en brazos.

—Tenemos mucho que hacer, amo.

Barcha se había plantado delante de él con las manos en jarras.

—Tenemos que hacer, padre —repitió la niña con voz aguda.

Hugo la miró: dulce, ingenua, inocente.

—Cierto, hay mucho que hacer —confirmó Hugo dando un beso a su hija.

El día de la llegada de Barcha a la masía, cuando la orina de los *bastaixos*, la mora se había negado a cargar con la tinaja. El día que la abandonaban, en cambio, mientras Hugo llevaba a su hija en brazos, apretándola contra su pecho, Barcha cargaba con el saco con las escasas pertenencias particulares que el sayón les había permitido llevar consigo.

Esa vez Hugo no volvió la vista atrás; la mantuvo fija en las murallas de la ciudad, en el mar.

—Serás feliz en Barcelona —anunció a Mercè—. Ya lo verás. Allí tendrás muchas amigas y te divertirás.

Hugo lo había pensado con detenimiento. Le gustaba el barrio de la Ribera, y a la hora de elegir lugar en el que vivir se sintió atraído por el mar, allí donde había transcurrido su infancia y aquellas ilusiones que el conde desbarató. El precio de una habitación en las casas que se levantaban en las callejas entre Santa María de la Mar y la playa era relativamente barato; aquella era zona de pescadores y barqueros, de marineros con recursos escasos. Si continuaba trabajando como botellero de Roger Puig podía afrontar aquellos gastos, pero... si en la calle Arrover, donde la taberna de Jofré, no muy lejos de allí, la gente sabía de su desplante a Eulàlia y le culpaban de su desgracia, nadie le garantizaba que en la Ribera no estuvieran también al tanto. Allí estaban las fuentes: el pozo del convento de Santa Clara; la fuente de Santa María, o la del Estany en el Pla de Palau. Ahí mismo, junto a la lonja, se ubicaban también las pescaderías, la nueva y la vieja. Las mujeres de la calle Arrover, entre ellas Valença, la madre de

Eulàlia, tenían que bajar hasta allí para adquirir el pescado que debían comer en los numerosos días de abstinencia. Hugo se imaginó en boca de todas ellas mientras hacían cola en las fuentes, o en las pescaderías o en la carnicería del Pla d'en Llull, quizá simplemente a la salida de misa. No le cupo duda alguna de que le desollarían por la ofensa a Eulàlia. No podía vivir allí, no debía exponer a Mercè a esa vergüenza.

Al final alquiló una habitación en el extremo opuesto de Barcelona, en el Raval, donde sus correrías de niño con el perro calvo; un barrio de gente quizá más humilde todavía que la de la Ribera, ya que la mayoría de los esclavos liberados se veían forzados a vivir en esa zona, por fuera de las antiguas murallas. El edificio de dos plantas que escogió tenía su entrada por la calle del Hospital y, como muchos de los que se levantaban por allí, era relativamente moderno. Estaba a pocos pasos del hospital de Colom, en cuya bodega Hugo había saltado el ojo al tuerto, y era propiedad de Jaume, un viudo ya mayor, encorvado, calvo y con pocos dientes que no obstante se esforzó por mantenerse erguido en cuanto vio llegar a Barcha.

—El día que cerramos el trato no me dijiste que también viviría con nosotros una mora —sonrió el viejo.

—Te dije que traería a mi hija y a la criada que la cuida, ¿recuerdas? ¿Qué hay de extraño en que sea mora? Barcelona está llena de ellas.

—Nada de extraño, nada de extraño —repitió el hombre mientras les franqueaba el paso al interior del edificio—. ¿Estás bautizada? —añadió de repente en dirección a Barcha.

—No —respondió ella.

Mientras subían la escalera estrecha que conducía a la habitación alquilada, Hugo se percató de que Barcha se volvía bruscamente hacia atrás, donde la seguía el viejo, y vio que forcejeaban. Ella hacía ver que no quería que le tocase el culo; él insistía frente a aquella fútil oposición. La llegada a la planta superior acalló las risas reprimidas de la mora.

Una pequeña habitación con dos catres. Allí fue donde Jaume les instaló. Barcha no hizo comentarios, pero Hugo los imaginó: a él también le pareció más grande el día en que pactó el alquiler. Ahora, con el saco, todos en su interior y Mercè saltando de aquí para allá, el espacio había menguado considerablemente. La mora y la niña dormirían en uno de los catres y él en el otro, ordenó tratando de obviar las incomodidades. A través de una ventana que daba al huerto Jaume les indicó dónde se hallaba la letrina; el hogar y la cocina los acababan de ver en la planta baja. El viejo dormía en otra habitación, frente a la de ellos. Hasta entonces y desde la muerte de su esposa había vivido solo, les contó. Sus hijos también murieron y en ocasiones trataba de recordar su trabajo en el obrador de la planta baja, donde había manufacturado mangos de madera para navajas, puñales y cuchillos durante la mayor parte de su vida. Barcelona producía cuchillos y espadas, no solo para su consumo interno, sino para la exportación, por lo que Jaume se ganó bien la vida hasta que le fallaron la vista y las manos, que le temblaban cuando más las necesitaba. Por eso alquilaba la habitación, para obtener unos dineros que empezaban a escasear. Desde que espaderos y cuchilleros prescindieran de sus servicios Jaume se había entregado a prestar ayuda en el cercano hospital de Colom, donde terminó convirtiéndose en uno de los tres *acaptatores* de la institución: aquellos que diariamente recorrían Barcelona mendigando pan.

Una vez instalados, Regina no tardó en presentarse en la casa de la calle del Hospital; después de cuanto estaba haciendo por convertirse, de ninguna manera iba a perder el contacto con su futuro esposo. Hugo pasaba los días en el palacio de Roger Puig, donde hasta los esclavos parecían conocer su desgracia. En la primera ocasión que Regina acudió a la nueva casa de Hugo, Jaume sonrió al verla; Barcha torció el gesto, primero hacia Regina luego hacia Jaume, quien mudó el semblante instantáneamente, aunque en ningún momento desvió los ojos de los pechos firmes y generosos de la todavía judía. Mercè, por su parte, hizo caso omiso a los arrumacos y carantoñas con los que Regina trató de ganársela y continuó centrada en unas figuritas toscas que Jaume había tallado para ella con restos de la madera de los mangos.

Las visitas de Regina se hicieron tan habituales que la pequeña Mercè terminó cediendo a los dulces con que la otra la pretendía. Jaume también sucumbió: un día, mientras Barcha vigilaba a la niña en la calle, al viejo se le escapó la mano al culo de Regina. La otra soltó una risa.

—No tienes edad para estas cosas —le regañó con cariño. Jaume quiso replicar, pero Regina se lo impidió—: Tontea con la mora —le aconsejó—. Ella nunca se quejará.

Desde entonces, sin embargo, no hubo momento en el que, a solas por las circunstancias que fueran, no volviera a escapársele la mano al viejo. En una ocasión se excedió en el manoseo y Regina lo despachó con una bofetada, pero por lo general se limitaba a reñirle con una sonrisa ante unos toqueteos que no iban más allá de un par de palmaditas o algún que otro pellizco. Lo quería como aliado, lo necesitaba como amigo, por lo menos mientras Hugo habitase aquella casa, porque el acercamiento con la mora no había obtenido más que lo que tanto una como otra ya preveían.

—Ten en cuenta que en breve me convertiré en tu señora —la amenazó Regina después de un buen rato de conversación infructuosa—. Tendrás que obedecerme.

—No te preocupes. Sé hacerlo.

Todas las contestaciones de Barcha sorprendieron a Regina. La mora no se oponía abiertamente, pero era obvio que no la apreciaba en absoluto.

—Vivirías mejor si te plegases a mis deseos.

—Viviré como tú ordenes.

—Te machacaré.

—Solo soy una mora; es lo usual.

—Eres libre. Podrías buscar otro trabajo.

—No creo que pudiese encontrar ninguno como el que me propones —se revolvió Barcha con cinismo.

—Eso tenlo por seguro, mora —arrastró las palabras Regina—. Desearás no haber tomado esta decisión. Te quitaré hasta las ganas de vivir.

A medida que Regina destapaba su ira, Barcha ampliaba su sonrisa, hasta que la judía dijo algo que debería haberse callado:

—Empezaré quitándote a la niña…

Se encontraban las dos en el huerto, hasta donde Regina la había seguido. Barcha se abalanzó sobre ella y la agarró del cuello. Tropezaron y cayeron a tierra, la mora encima de la judía.

—Te mataré, ¿entiendes? —le escupió Barcha al mismo tiempo que le apretaba el cuello—. Te mataré si me separas de la chiquilla. Te mataré si le causas algún mal. Te mataré si me enfrentas a Hugo.

Regina agitó las manos en el aire. Su rostro empezaba a congestionarse cuando la otra disminuyó la presión.

—Ve pensando cómo hacerlo, perra mora —replicó tan pronto como pudo respirar—, porque en cuanto se me presente la oportunidad te quitaré todo lo que quieres y deseas y te destruiré.

En esa ocasión fue la mora quien se desconcertó ante la respuesta de Regina, momento de duda que esta aprovechó para librarse de sus manos y rodar sobre sí hasta zafarse.

En pie las dos, sucias, jadeantes, temblorosas, se retaron con la mirada.

—No me asustas, mora asquerosa —tosió Regina.

—Eso es lo que todos piensan hasta que tienen la muerte encima. Suplicarás, te lo aseguro.

Regina pensó unos instantes.

—No te robaré el cariño de la niña —decidió ceder.

—Tampoco me enemistarás con Hugo —exigió la otra.

—Sea —volvió a ceder Regina.

—En ese caso te serviré.

—Y me obedecerás.

—Te obedeceré.

—Y...

—¡Barcha! ¡Barcha!

Los gritos precedieron a la aparición de Mercè bajo el dintel de la puerta que comunicaba con el huerto. Las dos mujeres, simultáneamente, se esforzaron por sonreír a la niña.

—Ven, Barcha, rápido —la urgió la pequeña mostrándole una de las muñecas.

Hugo y Regina se casaron el 6 de diciembre del año de 1400, festividad de Sant Nicolau, en la iglesia de la Santíssima Trinitat de Barcelona, la de los judíos conversos. Ese día la cofradía del templo celebraba la fiesta conjunta de sus dos santos patrones, y todos los cofrades tenían obligación de acudir a oír misa solemne. El altar se había cubierto con tela bordada en oro y la pequeña iglesia estaba perfumada con incienso mientras decenas de velas titilaban e iluminaban el interior.

Mosén Ramon Vilanova, el párroco, eligió un día tan significado para la cofradía como premio a la excelencia y aplicación por parte de Regina a la hora de aprender la doctrina cristiana y asumir la evangelización. Un mes antes la mujer fue bautizada y su matrimonio con Mosé Vives anulado. Regina no cambió su nombre, que también se correspondía con el de una mártir cristiana, pero sí su apellido, que pasó a ser el de Vilanova, como el del párroco.

En la iglesia se hallaban presentes la práctica totalidad de los conversos de Barcelona, todos unidos en la cofradía de la Santa Trinidad. Raimundo y Jacob atestiguaron por parte de Hugo; por parte de Regina —que apareció preciosa con un vestido de fina lana roja en el que destacaban las mangas y el cuello bordados, con la cintura bien ceñida por un cinturón también rojo y los zapatos en seda del mismo color— lo hicieron dos amigas de la infancia con las que, una vez bautizada, pudo recuperar esa amistad que el rey les había prohibido bajo pena de muerte.

Hugo vestía con aquellas ropas burguesas que le entregara tiempo atrás el mayordomo de Roger Puig. Regina le insistió en que comprase ropas nuevas, que se hiciese un vestido, pero Hugo estaba preocupado por los cuantiosos gastos que conllevaba la boda y que acabaron con sus recursos.

Aun cuando no era una tela de lujo, como las que se importaban del extranjero y que lucían los ricos y los nobles, la del vestido rojo de Regina supuso un desembolso considerable. «De buena lana de Lérida», aseguró el vendedor. Hugo nunca había comprado telas. Regina y aquellas dos amigas que la acompañaban y que opinaban con vehemencia acerca de todo, entusiasmadas como si fueran ellas quienes se casaran, tampoco parecían tener excesiva experiencia. «¡Es para un vestido nupcial!», estalló una de ellas con voz chillona. Las tres mujeres examinaron la tela como si en verdad fueran entendidas. «Lana de hebras largas —explicó el vendedor—, las más largas del mercado, de animales adultos esquilados en primavera. La lana elaborada con hebras como estas es la única que puede llevar la marca de la ciudad de Barcelona. Está aquí, ¿la veis?»

Pero si Regina no logró convencer a Hugo de que renovase su vestuario, sí que lo hizo con el de Mercè, por lo que salieron de la tienda con otra pieza de lana fina, verde, también con la marca de la ciudad, para cortar un vestido a la niña.

A tal dispendio hubo que sumar el del coste de la iglesia, y el párroco, y las donaciones para las almas de los vivos y los muertos de la cofradía de la Santa Trinidad a la que Hugo tuvo que inscribirse, y sobre todo, el convite. El banquete se ofrecería después de la ceremonia en la Casa de las Bodas, un edificio con un gran salón cercano al Pla d'en Llull y el portal Nou que el municipio ponía a disposición de la gente, que era mucha, en cuya vivienda no podía cobijar las fiestas de enlace. Tal era el afán por las celebraciones que los sucesivos reyes se vieron obligados a limitar los gastos suntuarios: solo se podía invitar a ochenta personas, cuarenta por cada cónyuge, veinte de cada sexo, que Hugo y Regina ya habían elegido. Tampoco se podía ya exhibir a la novia a caballo por las calles de Barcelona, ni ofrecer en el banquete volatería —gallinas, perdices, capones...—, limitándose el convite a dos platos. No habría volatería, pues, pero sí cordero cocido con hortalizas y luego ternera asada con todo tipo de salsas especiadas, además de pan blanco de trigo candeal, vino, mucho vino, blanco, tinto o vino griego dulce.

Y al coste del banquete debía añadirse el de las flores y las guirnaldas con las que ya aparecía engalanada la Casa de las Bodas, así como el de los juglares que tocarían trompas, tambores y flautas para que todos bailasen y cantasen hasta bien entrada la madrugada.

Después de la misa solemne, Hugo y Regina contrajeron matrimonio mediante el ritual de palabras de presente, en público, a la vista de todos:

—Yo, Regina —afirmó ella con voz enérgica—, te doy mi corazón a ti, Hugo Llor, como mujer leal, y te tomo como marido leal.

Hugo se oyó recitar la fórmula ritual como si fuera otro quien la declarase. Así sucedía desde que perdiera las viñas. Era como si Regina hubiera aprovechado su desánimo y su pesadumbre para hacerse con su voluntad. Regina lo disponía todo. A menudo, al regreso de Hugo del trabajo en la bodega de Roger Puig, ella todavía permanecía en la casa de Jaume. Mandaba y ordenaba; controlaba los dineros de Hugo; decidía lo que se comía y lo que no; lo que debía comprarse; cuándo se salía de casa y cuándo no; aquello que convenía hacer y lo que no... Y lo extraño era que Barcha también se sometía, dócil como un animalillo, grande como era. El viejo Jaume estaba contento y Mercè correteaba por la casa alegre y feliz. Habríase dicho que se trataba de una estampa idílica. Los domingos, después de misa en la Santíssima Trinitat, charlaban con los demás conversos y paseaban por la ciudad. Tampoco tenían inconveniente alguno en atrancar la puerta de la habitación y acostarse juntos. Atrás quedaba el engaño de la relación con Eulàlia, y Regina se lanzaba sobre él como si hubiera venido absteniéndose de yacer con un hombre durante más de un año. Y le exigía pasión, una y otra vez, fatigando a Hugo hasta que caía derrotado. Dijo que después de casarse quería tener un hijo, o más. Hasta entonces había utilizado pócimas para impedirlo, pero a partir de la boda ya no le harían falta. También le besaba, mucho. Se conformó con aquella casa, aunque obviamente necesitarían más espacio: la otra habitación de arriba, para Barcha y la niña. Jaume podía dormir en el obrador. Hugo hizo ademán de quejarse, pero ella le interrumpió: «¡Si ya no trabaja en los mangos de los cuchillos!». Sostuvo que le harían un favor. El viejo cobraría más dinero, podría dejar de trabajar definitivamente y dedicarse a tallar juguetes para Mercè. «Quiere mucho a la niña —aseveró—. No tiene familia alguna, ¿verdad?», inquirió después. Hugo percibió una intención oculta en la pregunta, pero calló ante la contradicción entre la mirada lánguida y perdida de Regina y las aletas de su nariz, tensas, como si ya se hubiera convertido en la dueña de aquella casa.

Sí, Regina era la dueña de todo, incluida su voluntad.

—... Y te tomo como mujer leal —terminó de recitar Hugo antes del beso entre los novios y la alegría y los abrazos y las felicitaciones y los buenos deseos.

Jaume aceptó la propuesta de Regina; les alquiló también su propia habitación y se trasladó a la planta baja, al obrador. Hugo volvió a contar sus monedas. Calculó los ingresos, los pocos dineros de los que todavía disponía más su salario como botellero, y luego los alquileres, la comida, ahora con una boca más que alimentar, la ropa —Regina ya había comprado más ropa para ella y la niña, y unos zapatos—, el salario de Barcha, a quien ya adeudaba bastante... ¿Cómo podría salir adelante?

—Hoy te acompañaré al palacio de Roger Puig —le sorprendió Regina a los pocos días de haber contraído matrimonio.

Vestía esas ropas que acababa de adquirir, de color azul oscuro, serias y discretas, aunque ajustadas al talle. Un tocado bajo y estrecho del mismo tono, con un ribeteado y unas cintas por debajo de la barbilla de vivos colores terminaba de romper cualquier asomo de gravedad en su aspecto.

—¿Para qué? —inquirió Hugo.

—Tengo que recuperar el tiempo perdido.

—¿Allí?

—Allí me propongo empezar.

En cuanto accedieron al patio del palacio, un par de criados quedaron prendados en aquella figura vestida de azul, exuberante. Apareció Esteve, el mayordomo, y también, como si lo hubiera presentido, el tuerto se apoyó en la barandilla de la galería y se asomó al patio, con la boca tan ligera como estúpidamente entreabierta a la vista de Regina.

—¿Quién es esta mujer? —inquirió Esteve.

—Soy la esposa de Hugo —se le adelantó ella—. Me llamo Regina Vilanova, cristiana, matrona, experta en cuidar de las enfermedades y todo tipo de necesidades, cualesquiera que estas sean, que puedan afectar a las mujeres.

Esteve escuchaba el discurso con los ojos muy abiertos; el tuerto sonreía arriba.

—He venido a ofrecer mis servicios a tu señora. Explícale que aprendí mi oficio como discípula aventajada de la gran Astruga, médico por concesión real de Pedro el Ceremonioso, y después con Mosé Vives, también médico, ambos judíos.

—No creo que quieran recibirte —replicó el mayordomo.

—También sé curar a los hombres —le interrumpió Regina.

El otro iba a reiniciar su oposición cuando un grito desde la galería obligó a todos a volverse.

—¡Regina! —Caterina corría escalera abajo.

La rusa se abalanzó sobre ella, lloró y se deshizo en agradecimientos y alabanzas hacia quien le salvara la vida. Al cabo, Regina logró sacudirse aquellas manos que no la soltaban.

—He venido a ofrecer mis servicios a la señora condesa —le dijo Regina.

—¡Claro que sí! —se alegró Caterina—. Yo misma le hablaré de ti.

—¿Cómo que claro que sí? —saltó el mayordomo—. Una simple esclava como tú no puede recomendar a nadie.

—¡Déjala, Esteve! —se oyó desde la galería.

El tuerto paseaba la mirada con lascivia de una mujer a otra: la rusa de piel blanca y rubia, la partera curtida, morena; las dos sensuales, de cuerpos voluptuosos y generosos.

¿Cuáles serían las fantasías del tuerto en aquellos momentos?, pensó Hugo.

—Será bajo tu responsabilidad —amenazó Esteve al criado del conde.

El otro se encogió de hombros y dio un manotazo al aire.

Mientras Caterina acompañaba a Regina a la primera planta Hugo se dirigió a la bodega. Tampoco tenía excesivo trabajo: diariamente preparaba y señalaba a Esteve los caldos que debía servir en la mesa de los condes; trasegaba el vino y lo limpiaba para que se conservase, y hasta se había procurado ya el piment para las cercanas fiestas de Navidad.

Preparó el vino del día y paseó entre cubas y tinajas, e imaginó a Regina esperando en el mismo lugar donde él había aguardado aquel día en que Roger Puig quiso premiarle por el clarete. Se estremeció al recuerdo del contacto de la punta del cuchillo del tuerto contra su vientre. Hugo se sentía permanentemente vigilado. Mejor o peor, había llegado a confraternizar con Esteve, el mayordomo, con el cocinero y los demás criados, y hasta con los esclavos, pues de él dependía el vino y nadie deseaba procurarse tal enemigo. Mateo, sin embargo, quizá acosaría a Regina como había hecho con él. La lujuria con la que acababa de mirarla volvió a su mente. A Caterina no podía acosarla, pues era propiedad del conde, pero nada le impedía perseguir a la esposa del botellero. Le asaltó la angustia al pensar que debía de ser precisamente eso lo que pretendía el tuerto.

Al impulso de tal temor, Hugo se encontró en el patio empedrado, al pie de la escalera. Arriba se oían voces. Ascendió los escalones arrimado a la pared, una cautela absurda porque cualquiera que se hallara abajo o en la galería podía verle. Se separó de la pared y trató de aparentar normalidad. Las voces se hicieron más nítidas. Una de ellas era la de su esposa, sin duda, pero la otra... Una vez arriba simuló trastear en la galería, justo al lado del arco que daba al recibidor al que se abría el escritorio de Roger Puig y la puerta de acceso a las estancias nobles del palacio. Prestó atención a cuanto hablaban Regina y el conde.

—¿Y cómo una mujer tan bella como tú tiene el oficio de partera?

—Pues así es, señoría —aseveró ella en un tono que a Hugo le pareció excesivamente meloso—. ¿No consideráis más conveniente y beneficioso para la salud ser tratada por una mujer bella?

—En eso estoy totalmente de acuerdo —contestó el conde con voz seductora.

Hugo oyó un par de pasos, quizá los suficientes para que el noble se acercase a su esposa. Regina rió.

—No —escuchó Hugo de boca de Regina.

Ella volvió a reír. Roger Puig ronroneaba como un gato.

—No —insistió Regina—. No... —repitió ya sin convicción.

A partir de ahí, durante unos instantes tan solo se oyó el rumor del roce de dos cuerpos, entremezclado con algún que otro sordo jadeo de placer. Luego pasos presurosos, risas reprimidas y un fuerte portazo que anunció un silencio ominoso.

Hugo ya no disimulaba; permanecía quieto, paralizado al lado del arco que daba al recibidor. No se oía nada. Le invadió un sudor frío al solo pensamiento de asomarse a aquella antesala por si Regina ya no estaba allí esperando. Aun así asomó la cabeza. La silla de madera, estrecha y con el respaldo alto; los dos arcones y el tapiz con Sant Jordi; no había nada más. Pero los había oído. ¡Sin duda! Se preguntó por qué no había intervenido en el momento oportuno. No quiso responderse; tampoco se atrevió. Se arrimó a la puerta del escritorio del conde y pegó una oreja: risas, silencio, algo que parecían jadeos, un grito... Regina. Conocía sobradamente los gemidos de su esposa, alaridos a medida que se aproximaba el orgasmo. Abandonó el palacio, siguió la calle de Marquet y llegó hasta la playa. Era diciembre. El sol permanecía escondido tras unas nubes oscuras y el mar, algo agitado, parecía de plata. Las barcas descansaban varadas sobre la arena y la gente de la mar se movía con desgana, como si hibernasen a la espera de condiciones más benignas para la navegación.

¿Y qué le importaba a él si Regina se entregaba a Roger Puig? Deslizó la mano por la borda de una de las embarcaciones. Había contraído matrimonio obligado. Sin embargo, sí que le importaba. En definitiva era su esposa. Y lo peor de todo era que le engañaba con Roger Puig. El noble alardearía de su nueva conquista, tal vez incluso se lo contase al tuerto. Golpeteó repetidamente con la palma de la mano otra barca. Quizá hasta... No. Con el tuerto, no. Regina no se acostaría con el tuerto, aunque tampoco podía estar seguro de ello. Trató de despejar su mente centrándose en el mar. ¿Qué decía Dolça del mar? No le gustaba. Recorrió la playa hasta las atarazanas. Allí siempre había movimiento. Si no se navegaba o solo lo hacían las grandes embarcaciones, en las atarazanas se almacenaban los barcos, se reparaban o incluso se desarmaban y se desmontaban por completo, como así comentaron a Hugo ese día los *bastaixos* que salían de aquellas naves cargados con grandes tablones. Se había desmontado por completo una tafurea para el transporte de caballos que jamás llegó a hacerse a la mar y que se deterioraba en el interior de las atarazanas. Muchos elementos permanecerían almacenados para utilizarse en otras naves, pero los tablones de madera se habían vendido en almoneda pública, principalmente para la construcción de casas. Los *bastaixos* los transportaban ahora a sus respectivos compradores.

Hugo charló con ellos y con más gente de la mar que rondaba las atarazanas: barqueros que en ese momento no tenían alguna nave que descargar, marineros a la espera de un encargo con el que obtener algo de dinero, pescadores...

En otros tiempos los habría interrogado en busca de información para Bernat. Ese día, en cambio, fueron ellos quienes le preguntaron por el vino. «¿Cuándo necesitarás más orina?», dijo entre risas un *bastaix*. Hugo torció el gesto antes de negar. Otros parecían tener noticias de lo sucedido con las viñas. Al final uno de ellos se lanzó:

—¿Es cierto que forzaste a la chica y después la dejaste por la judía?

Hugo se hizo una idea por fin de qué era lo que se contaba de él por allí.

—Mi esposa asegura que te han excomulgado por casarte con la judía —soltó otro.

—No. Solo cometí un error. No sucedió ninguna otra cosa. No forcé a Eulàlia, ni siquiera le puse una mano encima en todo el tiempo de noviazgo. Y me he casado, sí, pero con una cristiana.

—Una conversa —se oyó puntualizar a alguien.

—Más cristiana pues —le surgió a Hugo—, puesto que ha sido ella la que lo ha decidido así.

—¿Cómo te atreves a sostener que una judía conversa es más cristiana que cualquiera de nosotros?

Un murmullo se alzó de entre el grupo con el que charlaba Hugo. Vio que algunos otros se acercaban.

—No he querido decir eso…

—¡Pues es lo que has dicho! —replicó uno.

—Lo hemos oído todos —afirmó otro.

—¿Qué? —se interesó un tercero recién llegado.

—Lo siento —se excusó Hugo—. Nunca he pretendido ofenderos.

—Pues lo has conseguido, muchacho —insistió un viejo marinero malcarado.

—Perdón.

—Dejadlo, ya. —Uno de los *bastaixos* trató de apaciguar los ánimos—. Se ha disculpado, ¿no? Todos cometemos errores.

—No el de casarnos con una judía.

—Una conv… —quiso replicar Hugo; no obstante decidió callar.

—Ni tampoco sustituimos a una chiquilla cristiana por una mujer judía.

Hugo dio un paso atrás. Nadie se lo impidió. Les volvió la cara, se despidió por lo bajo y se encaminó hacia el Raval.

—¡Los judíos nunca llegan a convertirse de verdad! —oyó que le gritaban.

—¡Cierto!

—¡Nos engañan!

—¡Y no lo conseguirán!

—¡No lo permitiremos!

—¿Por qué no me has esperado en el palacio? —preguntó Regina, mostrando su extrañeza.

Estaban todos sentados a la mesa en la casa de la calle del Hospital, salvo Barcha, que, arrodillada frente al fuego, terminaba de preparar el almuerzo.

Hugo escrutó a Regina, no creía que esperara de verdad una respuesta. Se había presentado exultante. Explicó que la condesa Anna había prometido llamarla en breve, como también su cuñada Agnès, la hermana del conde. Dijo que hablaron mucho rato y que estaba segura de haberlas seducido; «¡Las he fascinado!», exclamó tras rememorar su conversación con las damas.

—Esa no sabe —sentenció después de que la condesa le desvelara quién las trataba de sus secretos: una conocida partera ya anciana. La condesa frunció las cejas y la frente ante la afirmación de Regina—. No, señora, siento decíroslo, pero no sabe. La conozco bien. Entiende de partos y de criaturas y ahí es hábil, pero ignora todos los demás consejos que necesita una mujer, que son muchos. —Cuando Anna y Agnès ladearon la cabeza al mismo tiempo, a la espera de esas explicaciones, Regina añadió—: Fórmulas de amor para el hombre... o para ellas. Fórmulas para que un esposo solo pueda yacer con su mujer, o para que dispute con su amigo. Pócimas o emplastos para estimular el coito, para copular con ardor y pasión —continuó, y las dos mujeres sonrieron entre ellas antes de acercarse más a Regina—, para fortalecer los riñones, para interrumpir o provocar embarazos, para restituir la virginidad perdida o para retener el semen en el interior del útero. Fórmulas también para eliminar el vello, para teñir de rubio el cabello, matar los piojos o sanar las costras de la cabeza; para empequeñecer los pechos grandes o endurecer los arrugados; para eliminar el olor a sudor o el mal aliento de la boca; para blanquear o eliminar las manchas del rostro...

Una vez dio fin a la relación de posibles tratamientos que una buena partera podía ofrecer a las mujeres, las dos nobles la acribillaron a preguntas. Caterina, mientras tanto, las escuchaba a cierta distancia. La condesa le mostró una verruga pequeña, que calificó de impertinente, por debajo de uno de sus jóvenes senos. Regina prometió su cura. La cuñada, después de dudar un rato, se interesó por los abortos. «¡Agnès!», la recriminó Anna antes de dirigirle un guiño cómplice.

¿Quién sería el amante de la hermana del conde? Regina pensaba en ello y evocaba aquel guiño en el momento en que Barcha sirvió el almuerzo en las escudillas.

—¿Has conocido al conde? —sondeó entonces Hugo, como si no le concediera importancia alguna.

—No —contestó Regina con igual indolencia. Hugo la escrutó. Ella no se inmutó. Ayudaba a Mercè con la comida—. La condesa me ha prometido que me presentaría a su esposo —añadió sin siquiera mirarle, pendiente de la niña.

Hugo le miró la nariz; le pareció que no la delataba. Por un momento dudó si era Regina la mujer que estaba con el conde. En realidad no llegó a verla, pero la oyó. Era su voz… Entonces habría jurado que sí lo era, pero estaba nervioso, y aquel gran recibidor de piedra bien podía distorsionar las voces.

Volvió a mirar a su esposa. Se la veía tranquila. Jugueteaba con la niña. Jaume las miraba también, reía desdentado e intervenía en el juego de vez en cuando. Barcha escondía bien su odio, sabía hacerlo, y comía sentada en la repisa del hogar, junto al fuego. Todo parecía placentero. Hugo ya no podía estar seguro de lo que había creído oír.

Esa misma tarde después de comer Hugo buscó a su mujer y la encontró más dispuesta que nunca. Entregada e insolente como en pocas ocasiones la recordaba. Voluptuosa. Ardiente. Apasionada. Como si fuera la primera vez.

16

Hugo terminó reconciliándose con Barcelona, y caminaba erguido y sonriente por la ciudad mientras señalaba a Mercè los obradores de los artesanos y le explicaba en voz alta qué elaboraban o vendían. De vez en cuando se agachaba para atender solícito alguna de las preguntas de su hija, que aquel año de 1401 ya contaba cinco años. «¿Quiénes están ahí dentro?», le preguntó al pasar por la plaza de Sant Jaume. «¡Muy bien!» «¿Y esa iglesia cómo se llama?» «Y ese castillo, ¿quién hay en ese castillo?» «¿Cómo se llama esta plaza?» «¿Y allí... qué venden?» Padre e hija recorrían Barcelona de la mano, aunque en cuanto la niña mostraba algo de cansancio, sin necesidad de que se lo pidiera, Hugo la cogía en brazos y la apretaba con fuerza. Entonces podía ir a ver el mar, con Mercè adormilada contra su pecho, o las viñas, esas viñas pequeñas que menudeaban en el Raval, en la gran superficie de terreno sin edificar que cercaban las nuevas murallas, ya construida la última de las puertas, la de Sant Pau, desde la que el lienzo se dirigía al mar dispuesto a envolver las atarazanas.

Hugo cumplía con creces con su labor como botellero de Roger Puig. La bodega estaba bien atendida, pues compraba los vinos a diversos corredores incapaces de engañar a su olfato y a su paladar. Ya no tenía esa viña, se excusó cuando el conde le pidió vino de Vilatorta. Si al rey le gustaba, tendría que comprárselo a Jofré Desplà, le dijo. Y eso hicieron, aunque, por lo que supo, ya no guardaba ninguna semejanza con el que con tanto cariño elaboraba él. Probablemente Jofré, o aquel al que hubiera cedido este la explotación de la viña, ni siquiera supiera cuáles eran las cepas de Vilatorta. Lo cierto era que, cumplidas sus obligaciones, Hugo conoció una felicidad que nunca habría imaginado: vivir la infancia de su hija. Eso era lo único que le compensaba por un trabajo que odiaba y del que no existía escapatoria. El conde no parecía en absoluto dispuesto a despedirle, y esa habría sido la única salida posible si no quería sufrir las terribles represalias que esperaban a quien abandonara el servicio de Roger Puig sin su aquiescencia. En los últimos tiempos, además, su propia esposa se había preocupado de enfatizarlo de vez en cuando, como si no quisiera arriesgarse a que él lo olvidara. La amenaza de las cartas seguía pendiendo sobre la cabeza de Hugo, y ella no dudaba en sacarlas a colación siempre que lo necesitaba.

Regina, que ya se movía por el palacio de Roger Puig con soltura inusitada, tardó poco en convertirse en la partera de confianza de Anna y Agnès, y no entraba en sus pensamientos abandonar tal situación privilegiada De ahí a que otras nobles y burguesas adineradas requirieran sus servicios transcurrió poco tiempo. Regina trabajaba mucho, si bien Hugo tampoco disfrutaba de los supuestos beneficios de ese trabajo, más allá de una exigua contribución a los gastos domésticos, que ella administraba y atesoraba a sus espaldas. Regina buscó una aprendiz que la acompañara, aunque insistía en que quería que un día fuera Mercè la que ocupara su puesto, añadiendo que para ello debían enseñarle a leer y escribir, y latín, tan necesario para los libros de medicina... Hugo le rogó que esperara un tiempo, dos o tres años; Mercè todavía sería una niña para entonces. No lo consiguió. Al cabo de unos días Barcha recibió instrucciones de llevar diariamente a la niña a casa de Pere Coloma, *magister scholarum*, que enseñaba privadamente, sin dependencia alguna del obispado o de las escuelas públicas de la seo o del municipio; un maestro al que Regina tuvo que convencer con buenos argumentos y mejores dineros —ahí sí que los gastó— para que se prestara a acoger no solo a una niña sino además a una de tan corta edad.

—¿Acaso no empiezan los niños a trabajar a los cinco años?

A Hugo le sorprendió la réplica de Barcha en el momento en que intentaba revocar la orden de su mujer.

—Sí, pero... —iba a insistir él.

—Pues si los hay que trabajan, nada malo habrá en que la niña empiece a conocer los libros para que un día pueda ser como Regina.

Quizá Barcha llegó a advertir a Mercè acerca de las carencias de su padre, pero lo cierto fue que la pequeña callaba cualquier referencia a sus avances en aquel mundo de las letras tan alejado de las posibilidades de Hugo, y sin embargo vivía con una ilusión desmesurada esas otras experiencias que él le proporcionaba, como la vendimia del año anterior, cuando Jaume le propuso a Hugo que ayudase con la recogida, el pisado y el trasiego del vino.

Aparte de otras tierras cedidas en enfiteusis, el hospital de Colom disponía de algunas mojadas de viña de las que obtenía el vino necesario para el consumo anual tanto de los enfermos como del personal. Hugo ya era conocido, y la mayoría de los payeses que cuidaban de las viñas del Raval respetaban sus opiniones. Paseaba entre las cepas y les ayudaba, charlaban y discutían de enfermedades, técnicas y costumbres. Hugo trataba de restablecer ese nudo cercenado que hasta hacía poco tiempo le mantenía atado a la tierra, aunque no fuera la suya. Por su parte, Mercè absorbía las enseñanzas de su padre, al que se le agarrotaba la garganta al ver a la niña acariciar un sarmiento o arrancar con delicadeza un racimo de uva. Había llegado tarde: qué buenas cosechas, qué buen vino habrían podido conseguir juntos.

En época de vendimia Hugo se opuso a que su hija fuera a clase. Su mirada fue suficiente para que Regina y Barcha lo toleraran. Recogió la uva con ella, los dos bañados en mosto azucarado, las moscas zumbando a su alrededor cuando no adheridas a su rostro o a sus manos. Vio a la pequeña pelearse con los insectos y por un instante Dolça revivió en su recuerdo. ¿Tanto se había equivocado en su vida para verse en esa situación? La risa de su niña le devolvió a la realidad, y él respondió calándole todavía más el gran sombrero de paja que le cubría la cabeza. Intentó enseñarle cómo reconocer y separar los racimos maduros de los que no lo estaban y que podían agriar el vino. Fue Dolça quien se lo explicó a él en su primera vendimia; también le instó a limpiar los racimos de caracoles y de hojas, y a dejar atrás las uvas enmohecidas, y él insistió con su hija aunque allí no se hiciera nada de eso ya que se echaba todo en el mismo capazo pues, en definitiva, se trataba de vino para los enfermos y los moribundos.

La bodega del hospital de Colom estaba igual que en el recuerdo de Hugo, quizá algo más oscura, más dejada, más siniestra incluso. La puerta y el ventanillo por el que coló el palo con el que reventó el ojo del tuerto eran los mismos. Mientras tiraba del carretón con parte de la uva, desvió la mirada hacia el administrador y comprobó que no era el mismo. Este era bastante más joven. No vio tampoco al ama de llaves a quien había insultado aquel día. Jaume, amigo de todos, le presentó a la gente en cuanto dejó el carretón: el administrador y el sacerdote, los otros dos *acaptatores*, una donada y otra criada, ambas, igual que Jaume y los demás, trabajadores por vocación, sirvientes de los pobres.

El administrador y el sacerdote mudaron el semblante de indiferencia con el que inicialmente acogieron el saludo de Hugo tan pronto como Jaume lo presentó como el botellero del conde de Castellví de Rosanes. «¿Podría el señor conde beneficiar a nuestro hospital de alguna manera?», inquirió el religioso. Casi que se lo pidieran a su esposa, estuvo tentado de contestar Hugo; seguro que tendría más influencia que él. En su lugar prometió trasladar su petición al conde pese a las escasas esperanzas de éxito. «Ya sabéis cómo son los nobles», trató de excusarse.

Al final consiguió librarse de cuantos habían acudido a mirar y a charlar. Él quería... necesitaba pisar la uva, volver a sentir cómo se formaba el mosto bajo sus pies, cómo nacía el vino. En aquella bodega doméstica no tenían lagar; la uva se pisaba en el interior de un tonel que vertía el mosto en cubas y tinajas. Hugo se descalzó, se encaramó al tonel y, una vez dentro, alzó a Mercè y la introdujo en él. La niña casi desapareció en el interior. Así, agarrados de las manos, padre e hija bailaron y pisaron la uva, y rieron, bromearon y cantaron.

No fue necesario que Hugo solicitara de Roger Puig que beneficiase al hospital de Colom. El primero de febrero de 1401 el Consejo de Ciento de Barcelona decidió iniciar conversaciones con el obispo de la ciudad y el cabildo catedralicio para unir en uno solo todos los hospitales de Barcelona fueran de la titularidad que fuesen: municipales, o dependientes del obispado o del cabildo catedralicio. La situación asistencial en la Barcelona de principios del siglo XV se desplegaba a través de pequeños hospitales independientes entre sí, cada uno de los cuales acogía entre una y dos docenas de enfermos, más los niños expósitos abandonados a sus puertas. Algunas de esas instituciones, ya centenarias, tenían problemas financieros pese a los recursos con que se los había dotado en su fundación, y pese a contar tanto con las limosnas como con los numerosos legados que los barceloneses ordenaban en sus herencias, unas últimas voluntades en las que pocas personas, por humildes que fueran, se olvidaban de incluir a los hospitales.

El concepto medieval de hospital como refugio de pobres y peregrinos en el que se ayudaba a morir a la gente había ido variando a medida que la medicina aumentaba sus conocimientos. En el año de 1401 Barcelona quiso construir un gran hospital general destinado, tal como rezaban sus ordenaciones, a acoger, recibir, sostener y alimentar a los hombres y las mujeres pobres, a los mutilados y a los débiles, a los dementes, a los heridos y a los que sufrieran otras miserias humanas, a los niños abandonados, y a los demás desdichados de cualquier nación y condición.

Concelleres y religiosos llegaron a un acuerdo: fundir en uno nuevo, que se llamaría de la Santa Cruz, los seis hospitales de Barcelona. El lugar escogido para erigirlo fue junto al hospital de Colom, donde Hugo ya colaboraba desinteresadamente en su bodega a ruego del administrador y del sacerdote.

Pese a los esfuerzos que Hugo puso en su crianza, en pocos meses la uva pisada con Mercè en la vendimia del año anterior se convirtió en un vino joven y ácido que arañaba la garganta e irritaba el estómago, pero los enfermos pobres del hospital de Colom lo bebían como si de néctar se tratase. Pensó en tratarlo con *aqua vitae* puesto que, a insistencia de Regina, había recuperado el alambique escondido en la finca de Rocafort con la complicidad de María, y conseguido adaptarlo al hogar de la casa de Jaume, sobre cuyo fuego destilaba por las noches los remedios que su esposa le solicitaba. Sin embargo, Hugo finalmente desechó la idea: el tinto del hospital de Colom ya era lo bastante fuerte, pero si la fortaleza podía constituir una cualidad apreciada en los vinos, el de Colom era áspero y acedo, demasiado vulgar para ofrecérselo al rey Martín, a su regia esposa, al obispo de Barcelona o a cualquiera de los concelleres de la ciudad que tenían previsto acudir para inaugurar y poner las primeras piedras del que sería el gran hospital de Barcelona.

Tanto el administrador como el sacerdote fueron generosos.

Hugo buscó varias cubas de tinto joven pero bien elaborado, no como el de Colom, en el que se mezclaban uvas con caracoles y hojas de parra; quería un vino en el que destacase el sabor a uva. Conseguido este, sí que le añadió la suficiente cantidad de *aqua vitae* para que el gusto a fruta se equilibrase con la fortaleza que le confirió el aguardiente.

El domingo 17 de abril de 1401 se desplazaron hasta el Raval de Barcelona el rey Martín y su esposa María de Luna, el obispo Joan Ermengol y los concelleres de la ciudad para inaugurar las obras. Lo hicieron con la pompa que correspondía; los reyes a caballo seguidos de una guardia y rodeados por sus hombres de confianza, Roger Puig entre ellos, y anunciados a son de trompas y atabales. El obispo, bajo palio, también con su ejército de sacerdotes y monaguillos competía en boato con el monarca, mientras los concelleres, serios, adustos, de negro y con su vara, iban al frente de los miembros del Consejo de Ciento de la ciudad y de los gremios, que les seguían tras sus pendones. En procesión desde la catedral, portando las primeras cuatro piedras del nuevo edificio, todos recorrieron la calle del Hospital, especialmente engalanada para la ocasión, con las casas adornadas con flores y ramas, alguna hasta con un viejo tapiz que colgaba de su fachada; la calle barrida y regada, alegría y regocijo obligado por las autoridades municipales bajo pena de cinco sueldos para quien no colaborase, cuantía bastante menor a la multa que se impondría a los gremios en caso de no acudir al evento.

Hugo, ataviado con su vestido viejo de burgués, se movía con libertad por la explanada que se abría junto al hospital de Colom, en los huertos extensos donde ya se preparaban los cimientos del nuevo. El lugar era pequeño para acoger a la muchedumbre que decidió asistir en su día de asueto, primaveral y soleado, a la inauguración del hospital, por lo que la gente se aglomeraba tras los soldados que delimitaban el área donde se levantaba un estrado cubierto con sillas, en el que poco a poco fueron acomodándose reyes, nobles, religiosos y autoridades.

Mercè, que había hecho suyo el hospital desde que su padre trabajaba en la bodega, dejó de corretear a instancias del sacerdote tan pronto como el rey Martín, bajo y obeso, discretamente tapado por los caballeros de su séquito, se dejó caer con torpeza de la montura de su caballo para ser cogido en volandas por sus gentilhombres. La reina María, no sin ayuda, echó sin embargo pie a tierra con mayor soltura y dignidad que su esposo antes de recibir un ramo de flores de manos de un grupo de niñas del barrio entre las que se contaba la pequeña hija de Hugo Llor.

Hugo sonreía mientras contemplaba la escena. Intuyó que su esposa se lo recriminaba a distancia. Buscó la mirada fría y enojada de Regina hasta que la encontró entre las mujeres, tras la condesa Anna y sus amigas. Lucía un vestido nuevo adquirido para la ocasión; si tacañeaba con los gastos cotidianos a los que se veía obligada a contribuir, nunca lo hacía en detrimento de su aspecto —ropas, joyas, afeites— o de su interés, tanto se tratara de libros, por más caros que se vendieran en el encante, como de hacer donaciones y limosnas a unos sacerdotes que la halagaban. Habían discutido acerca de Mercè.

—La niña es feliz —replicó Hugo a sus quejas por la manera en que su hija se mezclaba y confraternizaba con la chiquillería del barrio.

Regina, en cambio, insistió en que no debía hacerlo, como si se tratara de la hija de un noble.

Hugo la interrumpió:

—¿Acaso no acude ya a clases con el maestro?

—Sí, pero...

Hugo tampoco entonces le permitió terminar.

—¡Es mi hija!

La afirmación no agradó a Regina, quien irguió el torso, con los hombros y el cuello en tensión, la nariz retadora.

—¡Yo te la entregué! —exclamó ella a su vez con un deje amenazador.

—¿Y? —Hugo aceptó el desafío al mismo tiempo que daba un paso y se encaraba con Regina, los dos solos en la planta baja de la casa de Jaume.

Ya había anochecido. Él elaboraba aguardiente, ella acababa de llegar a saber de dónde.

—Es mi hija —reiteró Hugo.

—Y yo tu esposa.

—¿Mi esposa! —El grito brotó de lo más profundo de Hugo. La miró. Estuvo a punto de olvidarlo, pero la altanería de Regina le enervó—. No eres más que la ramera de todos esos nobles con los que te codeas —le escupió.

—¡Cuidado con lo que dices!

—¡Una puta!

—Una puta que puede hundirte en la miseria —le amenazó ella.

Hugo soltó una carcajada.

—¿Las cartas? ¡Hazlo!

—Ingenuo. —Regina entrecerró los ojos. Hugo vio su nariz por delante, seria, firme—. ¿Quieres que le cuente a la niña la verdad? —Hugo sintió como si la sangre escapara de su cuerpo. Regina vio su palidez y sonrió—. ¿Puta, dices…?

No llegó a terminar la frase. Regina se vio interrumpida por la irrupción de Barcha, que apareció arreglándose el vestido desde el obrador, donde dormía Jaume.

—Si cuentas algo, te mataré —resopló la mora, el vestido ya abandonado a su suerte, la sorpresa en los rostros de Hugo y Regina.

—¡Barcha! —trató de llamarle la atención él.

—¡Hereje asquerosa!

—No —se opuso la mulata en dirección a Hugo mientras gesticulaba airadamente con los brazos y hacía caso omiso al insulto de Regina—. Tú no lo harás, amo. Eres demasiado bueno. Soportas lo que un esposo no debería soportar. Pero yo sí que lo haré —añadió volviéndose hacia la otra—: te mataré si la niña llega a saber que Hugo no es su padre. Te desollaré viva si se entera de que la historia acerca de la muerte de su madre no es cierta.

La violencia con la que Regina había respondido a similar amenaza tiempo atrás, en el huerto, no afloró en esa ocasión, como si la nueva situación de la conversa, en relaciones con las esposas de los grandes y con ellos mismos, le impidiera discutir con una criada.

Idéntica mirada a la que le dirigió ese día Regina antes de darle la espalda y subir a la habitación era la que ahora le dedicaba entremetida en el grupo de las mujeres nobles. Pero pese a su insistencia, Mercè continuó jugando con los niños del barrio: reía y lloraba como ellos, se ensuciaba y peleaba con los demás, correteaba y se arañaba las palmas de las manos y las rodillas tras caer a tierra.

Sobre el entarimado se sirvieron dulces y casi todos degustaron el vino de Hugo. La mayoría lo ensalzó. Roger Puig le señaló mientras charlaba con el monarca. Hugo lo vio, el conde lo hacía como si le perteneciera, como si fuese su esclavo. El rey Martín bebió, y Hugo apreció que se paseaba el vino por la boca, paladeándolo. Luego el monarca asintió, alzó la copa de oro en su dirección y, desde la distancia, brindó con él. El atisbo de sonrisa en el soberano contrastó con la mirada torva del conde por detrás. Hugo lo entendió al instante y previó problemas: Roger Puig no disponía de aquel vino.

El inicio de los discursos le distrajo.

—Este hospital —gritó el conceller para hacerse oír por la muchedumbre— se construirá con el estilo que identifica a nuestra ciudad y que caracteriza a nuestros demás monumentos: Santa María de la Mar, Santa María del Pi, el salón del Tinell, la capilla de Santa Ágata, las atarazanas o el salón de la Contratación de la Llotja. —La gente escuchaba en un silencio reverencial—. Será sólido y grande, de buena piedra de nuestras canteras de Montjüic, tan sobrio como majestuoso...

—Acogerá a todas las gentes enfermas y pobres, hombres y mujeres, sin distinciones —prometió el obispo.

—¡Barcelona tendrá el hospital más grande del Occidente! —exclamó el rey Martín, originando más vítores que sus predecesores—. Nunca en los países que nos rodean se ha acometido una obra de la magnitud y trascendencia como la del hospital de la Santa Cruz. Igual que en tantas otras ocasiones, Barcelona, es decir, vosotros, ¡los ciudadanos de Barcelona!, os erigiréis en la luz que guiará al mundo civilizado.

El griterío y los aplausos silenciaron al rey, quien enardeció a la ciudadanía tan pronto como regresó el silencio y pudo hacerse escuchar. Hugo sintió un estremecimiento al verse envuelto en aquella ilusión colectiva y aplaudió con energía igual que los demás. Había oído hablar mucho sobre el nuevo hospital, del que ciertamente se decía que no habría otro igual en toda Europa: de su grandiosidad, su esplendor, su generosidad y la ciencia de sus médicos. Constaría de cuatro largas naves o crujías dispuestas alrededor de un patio central, cercado por un claustro. Las naves serían de dos pisos: el inferior, de menor altura, estaría cubierto con bóvedas de crucería; el superior, cubierto con un tejado de madera a dos aguas soportados en unos maravillosos arcos de diafragma apuntados.

—Unas salas parecidas a los dormitorios de los monasterios de

Poblet o de Santes Creus —trató de explicarle el sacerdote del hospital de Colom un día que hablaban del proyecto, en la bodega, mientras el religioso aprovechaba para hacerse con más vino del que le correspondía. Hugo negó con la cabeza. ¿Cómo iba él a conocer los dormitorios de unos monasterios? El otro comprendió—. A ver...

—¿Como las atarazanas? —se adelantó Hugo.

—Sí, pero... tampoco. El techo será igual y la altura parecida...

—¿Tan altas? —le interrumpió Hugo de nuevo—. Allí caben los barcos.

—Y aquí tendrán que caber los enfermos. Muchos. Por eso serán tan altas, para permitir una buena ventilación y evitar que el aire se pudra. Pero el aspecto del hospital y el de las atarazanas no será exactamente el mismo: los arcos sobre los que descansa la cubierta de las atarazanas son curvos. Estos, los del hospital, serán puntiagudos, ¿entiendes?, no curvos. Sería algo así como... —El sacerdote intentó representarlos ante la duda que no ocultaba Hugo—. Como las vasijas de vino, eso es —concluyó, y señaló una de ellas.

—Explicaos, padre —le instó el otro con cierta ironía.

—El culo de la vasija. ¿Lo ves? Termina en punta y los lados son curvos, ¿cierto? —Hugo asintió.— Imagina que cortas esa vasija más o menos por la mitad y luego la inviertes. Ese es el tipo de arco que soportará las cubiertas de las naves del hospital.

Hugo intentó trasladar a Mercè aquel nuevo conocimiento, pero la niña no mostró el menor interés. Después de las clases de lectura y escritura solo deseaba jugar, como lo hacía ahora mientras el rey asentaba en un hueco en tierra la primera piedra del futuro hospital de la Santa Cruz. El pueblo volvió a estallar en aplausos. Hugo fijó la mirada en su hija mientras la reina María depositaba la piedra que le correspondía. Mercè permanecía entre el grupo de niñas que había entregado el ramo de flores. Cuchicheaban, reían y armaban barullo por más que el sacerdote que las vigilaba las instase a mantenerse quietas. Su pequeña era de las que más alborotaba. Hugo sonrió. Corrió la mirada por el lugar y se topó con Regina, que lucía una sonrisa en el rostro. Falsa. Falsa. Falsa. La vio sumarse a los aplausos en el momento en el que la reina acabó con la piedra. Falsa. ¡Cuánta razón tenía Dolça! Hugo suspiró. Ahora era Jaume de Prades quien ponía la tercera piedra en representación del príncipe Martín el Joven, rey de Sicilia.

Hugo continuó mirando hasta que se topó con el tuerto entre el séquito de los nobles. No podía faltar, siempre estaba cerca.

Era irónico, se dijo Hugo: había terminado casado con alguien a quien Dolça despreciaba, y no podía librarse de ella. Se había planteado acusarla de adulterio, pero tuvo que abandonar la idea. Como si Regina adivinase qué era lo que pensaba, o como si en realidad lo supiese, algo que Hugo creía en muchas ocasiones de las mujeres en general, las miradas de ambos recayeron en Mercè y luego se cruzaron por un instante. Hugo fue quien la bajó. No. Mercè no estaba preparada para conocer esa verdad con la que Regina amenazaba. O quizá era él quien no estaba preparado para que su niña se enterase de ella... Lo mismo daba. Él nunca haría nada que pudiera perjudicarla.

Regina acostumbraba a regresar a casa al anochecer, antes del toque del *seny del lladre*, ciertamente, pero con la luz ya tenue. Y no daba explicación alguna. Hugo tampoco las reclamaba. Ya no yacían juntos, desde hacía mucho tiempo. Además de padecer un matrimonio insatisfactorio, trabajaba para el hombre al que más odiaba; aquel era el resultado del chantaje al que Regina le había sometido.

Los aplausos le devolvieron a la realidad; era el turno del obispo y los concelleres, que hablarían en nombre de la Iglesia y de la ciudad. Volvió a mirar al tuerto. Ahora también trabajaba en el mismo lugar en el que le había reventado el ojo. Trató de olvidarlos a todos: al conde, al rey, al tuerto y a Regina, y volvió a centrarse en Mercè. ¿Qué sería de él sin la felicidad que le proporcionaba esa niña? Por nada en el mundo arriesgaría el futuro de su hija.

Terminó el acto y la gente se esparció por la zona tan pronto como el rey y los demás se despidieron y abandonaron el lugar. Sonó la música y empezaron los bailes. Corrió el vino. Hugo buscó a Mercè entre la avalancha y la encontró de la mano de Barcha. ¡Qué poca intuición había demostrado él acerca del carácter de las personas! A lo largo de su vida había comprado varios esclavos y arrendado bastantes más; la mora, aquella por la que nunca habría apostado, era la que se había demostrado más fiel.

Observó a la mora; bailaba con su niña. Él no sabía, pero vio que ellas también lo hacían con cierta torpeza y eso le animó a sumarse a la pareja. Barcha hizo amago de irse, Hugo la cogió del brazo y la conminó a continuar; más tarde se les sumó Jaume. Se divertían en la noche. El Raval estaba iluminado con hogueras en las calles y en lo alto de las murallas, y fuegos en el campanario de la iglesia del hospital de Colom, en el del Carme y en los demás campanarios de las iglesias de aquel barrio humilde de Barcelona.

Quizá el vino retardó los reflejos de la mora, lo cierto fue que Barcha no le advirtió de la presencia del tuerto a su espalda hasta que Mateo le agarró del hombro y le volvió con violencia.

—¿Por qué te burlas del señor conde?

Hugo tampoco fue capaz de reaccionar. Soltó la mano de Mercè con la que bailaba sin saber qué era lo que sucedía. El tuerto le golpeó con fuerza en el vientre y Hugo se dobló, el rostro de su niña pegado al de él.

—¿Por qué él no tiene de ese vino? —insistió Mateo.

El rostro de Mercè desapareció de su visión en el momento en el que el tuerto le propinó un puñetazo en la cara. No le dolió tanto como el grito agudo de su hija. Hugo cayó al suelo. La gente bailaba; pocos se apercibieron de lo que sucedía. Hugo creyó ver a Barcha abrazando a la niña. Trató de levantarse entre una multitud de piernas, la visión borrosa. Mateo lo agarró del pelo, y él oyó los sollozos asustados de Mercè.

—Mañana deberás servir el mismo vino a mi señor —escupió el tuerto, agachado, con el rostro rozando el de Hugo—. El suficiente para que su señoría pueda deleitar a sus muchos amigos con ese que ha conseguido que el rey alzara su copa. ¿Has entendido?

Su hija lloraba. Eso fue lo único que entendió Hugo. Se abalanzó sobre el tuerto y los dos rodaron entra las piernas de quienes estaban a su alrededor, que fueron apartándose y haciéndoles espacio. No llegaron a golpearse. Varios soldados que vigilaban los separaron sin miramientos, la gente se lanzó a bailar de nuevo y Hugo perdió de vista a Mateo, aunque sabía que no estaba lejos.

—No pasa nada, cariño —se agachó para consolar a Mercè.

—Os ha pegado —sollozó ella—. ¿Por qué? ¿Os duele?

Hugo suspiró.

—Se ha equivocado. Creía que era otra persona.

La niña le rozó la mejilla con la mano.

—¿Os duele? —preguntó otra vez.

A la mañana siguiente Hugo transportó el vino sobrante y que guardaba en la bodega del hospital de Colom, en bastante cantidad ya que le había costado barato, al palacio de la calle de Marquet. Convenció al administrador de que no podían dar de beber aquel vino a los pobres. Por el contrario, arguyó, podía obtener algún dinero con su venta al conde, el suficiente para llenar la bodega. Utilizó a varios *bastaixos* para llevar las cubas hasta el palacio. De camino se preguntó por qué lo hacía. La respuesta era simple: no tenía otro trabajo. Comían y pagaba el alquiler de su jornal con el conde. Habló con Esteve y le pidió dinero, mucho para las cubas que llevaban los *bastaixos*, a los que no permitió separarse de ellas, como si estuvieran dispuestos a cargarlas de regreso en cualquier momento si él no alcanzaba un buen trato.

—¿A qué tanto? —empezó oponiéndose el mayordomo.

—Es el vino del rey —replicó Hugo—, el que ha pedido el señor conde.

—Pero…

—Hay otra gente interesada en él. Si el conde no lo quiere, otro lo comprará.

Hugo hizo ademán de ordenar a los *bastaixos* que cargasen de nuevo las cubas, pero Esteve se lo impidió.

—De acuerdo —cedió.

—El transporte aparte —añadió Hugo señalando a los hombres.

—¡No!

Hugo repitió la jugada y Esteve cedió de nuevo. Debía de estar al corriente de lo sucedido.

—Prepara el dinero —le instó mientras acompañaba a los *bastaixos* hasta la bodega.

Estaba acomodando las cubas en ella, solo, cuando oyó descender a alguien por la escalera. Al instante comprendió que no era el mayordomo. Las pisadas eran demasiado vigorosas, demasiado apresuradas.

Saltó justo en el instante en el que el tuerto se abalanzaba sobre él. Lo esquivó y se movió entre las cubas. Hizo rodar alguna de ellas. Mateo gritaba y tropezó con una tinaja, que cayó al suelo y se rajó. El vino que contenía se desparramó. El criado resbaló y cayó también. Hugo pudo respirar. Quizá ya fuera hora de enfrentarse a aquel miserable. Precisamente había sido en una bodega donde lo dejó sin ojo.

—¡Tuerto de mierda! —gritó buscando algo con que defenderse. Encontró un hierro que utilizaba como palanca para abrir las cubas.

Mateo ya estaba en pie. En su mano empuñaba un cuchillo. Hugo alzó la palanca de hierro y se dirigió hacia él.

—¡Alto! —oyó gritar desde la escalera.

Sin dejar de vigilar al criado, separado de ellos por una cuba grande, Hugo vio a Roger Puig quieto sobre el último de los escalones.

—¡Deja ese hierro! —le ordenó el conde.

—Que él deje el cuchillo.

Transcurrieron unos instantes, los suficientes para que el tuerto entendiera que debía hacerlo sin obligar a su señor a plegarse a los requerimientos de un sirviente. Mateo guardó el puñal. Hugo dejó caer la palanca. No había llegado a tocar tierra que el criado ya saltaba por encima de la cuba para caer sobre él y derribarlo. Rodaron los dos por el suelo, y la lucha que no habían podido sostener la noche anterior la mantuvieron ahora, a puñetazos, patadas e incluso mordiscos, hasta que Mateo consiguió hacerse de nuevo con el puñal y amenazarle pinchándole en el cuello.

Los dos resollaban, temblaban por el esfuerzo. Hugo notaba el temblor del cuchillo cerca de la nuez.

—Voy a matarte —aulló el criado.

—No lo harás. —Aquellas fueron las primeras palabras del conde, quien hasta entonces se había mantenido al margen—. Por lo menos en esta casa. No quiero problemas, Mateo —añadió como si lo que le importase no fuera la vida de Hugo sino su propia comodidad—. Tú —se dirigió a Hugo tras acercarse a ellos tratando de evitar que el vino derramado manchase sus zapatos de cordobán rojo y punteras tan largas que se las ataba al tobillo con una cadenilla— eres mi botellero. Yo soy quien paga tu jornal. Me insultas si mi vino no es el mejor… ¡incluso que el del rey!

Hugo trató de controlar la respiración antes de contestar. Notaba la punta del cuchillo en el cuello; le rozaba cada vez que respiraba. El tuerto se hallaba ahora a horcajadas sobre él con las rodillas sobre sus brazos, destrozándoselos.

—Nunca he pretendido insultaros, señoría —balbuceó—. Os he traído el vino, el mismo que el del rey…

—¡Me lo tenías que haber traído antes, inepto!

—¿Y si al rey no le hubiera complacido ese vino? —se esforzó por replicar. El conde se mantuvo en silencio, pensativo. Hasta el tuerto rebajó la presión del puñal, lo que dio a Hugo la oportunidad de continuar—: Solo vos disponéis de ese vino. Nadie más en Barcelona puede alardear de ello, y lo he comprado tras ver que al rey le gustaba. ¿Para qué iba a gastar antes vuestros dineros?

Hugo calló de repente. El conde ya no estaba, ¡se había ido! El tuerto soltó una carcajada ante la desesperación de Hugo: Roger Puig le había dejado a merced de aquel canalla, rendido como estaba. Mateo se irguió y le clavó todavía más las rodillas en los brazos. Hugo creyó que se los partiría. Al cabo el otro se levantó.

Hugo no sentía los brazos; intentó incorporarse y el tuerto le propinó una patada en la cara. No eran los zapatos de cordobán del noble; esos eran de cuero, recios, con suela de madera. La sangre empapó la boca de Hugo. Otra patada, y dos más en la espalda, a la altura de los riñones. Se aovilló en el suelo, sobre el vino. Una más. Silencio… y otra, como si aquel animal no pudiera abandonar la bodega sin dejarlo molido.

—Piensa en esto —oyó que le decía—: mientras estés bajo la protección de mi señor, no te mataré. Tan pronto como él ya no te necesite, lo haré. Te mataré a ti y a esa niñita que tanto lloraba anoche. ¿Es tu hija? —Hugo se revolvió, el otro le asestó una nueva patada—. Piénsalo —repitió Mateo antes de escupirle y salir de la bodega.

Desde el día en que se inauguró el hospital de la Santa Cruz, la actividad en los alrededores del de Colom fue frenética. Se compraron todas aquellas fincas emplazadas entre la calle del Hospital y la del Carme, donde se hallaba el monasterio de las carmelitas. Maestros de casas, carpinteros, picapedreros, arrieros, todo tipo de obreros, oficiales y aprendices se volcaron en la construcción, al mismo tiempo que los materiales empezaban a acumularse: cal y yeso, madera y miles de piedras de diversos tamaños que los maestros de casas vendían al hospital, provenientes de las canteras de su propiedad en la montaña de Montjüic.

Las obras se iniciaron por la nave llamada de levante, la adosada al hospital de Colom. El ritmo de construcción era acelerado. Barcelona tenía urgencia por disponer de aquel edificio, tanta que el día en el que algunos maestros de casas pusieron reparos en presentarse en las obras, quizá por tener otros trabajos, quizá por el precio que los administradores del hospital ofrecían, el rey Martín dictó una pragmática por la que ordenaba que todos los maestro de casas de la ciudad debían inexcusablemente acudir a las obras del hospital, eso sí, a precio de mercado.

Como cuando los reyes hacían levas con los *mestres d'aixa* para construir la armada real en las atarazanas, les ponían multas y les prohibían salir de la ciudad, pensó Hugo con una sonrisa al enterarse de la decisión del monarca. Volvió sus recuerdos a los barcos, al genovés, a la bola, a las atarazanas, al Navarro... y a Bernat. Desde que decidiera dejar de trabajar como su espía, no tenía noticias directas de él. Ignoraba qué había sido del corsario. Por Raimundo sabía que las denuncias de los cónsules de la Mar de Barcelona, e incluso de los reyes, a las autoridades castellanas por el corso de Bernat contra naves de un país con el que no se encontraban en guerra no prosperaban. Hacía ya varios años que el reino de Castilla vivía tiempos convulsos, en concreto desde que la dinastía bastarda de los Trastámara llegara al poder tras el fratricidio del rey Pedro el Cruel. Enrique III el Doliente, a la sazón rey de Castilla, se encontró con un reino en el que los grandes señores gozaban de privilegios, tierras y dominios extensos, rentas cuantiosas y castillos a menudo inexpugnables. Por el contrario, se contaba que una noche el soberano tuvo que empeñar su gabán para poder cenar. La lucha por someter a toda aquella alta nobleza, enriquecida, indisciplinada, soberbia y engreída constituyó el empeño del rey de Castilla.

«¿Preocuparse por un simple corsario con base en Cartagena?», terminó preguntándose Raimundo. Era un domingo de clima benigno y acababan de salir de la iglesia de la Santíssima Trinitat.

—Piensa que Cartagena se ha convertido en uno de los puertos de mayor importancia para el monarca castellano —continuó el cambista. Los dos hacían tiempo mientras esperaban a Regina, quien, en otro de sus ardides al entender de Hugo, se quedaba a ayudar al sacerdote tras la misa—. Según los fueros otorgados a la ciudad —explicó Raimundo—, el rey puede exigir a los barcos con puerto en Cartagena que formen parte de las huestes marítimas que él decida. Hace poco Enrique III ha enviado dos embajadas a Tamerlán para negociar con él la posibilidad de nuevas rutas comerciales en Oriente. También ha atacado las costas de Tánger para limpiar esa zona de los corsarios que atacan las andaluzas. No. Si fuera un noble al que doblegar, quizá lo haría, pero Enrique III no adoptará medida alguna contra un simple patrón de nave como Bernat Estanyol, que probablemente le ayude en sus campañas militares, amén de proporcionarle buenos ingresos de los beneficios obtenidos en el corso, sea contra naves musulmanas… o catalanas.

—¿Qué decís de naves musulmanas y catalanas?

Era Regina la que preguntaba.

—Hablábamos de Bernat Estanyol, el corsario —le explicó Raimundo con afabilidad, pues la apreciaba.

—Ese carnicero salvaje no debería atacar a los nuestros.

—¿Los nuestros? —se extrañó Hugo.

—Los cristianos, por supuesto. No debería asaltar ningún barco cristiano —contestó ella indignada.

—¿Desde cuándo consideras a los cristianos como tuyos? —le preguntó Hugo sin esconder su cinismo, los dos ya solos, andando hacia su casa.

—Desde que vi la luz y me convertí —le siguió ella el juego—. No hay mujer más piadosa que yo.

Y si no lo era, lo aparentaba. Acudía a misa, ayudaba en la iglesia, contribuía con algunos dineros, acompañaba al sacerdote en sus visitas a los enfermos, a quiénes además atendía; pese a su demostrado fervor seguía acudiendo a los sermones de los catequistas especialmente destinados a los conversos, y acudía gratis a todos los conventos de monjas de Barcelona, incluido el de Jonqueres, donde la priora calló sus relaciones al reconocerla. Con las monjas Regina trató de los secretos de las mujeres, pero también le pidieron consejo acerca de muchas otras dolencias, reales o ficticias. «No soy médico —se excusaba ella antes de atender cualquier solicitud—, pero podría serlo», añadía allí donde sabía que sus palabras serían entendidas. Durante cerca de ocho años, los que estuvo casada con Mosé Vives, prohibida su actividad como partera con las cristianas y dispuesta la pena de muerte para los conversos que simplemente trataran con judíos, Regina no tuvo otra cosa que hacer que leer y releer la biblioteca de medicina de su esposo. Regina sabía lo que hacía y tenía la edad necesaria para ser médico dado que había cumplido ya veinticinco años. Sus relaciones con Roger Puig y algunos otros nobles y principales barceloneses le granjearon el apoyo en el momento en que se dirigió al rey Martín para que le concediese el título. El hospital de la Santa Cruz tendría una sala para mujeres enfermas que no querían ser tratadas por hombres en todo lo que pudiera afectar a sus secretos, y Regina se postuló como la mejor candidata para atenderlas. El rey Martín tenía un desvelo especial por el ejercicio de la medicina. Los consejeros, reacios a permitir en el interior de su ciudad la existencia de estudiantes con un fuero propio, rechazaron la propuesta del monarca para la creación de un Estudio General en Barcelona. Muchos esfuerzos, dineros y concesiones eran los que habían costado a la ciudad y sus ciudadanos la obtención de sus privilegios para permitir que una horda de estudiantes, siempre conflictivos, se sustrajera a la justicia y autoridad municipal.

Pero si bien se oponían a ese Estudio General, no lo hicieron a la mejora y el perfeccionamiento del estudio de medicina privado que hasta entonces existía en Barcelona en el convento de Framenors. Con la construcción del gran hospital, era necesario también un cuerpo médico capacitado, por lo que el rey concedió al Estudio General de Medicina iguales privilegios que a la Universidad de Montpellier. Ordenó que pudieran otorgarse grados y que cada año se entregasen los cadáveres de dos ahorcados para el aprendizaje práctico de la anatomía, siempre que no fueran ciudadanos de Barcelona y con la condición de que una vez utilizados se enterrasen los restos. A partir del año 1401 se prohibió la enseñanza de la medicina fuera del estudio, como hasta entonces había venido sucediendo con la enseñanza privada. Por último, el soberano puso bajo su real custodia y salvaguarda a todos los médicos, maestros, bachilleres, licenciados, estudiantes y a sus mujeres, hijos y familiares que tuvieran o pudieran tener, preservándolos de cualquier ofensa, injuria y violencia.

Ese mismo año de 1401 Martín el Eclesiástico concedió licencia plena a la viuda de Pere Moliner, médico barcelonés, para que, dada su habilidad en curar enfermos, pudiera ejercer libre e impunemente el arte de la física en cualquier parte de sus reinos sin el examen previo que requerían las ordenaciones y constituciones. El rey mandaba también a todas las autoridades que le permitiesen el ejercicio de la medicina bajo sanción de mil florines de oro.

Regina no era la viuda de médico alguno, pero con el tiempo consiguió un apoyo quizá más importante que el de nobles y médicos, sobre todo frente a un monarca que acudía tres veces diarias a misa, cuya corte estaba invadida por frailes de todas las órdenes, preferentemente franciscanos, y que incluso tuvo que ser amonestado por el superior de estos para que moderase las prácticas religiosas y se ocupase del gobierno de sus reinos. Regina, a base de oraciones, donaciones, y visitas a enfermos y monjas, obtuvo el apoyo incondicional de la Iglesia. Al final, el propio obispo de Barcelona intercedió por ella ante el rey Martín. «¡Un ejemplo de conversión! —fue como la presentó a su majestad—. Un verdadero modelo de virtud y altruismo.»

TERCERA PARTE

Entre la venganza y el amor

17

Barcelona, julio de 1409

La noticia llegó mientras se celebraban Cortes en Barcelona: Martín el Joven, rey de Sicilia, hijo del rey Martín y heredero del trono de Aragón y el condado de Barcelona, acababa de derrotar a los sardos en la batalla de Sanluri al mando de un ejército compuesto por doce mil hombres, tras un cruento combate en el que se enfrentó a otro de más de veinte mil sardos, genoveses y franceses, aliados contra el poder de los catalanes, y en el que fallecieron ilustres militares como el conceller de Barcelona Juan Desvalls.

La enésima sublevación de una isla, Cerdeña, siempre rebelde e indisciplinada fue atajada por un príncipe que escribió a su padre que acudía a aquella guerra por imitar las proezas y hazañas de sus predecesores, reyes de gloriosa memoria. Cumplió el príncipe apoyado en su ejército siciliano y en la armada catalana que partió en su ayuda, y Barcelona estalló en alegría tan pronto como corrió la noticia de la victoria al son del repique de las campanas de toda la ciudad. El rey Martín exhortó a los ciudadanos a dar gracias a Dios y a demostrárselo con procesiones que desde aquel momento partieron desde todas las parroquias. El mismo monarca se comprometió a una novena en la catedral, y el primer día de los nueve empeñados, cuando bajó desde el castillo de Valldoncella, Barcelona entera le acompañó. Más de veinticinco mil personas conformaron la procesión que, después de ese comienzo de novenario, recorrió Barcelona en acción de gracias por la victoria.

Tras las significaciones devotas, en un clima veraniego, de días largos y noches templadas, la gente se lanzó a las calles y la fiesta se prolongó durante varias jornadas. Vino, dulces, música, bailes y torneos amenizaron los festejos.

En el hospital de la Santa Cruz ya se había finalizado la nave de levante, y Hugo pudo comprobar que los techos del primer piso, allí donde los arcos semejaban vasijas cortadas por la mitad y puestas del revés, se elevaban al cielo igual que en las atarazanas. Era una nave inmensa, alta y larga, capaz de acoger hasta un centenar de enfermos, hombres, puesto que las mujeres se hospitalizaban en una sala ubicada en la planta baja, también de arcos y techos altos aunque no tanto, donde las asistían Regina, ya médico, y Mercè, que se veía obligada a acompañarla de mala gana. En esa misma planta baja, entre otras dependencias, se encontraba la bodega que los administradores habían contratado con Hugo, si bien por un jornal tan escaso que le impedía dejar de ser botellero de Roger Puig, por más que lo deseara tras la paliza que el tuerto le propinara hacía ya ocho años. Pese al salario, aceptó pues le gustaba aquella gran construcción. Esteve, el mayordomo, le permitió compaginar ambas actividades, al igual que Hugo había hecho al principio con el cuidado de sus viñas. Además, puesto que se trataba del hospital de la Santa Cruz de Barcelona, no implicaba trabajar para otro noble que pudiera competir con el conde, algo que este nunca habría permitido. Hugo seguía maldiciendo el hecho de seguir al servicio de un hombre al que odiaba, aunque bien sabía que nada podía hacer para cambiarlo.

La bodega del hospital era espléndida, de unas características que Hugo pudo pactar con el maestro de casas a medida que este la construía: la disposición, la ventilación, las diferentes estancias que la componían —una para cocer el vino, otra para trasegar, otra para reposar..., el lagar también—, así como el suelo, de ladrillo con pendiente, para que no se estancasen líquidos. Hasta consiguió un hogar para instalar el alambique con el que destilar el vino.

El trabajo era arduo. Era necesario repartir mucho vino que debía ser repuesto o por lo menos conservado en la bodega e impedir que se avinagrase, objetivo que no siempre conseguía. Se hablaba de procedimientos para lograr revertir el proceso de avinagrado y recuperar el vino. Mahir se lo había explicado, aunque en tono tan escéptico que en su día Hugo ya se contagió de su incredulidad. El método consistía en verter en las vasijas avinagradas una cocción de nueces con cortezas de sauce. Decían que al cabo de tres o cuatro días el vino perdía el sabor a vinagre. Hugo nunca lo experimentó hasta ese año de 1409 en el que dos centenares de indigentes, quizá más, se sumaron a los enfermos hospitalizados en la Santa Cruz.

Coincidía que en Barcelona se hallaba el Papa de Aviñón, Benedicto XIII, quien había escapado de un brote de peste en Perpiñán y acudía a las Cortes Catalanas para tratar con ellas y con el rey de la situación de la Iglesia, que se había complicado en los últimos tiempos debido a la aparición de un tercer Papa en liza, Alejandro V, elegido un mes antes en un concilio celebrado en la ciudad de Pisa ante el fracaso de las negociaciones entre Benedicto XIII y Gregorio XII para solventar el cisma. Estos dos papas, ya octogenario el romano, concertaron una reunión en Savona, por lo que Benedicto XIII embarcó rumbo a Italia, adonde arribó en septiembre de 1407. Gregorio XII, sin embargo, no superó Siena y propuso otro lugar para el encuentro: Pietrasanta. Uno, el de Aviñón, desembarcó en Portovenere; el otro, el romano, se instaló en Lucca. Muy pocas leguas separaban ambas ciudades de Pietrasanta, pero ninguno de ellos se atrevió a dar el primer paso y desplazarse por miedo al otro. No llegaron a verse y dieron por fracasado el intento por solventar el cisma. La Iglesia católica, pues, se dividía en tres obediencias: Aviñón, Roma y Pisa. Cardenales y reyes apostaban por uno u otro Papa según sus intereses, y prometían o negaban obediencias al compás de obispados, bulas, prebendas, dineros o reinos.

Junto a Benedicto XIII viajaba su confesor, el dominico fray Vicente Ferrer, de quien se decía que obraba milagros. Hacía unos pocos años, en otra de sus visitas a Barcelona, había visto en el portal de los Orbs, allí donde se reunían los ciegos, a un ángel resplandeciente con una espada en la mano. El dominico dijo que el ángel llegó a contestarle que era el Custodio de Barcelona y que desde allí protegía a la ciudad. Maravillado ante los sermones del fraile, el Consejo de Ciento de Barcelona hizo construir una capilla encima de la puerta, que desde entonces empezó a ser conocida como el portal del Àngel.

En esta ocasión, y tras los pasos del papa Benedicto XIII, el fraile acudió a la Ciudad Condal acompañado de centenares de discípulos de gran diversidad de lenguas y nacionalidades, muchos de ellos indigentes y harapientos que le seguían a donde fuere para presenciar los milagros y escuchar los sermones apocalípticos y terroríficos de un fraile que entraba en las ciudades rodeado de un ejército de flagelantes que se reventaban la espalda a latigazos. En honor a fray Vicente, los concelleres de Barcelona ordenaron la donación de trescientos florines de oro para el vestido y la alimentación de todos aquellos menesterosos que terminaron, si no en las camas de la nave del hospital, sí alojados en el gran patio en el que en aquellas fechas se construía el magnífico claustro llamado a circundarlo.

Se les vistió y se les alimentó, y también hubo que darles de beber. Las fiestas por la victoria del rey Martín el Joven en Cerdeña estaban acabando con el vino de la ciudad; nadie vendía cantidades considerables si no era a un precio exorbitante. Aquellos menesterosos fueron los primeros en probar el intento de Hugo por recomponer unas cubas de vino agrio con la fórmula de las nueces. Él lo escupió nada más probarlo. Lo aguó cuanto pudo, y hasta utilizó algunas de las reservas de los enfermos para hacer una mezcla... Pero volvió a escupirlo. Como disponía de fruta, probó también a mezclarla con el vino. Tampoco fue de su agrado, pero aquella gente lo bebió entre brindis por fray Vicente.

Hugo los vio sonreír con sus escudillas al aire, la mayoría de ellos desdentados, viejos. Se les veía felices con las ropas usadas que se les habían proporcionado, la comida y el vino. «¡Por el rey Martín! —siguieron brindando—. ¡Por su hijo Martín el Joven! ¡Y por Barcelona, que tan bien nos acoge!» Y pidieron repetir. Hugo les dio de beber cuanto quisieron. Él mismo se sumó a la fiesta y brindó con aquel vinagre disimulado que le arañó la garganta y corroyó su esófago hasta chocar con el estómago. La gente andaba de aquí para allá, entre gritos, risas y bromas. Alguien propinó una palmada en el culo a Hugo. Él se volvió. Era imposible saber quién había sido. Recibió otra palmada desde el lado opuesto. Recuperó su posición. «¡Bebe!», le instaron un par de viejas. Hugo las miró. Una echó mano a su entrepierna y Hugo dio un salto hacia atrás. Ellas estallaron en carcajadas. La otra dio una vuelta sobre sí para mostrar sus ropas nuevas, un atisbo de coquetería en unos ojos biliosos. «¡Bebe!», terminaron exigiéndole, alzando ambas sus escudillas. Las dos le miraron. «Bebe», creyó oír de nuevo en un susurro, como si hablaran a un chiquillo, en voz muy baja. Hugo levantó su copa. El vinagre le pareció menos áspero.

Hugo escanció la copa de vino de un solo trago. No había mucha diferencia con el que esa mañana, algunas horas antes, acababa de repartir entre los pobres del patio del hospital. Recordó a las dos viejas y sacudió la cabeza con una sonrisa. Quizá las dos mujeres acompañaran a un fraile santo, pero su actitud era muy poco piadosa.

—¿Qué es eso que pensáis que os hace sonreír, padre?

Mercè contaba ya con trece esplendorosos años. Hugo no quiso explicarle el motivo de su sonrisa y buscó a Barcha entre la gente que reía y bailaba en la ribera, cerca de Santa María de la Mar, frente al Pla de Palau, donde, junto a unas casetas en las que se vendía vino y dulces, se habían reunido unos músicos que animaban la fiesta por la victoria de Cerdeña. No la encontró. Barcha no habría dudado en calificar a aquellas viejas de dos arpías que pretendían chuparle la sangre a cambio... de nada. Eso fue, más o menos, lo que le había dicho en la época en que trataba de impedir sus relaciones con María. Hacía años que no veía a María, y eso que en alguna ocasión había llegado a echar de menos sus encuentros.

Hugo no mantenía relaciones con su esposa desde hacía años. Su vida sexual se limitaba a encuentros casuales con esclavas y criadas, o con mujeres casadas, unas insatisfechas, otras libertinas, a las que conocía en el hospital, en tabernas o en las muchas fiestas que, como aquella, se celebraban en Barcelona por cualquier motivo. Citas rápidas, furtivas, e incluso costosas cuando acudía al burdel de la calle de Viladalls, casi todas insatisfactorias. Le vino a la mente el recuerdo de la virginidad de Eulàlia, del sabor fresco y limpio de su boca, de su piel joven y de las ilusiones de placer infinito que entonces se hizo. No sabía nada de ella; no había hecho por saber. Espantó aquellos recuerdos de su mente. Las viejas del patio del hospital dejaron de bromear tan pronto como Hugo se sumó a su brindis. Las dos bebieron de sus escudillas agradeciéndole en silencio su compañía, el no haberlas ahuyentado como si fueran unas apestadas, el permanecer frente a ellas con el vino en la mano como hacían aquellos jóvenes que las galanteaban en su juventud. ¡Qué poco costaba revivir esos tiempos! Un sorbo de vino. No volvieron a tocarle; tampoco rieron. Sus ojos consiguieron romper la vejez y brillar tenuemente al mismo tiempo que las facciones de sus rostros arrugados se relajaban en un gesto que sedujo a Hugo.

—Pienso en dos ancianas —contestó a su hija— que me han mostrado... gratitud.

—¿Por qué?

Hugo reflexionó unos instantes.

—Por nada.

—¡Padre! Si no les habéis dado nada, ¿por qué iban a mostraros gratitud?

Hugo atrajo hacia sí a Mercè y la estrujó.

—En realidad sí que les he dado algo a esas ancianas —le dijo—. Un poco de cariño.

—No vale. ¡De eso os sobra! —le sorprendió su hija. Él apretó todavía más hasta que Mercè se quejó—. ¡Bruto! —le increpó con simpatía—. ¿Ahora vais a cambiar?

Hugo la zarandeó con suavidad, aunque habría deseado hacerlo con fuerza para notarla, sentirla, oírla reír y gritar, compartir su vitalidad, su juventud. Terminó dándole un beso en la mejilla antes de que ella se separase y volviera a reprenderle:

—¡Bruto!

Padre e hija habían disfrutado juntos la infancia de ella. La construcción del hospital con el trajín de obreros les ofreció un marco siempre atractivo, cambiante y sugestivo. Los ratos en que Mercè no estudiaba, Hugo proponía juegos y actividades con los demás muchachos, a los que incentivaba y jaleaba, y su hija se volcaba en ellos, aunque tan pronto como Regina empezó a acudir al hospital para tratar a las enfermas internadas en la planta baja, a pesar de que los trabajos aún continuaran en el piso superior, exigió la ayuda de aquella niña que no se atrevía a decir en alto lo poco que le gustaba la medicina. Hugo lo sabía. A él sí que se lo había confesado.

—¿Y qué pretendes que haga Mercè? —le soltó Barcha cuando él lo habló con la mora—. ¿Que sea vinatera? Ya no tienes viñas. ¿O quizá botellera? Ninguna mujer lo es...

—Que se case, como todas las mujeres.

—¿Y la dote? —replicó Barcha—. No tienes. No tenemos nada que ofrecer, amo. ¿Con quién se casaría? No podría optar más que a un menestral o a un albañil, a uno de todos esos libertos que corren por el Raval. Déjala que aprenda de remedios junto a esa arpía. Regina sabe, eso hay que reconocerlo. Le irá bien si se convierte en una buena partera.

Hugo reconoció las razones de la mora y en contra de su voluntad empujó a su hija a trabajar con Regina, aunque tan pronto tenía un momento o la otra se descuidaba, Mercè se refugiaba en la bodega del hospital, con su padre, o escapaba corriendo en busca de sus amigos.

Jaume murió ese año de 1409, y Regina vio confirmada sus sospechas aunque erró en las consecuencias: el viejo carecía de familia a quien dejar en herencia el inmueble, pero la heredera no fue Mercè, sino la mora. Ahora pagaban el alquiler a Barcha, y Regina lo aceptó porque no deseaba mudarse.

La bodega del hospital de la Santa Cruz proporcionaba a Hugo unas posibilidades que no le ofrecía la del conde. Su trabajo en el hospital consistía en tener preparado el vino para los enfermos, en mucha cantidad pese a los exiguos recursos que para ello le proporcionaba el administrador. Consumida la cosecha propia, poco podía Hugo hacer al respecto más que adquirir vino barato y repartirlo. Sin embargo, en cuanto terminaba en el palacio de la calle de Marquet, se encerraba en la bodega del hospital y experimentaba. Cumplida su misión con los enfermos, nadie le molestaba ni le pedía explicaciones.

Intentó comprender al vino. ¿Por qué hervía tan fuerte al principio y pausado después? Probó a controlarlo. Hizo por cambiar su sabor, su fuerza, su cuerpo, su percepción. *Aqua vitae*, peras, moras, cañas de junco, clavos de olor, jengibre, canela, musgo, cáscaras de peros o de naranjas maduras, orégano, pasas, comino, poleo... Mil formas conocía para modificar los vinos, ya fuera en el momento en que cocían, el oportuno para cambiar su sabor; cuando se trasegaban o mientras envejecían. También tenía que preparar los remedios a base de vino que le ordenaban los médicos: salvia y miel cocidos con tinto para el dolor de cabeza; pimpinela y hiedra cocidas con blanco para los cálculos de la vejiga o con artemisa para los de los riñones; espuela con tinto para el mal aliento... Existían decenas de fórmulas para curar males y enfermedades.

Hugo se refugiaba en la bodega. Entraba en ella y perdía la noción del tiempo y del espacio; allí solo habitaban él y sus caldos. Regina no existía. Mercè sabía dónde encontrarlo y aparecía en el momento más inesperado. Entonces él le enseñaba de vinos y su hija atendía con mayor interés del que llegara a mostrar nunca a su maestro o ahora a Regina, empeñada en que aprendiera de enfermedades y curas. Mercè premiaba a su padre con la admiración y el respeto por sus conocimientos, y regalaba sus oídos con preguntas y precisiones. Hugo estallaba en orgullo. Luego venía Barcha para recordarle que debía comer, y se presentaba con una escudilla de olla las tardes en que a él se le olvidaba la hora del almuerzo.

De vez en cuando, además, se permitía algunos paseos por las viñas del Raval para charlar con los vinateros y oler la tierra, y por supuesto lo hacía en todas aquellas ocasiones en que Mercè disponía de tiempo para recorrer con él Barcelona, como esa tarde soleada de julio en el Pla de Palau cuando celebraron la victoria del rey de Sicilia Martín el Joven sobre los aliados sardos, genoveses y franceses, con Santa María a sus espaldas y el mar al frente, calmo y brillante.

La gente bailaba en la explanada. Flautas y atabales acometieron con fuerza una nueva pieza de baile. Padre e hija se observaron en silencio; la música impedía cualquier cosa que no fuera una mirada tierna y profunda que fue mucho más allá que cualquier palabra. De repente, sin embargo, empezaron a sonar las campanas. Las de Santa María, las de las demás iglesias de Barcelona. Los músicos callaron. No se trataba de los repiques que sonaban y sonaban, una y otra vez, ante la noticia de la victoria. No eran toques de alegría. No eran campanadas llamando a los ciudadanos a la diversión. Ahora doblaban tocando a difuntos. Los músicos rindieron sus instrumentos como si se tratase de armas. La gente calló y se desperdigó, despacio, interrogándose con la mirada, pendiente de una explicación. ¿Qué muerte podía ser tan importante para interrumpir aquella fiesta? Pocos fueron quienes se atrevieron a sugerir lo que la mayoría temía: la del rey.

Fue la muerte de un rey, ciertamente, pero no la de Martín, sino la de su hijo, Martín el Joven, rey de Sicilia, que falleció a causa de unas fiebres poco después de su victoria. Aquella Cerdeña rebelde que siempre originó problemas y disgustos a los catalanes acababa de cobrarse otra víctima más. De la alegría se pasó al llanto. De la fiesta al luto y a los funerales. Había muerto un rey, aunque lo más importante y que flotaba en el ambiente era que acababa de fallecer el heredero de la corona de Aragón y el principado de Cataluña; el descendiente directo de la línea masculina de la casa condal de Barcelona iniciada con Wifredo el Velloso y continuada por grandes reyes: los Ramón Berenguer; Jaime el Conquistador; Pedro el Grande, el otro Pedro, el Ceremonioso, y otros tantos monarcas insignes que engrandecieron el reino y conquistaron el Mediterráneo, potenciaron el comercio y enriquecieron a sus vasallos. De todos ellos solo quedaba vivo el viejo Martín, próximo a cumplir los cincuenta y tres años y viudo de la reina María desde hacía tres. El año de 1409 Martín el Eclesiástico no era ya más que un rey obeso que padecía fiebres cuartanas, permanentemente cansado y somnoliento, el último de la gran estirpe de los condes de Barcelona.

Entre lágrimas por la muerte del heredero, el reino empezó a temer el seguro conflicto sucesorio tras la del monarca, terriblemente cercana en opinión de los pesimistas.

El año de 1409 trajo la muerte de otro soldado: el conde de Navarcles, capitán general de los ejércitos catalanes. Roger Puig, su sobrino, heredó título y tierras a falta de descendientes vivos del conde.

—Su señoría quiere que le acompañes al castillo de Navarcles —anunció a Hugo el mayordomo— para comprobar el estado de la bodega y las existencias de vinos. Mañana al amanecer.

—¿A Navarcles? —se extrañó él.

El conde nunca le había pedido que fuera a Castellví de Rosanes, donde también tenía otro castillo e imaginó Hugo que otra bodega. No entendía por qué quería que fuera a Navarcles.

—Su tío, el capitán general —explicó Esteve luego de que Hugo expusiera su duda—, disponía de una buena bodega con vinos excelentes, por lo menos eso es lo que cree su señoría. Entiendo que esa ha de ser la razón por la que desea que le acompañes… salvo que quiera matarte allá lejos y que nadie se entere.

La broma inquietó a Hugo. No era tan descabellado como parecía a simple vista.

—¿Vendrá el tuerto? —inquirió sin esconder una preocupación repentina.

Esteve miró a uno y otro lado. Se hallaban a la puerta de la bodega. A él tampoco le gustaba Mateo. En el palacio de la calle de Marquet, quienes no lo temían lo odiaban, y muchos eran los que mantenían ambos sentimientos por igual, pero llamarlo así, «el tuerto», arriesgándose a que alguien lo oyera y se lo contara, aunque fuera solo por buscar su favor, era algo demasiado peligroso para el mayordomo.

—No creo —contestó ya tranquilo, comprobada la ausencia de terceros—. Ya sabes que Mateo es quien se ocupa de todo cuando el señor no está en Barcelona. Supongo que se quedará aquí, de vigilancia.

El pueblo de Navarcles se hallaba a varias jornadas de Barcelona siguiendo el camino que remontaba el río Llobregat primero y continuaba hasta Puigcerdà por Manresa y Berga. Se trataba de una ruta bastante frecuentada puesto que en Puigcerdà se trabajaba buen paño.

El conde hizo el camino a caballo. Hugo a pie, junto a tres soldados que se relevaban a la hora de tirar de las riendas de un par de mulas enganchadas a un carro que viajaba prácticamente vacío, presto a volver lleno de regreso, imaginó él. Tras varias jornadas en las que durmieron en pajares, huertos y caballerizas, mientras el señor conde recibía hospedaje en la mejor habitación de la mejor casa del pueblo que elegía para pernoctar, Navarcles los acogió con un sol otoñal que, aunque tibio, iluminaba tierras, caserío y en cierto sentido el espíritu de aquellos que estaban acostumbrados a vivir rodeados del sol del Mediterráneo. Se dirigieron al castillo, situado en la cima de un promontorio: un complejo amurallado en cuyo interior se ubicaban desordenadamente una serie de edificaciones alrededor de lo que en su origen no era más que una atalaya, una torre de vigilancia.

El carlán les esperaba en la puerta. Roger Puig había decidido mantener al mismo gobernador que desempeñaba ese cargo en época de su tío, un hombre mayor, duro, cortante en el trato y el habla, y que allí mismo, frente a las murallas del castillo, hincó una rodilla y juró fidelidad al nuevo conde. A su espalda se arremolinaba una multitud de campesinos de aspecto miserable con la cabeza gacha, siervos de la tierra inquietos ante el cambio de señor.

Instalaron a Hugo y a los demás en una estancia amplia con varios jergones donde ya dormía la soldadesca propia del castillo.

—¡Que los compartan, y si no hay para todos, que duerman en el suelo! —oyó que decidía el conde después de que el carlán le advirtiese de la escasez de jergones—. Ese es mi botellero —añadió después señalando a Hugo—. Muéstrale la bodega. Y tú sírveme del mejor vino de mi tío —le ordenó a él.

La bodega era magnífica, espaciosa, soterrada y construida con piedras grandes y anchas que la mantenían fresca, a temperatura invariable ya fuera verano o invierno. Pero si la construcción era envidiable, no así el lagar del que disponía, ni las cubas o tinajas, ni los aperos, ni la limpieza ni mucho menos la aireación. «¿Vinos excelentes, me dijo?», se preguntó con ironía al recuerdo de las palabras de Esteve al oler el agrio del vinagre.

—Abre todas las ventanas —ordenó Hugo al criado que le acompañaba—. ¿Quién era el botellero del antiguo conde? —preguntó al hombre mientras este cumplía su orden y él inspeccionaba el contenido de las cubas.

—Llevaba tiempo sin botellero —contestó el criado—. El anterior murió hace ya algunos años. El señor conde probó con varios de la zona, pero más que botelleros eran borrachos. Desde entonces venimos ocupándonos nosotros mismos.

—¿Nosotros?

—La servidumbre del castillo.

—¿Cuáles son las cubas de la vendimia de este año? —preguntó Hugo, diciéndose que aquel vino todavía debería estar hirviendo lentamente.

—Aquellas —señaló el hombre.

Hugo se dirigió a las siguientes.

—¿No las tenéis ordenadas por años? —preguntó al ver que no existía identificación alguna en las cubas.

Trasteó con el grifo atascado de aquella cuba. El criado no respondía a su pregunta; al final se volvió hacia él y lo encontró con la ignorancia reflejada en el semblante. Hugo forzó el grifo hasta que logró verter algo de vino en una jarra.

Lo escupió. Si todos eran así, Roger Puig no estaría muy contento. Desechó aquella cuba y probó con la de al lado, que se le antojó igualmente repugnante.

—¿Esto era lo que bebía el capitán general de los ejércitos catalanes?

—Sí —contestó el criado al mismo tiempo que se encogía de hombros—. Es el vino de los payeses de sus tierras —afirmó. Hugo resopló—. Todos bebemos de este vino —llegó casi a gritar ofendido ante lo que consideró una falta de cortesía por parte de Hugo. Luego se acercó a él, le arrebató la jarra de las manos y escanció el resto de un solo trago—. ¡Muy bueno! —afirmó—. Es el vino de aquí.

Quizá ese vino gustase a los habitantes de aquella tierra, fría, áspera; quizá también complaciera al señor de esos estados, un soldado curtido, pero Hugo conocía el paladar de Roger Puig, mucho más exquisito que el que acababa de mostrar el criado alabando lo que no era más que vinagre.

El vino que Hugo sirvió al recién nombrado conde de Navarcles lo encontró en una cuba intacta. Al principio también le pareció picado, pero ¿cómo no percibirlo así en ese ambiente y después de probar varios que no eran más que vinagre puro? Lavó bien la jarra y se enjuagó la boca. Escanció vino, poco, y lo oreó. Aquel había aguantado, determinó tras conseguir diferenciar el agrio del vinagre de los sabores fuertes e impactantes de un vino tosco y vulgar que llevaba envejeciendo Dios sabía cuánto tiempo. Era imposible determinarlo, aunque probablemente no mucho más de un año... ¡Dios no estaba por tales milagros! Con todo, el que vertió en la copa de plata del conde lo aguó previamente, lo suficiente para desleír aquel cuerpo recio que costaba incluso tragar.

Roger Puig se hallaba sentado a una mesa grande en la torre mientras un grupo de pequeños señores feudatarios hacían cola para rendir homenaje y jurar fidelidad y vasallaje a su nuevo señor. El carlán los presentó de uno en uno para estudiar a continuación, con los libros de contabilidad y demás documentación extendida sobre la mesa, las rentas que cada uno de ellos proporcionaba a las arcas del conde.

Hugo no tardó en comprender que a Roger Puig las tareas formales se le hacían insoportables. Como nuevo señor necesitaba el juramento de vasallaje por parte de sus súbditos, pero tan pronto entraban a considerar números y derechos él estallaba en ira e impaciencia. Ninguno de sus feudatarios se libró de la cólera del nuevo conde.

—¿Con tantos fuegos y solo renta eso?

Era una mala época; no se contaba con payeses suficientes para trabajar los campos. Tal era la justificación tras la que uno tras otro, invariablemente, pretendían refugiarse.

—¡Pues haz trabajar más a esos miserables perezosos! —gritaba a su vez el conde—. Quiero más dinero, ¿entiendes?

Todos entendieron. Roger Puig, recostado en una silla a guisa de trono a la cabecera de la mesa, insultó y presionó a sus vasallos mientras bebía el vino que no dejaba de servirle un Hugo que terminó abstrayéndose de aquellos problemas. ¿Qué hacía allí, lejos de los suyos, soportando los insultos del hombre al que odiaba?, se preguntó en su lugar. Necesitaba aquel trabajo, eso era cierto: comían, dormían y vestían gracias a esos jornales. Y aunque no hubiera sido así, tampoco podía abandonarlo y exponerse a las iras del conde, pero eso no conllevaba necesariamente el empeño en buscarle el vino bueno. Podría haberle dado del malo con la excusa de que no había otro y nadie habría podido acusarlo de nada. Ni Roger Puig, ni el criado al que le gustaba el vinagre habrían sido capaces de encontrar la cuba intacta. No lo hacía por el conde, se contestó unos instantes después, sino por el vino. Lo respetaba, lo respetaba hasta tal punto que era incapaz de ofrecer vino malo a su peor enemigo. Sonrió. Roger Puig volvió a dejar la copa de plata vacía sobre la mesa y Hugo la llenó de nuevo.

—¡Castígales y verás como trabajan! —gritó el conde mientras tanto a un vasallo gordo y sudoroso, que sin embargo ahora aparecía encogido, con las manos por delante de la barriga agarrando el sombrero, el rostro algo ladeado, como si no se atreviese a mirar de frente a su señor.

Hugo no tuvo problemas para imaginarlo en una situación totalmente diferente: insultando y maltratando a sus vasallos, los payeses siervos de la tierra. Lo vio gordo, erguido en esa ocasión, escupiendo a la vez que les recriminaba sus rentas escasas, les abofeteaba o pateaba y les amenazaba con castigos mayores. Hugo desvió la mirada, asqueado.

—¡Más vino! —gritó Roger Puig al cabo.

Hugo obedeció. En varias ocasiones bajó a la bodega a rellenar la jarra. Roger Puig bebía sin cesar mientras sus órdenes e insultos se hacían cada vez más ininteligibles, su lengua se volvía torpe y seca, la lucidez extraviada en el vino.

Anocheció, y el carlán puso fin al desfile de vasallos e intentó retirarse prudentemente.

—¿Adónde vas? —le sorprendió sin embargo el conde.

—A ordenar lo necesario para vuestra cena, señoría.

Longanizas y butifarras; una gran bandeja con varias de ellas como primer plato. Roger Puig volcó una copa de vino. Hugo se apresuró a levantarla y llenarla de nuevo. El conde mordió parte de una butifarra, pero apretó tanto con la mano que el resto se deshizo. Lanzó la carne contra uno de los criados. «¡Necio!», le insultó. Murmuró imprecaciones y trató de beber, pero la copa le resbaló de su mano grasienta y se estrelló contra el suelo. Allí, junto a los pies del conde, tintineó hasta que este acertó a darle una patada y la impulsó al otro extremo de la estancia. Hugo cogió la copa de agua, arrojó su contenido al suelo y la volvió a llenar. El conde rió y trató de felicitarle, aunque no consiguió volver la cabeza.

Pollos, perdices y una fuente con hortalizas. La mesa fue llenándose de unas viandas que el conde ni siquiera atinaba a coger. Hurgó en la comida y se la llevó a la boca a manos llenas. Gritó e insultó a los criados; les tiró comida y platos, y prometió matarlos tan pronto como amaneciera. En una de aquellas diatribas Hugo aprovechó para coger medio pollo y dar cuenta de él a espaldas del conde, al que ponía la copa en la mano en cuanto este hacía el simple ademán de buscarla. El carlán se despidió antes de que su señor pudiera oponerse con la excusa de que debía madrugar al día siguiente. Ya había desaparecido el hombre cuando Roger Puig puso fin a su balbuceo, y gruñó. Luego gritó, insultó, abofeteó a un criado que había tenido el descuido de acercarse demasiado a él, eructó y vomitó; orinó allí mismo, en la silla, sin despojarse de los calzones, lanzó platos y comida a la par que confusas imprecaciones, rió, soltó carcajadas absurdas, histéricas, y bebió, bebió, sobre todo bebió.

Transcurrió la noche y en la estancia se hizo un silencio solo roto por los ronquidos del conde entremezclados con palabras inconexas. De vez en cuando alargaba el brazo con la copa de plata aferrada a una de sus manos. Hugo le servía. En la mayoría de las ocasiones el vino se derramaba por encima de sus ropas mientras él se quejaba y pugnaba por acercárselo a los labios; en otras, sencillamente, el vino caía al suelo después de que el peso del líquido venciera la copa en manos del noble en cuanto Hugo lo vertía en ella.

Era noche cerrada en el momento en el que Roger Puig apoyó la cabeza sobre la mesa y soltó la copa, que de nuevo cayó al suelo y tintineó. Hugo lo escuchó roncar durante un rato. Sin saber qué debía hacer, lo rodeó y cruzó la puerta por la que entraban y salían los criados. Uno de ellos, aquel al que el conde había abofeteado, dormía junto a un odre de vino, probablemente más borracho que su señor. Hugo golpeó una de sus piernas con el pie y el otro ni se movió. Repitió más fuerte con el mismo resultado. Se internó un poco más allá de un pasillo. No se oía nada. Llamó. No obtuvo contestación. El castillo estaba en el más absoluto silencio, así que regresó. El conde parecía un muñeco deslavazado, inclinado en la silla en un equilibrio precario, con la cabeza sobre la mesa y los brazos colgando inertes a sus costados.

Hugo lo observó desde la puerta.

—¡Roger Puig, conde de Castellví de Rosanes y de Navarcles! —recitó en voz alta mientras se acercaba a él.

El sonido de sus palabras le sorprendió y permaneció atento un instante. El conde no reaccionó. Ahí estaba su enemigo, vencido, envuelto en mierda. Lo agarró del cabello y tiró. El conde miró a Hugo sin verlo, los ojos vacíos. Soltó la cabeza, que golpeó sobre la madera de la mesa con un sonido seco. Nada. La levantó de nuevo y la volvió a soltar. Roger Puig tampoco respondió. En la siguiente ocasión acompañó la cabeza con la mano para golpear con más fuerza. Podía destrozársela allí mismo. Se acercó a la pared, donde colgaban armas. Dudó al ver una espada, jamás había tenido una en las manos. Descolgó una y la blandió. Le pareció incómoda, difícil de manejar. Un hacha. Recordó el destral de las atarazanas y apretó los labios: sus zapatos, el perro calvo.... ¡su infancia! Aquella arma era cien veces más grande y pesada que el destral de las atarazanas. Quizá para luchar en una batalla pudiera ser aún más compleja y difícil de utilizar que la espada, pero para alzarla y descargar un golpe en el cuello de una persona no se precisaba demasiada habilidad. Hugo creyó que no sería necesario ni forzar el descenso: el peso sería suficiente para que la hoja cercenase el cuello de Roger Puig. Se acercó a la mesa y levantó el hacha. Deseaba dejarla caer, como ordenó el conde de Navarcles con micer Arnau, ante los ojos de Hugo cegados por la sangre que corría por su rostro debido a la paliza que aquel hijo de puta hizo que le propinaran. Se escuchó respirar. Las atarazanas, el día en que Roger Puig consiguió que le expulsaran. Ahí estaba, a su merced. La violación de Caterina. Bernat. Las humillaciones en el palacio de la calle de Marquet. La última paliza que permitió que le propinara el tuerto en la bodega. Hugo tenía la venganza a su alcance, aquella que nunca habría imaginado tan fácil: la muerte.

No lo hizo: no podía matar a un hombre... indefenso.

Colgó el hacha en la pared.

A falta de heredero legítimo según la tradición y las costumbres catalanas, que no la ley pues ninguna existía que prohibiera la transmisión de la corona por línea femenina, el rey Martín abogó por nombrar heredero del trono a su nieto Fadrique, hijo bastardo de Martín el Joven con la siciliana Tarsia Rizzari. Las Cortes todavía reunidas en Barcelona, el Consejo de Ciento, el Papa y hasta sus consejeros se opusieron a ese nombramiento. «Cataluña no aceptaría un bastardo», adujeron, más aún si, aunque viejo y enfermo, Martín podía contraer nuevas nupcias y concebir un hijo. El rey insistió en legitimar a Fadrique, confesándose impotente e inútil para el matrimonio. El pueblo, por su parte, insistió en que volviera a casarse y el monarca, bondadoso y débil, accedió a las exigencias de sus súbditos.

Se le presentaron dos muchachas para que eligiera: Cecilia de Aragón, hermana del conde de Urgell, y Margarida de Prades, nieta del conde de Prades y que, tras la repentina muerte de su padre siendo niña, se había criado en la corte como dama de María de Luna, primera esposa de Martín. Fueron esas previas relaciones las que inclinaron al rey a elegir a Margarida, una bella muchacha de poco más de veinte años.

Elegida esposa, el conde de Prades, abuelo de Margarida, otorgó su consentimiento y Benedicto XIII, uno de los principales instigadores del matrimonio, restó importancia al impedimento canónico que implicaba el parentesco lejano con el rey Jaime el Justo, del que el rey Martín era biznieto y que él mismo dispensó. Así, si el rey Martín el Joven fallecía en Cerdeña el 25 de julio, su padre y la joven Margarida de Prades contraían matrimonio menos de dos meses después, el 17 de septiembre, en la capilla de Bellesguard, un castillo pequeño, de planta cuadrada con torreones en sus esquinas y murallas almenadas, ubicado fuera de Barcelona, al pie de la sierra de Collserola, un lugar donde gustaba de vivir el rey Martín y desde el que se dominaba toda la ciudad, extendida como un manto hasta el mar.

Todo fue tan rápido que Martín ni siquiera dispuso de dinero con el que afrontar el coste de su enlace, teniendo como tenía sus joyas y propiedades empeñadas. Era tradición que, ante una boda real, se recaudara un impuesto especial llamado de maridaje para cubrir los gastos, pero en esa ocasión el rey tuvo que acudir a prestamistas y endeudarse a cuenta del futuro impuesto para brindar a su joven esposa la ceremonia que se merecía. Fray Vicente Ferrer casó a los novios y Benedicto XIII bendijo la unión. Luego se ofreció un banquete en el mismo castillo, al que se invitó a las muchas personalidades reunidas en Barcelona con motivo de las Cortes.

De regreso de Navarcles, Hugo no tuvo tiempo de reintegrarse a su oficio de botellero en el hospital de la Santa Cruz y en el palacio de la calle de Marquet, dado que fue llamado a cuidar del vino que tenían que beber esos centenares de invitados. Briales de tela de oro, sedas recamadas también en oro, gramallas bordadas de plata y perlas, sombreros adornados con piedras preciosas; vajillas de plata; copas de oro; tapices y colgaduras; los monarcas sentados en bancales cubiertos con lana de colores y sobre cojines de terciopelo con las armas reales bordadas. Hugo, en pie, detrás del copero real, el noble Guillem Ramon de Montcada, se vio obligado, igual que el primero, a probar el vino antes de servirlo al rey. Todo se cataba por miedo a un envenenamiento que, por otra parte, nunca había sucedido en la historia de Cataluña, pues las viandas que entraban los portadores de los platos en una procesión encabezada por el mayordomo con su bastón y los porteros las probaban aquellos delante de su majestad; el panadero hacía lo propio con el pan, mientras que las frutas y los pasteles, el repostero. El mayordomo acompañaba a cada uno de ellos en las catas.

Hugo presenció tales rituales incómodo con las ropas negras de trapo basto que le obligaban a vestir. Pero la incomodidad no era nada comparada con el hambre que padecía; hacía muchas horas que había desayunado, y los tres platos en los que consistía el banquete no fueron sino un calvario agravado ante la abundancia con que se servía a los comensales. «Los catalanes deben ser parcos en el comer y en el beber», aconsejaba el fraile Eiximenis en sus libros. Por eso los reyes comían solo dos platos, o tres en las celebraciones: pollos en verano, gallina en invierno; cerdo, ternera, perdices... Cuestión diferente era la cantidad. Al rey le servían un plato, sí, pero con ración suficiente para veinte personas; a los patriarcas y arzobispos, raciones para dieciséis; a obispos y caballeros de sangre real, raciones para doce, y los demás nobles y caballeros invitados, raciones para ocho.

—Siempre es así en las grandes celebraciones, como es el caso de las bodas —explicó a Hugo uno de sus ayudantes en la bodega en un momento en el que tuvo que ausentarse del comedor para ir en busca de más vino—. En las celebraciones normales también hay jerarquías, aunque el rey empieza por ocho raciones y los últimos comparten ración de dos en dos.

—¡Pero sobra mucha comida! —se quejó Hugo, a quien la boca se le llenaba ya de saliva.

—No, no sobra nada. La que no se consume en la mesa real se entrega a los limosneros para que la repartan entre los pobres, ¿lo entiendes?

—No.

—Pues que de esta forma el rey es el que da más limosna y así, por jerarquía, descienden hasta en la bondad y generosidad.

—Ahora sí entiendo.

Esa misma pregunta, con la misma respuesta, «entiendo», en aquel caso forzada, fue la que le dio a Hugo el mayordomo de la casa real cuando quince días antes de la boda del rey y acompañado por un par de soldados se personó de improviso en la bodega del hospital.

—Su majestad el rey Martín desea que seas su botellero —le soltó.

Recordaba esa situación: el tuerto le había dicho algo parecido a la hora de proponerle ser el botellero de Roger Puig.

—No...

El mayordomo hizo como si no lo hubiera oído. El tuerto también había hecho algo similar en su día.

—Deberás proveer el mejor vino para la boda real. Su majestad todavía recuerda el que bebió en la inauguración de este hospital.

—Tiene buena memoria su majestad —replicó Hugo, pensando

que ya hacía ocho años de aquello—. ¿Y por un vino que bebió hace tanto me llama ahora? ¿No tiene botellero?

—No es mi responsabilidad juzgar las decisiones del rey, haya transcurrido el tiempo que haya transcurrido —replicó con seriedad el mayordomo—. Tengo entendido que fue el conde de Castellví quien le habló de ti para solventar el tema del vino de la boda. La corte no anda bien de recursos. Y en cuanto a si tiene o no botellero: no. Hace tiempo que no dispone de ese oficio. Yo mismo me encargaba de comprar el vino. Desde que falleció la reina María el rey no necesitaba un botellero, pero ahora con la nueva reina y su corte precisa uno.

—Pero yo... —Hugo resopló, incapaz de dilucidar cómo oponerse a la voluntad real, sostenida además por dos soldados que le miraban con hostilidad tras su primera negativa—. El hospital...

—Ya he hablado con los administradores y lo entienden.

—¿Entienden?

—Ellos sí, ¿y tú?

Hugo se demoró unos instantes, los suficientes para que uno de los soldados frunciera el ceño y se removiese inquieto.

—Entiendo. ¿Y el conde de Castellví...?

—También lo entiende. Los deseos del soberano priman.

—De acuerdo.

—En ese caso —indicó el mayordomo—, vamos a tu casa a buscar tus pertenencias.

Hugo torció el gesto.

—¿Qué quieres decir? ¿Para qué necesito mis pertenencias? Están bien donde están.

—El botellero real debe dormir en la bodega.

Hugo se resistía.

—¡Vamos! —conminó el mayordomo a los soldados.

Hugo no esperó a que aquel malcarado le empujase con su lanza y encabezó la comitiva durante los cuatro pasos que les separaban de la casa de Barcha, cruzada la calle del Hospital. Durante el camino pensó que la vida de las personas como él siempre estaba al albur de las decisiones de los poderosos, ya fuera el conde, ya fuese el rey. Poco podían hacer para oponerse a los deseos de quienes ejercían un poder absoluto a riesgo de soliviantar a unos señores cuya respuesta era imprevisible.

—Suerte tienes, amo, de que todo esto sea para tu bien —se burló la mora tras las explicaciones de Hugo—, porque si hubiera sido para detenerte, habrían mandado a todo el ejército. ¿Volverás? —le preguntó luego de que Hugo hubiera terminado de reunir sus pertenencias en un hatillo pequeño con cuatro pendas gastadas, todo cuanto poseía.

—¿Volveré? —se preguntó él a su vez. Apretó los labios y se encogió de hombros—. Confío en ello —añadió sin embargo—. ¿Por qué no iba a volver?

—¿Y la niña? —inquirió Barcha con la voz ya tomada.

—Cuida de ella —rogó Hugo.

La mora no pudo cumplir el encargo porque Regina fue llamada al castillo de Bellesguard y se llevó a Mercè con ella. Si Hugo dormía en un cuartucho húmedo y oscuro en la misma bodega, Regina y Mercè compartían una habitación todavía más pequeña situada por encima de la zona destinada a la servidumbre del castillo, si bien, a diferencia de la de él, disfrutaba de la poca luz que se colaba a través de una ventana estrecha y alargada.

—¿Qué hacéis aquí? —se sorprendió Hugo en la primera ocasión en la que se topó con su hija y su esposa, antes incluso de la boda del rey.

—¡Padre! —exclamó Mercè.

Regina ni siquiera mudó el semblante. Debía de saber que Hugo estaba en la bodega; nada se le escapaba nunca.

—La reina requiere de nuestros servicios —le contestó.

Era la primera vez que la veía como una bruja. ¡Bruja! Eso era. En ese momento Mercè le guiñó un ojo con picardía y perdió el hilo de sus pensamientos.

—Tenemos que conseguir que el rey engendre un heredero —añadió Mercè bajando la voz, como si le revelara un secreto.

—¿Acaso no tiene médicos el rey?

—Sí, los tiene —decidió intervenir Regina haciendo un ostensible gesto a la niña para que guardara silencio—. Solo hay que esperar a su fracaso.

—Te veo muy convencida.

—¿Del fracaso de los médicos reales? No te quepa duda.

Hugo retiró la vista de su esposa, como siempre hacía, y sonrió a su hija.

—Me alegra que estés aquí —le dijo ignorando a la otra—. Siempre que quieras puedes encontrarme en la bodega. Está…

—No nos interesa —le interrumpió Regina—. Tenemos que hacer —apremió a Mercè.

—Iré a veros —prometió la niña sin embargo—. No os preocupéis —añadió ya tras los pasos de Regina—, la encontraré. En el lugar más frío del castillo, ¿verdad? —fue diciendo con la cabeza vuelta y una sonrisa en los labios.

Hugo le devolvió la sonrisa y siguió así hasta que desaparecieron tras la esquina de un pasillo. Entonces la idea regresó: bruja. Y si Regina era una bruja, no quería pensar qué sería de Mercè si aprendía de ella.

Contaban que Margarida de Prades continuaba siendo doncella tras la noche de bodas, que el rey ni siquiera fue capaz de penetrarla. Al mes de casados Margarida menstruó. En esas fechas se presentó en el castillo de Bellesguard una embajada presidida por el obispo de Couserans, orador fácil y jurista docto. La embajada la enviaba Luis, rey de Nápoles casado con Violante de Aragón, hija del rey Juan y por lo tanto sobrina de Martín.

El rey de Nápoles, en palabras del obispo, pretendía que su hijo Luis, duque de Calabria, de seis años de edad, nieto del rey Juan, fuera admitido en la corte de Martín y criado en ella para conocer las costumbres catalanas antes de sucederle en la corona. El obispo realizó un discurso tan extenso como brillante a lo largo del cual el rey Martín dormitó para exasperación del orador y preocupación de los presentes, entre los que se encontraba la reina. No obstante, tras finalizar el obispo, el monarca contestó uno a uno a sus planteamientos, y rechazó la propuesta que pretendía que dejara la corona en manos de una rama de los monarcas franceses con una sentencia que hizo reír a su esposa y luego a la concurrencia.

—Dios me hará padre otra vez gracias a mi querida esposa, ya que uno y otro hacemos, en la medida en que podemos, cuanto está en nuestras manos para ser padres. —Los reyes se miraron entre las risas de la corte—. Y no solo Dios está a nuestro favor —continuó Martín—, puesto que los médicos sostienen que es más fácil que nazcan hijos de un padre maduro y una madre joven, que de dos esposos jóvenes.

Pero el rechazo a las pretensiones francesas no hizo sino abrir la carrera por la sucesión al trono. Martín engendraría un hijo, o no, pero mientras no los tuviese los aspirantes estaban legitimados para reclamar la corona igual que había hecho el francés. El pequeño Luis, duque de Calabria; Fadrique, bastardo de Martín el Joven; Alfonso, duque de Gandía; Jaime, conde de Urgell, y Fernando, infante de Castilla, todos ellos acreditaban mayor o menor relación sanguínea con la casa condal de Barcelona. Pero el favorito del pueblo catalán era Jaime de Urgell, bisnieto de Alfonso IV, casado con Isabel de Aragón, hija de Pedro el Ceremonioso y hermanastra del propio rey Martín, quien también reclamó la corona a título personal. A la muerte de su hijo, en julio de 1409, el rey Martín había nombrado lugarteniente y procurador real al conde de Urgell, cargo que históricamente correspondía al heredero del trono.

Luis de Anjou y Fadrique eran dos niños que requerirían de una regencia; el duque de Gandía, un noble casi octogenario. Por tanto, todos ellos eran pretendientes sin posibilidades. Restaban pues el conde de Urgell y el infante Fernando. El primero, catalán, era un heredero legítimo que descendía de una familia enraizada en la historia del principado, nobles todos ellos, príncipes, soldados entregados a la defensa de su tierra. El segundo provenía, en cambio, de un linaje bastardo que había conseguido el trono de Castilla, pero por encima de todo castellano. Pocos eran los que apostaban por él, un castellano, un extranjero, en pugna con un catalán como el conde de Urgell.

Mientras tanto Martín, como aseverase al embajador del rey de Nápoles, intentaba engendrar un hijo con la joven Margarida, aunque su obesidad le impedía acoplarse a ella, y su somnolencia y las fiebres cuartanas que padecía le restaban la voluntad imprescindible para superar sus problemas.

Los médicos reales insistieron, pero ante la evidencia tuvieron que callar en el momento en que las mujeres que rodeaban a la reina, entre ellas Regina, empezaron a tomar medidas, aconsejándola. Así que a los recursos usuales, como pudiera ser la peregrinación que Martín y Margarida hicieron al monasterio de Montserrat para rogar por su fertilidad, se sumaron las comidas afrodisíacas, los ungüentos y las pócimas.

Hugo también tuvo su intervención.

—Dice madre —le comunicó un día Mercè, que acostumbraba a escaparse a la bodega— que necesita de aquel vino que proporcionasteis al conde, uno con mucha fuerza.

Hugo recordó el clarete mezclado con *aqua vitae.*

—¿Para qué?

—Para excitar los instintos del rey —se adelantó ella—. Madre dice que la mayoría de los hombres y las mujeres del palacio...

Mercè dejó flotar el final de la frase mientras sonreía y guiñaba un ojo. Hugo golpeó el aire con una de sus manos y se quedó mirándola. Ya era toda una mujer. Ella permaneció quieta unos instantes y se dejó inspeccionar, consciente de que su padre necesitaba superar la cariñosa visión infantil que todavía tenía de ella.

Mercè conocía el cuerpo de las mujeres; trabajaba con él. No le costaba compararse y sopesaba con atención sus pechos, sus curvas, sus nalgas, su pubis, sus piernas. Preguntó a Regina qué mujeres gustaban a los hombres y le sorprendió la contestación que le dio, seria, sin ambages: las de rostro y ojos bellos; senos grandes y generosos, firmes; buen culo y buenos muslos, duros y que se muevan al andar. La mujer no debía ser barbuda ni gorda, agregó Regina. «Ellos quieren que seamos humildes, obedientes, limpias y serviciales, sobre todo en el lecho», añadió.

—¿Cómo son mis ojos, padre? ¿Y mi rostro? —le interrogó Mercè antes de que él contestase.

Hugo disimuló el nudo que se le formó en la garganta acercándose a ella, tomándola del mentón y escrutándola como si no la conociera, haciéndole ladear la cabeza hacia uno y otro lado. Carraspeó antes de hablar.

—Son los más bellos de toda Barcelona...

—¡Padre!

—Lo juro. No existen otros más hermosos. —Hugo se dio cuenta de que pocas veces había tenido que adular a una mujer a lo largo de su vida. Incluso Dolça había tomado la iniciativa—. Los más bellos, sí —repitió—. Y...

—¿Y?

—Enamorarás hasta a los príncipes.

—Pues por aquí corren unos cuantos y ninguno parece tener interés.

Acababa de hablar Regina. Instintivamente, Hugo miró la nariz de su hija. No. La nariz de Mercè acompañaba sus palabras.

—Hija... —Hugo dejó de lado el tono lisonjero y se dirigió a la muchacha con seriedad—. Eres hermosa, mucho. Olvida a los príncipes, nada te darán, y enamora a un buen hombre.

Mercè se abrazó a él.

—¿El vino? —preguntó la chica antes de salir de la bodega.

—Lo tendrá.

—Padre, algún día —aprovechó para pedir la muchacha, atrevida, traviesa— tendréis que explicarme qué propiedades tiene ese vino que tanto gusta a todos.

—¡Fuera de aquí! —exclamó él entre risas.

Hugo no disponía de *aqua vitae* en el castillo, tampoco del alambique, pero no fue el vino para el rey la preocupación que le asaltó en el momento en que volvió a quedarse solo en la bodega. «Enamora a un buen hombre», acababa de aconsejar a su hija. ¿A qué hombre podía enamorar Mercè si no era capaz de aportar una buena dote a su matrimonio? Eso era lo importante; más que el amor. En muchas ocasiones había pensado en ello, pero siempre terminaba despreocupándose; tenía tiempo de reunir la dote para Mercè, se excusaba. Y ahora los años habían pasado raudos y de repente aparecía ante él una mujer de trece años, hermosa, ciertamente hermosa, que le guiñaba el ojo, le abrazaba y le animaba con desvergüenza a hablarle de un vino del que Regina ya le habría contado sus virtudes. ¡Estúpido! Necesitaba dinero. Necesitaba tener prevista la dote de su hija.

La mora gritó ante la llegada de Hugo, como si aquellos días de soledad la hubieran afectado. Gritó hablando con él, nerviosa, agradecida por la visita. Gritó y gritó y gritó sin permitir hablar a Hugo, tal como lo hacía al principio, tras comprarla. De cuando en cuando tenía que enjugarse las lágrimas. Entonces gritaba más todavía y soltaba algún improperio. Él le contó de Mercè y del rey y la reina. Ella de Barcelona.

—Por la ciudad se dice que no la ha desflorado todavía —cuchicheó Barcha. Hugo resopló—. La gente espera que nombre heredero al conde de...

—Urgell —le ayudó él.

—Sí.

Hugo logró despedirse de ella tras jurarle y perjurarle que volvería. Cruzó la calle y entró en el hospital de la Santa Cruz. Continuaban los trabajos del claustro y del tejado de la nave septentrional. Buscó al administrador o al sacerdote, y al final charló con ambos y les preguntó por su puesto. Le dijeron que habían tenido que contratar a un recomendado del obispo, un botellero que, al parecer, estaba más tiempo beodo que sereno. La vendimia de ese año había sido un desastre. No había terminado de cocer el vino y el olor a vinagre se extendía por todo el hospital. ¡Aquel inepto ni siquiera había limpiado las cubas!

—Hay que querer al vino —afirmó Hugo.

—Hay que querer a los enfermos, hijo —le corrigió el sacerdote—. El vino es uno de los remedios de los que Dios provee a los necesitados. Por eso hay que elaborarlo con celo y aplicación, porque es un instrumento del Señor.

Cerrada con llave tras su marcha, habían respetado la estancia en la que guardaba el alambique y varios frascos de *aqua vitae*. Le permitieron trabajar a solas. Hugo cogió una cuba vacía, la limpió y volcó en ella toda el *aqua vitae* de que disponía, una cantidad considerable. Luego desmontó el alambique: los dos recipientes de cobre con forma de calabaza, los serpentines y el canuto por el que corría el líquido. Acababa de pedir a Barcha que se lo guardara, algo que ella había aceptado a gritos. Se lo pidió también al administrador: se trataba de transportar el alambique a la casa que había sido de Jaume, el que hacía los mangos de madera de las navajas, la que ahora era de la mora, «sí, esa.» También le rogó que le buscase a un par de jóvenes fuertes de los que andaban siempre por el hospital para que cargasen con la cuba hasta el castillo de Bellesguard.

Hugo se hizo con una cesta de moras de las que recogían los criados del rey en los bosques de Collserola y con su zumo agridulce consiguió enmascarar el del *aqua vitae* que vertió en un vino tinto joven. La mezcla tenía buen sabor, suficiente cuerpo y era fuerte, aunque no sabía si lo suficiente para despertar el deseo del rey. Lo presentó a Guillem de Montcada, el copero, quien lo cató, encogió el cuello y los hombros, sorprendido; luego dio un trago largo y soltó una exclamación.

—¡Demonios! ¿De dónde has sacado esto?

—Lo he comprado.

—Mira, Hugo, porque tu nombre es Hugo, ¿cierto? —Hugo asintió, encogido ante el tono de voz y la autoridad del noble—. Esto no se compra. Llevo muchos años como copero de su majestad y entiendo algo de vinos. Este sabor a mora... Escóndelo un poco más. El resto no sé lo que es y prefiero no saberlo, pero si sirve para que el rey engendre un heredero, sea.

Quizá se había excedido con el *aqua vitae*. La diluyó en más vino y lo preparó para la cena. El copero lo volvió a catar e hizo un gesto de aprobación antes de ofrecérselo al rey y a la reina, aunque esta terminó aguándolo. Los nobles invitados a la mesa real, de los que Hugo solo conocía a Roger Puig y a su esposa, brindaron y levantaron su copa con alegría. Guillem de Montcada miraba de reojo a Hugo con el ceño fruncido, preguntándole en silencio sobre la composición del vino. Apartado unos pasos de la mesa, con la bandeja y el frasco en un aparador a su lado, Hugo dudó de si, a pesar de haberla diluido, no se habría excedido con el *aqua vitae*. La mesa bullía. El rey reía. Las mujeres, pese a haber aguado el vino como hiciera la reina Margarida, hablaban a gritos mientras los hombres las miraban con ojos chispeantes. Nada que ver con las comidas serias en las que Hugo había servido desde que era botellero real.

Terminó la cena y Hugo hizo ademán de retirarse.

—No. —El copero le detuvo agarrándolo del brazo—. Igual el rey, mientras atiende a su esposa, desea algo más de este vino que tan contento le ha puesto. Y ahí quiero que estés tú. Respondes con tu vida si le sucede algo por lo que le has añadido.

Hugo trató de explicarse, pero el otro ya se alejaba.

«Respondes con tu vida.» Con las piernas flojas y las rodillas algo temblorosas, siguió a la corte cargado con la bandeja, una jarra y dos copas, todas de oro. Discurrieron por pasillos de piedra, fríos, sin mobiliario alguno e iluminados con hachones hasta llegar al dormitorio real. Se apretujaron en la antecámara, donde Hugo se quedó junto a la puerta que daba al pasillo, y esperaron, aunque él ignoraba exactamente a qué aguardaban. Prestó atención a las conversaciones. Las risas y el jolgorio de la mesa habían decaído y solo se oían cuchicheos. «A ver si hoy puede», alcanzó a oír por boca de una mujer ya mayor, tan enérgica como erguida, lujosamente vestida. Margarita, la llamó su interlocutora antes de contestarle: «Estaba contento». «No todo es alegría —arguyó la otra—. Se necesita hombría...» Calló al percatarse de su tono de voz. «A ver si se apresuran en los preparativos», decidió añadir la tal Margarita. Esta última frase dio la pista a Hugo: esperaban para ver cómo follaba el rey a la reina.

Trató de convencerse de que un simple botellero no iba a acceder a la alcoba real, aunque el hecho podría resultarle divertido o cuando menos interesante. Las piernas ya no le temblaban. El *aqua vitae* no causaba daño alguno. No tenía por qué temer haber de responder con su vida, se decía justo en el instante en que se abrieron las puertas de doble hoja que daban a la alcoba. No entraron todos los presentes. La gran mayoría quedó fuera. La vieja Margarita sí que lo hizo, por delante de las demás mujeres. También accedió un pequeño grupo de nobles, Roger Puig entre ellos, y Hugo, al que el copero llamó desde la misma puerta.

Se esforzó por no mirar, pero no pudo evitarlo. En el lecho se hallaba tumbada la reina, joven, bella, vestida con una camisa de lino blanco que le llegaba hasta las rodillas. Hugo quedó prendado, más que de su belleza, de su actitud, tan sumisa como digna. Iba a suspirar en el momento en que descubrió a Regina y Mercè a la cabecera de la cama. La nariz de Regina bufó echándole en cara que invadiera su terreno; su hija, que tenía las manos entrelazadas por delante, extendió cuatro dedos y los movió en un saludo simpático. Si la muchacha no fue capaz de reprimir una sonrisa leve, Regina permaneció quieta, impertérrita, sin mover un solo músculo.

El copero llamó a Hugo y este se acercó. No reconoció al rey hasta que estuvo a su lado. La bandeja le tembló ligeramente mientras Guillem de Montcada servía una copa de vino al monarca, junto a él. Hugo, tal como le acababa de suceder con la reina, pugnaba por mantener la mirada en las copas y en el vino, y no desviarla hacia el soberano, que mostraba todas sus grasas sueltas bajo una simple camisa de dormir e iba cubierto con un gorro morado y viejo, de lana tejida a mano.

El monarca bebió y chascó la lengua. Luego alzó la copa en dirección a Hugo como hiciera el día de la inauguración del hospital, y se dirigió con la torpeza de un hombre gordo y descalzo hasta los pies de la cama. Hugo se quedó en el centro de la estancia, con el copero, entre el rey, junto al lecho, y los nobles, tapando la visión de estos, que se encontraban arrimados a la pared frontera a la cama. «Ven», le indicó el copero.

Lo llevó hasta una esquina del dormitorio, allí donde debería arder un hachón. En su lugar, a través de la argolla de hierro clavada en la pared destinada a sostenerlo, había atada una soga de cáñamo, fuerte, como las que confeccionaban para los barcos. Hugo siguió la línea de la soga hasta una polea instalada en el techo, por encima del tálamo real, que luego descendía hasta media altura, donde se unía a una especie de arnés.

—Desátala —le ordenó el copero.

El artilugio, como una gran faja de cuero, fue descendiendo hasta llegar a la altura del rey. Un hombre vestido de negro lo ató con aquella faja y comprimió cuanto pudo la voluminosa barriga real. Hugo no daba crédito: la soga colgaba floja en sus manos. Desvió la mirada hacia su hija y Regina, las dos quietas, atentas, expectantes.

—Venga —lo avivó el copero—. Vamos a alzar a su majestad.

Un par de nobles más se sumaron a la cuerda: reían por lo bajo. Hugo percibió un olor fuerte a vino, moras y *aqua vitae* en sus alientos. El copero los saludó como Pedro y Bernardo.

—El médico nos dará las instrucciones —advirtió Guillem de Montcada a los tres.

Hugo miró al hombre de negro y se encontró con que Regina y su hija se habían acercado al rey. Mercè permaneció en pie con un frasco en la mano; Regina se arrodilló delante del monarca, momento en el que el médico levantó la camisa de dormir a Martín y dejó a la vista el miembro de su majestad. Regina empezó entonces a friccionarle el pene.

—¿Qué le untan? —preguntó en un susurro el noble que se llamaba Pedro.

—Creo… —Al otro noble, obeso como el rey, le costaba hablar—. Creo que grasa… de tortuga.

—¡Qué asco!

—Silencio —cuchicheó también el copero.

—No nos oyen —adujo Pedro.

—Por si acaso.

—Pues… el otro día… —desobedeció Bernardo, el más borracho— se lo untaron con una pasta hecha con hormigas.

Se le escapó una risotada que trató de reprimir.

—¡Calla!

—Con hormigas de esas que tienen las alas muy grandes —logró articular de corrido antes de volver a reír por lo bajo.

—Y como el rey no voló, aquí estamos nosotros para levantarlo —ironizó Pedro.

En esa ocasión hasta el copero reprimió la risa. Hugo no sabía qué hacer; entremetido en un grupo de cuatro hombres agarrados a una soga como si fueran a tocar la campana, miró hacia el rey. Su confesor lo bendecía.

—Tirad suave. ¡Ya!

La orden del médico real resonó en la alcoba, pero no tanto como el gemido que brotó de labios del soberano cuando los cuatro de la soga lo alzaron mediante aquel arnés que le comprimía la barriga. Como si temieran haberle hecho daño, Hugo y los otros tres dejaron de tirar, manteniéndolo suspendido lejos de su objetivo.

—¡Más! —ordenó el médico.

El rey pesaba. Bernardo, congestionado, jadeante ya por aquel primer esfuerzo, soltó la soga. El monarca descendió.

—¡Más! ¡Más! ¡Más! —exigió Guillem de Montcada.

En el momento en el que Martín alcanzó la altura de unos palmos por encima de Margarida, el médico ordenó que dejasen de tirar.

—¡Aguantad!

Hugo, Guillem y Pedro se quedaron quietos sosteniendo el peso. Bernardo miraba a unos y otros; tenía los ojos sanguinolentos y lucía una sonrisa boba en la boca. Las mujeres, la vieja Margarita entre ellas, colocaban a la reina allí donde descendería el rey, mientras este colgaba en el aire e intentaba dejar de bracear.

—¿Y si cede? —imaginó justo entonces Bernardo con las manos abiertas extendidas hacia los de la soga y el rostro contraído en una mueca entre seria y jocosa.

—¡La aplasta! —rió Pedro.

El rey se balanceó en el aire al compás de las risas reprimidas de los tres hombres que sujetaban la soga, Hugo incluido. El franciscano confesor del rey se dirigió hacia ellos para poner orden. Hugo calló al instante. Los otros fueron incapaces de hacerlo y continuaron riendo por lo bajo, sudando a causa del esfuerzo y la contención.

—¡Ahora! —ordenó el fraile siguiendo las indicaciones del médico—. ¡Abajo! Poco a poco, poco a poco. ¡Despacio!

Los presentes contuvieron la respiración. Las mujeres destaparon el pubis de la reina y esta se abrió de piernas para recibir a su esposo. El médico aguantó la camisa y condujo a Martín en el aire para que su pene descendiese hasta el punto exacto en el que acoplarse a Margarida.

Con la soga tensa, sosteniendo al rey, Hugo, como otros tantos, negó con la cabeza cuando este, con las piernas cortas y gordas apoyadas en el lecho y la barriga comprimida por el arnés, dio un par de culadas, dos esfuerzos inútiles por penetrar a su esposa, mientras la tal Margarita y otra mujer tenían las manos entre los cuerpos de los esposos a guisa de mamporreras. El rey dio una culada más. Se detuvo y suspiró. Las mujeres trajinaban con su pene y lo animaban. Lo intentó una última vez y se quedó quieto, como si dormitase. Transcurrieron unos instantes sin que el culo del rey apretase, y el sacerdote les indicó que jalaran de la soga para extraer a la reina de debajo. Así lo hicieron. Luego, mientras los demás salían del dormitorio, depositaron al rey sobre la cama, y Hugo notó, a través de la soga, como todo él se desparramaba sobre el lecho.

Ni vino ni tortugas ni poleas ni arneses. Margarida de Prades continuaba siendo doncella.

Pero si Martín era complaciente con su esposa, con las Cortes y con el pueblo que reclamaba de él un heredero, no lo era con sus convicciones. Sí, se esforzaría en procrear, se aseguraba, pero mientras eso no sucediese su elección como heredero del reino recaía en su nieto bastardo Fadrique. Descendiente directo de dos monarcas, de él mismo y de Martín el Joven, rey de Sicilia, el único impedimento que atañía a Fadrique era su ilegitimidad, aunque el rey Martín sostenía que se trataba de una tacha menor puesto que aquel crío había nacido siendo soltero su padre, lo que descartaba el adulterio. Lo que sí existía era una ley promulgada en tiempos del rey Alfonso IV que excluía de la sucesión a los hijos ilegítimos, por lo que solo se abría una solución a los intereses de Martín: que Benedicto XIII legitimase al pequeño.

Volcado en su esposa Margarida de Prades por las noches y procurando en secreto durante el día a favor de su nieto Fadrique, el rey despachó a los embajadores de Fernando de Castilla, quienes, con la excusa de dar el pésame por la muerte de Martín el Joven, se habían personado en la corte catalana para hacer valer los derechos de su señor tan pronto como supieron de la presencia de la embajada napolitana. También habían acudido los embajadores sicilianos, a favor del bastardo, y aquellos otros que defendían la posición del duque de Gandía. Todos, el conde de Urgell incluido, a la sazón el único pretendiente que se había trasladado a vivir a Barcelona, confabulaban en su propio favor, buscaban apoyos e intrigaban y conspiraban contra los demás.

Con su vestido negro de trapo basto, el vino siempre dispuesto en la bandeja, Hugo prestaba atención a las conversaciones de unos y otros; las del rey alrededor de la mesa y las de la reina en su corte privada. Allí supo quién era la vieja que tan ineficazmente manoseara el pene del rey la noche de la soga y el arnés. Se trataba de Margarita de Montferrat, la madre del conde de Urgell, que junto a su nuera, hermanastra del rey Martín, y algunas otras mujeres, como la esposa de Roger Puig, rodeaban, animaban y consolaban a la reina.

Así supo Hugo que el conde de Urgell, el más querido por los catalanes, se había peleado con Benedicto XIII a causa del nombramiento del nuevo obispo de Barcelona tras la muerte de Francesc de Blanes. El conde, lugarteniente del rey, apostó por sentar en esa silla a su protegido, el arcediano de Santa María de la Mar, Berenguer de Barutell; el Papa pretendía conceder ese obispado a Francesc Climent. Al decir de algunos, en la disputa entre ambos el conde de Urgell actuó con la arrogancia y la soberbia de un futuro rey, irrumpiendo en la catedral de Barcelona e interrumpiendo una reunión del cabildo para defender a Barutell justo en el momento en el que el Papa hacía uso de la palabra. Benedicto XIII no se lo perdonó y exigió al rey Martín no solo el nombramiento de su candidato, sino que enviase al conde fuera de Barcelona. El soberano, necesitado de que el Papa concediese la legitimación a su nieto Fadrique, cumplió con sus exigencias: accedió al nuevo obispo y envió al de Urgell a Zaragoza, donde su arzobispo y el justicia de Aragón, las máximas autoridades de aquel reino, se negaron a reconocerlo como lugarteniente y procurador general.

Así las cosas, el 12 de mayo de 1410 el rey Martín decidió trasladarse desde el castillo de Bellesguard al convento de monjas de Valldonzella, en el lugar llamado de la Creu Coberta, donde existía una residencia real que los monarcas acostumbraban a utilizar antes de entrar en Barcelona. Martín consiguió por fin que el Papa legitimase a su nieto Fadrique, para cuya ceremonia oficial se había señalado el primero de junio en Barcelona. Hugo conocía bien Valldonzella puesto que se hallaba cerca de la viña de Santa María de la Mar.

El rey gustaba del recogimiento de aquel monasterio cisterciense. La reina desesperaba ante la proximidad de la legitimación del bastardo sin que ella quedase preñada, algo imposible pues seguía siendo virgen. Los demás postulantes también vieron perdidas sus esperanzas de convertirse en reyes en el momento en que Fadrique se considerase legítimo descendiente de Martín el Joven. Lo cierto es que el día 29 de mayo, la reina, su corte de mujeres, Regina y Mercè siempre con ellas, ofrecieron al rey una oca cocinada y especiada en forma tal que le concedería fuerzas suficientes para montar a su mujer. Esa misma noche, nada más cenar la oca, Martín se vio aquejado de dolores fuertes de estómago, altas fiebres y manchas por el cuerpo. La salud del monarca empeoró a lo largo de la noche, y la noticia de que el rey estaba gravemente enfermo corrió por Barcelona. A la mañana siguiente la estancia donde agonizaba se hallaba atestada de nobles, prohombres, concelleres y religiosos de todos los rangos que entraban y salían en silencio, sus facciones graves, circunspectas. Hugo recibió el encargo de Guillem de Montcada, el copero, de atender a los visitantes. No debía faltar el vino, le dijo. Entre unos y otros, emplazado en una esquina del dormitorio, Hugo alcanzaba a ver la cama en la que yacía el rey, adormecido, febril y sudoroso, con un silbido por respiración.

Nobles y religiosos le solicitaban vino en susurros. Nadie levantaba la voz; todos cuchicheaban, conscientes de lo que se avecinaba: el rey iba a morir sin nombrar heredero. En un momento determinado, sin embargo, un grito rompió el silencio. Margarita de Montferrat y la infanta Isabel, hermanastra del rey, madre la una y esposa la otra de Jaime de Urgell, se habían acercado al lecho y habían agarrado al moribundo por las solapas de su camisa hasta incorporarlo.

—¡Es de mi hijo! —gritaba Margarita—. ¡La sucesión en el reino que vos vetáis contra la ley y la justicia corresponde a mi hijo!

—Ignoro… de qué me hablas… y no creo que eso sea así —acertó a contestar Martín antes de que los nobles agarraran a Margarita y le recriminasen el trato hacia el monarca.

Margarita e Isabel abandonaron la estancia, pero la cuestión se quedó flotando en el ambiente. Esa misma noche una representación de las Cortes Catalanas encabezada por el conceller de Barcelona Ferrer de Gualbes, acompañada por un notario, acudió de nuevo a la cámara real, donde Martín se hallaba sentado en una silla puesto que tumbado en la cama se le encharcaban los pulmones y se ahogaba.

—Señor —preguntó el conceller—, ¿queréis que la sucesión de vuestros reinos y tierras, después de vuestro óbito, recaiga en aquel en quien por justicia debe recaer?

El notario escribió que el rey contestó *hoc* («sí») a aquella pregunta.

El 31 de mayo de 1410, tan solo un día antes de la fecha señalada para que el Papa legitimase a su nieto bastardo, Martín el Eclesiástico fallecía, dejando abierta la sucesión de un reino compuesto por otros cinco: Cataluña, Aragón, Valencia, Mallorca y Sicilia; todos ellos independientes entre sí; cada uno provisto de sus propias cortes y parlamentos, de sus monedas y de sus leyes, de su cultura y sus costumbres y, si era menester, de sus ejércitos; con sus propias autoridades, sus instituciones privativas y hasta su lengua; cinco reinos aquellos unidos única y exclusivamente en la persona de su rey.

18

Dicen que el hijo de Roger Puig casará con alguna hija del conde de Urgell y que madre será nombrada baronesa. —Hugo y Barcha dieron un respingo al oír a Mercè—. Sí —afirmó con seriedad la joven, los tres sentados a la mesa del hogar de la casa de Barcha—, tan pronto como el conde de Urgell sea proclamado rey, madre será baronesa, por lo menos. Eso le han prometido doña Margarita y doña Isabel, la madre y la esposa del futuro rey. Y le concederán tierras y vasallos.

—¡Quita, niña! —exclamó la mora.

—Pues de momento le han entregado una bolsa con florines de oro.

—¿Y por qué iban a hacer tal cosa la madre y la esposa del futuro rey? —inquirió su padre.

Mercè paseó la mirada por la estancia con los ojos entrecerrados.

—¿Quién te parece que puede haber aquí dentro si casi no cabemos nosotros? —saltó la mora.

Sin embargo, antes de contestar a Hugo, Mercè hizo un gesto de complicidad con los índices de las dos manos juntos y extendidos hacia ellos.

—El rey Martín no debía llegar vivo al primero de junio... —susurró.

El silencio se hizo en la casa. Hugo miró a su hija.

—¿Quieres decir...?

Mercè asintió.

—No —se lamentó Hugo—. ¡Era el rey! —recriminó después.

—¿De qué habláis? —inquirió a su vez la mora.

—De que Regina envenenó a su majestad.

—¡Chis! —exigió Mercè con un dedo sobre los labios—. Es un secreto.

—Pero, hija mía, ¡es un asesinato!

Mercè vaciló ante las palabras de su padre.

—En palacio... aseveraban que el rey Martín no podía legitimar a su nieto bastardo —trató de excusarse la muchacha—. La corona pertenece a Jaime de Aragón.

—¿Qué sabremos nosotros de reyes y coronas? Eso es cosa de nobles y letrados, y...

—¿Letrados? —le interrumpió su hija, esta vez con más decisión—. ¿Los que sostienen que el rey contestó afirmativamente a su pregunta con un *hoc*? ¡No fue más que un tosido! Hoc, hoc, hoc —tosió ella misma para demostrarlo. Hugo y Barcha escuchaban atónitos el discurso de la joven, ahora vehemente, apasionado—. ¿Por qué iba su majestad a renunciar a coronar a su nieto? Él lo deseaba y el Papa lo iba a legitimar al día siguiente. No lo hizo, cierto; se retractó en cuanto faltó el rey. Pero eso no lo sabía el soberano. ¿Por qué iba a ceder entonces ante el Parlamento? ¿Acaso un rey como Martín contestaría con un simple *hoc* a la trascendental pregunta que se le efectuaba por parte del Parlamento catalán? No. Si el rey hubiera entendido lo que le preguntaban, si hubiera estado en su juicio, habría dado instrucciones para que legitimaran a su nieto, que era lo que él quería y estaba previsto hacerse al día siguiente. ¡Nunca se habría limitado a un escueto *hoc*! Hoc, hoc, hoc —volvió a toser queriendo corroborar sus palabras.

Hugo y Barcha se quedaron en silencio.

—El conde de Urgell tiene que ser el nuevo rey —prosiguió Mercè, ahora ya gesticulando—. Le corresponde por justicia y por sangre.

—Todo el mundo sabe que el nuevo rey será el conde —le interrumpió Hugo en esa ocasión.

—No, padre. Eso será aquí, en Barcelona, pero la reina Violante de Bar, la viuda del rey Juan, y el arzobispo de Zaragoza apuestan por el francés Luis de Anjou, y trabajan por él. El arzobispo de Zaragoza es uno de los que han negado a Jaime de Urgell el título de procurador general del reino. El conde tiene muchos detractores en Aragón.

—¿Detractores? —preguntó el padre.

—¿Qué? —se sumó la mora.

Mercè se percató de su error por utilizar términos complejos.

—Contrarios —aclaró con cariño—. Enemigos.

Hugo y Barcha intercambiaron una mirada. «¿Cuánto hace que la mora está a mi lado?», se preguntó él. Calculó. Quince años, más o menos. Debió de comprarla no mucho después del asalto a la judería en 1391; esa fecha no la olvidaría jamás. Y ahora… Sonrió, no sabía si Barcha estaría pensando lo mismo que él. Nunca había llegado a saber su edad, pero su color fue oscureciéndose a medida que el rostro se plagaba de manchas y arrugas. Continuaba siendo una mujer grande y fuerte, aunque quizá su fortaleza no fuera física sino el simple reflejo de su tozudez. Hugo frunció los labios, intuía que ella también le estaba juzgando.

—El tiempo pasa para todos —repuso la mora imaginando una vez más sus pensamientos.

«Para todos», se dijo Hugo mientras negaba con la cabeza al volver la mirada hacia su hija. «Detractores.» Sonrió de nuevo. Ella sabía leer, en catalán y en latín. No había nada raro, pues, en que utilizara palabras que ellos no entendían.

Desde la muerte del rey Martín ya no vivían juntos. Regina y Mercè formaban parte ahora de la corte del conde de Castellví de Rosanes y Navarcles, y vivían en su palacio de la calle de Marquet, como otros tantos familiares que acompañaban a Roger Puig. Mercè había entrado a servir como doncella de la condesa. Hugo no podía soportar que su niña estuviera con la esposa de Roger Puig. Sin embargo, fue incapaz de oponerse el día en que Regina mandó recado de que dejara la bodega y subiera a la galería del palacio. Allí estaba Mercè, vestida de seda roja, peinada y con el rostro maquillado como una mujer atractiva, grácil, sensual. Mercè le sonrió y él se deshizo. Luego le habló con tanta ilusión de sus nuevas labores que Hugo no supo qué responder. Todavía ayudaba a su madre como médico. «Aunque poco —susurró al oído del padre—, ya sabéis que no me atrae esto de los partos y los enfermos.» El resto del tiempo lo pasaba con la condesa y las mujeres de su familia. Leía para ellas. Cosían seda e hilaban. Y jugaban y charlaban y reían y contaban confidencias y merendaban…

—¿Y...? —continuó Hugo queriendo saber adónde conducía cuanto les estaba explicando Mercè.

—Y me buscarán un buen esposo, ¡un noble! La condesa ha prometido dotarme.

Ahora entendía Hugo la razón del beneficio de su hija: debían gratitud a Regina por la muerte del rey Martín, y la otra no tardó en seducir a Mercè para robársela a él.

Por alguna razón, quizá por aquella espalda plagada de verdugones que mostraba la mora con orgullo como símbolo de su lucha, no contó a Barcha lo sucedido en el castillo de Navarcles. No se arrepentía por no haber matado a Roger Puig; no notaba resquemor alguno contra sí mismo por no haber dejado caer el hacha sobre el cuello del conde. Es más, se sentía liberado, como si el odio se hubiera esfumado después de aquel intento de venganza que no llegó a cometer. Buscó a la Virgen de la Mar y la vio sonreírle de nuevo, lo que le convenció de lo acertado de su decisión: él no era un asesino.

Hugo ya no era botellero real puesto que, a la muerte del rey Martín, su joven esposa, Margarida de Prades, fue sometida por orden del conde de Urgell, gobernador general, a la vigilancia de cuatro matronas durante un plazo de trescientos días. La reina viuda dejó Bellesguard y se trasladó al palacio Mayor, donde residió escoltada día y noche por alguna de aquellas mujeres hasta que se acreditó que no estaba embarazada. Casi encarcelada, los miembros de la casa de la reina disminuyeron hasta llegar al mínimo imprescindible. Margarida tampoco tenía dinero. El rey Martín quiso ser generoso y le legó Bellesguard y el palacio Menor de Barcelona, así como algunas joyas, si bien estas en realidad estaban empeñadas en garantía de préstamos anteriores. Ningún dinero acompañó aquel legado para desempeñar las joyas, aunque poco podía dejarle a su esposa puesto que nada quedó del patrimonio real, que ni siquiera resultó suficiente para hacer frente a los gastos del funeral del monarca, cuyo cadáver embalsamado quedó expuesto a los barceloneses durante dieciocho días. Los albaceas testamentarios se vieron obligados a solicitar un préstamo de diez mil florines al Parlamento catalán para sufragar los gastos del fastuoso entierro del último monarca de la casa condal de Barcelona, y si algún bien de los que correspondían por herencia a Margarida no estaba empeñado, pasó a garantizar ese nuevo préstamo para el sepelio real. Así las cosas, Hugo dejó la bodega de Bellesguard incluso sin haber cobrado sus últimos jornales. Tampoco pudo recuperar su antiguo puesto de botellero en el hospital de la Santa Cruz, dado que, pese a la muerte del obispo que lo había recomendado, el borracho que llevaba ahora la bodega continuaba teniendo influencias en el cabildo catedralicio.

No podía huir de la bodega del conde, Hugo lo sabía. Pero además también sabía que su obligación era estar allí donde se encontrara Mercè.

—Padre…

Hugo se sorprendió ante la presencia de su hija en el interior de la bodega. Le había advertido en repetidas ocasiones que allí dentro se mancharía esos maravillosos vestidos que lucía entonces, pero parecía que ella no podía evitar acercarse al vino, olerlo…

—Fuera, fuera —la exhortó con las manos.

Habían transcurrido varios meses desde la muerte del rey Martín, y Hugo no podía dejar de admirar a Mercè, que se escapaba con frecuencia para verlo y charlar con él en la bodega. Regina nunca le desvelaría que él no era su padre, pero ahora viéndola bella, alegre, risueña y feliz, Hugo la imaginaba hija de una princesa; de ella tenía que haber heredado aquel porte elegante con el que andaba y se movía, como si flotase y las cosas se acercasen a sus manos para que no tuviera que esforzarse por cogerlas. Sin embargo, aquel día no sonreía tanto como los demás.

—¿Sucede algo? —se preocupó él, los dos ya fuera de la bodega.

—No… nada. —La indecisión era patente en la voz de la muchacha—. Es que…

—Hija —le llamó él la atención.

—Su señoría quiere que recorráis el reino para saber de los pretendientes que se enfrentan al conde de Urgell.

—¿Y por qué me lo dices tú?

—Ya os lo propondrá él. Yo me he enterado y he querido adelantarme.

Hugo no podía creer que el conde quisiera que espiase para él.

—Sostiene su señoría —continuaba Mercè— que vos no levantaríais sospechas. Podríais excusar vuestro viaje en la compra de vinos. Nadie va de un lugar a otro si no es para mercadear. Vos entendéis de vinos. Sois el mejor…

—No.

—Padre, ¿por qué no?

—Mercè… —El rostro de ella mudó a la tristeza. Hugo vaciló—. No —terminó oponiéndose a pesar de todo.

—Por favor, aceptad. —Mercè se acercó a él. Hugo se apartó para no mancharla con sus manos sucias y ella lo malinterpretó—. Padre… —El ruego le surgió rasgado.

Hugo trató de explicar su actitud de rechazo mostrándole las manos sucias.

Ella no lo entendió.

—Tenemos que ayudar al conde de Urgell —insistió con el llanto próximo—. ¡Es el rey! ¡No podemos permitir que un francés reine en Cataluña!

—Ni siquiera sé escribir. ¿Cómo quieres que me convierta en un espía?

Las lágrimas se derramaron por las mejillas de la muchacha con tal fluidez que hicieron sospechar a Hugo.

—¿Qué interés tienes tú en todo esto?

—Si el conde de Urgell es el nuevo rey… —logró articular ella entre sollozos—, seremos ricos y nobles. Todos.

Los ojos húmedos de la joven suplicaban. ¿Qué no conseguirían aquellos ojos si se lo proponían?, pensó Hugo desviándose del asunto. Suspiró. Iba a negarse una vez más, pero recapacitó. A fin de cuentas, no tenía otra cosa que hacer que trabajar para el conde… en la bodega o donde dijera. Continuaba despreciando a aquel hijo de puta, pero atrás había quedado ya su oportunidad de matarlo. Se había vengado de él comercialmente, y eso era todo a cuanto aspiraba ahora que el odio se había desvanecido. Nadie le esperaba que no fuera la mora, y lo único que tenía en el mundo, aquello que se había convertido en su razón de vivir, era Mercè. La contentaría porque quería verla sonreír. Además, nada podía perder en aquel viaje.

¡Hasta la vida podía perder!, concluyó sin embargo tras oír de boca del conde que Mateo le acompañaría en el viaje. No se atrevió a renunciar. Era la promesa a su hija y trató de refugiarse en la alegría de Mercè después de que él accediera a sus deseos, en el abrazo que le dio y en los besos con los que llenó su rostro.

—¡Qué importa que se manche mi vestido! —exclamó ella.

Más tarde, sin embargo, Mercè, ignorante, inocente, tras oír las reticencias de su padre a viajar acompañado del tuerto, le dijo:

—Os será muy útil.

Caterina, la esclava rusa, también intentó persuadirle, pero por motivos diferentes:

—Llévatelo, por Dios —le rogó antes de estallar en llanto—, y mátalo. Dale cuarenta cuchilladas en mi nombre.

Hugo recordó las palabras de la rusa la primera y casi única vez que tuvieron oportunidad de hablar en el palacio de Roger Puig. El conde, le contó, todavía la visitaba en ocasiones, y su criado tuerto la deseaba, atento a que su señor se cansase de ella. Después de un par de embarazos, Roger Puig terminó por hartarse definitivamente de Caterina y se la cedió a su fiel criado. Anna, la condesa, también prescindió de la joven tras soportarla ojerosa día tras día, agotada, descuidada, irritable por la convivencia con el tuerto. La esclava confiaba en las palabras de cariño con que su señora la había premiado a lo largo de los años, pero cuando trató de hacerle partícipe de sus problemas la otra no quiso escucharla. Aquella jerarquía palaciega que ella despreciaba mientras contaba con el favor de los condes la atacó como una jauría de perros al acecho. El tuerto la buscaba por las noches, o durante el día allá donde la pillara; criados y esclavos resentidos le hacían la vida imposible el resto de la jornada, y entre todos habían conseguido que Caterina se presentara ante Hugo como una sombra, un espantajo de la mujer hermosa que, tiempo atrás, recibió al nuevo botellero de palacio.

—Aunque solo sea unos días —sollozó Caterina—, llévatelo.

Pero quien al final lo convenció de viajar con el tuerto fue Regina, que le salió al encuentro en el palacio enterada de su conversación con Mercè.

—¿Nunca serás capaz de hacer nada por tu hija? —le reprochó. Hugo quiso replicar, pero una Regina agresiva se lo impidió—. En breve tendrá que casarse. ¿Acaso has ahorrado un solo sueldo para la dote? ¿Qué sucederá si por tu culpa la condesa se enfada con ella y la despide de su lado? Tendrá que confiar en que alguna iglesia la dote con una miseria, como si fuera una criada. —Presintiendo su flaqueza, ahora Regina sí que le permitió explicarse. Hugo no encontró argumentos, por lo que la otra, vencedora, se ensañó—: Eres un miserable que solo miras por ti. Sacrifícate por tu hija. Sé un padre como hay que serlo.

Él no era ningún miserable. Iría, por supuesto que lo haría, con el tuerto, con dos tuertos, con el conde o con quien fuera menester, pero se negaba a reconocerlo ante Regina; no le proporcionaría esa satisfacción.

—¿Cómo te atreves a acusarme de no ser un buen padre, tú, que defiendes una dote nacida del envenenamiento de un rey?

En cuanto Regina dio un respingo, algo inusual en ella, Hugo lamentó la revelación de lo que a todas luces había sido una confidencia de Mercè.

—Yo no he envenenado a ningún rey —se revolvió ella—. Solo ayudé a morir a un anciano desvariado, y lo hice por el bien del reino, por el legítimo rey.

—Si alguien lo descubriera… —intentó amenazarla Hugo.

—Siempre vas un paso por detrás, Hugo. Si alguien lo descubriera, tu hija sería condenada a la horca. Fue tan culpable como yo.

Hugo recordó la promesa que le hiciera a su madre acerca de que no se haría a la mar, y ahora veía empequeñecerse la playa de Barcelona mientras el laúd cabeceaba violentamente contra un mar encrespado. Corría el mes de noviembre de 1410, mal mes para embarcarse aunque fuera en una nave de cabotaje con destino a Valencia. En una como aquellas tendría que haber escapado con Dolça hacía muchos años y su vida habría sido distinta. La proa del laúd pareció apuntar al cielo gris antes de hundirse entre dos olas dispuestas a engullirlo. Hugo tuvo que agarrarse con fuerza a un cabo para no salir despedido. Con todo, terminó empapado. Entonces miró al tuerto, pálido, calado como él, tembloroso. Su padre estaba ahí, bajo las aguas, pensó Hugo, un gran marinero. Sin soltar el cabo se irguió junto a la borda y silbó la cancioncilla con la que él acudía a casa, la misma que él utilizaba para llamar a Arsenda en el convento. Una nueva ola embistió el laúd. Hugo aguantó en pie, firme. Luego volvió a mirar al tuerto, que vomitaba sobre sus pies.

Había terminado accediendo a viajar con él, aunque el conde nunca llegó a plantearse otra posibilidad. Con una celeridad inusitada, Roger Puig consiguió que aceptaran a Hugo como corredor de vinos. Eso, unido a su condición de haber sido botellero real, le acreditaría para ir de aquí para allá, aseguró el noble. Jofré, supo Hugo, ya había muerto, por lo que ninguna oposición existió ante los cónsules de la Mar para que estos le nombraran corredor. No tuvo mayor interés en saber qué era de Eulàlia y las viñas; el conde le prometió todo un viñedo en sus tierras el día en el que el de Urgell fuera rey. Todo se fiaba a que Jaime de Urgell fuera coronado, como si nadie quisiera pensar en la posibilidad de que no llegara a serlo. En un primer momento le dijeron que viajaría a Zaragoza. Las noticias de aquella ciudad hablaban de grandes peleas entre los dos bandos enfrentados: unos a favor del conde de Urgell, otros a favor del pretendiente francés. Luchas, peleas y asesinatos se sucedían en las calles de la capital del reino de Aragón y en los pueblos, grandes o pequeños. Roger Puig quería saber al respecto de primera mano, de boca de su criado, a quien ya había encomendado varias cartas.

Los planes cambiaron, sin embargo, cuando Fernando, infante y regente de Castilla, se postuló a la corona. El infante acababa de tomar de los musulmanes la importante ciudad andaluza de Antequera, en el sur de España, tras un largo y cruento asedio que finalizó en el mes de septiembre de 1410. Conquistada Antequera para el reino de Castilla, el infante volcó sus esfuerzos en conseguir la corona de Aragón y el principado de Cataluña, a que tenía derecho como nieto del rey Pedro el Ceremonioso por la línea materna.

Pero si el mejor pretendiente al trono, el conde de Urgell, se sometía a las órdenes de los representantes del Parlamento catalán, que le exigieron que no utilizase el título de gobernador general y licenciara a las tropas que tenía en Aragón, el infante Fernando de Castilla, llamado a partir de entonces Fernando de Antequera, además de sostener su derecho como mejor que el de cualquier otro, juraba ante sus nobles castellanos ganar aquella corona por la fuerza. «Si estáis conmigo —los arengaba—, os pido que me permitáis llevar al ejército a esta guerra para someter a esos pueblos a nuestra autoridad, en beneficio no solo mío, sino del reino, de España y de la Iglesia.»

El conde catalán, confiado en la justicia del Parlamento del principado, reunido desde finales de septiembre de aquel año de 1410 en la población de Montblanc, cedía y se aquietaba a los requerimientos de los legisladores; el príncipe castellano se armaba, y no había llegado diciembre cuando las primeras tropas castellanas se congregaban en la frontera de Murcia con el reino de Valencia. Ese era el destino al que se dirigía el corredor de vinos de Barcelona Hugo Llor, asistido por el criado tuerto del conde de Castellví de Rosanes, tal como este había dispuesto.

—Recuerda que es mi criado —advirtió el noble a Hugo— y es él quien tiene el mando. Aparentemente tú serás su señor puesto que entiendes de vinos, pero no te equivoques.

Hugo se vio obligado a devolver la sonrisa con que Roger Puig puso fin a sus palabras. Ahora, entre el embate de una ola y la siguiente, observó al tuerto, el vómito a sus pies ya limpio por el agua que corría por cubierta. El tiempo también había pasado para Mateo. Debía de rondar los cuarenta y cinco. Él, diez menos. El tuerto había perdido vigor y bastantes dientes. Hugo especuló acerca del lugar en el que llevaría escondido el cuchillo entre la ropa que el conde le había obligado a llevar puesta. «¡El criado de un corredor de vinos nunca va a vestir igual que el de un conde!», gritó ante la expresión de Mateo al comprobar, y sobre todo palpar, las ropas bastas y descoloridas que le presentaban. Realmente había envejecido. Por un momento, allí en pie, agarrado al cabo, Hugo se sintió capaz de vencerlo en cualquier circunstancia.

Alejados de la costa, ya fuera por una mar más calma, ya por haberse acostumbrado al diabólico vaivén de aquel laúd cargado de unas mercaderías que los marineros pugnaban por mantener debidamente estibadas, Hugo pudo relajarse y sentarse apoyado contra la borda. El tuerto se había dejado caer hacía rato, igual que hizo una prostituta que viajaba al burdel de Valencia, y un matrimonio que no llegó a abrir la boca después de que uno de los marineros, antes de embarcar en Barcelona, se divirtiera asustándolos y les comentara que aquel era el peor de los años en una guerra no declarada entre Génova y Cataluña. Tras la muerte de Martín, con los reinos descabezados, Sicilia se enzarzó en otra guerra por el poder entre Blanca, la viuda de Martín el Joven, y Bernat de Cabrera, justicia del reino. Los nobles sicilianos y más que ellos las propias ciudades se enfrentaban entre sí por un bando u otro. Palermo contra Messina; Trapani, favorable a los catalanes, contra ambas; Catania, la capital, y Siracusa, luchaban por sus propios intereses. También Cerdeña, siempre pronta a la rebelión, se levantó una vez más tras la muerte de Martín el Joven, y una nueva armada tuvo que zarpar de Barcelona en ayuda del gobernador de la isla. El corso y las batallas navales entre Cataluña y Génova se convirtieron en las más crueles y encarnizadas de las que se recordaban; no se hacían rehenes, los vencidos eran decapitados o hundidos con sus naves, encadenados a ellas o ahorcados de las entenas.

El tuerto pareció revivir tan pronto como desembarcó en Valencia tras varios días de viaje tocando puertos en los que comerciar. Ninguno de los dos conocía la capital de aquel reino, por lo que confiaron en María, la prostituta, que les aseguró que alrededor del burdel se levantaban suficientes hostales y tabernas para encontrar un buen lugar donde dormir.

—O donde no dormir para pasarlo bien —añadió guiñando un ojo a Hugo.

Él le devolvió el guiño. El tuerto murmuró por lo bajo y escupió al suelo. Durante los días de trayecto, aquella viuda joven y atractiva, a la que no le había quedado más remedio que entregar a su hijo a la beneficencia y lanzarse a la prostitución, trabó amistad con Hugo, el corredor de vinos, mientras su criado observaba irritado cómo charlaban y reían. Una noche Mateo se lo reprochó e intentó que se separara de ella. «¡Déjanos en paz!», se le encaró el otro. Hugo se puso en tensión al verle apretar los dientes y fruncir el entrecejo, pero para su extrañeza el tuerto no dijo más, le dio la espalda y se apartó de ellos.

Hugo habló a María de vinos; ella, de putas. También le preguntó por el convento de Arsenda. La otra rió; solo había estado en Valencia en un par de temporadas, le contó. Lo normal era que viajasen de un lugar a otro. Era natural de Barbastro, una de las poblaciones más importantes de Aragón. María la de Barbastro, la llamaban. Venía de trabajar en Barcelona... «Por cierto, nunca te he visto por allí.» Hugo se alegró; sus visitas al burdel eran escasas. Ella siguió hablando, invitándole a probarlo, repitiendo que no era pecado. Las putas iban y venían. Los clientes querían cambiar y los proxenetas se ocupaban de satisfacerlos... Sí, los proxenetas estaban prohibidos, pero la mayoría de ellas contaban con uno que las protegía. Iba a Valencia porque le habían dicho que era grande, cercana a los cuarenta mil habitantes, pero sobre todo porque era una ciudad donde se movía mucho dinero, a diferencia de lo que estaba sucediendo en Barcelona, donde cada vez había menos. Y ya se sabía que donde abundaba el dinero, los hombres lo gastaban en mujeres como ella. «Aunque a ti te acomodaría el precio», le ofreció zalamera.

Ciertamente debía de correr mucho dinero en Valencia porque el burdel no era una simple casa como sucedía en Barcelona, sino que se trataba de una pequeña ciudad dentro de la ciudad, con las calles de acceso tapiadas para que su entrada se hiciera por una sola, como si fuera una judería, o la morería que aún existía en Valencia, porque la judería, como en Barcelona, fue destruida en 1391 y la ciudad declarada, también como la condal, libre de aljama. En el interior de esa zona destinada a burdel que llegaba hasta el portal Nuevo y la muralla, donde el torreón de Santa Catalina, se abrían hostales y tabernas, aunque también multitud de casitas de un solo piso con cuidadas huertas en su frente. «Sí, claro —contestó María a la pregunta de Hugo—. En cada una de esas casas vive una mujer... por lo menos.»

Esa noche Hugo confirmó la impresión percibida en el laúd en el momento en que trató de salir de la habitación que habían contratado. El tuerto se opuso, discutieron y Hugo le dio un empujón tan fuerte que hizo que el otro trastabillase a lo largo de la estancia. Hugo buscó con qué defenderse al ver brillar la hoja del cuchillo en la mano de Mateo. Sin embargo, no se abalanzó sobre él. A buen seguro el conde le había dado instrucciones tajantes de no tocarlo. Había presenciado la paliza que el criado le propinó en la bodega y sabía, pues, de la enemistad de ambos. Hugo era necesario para los intereses del noble.

—Mientras tú estés con esa puta —se limitó a zaherirle el tuerto con el cuchillo en la mano— yo estaré meneándomela aquí pensando en tu hija.

—¡Bellaco!

Hugo dio un paso al frente, desarmado. Pero reaccionó a tiempo. Sabía que no valía la pena, así que salió de la habitación dando un portazo.

Esa noche durmió con María de Barbastro.

Al día siguiente anduvieron por toda Valencia en busca de corredores de vino. Hugo pensó en aquel mercader que recibía las cartas dirigidas a Bernat y al que nunca llegó a conocer... Lejos quedaba en el tiempo, se dijo. Lo que sí necesitaba era ir al convento de Santa Isabel, allí donde, según mosén Pau Vilana, ya fallecido, profesaba su hermana. Arsenda había irrumpido de nuevo en sus recuerdos en cuanto se enteró de que su primera escala sería en esa ciudad, al sur de Barcelona, a aproximadamente cincuenta leguas de distancia por tierra. Hugo transitaba por las calles de aquella gran capital mirando a un lado y a otro, buscando conventos, atento, por tanto, a los largos muros ciegos que daban a las vías, sin ventana alguna que permitiera curiosear el interior de una clausura, unos edificios tan inmensos como impenetrables.

—¡Soy una puta! —tuvo que recordarle María de Barbastro después de que Hugo le preguntara si sabía de aquel convento de las clarisas—. Lo más que sabemos las putas de conventos —añadió casi riendo para terminar con una voz un tanto quebrada— es acerca de las casas de arrepentidas, de acogidas, de recogidas, llámalas como quieras, allí donde nos encierran en Semana Santa y donde siempre pretenden internarnos para que expiemos nuestros pecados. Eso sí, después de robarnos la juventud, las ilusiones, la belleza y la inocencia.

En cualquier caso, María de Barbastro prometió enterarse y decírselo, igual que hicieron los hosteleros y los taberneros del burdel con respecto a los vendedores de vino, de los que les proporcionaron suficientes referencias. El tuerto fue eligiendo aquellas tabernas cercanas a los lugares en que tenía que dejar alguna carta, siguiendo instrucciones del conde. En cuanto llegaban a la taberna, Hugo lo despedía, como tenían planeado. Él se quedaba y Mateo acudía a cumplir con su cometido. Hugo descansaba al ver partir a Mateo. Luego, tan pronto se presentaba al vinatero, le decía quién era, corredor de vinos de Barcelona y botellero del fallecido rey Martín, se olvidaba por completo del tuerto y de su objetivo allí en Valencia. Sabía de vinos, de elaborarlos y de catarlos, pero sus conocimientos no iban más allá de aquellos que se movían por Cataluña, que ya eran muchas variedades. ¡Claro que conocía el vino de Murviedro! ¿Quién no? Había comprado para la bodega del conde y del rey. Recordó a Mahir y sus enseñanzas: «Saguntum, como se llamaba en época de los romanos, ya vendía casi todo su vino a Roma». Pero en el valle del Palancia y sus alrededores existían muchos otros pueblos donde se elaboraban buenos vinos. Le dieron a probar de Segorbe, de Jérica y de Viver, también de Liria y de Nules. La mayor parte de la producción de los pueblos del Alto Palancia se transportaba en cántaros y mediante arrieros a los pueblos de las montañas de Teruel, donde el frío no permitía el cultivo de la viña.

—Los pagan muy bien —le explicó un sonriente corredor—. La gente necesita beber vino.

—¿Y el de Murviedro? —quiso saber Hugo—. ¿Dónde lo vendéis?

—Ese se bebe en Valencia, y en Mallorca, en Aragón y en Cataluña. Te aseguraría que la gran mayoría, por no decir todos los pescadores gallegos o vascos que vienen hasta Valencia para vender su pescado, no vuelven de vacío a su tierra y se acercan al Grao de Murviedro a comprar alguna cuba de su vino.

Hugo cerró un acuerdo con uno de aquellos corredores para comprar vino de Murviedro. «De esta cosecha no, porque ya no dispongo. Tendrá que ser la próxima.» Y si Hugo preguntaba por los vinos de la tierra, muchos de los valencianos mostraban interés por los catalanes. Valencia, no obstante, era todavía una de las grandes capitales que protegía el comercio de su vino autóctono e impedía la venta y el consumo del extranjero, pero al final, le comentaron, siempre se producían situaciones de carestía y a partir del día de Pentecostés de cada año acostumbraba a autorizarse el comercio de vinos foráneos.

El trabajo de Hugo, quien llegó incluso a contar con algún vinatero de visita en el hostal del burdel, sirvió como bien había previsto Roger Puig para que nadie sospechase de su verdadero cometido.

Si los dos bandos enfrentados en que se dividía el reino de Aragón apoyaban a uno u otro candidato —al conde de Urgell, los Luna; al pretendiente francés, los Urrea—, el reino de Valencia también contaba con dos bandos enemigos, los Vilaragut y los Centelles, quienes, aunque con mayor o menor vehemencia, eran partidarios de Jaime de Urgell. La totalidad del reino de Valencia, de hecho, estaba con ese pretendiente al trono.

—¿Y tú a qué candidato respaldas? —le preguntó directamente un vinatero llamado Francisco Darch, sentado a la mesa del hostal junto a Hugo, el propio hostelero y, a unos puestos de distancia en aquella mesa tan larga como basta de madera sin pulir, también Mateo.

—A quien la justicia decida que corresponde ser rey —eludió pronunciarse Hugo.

El tuerto no pudo evitar mirarle con cierta sorpresa en el rostro ante aquella respuesta. Hugo lo tenía bien pensado.

—¡Ya! —terció con sorna el hostelero—. ¡No jodas! Siempre se apoya a uno u otro.

—Yo estaba presente cuando el rey Martín contestaba al conceller que debía ser coronado aquel al que por derecho correspondiere —aseveró Hugo con un deje de empaque al mismo tiempo que le venían a la memoria los fingidos accesos de tos de su hija para demostrar que el monarca nunca afirmó aquello que le atribuían—. Solo soy un corredor de vinos que no entiende de sangre de reyes —continuó—. ¿Por qué iba a contrariar la voluntad de mi soberano?

—¡Porque la corona corresponde al conde de Urgell! —exclamó Francisco Darch, paseando la mirada por los presentes en la amplia estancia de la planta baja del hostal, como si los retase.

—¡Por Jaime de Aragón, conde de Urgell! —gritó alguien desde una esquina alzando un vaso de vino.

—¡Por el rey Jaime! —se sumaron al brindis la mayoría de la docena de clientes que bebían esa noche en el establecimiento, algunos ya saciada su libido, otros a la espera de satisfacer sus deseos.

—En Valencia hay que ser partidario del de Urgell —insistió el hostelero—. Guillem de Bellera, el gobernador del reino, es uno de sus más fieles apoyos. Mejor gozar de su favor.

—Sí —intervino Francisco Darch—, aunque en los últimos tiempos el gobernador se ha enfrentado a los Centelles y ha decapitado o ahorcado a más de cuarenta familiares o valedores suyos.

—Es el gobernador —le interrumpió Hugo—. Algún delito cometerían...

—Ninguno —afirmó bajando la voz el hostelero—. Simplemente, eran Centelles.

—Pero... —Hugo no quería dar crédito— alguien se habrá quejado de Guillem de Bellera.

—Sí. Bernardo de Centelles, el barón. Se quejó y reclamó justicia al conde de Urgell.

—Los Centelles también apoyan al de Urgell, ¿no? —preguntó Hugo—. Los habrá protegido.

—Don Jaime no ha hecho nada. Ha apostado por el gobernador y los Vilaragut. ¿Cómo va a castigar a quien tanto protege sus intereses al trono? Hasta que murió el rey Martín, la única solución que tenían los jurados de Valencia para evitar los enfrentamientos sangrientos en sus calles consistía en expulsar de la ciudad a los componentes de los dos bandos: los Vilaragut con los Boïl o los Soler; los Centelles con los Pérez de Arenós o los Montagut, o a los muchos valedores de ambos bandos. Desde que gobierna el reino Guillem de Bellera se ha expulsado a los Centelles y los suyos, mientras los Vilaragut viven dentro de la ciudad y, por lo tanto, controlan el comercio y cuanto desean.

—Pero si el conde no defiende a los Centelles, se arriesga... —quiso apuntar Hugo antes de que le interrumpiese el hostelero.

—A perder su apoyo.

Charlaron, el tuerto seguía pendiente de su conversación y Hugo pendiente del tuerto. Esa misma noche gruñó para decirle que abandonarían el hostal al día siguiente.

—Tendrás que esperar —se opuso Hugo.

Había tardado un par de días en volver a ver a María de Barbastro, pero al final la joven le dio referencias del convento que buscaba: estaba allí mismo, al lado del burdel, por dentro de la muralla nueva, junto a la morería.

—No pienso esperar nada —contestó el tuerto.

La tensión entre ambos se acrecentaba día tras día a medida que Mateo tenía que simular ser su criado.

—¡Tuerto! —había gritado Francisco Darch esa misma noche en lo que pretendía ser un halago a Hugo—. Eres afortunado de tener un señor que te aprecia y te permite sentarte a su mesa. Si de mí dependiese comerías con los cerdos, donde deben estar los criados, más aún los lisiados como tú.

Hugo creyó notar la ira de Mateo transmitiéndose por las vetas de la madera de aquella mesa sin desbastar. No consiguió descansar, siempre alerta, dormitando, durante las dos noches de habitación compartida con él. Mateo ocupaba la cama y Hugo se tumbaba en el suelo, sobre un montón de paja. No podía estar seguro de que cumpliría con las órdenes de su señor. Capaz era el tuerto de mentir al conde y decirle que le había matado otra persona. Solo lograba conciliar el sueño cuando llevaba un buen rato escuchándolo roncar, pero se despertaba alterado con un simple tosido, un gruñido, hasta un murmullo.

—Pues si no quieres esperar —replicó Hugo a su vez, retomando la conversación—, te irás tú solo. Yo tengo que hacer.

Quizá fuera algo más agradable que la portera del convento de Jonqueres de Barcelona, pero la monja que se ocultaba tras el ventanillo enrejado de la puerta de acceso a aquel edificio grande con una iglesia majestuosa negó que su hermana estuviera allí.

—¿Arsenda? Ninguna —le soltó escueta.

Quizá hubiera cambiado de nombre al tomar los votos.

—¿Cómo iba a saberlo? Somos cerca de trescientas monjas.

Hugo desesperaba, la monja mostraba paciencia: si era su hermano, le dijo, no debía preocuparle si la tal Arsenda estaba allí o en otro convento; estaría con Dios y Él la protegía.

Al final, sin embargo, Hugo obtuvo respuesta, aunque no la que pretendía:

—¿Decís que vuestra hermana estaba con las damas del convento de Santa María de Jonqueres, de Barcelona?

Él asintió.

—Pues siento decíroslo, joven, pero aquí no está.

—Pero... mosén Pau me dijo que se encontraba aquí.

—Soy vieja y llevo toda mi vida aquí. Nunca hemos tenido una novicia, monja o simple criada proveniente del convento de Jonqueres de Barcelona, puedo asegurarlo.

Esa noche, cuando subió a la habitación después de vagar por Valencia, el tuerto no estaba. Hugo se tumbó sobre la paja. Nadie la había renovado, era una tarea que debía realizar Mateo. Se durmió, pero despertó sobresaltado un rato después. La silueta del tuerto se dibujaba bajo el marco de la puerta.

—Tu viudita, la de Barbasss... Bartras... —Las palabras se le atragantaban. Estaba borracho—. ¡Barbastro! —articuló al fin—. Ha conocido esta noche lo que es un hombre.

No logró decir más. Dio un paso vacilante hacia la cama. Tendría que haber caído al suelo antes de llegar a ella, pero las piernas lo acompañaron por simple inercia hasta que, por fin, se desplomó cruzado sobre el lecho.

¡Había jodido con María! Los profundos ronquidos del tuerto llamaron a su descanso, quizá plácido por primera vez en algunos días; esa noche aquel malnacido sería incapaz de moverse, como no lo hacía ahora pese a la evidente incomodidad de su postura: tenía los pies en el suelo, las piernas fuera de la cama, el resto del cuerpo desparramado sobre ella.

Al amanecer se dirigieron a Catarroja, a una legua de Valencia, con destino a la frontera de Murcia. Hugo andaba, Mateo se arrastraba. La decepción por no encontrar a Arsenda se mezclaba con las palabras del tuerto. ¡Había jodido con María! El cuerpo de la viuda, deseable, de piel tersa y pechos grandes y firmes, caderas amplias, todavía joven, se le apareció mancillado por haber follado con aquel perro desdentado y maloliente. ¿Cómo podía haberse entregado al tuerto? Ralentizó su caminar. ¿Y él? ¿Acaso era diferente a aquel perro? ¿Llegó a preguntarle a María si le apetecía, si le deseaba? No, la utilizó como una...

—Aullaba de placer —oyó que le decía el tuerto en el camino, algo repuesto por el viento, el frío del invierno y el movimiento, como si continuara la conversación iniciada la noche anterior.

—Te engañaba —contestó Hugo casi sin pensar.

—¿Como tu mujer a ti? ¿Se acuerda de tu nombre cuando la montas? A mí las mujeres no me engañan. Antes les corto el cuello.

Hugo calló. No deseaba un enfrentamiento.

—Tu hija aullará igual que esa puta cuando la tenga debajo de mí.

Hugo se encontró con el cuchillo del tuerto en cuanto se volvió hacia él.

—Que no te roce la punta —le advirtió el otro haciendo ademán de clavársela—. Tendría que matarte.

Caminaron y cruzaron pueblos como Cilla y Almusafes, donde hicieron noche. María de Barbastro desapareció de la mente de Hugo, quien se centró en su hermana. Vivía tranquilo en la creencia de que Arsenda se encontraba bien, sirviendo a Dios… y a las otras monjas en ese convento valenciano, y ahora… ¿dónde estaría? Se preguntó si mosén Pau le había engañado. Quizá el engañado fuera el propio sacerdote. No le llegó a dar el dinero prometido, pero eso él no lo sabía cuando se lo dijo. Hugo no le mostró el dinero hasta que le reveló el lugar… Ahora tampoco podía preguntárselo al mosén ya que había fallecido meses atrás.

Al día siguiente pasaron por Algemecín, Alcira, La Puebla… Entre cuatro y cinco leguas por jornada, con Arsenda martilleándole la mente, en un silencio solo roto por las burlas impertinentes y alguna carcajada sin sentido del tuerto, recorrieron caminos que cruzaban tierras fértiles con campos de hortalizas, trigo, arroz, maíz y hasta caña de azúcar en detrimento de la vid. Los agricultores valencianos preferían aquellas variedades de cultivos. Los alguaciles los detuvieron en ocasiones, en el trayecto o en algún pueblo. ¿Quiénes eran? ¿Adónde iban? Salieron airosos, sin despertar la menor sospecha. En Xàtiva tampoco se cultivaban vides, sino arroz, lino y cáñamo. El vino que se consumía en esa población, una de las más importantes del reino de Valencia, provenía de Benigànim, a un par de leguas de distancia. Hugo no conocía aquellos vinos; de los que sí había oído hablar, sin embargo, eran de los del valle del Vinalopó, más adelante, yendo hacia Murcia, cultivados entre los pedregales blancos de la cuenca del río.

Llegaron hasta Orihuela, frontera con Castilla, que se preparaba para la guerra y fortalecía sus murallas al mismo tiempo que prohibía la entrada de cualquier caballero o noble, fuera del bando que fuese, catalán, aragonés o castellano, hasta que no se coronara a un nuevo rey. Hugo y su criado tuerto confraternizaron en tabernas y hostales con la gente de la zona. Allí tuvieron noticias directas de las tropas castellanas. Les aseguraron que Pedro Manrique, capitán castellano, estaba preparado en Murcia al mando de quinientos jinetes, y les contaron de incursiones en territorio valenciano que habían efectuado partidas de aquellos hombres de guerra castellanos de las que nadie había sido testigo pero de las que todo el mundo sabía. Sin embargo, los rumores acerca de las incursiones se confirmaron: Valencia ponía en estado de alerta a la ciudad de Xàtiva y a su castillo para la defensa del reino. Se tenía constancia de jinetes castellanos en poblaciones no solo fronterizas con Murcia como Requena, sino también en el interior, en Llombai, por ejemplo, y lo más importante para los intereses del conde de Urgell, en Segorbe y Burriana, ya en la costa mediterránea, hasta donde galoparon doscientos jinetes castellanos para reunirse con Bernardo de Centelles.

Ante esa noticia el tuerto dio orden de forzar el ritmo para recorrer las ocho leguas que separaban Orihuela de Alicante y allí embarcar hacia Barcelona para comunicar al conde que los Centelles tomaban partido por el infante Fernando de Castilla. A mitad de camino, sin embargo, Mateo no pudo continuar. Hacía mucho rato que Hugo se había percatado de que arrastraba los pies y de que le costaba sobremanera respirar. Sus comentarios y sus burlas se convirtieron en unos silbidos entrecortados, espeluznantes en el silencio de aquellos extensos campos de cereal recién abonados, con la figura de algún agricultor aquí o allá recortada al sol en la distancia; le habían dicho que en Orihuela estaba prohibido el cultivo de la vid para dedicar la tierra al regadío de cereales.

—Mateo, no te oigo —se ensañó Hugo antes de acelerar el ritmo.

—No tan rápido —ordenó el otro antes de sufrir un ataque de tos por el esfuerzo de hablar.

—No llegaremos —contestó Hugo sin volverse—. ¿No querías estar en Alicante antes del anochecer?

El tuerto no se humilló y su soberbia le costó caer al suelo entre Elche y Albatera, en un descampado solitario, en tierra de nadie. Hugo simuló no enterarse.

—¡Regresa aquí, perro!

Hugo se dio la vuelta.

—¿Perro? —inquirió desde la distancia.

—¡Aquí!

Más que oírlo, Hugo vio que el tuerto, postrado en medio del camino de tierra, señalaba a su lado con el dedo. Incluso desde donde se hallaba pudo percibir su rostro macilento, como si no le llegara la sangre.

—Hay que llegar cuanto antes a Barcelona —se excusó Hugo reiniciando la marcha—. El conde espera noticias.

—¡Vuelve!

Fue como un grito agónico.

Pero Hugo continuó andando. El tuerto no suplicó. Lo más probable sería que muriera. Hugo se detuvo. Luego se encaminó hacia él desandando el camino. Hacía frío, pero el otro sudaba.

—Ayúdame... —empezó a decirle Mateo mientras intentaba levantarse.

Hugo lo incorporó lo suficiente para que el zurrón con las cartas de Valencia y el dinero del conde no quedara debajo de su cuerpo. Un tirón bastó para hacerse con él. Entonces soltó al tuerto, que se desplomó.

—¡Bastardo! —logró decir este.

Hugo lo miró. Pensó en quitarle el cuchillo también, pero lo descartó. Tampoco sabía utilizarlo, y no se veía capaz de hacerlo.

—¡Hijo de puta!

Al oír el insulto de aquel malnacido Hugo acarició la idea de matarlo. Recordó las veces en que le había pegado; el llanto de Mercè, de niña, la noche de la primera piedra del hospital de la Santa Cruz, después de que el tuerto se echara sobre él y le agrediera. Podía matarlo, tenía derecho a hacerlo. Y nadie se enteraría.

—Muere como el perro que eres —decidió.

Se puso en marcha otra vez, aunque no había dado media docena de pasos cuando se detuvo de nuevo.

—¡Tuerto! —gritó. Esperó a que Mateo alzase la cabeza que ya había rendido. Tenía que decírselo—: ¿Te acuerdas de cómo te reventaron el ojo? —Dejó transcurrir el tiempo necesario para que el otro entendiese y su ojo sano llamease—. Yo era el que estaba detrás de la puerta de la bodega. Yo metí el palo por el ventanillo. Yo era el crío de las atarazanas, el que aguantaba la bola del genovés, aquel al que propinaste una paliza el malhadado día en que tus señores ejecutaron a Arnau Estanyol, a un buen hombre. —Hugo se colmó el pecho con el aire frío de diciembre—. Recuérdalo en el infierno —explotó después mientras el otro boqueaba en busca de un soplo siquiera que no le llegaba—. ¡Que te jodan, tuerto de mierda!

«Nunca volverás a acercarte a Mercè», murmuró ya con la vista al frente cuando los jadeos agónicos de Mateo todavía resonaban en sus oídos. Anduvo hasta que consideró que el tuerto ya no le veía, y en cuanto se topó con un sendero dejó el camino y se dirigió al mar. No iba a permitir que el otro tuviera la fortuna de recibir auxilio, lo denunciase después y al cabo dieran con él, con Hugo, en Elche o Alicante. Dudó.

Se volvió y escudriñó al tuerto a lo lejos: estaba totalmente tumbado, extendido en el camino y no se movía. La única fortuna que podía esperar aquella alimaña era tardar en llegar al infierno.

Se dirigió al cabo de Cervera, donde le indicaron que existían unas salinas inmensas. En verdad lo deslumbraron cuando se encontró con ellas —la sal seca brillando al sol— después de un par de días de viaje. En Orihuela, ciudad a la que pertenecían las salinas de la Mata y cuyos habitantes podían extraer de ellas toda la que necesitaran para su consumo, le contaron que para impulsar el comercio en el sur del reino de Valencia el rey Martín promulgó en su día una orden por la que declaraba libres de todos sus delitos y deudas a quienes acudieran al puerto del cabo Cervera a comerciar o comprar sal. Se trataba de un ancladero al amparo de aquel brazo de tierra sobre el cual se alzaba una torre de defensa y vigía al mando de un alcaide y un par de soldados. Excepto el transporte de la sal y de escasas cantidades del mucho trigo que se producía en la zona, la mayoría del cual salía por los puertos de Guardamar y Alicante, existía cierto tráfico de pequeñas barcas venidas de Valencia con mercancías para vender en Orihuela: armas, herramientas, muebles…

Hugo tuvo suerte y, tras otro par de días de hablar de vinos y viñas con un alcaide y unos soldados hastiados de vivir junto a unas salinas y cuatro chozas, logró embarcar en un laúd pequeño que tornaba a Valencia. Allí hizo noche y visitó a María de Barbastro. Si en la primera ocasión María no le cobró, en esa Hugo fue generoso;

pagaba el conde. Si en la primera ocasión María le animó, en esta Hugo se mostró casi violento.

—Sácalo todo… ¡Échalo! —acertó a gritar la de Barbastro ante los embates brutales de Hugo, que fornicaba ciego encima de ella—. ¡Todo! ¡Sigue! ¡Sigue! ¡Sigue!

19

Muerto? —A la pregunta del conde, Hugo movió arriba y abajo la cabeza—. ¿En un camino?

Hugo volvió a asentir. Se hallaba en pie, en un salón en el que Roger Puig solía departir con sus familiares e invitados. El viejo Esteve le había precedido renqueando hasta el centro de la estancia, donde le dejó hasta que el conde tuvo a bien fijarse en él. Hugo acababa de desembarcar del laúd que le había traído de Valencia, y desde que pisó tierra firme no se planteó ir a otro lugar que no fuera el palacio.

—¿Qué hiciste por él?

Hugo preveía una pregunta de tal cariz.

—Rezar —contestó con gravedad.

El conde le escrutó. Luego inspeccionó una vez más el contenido del zurrón que le había entregado el mayordomo. En él había varias cartas, pero ningún dinero. En Valencia, María la de Barbastro le había acompañado hasta el puerto, donde Hugo cerró un precio con el patrón de un laúd que zarpaba hacia Barcelona. Tras pagarle, le entregó a ella el resto del dinero del zurrón, a pesar de las objeciones de la viuda. «Así tendré que volver a verte», la acalló Hugo frunciendo los labios. Se miraron unos instantes, conscientes ambos de lo ilusorio de la propuesta. «Aunque, ¿por qué no? —se preguntó ahora—. María es…»

—Triste final para un buen criado —sentenció el conde, devolviendo a Hugo a la gran estancia del palacio, fría pese al fuego que ardía en una chimenea tan grande que habría podido alojar a un hombre en su interior.

Roger Puig leyó las cartas de los valencianos. Hugo se mantuvo en pie mientras los demás presentes en la estancia paseaban la mirada del noble a él. Algunos encogían los hombros y otros gesticulaban, pero la mayoría de los allí reunidos permanecieron en silencio, atentos. Hugo los conocía por su trabajo como botellero del conde. Eran primos o sobrinos de Roger Puig o de su esposa, aunque también había amigos y, sobre todo, aduladores.

—¿Qué hay de las tropas del infante de Castilla? —preguntó el noble tras doblar la última carta.

Hugo le dio cuenta de las cabalgadas de las que se hablaba en Valencia.

—Dicen que doscientos jinetes castellanos se reunieron con el jefe del bando de los Centelles en Burriana —terminó su discurso. El conde se irguió en el asiento—. Parece ser que los Centelles han decidido apoyar al infante.

El silencio se hizo en la estancia.

—¿Estás seguro? —preguntó al cabo Roger Puig.

Hugo resopló. Un bufido que retumbó como si uno de los libros que adornaban el salón se hubiera estrellado contra el suelo de cerámica.

—Eso dicen.

—¿No lo confirmasteis? —insistió el conde.

—Cuando eso sucedió nosotros estábamos en el sur del reino, a muchas leguas de Burriana —se explicó Hugo.

—Deberías haber...

Hugo se atrevió a interrumpirle.

—Antes de morir, Mateo me urgió a traer esa noticia a su señoría y yo no discutí. Aquí estoy, ni siquiera he ido a mi...

El conde le hizo callar dando un manotazo al aire.

—Bien —zanjó. Dejó transcurrir el tiempo. Pensaba—. Bien —repitió después—. Estate a disposición de Esteve. En unos días te daré instrucciones acerca de adónde tienes que ir. Aunque no esté Mateo, deseo que sigas con este empeño.

—No —se le escapó a Hugo.

Por un instante solo se oyó el crepitar de los leños que ardían en la chimenea.

—¿Has dicho «no»? —inquirió Roger Puig como si se dirigiese a un niño.

—Sí. Señoría… —Hugo no deseaba volver a espiar para el conde, pero la situación, con todas aquellas personas ilustres pendientes de él, le abrumaba. Carraspeó un par de veces antes de continuar—: Sin Mateo, no sirvo para esto —afirmó.

—Si no sirves, te descubrirán y te cortarán el cuello, o te ahorcarán. Quizá te descuarticen.

Alguien rió.

Hugo lo buscó con la mirada.

—¿Me has oído? —bramó el conde—. ¡Tú! ¡Mírame cuando te hablo!

Roger Puig lo señalaba. Tenía las venas del cuello y de las sienes hinchadas y palpitantes, igual que aquel día en las atarazanas cuando le insultó. «¿Qué me llamó entonces? —pensó Hugo—. ¡Pordiosero!» Sí, esa fue la palabra: pordiosero.

—¡Detenedle!

Le agarraron de los brazos.

—¡A la mazmorra! —oyó antes de que le arrastrasen por el salón.

—¡No tenéis derecho a hacer esto! Soy un hombre libre.

Uno de los soldados le golpeó en el rostro y acalló sus quejas.

—Preferiría que lo hubieras matado —le recriminó Caterina, que le había llevado una escudilla de olla y una jarra de vino a la mazmorra, un cuartucho pequeño en el sótano del palacio cerrado por una puerta de madera recia, sin ventanas, y con una argolla de hierro encastrada en una de las paredes en la que se sujetaban las cadenas herrumbrosas con las que le aherrojaron por los tobillos.

En varias ocasiones desde que dejó tirado en el camino a Mateo se lo planteó, pero siempre llegó a la conclusión de que no era capaz de matar, a menos que con aquel acto protegiera a alguien inocente. Esa era la verdad: había matado para salvar a Regina del hombre que la forzó en el ataque en la judería. Fue un comportamiento inconsciente, irreflexivo; la vida de Regina corría peligro. Y volvería a hacerlo si la vida de su hija se viera amenazada. Pero matar a sangre fría, llevado simplemente por el odio… ¡No, eso no era para él!

—No era más que un moribundo —replicó Hugo. Tomó la escudilla de las manos de la rusa y se sentó sobre la tierra húmeda para dar cuenta de ella—. Casi no respiraba —añadió después de engullir el primer cucharón del potaje.

—Pero habría sido mejor asegurarse de su final.

—¡Estará muerto! —exclamó él con la boca llena—. Agonizaba, Caterina. Si alguien se detuvo a su lado seguro que fue para robarle.

—Dios te oiga —dijo ella con un suspiro.

Hugo la miró. Animada con la ausencia del tuerto, sus ojos claros brillaban y su tez pálida había recobrado el color sonrosado que tenía de niña.

—Dios me oiga —se sumó él, aunque no podía dejar de temer lo que le sucedería si el tuerto llegaba a presentarse en Barcelona.

Después de años de disimulo Hugo se había descubierto por completo. Roger Puig no pareció excesivamente afectado tras oír de su boca que su criado había muerto en el camino. Sí que le afectó, por el contrario, su desobediencia, y ahora ya llevaba tres días allí, en la mazmorra. ¿Cómo reaccionaría si supiera que él era el muchacho de las atarazanas? Con todo, Hugo estaba convencido de que lo dejarían libre en breve. No se hallaban en tierras solariegas del conde en las que este pudiera actuar a su capricho. ¡Estaban en Barcelona! Los concelleres lo liberarían. O en eso confiaba. Al fin y al cabo era un corredor de vinos de la ciudad, botellero del rey y ciudadano de pleno derecho. Le pidió a Caterina que denunciase su situación. La vio palidecer y temblar. Entendió sin necesidad de que ella añadiera nada más. «No lo hagas. Olvídalo.» También apeló a Mercè en la primera visita que le permitieron. Su hija accedió, pero Hugo percibió cierta reticencia en sus palabras, en su mirada un tanto esquiva, en su actitud.

—No quiero obligarte, Mercè —le dijo con la intención de relevarla de su promesa.

—Sois mi padre. ¿Cómo no voy a hacerlo? —replicó ella.

Hugo esperó en vano a que Mercè continuase hablando, pero en vez de eso la muchacha bajó la mirada al suelo. Era evidente que no quería contrariar al conde ni a su madre. Recordó la ilusión en el rostro de su hija al enunciar en casa de Barcha las promesas que les habían hecho en caso de que el conde de Urgell accediera al trono: Regina sería nombrada baronesa, y eso solo podía suponer ventajas para ella y para Mercè.

—No quieres enfrentarte al conde, ¿no es cierto? —preguntó a la joven. Ella no se atrevió a contestar; sus sueños rivalizaban con el amor que sentía hacia su padre—. Hija, yo no he originado este lío de condes y espías, solo soy un simple botellero.

—Es mucho lo que está en juego, padre —susurró Mercè con la vista todavía baja.

—Es peligroso —razonó Hugo.

—Dicen… He oído que lo verdaderamente peligroso es que el reino caiga en malas manos.

—¿Malas manos? Todos los que pretenden el trono son grandes señores, todos tienen una u otra relación con los antiguos reyes.

—El único que tiene derecho al trono es Jaime de Aragón, el conde de Urgell. Solo él puede ser el rey.

Mercè había erguido la cabeza pero rehuía la mirada de su padre. Hugo percibió que repetía un discurso oído en numerosas ocasiones y decidió no insistir.

—El conde puede encontrar a otros que espíen para él…

Hugo trató de desviar la conversación, aunque su actitud pareció envalentonar a la muchacha.

—Ya los tiene, padre —le interrumpió—. Son muchos los que espían a favor del conde de Urgell, igual que otros tantos lo hacen para los demás pretendientes. Pero vos le interesáis, pues vuestro conocimiento de los vinos os permite viajar sin levantar sospechas.

Se quedaron en silencio un buen rato. Hugo creyó oír una respiración tras la puerta de la mazmorra y se dijo que debía de ser Regina.

—No denuncies al conde ante las autoridades de Barcelona —ordenó a la joven.

—Pero entonces vos…

—Iré.

Mercè le abrazó con fuerza, y Hugo se dio cuenta de que su hija había dejado atrás la infancia; sus pechos, más o menos ocultos tras las ropas con las que Regina la vestía, habían crecido desde la última vez que reparó en ellos. Se separó de la muchacha con cierta turbación. La observó, calculó que tendría quince años más o menos. Sí. Ya no era una niña, sino una joven sana, de caderas curvas y marcadas y un rostro atractivo de facciones ya bien definidas: labios carnosos, nariz recta, frente despejada y ojos castaños como sus cabellos. Mercè le traía a alguien al recuerdo, pensó. Sí, ese rostro se parecía al de otra mujer a quien no consiguió identificar.

—¿Cuándo se lo diréis a su señoría? —inquirió Mercè, reprimiendo las prisas por abandonar el cuartucho, probablemente para comunicar su sometimiento a las órdenes del conde.

¿Qué importaba cuándo?, se preguntó Hugo. Cualquier momento sería igual de malo para humillarse ante aquel hombre. Como respuesta, movió las piernas haciendo que las cadenas de los grilletes sonaran contra el suelo.

—¡Ah! —comprendió la muchacha—. No os apuréis, padre. Me ocuparé de que os lleven ante su presencia cuanto antes.

No tardaron en liberarle de los grilletes y un par de soldados le escoltaron hasta la puerta. A la salida de la celda se les añadió Regina, quien le atravesó con la mirada, recriminándole algo que Hugo no llegó a entender, antes de colgarse del antebrazo de Mercè. Ambas le precedieron hasta las puertas del mismo salón del que salió detenido. Hablaron con Esteve, que entró, volvió y les franqueó el paso.

El conde le esperaba. La condesa le esperaba. Toda la corte allí reunida parecía esperarle. Regina le dejó en el centro de la estancia, otra vez, expuesto como los objetos que se vendían en almoneda en la plaza de Sant Jaume. Roger Puig lo miró y asintió sutilmente, manteniendo los labios fruncidos.

—Así que has cambiado de opinión —dijo por fin.

—Sí.

El conde asintió de nuevo, en esa ocasión con más decisión.

—Irás al reino de Aragón. Quiero que te desplaces por las ciudades más importantes hasta llegar a la frontera con Castilla. Te proporcionaré una mula para que vayas más rápido. Te enterarás de los apoyos del francés y del castellano, así como de posibles tropas extranjeras, y me escribirás puntualmente dándome cuenta de lo que descubras.

—No sé escribir, señoría. Creo que ya os lo dije en una ocasión —confesó. El conde dio un respingo—. Tampoco sé leer —aclaró.

—Pues… —Roger Puig pensó—. ¿Disponemos de alguien que pueda acompañarlo?

El noble interrogó con la mirada a sus principales, que negaron.

Hugo creía que se libraría del encargo cuando de pronto vio que el conde fruncía el entrecejo. Siguió su mirada y comprobó que permanecía fija en Mercè.

—¡Claro! —exclamó entonces Roger Puig—. Tu hija sabe leer y escribir. Querida —añadió dirigiéndose a su esposa—, ¿puedes prescindir unos días de una de tus doncellas? Sea —sentenció tras el permiso de su mujer—. ¿Quién mejor que tu hija para acompañarte?

—¡No! —protestó Hugo. Estaba haciendo todo aquello por Mercè y ahora su decisión podía ponerla en peligro.

—¿Cómo que no! —le interrumpió el otro, encolerizado—. ¿Quieres regresar a la mazmorra?

—Es arriesgado para una muchacha —respondió Hugo, tratando de mantener a su hija alejada de una misión como aquella.

—En ese caso llévate a la madre, tu esposa. También sabe leer y escribir.

—¡No!

La negativa, que había surgido tan franca como involuntaria, resonó en el salón. El conde soltó una carcajada igual de fuerte. Algunos le acompañaron.

—Te entiendo —le dijo entre risas y toses.

Las carcajadas aumentaron de intensidad. Hugo no quiso mirar a Regina. Se la imaginó tratando de disimular la ira, e intuyó una sonrisa tan falsa como forzada dibujada en sus labios.

—Entonces está decidido —zanjó la discusión el noble—. Tenemos muchas cosas que hacer para andar perdiendo el tiempo. Todos los detalles te los proporcionará Esteve. Irás con tu hija.

Hugo hizo un amago de protesta, pero Roger Puig no le concedió oportunidad de hablar.

—Obedece… o terminaréis los dos, padre e hija, en las mazmorras de uno de mis castillos, lejos del auxilio del veguer y los concelleres de la ciudad —le amenazó echándose un poco hacia delante en su silla—. Y como te obceques te encarcelaré de por vida en compañía de tu esposa.

Él mismo rió su broma entre las carcajadas de los demás y dio por terminada la audiencia con un manotazo al aire.

Hasta mediados de enero de 1411 Hugo y Mercè no se pusieron en camino con destino a la ciudad de Zaragoza, la capital del reino de Aragón, situada en el interior, a casi cincuenta leguas de Barcelona.

Hugo hizo cuanto pudo por dilatar la partida, alegando que el invierno era crudo en tierras aragonesas, y los viajes de los mercaderes que hacían la ruta hasta Zaragoza eran menos frecuentes. Al final se le agotaron las excusas. El conde se impacientó y le instó a salir cuanto antes, y padre e hija se vieron obligados a echarse al camino en compañía de una caravana de mulas que llevaba todo tipo de mercaderías para vender en Lérida y Zaragoza, desde sedas importadas por los florentinos establecidos en Barcelona hasta dados y naipes, pasando por especias, plata, hilo e incluso gorros de dormir. Zaragoza, por su parte, vendía al Mediterráneo lana y trigo, mercancías que generalmente eran transportadas por barcos que navegaban la ruta fluvial del Ebro hasta Tortosa y que regresaban vacíos, remontando en lastre y a la sirga, arrastrados con maromas desde las orillas del río.

En cuanto Hugo perdió de vista Barcelona y los sonidos fueron solo los de la caravana —mulas y hombres de camino— empezó a temer por su hija. ¿Por qué había consentido?, se preguntó. Ese no era lugar para una muchacha. Mercè había atendido en silencio a todos los peligros e inconvenientes que Hugo expuso y repitió hasta la saciedad antes de partir. «Padre —terminaba diciéndole ella a pesar de todo—, nada malo nos sucederá.»

Pero esa confianza con la que habían afrontado la empresa se desvanecía ahora que se hallaban mezclados con los viajeros. Mercè vestía ropas de invierno amplias y oscuras que ocultaban su figura, si bien se había negado, caprichosa, a cortarse el cabello, por lo que su rostro, aun cubierto con gorro y capucha, a menudo se veía enmarcado por unos rizos rebeldes capaces de transformar la expresión aburrida y cansina de una caminante en el semblante de una joven alegre y vivaracha. La mirada de los arrieros y mercaderes que los acompañaban se desviaba de mulas y camino y se recreaba en Mercè. Hugo se percataba de ello... Veía la indecencia en los ojos de aquellos desvergonzados, en sus gestos y en sus murmullos, como si estuvieran rifándose a su niña.

—¿Cómo se te ocurre viajar acompañado de una doncella? —le

recriminó uno de los mercaderes la primera noche de viaje, cerca de Vilafranca del Penedès.

—Es mi hija. No podía dejarla en Barcelona —mintió.

—Mejor habría sido. Ten cuidado.

—Estoy permanentemente atento a ella —aseguró Hugo.

—En ese caso, primero te matarán a ti y luego irán a por la niña.

No tardó en confirmarse el mal augurio. Una noche que tuvieron que acampar en despoblado Mercè se alejó del campamento para hacer sus necesidades y Hugo la acompañó. Tras ellos fueron tres arrieros, unos hombres sucios y rudos que no habían dejado de importunar a la muchacha con propuestas groseras y palabras soeces. Los del campamento los vieron levantarse y seguir a padre e hija; algunos intercambiaron una mirada, uno torció el gesto, otro negó con la cabeza. Pero todos simularon continuar con sus cosas mientras las carreras de los tres arrieros resonaban por encima del crepitar del fuego.

Se oyó algún grito en la noche. «¡Aquí!» «¡No!» «¿Dónde se ha metido?» «¿Dónde estás, preciosa?» «¡Te voy a follar!» Se oyeron más carreras entre árboles y maleza, a la luz de la luna. «¡No está!» «¡Vas a conocer un hombre!»

—¡No pueden haber desapareci...! —se estaba quejando uno. No acabó la frase. Hugo surgió de detrás de un árbol y le clavó el puñal entre las costillas, por debajo del corazón, sin que el hombre, sorprendido, pudiera hacer más que agitar un gran cuchillo en el aire. Hugo empujó el arma hacia el interior del cuerpo hasta que el arriero soltó la que empuñaba y se desplomó. Mercè, a un par de pasos, temblaba y boqueaba en busca de aire. Su padre se disponía a tranquilizarla cuando el auxilio que imploró el moribundo le detuvo. Hugo le dio una patada en la cara.

—¿He oído «socorro»? —se extrañó otro de los arrieros.

—¿Martín? —preguntó el tercero—. ¿Dónde estás?

Hugo tiró de Mercè, que se había quedado paralizada, en dirección a aquellas voces. Al segundo de los arrieros, el más rezagado, lo degolló desde atrás, tirando de su cabeza para deslizar el cuchillo por su cuello. Por un momento rememoró la imagen del perro calvo mientras ejecutaba a los judíos que no se convertían. El olor metálico a sangre se le pegó a los sentidos. El silencio que se hizo en la noche permitía oír con nitidez los estertores del primer arriero herido.

—¿Martín? ¿Felipe? ¿Dónde estáis?

Nadie contestó. Quizá bastara con dos cadáveres. A la luz de la luna Hugo vio que su hija se derrumbaba y alcanzó a cogerla antes de que cayese. Acarició su cabello y la acunó procurando calmar los temblores que la asaltaban. Hugo se lo había propuesto y ella había accedido, aunque sin atreverse a sostener, como hiciera en Barcelona, que nada malo les sucedería. Los temores de Hugo acerca de que aquellos arrieros toscos y violentos pudieran matarle a él y violarla a ella se habían convertido en realidad tras el constante acoso sufrido durante el camino. Convenció a Mercè de que tenían que adelantarse y engañarlos, y eso fue lo que hicieron. Y después de no poder asesinar al conde de Navarcles y al tuerto, sus enemigos, Hugo acababa de acuchillar a dos personas... Y nada se reprochaba, ningún sentimiento de culpa le acometía; había clavado el cuchillo por su hija y lo repetiría si fuera preciso. Si había matado a un hombre por Regina, mil arrieros mataría por defender a Mercè. Decidieron regresar al campamento, convencidos de que el tercer arriero ya estaría a la defensiva. Oyeron su grito y supieron que había encontrado a uno de sus amigos, al llamado Martín; aún le faltaba dar con el cuerpo del tal Felipe.

Llegaron al campamento, y mientras Hugo limpiaba la sangre de la hoja del cuchillo en la pernera de sus calzones, Mercè recriminaba con su palidez y sus temblores la cobardía de todos los que habían permanecido alrededor del fuego, donde también ellos se sentaron.

Hugo no dejó de limpiar y acariciar la hoja del gran cuchillo que portaba. Se lo había entregado Barcha tras enterarse de que partía con Mercè. Era un cuchillo especial, le contó la mora, repitiendo lo que a su vez le había explicado Jaume cuando se lo mostró. El mango de madera estaba labrado con filigranas que se adaptaban a la palma de la mano. Jaume decía que eran las mejores cachas que había elaborado, por eso no las vendió y buscó una buena hoja.

El tercer arriero regresó al campamento a paso rápido y vigoroso; traía el rostro colorado, enardecido, y el puñal en la mano.

—Has matado a dos compañeros —acusó a Hugo.

Hugo no contestó. Ya no jugaban la sorpresa ni la oscuridad, y el arriero le pareció inmenso, poderoso y, con toda seguridad, más ducho que él en el manejo de las armas, en las peleas y en las rencillas.

—Ha matado a dos violadores.

La afirmación asombró a Hugo. El mercader que le había advertido del peligro en Vilafranca, sentado en tierra, se encaraba con el arriero. No tardaron en sumarse otros dos mercaderes.

—Dice la verdad —sentenció uno.

—¡No eran más que unos canallas! —gritó otro.

Hugo apretó a Mercè contra sí. Se percató de que la situación había cambiado: el arriero estaba solo, ya no formaba parte de un temible grupo de tres, y los demás se atrevían a plantarle cara. Además, parecía que en el campamento algunos lo apoyaban, pues acababan de recibirlo con muestras de admiración y respeto tras verlo aparecer limpiando la sangre de la hoja del puñal.

—¿Tú pretendías hacerle daño a la niña? —se oyó de boca de otro mercader, más allá del fuego.

El arriero dudó.

—Si es así, mereces la misma suerte que los otros dos —apostilló un tercero.

—No —contestó el arriero tras unos instantes—. No tenía intención de causarle daño alguno.

Tuvo que transcurrir un rato para que Hugo, ya con la respiración más sosegada, empezara a notar una sensación de debilidad que, desde las piernas, se le extendió por todo el cuerpo, sustituyendo la tensión pasada. Entonces cogió las alforjas de la mula y extrajo un pellejo del que dio un trago largo de *aqua vitae*; luego posó la boca del odre en los labios de su hija.

Mercè lo apartó de un manotazo nada más notar el sabor.

—¿Qué hacéis? ¿Qué es eso?

—Bebe un poco —insistió Hugo.

—Pero ¿qué es?

—*Aqua vitae* —susurró Hugo.

—¿Qué? Eso os puede matar —rechazó ella bajando también la voz.

—Pues no mata —afirmó Hugo, y tras dar otro trago para demostrarlo le ofreció el odre.

Mercè bebió con cierto recelo. Fue un trago breve, pero suficiente para hacerla toser.

—To... —Hipó—. Tomad —articuló por fin, devolviéndole el odre.

Hugo lo cogió satisfecho al percatarse de que el semblante de su hija había recuperado el color y de que sus temblores habían cesado.

Para definitiva tranquilidad de Hugo y Mercè, el tercer arriero se quedó en Lérida, ciudad a mitad de camino de Zaragoza, y ellos recorrieron la distancia que separaba aquella de la capital del reino de Aragón en varios días sin incidente alguno.

En los hostales donde hacían noche y se encontraban con caravanas que iban de vuelta o simplemente se sentaban a cenar con los hosteleros que los acogían empezaron a tener noticias acerca de la situación del reino de Aragón. Los bandos a favor y en contra del conde de Urgell se hallaban enzarzados en peleas y guerras. Zaragoza estaba en manos de los enemigos del de Urgell. El arzobispo, sus familiares, el justicia de Aragón y la gran mayoría de los prohombres y jurados de la ciudad se oponían a su coronación. ¿A quién defendían? Algunos seguían con el francés, comentaron, pero muchos otros empezaban a decantarse por el infante castellano.

—Es extranjero —susurró Mercè al oído de su padre en una de esas reuniones, incapaz de permanecer indiferente a la defensa que hizo alguien del infante de Castilla.

—Es extranjero —afirmó él en voz alta, asumiendo como propia la objeción de su hija—. Es castellano. No tiene derecho a ocupar el trono de los condes de Barcelona.

—Hay quien no piensa como tú —le replicó uno de los mercaderes.

—No son solo los catalanes los que deciden quién será el rey —intervino un tercero—. Los aragoneses ya están reunidos en parlamento en Calatayud. De ahí surgirá la propuesta del reino de Aragón.

—Los parlamentos, con sus hombres de leyes, sacerdotes y jurados de las ciudades no deberían decidir quién será el nuevo rey —dijo un hombre con marcado acento catalán, que intervino en defensa de la opinión de Hugo—. Aunque están equivocados si creen que la elección depende de ellos —sentenció—. El de Castilla está preparando todo un ejército para hacerse con el reino a la fuerza, todos lo sabemos. En Valencia ya han entrado las tropas y en Aragón se apostan en las fronteras. El infante cuenta con el ejército de Castilla para conquistar nuestros reinos.

—¿Y el de Urgell? —preguntó alguien.

—El de Urgell estaba en la Almunia y licenció a su ejército a requerimiento del Parlamento catalán.

Hugo notó que su hija le apretaba el brazo ante tal revelación.

—¿Por qué no actúa igual el infante de Castilla? —planteó entonces.

Nadie contestó.

Zaragoza se encontraba a menos de media legua cuando Hugo, Mercè y su mula cruzaron el río Gállego en una barca guiada por maromas desde ambas orillas.

La muchacha contempló a su padre tirar de aquella cuerda junto con el barquero y otros arrieros. Se aproximaba el mes de febrero, y era un día frío, ventoso y gris. El Gállego bajaba impetuoso y la labor era ardua.

—Corred, padre —le urgió Mercè en el instante en el que la barca ya se deslizaba para tocar una orilla en la que se amontonaban agricultores y mercaderes dispuestos a cruzar en sentido contrario.

A Hugo le extrañó ver a tanta gente cargada esperando la llegada de la barca.

«¿Adónde creéis que vais?» «No se puede entrar en Zaragoza.» «¡Os robarán!» Las advertencias y las quejas se sucedieron por parte de quienes esperaban a embarcar para cruzar el Gállego en sentido inverso. Hugo negó con la cabeza. Ya le parecía que no era normal toda esa gente allí con sus productos: las mercaderías se vendían en las grandes ciudades, no se sacaban de ellas. En la orilla se apiñaron los de ida y los de vuelta, provocando un alboroto de preguntas, respuestas e insultos, dichos en catalán o en aragonés, el idioma de aquellas tierras y que Hugo alcanzaba a entender.

—El bando de los que apoyan al de Urgell —les explicó uno de los agricultores que regresaban de Zaragoza sin haber logrado vender sus productos— tiene prácticamente sitiada la ciudad y no permite la entrada ni la salida de mercancías o alimentos.

—¿Por qué no nos lo ha advertido el barquero antes de cruzar el río? —preguntó Mercè, compungida—. ¿Qué hacemos ahora?

—¿Acaso llevamos mercancías o alimentos? —replicó Hugo a su hija al tiempo que le guiñaba un ojo—. No, así pues, a nosotros no nos afectará.

Era cierto. Partidas de hombres armados impedían el acceso a Zaragoza y la salida. Hugo no vio que robaran a nadie, pero sí cómo recurrían a la fuerza cuando algún mercader se empeñaba en continuar camino.

—Venimos desde Barcelona —explicó al que parecía el cabecilla, que se encogió de hombros e hizo ademán de señalar que volviesen sobre sus pasos—. Luchamos por el mismo rey —insistió Hugo.

—Supongamos que sea cierto, ¿qué necesidad tenéis de entrar en Zaragoza? ¿Por qué debería dejaros pasar?

Mientras el hombre hablaba, Hugo rebuscó en la bolsa de los dineros del conde y le ofreció un par de monedas.

El otro las cogió, sonrió y se hizo a un lado, con el brazo extendido, franqueándoles el paso. Mercè, sorprendida ante la artimaña de su padre, echó a andar tras las mula.

El Ebro era, con mucho, el mayor río del reino de Aragón, inmenso a los ojos de Hugo y Mercè. Habían remontado su curso desde el lugar de Pina, y tal como se acercaron a su orilla, los pontazgueros, ahora que se impedía el tráfico con la ciudad, los recibieron con simpatía. Pagaron el impuesto por pasar por el puente, igual que habían hecho a lo largo de todo el trayecto desde Barcelona por el camino más seguro, y más caro también, que no era otro que el que seguía las antiguas vías romanas. Hugo y Mercè comprobaron que algunos comerciantes se desviaban y rodeaban los lugares en los que se debían pagar impuestos, que eran muchos a lo largo de aquella vía comercial, una de las más transitadas de la época. A medida que más y más mercaderes se desviaban del camino principal, el rey establecía una nueva aduana en esa ruta alternativa; un juego en el que entraba en liza la seguridad, puesto que cuanto más separada se hallaba esa vía alternativa, más posibilidades tenían los mercaderes de ser atacados y robados. Hugo y Mercè llevaban dinero, el conde había sido generoso en ese sentido, así que Hugo pagó el pontazgo, aunque lo hizo de mala gana.

—No se debería satisfacer ni un sueldo por cruzar por aquí —comentó a su hija señalando el inestable puente de tablones.

Las aguas del Ebro batían con fuerza contra las barcas amarradas y ancladas sobre las que se disponían los maderos.

Uno de los pontazgueros oyó su queja.

—Pues tenéis suerte. Hasta hace poco ni siquiera existía este paso y el río se cruzaba en barca. Son ya muchas las veces que las avenidas han arrastrado el puente.

Junto a la mula, Hugo estiró el cuello para apreciar el caudal impetuoso que llevaba el Ebro. Mercè le imitó y retrocedió un par de pasos para alejarse de la orilla.

—Pero hoy no —le tranquilizó el hombre con una risotada—. Están agitadas, pero el puente resistirá, muchacha.

—¿Y el de piedra? —se interesó Hugo señalando un único y aislado pilar junto al de madera; había otro pilar igual de solitario enfrente, en la orilla opuesta.

—Una riada. Llevamos cerca de doscientos años intentando construir un puente de piedra, pero el río no hace más que llevárselo por delante, y como también destroza el de madera faltan los dineros y nunca se construye. Del último intento solo quedan esos dos pilares.

Cruzaron el río Ebro por aquellos inestables tablones y entraron en la ciudad por la puerta del Puerto. Superaron las Casas del Puente, donde se hallaba el consistorio, el palacio arzobispal y la catedral, erigida esta última sobre la que fuera la mezquita Mayor en tiempos de la dominación musulmana. Después de preguntar encontraron habitación en la calle del Mesón de la Concepción, cerca de la iglesia de Santa María la Mayor, donde al poco se enterarían de que se veneraba un pilar que la propia Virgen había entregado al apóstol Santiago.

Hugo instó a su hija a actuar con discreción en una ciudad que se percibía tensa, con gente armada que recorría sus calles. No debían hablar del de Urgel, le dijo. En Zaragoza confirmaron las noticias que les habían relatado por el camino. El infante Fernando de Castilla era el pretendiente al trono al que apoyaba la gran mayoría de los prohombres de Aragón. A pesar del temor a las armas, que los aragoneses sabían cercanas en sus fronteras, se sabía que el infante sumaba apoyos que compraba con millones de maravedíes concedidos por las Cortes castellanas, o con promesas de favores y grandes beneficios para quienes lo secundasen. Mercè hundió el rostro en el interior de su capucha al escuchar de los grandes recursos con los que contaba el de Castilla para hacerse con la corona, y se removió inquieta en la silla al percatarse de que aquellos sobornos no solo se producían en Aragón, sino que en Cataluña eran muchos los nobles, caballeros y religiosos que aceptaban dineros y favores por parte del infante de Castilla. ¡Fernando de Antequera sobornaba a los principales de Cataluña!

—¿Y qué hay del de Urgell? —preguntó Hugo, disimulando su interés, al vinatero que les contaba de los sobornos a la gente de Cataluña—. ¿Acaso él no paga a los suyos?

El hombre rió sin ganas al mismo tiempo que negaba con la cabeza.

—El condado de Urgell es uno de los más ricos del reino, pero Jaime de Aragón es un malgastador que al año de haber heredado el título y el patrimonio tuvo que solicitar un administrador al rey para evitar la ruina, tal fue el descenso de sus rentas. Su padre, el viejo conde, se alejó de la corte y dedicó tiempo y recursos para engrandecer su señorío. Construyó la iglesia de Castelló de Farfanya, el claustro del monasterio de Àger, la Casa Fuerte de la Condesa en Balaguer, el castillo de Agramunt... En fin, fue un gran noble que cuidó de sus tierras y sus servidores. El hijo solo tardó un año en necesitar la ayuda del rey. ¡Un año! Escuchad —añadió el vinatero en tono de complicidad—, yo soy partidario del conde de Urgell, no apoyo que los reinos caigan en manos extranjeras, pero Jaime de Aragón es un hombre que está tremendamente influido tanto por su madre como por su esposa, y eso es muy peligroso.

Y al poder de los ejércitos y dineros con los que contaba el infante de Castilla terminó sumándose la Iglesia, encabezada por el papa Benedicto XIII, enemigo del de Urgell desde el conflicto acerca de quién debía ocupar el obispado de Barcelona, y que se decantó por el infante al entender que, de ser coronado, gozaría de la obediencia de los dos grandes reinos de la península, algo imprescindible para mantenerse como vicario de Cristo en un momento en que eran tres los papas que se disputaban tal título.

Y no solo fue Benedicto XIII quien mostró su apoyo al infante de Castilla. El dominico Vicente Ferrer, aquel al que acompañaban ejércitos de seguidores flagelándose y llamándolo «santo hombre», también apostó por el de Castilla en la creencia de que le facilitaría la propagación del cristianismo en toda España mediante la definitiva conversión de los judíos. A la sazón, Vicente Ferrer predicaba en Castilla contra estos: en Toledo, donde consagró una antigua sinagoga como iglesia de Santa María la Blanca; en Salamanca; en Valladolid y en la población de Ayllón, en Segovia. En todas esas grandes ciudades castellanas el fraile abogaba frente a multitudes por la conversión de los judíos. «¡Son traidores, vengativos, usureros, deicidas!», gritaba a la multitud. Ese era el contenido de unos sermones que enardecían a los cristianos y conseguían la exclusión o la conversión de los judíos. La convivencia entre cristianos y judíos era perjudicial para los primeros, sostenía fray Vicente. En Ayllón, el fraile coincidió con la corte castellana y con Fernando de Antequera. De la estancia de Vicente Ferrer y el infante Fernando en esa población segoviana surgió el ordenamiento jurídico más duro para los judíos que se había promulgado hasta el momento: se prohibió hablar con ellos; no se les podía comprar comida ni bebida, ni comerciar con ellos; las mujeres no podían vestir telas ricas y los hombres no podían cortarse las barbas o el cabello; debían vivir separados y llevar siempre su rodela en el pecho. Se les prohibió también el ejercicio de un sinfín de profesiones: recaudador, médico, boticario… Lo que Vicente Ferrer había logrado en Castilla era lo que pretendía para Aragón y Cataluña, y contaba con el futuro apoyo de Fernando si este llegaba a conseguir la corona.

Hugo dictó a su hija el informe para el conde de Navarcles en el que daba cuenta de sus averiguaciones, y donde relataba la situación de inquietud que se vivía en Zaragoza y el apoyo casi unánime de los prohombres aragoneses al de Castilla.

—Debe de tener conocimiento de lo que le decimos —apuntó Mercè entre frase y frase—. Ya tiene espías, y son muchos los mercaderes que van y vienen.

El padre se encogió de hombros.

—Supongo que así es, pero quizá no sepa absolutamente todo. Y en cualquier caso querrá ratificarlo a través de nosotros. ¡A saber lo que cuentan arrieros y mercaderes!

Fue a uno de esos mercaderes que regresaba a la Ciudad Condal, partidario del de Urgell («¡Como todo buen catalán que se precie!», masculló el hombre en voz baja pero contundente, con su cabeza pegada a la de Hugo mientras estaban sentados a la mesa de una taberna) a quien confió la carta destinada a Roger Puig. A Hugo le pareció la elección más segura en una ciudad en la que todos sospechaban del prójimo. Nada más establecerse en ella, Hugo y Mercè recibieron la visita de las autoridades, que los interrogaron acerca de sus intenciones. La excusa del vino, como sucediera en Valencia, fue suficiente, y entre conversaciones y comidas, mientras Mercè departía con las mujeres o se mantenía discretamente apartada si no las había, Hugo conoció a vinateros y estableció relaciones que algún día quizá le fueran fructuosas.

Hugo observó algunas viñas en los alrededores de Zaragoza, pero la ciudad no producía ni la suficiente cantidad de uva ni de la calidad adecuada. Le contaron que se elaboraba buen vino en Barbastro, lo que le trajo al recuerdo a María, la viuda de Valencia, como también en Cariñena, Calatayud y Tarazona, aunque mucha de su producción terminaba vendiéndose en Castilla —en Soria, Medinaceli, Molina—, a costa incluso de la producción propia de aquellas tierras, como la de la ribera del Duero, de donde se obtenían unos vinos más flojos y más caros.

¿Para qué desplazarse hasta allí, a la frontera con Castilla, y alejarse todavía más de su tierra?, se planteó Hugo. Las últimas noticias de las que había tenido conocimiento fueron las de las importantes relaciones de los prohombres aragoneses que apoyaban a Fernando con los componentes del Parlamento catalán. ¿Qué le faltaba ya por descubrir?

—Regresamos a casa —anunció a su hija.

Mercè tardó en contestar. Era feliz junto a su padre. ¿Qué le esperaba en Barcelona? La condesa, el palacio, la hipocresía y las envidias, la vida rutinaria... Nunca habría imaginado que llegaría a hacerse tal planteamiento. El hecho de que Hugo hubiera arriesgado su vida por defenderla no hizo que lo quisiera más, pero aquel a quien su madre describía como un vinatero desafortunado y perdedor, se convirtió a ojos de la joven en un hombre con arrojo, valiente, capaz de matar por ella. ¡Estaba orgullosa de su padre!

—Podríamos retrasar un poco la vuelta —propuso Hugo ante la vacilación de su hija.

Se lanzaron al camino y se dirigieron hacia el sur de Zaragoza, a Cariñena. Mahir le había hablado de aquellos vinos, y acababa de probarlos en Zaragoza. Anduvieron en dirección a Teruel y Valencia, sin prisa; se sumaron a alguna de las recuas de mulas que transitaban por él; se detenían si les apetecía, sin mayor preocupación en caso de que las caravanas los dejaran atrás.

—No importa, hija, que se vayan —la tranquilizó Hugo la primera ocasión en que vieron alejarse las espaldas de sus acompañantes.

—Si nos quedamos solos —replicó ella, alarmada—, podemos convertirnos en las víctimas de ladrones y salteadores.

—La única vez que casi fuimos víctimas —adujo él a su vez— ocurrió precisamente mientras viajábamos acompañados.

No sufrieron percance alguno. Si no llegaban a un pueblo antes de que cayese la noche, rogaban hospitalidad en alguna granja. Les empapó la lluvia y padecieron el frío de un invierno que ya tocaba a su fin. Hugo exhortaba a Mercè a beber un par de tragos de *aqua vitae* si la veía temblar. También lo hacían por la noche cuando les tocaba dormir en pajares alejados del fuego de un hogar. Bebían y después charlaban con una espontaneidad que a punto estuvo de costarle un disgusto a Hugo cuando ella le rogó:

—Hábleme de mi madre.

—Era tan guapa como tú —se le ocurrió decir después de carraspear varias veces en busca de un tiempo del que no disponía.

¿Cuáles eran las mentiras que le había contado de niña? ¿Qué le habría revelado Regina? Desde luego, no estaba dispuesto a reconocer que no era su hija, y menos entonces, cuando Mercè le sonreía, le acariciaba y le besaba con afecto. Lejos de Regina, a solas con ella, sentía más que nunca la unión con su hija.

—¡Padre! ¿Qué más?

¿Qué más podía decirle?, se preguntó Hugo.

Antonina, Dolça, Arsenda o Eulàlia. Solo disponía de esos cuatro ejemplos de mujeres para inventarse a una madre con la que complacer a Mercè. A Eulàlia, con su ambición y sus viñas, más valía dejarla aparte. La evocación de Antonina, su propia madre, le traía unos recuerdos muy duros: el cubero, las palizas, el cuerpo escuálido. Dolça era suya, solo suya, y no deseaba compartirla con nadie. De manera que únicamente le quedaba Arsenda. Había acudido a Santa María de la Mar en busca de explicaciones sobre su paradero, donde mosén Pau (que Dios lo tuviera en su Gloria) se excusó ante él: «Eso fue lo que me dijeron, que estaba en ese convento, el de Santa Isabel». Y ahí quedó todo. Arsenda, sí. Su hermana sería un buen ejemplo.

—¿Sabes cómo la conocí? Por las noches me colaba en su casa, trepaba hasta la azotea y allí me esperaba ella…

—¿Os colabais ¿Trepabais! —le interrumpió Mercè levantando la voz. Hasta entonces habría sido incapaz de imaginar a su padre al asalto de la vivienda de su amada, pero después de lo de los arrieros ya todo se le antojaba posible.

—Sí. Y charlábamos a la luz de la luna abrazados bajo una manta. —Hugo notó que las palabras arañaban su garganta y se le humedecían los ojos. Habían pasado tantos años… y sin embargo seguía echando de menos a su hermana—. Nos contábamos todo lo que nos sucedía.

—¿Y nunca os descubrieron?

—No. Nunca. Tu madre era muy lista… y muy devota.

Habló de Arsenda. Le fue sencillo adaptar sus experiencias a las que deberían haber sucedido si en lugar de ser su hermana hubiera sido su esposa, y lo que no pudo lo inventó. ¿Era el *aqua vitae* lo que hacía fluido su lenguaje y estimulaba su imaginación? «No», se contestó. Era el contacto con su hija, abrazada a él, sobre la paja. Era el acompasar su respiración a la de ella en los silencios, para no turbar sus pensamientos. Era el sentirla, tocarla, olerla… ¡quererla! ¡Quererla!

En Longares y Cariñena se internaron por los senderos que cruzaban entre las viñas todavía sin hojas ni racimos: extensiones de cepas, la mayoría de ellas mal alineadas, enclavadas en terrenos áridos o pedregosos a la espera de la primavera.

—Cuando los sarmientos están así, desnudos —comentó Hugo—, tan secos y retorcidos, son… tristes, sombríos. ¿Quién puede sospechar que producirán el néctar de los dioses?

—Hay mucha viña —apuntó Mercè oteando en derredor.

—Sí. Regalaban la tierra —la sorprendió su padre. A él se lo habían contado en Zaragoza—. La regalaban para repoblar lo conquistado a los moros. Todo aquel que cultivase una viña sin dueño terminaba siendo su propietario el día en que crecían las tres hojas, esto es, al cabo de tres años de trabajo. En tierras de señorío existen otras formas de contrato, pero también son bastante beneficiosas para el vinatero. Por eso hay tanta viña.

—Pero toda desordenada. En Barcelona no es así.

—Sí, claro. Hay muchas pequeñas propiedades por todos sitios, por inaccesibles que puedan parecer. Además aquí amorgonan las cepas. Allí también lo hacemos… lo hacen —se corrigió frunciendo los labios—. *Fer capficades*, se dice. Se trata de dejar crecer uno de los sarmientos de las cepas en lugar de podarlos como ahora. ¿Ves aquel? —Señaló uno. Pero rectificó enseguida e indicó uno mucho más cercano—. ¿Ves ese sarmiento enterrado?

Mercè miró hacia donde le señalaba su padre: uno de los brazos de una planta había sido forzado y, en lugar de crecer, volvía hacia abajo y se enterraba. Hugo continuó su explicación:

—Una vez que ha crecido lo bastante para llegar al suelo se entierra sin cortarlo de la cepa. De ahí nacerá otra que echará raíces. El problema es que con este método es difícil mantener la alineación.

—Bueno, tampoco importa tanto.

—Sí que importa. Si las cepas no están alineadas, la vendimia y el cuidado de la tierra se complican mucho más. Los animales no pueden pasar y los arados tampoco.

—Entiendo. —Los dos extendieron la mirada en las viñas—. Os gusta esto, padre, ¿cierto?

—No lo sabes bien, hija. Daría... daría lo que no poseo por volver a tener una viña.

—Estoy segura de que volveréis a tenerla —susurró ella.

Hugo desvió la mirada hacia su hija. El sol alumbraba y, aunque invernal, arañaba algún destello de los pedregales. Aun así, el frío arreciaba debido a un viento tenaz que no había dejado de acompañarles durante todo el trayecto. Ahora azotaba el rostro de Mercè y presionaba contra su cuerpo los pesados vestidos que aún llevaba. La joven aprovechó para quitarse la capucha y sacudir la cabeza. El viento le revolvió el cabello suelto, y ella disfrutó de ese gesto que la hacía sentirse mujer.

Mil recuerdos de la vida de la niña que un día le entregara Regina se mezclaron en la mente de Hugo al verla allí, serena y fuerte, bella, retando al viento. Sí, Mercè era todo lo que tenía.

¿Llegaría a conseguir una viña algún día? Lo que más le extrañó de las palabras de Mercè fue que no lo hubiera supeditado a la coronación del conde de Urgell.

Mientras el conde de Castellví de Rosanes y de Navarcles estaba en el palacio de la calle de Marquet, Caterina se refugiaba en la bodega. Allí entraba poca gente y ella pasaba desapercibida. Con la ausencia de

Mateo, a quien todos suponían muerto, se recuperó de su aspecto demacrado, como si hubiera empezado a vivir de nuevo. Además, el conde ya no la llamaba a su lecho y la condesa tampoco contaba con ella. Caterina no tenía cometido fijo en el palacio, y cuando el mayordomo que vino a sustituir a Esteve, que acababa de fallecer, intentó asignarle uno, la rusa supo aprovechar la situación. «Mi función es estar a disposición de los señores», se opuso ella. ¿Era cierto aquello?, se le ocurrió al hombre plantear un día al conde. Este entrecerró los ojos antes de contestar, quizá al recuerdo del placer que le llegó a proporcionar tiempo atrás aquel cuerpo contundente, blanco como la leche, suave de piel, de pechos generosos, caderas rotundas y riñones capaces de resistir una y otra vez sus embates. La había comprado de niña y la había visto crecer, pensó al mismo tiempo que asentía con la cabeza. Había tenido un par de bastardos con ella, o quizá más... Roger Puig frunció los labios antes de soltar una carcajada. «¡Claro que sí!», sentenció. Una cosa era que se la hubiese cedido a su fiel Mateo, otra muy diferente que la madre de dos bastardos suyos, aquella que disfrutó de su lecho e incluso amamantó a alguno de sus hijos legítimos, fuera toqueteada y jodida por todo el personal de palacio como si fuera una perra. «¡Hay que respetar a la rusa! —gritó al nuevo mayordomo—. Está a mi disposición.»

En las numerosas ocasiones en las que el conde estaba fuera de Barcelona, Caterina se atrevía a salir del palacio para disfrutar de la ciudad. El nuevo mayordomo la respetaba, siguiendo las órdenes de Roger Puig, y eso la llevó a ofrecerse a realizar alguna tarea, principalmente aquellas que requerían recorrer las calles, aunque buena parte del tiempo lo pasaba en la bodega.

Allí fue donde conoció de los avatares del viaje de Hugo y su hija a Zaragoza, pues él se los contó tras dar cumplido parte al conde. No obstante, Hugo omitió ante ambos toda referencia a la muerte de los arrieros y ordenó a su hija que hiciera lo mismo tanto cuando hablara con Regina como con cualquier otra persona.

Con Mercè de nuevo permanentemente atareada como doncella de la condesa, Hugo departía con una Caterina que cada vez reía con más ganas. Charlaban de los desgraciados recuerdos de la finca de Rocafort, de su venta a Roger Puig, su enfermedad, su cura casi milagrosa, del tuerto... Su nombre estremecía a Caterina, que no había perdido del todo el miedo a que volviera. Hugo la tranquilizaba al respecto. Hablaban de las viñas, y Hugo le explicaba cómo ocuparse de ellas, cómo elaborar el vino, cómo cuidarlo. En la penumbra de la bodega era difícil percatarse de los cruces de miradas tan tiernos como fugaces que se producían estando solos ellos dos, porque en las ocasiones en que Mercè se les sumaba, Hugo servía queso y unas escudillas del mejor vino del conde, y la conversación, inevitablemente, derivaba hacia la situación del reino.

El partido del conde de Urgell se desmoronaba. Su valedor más importante en el reino de Aragón, el noble Antonio de Luna, tendió una emboscada al arzobispo de Zaragoza y lo asesinó. Pretendía librarse de un enemigo poderoso y lo que consiguió fue que Fernando, infante de Castilla, de acuerdo con los parientes del asesinado, invadiera Aragón con sus ejércitos extranjeros. Cerca de dos mil soldados, mil de ellos a caballo, mandados por capitanes expertos y de valía demostrada en las guerras contra los moros, se apostaron en las ciudades más importantes del reino, como Zaragoza, Alcañiz —población a la que se trasladaron las Cortes de Aragón— y Fraga.

Mientras eso sucedía en el reino de Aragón, en el de Valencia las tropas castellanas acudían a Morella en apoyo del bando de los Centelles, y en Cataluña, aprovechando el vacío de poder, un ejército de franceses invadía el principado por orden del vizconde de Castellbó con el objetivo de recuperar la baronía de Martorell, que en tiempos perteneció al noble. El conde de Urgell, todavía gobernador, se ofreció al Parlamento catalán para levar un ejército y hacer frente a los franceses, pero los parlamentarios se opusieron, temerosos de que esos soldados fueran utilizados por el conde en su lucha por la corona. En su lugar, el Parlamento catalán convocó a la *host* ciudadana, que terminó venciendo a los invasores a costa de una nueva humillación del conde de Urgell en su tierra.

Si al de Urgell no se le dio la posibilidad de levar un ejército, el Parlamento catalán se quejó al infante de Castilla por haber introducido tropas castellanas en los reinos, exigiéndole que las retirara de inmediato. El infante se negó y, a falta de un ejército propio, los soldados extranjeros continuaron controlando Aragón y Valencia.

El ambiente en el palacio de la calle de Marquet se enrareció tras la invasión de las tropas castellanas; aun así, el reino de Valencia seguía siendo partidario del de Urgell, así como bastantes zonas de Aragón. El Parlamento de Cataluña, aquel que debía apoyar a un pretendiente catalán, se mostraba cada vez más contrario al único descendiente por línea masculina de la casa condal de Barcelona, y el conde empezó a tratar con mercenarios gascones para hacer frente a una guerra que se le antojaba irremediable ante la invasión de las tropas castellanas.

Llegó enero de 1412 y Hugo quiso aprovechar los contactos hechos en su viaje a Valencia y el compromiso adquirido por algunos corredores del lugar de proveerle del excelente vino de Murviedro. Dictó una carta a Mercè y la remitió a través de un correo. La respuesta llegó a finales de mes: no había vino que comprar.

El corredor de vinos valenciano se explicaba con claridad:

—«Todos los excedentes están comprometidos con mercaderes castellanos» —leyó Mercè.

Hugo y Caterina escuchaban con atención. Hugo había hablado mucho a la rusa de las cualidades de aquel vino de Murviedro. Llevaban meses encontrándose en la bodega, y una relación que ninguno de los dos se atrevía a definir había nacido entre ellos.

—¡Qué lástima! —se quejó ella sabiendo de la ilusión de Hugo por aquel vino.

Hugo asintió e instó a su hija a que continuara.

—«Como ya sabréis —leyó esta—, el comercio entre el reino de Valencia y el de Castilla ha sido muy difícil durante años, llegando incluso en alguno de ellos a la ruptura total de relaciones entre ambos reinos. Ahora...» —Mercè vaciló

—¿Ahora qué? —la apremió su padre.

—«Ahora el infante Fernando ha pactado liberalizar el comercio con Castilla y ha prometido grandes beneficios económicos a los mercaderes valencianos si lo eligen como rey» —acabó de leer.

—Ha comprado a todo un reino —se lamentó Roger Puig estrujando la carta que Hugo le entregó—. ¿Qué otras tretas tendrá preparadas ese castellano hijo de puta?

Pronto lo supo el conde de Navarcles y Castellví de Rosanes. A finales de febrero, en Valencia, uno de los Centelles robó seis mil cabezas de ganado propiedad de los Vilaragut. El robo no fue sino una calculada declaración de guerra por parte de los Centelles, hasta entonces sometidos y humillados, contra los Vilaragut y el gobernador general de Valencia.

La batalla se desarrolló precisamente en Murviedro, junto al mar, en un paraje llamado del Codolar, donde el ejército compuesto por la *host* de la ciudad de Valencia, al mando de su gobernador Guillem de Bellera, junto a cuatrocientos jinetes gascones enviados por el conde de Urgell y la gente del bando de los Vilaragut, se enfrentó contra el que formaban el bando de los Centelles y las tropas extranjeras que el infante Fernando mandó en su ayuda.

Venció el poderoso ejército castellano.

Mil muertos y numerosos prisioneros pusieron fin a la primacía de los Vilaragut y, con ella, a la del conde de Urgell en el reino de Valencia. Los Centelles se vengaron del gobernador Guillem de Bellera y obligaron a su hijo pequeño a transportar la cabeza de su padre, clavada en una pica, hasta Valencia, donde permaneció expuesta para escarnio y a fin de acreditar a los Centelles como los nuevos dirigentes.

La pérdida del reino de Valencia para los intereses del de Urgell y sus partidarios, y el hecho de que el infante de Castilla controlara con sus ejércitos los reinos de Aragón y de Valencia, hizo que el pesimismo empezara a sobrevolar las reuniones en la bodega, todos contagiados por el desaliento de la gente de palacio, del que Mercè se hacía eco cuando acompañaba a su padre y a Caterina.

—No oigo otra cosa, padre —explicó como respuesta a las preguntas de Hugo en una de aquellas reuniones—. Todos hablan de lo mismo en palacio. El conde, la condesa, sus familiares… ¡Incluso los criados! ¿Cómo no estar al tanto? Los parlamentos de los dos reinos, Aragón y Valencia, y del principado de Cataluña han decidido nombrar a tres personas, respectivamente, encargadas de elegir al nuevo rey. Los nueve nombrados se reunirán en la villa de Caspe.

—¿Y los reinos de Mallorca y Sicilia? —inquirió Hugo.

—Al parecer no los tienen en cuenta. Si ya es difícil que se pongan esos dos reinos y un principado de acuerdo, imaginaos cinco.

—Si son justos… —se le ocurrió meditar a Hugo en voz alta.

—Padre, ¿quién es capaz ahora de oponerse al nombramiento de Fernando de Antequera como rey y conde de Barcelona? —le interrumpió de malas maneras su hija, que repetía el discurso de Roger Puig.

Hugo la miró sorprendido por el desmán. Últimamente, en la intimidad, con él y con Caterina, Mercè se desinhibía y se mostraba espontánea, como con Barcha.

—Si no lo eligen a él, asolará los reinos y obtendrá la corona por la fuerza —prosiguió Mercè—. ¡Ya lo advirtió! Para eso nos ha invadido. ¿Y qué han hecho los parlamentarios catalanes? Yo os lo diré: no han hecho nada —terminó, enojada.

Y los parlamentarios catalanes continuaron sin hacer nada cuando el conde de Urgell y varios patricios, como el conde de Prades, el de Cardona, el de Quirra, los Montcada o los Queralt, elevaron su queja ante las Cortes por la evidente y notoria parcialidad de los jueces elegidos para Caspe.

Por el reino de Aragón fueron nombrados el jurista Berenguer de Bardají, que se hallaba a sueldo del infante Fernando de Antequera a razón de quinientos florines al mes. En segundo lugar el cuñado de Bardají y obispo de Huesca, Domingo Ram, y cerraba la terna aragonesa un cartujo que no era docto en leyes ni en teología, sino tan solo un donado voluntariamente retirado de los asuntos mundanos en el monasterio de Portaceli, y cuya vestimenta y dejadez en las barbas y el cabello confirmaban su exclusión de la sociedad.

Por el reino de Valencia fueron nombrados el fraile antijudío Vicente Ferrer y su hermano Bonifacio, otro cartujo, y en tercer lugar el jurista Pedro Beltrán.

Por último, por el principado de Cataluña compareció Bernat de Gualbes, enemigo declarado del conde de Urgell, embajador del papa Benedicto XIII en el Concilio de Pisa, encargo que compartió precisamente con el obispo de Huesca Domingo Ram, juez representante de Aragón. Los otros dos compromisarios nombrados por el principado catalán fueron el arzobispo de Tarragona, y el letrado Guillem de Vallseca.

Las recusaciones de los barones catalanes acerca de los jueces de Caspe no fueron atendidas por su parlamento, y, después de escuchar a los pretendientes, el dominico Vicente Ferrer dio publicidad a la sentencia dictada: por justicia divina era elegido rey el infante Fernando de Castilla. A su favor votaron cuatro de los religiosos dirigidos por Vicente Ferrer y controlados por el papa Benedicto XIII; un quinto sufragio por parte del asalariado del infante, Bardají, quien fue premiado además por el rey con la cantidad de cuarenta mil florines de oro.

Cinco sobre nueve ya eran mayoría, pero para que el pretendiente fuera elegido rey era imprescindible que, por lo menos, recibiera un apoyo por parte de cada uno de los tres reinos. El sexto voto, el que concedió la corona al infante Fernando de Castilla, fue el del catalán Bernat de Gualbes, enemigo del de Urgell, que había sido recusado por los principales del principado de Cataluña pero a quien el Parlamento mantuvo en su puesto. Coronado el nuevo rey, Bernat de Gualbes sería nombrado su canciller.

Los dos jueces catalanes restantes, el arzobispo de Tarragona y Guillem de Vallseca se inclinaron por Jaime de Urgell, mientras que el tercer juez valenciano se abstuvo.

Los intereses económicos y, en especial, los religiosos, los sobornos y, por encima de todo, la amenaza del ejército castellano revestido por fray Vicente Ferrer como de inspiración divina sustituyeron a la justicia a la que sometió el rey Martín la elección del nuevo soberano con su famoso *hoc* antes de morir…, en el caso de que no fuera una tos inoportuna para el destino de la corona, tal como sostenía Mercè.

Cataluña, Aragón, Valencia y los demás reinos y territorios serían dirigidos por un rey castellano, forastero, que encontraba su legitimidad en la línea sucesoria femenina, y no en la masculina en la que se afianzaba la estirpe del de Urgell, como era costumbre atávica y deseo del pueblo.

20

El 29 de noviembre de 1412, cinco meses después de haber sido nombrado rey por los compromisarios reunidos en Caspe y haber jurado ante las Cortes de Aragón, Fernando I entraba con todo boato en Barcelona. Como era costumbre, permaneció un par de días en el monasterio de Valldonzella, los suficientes para que la ciudad terminara los preparativos de su recepción. Una magnífica tribuna tapizada de raso, con dosel y cortinajes, se erigió en la plaza del convento de Framenors, junto a la playa y cerca de las atarazanas, y desde allí presenciaría el nuevo rey los juegos y las fiestas en su honor. Pero antes de llegar a esa tribuna la comitiva, que discurría por calles de edificios engalanados y suelos cubiertos de juncos y anea, discurrió por delante de otra: la levantada frente al hospital de la Santa Cruz, donde los locos internados en él, todos disfrazados de soldados con mayor o menor acierto, se movían sobre ella.

Mezclado entre la gente, con Barcha y Caterina a su lado, esperando el paso del rey, Hugo contempló a aquellas dos docenas de hombres y mujeres desahuciados. Iban armados con espadas y lanzas, algunas auténticas, otras simples imitaciones hechas de madera o de caña, con las que amenazaban a la muchedumbre emplazada en la calle mientras el personal del hospital pugnaba por que no descendiesen del entarimado para hacer reales sus peleas o para que mantuviesen sobre la cabeza los yelmos viejos y oxidados que les habían puesto y que también lanzaban a un público que, aburrido por la espera, se divertía chillando y hostigando a tan peculiar ejército.

El escándalo era tal que la gente repartida a lo largo de la calle se arremolinó frente a la tarima de los locos; algunos de estos respondían a sus chanzas o insultos con violencia; otros se escondían, sentados o hechos un ovillo en el suelo; muchos se tapaban las orejas con las manos, y mientras un par se mecía al ritmo de unos sones que solo ellos podían oír… o imaginar, otro grupo deambulaba sobre el entarimado, unos tan serios como dignos, los más riéndose del gentío. Hugo había tratado con locos como aquellos en su época de botellero en el hospital, luego de que los trasladasen allí procedentes de los demás hospitales de la ciudad clausurados tras la entrada en funcionamiento del de la Santa Cruz. Quizá hasta conociera a alguno. Eran inofensivos. No eran malas personas. Eso pensaba cuando las trompetas y los timbales anunciaron que el rey acababa de cruzar la puerta de Sant Antoni. Mientras la gente se peleaba por recuperar su puesto en la calle, y los del hospital por levantar a los locos que estaban en el suelo, detener a los que se paseaban de aquí para allá y acallar a los que gritaban para ponerlos a todos en formación, llegó Fernando I, a caballo, magnífico, soberbio, con el sol destellando en su cota, el manto y el jubón de tela de oro, todo forrado en armiño, que se había hecho confeccionar expresamente para su entrada en la Ciudad Condal.

El monarca rió y saludó al ejército de locos que le rendía honores desde la tarima. Ninguno hacía el menor caso de las instrucciones que les daban al respecto, y sin embargo parecían comprender que aquel que pasaba frente a ellos gozaba de una autoridad muy superior a la de los demás. El séquito que acompañaba al rey Fernando se sumó a las risas y a los saludos. Los congregados aplaudían y vitoreaban, y tres o cuatro locos saltaron de la tarima y se confundieron con la muchedumbre sin que nadie les prestara atención. Hugo trató de seguir con la mirada la punta del yelmo de uno de ellos, que consiguió llegar junto al estribo de uno de los caballeros castellanos que acompañaban al rey sorteando a los presentes. El enfermo portaba una lanza de caña y la alzó sobre su cabeza en una señal que tanto podía ser de victoria como de amenaza. La gente que rodeaba al noble, un caballero de barba castaña y tupida que iba vestido de negro con ribetes dorados y llevaba un sombrero sobrio y una espada larga y pesada al cinto, calló a la espera de su reacción. Hugo se irguió y entrecerró los ojos para fijar la mirada. El castellano se inclinó en la montura y agarró al loco por el brazo. Hugo alcanzó a vislumbrar sus facciones. Dudó. ¿Era…? De un simple tirón, el noble de negro alzó al loco por el aire hasta que lo sentó a la grupa de su caballo. La gente estalló en vítores. Superada la sorpresa, el loco aulló y levantó su caña al cielo, y el rey se volvió y sonrió. El caballero, alegre, saludó a los ciudadanos que le aplaudían; lo hizo hacia uno y otro lado en tantas ocasiones como la muchedumbre se lo reclamó. En una de ellas Hugo pudo distinguir un lunar junto al ojo derecho. Como micer Arnau; como su hijo, Bernat Estanyol.

Hugo lo miró mientras se alejaba por la calle del Hospital con el loco sentado a la grupa alzando al aire su lanza de caña y vitoreado por la gente. Hacía veinticinco años que no lo veía; y también muchos desde que tuvo noticias de él.

Los gritos en el palacio de la calle de Marquet resonaron igual que lo hicieran años antes, tras el ataque del corsario al barco de Roger Puig.

—¡Almirante! —se quejaba el conde—. ¿Cómo puede un corsario miserable convertirse en almirante de la armada real catalana?

Alguien trató de explicar al conde los méritos de Bernat al mando de las galeras reales contra moros o portugueses, otro adujo que la amistad que unía a Fernando y Bernat se remontaba a la época en la que el primero no era más que regente de Castilla y el segundo un capitán a su servicio, pero Roger Puig se negó a escuchar cumplido alguno de aquel hombre que casi consiguió arruinarle.

—No teníamos que haber permitido que fuera puesto en libertad después de que intentara matar a mi tío —recordó. Sabía quién era Bernat Estanyol; lo investigó después del asalto a su barco: el hijo de aquel traidor ejecutado tras la muerte del Ceremonioso—. ¡Mirad lo que sucede si se dejan crecer las malas hierbas! —exclamó ante su corte.

Y ahora Bernat Estanyol, antiguo corsario con patente castellana convertido en almirante de la armada catalana, y Roger Puig, conde de Navarcles y de Castellví de Rosanes, se verían obligados a convivir alrededor del nuevo rey. Ni Roger Puig ni los demás nobles que habían apoyado la causa del conde de Urgell temían represalia alguna por parte de Fernando; así lo demostró el soberano en Zaragoza en el acto solemne de su jura, en el que perdonó a cuantos se opusieron e incluso lucharon contra él. Quienes le injuriaron o atacaron, sostuvo, lo hicieron en defensa de lo que consideraban sus derechos, y contra quien en definitiva no era entonces más que un particular. Alcanzada la corona, sus enemigos se convertían en súbditos y él a su vez, como rey, en padre de todos ellos.

En ese perdón se incluyó también al conde de Urgell, aunque no así a su valedor, Antonio de Luna, asesino del arzobispo de Zaragoza, si bien el noble catalán no hacía más que excusar el juramento de fidelidad debido a Fernando. Tanto fue así que antes de viajar hasta Barcelona, Fernando se dirigió a Lérida al frente de un ejército de dos mil castellanos para someter a quien, ahora sí, ya siendo rey, le negaba obediencia. Al ejército castellano se sumaron los nobles aragoneses y el bando de los Centelles valencianos, que acometieron la guerra en tierras del de Urgell por su cuenta, mientras Antonio de Luna lo hacía en las fronterizas con Francia al mando de compañías de mercenarios gascones.

Ya en el principado de Cataluña, en Lérida, el monarca juró como tal las constituciones, los derechos y las costumbres de los catalanes, si bien no recibió el juramento por parte de las Cortes, que exigían que lo hiciera en Barcelona, donde sus tres brazos —el religioso, el militar y el real, compuesto este último por las ciudades— le jurarían fidelidad. Los nobles, inscritos en el brazo militar, deberían asimismo jurarle homenaje por las tierras que tenían en feudo por el rey. Quien sí juró a Fernando en Lérida fue precisamente el conde de Urgell, quien, consciente de que no se hallaba en disposición de enfrentarse al ejército del monarca, por lo que envió procuradores para que cumplieran con aquella obligación en su nombre. Sin embargo, tras detener el ataque del rey con aquella sumisión fingida, el conde retrasaba la ratificación personal del juramento efectuado en Lérida a través de sus representantes.

«No está todo perdido», se dijo Hugo, y recordó el suspiro de Mercè en la bodega de Roger Puig. Andaba incómodo de camino al palacio Menor, donde sabía que se hospedaba Bernat. «Serán los nervios», se repetía tratando de excusar una torpeza inusitada, fruto de la tensión que invadía todo su cuerpo. «Serán las ropas que visto», pensaba después. Sin embargo, lo que volvió a su mente fueron las palabras de su hija:

—El conde de Urgell está en tratos con caballeros franceses y con el duque de Clarence, el hijo del rey de Inglaterra, para que le ayuden a hacerse con la corona.

—¿Y por qué iban a intervenir esos ingleses en nuestros asuntos? —se extrañó Hugo—. Están muy lejos.

—El conde le ha prometido el reino de Sicilia a cambio de su ayuda.

—Ah.

¡Más promesas del de Urgell en caso de que fuese rey! Hugo estuvo a punto de burlarse, pero la seriedad en el semblante de su hija y aquel empeño, como si su vida y sus ilusiones estuvieran unidas al destino del conde, le aconsejaron no hacerlo.

—Los ingleses mandarán un ejército colosal —añadió ella gesticulando con las manos, incapaz de representar la supuesta magnificencia de las tropas del duque inglés—, un ejército que vencerá a los castellanos, que además ya no tienen dinero y cada vez cuentan con menos soldados.

Hugo acarició el rostro de su hija.

—A ver si van a quedarse esos ingleses con nuestros reinos si tal es su ejército y su poderío... —advirtió entonces.

—No —repuso Mercè, aunque la duda asomó a su rostro—. ¡No! —exclamó después dando un manotazo al aire.

—No, claro —se sumó él con una sonrisa.

La información de la que disponía Mercè era también la que manejaban el rey y su consejo, pese a que en aquellos momentos se negociaban los favores que Fernando debía otorgar para que el insurrecto se sometiera a su autoridad. El soberano era partidario de reducir al de Urgell por la fuerza de las armas, pero sus ministros le aconsejaban que se prestase a un pacto que sería bien recibido por el pueblo.

La oferta, extremadamente generosa, se dio a conocer a los súbditos para que todos supieran de la bondad de su nuevo monarca: cincuenta mil florines de oro para compensar los gastos habidos por el conde de Urgell en su intento de proclamarse rey; la concesión del prestigioso ducado de Montblanc y sus tierras —un nuevo título que sumar, pues— y por último, y pese al interés de Fernando por casarlo con la hija de algún otro rey y así forjar alianzas internacionales, la promesa de matrimonio de su hijo Enrique con una de las hijas del de Urgell. Tal vez fuera la misma que el conde había prometido para el hijo de Roger Puig, pensó Hugo sonriente cuando ya se hallaba en las puertas del palacio Menor.

¡Roger Puig! De pronto cayó en la cuenta de que ese nombre era lo que entorpecía sus pasos hacia el reencuentro con Bernat, un amigo que solo podía mostrarse agradecido con él. Lo que diría cuando supiera que trabajaba para Roger Puig. No podía enfadarse, se dijo Hugo, pues de hecho había entrado a su servicio para espiar, y buenos beneficios obtuvo de ello el entonces corsario. Se recordó que él también quería vengarse de Roger Puig. Se preguntó si lo había conseguido. Sí, le vendió caros vinos baratos, y proporcionó a Bernat los datos del barco... Pero ¿compensaba eso la humillación a la que Roger Puig le sometió de niño, las palizas o la expulsión de las atarazanas? No había sido capaz de matarlo en el castillo de Navarcles. Algo en su interior bullía cada vez que pensaba en ello.

Quizá habían transcurrido los años suficientes para que el odio hubiera menguado, aunque a juzgar por sus gritos el rencor seguía vivo en Roger Puig. Fuera como fuese no se lo revelaría a Bernat. No podía dejar aquel trabajo salvo que el almirante le beneficiase con una viña, por ejemplo. Los poderosos siempre favorecían a sus allegados. ¿Y qué sería de Mercè? Aunque si tuviera una viña podría ver a su hija sin necesidad de trabajar para Roger Puig.

—¿Qué es lo que quieres? —interrumpió sus pensamientos uno de los soldados de guardia en la puerta del palacio Menor.

—Vengo a ver a Bernat Estanyol —contestó él con decisión.

El soldado miró a su compañero.

—¿Quién eres? —preguntó este último.

«Aquel que le ayudó con dos croats de plata el día en que lo llevaron a galeras», estuvo tentado de contestar con media sonrisa en los labios.

—Me llamo Hugo Llor —dijo en cambio—. Avisadle de que he venido a verle.

—¡Qué te has creído! No podemos molestar al almirante porque alguien quiera verlo.

Los soldados hicieron ademán de desentenderse.

—Soy su amigo.

—¿Tú?

Volvieron a inspeccionarlo, en esa ocasión con mayor detenimiento. Al compás de aquellos ojos Hugo dudó acerca de su aspecto. Vestía con prendas procuradas por Caterina: camisa, jubón oscuro por debajo del que sobresalía una cota, calzones azules y unos zapatos de cuero. «¿Te has vuelto loca?», la había reprendido Hugo al verla aparecer con aquellas ropas. «Esta noche las devolvemos», lo tranquilizó Caterina.

Se irguió ante los soldados para que su porte no disminuyera el efecto de las ropas.

—Decidle que ha venido a verle Hugo Llor. —Se revolvió tratando de poner fin a la inspección—. Tened por cierto que no soy cualquier persona. Soy su amigo. Os arrepentiréis si no lo hacéis.

—¿Nos amenazas?

—Entendedlo como queráis.

Lo pensaron. Se separaron de Hugo y hablaron entre ellos. Uno se encogió de hombros; el otro pareció insistir y le gritó que aguardara. Hugo trató de mantenerse erguido mientras lo miraba internarse en el palacio. Se volvió hacia la calle que tenía a su espalda: la bajada de los Lleons. Allí fue donde el perro calvo le propinó una paliza y donde después los soldados que vigilaban la puerta del palacio detuvieron a Bernat.

Cambió la guardia y Hugo seguía allí. Quiso explicarse con los nuevos soldados tras acercarse a ellos, pero estos le contestaron que continuara esperando. Transcurrieron algunas horas hasta que apareció un hombrecillo, tan enjuto como malcarado.

—Dices ser amigo del almirante —le soltó sin presentación alguna.

—Sí. ¿Le has dicho…?

—El almirante tiene mucho trabajo y no puede atender a todo el que dice ser su amigo.

Hugo frunció el ceño. No estaba seguro de si lo que sucedía era que Bernat no quería recibirle o que no le habían informado realmente de que él estaba allí abajo.

—Aquí mismo… —Hugo señaló con un dedo un poco más allá, hacia la calle—. Aquí detuvieron a tu almirante cuando intentaba asesinar al conde de Navarcles, capitán general de los ejércitos del rey Juan.

El hombrecillo ladeó la cabeza, como para oírle mejor.

—¿Sabes qué arma pretendía utilizar? —Hugo ni siquiera le dio oportunidad a negar con la cabeza. Habló rápido, casi sin respirar—: Una ballesta que yo le proporcioné. Tuve que robarla para él del arsenal de las atarazanas. ¿Y sabes por qué quería asesinar al capitán general? Porque ejecutó a su padre, mi mentor: micer Arnau. ¿Has oído hablar de él? ¿Y de Mar, la madre del almirante? Está enterrada allí, en el cementerio de Santa María de la Mar. Varios *bastaixos* y yo fuimos los únicos presentes en su sepelio. Bernat no estaba, pero yo recé por él. ¿Y qué hacían en él los *bastaixos*?, te preguntarás. Pues estaban allí porque el padre de Bernat fue *bastaix*, aunque quizá tú no lo sepas. Antes de ser cambista y cónsul de la mar, micer Arnau descargaba barcos, y también transportó gratuitamente las piedras con las que se construyó la iglesia de Santa María de la Mar.

No pudo continuar. El hombre se apresuró a entrar en el palacio con pasos tan cortos como rápidos.

—¿Queréis que os siga contando la historia del almirante? —se encaró Hugo con los soldados que le miraban—. Yo le entregué dos croats…

Los otros le dejaron con la palabra en la boca.

No le hicieron esperar más. Al poco rato el hombrecillo regresó del interior del palacio, corrió hacia él —con los mismos pasos cortos y rápidos— y se deshizo en disculpas. El almirante lo recibiría, por supuesto, le dijo mientras le acompañaba casi reverencialmente. Le contó que había soltado una carcajada al saber de quién se trataba y que le había golpeado con tanta fuerza en la espalda que todavía le dolía. Cruzaron la entrada seguidos por los soldados y accedieron a un claustro desde el que se veía una parte de los cuidados jardines del palacio que se hallaban debajo, abiertos a un nivel inferior al de la calle. Recorrieron el claustro, el hombrecillo estaba exasperado, pues Hugo se distraía contemplando cuanto le rodeaba; pese a ello continuaba adelantándose, como si no pudiera caminar más despacio, y cuando se daba cuenta se detenía para esperarlo o volvía sobre sus pasos, sin dejar de hablar ni resoplar, con los puños apretados como reprimiendo el impulso por apresurarle. Le dijo a Hugo que el almirante debía de tenerle en mucha consideración ya que no acostumbraba a recibir a nadie. Era un hombre…, ¿cómo decirlo?, diferente a los demás nobles y capitanes que acompañaban al rey; no podía esconder su condición de corsario. Era bruto y a menudo hosco, de lo que por otra parte se enorgullecía, por eso casi no atendía a nadie. Entre explicación y explicación, volvió a pedir disculpas a Hugo, como si temiese represalias por parte de Bernat. Recorrieron pasillos y estancias en dirección a los salones del palacio, dos estructuras grandes que sobresalían por encima de la edificación y cuyos contrafuertes se veían desde el exterior, igual que en Santa María. Uno era el salón llamado de los Caballos, le informó; allí cuando el edificio pertenecía a la orden del Temple se realizaban actos formales con esos animales. El otro era el salón Mayor, construido por Pedro el Ceremonioso y similar al del Tinell del palacio Mayor. El hombrecillo los consideraba «imponentes».

Lo eran. Hugo se sintió empequeñecer al entrar en el salón Mayor. No conocía el del Tinell, pero el que acababa de pisar era similar a las naves de las atarazanas... o a las del hospital de la Santa Cruz: una estancia alta e inmensa, con suelo de cerámica y un techo plano de madera, decorada con pinturas, sostenido por dos arcos como aquellos de los que le hablara el sacerdote del hospital de Colom acerca de las obras, los de la vasija del revés partida en dos.

No lo vio venir entre la mucha gente que se hallaba en el salón. Bernat, fuerte y grande, le propinó una sonora palmada en la espalda. Hugo tuvo el tiempo suficiente para ver la expresión de condolencia del hombrecillo que le acompañaba, antes de que Bernat le cogiese y le zarandease, le abrazase y le diese un par de besos.

—Hugo, amigo, ¿cómo te encuentras? Te hacía muerto ante la falta de noticias. ¿Por qué no me hiciste saber de ti? —Bernat lo acompañó a un salón contiguo al Mayor, también grande y alto, aunque menos, con un solo arco en mitad de su longitud. A diferencia del salón Mayor, se hallaba vacío—. ¡Háblame de ti! —le instó—. Supe por Gabriel Muntsó...

—¿Cómo está? —le interrumpió Hugo recordando al emisario que le traía las bolsas con el dinero.

—Ya murió —contestó Bernat—. Supe por él que te dedicabas al cultivo de la vid y que te iban bien las cosas, ¿sigues en ello?

—No, ya no tengo viñas.

—Bueno, bueno —volvió a interrumpirle el almirante al mismo tiempo que le pasaba el brazo por los hombros y le empujaba a acompañarlo para andar de arriba abajo el salón. Hugo entendió entonces las constantes prisas del hombrecillo, probablemente siempre en persecución de su señor—. Y familia, ¿tienes hijos?

—Sí, tengo una hija.

—Me gustará conocerla. Siempre te he estado agradecido y seré generoso, tenlo por seguro. Vuestra suerte ha cambiado.

Hugo miró el rostro de Bernat. Aquello no era una promesa condicionada a que el de Urgell llegara a ser rey, sino una realidad: la promesa del almirante de la armada real que le aseguraba su generosidad. Pensó en cómo se lo diría a Mercè…

—Me ha comentado Guerao lo del entierro de mi madre —interrumpió Bernat sus pensamientos—. Cuéntame.

Continuaron paseando; Bernat en silencio y Hugo incómodo, desequilibrado debido al abrazo de Bernat. Con todo, le habló de Mar, de los judíos y de los *bastaixos*, del entierro de ella en el cementerio de Santa María de la Mar.

—¿Qué destino diste a los dineros para Santa María?

La pregunta sorprendió a Hugo tras otro buen rato de silencio una vez que terminó de contarle sobre su madre. Ni siquiera se acordaba de aquellos dineros.

—Si el rey me lo permite —continuó Bernat—, el próximo domingo tengo intención de acudir a misa en Santa María y me gustaría conocer…

—Me los robaron… los dineros —aclaró, sin saber bien qué decirle.

Por primera vez Bernat detuvo su caminar.

—Lo hizo un esclavo que se fugó —puntualizó Hugo—. Se llevó tu dinero y el mío. —Bernat se mantenía quieto—. Aunque conseguí que dijeran muchas misas por tus padres, e incluso por ti. Me costó convencer al sacerdote para que te incluyese en ellas, tuve que utilizar el resto que me mandaste. Sostenía que como eras un corsario enemigo de Cataluña…

—¿Por qué no le dijiste nada a Muntsó? —Hugo creyó oír resonar las palabras de Bernat en las paredes y los techos del salón, tal fue la dureza con que las emitió—. Aquella fue la primera entrega. Os visteis más veces.

Recordó los rumores y las historias que definían a Bernat como un corsario cruel. Muntsó no quiso negárselo ante sus preguntas. Y ahora que lo tenía delante percibía su dureza y frialdad.

—Pretendía recuperarlos —contestó, aunque al rememorar ahora aquellos días comprendió que nunca había llegado a dar importancia al robo.

—¿Y qué pasó? —inquirió Bernat.

—No lo conseguí, y después pensé... No sé... No sé lo que pensé. Lo siento.

Hugo percibió el peso del brazo de Bernat sobre sus hombros, y creyó notar una sensación distinta en ese contacto. Ahora parecía en tensión; endurecido.

—O sea, ¿que ya no posees viñas? —La pregunta dio inicio a una nueva caminata por el salón—. Y si ya no te dedicas al vino...

—Sigo dedicándome al vino, pero ya no tengo viñas.

Paseaban por la estancia. No se lo diría, ¡no podía decirle que trabajaba con Puig! Después de conocer la dureza de su voz tras lo de los dineros de Santa María, bajo concepto alguno se lo revelaría. Su brazo continuaba pesando... demasiado. Sin duda Bernat se acabaría enterando de su relación con Roger Puig, pero en ese momento no estaba dispuesto a confesarla.

—Soy corredor de vinos —añadió—. Y botellero. Fui botellero del rey Martín...

—¿Cuándo?

Hugo se encogió de hombros, como si eso no tuviera importancia.

—Cuando se casó con Margarida de Prades —contestó. Oyó un murmullo de boca de Bernat—. También he sido botellero del hospital de la Santa Cruz.

—Allí estaban los locos disfrazados de soldados, ¿verdad? Un detalle simpático —dijo él con una sonrisa que pareció forzada—. Lo que me extraña de lo que me acabas de decir es que uno de los Puig, de los que mataron a mi padre, el que te pegó la paliza a ti, ¿recuerdas...! —Hugo tembló. La voz no era fuerte; sí acusadora—. Debes recordarlo —insistió Bernat ante su silencio—. El que te echó de las atarazanas. Pues ese perro hijo de puta servil le ha ofrecido a Fernando los servicios de su botellero. Dice que también fue botellero del rey Martín.

Paseaban y paseaban. Bernat debía de percibir su temblor, temió Hugo, y su miedo se acrecentó. Era imposible que no se percatase de él.

—Ese bastardo hijo de perra asegura —interrumpió Bernat sus pensamientos, esta vez ya elevando el tono de voz— que su botellero consigue un vino excelente, uno que precisamente se bebió en el banquete de bodas del rey Martín con la de Prades.

Hugo callaba.

—¡Qué coincidencia!, ¿no? —insistió Bernat.

Se habían detenido y se encontraban casi en el centro de la sala, bajo el arco. Hugo miraba al suelo. El otro esperó. El silencio fue suficiente respuesta.

—¿Y no lo has matado! —aulló.

—No.

Bernat se separó de él y Hugo extendió las manos.

—¿Por qué debía matarlo?

—¡Por mí! —gritó Bernat al mismo tiempo que le propinaba un tremendo puñetazo en la cara. Hugo salió despedido y terminó deslavazado en el suelo—. Si estuviéramos en la mar —continuó Bernat, con las venas del cuello hinchadas y el rostro encendido—, te colgaría de los cojones en lo más alto de la entena y luego arrastraría tu cadáver por el agua para que sirvieses de cebo a los peces. ¡Ni el recuerdo de mis padres te salvaría! Pero tienes suerte de estar en el palacio del rey, bajo su protección.

Hugo se levantó y retrocedió, palpándose la mejilla.

—No soy un asesino —se defendió.

—¡Eres un cobarde!

Hugo miró a quien tenía por su amigo. No lo reconoció en el bárbaro que resoplaba frente a él, fuerte, iracundo. Aquel era el corsario capaz de matar a toda una tripulación, un hombre embrutecido. Tenía razón: durante años Bernat había aprendido a rechazar la debilidad y la misericordia. Actuaba y reaccionaba de manera impulsiva, sin pensar, totalmente confiado a su intuición. «La indecisión ha hundido muchos barcos y procurado la muerte de muchas tripulaciones», sostenía en el momento en el que un asomo de duda ensombrecía su proceder. Había que decidir en el acto, sin vacilar, arrasar cuanto se interponía por delante; el error era más admisible que la vacilación. Decidir, decidir, y decidir, aunque pudiera equivocarse.

Hugo quiso decir algo, pero Bernat se le adelantó.

—¡Perro! ¡Ve con tu dueño!

—Habría podido hacerlo —confesó—. Habría podido matarlo —reiteró Hugo dando pasos hacia atrás—, pero no soy un asesino, ni un soldado..., ni un corsario.

Hugo siguió retrocediendo. Bernat se dirigía hacia él con los ojos enrojecidos.

—No tienes razón. ¡Tú tampoco hiciste nada! —gritó entonces Hugo, consiguiendo que el otro se detuviera, sorprendido, un solo instante antes de que resoplara y siguiera avanzando—. ¿Por qué no viniste aquí a matarlo? ¡Dime! ¿Por qué no mandaste a algún sicario? ¿Tan difícil te era? ¡Eras el más temido de los corsarios! ¿Por qué tenía que hacerlo yo? ¡Fue a tu padre a quien asesinó!

No tuvo tiempo de finalizar la frase. Bernat se abalanzó sobre él. Hugo lo esquivó, corrió hacia la salida y, entre gritos, insultos y aspavientos, lo dejó solo en el salón.

Hugo miró hacia lo alto de la ciudad de Balaguer, donde se erigía un castillo imponente que dominaba una vega fértil, cruzada por el río Segre, que se extendía hacia Lérida. Allí estableció Fernando su campamento para el asedio de la ciudad. El castillo se alzaba sobre una peña tajada que no requería de mayor protección; por su otro lado descendían las murallas, fuertes, seguras, que, interrumpidas por puertas y torres defensivas, rodeaban la ciudad. Fuera de esta se hallaban el puente que superaba el Segre en el camino de Lérida, un monasterio de dominicos y otro castillo, pequeño, al que llamaban la Casa Fuerte de la Condesa porque se construyó por deseo de la condesa Margarita de Montferrat.

Se decía que la condesa era la causante de la desgracia del conde de Urgell. «Rey o nada», le repetía con insistencia su madre a Jaime de Aragón. Hugo recordó a la mujer manoseando el pene del rey Martín mientras él tiraba de la cuerda atada al arnés, o agarrándolo de su camisa de dormir, ya moribundo, exigiendo a gritos el reino para su hijo. Fue Margarita la que premió a Regina con una bolsa de florines por envenenar a Martín. También fue Margarita la que confundió con una muestra de debilidad la benevolencia y generosidad de Fernando para obtener la sumisión y obediencia de la casa de Urgell. Margarita, Antonio de Luna y cuantos los rodeaban aconsejaron y presionaron al conde de Urgell para que rechazase la espléndida oferta del nuevo monarca y se enfrentase a él en lucha por la corona.

«¡Cataluña entera se levantará en armas para apoyar al conde de Urgell!», exclamó Mercè tras la noticia de un par de victorias intrascendentes por parte de las tropas aliadas con el conde. Los castellanos ya no ayudarían a Fernando en su nueva condición de rey de Aragón y conde de Barcelona: eso sostenía Margarita, la madre del conde. Las contadas tropas extranjeras de las que disponía Antonio de Luna se multiplicaban en las conversaciones y los rumores de la gente hasta alcanzar cifras inconcebibles. ¡Y contaba con el apoyo de Inglaterra!, concluían siempre. El duque de Clarence con sus ejércitos sería sin duda quien desnivelaría la balanza una vez que cumpliera su compromiso.

En ello iba pensando Hugo mientras se dirigía hacia Balaguer tras los pasos de las tropas reunidas por Fernando, igual que hacían muchos otros comerciantes, tratantes, ladrones, prostitutas o simples oportunistas. En un momento le asaltó la nostalgia al recuerdo de su viaje a Gerona con Mahir, cuando la victoria del rey Juan sobre los franceses. Entonces llevaban el vino y el *aqua vitae* en un carro tirado por bueyes; ahora eran un par de mulas las que iban uncidas al carro que le había proporcionado Roger Puig. Hoy él sustituía a Mahir, y su puesto, el de ayudante, lo ocupaba una Caterina cuya mirada iba de un lado al otro sin descanso, como si todo lo que se le presentaba fuera nuevo para ella. Y de hecho lo era, concluyó Hugo después de observarla durante un buen rato desde el pescante donde viajaba. Ella iba a pie. Esa mujer a la que habían vendido a Roger Puig cuando tenía catorce años nunca había salido de Barcelona, y ahora descubría todo un mundo fuera de la ciudad.

Hugo ni siquiera discutió en el momento en el que Roger Puig le exigió que se desplazara hasta Balaguer para hacer de intermediario en las comunicaciones que mantenía con el conde de Urgell. El puñetazo y los insultos de Bernat habían trastocado su vida: era el único eslabón que le unía a su infancia, a micer Arnau, a una época… ¡Creía que era su amigo! Era como si le hubieran robado una parte de sus recuerdos. El corsario apoyaba al nuevo rey Fernando, y Mercè fiaba su futuro al conde de Urgell, fantaseando con todos los beneficios que les procuraría su victoria: dineros, tierras, honores... Su deber como padre era ayudarla.

—¡Por supuesto que iré! —afirmó, y ella, ya en la bodega, le agradeció su disposición—. Iré por ti, hija, lo haré por todo lo que tanto anhelas. —Luego la besó en la mejilla—. Pero tú me esperarás aquí —susurró a su oído, reteniéndole la cabeza, recreándose en el perfume de su cabello—. No —se opuso ante el ademán de Mercè por discutir—. No es lugar para ti.

Roger Puig, como la mayoría de los nobles catalanes, juró y se sometió al rey Fernando, pero distaba mucho de sus intenciones dejar de lado al conde de Urgell por si finalmente este último resultaba vencedor. No obstante, procuró y consiguió no comprometerse en persona. Regina le proporcionó un ungüento que utilizaba para matar piojos y que reforzó con euforbio y algún que otro irritante más. «Será doloroso —anunció al conde—, escocerá mucho, pero con el tiempo se regenerará la piel y no causará daño alguno.» El noble permitió que la médico se lo aplicara en el rostro y el cuello, y al día siguiente, tras una noche en la que Regina permaneció a su lado para facilitarle remedios con los que calmar la irritación, se levantó con tal sarpullido que en un hombre de menor rango a nadie habría extrañado que lo confinaran en el hospital de San Lázaro para leprosos; los propios médicos reales le ordenaron que no compareciera más en la corte del palacio Menor hasta que sanase. Puig puso a disposición del rey Fernando una tropa de treinta hombres de tierras de cada uno de sus condados, junto con una carta en la que le rogaba disculpas por no poder desplazarse hasta Balaguer para luchar a su lado. El monarca le contestó dándole gracias por el auxilio y rogando por la curación de un mal del que ya tenía conocimiento.

Al de Urgell le socorrió con unos dineros que este agradeció más que si él mismo se hubiera presentado en persona en el castillo de Balaguer, ya que el conde sabía también de su enfermedad y precisaba fondos para contratar las tropas francesas. Antonio de Luna, que negociaba en Francia con varios capitanes, había ido vendiendo las joyas de la casa de Urgell para obtener efectivo con el que cumplir con los soldados. Al final terminó malbaratando un tesoro ante unos compradores que sabían de su necesidad. Las exigencias del conde de Urgell frente a Roger Puig para obtener más dinero eran constantes.

Caterina sonrió a Hugo al percatarse de que la observaba.

—Gracias —le dijo una vez más.

Nadie parecía querer ir al campo de batalla frente a Balaguer; nadie salvo Mercè, por supuesto. El conde, con el rostro cubierto de vendas y pócimas para calmar el escozor, le comunicó que no le haría falta escribir: se limitaría a recibir los correos que le llegaran desde Barcelona y entregarlos a la gente del conde de Urgell, y viceversa. Todo lo que supiera del real lo comunicaría verbalmente a unos u otros, incluidas las noticias que le revelaran los soldados de Castellví de Rosanes y Navarcles, quienes estaban a favor de los intereses de su señor, Roger Puig.

—¿Quién acompañará al botellero, señoría? —inquirió el mayordomo tras escuchar al conde.

—¿Necesita a alguien?

El mayordomo interrogó a Hugo con un gesto de sus hombros.

—Tendré que moverme por el real, conseguir vino, invitar, escuchar, ir y venir, y todo eso no puedo hacerlo con el carro y las mulas. Si ocupan mi sitio, los correos tendrán que buscarme cada vez. Y tampoco voy a dejar el carro solo.

Hugo recordaba su experiencia en Gerona, con Mahir y el ejército del rey Juan. Y sabía que poco duraría un carro de vino sin vigilancia en un campamento repleto de gente de mal vivir.

—Llévate a la esclava rusa —soltó de repente el conde, interrumpiendo sus pensamientos—. De todas formas ya estás fornicando con ella —añadió para sorpresa de Hugo.

—No...

Con un gesto de impaciencia de su mano, el conde ordenó que se retiraran.

—No fornico —trató de aclarar al mayordomo, ya fuera del escritorio de Roger Puig.

El otro movió la mano en un gesto similar al de su señor.

No fornicaba, aunque la verdad era que fantaseaba con ello. Caterina estaba espléndida; había recuperado peso y su cuerpo volvía a mostrarse voluptuoso, tanto que en alguna ocasión llegaron a comentar que no sería conveniente que el conde la viera. Cuando no estaba en la bodega, escondía su sensualidad bajo ropas bastas y holgadas, y no dudaba en mancharse el rostro y las manos. También ocultaba a la vista de los demás la sonrisa, la alegría y la vivacidad con la que se desenvolvía con Hugo o Mercè. Pero nunca habían hecho el amor.

—Jamás podré traicionar a la mujer que me salvó la vida —confesó la rusa un día en el que, quizá por el vino, quizá por el calor, la luz o los aromas, el deseo de ambos pugnaba por desatarse.

Hugo lo aceptó y retiró una mano ya dispuesta a entrelazarse con la de la esclava mientras ambos estaban sentados a la mesa dispuesta en la bodega. Regina... Casi no la veía. A veces se topaba con ella, pero eran raras las ocasiones en que eso sucedía. Al terminar su trabajo, Hugo se encaminaba a casa de Barcha, donde vivía. Con todo, tras el viaje a Zaragoza con su hija, Mercè hizo un intento por acercar a su padre y a su madre, si bien tardó poco en comprender que ninguno de los dos lo deseaba.

—Yo fui quien te salvó la vida —contestó Hugo a Caterina en esa ocasión—. Regina solo te curó y lo hizo porque me lo debía. No lo hizo por ti, no te equivoques.

Hugo se distrajo durante unos instantes pensando que había salvado la vida a las tres mujeres que ocupaban la suya: Mercè, su niña, cuando era una recién nacida y Regina le insistió en que se quedara con ella, aduciendo que en caso contrario moriría; Regina, violada en el asalto a la judería, y Caterina, a la que encontró agonizante en un cuartucho en la masía de Rocafort. Suspiró.

—No creo que fuera una traición —afirmó con voz cansada—. Ya no existe nuestro matrimonio, tú lo sabes; sabes que ha yacido con el conde y con muchos otros.

—Sí, pero...

—Respeto tu decisión, Caterina. —Hugo tomó su mano, con dulzura: era suave, extraña en una mujer de su condición. La acarició con sus dedos, sin soltarla, y esa vez ella se lo permitió—. Pero piensa en lo que te he dicho. Regina no merece tu fidelidad, y tú en cambio mereces...

No se atrevió a continuar por miedo a que Caterina estuviera dándole una excusa, por miedo a que, en realidad, no deseara acostarse con él. La sonrisa de Caterina puso fin a cualquier duda.

Antes de salir hacia Balaguer, el mayordomo le entregó unos documentos suscritos ante el secretario del conde.

—¿Qué dicen? —preguntó Hugo.

—Que el señor conde te entrega a la rusa para que te acompañe a vender vino al real de Balaguer, con autorización para salir de Barcelona y desplazarse hasta allí, bajo tu custodia. Algo así como si fuera tuya.

Hugo y Caterina llegaron a las huertas de Balaguer a primeros de agosto de 1413, un par de días antes de que lo hiciera el rey Fernando. En julio, el conde de Urgell había sido condenado como reo del crimen de lesa majestad con la unanimidad de los tres brazos de las Cortes Catalanas.

En agosto aquellos catalanes que se alzarían en armas tan pronto viesen ondear los pendones del de Urgell, según habían repetido con insistencia la madre del conde y otros valedores, no solo lo desampararon sino que formaban parte del ejército de Fernando, quien para demostrar su autoridad llamó a filas a las huestes de diversas ciudades catalanas: Lérida, Cervera, Tàrrega, Manresa, Berga, Vilafranca, Montblanc... Todas respondieron al llamamiento real junto a las gentes de los reinos de Zaragoza y Valencia, y el auxilio de tropas castellanas. Fernando dejó Barcelona para dirigir el asedio, aunque temiendo que su ausencia pudiera originar algún movimiento a favor de su enemigo rogó a fray Vicente Ferrer que acudiera a la Ciudad Condal para mantener la calma de los barceloneses a base de sermones, admoniciones y amenazas del fuego eterno, como eran habituales en él, si alguien se levantaba contra el nuevo soberano.

Pero no solo fueron los catalanes quienes traicionaron al de Urgell. El rey de Navarra, que hasta entonces había permitido la acogida y el paso de soldados gascones y franceses por sus tierras, corrigió su actitud a instancias de Fernando e impidió que su reino favoreciese a los insurrectos. Por esas fechas se produjo también la muerte del rey de Inglaterra y el ascenso al trono del príncipe de Gales, quien tomó el nombre de Enrique V y pactó con Fernando, por lo que los compromisos adquiridos por su hermano, el duque de Clarence, con el conde de Urgell se cancelaron. Y para terminar, gran parte de las tropas gasconas que don Antonio de Luna había contratado a costa del patrimonio y las joyas de la casa de Urgell se quedaron con el dinero y desaparecieron.

Todas aquellas noticias llegaron a Hugo, que vendía vino junto a su carro en un real que hervía de gente. No tardó en terminar con sus existencias y se vio abocado a comprar vino execrable a un precio desorbitado a los proveedores reales. Los ocho mil infantes y cuatro mil jinetes que componían el ejército de Fernando tenían garantizado el suministro junto con la comida y demás asistencia que les procuraba el rey. Las raciones de la tropa siempre eran insuficientes, y a todos aquellos soldados insatisfechos que buscaban vías de suministro alternativo se les sumaban los miles de civiles, hombres y mujeres que seguían al ejército, a los que en ese caso se añadían los obreros que trabajaban a destajo en el real convirtiéndolo en una pequeña ciudad: carpinteros para levantar torres de asedio; leñadores; boticarios y armeros que elaboraban pólvora; arrieros y carreteros; cordeleros, herreros para las bombardas, así como gente de otros muchos oficios. Destacaban entre ellos los moleros que usualmente se dedicaban a picar las piedras para los molinos pero que ahora lo hacían para fabricar las pelotas de piedra que se lanzaban con las bombardas. Tal era la intensidad del trabajo para surtir de balas a un ejército que bombardeaba constantemente la ciudad de Balaguer que muchos de ellos renunciaron y huyeron del campamento. El rey los hizo perseguir y los devolvió encadenados al real, al mismo tiempo que ordenaba que se presentasen ante él todos los moleros de Cataluña.

Doce mil soldados en el ejército de Fernando. Mil ochocientos en el del conde de Urgell. Hasta el mes de agosto los jinetes del conde salieron de cabalgada contra las tropas sitiadoras y trabaron combate con ellas, pero ya habían dejado de hacerlo. Mientras las bombardas del real —algunas de gran tamaño— disparaban sin cesar, todas al mismo tiempo para atronar el campo, y levantaban columnas imponentes de polvo de aquellas obras que caían al embate de las piedras, el conde se quedó sin pólvora y sus disparos eran ocasionales, casi simbólicos. La propia condesa de Urgell, embarazada, solicitó al rey la merced de que sus artilleros evitasen bombardear la torre en la que se hallaba junto a sus doncellas, gracia que Fernando concedió con la condición de que su esposo no se alojase con ella. En la ciudad escaseaba la comida y eran muchos los sitiados que escapaban de Balaguer para comprar alimentos en un real bien surtido antes de regresar, cuando no optaban por desertar al amparo del perdón prometido por el rey.

—¿Cuál es la situación ahí dentro? —preguntó Hugo una noche al soldado de confianza del conde que desde su llegada hacía de intermediario.

El hombre se limitó a resoplar. Se hallaban a mediados de septiembre y todos sus encuentros habían sido urgentes, siempre pendientes del entorno, atentos a no levantar la menor sospecha. Poco llegaron a hablar en esas circunstancias.

—Cuéntame —insistió Hugo en esa ocasión, ofreciéndole una escudilla de vino que resplandeció a la luz de la luna.

El hombre lo miró y frunció los labios.

—No hay la más remota posibilidad de que alguien acuda en nuestra ayuda. De nada sirven ya las mentiras que la madre del conde ha inventado para mantener viva la esperanza de los seguidores de su hijo —soltó de corrido, antes de beber el vino de un solo trago y alargar el brazo pidiendo una segunda escudilla.

Hugo se hizo de rogar y el otro entendió el mensaje.

—No hay comida —prosiguió—, ni mucho menos vino. No hay azufre, no hay pólvora. No hay forraje para los caballos. No hay de nada. Los consejeros de la ciudad han requerido al conde para que entregue Balaguer al rey. Él contesta que Fernando no es más que un simple infante de Castilla, que el rey es él. Hay quienes le aconsejan que huya, pero su madre y otros tantos que como principales no abrigan misericordia por parte de Fernando en caso de rendición siguen obstinados en que Jaime debe ser rey o morir en el empeño.

—Morirá —se atrevió a susurrar Hugo.

—No te quepa duda —afirmó el otro, que movió de nuevo la escudilla para reclamar el vino.

Hugo le sirvió; el hombre volvió a beberlo de un solo trago.

—Es repugnante —gruñó después.

—Son tiempos malos. Es lo que hay —se excusó Hugo.

—Bien. ¿Tienes cartas para el conde?

—No —mintió Hugo—. No.

El soldado se sorprendió.

—Pues mi señor esperaba varias cartas. Dijo que…

—Pues aquí no ha llegado nada —repuso Hugo con voz firme.

—Quizá se haya retrasado el correo.

—Será eso —convino Hugo encogiéndose de hombros—. Habrá sufrido algún percance.

—Ya volveré... o no —dijo el otro a guisa de despedida.

—Suerte —le deseó Hugo.

Luego cogió la carta con el sello del conde de Urgell que le acababa de entregar y la escondió bajo un tablón de la carreta, junto a las tres que tenía retenidas y acumulaba procedentes de Roger Puig.

—¿Por qué le has engañado? —oyó que le preguntaba Caterina desde debajo de la carreta.

Dormían allí, a cubierto si las inclemencias del tiempo lo requerían, o al costado de la carreta, al raso, bajo las estrellas, si imperaba la bonanza. Hugo lo hizo de esa manera desde el primer día, ya en el camino. Caterina dudó y se acostó por el otro lado, donde las mulas. Así estuvieron hasta que una fuerte tormenta de verano llevó a Hugo a buscar el refugio de la carreta. «Hay sitio para los dos», le conminó él ante los ímprobos esfuerzos de Caterina por protegerse del aguacero. Desde entonces dormían juntos. Y hacían el amor. Fue natural: una noche se encontraron cuerpo contra cuerpo. «Enséñame lo que merezco», susurró ella. Él recorrió sus caderas con las manos y Caterina le acarició el pecho. Desde entonces fornicaban en silencio, sin prisas ni alborotos, sin reconocimientos, promesas de amor o jadeos, cada uno entregado a su propio placer, dejando atrás..., o no, anteriores recuerdos y experiencias.

Esa noche Hugo permaneció un buen rato apoyado en la carreta, pensando y mirando al cielo. Vio una estrella fugaz y se preguntó si sería un buen augurio. Luego se acomodó junto a Caterina, que ya estaba tumbada. Cada día que la rusa se dedicaba a vender vino a soldados, artesanos o aprendices, parecía descontarse de su edad. Los piropos y halagos que le dedicaban todos ellos, las chanzas, las risas, la simple conversación despertaban un espíritu que había sido aniquilado desde el mismo día en que Roger Puig acariciara el pecho todavía naciente de aquella esclava de catorce años antes de violarla salvajemente. Caterina disfrutaba ahora de lo más cercano que podía imaginar era la libertad, y sus ojos claros chispeaban en la penumbra.

—Dime, ¿por qué le has engañado? —repitió Caterina mientras empezaba a acariciarlo.

—Porque mi hija Mercè ha apostado su futuro y sus ilusiones a la victoria del conde de Urgell —contestó Hugo—, y no quiero que sufra ningún daño con su derrota.

—¿Y cómo piensas conseguirlo?

—Creo que sé cómo hacerlo.

Permanecieron un rato en silencio.

—¿Lo aceptará ella? —terminó rompiéndolo Caterina imaginando lo que Hugo se proponía—. Ya sabes la obsesión que tu hija tiene con el de Urgell.

—Confío en que sí. El conde y sus seguidores están sentenciados. Mercè está confundida por Regina y Roger Puig... pero en cualquier caso, aunque no lo entendiese, es mi obligación como padre. Roger Puig caerá en desgracia, no me cabe duda, y perderá cuanto tiene. No voy a consentir que arrastre a mi hija en su ruina.

—Es una cruel venganza —murmuró la rusa.

—Sí —contestó el otro también en un murmullo antes de quedar en silencio. Sería una venganza cruel, aunque él no llegaría a ejecutarla—. Será Bernat quien se ensañe con él —añadió—. No creo que me permita participar.

—El almirante te lo agradecerá.

—No me interesa su gratitud. Ya he visto en qué tipo de hombre se ha convertido Bernat. Créeme, no me interesa.

—Hugo —susurró Caterina tras unos instantes de silencio—, ¿tendré yo un lugar en ese futuro?

Él lo pensó y asintió.

Oyó que Caterina intentaba decir algo, pero las palabras se convirtieron en llanto. La atrajo hasta apoyarle la cabeza sobre su pecho, y le acarició el cabello y las mejillas.

—Suplicaré por mi hija y también por ti a quien sea necesario —la consoló.

Con las primeras luces del amanecer, mientras la gente todavía se desperezaba, Hugo se aplicó al vino. Guardaba algo del traído desde Barcelona, de buena calidad, para su propio consumo; Caterina, que tenía el paladar acostumbrado a la mezcla aguada que tomaban los esclavos, se conformaba con el agrio de los soldados. Solo Mercè, de cuando el viaje a Zaragoza, y Barcha, de cuando destilaron vino en la masía para abastecer la bodega de Roger Puig, conocían su secreto. Ahora también hizo partícipe a su acompañante, que lo miró boquiabierta mientras mezclaba y cataba el vino con el aguardiente y algunas especias como canela y algo de azafrán. Cuando consideró que la mezcla era la adecuada le ofreció probarlo, pero ella se apartó como si el demonio la tentase.

—Es para el almirante, el honorable Bernat Estanyol —explicó Hugo a los soldados de guardia al tiempo que les mostraba el odre.

Había recorrido el real hasta ascender un cerro en el que se levantaban las tiendas del rey y de los nobles de su consejo. Los soldados le dieron el alto antes de cruzar la puerta de la empalizada que rodeaba y defendía aquellas tiendas.

—¿Quién eres y por qué traes vino para el almirante?

—Me llamo Hugo Llor. Fui el botellero del rey Martín, y en Barcelona prometí al almirante que le traería del mismo vino con el que el monarca celebró su boda con Margarida de Prades.

Los soldados asintieron porque la historia sonaba convincente, plausible. Hugo se mantenía en tensión con el fin de no mostrar sus miedos. Ignoraba cuál sería la reacción de Bernat.

—Podría estar envenenado —alegó uno de los soldados.

Se trataba de una apreciación lógica que Hugo ya había previsto.

—No —trató de tranquilizarlos. Colocó el odre bajo su axila y vertió una buena cantidad en un cuenco que colgaba atado de él. Luego escanció un buen trago—. No está envenenado. ¿Queréis?

Los soldados se consultaron con la mirada y terminaron aceptando. Bebieron todos, y Hugo sirvió una segunda ronda.

—O sea, que esto es lo que beben los ricos y los nobles —comentó con los labios fruncidos uno de ellos para después asentir con la cabeza.

—¡Buen vino! —alabó el otro.

Buscaron al almirante. Hugo volvió la vista hacia Balaguer, sus murallas y el caserío víctimas patentes del constante bombardeo desde el real. Estaban a principios de octubre y la temperatura cálida daba paso al frío de aquellas tierras de clima riguroso, marcado por los cambios bruscos y significativos de temperatura. Bajo un cielo gris las imponentes tropas de Fernando se extendían por todo el llano a la espera de la orden del rey de asaltar la ciudad. Todavía se construía una gran torre para acercarla a las murallas. Hugo era capaz de ver su esqueleto, casi terminado.

En esa ocasión no le hicieron esperar horas; al cabo de un rato apareció aquel hombrecillo enjuto y malcarado a quien Bernat había llamado Guerao. Andaba con sus ridículos pasitos rápidos tras uno de los soldados.

—¿Tú? —le espetó todavía a cierta distancia—. ¿No tuviste suficiente el otro día?

Hugo dejó que se acercara.

—¡Calla! —le ordenó entonces. El hombre dio un respingo, sorprendido, como si nunca hubiera esperado aquella reacción por parte de un Hugo que dudó tras soltar ese exabrupto. Todo cuanto tenía pensado se esfumó de su cabeza y se limitó a decir—: Quiero ver al almirante.

—¡Guardias! —gritó Guerao.

—No —se revolvió Hugo antes de que los otros acudieran—. ¿Recuerdas a Roger Puig? —preguntó cuando los centinelas iban a sujetarlo por los brazos—. Tengo pruebas de su traición al rey...

Lo agarraron con fuerza. Hugo trató de zafarse de ellos. En ese momento el hombrecillo levantó una mano y los dos soldados se quedaron quietos.

—Juro que como no satisfagas a mi señor —masculló—, esta vez seré yo quien te patee.

Vestido como un simple soldado, Bernat estaba sentado en el interior de una tienda pequeña y sobria. La silla que ocupaba, un catre y una mesilla con una jofaina y un candelero con su vela, constituían todo el mobiliario, dispuesto sobre la tierra, sin alfombras, tapices ni almohadones. Guerao le hizo pasar con él, sin preámbulo alguno. Hugo comprobó el desconcierto en el rostro de Bernat ante su presencia.

—¿Qué...? —bramó.

—Dice que puede probar la traición al rey del conde de Castellví y de Navarcles —le interrumpió Guerao.

Bernat calló y atravesó a Hugo con la mirada.

—Entre traidores anda el juego —dijo.

—No soy ningún traidor —replicó Hugo. Eso sí lo tenía claro

porque se lo había repetido mil veces: no lo era, nunca lo había sido—. Nunca te traicioné. Ni a ti, ni a tu padre, ni a tu madre…

—No me interesa tu vida —le interrumpió Bernat—. ¿Qué es eso de que puedes probar que Puig es un traidor?

—Tengo cartas cruzadas entre el conde de Urgell y Roger Puig.

—¿Qué dicen esas cartas?

Eso no lo sabía, pero podía deducirlo con facilidad.

—No quiero romper los sellos —se excusó—, pero hablan de la ayuda que Roger Puig presta al de Urgell.

—¿Por qué tienes esas cartas? —Hugo no contestó; en su lugar hizo un esfuerzo por sostener la mirada de Bernat, fría, imperturbable, aunque no lo consiguió—. Eres un espía —afirmó Bernat tan pronto como Hugo desvió la mirada—. No eres más que eso, un vulgar espía. Podría colgarte aquí mismo, ahora, sin explicación alguna.

—Hazlo entonces —se rindió Hugo volviendo a enfrentarse a él. Pero en esa ocasión su mirada aguantó el embate. «Hazlo», repitió con sus ojos.

—No me impresionas —se burló el antiguo corsario con una sonrisa cansada—. Falsa valentía. Todos aquellos que quieren morir terminan consiguiéndolo, como necios que son. ¿Qué quieres a cambio de esas cartas? —preguntó de repente.

—Que acojas a mi hija bajo tu protección —contestó Hugo de corrido—. Que procures por ella y que la dotes en cantidad suficiente para que encuentre un esposo rico.

—¿Solo eso?

Hugo lo pensó un instante. ¿Qué más podría pretender un padre que una buena dote para su hija? Probablemente Mercè se desilusionaría, quizá hasta renegase de él por haber traicionado a Roger Puig y al conde de Urgell, pero el futuro de su hija era más importante. Hugo recordó la promesa a Caterina.

—También hay una esclava…

Bernat dio un manotazo al aire.

—No me preocupo por esclavas. Eso lo tratas con él —añadió señalando con el mentón al hombrecillo—. Conforme —consintió Bernat—. Apadrinaré a la muchacha, la acogeré conmigo y la dotaré. Si efectivamente me entregas al conde de Castellví y de Navarcles, la dotaré con tanto dinero que no encontrará esposo de su categoría en

Barcelona. Tan solo que quede clara una cosa: mi dote es para ella, a ti no quiero verte. ¿Dónde están las cartas?

—Escondidas.

—Tráelas —ordenó Bernat.

—Tendríamos… Primero tendríamos que firmar ante un notario.

Se lo había aconsejado Caterina: «No entregues las cartas sin que haya firmado los beneficios para tu hija y para…». Había dejado abierta la frase, como si no osara incluirse. Ahora Hugo temió que aquella desconfianza enervara a Bernat, pero este se limitó a mirar a Guerao, quien asintió con la cabeza y confirmó lo apropiado de la petición de Hugo.

—De acuerdo —accedió de nuevo Bernat—. Ve a por esas cartas. Cuando regreses, estará aquí el notario.

—¡Ah! —Hugo se volvió antes de salir de la tienda—. Además de la esclava, hay otra cosa que quiero a cambio de las cartas.

21

El rey Fernando fue implacable tras oír la denuncia de Bernat y examinar las cartas que este le entregó. Muchos eran los que hasta entonces, con o sin licencia por parte del conde de Urgell, huían de Balaguer. El monarca acostumbraba a perdonarlos si se sometían a su obediencia. También le solicitaron el perdón para el conde de Urgell; lo hizo su esposa embarazada, tía del rey, que se hincó de rodillas y no quiso levantarse hasta conseguir su objetivo. Fernando se mostró inclemente, pero Isabel insistió y se mantuvo arrodillada a la espera de su decisión. Recapacitó y, de todas las mercedes que le solicitaba su pariente, le concedió la vida de su esposo. Hubo otros a los que nunca llegó a perdonar: los más directos valedores del conde, Antonio de Luna entre ellos, y todos los que hubieran participado en el asesinato del arzobispo de Zaragoza. Roger Puig fue otro de los que no gozaron de la compasión del monarca.

—Hay quienes han faltado a mi persona y autoridad y han presentado batalla contra mí —comentó el rey a Bernat en privado—. Han sido vencidos, pero defendieron sus ideas con honor y arriesgaron su vida en la empresa; como guerreros pueden llegar a esperar clemencia del triunfador. El conde de Navarcles y de Castellví de Rosanes, sin embargo, no es más que un felón, un cobarde farsante que actúa con doblez. Le destierro de mis reinos, a él y a su familia, y confisco para la corona todos sus bienes. —Bernat interrogó al monarca y amigo con la mirada. El rey entendió—. Deberías esperar a que vengáramos al de Urgell —le dijo—. Luego Roger Puig será tuyo. Mantendremos el secreto hasta entonces y que tu espía siga obteniendo cartas.

El 31 de octubre de 1413 el conde de Urgell se rindió y abandonó Balaguer para acudir al real y postrarse ante el rey, que ordenó su detención de por vida y la confiscación de todos sus bienes y estados. Luego Fernando entró triunfante en la ciudad antes de permitir a sus soldados el saqueo de los bienes del conde. Ese mismo día, ya tomada Balaguer, Bernat se dirigía hacia Barcelona acompañado por más de cuarenta soldados a pie, dos capitanes, varios oficiales a caballo y tres escribanos reales. Hugo y Caterina iban tras ellos, en el carro. También les acompañaba Guerao, montado en un borriquito que caminaba igual que él: con pasos rápidos y cortos que trataban de seguir el ritmo casi frenético impuesto por la montura del almirante.

En el camino fueron dividiéndose: un capitán, diez soldados y un escribano se dirigieron a Castellví de Rosanes, mientras que un contingente similar lo hizo después hacia Navarcles.

Nada más entrar en Barcelona, Hugo vio que uno de los oficiales se separaba del grupo para, según oyó, acudir en busca del veguer y los consejeros de la ciudad y trasladarles las órdenes reales. Luego miró a Bernat, que continuó en dirección al palacio de la calle de Marquet, con los labios prietos por encima de la barba castaña y la mirada, gélida, fija al frente. Mientras recorrían la calle del Hospital uno de los oficiales se retrasó hasta que Hugo llegó a su altura.

—¿Cuántas salidas tiene el palacio? —preguntó, y Hugo se las indicó.

El otro dio las instrucciones necesarias para que fueran vigiladas. Era evidente que Bernat no pensaba esperar a la llegada de las autoridades de la ciudad.

Entró al asalto en el patio del palacio. El ruido metálico de los cascos de los caballos sobre el empedrado y el de las espadas al desenvainarse atronaron el lugar. El borrico y el carro de Hugo fueron los últimos en cruzar unas puertas ya protegidas por varios soldados que pugnaban por impedir el acceso al patio de multitud de curiosos que se les habían ido sumando a su paso por las calles de la Ciudad Condal.

—¡Roger Puig! —oyó Hugo que gritaba Bernat.

Criados y esclavos se asomaron al patio al oír el tumulto. Un oficial les conminó a salir y les ordenó que se colocaran en fila.

—¡Roger Puig! —volvió a gritar Bernat.

Hugo, como muchos otros, miraba a la galería del primer piso. Allí empezaron a aparecer los nobles y los familiares que convivían con el conde, aunque este no se contaba entre ellos. Distinguió a la condesa, Anna, la esposa de Roger Puig, y también a Regina y a Mercè. Otro oficial, asistido por varios soldados con las lanzas y las espadas empuñadas, trataba de agruparlos en uno de los laterales de la galería. Un primo del conde plantó cara a un soldado y forcejeó con él; la contundencia de la respuesta por parte de los recién llegados fue tal que ningún otro osó oponerse. Sí lo hizo la condesa, quizá persuadida de que su condición de mujer la libraría de la violencia. El oficial miró hacia el patio y consultó con su almirante, que seguía montado sobre su caballo. Un casi inapreciable movimiento de mentón de Bernat antecedió a los empujones con los que el militar se deshizo de la dama. A partir de entonces la oposición se redujo a simples quejas y algún insulto por lo bajo. Hugo se apeó del carro y se dirigió a Guerao.

—Allí está mi hija —le dijo señalando a Mercè entre los familiares del conde—. Separadla de toda esa gente.

El otro lo pensó y asintió; llamó la atención de un oficial de los del patio, que se acercó y encorvó la espalda para escuchar sus palabras.

—¿Cómo dices que se llama? —preguntó Guerao a Hugo.

—Mercè.

—Mercè —repitió al oficial como si aquel no lo hubiera oído.

Luego el soldado se acercó a Bernat y le consultó. Hugo resopló tras verle asentir con la cabeza. No estaba seguro de si Bernat cumpliría con su palabra, a pesar de que la había comprometido en un pacto, en su tienda, tremendamente satisfecho con lo que decían las cartas. Allí, en presencia del notario, fijó la cuantía de la dote en cincuenta mil sueldos, la que correspondería a una muchacha noble, lo que pagaban las familias más ricas de Barcelona. El notario le rogó que repitiera la cantidad creyendo que se había equivocado. Bernat la ratificó: «¡Cincuenta mil sueldos! ¿Acaso no me habéis oído?». Hugo creyó ver en aquel generoso compromiso la compensación al trato que Bernat le había dispensado en el palacio Menor. Quizá había recapacitado y había recordado la amistad que los unió, aunque si así era no se había molestado en demostrárselo, pues no le dirigió la palabra más que para lo imprescindible, y siempre en un tono de profundo desdén que se traslucía incluso en sus movimientos. Eso le hacía dudar sobre la promesa de la dote acordada para su hija...

El barullo en la galería le devolvió a la realidad. Regina quería ir con Mercè y discutía con los soldados. Uno de ellos la apartó sin contemplaciones y tiró de la muchacha escalera abajo.

Mercè llegó al patio en el mismo momento en que hacían su entrada el veguer y varios consejeros de la ciudad. Ella se dirigió hacia el carro, los otros hacia el almirante.

—¿Qué sucede? —preguntó al mismo tiempo que se arrimaba a su padre, como si buscara refugio en su contacto.

—Luego te lo explico —contestó Hugo, que tenía la mirada puesta en la galería donde acababa de aparecer Roger Puig, quien debía de haber estado esperando a la llegada de las autoridades municipales, temeroso de que el almirante se tomara la justicia por su mano.

El conde se asomó a la barandilla, mostrando unas facciones crispadas en un rostro todavía despellejado. Bernat hizo señas a uno de los escribanos y este entregó un documento al veguer.

—Pregonadlo —le ordenó Bernat.

—«Nos, Fernando —obedeció el veguer después de ojear el documento—, por la gracia de Dios, rey de Aragón, de Valencia, de Mallorca, de Sicilia, de Córcega y Cerdeña, conde de Barcelona, duque de Atenas y Neopatria, conde de Rosellón y Cerdaña...»

Los términos «traidor», «vil», «felón» sonaron en los oídos de Hugo mientras él centraba su interés en Bernat, cuyo carácter hosco y violento quedaba parcialmente refutado por el imperceptible temblor de su labio inferior. Hugo sabía por qué. Bernat se lo contó hacía años, en la playa de Barcelona, entre los barcos varados, cuando el odio por los Puig le llevó a rememorar en presencia de Hugo la oportunidad de la que había gozado su padre para haberlos aniquilado. «Tendría que habérselo quitado todo —decía—, pero les permitió regresar a Navarcles, y allí volvieron a hacerse fuertes.»

Pero hoy se repetía la historia: un Estanyol expulsaba a los Puig de su palacio. Hugo vio a Bernat sorber por la nariz en un par de ocasiones, y después llevarse una mano a los ojos. ¿Estaría pensando en sus padres? Arnau había sido ejecutado como un vulgar delincuente; Mar falleció enferma, en la pobreza, acogida por unos *bastaixos* humildes. ¡El propio Bernat había llegado a sufrir la ira de los Puig! Ahora, sin embargo, era él quien mandaba.

—«... Decretamos el destierro...»

El veguer leía. Roger Puig había palidecido y había bajado la cabeza, como si su cuello no tuviera bastante fuerza para sostenerla erguida. Por un instante Hugo y Bernat cruzaron una mirada, pero la del almirante se volvió de hielo.

—«... Confiscamos para la corona todos sus bienes y estados, cuyo cumplimiento ordenamos a todos nuestros gobernadores, vegueres, bailes y demás funcionarios de nuestros reinos, principado, islas y condados, bajo el peso de nuestra ira en caso de quebrantar esta voluntad. Dado en Balaguer a los treinta y un días de octubre del año de la natividad de Nuestro Señor de 1413. ¡Fernando, rex!»

Solo el vocerío de los ciudadanos apiñados frente a la puerta transmitiendo a los de la calle la sentencia real fue capaz de romper el silencio que se hizo en el palacio en cuanto el veguer hubo terminado de leer. Luego enrolló el documento y lo entregó de nuevo al escribano.

Bernat Estanyol ensanchó los labios en una sonrisa.

—¡Roger Puig! —gritó. El conde se irguió—. Baja aquí, cabrón renegado.

Un solo instante de duda en el conde fue suficiente para que uno de los oficiales ordenase a un par de soldados que lo condujesen hasta el patio. Roger Puig quiso librarse de sus manos; los otros no se lo consintieron y lo llevaron a la fuerza frente al caballo del almirante, que continuaba sin echar pie a tierra.

—Empieza a hacer inventario —reclamó del escribano antes de dirigirse a los soldados que habían arrastrado al conde con la siguiente orden—: Quitadle cuanto lleva encima. Dejadle solo la camisa y los calzones para que la gente no tenga que ver sus miserias.

—¡Soy un caballero! ¡No puedes tratarme así! —se opuso el conde—. Las leyes...

Bernat Estanyol espoleó a su caballo y arrolló al noble, que cayó a los pies de este.

—¿Un caballero? —gritó el almirante.

Roger Puig intentó levantarse, pero Bernat hizo caracolear al animal hasta que el otro se encogió en el suelo, protegiéndose la cabeza con los brazos.

—¡Un caballero no traiciona a su rey! ¿Acaso no has oído que

Fernando te ha desposeído de tus estados y de tus títulos? Eres un traidor. No eres más que un pordiosero miserable.

Hugo, con Mercè ya agarrada a él, sintió un escalofrío al oír el insulto. ¡Pordiosero! Por un instante su recuerdo voló a las atarazanas: solo era un niño, un pordiosero, tal como le llamaron entonces.

—¡Desnudadlo! —oyó Hugo que exigía Bernat—. Quitadle las armas… y las joyas.

Los soldados se mostraron torpes, pero al cabo le quitaron armas, joyas, adornos y ropajes de seda.

—¡Los zapatos! —aulló entonces el almirante—. ¡Lo quiero descalzo!

Los soldados lo humillaron manteniéndolo en pie agarrado por las axilas. Un hombre que superaba en varios los cuarenta años, desposeído de su nobleza, vestido con una simple camisa, su soberbia aplacada…

—¡Quitádsela también! —estalló el almirante al percatarse del valor de la prenda—. Dejadlo desnudo, como su puta madre lo trajo al mundo.

Luego recorrió la fila de sirvientes con la mirada hasta encontrar…

—Tú —ordenó a un esclavo viejo que debía de trabajar en los sótanos del palacio por lo sucio y desastrado que vestía—, dame tus calzones.

A pesar de su desnudez, Roger Puig se negó a vestir la prenda del esclavo.

—No importa —declaró el almirante—. Ya se los pondrá en la cárcel… si quiere. ¡Bajad a los de arriba! Id en busca de vuestras ropas —mandó después a criados y esclavos.

Mientras unos se adentraban en palacio y los soldados empujaban a todos los que estaban en la galería, Hugo tuvo oportunidad de observar al conde. Entre los dos soldados, desnudo, era imposible que conservara un ápice de la dignidad de la que tanta gala había hecho hasta entonces. Le temblaban las rodillas, las mandíbulas, y también los brazos, con los que no sabía qué hacer. Intentó taparse la entrepierna con las manos, pero debió de encontrarse aún más ridículo porque al instante las dejó de nuevo al costado. Dudó una vez más y trató de encogerse sobre sí mismo. Los soldados lo irguieron a la fuerza, entre los vítores y las burlas de la gente. Los guardias de la puerta, quizá distraídos por lo que sucedía en el interior, quizá presionados por la multitud que empujaba, habían ido cediéndoles el paso y el patio se había llenado de curiosos. Bernat sonreía, disfrutaba con la venganza. Hugo se sorprendió sonriendo también: era lo que merecía aquel hijo de puta. Observó a Caterina, en el carro. La esclava tenía sobrados motivos para gozar de la desgracia y el escarnio público de quien la violó, pero permanecía quieta, impasible y con la mirada clavada en la figura del conde. Al notarse observada se volvió hacia Hugo y asintió. Quería olvidar... Eso le había dicho a Hugo, muchas veces, cuando estaba abrazada a él. Quería vivir, le comunicaba con la mirada calma de sus ojos pálidos. Deseaba entregarse a esa relación serena y sosegada iniciada con él, vender vino, dormir en un carro; hacer el amor bajo las estrellas, con tranquilidad, sin violencias ni pasiones atormentadas... Y aquel era el primer paso para todo ello.

En el real de Balaguer se había pactado la libertad de Caterina, pero no ante el notario. «El almirante no puede disponer de algo que no es suyo —se había excusado entonces Guerao—, pero su señoría se compromete a conseguirle la libertad.» Hugo dudó, pues Caterina le había insistido en que todo quedase pactado bajo la fe del notario.

—¿Acaso no te fías de la palabra de un corsario? —espetó Bernat con sorna ante la evidente indecisión del otro.

—No —sorprendió Hugo a todos. Bernat hizo ademán de levantarse de la silla—. Pero sí que me fiaré de la palabra del hijo de micer Arnau —añadió, obligándole a tomar asiento de nuevo.

Ahora Hugo quiso contestar a Caterina ni que fuera con algún gesto cuando el griterío llamó su atención. Bernat aplicaba idéntica brutalidad a las mujeres que a Roger Puig. Uno de los consejeros de la ciudad le rogó indulgencia.

—¿Eres su amigo? —gritó Bernat desde el caballo señalando al noble desnudo y sus familiares—. ¡Sus amigos también serán considerados traidores!

El consejero se amedrentó y corrió a mezclarse con sus compañeros, y Bernat dispuso que separaran a criados y esclavos.

—¿Y tú? —preguntó a Regina al ver que la mujer protestaba, decidida a afirmar que no era pariente del conde a pesar de las lujosas vestiduras que llevaba.

—Soy la esposa de Hugo —alegó ella señalando hacia el carro.

Mercè apretó el brazo de su padre, pero este le rogó silencio.

—¡Un atavío demasiado suntuoso para ser la esposa de un simple botellero! —replicó Bernat sin siquiera volverse hacia Hugo—. Esas joyas y esas ropas son del rey. ¡Todo lo que hay en este palacio es del rey! Quítatelas como las demás.

Regina intentó revolverse. Su «Soy médico» quedó acallado por los gritos que se sucedieron una vez que el almirante dio por zanjado el asunto. La llevaron con las demás mujeres, que se desnudaban en grupo antes de permitir que lo hicieran los soldados, tapándose unas a otras, tratando de esconderse de las miradas lascivas de los hombres reunidos en el patio. Mercè intentó mediar en favor de su madre, pero Hugo se lo impidió. La muchacha no entendía qué hacía ella separada de todos los demás.

—¿Qué sucede, padre? —inquirió de nuevo—. ¿Por qué a mí no me tratan igual?

—Ya hablaremos hija. No es el momento.

—¿Y madre? La van a detener.

—No.

—Pero...

—Nada le sucederá —la tranquilizó Hugo.

—Padre...

Hugo le pidió que callara. Hombres y mujeres se vestían con los harapos que les procuraban los criados. Roger Puig cedió y terminó poniéndose los calzones del esclavo. Los soldados amontonaban ropas y joyas delante del escribano, quien, al verse incapaz de tomar nota de tal cantidad, ordenó que las llevaran al interior del palacio.

Bernat hizo caracolear el caballo para examinar la totalidad del patio.

—¿Queda alguien dentro? —preguntó a uno de los capitanes, quien negó con la cabeza—. Bien —gritó a todos los reunidos—, Roger Puig, a ti y a tus familiares os entrego al veguer de Barcelona a fin de que os custodie hasta los lindes del reino para cumplir la pena de destierro impuesta por el rey. Agradece la indulgencia de Fernando para con el conde de Urgell; si él no muere, no ibas a hacerlo tú, pero si osas regresar serás colgado por los pies hasta que fallezcas, como un vulgar esclavo. Podéis llevároslos —indicó al veguer.

Algunos de los familiares de Roger Puig, su hermana y su cuñado entre ellos, se acercaron a Bernat y se arrodillaron tratando de evitar su condena.

—Nosotros no hemos cometido delito alguno, señoría.

—Siempre hemos sido leales al rey Fernando.

—No sabíamos...

El caballo de Bernat se encabritó, como si el enemigo lo atacase.

—¡Pleitead! —les aconsejó—. ¡Rogad clemencia al rey! Pero hacedlo desde fuera de los reinos. ¡Lleváoslos! —ordenó al veguer.

Los soldados ya se dirigían hacia Roger Puig y sus acólitos, pero antes de que lo hicieran Hugo se acercó a Guerao. Este entendió lo que quería solo con verlo y corrió a pasos cortos hasta el almirante, a quien susurró desde poco más de la altura del estribo. Bernat asintió.

—¡Esperad! —gritó a sus hombres—. A todos los demás podéis llevároslos. A ese —añadió señalando primero a Roger Puig y luego al borrico del hombrecillo— lo montaréis en ese animal y lo escobaréis por la ciudad de Barcelona al tiempo que pregonaréis su traición para que todos conozcan su felonía.

Hugo quiso sumarse a los vítores con que los ciudadanos acogieron la decisión. Caterina se arrimó a él con una sonrisa en los labios.

—Esto no me lo habías contado —le reprochó.

No, reconoció Hugo para sí. Aquella era su venganza personal. No quiso matarlo en el castillo de Navarcles, pero había llegado el turno de que él, Hugo Llor, ajustara las cuentas que tenía pendientes con el conde.

Oficiales y soldados se dividieron: unos maniataron a Roger Puig y lo sentaron a horcajadas sobre el borrico; los pies del que había sido noble rozaban el suelo. Otros soldados empujaron a los acólitos de Roger Puig a través del patio, en dirección a la puerta. Regina se negó a obedecer. El oficial consultó con Bernat, quien, con un gesto despectivo, permitió que se quedara. Ella corrió al lado de Hugo y Mercè; la muchacha la abrazó, el otro se arrimó todavía más a Caterina.

—¡Escuchad! —resonó de nuevo la voz de Bernat en cuanto los oficiales del veguer hubieron cruzado la puerta entre la gente que le abría paso.

Roger Puig se encontraba montado sobre el borrico, cabizbajo, mirando las cuerdas que ataban sus manos por delante de él, en espera de su turno. Bernat, a caballo, soberbio, se rió de él antes de continuar.

—Ahora este palacio es propiedad del rey Fernando. Los esclavos y cuanto hay en su interior pertenecen al Tesoro real; los criados libres podéis quedaros o no, a vuestro albedrío. Si lo hacéis, se respetarán las condiciones en que veníais trabajando para el traidor. A partir de este momento el escribano real y mi... mayordomo —añadió señalando a Guerao— se harán cargo de todo cuanto afecte a este palacio y a los condados de Navarcles y Castellví de Rosanes. ¿Queda claro? —inquirió dirigiéndose a los consejeros de la ciudad que todavía permanecían allí.

Se oyó un murmullo de asentimiento y Bernat siguió hablando:

—Yo regreso con Fernando. Hasta mi vuelta, mi ahijada vivirá en este palacio como señora de él. Esta... —Miró a Hugo e hizo un movimiento de su mano para que se acercase—. ¡Tú no! —gritó a Hugo—. ¡Tú tampoco! —añadió a Regina—. Tú, sí, tú, muchacha. Ven aquí.

Hugo animó a su hija a que se acercara al almirante empujándola por la espalda.

—¿Cómo te llamas? —preguntó Bernat al ver que ella titubeaba al lado del caballo y su respuesta apenas resultaba audible—. Mercè —repitió él en voz más alta—. Mi ahijada Mercè será la señora de esta casa, y conmino a todos a que la respeten y obedezcan. El peso de mi ira caerá sobre aquel que incumpla esta orden.

Mercè miraba a uno y otro lado sin comprender por qué ese hombre se dirigía a ella como su ahijada. Regina fue más perspicaz.

—¡Nos has vendido! —gritó, y las aletas de su nariz se abrieron, mostrando también su ira.

La acusación resonó en el patio coincidiendo con un inoportuno momento de silencio. Mercè dio un respingo. Bernat frunció el ceño y miró a Regina, al igual que hicieron los consejeros de la ciudad. Los demás presentes se revolvieron, inquietos.

—¿Nos! —bramó Bernat—. Mujer, ¿te incluyes entre los traidores?

Hacía tiempo que Hugo no veía titubear a su esposa y comprendió que Regina no sabía qué contestar.

Fue Mercè quien se atrevió a terciar en defensa de Regina.

—Señoría —casi susurró con voz temblorosa, y por primera vez desde que había entrado en el patio del castillo Bernat pareció relajarse. Apoyó el antebrazo en el pomo de la montura y se inclinó hacia la muchacha—. Esta era la casa del conde —alegó ella—. Su señoría sabe bien cómo es ese hombre. Resultaba imposible oponerse a él... por más que nuestra intención fuera otra.

Bernat esbozó una sonrisa y ella aprovechó el gesto para decir, en tono suplicante:

—Es mi madre...

Bernat se irguió en la montura.

—¿Habéis entendido mis instrucciones? —preguntó en voz alta dando por concluido el incidente con Regina.

Algunos contestaron que sí, otros asintieron con la cabeza. Mercè interrogaba con la mirada a Hugo y a Regina, incapaz de asumir que todo fuera a quedar así; seguía preguntándose si en verdad había sido su padre quien los había vendido. Ya nadie parecía preocuparse por ella. Bernat se movía por el patio a caballo, dando órdenes a oficiales y soldados: unos volverían con él a Balaguer, a caballo, porque había prisa en llegar hasta donde estaba el rey; otros se quedarían allí para proteger el palacio, pero antes debían escobar a Roger Puig por Barcelona.

—¿Nos habéis traicionado? —inquirió Mercè a su padre en cuanto se acercó a él.

Hugo negó con la cabeza.

—Ya hablaremos, hija —dijo, tratando de evitar una respuesta directa.

Mientras tanto, en la confusión, Bernat hizo una seña al oficial que empuñaba un látigo para que se acercase.

—Quiero que fuera del palacio le arranques el corazón —murmuró inclinándose sobre él—. Que no se apee vivo de ese borrico. ¡Empieza! —ordenó después en voz alta.

El oficial hizo restallar el látigo en el aire a modo de amenaza.

Roger Puig se encogió sobre el borrico. El oficial echó el brazo atrás para propinar el primer latigazo sobre la espalda de Roger Puig cuando Hugo se interpuso entre verdugo y reo y le exigió el látigo. El soldado volvió la mirada hacia Bernat, y este, con una mueca de asentimiento en la boca, se encogió de hombros.

—¿Queréis...? ¿Quieres saber una cosa? —Hugo corrigió el tratamiento tras situarse al lado de Roger Puig y le habló casi en un susurro, creando expectación hasta en los ciudadanos amontonados junto a la puerta.

—¡Levanta la voz! —bramó Bernat—. Que todos nos enteremos.

Se trataba de su venganza, pensó Hugo. ¿Por qué tenía que compartirla? Sin embargo… su satisfacción podía multiplicarse: era Bernat el que lo pedía.

—¿Recuerdas —gritó entonces tan fuerte como pudo— a un niño que defendió a Arnau Estanyol el día que tu tío, el conde de Navarcles, lo ejecutó en el Pla de Palau?

Roger Puig se volvió hacia él con tal brusquedad que a punto estuvo de caer del borrico. Hugo no quería mirar atrás, hacia Bernat, pero el rechinar de las herraduras de su caballo sobre las piedras del patio atestiguó el nerviosismo del jinete.

—¡Me pegaste una paliza por defender a Arnau Estanyol! —volvió a gritar.

A sus espaldas, los cascos del caballo de Bernat repicaron con fuerza.

—Luego —añadió bajando la voz— conseguiste que me echaran de las atarazanas y mandaste a Mateo en mi persecución.

El rostro de Roger Puig, incluso despellejado como estaba, se mostraba pálido. Hugo se separó de él unos pasos y echó el brazo atrás, cuan largo era, con el látigo extendido. El primer latigazo ya le separó las carnes en una fina línea de la que no tardó en manar sangre. La gente presenció aquel azote casi en silencio; con el segundo aplaudió y vitoreó. Hugo dio un tercero, tan fuerte como los anteriores, siempre buscando que el látigo rodease la espalda de Roger Puig para que su cola restallara en el pecho o en el rostro, y cuando se disponía a propinarle el cuarto el mismo oficial al que él había detenido hizo lo propio.

—Tiene que aguantar su paseo por la ciudad —le reprendió.

Hugo volvió a acercarse al borrico.

—¡Hijo de puta! —insultó a un Roger Puig al que otra fina línea de sangre cruzaba la nariz y las mejillas—. Acuérdate siempre de mí, del que defendió a Arnau Estanyol: Hugo Llor. Yo te he hundido en la miseria. Yo he denunciado tu traición al rey Fernando.

La gente que esperaba a las puertas del palacio estalló en gritos en el momento en que, tras una orden de Bernat, la comitiva se puso en marcha. La espalda ensangrentada fue lo último que Hugo vio del destronado conde de Navarcles y de Castellví de Rosanes antes de que la muchedumbre cerrara el cerco sobre él y le escupiera, le apedrease y le insultase. Los recuerdos de Hugo le trasladaron entonces a su niñez, a unas cebollas verdes y a unos zapatos. Los consejeros se habían mostrado entonces clementes con él y utilizaron cuerdas de cáñamo que, no obstante, le dejaron la espalda en carne viva.

«Ladrón de cebollas», pregonaron de él en aquel momento. «¡Traidor!», «¡Infame!», «¡Felón!», se escuchaba ahora desde la calle de Marquet. ¿Cuántos de aquellos ciudadanos habrían apoyado al conde de Urgell?, se preguntó Hugo a medida que el borrico se alejaba del palacio y el escándalo decrecía.

En el patio volvieron a resonar los cascos del caballo de Bernat anunciando la partida de un hombre que no había echado el pie a tierra desde que llegara, dominándolos a todos desde su montura.

—Siempre ha sido así —murmuró Guerao junto al carro de los vinos, pendiente como los demás de la partida del almirante.

—¿Qué quieres decir? —inquirió Hugo, ya a su lado.

—Nunca descansa. Vive con urgencia, como si le persiguiera una nave catalana... ¡Aunque esto ya no sirve! —Rió su propia broma y se corrigió—: Mejor dicho, una nave argelina. No hay nadie capaz de seguirle...

—¡Nos has vendido! —exclamó en ese momento Regina.

El hombrecillo se retiró un paso, pero Hugo se mantuvo firme. Mercè estaba junto a ellos.

—No, yo no he vendido a nadie. Solo he... he cumplido con la palabra que un día, hace muchos años, me empeñé a mí mismo: vengarme de Roger Puig.

—Y nos has llevado a todos a la ruina —añadió su esposa.

—A todos no. También he procurado por el bien de mi hija. ¿No es eso lo que me has achacado desde hace tiempo, que no me ocupaba de mi hija? El almirante se ha comprometido a dotarla en matrimonio con cincuenta mil sueldos.

Hasta Mercè permaneció con la boca abierta por detrás de Regina. ¡Cincuenta mil sueldos era una cantidad exorbitante!

—A costa de la derrota del conde de Urgell —insistió Regina, devolviéndola a la realidad.

—Si persistes en esa postura —advirtió el hombrecillo—, llamaré al capitán para que te detenga y te lleve con el veguer y los demás. El que tú llamas conde de Urgell fue condenado por el Parlamento catalán como reo de un crimen de lesa majestad.

—Al de Urgell —replicó al mismo tiempo Hugo— lo derrotaron su madre y sus aliados. Yo a quien he vendido ha sido a Roger Puig, y lo tenía que haber hecho mucho antes. Siento ese retraso, pero bienvenido sea si beneficia a mi hija.

—¿Y yo? ¿No cuenta mi opinión? —se quejó Mercè.

—No —contestó directamente Regina.

—Por desgracia no, hija —se excusó Hugo por su parte—. Ni la mía, tampoco. Ni la de él. —Señaló a Guerao—. Ni la de nadie. La única opinión que cuenta es la de los reyes y los poderosos. Nosotros solo somos sus peones, sus piezas. Tarde o temprano el infortunio de Roger Puig te habría arrastrado, lo sabes. Es la realidad. —Hugo interrogó con la mirada a su hija, quien contestó escondiendo la suya en el suelo—. Creo que he hecho lo mejor.

—En eso tiene razón tu padre —intervino de nuevo Guerao.

—¿Tú eres el mayordomo del almirante? —se revolvió Regina.

El hombrecillo resopló y agitó en el aire los dedos extendidos de una de sus manos, como diciendo que era el mayordomo, el secretario y muchas otras cosas.

—Pues permanece callado —soltó no obstante Regina—. No necesitamos tu opinión. Vayamos adentro y hablémoslo —propuso al mismo tiempo que, con una repentina expresión de asco en su semblante, se removía por debajo de las ropas sucias que le habían obligado a ponerse.

—No —se opuso el mayordomo cuando la otra ya andaba del brazo de Mercè hacia la escalera de acceso a la galería y a la zona noble del palacio.

Regina se volvió. Una expresión impostada de hastío apareció en su rostro.

—Ya te he dicho que tu opinión no es necesaria.

—Tú no puedes entrar en ese palacio.

Uno de los oficiales que permanecía junto a la escalera prestó atención.

—¿No ha ordenado el almirante que obedezcáis a Mercè? —arguyó ella—. Pues entraré con mi hija, porque eso es lo que ella quiere, ¿verdad?

El oficial se interpuso entre las mujeres y la escalera, y cuando Regina trató de esquivarlo la empujó sin contemplaciones.

—Ni tú ni tu esposo podéis vivir en este palacio —insistió Guerao—. Son órdenes del almirante.

—¿Qué dices! ¿Es eso cierto? —requirió ella de Hugo.

—Sí —afirmó él—. Pensé que no querrías obtener beneficio alguno de la traición a Roger Puig —añadió con cinismo—. Así que nada negocié en tu favor.

El semblante de Regina enrojeció; los orificios de su nariz eran como los ollares de un caballo tras una carrera. Mercè observaba la escena, incapaz de creer lo que oía.

—Entonces tampoco yo viviré aquí —saltó la muchacha.

—Sí, hija. Lo harás —ordenó Hugo—. ¿Verdad, Regina? Sacrifícate por tu hija —le exigió utilizando las mismas palabras con las que ella le acusara un día en la bodega—, sé una madre como hay que serlo. ¡Hazlo, Regina!

Regina dudó, pero finalmente miró a su hija y asintió con la cabeza; tenía los ojos llenos de lágrimas. ¿La había visto llorar alguna vez?, se preguntó Hugo. Si así era, no lo recordaba.

—No te preocupes por mí, hija. Aguanta aquí. Te casarás y entonces, si tu esposo es más generoso que ese... almirante —dijo arrastrando cada una de las letras de la palabra—, volveremos a vivir juntas. No desaproveches lo que ha obtenido tu... padre, aunque sea a costa de una traición. Mientras tanto podremos seguir viéndonos.

—No aquí —contestó Guerao a la mirada que le dirigió Regina.

—¡Pues será unos pasos más allá! —gritó ella—. ¡En la puerta! Ahora tengo que subir a buscar mis pertenencias —dijo al mismo tiempo que trataba de esquivar al oficial para acceder a la escalera.

Este no se lo permitió.

—Todo lo que hay en el interior del palacio pertenece al rey Fernando, ¿no has oído al almirante?

Regina se volvió, súbitamente arrepentida de los desplantes que había hecho al hombrecillo. A simple vista parecía compungida, aunque, al fijarse en su nariz, Hugo vio que las aletas estaban prietas. Eso significaba que su esposa suplicaría una vez, quizá dos, pero luego estallaría.

—Reclámaselo al rey —contestó Guerao al primer ruego de Regina.

Y se mantuvo impasible a pesar de la insistencia de la mujer, que se veía a punto de perder sus vestidos, sus dineros, sus joyas…, ¡sus libros y sus instrumentos de trabajo! Todo estaba en el interior de aquella casa.

Regina insultó al hombrecillo antes de dejar caer los brazos al costado, igual que poco antes había hecho Roger Puig. Pese a no estar desnuda, su aspecto no era menos patético: el pelo alborotado, descalza y vestida con las ropas sucias y rotas de una esclava.

—Me ocuparé de esto, madre —trató de consolarla Mercè.

—Hazlo, hija, hazlo. Habla con ese hombre y convéncelo. Cuida de mis cosas, te lo ruego. Son mi vida —imploró Regina, ya vencida.

—Pues ya que está todo aclarado —intervino el mayordomo de Bernat—, desalojad el palacio. Tenemos que inventariar todos los bienes, y eso conlleva mucho trabajo.

—No está todo aclarado —replicó en esa ocasión Hugo, haciendo un gesto con el mentón hacia Caterina.

—Ya —confirmó el otro.

Regina, atenta a las palabras, irguió la cabeza.

—De momento poco se puede hacer —dijo Guerao—. Veremos cómo dispone el rey de todos estos bienes, incluidos los esclavos. —Hugo fue a quejarse, pero el hombrecillo se lo impidió y adelantó las dos manos abiertas hacia él—. Hasta entonces la esclava quedará en tu poder, bajo tu custodia, ¿te parece bien? Llévatela y vuelve mañana a buscar los documentos.

Hugo iba a asentir cuando Regina se abalanzó sobre él.

—¿No has mirado por mi interés pero sí por el de una puta esclava! —le acusó, furiosa.

Hugo aguantó el embate, aunque no por eso dejó de dar un paso atrás ante el empujón recibido. Regina se disponía a golpearle en el pecho con las dos manos alzadas, pero Mercè la agarró por la cintura y se lo impidió.

—Madre —rogó.

La otra luchó un solo instante, luego claudicó y bajó los brazos.

—Te lo regalo —escupió en dirección a Caterina señalando a Hugo.

Hugo no creyó en las palabras de Regina hasta que hubo transcurrido un tiempo sin tener noticias de ella. Aquel día todos salieron del palacio de la calle de Marquet a la vez, pero ella tomó el camino hacia la plaza de Sant Jaume mientras Hugo y Caterina lo hacían hacia el Raval, por la costa, para llegar a la Rambla y subir hasta la calle del Hospital en dirección a la casa de Barcha. Lo extraño fue que ni Guerao ni el escribano, ni ningún oficial les impidieron llevarse el carro con las cubas de vino y la pareja de mulas que tiraba de él.

—Deben de suponer que es nuestro —especuló Hugo—. Nos han visto llegar montados en él con nuestras pertenencias dentro...

Desde su partida a la guerra en Balaguer, Hugo no había vuelto a ver a la mora. Entonces padecía una tos pertinaz. Por un instante se le encogió el estómago al pensar en la posibilidad de que aquella enfermedad hubiera acabado con su vida. La noche se les había echado encima y el frío de noviembre mezclado con la humedad que traía el mar calaba las barcas varadas y hasta parecía espesar las aguas en calma, como si a las olas, perezosas, les costase más desplazarse que cuando lo hacían animadas por el sol del Mediterráneo. Era una mala época para las personas con tos. Lo había hablado con Mercè, quien pese a haber dejado la medicina se comprometió a cuidarla. «Ayer vi a Barcha y estaba bien», contestó su hija antes de despedirse de un Hugo que, pese a ello, levantó el rostro al cielo oscuro y rezó por la mora, pensando al mismo tiempo en la contradicción que suponía pedirle a Dios por una infiel. Pero quizá la Virgen María, que era mujer, se habría apiadado de la mora.

Caterina andaba como extraviada al lado del carro. Lo único que tranquilizó a Hugo fue que sonreía con placidez, tal como era ella: sosegada. No llegó a pronunciar palabra después de que Guerao afirmara que podía ir con Hugo como primer paso para alcanzar la libertad. Tampoco preguntó adónde se dirigían, pero él se lo explicó. «Más de una vez te he hablado de la mora —añadió tras decirle cuál sería su destino, y ella asintió con un murmullo—. Os llevaréis bien.»

Arreó a las mulas. La luz se colaba a través de los postigos de las ventanas de la casa de dos pisos situada algo más allá del hospital. Hugo detuvo el carro y descendió de él.

—¡Bienvenido!

El corpachón de Barcha, recibiéndolos con los brazos abiertos, ocupaba casi todo el vano de la puerta. Debía de haber estado mirando por algún resquicio del postigo.

La mora abrazó a Hugo.

—¿Y ella? —le preguntó sin separarse.

—Es Caterina —contestó él a su oído.

—¿Solo Caterina?

—Mucho más —admitió Hugo.

—Ya era hora de que dejases a ese pajarraco de mal agüero que era la judía.

—Esta es esclava —advirtió él.

—Se le nota —apuntó la mora—. Lleva el carro al huerto y procura que las mulas no se me coman lo poco que hay en esta época —le dijo a Hugo como si diera por sentado que ambos pretendían quedarse en su casa—. Caterina —añadió después, dulcificando su tono de voz—, entra conmigo mientras el hombre trabaja.

Barcha cerró la puerta antes incluso de que Hugo hubiera arreado a las mulas para que se pusieran en movimiento. Celebró no haberla oído toser.

—Te encuentro mucho mejor que en la última ocasión en que nos vimos —comentó Hugo nada más acceder a la casa desde el huerto.

Las dos mujeres se hallaban sentadas a la mesa, frente al fuego del hogar. Barcha dio un manotazo al aire.

—Soy fuerte —replicó antes de volcarse de nuevo en Caterina, a la que acosaba a preguntas: «¿Desde cuándo?», «¿Te trajeron de niña?», «¿Cómo te trataron?», «¿Rusia?».

El problema radicaba en que en el momento en que Caterina se disponía a contestar, Barcha se lanzaba a hablar ella, tan vehemente como siempre, y no se lo permitía.

—Yo estoy en Barcelona desde niña y nunca he sido cristiana, no. ¿Dices que fuiste de viaje con Hugo? —Cuando Caterina fue a contestar se le adelantó—: Yo nunca he salido de aquí, y la verdad…

—Me alegro —la interrumpió Hugo tras sentarse a la mesa entre ellas dos, de cara a un fuego que resultaba reconfortante en aquella noche desapacible.

—¿De qué te alegras? —inquirió la mora.

—De que estés bien y seas fuerte.

—Ah. ¿Esperabas encontrarme muerta?

—¡Claro que no! —respondió Hugo, aunque aquel temor había pasado por su cabeza tan solo un rato antes.

—Me propongo vivir mil años con la ayuda de la niña, que ha venido casi cada día a cuidar de su… mora, y del agua… *aqua*…

—¿Del *aqua vitae*? —la interrumpió Hugo—. Aunque mejor llamémoslo aguardiente —corrigió con la idea de que la expresión «agua de vida» era adecuada mientras aún se le adjudicara aquel poder de matar a una persona que bebiera más cantidad que la contenida en la cáscara de una avellana.

—Eso. Como se llame —apuntó Barcha.

—¿Me estás diciendo que tienes… elaboras aguardiente? —preguntó Hugo, que no terminaba de dar crédito a lo que empezaba a presumir.

—Sí. ¡Es magnífico! Te levanta el ánimo y hasta te cura la tos. ¿Qué pretendías que hiciésemos las dos aquí solas? Pues compré vino, cogimos esos cazos grandes que habías dejado e imité lo que hacías en la masía de la viña, ¿lo recuerdas? Es sencillo.

—¿Y Mercè te ayudó?

—¡Uh, se divirtió como una cría! —exclamó la mora.

—¿Y supongo que también lo bebisteis?

—Lo bebí y lo bebo, sí. Un vaso pequeño cada día… ¡Y me siento como nueva!

—¿Mercè también lo probó? —volvió a preguntar Hugo, atónito.

—¿La niña? ¿Preguntas si ella bebió también? Sí, claro, poco, pero algo sí. No me preocupó que lo hiciera. Me contó que tú también le ofrecías. ¡No te imaginas lo que nos reímos!

Los tres permanecieron en silencio unos instantes: Barcha y Caterina, sonriendo, contemplaban a un Hugo que se mostraba pensativo.

—¿Habéis venido para quedaros? —cambió de conversación la mora.

—Sí.

Fue Caterina quien contestó, y lo hizo con más energía de la que era habitual en ella, aunque se arrepintió al instante, como si no le correspondiera tomar la palabra.

—Me alegro —se felicitó Barcha, que palmeó la mano de la esclava—. Me harás compañía mientras Hugo anda por ahí. Supongo que no habréis cenado.

La sola mención les despertó el hambre; ese día ni siquiera habían comido. Barcha puso sobre la mesa pan, queso y vino para que Hugo se entretuviese mientras indicaba a Caterina que se arrodillara frente al hogar, a su lado, para preparar la olla.

La sencilla sopa con hortalizas y carne les pareció exquisita. Hablaron al calor del fuego. Hugo explicó a Barcha lo que había sucedido con Bernat y Roger Puig, así como el trato por el que el almirante dotaría a Mercè con cincuenta mil sueldos. La mora asentía y sonreía al pensar en la fortuna de su niña y en el destino de aquel conde del que tanto se había quejado Hugo.

—¿Y Regina? —interrumpió casi al final de la exposición—. ¿Qué es de ella? Seguro que no trama nada bueno... Puede denunciaros por adulterio. No —se retractó al instante—, mientras seas una esclava nunca podrá acusar a Hugo. ¿Quién no mantiene relaciones con una esclava?

Hugo también le contó de Regina, y al oír que había sido expulsada de palacio, la sonrisa se ensanchó en el rostro oscuro y arrugado de la mora.

Con la noche ya avanzada bebieron aguardiente. Repitieron. No era malo el destilado, tuvo que reconocer Hugo. La mora siempre le sorprendía. Charlaron hasta que el alcohol y el cansancio hicieron efecto en Hugo y Caterina. Había sido un día muy duro. Con todo, cuando ambos yacían muy juntos en uno de los catres de la habitación del piso superior, Hugo buscó a Caterina.

—¿Qué te parece la mora? —susurró acomodándose en la cama y arrimándose a su espalda para que el calor de su cuerpo despertara el deseo de la mujer.

La besó en el cuello. Ella no contestó ni se movió; dormía con placidez.

—Era una locura, hija —repitió Hugo una vez más. Mercè y él paseaban por Barcelona, con un soldado siguiendo sus pasos—. ¿Es necesario que nos vigilen? —se quejó también por enésima ocasión.

—Eso dice Guerao —volvió a contestar ella en tono resignado—. Afirma que si me sucediese algo, el almirante le cortaría lo que vos y yo ya sabemos.

Guerao de Sant Esteve, le había dicho Mercè que se llamaba. «Guerao de Sant Esteve —repitió Hugo—, demasiado nombre para tan poco hombre.» Y Mercè había replicado: «No os burléis. Es un hombre cortés y bondadoso».

Caminaban ellos a su vez tras dos de las criadas en busca de provisiones para el palacio. Compraron pescado cerca de la iglesia de Santa María de la Mar, atún y sardinas en salazón, y luego ascendieron por la calle de la Mar en dirección a la carnicería de la plaza del Blat. Durante el camino Hugo explicó una vez más a su hija el motivo por el que había traicionado a Roger Puig.

Mercè insistía en ello, y en varias ocasiones se había quejado a su padre de que no hubiera consultado con ella lo que pensaba hacer.

—Me da igual lo que puedas pensar. —Hugo quiso poner fin a la discusión ya en la plaza—. La insurrección del de Urgell fue una locura en la que tarde o temprano te habrías visto envuelta. ¿Quién te asegura que el rey no habría encontrado esas cartas una vez vencido el conde? ¿Qué habría sucedido entonces? Ya viste cómo actuó el almirante: habrías terminado en el patio del palacio, como les sucedió a sus otros allegados, desnuda y humillada, en la miseria y camino del exilio junto a tu madre. Era un juego muy peligroso, pero no solo eso, estaba perdido de antemano. En cualquier caso y por si no te convence ese argumento, piensa que Roger Puig me lo debía: por la paliza que me pegó de niño; por echarme de las atarazanas y mandar a su criado en mi busca; por humillarme y permitir que me golpearan... —«Por acostarse con mi esposa», pensó, aunque decidió omitir esa frase—. Toda mi vida ha estado marcada por la crueldad de Roger Puig.

—Pero trabajasteis para él, y servisteis su vino y espiasteis...

—Lo hice obligado —atajó Hugo—. Tú no lo has vivido. Los humildes no estamos en situación de contrariar a los grandes. Después lo hice por ti, para estar contigo, pero reaccioné en el momento en que comprendí que tus ilusiones estaban en peligro. Esa es la verdad, hija. Mereces esa dote, Mercè. Encontrarás un buen esposo y podrás vivir como pretendías.

—No he hecho nada para merecer esa dote, ¿por qué debo beneficiarme de ella?

—Eres mi hija, eso es lo que has hecho. Y Roger Puig tenía una cuenta pendiente conmigo.

En ese momento Hugo dejó transcurrir el tiempo: Roger Puig había pagado su cuenta, ciertamente. La pagó con la vida que en tan solo un par de días se le escapó en el hospital de la Santa Cruz, después de ingresar con el torso y hasta el rostro desollado, convertido en un amasijo irreconocible de carne sanguinolenta.

—¡Padre! —dijo Mercè al ver que Hugo permanecía absorto en sus pensamientos.

—Solo hemos cobrado esa deuda, Mercè —afirmó él con seriedad.

—Pero soy yo quien me beneficio. ¿Y vos?

—No te preocupes por mí —dijo zanjando el tema; había otro asunto que le interesaba mucho más—. Dime, ¿qué sabes de tu madre? Hace días que no la veo y me extraña.

Mercè le contó que Regina había logrado recuperar sus dineros; fue lo único, ya que no le devolvieron ni los vestidos, ni las joyas, ni los libros, ni sus preciados instrumentos de trabajo. Y consiguió los dineros debido a que los mantenía ocultos en un escondite que ni Guerao ni el escribano descubrieron a la hora de hacer el inventario de los bienes que se hallaban en su dormitorio. Mercè sí sabía dónde estaban; solo tuvo que cogerlos y entregárselos.

—¿Y qué hizo después?

—Se fue a Tortosa —respondió Mercè.

—¿A Tortosa? ¿Qué se le ha perdido a tu madre allí?

—En Tortosa se celebra la mayor disputa de la historia de la Iglesia —explicó Mercè a su padre—. Los judíos y los cristianos más eruditos de los reinos discuten sobre las falsedades, herejías y abominaciones del Talmud.

—¿Y eso qué tiene que ver con tu madre? Ella ya se convirtió al cristianismo.

—Sí. Y los principales defensores de la doctrina cristiana también son conversos. Madre dice que como los conversos conocen bien los libros de los judíos, también conocen sus errores y falsedades, por lo que están más preparados que los cristianos para discutir. Jerónimo de Santa Fe es quien lleva la disputa por la parte cristiana, era el médico del papa Benedicto, a quien bautizó fray…

—Vicente Ferrer —le interrumpió Hugo.

—Sí —convino ella riendo—. Siempre surge su nombre. Dicen que ya ha hecho un milagro en el pueblo.

—No quiero saberlo —murmuró Hugo, pero Mercè estaba dispuesta a contárselo.

—Un puente de barcas sobre el río Ebro se rompió a causa del peso de la multitud que le seguía…

—¿Uno como aquel que cruzamos en Zaragoza?

—Exacto, pero en Tortosa. Dicen que lo reparó haciendo solo la señal de la cruz, y que nadie murió.

—No le deseo a fray Vicente que se encuentre con tu madre. El milagro que tendría que hacer entonces sí pasaría a la historia.

—¡Padre! —le reprendió Mercè.

En la plaza del Blat se acercaron a una de las mesas a comprobar unos quesos que les mostraban, indecisas, las criadas.

—Piden mi opinión y yo ignoro qué decirles —se quejó Mercè antes de llegar hasta las mujeres—. Sé leer y sé de medicina. No entiendo de quesos, ni de comida, ni de nada de todo esto.

—Eso es algo que tendrás que arreglar —replicó Hugo mientras olía los quesos. Los comparó con los vinos y eligió aquellos que más lograron transportarle a los aromas que tanto le placían—. Imagino que tu futuro esposo querrá una mujer que sepa de alimentos, no un médico.

—Si tan rico tiene que ser mi futuro esposo, no necesitará una mujer que vaya al mercado. ¿Ve usted alguna dama noble por aquí?

La plaza del Blat, que marcaba el centro de la ciudad, se extendía por fuera de las antiguas murallas romanas de Barcelona, sobre parte de las cuales se apoyaban el castillo del veguer y la cárcel. Cruzando la antigua puerta Mayor, la Septentrional de la ciudad romana, se llegaba al palacio Real Mayor. Hugo y Mercè recorrieron la plaza con la mirada. Era un día frío pero soleado, y la gente se movía de aquí para allá, y gritaba, y discutía del precio y de la calidad del grano y los alimentos antes de comprarlos.

—¿Qué importa si hay o no damas ricas por aquí? —Hugo y su

hija ascendían ya hacia la plaza del Oli, a solo unos pasos, en busca de aceite—. Yo lo que quiero saber es qué ha ido a hacer tu madre a Tortosa. ¿Acaso vuelve a ser judía?

—No, aunque Guerao encontró algunos libros de religión judía escondidos entre los de medicina...

—Eso podría suponerle una pena importante —le interrumpió su padre con gravedad. Sus dudas constantes acerca de la cristiandad exacerbada de Regina se disipaban—. Podría perseguirla el obispo o la Inquisición.

—No creo. Guerao los ocultó, no permitió que el escribano tomara relación de ellos.

—Es una buena persona —comentó Hugo no sin cierta ironía.

—Benevolente —añadió Mercè.

—Supongo que eso fue después de atender a tus ruegos...

—¿Le deseáis algún mal a madre?

Hugo no contestó a la pregunta de su hija.

—Sigues sin contarme qué hace en Tortosa.

—Ha acudido a la llamada de la priora de un convento con la que ya ha tenido tratos en otras muchas ocasiones... Vos me comprendéis, ¿no, padre?

—Pues no, no te comprendo.

—Cosas de mujeres. Va a solventar los problemas que tienen las monjas, que no dejan de ser mujeres.

—¿En Tortosa?

—¡Allí hay reunidas miles de personas! Desde principios de este año se halla presente el papa Benedicto y toda su corte: setenta cardenales, arzobispos y obispos de todos los lugares; príncipes y nobles, y por supuesto los judíos, todos los rabinos que su santidad ha obligado a acudir a la disputa, aunque no creo que estos se relacionen mucho con las monjas. ¿Imagináis la cantidad de frailes y sacerdotes que deben de pulular alrededor de tanto preboste? Muchos de todos esos religiosos se alojan en conventos de monjas, separados, pero... —Mercè se sonrojó un poco—. ¿Ahora sí me comprendéis?

Hugo intentó imaginarlo: el único convento que conocía era el de Arsenda, el de las monjas de Jonqueres, un lugar que parecía inaccesible, pero ¿acaso no escaló él mismo durante bastante tiempo hasta su tejado? Cualquiera podía colarse y mantener relaciones con las monjas si estas lo permitían. La mayoría de la gente sostenía que así era, si bien en realidad era un rumor que pocos podían confirmar.

—¿Las monjas…? —preguntó a su hija con cierto apuro—. En fin… ya sabes… —añadió juntando los dedos corazón extendidos de ambas manos, a guisa de pareja.

—¡Más de una vez he ido con madre a algún convento! Son las que mejor pagan. Madre es una experta, y ellas confían ciegamente en sus conocimientos y su discreción.

Las criadas aguardaban ya con el aceite; el soldado también haraganeaba a la espera de que volvieran a ponerse en marcha. Hugo lo lamentó: regresaban a la calle de Marquet y allí terminaba la visita a su hija. Mercè percibió el pesar en su rostro cuando llegó el momento de separarse de él, ya a las puertas del palacio.

—Volved, padre. Guerao es buena persona. No desobedecerá al almirante, pero siempre podemos vernos fuera, como hoy. —Cuando Hugo fue a darle un beso en la mejilla le preguntó—: ¿Qué tenéis con Caterina, padre? Porque hemos hablado mucho de madre, pero de vos…

—Tengo algo que Regina nunca estuvo dispuesta a proporcionarme —le cortó. Mercè se separó con cierta brusquedad y con los ojos muy abiertos—. Amor —añadió Hugo.

Como si de un niño se tratase, esperó la aprobación de su hija. No estaría satisfecho hasta obtenerla. Ella entornó los párpados y asintió. Pese a su juventud, Mercè no había podido mantenerse ajena a los rumores y comentarios que corrían sobre Regina cuando ambas vivían en el palacio. Los lloró en soledad hasta que asumió que ningún amor ni cariño existía entre su padre y su madre. Asintió de nuevo, esa vez con los ojos abiertos, mirándolo, y le besó.

—¿Cómo solucionaréis lo de madre? —le preguntó después.

Hugo se encogió de hombros

Fernando fue coronado en Zaragoza, donde se celebraron fiestas, justas y torneos para la ocasión. Para tranquilidad del nuevo rey y exasperación de los seguidores del conde de Urgell, si alguno le quedaba, este había sido encarcelado en el castillo de Urueña, cerca de Valladolid, en el reino de Castilla, a centenares de leguas de los catalanes.

Ahora que se sabía seguro en el trono, el monarca se mostró generoso con todos aquellos que le habían ayudado a conseguirlo. Desapareció el condado de Urgell y las inmensas posesiones que lo conformaban fueron vendidas o donadas a sus fieles. A Berenguer de Bardají, aquel que ya estaba a su sueldo mientras actuaba como juez en Caspe y al que premió con cincuenta mil florines de oro, le donó además los castillos y lugares de Almolda, Oso y Castellfollit; a Mateo Ram, su ujier de armas, los castillos y lugares de Samitier y Puig de Mercat; a Antonio de Cardona, su montero mayor, el castillo y la villa de Oliana. Donó tierras y castillos pertenecientes al conde de Urgell a su escribano, a su caballerizo, a su mayordomo, al secretario de la reina, al gobernador de Cataluña, al camarlengo, a los justicias de los pueblos y a muchos otros cargos y personas de su entorno. Las tierras extensísimas de Antonio de Luna, huido a Francia, se vendieron. Los bienes de Martín López de Lanuza, también confiscados como valedor del de Urgell, fueron donados a Álvaro Garabito, y los de Luis de Cegrany, a Nuño de Laguna. Bernat Estanyol, almirante y compañero de armas del rey, también fue beneficiado con los bienes confiscados a Roger Puig: el palacio de la calle de Marquet y todo lo que comprendía, así como el castillo y las tierras del condado de Navarcles, pasaron a ser de su propiedad.

—El nieto —exclamó el monarca al comunicarle la donación— volverá como dueño y señor al castillo de donde tuvo que huir su abuelo.

Fernando conocía bien la historia de Bernat, de su padre, Arnau, y de cómo el padre de este se había visto obligado a huir del castillo de Navarcles con su hijo de pocos meses, moribundo, hasta Barcelona, que los acogió como ciudadanos libres. El rey y su almirante habían hablado de ello en las noches tensas y largas que precedían a las batallas.

—Os lo agradezco, majestad —correspondió Bernat, planteándose entonces si algún día llegaría a poner los pies en aquel lugar.

Ya en la primavera de 1414, poco después de que el rey premiara a su almirante, Barcha abrió la puerta de su casa a un hombrecillo enjuto y malcarado.

—La paz —saludó la mora.

Caterina, que la ayudaba con la comida, entrevió a Guerao y se acercó. No era habitual la visita del mayordomo del almirante a la casa de una liberta en el Raval de Barcelona. Un sudor frío y repentino impregnó todo su cuerpo ante la posibilidad de que algo malo le hubiera sucedido a Mercè. ¡Hugo se moriría si su hija sufriera el menor daño!

Guerao permanecía firme frente a ellas. Caterina se limpió las manos en un trapo al mismo tiempo que se acercaba, pero luego no se atrevió a ofrecérsela. El recién llegado la saludó con un leve movimiento de la cabeza.

—¿Está Hugo? —inquirió después.

—En el huerto —contestó Barcha señalando a su espalda.

Durante unos instantes ninguna de las dos hizo nada.

—¡Ah! —exclamó al cabo Caterina, que corrió a buscarlo.

—La paz —saludó Hugo al entrar en la casa, y usó el mismo trapo que Caterina para limpiarse la tierra de las manos, aunque tampoco él se atrevió a ofrecérsela al hombrecillo—. ¿Sucede algo? —preguntó, inquieto—. ¿Está bien Mercè?

—Tu hija goza de buena salud.

Hugo respiró. Barcha y Caterina también.

—Entra, por favor —ofreció Hugo.

—No —rechazó el otro—. No es necesario. —Rebuscó entre sus ropas y extrajo un documento, que le ofreció—. La prueba de que el hijo de Arnau Estanyol cumple con su palabra —anunció.

Caterina ya lloraba antes de que Hugo lo cogiera. Barcha la abrazó.

—Ninguno de nosotros sabe leer —advirtió Hugo con una media sonrisa, sosteniendo el documento en las manos.

—Es la escritura de manumisión de la esclava rusa conocida como Caterina. Constan muchos formalismos legales para acompañar a lo verdaderamente importante: su libertad sin talla, ni servicios ni condiciones.

—Agradéceselo a Bernat —le encomendó Hugo con espontaneidad.

—El almirante no desea tu gratitud —replicó el otro recuperando unas maneras que por un momento, conmovido por el llanto de felicidad de las dos mujeres, parecía haber olvidado.

Hugo lo miró con descaro, de arriba abajo.

—Debe de ser desagradable servir a tal señor.

Guerao lo pensó antes de contestar. Acto seguido decidió hacerlo, con firmeza, como si lo hubieran insultado a él.

—Se trata de un hombre valiente y generoso, leal a su rey y a los suyos, aunque por desgracia no sabe andar sin una espada desenvainada en sus manos; eso es lo que le ha enseñado la vida. Nunca ha esperado gratitud… Ni de ti ni de nadie.

22

Lleva aquí casi dos semanas —le confesó Mercè, otra vez de compras por Barcelona—. Está controlando la construcción de galeras en las atarazanas. Sicilia y Cerdeña todavía…

Hugo dejó de escuchar. No le interesaba la situación siempre hostil de aquellos reinos lejanos. Era curioso, pensó desentendiéndose de lo que le contaba su hija, que las galeras hubieran sido su ilusión. ¡*Mestre d'aixa*, como el genovés, había querido ser! Luego, aprovechando el cariño de los perros de Juan el Navarro, saltó el muro para robar la ballesta con la que Bernat debía matar al capitán general. Y ahora, al cabo de los años, era Bernat quien estaba dentro de las atarazanas, como almirante, y además era el nuevo conde de Navarcles, el título de aquel al que quiso asesinar con la ballesta que Hugo le proporcionara.

Suspiró, quizá con la fuerza suficiente para que su hija dejase de hablarle sobre la armada.

—¿Sucede algo, padre?

—No. Continúa, continúa.

—Ayer me habló de las galeras.

—¿Quién?

—Bernat.

—¿Bernat?

—Sí, Bernat, el almirante.

—Sí. Ya sé quién es Bernat, pero… ¿lo llamas Bernat?

—¿Cómo queréis que lo llame?

—No sé… No… ¿Señoría? ¿Almirante?

Ella rió.

—¿A la mesa? ¿Pretendéis que lo llame almirante?

—¿Coméis sentados a la misma mesa?

—Sí, claro. Y desayunamos y cenamos.

—¿Quién más?

—Nadie. Él y yo.

—Hija…

—No estamos solos, padre. Nos rodean criados y esclavos, cuando no Guerao.

—Mercè, no sé si es conveniente para una joven como…

—¡Padre! ¿No confiáis en mí?

—En ti sí, cariño. En él…

Mercè dio un manotazo al aire.

—¡Bah! Bernat es inofensivo.

—No. Es uno de los corsarios más crueles…

—Inofensivo, padre, creedme. Quizá sea cruel en el mar o con sus enemigos en la guerra, pero lejos de ese entorno no es más que un hombre triste, padre. No tiene a nadie. No duerme. Lo sé, y Guerao me lo ha confirmado. Es una persona solitaria. Hace unos días se enteró de que sabía leer.

—¿Y?

—Ahora leemos por las noches. Poesía, padre. ¡Poesía! «Mujer, por Dios —recitó—, hacedme la merced, pues soy vuestro caballero, y si merced no os place concederme, permitidme al menos que pueda amaros.»

Hugo miró a su hija boquiabierto. Ella estuvo tentada de revelarle la verdad de aquellas veladas de lectura, pero no debía. «Y los ojos de Bernat se humedecieron, padre», quería decirle. No. Era… ¡era algo íntimo! No podía traicionar a quien confiaba en ella al extremo de mostrarle sus sentimientos.

—La misma poesía que leía para la condesa, padre —continuó—, Bernat dice que él también la leía, hace muchos años. ¡Es maravillosa! «Vuestro valor, mujer sin par…» —empezó a recitar de nuevo dejando flotar las manos frente a sí.

—¡Niña! —la interrumpió Hugo.

—¿Niña?

—Niña, niña, sí —repitió él—. Ten cuidado con tanto poema y la gaya ciencia, y ocúpate de la razón por la que estás en ese palacio, que no es leerle poemas al almirante, porque si no se lo dices tú, tendré que recordarle que tiene que encontrarte esposo.

—Lo sabe. Hemos hablado de ello.

—¿Y?

—No tengo prisa, padre.

—Quizá tú no, pero tu cuerpo sí que la tiene. Las mujeres debéis casaros jóvenes.

Mercè pareció incómoda con la afirmación y buscó con la mirada a las criadas que les acompañaban. Al no encontrarlas, interrogó con un gesto al soldado, quien contestó extendiendo las manos y agitándolas hacia el suelo, quejándose de que era mucho el rato que llevaban ahí parados, hablando. Ella asintió.

—Es cierto —reconoció—. Debo irme.

El soldado sonrió, y Mercè emprendió el regreso al palacio. Hugo les cedió el paso y los observó mientras se alejaban. Su hija iba delante, con paso resuelto, como si toda su vida hubiera vivido en un palacio y la hubiera escoltado de continuo la guardia. Hugo había llegado a temer que no se adaptase a su nueva vida en condición de pupila de Bernat, lejos de la condesa y separada de Regina, pero era evidente que sus recelos eran infundados. ¡Poesía! Mercè y Bernat leían poesía por las noches, se repitió, azorado.

—El aguardiente no es para que lo bebas tú —le recriminó Hugo a Barcha tras pillarla con un vaso en la mano—. Ni para ti —añadió, dirigiéndose a Caterina, a la que traicionaron unos ojos chispeantes en un rostro que pretendía aparentar seriedad ante la reprimenda—. Si sobra algo ya decidiremos lo que hacemos —cedió, no obstante, ante la mirada suplicante de ambas.

Destilaban vino y elaboraban aguardiente. A Hugo le urgía trabajar. Barcha y él siempre habían sido frugales en sus necesidades: la olla bien provista al fuego, pan que ni siquiera tenía por qué ser blanco —de trigo candeal les bastaba— y vino eran más que suficiente. De vez en cuando alguna gallina o algo de cabrito, y pescado en los días de abstinencia, que eran muchos. Mientras trabajaba para Roger Puig la mora había sabido administrar los jornales de Hugo y llegaron a ahorrar algunas monedas, pero la caída en desgracia del conde de

Castellví de Rosanes y de Navarcles conllevó la pérdida del trabajo y los ingresos de él, por más que le regalaran aquel carro con sus dos mulas y varias cubas con el vino comprado en Balaguer para las tropas. Tampoco nadie le pidió cuentas de los dineros que le entregara el conde para que espiara, ni de aquellos otros que él y Caterina habían ganado vendiendo vino de pésima calidad a soldados y civiles instalados en el real, que lo tomaban aunque fuera solo por charlar un rato con aquella mujer bella y espléndida.

Algún dinero, el vino que les había sobrado del real de Balaguer, un alambique y su oficio de corredor de vinos, que le permitía vender en Barcelona, marcaron, pues, el camino de Hugo.

—¿Alguien más ha bebido aguardiente? —tuvo que preguntar a Barcha.

Si la gente llegaba a conocer el sabor del destilado y, por tanto, se reconocía en las mezclas, podrían acusarle de fraude, y eran muchas las personas que acudían a casa de Barcha. En su gran mayoría libertos que tenían obligación de vivir en el Raval mientras pagaban por su liberación y que después ya permanecían en aquel barrio que aún se mantenía casi sin edificar en la mayor parte de su extensión, tal como lo había recorrido Hugo de niño.

—¿Qué quieres que haga mientras tú estás en el palacio del conde? —le contestó Barcha un día en que Hugo se interesó por los libertos que visitaban a la mora—. Nos entendemos. Todos hemos sido esclavos y hemos vivido la injusticia de la vida. Hablamos. Lloramos nuestras desgracias y en ocasiones, cuando alguien invita a vino, reímos nuestra libertad. Nos ayudamos, Hugo. Quienes han vivido la esclavitud ayudan al prójimo.

Con la llegada de Caterina a la casa se multiplicaron aquellas visitas. Si antes eran principalmente moros, ahora eran también rusos, griegos, tártaros, esclavos procedentes de Oriente. Caterina no perdía oportunidad de preguntar a unos y otros por aquellos dos hijos pequeños que Roger Puig había vendido hacia ya algunos años. Había amos que mantenían a sus bastardos junto a ellos, muchos los reconocían en sus testamentos, incluso en vida; ni siquiera la Iglesia censuraba las relaciones entre amos y esclavas. Roger Puig, sin embargo, nunca quiso bastardos en su palacio, ni tampoco alimentarlos hasta que cumplieran edad suficiente para rendir en su trabajo, por lo que los vendía nada más ser destetados, como animales... que es lo que eran para él. Caterina lloró, desconsolada, en cada una de aquellas ocasiones.

Barcha juró que nadie había probado el aguardiente.

—¿Y si alguno me hubiera denunciado? —arguyó él para que la mora fuera consciente de la importancia de su juramento.

Destilarían por la noche, a escondidas de las visitas. Barcha se quejó, cansada con solo pensarlo. Hugo sonrió al recordar cómo había llegado a doblegar su voluntad años atrás: a cubos de agua para que no durmiera. Ahora, en cambio, decidió relevarla de aquel trabajo. El vino lo guardarían en el cobertizo del huerto.

—Sí, sí que cabrá —contestó a Barcha y a Caterina, las dos temiendo la necesidad de una gran bodega—. A fin de cuentas —añadió—, no pretendo que envejezca, ni siquiera cuidarlo o trasegarlo. Comprarlo joven y barato, modificarlo con aguardiente y frutas o especias y venderlo caro, eso quiero.

Hugo les rogó discreción a las dos.

—¿Crees que seríamos capaces de contarlo?

—Habláis demasiado —interrumpió a la mora, sin prestar atención a su tono ofendido.

Las cubas que habían regresado de Balaguer fueron las primeras. Obtuvo unos buenos beneficios, aunque no todos los que habría podido conseguir gracias al consejo que le dio Caterina una noche que los dos estaban en la cama después de haber trabajado con el alambique.

—No puedes tener de continuo el mejor vino de la ciudad, el más caro y el más exquisito. Los demás corredores, los propios hosteleros, hasta los prohombres desconfiarán y terminarán por enterarse. Sé prudente, amor mío. Muévete entre la gente humilde, trabaja el vino de los oficiales y los menestrales.

No siempre sería así, soñaba Hugo. El día en que tuviera dinero compraría vino bueno, de Murviedro..., si le vendían, y de todos aquellos lugares que había visitado como espía del conde. Adquiriría grandes vinos poco conocidos. Sería buen negocio, seguro, pero hasta entonces no estaría de más seguir el consejo de Caterina, concluyó. Y quizá algún día podría tener una viña.

En cuanto se acabó el vino de Balaguer, Hugo aparejó las mulas y se lanzó a comprar. En esa ocasión escogió el Penedès, por los alrededores de Vilafranca. Allí se sucedían multitud de masías, la mayoría de las cuales disponían de lagar y bodega y elaboraban sus propios caldos. Hugo no pretendía grandes cantidades ni gran calidad —una cuba de aquí, media de allá—, por lo que los payeses a los que se dirigía no veían en riesgo sus existencias para llegar hasta finales de enero, momento en el que dispondrían del vino nuevo. Se lo vendieron, y a buen precio, aunque no fuera temporada.

De vuelta a casa, tras pagar el pontazgo por cruzar el puente de madera que salvaba el río Llobregat a la altura de Sant Boi, se detuvo en el mercado que se hallaba justo a ese lado. Buscó acomodo para el carro y las mulas en un chamizo vigilado por un hombre y un par de muchachos harapientos, y se lanzó a recorrer los puestos. Había reservado dinero para comprar un obsequio para Caterina. Las noches en las que había estado recorriendo las masías para adquirir vino había fantaseado con ese presente, disfrutando mientras imaginaba la expresión de alegría que pondría. Nunca le habían regalado nada, le había confesado Caterina un día, «salvo la libertad», añadió antes de besarlo con pasión. Desechó llevarle comida, como había hecho con Eulàlia, pero tampoco sabía muy bien qué comprarle. Quizá una olla o algo para la cocina, sopesó, puesto que las joyas de plata o de coral estaban muy lejos de sus posibilidades. Al final se vio seducido por las piezas de tela que exponían los mercaderes. No se atrevió a tocarlas con las manos, sucias de trasegar con el vino, de aparejar los animales y del propio camino, así que las señaló y preguntó precios. Fue de un puesto a otro, incapaz de entender toda la información que le proporcionaban los vendedores. Las telas variaban de precio según la lana, el tiempo en el que se había esquilado, la largura de las hebras, la urdimbre del paño, el peso, el tinte, los colores... Le gustaban todas las piezas, y todas eran caras. Contó sus dineros, regateó con unos y con otros, y ofreció cuanto tenía. La visión de la sonrisa de Caterina apareció ante él en el momento en el que le entregaron un corte de tela de lana azul, «teñida con pastel».

—Tu esposa quedará satisfecha —auguró el mercader.

Al llegar a casa se encontró con el alboroto y el trasiego de libertos, y hasta de esclavos, que aprovechaban alguna gestión en la ciudad para colarse a ver a Barcha y a Caterina. La solidaridad entre los libertos, incluso entre los originarios de diferentes lugares o de distintas razas, constituía una forma de alcanzar la libertad. Las tallas, los contratos por los cuales el esclavo compraba su libertad, requerían de dineros, y por lo tanto de un empleo, pero sobre todo exigían la existencia de unos fiadores que garantizasen ante el amo que concedía la talla que aquel esclavo no se fugaría.

—Han contado que antes —le refirió esa misma noche Caterina, ya en su habitación—, no hará tampoco tantos años, cuarenta más o menos, se pedían solo dos o tres fiadores para que un amo concediera la talla a su esclavo. Luego subieron hasta seis, y hoy en día son raros los contratos de talla que tengan menos de ocho fiadores. Por cada esclavo que puede optar a la libertad a través de la talla, hay que encontrar ocho personas, ¡imagínate!, ocho libertos que estén dispuestos a afianzar el cumplimiento de las obligaciones del esclavo.

Hugo había evitado entregarle el regalo en presencia de Barcha. Nada tenía que ver el aprecio que profesaba a la mora con su amor por Caterina, pero se sintió incómodo ante la perspectiva de las dos mujeres juntas; una contenta y la otra quizá decepcionada. Barcha se enteraría, no cabía duda, pero entonces le contaría la verdad: que se había gastado cuanto llevaba en aquel corte de tela azul.

—¿Y quiénes afianzan? —inquirió Hugo por seguir la conversación de Caterina.

—Entre todos ellos —le contestó con una urgencia que no pasó desapercibida a Hugo. «Pero…», empezó a decir él antes de que la otra continuara—: También buscan trabajos entre unos y otros… quizá para controlarse. ¿Te imaginas la situación en la que quedan las familias que han afianzado si el esclavo se escapa?

—Lo imagino, sí, pero ¿quién…?

—Y hay muchos pleitos —le interrumpió Caterina—. Muchos esclavos pleitean ante el tribunal del baile para conseguir la libertad. Hay un procurador, el de los miserables, lo llaman, que representa gratuitamente a los esclavos que alegan que no deben serlo, principalmente por no haber sido capturados en «buena guerra», esos que han sido robados en territorios con los que los reinos no se hallan enfrentados.

Caterina calló y Hugo se guardó de no quebrar el silencio; presentía que la última frase pesaba en su ánimo.

—Mi pueblo no estaba en guerra con nadie… y menos con Cataluña —susurró ella—. Quizá si hubiera sabido de la existencia de ese procurador de miserables...

Estaba sentada en la cama y allí permaneció quieta, cabizbaja. Hugo se acercó al arcón que tenían en la habitación y extrajo el corte de tela.

—Nunca será suficiente para aliviar tu dolor —le dijo arrodillándose frente a ella y sosteniendo la tela en las manos—, pero desearía que a través de este regalo comprendas el profundo amor que siento por ti.

Caterina se echó a llorar. Su emoción le impedía coger la tela que Hugo le ofrecía.

—Me siento ruin solo con pensar en que soy afortunado porque ese cruel destino te haya traído hasta mí. No tengo derecho a ti. No quiero recordar el pasado. Solo quiero decirte que hoy estoy aquí, contigo, y que te amo.

Ella volvió el rostro para que las lágrimas no mojasen la tela. Hugo esperó, sonriendo, frente a ella, pero el llanto de Caterina parecía no tener fin.

—Caterina —terminó rogándole.

Ella asintió y sorbió por la nariz. Se enjugó las lágrimas con el antebrazo y se levantó con decisión. Cogió el corte de tela, lo acarició con delicadeza, lo dejó de nuevo en el baúl y se volvió hacia Hugo.

—Tú eres el mejor regalo que nunca han podido hacerme —susurró al mismo tiempo que empezaba a desnudarse con la sensualidad patente en su mirada y la voluptuosidad en sus movimientos—. Volvería a padecer mi vida, igual, día tras día solo con que me asegurasen que te encontraría de nuevo.

Hugo mantuvo la respiración en el momento en el que Caterina quedó desnuda frente a él. La conocía. Había recorrido ese maravilloso cuerpo con las manos, la lengua y hasta la imaginación, pero ahora se le presentaba esplendoroso, magnífico, como si las lágrimas y las palabras, las promesas de amor y la tela azul flotaran juntas en la habitación, excitasen los pezones tiesos de aquellos pechos grandes y firmes, y delinearan las curvas de las caderas para terminar jugueteando en su pubis. Los ojos pálidos de Caterina, ahora brillantes, le llamaron. Hugo dio un paso, quiso decir algo, pero ella lo acalló con un beso, largo, húmedo. Luego lo desnudó, despacio, lo tumbó en la cama y le lamió hasta que alcanzó el orgasmo.

—Pronto cumpliré veinte años, padre.

Eran ya varias las ocasiones en las que ordenaban a las criadas que fueran a comprar y los dejasen solos. Al principio las mujeres insistieron en acompañarlos, ya que el almirante había retirado la guardia de los soldados, persuadido de que la compañía de las criadas era suficiente, pero Mercè terminaba convenciéndolas. Entonces rodeaban Santa María de la Mar —no entraban en el templo por miedo a toparse con Bernat—, paseaban por el Pla de Palau, por la playa o se sentaban a ver trabajar a marineros, pescadores y constructores de barcos.

«¡Casi veinte años ya!», pensó Hugo. Y él, ¿cuántos contaba entonces? Debía de estar por cumplir los cuarenta.

—¿Qué pretendes decirme con eso de que tienes veinte años? —preguntó a su hija olvidando cualquier otra cuestión.

—Pues que ya tengo la edad suficiente para elegir a mi futuro esposo.

—No es lo usual. Las hijas deben obedecer… —inició Hugo un discurso que pronto acalló Mercè.

—… a los padres. Cierto. Pero vos no estáis presente, así que decidme qué preferís, que elija Bernat o que lo haga yo.

—Visto así, tal vez deba confiar en tu criterio —admitió él.

—¡Pues entonces va para largo, padre! —Mercè rió antes de pedirle que callara con un gesto de sus manos—. Los que no son viejos y decrépitos son jóvenes a los que solo les interesa mi dote.

—Es normal que pretendan la dote.

—Soy virgen, y me he mantenido así para ofrecerme a mi esposo. El problema es que tal como se les recuerda la obligación de aportar un *escreix* de cuantía igual a la mitad de la dote huyen o, lo que es peor, se echan a reír. Los principales, padre, los hijos de los ricos y de los nobles no me pretenden; algún personaje arruinado quizá, pero poco más. Seamos sinceros: solo soy…

—Calla —le pidió él mirándola con ternura—. El hombre adecuado llegará pronto. No te quepa duda. ¿Qué dice Bernat?

—Piensa como vos —dijo Mercè con un suspiro—. Que llegará.

—Bien, en ese caso todos estamos de acuerdo, aunque…

Hugo no se atrevió a insistirle en que apresurase su enlace. Le molestaba que el asunto de la elección de un marido para su hija se prolongara en el tiempo y que mientras tanto conviviese con Bernat en el palacio. No le parecía una situación adecuada, y sin embargo tan pronto como hablaba con Mercè sus dudas se desvanecían ante la felicidad que emanaba de la muchacha. «Soy virgen», le acababa de confesar con sinceridad. Debía confiar en ella, se dijo una vez más.

—Aunque ¿qué? —preguntó Mercè ante el repentino silencio de su padre.

—No. Nada. ¿Qué sabes de tu madre? —cambió este de conversación, al mismo tiempo que volvía a prometerse no insistir tanto en el tema del matrimonio.

Mercè no tenía noticias de Regina. Aun así le habló de lo que sucedía en la conocida como Disputa de Tortosa.

—Su fraile —comentó ella con ironía—, fray Vicente Ferrer, está logrando conversiones diarias a base de sermones.

Así era: más de doscientas familias de las juderías de Zaragoza, Calatayud y Alcañiz se habían convertido al cristianismo, a quienes había que añadir ciento veinte de las de Daroca, Fraga y Barbastro y la casi totalidad de los miembros de las juderías de Caspe y Maella, la aljama de Lérida y los judíos de Tamarit y Alcolea. Por Guerao supo que la disputa estaba a punto de finalizar. De todos los temas planteados para la discusión, solo se llegó a tratar uno: la venida del Mesías. Decían que Jerónimo de Santa Fe, el converso que llevaba la voz en la reunión, consiguió probarla a partir de los propios errores del Talmud. Al final, cerca de tres mil judíos —rabinos y personas de prestigio entre ellos— renunciaron a su fe y se convirtieron al cristianismo en Tortosa.

—Entonces volverá pronto —se lamentó Hugo.

—Probablemente —aventuró Mercè, y ambos quedaron en silencio—. Vino a visitarme Barcha —le soltó de repente.

Hugo suspiró. ¿Qué tramaría la mora?

—Ya sabes cómo es —dijo él—. ¿Te visita a menudo? No me lo ha contado.

—Sí, viene con mucha frecuencia. Se pelea con los guardias de la puerta y grita a todo el mundo. Yo bajo al patio y charlamos un poquito, ni siquiera salimos a pasear. Solo está un momento; lo necesario para verme y darme un beso.

—¡Qué carácter! —exclamó él.

—¡Y que lo digáis, padre! Ayer se enfrentó a Bernat.

—¿Qué! —exclamó Hugo, atónito.

—Apareció Bernat, en el patio, venía de no sé dónde. Habló conmigo un rato. El caso es que hizo ademán de retirarse, y Barcha lo llamó y se encaró con él. «No le hagas daño», le amenazó refiriéndose a mí—. «Si se lo haces te las verás conmigo... en el infierno.»

—¿Qué hizo Bernat?

—Pues... asintió en silencio —contestó Mercè, desconcertada—, no se molestó. No quiero pensar lo que sucedería si algún criado de palacio se dirigiese a él en iguales términos... Sin embargo, con Barcha su actitud fue solo esa: asentir. Luego le pregunté a ella que a qué tal advertencia, pero se perdió en excusas.

—En fin, confío en que no te origine más problemas —concluyó Hugo—. Sabes que te quiere mucho.

—También me pidió dinero... Bueno... —corrigió tratando de calmar a Hugo, que acogió su revelación con un respingo—, me pidió que se lo pidiera a Bernat.

—¡Para liberar a algún esclavo! —bramó el padre, encolerizado.

—No. —Mercè dudó—. Para vos —confesó—. Para que podáis comprar vino y comerciar con él.

Hugo respiró hondo antes de soltar el aire con un bufido.

—Dice que vos lo necesitáis, padre.

—¡La mora siempre tiene que estar interviniendo en mi vida! ¿Sabes que llegó a buscarme esposa? Pero ahora no necesito ese dinero, hija. Las cosas parece que empiezan a irme bien... —Comenzó a dudar—. Vendí el vino de Balaguer, y acabo de hacerlo con otra partida del Penedès... —Al oírlo, Mercè le miró extrañada—. Vendo... ¿Cuándo dices que te ha pedido ese dinero?

—Ayer mismo.

—Bueno, de todos modos supongo que se trató de una petición inútil —añadió Hugo con la mente puesta en Barcha y Caterina, y en sus libertos, sus tallas, sus pleitos y sus afianzamientos—: Bernat nunca me prestará dinero.

—Pues me ha costado un poco convencerlo, pero al final me ha dicho que sí.

Hugo volvió de su paseo con Mercè con las dos noticias: el más que previsible regreso de Regina por haber finalizado la Disputa de Tortosa, y el préstamo solicitado por Barcha.

—¿Debo ir a comprobar los dineros que tenemos escondidos? —preguntó nada más entrar.

El silencio de las dos mujeres fue suficiente contestación. Hugo dejó caer la cabeza y cerró los ojos; aquel dinero significaba el principio de una nueva vida. Soñaba con vender y comprar, con la viña...

—Hubo un esclavo que se fugó —oyó que se excusaba una de ellas, ¿Caterina o Barcha? No lo distinguió—. Tuvimos que pagar nuestra parte de la fianza.

—Recuperaremos el dinero —dijeron también.

Hugo fantaseaba con una viña. Por las noches, en ese instante previo a perder la conciencia, hasta podía oler el aroma de las vides, masticar el dulzor del mosto y paladear el vino. Y ahora aquellas dos... aquellas dos... Cerró los puños con fuerza. ¡Lo habían gastado! Y la mora había ido a suplicar por él a Bernat. ¿Qué pensaría de él el almirante? ¿Qué íntima satisfacción le habría proporcionado que, siquiera a través de una liberta y de su hija, Hugo Llor le hubiera pedido dineros?

—Los esclavos también son personas.

Una nueva afirmación detuvo el curso de sus pensamientos.

Tampoco distinguió cuál de las dos lo había dicho. Alzó el rostro y replicó con amargura:

—¿Y yo? ¿No soy una persona? ¿No merezco prosperar, salir de la miseria?

—Tú eres libre —apuntó la mora.

—Y me tienes a mí —añadió Caterina—. ¿De qué miseria hablas?

Se miraron.

—Y también a mí —se atrevió a soltar Barcha en un tono de voz desconocido: dulce.

Hugo mantuvo sus facciones crispadas, pensando en cuánto quedaría de los ahorros guardados, pero algo...

—Trabajaré por las noches —ofreció Barcha, ahora sumisa.

Las comisuras de los labios de Hugo se relajaron al oír aquel compromiso.

—Y tienes una hija maravillosa —añadió Caterina.

—Que se casará con un príncipe —concluyó Barcha.

Cada una habló, zalamera, con dulzura, a medida que la sonrisa pugnaba por aparecer en el rostro de Hugo.

—Eres el mejor botellero del reino.

—Conoces el secreto del aguardiente.

—Estás sano.

—¡Y vigoroso!

La exclamación de Caterina fue contestada por Barcha con un manotazo al aire y una mueca de desprecio.

—¡Bah! —se burló.

Las dos mujeres continuaron adulándolo y Hugo, ya con los ojos cerrados, se dejó convencer.

—¿Queda algo de dinero? —quiso saber al final.

—Algunas monedas menudas.

No pudo evitar negar con la cabeza en señal de decepción.

—Pero tienes... —quiso reiniciar la retahíla de excusas una de ellas.

—¿Sabéis lo que tengo? —la interrumpió Hugo—. Una esposa cruel y despreciable que va a volver a Barcelona y probablemente aquí, aunque solo sea para mortificarme.

Regina regresaría y era imposible saber cuáles serían sus exigencias, pero con toda seguridad no bendeciría la relación entre Hugo y Caterina. Debían buscar la manera de amedrentarla, entre los tres. Hugo evitó hablarles del día en que se asomó a la ventana para airear su traición a todo aquel que quisiera escucharla. Regina era una mujer capaz de inmolarse por puro odio. De lo que sí les habló fue de los libros judíos encontrados en el palacio de la calle de Marquet. «Podríamos utilizarlos para presionarla», propuso. Sopesaron las circunstancias: Mercè se vería comprometida, y también Guerao, por no haberlos entregado, pero ¿reconocería entonces el mayordomo del almirante que tenía los libros en su poder? Es más, ¿admitiría tan siquiera haberlos encontrado? Si él lo negaba, Mercè sería tachada de mentirosa, pero si lo hacía, si contaba la verdad, podía verse en un aprieto con la Inquisición.

—Olvidémonos de ese hombrecillo y de Mercè —estableció Hugo, zanjando las dudas.

La única que podía sentirse amenazada por conservar unos libros judíos era una conversa como Regina. Sí, la Inquisición se le echaría encima. Los conversos falsos eran uno de los problemas más acuciantes de la Iglesia. ¿A qué tanto esfuerzo por convertirlos si después no eran verdaderos cristianos? Regina no se atrevería a poner en duda la palabra de alguien de la casa del almirante de la armada catalana, principalmente porque sabía que era cierta su falta. Podían aprovecharse de ello, decidió Hugo, satisfecho.

Regina regresó a Barcelona. La Disputa de Tortosa, amén de las miles de conversiones, tuvo como consecuencia la bula papal «Etsi Doctoris Gentium», una de las regulaciones más crueles para con los judíos dictadas hasta entonces. Comparable a las normas establecidas en Ayllón para los judíos castellanos a instancias de fray Vicente Ferrer, la bula de Benedicto XIII pretendía eliminar definitivamente a los judíos que, tras la Disputa de Tortosa, persistieran en su fe. Juderías enteras optaron por la conversión, pero aún subsistían algunas: Teruel, Gerona, Perpiñán, la propia Tortosa, Falset, Tarazona, Monzón, Besalú, Huesca, Jaca...

Además de las estrictas normas de separación de los judíos y sobre todo de los conversos, de la prohibición de trabajos específicos y demás normas que hacían imposible la vida y subsistencia de los judíos, a partir de ese momento se les impidió la posesión de cualquier libro que versara sobre su religión. Si alguno los tuviera, debía entregarlos a las autoridades eclesiásticas en el plazo de un mes, bajo pena de herejía a perseguir por la Inquisición.

Pero si en algo se diferenciaba la bula papal de las leyes de Ayllón, aparte de en el aspecto de los libros, era en la orden dada por el Papa de clausurar las sinagogas, sobre todo las preciosas, las que agasajaban con lujo las ceremonias de los herejes, además de aquellas otras de las que se tuviera noticia o fama de haber sido erigidas sobre templos cristianos. Si se les privaba, o se humillaba sus templos, sostenían los cristianos, el credo judío perdería sentido. Y así sucedió en numerosos lugares encabezados por la única sinagoga de la señalada judería de Gerona. Testimonios falsos acerca de que esta se había erigido sobre una capilla cristiana dedicada a san Lorenzo llevaron a su clausura inmediata.

—¿Quieres que acuda a denunciarte al párroco por convivir maritalmente con esta…? —Regina dudó unos segundos antes de definir a Caterina—. ¿Con esta esclava?

Se había presentado en casa de Barcha, bien vestida, seguida por un moro adolescente que cargaba con lo que parecía ser un baúl con sus pertenencias. Planearon que hablase Hugo, por lo que este se adelantó un paso hacia su esposa. Regina y su esclavo se mantuvieron a un lado del comedor y ellos tres al otro, a guisa de dos ejércitos enfrentados.

—Si te propones denunciar… —quiso amenazarla Hugo antes de que Barcha terciase y le interrumpiese.

—¡No denuncies a nadie! Te lo rogamos —exclamó.

Regina suavizó entonces sus facciones crispadas. Hugo observó su nariz. Estaba tensa y eso solo quería decir una cosa: mentía.

—Entra e instálate con nosotras —ofreció la mora—. Esta es tu casa.

Regina hizo una seña al esclavo, que se adentró con el baúl.

—Ya sabes el camino —dijo Barcha en tono irónico cuando Regina ya le había dado la espalda y ascendía por la escalera.

Ni esperaron a que llegara arriba. En cuanto Barcha vio que los otros dos se volvían hacia ella les hizo seña de que callaran y se encaminó a la otra estancia de la planta baja, aquella que en tiempos servía como taller donde Jaume elaboraba las empuñaduras de las navajas.

—¿Pretendías mezclar a Mercè en este lío? —susurró Barcha—. Solo saldría perjudicada. ¡No te quepa duda!

Tanto Hugo como Caterina se vieron obligados a asentir. ¡Cómo cambiaba la percepción desde que nacía la idea hasta el momento de ejecutarla! Chantajear a Regina con el asunto de los libros judíos no era una buena idea si en ella debían implicar a Mercè.

—No podemos arriesgarnos a dañar a la niña —continuó Barcha—. Regina es problema nuestro, no de Mercè, por lo que somos nosotros quienes debemos enfrentarnos a él. Hace años comprometí mi palabra con Regina por el bien de la niña, pero ahora que Mercè está a salvo, sé cómo hacer la vida imposible a una persona. —Hugo recordó a la Barcha recién comprada: aquella esclava que consiguió que fuera él, su amo, el que cargara con la vasija más pesada—. Somos tres contra ella. Rendirá esa testa orgullosa.

—Sed prudentes con lo que os da a probar.

Aquella frase lapidaria fue la única que se le ocurrió decir a Hugo mientras la mora sonreía solo con imaginar mil maneras de importunar a Regina. Caterina ni sonreía ni dijo nada; su semblante era el de una mujer preocupada.

Llegó enero de 1415, la época en la que el vino finalizaba su segunda ebullición, la lenta, y estaba ya dispuesto para ser consumido como caldo joven.

—El almirante exige que lo compres en la zona de Navarcles —le dijo Guerao, que actuaba como procurador de Bernat—. Si hay que gastar ese dinero, que sea en beneficio de sus tierras.

Quizá en otra ocasión habría discutido, porque ¿quién era Bernat, ni nadie, para decirle dónde debía comprar? Pero, dadas las circunstancias, lo único que Hugo deseaba era el dinero, un dinero con el que podía empezar de nuevo; el aguardiente se lo permitía. Eso le había susurrado a Caterina después de la llegada de Regina, en el cobertizo del huerto donde almacenaba las cubas.

—¿No eras tú quien me aconsejaba prudencia?

—Sí —respondió ella—, y no me desdigo de mi consejo. ¿Para qué quieres ser rico si no es para ayudar a quienes sufren?

—Yo solo pretendo conseguir una viña, Caterina, que nos permita subsistir —replicó él—. Quiero poder terminar mis días al cuidado de las vides. También querría vivir los años suficientes para comprobar la calidad de mis vinos. Solo aspiro a eso. No quiero ser rico.

—La tendrás, seguro —afirmó ella tomándole de la mano—. La mereces.

Hugo iba a recordar su intento por discutir, y cómo Caterina le llenó de besos para acallarlo, cuando notó presión en su brazo. Guerao le instaba a salir del escritorio del notario, a cuya puerta se había parado a pensar.

—Sí, sí —accedió él—. ¿Esto sí que puedo agradecérselo a su señoría? —preguntó Hugo al hombrecillo nada más pisar la calle.

No era mucho dinero, el preciso para que se hiciera con una buena partida de vino.

—El almirante no necesita de agradecimiento alguno, ya te lo dije. El único agradecimiento que desea es que le devuelvas su dinero.

—Todavía me debe él a mí —masculló Hugo.

—¿Dices algo?

—No. —«¿No?», pensó. ¿Acaso no era cierto?—. Yo también le di dinero en una ocasión... —expuso rotundo— y nunca me lo ha devuelto.

—¿Quieres que se lo recuerde? —preguntó Guerao—. El almirante es un hombre que tiene a honra haber pagado siempre sus deudas.

Hugo lo meditó y tardó apenas unos instantes en decidir que lo primero era Mercè. Lo último que le había contado ella era que un barón viejo y viudo se había presentado en el palacio de la calle de Marquet. Le acompañaban dos hijos de un anterior matrimonio, un par de años por encima o por debajo de la edad de Mercè, que la miraban con una incontinencia y lascivia de la que carecía el padre, como si ya la sortearan entre ellos. «Así se comportaron hasta que Bernat dio tal manotazo sobre la mesa que hizo caer las copas de vino», le había contado a continuación su hija, quien añadió que los tres hombres, a partir de entonces, sin que Bernat tuviera que decir más, se mostraron corteses.

—No —contestó Hugo, vuelto de sus pensamientos, a Guerao—. Mejor que no le recuerdes nada al almirante.

—¿Cuándo partirás?

—En cuanto pueda. Ahora es el momento de comprar.

—Suerte —le deseo el hombrecillo.

Se encontraban frente a la catedral, magnífica desde que algunos años antes se procediera a derribar las murallas romanas que ocultaban su fachada. A partir de ahí, superada la plaza de Sant Jaume, se separarían, uno en dirección a la calle de Marquet, el otro hacia el Raval y la calle del Hospital.

—¡Guerao! —Hugo le detuvo antes de que cada uno tomara su camino. Había decidido confiar en él; al fin y al cabo, Mercè sostenía que era una buena persona—. No entiendo la razón por la que se retrasa tanto el matrimonio de mi hija. ¡Sí! —se adelantó a la réplica del mayordomo—, sé lo que me dice Mercè: que no encuentra pretendiente que la merezca.

—Es cierto. Tu hija podría casarse la próxima semana si así lo desease. Yo mismo me casaría con ella aunque su dote consistiera en un simple jergón —añadió, y Hugo torció el gesto—. No he querido faltarte, y menos a ella. Disculpa si así te lo ha parecido.

—Te creo —dijo Hugo ante la contrición sincera que percibió en la disculpa.

—Ya, pero tu expresión ante mi propuesta ha sido reveladora. No la casarías conmigo, y eso que soy mayordomo del almirante de la armada...

Entonces fue Hugo el que trató de disculparse, pero Guerao lo acalló con un gesto.

—Es un ejemplo, Hugo. Tu cara es la misma que pone mi señor ante el desfile de sinvergüenzas y oportunistas que acuden en pos de la dote de una muchacha bella como tu hija. Llegará el esposo adecuado, no te quepa duda.

—Pero mientras tanto ella sigue en palacio...

—¿Insinúas algo? —El mayordomo elevó el tono de voz.

Hugo recapacitó solo un instante, antes de replicar:

—No insinúo. Sostengo —afirmó con rotundidad— que no es correcto que un hombre soltero conviva con una doncella bajo el mismo techo durante tanto tiempo.

Fue Guerao, entonces, quien se vio obligado a reflexionar al oír esas palabras.

—Hugo, tu hija está sana y bien cuidada. Te aseguro, además, que es respetada como se merece. Aun así... No puedo ocultarte que yo también he tenido esa preocupación. Hablaré con el almirante.

—Hazlo —le conminó Hugo.

Mientras caminaba por la calle de la Boquería en dirección al Raval, más tranquilo después de haber oído la promesa del mayordomo de que se ocuparía de tratar esa situación con Bernat y sus palabras sobre el respeto que reinaba en el palacio, Hugo se dijo que lo cierto era que Mercè estaba bien: emanaba alegría y felicidad. Por mucho que a él le extrañara, su hija era feliz viviendo cerca de una persona como Bernat. «¿Poesía?», se preguntó riéndose con sarcasmo para sus adentros. En la calle alguien se volvió hacia él. Hugo no le prestó atención y continuó sonriendo. Mercè encontraría un buen esposo, eso se le aparecía como indiscutible, por el contrario, su propia vida marital se enfrentaba a un sinfín de problemas.

La llegada de Regina había trastornado la convivencia. Barcha dispuso que la recién llegada durmiera sola en la habitación que hasta entonces compartían Hugo y Caterina. Él dormiría en la contigua del piso superior, y el joven esclavo moro que Regina había comprado en Tortosa lo haría en el rellano de la escalera, entre las dos habitaciones, sentado en el suelo y apoyado contra la pared. Barcha y Caterina, por último, ocuparon el taller de los bajos.

El ambiente se enrarecía desde el amanecer. Barcha gritaba, se topaba con Regina; ya desde primera hora la mora se aliaba con algunas esclavas o libertas para que acudiesen a la casa. Regina no tenía sitio en el que sentarse a la mesa, ni comida.

—¿Esperas que te dé de comer? —le gritó Barcha ya la primera mañana—. ¿También lo denunciarás a tu párroco?

Niños que corrían de aquí para allá y que despertaban a Regina, o que entraban y salían de su cuarto chillando, perseguidos por el moro joven, que trataba de recuperar la prenda robada a su señora y que se intercambiaban entre ellos, enarbolándola a guisa de pendón capturado al enemigo. Barcha le prohibió que sacara agua del pozo del huerto. «Es mía. Tienes que pagar por ella.» Y el moro tenía que acudir diariamente a la fuente del hospital de la Santa Cruz a por ella.

Caterina no tenía el carácter de la mora y presenciaba todo aquello percatándose cada día más del malestar y la tensión que producían en Hugo, hasta que decidió dejar la habitación de Barcha e instalarse en la de arriba. «Que nos denuncie al párroco», dijo tras atrancar la puerta y acurrucarse en la cama junto a él.

En realidad, Hugo dudaba que Regina cumpliera aquella primera amenaza. Eran pocas las ocasiones en las que coincidían a solas; alguna vez en el huerto, o al cruzarse por la calle. Hubo una tarde que se encontraron frente al fuego mientras las otras dos mujeres andaban ocupadas con sus quehaceres. Hugo tuvo la sensación que ella lo buscaba. Regina se arrimaba cuanto podía, a pesar de los esfuerzos de él por apartarse. «Podríamos intentarlo de nuevo —le propuso con voz melosa y dulce—. Yo te sigo queriendo. ¿Qué nos pasó? Sé que en tu corazón todavía arde algo por mí.» Las aletas de su nariz acompañaban sus palabras, y él se dijo que no mentía. ¡Creía en ello! Su esposa buscaba una reconciliación imposible. Hugo se lo ocultó a Caterina. No obstante, se dio cuenta de que, en ese momento de su vida, y a pesar de que alguna vez se veía con Mercè, Regina no tenía quien la quisiera; estaba sola.

Hugo regresó a Navarcles por el mismo camino que hiciera con Roger Puig tiempo atrás: remontando el río Llobregat para desviarse antes de llegar a Manresa. Encontró compañía en un par de arrieros con varias mulas de reata cada uno de ellos. Caterina, ya una mujer libre y decidida, tan distinta a la esclava que le acompañó a Balaguer, reprimió con brusquedad el primer atisbo de lujuria en la mirada de uno de aquel par de muleros descarados. «¿Qué miras!», le gritó acercándose con decisión hasta casi rozarle el rostro, con la mano derecha escondida entre sus ropas como si atenazase un cuchillo. Aunque quizá realmente lo llevara, se dijo Hugo. Antes de partir, Barcha le había prestado de nuevo a él el espléndido cuchillo de Jaume, pero sin duda podía haberle dado otro a Caterina. Hugo se prometió preguntárselo a Caterina al mismo tiempo que la observaba, airada frente al mulero. No podía estar más bella... La libertad, la lucha y el trabajo por los libertos le insuflaban un ánimo y un brío que también quedaban reflejados en su cuerpo, voluptuoso, y en su rostro, cuyas facciones, atractivas, casi perfectas, parecían cobrar vida propia al empuje de su decisión, de sus ganas de vivir.

Persuadió a Caterina para que le acompañase en unos días en los que la casa estaba revolucionada por una esclava griega, una niña que pleiteaba por conseguir la libertad. Todo parecía girar en torno a aquella muchacha, pero lo cierto era que Caterina vivía en permanente tensión por la presencia de Regina. Barcha, por su parte, lo asumía como un reto y actuaba con descaro; Hugo pensaba a veces que hasta se divertía, que disfrutaba con la venganza después de años de humillación. Caterina, sin embargo, era remisa. Regina la había curado, Regina era la esposa de Hugo, Regina la había conocido cuando era una esclava... La rusa no podía librarse de aquellas realidades que tanto pesaban en su conciencia.

Así que, para esquivarla, accedió a acompañar a Hugo y dejó al margen los problemas de la niña griega.

—Lo cierto —comentó Hugo de camino, los dos andando al lado de las mulas— es que no entiendo muy bien qué es lo que sucede con los esclavos griegos. El problema está en que son cristianos y, por lo tanto, deberían ser libres... Pero hay muchos otros esclavos cristianos a los que no se les libera. Tú, sin ir más lejos, siempre fuiste cristiana.

Caterina asintió con un murmullo.

—La diferencia —contestó unos pasos más allá— es que yo fui bautizada de niña a la fuerza. O, mejor dicho, sin entender el significado del sacramento. La verdad es que si ni siquiera conocía el idioma, ¿cómo iba a entenderlo? Los griegos y los albaneses, por el contrario, son pueblos cristianos, los albaneses hasta son católicos, y sus miembros son cristianos convencidos, criados en familias también cristianas. No se trata de conversos con posterioridad a la esclavitud. Si ser cristiano liberase de la esclavitud, todos los esclavos se convertirían al cristianismo.

Hugo la miró con sorpresa.

—¿Cómo sabes tanto? Griegos, albaneses, conversos...

—A la fuerza, mi amor. Hace algún tiempo que no hablo de otra cosa.

—Pero un cristiano es un cristiano... —Hugo intentó retomar la conversación tras asentir con gesto complacido.

—Querido —insistió Caterina—, es un problema de quién manda. Hace mucho tiempo vosotros, los cristianos, pensabais que aquellos esclavos que se convertían debían ser liberados. Pero sucedió lo que te he dicho antes. ¿Sabes quién fue el primer fraile que apoyó que el bautismo de un esclavo no implicase la liberación?

Hugo negó sin dejar de andar. Los dos muleros iban por delante de ellos.

—Ramon de Penyafort —afirmó ella—, un dominico catalán.

—En verdad sabes mucho —reiteró Hugo volviéndose hacia ella y asintiendo con los labios prietos.

—Cada día más, Hugo.

—Y los griegos... ¿qué tienen que ver en todo esto?

—De repente la Iglesia decidió que el esclavo cristiano no debía ser liberado y hasta permitió la esclavitud de cristianos. Varias veces me has contado que fuiste a la guerra con ese judío..., ¿cómo se llamaba?

—Mahir —contestó Hugo, interesado en lo que vendría a continuación.

—Esa guerra fue contra Francia, y los franceses son cristianos, ¿no es así?

—Sí.

—Pues me han dicho que nuestro rey permitió que los prisioneros franceses fueran vendidos como esclavos hasta el final de la guerra... La mayoría de ellos eran niños franceses que acompañaban al ejército. Y ya antes, otro rey catalán, con el permiso de la Iglesia, hizo esclavos a los cristianos capturados en Cerdeña.

—¿Y los griegos? —insistió Hugo.

—Resulta que la Iglesia está dividida y los obispos han decidido proteger a los esclavos griegos por ser cristianos. El nuestro, el de Barcelona, los acoge en su palacio. Parece ser que hay algún esclavo griego que lleva más de ocho años escondido allí. A otros les concede la libertad, según el tribunal de la Iglesia.

—¿El tribunal de la Iglesia?

—Sí. El del obispo.

—¿Y de qué sirve?

—De nada, porque ni el veguer, ni el baile, ni los concelleres de la ciudad reconocen sus sentencias —dijo Caterina—. El rey Martín, ese para quien trabajaste como botellero, ordenó que solo el juzgado del baile tratase de los pleitos sobre la libertad de esclavos, y lo hizo precisamente para impedir que los obispos se metieran por medio.

—Las peleas entre los grandes siempre perjudican a los pobres —sentenció Hugo queriendo dar por finalizada aquella conversación.

Caterina no pudo hacer más que asentir.

El mes de enero a la vera del río Llobregat poco podía compararse al verano en Balaguer; aquel clima templado, si no caluroso, se trocaba ahora en un frío cargado de humedad que empapaba la ropa y se agarraba a los huesos. Bajo el carro, Hugo y Caterina dormían abrazados, protegidos por una manta, vestidos con todas las prendas que se habían llevado y sin pretender otra cosa que no fuera el proporcionarse calor el uno al otro. «¡Quita! ¡Estás helado!», le reprendió Caterina una noche en la que él intentó introducir la mano entre sus ropas.

Llovió y se mojaron, y más de una vez Hugo se arrepintió de haber persuadido a Caterina de que fuera con él; habría estado mejor en

Barcelona, con Barcha y esa esclava griega cuyo juicio ocupaba todas sus horas. La muchacha, una joven que apenas tenía quince años, había llegado a Barcelona en una galera un par de años atrás. «Ni siquiera domina el catalán», le contó Caterina, pese a lo cual presenciaba con aparente interés las discusiones que unos y otros sostenían en casa de Barcha acerca de su derecho... y su futuro. «Lo siento», se disculpó Hugo en una de esas noches frías y lluviosas en las que el barro del camino frenó su avance y les impidió llegar a un poblado en el que cobijarse, los dos tiritando bajo el carro, bebiendo aguardiente solo por notar la quemazón en sus gargantas. «No lo sientas —contestó ella, que aprovechó para quitarle el odre con el aguardiente—. ¿Acaso crees que habría permitido que te procurases el calor de alguna de esas busconas que se acercan a la caravana tan pronto como ven llegar a un hombre como tú?»

El camino que se desviaba del principal para llegar hasta Navarcles recordó a Hugo qué era lo que lo llevaba hasta allí: el vino. Caterina había expiado con creces las pérdida del dinero de las primeras ventas. Se esforzó, día tras día, noche tras noche, hasta que él la perdonó por enésima vez. «Pero tú continuarás destilando por la noche», añadió en dirección a Barcha en una ocasión en la que ambas se plantaron frente a él. «Si para conseguir el perdón absoluto tengo que subir a tu habitación como hace ella...», insinuó la mora al mismo tiempo que se descordaba la pechera de la camisa y empujaba con la cadera a Caterina para situarse delante de Hugo. Él se echó a reír y se zafó del abrazo con el que Barcha trataba de inmovilizarlo. «¡Destilarás por las noches!», zanjó.

Sonrió en el camino. Aquella zona tenía fama de buena productora de vinos. Recordó, sin embargo, las cubas que había encontrado en la bodega del castillo en su viaje con Roger Puig. Dado el estado de dejadez en el que se hallaban, la mayoría de su contenido era imbebible. A lo largo de su vida había probado buenos vinos del Bages. Al caso, los que elaboraban en el monasterio de Sant Benet eran conocidos en Cataluña entera.

No quiso por lo tanto afrontar con prejuicios un viaje al que el castillo de Navarcles, a solo unos pasos, venía a poner fin. Miró a Caterina, consciente de que era la primera vez que ella cruzaba las puertas de una fortaleza para enfrentarse a la barahúnda de su interior, donde las mujeres de los vasallos cocían el pan en el horno al que tenían obligación de acudir, igual que para herrar los animales o arreglar los aperos, y había gente moviéndose de aquí para allá, en todas direcciones. El suelo estaba embarrado —congelado de hecho en las umbrías por las lluvias del invierno—, y el anochecer se les echaba encima.

El carlán no era el mismo que gobernaba el castillo con Roger Puig, ya que Bernat lo había cambiado antes incluso de que el rey le favoreciese con el condado de Navarcles. El nuevo se encaminó hacia Hugo y Caterina en cuanto recibió el recado de parte de la guardia que les había detenido en la puerta antes de franquearles el paso.

—Os esperaba —afirmó un hombre joven y bien dispuesto—. El mayordomo del señor conde me hizo llegar mensaje.

Llamó a un soldado para que se hiciera cargo del carro y las mulas, y después los acompañó hasta un edificio bajo, adosado a la torre, compuesto por una estancia larga a modo de galería en la que había mesas para comer, banquetas y algunos catres desperdigados en los que dormía la soldadesca. Se trataba de la misma habitación en la que Hugo estuviera en su primera visita.

—Aquí podréis dormir —les indicó el carlán—. Imagino que estaréis cansados.

—Sí —admitió Caterina dejándose caer en una silla.

—Ahora se os proveerá de paja seca para uno de los catres y se encenderá la chimenea. Mi esposa os traerá de comer en cuanto anochezca y mañana recorreremos las tierras en busca de vino.

Les llevaron una olla humeante bien colmada de carne y hortalizas, pan horneado en el mismo castillo y vino. Hugo y Caterina hablaron poco y comieron mucho, sentados a una mesa que arrimaron a una inmensa chimenea de piedra en la que ardían varios troncos. Un par de soldados entraron y les pidieron permiso para acercarse al fuego. Hugo se lo concedió. Ya saciados, él y Caterina se tumbaron en el catre y se taparon, mientras otras personas del castillo aprovechaban para acudir al calor de la chimenea. No oyeron sus conversaciones en susurros, sus chanzas y hasta alguna que otra carcajada que rompió con estrépito la quietud de la noche. Los dos durmieron profundamente.

Navarcles, Calders, Sant Fruitós, Artés… En todos aquellos pueblos se cultivaba la vid y se producía tal cantidad de vino que ya Plinio destacó aquella zona por sus cuantiosas cosechas. Hugo iba en el carro, Caterina andaba y el carlán, llamado Arnaldo, los acompañaba a caballo junto a una pareja de soldados con lanza que marchaban tras la carreta.

—¿Necesitamos protección? —se extrañó Hugo al ver la escolta.

—Siempre me acompañan —contestó Arnaldo al mismo tiempo que indicaba que se pusieran en marcha—. Aunque —añadió tras unos instantes de reflexión— de un tiempo a esta parte no está de más andar protegido por los campos.

Hugo le instó a que continuara con un gesto de la cabeza.

—Los *remences*, los payeses atados a la tierra, siervos de ella, están bastante alterados. Hasta el advenimiento del nuevo rey, el infante de Castilla, albergaban la esperanza de verse liberados del yugo que pesaba sobre ellos: los malos usos.

Hugo sabía algo de aquellos derechos tan omnímodos como crueles que tenían los señores sobre quienes trabajaban sus tierras; recordaba bien los gritos de Roger Puig a sus feudatarios exigiéndoles que explotaran a sus payeses. Sin embargo, oír hablar de ellos allí, mientras descendían del castillo y a sus pies se extendían los bosques, los campos de cultivo y las viñas que cuidaban aquellos siervos de la tierra, le hizo cambiar la percepción. Aguzó el oído; Caterina también. El carlán parecía tener ganas de conversar.

—Los anteriores reyes del Casal de Barcelona llegaron a pactar con los payeses con el objetivo de controlar a una nobleza y una burguesía que cada vez acumulaba más derechos y tenía más pretensiones. Los monarcas utilizaron a los humildes como moneda de cambio en sus relaciones con nobles y principales...

—Perdona —le interrumpió Caterina, sorprendiendo al carlán—, ¿qué derechos son esos que tienen los señores sobre sus siervos?

—El siervo está atado a la tierra. No puede abandonarla salvo que su señor le venda la libertad.

Hugo y Caterina se miraron, y ambos pensaron que lo mismo podía decirse de los esclavos.

—Tiene que prestar servicios personales a su señor —prosiguió el carlán—: cultivar sus tierras, construir o arreglar sus edificios, así como los caminos. Las siervas deben amamantar a los hijos del señor, quien tiene el derecho de yacer con ellas la primera noche tras su boda, antes que el esposo. Goza del derecho asimismo a un pago por la explotación de sus tierras, a heredar de sus vasallos, a quedarse con sus bienes en según qué circunstancias, a juzgarlos y a maltratarlos...

—¿Y por qué dices que han perdido las esperanzas de liberarse de esa situación?

—Porque todo ha cambiado desde la muerte del rey Martín y la llegada del Trastámara. En las últimas Cortes de Barcelona, las de 1413, un año después del nombramiento de Fernando como soberano, en Caspe, se dictó una ley que endurece la situación de los *remences*. En lugar de liberarse se han visto todavía más esclavizados. En esa nueva constitución, «Com a molts entenents», se sanciona con graves penas que pueden llegar hasta la muerte a los *remences* que amenacen o causen cualquier revuelta.

Andaban ya entre campos y viñas. Un sol igual al del día anterior alumbraba sin llegar a vencer al frío y calentar lo suficiente.

—¿Y por qué? —inquirió Caterina.

—¿Por qué han penalizado a los siervos de la tierra? —Caterina asintió y el carlán continuó—: Muy sencillo. Los señores pretenden cuando menos mantener sus rentas de una población de *remences* cada vez más escasa tras las epidemias del siglo pasado. Antes se topaban con cierta protección real, ahora los nobles y los ricos propietarios de tierras se han cobrado el apoyo que dieron al infante de Castilla. El rey tenía que haber sido el conde de Urgell. Nadie negaba ese derecho, pero a los grandes no les interesaba porque habría actuado igual que sus predecesores del Casal de Barcelona, con la autoridad real. Traicionaron al de Urgell y eligieron al Trastámara mirando solo por sus propios intereses, y esa nueva constitución es uno de los ejemplos de cómo el Parlamento puede dominar al rey.

—El conde de Navarcles —apuntó Hugo un tanto extrañado por aquellas palabras— es partidario del rey Fernando.

—Lo sé, y no he dicho nada que no sea cierto. Nadie ignora que Fernando compró a los catalanes, que fue Barcelona la que se plegó a los deseos de aragoneses y valencianos y se rindió al castellano. Yo soy de aquí, de Manresa. El conde conoce mi opinión.

Compraron vino. Hugo pensaba probar el de las diferentes masías a las que el carlán dijo que le acompañaría, luego elegiría el mejor y volvería para comprarlo, pero no fue capaz. Había masías ricas, aunque eran las menos. La mayoría de ellas eran de familias que malvivían de aquellas tierras a las que estaban atados de por vida, ellos, sus hijos y los hijos de sus hijos. Casi todos elaboraban vino, le aseguró el carlán, y todos, sin excepción, le aseguró también, le venderían parte de sus reservas; renunciarían a él porque necesitaban dinero. En ese caso, ¿por qué no habían renunciado ya?, se preguntó Hugo antes de encontrar la respuesta en un vino áspero y ácido que escupió al suelo de tierra de la casa.

—No —se quejó con una mueca de asco en su rostro—. Es imbebible.

Hugo se topó con el silencio. El matrimonio de payeses, relativamente jóvenes, lo miraban con la decepción reflejada en sus facciones. Sus hijos, un par de niños sucios, desnudos y famélicos que hasta ese momento correteaban, entendieron en el rostro de sus padres, con esa viveza que Dios procura a los menesterosos, la importancia de la negativa de aquel hombre que bebía de su vino, y se arrimaron cuanto pudieron a Caterina, quien los acogió con los labios fruncidos. El carlán y los soldados esperaban fuera.

Hugo resopló. Los cinco le miraban a él, y en el rostro de Caterina había aparecido una expresión de ternura. Sus labios insinuaban una sonrisa que se reveló del todo, esplendorosa, en cuanto Hugo recuperó la escudilla y volvió a probar el vino.

¿Acaso era peor que aquel que había comprado para Roger Puig, cuando perdió los dineros que le había entregado para adquirir la malvasía, en el funeral de su madre? Tragó con dificultad. ¡Sí! Era peor. O por lo menos se lo parecía.

—En realidad…

Se dijo que si había logrado mejorar aquel vino para Roger Puig, habría de conseguirlo con este de ahora.

—En realidad, no está tan malo.

Caterina asintió y una lágrima corrió por su mejilla. La madre llamó a sus hijos y el padre se acercó a Hugo para estrecharle la mano.

Si el vino era malo, el precio fue inmejorable, como el que consiguió en muchas otras masías Hugo, ya rendido a las súplicas engarzadas en miradas tan profundas como tristes. «¿Has visto a los niños? —le animaba después Caterina—. ¿Y a aquella anciana? ¡La madre estaba embarazada!» Y en una masía ella le cogía de la mano, en otra le besaba y en otra le daba las gracias sin poder detener las lágrimas. Hugo fue dejando sus dineros al compás de la desgracia de las gentes y el cariño de Caterina. Miseria, miseria y miseria. En lugar de vino, llenó el carro de miseria.

—Te lo agradezco —lo animó Caterina ya de regreso a Barcelona dos días después, en el camino del Llobregat.

—Si no hubieras llorado en la primera masía, no lo habría comprado.

—Mentiroso —le recriminó ella—, lo habrías hecho igual sin mí.

—No es cierto.

—¡Ja!

Anduvieron un buen un rato. Lo hacían solos, bajo el sol de invierno, en el silencio de los campos. Todavía no habían encontrado a ningún arriero ni una caravana que hiciera el mismo camino, aunque confiaban en que sucedería a la altura de Manresa. Caterina empezó a silbar una cancioncilla. Hugo la miró y sonrió. Ella agarró las riendas de la mula, la sacó del camino y se internó en un bosque.

—¿Qué haces? —preguntó él, pero Caterina no contestó. La carreta saltaba sobre el terreno irregular, la madera crujía y las cubas chocaban entre ellas—. Se romperán…

Caterina se detuvo en un claro pequeño en el que se colaba el sol y ató las mulas a un árbol.

—Ven —le invitó con tono y expresión lujuriosos—. Voy a devolverte todos los dineros que has perdido.

—¿Aquí?

—Aquí mismo. —Echó mano al odre del aguardiente, al que dio un buen trago—. Toma —le ofreció después—. Bebe.

Hugo bebió, y luego ella lo empujó hasta apoyarlo contra el lateral del carro.

—No quiero que pierdas el equilibrio —susurró sonriente antes de arrodillarse entre sus piernas.

Hurgó entre sus ropas, descubrió el pene ya erecto y se lo llevó a la boca. Hugo gimió al notar los labios y los dientes de Caterina masturbándole, al mismo tiempo que sus dedos le masajeaban y apretaban rítmicamente los testículos. Alcanzó el orgasmo y ella tiró de sus ropas obligándolo a arrodillarse a su lado. Extendieron la manta bajo el carro y se tumbaron.

—Tengo las manos heladas —se burló Hugo.

—Pero el corazón caliente —contestó ella abrazándolo—. Caliente y grande —susurró entre besos.

Transcurrió la mañana, y por el camino transitaron un par de caravanas a las que ninguno de los dos prestó la menor atención.

Barcelona los recibió con el colorido y usual griterío de sus calles: pregoneros, comerciantes, artesanos, mujeres... Hugo pagó los impuestos correspondientes al vino y luego ambos se encaminaron a la casa de Barcha. Mientras Caterina impedía que algunos chiquillos se encaramasen al carro, Hugo agarraba con fuerza las riendas de las mulas para sortear los puestos de venta callejeros.

—Mira a ver si dentro hay alguien que pueda ayudarme a descargar las cubas, Caterina —le pidió cuando ella se disponía a entrar en la casa.

Se dirigió hacia la parte posterior, donde estaba el huerto, y empezó a desenganchar los animales convencido de que alguien acudiría a echarle una mano, siquiera fueran las dos mujeres, pero pasó el rato y nadie se presentó.

—¡Virgen santa! —exclamó Caterina al ver asomarse a Hugo a la puerta de la casa que daba al huerto—. ¡Se me ha olvidado!

Media docena de personas rodeaban la mesa a la que se sentaban Barcha y una muchacha de facciones cinceladas, cabello negro ensortijado y ojos grandes y azabaches. Caterina agarró del brazo a un par de los hombres que estaban allí y tiró de ellos hacia el huerto a la súplica de: «Ayudadme».

—¿Qué sucede ahí dentro? —inquirió Hugo no obstante imaginárselo, con el cansancio reflejado en su tono de voz, mientras los dos libertos, que debían de ser moros, pensó, descargaban las cubas y las depositaban bajo el chamizo que hacía servir de bodega.

—Se trata de Elena —respondió Caterina—. Es la griega de la que hemos hablado tantas veces. El obispo le ha concedido la libertad por ser cristiana.

—¿Y qué hace aquí?

Hugo conocía la respuesta.

—Esconderse.

—Nos traerá problemas.

—¿Cuáles? Es libre.

—Si tan libre es, ¿por qué y de quién se esconde?

Caterina no contestó; el mentón le temblaba y le brillaban los ojos, a punto de romper en llanto.

—Yo te lo digo: de su amo y de...

—¡Es libre! —chilló ella.

Una de las cubas estuvo a punto de caer cuando los moros detuvieron su trabajo, sobresaltados. Hugo fue a replicar, pero bajó la vista al suelo con el estómago encogido ante el sufrimiento que revelaba Caterina. Ella había sido esclava; de niña la habían secuestrado allá en Rusia y, aunque nunca hablaban de ello, luego la habían violado, poco más o menos a la misma edad que la que contaba ahora la griega. Hugo lo sabía bien, y también que siguieron haciéndolo y que, tras años de humillaciones, Roger Puig terminó entregándola a la lascivia del tuerto como si se tratara de una prostituta. ¿Cómo negar a esas personas que luchasen por la libertad, siquiera fuera la concedida por un obispo?

—Es libre, sí —reconoció Hugo abrazándola y meciéndola de un lado al otro—. Y nosotros la ayudaremos.

Caterina estalló en llanto y él la abrazó con fuerza, comprendiendo que no lloraba solo por la joven griega sino también por ella misma. Por lo que había sido su vida.

—La ayudaremos. ¿Acaso no he liberado yo a varios esclavos? —trató de convencerla, a la vez que la tomaba por el mentón y alzaba su rostro, mientras ella reía entre sollozos.

Ordenaron las cubas. Uno de los moros se las señaló a Hugo pidiéndole un poco de vino. Caterina fue a por una escudilla y Hugo vertió un poco en ella. Los dos moros bebieron bajo la atenta mirada de Hugo y Caterina; les gustó. Brindaron a su salud y se lo agradecieron efusivamente.

—No es tan malo, ¿lo ves? —Caterina sonrió.

—¿Cómo no les va a gustar? Están acostumbrados a beber aguapié, el hollejo de la uva, los restos una vez pisados y vueltos a prensar, macerados en agua para colorearla y darle solo algo de sabor.

Ahora tendrían que volver a destilar parte del vino para obtener aguardiente. Desde que Regina estaba de nuevo en casa no utilizaban el alambique, pero si quería vender aquel vino de Navarcles y lograr algún beneficio, le sería imprescindible mezclarlo y trabajarlo.

Regresó junto a Caterina al interior de la casa con esa preocupación, que desapareció tan pronto como miró a los ojos a aquella muchacha griega. Lo que desde la distancia y en una primera visión le parecieron unas facciones duras y cortantes, como talladas a cincel, ahora se le presentaron de una belleza insólita. Se dejó llevar por la dulzura de la voz de Elena mientras esta contestaba con indecisión, tratando de encontrar las palabras a las preguntas que Barcha le formulaba. Recordó que Caterina le había comentado que casi no hablaba catalán. La observó: un cuello terso y limpio, del que colgaba una cruz de madera pequeña y basta; unos pechos que aún no habían alcanzado la madurez y que anunciaban un porte señorial. Era tan joven aún... ¿Qué mal podía haber cometido aquella criatura para haber perdido su libertad?

Cayó la noche temprana de invierno y la casa se vació. Cenaron lo de casi siempre: olla y un vino que no era el de Navarcles. Charlaron y bebieron aguardiente de la reserva que Barcha mantenía escondida en su habitación. Elena, rendida, cabeceaba mientras trataba de mantener los párpados abiertos.

—¿Qué pensáis hacer con ella? —preguntó Hugo después de que la joven apoyase la cabeza sobre los brazos, en la mesa.

La mora se encogió de hombros.

—Esperar. Algo sucederá —contestó—. ¿Y qué piensas hacer tú con esta? —aprovechó Barcha para preguntarle justo en aquel momento, cuando Regina entraba en casa.

Hugo lanzó una mirada a su esposa y ella se la devolvió fulminante antes de fijarse en Elena. No saludó. No preguntó. Subió a su habitación, donde la esperaba el esclavo joven, que montaba guardia a todas horas para que nadie entrara a robar. ¿Qué intenciones tenía Regina?, se preguntó Hugo. ¿Cuánto iba a durar aquella situación cada vez más tensa?

—Esperar... —contestó Hugo.

—Algo sucederá —se le adelantó la mora.

—¿Y si Regina la denuncia? —preguntó él señalando a la griega con el mentón.

—No tiene por qué saber quién es.

—Pero su esclavo sí.

Barcha se encogió de hombros.

—Elena no puede estar toda la vida aquí. La libertad es para disfrutarla, no para esconderse, aunque la situación de esta criatura es complicada. Se ha convertido en el centro de una lucha de poderes: el obispo con sus normas contra la ciudad con las suyas.

—Unas leyes que la condenan a muerte por buscar la libertad a través del obispo —añadió Hugo.

—Sí. Cierto. Si alguien llegara a denunciarla, el obispo tendría que tomar medidas y defender su sentencia; en ello va su prestigio. Pero no nos preocupemos, que los grandes siempre llegan a algún acuerdo para no molestarse.

—¿Cómo no preocuparse? —murmuró Hugo.

—Dios proveerá, ¿no? —quiso tranquilizarlo Caterina.

Se acostaron. Barcha y la griega se quedaron en la habitación de abajo. Caterina y Hugo fueron a la de arriba, para lo que tuvieron que saltar por encima de las piernas del esclavo de Regina, estirado en el descansillo. En cuanto entraron, Caterina atrancó la puerta y besó a Hugo.

—No. ¿Otra vez? —se quejó él, medio en broma medio en serio—. Esta mañana ya me has dejado exhausto.

—Ya no me acuerdo de esta mañana —replicó ella zalamera.

—¿Tan mal lo he hecho?

—¡No! No quería decir... —Caterina frunció el ceño y empujó a Hugo con suavidad sobre la cama, luego se sentó a su lado, le acarició el pecho y se corrigió—: Sí que lo has hecho mal; ha sido un desastre. Te doy la oportunidad de remediarlo.

Primero creyó soñarlos, pero la luz del amanecer se colaba por la ventana. Abrió los ojos y vio que Caterina dormía agotada. La casa entera retumbó con una nueva tanda de golpes en la puerta. Hugo se incorporó, prestó atención y zarandeó a Caterina.

—¿Qué sucede? —preguntó ella.

Los gritos les llegaron desde abajo, con la voz de Barcha por encima de todos ellos. Gritos. Muchos gritos.

—¿Qué sucede? —insistió Caterina.

Hugo no quiso explicarle aquello que presentía. Saltaron de la cama al mismo tiempo y corrieron fuera de la habitación. Las voces se hicieron más fuertes. El esclavo de Regina se hallaba en pie en el descansillo, erguido, con el miedo en el rostro y la espalda arrimada contra la pared. Allí lo dejaron y bajaron la escalera a trompicones puesto que su anchura no era la suficiente para que cupieran los dos juntos. Abajo, enfrentada al baile, al que escoltaban no menos de media docena de sayones armados, Barcha gritaba con toda la fuerza de sus pulmones y acompañaba sus chillidos con aspavientos mientras la griega trataba de esconderse tras ella con la sentencia de libertad dictada por el obispo en sus manos. Varios curiosos se encontraban en el interior de la casa, empujados por aquellos otros que, desde la calle, querían enterarse.

—¡Detenedla! —ordenó el baile a los sayones haciendo caso omiso de los gritos de la mora.

—¡Es libre! —gritó Barcha.

—¡Es libre! —se sumó Caterina.

Algunos de los curiosos lo sostuvieron también, pero solo en murmullos.

—¡El obispo le ha concedido la libertad! —quiso apoyar Hugo a las dos mujeres.

—El obispo no puede conceder la libertad a esclavo alguno —contestó el baile, y, con gestos, volvió a ordenar a sus hombres que detuvieran a la muchacha.

Barcha y Caterina estallaron en gritos en el instante en el que los sayones se abalanzaron sobre la mora y Elena, que se escondía tras ella. Algunos curiosos se sumaron a las protestas de las mujeres. Hugo no dudó de lo que sucedería a continuación: Barcha estaba dispuesta a defender a la griega; el baile ya había desenvainado su espada y dos de los sayones más alejados amenazaban con sus lanzas.

—¡Por Dios! —le dijo interponiéndose—. Acuérdate de lo que me dijiste ayer. No te opongas. Ya lo solucionará el obispo.

—Haz caso, mujer —recomendó el baile.

—Barcha, por favor —insistió Hugo—. Caterina… —rogó implorando su ayuda.

—Iremos al palacio del obispo a denunciarlo —afirmó esta—. No pelees, Barcha.

La mora dejó caer los brazos y rindió la cabeza, momento que los sayones aprovecharon para detener a Elena, que miró a las otras dos con ojos llorosos.

—¡Iremos a por ti! —prometió Caterina—. No te preocupes, Elena. ¡Serás libre!

Se la llevaron. Descalza y vestida con una sencilla camisa blanca de tela fina que le quedaba pequeña y solo le llegaba algo por debajo de las rodillas. Unos sujetaban las lanzas, ella apretaba la sentencia de su libertad mientras la comitiva caminaba entre las gentes de un barrio humilde con muchos libertos, que aplaudían a la griega, la vitoreaban y le daban ánimos.

—¡Rápido! —gritó Barcha—. Vestíos e iremos al palacio del obispo.

Siguieron la misma ruta que el baile y sus sayones: la calle del Hospital hasta cruzar la Rambla y la puerta de la Boquería en la muralla antigua. Quisieron correr, pero Barcha no pudo ya que un ataque de tos la obligó a detenerse.

—Seguid vosotros —les conminó medio doblada—. Ya os alcanzaré.

No se atrevieron; esperaron unos instantes hasta que la mora se hubo recuperado y continuaron por la calle de la Boquería en dirección a la plaza de Sant Jaume. Barcha se esforzaba por correr, los otros por acomodarse a su paso.

—¿Adónde la habrán llevado? —preguntó Barcha.

—A la cárcel —contestó Hugo—. O quizá a donde vive su amo —corrigió ante la expresión de alarma de la mora.

—No tiene amo. Es libre —insistió Caterina.

Barcha volvió a toser.

—Seguid —los azuzó cuando la miraron.

Pero en la plaza de Sant Jaume se encontraron con que la gente corría hacia donde se alzaban la catedral y el palacio del obispo.

—¿Qué sucede? —preguntó Hugo a una mujer.

—Una esclava fugada —contestó la otra sin detenerse—. La van a ahorcar en la plaza Nova.

El gentío los empujó cuando los tres se quedaron parados cerca de la embocadura de la calle del Bisbe. Caterina trastabilló, pero logró apoyarse a tiempo de no caer encima de Hugo, que no fue capaz de ayudarla ya que estaba demasiado impresionado por la noticia.

—¡Es libre! —chilló Caterina.

—¿Quién? —preguntó un hombre que pasaba por su lado—. ¿Esa griega de la que hablan? —Caterina asintió. El hombre soltó una carcajada—. Ahora comprobarás lo libre que es. Los esclavos no pueden acudir al obispo…

Las palabras de aquel hombre fueron perdiéndose en la distancia a medida que se alejaba.

—Es libre —susurró Caterina.

Hugo fue a abrazarla, pero se le adelantó Barcha, y de esa manera caminaron por la calle del Bisbe hasta superar la antigua puerta Decumana de las murallas romanas y acceder a la plaza Nova. Una multitud rodeaba ya la horca que se alzaba frente a la catedral, cerca del palacio del obispo. Hugo no logró ver a Elena, aunque la supuso en medio de un círculo de lanzas que sobresalían por encima de las cabezas de la gente, con las puntas destellando al sol del amanecer.

Ni siquiera Barcha, por más codazos y empujones que propinó, consiguió colarse entre la muchedumbre que también peleaba por ocupar el mejor lugar para presenciar la ejecución.

—¿La van a ahorcar? —inquirió Caterina con candidez, con la mirada puesta en algún lugar más allá de los maderos de los que colgaba la soga.

—Sí —contestó Hugo extraviado mientras Barcha todavía intentaba abrirse paso entre la gente para acercarse al cadalso.

En ese momento sonó una trompeta a la que se le sumó una segunda. Los concelleres de la ciudad llegaban a la plaza. Se hizo el silencio ante un pregonero que subió a la tarima en la que estaba la horca.

—Por orden del baile de la ciudad de Barcelona… —anunció.

No la juzgarían. La ley promulgada por el rey y la ciudad, como se ocupó de recordar el pregonero, disponía que todo esclavo que acudiese a la corte del obispo en reclamación de su libertad y se sometiese al arbitrio de la Iglesia y sus tribunales religiosos incurría en pena de muerte que debía ser inmediatamente ejecutada por el baile. La condenada, por ser griega y cristiana, no sería arrastrada por la ciudad como correspondía a otros esclavos, sino ahorcada sin más preámbulos.

Algunos abuchearon, otros aplaudieron la clemencia.

Mientras el pregonero gritaba, muchos, Hugo entre ellos, permanecían atentos a lo que sucedía en el palacio del obispo, en la bocacalle que daba a la plaza Nova.

—El obispo está dentro —rumoreaban los presentes.

—¡Ven a liberarla ahora! —gritó una mujer.

—¡Es cristiana! —defendió alguien—. ¡No debería ser esclava!

Se oyeron más abucheos, más vítores. Más insultos. Alguna reyerta incluso.

Alguien informó de que acababan de abrirse las grandes rejas que daban acceso al patio del palacio episcopal. La expectación convirtió el griterío en un murmullo. El baile y varios concelleres de la ciudad accedieron a la plaza desde la residencia del obispo, seguidos por un simple sacerdote acompañado de un par de sacristanes, que avivó de nuevo la polémica.

—Viene a confesarla —explicó un anciano al lado de Hugo.

Ya no podían moverse. La gente se había ido acumulando tras Hugo y Caterina, quien se hallaba a la derecha de él, algo alejada y con la mirada todavía perdida. Barcha también estaba bloqueada unas pocas filas más adelante.

Fue rápido: confesaron a la griega, la subieron al cadalso, le rodearon el cuello con la soga y tiraron de ella hasta que sus pies se elevaron por encima de las cabezas de la gente, que calló al verla patalear. Eso sucedió unos instantes antes de que sus formas de muchacha se revelaran a la multitud cuando el sol pudo por fin atravesar la camisa fina que cubría el cuerpo inerte y quieto de Elena...

23

—Olvidamos que cuando de dineros se trata los barceloneses son capaces de enfrentarse al mismo diablo —se quejó Hugo ya de regreso a casa.

Caterina arrastraba los pies agarrada al brazo de Barcha. Eran muchas las personas que volvían con ellos al Raval, la mayoría de ellas vecinos libertos y gente sencilla, que andaban cabizbajas, hablando en susurros, mientras otros discutían a gritos entre los llantos de muchas mujeres.

—El baile y los del Consejo de Ciento han dado una lección muy cruel al obispo y a todos aquellos esclavos que estuvieran pensando en acudir a él —concluyó Hugo.

La casa se les mostró inhóspita. Elena tan solo había residido allí unos días, por lo que su ausencia no era la causa de aquella sensación; la culpable era la duda que les corroía... La duda de si pesaba sobre sus cabezas la muerte de aquella desgraciada joven griega.

—¿La habrá denunciado Regina? —inquirió Hugo.

Caterina se había dejado caer en una de las sillas frente al hogar, con la mirada fija en el tablero gastado y rayado de la mesa. Barcha permanecía en pie.

—Lo sabremos ahora —contestó esta última.

Se acercó a la escalera y gritó en árabe desde el pie. En el piso de arriba no se produjo ningún movimiento. Barcha volvió a gritar, esa vez todavía con más fuerza. En el momento en que se disponía a subir, el esclavo de Regina descendió. La mora no le permitió ni respirar; lo agarró del brazo y lo zarandeó al mismo tiempo que lo interrogaba a voces. El joven no contestaba. Sin dejar de vociferar en árabe, Barcha se encaró a él y señaló hacia la puerta, amenazándolo con el fuego eterno, o al menos eso fue lo que Hugo supuso. Luego levantó una mano con intención de abofetearle, y el esclavo se encogió y soltó un gemido. La mora lo abofeteó y volvió a zarandearlo con fuerza mientras lo arrastraba hacia la calle. El tono arrepentido con que el joven cedió a las exigencias de Barcha hizo crecer en Hugo las sospechas acerca de la participación de Regina en el apresamiento de la griega.

—Preguntó por la muchacha —confirmó al cabo Barcha—. Quiso que le contara todo lo que había oído sobre ella y esta mañana ha salido mucho más temprano de lo habitual.

Regina trabajaba como médico. Tras el tiempo pasado en Tortosa había vuelto con las mujeres del hospital de la Santa Cruz, y además atendía dondequiera que solicitaran sus servicios. De hecho, eran muchas las ocasiones en las que los familiares de algún paciente acudían a casa de Barcha en busca de Regina. Al principio la mora intentó no prestarles atención porque lo último que deseaba era hacerle un favor a Regina, pero las miradas implorantes de aquellas personas la conmovieron y acabó permitiéndoles pasar y sentarse a esperarla si no estaba en casa o dirigiéndolas a su habitación si se encontraba allí.

¿Dónde desayunaba, comía y cenaba Regina? Hugo y Caterina habían visto que el esclavo cenaba en el descansillo, pero ignoraban todo lo demás. Hasta que Mercè se lo desveló a su padre:

—Come con las monjas; normalmente con las del convento de Jonqueres, pero también acude a otros conventos de Barcelona. Según me ha reconocido madre —confesó asimismo Mercè—, lo cierto es que la mayor parte del tiempo lo pasa con ellas. Ya antes de Tortosa lo hacía con frecuencia, pero ahora... Yo creo que si no estuviera casada con vos, ingresaría en una orden. Hay algo raro en todo esto de las monjas...

—¿Como qué? —preguntó Hugo, intrigado.

Mercè dudó.

—Bueno, supongo que ya no tiene importancia.

—¡Hija!

—Madre me hizo prometer que no lo descubriría nunca, pero ya ha pasado el tiempo y yo no pretendo ser médico ni partera. —Se echó a reír—. Prefiero leer poesía que tratados médicos. Me he vuelto cómoda, padre.

—¿Qué me estabas diciendo, hija? —preguntó Hugo, incitándola a centrarse.

—¡Ah, sí! Las monjas. Las hay que rompen los votos, simplemente, y se quedan preñadas. En fin, ellas sabrán, pero hay otros casos... Se trata de verdaderas violaciones, padre. Algunas muestran marcas a fuego o a cuchillo. Ritos diabólicos, me comentó madre.

—¿Las monjas?

—Sí, sobre todo ocurre con las que llaman «serviciales», aquellas que no son nobles o ricas y que son admitidas en el convento por una dote mínima para servir a las otras. Hay muchas monjas serviciales jóvenes y atractivas.

—¿Y eso qué tiene que ver con Regina?

—Siempre la llaman a ella cuando hay algún problema; incluso desde fuera de Barcelona. Ya os lo expliqué cuando ella fue a Tortosa. Todos los conventos le deben muchos favores a madre; supongo que por esa razón se puede refugiar en ellos.

¿Fue Regina quien denunció a la griega? Hugo así lo creía, Barcha y Caterina estaban seguras y, como ellas, muchos otros esclavos y libertos entre los que corrió la voz. Al principio fueron un par de libertos que rondaban la casa. Hugo no les prestó excesiva atención mientras cerraba las contraventanas de la planta baja, pese a que la campana del castillo del veguer había tañido ya el *seny del lladre* y anunciado la hora de retirarse. Cierto que en el Raval la vigilancia era menos estricta que en la ciudad antigua, pues las viñas y los campos que todavía se extendían entre las murallas hacían difícil el mismo control que en el entramado urbano de Barcelona, encerrada entre las primeras murallas erigidas por sus condes. Pero si Hugo no concedió importancia a aquellos dos libertos, sí que empezó a preocuparse cuando a través de las rendijas de la contraventana de su habitación, en el primer piso, listo ya para acostarse, vio que ya no había dos sino seis o siete.

—No me gusta —murmuró, y no contestó a Caterina cuando esta, desde la cama, le preguntó: «¿El qué?».

Hacía rato que Regina había aparecido en casa y se había refugiado en su dormitorio tras pasar junto a ellos en silencio. Barcha y Caterina la siguieron con la mirada, tensas, crispadas. Hugo vio que la mora se levantaba de la silla, como si se dispusiera a hacer o decir algo, pero unos instantes después se lo pensó mejor y se dejó caer de nuevo en su asiento vencida por un dolor que ya no conseguía arrancarle una lágrima más por la muerte de la joven griega. Regina ni siquiera llegó a percatarse del gesto.

Hugo entornó las contraventanas y se asomó con discreción para tener una visión más completa de la calle del Hospital, donde había grupos de dos, tres y hasta cuatro personas desperdigados a lo largo de ella. Oyó alguna discusión en un tono impropio para esas horas, y sus temores se confirmaron cuando vio a uno de aquellos hombres señalando la casa de Barcha. Salió corriendo de su dormitorio, saltó por encima de las piernas del moro e irrumpió en la habitación de Regina, quien se sobresaltó y se levantó de la silla en la que leía a la luz de una vela.

—¿Qué pasa? —gritó al mismo tiempo que se agachaba para recoger el libro que se le había caído de las manos—. ¿Qué quieres? —De repente cambió de actitud; le brillaban los ojos y las aletas de la nariz se le veían dilatadas—. Cierra la puerta —le propuso en tono seductor.

—No. —Hugo apartó el ofrecimiento con un manotazo al aire—. Tienes que huir.

—¿Qué dices?

—Baja la voz —le ordenó Hugo—. Escapa. Si no lo haces, te matarán.

—¿Quiénes?

Hugo señaló la ventana. Regina se acercó y miró a través de las rendijas.

—¿Qué quieren? —se atrevió a preguntar con cierta indolencia.

Hugo la observó con descaro. Continuaba siendo una mujer atractiva. Los años habían redondeado su cuerpo y su rostro… Ahora las aletas de su nariz se mantenían quietas, como si en lugar de hincharse como hacía solo unos instantes quisieran encogerse. Regina tenía miedo. Ella percibió que él lo sabía y se irguió con soberbia. ¡Estúpida soberbia! Hugo meneó la cabeza.

—Quizá quieran vengarse de quien ha denunciado a la muchacha griega —anunció con sorna.

—¿Y qué tiene eso que ver conmigo? —quiso todavía discutir ella.

—Si no has sido tú, no creo que te hagan daño —la interrumpió Hugo, y se volvió hacia la puerta, en la que ya estaba Caterina, atenta.

—¡No te vayas! —Regina extendió la mano para detenerlo—. ¿Qué haces tú aquí? —preguntó en un tono muy distinto a la rusa.

—Hace lo que quiere —replicó Hugo en su defensa—. ¡Esta es su casa!

Regina dudó.

—Ven conmigo —le propuso a Hugo, quien le contestó con media carcajada—. Todavía me deseas —insistió ella.

—Si no te apresuras, te matarán —sentenció él.

Regina negó con la cabeza.

—Te arrepentirás —le amenazó; sin embargo, indicó al esclavo moro que empezara a recoger sus pertenencias.

En la calle se oyeron los primeros gritos.

—¡Necia! —insistió Hugo—. No tienes tiempo. Ninguno de nosotros va a enfrentarse a la turba por defenderte, Regina. Escóndete en el huerto, detrás de las cubas de vino, y en cuanto entren en casa huye y espera en los campos hasta que amanezca. Eso si ya no es tarde…

Ella negó con la cabeza repetidamente, como hacían las locas a las que trataba en el hospital. El griterío en la calle arreció, y por fin Regina reaccionó. Huyó, y si bien olvidó sus zapatos y la ropa de abrigo, no hizo lo mismo con una bolsa de dineros que ocultaba bajo el jergón de la cama, que lanzó al aire para hacerse con ella antes de precipitarse hacia la puerta.

Hugo se apartó a su paso, pero Caterina no lo hizo. Regina chocó contra ella.

—¡Aparta, esclava! —le ordenó dándole un empujón.

Caterina se mantuvo firme en su empeño por no dejarla salir y se abalanzó sobre ella.

—¡Da la cara, perra! ¡Tú la has matado!

Se enzarzaron a golpes en el descansillo. El esclavo joven miraba la escena, atemorizado, desde la habitación de Hugo, quien tampoco sabía cómo reaccionar. Él solo quería salvarle la vida, y ahora Caterina luchaba por entregarla a la turba.

Regina consiguió liberarse de la rusa, a la que tiró al suelo antes de lanzarse escaleras abajo. De rodillas, Caterina escupió a su espalda.

—¡Matad a esa hija de puta! —gritó.

Barcha, sorprendida en su habitación del primer piso, negaba delante de la puerta sin decidirse a abrir, cosa que hizo en cuanto consiguió discernir entre la algarabía que aquella gente venía en busca de Regina. En ese momento, sin embargo, Regina ya se había deslizado por detrás de ella hasta colarse en el huerto antes de que los pocos libertos que se prestaron a ir por detrás hubieran conseguido dar la vuelta a la manzana de casas. Se escondió tras las cubas siguiendo el consejo de un Hugo que ahora sostenía la mirada de Caterina.

—¿De qué serviría otra muerta? —le preguntó abriendo las manos.

Todavía de rodillas, Caterina estalló en llanto. Él se acuclilló, la abrazó y empezó a mecerla.

La puerta del huerto, frágil, reventó a la segunda patada, y después de que los hombres entraran al asalto en la casa, Regina se deslizó hasta la calle y no dejó de correr hasta llegar a las atarazanas. Jadeante, escuchó el silencio que se confundía con el rumor de las olas: nadie la perseguía.

La quietud que envolvía las atarazanas y el convento de Framenors nada tenía que ver con el escándalo en casa de Barcha, donde una mezcolanza de hombres, alguna mujer incluso, de distintos orígenes, de diferentes credos, lenguas y tonalidades de piel se amontonaban en busca de Regina.

«No está.» «Ha huido.» Los comentarios se sucedían en boca de quienes habían subido a las habitaciones y ahora descendían, Hugo y Caterina entre ellos. Algunos mostraban las ropas, los libros y los efectos personales que Regina había dejado tras de sí.

—La habéis ayudado a escapar —les recriminó un moro grande y negro.

Barcha se abalanzó sobre el moro, con las uñas por delante a modo de garras y la boca abierta, dispuesta a soltarle una dentellada. Hugo no entendió su grito, quizá en árabe, pero su estridencia consiguió erizarle el vello. Tres hombres se lanzaron a impedir la pelea. El moro grande, sorprendido, no se atrevió a golpear a la mujer. Después de que le quitaran a Barcha de encima tenía las mejillas surcadas por cortes largos y finos de los que pronto empezó a manar sangre. La mora aullaba en su lengua. Algunas de las mujeres que habían asaltado la casa se acercaron a ella para calmarla. Caterina se limitaba a observar la escena, con los ojos húmedos y la boca entreabierta. Hugo decidió intervenir:

—¿En verdad alguno de vosotros cree que Barcha o Caterina han sido capaces… de traicionar a los suyos?

Silencio, miradas cruzadas, murmullos, una tos, alguien que susurra, otra tos, movimientos incómodos: muchos. Ninguna respuesta.

—Ha sido un día muy duro —continuó Hugo—. Volved a vuestras casas —los animó en el momento en el que la gente se ponía ya en marcha.

Durante los siguientes días Hugo trabajó en el vino de Navarcles: peras y manzanas, algunas especias y el aguardiente que preparaban en silencio, ya anochecido, sin el impedimento de la presencia de Regina, de la que supieron que estaba refugiada en el convento de Jonqueres cuando una monja apareció por la casa en busca del esclavo, el baúl y sus pertenencias. Solo se llevó al moro joven y el baúl, pues la mayoría de su contenido había desaparecido en el tumulto.

—¡Ladrones! —se atrevió a decir la monja tras recibir las explicaciones de Hugo.

—¡Farsante! —terció entonces Caterina.

La monja dudó si discutir. Decidió no hacerlo y se encaminó a la puerta.

—¿Se quedarán a Regina para siempre? —se burló entonces Barcha.

El domingo de aquella misma semana hasta la mora acompañó a Hugo y Caterina hasta Santa María de la Mar, donde estos oirían la misa mayor. En la plaza que se abría frente a la fachada principal, enmarcada esta por sus dos torres ochavadas, con el rosetón inmenso por encima de las puertas de bronce con las esculturas en relieve de los *bastaixos* transportando piedras, se empezó a congregar una variopinta multitud compuesta por esclavos y libertos que solían acudir a otras parroquias de la ciudad. Hugo y Caterina no entraron en el templo, como acostumbraban, sino que se confundieron entre aquellas gentes sencillas, cuando no míseras, que esperaban en el agradable invierno mediterráneo; un frío insignificante ante el sol que iluminaba con fuerza.

—Son *bastaixos* cargando piedras. Trabajaron gratis para construir la iglesia —respondió a un liberto que le preguntó al descubrirle con la mirada fija en aquellos pequeños relieves de las puertas.

Unos segundos antes Hugo estaba absorto, con la mente muy lejos de allí, y necesitó algo de tiempo antes de continuar. Tenía a micer Arnau en su recuerdo, y con él sus palabras y la emoción que le embargaba al evocarlas. Una mujer y dos hombres jóvenes a su lado prestaban la misma atención que el liberto, mientras Caterina sonreía por aquella historia mil veces contada.

—Verás que en la fachada de Santa María —trató de repetir las palabras de Arnau— no hay escudos de príncipes ni señores de la Iglesia. No hay inscripciones. Lo único que hay son esos dos *bastaixos*. El homenaje de una ciudad, Barcelona, a esos humildes estibadores de mercancías que se entregaron por su Virgen de la Mar.

—Hay muchos esclavos entre los *bastaixos* —comentó uno de los hombres.

—Al principio eran esclavos, sí —replicó Hugo—, pero luego todos fueron hombres libres. Y tienen a orgullo serlo; no puede haber *bastaixos* esclavos.

—Pues los hay —insistió el hombre, y su compañero asintió a su lado.

—No. No pueden serlo. Dejarían de ser *bastaixos*, no te quepa duda.

—No veo la razón… —arguyó el primero de aquellos jóvenes en el momento en el que una de las campanas de Santa María de la Mar empezó a tañer: se trataba de un tono poco conocido; monótono, triste.

La campana continuó sonando mientras una procesión de curas y beneficiados de Santa María salía hasta una plaza atestada de gente, de toda condición ahora. Los sacerdotes, el obispo y los miembros del cabildo de la catedral, mezclados entre ellos, portaban velas encendidas en sus manos. En poco rato la escalera de acceso al templo y gran parte de su frente se hallaban tomados por un sinfín de religiosos que portaban cirios con expresión hosca. Y la campana machacona, una, otra, otra…, no dejó de tocar por más que un sacerdote extendiera un documento y empezara a leer en latín.

Los presentes se transmitieron de unos a otros las traducciones que efectuaban quienes conocían el latín, y así supieron que el obispo excomulgaba al baile de Barcelona, Joan Sa Bastida, y lo mandaba pregonar allí, frente a la fachada de su parroquia, a causa de la ejecución de Elena, la esclava griega a la que había concedido la libertad por su condición de cristiana.

—Maldito consuelo —se oyó entre el grupo de esclavos y libertos.

—¿Qué pretendías del obispo? —contestó otro, sin que Hugo fuera capaz de averiguar si defendía o criticaba al preboste.

A Joan Sa Bastida se lo apartaba de toda relación con la Iglesia, tradujeron; moría en vida, y ni siquiera se le enterraría en campo santo. La Iglesia exigía de los demás fieles y creyentes que se apartaran del baile, con quien no debían mantener relación alguna, como si se tratase de un apestado. Sa Bastida quedaba incapacitado para el ejercicio de cargo alguno. Por demás, nadie podría alegar ignorancia después de que la excomunión se hubiera pregonado de esa manera: frente a su parroquia. Los pueblos o lugares que le acogieran serían puestos en entredicho, y el propio excomulgado, si al cabo de un año no se había reconciliado con la Iglesia, sería considerado hereje, a disposición de la Inquisición.

Terminado el pregón, los religiosos apagaron las velas y cesó el monótono tañido de la campana que había acompañado el acto. La procesión tornó al interior de Santa María y parte de la feligresía se dispersó, unos en dirección a sus parroquias, otros a sus casas o a disfrutar de la ciudad en un día soleado; el resto, como Hugo y Caterina, entraron en el templo para asistir a la misa dominical.

—Eso podría haberlo hecho antes de que ejecutaran a la muchacha —se lamentó Barcha antes de despedirse—. Quizá entonces le habría salvado la vida.

—He oído que para excomulgarlo hoy —intervino una mujer que iba al lado de la mora— el obispo tiene que haberle advertido en tres ocasiones, por lo que a buen seguro hubo de hacerlo antes de que ejecutasen a la griega.

—Pues lo debió de hacer muy rápido —terció Caterina—, porque desde que la detuvieron hasta que la colgaron transcurrió muy poco tiempo.

—Pues igual no lo hizo...

—O sí.

—Quizá.

—Eso no nos devuelve a Elena —intervino Hugo, poniendo fin a la conversación.

Se celebraba la misa mayor en Santa María de la Mar. Centenares de fieles se hallaban recogidos en aquel espacio ideado a guisa de una casa catalana, tan amplia y sobria como majestuosa. La luz del sol se colaba por las cristaleras del ábside anulando el efecto de las innumerables velas que ardían en sus candelabros, frente al altar mayor o ante los que se abrían a los lados, entre los contrafuertes de la construcción. Allí donde estaban Hugo y Caterina, entre la gente, a media distancia, el mar podía palparse en el ambiente. Tal vez en la luz que invadía el espacio... Micer Arnau sostenía que el sol que entraba en la iglesia traía consigo una luminosidad especial, aquella que le transmitía el mar. No obstante, Caterina negó con la cabeza cuando Hugo se lo contó.

—Son los pescadores —le dijo— y los marineros, los barqueros, los *bastaixos*, los calafates y los *mestres d'aixa*. No es la luz, son ellos los que huelen a mar.

«Luz o personas, ¿por qué no los dos?», pensó Hugo. Lo cierto era que la gente humilde se reunía en aquel templo que ellos mismos ayudaron a levantar: la iglesia del pueblo, la catedral del mar.

Y junto a ellos, los nobles y los burgueses ricos que vivían en sus palacios de la calle de Montcada, trasera a Santa María, o los que lo hacían en la calle de Marquet, como el almirante de la armada catalana, Bernat Estanyol, quien en aquel momento hacía una entrada majestuosa en el templo seguido de Guerao, de Mercè y de una dama de compañía que había aparecido en el palacio poco después de la conversación entre Hugo y el mayordomo en la que aquel le manifestara su desagrado porque su hija y el almirante vivieran «solos». A todos ellos los acompañaban algunos criados que transportaban las sillas en las que se acomodarían por delante de los parroquianos, frente al altar mayor. Los feligreses les abrieron paso, y Hugo pudo contemplar a su hija vestida de seda azul andando detrás de Bernat, con igual porte, como una reina. La gente paseaba la mirada del almirante, grande y serio, con su barba tupida y su fama de marino cruel que provocaba silencios más cobardes que respetuosos, a la muchacha joven y bella que iba con él.

Hugo, como muchos otros, se deleitó en la visión de Mercè, quien parecía flotar sobre el suelo, desplazándose con andares ligeros y plácidos. Se le antojó toda una dama. Los más próximos a la comitiva del almirante guardaban silencio, como si una tos o las palabras rudas de un marinero pudieran deshacer el hechizo; no así quienes estaban por detrás.

—Cincuenta mil sueldos de dote —comentó alguien que estaba detrás de Hugo.

—Y no encuentra esposo —dijo otro.

«No es verdad», quiso corregirle Hugo. Al parecer, y según le había comentado Mercè durante su último paseo, habían encontrado uno.

—No lo habrá de su condición —terció una mujer.

—¿Qué condición? —se oyó exclamar a un cuarto, y Hugo notó que Caterina apretaba su antebrazo—. No es más que la hija de un botellero.

—Real —apostilló alguien.

¡Qué importancia tenía que él hubiera sido botellero real! Los cincuenta mil sueldos eran lo que había logrado atraer al segundón de una rica familia barcelonesa de mercaderes de paños, con quien Mercè parecía conformarse. Era joven y bien mirado, le había explicado Mercè. Hugo recordaba con precisión tales palabras: «Bien mirado... hasta atractivo».

—El padre era hijo de un simple marinero —discutían los otros.

—¿Y qué mejor condición que la de marinero? —reclamó de forma mordaz uno de aquellos hombres que, según Caterina, llevaba adherido a la piel el olor a mar.

Para cuando callaron, Bernat y Mercè ya se habían perdido de vista. Hugo no prestó atención a la misa. Mercè vivía en el palacio de la calle de Marquet desde finales de 1413 y corría ahora el mes de febrero de 1415, un año y varios meses durante los cuales la doncella que más dote ofrecía en Barcelona en aquellos momentos había rechazado uno tras otro a cuantos pretendientes desfilaron frente a ella, hasta la aparición del segundón de la familia de mercaderes de paños. «¡Bien mirado!» La expresión resonaba en los oídos de Hugo como la claudicación de su hija ante una situación que se alargaba en el tiempo y que empezaba a resultar incómoda.

Hugo se sentía asaltado por sentimientos contradictorios. Por una parte le satisfacía que Mercè se casase, ya que eso conllevaría, por fin, su salida del palacio de la calle de Marquet. Cierto que Bernat había contratado a una dama de compañía, pero a Hugo le molestaba cada vez más que su hija conviviera con el almirante. «¿Celos?», replicó molesto a Caterina el día en que esta apuntó la causa de su aflicción. Quizá hubiera algo de eso, admitió él con el tiempo, aunque para sí, pues se cuidó de no hacerlo frente a Caterina. Celos de que su hija fuera feliz pese a tener que convivir con ese hombre que le menospreciaba a él. El matrimonio de Mercè pondría fin a tal tormento; podría visitarla en su casa y llevar con él a Caterina, por la que Hugo sufría al dejarla cuando iba a verse con su hija. «Ya es bastante complicada nuestra situación con Regina de por medio —se excusó en una ocasión ella—. Solo faltaría que todos los barceloneses me vieran paseando junto a la pupila del almirante. A mí, una liberta. Nada más lejos de mis intenciones que perjudicar a Mercè.»

Pero si todas esas expectativas complacían a Hugo, no era menos cierto que por otra parte le exasperara la aparente renuncia de las ilusiones de su hija: el hecho de que se conformase con un segundón que «bien mirado» podía resultar hasta atractivo.

—Es un buen partido —había afirmado Barcha.

—Lo de menos es su atractivo —la apoyó Caterina—. Lo importante es que la niña sea feliz, y tengo entendido que es un buen hombre. Yo no te elegí a ti por tu atractivo —se burló de él, guiñándole un ojo a la mora.

La muchacha griega ahorcada, el baile excomulgado, Mercè resignada al matrimonio... Hugo ni siquiera consiguió ver a la Virgen de la Mar, lejos como estaba de ella, para constatar una vez más que el calor de las velas conseguía crear la ilusión de que sus labios temblasen en una sonrisa. Le gustaba recrearse en aquella sonrisa, buscarle significados, encontrar en ella apoyo... o perdón. ¿Acaso no era eso lo que pretendían todos los que simplemente se postraban ante la imagen?

Caterina y él abandonaron Santa María. Superado el mediodía, el sol todavía calentaba, quizá de un modo algo más tibio, como si advirtiera a los ciudadanos que, en cuanto se ocultase, el invierno caería sobre ellos.

—¿Un vaso de vino? —propuso Hugo.

La oferta, como cada domingo, comprendía ir a una taberna, beber un vaso y luego criticarlo, por supuesto, mientras charlaban con los demás parroquianos hasta que vaso tras vaso el vino ganaba en calidad y la conversación degeneraba en discusión.

—Sí —asintió ella también, contenta, como cada domingo.

Hugo era bien tratado en las tabernas y Caterina hablaba con las mujeres que acompañaban a sus esposos, ¡departía con ellas y reía! ¿Quién le habría dicho en el palacio de la calle de Marquet, durante los años que había estado a merced de los caprichos del conde o del tuerto, que algún día charlaría con otras mujeres mientras bebía vino en una taberna? Casi todos allí conocían la historia de Caterina y Hugo, y sabían que no estaban casados. Probablemente los criticasen a sus espaldas, pero mientras el vino corría nadie parecía darle la mayor importancia. También había quienes contemplaban con lascivia a la rusa, a pesar de que ella se arrimaba a Hugo, orgullosa de su hombre, rechazando así cualquier fantasía impúdica que pudiera cruzar por sus mentes.

Se dirigían a las Voltes del Vi situadas frente a las atarazanas viejas, donde se construían los barcos a cielo abierto en la playa, donde Hugo había trabajado luego de que lo despidieran de las atarazanas reales. Todavía quedaban por allí hombres que le recordaban.

—El almirante quiere verte.

Guerao les sorprendió en el Pla de Palau, a la sombra del edificio de la lonja y a dos pasos de la calle de Marquet. Hugo creía estar empezando a apreciar al hombrecillo, sobre todo por los elogios que de él hacía Mercè.

—¿Quiere invitarnos a vino? —se burló Hugo.

—A ti sí.

—No te preocupes —se le adelantó Caterina—. No deseo ser un estorbo. Si el almirante quiere invitarte a vino, quizá es que ya esté cerrado el asunto del matrimonio.

Hugo dudó, aunque la perspectiva de que le confirmaran el enlace de su hija le impelía a aceptar la invitación.

—Ve. Yo me iré con Barcha. Le vendrá bien la compañía —insistió Caterina.

—¿Ya está acordado lo del mercader? —preguntó Hugo al mayordomo mientras se dirigían al palacio.

No entendió la respuesta que le dio un Guerao que caminaba cabizbajo y con pasos rápidos. Recordó el día en que aquel hombrecillo le había confesado que él se casaría con Mercè incluso si su dote fuera la de un simple jergón. Quizá estaba enamorado de su hija, pero ¿quién no lo estaría conviviendo con ella?, pensó Hugo sonriente.

Mercè los recibió en el mismo patio del palacio. Todo estaba igual que con el conde, comprobó Hugo con un deje nostálgico, aunque tal vez hubiera menos personal corriendo de un lado a otro. El silencio que quebró el saludo y las risas nerviosas de Mercè tampoco eran usuales en tiempos del conde. Hugo la abrazó, esforzándose por manifestar su alegría y olvidar al «bien mirado».

—Debe de tratarse de algo importante para que Bernat falte a su palabra y me invite al palacio.

—Lo es, lo es —ratificó ella a la vez que lo cogía de la mano y tiraba de él escaleras arriba.

Hugo trató de detenerla. Quería decirle que no se viera obligada a acepar un matrimonio con alguien que no la convenciera. Hablarle de amor le pareció inútil cuando a su hija la pretendían por su cuantiosa dote; pero, si no era posible ese amor, el deseo tenía que estar presente, por más que Caterina y la mora defendieran lo contrario. Mercè, sin embargo, no se lo permitió y le obligó a ascender las escaleras a buen paso. «Bernat nos espera», repetía.

El salón era el mismo en el que recibía Roger Puig, pero en lugar de la colección de familiares que rodeaban al noble y escrutaban a Hugo cada vez que había acudido allí para allanarse a espiar en pro de la causa del de Urgell, ahora solo estaban Bernat, sentado en el mismo sillón en que lo hacía Roger Puig, Mercè, que se había colocado a la derecha del almirante, algo por detrás de su respaldo, y Guerao, quien se apartó con discreción. El imponente salón vacío se vino encima de Hugo en el momento en que Bernat, sin levantarse ni mostrar hospitalidad alguna, le indicó con la mano que se sentara en otro sillón, a su izquierda.

No llegó a encontrar la postura. No buscaba comodidad en aquel asiento envejecido que se había hundido debido a su peso y cuyo respaldo sobresalía por encima de su cabeza. No sabía qué hacer con los brazos ni con las piernas. Jamás se había sentado en un sillón, y menos aún en uno de esas dimensiones, y lo último que deseaba era que su hija se avergonzase de él. Apoyó las manos en el reposabrazos, sintiéndose ridículo. Sin embargo, Bernat mantenía las suyas en reposo, con naturalidad, insultándolo con su sola soberbia.

—Quería hablarte del encargo que me encomendaste: el matrimonio de tu hija... —empezó a decir Bernat.

No se veía jarra alguna de vino, pensaba Hugo en ese momento.

—¿Me escuchas? —le reprendió Bernat.

—Sí... Sí, te escuchó —afirmó él—. Lo sé, el matrimonio de Mercè con ese mercader de paños...

—No —le interrumpió Bernat—. Mercè no se casará con ese mercader.

—¿Con quién entonces?

Bernat se mantuvo en silencio y Hugo interrogó a su hija con la mirada. Mercè temblaba y movía las manos frente a sí, como si pretendiera con esos gestos soltar unas palabras que se le atascaban en la garganta. Por su parte, Hugo trató infructuosamente de erguirse en el asiento desfondado.

—¿Quién es? —preguntó.

—Está en esta sala —acertó a contestar Mercè con voz trémula, nerviosa e ingenua.

—¡No! —Hugo se apoyó en los brazos del sillón para levantarse con los ojos clavados en Guerao—. Tú no...

—¡Claro que no, necio! —bramó Bernat—. No es Guerao. Tu hija se casará conmigo.

El rasgado de la caña de enea en el momento en el que el asiento de Hugo se hundió casi por completo fue lo único que se oyó en el salón hasta que Mercè se atrevió a hablar de nuevo.

—Siempre con vuestro consentimiento, padre —trató de atenuar el tono autoritario de Bernat.

No había vino, se lamentó Hugo. Miró a su hija, pero cerró los ojos con fuerza al solo pensamiento de que hubiera mantenido relaciones con Bernat.

—¿No habréis...?

No acabó la frase. Por delante de su vientre, en una posición difícil, como si tratara de esconder el gesto, golpeó repetidamente los índices extendidos de ambas manos.

—¡Claro que no! —irrumpió en la conversación Bernat a gritos—. ¡Mercè…!

Mercè aplacó la violencia de Bernat apoyando una mano en su hombro. Entonces la verdad golpeó a Hugo.

—Mercè es doncella, no lo dudes.

Hugo se sintió mareado.

—¿Traigo el vino? —propuso Guerao ante el tono macilento que cobraba el rostro de Hugo.

Bernat asintió y Mercè abandonó su espalda para arrodillarse frente a su padre.

—Seré feliz —trató de animarlo—. Amo a Bernat —confesó después.

Guerao trajo el vino y entregó una copa de plata a Hugo, que este bebió de un solo trago. El mayordomo volvió a escanciarle, y cuando Hugo empezaba a alzar de nuevo la copa pesada hasta sus labios las palabras de Bernat le detuvieron a medio camino.

—Tu hija dice que me ama, y yo te aseguro que ese es un sentimiento recíproco —dijo. Hugo miró al rostro de quien fuera su amigo—. ¿Qué problema tienes que te lleva a beber con desesperación? —le espetó—. Soy rico. Soy el almirante de la armada catalana, uno de los favoritos del rey. Soy conde, así que tu hija será condesa en cuanto se case conmigo. Mantendré la dote prometida, de modo que será rica también. ¿Qué más puedes pedir?

La mano alzada de Mercè, arrodillada en el suelo frente a Hugo, obligó a callar a Bernat.

—Padre —casi susurró—, es cierto. Nos queremos.

—Me cuesta creerlo —dudó Hugo—. Es un corsario. Habrá gozado de mil mujeres.

—¿Qué pretendes? —le interrumpió Bernat, sin tener en cuenta entonces el gesto implorante de Mercè—. Sí, soy corsario y, como bien dices, he tenido mil mujeres. Tu hija lo sabe, se lo he confesado, hemos hablado de ello. Pero a ninguna le he dado mi apellido, y si algún hijo llegué a engendrar, solo será un bastardo. A Mercè le ofrezco mi nombre, mi título y mi patrimonio, y deseo tener hijos legítimos de ella.

—Puedes optar a mujeres nobles y…

—No me interesan, Hugo. No me interesan las mujeres nobles ni ricas, caprichosas y frívolas todas ellas. No me gusta la corte real. Quiero a tu hija; es inteligente y culta… y cariñosa. Y la soberbia me la deja toda a mí —terminó con una sonrisa.

—Padre… —rogó Mercè.

Hugo bebió el vino que todavía mantenía cerca de su boca. En esa ocasión lo hizo con mesura, casi como si estuviera catándolo, aunque en realidad se veía incapaz de distinguirlo del aguapié de los esclavos, tal era su desazón. ¡Mercè sería la esposa de Bernat!

—Padre… —insistió ella.

Bernat también bebía, y sus ojos irradiaban confianza. Hugo no quería bajar la mirada hacia su hija, consciente de que en cuanto lo hiciera, claudicaría. En su lugar consultó a Guerao, que se mantenía alejado, junto a la pared. El hombrecillo imaginó lo que pasaba por la cabeza de Hugo, se encogió de hombros y abrió las manos hacia él. Su gesto era evidente. ¿Qué había de malo en ese matrimonio?, preguntaba sin palabras.

¿Qué había de malo?, se cuestionó entonces Hugo al mismo tiempo que volvía a llevarse la copa a los labios.

Hugo obvió su posible animadversión tras los golpes e insultos recibidos en el palacio Menor y el trato que Bernat le había dispensado en sus escasos encuentros posteriores, y mientras ya se dirigía a casa llegó a la conclusión de que el único inconveniente era su edad. Bernat, por lo que recordaba, tenía cuatro años más que él, de manera que ahora tendría cuarenta y cuatro. Muchas eran las personas que no llegaban a alcanzar esa edad, muchas más eran las que morían en la infancia, pero también era cierto que podía vivir veinte años más…, ejemplos los había a centenares.

Mercè lo quería. Acababa de verlo en sus ojos y oído de su boca, sincera; de hecho, lo había percibido en toda su actitud. No se trataba del capricho de una doncella ingenua ni de la seducción que pudiera ejercer el poder y el dinero que Bernat representaba. El amor procedía de aquellos poemas que leían por las noches. Su hija se había enamorado de ese hombre triste, solitario e insomne que le describió un día, y al que Hugo no conocía. Sonrió al comprender que esa era la razón por la que ella había rechazado a tantos pretendientes.

Mercè sería feliz, se dijo Hugo para convencerse, aunque las dudas regresaron enseguida. Un repentino abatimiento acentuó los efectos del vino. No era malo, pero quizá se había excedido en el número de copas. Algunas para superar el estupor inicial, otras para celebrar el consentimiento paterno, con Mercè colgada de su cuello llenándolo de besos. Resopló con fuerza ya en la Rambla, antes de cruzar la puerta de la Boquería. Unos niños rieron y trataron de burlarse imitándolo. Hugo sonrió y se sumó a sus bufidos. Su hija sería feliz, ¿por qué no iba a serlo?, decidió con optimismo después de que la chiquillería se cansara del juego y se alejara a la carrera.

Tal como había afirmado Bernat en el palacio, pensó cuando ya enfilaba la calle del Hospital, el almirante podía proporcionar a Mercè todo aquello que una mujer deseaba: dinero, títulos, tierras, prestigio. Si a eso le añadía el amor que ella manifestaba, ¿cómo oponerse a su enlace, aunque fuera con aquel hombre cruel y bruto? Por otro lado, quizá… quizá Mercè lo apaciguase. Quizá la otra cara del corsario, esa que solo parecía mostrarle a ella, terminaría imponiéndose, aunque Hugo lo dudaba.

—¡Mercè se va a casar! Y…

Quiso sorprender a Barcha y Caterina nada más entrar en la casa. Su silencio y su aspecto, sentadas las dos a la mesa, le llevó a interrumpir la exclamación. Ambas se volvieron hacia él; Caterina con los ojos y la nariz enrojecida, la mora con los labios prietos y las facciones crispadas.

—¿Qué sucede ahora? —preguntó Hugo con voz impaciente.

—Ha cumplido su promesa —contestó Barcha—. Regina os ha denunciado por adulterio.

—Tendríamos que haberla matado —masculló Caterina.

Hugo se sentó con ellas.

—Contadme —les rogó tratando de infundirles serenidad.

El sacerdote de Santa María del Pi, la parroquia a la que pertenecía el barrio del Raval, se había presentado en la casa y lo había anunciado sin tan siquiera tomar asiento. Regina había denunciado a Hugo y Caterina por adulterio, y una monja había testificado a su favor. Él mismo, les confesó el párroco, se había molestado en preguntar a la gente del barrio, a algunos vecinos, gente piadosa y temerosa de Dios… No. Todavía no era un proceso oficial. No podía serlo; el día que así fuera, todos esos vecinos tendrían que acudir a declarar ante la curia episcopal. Sin embargo, las declaraciones eran coincidentes: Hugo, corredor de vinos, y Caterina, liberta, vivían maritalmente. Nadie lo dudaba. Una anciana había dicho estar convencida de que estaban casados.

—¿Y qué hizo después? —preguntó Hugo.

—Gritar —contestó Barcha.

—Mucho —añadió Caterina.

—Dice que eres un adúltero.

—Y que yo soy liviana... si no una mujer pública.

—Tenía que investigarlo, nos amenazó el cabrón —apuntó la mora.

—¿El qué?

—Pues eso, si Caterina es o no una puta.

Hugo no quiso ni imaginar lo que sucedería si se iniciaba esa investigación y concluía con que, efectivamente, Caterina era una puta por vivir maritalmente con él. De ser así, el encargado del burdel, acompañado por las prostitutas a su cargo, acudiría en busca de Caterina al son del repique de tambores y se la llevaría como compañera de las demás putas hasta el burdel, de donde no podría salir. Hugo había presenciado escenas parecidas en alguna ocasión.

—Es imposible que esa investigación termine con la declaración de que eres liviana —trató de tranquilizarlas al mismo tiempo que alejaba de sí el estruendo de los tambores.

—Hugo —Barcha se inclinó sobre la mesa—, si hay por medio monjas y curas, no hay nada imposible.

Era cierto, concedió Hugo con un suspiro, a sabiendas de que poco la molestaría el aportar testigos falsos. Debía hacer algo. Regina no podía hundirlo de nuevo.

—¿Adónde vas? —inquirió Caterina ante el empujón que Hugo dio a la silla al levantarse de repente.

—A ver al cura ese y arreglar este asunto.

—¿Y cómo lo harás?

—No te preocupes —la interrumpió, inclinándose para besarla en la boca.

De camino a la iglesia recordó a su hija y pensó que ni Caterina ni Barcha se habían interesado por Mercè. Quizá no le hubieran oído, debido a su propia congoja. Hugo solo tenía que seguir la calle del

Hospital hasta la Rambla, superar la puerta de la Boquería y a su izquierda se toparía con Santa María del Pi. El sol estaba ya muy bajo y el frío empezó a molestarle tanto como el hambre. En el palacio de la calle de Marquet solo había bebido vino, y en casa ni tuvo oportunidad ni le ofrecieron nada de comer. Lo más probable era que ellas tampoco hubieran comido.

Todavía faltaba bastante obra para terminar el campanario de la iglesia del Pi, allí donde tiempo atrás se había escondido el perro calvo. Entre ambas construcciones se alzaba la casa parroquial, más parecida a la masía de la viña de Santa María que a los edificios que se apiñaban entre las murallas antiguas de la ciudad. Unos bajos con establos, granero y leñero, la planta superior destinada a vivienda del cura, y un buen huerto al lado de la construcción atestiguaban el carácter original de Santa María del Pi como parroquia rural.

Hugo no lo pensó y ascendió las escaleras que conducían al primer piso. La puerta no estaba cerrada con llave.

—La paz —saludó abriéndola un palmo.

Tardó en llegar una mujer vieja.

—La paz —correspondió ella conforme abría la puerta por completo—. ¿Qué deseáis a estas horas?

—Tengo que hablar con el párroco.

—Ahora no es buen momento.

—Decidle que soy Hugo Llor, corredor de vinos, de aquí mismo —añadió señalando con el pulgar hacia detrás—, de la calle del Hospital.

La vieja, desdentada, de cabello blanco y escaso, había ido asintiendo a medida que Hugo se presentaba, como si supiera de qué se trataba, certeza que alcanzó Hugo tan pronto como ella cambió de actitud y lo emplazó a esperar allí fuera, en la escalera.

El párroco no tardó en presentarse. Malcarado, era evidente que lo habían despertado de la siesta. Así lo revelaban los cabellos enhiestos que no se preocupó de peinar, ni tan siquiera de ordenar con una mano.

—Ya te habrá dicho la liberta…

—Caterina —le interrumpió Hugo.

Al cura le disgustó la interrupción.

—En este momento no tengo por qué saber cómo se llama —replicó de malos modos—. Ya le he dicho a la liberta…

—Caterina —insistió Hugo.

—¿Quién te has pensado que eres! —estalló el otro—. ¡Voy a...!

—¡Os voy a decir lo que vais a hacer! —se le adelantó Hugo, elevando la voz muy por encima de la de él, a la vez que repicaba sobre el pecho del religioso con el dedo índice—: Vais a ir a ver a mi esposa y le diréis que la quiero esta noche en casa, conmigo, con su esposo. Y eso se lo diréis también a las monjas que la protegen. Y mientras Regina no regrese allí donde la espera su marido, no quiero oír hablar de vos, ni mucho menos que volváis a molestar a Caterina o a la mora. Porque en caso contrario acudiré al obispo para denunciar que mi esposa me ha abandonado con vuestra ayuda y consentimiento, y el de las monjas. Yo diría que es con su esposo con quien debe estar una mujer... ¿Me habéis entendido bien?

Al término del discurso de Hugo se habían introducido los dos un par de pasos en la casa parroquial, uno repicando con el dedo, el otro reculando. La anciana permanecía con los ojos tan abiertos como le permitían las órbitas.

El párroco balbuceó algo y Hugo se irguió frente a él.

—¿Tengo que repetirlo? —preguntó. El cura no contestó—. O vuelve mi esposa... o vos os olvidáis de Caterina. —Se dio la vuelta para dirigirse a la escalera—. ¡Esta noche! —le recordó a gritos mientras descendía por ellas.

Regina no apareció, ni el párroco tampoco. Hugo trató de normalizar su vida y trabajó con el vino de Navarcles. Lo vendió bien, cuadruplicó su precio y escondió el dinero a Barcha y Caterina. «¿Acaso crees que no sabemos dónde lo guardas?», se burló un día la mora. Hugo fue a prohibirles que lo tocaran, pero optó por callar, al mismo tiempo que se planteaba buscar otro agujero donde meterlo, a pesar de que estaba seguro de que resultaría inútil. A Barcha se le escapaban pocas cosas.

Había llegado la época de partir de viaje en busca de más vino. No fue muy lejos, se limitó a salidas de un par de días de duración para recorrer las viñas costeras: las de Mataró y Badalona, hacia el norte; las de Sant Boi y hasta Sitges, en sentido contrario. Compraba a los payeses pequeñas cantidades que pagaba bien. «Lo vendo a los esclavos y libertos por poco más de lo que te pago a ti. Es un buen mercado. Fácil y rápido», mentía en contestación a sus preguntas, extrañados de su interés por un vino que, ellos lo sabían, era malo para el paladar de los burgueses de Barcelona.

Por su parte, Hugo no quería comprar volúmenes notables de vino, a costa incluso de tener que viajar más. Lo habló con Barcha y Caterina mientras destilaban aguardiente: cualquier alarde podía llevarle a que se hablara de él, como comprador o como vendedor, y si alguien comparaba los vinos que adquiría y los que distribuía se vería en una situación sumamente compleja. Con los payeses humildes eso era casi imposible que sucediera, y vender sus vinos le era mucho más sencillo. Mientras pagase los impuestos de entrada a la ciudad, poco le preguntaban las autoridades, y a los hosteleros que tenían que pregonar sus barriles por las calles les ofrecía un origen que nadie discutía: las tierras del conde de Navarcles.

¿Quién iba a dudar de que el futuro suegro del almirante de la armada catalana comprara buen vino en aquella zona? Porque el compromiso entre Bernat y Mercè era ya tan público como comentado. Una mañana, tirando de las mulas con una cuba cargada en la carreta, Hugo se percató de que una mujer lo señalaba a su paso por delante del hospital de la Santa Cruz. Se encaró con ella, y la otra, tras cesar en sus murmuraciones, se refugió en un grupo de mujeres. Hugo se convirtió en el centro de todas las miradas. Las observó unos instantes y arreó a las mulas, a sabiendas de que en cuanto les diera la espalda volverían a sus habladurías. Él, un simple corredor de vinos, conocido del barrio, no podía ser objeto de sus chismes y sus enredos, así que debían de andar criticando a su hija, pensó.

—¿Qué te importa lo que digan? —le reprochó Barcha a su vuelta—. Dirán lo que la envidia les inspire. Cualquiera mataría por obtener lo mismo para sus hijas. Muchas de esas jóvenes jugaron con Mercè entre las piedras del hospital y corrieron con ella por los campos y huertos del Raval. Por cada una que se alegre, habrá nueve envidiosas. En las bodas de los ricos y nobles la gente aplaude, los vitorea y hasta participa de las fiestas que les regalan unos personajes inaccesibles, pero si es uno de ellos el que triunfa, como ahora Mercè, caen en la cuenta de que esa fortuna podría haberles iluminado a ellos también, de que ya no se trata de... dioses en la tierra. Y esa conciencia, pensar que algo así también habría sido posible para ellas o para sus hijas, es la simiente más poderosa de la envidia.

Los hosteleros a los que vendía el vino trataron a Hugo con mayor respeto y una condescendencia a veces irritante. En Santa María de la Mar le hacían sitio, y Caterina no sabía estarse quieta al oído de los cuchicheos, las miradas de reojo, cuando no desvergonzadas, y las sonrisas cínicas. Caterina acogió la propuesta de matrimonio de Mercè con ilusión; en cambio, Barcha mostró algo de recelo.

—¿Acaso no hemos tenido la fortuna nosotras de ser liberadas de la esclavitud? —puso como ejemplo Caterina para vencer la suspicacia de la otra—. La vida ofrece esas oportunidades.

—Ya, ya, ya —interrumpió la mora el discurso—. No pongo en duda la suerte de la niña: inmensa. Pero hay algo en ese hombre que me inquieta.

—Mercè lo quiere —dijo Hugo, zanjando así cualquier otro comentario.

Ese mismo amor, que alejaba cualquier duda de la mente de Hugo, no sirvió con Regina.

—Ha dicho que me prohíbe el matrimonio —sollozó Mercè a su padre un día mientras paseaban por la ciudad. El compromiso nupcial parecía no haber levantado la prohibición de entrada al palacio de Hugo y este tampoco deseaba presionar a su hija—. Insiste en que bajo ningún concepto voy a casarme con Bernat —continuó—. Padre, no podéis imaginar lo que ha salido de boca de madre al referirse a él.

Hugo lo imaginaba. Lo sospechaba... y ya había temido que aquella fuera efectivamente la postura de Regina.

—¡Odia a Bernat! —exclamó Mercè.

Hugo recordó la expulsión de Roger Puig del palacio de la calle de Marquet, a Regina medio desnuda vistiendo ropas de los esclavos, humillada por Guerao y desposeída de sus pertenencias. Bernat significó el fin de los sueños de grandeza de Regina, un fracaso que habría llegado igualmente, sin duda, pero que se personalizaba en la figura del almirante. El rencor la habría estado concomiendo desde entonces.

—Ya se le pasará —trató de tranquilizar Hugo a su hija, consciente, sin embargo, de que Regina jamás cejaría en sus odios.

—¿Así lo creéis? —preguntó Mercè, abatida.

—Por supuesto.

—Pero si madre no autoriza... No quiero pensar lo que sucederá si Bernat se entera.

—El consentimiento para ese matrimonio lo tengo que dar yo, no tu... madre. —El argumento, aun siendo cierto, no pareció sosegar a Mercè—. Yo hablaré con ella —se comprometió Hugo entonces—. Tú no te preocupes.

La sonrisa inmensa de Mercè, liberada de repente de cualquier tipo de culpa por contrariar los deseos de la mujer a quien tenía por su madre, convenció a Hugo de que debía cumplir con un compromiso asumido más para contentar a su hija que con la intención de discutir con quien todavía era su esposa de algo sobre lo que ella carecía de potestad alguna

—¿Y tú? —gritó Regina—. ¿Acaso la tienes?

La gente que transitaba por la plaza de Jonqueres miraba a la pareja sin recato. El convento se alzaba frente a Hugo, que llevaba allí desde primera hora de la mañana, apostado al final del pasillo que daba acceso al mismo, esperando la salida de Regina. En aquel convento era donde Hugo se colaba por las noches para visitar a su hermana Arsenda. No la había vuelto a ver, ni había sabido nada más de ella. La nostalgia y el amor a aquella hermana pequeña lo asaltaron durante el tiempo en que aguardó la salida de Regina. Como siempre, no consiguió recordar el nombre de la monja que allí, en Jonqueres, había tomado a Arsenda a su servicio, pero las noches bajo las estrellas, los dos arrebujados bajo la manta, arrimados el uno al otro, explotaron en su recuerdo, se agarraron a su garganta y le humedecieron los ojos. Había perdido a Arsenda; ahora era Mercè la que se entregaba a otro hombre...

La aparición de Regina llegó a sobresaltarle. Luego discutieron. Hugo suplicó por el bien de su hija a una mujer que permanecía altiva y soberbia, con su nariz acompañando la postura. Ella no se prestó, y Hugo se equivocó al recordarle que no era su madre, que carecía de toda potestad para decidir sobre Mercè. Como siempre que había discutido con ella a lo largo de su vida, utilizó un recurso erróneo, algo que se había prometido una y otra vez no reprocharle.

—¡Tú tampoco eres su padre! —aprovechó ella para recriminarle—. No eres quién para decidir.

—La ley dice que lo soy.

—Yo digo que no lo eres. ¡Yo sé que no lo eres!

—Importa muy poco lo que tú digas, incluso lo que puedas saber. ¿Quién te creería ahora?

—Muchas más personas de las que imaginas. Mercè, la primera.

Hugo sintió que el estómago le caía a peso. Dudó. Titubeó.

—¿Serías capaz? —inquirió pese a conocer una respuesta que le llegó en forma de sonrisa cínica, triunfadora—. ¿Por qué no permites que ella sea feliz?

—¿Acaso yo lo soy? —se le encaró Regina—. Me traicionaste con tu amigo Bernat, me excluiste del pacto torticero que hiciste con él y has terminado abandonándome por una puta esclava rusa. Y si reclamo mis derechos como esposa, me amenazas con hacerme regresar a una casa en la que sabes que me matarán.

—Todo eso es lo que tú has buscado.

—¡Pues tú has buscado que tu hija sepa que no eres su padre! Así aprenderéis los dos.

Después... no supo explicar cómo sucedió pero lo cierto es que agarró a Regina y la arrastró hasta el mismo torrentillo al que un día lo habían lanzado a él los soldados del veguer cuando reclamaba saber de su hermana Arsenda. Hizo lo mismo con ella: la empujó por la pendiente. Si alguien los vio, no se alteró. Fuera por la sorpresa, fuera por su soberbia, Regina no gritó ni peleó. Tras haberle utilizado y humillado tantas veces sin que él respondiese con violencia, estaba casi segura de que Hugo no le haría daño.

Pero en esa ocasión el rostro de Regina palideció; tenía las ropas arañadas por la maleza, empapadas, y el cabello revuelto. Vio que Hugo descendía de un par de saltos y se abalanzaba sobre ella, crispado y resoplando, para agarrarla del cuello y apretar hasta cortarle la respiración. El rostro de Regina mudó del blanquecino al colorado, congestionado ante la falta de aire. La mujer boqueaba y agitaba las manos en un vano intento por zafarse de un agresor al que distinguió ciego, poseído. De poco servían los manotazos que Regina propinaba. Ya flaqueaba en el momento en el que Hugo recibió una pedrada cerca de la sien. Soltó a su presa, aturdido, y se volvió. Algo más arriba, el esclavo moro de Regina amenazaba con lanzarle otra piedra. Regina había caído al suelo y se sostenía a cuatro patas; tosía y jadeaba. Hugo, mareado, se agarró a las ramas de un arbolillo para no desplomarse. La visión nublada le impidió ver lo que sucedía con exactitud, si bien el sonido de los pies del esclavo resbalando por la pendiente y sus esfuerzos por levantar a Regina se lo dieron a entender.

—Te mataré —alcanzó a decirle—. Te mataré si haces infeliz a mi hija.

Regina tosía. Hugo la vislumbró en pie, cerca de él.

—Dame el cuchillo —oyó que pedía al moro—. ¡Dámelo! —gritó entre tos y tos.

—No..., ama.

Hugo se apartó, y al hacerlo tropezó. Cayó al suelo y se levantó enseguida.

—Te mataré yo a ti, perro —le amenazó Regina—. ¡El cuchillo!

—No lo hagas... Ama, no...

Hugo logró separarse al mismo tiempo que conseguía centrar la visión: Regina permanecía en pie, con la mano derecha abierta y extendida hacia el esclavo moro, que rebuscaba el arma entre sus ropas. No podía alcanzarle, se tranquilizó.

—Lo haré —prometió Hugo señalándola con el dedo—. Lo haré si perjudicas a mi hija.

Regina ya tenía el cuchillo en la mano, con el que también le señalaba, amenazante.

—Sal de mi vida, Regina, olvídame. Nunca te he hecho daño.

—¡Me has destrozado la vida! —se quejó ella.

—¿Yo? ¿Cómo puedes decir eso?

—Te maldigo, Hugo. Os maldigo a ti y a tu hija.

Regina bajó el cuchillo y lo devolvió al esclavo moro. No era una rendición, apreció Hugo: toda ella rezumaba odio y rencor. No hacía mucho le instaba a volver con ella, afirmando que le quería. Ahora las aletas de su nariz, firmes, tiesas como jamás las había visto antes, le indicaron que acababa de despojarse de otra piel de la serpiente que era. Pero Hugo no debía ceder.

—Ten cuidado, Regina —advirtió—. No permitiré que hagas daño a mi hija.

Dio media vuelta y continuó torrentillo abajo, dejando atrás los insultos y las amenazas de Regina que resonaban a sus espaldas.

Con la llegada de la primavera de 1415, Bernat y Mercè contrajeron matrimonio. Lo hicieron una mañana cálida y soleada en Santa María de la Mar, cuyas paredes de piedra se adornaron con tapices y el suelo con alfombras. Una de ellas, de color carmesí con guarniciones de oro y piel, ornaba los escalones que llevaban al altar mayor, cubierto con manteles de raso bordados en plata y oro. La Virgen de la Mar aparecía vestida con un manto bordado que cubría el pilar y caía hasta el suelo. Había velas. Miles de cirios encendidos. El centenar de sacerdotes de Santa María estuvieron presentes, todos con su mejores casullas, y fue el obispo quien ofició la ceremonia, a la que asistieron concelleres de la ciudad, nobles y prohombres. La música del órgano invadía el templo y la luz entraba a raudales a través de los vitrales, sumándose a la fiesta. ¡Se casaba el almirante de la armada de Cataluña! Faltaba el rey Fernando, que se hallaba en Valencia, pero Bernat no quiso aplazar la ceremonia y el monarca le autorizó.

Por su parte, Hugo habló con Guerao y le trasladó su preocupación por la oposición de Regina a la boda, aunque calló cualquier referencia a la paternidad de la joven. Guerao lo hizo con su señor, y este debió de tomar alguna medida, porque lo cierto es que Regina no volvió a acercarse a Mercè. «Ya se le pasará el enfado», tranquilizó Hugo a su hija.

Bernat vestía de negro, haciendo gala de la pretendida sobriedad con la que acostumbraba a presentarse en público, esa vez mitigada por las mejores sedas recamadas en plata que Mercè eligió para que le confeccionasen las ropas. La novia, por su parte, estaba esplendorosa: vestía un brial de color azul como el mar, bordado con perlas, iguales que las que se entremezclaban en sus cabellos. Mercè llegó a la iglesia a caballo entre vítores y aplausos, montada en un palafrén blanco del que tiraba un criado, con la silla cubierta de paños de oro. Una capa larga en oro y plata descendía desde el cuello de la novia hasta la grupa del animal.

Hugo, que estrenaba el calzado y el vestido que le proporcionó su hija, similar a aquel que le entregaron años atrás para comprar vino como botellero del conde, se hallaba en primera fila frente al altar mayor, encogido entre nobles y prohombres. Mercè irradiaba alegría, y belleza, y juventud, y sensualidad, y... Por delante de él la muchacha volvió la cabeza para sonreír a su padre como si hubiera presentido que estaba pensando en ella. Hugo le devolvió una sonrisa parca y tímida, amedrentado entre los personajes y el exceso de lujo y boato con el que el almirante vulneraba las leyes suntuarias relativas a las bodas del común de los ciudadanos.

Así transcurrió la ceremonia en la que los cónyuges se comprometieron mediante las palabras de presente. A Hugo se le hizo breve, ya que la pasó pendiente de su hija, de la gente, de los nobles y de la Virgen. También de Caterina, a la que no vio pero que sabía atrás, donde se aglomeraba el común de la gente, vestida con un traje que se había hecho con aquella pieza de tela azul que un día le regalara Hugo y que ella había venido guardando en el baúl como su mayor tesoro.

Desfilaron los esposos al final. Encabezaban un cortejo protegido por sendas filas de soldados que impedían que los fieles se acercasen a ellos. Mercè dio un traspié que excusó alzando un poco los bajos del vestido, como si hubiera tropezado con ellos, al toparse con Barcha, que, erguida cuan grande era en primera fila, se hallaba arrimada a uno de los soldados que separaban la comitiva de los curiosos. Mercè titubeó ante la presencia de la mora en una iglesia. La otra sonrió y le lanzó un beso. Mercè buscó a su padre con la mirada. Al distinguir la expresión de pánico en el rostro de su hija, Hugo miró a su alrededor hasta entender qué era lo que lo causaba. Negó con la cabeza a la vista de Barcha. Mercè asintió y correspondió con otro beso que le hizo llegar con la palma de la mano abierta a quien la había criado de niña; luego, confiada en que su padre lo arreglaría, se apresuró hasta ponerse a la altura de Bernat.

La mirada que Hugo dispensó a la mora al desfilar tras los novios nada tuvo que ver con la cálida y agradecida de Mercè. Barcha vestía ropas negras que pretendían conferirle una respetabilidad, afirmada con una gran cruz de plata que se bamboleaba sobre sus pechos grandes. Hugo la tenía vista: había pertenecido a Jaume. Un sombrero también negro, calado, trataba de esconder sus facciones y el color de su rostro. «¡Ve a casa!», quiso ordenarle Hugo al discurrir a su lado. No la miró, empero, por miedo a que la descubrieran por su culpa. No le salieron las palabras, aunque ella debería haber entendido el mensaje solo por la angustia que aparecía reflejada en su rostro. ¿Quién podía controlar a la mora? Los había acompañado hasta la plaza de Santa María para ver llegar a la niña montada a caballo hasta la iglesia. Allí se separaron, y Barcha debió de correr hasta la calle del Hospital para retornar como una cristiana piadosa. Nada les había desvelado la mora acerca de sus intenciones.

Hugo se esforzó por respirar hondo mientras andaba entre los soldados en dirección a la puerta principal que daba a la plaza de Santa María, sin dejar de pensar en aquella mujer grande que se hallaba a la vista de un centenar de sacerdotes, soldados y oficiales, cualquiera de los cuales podía reconocerla, detenerla y encarcelarla... o entregarla a la Inquisición. ¡Era mora! ¿Cuál sería el delito atribuido a una musulmana que simulaba ser cristiana en una iglesia cristiana? Hereje, profanadora, blasfema. «No pasará nada», se repetía. Sin embargo, una sucesión de posibilidades, todas ellas con fin en la horca o la hoguera, le nublaron los sentidos a tal punto que casi no reconoció a Caterina, que andaba tras los soldados que protegían la comitiva. Hugo solo se atrevió a señalar a sus espaldas con el mentón. Caterina ni siquiera pestañeó. Hugo tardó en percibir el rostro de su amada más pálido de lo que en ella era habitual. Dudó y se detuvo, por lo que los invitados que caminaban tras él chocaron. Alguien lo empujó sin contemplaciones. Un par de pasos más allá salió de la fila y se coló entre unos soldados que nada hicieron por impedírselo; desde allí retrocedió a codazos hasta donde se hallaba Caterina. No necesitó preguntarle nada, se limitó a seguir su mirada: junto al altar mayor, donde la Virgen de la Mar aparecía majestuosa, iluminada por mil velas, Regina gesticulaba airadamente frente a un par de sacerdotes y señalaba hacia Barcha, índice, mano y brazo en tensión y extendidos como si ella misma quisiera detenerla desde la distancia, bloqueada la mora entre el gentío y los soldados.

Hugo notó que Caterina se apoyaba en su hombro y caía deslizándose por su costado. La cogió en volandas antes de que topase con el suelo y la zarandeó luego para que la sangre volviera a su rostro.

—¿Quieres amargar la fiesta y el banquete de bodas a tu hija? —llegó a gritarle Guerao.

Hugo quiso responderle, pero cuando lo fue a hacer el otro ya estaba dando órdenes a esclavos, criados, músicos y camareros. Se encontraban en el patio del palacio de la calle de Marquet, donde parecían concurrir todos los problemas que afectaban al gran banquete que se celebraba en la primera planta.

—Guerao… ¡Guerao!

El mayordomo se zafó con violencia de la mano con la que Hugo le asía el brazo y continuó con su trabajo. Con todo, al fin se volvió.

—No quiero ni imaginarme —le dijo a Hugo— lo que podría suceder si el almirante se enterara de que su esposa ha sufrido molestias en el día de hoy por una vieja liberta musulmana.

—Es mi hija…

—Ahora es la esposa del almirante. Ya no es tu hija.

—Por más que sea su esposa, Mercè quiere a esa vieja.

—¡Es una mora, Hugo! Una liberta que, según me has contado, ni siquiera ha abrazado la fe cristiana. Una mora que se ha permitido ofender a la Virgen de la Mar accediendo a su templo con una cruz en el pecho. ¿No es así?

Hugo asintió con el recuerdo de los sacerdotes corriendo hacia Barcha, incitados por Regina. Los soldados la detuvieron, estaba junto a ellos: no tuvieron más que volverse para cumplir la orden de arrestarla.

—Sí, pero…

Calló. Guerao volvía a estar inmerso en las urgencias y necesidades del banquete, y en un instante se vio rodeado por varias personas, una de las cuales le habló del vino. Hugo ni siquiera se ocupaba del vino, se dijo este con un suspiro.

Arrastrando a Caterina, Hugo había seguido a los sacerdotes y los soldados que se llevaban a empellones a la mora. Regina iba entre ellos, y Barcha fue insultándola en catalán… y en árabe hasta que entraron en el palacio del obispo, a cuyas puertas hubieron de quedarse Hugo y Caterina, junto con los demás curiosos que se fueron sumando a la procesión.

—Quiero advertirte de algo. —Guerao frente a él, ya libre y con el semblante serio, le sobresaltó—. Mejor no estar cerca del almirante si se entera de que una musulmana ha profanado la iglesia de Santa María de la Mar.

—Barcha no la ha profanado —protestó Hugo.

—¿Cómo calificas tú el que una mora simule ser cristiana y se cuele en un templo con una cruz en el pecho? ¿Tan seguro estás de sus intenciones? —Hugo fue a contestar, pero Guerao le interrumpió con brusquedad—. ¿Podrías jurar que su actitud ha sido respetuosa, que en el fondo de su corazón no insultaba a la Virgen, a los cristianos o a nuestras creencias? ¿Que la cruz de su pecho no era sino una burla? ¡Se trataba de la boda del almirante… con tu hija! ¿Qué crees que pensará su señoría si se entera de la presencia de esa mujer? ¿Sabes cuántas veces ha arriesgado la vida por combatir a los infieles?

Hugo no acertó con respuesta alguna y bajó la vista.

—¡Era su boda! —insistió el hombrecillo antes de que el personal del banquete lo asediara con preguntas y demandas una vez más.

—Barcha solo quería disfrutar viendo a su niña en el día más feliz de su vida —rebatió él.

—Esa niña es la esposa del conde de Navarcles, almirante de la armada catalana. Ninguna infiel tiene que disfrutar con su visión. Hugo, no parece que hayas comprendido el carácter del almirante. Te lo he dicho en repetidas ocasiones: no es una mala persona, pero reacciona como si estuviera en la mar, peleando contra esos infieles adeptos al falso profeta igual que tu mora. Si algo le amenaza o le disgusta, no piensa, responde con violencia. Así ha ganado muchas batallas. Así protege lo que quiere: su barco, su tripulación, y ahora a su esposa. No lo retes, Hugo. No le reveles que una infiel ha mancillado su iglesia y la fiesta de su matrimonio.

—¿Acaso me matará? —replicó Hugo ya dirigiéndose a la escalera de acceso al primer piso.

—No deseches ninguna posibilidad —contestó el mayordomo antes de verse de nuevo rodeado por el personal del palacio.

Hugo solo fue capaz de simular una sonrisa cuando pasó por delante de la mesa a la que se sentaban Bernat y Mercè, acompañados por nobles, consejeros de la ciudad y hasta el obispo… ¡El obispo! Cruzó la mirada con Bernat. No. No podía molestarlo en ese momento. No le preocupaba Bernat, ni su reacción, ni que lo matase, pero era la fiesta de su hija. Habría tiempo de arreglar lo de Barcha, confió. Ya se encaminaba a otra mesa tras los pasos de un doncel cuando Mercè le saludó con la mano. Él le sonrió, en esa ocasión con franqueza. Su hija resopló, como si todo aquello la superase, correspondió a su sonrisa y le lanzó varios besos. Hugo se sentó a su mesa y bebió. Mucho. Ubicado entre mercaderes ricos, prohombres de Barcelona que ni siquiera le dirigían la mirada, se entregó a un vino que al principio paladeó exquisito hasta que, copa tras copa, llegó a adherírsele al paladar.

24

Habían transcurrido algunos meses desde la boda de Mercè, una celebración de la que Hugo no conseguía recordar más que su despertar en la bodega de palacio, junto a Caterina que, advertida a instancias de Mercè, velaba su borrachera. El trance de la ejecución de Elena, la esclava griega, se mezcló con el dolor derivado de la prisión de Barcha hasta que el primero se diluyó en el segundo. Tal como vaticinara Guerao, Bernat maldijo a la musulmana que había osado acceder a Santa María de la Mar el día de su boda. Mercè intercedió por la mora en varias ocasiones y solo consiguió conocer la dureza del corsario que a ella no se le había mostrado hasta entonces. «¡Esa iglesia la construyó mi padre!», aulló Bernat antes de jurar que despedazaría a cualquier infiel al que hallase siquiera rondando el templo. «Si Bernat se entera de que hago alguna gestión en favor de Barcha —sollozó Mercè a su padre algunos días después del de la boda—, creo que sería capaz de acudir al palacio del obispo y estrangularla con sus propias manos.»

Lo cierto era que la situación de Barcha no estaba del todo despejada: unos consideraban que era una hereje por blasfema y que, por lo tanto, debía ser puesta en manos de la Inquisición; otros sostenían que la jurisdicción correspondía al obispo como profanadora, y hasta había quienes exigían que fuera inmediatamente ejecutada sin esperanza alguna de perdón, conforme a la ley catalana que así lo establecía para quienes ofendieran gravemente a Dios, a la Virgen María o a los santos y las santas.

De todo ello tenían conocimiento Hugo y Caterina a través de los esclavos del palacio del obispo, que se preocupaban por Barcha y por su situación en los calabozos, devolviéndole así sus desvelos por la comunidad. A través de ellos también supieron que la mora no quiso comprometer a Mercè y que nada contó de ella. Le preguntaron que por qué estaba en Santa María. «Para presenciar la boda del almirante, como todos los demás», respondió, y al ser interrogada por la cruz contestó que creía que en las iglesias se debía entrar con una al cuello, como hacían todos.

El estupor de los primeros días ante la detención de la mora también fue decayendo, y una vez tramitadas las primeras declaraciones —incluida la de Regina, quien también calló sobre Mercè, aunque probablemente su silencio se debiera a su deseo de evitar enfrentamientos con Bernat— el proceso se adaptó al ritmo insolente de los asuntos menores, aquellos sin mayor trascendencia. A fin de cuentas, ¿quién era aquella vieja mora y qué tenía? Quizá por boca de Regina, o quizá no, lo cierto es que los religiosos supieron de la casa propiedad de Barcha y se abalanzaron para incautarse de ella; la ocuparon, por supuesto, pero pronto se encontraron con que el inmueble garantizaba el pago de las tallas de varios libertos, por lo que de nada les sirvió hacerse con ella. Acreditada la pobreza de la mora, todos los que reclamaban su imperio sobre la rea o bien renunciaron a él o no insistieron. El caso de Barcha se acumuló a los juicios que podían eternizarse en manos de funcionarios inútiles y perezosos, siempre que alguien como Hugo proveyera al sustento y demás necesidades de la detenida y por lo tanto tampoco supusiera un problema para el erario episcopal. «Pero ¿cuánto tiempo pueden mantenerla presa?», se preguntaban Hugo y Caterina.

No encontraron abogado que quisiera hacerse cargo de la defensa de Barcha. «Le pediré a Guerao que me aplace la devolución del préstamo de Bernat», explicó Hugo a Caterina, pensando en obtener así los dineros para pagar a un abogado. Pero no fue necesario. Todos los letrados se negaron a defender a la musulmana que se había colado en Santa María. Superada la inicial indignación, lograron visitarla tras sobornar al carcelero, que se prestó a contestar a su pregunta.

—¿Tiempo? Muchos son los que mueren antes de que los juzguen o los condenen. La cárcel no es un castigo; entendedla como una oportunidad para el arrepentimiento. Aquí no juega el tiempo.

Atentos a su propia respiración, a sus pisadas, Hugo y Caterina descendieron hasta una mazmorra ubicada en los sótanos del palacio episcopal. Se detuvieron al oír unos gritos.

—¿Ya me traes la comida, perezoso! —La voz resonaba, y su eco acalló cualquier otro sonido—. ¡Llevo tiempo esperando! —exclamaba.

Era Barcha hablando en el mismo tono que usaba cuando la compró Hugo. Este la oyó, igual que Caterina, ambos con media sonrisa en los labios pese a las circunstancias.

—¡Carcelero! ¡Ven a limpiar toda esta mierda! ¿Cuándo se come aquí?

—Lo que no sé —confesó el carcelero luego de franquearles el paso a una estancia tan amplia como lúgubre, oscura, húmeda, sucia y hedionda como exigían los inquisidores para quebrar la voluntad del reo— es cuánto tiempo aguantaré yo a la mora. ¡Calla ya, hereje! —gritó él a su vez, señalando a Hugo y Caterina un rincón de la sala.

Estaba encadenada a la pared, como otros tantos reos cuyas formas se entreveían, las más quietas, algunas moviéndose agónicamente. Barcha dejó de gritar. Caterina se echó en sus brazos y lloró. Hugo vaciló, miró a su alrededor, movió los pies... Pero ellas continuaban abrazadas. Por fin acarició con ternura el brazo de la mora y ella le sobresaltó empujándolo.

—¿Ahora pretendes aprovecharte de mí? —se burló. Hugo no tuvo ánimos para reírse—. ¿Has tenido que esperar a que estuviera encadenada? —insistió dándole un golpe en el pecho.

Hugo se esforzó por seguirle la broma. Hablaron. Ya era vieja, repitió después una y otra vez, tozuda, empecinada, rechazando la menor esperanza.

—Además, ¿qué vais a conseguir vosotros dos? ¡Porque os prohíbo que metáis en esto a Mercè! —les advirtió.

El silencio de Hugo y Caterina dio paso a que la mora continuara: ¿qué importaba dónde o cómo muriera? Siempre sospechó, dijo, que sería así: a causa de la maldita religión. Lo que nunca llegó a imaginar, les confesó, ni en sus fantasías más atrevidas, era que llegaría a alcanzar la libertad de mano de Hugo, criaría a una hija como Mercè y sería feliz, como lo había sido en esos los últimos años.

—Veinte años, Hugo —susurró Barcha con la voz tomada—. Los he contado. Día a día. Uno tras otro. Desde el primero. Gracias. Gracias por cada uno de ellos.

—No —logró articular él—. ¡Todavía te quedan muchos por vivir!

No la convencieron de eso, ni tampoco nadie mencionó a Regina. Barcha se encerró de nuevo en su terquedad: solo era una vieja esclava mora que no debía importar a nadie. El carcelero les avisó. Tardaron en despedirse. El carcelero les avisó una segunda vez. «Escóndelo bien», le urgió Hugo mientras le entregaba un odre con aguardiente que había burlado la inspección de la entrada.

Barcha le besó en los labios.

A través del esclavo del escribano del tribunal episcopal, que les mandó recado con una liberta del Raval, Hugo y Caterina tuvieron conocimiento de la orden de incautación de los bienes de Barcha, por más gravados que estuvieran. Esa misma noche los dos vaciaron la casa de sus pertenencias: sus escasas ropas, las cubas y el vino, el alambique... Incluso cogieron aquel magnífico cuchillo que había sido de Jaume. Se lo dirían a la mora en la próxima visita y seguro que aplaudía la decisión. Rebuscaron entre sus cosas y hallaron la escritura notarial de libertad conservada en una bolsa de cuero. Poco más... Ropa vieja que olía a ella y algunas tallas pequeñas en madera que Jaume le habría hecho.

—¡La olla! —exclamó Caterina dirigiéndose al hogar para hacerse con ella.

—No —la detuvo Hugo—. No sea que nos traten de ladrones. Un hogar tiene su olla. Sin embargo —añadió tras echar un vistazo al comedor—, en un hogar no son necesarias escudillas para tres personas; con una basta.

Lo mismo hicieron con platos, sábanas y mantas: dejaron lo imprescindible para la vida de una persona y el resto lo cargaron en el carro con las mulas, hortalizas maduras del huerto incluidas. «¡A la mierda con los curas!», pensó Hugo. A riesgo de ser detenidos se internaron en las calles de Barcelona mucho después de que hubiera sonado la campana del castillo del veguer, sin la luz obligatoria que debía distinguirles por más innecesaria que resultara en una noche iluminada por una luna casi llena, maravillosa. No cruzaron la Rambla; evitaron dirigirse hacia la ciudad antigua.

—Hace muchos años, siendo un niño —comentó Hugo con nostalgia—, también busqué refugio en esta zona.

Viñas, campos y huertos continuaban ocupando la mayor parte de la superficie del Raval de Barcelona por la que ahora discurrían Hugo y Caterina arreando a las mulas, con la carreta peligrosamente cargada. Solo alrededor del hospital de la Santa Cruz se notaba cierto crecimiento en el caserío del Raval. Las murallas abrazaban ya el nuevo perímetro, incluyendo las atarazanas, pero los habitantes no crecían en número.

—¿Por qué? —se interesó Caterina.

Hugo sonrió.

—Me perseguía el tuerto…, aunque entonces no lo era.

Caminaron un rato en silencio, en dirección al mar.

—¿Qué habrá sido de él? —preguntó Caterina.

—Estará en el infierno.

Se detuvieron al lado de una viña. Mediaba septiembre y la uva estaba ya casi madura. Hugo podía olerla. Cogió una y comprobó que faltaba poco para que estuviera tostada y clara. La mordió. En pocos días alcanzaría la dulzura ideal.

—¿Fue cuando le saltaste el ojo? —volvió a preguntar Caterina en el momento en que Hugo reinició la marcha.

—Sí.

—¿Adónde vamos?

Hugo tardó en responder.

—Hacia el mar —dijo por fin—. Mañana a primera hora quiero devolver a Guerao el dinero que Bernat me prestó para comprar el vino. No pienso llevarlo por ahí arriesgándome a que nos roben…

Mientras hablaba palpó la abultada bolsa que escondía entre sus ropas, repitiéndose que no podía permitirse otro desliz. Llevaba bastante dinero: el de Bernat y el de los beneficios de su negocio. Hasta entonces habían continuado destilando aguardiente por las noches para fortalecer unos vinos que compraban a muy bajo precio y revendían multiplicando su valor.

En la playa invitaron al vigilante de las barcas a unas buenas escudillas de vino, y él les correspondió ofreciéndoles acercarse a un fuego que atenuaba el frescor de la noche de septiembre y la humedad del mar. Dormitaron acompañados por el crepitar de los troncos con los que el vigilante alimentó la hoguera a lo largo de la noche. Desayunaron las hortalizas del huerto de Barcha y a primera hora se encaminaron al palacio de la calle de Marquet.

Bernat no estaba en palacio. Hacía ya tiempo que había partido al mando de dos galeras reales a Perpiñán, donde el rey Fernando se reunía con el papa Benedicto XIII y el emperador del Sacro Imperio Romano Germánico, Segismundo I.

Guerao, como siempre al mando, se apiadó de la pareja y la carreta con las mulas cargada hasta arriba, con las cubas y los enseres precariamente atados al entablado, y les permitió el acceso al patio. Allí fue donde Hugo le comunicó que quería pagarle, que no deseaba tener más tiempo un dinero que no era suyo. El notario no estaba advertido, alegó el otro, pero si le servía, él mismo le firmaría un recibo como procurador del almirante a expensas de acudir otro día al fedatario. Hugo no supo qué contestar, ya que ignoraba si esa era la forma de proceder.

—¿Todavía no te fías de mí? —El hombrecillo sonrió—. Si lo deseas, hacemos firmar también a tu hija.

—No.

—Aún no ha salido de sus habitaciones —precisó Guerao ante la mirada con la que Hugo recorrió la galería de la primera planta; le pareció extraño que con el escándalo de carreta y mulas Mercè no se hubiera asomado—. Ya sabes lo que sucede con... —Guerao calló—. Le diré a su doncella que la avise.

—No es necesario —dijo Hugo, que no quería importunarla.

—Me desollaría si supiera que habéis estado aquí y no la he avisado al instante, aunque fuera a medianoche. Hay ciertas actitudes que se le están contagiando del almirante.

El hombrecillo se rió, como si le gustase aquel carácter.

Mercè no tardó en aparecer entre dos de las columnas esbeltas que sustentaban los arcos de la galería del primer piso. Encontró a su padre encaramado a la carreta, sentado a horcajadas sobre los bultos, mientras Caterina, desde abajo, le ayudaba a tensar las cuerdas para afianzar la carga. Hugo perdió pie y a punto estuvo de caer nada más verla pisar el primer peldaño de la escalera de piedra que descendía hasta el patio.

—¡Padre! —gritó.

Hugo consiguió mantener el equilibrio. Mercè también, exageradamente ayudada por una doncella que la agarró del brazo. No lo escondía: la condesa de Navarcles, vestida con una sencilla camisa de seda preciosamente bordada y un jubón abierto por encima, mostraba un embarazo incipiente, algo imperceptible en la última visita de Hugo.

Sin duda hacía demasiado tiempo, se recriminó al mismo tiempo que saltaba al suelo. Mercè se deshizo de la garra de la doncella y corrió escaleras abajo.

—Abuelo —fue lo primero que le dijo ella.

Hugo no se atrevió hasta que Mercè le cogió una mano y la puso sobre su vientre.

—Todavía no se nota nada —le decepcionó.

—¿Por qué no me lo has dicho? ¿Por qué no me has mandado recado?

—Sabía que estabais muy liado con lo de Barcha. Además… ya sabéis, en cuanto a las noticias de preñeces, es preferible esperar hasta que se afianzan.

El edificio, con tienda en los bajos y vivienda encima, se ubicaba en la calle de la Boquería, muy cerca de la plaza de Sant Jaume. «¡Todo rodea a la plaza de Sant Jaume, padre!», terminó de convencerlo Mercè después de que ese mismo día Guerao, enterado de que acababan de dejar la casa de Barcha, les propusiera arrendar aquel obrador, propiedad de un conocido al que, en nombre de Bernat, incluso forzó a reducir la renta. ¿Qué iba a hacer él con Hugo y Caterina en el palacio, con un carro cargado y sin lugar adonde ir? No podía echarlos, Mercè no lo aceptaría. Por otro lado, las órdenes del almirante eran taxativas: no quería ver a su suegro en palacio.

Mercè tenía razón. La catedral y el palacio del obispo, el castillo del veguer; el palacio Mayor y el Menor; la Casa de la Ciudad, donde se reunía el Consejo de Ciento… La gran Barcelona rodeaba la plaza de Sant Jaume. Hacía tan solo unos años que los concelleres habían ordenado que se construyera una nueva fachada para la Casa de la Ciudad. También se había adquirido un edificio noble en la antigua judería para levantar el palacio de la Diputación del General.

Pero ni la Casa de la Ciudad ni el palacio del General se abrían a la plaza de Sant Jaume. La primera edificación, por más que lindara con ella, seguía teniendo su entrada principal por una calle adyacente, la de la Ciutat; la segunda, con entrada por la calle del Bisbe, distaba todavía una manzana de casas de la plaza.

La iglesia de Sant Jaume y su atrio con cinco esbeltos arcos ojivales y el olmo que servía como picota donde exhibir a los delincuentes constituían el atractivo de una plaza por la que diariamente discurrían miles de personas, y que los concelleres querían convertir en el centro de la ciudad. Para ello desplazaron a la zona de la Ribera la venta al encante de muebles y otros objetos que tanto entorpecían el paso y ordenaron barrer regularmente la plaza para su higiene y ornato.

—Ahí está la gente rica, padre —insistió Mercè—. Los miembros del Consejo de Ciento, los del cabildo catedralicio, el obispo, el veguer, el baile y los numerosos funcionarios que los atienden a todos ellos... ¿Dónde mejor para vender vuestros vinos? Aquí haréis buen negocio, padre.

Porque, de un día para otro, Hugo iba a pasar de corredor de vinos a tabernero.

—También podrás continuar haciendo de corredor de vinos si lo deseas —le dijo Guerao—. Pero en realidad tú nunca has sido corredor, nunca has realizado una operación como corredor de vinos.

Hugo se extrañó al oírlo, y Guerao se explicó mientras les acompañaba al obrador de la calle de la Boquería.

—Como corredor, no deberías comprar el vino. Tu función consiste únicamente en mediar entre comprador y vendedor, y a partir de ahí cobrar tu comisión. Ese es el trabajo de los corredores; el otro, el de comprar para después vender, está reservado a los mercaderes. Los corredores tienen prohibido hacer negocios por su cuenta. Por ejemplo, aquellos que intervienen en el mercado de los paños no pueden tener intereses en una tintorería, aunque...

—Entonces ¿cómo voy a ser tabernero? —le interrumpió Hugo.

—Porque existen una serie de excepciones para que la gente pueda ganarse la vida con decoro: las autoridades permiten a los corredores mercadear a la menuda delante de la puerta de su casa, solo delante de ella; también comprar esclavos para alquilarlos, o incluso confeccionar ellos personalmente las telas que venden. Y otra excepción es la de tener tabernas. Los corredores de vino podéis tener tabernas y además mediar en la compra y venta de vino. Es curioso,

¿no? Como ya eres corredor en Barcelona, puedes abrir una taberna en la ciudad, algo que no todo el mundo puede hacer. Aprovéchalo, Hugo.

Pensaba hacerlo. La motivación final fue aquel edificio con unos sótanos acondicionados como bodega. Caterina acogió la propuesta con una ilusión de la que carecía desde el encarcelamiento de Barcha. «Yo vendía muy bien el vino en el real de Balaguer, ¿te acuerdas?», dijo con una sonrisa. Guerao y Alonso, el procurador del propietario del obrador, también tenían la mirada fija en una Caterina cada vez más sudorosa, puesto que mientras los hombres trataban del tema del contrato ella dirigía y ayudaba a los dos esclavos que Guerao había traído para descargar la carreta. Hugo carraspeó y los otros se dieron por aludidos. «Faltarán mesas y sillas», comentó uno. «Eso no es problema en Barcelona», apuntó el otro.

Comprometieron la firma del contrato. «El mismo día en que otorguemos la carta de pago del préstamo», ofreció Guerao.

Lo único que no complacía a Hugo de aquella tienda era que se encontraba a la sombra del Castell Nou, allí donde, casi veinticinco años atrás, Dolça y miles de judíos encontraron la muerte a manos de asesinos como el perro calvo. Se encogió ante la fortificación que se alzaba sobre él, erigida sobre la puerta de Poniente de la antigua muralla romana de Barcelona.

—¿Dónde ponemos esta última cuba?

La voz de Caterina le devolvió a la realidad.

Hugo se volvió hacia ella y la vio sucia, sudorosa. Fue solo un instante el que demoró su contestación, aquel en el que se vio cautivado por el insinuante aroma almizclado que exhalaba su compañera. Sacudió la cabeza para alejar aquella sensación.

—Si no sabes dónde poner esa cuba, regálanosla a los que esperamos.

La propuesta se oyó por detrás de la carreta que ocupaba gran parte del ancho de la calle de la Boquería e impedía el paso de otros carros y carretones. Comerciantes y mercaderes habían asumido el retraso con resignación y algunos incluso ofrecieron su ayuda para descargar e introducir las cubas en la casa que Hugo acababa de arrendar, pero ahora que ya solo restaba una cuba de vino sobre la carreta, los bloqueados empezaban a impacientarse.

Hugo agitó una mano en petición de disculpas hacia la gente que esperaba y urgió a los esclavos a que descargasen la última cuba con rapidez.

Caterina se encaramó a la carreta.

—Estáis todos invitados a una buena escudilla de vino —anunció, para tratar de compensar la espera, al mismo tiempo que buscaba la aprobación de Hugo.

Gritos y aplausos nacieron de la fila de carretones detenidos.

—¡Que sean dos!

—¡Nos los tienes que servir tú!

—¡Hermosa!

Sí, hermosa. Así la veían también los que gritaban: una mujer de facciones bellas cuyo cuerpo, firme y rotundo, discutía el paso del tiempo. Hugo se estremeció al compás de un arrebato de ternura al verla sobre la carreta, como una diosa por encima de los mortales. Aquella mujer le amaba; era suya. Como si presintiese lo que discurría por la mente de Hugo, Caterina se volvió hacia él y le sonrió abiertamente. Él también la amaba, se dijo mientras se adelantaba hasta la carreta y cogía de la cintura a Caterina para ayudarla a bajar. El sudor, el aroma almizclado, los pechos que ella presionó contra su rostro al abrazarle y bajar del carro le excitaron hasta un punto que hacía tiempo no sentía. Había trabajo, y trató de alejar aquella sensación, como antes había hecho, pero no lo consiguió.

La carreta vacía ya iba camino del huerto trasero del edifico recién alquilado de mano de uno de los esclavos. Guerao y Alonso se despidieron, y de repente Hugo y Caterina se encontraron solos. Se miraron y juntos revisaron la tienda con las cubas ya ordenadas.

—Aún hemos de poner mesas y sillas —dijo entonces Hugo.

Paseaban la mirada por una gran estancia construida en piedra y casi diáfana, que constaba de un buen hogar hacia la mitad aproximada de la pared en el que colgaba su olla de hierro. Puerta y ventanas daban a la calle de la Boquería, tenían casas vecinas a los dos lados y el huerto por detrás. La misma escalera, en una esquina, llevaba al primer piso y a la bodega.

—Y las escudillas —añadió ella—. Y vasos y platos. Y cubiertos y leña, y...

—Y un ramo de pino en la puerta —le interrumpió Hugo.

—¿Dónde? —inquirió ella tras acercarse a la puerta e inspeccionarla.

—Pues aquí.

Tal como Hugo levantó el brazo para señalar por encima de Caterina, se abrazó a él y le besó en el cuello.

—Caterina —la regañó Hugo sin excesiva convicción. Ella no cedió—. Nos está viendo toda Barcelona —insistió con la sonrisa en el rostro al reparar en una mujer que les miraba con descaro a un paso escaso.

—Así sabrán de nuestro amor —replicó Caterina.

—Pero... —Hugo hizo ademán de zafarse del abrazo.

—Como te sueltes de ella —amenazó la mujer de la calle—, no cuentes con que venga a comprar vino a tu obrador. ¡Ni yo, ni nadie!

Hugo dudaba, pero Caterina no. Con palabras apresuradas, la rusa invitó también a una escudilla de vino a la mujer, pero «más tarde», le dijo justo antes de cerrar la puerta de la tienda y empezar a desnudarse con un ansia inusual en ella. Hugo permaneció quieto; desde la detención de Barcha no habían hecho el amor, como si la desgracia de la mora interfiriera en sus relaciones. Pero aquel era un nuevo hogar y casi una nueva vida, y en ese momento, con el cierre de la puerta a modo de expiación, Caterina parecía no estar dispuesta a que el dolor continuara robándole placer y alegría. Se quitó el jubón largo y desató los cordeles de su camisa. Pese a sus reparos, Hugo sintió nacer el deseo, tanto por los pechos que asomaron por encima del manto que los envolvía —blancos, generosos, de grandes areolas sonrosadas y pezones ya erectos— como por la pasión que denotaba la respiración entrecortada de Caterina. Apretó aquellos senos entre sus manos y mordisqueó los pezones, que respondieron endureciéndose todavía más mientras ella pugnaba por deshacerse de la camisa. Una vez lo hubo conseguido, su empeño fue desnudar a un Hugo que ya se hallaba extraviado en su cuerpo, empujándola para tumbarla, aunque fuera sobre el suelo. Caterina rió durante su pelea por desabrocharle el jubón y levantarle la camisa para descubrir un miembro erecto que notaba allí, envuelto entre sus ropas.

—Estate quieto —tuvo que pedirle ya tumbada de espaldas en el suelo, él empujando—. ¡Así no!, ¡no! —insistió al notar interpuesto un lío de ropa entre pene y vagina.

Caterina continuó riendo, y con las manos pugnaba por abrir camino al miembro de un Hugo que no cesaba de montarla tal cual efectivamente la hubiera penetrado, que ahora jadeaba y luego se reía para quejarse más tarde. Alcanzó el orgasmo fuera de ella. Caterina le masturbó por encima de la ropa. Él suspiró y rió. Ella también.

—Ahora vamos a ver si eres capaz de hacerlo como es debido… —propuso Caterina.

—¡Eso será después de que cumpláis con la invitación a mi escudilla de vino! —oyeron desde la calle.

Los dos miraron hacia la puerta. Aquella mujer no podía haberlos oído…

—La ventana —señaló Caterina—. Está abierta.

—¡No!

Caterina acalló el grito de Hugo con un par de dedos sobre sus labios.

—Hay que trabajar —susurró a su oído, él tumbado a peso sobre ella—. Si le gusta el vino, a lo mejor compra más.

—Pero…

—La próxima vez no seas tan impetuoso y haz las cosas de manera adecuada —le regañó con simpatía conforme lo empujaba con ambos brazos sobre su pecho para apartarlo.

El año de 1416 trajo importantes sucesos tanto para Cataluña como para Hugo y su familia. El primero se produjo en enero, cuando el rey Fernando de Antequera, reunido en Perpiñán con el emperador del Sacro Imperio Romano Germánico, Segismundo I, negaba obediencia al papa Benedicto XIII, y lo hacía por boca del fraile Vicente Ferrer en su sermón del día de la Epifanía en la catedral, donde anunció la sustracción de los reinos a la obediencia del pontífice aragonés.

De poco sirvió la gratitud que el Papa reclamó a Fernando por haberle conseguido la corona de Aragón y el condado de Barcelona tan solo cuatro años antes. «A mí, que te hice rey —contaba la gente que replicó Benedicto a Fernando—, me mandas al desierto.»

El Occidente cristiano había venido viviendo años en situación cismática con la coexistencia de tres papas: Juan XXIII; Gregorio XII y Benedicto XIII. A finales de 1413 el emperador Segismundo I y el

Papa pisano Juan XXIII convocaron un nuevo concilio, en esa ocasión en Constanza, para tratar del cisma y elegir entre todos los estados cristianos a un nuevo y único pontífice. En mayo de 1415 el papa Juan XXIII fue depuesto y encarcelado por la propia asamblea conciliar autoproclamada como máxima autoridad religiosa. Así las cosas, en julio de ese mismo año el segundo Papa en liza, el romano Gregorio XII, abdicó voluntariamente, no sin antes ratificar la celebración del concilio, concediéndole de ese modo la necesaria legitimidad. Tras esa abdicación solo restaba el aragonés Benedicto XIII como Papa cismático. Fernando de Antequera, en connivencia con el fraile Vicente Ferrer, pidió su renuncia a finales del año 1414. Benedicto, obstinado, se negó, por lo que la reunión, a la sazón en Morella, en el reino de Valencia, se trasladó a una conferencia en Perpiñán con la presencia del emperador Segismundo, en la que Benedicto sostuvo que él era el único Papa legítimo, máxime tras la abdicación de los otros dos, y que no estaba dispuesto a renunciar a la tiara de san Pedro. Sin embargo, hasta su propio confesor, fray Vicente Ferrer, le dio la espalda, y solo dos naciones continuaron fieles al Papa aragonés: Escocia y la del conde de Armagnac.

El rey Fernando, con el recuerdo espantoso del viaje de ida por mar desde Valencia, ya padeciendo los dolores y la fiebre derivados del mal de piedra, dolencia que le tuvo postrado en el lecho durante toda la conferencia en Perpiñán, decidió regresar de esta por vía terrestre a Barcelona, donde entró el día 27 de febrero de 1416. Ya lo esperaba allí Bernat, quien arribó a puerto con las galeras antes de que lo hiciera el monarca.

La estancia de Fernando en la Ciudad Condal fue breve, aunque bastó para soliviantar a la población cuando su intendente, de compras en el matadero de la plaza del Blat, pretendió eximirse del tributo a satisfacer por la carne, alegando que aquella era para el rey y sus familiares, y que estos no debían hacer frente a los impuestos.

El carnicero se opuso, con el apoyo de mercaderes y clientes, y la disputa trascendió hasta provocar altercados en la ciudad, así como el cierre de multitud de tiendas en señal de protesta. La mayor parte de la ciudadanía exhortó a los concelleres a que obligasen al monarca a cumplir con aquellas leyes y privilegios que juró respetar, posición que adoptó el Consejo de Ciento en reunión al efecto, en la que también delegó en el conceller Joan Fivaller para que, aun a riesgo de su vida, exigiese a Fernando el pago de los impuestos.

«Jurasteis conservar nuestros privilegios —le recriminó Fivaller—. Los impuesto son del Estado, no vuestros —arguyó entre otras muchas razones—, y con esa condición nosotros os hemos aceptado como rey. Debéis entender que os vamos a entregar la vida antes que nuestra libertad, y es que no podremos morir con más gloria y honor que haciéndolo en aras de nuestra libertad, nuestro prestigio y la grandeza de la patria.»

Muchos más argumentos fueron los que presentó Fivaller ante el monarca y su corte. Ninguno de ellos, sin embargo, convenció al de Antequera. «¡No hay mayor desatino que pretender someter al rey a la servidumbre del ciudadano! —deploró en junta con sus asesores, cuya opinión, no obstante, sí tuvo en consideración a la hora de plegarse a las exigencias de la ciudad—. No triunfáis sobre mí», terminó diciendo el monarca, a pesar de haber cedido a las pretensiones de Fivaller.

A la mañana siguiente, sin advertírselo a los representantes de Barcelona, el rey la abandonó en una silla de manos. Era el 9 de marzo de 1416, y apenas tres semanas más tarde, el 2 de abril, a los treinta y seis años de edad, Fernando de Antequera fallecía en Igualada, a la que tardó en llegar cuatro jornadas y donde tuvo que detenerse ante el empeoramiento de su mal de piedra que le mantenía días sin poder orinar.

Por ello, Bernat, que fue llamado al lado del monarca al igual que multitud de cortesanos, nobles y religiosos, catalanes y castellanos, que se hospedaron en la pequeña ciudad o se repartieron en las de los alrededores, no pudo estar presente en el nacimiento de su primer hijo, alumbrado a finales de marzo de 1416 con la asistencia de una comadrona joven que se sentó en el suelo entre las piernas de Mercè para levantar un varón sano y fuerte, con un lunar grande sobre el ojo derecho, y a quien por indicación del almirante se bautizó en la iglesia de Santa María de la Mar con el nombre de Arnau, como su abuelo paterno. Nada sabían de Regina. Bernat, antes de embarcar con destino a la conferencia de Perpiñán a celebrar entre el Papa, el rey y el emperador, dejó bien claro que no quería que aquella arpía se acercase ni siquiera a palacio si su esposa estaba embarazada, como él confiaba. «No es tu madre, nunca lo fue», mascullo poniendo fin al conato de discusión con Mercè. «Si aparece por aquí, la encierras hasta mi vuelta», ordenó a Guerao.

El bautizo del pequeño Arnau se celebró en la misma pila en la que Mercè había recibido el primer sacramento: el sepulcro de mármol de santa Eulalia. Mosén Pau, que engañó a Hugo acerca de su hermana, Arsenda, de la que no había vuelto a saber más, ya había muerto, pero su lugar lo ocupaban otros sacerdotes. Hugo recordó haber utilizado aquel sepulcro como escondite la noche en la que entregara a la Virgen los dineros que Bernat le había remitido tras el asalto a la nave de Roger Puig y la masacre de su tripulación. Entonces creyó entender que la Virgen le perdonaba, pues esta le sonrió, como micer Arnau decía que hacía con él. Y si Caterina no pudo apartar la mirada de aquel recién nacido con el rostro tan crispado como las manos que mantenía firmemente apretadas mientras aullaba con un timbre agudo, Hugo no prestaba atención a la ceremonia religiosa. Rezaba a la Virgen. Pero no lo hacía por el pequeño Arnau, por quien oraban ya todos aquellos sacerdotes. Rezaba por la mora. En un momento llegó a sonreír al pensar que en su juventud había rezado por Dolça, una judía, y que ahora lo hacía por una musulmana.

No se había atrevido a contar a Caterina y menos a su hija, a punto de dar a luz, que ya no les permitían visitar a Barcha. La taberna, que contaba finalmente con dos mesas largas y bancos corridos, vasos, escudillas y cuanto requirió Caterina, rendía con abundancia. Continuaban destilando aguardiente por las noches, a escondidas, y Hugo trataba y reforzaba los vinos, aunque también hacía provechosas compras, de caldo de calidad, que vendía a buen precio. Caterina estaba exultante; era feliz, tanto que Hugo se vio incapaz de revelarle la actual situación de la mora por no entristecerla.

—Hay un obispo nuevo en Barcelona. Andreu Bertran, se llama —le había comunicado el carcelero, compungido por tener que rechazar los dineros que Hugo le ofrecía, como era costumbre—. Y ha prohibido que la mora reciba visitas...

—¿Solo la mora? —le interrumpió Hugo, extrañado por la contestación.

—Sí, solo ella. Respecto a los demás no se me ha dado ninguna orden.

—¿Por qué?

El otro se encogió de hombros.

Y si Regina no había llegado a aparecer durante el embarazo de Mercè, Hugo tuvo por cierto que había intervenido en esa nueva prohibición de visitar a Barcha.

Desde que en enero el rey Fernando negara obediencia al papa Benedicto, el clero se mostraba nervioso y alterado, unos a favor de la decisión y otros, la gran mayoría, en contra de ella. Benedicto, refugiado en su castillo de Peñíscola, cerca de Valencia, una fortaleza casi inexpugnable colgada sobre el mar, continuaba rigiendo los destinos de la cristiandad: dictaba bulas, concedía beneficios y juzgaba causas, y una de sus decisiones ese año de 1416 fue la de nombrar a Andreu Bertran nuevo obispo de Barcelona.

Parte de aquel clero que acudía a la taberna de Hugo, ya fuera a adquirir vino para consumo propio o para beber una escudilla mientras charlaba con los parroquianos, hablaba del obispo Bertran: «Era el limosnero papal», se oyó en una conversación entre varios religiosos. «Pero todos sabéis que es un converso. Era judío.» Hugo aguzó el oído. «Estuvo en la Disputa de Tortosa.» «Sí. Intervino en dos sesiones enteras en contestación a la defensa del Talmud que hizo el rabino Josef Albó, de Daroca.» «¡No habrá en Cataluña buenos cristianos de nacimiento para ocupar sillas episcopales que tengamos que acudir a conversos!», se quejó otro de los sacerdotes.

Era converso y estuvo presente en la Disputa de Tortosa, igual que Regina, y tan pronto como llegaba a Barcelona la situación de Barcha empeoraba… A Hugo le pareció evidente la intromisión de Regina. ¿Por qué iba a preocuparse alguien, más aún un obispo, de una mora a la que ni siquiera parecían tener ganas de juzgar?, se dijo. Pero ¿qué podían hacer ellos?

—Pagar más —replicó Caterina el día en que Hugo no tuvo más remedio que confesarle la situación porque ella insistió en visitar a Barcha para darle noticia del nacimiento del niño de Mercè.

El carcelero se negó, y Hugo sumó un par de monedas más.

—¿No podría yo trasladarle el mensaje? —propuso el hombre—. Incluso podría entregarle ese… paquete que llevas siempre escondido —añadió indicando el odre que Hugo trataba de ocultar.

—No —contestó Caterina.

Hugo aumentó el precio. El otro vaciló. Una moneda más. Resopló. La última.

La condición que puso el carcelero fue que la visita fuera nocturna. Esa noche, Hugo y Caterina no quisieron arriesgarse a cruzar la plaza de Sant Jaume, seguros de que allí se toparían con algún soldado, por lo que en silencio, atentos, circundaron la antigua muralla romana entre la iglesia de Santa María del Pi y la extinta judería. El Castell Nou se alzaba temible a su derecha, y los baños públicos que daban nombre a la calle de Banys Nous, estaban a su izquierda, en el edificio que hacía esquina con la de la Boquería. Anduvieron deslizándose pegados a las fachadas de las casas. Si les detenían tendrían problemas, podían ponerles una multa por transitar sin iluminación. Con todo, Hugo temía por el aguardiente que llevaba escondido. Soldados y alguaciles ni siquiera sabrían lo que contenía el odre salvo que en alguna ocasión hubieran tenido contacto con el *aqua vitae* en estado puro, sin mezclar con frutas, especias, remedios o vino.

—¿Y si se trata de una trampa de Regina y nos descubren? —susurró de repente Caterina, deteniéndose a la altura de la esquina de la calle de Banys Nous con la de la Palla.

A su derecha quedaba ya el muro que delimitaba la propiedad del palacio del obispo por su parte posterior y el postigo donde el carcelero les había citado. Hugo había sopesado esa posibilidad antes de salir y, por no poner en peligro a Caterina, le propuso que no acudiese. En ese momento ella se negó en rotundo, afirmando sus deseos de ver a Barcha. Regina era muy capaz de hacer algo así, por supuesto, aunque Hugo quiso confiar en el carcelero. Ahora, quietos frente al postigo, aquella confianza disminuyó y un sudor frío se instaló en todo su cuerpo.

—No te preocupes, querida. Seguro que no. El carcelero no renunciará a los buenos dineros que le hemos ofrecido y que sabe que le continuaremos pagando. En todo caso, ¿quieres que volvamos a casa? Estamos a tiempo. No hemos hecho nada malo.

—No —se opuso ella—. Quiero abrazar a esa mora terca.

Pero la inmensa luna de primavera corría por encima de sus cabezas, ahora brillante, ahora oscurecida por alguna nube, el carcelero no aparecía, y ellos permanecían con las manos entrelazadas arrimados a la fachada de una casa, sobresaltándose ante los ruidos a menudo inexplicables de la noche.

Hugo presentía que la delación de Barcha en Santa María y su posterior detención eran solo el principio de la venganza de Regina. La mora llevaba cerca de un año encarcelada, desde la boda de Mercè. Rememoró la pelea con Regina en el torrentillo de la plaza de Jonqueres, frente al convento. El rencor y el odio que rezumaban aquel rostro no se detendrían en Barcha. Caterina lo consoló cuando se sintió responsable por la detención de la mora. «¡No es culpa tuya! —contestó también la propia Barcha el día en que se lo mencionó en una de sus visitas a la cárcel—. Pero tened cuidado —añadió después—. Esa perra no se conformará conmigo; no soy más que...» Calló. La mano de Caterina sobre su antebrazo le impidió repetir una vez más su quejido. «Os buscará a vosotros —añadió luego—. Con la niña no se atreverá. Mercè es una condesa, esposa de quien podría hacerle mucho daño, pero a vosotros... No cejará hasta que consiga vengarse. No lo olvidéis: esa alimaña vive solo para buscarnos la desgracia.»

El postigo en el muro del palacio episcopal se abrió y una sombra los animó a entrar. Fue Caterina quien tiró de él. «No lo olvidéis», la voz de la mora repiqueteaba en la mente de Hugo. Traspasaron la puertecilla para encontrarse en los huertos que rodeaban el palacio. El carcelero les recibió, cerró el postigo, y en ese momento cuatro soldados del obispo se abalanzaron sobre ellos al grito de: «¡Ladrones!».

—Ahora no, Dios, ¡ahora que somos felices, no! —sollozó Caterina dejándose caer al suelo, exangüe, abandonada a una suerte que preveía igual a la de Barcha—. ¡Cabrón! —escupió al carcelero.

Hugo se acuclilló junto a Caterina. Con aquel movimiento el odre con el aguardiente se desató en parte de las ropas donde lo llevaba escondido y colgó entre sus rodillas, rozando la tierra.

—¿Quiénes sois? Quedáis detenidos en nombre del obispo. Habéis allanado la propiedad de la Iglesia.

Hugo volvió la cabeza. El carcelero había desaparecido. Los cuatro soldados los rodeaban, con las espadas indolentemente vencidas hacia ellos como si no merecieran mayor celo. Y así era, se rindió él. ¿Qué podían hacer tras haber sido atrapados en el palacio del obispo, contra aquellos hombres armados? Hugo suspiró y se levantó en el momento en que las espadas dejaron de relucir al paso de una nube sobre la luna. Solo la luz de una linterna que alzaba uno de ellos iluminaba la escena tenuemente, sin el brillo suficiente para que pudiera distinguir los rostros. Soltó la mano de Caterina y trató de hacerse con el odre que colgaba. Lo agarró.

—¿Qué es eso? —oyó que preguntaba uno de ellos.

—¿Esto? —preguntó él a su vez. «Agua de vida», quiso contestarles. ¿Cómo podían detenerlos con la quintaesencia de la uva, del vino, del néctar de los dioses en su poder? Hugo les mostró el odre—. Vino —mintió—. El mejor vino de Cataluña.

El soldado se acercó. Hugo destapó el odre, y justo cuando el otro se inclinaba, presionó el pellejo y un chorro de aguardiente salió disparado hacia sus ojos. Antes de que los otros tres soldados se percatasen, Hugo giró sobre sí y presionó con más y más fuerza el odre hasta rociar sus rostros. Un instante después, ciegos, espadas y linterna en el suelo, los cuatro hombres gritaban y se frotaban los ojos con las manos peleando inútilmente contra el escozor.

—Vamos —urgió Hugo levantando a Caterina del suelo y arrastrándola hacia el postigo.

Huyeron en la noche. En una carrera llegaron a la esquina con la calle de la Boquería; los baños públicos quedaban ahora a su derecha, el Castell Nou a su izquierda.

—¿Qué hacemos? —jadeó Caterina tomándose un descanso.

Lo cierto era que nadie los perseguía. La taberna, su hogar, su casa estaba a solo unos pasos.

—Allí nos encontrarán —sollozó. Prestaron oído. A sus espaldas, los gritos de los soldados menguaban—. Y vendrán a por nosotros —pronosticó.

—¿Y qué vamos a hacer? ¿Huir? ¿Adónde? No tenemos adónde ir, Caterina. ¿Lo abandonamos todo? ¿La taberna, el vino… nuestra vida? —Continuaba sin oírse ruido de soldados—. ¿Qué mal hemos cometido? ¿Tratar de visitar a una presa? No hemos allanado ninguna propiedad. El carcelero nos ha abierto la puerta. Defendámonos. Igual esos cuatro no cuentan nada por no parecer ineptos. No hemos hecho nada malo, Caterina. No cometamos un error ahora —dijo tirando de ella—. En todo caso tendremos que esconder el alambique —comentó a medida que se acercaban a la taberna.

Regina y el obispo converso debieron de llegar a la misma conclusión que alcanzó Hugo aquella noche en la calle de la Boquería con la de Banys Nous, o quizá nada dijeron los soldados; el hecho fue que nadie les molestó ni acudió a buscarlos. El alambique, enterrado a bastante profundidad en el huerto trasero, permaneció allí algún tiempo hasta que les fue imprescindible recuperarlo para fortalecer vinos de baja calidad y así poder ofrecer un producto que empezaba a escasear en la ciudad.

Porque tres meses después de la muerte de Fernando de Antequera en Igualada, su hijo el rey Alfonso convocó una asamblea eclesiástica en Barcelona para requerir a los cardenales de los reinos que acudiesen al Concilio de Constanza, donde se elegiría a un nuevo y único Papa. El rey Alfonso ratificó la sustracción a la obediencia de Benedicto XIII, aunque suavizó en cierta medida el bloqueo ordenado por su padre sobre el castillo de Peñíscola, refugio del pontífice, que hasta entonces había establecido que nadie entrase ni saliese de la fortaleza.

El rey, con sus ministros, funcionarios y empleados, y los componentes de los tres brazos de las Cortes Catalanas se dieron cita en Barcelona para la ceremonia de jura del nuevo monarca, que se realizó en el salón del Tinell del palacio Mayor. Asimismo, los más importantes prelados del principado, todos con sus respectivas cortes, llenaron la ciudad. Pocas veces se había visto tal reunión: el cardenal de Tolosa; el arzobispo de Tarragona; los obispos de Vic, Elna, Barcelona, Urgell, Gerona y Tortosa; el maestre de la orden de Montesa, y los abades de los monasterios de Sant Cugat del Vallès, Ripoll, Montserrat, Santes Creus, Banyoles, Estany, Solsona y Sant Pere de Rodes, amén de otros muchos dignatarios religiosos.

Hugo y Caterina tuvieron que contratar un aprendiz para que les ayudase en la taberna, permanentemente llena de curas, frailes, escribientes y criados. Los religiosos habían sido convocados por el rey Alfonso en julio de 1416. Nada más alquilar el local, casi coincidiendo con la vendimia del año anterior, Hugo había comprado la uva de unas viñas del Raval que disfrutó pisando junto a Caterina, haciéndola partícipe de sus ritos y abriéndole definitivamente la puerta a su pasado.

Disponía pues de cantidad suficiente para atender a aquella avalancha de bebedores sin necesidad de utilizar el vino de calidad que envejecía en la bodega. «El vino bueno siempre se vende y a mejor precio —contestó él cuando Caterina se interesó por la razón para conservar el de aquellas cubas que Hugo cuidaba y protegía como tesoros—, aunque no estén todos estos santurrones borrachos.»

A Barcha no la veían, pero sabían de ella por los esclavos del palacio del obispo, mucho más solícitos ahora que tenían la posibilidad de despistarse de sus cometidos en una taberna en la que, como mensajeros de la mora, eran siempre bien recibidos, aunque tuvieran que entrar en ella por detrás, por el huerto, para no desobedecer la prohibición establecida para los taberneros de alojar o proporcionar comida o bebida a los esclavos que no fueran de su propiedad.

Allí charlaban de Barcha. Eran dos los esclavos del obispo que indistintamente acudían a la taberna tan pronto como salían de palacio para algún mandado. Se trataba de una mora como Barcha, aunque negra y cristiana, y un turco pequeñito y nervioso también bautizado que a Hugo le recordaba a Guerao. Ambos les aseguraban que Barcha aguantaba, a base de gritos e insultos. Ellos les entregaban dinero para que atendieran sus necesidades. «Le llega», prometía uno u otro. «Se portó bien con nosotros —afirmó el turco en otra ocasión—. Barcha garantiza la talla de mi hermano.» Les dijeron que el portero no suponía ningún problema, que todos allí dentro tenían algo que esconder y algún favor que devolver. «¿Conoces a Regina?», preguntaron al turco. «¿Cómo es? Describídmela.» Con solo escuchar unas simples pinceladas, respondió que sí. Y añadió: «Viene mucho por el palacio. Es bien recibida por el obispo». Poco más sabía que no fuera el aprecio que se manifestaban mutuamente.

Aquellos encuentros a escondidas en el huerto siempre eran urgentes y terminaban tan pronto como el esclavo daba cuenta del par de vinos y el queso que Hugo y Caterina le ofrecían. Luego desaparecía y ellos permanecían un buen rato en silencio, preguntándose cuánto aguantaría Barcha en aquella cárcel inmunda y miserable y dudando de que estuvieran haciendo todo lo posible por ella.

Hugo hizo gestiones y se presentó en el castillo del veguer y en la Casa de la Ciutat, donde el Consejo de Ciento. Le costó expresarse; la respiración se le aceleraba y la ansiedad llevaba a que su discurso surgiera entrecortado. Ninguno de los funcionarios que escuchó sus palabras, algunos con desidia y otros con socarronería ante su escasa soltura, concedió la menor importancia a la situación de una mora vieja que había osado entrar en un templo cristiano. Además, todos se excusaron aduciendo que aquello atañía a la jurisdicción eclesiástica, que era quien debía decidir el momento de juzgar a la liberta. «¡Como si la mantienen encerrada hasta que fallezca!», espetó uno de los escribanos. Hubo quien se enfadó en la Casa de la Ciutat: «El baile Joan Sa Bastida continúa excomulgado y ha tenido que recurrir al Papa en una solicitud suscrita por todos los concelleres de Barcelona para que le levanten la pena. ¿Crees que tenemos la más mínima influencia en el interior de esos muros?». Y allí donde preguntó le fueron recomendando: «Ve a suplicar donde el obispo».

—Nunca acudas al obispo —se opuso Caterina—. Ese es su territorio, el de Regina. ¿Quién te asegura que no te detendrían? No creo que ninguno de los que has visitado acudiera en tu ayuda. Es cosa de la Iglesia, eludirían todos el problema —añadió, y Hugo asintió—. Barcha no permitiría que corrieras ese riesgo —concluyó, con el fin de aliviar su preocupación.

Mandaban dinero para la manutención de la mora, si bien a los dos les dolía no poder enviarle aguardiente. Lo hablaron mil veces, pero no se atrevían. Era su secreto, el del vino, y dudaban que cualquiera de aquellos dos esclavos fuera capaz de vencer la curiosidad si les encargaban que le hicieran llegar un odre lleno de un líquido, aunque les dijeran que era vino o licor... Lo probarían, de eso no les cabía ninguna duda. Y si no les decían de qué se trataba, la curiosidad de los esclavos se exacerbaría. No, no prosperaría más allá de la primera entrega. Luego correría la voz de aquel licor desconocido, y quizá terminaran creyendo que era cosa de brujería. No serviría de nada intentarlo. Y cada vez que pensaba en el aguardiente, Hugo se llevaba el dorso de la mano a la boca, allí donde Barcha le besó tras entregarle el primer odre, y luego, con Caterina mirándolo y asintiendo pese a sus labios fruncidos, se bebía de un solo trago una escudilla colmada de vino. «¡Por ti —decía, alzando casi imperceptiblemente la escudilla—, mora obstinada!»

Con independencia de la desventurada situación de Barcha y

del riesgo de que Regina encontrara el modo de vengarse también en alguno de ellos dos, algo que nunca olvidaban del todo, la vida sonreía a Hugo y Caterina. Estaban sanos, ganaban dinero, mucho, y se querían.

Parido aquel varón, fue perceptible que Mercè había hecho valer su condición de madre del heredero del conde de Navarcles y almirante de la armada, porque la prohibición para con Hugo, y por supuesto para con Caterina, antigua esclava de palacio, se relajó lo suficiente para que disfrutaran de la compañía de su nieto. No lo hacían en el piso noble, pero en cada ocasión en que Hugo se presentaba en palacio, que eran muchas, Mercè, o la nodriza si ella estaba ocupada, le bajaban al patio a aquella criatura tan envuelta en sedas que en ocasiones resultaba difícil verle ese rostro adornado con el lunar de los Estanyol. Su hija le permitía apartar las ropas, acunarlo y acariciarlo; no así la nodriza, quien le arrebataba al pequeño Arnau tan pronto como Hugo hacía ademán de algo más que mirarlo o hablarle con voz aguda.

—Cuando tú eras una cría hacía las mismas estupideces —confesó ante la carcajada de Mercè frente a sus mimos—. En cuanto puedas iremos a pisar vino, ¿querrás? —preguntó Hugo al niño mientras lo sostenía contra su pecho.

—¡Todavía falta para eso, padre! Solo tiene cuatro meses.

—Ya, pero ¿me lo permitirás?

—Por supuesto. Y si vos me lo permitís a mí, os acompañaré. Y lo haremos en una viña que será nuestra.

—¿En Navarcles?

—¡No! —exclamó Mercè con rapidez—. No, claro que no. Será aquí, en Barcelona. Como de niña, ¿recordáis?

—Yo sí, pero tú eras muy pequeña.

—Vos me lo contasteis, padre, y también… —Mercè no quiso mencionar a Barcha, y la frase terminó con un suspiro—. No la he olvidado. Casi he convencido a Guerao de que medie en su favor… Pero, como os decía, tendremos una viña, aquí, en Barcelona. Quizá hasta podamos hacernos con la que tenía las uvas de Vilatorta.

Hugo ladeó la cabeza como si soñase mientras sostenía a Arnau todavía contra su pecho. Aquellas uvas maravillosas…

—Tu esposo —apuntó sin embargo— no lo aprobará.

—¿Aprobarlo? Dejadme a mí esa fiera. —Mercè sonrió y le guiñó un ojo al mismo tiempo que se levantaba los pechos con ambas manos, como si se dispusiera para afrontar una tarea ardua.

Aquel gesto espontáneo mostró a Hugo una hija diferente a la que conocía; la maternidad la había transformado, había asentado su belleza, serenado su espíritu y adiestrado su inteligencia. ¡Cuán lejos quedaba la joven Mercè que lo acompañara a Zaragoza! Ahora dominaba, reinaba. Hugo recordó la época en la que él trabajaba de botellero del conde y su hija actuaba como simple dama de compañía de la condesa, cuando Mercè se deslizaba por la galería del primer piso como una joven incauta. Hoy había que verla asomarse entre las arcadas… ¡Hasta el empedrado del patio crujía!

Pero si bien las puertas del palacio de la calle de Marquet empezaban a abrirse para Hugo, la puerta de la mazmorra de Barcha, que Mercè intentaba rebasar con la ayuda de Guerao, se cerró con violencia, y no por culpa o deseo de Bernat.

En contra de los objetivos del monarca, a mediados de julio de ese año de 1416 la junta de religiosos reunida en Barcelona se mostró fiel al papa Benedicto XIII, por lo que requirió al rey Alfonso para que él y sus reinos tornasen a la obediencia de Benedicto. Alfonso se negó y, como quiera que los otros tampoco se prestaron a acudir al Concilio de Constanza para elegir un nuevo pontífice, nombró a sus embajadores, a los que precedió el general de la orden de los mercedarios, fray Antonio Caxal, un religioso que observaba el voto de pobreza allí donde la mayoría de sus correligionarios jamás se habría prestado a hacerlo y que tenía a orgullo no haberse desnudado jamás ni para dormir, siempre provisto de cilicios y disciplinas que herían su cuerpo confiriéndole un característico tono macilento que le llevaría a la muerte en la misma Constanza.

La pobreza del fraile mercedario contrastaba con la avidez de las exigencias del rey Alfonso a los reunidos en Constanza a cambio de someterse a sus decisiones: el derecho a disponer de los beneficios de Sicilia y Cerdeña sin pagar tributo a la Santa Sede, amén de que se le eximiese del compromiso asumido por su padre frente al emperador Segismundo del pago de ciento cincuenta mil florines, y del desembolso de otros cien mil florines correspondiente a la dote de la reina Violante de Nápoles, hija del rey Juan I de Aragón, en el bien entendido supuesto de que Alfonso consideraba que la deuda ya estaba saldada. A esa lista real cabía sumar una personal para cada uno de los embajadores y empleados de la casa real.

—Guerao lo iba a hacer —se lamentó Mercè frente a su padre, cómodamente sentado este con una copa de vino en la mano en el salón principal del palacio, allí donde Roger Puig lo había humillado.

La nodriza daba el pecho a Arnau en una tarde de finales de agosto, soleada y calurosa en la ciudad, pero benévola allí dentro, tras la protección de los amplios muros de piedra de la construcción que mantenían el frescor. Bernat estaba en las atarazanas de Valencia.

—El rey está enfrentado con cardenales, obispos y priores —prosiguió Mercè—. No es el momento para que el secretario de su almirante intervenga ante el obispo de Barcelona en favor de una mora vieja y desheredada.

Al oír la dureza de aquellas palabras para con Barcha, Hugo se inclinó en el sillón hacia su hija; ya no era aquel mueble desfondado donde ella y Bernat le comunicaran su matrimonio.

—Transmito lo que me ha dicho —se apresuró a aclarar ella enseñando las palmas de las manos.

Hugo podía acudir al palacio de la calle de Marquet cuantas veces deseara, siempre que fuera en ausencia de Bernat, lo que, atendidas sus obligaciones, sucedía con mucha frecuencia.

—Y eso también cambiará —le aseguró Mercè.

—No. No sé si me interesa —añadió él a modo de broma, consciente, no obstante, de que existía un trasfondo de verdad en sus palabras.

—Padre —le reconvino ella—, he tenido que discutir mucho con Bernat para que vos podáis disfrutar de vuestro nieto, y para que lo podáis hacer aquí... —Abarcó el salón con un gesto de la mano—. Conmigo y sin tener que escondernos como vulgares criminales.

—Lo siento —dijo él tratando de zanjar el asunto.

—No —se opuso Mercè—. Desearía que pudiéramos convivir todos juntos, en armonía. Bernat y vos fuisteis más que amigos, ¿por qué no buscar la reconciliación?

—Ya conoces a tu esposo —negó Hugo con pesimismo—. He pensado mucho en las explicaciones de Guerao. Salvo contigo, Bernat actúa sin pensar, por instinto, como si todavía estuviese en una galera corsaria, y le importan muy poco las consecuencias. No, no creo que nuestra reconciliación sea posible, aunque por mí no quedará, hija.

—Bernat puede llegar a ser comprensivo y cariñoso, padre, aunque a vos os extrañe. En ocasiones es un monstruo, tal como decís, sí —añadió—. Lo he visto... ¡Aunque nunca conmigo! —aclaró—. Me ama... —Mercè parecía hablar para ella antes de volver a hacerlo directamente a su padre—. Vos sois el ejemplo. Al final ha cedido. Y volverá a ceder. Yo os quiero a los dos juntos, disfrutando de Arnau y de la fortuna. Y en el momento en el que la situación se modifique, que sucederá, eso se lo he oído decir a Bernat, conseguiré que el almirante de la armada catalana acuda al palacio del obispo para exigir la libertad de Barcha. ¡Os lo juro, padre! Sois mi familia —se lamentó.

—En tu familia, ¿incluyes a tu madre?

A Hugo le costó nombrar a Regina como tal.

—Madre se ha vuelto loca. No sé nada de ella... Pero si algún día recuperase la cordura, en mí tendría a una hija comprensiva.

—Eso no sucederá —aseguró Hugo.

—¿Cómo lo sabéis?

—Tenlo por seguro, hija, hazme caso.

Hugo no quiso profundizar más en el tema, receloso de dañar sentimientos filiales que él no podía discutir, pero sí que lo hizo con relación a Caterina.

—Pretendes que Bernat y yo estemos juntos. ¿Y Caterina?

Mercè dudó.

—También —afirmó, aunque no con la decisión que le habría gustado a su padre.

Caterina acudió al palacio con Hugo en los primeros momentos, aquellos en los que Bernat permitía que bajasen al niño al patio o a la bodega; no lo acompañó en las muchas ocasiones en las que nacía en Hugo la necesidad de ver a su nieto, pero sí en bastantes. A donde se negó a acudir fue al piso noble.

—Fui esclava, Hugo.

Iba a responderle que él había sido botellero, pero tuvo la sensatez de detenerse a tiempo. Entre aquellos muros Caterina había sido violada, ultrajada y maltratada. ¿Cómo pensar siquiera en compararse? Hugo no encontró argumentos para discutir esa postura, pero una íntima sensación le indicaba que no era esa la verdadera razón por la que ella se oponía a acudir al palacio de la calle de Marquet. Por más esclava que hubiera sido, en su vida diaria Caterina se desenvolvía con soltura, orgullosa, agarrándose a la libertad como el bien más preciado, por encima de cualquier honor o merced de los que pudieran vanagloriarse los demás. Como mujer que se sabía bella y deseada, atendía de igual a igual a quien se le presentase. Y a los comentarios que circulaban sobre su relación con Hugo siempre daba la misma respuesta. «En cuanto muera esa perra conversa nos casaremos», aseguraba a quienes estuvieran dispuestos a escucharla, que eran ejército en la taberna.

No. No era la esclavitud lo que cohibía a Caterina a la hora de acudir al palacio; era el niño. Hugo lo comprendió después de un par de ocasiones en las que los sollozos reprimidos de Caterina le despertaron en mitad de la noche.

—¿Qué sucede? —inquirió en la oscuridad, ella dándole la espalda.

Caterina sorbió por la nariz un par de veces, pero no contestó.

—¿Estás bien? —insistió Hugo.

Ella protestó con voz inaudible y se removió en el lecho.

Ocurrió de nuevo, y tan apagado lloraba ella, tan en secreto parecía querer llevar su desgracia, que Hugo no se atrevió a pedirle que se la desvelara. Hasta que un día la intuyó.

Sí, Caterina había sido esclava en aquel palacio, pero quizá lo más importante era que también fue madre de dos criaturas a las que Roger Puig vendió como esclavos. Tras ganar la libertad, ella hizo averiguaciones acerca del destino de aquellos niños. Ninguna fructificó. Preguntó al personal de palacio que tras el destierro de Roger Puig permanecía al servicio del almirante, incluida una esclava que también pasó por la misma experiencia. Nadie sabía nada. Alguien aseguró que el conde había vendido a esos pequeños lejos de Barcelona para que nunca nadie pudiera relacionarlo con ellos. Conociéndolo, era más que posible, concluyeron.

«Tiene que haber papeles donde conste la venta de esos niños —les ilustró Barcha un día—. Si los encontramos, sabremos quién los compró y quizá podamos llegar a saber dónde están.»

Mercè les dio esperanzas: persuadiría a Guerao para que se buscasen esos documentos entre la documentación intervenida al conde. Sin embargo, se las arrebató al cabo de un par de días: «Todo se envió a la cancillería del rey. Es imposible. Y tampoco sabemos en qué notario de los de Barcelona debió de firmar… ¡No sabemos nada!».

Pero Caterina, con el apoyo de Barcha, nunca había dejado pasar la menor oportunidad y preguntaba, liberto tras liberto, esclavo tras esclavo, por aquellas dos criaturas. No encontró rastro alguno.

Y ahora parecía que la llegada de Arnau hubiera venido a enturbiar las relaciones entre Hugo y Caterina, pues ella sentía que volvía a desgarrarse una herida que cicatrizaba tan lentamente como se tardaba en olvidar, si es que ello era posible en una madre, mientras él era incapaz de ocultar, por más empeño que pusiera, la felicidad que le deparaban su hija y su nieto. Una emoción que deseaba compartir con su compañera, tal como hizo con la posibilidad de volver a poseer una viña.

—Y te enseñaré a podar, y a cuidar los sarmientos y a curarlos…

—¿Sería tuya? —interrumpió Caterina su celebración casi infantil.

—¿El qué?

—Esa viña. ¿Será tuya o pertenecerá a Bernat para que la trabajes tú?

Hugo vaciló un instante.

—Nuestra. Será nuestra —afirmó después con rotundidad—. Tuya y mía.

25

De momento está todo en suspenso, solo Benedicto se atreve a dictar bulas e intervenir en todos los asuntos de la Iglesia; parece ser el único que toma decisiones. Todos los demás se mantienen expectantes. El clero catalán, fiel a Benedicto como gran parte del castellano, no quiere traicionar al Papa mientras no exista otro pontífice elegido en Constanza que lo sustituya y termine con el cisma, pero tampoco desea oponerse al rey Alfonso, que apoya la labor del concilio y apuesta por el fin del cisma.

Quien así hablaba era Bernat Estanyol, conde de Navarcles y almirante de la armada catalana, desde la cabecera de una larga mesa en el comedor del palacio de la calle de Marquet a la que se sentaban algo más de una docena de prohombres barceloneses con sus respectivas esposas. Hugo escuchaba con atención, ya que de la resolución de los problemas de la Iglesia y el rey dependía la libertad de Barcha. Tanta atención prestaba que el criado que cortaba las diversas carnes y las servía en los platos de los comensales señaló el suyo con el mentón, recriminándole que casi no hubiera tocado las perdices fileteadas.

—¡Bah! —intervino uno de los concelleres de la ciudad, enfrente de Hugo, ambos a derecha e izquierda de Mercè, sentada a la cabecera del otro extremo de la mesa.

La interjección pilló a Hugo en el momento en que se llevaba un buen bocado de perdiz que había cogido entre sus dedos y un pedazo de pan. Estaba exquisita. Tierna y sabrosa. Mercè sonrió al verle comer.

—Es solo un problema de dineros y honores —continuó su discurso el conceller—. Todos, desde los cardenales hasta el beneficiado más humilde de una iglesia perdida en las montañas, temen que el nuevo Papa que salga elegido en Constanza niegue y derogue sus prebendas.

—¿Y si fracasa Constanza? —intervino un tercero.

«No.» «¡Qué locura!» «Sí.» «Podría ser.» «Jamás…» Hugo, sin dejar de masticar, no tuvo oportunidad de seguir las diversas opiniones que de forma casi simultánea y atropellada se pusieron sobre la mesa.

—¿Por qué no va a fracasar? —elevó la voz el que primero lo había insinuado—. Hace más de treinta años que nos movemos entre dos y tres pontífices, cada uno con sus ambiciones y sus intereses, y apoyado y defendido por diversas naciones que también buscan su propio provecho. Es mucho el dinero y el poder que están en juego —añadió dirigiéndose directamente a Bernat, y este asintió, con la barba castaña manchada de grasa.

—Cierto, ¿por qué tendrían que ponerse de acuerdo ahora?

—Benedicto hará cuanto esté en su mano para obstaculizar el concilio.

—Poco puede hacer aislado en su castillo de Peñíscola —lo interrumpió Bernat.

—No creáis —terció otro—, desde ese castillo ya ha dictado varias excomuniones para sus detractores, ha nombrado nuevo inquisidor y obispos… La gente no sabe qué hacer. Para bien o para mal, y mientras Constanza no lo elija, hoy por hoy no existe otro Papa que no sea Benedicto.

Hugo se había sentado a la mesa cohibido, de la mano de Mercè y luego de que Bernat le dirigiese un bufido a modo de saludo. «Ya mejorará», susurró ella a su oído. A Caterina no la habían invitado.

—Tened en cuenta, padre… —Mercè quiso excusarse, aunque no prosiguió, como si diera por entendida la razón por la que no invitaban a una liberta a la mesa del almirante—. Todo se arreglará —añadió presta—. Vamos por pasos, y este es importantísimo; algo así como si hubiéramos superado las primeras defensas de una fortaleza.

Quizá fuera posible, quizá paso a paso como sostenía Mercè se arreglara todo, pero era a él a quien tocaba decir a Caterina que no contaban con su presencia.

—Estará Bernat, por supuesto, y varios consejeros con sus respectivas mujeres. ¡Hasta el canciller del rey! Es una comida muy importante. Yo usaré el de la boda, pero tendremos que ir a comprar algún buen vestido para ti; el azul está viejo.

—¿Y gastar todo ese dinero en un vestido para ir a comer a casa de Bernat? ¡No estoy dispuesta! Además, ¿qué hago yo entre almirantes, concelleres, cancilleres y sus esposas?

Hugo respiró y se esforzó por mostrar un semblante de sorpresa que mudó en desencanto a medida que Caterina hablaba. Le dolió engañarla, se sintió ruin, pero no quería decepcionar a Mercè después de que hubiera conseguido que Bernat cediese en cuanto a su presencia: tampoco podía decepcionar a su hija. Era su familia: su hija y su nieto. También lo era Caterina, por supuesto. La amaba. ¡La adoraba! Y por eso era incapaz de comunicarle que ella no estaba invitada, que la esclava no iba a sentarse con los señores. No lo haría.

Sentado a la mesa de Bernat y Mercè, Hugo recordó haber simulado tratar de convencer a Caterina para que cambiase de opinión. «Ve tú, ve tú», decidió ella, zanjando el tema. Y allí estaba, escuchando del Concilio de Constanza y de las luchas intestinas entre reyes y cardenales. Se hallaba en juego no solo la finalización del Cisma de Occidente, sino el equilibrio de fuerzas entre los reinos, y poder y dinero, mucho poder y mucho dinero. Antes de elegir un nuevo Papa, los reunidos en Constanza tenían que deponer a Benedicto XIII, a cuyos fines habían iniciado un proceso judicial en el que recababan información y buscaban testigos en todos aquellos países sobre los que había ejercido su pontificado.

—¿Testigos? ¿Qué pretenden? —preguntó alguien.

—Condenarlo, evidentemente —contestó uno de los concelleres—. No pueden nombrar nuevo Papa sin que todo Occidente condene previamente a Benedicto. A Juan XXIII lo condenaron y está encarcelado por más de setenta delitos, entre ellos el de fornicar con religiosas en los conventos... —Mientras la mayoría de los hombres sonreía, el hombre esperó a que se apagasen los murmullos de las mujeres—. ¿Cómo creéis que se acredita la fornicación entre un Papa y una monja?

—No imagino la presencia de un escribano dando fe del acto —apuntó el noble que estaba sentado enfrente de Hugo.

Algunas de las sonrisas se convirtieron en carcajadas.

—Pues eso: necesitan testigos.

—¿Y los buscan también aquí, en Cataluña?

—En todos los reinos —sentenció Bernat con la autoridad de quien sabe de lo que habla.

—Pero si todos los religiosos son partidarios de Benedicto…

—No todos —le interrumpió Bernat—. Ya no son todos. La postura firme del rey Alfonso a favor de Constanza ha conseguido que muchos de ellos se replanteen sus lealtades.

Hugo regresó a la taberna tras otro bufido de despedida de Bernat, este cargado de hedor a vino, dos besos maravillosos de su hija y muchos apretones de manos por parte de los demás. No preguntó por Arnau; necesitaba airearse, por lo que, aún cercano el invierno y la oscuridad de las noches cada vez más tempranas, buscó la playa y anduvo en dirección a las atarazanas, con la brisa que soplaba desde el mar refrescando su rostro.

Bernat se había mostrado generoso con el vino, y los brindis por su heredero se sucedieron una y otra vez; sonriente como nunca nadie lo había conocido, con los ojos chispeantes, orgulloso y satisfecho como podría estarlo después de abordar un barco genovés con el mayor tesoro nunca embarcado. «¡Por mi hijo!», «¡Por Arnau!», bramó el almirante en repetidas ocasiones. Tanto bebieron que Hugo pensó que la propuesta que terminó efectuándole el conceller de la ciudad sentado frente a él no era sino fruto del exceso. Pero el hombre aseguró hablar en serio.

—Sí, he bebido, he brindado mil veces por vuestro nieto —replicó un tanto molesto ante la duda que mostró Hugo, impertinencia que también quiso corregir Mercè con una patadita por debajo de la mesa—, pero si hablo de estas cosas lo hago en serio.

Le acababa de ofrecer formar parte del Consejo de Ciento, la corporación que dirigía la ciudad.

—¿Qué hago yo entre concelleres?

De repente Hugo calló: eran las mismas palabras que había pronunciado Caterina ante aquella comida.

—Pues lo mismo que todos los demás que forman parte del Consejo de Ciento —explicó el otro—. Allí están presentes los mercaderes y los artesanos de Barcelona. Hay freneros, marineros, especieros, corredores como vos, barqueros, zapateros, carpinteros... En fin, la gente que hace grande esta ciudad.

—¿Por qué no vais a estar vos, padre? Sois el mejor botellero de Barcelona.

—Me han comentado que lo fuisteis del rey Martín, ¿cierto? —se interesó el conceller.

Las atarazanas reales se elevaban por delante de él, iluminadas en la penumbra. Debía de trabajarse a destajo allí porque Cerdeña volvía a estar revuelta, pensó. «Sí, fui botellero del rey Martín», había contestado al conceller, «pero en verdad anhelaba ser *mestre d'aixa*», pensó entonces mientras el olor a mar y madera, a brea y alquitrán que envolvía las atarazanas jugaba con él a la melancolía.

La Rambla, por la que ascendió hasta la puerta de la Boquería, le transportó a tiempos no muy posteriores pero sí muy diferentes, aquellos en los que espiaba al perro calvo para recuperar sus zapatos. La riera había cambiado desde aquella época. Aunque todavía era una amplia torrentera por la que discurrían hasta el mar tanto las aguas de lluvia como las sucias y los desechos, ya se empezaban a ver aprovechamientos de una zona que antes solo se utilizaba para el mercado de carnes de cabrito y oveja. A esa hora los carniceros ya habían desmontado sus mesas, pero la sangre de los animales que mataban allí mismo dejaba claras señales de sus negocios. Ahora, con la nueva muralla que rodeaba el barrio del Raval, la antigua muralla, la que descendía casi en línea recta desde Santa Ana hasta el mar por el linde de la Rambla, había perdido su función defensiva y allí se cultivaban huertos, se levantaban barracas e incluso empezaba a verse alguna construcción adosada a la vieja muralla. Sucedería como con las murallas romanas, que una vez que el rey lo autorizase serían utilizadas por la gente para apoyar nuevas casas contra ellas.

Cruzó entre las dos grandes torres que delimitaban la puerta de la Boquería, las únicas a lo largo del perímetro de la muralla de la ciudad que gozaban de cierta belleza y monumentalidad, puesto que el resto se alzaba a modo de torres militares, simples, poligonales —unas flanqueando las diversas puertas de la urbe, otras como refuerzo del propio lienzo—, y se encaminó por la calle de la Boquería en dirección a su taberna.

El frescor de la noche, el mar, el paseo... esos recuerdos que le aguijonearon el ánimo transformaron sus movimientos torpes en un andar ilusionado. No fue *mestre d'aixa*, pero sí botellero real, y la viña y el vino le habían proporcionado cuanto tenía. Y ahora sería miembro del Consejo de Ciento de Barcelona. Quizá desde allí pudiera ayudar a Barcha. La mora seguía aguantando. Eso les transmitían los esclavos del palacio del obispo, siempre dispuestos a dar información a cambio de un par de vasos de vino y algo de queso. Según decían, la mujer espantaba a gritos las enfermedades que aquejaban a los demás presos. «Supongo que también tendrá que ver que coma bien y que disponga de ropa», comentó Caterina a Hugo mirando como desaparecía el esclavo turco por la puerta trasera del huerto, siempre con el recelo de que aquellas prendas que acababa de entregarle para que Barcha afrontara el invierno que se avecinaba llegasen a sus manos.

Hugo se sorprendió de los muchos clientes que todavía quedaban en la taberna para la hora que era; pronto tocaría la campana del castillo del veguer. Por lo menos había una docena de hombres arremolinados en la esquina de una de las mesas largas. Reían, gritaban y bebían. Hugo asintió satisfecho. No vio a Caterina, quien quizá ya estaba arriba, pero sí a Pedro, el joven que contrataron cuando la avalancha de religiosos, a ruego de uno de los sacerdotes beneficiados de la iglesia de la Trinitat, la de los conversos, que lo protegía desde que había quedado huérfano. Tras el cónclave, Hugo y Caterina decidieron mantenerlo con ellos. Pedro, que debía de tener unos catorce años, era un buen muchacho, atento y dispuesto, que solía andar con paso espabilado y ligero. Sin embargo, ese día se acercó a Hugo vacilante y con parte del rostro amoratado.

—¿Qué ha pasado? —inquirió este. Cogió del mentón a Pedro y le ladeó el rostro hacia la luz para verle mejor las heridas—. ¿Y Caterina? —preguntó. El chico no contestó. En su lugar forzó la cabeza hasta desviar la atención hacia el final de aquella mesa larga, donde los hombres reían y gritaban—. ¿Quieres decir...?

—He intentado defenderla, os lo juro... Pero... —balbuceó.

Hugo corrió, ciego por la ira. Caterina estaba casi escondida entre todos aquellos hombres apiñados en los bancos corridos. La rusa presidía la mesa, con el cabello revuelto, la tez blanca sofocada y los ojos claros inyectados en sangre. Ella le vio... o quizá no. Hugo se quedó paralizado al darse cuenta de que la mano de uno de esos hombres apretaba uno de los pechos de Caterina. Tenía las calzas a la altura de las pantorrillas, mientras uno hurgaba entre sus piernas otro, debajo de la mesa, tenía la cabeza entre ellas. Los demás reían, y la sobaban o trataban de besarla, a lo que ella se oponía con movimientos lentos, flácidos y desordenados. Volvía la cara para que no la besara uno y lo hacía otro. Conseguía apartar la mano de su pecho y dos más lo cubrían.

—¡Hijos de la gran puta! ¡Perros!

Hugo agarró del cabello al primero que tenía al lado, tiró de él y lo lanzó al suelo desde el banco. Los demás, borrachos también, tardaron en reaccionar. Cogió una de las escudillas de madera y golpeó en la cabeza a otro. A un tercero le propinó un puñetazo. Al poco se dio cuenta de que Pedro había acudido a pelear junto a él armado con los aperos del hogar; un atizador, que le entregó, mientras se quedaba para sí el cazo de hierro con el que removían la olla. Sacudieron sin compasión, en cabezas, brazos y pechos sin que les preocupara el daño que podían ocasionar. Poca pelea y resistencia encontraron en aquellos beodos. La mayoría abandonó la taberna dando tumbos, entre insultos, gritos y porrazos, pero algunos cayeron al suelo. Otros, los que se libraron de los golpes, salieron riendo. En el barullo, Hugo reparó en que el de debajo de la mesa pretendía escapar corriendo a cuatro patas. Casi todos estaban ya fuera, y Hugo le persiguió hasta que apareció por el lado opuesto. Un tremendo golpe en los riñones en el momento en el que se disponía a levantarse dio con él en el suelo cuan largo era. Hugo levantó al atizador para volver a golpear, pero una mano agarró el hierro cuando ya descendía sobre la cabeza del hombre.

—No vale la pena matarlo —le dijo Pedro, que era quien había parado el golpe—. Os buscaríais muchos problemas. Ya me ocupo yo —añadió, señalando después a Caterina, que parecía derrotada, con la cabeza caída sobre la mesa y los brazos inertes a los costados.

Pese a la visión de la mujer, el joven tuvo que forcejear con Hugo para hacerse con el atizador. En el momento en el que este se vio privado de la barra de hierro pateó la cara del hombre que se arrastraba por el suelo en dirección a la puerta.

A la mañana siguiente Caterina no habló; solo lloró en la cama, de la que no se levantó. Hugo le ofreció comida. No la tocó. La citó en la taberna. No bajó. Subió de cuando en cuando; ella siempre le dio la espalda. Al mediodía le llevó más comida, la olla del día anterior recalentada.

—No estabas —le reprendió ella nada más entrar, sobresaltándolo.

Caterina se hallaba en pie, delante de la ventana, y se abrazaba con fuerza por encima de la camisa de dormir que Hugo le había puesto la noche anterior. Se había peinado.

—Ya sabes que estaba con Mercè. Tú no quisiste venir...

Caterina no lo miró. Él dejó la bandeja con la escudilla sobre una mesa.

—En mi vida solo he tenido amos que me han violado y me han forzado a sus caprichos. Nunca he llegado a tener amigos. Después de eso solo te he tenido a ti... y a Barcha.

—Y me sigues teniendo. Te quiero. Te...

Ella rechazó su contacto con un movimiento brusco, rodeándose con los brazos todavía.

—Ayer no estabas.

—Pero...

—Ayer volví a ser una esclava.

—No, Caterina, fue el vino...

—No, Hugo, fue la soledad. Ayer me sentí sola, muy sola. Tú estás lejos a menudo, cuando no mercadeando con el vino, vas a ver a tu hija y tu nieto. Barcha tampoco está aquí... Soy tu mujer, pero no puedo ser tu esposa porque lo es Regina. Me pregunto...

—Te amo —susurró él tratando de acercarse.

—¿Y si mañana vuelvo a beber y tampoco estás?

—Yo... Estaré. Te lo juro.

Caterina forzó una sonrisa y negó con la cabeza.

—No debes abandonar a tu hija y a tu nieto; son sangre de tu sangre, tu familia, los tuyos. No puedo pedírtelo. No quiero. Tampoco puedes prescindir de tu trabajo.

—Caterina...

—Déjame —le rogó ella sin desviar la mirada, que mantenía fija en el caserío de Barcelona que se alzaba por detrás de la calle de la Boquería.

Los siguientes días Hugo evitó ir a visitar a Mercè y Arnau. «Caterina no se encuentra bien», fue el mensaje que mandó a su hija a través de Pedro. Tras la pelea, la afluencia de clientes a la taberna se resentía. Los rumores y las habladurías llevaron a muchos ciudadanos a caminar por delante de la puerta y limitarse a echar una mirada de aversión al interior. Hugo supuso que aquello duraría solo unos días, hasta que la gente olvidase. Sin embargo, como si el negocio hubiera caído en desgracia, los pocos que entraban terminaban marchándose.

Y mientras, Caterina continuaba recluida en el piso superior; a veces lloraba, aunque pasaba la mayor parte del tiempo mirando por la ventana, en silencio.

—Como esto continúe así y no vuelvan los clientes, tendremos que cerrar —comentó una noche Hugo.

Ella también estaba ya en la cama, y, como siempre, acostada de espaldas a él.

No era cierto. Lo que más rentaba eran las cubas enteras que vendían a los prohombres y mercaderes o artesanos ricos y que estos consumían en sus casas; las escudillas que se bebían en la taberna, previamente pregonadas por la ciudad, cuba a cuba, no podían competir con ese mercado al por mayor en el que Hugo, en poco más de un año, ya se había hecho un buen lugar. Hugo compraba vino excelente. Acudía a los escribientes instalados en la plaza de Sant Jaume y les dictaba órdenes de compra para todos aquellos vinateros de los lugares que había recorrido cuando hacía de espía para Roger Puig: Murviedro, Cariñena, Vinalopó... También, a instancias de Guerao y con su ayuda, se atrevió a pedir vino a Nápoles y a Calabria a través de los consulados que Barcelona tenía abiertos en aquellos lugares, aunque por el momento no había obtenido contestación. En un principio pensó encargar la escritura de aquellas cartas a su hija, pero le vinieron al recuerdo los días en que lo hacía con Regina y la posible comparación le revolvió el estómago. Una vez escritas, las llevaba al hostal de correos, en la calle de la Bòria, desde donde estos las transportaban. Algunas gestiones fructificaron y tuvo que utilizar letras de cambio para pagar fuera de Barcelona. Guerao volvió a ayudarle, y al fin dispuso, entre otros, de vino de Murviedro para vender; le duró pocos días, los imprescindibles para ganarse unos buenos dineros.

Caterina era consciente de que la mayor parte del negocio estaba en aquellas cubas de vino que Hugo vendía, pero también lo era de que mientras él hacía escribir sus cartas, iba al hostal de correos, trataba con los compradores en sus propias casas y transportaba aquellas cubas, ella asumía el mando de la taberna: era su responsabilidad.

A la mañana siguiente, temprano, ella misma despertó de una patada a Pedro, que todavía dormía aovillado en un colchón frente al hogar, abajo. Abrió las puertas y se plantó en mitad de la calle de la Boquería. Miró hacia uno y otro lado. Era poca la gente que transitaba a esa hora, lo cual no fue óbice para que una mujer la observase con curiosidad desde un balcón. Entró y se centró en preparar el desayuno y en la limpieza del local, gritando a un Pedro que acogía con una sonrisa las reprimendas que la otra, con razón o sin ella, le dedicaba.

Desayunaron los tres: vino normal, del que bebían los clientes, pan seco y carne en salazón.

—Tendré que ir a comprar —anunció Caterina—, no os habéis ocupado de nada. No hay comida. Tú me acompañarás —le dijo a Pedro antes de volverse hacia Hugo—. ¿Podrás hacerte cargo de la taberna?

Este asintió. Caterina se comportaba como si nada hubiera sucedido. Hablaba de salir a la calle a comprar cuando media Barcelona debía de saber de su borrachera y de cómo se abandonó a los clientes. Pero lo hizo, erguida, decidida. Hugo se acercó a la puerta y la oyó saludar con afabilidad a Ramón, el sastre cuyo obrador lindaba puerta con puerta con la taberna en dirección a la plaza de Sant Jaume. Era necesario internarse en la Barcelona antigua puesto que en la otra dirección, en el Raval, pese a su extensión, no había mercado alguno. Hugo tuvo la impresión de que Ramón tardaba en contestar a Caterina, y cuando lo hizo, esta ya hacía lo propio con María, la esposa del carpintero cuyo obrador venía a continuación del taller del sastre. Después estaba establecido un vainero, un hombre zafio al que casi no trataban con motivo de la compra de una vaina con la que proteger la hoja del fabuloso puñal de Barcha cuyo mango había elaborado Jaume. El vainero, por más que Hugo se presentó como vecino, fue grosero con él. Hugo no le compró la vaina, pero Caterina sí que le saludó ese día, casi gritando, como si el otro estuviera dentro de su obrador. Más allá, donde el soguero y el especiero, las voces se perdieron.

Pedro y Caterina volvieron cargados de las compras que hicieron en los diferentes mercados de Barcelona. Ella se arrodilló delante del hogar y empezó a preparar la olla que comerían y cenarían. Hugo se refugió en el sótano, y allí trabajó y controló el vino fruto de la uva comprada en la vendimia posterior a la famosa conferencia de religiosos convocada por el rey Alfonso. En cada ocasión en la que subía a la tienda encontraba la taberna vacía, sin charla alguna. Entonces cruzaba miradas cargadas de desesperación con Pedro, que se veía obligado a imitar a su patrona y a limpiar aquello que ya estaba limpio.

—Esto se va a terminar —explotó Caterina en una de esas ocasiones.

—¿Y cómo?

Hugo no obtuvo respuesta. Primero la vio atusarse el cabello y luego tirar de sus ropas hacia abajo, con lo que consiguió que sus pechos casi rebosasen por encima de la camisa y el jubón. Por si no fuera poco, se los alzó todavía más con las manos. Hugo iba a preguntarle qué se disponía a hacer, pero antes de que pudiera formular la pregunta Caterina ya salía de la taberna. Se asomó con Pedro a una de las ventanas.

—Tú venías a beber de mi vino —oyeron que le decía, zalamera, casi rozándolo, a un hombre al que asaltó en medio de la calle.

—Es un carpintero de aquí detrás —informó Pedro en un susurro.

El artesano permanecía quieto, sorprendido.

—Entra —le invitó la rusa, y cuando el hombre quiso oponerse, lo tomó del antebrazo y casi lo arrastró hasta el interior de la taberna—. ¡Pedro! —gritó para llamar la atención del muchacho—, el señor está invitado al primer vaso de vino. Y tú diviértelo y dale conversación —ordenó a Hugo por lo bajo al pasar a su lado mientras se dirigía de nuevo a la calle.

«Aquello fue una tontería.» «Vuelve.» «Nuestro vino es el mejor, lo sabes.» «¿Eso te han contado? ¡Mentira!» «¡Claro que te serviré yo!» Caterina reía, pedía, suplicaba, ofrecía y, para sorpresa de Hugo, que ya no tenía que entretener a nadie puesto que eran ya varios los clientes en la taberna, hasta parecía ofrecerse ella misma, con movimientos voluptuosos a la hora de dirigirse a unos y otros. La rusa entraba y salía del local, y así estuvo todo el día, derrochando simpatía y sensualidad, dentro y fuera, con unos y con otros. Hugo reconoció a un par de los hombres de los que tuvo que expulsar a golpes la ocasión en que la encontró borracha, pero ese día Caterina no había bebido, eso sí que era cierto. Hugo no la había visto tocar un vaso o una escudilla, y aquellos movimientos torpes e inútiles con los que trataba de defenderse el día en que la asediaban ahora eran rápidos y certeros. En cualquier caso, Hugo apretaba los puños en el momento en el que alguien palmeaba el culo de Caterina, le rodeaba la cintura para retenerla a su lado, aprovechaba para sobarla y toquetearla, o trataba de pellizcarle un pecho. Ella respondía con agilidad, pero a Hugo le irritaba sobremanera la sonrisa con que se libraba del acoso. Algunos parroquianos desviaban la mirada hacia Hugo, un instante, pero lo suficiente para que la cuestión flotara en el aire. Parecían preguntarse si él lo consentía. Tampoco era su esposa, ¿no?, se decían muchos de ellos. Hugo quiso volver al sótano, donde le esperaban los vinos nuevos hirviendo, el trasiego de las cubas, la limpieza, la observación y el sosiego, pero unos celos incontrolables le llevaron a permanecer arriba, sirviendo vasos y escudillas de las cubas mientras Pedro limpiaba y Caterina los servía al mismo tiempo que coqueteaba con una clientela satisfecha.

Anocheció y les costó echar de la taberna a los rezagados. Al final cerraron y el silencio se hizo en el interior. La tensión entre Hugo y Caterina empujó a Pedro a escabullirse en dirección al huerto.

—Mañana quiero todo esto limpio —le advirtió ella de todas formas.

—Caterina —empezó a decir Hugo—, no sé si…

—Lo hemos conseguido. —Ella se volvió de repente, con la sonrisa en la boca, la misma con la que se dirigía a los clientes—. Ha sido un día duro. Vamos a descansar —le instó ofreciéndole la mano para subir al dormitorio.

—¿Tú crees que es esta la manera de traer gente a la taberna? —la acusó Hugo.

—¿A qué manera te refieres? Es la única que conozco: atraer a los clientes. —Seguía tendiéndole la mano. Hugo no la cogía—. ¡Vamos! —insistió agitando los dedos.

—No. Se trata de vender vino, no de… de…

—¿De qué?

—De que te soben y te manoseen.

—Es lo que han hecho toda la vida conmigo —le espetó ella.

Hugo negó con la cabeza, no daba crédito a lo que acababa de oír.

—Caterina, ¿acaso me incluyes? Yo nunca te he tratado así.

—Tú tienes a tu hija y a tu nieto.

—El otro día me dijiste que no debía separarme de ellos —razonó Hugo.

—Cierto —admitió ella—, pero también me escondes tus ambiciones.

—¿Qué quieres decir?

—Hace un par de noches, cuando vino aquel hombre a proponerte que entrases... ¿dónde?

—En el Consejo de Ciento de la ciudad —contestó él desalentado.

Tenía que habérselo contado antes, personalmente. Ahora lo sabía. El conceller se había presentado en la taberna para insistir en que formase parte del Consejo de Ciento.

—Tu familia. Tus ambiciones. Tu esposa —interrumpió sus pensamientos Caterina.

—No seas injusta.

—Y una taberna —continuó ella—. Esto... —Abrió las manos y las agitó en el aire—. Todo esto: tu vino, tus cubas, tu alambique.

—Caterina, no... Ya lo arreglaremos. Lo siento...

—Tienes un carro, y dos mulas... y una rusa.

—¡Dios! —Hugo trató de acercarse; ella dio unos pasos atrás—. ¡No es verdad! Yo no te tengo como si fueras una propiedad.

—Hugo —le interrumpió ella de nuevo—, si esta rusa decidiese salir por esa puerta, ¿adónde podría ir? ¿De qué viviría y comería? ¿A quien tendría a su lado?

—Caterina —replicó Hugo nervioso, gesticulando—, te amo. Todo lo demás no importa. ¿Me hablas de la taberna? Te la regalo. Y renunciaré al Consejo de Ciento.

Ella le cogió de la mano y tiró de él hacia el primer piso.

—Caterina... No sé. No...

No habían entrado aún en la habitación cuando Caterina se volvió hacia él y le besó en la boca. Hugo aceptó aquel beso, pero trató de evitar el siguiente.

—Tenemos que hablar —balbuceó.

Sin embargo, Caterina no quería hablar. Tampoco quería oír de boca de Hugo promesas imposibles. Lo arrastró hasta la cama y lo empujó sobre las sábanas.

—Caterina, yo…

—Silencio —le pidió ella inclinándose para desnudarlo.

Hugo no deseaba hacer el amor. Llevaba todo el día viendo a los hombres babear a su paso, mientras ella los evitaba pero sin apartarlos. Sonriente, atenta. La recordó en la calle de la Boquería a la búsqueda de parroquianos.

—No… —acertó a decir en el momento en el que alcanzaba su miembro.

—¿Me rechazas?

—No —rectificó enseguida—. Te quiero.

Caterina montó encima de él y se le mostró mientras se movía rítmicamente, acariciándose los pechos, las caderas y el rostro para esconder las lágrimas que corrían por él. «No me abandones —suplicaba en silencio, cerrando los ojos—, no me dejes.» Hugo tardó en eyacular. Caterina simuló su propio éxtasis con unos quejidos entrecortados. Luego se dobló por la cintura para besarlo en la boca y se separó de él.

—No puedo consentir que los clientes te toquen —susurró Hugo cuando ya los dos estaban tumbados en la cama y sus respiraciones se habían sosegado.

—No me gusta que me dejes sola —dijo Caterina.

—Espaciaré mis visitas —le prometió Hugo, y Caterina se mantuvo en silencio—. Pero deseo seguir viendo a mi nieto —afirmó.

—No tienes que pedirme permiso para eso si recuerdas que tu familia está aquí, que soy yo, y que tu viña es esta: la taberna.

—De acuerdo.

—Nadie me tocará entonces —le prometió ella.

Al principio lo intentaron, y Caterina los sorteaba con la gracia y el donaire justo para que no se enfadaran. Un cantero la pilló desprevenida y le pellizcó el culo. Era un hombre fuerte, acostumbrado a trabajar con las piedras, pero fue incapaz de evitar la avalancha de manotazos y patadas que se le vino encima. La propia Caterina le invitó después a un vaso de vino. «Por lo menos tres», exigió el otro tras reflexionar un instante, con el labio partido, sangrando. Caterina aceptó y alguien aplaudió. Corrió la voz de que meterse con la tabernera podía acarrear problemas. Caterina seguía mostrándose simpática, encantadora, a veces en exceso para el gusto de Hugo, pero lo cierto era que se estaba ganando el respeto de los parroquianos. Ella tenía la prudencia de no beber hasta la noche, cuando ya habían cerrado, y siempre con Hugo, vino o aguardiente. Hugo, por su parte, también cumplió: una vez a la semana iba a visitar a Mercè y a su nieto.

—Caterina está pasando un mal momento —contó a su hija—. Cree que la abandono por vosotros. Se siente... repudiada.

—Lo lamento —contestó Mercè—. Quizá tenga razón. ¿Queréis que haga algo? ¿Hablo con ella? Bernat no me permite llevar a Arnau a la taberna, ni creo que me autorizase a ir sola tampoco, pero podría escaparme de vez en cuando y charlar con ella. De esta manera quizá se sintiera más parte de nosotros.

Las palabras de su hija, sinceras, fueron una sorpresa para Hugo, quien comprendió al oírlas que, en el fondo, Mercè tampoco consideraba a Caterina parte de su familia. Ese «nosotros» había sonado excluyente, cerrado. Mercè le estaba planteando una situación similar a la que Caterina le achacaba, con la diferencia de que la una era una condesa casada y feliz con un hijo, y la otra una liberta que, como bien decía, podía ser la mujer de Hugo pero no su esposa.

—No... —titubeó—. No es necesario. Gracias. Ya pasará... Confío. —Y añadió—: Lo de Barcha la ha afectado mucho. Y pensar que puede quedarse sola la preocupa.

—No sería diferente a cualquier mujer de Cataluña, padre. Salvo la dote, que muchas de ellas ni siquiera recuperan, nada acostumbra a quedar a las viudas tras la muerte de su esposo.

—¿Ya pretendes matarme? —bromeó él al mismo tiempo que enseñaba el dedo extendido a su nieto para que se agarrase a él.

Hugo también renunció a presentarse al Consejo de Ciento de la ciudad, y Caterina acogió la decisión con entusiasmo. Ya trabajaban muchas horas, quizá demasiadas, pero tenían su recompensa en las ganancias que obtenían.

—Si seguimos así, en poco tiempo podrás comprar tu viña —le animaba Caterina después del enésimo recuento de los ahorros que escondían en el doble fondo que Hugo había construido en uno de los pesebres de las mulas.

—Si seguimos así, en poco tiempo liberaremos a Barcha —la sorprendió él.

—¿Estás seguro?

—Lo he hablado... —Fue a decirle que con Guerao y Mercè, pero lo omitió—. Lo he hablado con uno de los sacerdotes de Santa María de la Mar.

—¿Cuándo?

Caterina siempre iba a misa con él y no sabía que hubiera hablado con nadie.

—El otro día, después de entregar las cubas de vino en la calle de Montcada, en casa de micer Aragall —respondió. Ella esperó a que continuase—. Me comentaron que, si Barcha reconociera su culpa, el obispo podría ser tan benevolente como generosos fuéramos nosotros.

—¿Y Regina? —inquirió Caterina.

—Dudo que Regina pague nada para que mantengan encerrada a Barcha.

—Yo dudo que Barcha reconozca culpa alguna —afirmó ella.

—Esta primavera hará dos años que está encarcelada. Ya será hora de que claudique para salir de ahí. No es joven. En cualquier momento podría llegarle el final.

—Mientras tenga que comer y a quien gritar, aguantará. —Hugo dio un respingo antes de interrogar a Caterina con la mirada, pero ella no rectificó—. Sobre todo a quien gritar —porfió en su postura—. Esa es capaz de cambiar una escudilla de olla por unos cuantos insultos bien dichos.

—No lo dirás en serio —intervino Hugo.

—Daría un brazo por su libertad —aseguró seria—, pero sabes que lo que digo es cierto.

—Mejor que grite fuera, ¿no te parece? —preguntó Hugo.

—Por supuesto. —Caterina sonrió con la melancolía en su rostro—. Aunque nos espantará a la clientela... —bromeó de repente—, y a Barcha le gusta que le toquen el culo.

—¡Caterina!

—Dios quiera que efectivamente le toquen el culo aquí, en esta taberna —insistió.

—No sé si debemos meter a Dios en esto del culo —la reprendió Hugo.

—El moro, me refiero al Dios de los moros —aclaró ella con otra sonrisa—. ¿Cuánto dinero más necesitaremos?

—Tengo un buen negocio a la vista —anunció Hugo, y Caterina ladeó la cabeza—. Unos mercaderes de Barcelona me han encargado la compra de una gran partida de vino para enviarla a Sicilia.

—Si ya son de Barcelona, ¿tú qué ganas?

—Mi comisión. En realidad será la primera vez que trabaje como corredor.

—¿Y por qué no lo compran ellos directamente? Los mercaderes, quiero decir.

—Porque ni saben, ni pueden. Para eso estamos los corredores; tienen obligación de utilizarnos. Ellos solo hacen negocio, aportan el dinero, fletan el barco, la tripulación, las tinajas... Todo menos el vino.

Hugo estuvo casi una semana viajando por la zona de Vilafranca. A mediados de febrero, el vino joven acababa de finalizar la ebullición lenta y se hallaba presto para ser consumido... Hugo disfrutó del viaje por aquella tierra de buen vino y buena gente, perdido en las viñas, tocando sarmientos y pisando la tierra; embriagado por los mil aromas de las bodegas, todos pegados a sus paredes y a sus suelos, a las cubas y los toneles; extasiado catando caldos. Mediante el pago de un diez por ciento a cuenta, comprometió el vino requerido para satisfacer las necesidades de los mercaderes, y también aprovechó para comprar para él a precio ventajoso. El primero, el destinado a Sicilia, lo tendrían que suministrar los diferentes vinateros en Barcelona, a su riesgo y costa, en buenas botas de madera que nunca hubieran contenido otro producto, como aceite, en el almacén del mercader Manuel Galliné, frente a la playa. Su vino, el de la taberna, lo cargó en la carreta, y un día tras el amanecer, mientras el placentero sol de invierno ya iluminaba los campos y las viñas, arreó a las mulas.

—¿Cómo se llaman? —le preguntó un mocoso que señaló a los animales al mismo tiempo que echaba a andar a su lado, serio como si partiese de viaje con él.

¿Cómo se llamaban?, se planteó Hugo.

—No tienen nombre —le contestó.

—¡Hala! ¿Cómo no van a tener nombre?

—¿Qué te parece Tinta y Blanca? —se le ocurrió.

—¿Como las uvas?

—Sí.

—Es muy fácil. Ya hay muchas mulas y muchos bueyes con nombres así —se quejó el chico sin esconder su decepción.

—Ya —musitó Hugo—. ¿Y tú cómo te llamas?

—Manuel.

—Hay muchas personas que se llaman Manuel.

—Ya —le imitó el pequeño—. Solo que yo me llamo Manuel Aragall, y de esos solo me conozco a mí.

—Ya.

Continuaban andando, alejándose de la masía del pequeño Manuel. Hugo miró hacia atrás, como si quisiera advertirle de la lejanía de su casa.

—Siempre voy mucho más lejos —se le adelantó el mocoso.

—Ya. Pues estas mulas se llaman Tinta y Blanca Llor.

—¿Mulas con apellido?

—Claro, el mío. Son mías, por lo tanto llevan mi apellido.

—De esas hay pocas, ¿no?

Hugo rió y le revolvió el cabello, sucio y áspero.

—Yo solo conozco a las mías —le dijo en tono afectuoso.

—Ya.

Después de unos pasos Manuel hizo ademán de dar media vuelta, Hugo lo detuvo, rebuscó en su bolsa y le dio una moneda menuda. El pequeño mantuvo la palma de la mano extendida, con la moneda en el centro, la miraba con los ojos muy abiertos, como si fuera la primera que veía en su vida. Luego intentó decir algo que se quedó en un balbuceo.

—¿Es para mí? —acertó a preguntar poco después, y cerró la mano con fuerza tan pronto como Hugo asintió. Le sonrió con los ojos brillantes—. Gracias. Es la primera que tengo —confesó—. La guardaré…

—No —le interrumpió Hugo—. Compra algo que te guste en el mercado.

—Ya —asintió tras pensarlo, para enseguida salir corriendo, de vuelta a la masía, sin tan siquiera despedirse.

Hugo lo contempló durante unos instantes, luego reemprendió el camino. «Tinta y Blanca… Llor», susurró riendo junto a las mulas.

No debían de ser jóvenes, aunque tampoco parecían viejas. No entendía de mulas, pero esas estaban sanas, no tenían heridas, sobrehuesos o mataduras, y trabajaban bien. Calculó el tiempo que llevaban con él. La derrota del conde de Urgell, la confiscación de sus bienes... Tres años. Solo tres años y daba la impresión de que hubiera transcurrido una vida.

—¡Aprieta, Tinta! A ver si ganas a Blanca —gritó azuzando a los animales, y acomodó su andar al nuevo ritmo.

Se echó a reír al caer en la cuenta de que estaba hablando con las mulas. Miró a su alrededor: campos, bosques y tierras yermas, grandes extensiones de tierra, pero nadie en el camino. Confiaba en que en Vilafranca del Penedès encontraría compañía con la que viajar hasta Martorell, a sabiendas de que desde allí hasta Barcelona no carecería de ella. Sin embargo, de momento el camino aparecía solitario.

—¡Nos esperan en Barcelona! —gritó. Se dijo que de momento solo tenía a las mulas, a las recién bautizadas Tinta y Blanca—. Igual teníais otro nombre y ahora he venido yo a cambiároslo. —Poco debería importarles, pensó, solo eran dos mulas—. Apresurad, que nos espera Caterina y...

Calló. Palmeó en la grupa a la Tinta o a la Blanca, todavía le faltaba decidir cuál era cuál. También le esperaban Mercè y Arnau, pero desde hacía algún tiempo escondía la ilusión que tenía por ver a su nieto.

—¿Sabéis...? —Hugo vaciló antes de decirlo, ya que esa sería la primera vez que lo iba a enunciar en voz alta; solo Regina y Barcha lo sabían—. Mercè no lleva mi sangre... aunque sí mi alma, entera, toda, toda mi alma... y mi cariño y mi amor.

Recorrieron bastante distancia en la que únicamente se oyó el rasgar de los cascos pequeños de los animales sobre la tierra del camino, el crujido de la madera de las ruedas y del propio carro, el de las cubas al entrechocar, o el estirar de una soga cuando superaban un bache. Al pensar en Mercè sintió un nudo en la garganta. «¡Necio!», se insultó. Ya no era su niña, ahora era la condesa de Navarcles, orgullosa de un esposo que gruñía a Hugo a la hora de saludarlo o despedirlo. Recordó a su nieto, con la vista puesta en el camino.

—Ya sonríe y balbucea. Aunque Caterina se siente un tanto desplazada. No. No penséis mal de ella. Es una gran mujer, alguien que ha sufrido mucho en su vida y siente miedo a la soledad y a la pobreza. Si la hubierais conocido de niña, nada más llegar a Barcelona... Era como una virgen: limpia, pura, rodeada de un aura que brotaba de su melena rubia y su piel blanca. ¡Claro que no quiere perderme con lo que ha vivido! ¡Ni yo a ella! —De repente se dio cuenta de que las mulas casi estaban paradas en mitad del camino; sus pasos cortos se habían ido reduciendo al compás de la conversación. Permitió que se detuvieran—. Tú eres Blanca y tú Tinta —las llamó señalando en segundo lugar a la mula que tenía una capa más cervuna.

Paradas las mulas, solo los sonidos propios del campo turbaban la quietud: el estridor de los insectos, el corretear de los roedores o el batir de las alas de los pájaros al levantar el vuelo.

—Sí —prosiguió Hugo tras apoyarse en la grupa de Tinta—. Llegaremos a Barcelona y continuaré con Caterina, con todo mi amor. Os juro que la quiero, pero es como si la engañase constantemente porque mi deseo de ver a Arnau y a Mercè, y disfrutar con ellos, es persistente.

Arreó a las mulas, probablemente con más delicadeza de lo que lo había hecho nunca. Él mismo se dio cuenta.

—Debe de ser que esto de bautizaros os transforma en otros animales. —Se echó a reír y adaptó su paso al de ellas—. No... Es muy difícil que Caterina pueda sentirse a gusto con Mercè, yo la entiendo. ¡Ni yo lo estoy a veces! Si no fuera mi hija, jamás podría acceder a ella. Es una condesa de verdad, manda y ordena. —Soltó una media carcajada—. No quisierais depender de ella. Criados y esclavos la respetan, y presiento que hasta la temen. No es impostura. Se ha criado al lado de todos esos nobles y ha estudiado. ¡El conde de Urgell! —gritó—. ¡Cuántas promesas incumplidas! Pero mientras tanto mi niña mamaba las maneras de la esposa de Roger Puig: buenos vestidos, modales exquisitos. Aprendió a hablar, a andar, a comer y a comportarse como los nobles y los ricos; de ahí pudo convertirse en la condesa de Navarcles gracias a un golpe de fortuna. Bueno... algo de mi ayuda tuvo. Cómo lo consiguió no os lo explicaré —les negó a las mulas—. Ciertamente parece difícil lograr que convivan amistosamente una condesa y una liberta, aunque quizá con el regreso de Barcha se arregle todo —terminó, tratando de animarse.

El propio Hugo fue recibiendo a los vinateros de Vilafranca durante lo que restaba del mes de febrero a medida que estos llegaban a Barcelona. Comprobaba la cantidad y la calidad del vino y, si todo era correcto, autorizaba el pago, que efectuaba el contador de Manuel Galliné; este tenía su escritorio allí mismo, en el almacén que daba a la playa. Hasta principios de marzo, cubas y toneles fueron amontonándose en una esquina entre todo tipo de géneros con los que Galliné y sus socios comerciaban, principalmente paños, pero también grandes partidas de pescado seco y cuero de buey que acababan de llegar de Galicia. Las autoridades de Barcelona, al igual que fijaban el peso máximo de los fardos de telas para que los *bastaixos* y los barqueros pudieran transportarlos, establecían la exigencia de recipientes especiales para el vino. La ciudad carecía de puerto; el intenso tráfico marítimo que se desarrollaba en ella se gestionaba a través de barqueros que embarcaban o desembarcaban las mercancías previamente entregadas o recibidas por los *bastaixos*, pues no existían muelles, ni grúas o artilugios mecánicos para tal fin y todos los trabajos se llevaban a cabo manualmente en el mar.

Por eso las cubas y los toneles de mucha capacidad y peso, pensados para ser manejados rodando por el suelo, sobre las duelas a modo de ruedas anchas, o esquinados sobre sus cantos, como bailando, no eran los recipientes adecuados para ser cargados en barcas y levantados a peso hasta las galeras. De manera que, ya recibida la totalidad del vino, Hugo empezó a traspasarlo a tinajas de cerámica de obra áspera, ni decoradas ni vidriadas. Se trataba de *alfàbies* características de la Ciudad Condal: ovoides, algo alargadas y de cuello corto o casi sin él, y de base pequeña y plana, más que la boca. Como tenían una cabida de cerca de unos cincuenta litros,* resultaban manejables para *bastaixos*, barqueros y estibadores. El interior, como todas las tinajas destinadas a contener vino, estaba revestido con una capa resinosa de pez, lo que le transmitía cierto regusto acre. Las *alfàbies* se cerraban de manera estanca con tapones de cal y carecían de asas, al contrario que la mayoría de las tinajas y las ánforas. Para manejarlas y protegerlas se introducían en unos sacos de esparto con tres asas. La inexistencia de

* Para una mejor comprensión, se han utilizado medidas del sistema métrico decimal que obviamente no existían en la época. *(N. de la E.)*

asideros en las propias *alfàbies* permitía apilarlas con comodidad y eficacia en las bodegas de los barcos; el esparto de los sacos evitaba el roce y golpeteo de la cerámica.

Hugo trasvasó todo el vino a las *alfàbies* que Galliné y sus socios habían adquirido previamente a los alfareros de la ciudad, como mostraban los sellos con los que cada uno distinguía sus obras y garantizaba su calidad. Hugo estuvo casi toda una noche en duermevela, pensándolo, y al final se decidió a pedir a Caterina que durante aquellos días le cediese a Pedro, ya que no se fiaba de los aprendices que el contador le proporcionaba.

Quizá el vino fuera una de las mercaderías más especiales, si no la más, en el transporte marítimo. Hugo lo sabía. Se había enterado en la primera ocasión en que contrató que le llevaran vino por vía marítima. En esta, el vino se estibaría en una galera de las grandes, de veintidós bancos de remeros, y cualquiera que los viera no sabría decir cuál de los dos estaba más entusiasmado al embarcar en ella en un día soleado, sin viento y con el mar calmo, si Pedro o Hugo. Porque el vino tampoco lo estibaban los marineros en el interior del barco; podían hacerlo, nada lo prohibía, pero los señores de las embarcaciones exigían de los mercaderes que comprobaran y dieran el visto bueno a la estiba de las *alfàbies* antes de zarpar. De esa forma cualquier pérdida o rotura correría a cargo del mercader y no del patrón de la nave. Y aun no sufriendo mermas o pérdidas, el ambiente, la temperatura y, por supuesto, el vaivén y los movimientos del barco podían hacer que el vino arribara mareado al puerto de destino.

Hugo y Pedro ayudaron a los *bastaixos* a estibar convenientemente la gran cantidad de *alfàbies* dispuestas para viajar a Sicilia. Una labor ardua, complicada por el espacio reducido en el que debían moverse, pero todavía se topó con algunos que recordaban la escudilla de vino que Hugo les cambió años atrás por una meada en la tinaja que llevaba una Barcha borracha y encantada de ver tanto pene al aire delante de ella. Rieron al recordarlo y charlaron durante todo el día, hasta que Galliné y sus socios comprobaron la estiba, tocaron y forzaron cuanto pudieron, trataron de estirar las sogas y verificaron hasta el último detalle. La estiba se aprobó.

Los barqueros los llevaron de vuelta a la playa, y ya entonces Hugo tuvo problemas para bajar de la galera a la barca. Un par de *bastaixos* le sostuvieron mientras se descolgaba por la borda y se acurrucaba, pálido, en uno de los bancos. Eran muchas las horas transcurridas en una galera que, aun en un mar en calma, no había dejado de mecerse al ritmo de las olas. La sensación de inestabilidad se multiplicó al pisar la playa. Pedro le ayudaba y lo agarraba por la cintura con su hombro por debajo de una de sus axilas.

—Llévame a la taberna —le rogó Hugo.

No habían dado un par de pasos entre las barcas varadas en la playa cuando un hombre pequeño se abalanzó sobre ellos. Pedro trató de protegerle, y Hugo tardó unos instantes en sobreponerse, en centrar la visión, en superar la ingravidez. Era Guerao, y hablaba atropelladamente. La sensación de mareo desapareció de Hugo tan pronto como sospechó alguna desgracia, pues hasta ese momento nunca había visto a Guerao perder la compostura.

—¿Le ha pasado algo a Arnau? —inquirió Hugo.

—El pequeño está bien. Es tu hija…

—¿Qué ha sucedido?

—No la encontramos. ¡No aparece! —exclamó el mayordomo del almirante, asustado.

—¿Cómo que no aparece?

—Por eso venía a preguntar…

—¿Qué quieres decir con que no aparece? —insistió Hugo, agarrando de los hombros a Guerao y zarandeándolo—. ¿Dónde está?

—¿Tú no lo sabes?

—¿Cómo voy a saberlo? ¡No! ¡No lo sé!

El grito consiguió acallar a cuantos les rodeaban: mercaderes, *bastaixos*, barqueros y gente de la playa. Todos permanecían atentos a sus palabras, algunos directamente apostados a su lado, otros tras las barcas.

—Vamos —instó Hugo a Guerao encaminándose presuroso hacia el cercano palacio de la Lonja de Mar—. ¿Has preguntado en la taberna? Quizá Caterina sepa algo.

—Sí, ya he ido, y no sabe de tu hija. Ha sido ella la que me ha dicho que estabas aquí.

Bernat se hallaba con el rey fuera de Barcelona, le informó Guerao. En aquel momento Hugo no fue capaz de razonar si su ausencia sería beneficiosa o perjudicial. Al llegar al palacio de la calle de Marquet vio que el patio era un hervidero de criados y esclavos que se movían de aquí para allá, hasta que comprendió que en realidad nada hacían más que mostrar su inquietud.

Arnau estaba arriba, con el ama. Hugo se acercó a él y lo besó en la mejilla después de que, como era usual, la mujer tratara de apartarlo. «¿Quieres que te bese a ti?» La mujer torció el gesto pero insistió en mantener al niño a distancia hasta que Guerao le indicó que rectificara. Luego el mayordomo le explicó cuanto sabía de lo ocurrido con Mercè: esa misma tarde, tras la comida, la condesa se había dirigido a la tienda de un mercader de paños cerca de la catedral... «¿Sola?», lo interrumpió Hugo. No, no iba sola, aunque tampoco importaba: Barcelona no podía esconder ningún peligro para la esposa del almirante de la armada catalana. Hugo estuvo a punto de replicarle, haciendo referencia al carácter de Bernat y la multitud de enemigos que debía de tener, pero consideró que no era el momento. La acompañaba su doncella, continuó Guerao. «¿Y qué dice la doncella?», inquirió Hugo. Lo poco que se le entendía entre sollozos, contó Guerao, nada le aclaró. Sí, explicó una vez más la muchacha cuando la llevaron en presencia de Hugo y el mayordomo: estaba con la señora y se retrasó unos pasos porque algo la distrajo... Lo cierto era que no podía asegurar nada, no lo recordaba, ¡no lo sabía...! En cualquier caso, fue un instante nada más, juró y perjuró la doncella, y a la vuelta de la esquina de la calle de la Freneria con la bajada de la Presó la condesa ya no estaba.

—¿Cómo que no estaba? —insistió Hugo—. No puede haber desaparecido.

Guerao se encogió de hombros.

—¿Lo has denunciado al veguer?

—Lo he mandado llamar ahora. No quería hacerlo sin haber hablado antes contigo.

Hugo no entendía.

—Tenía que asegurarme de que no sabías dónde estaba antes de acudir al veguer —aclaró el mayordomo del almirante.

—Ah. —El silencio se hizo entre ellos. Hugo lo rompió al percatarse de la presencia de Pedro—. Niño, ve a la taberna. Cuéntale a Caterina lo que ha pasado y dile que iré más tarde.

Transcurrieron siete días sin noticias de Mercè. Regresó Bernat, y Hugo y Guerao acudieron al patio a recibirlo, junto con el palafrenero y un sirviente, estos dos últimos empujados por Guerao porque el resto de los esclavos y criados no hacían otra cosa que buscar dónde esconderse.

Bernat desmontó del caballo de un salto, lo soltó en el patio y se dirigió a Guerao con paso firme, la cara enrojecida, los puños cerrados y escupiendo saliva. El mayordomo, que parecía prever esa reacción, aguantó firme la embestida, pero salió despedido y cayó al suelo ante el puñetazo que el almirante le propinó en el rostro.

—¡Era tu responsabilidad! —le recriminó su señor.

—¡Animal! —saltó Hugo abalanzándose sobre Bernat—. ¿Qué culpa tiene él?

Se detuvo repentinamente ante la espada que, de la nada, había aparecido en manos de Bernat. Ni siquiera había llegado a oír que la desenvainaba, pero ahora la veía, y apuntaba a su pecho.

—¿Vienes a mi casa a insultarme? —le gritó Bernat.

Guerao seguía en el suelo, palafrenero y sirviente habían desaparecido con el caballo. Hugo temblaba, aunque no era por miedo, sino debido al cansancio. Estaba extenuado; las grandes bolsas moradas alrededor de sus ojos inyectados en sangre daban fe del poco descanso y el intenso sufrimiento de los últimos días.

—¿Vas a matarme? —le dijo con voz débil, pero en modo alguno sumisa.

El otro frunció el ceño.

—Si continúas en esta casa, sí. No lo dudes.

—Es mi hija, Bernat.

—¿Y eso te concede algún derecho sobre ella? Es mi esposa, te lo recuerdo, la madre de mi hijo. ¿Con qué objetivo ibas a permanecer en esta casa? ¿Qué otra función más que molestar podrías tener tú aquí?

—La de ayudarte. Entre los dos podremos conseguir más...

Bernat lo miró con una mezcla de pena y desprecio. Él era un almirante, un antiguo corsario que había sobrevivido a mil batallas, un hombre acostumbrado a conseguir lo que quería, fuera cual fuese su precio. ¿Qué podía aportarle aquel botellero cobarde?, parecían decir sus ojos.

—¡No te necesito! —le respondió por fin.

—Pues en ese caso mi función será la de recordarte a cada instante la cantidad de cadáveres que has dejado tras de ti; los enemigos que desean perjudicarte. Uno de ellos lo ha conseguido. —Bernat frunció el ceño de nuevo y Hugo aguantó la amenaza que implicaba aquel gesto—. Recordarte que quizá debas… descender del trono de soberbia y arrogancia al que te has encaramado, para recuperar a Mercè.

Hugo creyó notar un casi imperceptible temblor en la espada de Bernat, todavía enhiesta hacia su pecho, pero el posible reconocimiento de culpa por parte del almirante quedó en una ilusión. Su carcajada retumbó en el patio.

—Tú lo has dicho: casi todos son cadáveres, y aquellos que hayan osado ofenderme raptando a mi esposa terminarán siéndolo también, no te quepa duda.

—¿Tienes presente que mientras tú te ensañas en tus enemigos alguno de ellos podría matar a Mercè?

—A mi madre también la secuestraron. —Hugo dio un respingo al oír algo que desconocía. Ni micer Arnau ni la señora Mar se lo habían contado nunca—. Y mi padre la rescató. Yo también lo haré.

—¿Fueron los Puig? —se interesó Hugo.

Con Guerao habían sopesado seriamente, una y otra vez, la posibilidad de que el secuestro de Mercè fuera una venganza de los familiares de Roger Puig por la muerte del conde a latigazos. Se lo apuntaron al veguer, y este mandó oficios a las autoridades castellanas para saber del paradero y la vida de los desterrados, pero todavía no tenían respuesta.

—No, en aquella ocasión no fueron los Puig.

Bernat dejó flotar la frase en el aire, como si ahora no descartara que pudieran serlo.

—Hemos estado…

Bernat dejó a Hugo con la palabra en la boca, se dio la vuelta e indicó a Guerao que subiera al primer piso.

—Cuéntame qué es lo que habéis hecho en mi ausencia —le ordenó de malos modos—. Y a ti no quiero volver a verte por aquí —añadió hacia Hugo después, desde la escalera, casi sin volver la cabeza.

—¡Tú me has quitado a mi hija! Por tu culpa la han raptado —estalló Hugo.

Estaba solo en el patio aunque se sabía observado por criados y esclavos, quizá también por el ama de Arnau.

Bernat se detuvo, con un pie en el aire. Respiró y lo apoyó casi con delicadeza en el escalón, luego continuó su ascenso, en silencio, sin responder.

—Vendré, Bernat —insistió Hugo—. Se trata de mi hija… y no conseguirás dejarme de lado en este asunto.

26

Los obligaron a esperar varias horas. Lo supieron por la campana de la catedral, la Honorata, que hacía ya algunos años que tocaba las horas medidas con un reloj de arena. No faltaba tampoco el toque de las horas canónicas —prima, nona...—, que sin embargo poco a poco iban dejando de regir la vida de los barceloneses que se acostumbraban a las horas civiles. Permanecieron sentados en un banco corrido de madera adosado a la pared, en una estancia que por sobria casi estaba vacía: encalada en blanco y con dos puertas, una por la que habían entrado con el sacerdote, otra por la que este salió y los dejó allí, con el banco, un baúl pequeño en la pared frontera y un crucifijo como todo mobiliario. Hugo y Caterina se cansaron de oír el toque de la Honorata que llegaba desde el campanario de la catedral hasta donde se encontraban ellos, en el palacio del obispo.

La oferta por la libertad de Barcha era más que generosa. Bien surtidos de vino para continuar con el negocio, ninguno de los dos se paró a pensar si tenían que dar más o menos. Lo entregarían todo. Con aquel dinero se podía comprar la libertad de tres o cuatro esclavos, sin talla, sin obligaciones, al contado. Mosén Guillem, el sacerdote de Santa María de la Mar a quien recurrieron, casi les aseguró la libertad de Barcha. El obispo, les alentó, no rechazaría aquellos dineros por una mora pobre que llevaba cumplidos dos años de cárcel. El mosén se atrevió a sugerir que quizá por menos dinero también lo lograrían y, así, una parte de lo que se ahorraran podría invertirse en la iglesia de la Mar, que siempre estaba necesitada de fondos. Sin embargo, Caterina se opuso con una rudeza inusual en su trato con los curas.

Ahora esperaban, y la maldita campana les recordaba el tiempo que llevaban allí. Tenían la bolsa con los dineros bien asida, por miedo a perderlos. «Será que la están liberando —comentó Caterina—. Es la única razón para tenernos aquí tanto rato, ¿no crees?» Hugo asintió con un murmullo. Confiaba en que así fuera, aunque se abstuvo de replicar que los principales siempre hacían esperar, siquiera para demostrar eso: lo importantes que eran. Reprimió un bostezo. No quería que Caterina malinterpretase aquella señal de cansancio, pero lo cierto era que, transcurridas casi dos semanas desde la desaparición de Mercè, su cuerpo exigía descanso, y aquel banco, por duro que fuese, el silencio que se espaciaba entre los toques de las horas y la imposibilidad de distraerse en aquella estancia austera y severa le provocaban una somnolencia a la que con gusto se habría entregado, por más consciente que fuera de que su alivio desaparecería en cuanto le venciese el sueño, igual que le sucedía por las noches, en el lecho, cuando la tristeza, la congoja y el llanto se imponían a la necesidad de dormir.

Hugo se levantó y estiró brazos y piernas. Anduvo unos pasos por la estancia y, en un momento en que Caterina no le seguía con la mirada, hasta sacudió la cabeza. No deseaba contrariarla. La última semana había sido muy solitaria para ella, pues él había pasado casi todo el tiempo en el palacio de la calle de Marquet, en el patio, en la bodega o en la cocina, a la espera de las noticias que le transmitía Guerao de las reuniones con el veguer, los concelleres o el baile, y los posibles avances en la búsqueda de su hija, hasta entonces infructuosos. Bernat no se lo impidió, aunque tampoco se molestó en verlo. Caterina, por su parte, volvió a sentirse triste y abandonada. No se lo dijo, nada le recriminó acerca de su ausencia; muy al contrario, lo animaba, trataba de tranquilizarlo, pero Hugo no pudo dejar de percibir su actitud abatida y preocupada.

El recado que Galliné le mandó para que fuera a cobrar la comisión de la venta del vino embarcado a Sicilia abrió en Hugo nuevas expectativas. El mercader estaba satisfecho y le habló de otros negocios. Hugo se excusó. «No. Claro que me interesan —aclaró—, pero sabrás lo que le ha sucedido a mi hija, la esposa del almirante...» El otro asintió, y Hugo corrió de regreso a la taberna para ver que Caterina abría los labios esbozando una sonrisa maravillosa, quizá inoportuna ante la situación de Mercè. Hugo se dolió de ello durante un instante, pero luego recapacitó: ¿acaso él no acababa de cruzar Barcelona apartando a la gente para llegar hasta ella con los dineros? ¿Quien la cogió de los hombros para decirle que iban en busca de Barcha? Era él quien la besaba buscando esa dulzura que, debido a su abatimiento, ya no saboreaba de la misma forma. Él, quien, en definitiva, la arrastró allí donde estaban las mulas para coger el resto de sus ahorros escondidos en el doble fondo de sus pesebres. ¿Cómo no iba a sonreír Caterina?

—Lo siento. Lo que pretendéis no es posible. La libertad...

Hugo solo tardó un instante en reaccionar, el suficiente para saltar a los pies de Caterina y evitar que cayera desplomada. Para su sorpresa, mosén Guillem se sentó en el banco y esperó a que ella se recuperase, momento en el que tomó una de sus manos.

—Tu amiga no necesita que pagues por su libertad —susurró mientras acariciaba el dorso de su mano.

—¿Qué queréis decir? —inquirió Hugo, todavía acuclillado frente a Caterina—. ¿No insinuaréis que está...?

—¿Muerta? —acabó la pregunta Caterina.

—¡No! ¡Por Dios! Está viva y sana. Es una mujer fuerte. Lo que quiero decir es que Ramona... Ahora se llama así —les informó—, aunque sea provisionalmente. Bien, Ramona ha reconocido su culpa, que no pecado puesto que no era cristiana, y ha decidido dejar de ser mahometana para abrazar la fe verdadera, la cristiana. En breve contaremos con un alma más, entregada a Dios Señor Nuestro. El obispo, que como sin duda sabéis también es converso, un hombre que vio la luz —añadió por lo bajo mosén Guillem, cual si les contase un secreto—, está emocionado y realmente conmovido por el hecho de que una seguidora recalcitrante y contumaz de la secta de Mahoma haya sido visitada por el Espíritu Santo tras estos mismo muros, los de su morada.

—¿El Espíritu Santo? ¿Barcha? —preguntó Hugo, que se había ido levantando al compás del discurso del sacerdote.

—Ramona, Hugo, se llama Ramona —le corrigió el otro—. Eso sostiene Ramona, y lo corrobora el carcelero. Una luz blanca deslumbrante descendió sobre ella.

—¿Y no podemos verla? —le interrumpió Caterina para disgusto del hombre, que la ignoró y continuó con su explicación:

—Dice que descendió sobre su cabeza. Y la iluminó. Desde entonces no hace más que rezar. Conoce todas las oraciones, y pasajes enteros de la Biblia; eso no es posible en una mora que nunca ha ido a misa. Lleva cuatro días rezando sin cesar, arrodillada, sin comer y casi sin beber.

Caterina estaba ahora levantada junto a Hugo, ambos con la incredulidad dibujada en el semblante.

—A veces cae derrotada al suelo, ¡y aun así continúa murmurando sus oraciones! Entonces hay que darle algo de agua y se recupera, pero enseguida vuelve a arrodillarse y a implorar el perdón y la clemencia divina.

—¿Todo eso en esa mazmorra maloliente? —preguntó Hugo.

—No, claro que no. El obispo le ha asignado una pequeña habitación con ciertas comodidades, de las que ella prescinde.

Hugo y Caterina se interrogaron con la mirada, incapaces de creer lo que les contaba aquel hombre.

—¿Podemos verla? —insistió Hugo.

—No. Salvo las del propio obispo, no recibe ninguna visita. Hay un sacerdote acompañándola... Vosotros sois los primeros en saber de esto. Hasta ahora el obispo ha preferido mantenerlo en el más absoluto secreto por si se trataba de una farsa, pero después de cuatro días de oración y de la oferta de entregarse como esclava a la Iglesia...

—¿Cómo!

—¿Está loca! —exclamó Caterina, sumándose a la expresión de sorpresa de Hugo.

—No. No está loca. ¿Qué mejor final puede esperar una mora descarriada que entregarse en cuerpo y alma a la Santa Madre Iglesia?

—Y ya... ¿Ya se ha firmado? —mostró su preocupación Hugo.

—No. De hecho, el obispo no tiene decidido si aceptarla como esclava. Puede trabajar igual por la Iglesia sin necesidad de perder su libertad. Ramona tiene que ser un ejemplo de conversión.

Hugo resopló sin la menor discreción. Era la segunda conversión ejemplar que vivía: primero Regina y ahora Barcha. ¿Qué buscaba la mora? ¿Qué perseguía? No podía creer que Barcha se hubiera convertido, que hubiera visto esa luz mágica del Espíritu Santo. Barcha ya sabía rezar. Hugo recordó que se lo había confesado hacía años, cuando le hablaba de sus otros amos y de sus esfuerzos por convertirla.

No, no se trataba de un milagro, Barcha rezaría mil días seguidos, arrodillada, sin comer ni beber, para conseguir su objetivo, pero a Hugo se le escapaba cuál podía ser.

Querían verla, reclamaron una vez más. No podía ser.

—No, sí que puede ser —afirmó Hugo abriendo la bolsa de los dineros.

El obispo no lo permitía, reiteró mosén Guillem. Hugo no extraía moneda alguna, solo agitaba la abultada bolsa. El obispo no tenía por qué enterarse, añadió. El sacerdote miraba la bolsa, con los ojos entrecerrados, quizá calculando los dineros que contenía. Hugo sacó un par de monedas de plata. No parecieron suficientes, pero Hugo comprendió que el cura ya estaba decidido, que sabía incluso qué era lo que iba a hacer con esas monedas, quizá mentalmente hasta ya las hubiera gastado. Caterina, las manos fuera de control, hizo ademán de aumentar la suma; Hugo retiró la bolsa y se limitó a extraer un par de monedas más. El cura esperó. Al cabo, Hugo fue a introducirlas de nuevo, dando por inútil el trato.

—Detente —le instó mosén Guillem—. Vamos, pero solo os permitiré verla desde la puerta de su habitación. No podréis hablar con ella.

Hugo y Caterina seguían al religioso por los pasillos del palacio del obispo. Se cruzaron con otros curas y con laicos que no les prestaron mayor atención.

—Os hemos pagado suficiente para poder cruzar unas palabras con ella —se quejó Hugo—. Y para darle un abrazo.

Ahora era el mosén quien sabía que Hugo y Caterina se conformarían con ver a su amiga… aunque fuera a través de un cristal emplomado. Se detuvo, y antes de que buscara las monedas, Hugo cedió:

—De acuerdo, desde la puerta.

Hacía mucho tiempo que no veían a la mora. A Hugo se le encogió el estómago al acceder a un pasillo largo que sin duda se correspondía con las celdas en las que dormían los religiosos al servicio del obispo. Caterina lo tomó de la mano y apretó fuerte; tenía los dedos fríos. Dejaron atrás puertas pequeñas de madera, todas idénticas y cerradas, tanto a derecha como a izquierda, sus pisadas resonaron sobre el suelo de cerámica y rompieron aquel silencio profundo, alargado como el pasillo. Antes de llegar al final, mosén Guillem se detuvo delante de una puerta y llamó con los nudillos. Un joven sacerdote la entreabrió y Caterina quiso asomarse, pero el mosén se lo impidió. Luego se coló en la celda, cerró y los dejó fuera unos instantes. Los dos pegaron la oreja y oyeron cuchichear a ambos curas. Hugo sonrió al percibir el tintineo de los dineros y se separó de la puerta consciente de que, como así sucedió, poco tardaría en abrirse.

Por fin les permitieron asomarse. Vestida con una túnica negra que debían de haber obtenido de algún convento, Barcha permanecía arrodillada sobre un cojín, en el suelo, con las manos cruzadas sobre el pecho y la vista alzada hacia un crucifijo que colgaba de la pared. Los vio de reojo, Hugo se dio cuenta, y el murmullo apático que hasta entonces brotaba de sus labios ganó en tono y viveza.

—¡Gracias, Señor Dios Mío! —repitió en tres ocasiones, santiguándose al mismo tiempo.

Hugo sonrió y apretó con fuerza la mano de Caterina que todavía sostenía en la suya. Barcha hablaba con ellos.

—Dijo el Señor que el diablo trabaja para hacernos dudar de nuestra fe, como una alimaña que vive solo para hacernos daño, a los cristianos. El diablo, la alimaña, busca la venganza, por el triunfo del Señor sobre las tinieblas.

Hugo observó a los dos sacerdotes. Estaban atónitos, como si oyesen la palabra de Jesucristo por boca de aquella musulmana conversa. Pero Barcha hablaba de la misma alimaña de la que les había prevenido en la cárcel. «Regina no cejará hasta que consiga vengarse —les había advertido—. No lo olvidéis: esa alimaña vive solo para buscarnos la desgracia.»

—¡Dios, no permitas que el diablo logre vengarse en aquellas personas que rodean a Jesucristo, su hijo! Sobre todo en su madre, una mujer inocente. ¡No consientas que la alimaña secuestre a esa mujer joven e inocente! ¡Busca a la alimaña! ¡Acaba con ella, con el mal!

Barcha se desplomó y Caterina corrió hacia ella. Mosén Guillem y el otro cura quisieron impedírselo, pero Hugo se interpuso.

—Quizá necesite la ayuda de otra mujer —se le ocurrió excusarla en ese momento.

Aquella simpleza, sin embargo, desconcertó a los religiosos, que se detuvieron a pensar durante unos instantes antes de zafarse de los brazos de Hugo y acercarse a ambas mujeres. Caterina estaba sentada sobre los talones y sostenía a Barcha entre sus brazos, cabeza contra cabeza, llenándola de besos, empapándola con sus lágrimas.

La rusa se dejó levantar, pero Barcha continuó como en trance.

—No es esto lo que concertamos —les echó en cara mosén Guillem.

—Tampoco vos nos dijisteis que se desmayaría —replicó Hugo—. No estábamos preparados.

—¿Qué te ha dicho la mora?

Ni siquiera habían llegado a traspasar las rejas que cerraban el patio del palacio del obispo y ponían pie en la calle del Bisbe, cuando Hugo se lo preguntó a Caterina, que iba algo por delante de él, como si tuviera prisa por llegar a la taberna.

—Pedro no debe de dar abasto. Tanto rato fuera...

—Caterina, ¿qué te ha dicho Barcha?

—Nada —contestó ella sin volverse—. Solo lloraba.

Entraban en la plaza de Sant Jaume, rodeados de gente. Había escribanos, mercaderes, y el atrio de la iglesia estaba a rebosar. Hugo miró al cielo de primeros de marzo. Lucía un sol maravilloso que ahora caía sin hacer sombra, pero también sin quemar como el de verano. Por un momento se despistó con el griterío de la plaza, donde unos niños se burlaban de un hombre colocado en el cepo, junto al álamo. ¿Por qué no le contaba Caterina lo que había hablado con Barcha? Porque lo había hecho. Antes de simular ese desmayo, la mora había hablado de Regina y de Mercè. «¡No consientas que la alimaña secuestre a esa mujer joven e inocente!», les conminó.

—Durante todos estos días que he estado en el palacio de Bernat... —prosiguió él, alcanzándola, pero ella apremió el paso ya por la calle de la Boquería.

Hugo la cogió del brazo y la detuvo, con delicadeza, con cariño. Ella se dejó.

—Caterina, solo quiero saber si estos días que he estado fuera ha venido a la taberna alguno de los esclavos del palacio del obispo. —Al oírlo, ella se mordió el labio inferior—. Y le comentaste lo del secuestro de Mercè, ¿no es cierto?

Caterina asintió. La primera lágrima ya rodaba por su mejilla. Hugo comprendió que por eso Barcha había reaccionado así, porque estaba al tanto de lo ocurrido a su niña. Sin embargo, él seguía sin saber qué pretendía. No soltó el antebrazo de Caterina y caminó junto a ella hasta la taberna.

Como la rusa acababa de predecir, estaba llena. Muchos eran clientes nuevos, probablemente atraídos por la noticia del secuestro. Caterina mudó el talante al entrar; lo hizo con decisión, paso alegre y ademán firme, sonriente. Habló con uno y rió con otro. Llamaron su atención desde una de las mesas y acudió presta. En el camino miró de reojo a Hugo, que se había quedado parado en medio del obrador. Ella atendió a los clientes, él se escondió en el sótano, cogió una escudilla y se sirvió buen vino, del que reservaba para ellos, un tinto envejecido en cuba de madera durante dos años, y se dedicó a pensar. Barcha les advertía de Regina, eso era evidente, pero ¿qué podía saber la mora de todo ello? Y Regina, ¿para qué secuestraría a Mercè? ¿Qué mal le deseaba? A fin de cuentas era su hija, la había medio criado. ¡No podía ser! La mora desvariaba; dos años en una mazmorra hedionda eran capaces de llevar a la locura a cualquiera, se dijo antes de servirse otra escudilla de vino. Además, Regina no estaba en Barcelona, o eso era lo que la portera del convento de Jonqueres le había dicho el día en que fue a comunicarle la desaparición de Mercè. Tenía que ser algún enemigo de Bernat, seguro. Los nobles no tenían reparo en raptar a las mujeres a las que deseaban, doncellas o casadas. Y Mercè era bella. Lo cierto, con todo, era que algo así acostumbraba a saberse; los nobles nunca escondían lo que hacían, se vanagloriaban de ello. ¿Y si en verdad había sido Regina? Quizá por eso mismo no estaba en Barcelona...

—¿Por qué, Regina? ¿Por qué? —gritó lanzando la escudilla contra una de las cubas.

Caterina esperó a que el ruido de la madera del cuenco rodando por el suelo de la bodega cesase por completo para bajar junto a Hugo.

—Eso no lo sabe Barcha. —Su voz tembló entre los aromas y efluvios que flotaban en el ambiente—. Aunque está segura de que ha sido Regina. Dice que allí donde esté Regina estará la niña.

—¿Y cómo vamos a saber dónde está Regina? Estará en algún convento, seguro, haciendo amaños con las monjas y sus virtudes.

—Ella lo averiguará. Barcha nos lo dirá.

Hugo miró a Caterina, inmóvil al pie de la escalera que descendía a la bodega. La luz de la taberna iluminaba su figura desde detrás; imposible interpretar su semblante.

—Entonces me quedaré sola —añadió con la voz tomada.

Hugo temió preguntarlo:

—¿Por qué dices eso?

—Porque... —balbuceó ella— porque me dejarás para ir en su busca y si, como Barcha supone, Regina está tras todo esto, se vengará en tu hija y luego lo hará en ti.

Caterina no esperó respuesta y corrió escaleras arriba, llorando.

Solo transcurrieron diez días de incertidumbre, de visitas al palacio de la calle de Marquet y, sobre todo, de tensión con Caterina hasta que volvieron a tener noticias de Barcha. Dos soldados y un oficial del obispo se personaron en la taberna.

—Acompáñanos —le ordenó este último después de que Hugo afirmase quién era—. Tú no —rechazó a Caterina.

—¿Por qué no va a venir ella? —protestó Hugo.

Las espadas desenvainadas de los soldados fueron suficiente respuesta. En la calle volvieron a guardarlas.

—¿A qué viene esta violencia? —preguntó Hugo al oficial.

—Apresura —le instó el otro.

Algo importante debía de suceder, dedujo Hugo al seguir los pasos de aquellos hombres que avanzaban a empujones entre la multitud de religiosos que se acumulaban en el pasillo que daba a los dormitorios, el mismo que unos días antes había recorrido con Caterina y mosén Guillem. Ahora, a medida que superaban a los religiosos y estos silenciaban sus cuchicheos, Hugo creyó oír la respiración acelerada de Caterina, caminando a su lado. ¿Habría entrado en éxtasis Barcha?, pensó, reprimiendo una sonrisa. La mora era capaz de engañar al obispo y a todos los clérigos que se le pusieran por delante.

Franquearon la puerta de la celda, custodiada esta por soldados, a diferencia de los religiosos que se apiñaban en el pasillo, y Hugo comprobó que Barcha no estaba en éxtasis. La mora no engañaba a nadie.

Volvía a ser ella: terca, mandona, sentada en el suelo en la esquina más alejada de la puerta de entrada, con la espalda apoyada contra la pared, bajo el crucifijo al que le vieron rezar, con las piernas abiertas y extendidas. Entre ellas, de culo en el suelo, apoyado contra el vientre y el pecho de Barcha, estaba el obispo de Barcelona, el converso Andreu Bertran, sudoroso y pálido, con las vestiduras empapadas en orina.

La mora amenazaba la yugular del obispo con un fragmento afilado de un plato de cerámica que usaba a modo de punzón. Los demás trozos, así como la comida que había contenido, aparecían desperdigados por la estancia.

—Barcha, ¿qué haces? —inquirió Hugo espantado al ver al obispo en aquella tesitura.

—Fuera los soldados —ordenó ella—. Hasta la puerta. Os quiero ahí, donde los otros.

No fue necesario que el obispo confirmara las palabras de la mora. Su mirada aterrorizada cuando la otra presionó la punta directamente sobre su yugular bastó para que los guardias obedecieran.

—¿Qué haces, Barcha? —insistió Hugo.

—Hijo, dile a tu amiga... —balbuceó el obispo.

—Tú cállate.

Barcha silenció al obispo apretando aquella arma improvisada sobre su garganta. El otro suplicó auxilio mientras un hilillo de sangre brotaba de su cuello. Los soldados hicieron ademán de correr en ayuda de su señor.

—¡Quietos! —gritó la mora, y su apremio consiguió detenerlos—. Si no estás callado —reprendió después al preboste—, morirás. Si me dejas hacer, te soltaré sano y salvo, ya te lo he dicho varias veces.

—¿Quién me lo garantiza? —insistió el obispo.

—Tu Dios —contestó ella con sorna—. ¿No te parece suficiente garantía? Hugo, siéntate aquí, a mi lado. Quizá no te guste lo que voy a decirte —añadió una vez que Hugo hubo limpiado unos restos de plato y se sentó apoyando la espalda contra la pared—. Mercè —empezó a contar Barcha en un susurro solo audible por ellos—, la niña, es hija de una monja del convento de Jonqueres...

—¿Cómo lo sabes? —inquirió Hugo levantando la voz; la otra le obligó a bajarla.

—Él me lo ha contado y Regina se lo contó a él.

—Mi hermana Arsenda estaba de servicial en el convento de Jonqueres.

El obispo negó con la cabeza, como si no concediera la menor importancia a una servicial.

—¿Se llama Arsenda la madre? —le preguntó Barcha.

—No —volvió a negar el obispo—. Es la abadesa Beatriz. Se llama Beatriz.

—Pues no, no es hija de tu hermana, pero eso da igual.

—Seguro que no —le interrumpió el obispo—. Una servicial nunca llegaría a abadesa de un convento.

—El caso —retomó Barcha la palabra— es que… El caso es que al parecer esa abadesa es la que se ocupa…, bueno, ya sabes…, de deshacer los entuertos en los que se meten las monjas. La cuestión es que Regina y ella son uña y carne, como bien contabas a raíz de su estancia en Tortosa con lo de los judíos.

—¿Qué tiene que ver eso con la desaparición de Mercè?

—Mucho. Para algunos, todo: sus bienes, su posición, sus honores. Desde ese nuevo concilio, el que está celebrándose en…

—Constanza —le ayudó Hugo.

—Ese. Desde allí se han mandado muchos espías y órdenes para investigar y sacar a la luz todos los delitos que pudiera haber cometido el papa Benedicto, ya sea él en persona, o sus cardenales y obispos. A uno quieren echarlo de Papa, a los otros someterlos. Muchos empezaron a temer que la abadesa Beatriz revelara cuanto sabe, que es mucho, sobre las relaciones carnales de los grandes de la Iglesia de Cataluña, e incluso algunas prácticas diabólicas.

—Eso no es verdad… —terció el obispo.

—Antes me has dicho que sí —replicó Barcha—. Aquí el obispo pronostica que sería un escándalo mayor que el del otro Papa al que condenaron por vicioso, ¿verdad? —Barcha movió la punta de cerámica instándole a contestar, y el preboste entonó un «sí» ahogado—. Pues eso —prosiguió la mora—, tenían que controlar a la tal Beatriz, y a la alimaña no se le ocurrió otra cosa que secuestrar a su hija para así garantizar su silencio.

—¿Dónde está Mercè? —preguntó Hugo.

—Dice que no lo sabe, aunque puedo insistir —añadió presionando la punta contra la yugular del obispo.

—¡No! —la calmó Hugo con la mirada puesta en los soldados de la puerta, prestos a intervenir—. Y a esa tal Beatriz, ¿dónde se la puede encontrar?

—En un convento... —Barcha titubeó—, ¿cuál?

—El del Bonrepòs, en las faldas del Montsant. Es... es la abadesa —contestó el obispo.

A Hugo la referencia del monte no le era del todo desconocida, pero no acertaba a situarlo.

—¿Dónde esta eso? —le preguntó directamente.

—En el Priorat, donde también está la cartuja de Escaladei.

Ahora sí: el Priorat. Conocía de oídas los vinos de aquella zona y de los cartujos venidos de Francia. En alguna ocasión los había probado, con Mahir.

—Ahí tienes a la madre de Mercè —dijo Barcha devolviéndole a la realidad.

—¿Y? —preguntó Hugo, más para sí.

Barcha suspiró.

—Con eso tendrás que arreglarte. Es lo único que he podido conseguir, y me temo que eso será todo lo que consiga en lo poco que me queda de vida.

Hugo dejó de pensar en Mercè y se centró en aquella estancia: con la mora amenazando de muerte al obispo, él sentado a su lado y soldados y sacerdotes apostados a partir de la puerta en disposición de abalanzarse sobre ellos.

—Quizá yo tampoco tenga muchas oportunidades para hacer nada por ella...

—Tu sí, ¿verdad que sí? —exigió del obispo.

—Aunque el obispo garantizase mi vida, siempre podría alegar después que fue obligado y negar mi seguro.

—Tú no has hecho nada, Hugo —le interrumpió Barcha—. Sí, estoy convencida de que este perro converso se retractaría, pero no se trata de eso. La cuestión es que el conde de Navarcles y almirante de la armada catalana no puede enterarse de que el obispo de Barcelona ha participado en el secuestro de su joven esposa y madre de su heredero. Sospecho que tu amigo sería capaz de quemar y arrasar este palacio.

—Cierto —confirmó Hugo imaginándoselo—, pero ¿qué garantías tiene el obispo de que yo no se lo contaré?

Lo imaginó antes de que Barcha le contestase:

—¿Le revelarías a ese sanguinario —susurró a su oído— que Mercè no es hija tuya sino de una monja y de padre desconocido?

—No —bufó Hugo encogido ante la posible reacción de Bernat si llegara a enterarse de tal hecho.

—Pues ahí está: ese es tu seguro. A ninguno de los dos os interesa que se entere el señor conde.

—Podrían no dejarme salir de palacio. De esa forma tampoco se enteraría nadie.

—Vas a ir a tu bodega, y hasta que no vuelva aquí el joven ese que me contaste que tienes de aprendiz, no liberaré al obispo. Si veo que tarda demasiado, lo mataré. ¿Me has entendido? —preguntó al religioso. El obispo asintió—. Una vez fuera de aquí —volvió a dirigirse a Hugo—, cuenta la historia a Caterina y a alguien más de confianza. De esa forma, matarte ya no tendría sentido. ¿De acuerdo?

Barcha llamó al oficial y lo instruyó, todo confirmado por el obispo, quien empezaba a pensar que realmente saldría de aquella con vida.

—¿Y si corren a avisar a la abadesa o a Regina?

Barcha se encogió de hombros y el obispo dio un respingo.

—Lo siento, eminencia —se burló la mora por el pinchazo—. En cuanto a la abadesa, ¿para qué iban a hacerlo? Ellos mismos la están extorsionando, ¿por qué habrían de avisarla? Y Regina… La avisarán, por supuesto. No le disgustará, no te quepa duda. En cualquier caso, son riesgos que debes correr.

Hablar de riesgos transportó a Hugo a la realidad.

—¿Y tú?

La voz surgió quebrada de su garganta.

—Tienes que salvar a mi niña, Hugo, olvídate de mí. La matarán, Hugo. Seguro. Nadie que vive estos manejos sale con bien de ellos. El día que todo esté arreglado, en un sentido u otro, la matarán o dejarán que se pudra en alguna mazmorra secreta; no van a permitir que se vuelva contra ellos. Apresúrate, la vida de Mercè está en juego. No te fíes de nadie, Hugo, de nadie, ¿me has entendido? De su esposo, del hombrecillo, de religiosos o vegueres… Ni siquiera de la rusa.

—Pero…

—Es buena, mucho, pero no es fuerte; en realidad, es muy débil.

No confíes en nadie, Hugo, en nadie. Estás solo en esto. Yo me quedo aquí... —Barcha dejó transcurrir unos instantes. Carraspeó en un par de ocasiones antes de continuar—: Llevo dos años largos en una pútrida mazmorra por entrar en una iglesia con recato y respeto, imagina pues la pena que conlleva tener aquí bajo amenaza a su eminencia. Estoy preparada, Hugo. Nunca habría encontrado mejor manera de morir que entregando mi vida por la niña... y por ti. Vete ya.

Hugo vaciló.

—Mi sentencia está dictada, Hugo. Nada tienes que pensar, ni nada puedes hacer. Vete.

Mientras se levantaba del suelo, Hugo devolvió a la mora aquel beso en la boca con el que ella se despidió la primera vez que la visitó en la cárcel. Luego pugnó por que no se le escapasen las lágrimas, y con la cabeza gacha transitó entre curas y soldados, que le franquearon el paso en silencio.

—¿Y la comida? —se oyeron los gritos de Barcha desde el interior de la celda—. ¡Me habéis hecho romper el plato con la comida, necios!

Una carcajada sonora cuyo eco le persiguió hasta la salida del palacio consiguió que se le erizase el vello de todo el cuerpo.

La arrastrarían por Barcelona, la descuartizarían y exhibirían sus restos en las horcas. «Siempre arrastran a las esclavas sarracenas antes de ahorcarlas», murmuró Hugo, pero Caterina no contestó. Él llevaba un par de noches levantándose sobresaltado a fin de calmar las convulsiones de Caterina, a quien la crueldad parecía perseguirla en sueños, pues dormía con el rostro contraído y las manos crispadas. No había manera de sosegarla, y Hugo terminaba abrazado a ella, llorando como un niño.

También buscó el cariño de su nieto. Bernat no se opuso a que lo viera, aunque el ama mantenía a la criatura alejada de él, vengativa, incluso sonriendo. «No es tuyo, perra», le recriminó. Y la otra se alejaba con Arnau en brazos sin excusa alguna. «¡Hija de puta!» Sus insultos se sumaron a los juramentos, blasfemias y maldiciones que de boca del conde resonaban a todas horas en palacio. Confesarle que Mercè no era hija suya sino de una monja solo agravaría la situación, se planteaba Hugo al ver a los criados deslizándose como espectros, silenciosos, aterrorizados. Bernat lo mataría, sin pensarlo, allí mismo, desenvainaría la espada y lo atravesaría con ella. O quizá lo haría con sus propias manos: apretaría su cuello mientras él pateaba al aire, o le machacaría a puñetazos.

El mar no le procuró sosiego alguno. Buscó sosiego en el rumor de las olas y en el correr de la brisa, pero únicamente consiguió evocar el desdén que solía expresar Dolça por el mar: «Solo se mueve una y otra vez». Quizá tuviese razón... Las viñas del Raval se le echaron encima y le señalaron los errores cometidos a lo largo de su vida; una sucesión frenética de ellos. «Barcha, Barcha, Barcha», creyó oír que clamaban los sarmientos. Faltaban un par de días para que la ejecutaran. Buscó cobijo en su bodega, y la oscuridad y el silencio le oprimieron el pecho; el corazón empezó a latirle con una violencia endemoniada, y un sudor que brotó por todos los poros de su cuerpo absorbió su calor y le llevó a tiritar.

Escapó y corrió arriba. La taberna estaba ya cerrada y Pedro simulaba dormir frente al hogar.

Caterina lo recibió, cabizbaja y quieta, sentada en el borde de la cama, sin lágrimas. Hugo se dejó caer sobre el lecho, boca abajo. El silencio los envolvió. «Volveré», le prometió.

Le había anunciado que partiría en busca de su hija tan pronto como ejecutaran a Barcha. Hizo caso omiso a la advertencia de esta acerca de la debilidad de Caterina: le contó cuanto había sucedido en la celda y le ofreció que le acompañara al Priorat. «¿Quién llevaría el negocio?», repuso ella, sin ánimo y en un tono de voz que sonó a excusa. Sin excesiva convicción, Hugo insistió en su postura: «Ven conmigo». Ella porfió en la suya y le alentó a partir.

La conversación decayó, Caterina se acostó con un suspiro, y él se dio la vuelta y simuló una respiración acompasada. El silencio de la noche los acusaba de su falta de sinceridad. Hugo se había agarrado al ánimo que pretendidamente ella le había infundido al incitarle a partir en busca de Mercè, y que sabía falso. Caterina padecía los miedos de una mujer que veía su futuro con incertidumbre. Además, Barcha, su amiga, iba a ser cruelmente ejecutada a causa de una Mercè en cuya búsqueda partía Hugo. Mercè, siempre Mercè... Hugo percibió sin duda alguna el debate interno en que vivía Caterina: le animaba a luchar por su hija, a exponerse a los peligros que conllevaba inmiscuirse en los asuntos de los principales, como era la investigación del Papa y los prebostes de la Iglesia, cuando en realidad habría dado lo que no tenía porque se quedara con ella, a su lado. Hugo sintió que se le agarrotaba la garganta.

—Te amo —susurró en la noche.

Caterina no contestó.

Llegó el último domingo de abril de 1417. Era mediodía y el sol iluminaba una Barcelona en fiesta. La brisa fresca y húmeda recordaba la cercanía del mar, el Mediterráneo, aquel que había hecho grande la ciudad.

El griterío que anunciaba la salida de Barcha del palacio episcopal, andando, atada tras un borrico, llevó a la muchedumbre a apelotonarse en la calle del Bisbe y en la plaza Nova. Hugo, por el contrario, dio un par de pasos atrás. Los gritos le marearon. Decenas de espaldas de hombres, mujeres y niños sin distinción se alineaban frente a él. A centenares los habría por el recorrido previsto. Trató de fijar la mirada en aquellas espaldas, tensas todas, agitadas, violentas... Los insultos le hirieron. ¿Qué hacía allí? Caterina no había querido acompañarlo. «No puedo verla morir», admitió. Él tampoco deseaba verla morir, ni sufrir, pero pensar que Barcha estaría sola en aquel calvario le decidió a dar ese doloroso paso. Se lo debía, se dijo. Un clamor surgió de la chusma, y Hugo supo la razón: Barcha había caído al suelo y el borrico la arrastraba ahora por las calles. Los gritos y los insultos arreciaron, y Hugo se llevó las manos al rostro. «¡Levántate, mora!», oyó. Hubo quien la ayudó a hacerlo, no por caridad, sino para que aguantase viva hasta el momento en que debían descuartizarla.

A lo largo del recorrido por delante de la catedral, la plaza del Blat, la calle de la Mar que llevaba hasta Santa María, los porches de la playa para ascender hasta la calle de la Ciutat, donde el Consejo de Ciento, y acceder a la plaza de Sant Jaume, Barcha caería muchas veces más.

En la plaza de la Catedral él intentó acercarse a la comitiva, pero el gentío no se lo permitió. Insistió a codazos. Un hombre más joven y mucho más fuerte lo empujó hacia atrás devolviéndolo a su sitio; una mujer le escupió por haber intentado colarse; unos niños se rieron de él. Al final, en el momento en el que la muchedumbre se abría cuando la rea ya había pasado, logró ver la espalda descubierta de Barcha, sus ropas destrozadas, atada al borrico y arrastrando los pies descalzos. La gente seguía amontonándose a lo largo del recorrido de la mora, aunque todavía quedaba bastante para que llegara al final. Corrió hasta Santa María de la Mar; allí la multitud todavía permanecía desperdigada. Ascendió los pocos escalones que llevaban a la puerta principal y apoyó la espalda contra la fachada de la iglesia.

Barcha tardó en llegar, el tiempo suficiente para que Hugo distrajese un tanto la tensión y paseara la vista por la plaza. Allí los días como ese, los domingos, su madre robaba unos momentos a los guanteros, y charlaba con él y le acariciaba el cabello y escuchaba siempre con una sonrisa en la boca sus historias y cómo sería el mejor *mestre d'aixa* de todos los puertos del Mediterráneo..., hasta que se fue con el cubero. Recordó también a Arnau... y a la señora Mar, enterrada solo unos pasos más allá, en el cementerio del otro lado. A su padre no conseguía traerlo a la imaginación, como si el mar se hubiera tragado también los recuerdos, pero sí a Arsenda. ¿Dónde estaría? ¿Viviría siquiera?

El griterío que resonó en la estrecha calle de la Mar, donde los plateros trabajaban y exponían las joyas, anunció la llegada de Barcha. Hugo tembló y apretó la espalda contra la pared, con los brazos a los costados y las manos vueltas hacia atrás, arañando la piedra con las uñas. Encima de los escalones, nada ni nadie impedía la visión del pasillo formado por una multitud ávida de sangre y violencia, la misma que poco antes, mostrándose circunspecta, iluminada por la gracia divina, había salido de la iglesia tras escuchar misa mayor.

Barcha entró en la plaza a rastras, dejando un reguero rojo a su paso. Dos hombres se acercaron y la levantaron. La sangre le manaba de los pechos, el vientre, los brazos y las piernas. Los jirones de su ropa, sucios de barro y con manchas sanguinolentas, se le pegaban al cuerpo. La gente permaneció expectante hasta que el oficial arreó al borrico, los hombres soltaron a la mora y ella se derrumbó. Un murmullo de desaprobación precedió a nuevos chillidos e insultos. Una mujer sorteó a uno de los soldados y pateó a Barcha en la boca al grito de: «¡Hereje!».

Hugo no quiso llorar a la vista de lo que le parecieron los despojos de Barcha. Llegaba al centro de la plaza, frente a la puerta de Santa María, y cuanto más se esforzaba por reprimir el llanto, más notaba la sangre en sus uñas ya destrozadas contra la pared del templo. Miró, se lo debía porque iba a morir por Mercè. La mora volvió la cabeza hacia Santa María; allí había empezado su encierro en el palacio del obispo. Nadie pudo percibir el consuelo que le produjo el recuerdo de su niña accediendo al templo como una reina. Hugo supo que Barcha lo había visto; sus miradas se cruzaron un instante, el suficiente, sin embargo, para contarse toda una vida.

Barcha gritó, como siempre hacía ella, quizá más fuerte, y pugnó por levantarse. Hugo permitió que las lágrimas corrieran por sus mejillas. Quizá el aullido de la mora, quizá el repentino silencio con el que el gentío acogió aquel esfuerzo por parte de una desahuciada, quizá simplemente porque el animal así lo quiso, lo cierto es que el borrico se detuvo. El soldado que tiraba de él se sorprendió. La gente también. Barcha se levantó y se enfrentó, todo lo erguida que pudo, a la iglesia de Santa María.

El sol que la iluminaba creó un espectro de la figura de aquella mujer rota y la sangre y el barro que relucían y se mezclaban sobre ella.

Volvieron a cruzarse las miradas de Hugo y de la mora. Barcha, temblorosa, intentando mantenerse firme, dejó aparecer una mueca que podía significar cualquier cosa en su boca totalmente desdentada. Hugo entendió los mil significados de aquella actitud: agradecimiento, cariño, ternura... «Recuérdalo como lo que es —quiso decirle—: mi regalo. Doy mi vida por ella. Salva a mi niña.» Los dos sonrieron, tenuemente, y ella, sin esconder esfuerzo y dolor, se irguió todavía más, mostrándose cuan grande era, transmitiendo a Hugo que esa era la visión que debía guardar de su esclava mora, que no deseaba que presenciara su desgracia, que escapase.

Mientras, el soldado tiraba de un borrico que, como borrico que era, se obstinaba con terquedad en permanecer allí parado.

—Delante de Santa María —susurró una mujer, apiñada en las misma escalera.

—Como si fuera un milagro —afirmó otra.

—¡Milagro! —aprovechó para gritar una tercera.

—¡La Virgen no quiere que la matéis!

—¡Dejadla libre!

«¡Milagro!», se sumaron otros. Hugo miraba en derredor con la respiración contenida. ¿Sería posible salvar a aquella pobre condenada?

El oficial que acompañaba la comitiva desenvainó la espada y con la hoja plana dio un fuerte golpe sobre la grupa del borrico, que rebuznó, saltó hacia delante dando con Barcha en tierra de nuevo, y continuó su camino.

—¿Milagro? —se burló el soldado inclinándose y haciendo una reverencia hacia el borrico.

Un coro de carcajadas acompañó la parodia.

27

Hugo regresó a la taberna buscando las calles que más se alejaban de la dirección que tomó la comitiva que torturaba a Barcha y que continuó arrastrándola por la playa hacia las atarazanas. Las lágrimas escapaban de unos ojos que eran incapaces de detenerlas. Barcha iba a morir por ellos, por Mercè. La descuartizarían en la plaza Nova, frente al palacio del obispo, luego ensartarían su cabeza en una pica y repartirían sus cuartos por Barcelona. Tuvo que sentarse en un poyo antes de llegar a la plaza de Sant Jaume. Las piernas le fallaban, un temblor descontrolado le impedía andar, pero respiró hondo y se obligó a seguir adelante. La comitiva con Barcha volvería a pasar por allí, camino del palacio del obispo. No había ni un cliente en la taberna. Caterina permanecía sentada, sola, a una de las mesas largas con una escudilla de vino frente a ella. Pedro negó con la cabeza cuando Hugo señaló la escudilla; era la primera, silabeó en silencio. Hugo pidió otra escudilla para él y se sentó junto a Caterina, a la que tomó de la mano.

—Ayer fui a un notario —le dijo—. Te he nombrado mi heredera. Si me pasase algo… —Al oírlo, ella se soltó de su mano para cubrirse el rostro y se echó a llorar—. Caterina… —murmuró él, tratando de consolarla.

—No quiero la taberna —le sorprendió contestando entre las manos—. Te quiero a ti.

—Ya, pero yo deseo protegerte.

—No quiero pensar que puedas morir.

En esa ocasión Caterina bajó las manos que le cubrían el rostro y habló en voz alta, mirándolo, mostrándole sus ojos pálidos enrojecidos.

—Nada me sucederá, querida.

—Entonces ¿por qué...? —Caterina calló de repente. «¿Por qué has hecho testamento?», iba a preguntarle—. Rezaré por eso —prometió en su lugar.

Bebieron en silencio. El clamor de la comitiva macabra se oía a lo lejos, de regreso a la plaza Nova, quizá ascendiendo por la Rambla. Caterina temblaba, y ambos esperaron en un silencio reverencial, conscientes de lo que debía de estar sucediendo en aquellos momentos. El ruido de pasos, los gritos y las risas de la gente por una calle de la Boquería hasta entonces silenciosa, casi desierta, les anunció la muerte de Barcha. Hugo se levantó de la mesa y besó con ternura a Caterina en la coronilla. Subió a su habitación y cogió ropa de abrigo; luego se proveyó de queso y salazones, se hizo con algo del dinero que tenían ahorrado y regresó allí donde continuaba muda y pálida Caterina.

—Me voy —le susurró al oído—. Si las necesitas, las monedas están escondidas donde siempre.

Volvió a besarla. Ella continuó sin reaccionar. Antes de salir, Hugo se dirigió a Pedro.

—Cuida de ella —le rogó.

Anduvo presuroso por la calle de la Boquería en dirección al Raval, en busca de la puerta de Sant Antoni. Ignoraba en qué lugares de la ciudad se proponían exponer públicamente los pedazos descuartizados de la mora. Sabía con seguridad que mantendrían la cabeza en la plaza Nova, frente al palacio del obispo, pero no podía decir lo mismo de las otras partes de su cuerpo. Con el estómago revuelto ante la sola posibilidad de toparse con los restos de Barcha, aceleró el paso y sorteó a la multitud de ciudadanos que, en su mayoría, festejaban la ejecución. Las prisas y el gentío le impidieron volver la mirada hacia la taberna, en cuya puerta Caterina bajaba el brazo con el que en vano había pretendido despedirse.

Cruzar la puerta de Sant Antoni y encontrarse fuera de Barcelona sin tener que enfrentarse al cadáver descuartizado de la mora le devolvió cierto sosiego. Mercè lo necesitaba y Barcha había entregado su vida para que él la salvara. Se encaminó hacia Tarragona. Desde que la mora le descubrió el lugar donde estaba la tal abadesa Beatriz, había intentado situar el convento de Bonrepòs, pero no encontró nadie que lo conociera. Dio, eso sí, con bastantes personas que sabían del priorato de la cartuja de Escaladei, cerca del primero. Se hallaban a varias leguas de Tarragona, hacia el interior. Le dijeron que también existía un camino por el monasterio de Poblet, donde enterraban a los reyes, y que precisamente moría en Escaladei, pero nadie se lo recomendó; era mejor que tomase el que iba desde Barcelona hasta Vilafranca del Penedès para desde allí buscar el mar en Tarragona.

Barcha y Caterina. Una había muerto, la otra apenas se había despedido de él. No debía temer, se dijo Hugo. Aceleró el paso con Mercè en su mente. El peligro que corría su hija azuzó sus movimientos, y encerró el rostro inquieto de Caterina en algún lugar inaccesible de sus entrañas, disipando toda duda sobre su proceder.

A lo largo de los años, con Regina en obstinado silencio, fueron muchas las ocasiones en que imaginó la identidad de la madre de Mercè: alguien que había fallecido en el parto, una muchacha joven y soltera, o una madre en la miseria, pero jamás barajó la posibilidad de que se tratara de una monja del convento de Jonqueres. Arsenda ya no debía de estar en ese convento el día en que Mercè nació si mosén Pau no le engañó, tal como hizo más tarde diciéndole que su hermana estaba en Valencia. Recordaba aquel encuentro, el día en que le ofreció la viña de la iglesia de Santa María de la Mar y le exigió a cambio que no molestase más a las monjas, porque con el tiempo Hugo llegó a comprender que esa fue la verdadera causa de la cesión de la viña. Ese día el religioso le comunicó que su hermana ya no estaba en Barcelona, que la habían alejado porque necesitaba liberarse de su influjo, y para entonces él no había comprado a la mora. Barcha. La rememoró obstinada, meciendo a la niña, amenazándolo con abandonar la masía si no se quedaban a la criatura.

A Bernat, conde de Navarcles y almirante de la armada catalana, le dio dos croats de plata antes de que se lo llevaran preso a la galera. Este nunca se los había devuelto ni agradecido. En cambio, a un mocoso de una masía cercana a Vilafranca del Penedès llamado Manuel Aragall le dio una simple moneda menuda para que comprase algo en el mercado, y él y su familia, payeses humildes, le devolvieron con creces el valor de aquella moneda.

Fue el pequeño, que debía de estar siempre en los caminos, quien lo reconoció. Dos días de viaje más lo poco que restó del domingo en que ejecutaran a Barcha lo situaron en el Penedès. El primer día, acosado por los recuerdos de Barcha, Caterina y Mercè, no previó refugio y dormitó al raso tras comer algo del salazón que llevaba. El frío que todavía caía en esa época y las pesadillas recurrentes, sangrientas y macabras, lo atenazaron toda la noche. Las dos siguientes rogó hospitalidad en masías. Se la concedieron de buen grado, y las familias de cada una de ellas lo interrogaron acerca de los sucesos de la capital, ávidos de noticias, contentos de romper el tedio de las noches en los campos. Hugo habló mucho y comió poco, consciente de que con sus palabras pagaba mucho más que el par de dineros menudos que les había ofrecido para que compartieran con él su miseria. Durmió a cubierto, con los animales, y al amanecer partió agradecido.

No lo reconoció hasta que el crío le preguntó por las mulas, por Tinta y Blanca. El niño continuaba con el pelo áspero y sucio. «Ya», dijo antes de chasquear la lengua ante la excusa de Hugo. Se miraron. Solo era un crío, pero como la mayoría de ellos estaba acostumbrado a las desgracias, al devenir de acontecimientos sobre los que carecían de influencia: muertes imprevistas, plagas crueles... «Con la moneda que me disteis compré una figurita de madera —le confesó, como si le debiera esa explicación—. La tengo en casa. ¿Queréis verla?»

A la vista del macizo del Montsant, Hugo dio cuenta del último pedazo de tocino salado que le quedaba y que dosificó hasta alcanzar los dominios del priorato de Escaladei, después de otros tantos días de camino, de charlas durante las noches en unas masías menos numerosas y más distantes entre sí que las que poblaban los campos del Penedès y otras comarcas. El Montsant, monte santo por la cantidad de ermitas y ermitaños que lo habían poblado, se conformaba como una vasta zona montañosa, agreste, plagada de bosques extensos y frondosos que contrastaban con las rocas inmensas y peladas que coronaban la sierra por una de sus vertientes, a modo de un muro vertical e infranqueable.

Según le contaron a Hugo en la última masía en la que consiguió cobijo, la zona fue conquistada a los musulmanes hacía unos doscientos cincuenta años y luego cedida a los cartujos de Escaladei, quienes a su vez ampliaron progresivamente sus dominios hasta hacerse con la jurisdicción de nueve pueblos en los que se contaban unas mil quinientas personas. Sí, además del priorato de los cartujos existía un convento femenino, le confirmaron: el de Bonrepòs, que también gozaba de bastantes honores, rentas y privilegios, y que se enclavaba en un lugar llamado La Morera de Montsant, en el fondo del valle que se abría a los pies de esa población, protegida por el macizo montañoso.

Las vides, cultivadas en terrazas en las laderas de las montañas, agradecían la llegada del mes de mayo. Aquellas eran tierras frías, altas, a siete leguas del clima templado de la costa, y ahora el sol las iluminaba con la delicadeza propia de la primavera y hacía saltar mil destellos de la vegetación y, sobre todo, de un suelo compuesto por placas y fragmentos de pizarra. En la cima que precedía al Montsant, al inicio de un sendero que descendía hasta perderse entre los árboles, Hugo observó el valle y no distinguió en él construcción alguna, solo bosque. Se dijo que el convento de Bonrepòs debía de ser pequeño, pues. Según le habían contado, eran trece las monjas que profesaban en él; las donadas y las serviciales completarían el elenco de mujeres que vivían allí.

Hugo se lanzó al sendero y pronto se vio cubierto por el frondoso ramaje de los árboles. La luz se filtraba entre ramas y hojas, la vegetación parecía amenazarle en aquel entorno boscoso donde el silencio era casi absoluto. Bonrepòs no vivía buenos momentos, le habían explicado también. En siglos anteriores recibía a las hijas de los nobles de Tarragona, de Lérida y de otras poblaciones cercanas, pero ya no era así y el convento decaía. «¿Cómo no va a decaer —se preguntó Hugo—, si está perdido en el fin del mundo?» ¿Qué noble, doncella o viuda, gustaría retirarse de por vida en un lugar tan agreste y recóndito? Había oído que los conventos, muchos de ellos tan apartados como aquel, se estaban trasladando a las ciudades, donde la seguridad de las monjas era más fácil de garantizar. «Solo Dios podría salir en defensa de estas mujeres si las atacaran aquí», pensó. Hugo estaba acostumbrado al mar, a la ciudad y a su alboroto, a las viñas y los huertos, extensos en los campos despejados que rodeaban Barcelona hasta ir a morir a los pies de la sierra de Collserola. Se sintió inquieto ante una naturaleza que se le antojó impenetrable.

Una pequeña iglesia, un par de construcciones a guisa de casas fuertes, y una porción de terreno que las rodeaba, llano y cultivado con algunas vides y un huerto, componían el convento de Bonrepòs. Carecía de cerca y de muralla, como si se tratase de una masía más. Hugo vio a una mujer que trabajaba la tierra y se dirigió hacia ella.

—La paz —la sorprendió desde el linde del huerto.

—La paz —contestó ella una vez repuesta del susto, tras examinar con rapidez a Hugo y descartar todo peligro. Aun así, no se acercó a él. Vestía un hábito raído—. ¿Qué deseáis?

—Ver a Beatriz, la abadesa.

—¿Para qué?

—Se trata de un asunto personal —contestó Hugo a una pregunta más que previsible.

La otra ladeó la cabeza y entrecerró los ojos, por lo que Hugo se vio obligado a dar mayores explicaciones.

—Decidle que quiero hablarle de una mujer: Mercè.

—Yo solo soy una hermana lega, una donada que trabaja para el convento. No es mi función dar recados a la abadesa.

En ese momento les distrajeron dos muchachas que salieron charlando del bosque y que, al percatarse de la presencia de Hugo, se escondieron de nuevo entre los árboles. Una de ellas se hallaba en avanzado estado de gestación. La donada se percató de que Hugo había visto a la embarazada y titubeó.

—De todas maneras —trató de distraer la atención de Hugo—, la abadesa no se encuentra en el convento.

—¿Dónde está?

La donada recuperó la compostura de forma tan rápida y sorpresiva que Hugo entendió lo inoportuno de su pregunta.

—Quiero decir… ¿está en el pueblo? —se corrigió Hugo—. ¿Regresará hoy?

—No sé dónde está la abadesa. No es asunto de mi incumbencia.

El tono seco con el que la mujer replicó y el que reanudase su quehacer en la labranza dio a entender a Hugo que no deseaba hablar más con él. Y eso era algo que no podía permitir.

—¿Creéis que esas dos jóvenes del bosque sabrán dónde está la abadesa? —inquirió al mismo tiempo que empezaba a rodear el huerto en dirección a la arboleda.

Si antes la donada había replicado con rapidez a la pregunta de Hugo, ahora se superó:

—¿Qué jóvenes? —preguntó con inocencia. Hugo señaló hacia los árboles con el mentón. La mujer miró en esa dirección y claudicó—. No sé dónde está la abadesa —confesó—. Se ha ido de viaje. Lo hace a menudo.

—¿Sabéis en qué fecha tiene previsto regresar? —dijo. La otra negó con la cabeza—. ¿Ni siquiera aproximadamente? —insistió. La donada volvió a negar—. ¿Cómo sabré entonces cuándo está en el convento?

La mujer se encogió de hombros. Hugo debió de mostrar la desesperación en el rostro, en los puños cerrados. Era mucho el camino recorrido y muchas las pesadumbres para no obtener respuesta.

—¿No os serviría hablar con la vicaria?

—No —casi gritó él, tornando otra vez a sus elucubraciones, inquieto porque Mercè seguía en peligro.

—Si lo deseáis, podemos avisaros en el momento en que la abadesa Beatriz regrese.

—No tengo adónde ir.

—Podríais…

—¿Ha venido por aquí alguna mujer médico? —la interrumpió Hugo. El repentino silencio de la donada confirmó que Regina no le era desconocida—. ¿Está aquí todavía?

—No. La abadesa la echó del convento.

Hugo intuyó la razón. Regina habría extorsionado a la abadesa y la otra le habría despedido. Imaginó a Regina abandonando el convento, airada, aunque por otro lado satisfecha, por haber conseguido sus propósitos.

—La vicaria o alguna otra monja, ¿podrían saber adónde ha ido la abadesa? —preguntó volviendo a la realidad.

—No lo creo. Ellas no vulneran la clausura.

—¿Por qué no se lo preguntáis? —le rogó él.

—¿Tan importante es? —inquirió la donada.

Si el convento de Bonrepòs era pequeño y estaba escondido entre árboles en la profundidad de un valle, la cartuja de Escaladei, distante poco más de una legua del primero, era grande y rica, y mostraba su majestuosidad en un emplazamiento rodeado de campos y viñas. Allí fue adonde la donada de Bonrepòs dirigió a Hugo tras hablar con la vicaria, aunque esta, como ya le habían adelantado, nada sabía de los viajes de la abadesa: a veces volvía en una semana, otras tardaba un mes y nunca les comunicaba adónde se dirigía. «Y aunque la vicaria lo supiera —reconoció al final la donada en un alarde de sinceridad—, tampoco lo revelaría.»

Anglesola. Ese era el nombre de la vicaria que Hugo repitió ante el hermano portero de la cartuja. Clara, la donada que trabajaba el huerto, le había asegurado que le proporcionarían comida y algún tipo de alojamiento; los cartujos eran ricos y generosos, y acostumbraban a hospedar a los viajeros. Allí podían mandarle aviso cuando regresara la abadesa.

Domingo, el monje portero de la cartuja, escuchó con atención las explicaciones de Hugo.

—¿Qué asuntos tenéis vos que tratar con la abadesa Beatriz? —preguntó al final.

Hugo también esperaba esa pregunta, igual que en Bonrepòs.

Lo había pensado de camino. La historia era creíble; los monjes eran astutos y no deseaba que le sorprendieran en una mentira.

—Mi hermana Arsenda profesaba como servicial en el convento de Jonqueres, en Barcelona. La estoy buscando y creo que la abadesa Beatriz podría darme noticias de ella.

—Si estaba en Jonqueres, seguro. Tengo entendido que ella viene de allí. Lo malo es que nunca está donde debe estar, que es en su convento, en la clausura, rezando como las demás, entregada a Cristo y no procurando por intereses mundanos; esas no son las funciones de una abadesa. —Domingo dejó transcurrir unos instantes—. Lo puede hacer porque tiene protectores importantes...

El comentario se le escapó o quizá lo dijo a propósito. Sin embargo, no insistió en aquella evidente aversión hacia la abadesa que continuaba reflejada en su rostro y hasta en su actitud.

—Podréis esperar aquí su regreso —admitió después, tras mudar su disposición—. Mientras tanto, ayudaréis en las tareas de los campos para pagaros pan y techo. ¿De acuerdo?

—Puedo pagarlos con dinero —ofreció Hugo.

—Y entonces ¿qué haréis? ¿Haraganear todo el día? Nuestra orden vive en silencio y se dedica a la oración, a la lectura y a la meditación. Eso no se compadece con la ociosidad. ¿Queréis trabajar por vuestro hospedaje?

Hugo aceptó. La cartuja de Escaladei estaba compuesta por cerca de una treintena de monjes que vivían casi encerrados en unas celdas individuales de mayores dimensiones que las normales, a modo de pequeñas ermitas en las que los cartujanos, cada uno de ellos compartiendo su soledad con Dios, observaban un silencio estricto y, tal como había anunciado el portero, se dedicaban a la oración, a la meditación y al estudio. Castigaban su cuerpo con penitencias, disciplinas de sangre y ayunos a pan y agua.

En silencio también asistían a diario al coro y a los oficios, aunque los domingos comían en comunidad y se les permitía conversar un rato. Hugo llegó a verlos en fila de a dos o de a tres, silentes, de paseo por sus tierras, actividad que realizaban un par de veces por semana para mantener la vitalidad de unos cuerpos dedicados a la contemplación.

Junto a esos padres, pero fuera de la clausura, vivía otro grupo, igual de numeroso, de hermanos legos que no eran sacerdotes y que se dedicaban a los trabajos necesarios para el mantenimiento del monasterio así como de los campos, viñas, molinos y demás propiedades pertenecientes a los cartujos, que eran muchas.

A las cuatro de la mañana del día siguiente a su llegada, tras dormir con los animales en una masía lo suficientemente alejada del monasterio para no turbar su quietud, Hugo acudió a misa con los hermanos legos y con aquellos con los que terminaría trabajando: los donados, hombres que sin profesar ni realizar voto alguno entregaban su vida a los quehaceres de la cartuja.

De viñas. Entendía de viñas y de vinos. Eso fue lo que, tras la misa, contestó Hugo al padre procurador, que era quien se ocupaba de los oficios y las tareas. Partió hacia los viñedos junto a ocho donados que, lejos del control de los monjes, se atrevieron a hablar e incluso a bromear, aunque en aquel ambiente de ascetismo que impregnaba campos y viñas, se esforzaban por reprimir las risas. En un trigal se despidió de ellos uno de los donados. Cinco más fueron quedando en los campos a medida que cruzaban extensiones de cebada, olivares, frutales y huertas. Con los dos restantes, Hugo inició la ascensión a unas terrazas en la ladera de una montaña. En el mes de mayo correspondía deslechugar y excavar en tierras frías como aquellas.

Se sorprendió al pisar el suelo de aquellas viñas: no era terroso. Se trataba de pizarra fina, láminas de roca disgregada de diversos tamaños, muchas lascas y poca, muy poca tierra. Pedregales. Admirado, se agachó y cogió una de aquellas láminas de pizarra.

—*Llicorella*, la llamamos aquí —le informó uno de los donados.

—Nunca había visto un suelo así —reconoció Hugo.

—A menos de un palmo por debajo se encuentra la roca madre —explicó otro.

—¿Y el agua? Si todo es roca, ¿dónde se queda el agua?

—Las raíces la buscan.

—¿Cómo se sostienen en pie, sin tierra? —preguntó Hugo—. ¿Y qué comen las plantas?

El interés que mostraba Hugo atrajo al otro donado.

—Comen poco. Por eso son pequeñas, ¿lo veis?

Hugo asintió. En verdad lo eran.

—El agua y la humedad la buscan en las grietas de la roca que está por debajo. Allí encuentran también su alimento, en la tierra que se acumula en esas grietas y en las hendiduras de la piedra. Si la planta es pequeña, no así las raíces, que son largas y vigorosas puesto que tienen que luchar para hallar el agua entre la roca.

—Entonces la uva que nace de estas cepas y el vino... —La mueca de desprecio que invadió las facciones de Hugo hizo sonreír a los otros.

—Probad —le ofreció uno de ellos, que llevaba un odre de piel.

Recordaba vagamente haber probado el vino del Priorat con Mahir, pero hacía tanto tiempo de eso que no era capaz, como sí le sucedía con otros vinos, de evocar su sabor. Observó el líquido, algo espeso le pareció, que caía en la escudilla. Luego lo agitó; el color rojo era tan oscuro que se confundía con el negro.

—Los monjes lo aguan —oyó.

Lo probó. Era fuerte, más incluso que aquellos a los que él vertía aguardiente, y era espeso, pero sobre todo... Volvió a probarlo. No sabía...

—Metal —aportó el que le había dado de beber.

—A piedra, a mineral —terció el otro.

Hugo asintió.

—Sí. Sabe a roca.

—Es la *llicorella*.

Trabajó con gusto aquella viña que descendía en terrazas por la ladera de la montaña. Deslechugó y arrancó malas hierbas. Le dieron de comer y de beber, y cuando el sol iluminaba desde lo alto observó cómo brillaban las vides, cómo las pizarras cobrizas reflejaban sus rayos.

—Esta es otra de las bondades de estos suelos —le comentó un donado—: reflejan parte del sol porque la *llicorella* absorbe el resto de los rayos. Y por las noches, frías en estas sierras, las viñas reciben el calor acumulado durante el día por las piedras.

Al atardecer regresaron a Escaladei. Igual que a la ida, se les fueron sumando donados y, en esa ocasión, hasta algunos hermanos legos que impidieron las charlas con su sola presencia, todos caminando en el silencio tan deseado por los cartujos.

—Los monjes sostienen que también el silencio hace bien a las viñas —le susurró por lo bajo uno de los donados que había estado trabajando con él.

Hugo permaneció en la cartuja de Escaladei a la espera del regreso al convento de Bonrepòs de la abadesa Beatriz. Trabajó y vivió en la masía apartada del monasterio, con aquellos ocho donados que fueron confiándose al recién llegado, dejaron atrás los recelos y sortearon, no sin prudencia, las estrictas reglas de los cartujos. Hugo regresaba exhausto de las viñas. Buscaba cansarse para impedir que su mente viajase a Mercè o a Caterina; llorase a Barcha o jurase venganza contra Regina. No lo conseguía, pero al menos el sueño apaciguaba sus inquietudes. Aquel vino fuerte, con cuerpo y un indefinible y agradable sabor a piedra le ayudaba. Abundaba, y los monjes eran generosos con él; también con la comida. En el momento en que la cabeza dejaba de pesarle sobre los hombros y percibía esa siempre curiosa sensación de que las ideas flotaban por encima de él, se refugiaba en la conversación de los donados. Alguno, como Hugo, solo prestaba atención; otro hablaba por dos. Había quien pontificaba y quien pretendía mandar, quien alardeaba, quien planteaba enigmas y quien aseguraba poder resolverlos; discutían en susurros y se llamaban la atención si alguno elevaba el tono, aunque todos parecían buenos amigos. La conversación, en cualquier caso tenue, transportaba a Hugo a un sueño reparador que finalizaba a las cuatro de la mañana del siguiente día.

Así transcurrieron seis días hasta que una mañana, después de la misa, el padre procurador le comunicó la ansiada noticia de que Beatriz, la abadesa, se hallaba en Bonrepòs desde la noche anterior. Hugo se despidió de los donados camino de los campos y viñas, y se dirigió presuroso al fondo del valle donde se encontraba el convento de Bonrepòs. Lo esperaban. Una hermana le hizo pasar a la iglesia, sencilla y austera, de una sola nave, y allí lo dejó tras indicarle que la abadesa acudiría a su encuentro. Durante bastante rato estuvo solo, aunque se sintió observado en todo momento. Paseó arriba y abajo. El silencio en aquel valle era absoluto, y el tiempo transcurría con lentitud, más a medida que renacía en Hugo la preocupación por Mercè. Escrutó las piedras en busca de algún agujero por el que pudieran espiarlo; lo vigilaban, lo percibía, seguro.

—Me han dicho que deseáis hablar conmigo.

La voz resonó en el templo justo cuando Hugo estaba dispuesto a ir afuera en busca de alguna monja. Provenía de detrás de una celosía de madera, ancha y tan alta que llegaba hasta el techo de la iglesia, apoyada en un murete a media altura, en uno de los lados junto al altar. Durante la espera Hugo se había acercado allí en repetidas ocasiones; tras ella debían de escuchar misa las monjas sin quebrantar la clausura. Volvió a acercarse.

—¿Beatriz? —preguntó—. ¿Sois Beatriz, la abadesa?

—Sí.

Hugo tuvo la impresión de que la voz procedía unos pasos por detrás de la celosía, como si la monja no quisiera acercarse al enrejado de madera. La contestación se quedó en aquella parca afirmación, no hubo más. Era imposible ver a través del entramado, ni siquiera una sombra se distinguía. La oscuridad tras él era absoluta.

—Yo… —vaciló, buscaba las palabras—. Quería hablaros de mi hija… de vuestra hija —se corrigió—: Mercè. —Esperó una reacción que no se produjo—. La han raptado. El obispo dijo que era hija vuestra y que por eso la habían secuestrado, para asegurar vuestro silencio en el asunto este del Papa y del cisma.

Hugo se quedó quieto un instante, alerta. Era como si no hubiera nadie tras la celosía. Después de acusarla de tener una hija la abadesa debería replicar. ¡Se trataba de una monja!

—¿Estáis ahí? —preguntó él.

—Sí.

—Regina… —continuó Hugo—, la médico conversa, es mi esposa. Vos la conocéis. No sé si os habrá hablado de mí. Ella fue quien nos entregó a Mercè, recién nacida.

Continuaba sin existir el menor atisbo de reacción desde detrás de la celosía. Hugo se acercó y trató, una vez más, de mirar a través de los agujeros en la madera, pero siguió sin ver nada. Se movió, inquieto, y esperó unos instantes, seguro de que la abadesa tendría algo que decir. Se sintió observado. La luz sí entraba en la iglesia.

—Atended —estalló alzando la voz—, quiero liberar a mi hija. Sé que está en peligro y necesito que me ayudéis. —El silencio fue la única respuesta—. ¿Por qué no contestáis? —gritó mientras introducía los dedos entre los agujeros de la celosía y la sacudía, como si quisiera arrancarla.

—Estás en la casa de Dios —le reprendió la abadesa.

Él cesó en su arrebato.

—¿Por qué no contestáis a cuanto os expongo?

—Hugo...

Su nombre se coló entre los huecos del enrejado y se esparció por la iglesia, como dividido en mil.

—¿Me conocéis? —preguntó él tras sentir un escalofrío.

Transcurrió un rato antes de que llegase la contestación:

—Así me han dicho que te llamas.

Podría ser, pero el tono con el que acababa de pronunciar su nombre era extraño. Un escalofrío, tenue en esa ocasión, volvió a recorrer la espalda de Hugo. Intuía la mentira en las palabras de la abadesa.

—Necesito que me ayudéis a liberar a mi hija... A vuestra... ¡A Mercè!

—Hugo —dijo la abadesa, y oír su nombre provocó en él el mismo efecto inquietante de antes—, nunca he tenido una hija.

—Pero ¡el obispo así lo dijo!

—¿Sabrá más de mí un obispo que yo misma?

—Es Regina quien sostiene que es vuestra hija.

—Regina está en un error.

—La conocéis, pues —advirtió.

—Colabora... colaboraba —se corrigió— con nosotras, sí.

Le habría gustado ver su rostro; poder analizar su expresión, quizá el nerviosismo en unas manos entrelazadas con fuerza o la determinación en un ceño fruncido, pero a excepción de las dos veces que su nombre llegó a reverberar en el interior del templo, el resto de las palabras de la abadesa, guarecida tras la celosía, llegaban a Hugo carentes de alma.

Con todo, se le hacía difícil pensar que Regina hubiera cometido un error de tal magnitud: raptar a la esposa del almirante de la armada catalana para presionar a una madre que resultaba no serlo era algo descabellado. Desde que Barcha le comunicara aquel secreto, con el obispo amenazado y atemorizado entre sus piernas, Hugo había llegado a barajar mil posibilidades, pero ninguna pasaba por que Beatriz negara su maternidad.

—Decidme —se le ocurrió entonces—, aun si no sois la madre de esa mujer, ¿qué sabéis del rapto llevado a cabo por Regina?

—¿Por qué debería saber de ese rapto del que me hablas?

—Porque Regina creía que vos erais la madre de Mercè —insistió Hugo—, por lo que debió de venir para presionaros, tal como tenía previsto —concluyó, pero la abadesa se mantuvo en silencio—. Supongo que la convencisteis de que no sois la madre... ¿Y entonces...?

—¿Entonces?

—Algo os contaría Regina: ¿dónde escondía a la mujer? ¿Por qué creía que era vuestra hija? ¿Qué planes tenía para con ella ahora que ya no servía a sus propósitos?

—No me contó nada —dijo la abadesa con la misma voz serena.

—¿Queréis convencerme de que cuando Regina vino a presionaros sosteniendo que Mercè era vuestra hija y que la había raptado para que os mantuvierais fiel al papa Benedicto, vos le dijisteis que no erais la madre y ahí quedó todo?

—No recuerdo haber admitido ante ti que Regina me haya presionado con nada.

—Pero así ha sido, ¿no?

El silencio se hizo de nuevo tras la celosía. Hugo apretó los puños ante el muro infranqueable que impedía que fluyera aquella conversación.

—Sí —afirmó la abadesa.

Acababa de admitir la extorsión de Regina con lo que ello conllevaba: que esta tenía en su poder a Mercè. Era la abadesa; podía evitar contestarle y desaparecer. ¿Acaso las simples porteras de los conventos no lo trataban así siempre que acudía a ellos? Sin embargo, Beatriz, toda una abadesa, no lo hacía; hablaba con él. Hugo se acercó cuanto pudo a la celosía.

—¿Sabéis dónde la tiene prisionera?

—No, no lo sé. Habría sido absurdo por su parte que me lo revelara.

—¿Por qué, si no sois la madre?

El silencio golpeó de nuevo a Hugo. Al cabo, cuando ya pensaba que se encontraba solo en el templo, Beatriz contestó:

—Para ser madre de una criatura, hay que desearlo. Yo nunca fui la madre de esa niña. Mercè es la hija del diablo —afirmó.

Hugo se lanzó sobre la celosía, que resistió su embate.

—¡No es mi hija! —gritó la abadesa—. ¡Es la hija del diablo! ¡No es mi hija!

En esa ocasión, al compás de unos pasos presurosos, la voz fue perdiéndose en el interior del convento.

—¡No me dejéis así! —gritó Hugo—. ¡Ayudadme!

Apoyó la frente contra la madera ante el silencio que envolvió la iglesia. ¿Qué había querido quería decir la abadesa al llamar a Mercè «hija del diablo»? Golpeó la celosía con la frente al mismo tiempo que crispaba los dedos, aferrándose a los agujeros. Sacudió el enrejado, y repitió el gesto con mayor vigor a medida que repiqueteaba en su mente la acusación diabólica y notaba que la madera, recia, iba cediendo en sus encastres en el murete. Una de las monjas chilló en el interior del convento ante la violencia de Hugo, pero él no se arredró; al contrario, aumentó la fuerza. Se oyó un crujido y luego otro. La celosía empezó a bailar en sus manos. La mampostería saltó y los demás encastres empezaron a liberarse. Al cabo, la madera cayó al suelo con estruendo y la luz invadió el interior, un espacio que recordaba una de las aspas de un crucero, donde se ocultaban las monjas. Hugo saltó por encima del murete y cruzó al otro lado. Varias monjas, vestidas con hábitos blancos y negros y con la cabeza cubierta, le salieron al paso sin muestra alguna de temor.

—¿Qué pretendéis? —dijo una de ellas—. Nos hallamos bajo la protección del rey.

Más que observarla, Hugo la escuchó. No, no era la voz de la abadesa.

—¡Pagaréis caro vuestro atrevimiento!

—Quiero ver a la abadesa —afirmó él.

—Hemos mandado aviso —continuó la monja, haciendo caso omiso a la exigencia de Hugo, que contó cuatro mujeres vigilándolo.

Las observó una por una, pero ninguna encajaba con la imagen que había llegado a hacerse de la abadesa, siquiera a través de su voz. La monja continuaba hablando:

—El baile no tardará en llegar con sus alguaciles y entonces tendréis que dar explicaciones ante ellos.

—Hasta que lleguéis a él y acuda a este lugar, podría…

Hugo dejó la frase en el aire, evitó mencionar la amenaza que fugazmente había corrido por su mente a la vista de aquel grupo de mujeres indefensas.

En su lugar apartó a una de ellas para encaminarse por un pasillo que se adentraba en el convento.

—¡Abadesa! —gritó varias veces.

Las monjas lo seguían; algunas más se sumaron a la comitiva. Llegaron hasta un patio interior empedrado, algo así como un pequeño claustro donde esperaba el resto de las trece monjas que componían el convento, todas con sus hábitos blancos y negros, rodeándolo. Volvió a examinarlas, y supo que eran demasiadas para identificar con certeza a la que buscaba.

—¿La abadesa?

Ninguna contestó.

—Soy yo.

La voz llegaba desde su espalda. Sí. Era la abadesa. Las monjas abrieron el círculo, y Hugo fue a dar un paso, pero se detuvo, atónito.

—No… —susurró. El transcurso de más de veinte años no le impidió reconocer a su hermana. Un torbellino de sensaciones contradictorias lo asaltó. Balbuceó entre risas—: ¿Tú…?

Quiso acercarse, pero al ver que ella no se movía también él se mantuvo quieto. A un gesto tan delicado como autoritario de la abadesa, las demás monjas abandonaron el patio, y en un instante quedaron el uno frente al otro, solos, sin celosías de por medio.

—¿Por qué? —reaccionó Hugo al fin—. ¿Por qué me has ocultado quién eras? ¿Por qué nunca me hiciste saber de ti?

Fue Arsenda quien acortó distancias, aunque se abstuvo de tocarlo. Luego le indicó un poyo corrido de piedra encastrado en la pared, donde se sentó. Hugo tardó en acompañarla.

—Te busqué —empezó él, y ella le dejó hablar, sentada en el borde del poyo, con la espalda rígida, sin rozar la pared siquiera, la vista al frente—. Me amenazaron y después… ¡Qué importa eso ya! —Hugo dio un manotazo al aire—. ¿Por qué dices que Mercè es hija del diablo? ¿Eres o no eres su madre? ¡Explícate, por Dios!

—Esa mujer es hija del diablo… —murmuró la abadesa.

—¿Cómo puedes decir eso?

—Lo siento, Hugo —dijo Arsenda—. Así es…

Él la observaba, asombrado y al borde de la desesperación.

—Hermano, ¡me forzó el diablo!

—¿Cómo puedes sostener tal cosa? Mercè… Mercè es una criatura de Dios. Mercè…

Hugo le habló atropelladamente de aquella niña que él había criado, de su infancia, de su carácter, de su virtud, pero el rostro inexpresivo de su hermana lo convenció de que no había sido capaz de transmitirle un ápice de todo el amor que él sentía por Mercè. Creyó poder hacerlo, pero la obstinación de Arsenda fue mayor. «Hija del diablo», sostenía una y otra vez, terca, ciega a cualquier argumento.

—Solo Dios… y el diablo conocen sus caminos —arguyó ella después de que Hugo afirmara que Mercè era una persona piadosa que jamás había hecho daño a nadie.

—Pero es tu hija.

—Yo no soy su madre.

Arsenda negó y renegó de la maternidad de aquella hija que Regina confesaba ahora haber entregado a Hugo en lugar de matarla, como se comprometió con la abadesa del convento de Jonqueres.

—Quizá estés equivocada con lo del diablo y el convento. Eras muy joven, e ingenua.

—No, Hugo. No lo estoy.

—Pero el diablo… ¿en un convento?

—Sí, en un convento. Claro que sí —afirmó Arsenda con decisión—. El diablo disfruta si comete sus actos torpes en lugares sagrados, y más todavía si se burla de los sacramentos.

Luego le explicó que Lucifer buscaba seducir a vírgenes devotas, ¿y qué mejor lugar para ello que un convento? Asumía el cuerpo de algún hombre, incluso de religiosos, se introducía en él y, mediante todo tipo de ardides y encantamientos, arrebataba la virtud a las jóvenes inocentes. Eso fue lo que le sucedió a ella. Dijo conocer su conducta porque desde entonces, desde que sufrió aquel ataque y la curaron del maleficio, se dedicaba a ayudar a quienes pasaban por un trance como el suyo.

—Me dijeron que sabías de demasiados yerros carnales de muchos prebostes de la Iglesia que defienden a Benedicto y que por eso te presionaban a través del rapto de Mercè.

Arsenda lo interrumpió con una risa sarcástica.

—Del diablo y los demonios —reconoció—, también he pasado a esconder y solucionar los actos diabólicos de las personas, cierto. Pocas abadesas, alejadas del mundo y entregadas a la oración, saben cómo afrontar unos problemas que, aun no ejecutados por el diablo, sin duda están instigados por el mismo Satanás.

Admitió después que había trabajado junto a Regina, que esta la tuvo engañada durante años al esconderle que no mató a la criatura diabólica que había engendrado, y que ahora había tratado de presionarla, amenazándola con dar muerte a Mercè si se ponía del lado de los del Concilio de Constanza y delataba a los nobles de la Iglesia.

—Le dije que cumpliera ahora el compromiso que quebrantó después de su nacimiento, y que la matara. —Al oírla, Hugo dio un respingo en el poyo—. La conversa desapareció, airada —afirmó Arsenda.

Desde entonces no sabía nada de ella. Hugo le suplicó que la hiciera llamar para así enterarse de dónde tenía presa a Mercè. Pero Arsenda no claudicó: la hija del diablo no merecía consideración alguna. No iba a ser ella quien la ayudase. Hugo se arrodilló frente a su hermana, intentando convencerla, inútilmente. ¿Qué haría ahora?, tembló Hugo. ¿Dónde encontraría a Regina y a Mercè? Se levantó, dejó que la furia guiara sus palabras.

—¡Lo harás! —gritó—. ¡Mandarás recado a Regina!

Ella negó con la cabeza, los labios fruncidos en un gesto condescendiente y compasivo que irritó todavía más a su hermano. La agarró del brazo, la levantó del poyo de un tirón y la zarandeó.

—¡Lo harás!

Aparecieron algunas monjas en el patio.

—Hugo —logró articular Arsenda entre zarandeos y empujones—, antes moriría que ayudar a la hija del diablo.

Él la soltó repentinamente, como si se desprendiera de una tea ardiendo que le quemara las manos.

—¿Vas a ser tú quien acabe con mi vida? —le retó Arsenda.

—Tantos años pensando en ti, rezando por ti, para que ahora condenes a la muerte a aquello que más quiero.

—Ojalá muera, Hugo. —Él fue incapaz de reaccionar ante ese deseo macabro—. Sin duda —continuó Arsenda— la humanidad se libraría de un ser maligno.

De repente Hugo se percató de que tenía los puños cerrados, prestos a golpear. Recapacitó, trató de serenarse y negó con la cabeza. El diablo. El ángel caído. El príncipe de las tinieblas. Hugo aceptaba la existencia del diablo, eso era algo que nadie discutía: ni príncipes ni pueblo ni religiosos. Satanás vivía entre ellos y acechaba a los hombres para aprovecharse de sus debilidades. Hugo recordó a su hermana en el convento de Jonqueres: una niña ingenua, hasta que su candidez cedió el paso a una joven extremadamente creyente y piadosa. Le alarmó el odio profundo de su hermana hacia los judíos, revelado cuando el asalto a la judería; entonces no tuvo palabras de misericordia para los hombres y las mujeres asesinados en nombre del Dios cristiano. Le sorprendió la ocasión en que le preguntó si pecaba de orgullo y arrogancia, una cuestión que lo persuadió de buscar la paz con el perro calvo. También recordaba el día en que Arsenda le advirtió que no podía competir con Dios por su cariño.

«¿Así le ha premiado Dios su compromiso —se preguntó Hugo—, haciéndola madre del hijo de una serpiente o un macho cabrío?» Tembló al imaginar a su hermana siendo violada por un ser corpulento y oscuro, de color negro, verde o rojo, con pezuñas en lugar de manos, cola, cuernos, y alas emplumadas o secas, como las de los murciélagos. Y eso a pesar de que hubiera adoptado la forma de un hombre; si era el diablo, por debajo se hallaría escondido aquel monstruo. ¡No podía ser! Había querido a Arsenda, pero ahora no reconocía en esa monja cruel e intransigente a la hermana por la que había escalado ansioso los muros de un convento en Barcelona empujado por la ilusión de encontrarse con ella. Mercè no podía ser hija del diablo. Si Arsenda la viera y hablara con ella, comprendería lo absurdo e imposible de su afirmación. Si antes había temblado, ahora se le revolvió el estómago al imaginar a su niña engendrada por Lucifer, por Belcebú.

Arsenda percibió el malestar y la palidez en el rostro de Hugo e hizo ademán de ayudarlo. Él se zafó de su brazo.

—¿No harás nada por ella? —le preguntó.

—Nunca, hermano —contestó la abadesa.

—No me llames hermano. Ya no lo soy.

Y se apresuró a abandonar el convento por el mismo lugar por el que había entrado en él. Pisó por encima de la celosía derribada y saltó el murete que daba a la única nave de la iglesia. Una imagen de la Virgen con el Niño lo distrajo un instante. Chasqueó la lengua, poca ayuda había recibido de Nuestra Señora, pensó. Arsenda lo había dejado ir, quieta, sin pronunciar siquiera una palabra de despedida con la que atemperar su postura.

Hugo se encontró ascendiendo el valle en el que se escondía Bonrepòs. No había desayunado en Escaladei, empeñado en llegar lo más rápido posible ante la abadesa Beatriz. Tampoco había comido. Subiendo la cuesta, entre la espesura del bosque, comprendió que estaba como al principio, el día que dejó atrás Barcelona tras la muerte de Barcha: sin saber qué hacer o adónde dirigirse en busca de su hija. No lo pensó: el hambre lo encaminó en dirección a la masía de los donados de Escaladei.

—Busco a mi hija —les confesó esa noche, saciado pero desesperado, con la lengua suelta a causa de aquel vino fuerte y recio que sabía a roca—. Desde que la raptaron y a causa de ello, ha muerto una buena amiga, he abandonado a su suerte a mi… —No sabía cómo definir a Caterina ante aquellos hombres que lo atendían expectantes—. A mi mujer, a quien debería ser mi esposa ante Dios, y me hallo persiguiendo a la que lo es conforme a la ley, a la que a veces me complacería matar… Y, para terminar, me he reencontrado con una hermana que creía muerta, o desaparecida o escondida… La cuestión es que después de veinte años me he topado con una religiosa inflexible e intolerante.

—Todos lo son —le interrumpió uno de ellos.

—En eso consiste ser religioso.

Hugo, en evidente señal de desánimo, extendió y mostró las palmas de sus manos antes de dejarlas caer sobre el tablero de la mesa a la que se sentaban, lo que desató el deseo de intervenir por parte de aquellos ocho. Ocho hombres que tenían prohibido romper el silencio y la quietud. Ocho hombres que no tenían otros temas de conversación que los campos y las viñas, los frutales y los molinos, cuando no estaban escuchando con atención la lectura de las sagradas escrituras.

—¿Quién es esa amiga que dices que ha muerto?

Hugo dudó, ¿de qué serviría contarles de Barcha? Le sirvieron más vino; la mayoría de ellos apuró su escudilla, como si se prepararan para un largo interrogatorio. Las preguntas eran incesantes: «¿Por qué han raptado a tu hija?» «¿Se sabe quién lo ha hecho?»

Vino y hombres, curiosos sin duda, pero honestos. Siguieron bebiendo y conversando, y entre preguntas, tragos y respuestas transcurrió la noche. Hugo terminó explayándose, hablándoles de Barcha, de su sacrificio y de su muerte, así como de Caterina, la mujer a la que amaba.

—Cásate con ella en algún otro lugar, donde no os conozcan —le dijo uno de los donados.

El consejo levantó comentarios apasionados, unos a favor, los más en contra. La conversación siguió, aunque alguno escondió la mirada al saber del almirante de la armada catalana. El vino alejó posibles temores y fueron ellos quienes se atrevieron a mencionar el tema del cisma, y de Constanza; los cartujos les hablaban de esas cuestiones en las misas, aunque Benedicto continuaba siendo el Papa, pues no se había nombrado a otro..., al menos que supieran.

—Y tu esposa, la de verdad, ¿dices que es médico?

—Pues no hará mucho que una mujer que afirmaba ser médico, Regina dijo llamarse, pidió ayuda a los monjes —recordó uno de los donados.

Hasta el que estaba sirviendo vino en aquel momento alzó el frasco para que el gotear del líquido al caer en la escudilla no rompiese el silencio que se hizo en el comedor de la masía. Hugo interrogó al que había hablado, pero fue otro quien contestó:

—Aseguró que venía de Bonrepòs, sí.

Hugo volvió la cabeza. Varios de los presentes intervinieron al mismo tiempo:

—Estaba sola.

—Necesitaba protección o compañía para regresar a Barcelona.

—Sí, llegó bastante alterada.

—A Barcelona —murmuró Hugo casi para sí.

—Sí —afirmó uno de ellos.

—No —se escuchó de boca de otro.

Hugo lo interrogó con la mirada.

—Pretendía ir a Barcelona —aclaró—, pero primero quería ir al

Garraf… Sí, estoy seguro de ello. Vino conmigo hasta Tarragona el día que fuimos a buscar el pescado para las abstinencias. ¿No te acuerdas?

El donado en el que buscó confirmación dormitaba ya con la cabeza apoyada en los brazos, sobre la mesa.

—Bueno. Así es. Me dijo que primero tenía intención de viajar al Garraf.

—¿Por qué?

—No lo sé. ¡Tampoco le pregunté! —trató de excusarse—. Solo la llevé a Tarragona para que se uniese a alguna caravana.

—¿No hizo ningún comentario?

—No. No habló mucho.

—El Garraf… —comentó Hugo mirando a los demás donados.

La mayoría de ellos había ido desentendiéndose de la conversación: uno dormía, otros tres se habían retirado, dos charlaban de sus cosas. Solo los dos restantes, quizá los menos afectados por el vino, seguían prestándole atención.

—Tierras de dominio y jurisdicción de la Pia Almoina de la catedral de Barcelona —le sorprendió uno de ellos.

—¿Cómo dices? —preguntó Hugo.

—Que el Garraf pertenece a la Pia Almoina de la seo de Barcelona, la institución benéfica de la catedral.

—Ya, ya.

El Garraf. Hugo conocía la zona. Había transitado por ese macizo montañoso, que en algunos lugares caía a pico sobre el mar, de camino a Sitges, pueblo que también pertenecía a la institución benéfica de la catedral de Barcelona, como Campdàsens y Miralpeix. Una gran extensión de tierras de las que la catedral de Barcelona obtenía buenas rentas; esa también era una situación que Hugo conocía. La Pia Almoina atendía a centenares de menesterosos a los que proporcionaba una comida diaria: escudilla de olla, pan y vino. Hasta que la Pia Almoina adquirió el dominio de Sitges y aquellos otros lugares fértiles en trigo y vid, el vino se compraba a corredores barceloneses; después la mitad de ese vino y los cereales para hacer el pan llegaban desde Sitges en un barco especial. Los mercaderes barceloneses se resintieron de la pérdida en las ventas.

Cabía sospechar, pensó Hugo situado en uno de los puntos más elevados del macizo del Garraf, desde el que dominaba mar y territorio, que el obispo de Barcelona hubiera ayudado a Regina y que Mercè estuviera encerrada allí, en unas tierras bajo la jurisdicción y el dominio de la Iglesia. Se apresuró a partir del Priorat luego de que los donados le ofrecieran aquella información, aunque antes de irse aprovechó para dormir lo poco que restaba hasta las cuatro de la mañana, acudió a misa y se preparó para el viaje con un desayuno abundante.

Ahora, en el Garraf, el mar a sus pies, tranquilo, brillante, perdido en el horizonte, ignoraba qué hacer. Había preguntado a su paso por Sitges, y eran muchos los castillos, torreones y lugares fuertes desperdigados por el territorio. El propio castillo de Sitges, o el de Ribes, la torre Roja, la del Fonollar, el castillo Podrit o el de Campdàsens, y otras tantas fortificaciones. Si Mercè estaba allí, ¿en cuál de ellas? Y ¿cómo averiguarlo, por encima de todo sin levantar sospechas? Algunos de aquellos lugares, Campdàsens, por ejemplo, contaba con veinte fuegos escasos, unos setenta habitantes repartidos en masías alrededor del castillo, de eso también se enteró Hugo en Sitges. Eran pocos los viajeros que transitaban por esa y muchas otras zonas del Garraf, pueblos sin otra riqueza que la derivada del cultivo de la tierra. No podía preguntar. La gente del campo, Hugo lo sabía bien, era generosa y desprendida, conocían la miseria y las dificultades y se solidarizaban con el prójimo, pero también era extremadamente recelosa del forastero que indagaba acerca de ellos. Y era lógico: ¿qué interés que no fuera artero podía tener nadie en un entorno tan simple y rudimentario como el agrícola?

Todo eso si Mercè todavía permanecía presa, puesto que carecía de sentido su reclusión en aras de presionar a una abadesa que repudiaba a su hija. Fuera como fuese, Regina no podía liberarla. Bernat la mataría. «No van a permitir que se vuelva contra ellos.» Esa había sido la sentencia de Barcha tras advertir una y otra vez a Hugo que matarían a su niña. Tembló, se le encogió el estómago y dio unos pasos atrás para alejarse del precipicio ante el mareo que sintió frente a una posibilidad que cada vez cobraba mayor certeza y que, tras la negativa de Arsenda a ayudarlo, persiguió y horadó su ánimo durante el largo trayecto desde Escaladei.

Contempló el mar un buen rato antes de suspirar y regresar al camino: Barcelona lo esperaba. Aparejaría una de las mulas, puesto que por los caminos del Garraf no podían transitar carros debido a su estrechez y mal estado, cogería dineros y regresaría convertido en corredor de vinos. Respiró hondo y trató de tranquilizarse. Contaba con tiempo, le había dicho uno de los donados la última noche antes de echarse a dormir en la masía de Escaladei. Nada se sabía del Concilio de Constanza, por lo que era improbable que alguien tomara decisiones hasta conocer cómo se resolvía la cuestión de Benedicto y la posición que vendrían a ocupar sus protagonistas: el rey Alfonso, el nuevo Papa y el terco Benedicto, aferrado a la silla de san Pedro.

A media mañana entró en Barcelona por la puerta de Sant Antoni, la que daba a la calle del Hospital, y el bullicio de la ciudad aumentó a medida que se acercaba al hospital de la Santa Cruz y dejaba atrás las huertas y los campos del Raval. Discurrió por delante de la casa de Barcha, intentando no mirar hacia ella, pero acabó haciéndolo. Los postigos y la puerta estaban cerrados; nada parecía indicar que estuviera ocupada. La Iglesia la habría confiscado, seguro, aun cuando la propiedad garantizara el pago de la talla de algunos esclavos, porque si estos cumplían, pagaban su libertad y no escapaban, la casa quedaría libre de cargas. La melancolía duró solo un instante, el suficiente para verse sustituida por la visión de la tortura de la mora y el dolor punzante por su muerte injusta. Intentó distraer sus sentidos fijándose en el hospital de la Santa Cruz. La nave de levante se hallaba totalmente terminada, como el claustro, y en aquellos momentos se trabajaba en la nave septentrional. Tal como declararan el rey Martín, el obispo y los concelleres de la ciudad el día de la colocación de la primera piedra, el edificio era monumental y se erguía, majestuoso, con sus naves altas soportadas por aquellos arcos en forma de vasijas cortadas por la mitad, sobre el resto de las edificaciones, pequeñas y humildes, que componían el caserío del barrio del Raval. Las atarazanas, Santa Cruz, Santa María de la Mar, el palacio de la calle de Marquet o el castillo del rey Martín en Bellesguard... Hugo podía evocar el transcurso de su vida a través de aquellos grandes edificios de Barcelona.

El alboroto de la calle del Hospital, con sus gentes y sus pregones, se convirtió en griterío allí donde la vía desembocaba en la riera de la Rambla. Un sol radiante iluminaba la zona, de tierra, irregular, amplia, que se abría frente a la puerta de la Boquería. Allí se amontonaba más de una docena de mesas desmontables en las que se vendía la carne que estaba prohibido vender en el interior de Barcelona: macho cabrío, cochinillo, oveja... A la algarabía de la gente que llenaba la zona y a los ladridos de los perros que peleaban por una simple tira de pellejo se sumaban los alaridos de las bestias que presentían su ejecución. La carne que llegaba ya muerta a Barcelona, proveniente de despojos o de cadáveres de animales encontrados o abatidos fuera de la ciudad, se vendía en la puerta de Trentaclaus, la siguiente siguiendo el lienzo de la muralla en dirección al mar.

El olor metálico de la sangre se confundió con el miedo que había ralentizado el caminar de Hugo. Allí, alzándose por encima de carniceros, vendedores, ganado, gente y perros, se encontraba una de las horcas más importantes de la Ciudad Condal. Hugo no quería mirar al pasar junto a ella por miedo a toparse con una pierna o un brazo de Barcha, ya que la cabeza, con toda seguridad, debía de permanecer exhibida aún en la horca de la plaza Nova, donde el palacio del obispo, para que el preboste pudiera verla cada día. El resto de los pedazos en los que descuartizaron a Barcha estarían repartidos por la ciudad. Alzó la mirada y expulsó en un bufido el aire que mantenía en sus pulmones: no era ella. Poco más de medio mes de viaje había sido suficiente para que Barcelona castigase a otro delincuente que ahora colgaba hinchado de la horca, podrido al sol y al calor, grotesco. Unos niños apedreaban el cadáver y se retaban a acertar en según qué sitios. Cuando alguno daba en el blanco propuesto, estallaban los aplausos de los demás; cuando no lo conseguía, era abucheado con idéntico entusiasmo.

—¡A la cabeza!

Aplausos tras hacer blanco.

—¡Ahora en los cojones!

Abucheos en esa ocasión.

—¡Dejadme a mí! —reclamó otro de los niños.

—¿Dónde?

—¡En los cojones!

Y fueron los aplausos del acierto de esa última pedrada los que acompañaron a Hugo al cruzar la puerta de la Boquería entre las dos torres grandes que lo delimitaban. Ningún soldado, innecesarios ante la nueva muralla del Raval, controlaba el paso de la gente o de las mercaderías. Anduvo la calle de la Boquería en dirección a la taberna. Su intención era hacerse con la mula y con dinero, quizá echar un trago de buen vino, descansar un poco si se terciaba y regresar al Garraf. Caterina lo entendería... ¡Tenía que entenderlo! Hugo no deseaba ni discutir con ella ni decepcionarla; solo con pensarlo sentía un vacío profundo. La amaba. Salvo Caterina, parecía no tener suerte con las mujeres. Su madre, Antonina; Barcha, Mercè, por no hablar de Dolça, de Eulàlia o de Arsenda y Regina. ¿O quizá eran las mujeres, pensó al cabo, quienes no tenían suerte con él? Las muertes de Barcha y Dolça le perseguían en sus pesadillas; la primera se entregó a una ejecución cruel por salvar a su hija; la segunda se mantuvo fiel a su fe y murió reconociendo que había sido feliz con él, en un amor imposible. A su madre no fue capaz de liberarla de la miseria y la violencia en las que la hundió el cubero. Mercè, su hija, había sido raptada. De Eulàlia no había vuelto a saber; en alguna ocasión alguien quiso contarle de ella, pero no prestó atención.

Arsenda se había convertido en una mujer intransigente, casi enloquecida, obsesionada con Satanás, el ángel caído, el verdugo de los pecadores, el amo del infierno. Nadie dudaba de su existencia, se repitió Hugo. Los sacerdotes lo nombraban en la iglesia, atemorizaban a los fieles con su presencia e impelían a guardarse de él. Y eran muchas las historias de brujas y doncellas forzadas por el diablo. Hechizos y maleficios; criaturas asesinadas en ofrenda al maligno. Los sacerdotes también hablaban de todo ello. Las escrituras demostraban la existencia de Lucifer.

Pero Mercè no era la hija de demonio alguno. De eso Hugo estaba totalmente convencido.

Con aquel pensamiento se plantó ante la puerta de la taberna. El ambiente le pareció sereno desde la calle. En el interior vio algunos clientes que bebían con tranquilidad. Esperó, y mientras lo hacía su cabeza terminó de evocar aquel elenco de desgracias femeninas. Regina... «¡Puta serpiente!», masculló para sí al mismo tiempo que entraba.

Pedro se acercó a él nada más verlo. Hugo miró a su alrededor, buscando a Caterina, pero esta no estaba en el obrador.

—¿Todo bien? —preguntó al muchacho.

Pedro asintió con un murmullo mientras seguía con la mirada la inspección que Hugo efectuaba de las cubas, el mobiliario y los demás enseres.

—¿Y Caterina? —preguntó Hugo—. ¿Cómo está?

—Triste —respondió Pedro, y luego señaló con la cabeza hacia la habitación.

Los escalones de ascenso se le hicieron tan empinados como podía serlo coronar los picos más altos del Montsant. La puerta estaba abierta y vio a Caterina sentada en una silla frente a la ventana. Hugo se detuvo bajo el dintel. Ella lo miró, esbozó una sonrisa y se levantó para recibirlo.

—¿Has encontrado a tu hija? —inquirió a un paso de él.

—No —contestó Hugo—. No —reiteró esa vez para sí—, aunque creo saber dónde está.

Caterina se abrazó a él y escondió el rostro en su cuello.

—Ve a encontrarla, pues —le conminó irguiendo la cabeza y mirándolo directamente a los ojos.

Y a diferencia de su percepción en la anterior salida, en esa Hugo creyó encontrar ánimo en las palabras de Caterina y no solo resignación.

—Apresúrate —insistió ella—. No regreses sin Mercè, Hugo. Te esperaré aquí el tiempo que sea necesario, pero debes liberarla. Es tu hija. Tu familia…

—Tú también… —trató él de decirle.

—Lo sé. Lo sé. Ya no tengo dudas. Yo también soy tu familia —Caterina hablaba con firmeza—. Por eso debes liberar a Mercè. Yo podría convertirme en el refugio de tu dolor si no la encuentras, pero no te quiero así ni te deseo ese daño. Te quiero feliz a mi lado, Hugo. Debes ser fuerte y feliz para poder soportar y corregir mis errores.

Hugo carraspeó una vez, dos… No pudo contestar. Tenía la garganta encogida, áspera. Caterina le acarició la mejilla con el dorso de una mano, y ese gesto le convenció de que, si no había tenido suerte con muchas de las mujeres de su vida, la fortuna le había sonreído finalmente con el regalo de una que le amaba de verdad y a la que él amaba en la misma medida.

CUARTA PARTE

Entre el dolor y la justicia

28

Iba y venía. Era ya la tercera vez que Hugo regresaba a Barcelona cargado de vino caro y malo, y, lo que era peor, sin el menor indicio acerca del paradero de Mercè. En todas las ocasiones llegó a rodear castillos y casas fuertes; habló con soldados, payeses y criados; compró vino y lo bebió, sin dejar de intentar recabar información, discretamente. En el tercer viaje, desesperado por la falta de resultados, llegó a hacerse un tajo en la pantorrilla para preguntar por Regina. «¿Una médico, dices? ¿Mujer? ¿Por estas tierras? Nunca se ha oído de ello. Además, este corte no necesita atención de médico alguno. ¡Qué delicados sois los de ciudad! Mira, ¡ya no sangra!»

—La próxima vez tendrás que cortarte una mano —le dijo Caterina, tratando de quitar hierro a la situación y arrancar una sonrisa de labios de Hugo después de que este le relatara el fracaso de aquel último intento, mientras ella vertía aguardiente directamente sobre la herida, que volvía a sangrar.

—Es difícil que se produzca una cuarta —afirmó Hugo resoplando al ver que la herida espumaba al contacto con el aguardiente—. Nadie me creería. En este último viaje ya me he topado con ciertos recelos. No es usual tener a un corredor de vinos dando vueltas por allí. Son lugares en los que el vino no sobra. ¡Si hasta hubo quien pretendió comprar el mío!

Quizá más adelante podría adquirir vino de calidad en Sitges y de vuelta por el Garraf intentarlo de nuevo, aventuró.

—O disfrazarte —propuso Caterina

—¿Y quién simularía ser? Se me echarían encima alguaciles y

vegueres. Solo los delincuentes vagan por ahí. Nadie va de un lugar a otro si no es por alguna razón. ¿Cuál sería la mía?

Caterina torció el gesto. Se mantuvieron en silencio unos instantes, arriba, en la habitación; él sentado en la silla, mirando de cuando en cuando la herida de su pierna; ella de pie, paseando por la estancia.

—¿Y el almirante? —preguntó al cabo Caterina, conocedora ya de cuantas circunstancias rodeaban el nacimiento y la vida de Mercè—. ¿Qué sabe él?

Entre viaje y viaje Hugo había aprovechado para presentarse en el palacio de la calle de Marquet en varias ocasiones. Bernat no lo recibía, aunque eso no parecía suponer obstáculo alguno para que quisiera saber de él y de sus posibles gestiones, porque Guerao no perdía la menor oportunidad para interrogarlo, tanto que hasta el ama de Arnau, antes reacia, ahora se retiraba y los dejaba a solas con un niño que con algo más de un año ya andaba, y se caía y se levantaba, y con sus risas y gritos que reverberaban en las paredes de piedra insuflaba vida y alegría en un entorno que desde el rapto de Mercè se asemejaba a un mausoleo.

Hugo jugaba con su nieto y le hablaba de Mercè mientras soportaba las preguntas de Guerao: «¿El Garraf?, ¿allí compras vino?». «Tu madre regresará pronto», susurraba Hugo al oído de su nieto. «¿Otra vez al Garraf?», insistía Guerao. A la vuelta de su tercer intento, Hugo decidió mentir ante las preguntas del hombrecillo.

—¿De viaje? No. Es solo que no he podido venir a ver a Arnau. La taberna me ocupa mucho tiempo.

—Ya. Su señoría estaba intranquilo ante tu ausencia.

«¿Bernat intranquilo?», se preguntó Hugo. ¿Adónde quería ir a parar el mayordomo con tal afirmación? ¿Qué le importaba a Bernat dónde estuviera él?

—¿Acaso cree que tengo algo que ver con el secuestro de mi hija? —soltó Hugo de súbito.

Le intrigó la actitud con la que Guerao recibió tal pregunta. Esperaba un sobresalto, un respingo por lo menos, pero el mayordomo permaneció sereno, como si efectivamente sopesara esa posibilidad. Guerao meditó la respuesta.

—No. Su señoría no cree que hayas raptado a su esposa, pero esta falta de noticias sobre ella es extraña e inquietante. Hemos utilizado todos los recursos a nuestro alcance para hallar a Mercè y no hemos obtenido resultado alguno. Incluso el rey Alfonso ha intervenido. Se ha encontrado a los familiares de Roger Puig en el reino de Navarra, y no parecen haber intervenido en el rapto de Mercè. Hemos vigilado a algunos de los enemigos más notorios del almirante, y tampoco. No, el conde de Navarcles no cree que la hayas raptado, pero lleva algún tiempo conjeturando acerca de si existe alguna razón o circunstancia que pudiera afectar a Mercè y que él desconozca... y sin embargo debiera conocer o haber conocido.

Hugo alzó y agitó al niño por encima de su cabeza en un intento de ocultar su reacción ante las palabras del mayordomo. ¡Claro que había cosas que Bernat desconocía! Arnau estalló en carcajadas; unas risas inocentes, limpias y vibrantes, que se colaron en su ánimo como un soplo de vitalidad.

—No —contestó entonces a Guerao, con el niño todavía oscilando en el aire—. Puede estar tranquilo, no hay nada que tenga que saber y no sepa ya.

Esa noche, sentado en el jergón, Hugo se llevó las manos al rostro y suspiró. Caterina se mantuvo unos pasos más allá. Sabía cuál era el dilema, lo habían hablado tan pronto como Hugo volvió de la calle de Marquet. Hugo temía por la vida de Mercè. De poco habían servido sus averiguaciones en el Priorat o en el Garraf. Sin embargo, podía acudir a Bernat y contarle la verdad: hablarle de Arsenda, reconocer que él no era su padre, que Regina se la entregó... y advertirle, por lo tanto, de que no eran sus enemigos quienes le privaban de su esposa, sino la Iglesia en un movimiento artero a favor de Benedicto XIII.

Hugo no quería ni imaginar cuál sería la respuesta de Bernat si llegaba a enterarse de que, según Arsenda, aquella que parió a la niña, Mercè era hija del diablo. ¿Podría llegar a descargar su ira también en Arnau? Era un corsario, imprevisible en la violencia. En ese momento existía una realidad incuestionable: la felicidad de Arnau; la acababa de compartir. Si él se aliaba con Bernat podría acabar con el bienestar de Arnau... o no. Lo ignoraba, aunque tampoco eso garantizaba la libertad de Mercè. La Iglesia negaría su participación, por supuesto; hasta podría ser que la intervención del almirante conllevase que se deshicieran de Mercè por no tener que confesar culpa alguna ante tan alto ministro real. La ventura de su nieto a costa del peligro sobre su hija, ese era el conflicto. ¿Y qué podía hacer él si ni siquiera sabía dónde se encontraba presa Mercè?

—La decisión es clara —señaló Caterina al cabo de un buen rato.

Hugo todavía se cubría el rostro con las manos. Cuando las bajó, ella reparó en sus ojos enrojecidos.

—¿Cuál? —preguntó con la voz agarrotada.

—La que tomaría cualquier madre: procurar por su hijo aunque le vaya en ello la vida. Guarda el secreto acerca de Mercè.

Terminó asintiendo. Tenía razón Caterina, pero la suspicacia que levantaría en los escasos habitantes del Garraf otro viaje aconsejaba desistir, o cuando menos posponer algún tiempo un nuevo intento.

—¿Cómo voy a quedarme quieto sabiendo que mi hija está cautiva en algún lugar? ¿Y si le hacen daño?

—No, no nos estaremos quietos. Hay mucha gente que todavía tiene en el recuerdo a la mora y se sienten agradecidos hacia ella; quizá también guarden algo de gratitud para conmigo —añadió con humildad—. He pensado que a través de los esclavos podemos averiguar algo. Los esclavos siempre hemos sabido cuanto sucede a nuestro alrededor.

También habían intentado utilizar esa red de esclavos para encontrar a los hijos de Caterina que Roger Puig vendió, y de nada había servido. Hugo se abstuvo de recordárselo, aunque intuyó que la misma reflexión rondaría por su mente dada la afirmación sobre madres e hijos efectuada hacía tan solo un instante.

—Adelante, hagámoslo —consintió Hugo, y ella esbozó una sonrisa—. Gracias.

Caterina habló con algunos esclavos de su confianza, uno de ellos, confiscado a Roger Puig, vivía aún en el palacio de la calle de Marquet. Buscaban a Mercè, les dijo, que había sido como una hija para Barcha, todos ellos lo sabían. Sospechaban que estaba presa en algún lugar del Garraf. También les interesaba dar con Regina, añadió, la que denunció a Elena, la muchacha griega. Sabían que probablemente estaría refugiada en algún convento de monjas. Lo importante era que hablaran con los esclavos de especieros y drogueros; Regina los necesitaba para sus remedios y, un día u otro, ella o alguien enviado en su nombre acudiría a comprar.

Así transcurrió algo más de un mes y llegó julio de ese año de 1417, y con él la condena del papa Benedicto dictada en el Concilio de Constanza. «Contumaz, perjuro, hereje y cismático», esas fueron las acusaciones por las que se sentenció a Benedicto XIII. A diferencia de la sentencia de Juan XXIII, a Benedicto no se lo condenaba por crímenes contra la castidad o por relaciones inapropiadas con monjas, doncellas, casadas o viudas. Si existía algo que pudiera afectar al Papa a ese respecto, Arsenda no lo reveló.

Tras la sentencia, la detención de Mercè carecía ya de sentido, pero no la liberaban. Si es que todavía vivía..., se torturaba Hugo una y otra vez.

En noviembre de ese mismo año Constanza nombró un nuevo Papa: Otón Colonna, cardenal de obediencia romana que adoptó el nombre de Martín V. Con ese nombramiento la Iglesia ponía fin al Cisma de Occidente. Solo faltaba la renuncia de Benedicto, quien desde el inicio del concilio continuaba nombrando obispos y trasladando a las sedes más importantes a sus fieles: Climent a Zaragoza; Bertran a Barcelona; Nicolai a Huesca; Ram a Lérida; Mur y Tovía a Gerona y Urgell respectivamente; Moncada a Tortosa... Benedicto creía controlar la Iglesia de los reinos. Excomulgaba *ipso facto* a cualquier disidente y no cesaba en sus llamadas a la lealtad. Pero si Benedicto se defendía, Martín V jugó también sus bazas. El rey Alfonso acató la destitución de Benedicto, aunque se negó a mandar sus ejércitos contra él para expulsarlo del castillo de Peñíscola tal como le exigía el nuevo pontífice. El monarca tenía una razón para ello. Martín V atendía sus exigencias y le liberaba del pago del censo correspondiente a las islas de Sicilia y Cerdeña, pero solo por cinco años, cuando Alfonso pretendía que esa condonación fuera a perpetuidad.

Así las cosas, con el rey del lado de Constanza, a finales de año los propios cardenales y obispos fieles a Benedicto encabezados por el arzobispo de Zaragoza, Francisco Climent, lo exhortaron a que abdicara. La propuesta que le trasladaron era espléndida: anulación de su sentencia; se convertiría en la segunda cabeza de la Iglesia, solo por detrás del pontífice romano, y se le proporcionarían unas rentas formidables.

El Concilio de Constanza había conseguido su objetivo de deponer a los tres papas cismáticos. A Gregorio XII, quien renunciara en

1415 sin necesidad de juicio, se lo nombró arzobispo de Porto, si bien poco ostentó el cargo ya que falleció en octubre de 1417, un mes antes de la elección de Martín V. En cuanto a Juan XXIII, el segundo Papa cismático, condenado por más de setenta delitos entre los que se contaba el de envenenar a su antecesor, el papa Alejandro V, fue premiado con el obispado y cardenalato de Túsculo.

—Un Papa verdadero no renuncia —contestó sin embargo Benedicto XIII, quien alargó el Cisma de Occidente con la calculada indulgencia del rey Alfonso, aun cuando ningún estado le guardara ya obediencia.

Por su parte, Martín V mantuvo en sus cargos a todos aquellos a quienes Benedicto había nombrado, y solo tomó represalias en quienes ponían en entredicho su autoridad, si bien no tardaba en perdonarlos tan pronto como rectificaban. Tras el cisma era necesario rescatar a la Iglesia, olvidar rencillas y solventar problemas. Solo restaba Benedicto, el aragonés tan tozudo como convencido de su derecho, al que en un intento desesperado Martín V ordenó envenenar. Fracasó, y el fraile encargado de ejecutar el crimen fue quemado vivo en la playa de Peñíscola. Sin embargo, poco a poco, con el anciano nonagenario invicto pero encerrado y aislado en su castillo inexpugnable sobre el mar, decayó toda oposición al nuevo papa.

Quizá la red de esclavos no hubiera sido capaz de encontrar a los hijos de Caterina, unos niños que bien podían haber sido vendidos en los confines del reino, o incluso lejos de ellos, en Castilla o Navarra, pero el caso de Regina era diferente. La conversa se desplazaba de convento en convento ataviada con hábito religioso, en secreto, tanto como los aprietos a los que la liviandad llevaba a algunas de las monjas que requerían de sus servicios. Por lo que se refería a Arsenda, el hecho de saber que la hija del diablo que había parido continuaba viva parecía haberla afectado y decían que dedicaba la mayor parte de su tiempo a la oración, al ayuno y a la disciplina, encerrada en Bonrepòs para satisfacción de los cartujos de Escaladei. De todos modos, Regina era lo suficientemente conocida para poder prescindir de la intermediación de la abadesa Beatriz.

Regina sabía que Hugo la buscaba, pues poco tardó el obispo de

Barcelona en hablarle del asalto de Barcha, explicándole que la mora había contado a Hugo lo que él mismo se viera obligado a revelarle hacía ya dos años. Una de las monjas de Bonrepòs, agradecida por un favor anterior, mandó recado a Regina de la visita realizada por Hugo, y aunque no supo de sus viajes al Garraf, era consciente de que si daba con ella tendría muchos problemas.

A Regina su vida en los conventos la satisfacía plenamente. Escondió su condición de casada y se sumó a las beguinas, mujeres que sin llegar a profesar como las monjas, sin someterse a regla ni a orden religiosa alguna, entregaban su vida a Dios y al prójimo. Algunas se encargaban de cuidar a enfermos; otras consiguieron el permiso real para poder enterrar los cadáveres o los restos de los ahorcados; las había que amortajaban a los muertos, las que enseñaban a leer a los niños en los hospitales, o las que vivían entre los leprosos de San Lázaro. Eran mujeres que deseaban hacer el bien y vivir la espiritualidad, pero no entre los muros de una clausura. La Iglesia intentaba reducirlas a su obediencia, aunque hasta el momento no había conseguido sino toparse con una fuerte oposición por parte de unas beatas que, además, contaban con el apoyo de gran parte del pueblo y sus autoridades. Regina se unió sin problema a esas mujeres que carecían de autoridad y de normas, y vestida con hábito pardo de lana basta, toca blanca y manto negro era recibida y respetada en los conventos. En ocasiones hasta le pagaban, a pesar de que poco necesitaba esos dineros puesto que siempre disponía de ropa, cama y comida. Ejercía la medicina, su pasión, y desde hacía algún tiempo había llegado a verse influida por esa vida de reclusión, oración y silencio profesada en algunos conventos. El mundo exterior, aquel que tan duramente la trató en su condición de judía; los cristianos que aún recelaban de los conversos y ponían en duda su sinceridad y honradez; los enredos y mentiras de nobles y principales que tanto llegaron a decepcionar sus expectativas y sus ilusiones... todo eso quedaba fuera de los muros de los monasterios. Ya no quería tener a un hombre a su lado. Las aletas de su nariz se tensaban al recordarlos. No eran más que un hatajo de egoístas que no servían ni para dar placer y solo perseguían el suyo propio, que además alcanzaban con rapidez. No, no los necesitaba. Regina, pese a haber tenido que renunciar a los hombres al convertirse en beguina, encontró sin embargo en las mujeres el goce que estos le negaban.

En cuanto a Mercè, liberarla significaría entregarse al almirante, y Regina ya conocía sus procedimientos de cuando este asaltó el palacio de Roger Puig. Mercè se aprovechó de la traición de Hugo al conde de Urgell y la dejó aparte. Podía haber suplicado por ella a su padre, pero no lo hizo y ella tuvo que desnudarse en el patio... Luego no la ayudó. Nada hizo por ella. Le devolvió sus dineros, sí, pero ¿y qué de los trajes, los libros, los instrumentos de medicina? Se casó pese a su oposición y después nunca acudió a rogar su perdón. Lo conseguido por Mercè —un buen matrimonio, el título de condesa, dineros y honores— no era más que el sueño de Regina truncado por una mala elección: el apoyo al aspirante equivocado al trono, el conde de Urgell. Aun así no la mataría; no lo hizo en el momento de nacer y ahora tampoco pensaba hacerlo. Se lo propusieron tras la sentencia dictada contra Benedicto XIII, cuando la joven ya no les era útil. Podían hacer desaparecer el cadáver y el almirante nunca sabría de su intervención. «No», se opuso Regina. «Morirá más pronto que tarde», quisieron convencerla, por causa de la cárcel, las ratas, los insectos, la humedad, la inmundicia, las enfermedades... Pero ella se mantuvo firme: prefería dejarla viva, en manos del destino, que ordenar su muerte.

El esclavo moro que la acompañaba a su vuelta de la Disputa de Tortosa se alzó como un inconveniente para su estancia en algunos conventos, así que lo vendió y compró una joven esclava tártara, tan atractiva como exótica y sensual, y obediente y sumisa siempre que su ama la reclamaba junto a ella en el lecho. En la tercera ocasión en que esa joven, de cabello claro, labios carnosos y ojos verdes ligeramente rasgados, acudió al obrador que el especiero Guillem Marçal explotaba en la calle de los Especiers de Barcelona, junto al palacio Mayor, entre la plaza del Blat y la de Sant Jaume, el esclavo que trabajaba con él decidió comentarlo con el liberto interesado en esa información y que le había prometido un par de sueldos por ella. Era lo que le dijeron que buscaban: alguien que no acudiera con relativa frecuencia al obrador, que comprase en nombre de otro, atendiendo instrucciones previas, y que pidiera algunas de las hierbas que acostumbraban a adquirir las parteras: trementina, lináloe, estoraque, pelitre...

Mientras las introducía en la cesta que la joven portaba, el esclavo se las apañó para distraer una de las cajitas de madera en las que Guillem Marçal había ido poniendo las hierbas. Poco rato después de que la tártara hubiera abandonado el obrador, el esclavo, compungido, con la cabeza gacha, alzó la cajita frente a su amo, ocupado en la preparación de otro encargo. «¡Corre a buscarla, inútil!», le ordenó este. El esclavo la encontró, la siguió y no le devolvió la cajita hasta que descubrió adónde se dirigía: esa información también entraba en los dos sueldos.

El convento de Jonqueres. «¡Dónde sino allí!», exclamó Hugo con voz cansina. Aumentó el premio hasta los tres sueldos tras escuchar al esclavo del especiero. El muchacho le contó que había tenido oportunidad de hablar con la joven, agradecida al evitar una segura reprimenda ante la pérdida de una de las cajitas de hierbas, y que le había dicho que se llamaba Felipa y que no sabía cuándo volvería al obrador porque siempre andaba con su ama de un convento a otro. Entonces ella enmudeció, siguió explicando el esclavo a Hugo, al percatarse de que incumplía las órdenes de su ama de guardar reserva. Sin embargo, como ambos eran esclavos y él además se había esforzado por hacerle un favor, la tártara continuó hablando despreocupadamente. Incluso le dijo que le gustaría volver pronto, con la sinceridad a la que la llevaron unos agradables y desconocidos estremecimientos que jamás sentía cuando su ama la acariciaba. Luego, ante unos ojos jóvenes y brillantes que la devoraban, y una de las sonrisas más francas que jamás le habían dirigido, mudó su actitud y mostró un falso e ingenuo recato.

Apenas tres o cuatro mujeres se podían llamar médicos en el principado. Aprovecharía la noche para introducirse en el convento, como hacía en época de Arsenda, y raptaría a Regina: ese era el plan que Hugo decidió. Tan pronto como el esclavo concluyó su relato, corrió a comprobar si todavía existía el poyo que usaban los caballeros para subir a su montura y abandonar Barcelona situado en la pared exterior de la casa de aquella monja vieja de Jonqueres cuyo nombre nunca recordaba.

—Mejor que no —le aconsejó Caterina. Hugo quiso evitar su mirada. La otra insistió—. Es descabellado, Hugo. Es un convento, una pequeña fortaleza destinada a proteger a las monjas. Lo conoces. No podrás salir, y menos cargado con una mujer como Regina. El escándalo será enorme y te detendrán.

—Tengo que hacerlo —repuso él—. Ya has oído al esclavo: Regina se irá de ese convento y entonces le perderemos el rastro.

—No dejaremos que eso suceda. Pedro puede vigilar con un amigo, e irse turnando con otros cuando tengan que ausentarse. El torrentillo ese que está junto a la plaza es un lugar idóneo para esconderse. Habrá gente de guardia, día y noche, hasta que Regina salga del convento.

—Por la noche no es necesario. Las puertas de la ciudad están cerradas.

—Podría trasladarse a otro convento de Barcelona —apuntó Caterina.

Hugo asintió.

—Pero si así fuera, seguro que irán con alguna caravana. Una beguina y una esclava joven no pueden viajar solas —dijo él.

Se dirigían a Terrassa, en el Vallès. Eso les comentó Pedro que le contaron los arrieros que, a primera hora de la mañana, esperaban a la beguina y a su esclava en las cercanías de la puerta de Jonqueres, junto al convento. El vino que el muchacho llevaba en el odre, y que compartió con ellos a cambio de unos pedazos de pan y queso, animó la charla. Pedro les mintió asegurando que deseaba ser arriero y lanzarse a los caminos. Ellos se recrearon en sus experiencias. Pedro insistió: «Decidme, ¿adónde vais ahora con la beguina?». Hacían el camino del Llobregat.

Hugo y Caterina asintieron: era el mismo camino que llevaba a Navarcles. A la altura de Castellbisbal la beguina tenía intención de unirse a otra caravana o a alguien que fuera a Terrassa, al convento de Santa Margarida del Mujal. Hugo interrogó a Caterina y ella se encogió de hombros. Ninguno de los dos conocía ese convento; los arrieros sí. «Hace tiempo —contaron como si hicieran partícipe a Pedro de una confidencia—, el obispo se vio obligado a clausurar el convento por la conducta inapropiada de las monjas, que mantenían relaciones con hombres, pero ahora lo han vuelto a abrir y parece que han rectificado su comportamiento.»

Hugo sonrió con cinismo: si Regina tenía aquel convento como destino, poco habían cambiado las costumbres en aquel lugar.

—¿Qué vamos a hacer? —inquirió Caterina una vez que Pedro los dejó solos en la habitación que estaba sobre la taberna.

—Tú nada —contestó Hugo tomándola del mentón y alzando hacia sí un rostro que la otra escondió tan pronto como oyó la respuesta—: Quédate aquí y cuida del negocio. Deja que yo me ocupe.

—Pero ¿qué harás? —preguntó con la voz tomada.

—Querida, eso ya lo preguntaste el día que te dije que pretendía colarme en el convento de Jonqueres. No puedes repetirlo ahora, después de que haya seguido tus consejos.

La besó en la boca y saboreó el salobre de las lágrimas en sus labios.

Esa misma mañana Hugo se aprestó para salir en persecución de Regina; proyectaba adelantarla por caminos interiores una vez rodeada la sierra de Collserola y esperarla en algún lugar cerca de Terrassa y del convento de Santa Margarida del Mujal. Con la ayuda de Caterina, cargó varias cubas vacías en la carreta y unció las mulas. Ella le entregó pan, queso y carne en salazón, provisiones que Hugo acomodó en la carreta junto al odre de vino y un frasco de aguardiente, además de buena ropa de abrigo. Caterina forzó una sonrisa en la despedida, aguantándose el llanto, aunque el mentón, algo tembloroso, la delataba. Hugo la besó con ternura, una, dos veces. Ella musitó que tuviera cuidado, que lo esperaría, que lo necesitaba, que su vida sin él no tenía sentido. Hugo le pellizcó la mejilla y, tras lanzarle un último beso, arreó a las mulas para abandonar la casa por el huerto trasero.

Cruzó Barcelona ajeno a gritos, pregones y alborotos, con el esfuerzo de Caterina por no llorar agarrado a su estómago. Ella todavía se debatía entre su miedo a la soledad y el apoyo a Hugo en su lucha por recuperar a Mercè. Supo por Pedro que, durante sus estancias en el Garraf, Caterina había acudido a la iglesia de la Santíssima Trinitat, la de los conversos, muy cerca de la taberna, y que allí había entablado una relación de confianza con uno de sus sacerdotes, mosén Juan. Fue precisamente él quien la animó a que lo apoyase; de ahí la diferencia en la actitud de Caterina tras el último infructuoso viaje de Hugo al macizo.

Hugo, por su parte, continuó acudiendo a Santa María de la Mar, pero eso no fue óbice para que fuera generoso con mosén Juan, le regalara vino o lo atendiera gustoso en la taberna, donde charlaban sin que el sacerdote perdiera la oportunidad de darles algunos consejos una vez aclarada la situación de Hugo. «¿Y tu esposa?», fue lo primero que le preguntó. Hugo mezcló verdades y mentiras: no sabía dónde estaba; había desaparecido... si es que todavía vivía. El mosén asintió; muchos eran los casos de personas que fallecían sin que sus cónyuges pudieran acreditar su muerte.

Mosén Juan era un hombre pausado, comedido y afectuoso que llevó a Hugo y Caterina a recuperar aquella relación tranquila que mantuvieron al inicio, en su primer viaje a Balaguer, cuando se entregó a Caterina y además consiguió beneficiar a Mercè. Hacía ya cuatro años de aquello. Hugo calculó que ahora debía de rondar los cuarenta y dos años, no lo sabía con certeza. Caterina era algo menor. Dios los había favorecido con una vida larga que confiaban se extendiera todavía más. Los dos gozaban de buena salud, se mantenían fuertes y se movían con soltura, aún tenían todos los dientes y, si Caterina lucía un cabello rubio, tupido y brillante al sol, Hugo no era menos y conservaba buena parte de su cabello

Habían retomado su amor y compartido plenamente la preocupación por Mercè. Caterina venció sus miedos y lo apoyó, y eso le proporcionaba las fuerzas suficientes para continuar por aquel camino que tantos recuerdos le traía de sus viajes a Navarcles en busca de vino, uno de ellos con Caterina, cuando, conmovido por su mirada, llenó las cubas de su carro con la miseria de los payeses.

En masías y pueblos preguntó con discreción por la caravana a la que se había sumado Regina. «No puedo esperar a otra que venga por detrás de mí y, sin embargo, me gustaría viajar acompañado», alegaba. Un hombre le dijo que sí, que varios arrieros iban por delante de él, que le llevarían una ventaja de una o dos leguas como mucho.

—No sé si podré alcanzarlos. ¿Viajan rápido?

Hugo sabía el porqué de aquella pregunta.

—¡No! ¡Tranquilo! —respondió riendo el hombre—. Arrastran a una monja, o a una beguina, no las distingo. Tendrán que detenerse. No creo que aguante el paso ni que la monten a horcajadas en una de las bestias.

Llegarían hasta Castellbisbal, con toda seguridad, pensó Hugo. Allí harían noche y, si encontraban compañía, seguirían hasta Terrassa al día siguiente. Continuó la marcha y antes de anochecer llegó a las cercanías de Castellbisbal. Preguntó a un payés y dos muchachos, probablemente sus hijos, que trabajaban un huerto, si habían visto alguna caravana a la que pudiera unirse. «Sí», contestaron, hacía rato de la llegada de unos arrieros. Los dos jóvenes observaron a Hugo e inspeccionaron con atención la carreta. ¿Qué hacía allí? ¿Compraba vino? ¿Vendía? Hugo los invitó a un trago del odre. Padre e hijos se lo agradecieron y luego permanecieron los tres en silencio, como si les hubiera sabido a poco. Repitieron.

—Y en cuanto a la caravana… —trató de darles pie Hugo.

—¿Tanto te interesa? —preguntó uno de los jóvenes.

—Viajo solo. Sí. Ya os he dicho que me gustaría continuar en compañía.

—Tú la compañía que quieres es la de la esclava —le recriminó con picardía uno de los hijos.

Hugo vaciló e hizo un gesto de ignorancia.

—¡La esclava de la beguina! —aclaró el otro, y Hugo sonrió al entender que se referían a la tártara, a quien no conocía, y sirvió otra ronda de vino.

—No acostumbran a verse mujeres tan bellas como esa por estos lugares —aseguró el padre.

—¡Ni con tan mal carácter como su ama! —añadió el otro hijo con las risas y la aquiescencia de los demás.

Hugo se sumó a ellas.

—¡La tentación y el martirio…! —exclamó—. Mala combinación para un viaje. Prefiero continuar en solitario.

—Harás bien —oyó ya a su espalda—. El pecado persigue a esas mujeres.

«No lo sabes bien», estuvo tentado de responder.

Encontró Santa Margarida del Mujal, una ermita pequeña junto al propio convento, que tampoco era grande, en las afueras de Terrassa, cerca del camino por el que se accedía hasta la población desde el castillo de Rubí, su iglesia y el escaso caserío nacido a su amparo. Se aproximaba diciembre y con él un invierno crudo que en aquella zona entre montañas parecía multiplicarse al compás del soplar de vientos gélidos que recorrían los valles y golpeaban con fuerza los rostros descubiertos de los habitantes de aquellas tierras.

Hugo escondió mulas y carreta en un bosque cercano y se apostó entre los árboles del sendero que llevaba hasta el convento. Desde allí dominaba tanto este como aquel, e incluso el camino principal, que discurría en su mayor parte junto a una riera. Bebió un buen trago de aguardiente para calentarse. El líquido le arañó y le quemó la boca y el esófago hasta reventar en el estómago. Intuía que no tardaría en encontrar a Regina. Lo lógico era pensar que ella y su esclava se separarían de sus acompañantes; estos continuarían hasta Terrassa y ellas cogerían el sendero que moría en el convento. Se trataba de una zona abierta, visible, y el trayecto desde el camino era corto, lo bastante para considerar una precaución excesiva y absurda que alguien se plantease buscar protección o compañía para recorrer ese trecho. Hugo tocó el cuchillo de Barcha con el mango labrado por Jaume y lo extrajo un poco para comprobar que salía sin problema. Se abalanzaría sobre ellas con el arma en la mano, simple y sencillamente. Regina no gritaría ni pediría auxilio. Estaba convencido; no era su carácter y menos frente a él. De la esclava no podía estar seguro, pero esperaba que, al ver que su ama no prorrumpía en gritos, optara por imitarla. Y en el caso de que alguien las acompañara hasta las mismas puertas del convento, calcularía sus posibilidades de éxito; si no las asaltaba entonces, esperaría los días que fueran necesarios, allí mismo, a que Regina volviera a abandonar ese convento para acudir a otro. La vida de Mercè estaba en juego.

Al final, tuvo que esperar. Ese día entero, y también el siguiente. Lo hacía hasta bien entrada la noche, cuando ya nadie transitaba por el camino junto a la riera. La ropa de abrigo y el aguardiente, que menguaba trago a trago, no bastaban para soportar las temperaturas bajas. «Un día más», se dijo, aterido. Tenía vino, pero la comida empezaba a escasear y no podía dejar de vigilar para ir a comprar alimentos a la población. Algo debía de haber sucedido. No se había distraído, y fueron varios los arrieros y muchos los payeses que vio discurrir por el camino principal con destino a Terrassa, los suficientes para que Regina y su esclava los hubieran aprovechado como compañía.

Regina no había llegado, estaba seguro. Aun así, antes de regresar a Castellbisbal, Hugo dejó su escondite y se encaminó con decisión al convento.

—He venido con ella desde Barcelona —casi gritó a la portera, quien, tras darle la paz, lo atendía tras la habitual reja del ventanillo en la puerta que separaba a las monjas del mundo exterior—, desde el convento de Jonqueres, ¿sabéis? Me ha explicado que venía aquí a... ya sabéis, ¿no? —Hugo hablaba con precipitación, proporcionando datos a aquella monja que escuchaba tras la reja con el objetivo de convencerla de su relación con Regina—. En el camino me ha tratado esta herida en la pierna, ¿veis? —Se agachó para hacer ver que destapaba la herida—. ¿Veis? No, claro. Hace tres días que llegamos a Castellbisbal, yo me he adelantado para unos negocios, y ella me dijo que terminaría de curarme la pierna aquí. ¿Podéis avisarla de que la espero aquí fuera?

—No está —contestó la monja tras la puerta.

—¡Pero si hace tres días que la dejé!

—Pues no ha llegado. Algo debe de haberla demorado en Castellbisbal.

A Hugo le dio la sensación de que la monja era sincera.

—¿Estáis segura? —insistió.

—Yo no miento. ¿Por qué iba a hacerlo? —se ofendió la religiosa.

—Disculpadme. Estoy muy alterado con esta herida. Sí, seguro que algún imprevisto la habrá retenido en Castellbisbal.

A las afueras de Castellbisbal pasó junto al huerto donde había conversado a la ida con el payés que lo cultivaba y sus dos hijos, aunque en esa ocasión solo lo acompañaba uno de ellos. Atardecía y el frío arreciaba. Hugo se detuvo a charlar con ambos y les ofreció vino. No quería entrar en Castellbisbal; si Regina estaba allí podía descubrirlo.

—Suerte que me advertisteis de la lentitud de la caravana con la beguina esa, porque de haberme retrasado un solo día no habría cerrado mis negocios.

El padre se lanzó a hablar sin necesidad de que Hugo insistiera más. ¡Había sido un escándalo!, le dijo. Varios hombres armados irrumpieron en el hostal donde pasaban la noche la beguina y su esclava y raptaron a la primera.

—A la esclava la dejaron —terció el hijo en la conversación, contento como si se fuera a quedar con él—. Está con el baile.

—¡A una beguina! —exclamó el padre santiguándose—. Ya están excomulgados, sin que nadie tenga que declararlo. Atacar a una mujer que solo hace el bien. ¿Dónde se ha visto tal maldad?

Hugo le invitó a vino.

—Eran varios —contestó después a sus preguntas—, aunque nadie sabe cuántos exactamente; unos dicen que tres, otros que cuatro...

Y no, precisó antes de que Hugo lo preguntase, no dijeron nada que pudiera aclarar quiénes eran o por qué lo hacían. Al parecer, actuaron en el más absoluto silencio.

«Regina raptada...», se sorprendió Hugo. ¿Quién querría hacer tal cosa? Un mal presentimiento le encogió el estómago mientras el payés continuaba quejándose de aquel ataque.

—¿Sabes si entre esos desalmados había un hombrecillo?

El payés ladeó la cabeza con gesto hosco, extrañado por la pregunta.

—¿Hombrecillo?

—Sí —insistió Hugo con la mano extendida en el aire, más o menos a la altura de su cuello, indicando la talla de Guerao—. Enjuto y serio, con cara de pocos amigos.

—No. Todos eran fuertes y...

—¿Uno que andaba a pasitos cortos y rápidos, con prisa, como un pato? —interrumpió el hijo.

—Sí —lamentó responder Hugo.

—No estaba con ellos, pero vi a un hombre así antes de que raptaran a la beguina.

Bernat se hallaba con el rey, fuera de Barcelona, apaciguando las luchas entre los nobles de Aragón originadas a raíz del asalto perpetrado por Juan de Pomar al castillo de Mozota y el rapto de doña Angelina Coscón, su amada, que no era otra que la esposa del baile general de Aragón, Ramón de Mur. Los familiares y amigos del esposo ultrajado se enfrentaban a los del raptor, creando complicidades y enemistades que llevaban al reino a una guerra intestina. Resultaba curioso, pensó

Hugo, que Bernat se ocupara del rapto de otra mujer que no fuera la suya. Guerao tampoco estaba en el palacio de la calle de Marquet, y cuando preguntó por él, recibió un desplante como respuesta. El esclavo viejo de tiempos de Roger Puig, aquel al que Caterina se había dirigido en el momento de buscar a Regina, le susurró después, cuando ya abandonaba el palacio, que estaba en el castillo de Navarcles.

Hugo había pensado en esa posibilidad mientras aún estaba en Castellbisbal, al comprender que eran hombres de Bernat los que habían raptado a Regina. Llegó a sopesar el continuar hasta Navarcles mientras trataba de deshacerse del payés del huerto, empeñado en esclarecer cómo sabía él de aquel hombrecillo extraño que su hijo llegó a ver el día del secuestro de la beguina. Fueron las propias mulas las que, en la encrucijada, se encaminaron hacia el mar en lugar de hacia la montaña, y Hugo las dejó hacer, diciéndose que podían haber llevado a Regina en cualquier dirección. Ahora era evidente que las mulas equivocaron el camino.

A su nieto Arnau no le permitieron verlo; en ausencia de Bernat y de Guerao, en todo lo relacionado con el niño mandaba el ama, y mucho era el rencor acumulado contra Hugo por una criada que a falta de la madre empezaba ya a suplantarla. Desgraciadamente, se mortificaba Hugo en cada ocasión en que lo pensaba, aquella mujer se apropiaba del afecto y la entrega de una criatura de poco más de un año que no entendía de secuestros, Iglesia ni papas, y que lenta e inconscientemente relegaba a algún lugar inhóspito de su inocencia los recuerdos de su verdadera madre.

¿Volvería a ver a su nieto?, pensó mientras regresaba a la taberna. Regina desvelaría el lugar donde permanecía presa Mercè..., si es que todavía vivía. Un estremecimiento asaltó el cuerpo de Hugo ante la visión de Bernat, encolerizado, en las mazmorras del castillo de Navarcles. ¿Quién resistiría sin desvelar lo que el almirante deseara saber? Regina capitularía, no le cabía duda de ello. Pero era incapaz de anticipar qué medidas tomaría Bernat cuando se enterara de que Mercè no era hija de Hugo... Por primera vez pensó en que también la propia Mercè lo descubriría. El estremecimiento sufrido un instante antes quedó en nada ante la sacudida que le produjo ese pensamiento. Se vio incapaz de imaginar cómo reaccionaría Mercè ante tantos años de mentiras. Regina insistiría en que era la hija del diablo, y era imposible saber si Bernat haría caso a esa ofensa.

Tal como entró en la taberna, sin saludar siquiera, Hugo cogió al vuelo una de las escudillas de vino que Pedro llevaba a un cliente y la bebió de un solo trago. Caterina lo miró sorprendida, luego preocupada, tras verlo acercarse a una cuba y servirse una buena copa, que también escanció sin respirar. Una cadena de fatalidades se acumulaban en la cabeza de Hugo. Imaginaba a Mercè muerta... o viva, pero en ese caso decepcionada con él. Recriminándole su mentira, repudiándolo como padre. Y alejándolo para siempre de su nieto, Arnau. En ese alud de malos presagios, veía a Bernat pegándole o deteniéndolo, tomando represalias contra él y contra su esposa: Mercè, esa que, según Regina, era hija del diablo. Eso le encantaría a Regina...

Fue a escanciar más vino y una mano se lo impidió. Caterina le sonreía, pero él trató de zafarse de sus dedos cálidos. «No pienses más», le recomendó ella con ternura. Luego fue la propia Caterina la que sirvió el vino de la cuba en su copa y se lo dio a beber para que supiera que estaba con él, que lo protegía.

Pese al cariño de Caterina y las visitas de quien ya se había convertido en amigo y en un habitual de la taberna, mosén Juan, a quien por otra parte escondían todo lo relacionado con Mercè, los días que tardaron en tener noticia de Bernat se convirtieron en un martirio, al que no pareció poner fin el semblante serio y adusto de Guerao la mañana en que se presentó en la taberna para citarlo al palacio de la calle de Marquet.

—¿Ahora mismo? —se extrañó Hugo ante la orden del mayordomo.

—Sí.

—Te acompaño —se ofreció Caterina.

—No —se opuso Guerao.

—Pero... —quiso discutir ella.

—No es necesario, querida —la calmó Hugo.

De camino al palacio de Bernat, Guerao se mantuvo en silencio. ¿Qué sabían de Mercè?, le preguntó Hugo. Y Regina, ¿qué les había revelado en el castillo de Navarcles? Guerao ni siquiera mudó el semblante ante el hecho de que Hugo conociera su intervención en el rapto de la beguina. El hombrecillo andaba con rapidez, atento a sus pasos, y siguió haciéndolo al entrar en el palacio, subir la escalera y acceder al gran salón donde los esperaba Bernat, sentado, vestido de negro. Guerao se retiró a su esquina y Hugo se quedó en pie ante el almirante, que no le invitó a tomar asiento.

—Me engañaste —le recriminó este. Hugo estuvo más atento a los gestos y a la voz de Bernat que al contenido de sus palabras. Parecía sereno, y la voz le surgió fría y seca, aunque no amenazadora por el momento—. ¿Qué tienes que decir? —preguntó el almirante elevando el tono.

—No —contestó. Lo que en tantas ocasiones había pensado ante aquella acusación—. No te engañé.

—Mercè no es tu hija.

—Sí que lo es. La he querido, cuidado y atendido desde el mismo día en que nació.

—Eso no te convierte en padre.

Por primera vez los dos hombres enfrentaron su mirada.

—Yo creo que sí —le retó Hugo.

El otro no replicó y le permitió iniciar el discurso que llevaba preparado.

—Lo importante es el amor, la entrega, la vida diaria. El temor por su bienestar; las alegrías compartidas... o las tristezas. —Hugo quiso transmitirle a través de la mirada todas aquellas sensaciones que ahora se le atragantaban en la garganta, pero Bernat permaneció impasible—. He dado todo por Mercè ¡y mi vida daría ahora! ¿Me entiendes? —Bernat ni siquiera pestañeó—. Sí, es posible que yo no la engendrase, pero ¿qué importa quién sea el padre si yo soy quien ha ocupado ese lugar desde el mismo día de su nacimiento?

—Importa si es el diablo.

Lo masculló. Solo eso: lo pronunció entre dientes. Hugo sintió que un sudor frío le descendía por la espalda.

—¿No irás a creer tal necedad? Conoces bien a Mercè, eres su esposo.

—Ya no. He acudido al obispo para anular ese matrimonio. En cuanto a si es una necedad, la propia madre de Mercè, tu hermana... ¡tu hermana! —gritó ahora para volver a descender el tono— sostiene que sí, que Mercè es hija del diablo. Que a ella la montó Satanás. Que la jodió el maligno. Eso es lo que ha afirmado y suscrito ante los escribanos del obispo. Yo he estado presente en el palacio del obispo. La he visto. He escuchado el relato de las monjas que la han inspeccionado, ¡tiene grabadas las marcas del diablo entre los muslos!

—¡Por Dios...! —exclamó Hugo.

—¡Me ha dicho que la matara, Hugo! ¡Que la matara! —aulló Bernat—. ¿Qué madre pide eso para su hija si en verdad no es el fruto de una relación con Satanás?

—No puedes creerlo.

—El obispo también lo cree, y los sacerdotes y las monjas que están con él.

Hugo buscó algún lugar donde apoyarse, pero no lo encontró. Guerao dio un paso hacia él al ver que temblaba, pero un gesto imperativo de Bernat lo detuvo. Hugo respiró hondo, varias veces, irguió la cabeza y tras ella consiguió que lo hiciera todo el cuerpo.

—¿Dónde está mi hija? —preguntó dándolo ya todo por perdido—. ¿Qué ha sido de Mercè?

—Ni lo sé ni me importa. En caso alguno procuraré por ella.

A falta de palabras, Hugo negó con la cabeza. ¿Cómo era capaz Bernat de repudiar con tal frialdad a quien hasta hacía poco decía amar? Lo preguntó:

—¿Cómo... cómo puedes ser... tan cruel?

—Al solo recuerdo de la hija del diablo en mi lecho siento asco. ¡No puedo dormir pensando que he yacido con ese ser maldito! ¿Me llamas cruel? La repugnancia supera cualquier otro sentimiento. Por otra parte, el rey me destituiría si no encontrara en mí esa respuesta. ¿Acaso alguien encomendaría su armada a quien convive con el diablo?

—Por Dios, Bernat, por tu padre ¡y tu madre! Fui de los pocos que acudió a su entierro. Por la ballesta que robé para ti o las monedas de plata que te regalé...

—Ni siquiera su madre, tu hermana, está dispuesta a hacer algo por Mercè. ¡Quiere que la mate!

—Ella... —Hugo meditó unos instantes sus palabras—. Si te jurara que nos iríamos de estos reinos, a Castilla, o más lejos aún... a Portugal, ¿harías algo por liberarla?

—No.

Hugo se vio impotente. Con el estómago encogido y las lágrimas pugnando por surgir, se dejó caer de rodillas ante Bernat y le besó los zapatos.

—Piedad, mi señor —sollozó sin separar los labios del cuero del calzado de Bernat, quien no hizo gesto alguno por que se levantase—. ¡Sé compasivo!

Clemencia. Magnanimidad... Hugo se cansó de suplicar y besar aquellos zapatos. Sin alzar la cabeza, cesó en sus besos y calló. Temblaba. El silencio asoló la gran estancia.

—Preferiría su muerte, Hugo —oyó al fin de boca de Bernat—, pero no seré yo el que se enfrente al diablo por la ejecución de su hija. ¿Quién puede predecir sus represalias?

—¿Dónde está? —insistió Hugo.

—Ya te he dicho que no lo sé.

—Regina lo sabe. Tú la tienes presa. Permíteme hablar con ella —le rogó.

—Tendrás oportunidad de hacerlo.

Hugo alzó los ojos y se topó con los calzones de Bernat.

—Sí —añadió el otro—, Regina ha preferido morir en vida, aquí en Barcelona, que hacerlo en mi castillo entre las ratas. Nadie, aunque excuse sus actos en que se trataba de la hija del diablo, puede osar robarme y quedar impune.

—Regina actuó en complicidad con el obispo y con otros grandes de la Iglesia. ¿Ellos quedarán impunes?

—Ese no es tu problema, pero en cualquier caso debes saber que el obispo le aconsejó que no lo hiciera, eso es lo que me ha explicado. Regina actuó por su cuenta y riesgo.

—Si fuese así, ¿cómo ha conseguido un lugar donde encarcelar a Mercè? No es más que una beguina...

Bernat lo interrumpió con un gesto displicente de la mano; los dedos quedaron extendidos, lacios en el aire. Guerao corrió hacia Hugo, lo asió por las axilas y lo obligó a levantarse. El almirante también se levantó de su silla y les dio la espalda, dispuesto a irse.

—¿Y el niño? —consiguió preguntar Hugo.

Bernat se detuvo, pensó y se volvió.

—Arnau está en manos de la Iglesia. Ellos determinarán si es o no diabólico. Si no lo es, regresará conmigo, como mi hijo legítimo y heredero. —Hizo una pausa y habló de nuevo, poniendo en su tono todo el desprecio que era capaz de expresar—. No quiero verte más, Hugo. Cuida de no cruzarte conmigo porque ahora ya no tienes quien interceda por ti.

—Bernat… —suplicó de nuevo Hugo tratando de zafarse del abrazo del mayordomo.

—¡Guardias! —llamó Guerao mientras Bernat se alejaba.

Un par de soldados irrumpieron en el salón y reemplazaron al mayordomo, agarraron a Hugo sin contemplación alguna y lo arrastraron hasta la calle, donde disfrutaron lanzándolo a tierra, al barro, a las inmundicias acumuladas en esos días lluviosos del mes de diciembre del año de 1417. Hugo resbaló entre las piernas de los ciudadanos que trataron primero de apartarse para que no les cayera encima y después procuraron sortearlo. Nadie hizo ademán de ayudarlo a la vista de los dos soldados que reían junto a la puerta del palacio de la calle de Marquet.

29

El mismo día en que Bernat le comunicó que había repudiado a Mercè, Hugo regresó al Garraf y preguntó sin ambages. Nadie supo darle cuenta de una mujer joven que estuviera presa en un castillo o una casa fuerte de la zona. Pagó con generosidad por dormir, en una masía, y pasó la noche, muy fría, en el establo al calor de los animales y del aguardiente. Intentó dormir, con Mercè castigando sus sentidos; la veía, le parecía poder acariciarla y hasta creía oler su aroma a pesar de estar rodeado de excrementos de cabras y ovejas. Permaneció acurrucado sobre la paja, quieto, atemorizado, acongojado. Bebió aguardiente, más que nunca, hasta que cayó en una duermevela inquieta en la que solo la visión de Caterina le tranquilizaba. Ella lo había animado a emprender aquel nuevo viaje sin sentido al Garraf después de que Hugo le relatara lo sucedido con Bernat. Le besó y le deseó suerte, una fortuna que el carlán de la torre de defensa de Campdàsens se ocupó de frustrar en cuanto Hugo entró en la cocina de la masía a desayunar. El hombre, que por sus ropas, su presencia o sus modales podría haberse confundido con cualquier payés de la zona, lo esperaba desde el amanecer. Una espada herrumbrosa y un penco amarrado a una argolla en la pared de la entrada lo distinguían como caballero.

El matrimonio de payeses convivía en la masía con dos ancianos desdentados, una tía y una prima —según se las habían presentado la noche anterior—, y varios hijos, de edades diversas. Todos saludaron a Hugo con más o menos ánimo, en una algarabía que decayó hasta alcanzar un silencio casi reverencial.

—La paz —se dirigió Hugo al carlán tomando asiento a la mesa, allí donde uno de los hijos mayores se levantó para permanecer en pie con aquellos otros miembros de la extensa familia que tampoco tenían sitio.

—¿A qué viene tanta pregunta acerca de una mujer presa? —le soltó el otro, sin saludar, señalando a Hugo con la punta de un mendrugo de pan.

—Busco a mi hija. Mercè se llama.

—¿Y crees que está aquí, presa, según dices?

—Pudiera ser.

—¿Qué delito cometió tu hija?

—Ninguno —contestó Hugo intentando contener la emoción.

—Entonces ¿por qué íbamos a tener a tu hija presa en el Garraf?

Hugo no quiso replicar. Oyó cuchicheos a su espalda, el payés y otro de sus hijos se removieron inquietos en sus sillas. El caballero todavía le señalaba con la punta del mendrugo, que había ido moviendo en círculo mientras hablaba. Alguien palmeó y se frotó las manos para mitigar el frío. La chimenea ardía con viveza, pero el viento se colaba por las ventanas con los postigos ya abiertos. Hugo suspiró antes de hablar.

—Entendedme, solo busco a mi hija. Es buena persona.

—Aquí no hay nadie preso. Ni en Campdàsens ni en ningún otro castillo del Garraf. Estas tierras pertenecen a la Pia Almoina de la catedral de Barcelona. ¿Cómo iban el obispo o sus vasallos a tener presa a una mujer que no ha cometido delito alguno? ¿Por qué razón habrían de hacerlo?

Hugo lo miraba, intentaba transmitirle con los ojos todo aquello que no podía contarle en palabras.

—¿Has preguntado en el obispado? Ellos te dirán.

Hugo suspiró y negó con la cabeza. El caballero dejó el pan sobre la mesa; luego lo pensó mejor y se lo llevó a la boca.

—No quiero verte más por aquí —ordenó sin dejar de masticar, originando una lluvia de migas sobre Hugo—. De lo contrario, seré yo el que te encarcele. Aquí la jurisdicción criminal es nuestra y la ejercemos con dureza, te lo advierto. No queremos miserables curiosos como tú rondando nuestras propiedades y nuestras gentes.

—¡Solo intento encontrar a mi hija!

—Vete —le ordenó el carlán.

Hugo hizo ademán de alcanzar un trozo de pan y algo del tocino por los que había pagado la noche anterior. El caballero golpeó la mesa con una mano y llevó la otra a la empuñadura de la espada.

—¡Fuera!

Pedro dio un salto atrás cuando Hugo escupió el vino a sus pies, con fuerza, de forma explosiva. Era la segunda cuba que encontraba avinagrada.

—¡La puta madre de todos los demonios! —gritó entre otros muchos improperios. Se alejó un paso más. Aquel vino llevaba envejeciendo cerca de dos años y ahora…—. ¡Todo a la mierda! —gritó de nuevo—. ¿Por qué no me has advertido? —le recriminó a Pedro.

El muchacho vaciló.

—Pero… Yo no sé. Siempre me habéis dicho que no tocase las cubas…

—¡Excusas! —le interrumpió Hugo gesticulando violentamente en el aire. El movimiento le hizo perder el equilibrio y tuvo que buscar apoyo en otra cuba—. Valiente tabernero que no sabe cuándo se está avinagrando un vino.

—No me dejáis tocar esas cubas —insistió Pedro.

—¡El olor! ¡Eso debería ser suficiente!

Hugo hizo un aspaviento, pero trastabilló y tuvo que apoyarse de nuevo en la cuba.

—¿Qué son esas voces? —se oyó desde arriba de la escalera.

Pedro no contestó a Caterina. Hugo tampoco.

—¡Necio! —gritó en su lugar.

Caterina bajó y, comprendiendo la situación, le susurró algo a Pedro, le palmeó la mejilla y lo mandó arriba a atender a la clientela. Luego se acercó a Hugo.

—¡Dos cubas enteras avinagradas! —se lamentó este.

—El muchacho no tiene la culpa. Él no sabe de eso.

—Entonces, si no estoy yo, ¿quién se ocupa del vino? ¿Acaso tú?

—Sabes que tampoco. Tú eres el único que entiende de vino —dijo ella con voz serena.

Hugo le alargó la escudilla y la agitó en dirección a otra de las cubas, apremiándola a servirle vino de aquella. Caterina cogió el cuenco y reprimió un suspiro de resignación. La misma noche anterior ya había intentado que no bebiera tanto. Se lo rogó, pero Hugo replicó con una rudeza impropia en él. Caterina no insistió, como no lo hizo ahora al introducir la escudilla en la cuba abierta y sumergirla en el vino.

Desde su regreso del Garraf, meses atrás, cada jornada terminaba de forma similar: con Hugo bebido, unos días totalmente borracho y otros en ese punto en el que la conciencia aparecía y desaparecía, como si pugnase por permanecer despierta pese a los esfuerzos del bebedor por aniquilarla. Que alcanzase un estado u otro dependía de que ingiriera vino o aguardiente, pero por encima de ello incluso, de lo mucho o poco que ese día se hubiera reprochado el fracaso en sus intentos por liberar a Mercè. Incluso había acudido al obispado, como le había recomendado el caballero de Campdàsens, en una, dos, tres ocasiones. En ninguna de ellas le permitieron siquiera acceder al patio del palacio.

—Tú eres el que acogió como suya a la hija del diablo —le reprobó un joven sacerdote que hacía de portero antes de negarle la entrada; lo hizo desde una distancia prudencial, como si estuviera tratando con un apestado.

No lo intentó más. La intervención de Bernat ante el obispo, la solicitud de nulidad de su matrimonio, la declaración de la abadesa Beatriz en la que confirmaba que el diablo la había forzado, la entrega de Arnau a la Iglesia para que determinase si al niño le alcanzaba el estigma de la madre, la imposibilidad de acceder a Regina y arrancarle la verdad… La historia de la esposa del almirante había corrido de boca en boca, primero entre los religiosos, luego ya entre el pueblo llano. La taberna se resentía; perdía clientes. Los prohombres y mercaderes ricos que le compraban cubas enteras para las bodegas de sus casas y palacios dejaron de hacerlo, aunque fuese para solidarizarse con el conde de Navarcles y almirante de la armada, tan arteramente engañado por Hugo en cuanto a la condición de su hija Mercè. En la calle, hombres y mujeres lo señalaban con descaro. E incluso los domingos, en Santa María de la Mar, Hugo percibía sus murmuraciones y habladurías. Al principio los retó con la mirada; algunos retiraban la suya, los más se la sostenían con una arrogancia que consiguió minar la determinación y la confianza de Hugo. En poco tiempo fue él quien escondió la vista en el suelo.

Redujo a lo imprescindible sus salidas de la taberna. Tampoco quería ir a misa. Pero si Caterina calló ante la presencia permanente de Hugo allí, no lo hizo respecto a los domingos. Rezar, ese era el último recurso. Confiar en la benevolencia del Señor. Mantener la esperanza en Dios. Lo convenció aduciendo que no podía negarle eso a Mercè y le ofreció ir a la Santíssima Trinitat, con mosén Juan. «¿La de los conversos como Regina? —le espetó Hugo—. Nunca volveré a pisarla.»

Santa María de la Mar, esa era su iglesia. La de los marineros, los pescadores y los *bastaixos*, la de la gente que llevaba el olor a mar en su piel y su cabello. Del brazo de Hugo, Caterina simulaba ser ella quien se apoyaba en él, cuando en realidad lo que hacía era impedir el vaivén revelador con el que habían recorrido las calles hasta la iglesia. ¿Hacía bien en insistir en que Hugo acudiese a misa y rezase, aunque fuera en estado de ebriedad?, se preguntó Caterina ese domingo. Lo observó de reojo y lo percibió decaído, con los ojos enrojecidos clavados en la imagen de la Virgen que más allá, en el altar mayor, sobre su pedestal, se alzaba por encima de las cabezas de los fieles.

Los sacerdotes oficiaban la misa y los rezos de los parroquianos llenaban la iglesia. Caterina dio un codazo muy ligero en las costillas a Hugo para arrancarlo de aquella especie de trance y hacer que se sumara al coro de oraciones, pero no lo consiguió. Hugo permanecía hechizado en los haces de luz de colores que caían sobre la Virgen desde las vidrieras del ábside y que destacaban casi prístinos dentro de la visión borrosa del conjunto que, por los efectos del alcohol, tenía de cuanto lo rodeaba. Haces de colores intensos: azules, rojos y verdes destinados a suavizar el brillo del sol que, embebido del Mediterráneo, se filtraba en el interior de la iglesia. Caterina no insistió, preocupada. Los ojos de Hugo, sanguinolentos a causa del exceso de aguardiente, se irritaron aún más por el esfuerzo. Se los frotó, con ímpetu y se le humedecieron por el roce. La visión le falló todavía más. Durante unos instantes todo a su alrededor se nubló, salvo esa luz prodigiosa que descendía del ábside hasta el altar mayor, donde estaba la Virgen en su pedestal. Hugo la vio, teñida de rojo, verde y azul. Las oraciones aumentaron su tono. Hugo se vio envuelto por ellas. Ya no existía realidad, solo aquella imagen de colores que… le sonreía.

¿Qué quería decirle la Virgen de la Mar? Trató de rezar y empezó a balbucear una oración. Caterina le propinó otro codazo, más fuerte ahora. La mayoría de los fieles se mantenía en silencio, y escuchaba con respeto al sacerdote que oficiaba. Él siguió rezando, ajeno al sermón. Mercè estaba viva, creyó que le decía la Virgen.

—Gracias, Señora —dijo en voz alta.

Muchos se volvieron hacia él, pero Hugo no los vio. Siguió absorto en aquella visión, sin responder a las llamadas de atención de Caterina. Debía liberar a Mercè, sí.

—¿Cómo? —susurró esa vez.

La Virgen de la Mar continuaba sonriendo. Bernat. Bernat sabía. Bernat la había repudiado. Bernat…

—¡Bernat!

El grito resonó en el interior de Santa María en un momento de recogimiento y oración. Caterina vio que el almirante, en la primera fila de la iglesia, daba órdenes.

Los feligreses buscaron con la mirada el origen de aquel escándalo y quienes estaban cerca se separaron algún paso. Caterina apretó los puños y cerró los ojos con fuerza.

—¿Dónde está mi hija, Bernat? —chilló Hugo.

Varios hombres se dirigieron hacia donde se encontraban, soldados que trataban de abrirse paso entre la gente.

—¿Qué has hecho con Mercè? —gritó—. ¡Confiesa! ¡Confiesa tu pecado ante la Virgen de la Mar!

Alguien por detrás le tapó la boca con la mano. Otros dos se abalanzaron sobre él. Hugo no peleó. Vociferaba contra la mano sobre su boca y solo un rumor tan apagado como imperioso se escuchó en la iglesia mientras entre unos y otros lo expulsaban de ella.

El repicar de las campanas anunció el fin de la misa. Los parroquianos desalojaron el templo y muchos permanecieron en la plaza que se abría frente a la entrada principal. En el cementerio, a la vista de todos ellos, dos soldados retenían a Hugo a la espera de las órdenes del almirante. Caterina, a solo unos pasos de distancia, sollozaba.

—¿Qué deseáis que hagamos con él? —preguntó uno de los soldados a la llegada de Bernat—. ¿Lo entregamos al veguer, al obispo?

—¡Confiesa! —se adelantó Hugo antes de que el otro soldado le propinase un puñetazo en el vientre que hizo que se doblase y cayese de rodillas a tierra.

—Ahí está enterrada mi madre —afirmó Bernat señalando el camposanto—. No permitáis que este borracho vomite encima.

Los soldados arrastraron hasta la plaza a un Hugo que se retorcía en arcadas por el golpe. Allí arrojó bilis y líquido. Caterina seguía llorando. Bernat esperó a que Hugo se repusiese para amenazarlo.

—Te advertí que no volvieras a cruzarte conmigo.

—Ahí… —le interrumpió Hugo, señalando también el cementerio—, yo, Hugo Llor, enterré a tu madre…

—Dejadlo —ordenó Bernat tras mirar un rato el lugar donde reposaban los restos de Mar.

Luego alzó la voz para que el ejército de curiosos lo oyera.

—No es más que un borracho —dijo, y acompañó sus palabras con un escupitajo que rozó el rostro de Hugo—. No quiero volver a verte en Santa María, no mancillarás mi iglesia. Es la última vez que te lo digo: si desobedeces, te mataré.

Hugo se levantó con torpeza, con las ropas manchadas, y se encaró con Bernat. Caterina desvió la mirada. Uno de los soldados hizo ademán de impedir que Hugo se acercase al almirante, pero este lo detuvo con un gesto de su mano. La gente murmuraba expectante.

—¿Qué has hecho con mi hija? —Sorprendentemente, la voz le surgió clara. Bernat fue a contestar, pero Hugo se le adelantó con una advertencia seca—: Te escucha tu madre.

—Tu hija debe de estar con el diablo, su padre —contestó el almirante tras un instante de vacilación.

Hugo bajó la cabeza.

—¿Muerta? —preguntó con un hilo de voz.

No hubo respuesta. Bernat ya le había dado la espalda.

En junio de 1418 Caterina pudo por fin entender la sentencia acerca de Regina que unos meses antes había dictado Bernat al decirle a Hugo: «Ha preferido morir en vida, aquí en Barcelona, que hacerlo en mi castillo entre las ratas». Ni siquiera mosén Juan, por más que se tratase de su iglesia, conocía hasta pocos días antes la identidad de la futura ocupante de la celda de tres pasos por tres pasos que el obispo había ordenado construir adosada al muro lateral del templo de la

Santíssima Trinitat, porque lo que era evidente es que se trataba de una celda para emparedar a una mujer.

Era una estancia diminuta y oscura, con un pequeño catre como todo mobiliario y dos ventanucos; uno daba al exterior y estaba destinado a recibir la caridad de la gente en forma de agua y comida, y otro, aún más reducido, horadado en el propio muro de la iglesia, permitía a la confinada seguir los oficios divinos en todo momento. Las dos aberturas estaban en alto, lo suficiente para que la emparedada no pudiera asomarse y mantener contacto con el mundo exterior.

Eran muchas las mujeres que se emparedaban en celdas al amparo de monasterios, conventos, hospitales o iglesias. Lo hacían en solitario —en Barcelona las había junto al hospital de leprosos, así como también en la iglesia de los Sant Just i Pastor— y en comunidad, asimismo en celdas pequeñas o incluso en casas en el interior de las ciudades. La gran mayoría de las emparedadas provenía de movimientos sociales ajenos a la vida conventual; se trataba de laicas: beguinas, donadas, ermitañas o beatas que elegían el camino del ascetismo y de la penitencia. Los días, las horas transcurrían con lentitud, dedicadas a la meditación y la plegaria hasta que les llegaba la muerte. Se sostenían por la caridad pública, y los reyes y las reinas, que agradecían sus constantes oraciones consideradas como un servicio al bien público, las protegían y las premiaban con donaciones e incluso prohibían, bajo severas penas, la quiebra de la quietud y la armonía en los alrededores del lugar donde vivía una emparedada.

Dos albañiles clausuraron el hueco de entrada a la celda una vez que Regina lo hubo traspasado, vestida con su hábito pardo, en silencio, tratando de mantenerse altiva, sin despedirse de nadie. Los operarios trabajaron rápido. Varios sacerdotes y un soldado habían acompañado a la beguina; también se hallaba presente mosén Juan y otros beneficiados de la iglesia de los judíos conversos. Algunos barceloneses observaban desde la distancia. Cuando los albañiles terminaron, alguien rezó una oración, y luego los presentes se santiguaron y se alejaron. Un grupo de mujeres piadosas se acercó y entregó agua y comida a Regina por el ventanuco. Al atardecer, el lugar quedó solitario y despejado salvo por una mujer rubia, de piel blanca y ojos pálidos, de color indefinible, que permanecía en la calle junto a la puerta principal.

Desde su posición, Caterina veía la fachada lateral de la pequeña iglesia de una sola nave y, casi al final de ella, a la derecha de donde debía de hallarse el altar mayor, una construcción de reducidas dimensiones que sobresalía a modo de bulto, como un forúnculo que hubiera crecido sin sentido de la obra principal en un pasillo estrecho que se abría entre el templo y las casas colindantes. Con el tiempo, cuando la suciedad confundiera la obra nueva con la vieja, sería casi imposible distinguir esa celda. Caterina se mantuvo allí, sin acercarse a donde se encontraba la causante de la desgracia de Hugo, de la desaparición de su hija, Mercè, y de la muerte de Barcha. Recordó a Elena, la esclava griega, y la vida en el palacio de Roger Puig cuando Regina y ella coincidieron a su servicio… y a sus caprichos, una obligada en su condición de esclava a proporcionarle placer, la otra a modo de furcia. Recordó después las vivencias en casa de Barcha y notó que las lágrimas corrían por sus mejillas. Si alguna vez Caterina se había sentido en deuda con aquella mujer, ahora la odiaba con todas sus fuerzas. Era mucho el dolor causado por aquella serpiente inmunda.

Caterina suspiró, se secó las lágrimas y se encaminó hacia la taberna. Hugo estaría allí, como siempre. Ya no se emborrachaba; se limitaba a beber lo necesario para alcanzar un permanente letargo y a partir de ese punto ni siquiera el vino le interesaba. Entendía lo que se le decía, pero no respondía o lo hacía con lentitud. Sus movimientos eran apáticos, cansinos, y su actitud descuidada e indiferente. Comía poco, y ese poco se lo llevaba a la boca a ruegos de Caterina y Pedro. Su cuerpo adelgazaba y no tenía ni fuerzas ni ánimo para disfrutar del amor.

Caterina dudó si contar a Hugo que acababan de emparedar a Regina allí mismo, a solo unos pasos de la taberna, en su iglesia, la de los judíos conversos. Si Hugo entendía lo que le decía, correría a prenderle fuego a aquella celda. Desde su último viaje al Garraf, después de saber que Bernat había encontrado a Regina en Castellbisbal antes que él, que la esperaba en el convento, se empeñó en ir a verla al castillo de Navarcles, donde ella estaba encerrada. «Es una locura —le convenció Caterina—. Nunca llegarás hasta las mazmorras, y si Bernat te encuentra te matará como tantas veces ha prometido hacer.»

El vino y el aguardiente habían ido mermando la voluntad de Hugo. Sus amenazas quedaban en fanfarronadas, y cuando no era así, cuando Caterina sospechaba que un momento de lucidez o serenidad podía llevarle a ejecutar aquellos planes suicidas, le animaba a beber, pretendía infructuosamente su amor o inventaba cualquier excusa para distraer sus pensamientos. Ese mismo día, con Hugo abatido de nuevo, corrió a confesarse con mosén Juan. «Haces bien —la sosegó el párroco—. No puedes permitir que cometa una locura. Confía en Dios, y reza, reza mucho. Todo se arreglará.»

Cuando Caterina llegó por fin a la taberna la encontró vacía de parroquianos. Eso sucedía desde el altercado en Santa María de la Mar, que terminó de espantar a los pocos clientes que aún les eran fieles. De vez en cuando acudía algún borracho desesperado al que no le servían en otro lugar, esclavos que pretendían transgredir la prohibición de beber o gente de mal vivir a la que se le negaba el acceso a otras tabernas. Ella les ofrecía el vino agriado, aguado y mezclado con otro en buen estado. Lo pagaban, aunque siempre tenía a mano el cuchillo de Jaume por si discutían. El dinero ahorrado menguaba sin que aquellas monedas supusieran un respiro. Caterina contaba los ahorros. Debían pagar el alquiler, los impuestos, la comida... Vino tenían de sobra, aunque fuera aquel que Hugo reservaba para envejecer y al que ahora ni cuidaba ni prestaba atención.

Encontró a Hugo en la habitación, tumbado en la cama, vestido, con la mirada perdida. «No —decidió entonces—. No le revelaré nada acerca de Regina y su emparedamiento.» Dios dispondría.

Quien aprovechó la oportunidad de contraer nuevo matrimonio tras la anulación del suyo con Mercè, la hija del diablo, fue Bernat. Sucedió que en el año de 1418 el rey Alfonso declaró oficialmente la guerra a la señoría de Génova. La situación ya era tensa debido a que los genoveses ayudaban a los sardos en sus constantes levantamientos contra los catalanes, pero el detonante final fue el abordaje a una nave catalana que el propio monarca había fletado; una acción de corso en la que los genoveses no solo se hicieron con la mercancía y la embarcación sino que, además, asesinaron a todos los tripulantes y mercaderes que navegaban en ella, lanzándolos al mar.

Declarada la guerra, el rey ordenó construir una armada en las atarazanas de Barcelona, a cuyo efecto las Cortes Catalanas, y sobre todo la ciudad de Barcelona, ofrecieron su apoyo y dineros suficientes para la empresa bélica, aunque si los catalanes estaban dispuestos a secundar a Alfonso en su guerra contra Génova y en la defensa de la isla de Cerdeña, siempre insurrecta, no lo estaban a que, al igual que hiciera su padre, Fernando de Antequera, el soberano se rodeara de ministros y consejeros castellanos, extranjeros, y otorgase a estos todos los cargos y empleos de la casa real, en detrimento de ellos. Así, las Cortes Catalanas nombraron embajadores para que acudieran al monarca y mostraran su disconformidad con esa política. El rey intentó en vano impedir la embajada, pero al final se vio obligado a recibirlos, los escuchó y rectificó su postura, consciente de que su empresa bélica dependía de la liberalidad de las Cortes. Bernat Estanyol, almirante de la armada, recibió el sutil mensaje de los círculos más íntimos del monarca de que, para destacar su catalanidad de origen, dando pie con ello a que el rey pudiera considerar y defender su cargo como ocupado por un natural del principado de Cataluña, no estaría de más que contrajese matrimonio con alguna de las muchas doncellas de la nobleza o el patriciado urbano, cuyas familias con toda seguridad se mostrarían encantadas de emparentar con tan insigne ministro de Alfonso.

Marta era la joven primogénita de Galcerán Destorrent, ciudadano honrado de Barcelona, señor de varias galeras, socio de otras tantas compañías dedicadas al comercio, propietario de inmuebles en la ciudad y de derechos sobre un horno y un molino; antiguo jurado del Consejo de Ciento por el estamento de los mercaderes, cargo al que tuvo que renunciar tan pronto como adquirió una baronía y un condado y se convirtió en noble. Galcerán era rico, muy rico. Y, como muchos de sus iguales de Barcelona, había comprado un par de castillos y sus tierras emplazados en parajes inhóspitos en el interior de Cataluña, si bien únicamente los había visitado el día en que tuvo que ir a ellos para recibir el correspondiente homenaje. Los había adquirido, junto con sus correspondientes honores, con el permiso real, a nobles que necesitaban el dinero que a él le sobraba.

Solo un obstáculo podía entorpecer un matrimonio que las dos partes consentían: Arnau. El obispo y sus sacerdotes habían declarado al hijo de Bernat libre de toda condición y estigma diabólico, por lo que el niño regresó al palacio de la calle de Marquet, donde el almirante lo recibió y lo ratificó públicamente como su legítimo heredero. El mercader trató de negociar con Bernat que lo fuera el primogénito de su hija, pero su futuro yerno se opuso. «Ahora tengo un hijo varón —contestó—, y tu hija ni siquiera ha concebido.» Galcerán Destorrent asintió tras recapacitar su propuesta y sellaron el pacto con un apretón de manos.

La boda del almirante, un hombre curtido, fuerte y sano, aunque próximo ya a la cincuentena, se celebró con premura al inicio de la primavera de 1419 en Santa María de la Mar. Si la que lo había unido a Mercè fue espléndida, la que lo casó con Marta Destorrent resultó fastuosa. En esa ocasión el rey Alfonso y su esposa acudieron, y mientras la pareja, los monarcas y los numerosos invitados al enlace lo celebraban en el palacio Mayor, ante la imposibilidad de acogerlos a todos en el de la calle de Marquet, los ciudadanos disfrutaban junto al mar de la fiesta en honor de los novios y de los reyes. Hubo trovadores, bufones, volatineros y feriantes, así como música y vino gratis durante toda la noche. Con la mayoría de la gente en Santa María de la Mar, en sus alrededores y en la playa bebiendo y bailando, el resto de la ciudad aparecía casi desierta: algunas personas aquí y allá; algún grito anunciando mercancías que probablemente nadie compraría; casi todos los obradores cerrados y las mesas, que antes invadían las calles, almacenadas hasta la jornada siguiente.

Una de las personas que no había acudido a la fiesta a celebrar la boda de Bernat era Caterina, que volvía a estar apoyada en la fachada principal de la iglesia de la Santíssima Trinitat. Tenía toda su atención puesta en la celda en la que Regina llevaba emparedada cerca de nueve meses.

Hugo estaba en la taberna. De una forma u otra se había enterado no hacía mucho del matrimonio de Bernat y había reaccionado al instante. Aquel día lo insultó a gritos y le deseó una muerte agónica antes de descender al infierno. Caterina y Pedro sonrieron ante tal respuesta, ya que esa ira indicaba una mejoría sobre su estado apático de los últimos meses. En ocasiones bajaba a la bodega para trabajar con los vinos, aunque a veces no hiciera nada. «Pero por lo menos baja», trató de consolar Pedro a Caterina la última ocasión en que le contó que Hugo simplemente se había sentado sobre una cuba a dejar pasar el tiempo.

De Regina no hablaban, y Caterina no quería ni mentarla. Hugo parecía superar su abatimiento, de modo que revelarle que Regina estaba allí detrás, emparedada en la iglesia, quizá le supusiera una regresión en su estado. Además, estaba segura de que, aunque lo intentara, no podría sonsacar ninguna información a aquella mujer malvada, incomunicada tras esas paredes. Tampoco hablaban de Mercè, y Hugo parecía haberse rendido a la idea de su muerte. Dos años llevaba desaparecida, y era poco probable que hubiera sido capaz de superar tanto tiempo en las mazmorras de algún castillo inhóspito, en el Garraf o donde fuese; eso era lo que sostenía Hugo en los momentos en que la lloraba.

Pero durante todos esos meses Caterina se había negado a creer que Mercè hubiera muerto. Ella conocía el rigor de la existencia, y sabía que las personas respondían más allá incluso de donde era previsible o de donde se pudiera sostener que era soportable. Injusticias, palizas, violaciones, humillaciones... ¡crueldad!, y sin embargo la propia vida, instintivamente, se agarraba con tenacidad a la más mortecina de las luces. Tampoco creía que nadie le hubiera dado muerte, más aún si sus captores estaban convencidos de que era la hija del diablo. Nadie desearía indisponerse con un ser tan poderoso y maligno matando a su supuesta descendencia.

Caterina soñaba con liberar a Mercè. De ello dependía la felicidad de Hugo... y por lo tanto la suya. Si no la encontraban y la recuperaban, él lo superaría, sí, como todo, pero las secuelas serían profundas y dolorosas. Hugo no se lo merecía, ni ella tampoco. Ya desde el primer momento del emparedamiento habló con mosén Juan. Tenía que sonsacar a Regina el lugar donde estaba presa Mercè.

—Con astucia, mosén —le exhortó—. Es tan mala como lista, y si se da cuenta de que intentáis averiguar el paradero de Mercè, es capaz de cortarse la lengua.

Pero el sacerdote no obtuvo resultado alguno.

—Quizá con el tiempo se arrepienta y entonces... —trató de animarla el mosén.

—¿Arrepentirse Regina? —repuso Caterina con la incredulidad dibujada en su semblante.

Nunca se arrepentiría, y Mercè, si aún vivía, seguiría presa hasta su muerte. En eso pensaba Caterina los primeros días del emparedamiento de Regina, en cómo conseguir que hablara. En la taberna era fácil: un par de escudillas más de vino y la gente soltaba la lengua, pero en la celda de una emparedada... La idea se le ocurrió después de observar a una mujer que ofrecía a Regina algo de agua por el ventanuco.

—Tienes que ser piadoso —aleccionó a Pedro—. Rezar, rezar y rezar. Que te oiga murmurar oraciones. Que nunca llegue a dudar de ti.

Primero fue una escudilla llena de vino depositada en el marco de la pequeña ventana. Regina tardó más de un día en dar cuenta de ella y volver a ponerla donde la había encontrado para que la recogiese aquel que la hubiera dejado. Transcurrió un mes, escudilla a escudilla, con Caterina siempre pendiente de una celda que poco a poco tomaba en su exterior el color del viejo templo para confundirse con sus muros. Escapaba de la taberna, donde tampoco había trabajo que hacer, y permanecía horas apostada al inicio del pasillo, vigilando en la entrada principal de aquella iglesia erigida por los judíos obligados a convertirse. La rusa fue añadiendo aguardiente al vino. «¿Quién eres?», se interesó un día Regina. Pedro volvió la cabeza hacia el final del pasillo y gesticuló con vehemencia hacia Caterina. «Me pregunta», silabeó en silencio. Caterina agitó los brazos en el aire para indicarle que se despreocupara, que le contestase lo que ya tenían hablado: que se llamaba Pedro, que su padre tenía una taberna cerca del palacio Menor, hacia la playa, y que su madre, enferma en cama desde hacía tiempo, le había pedido que le llevara vino, aquello de lo que más tenían, y agradeciera su emparedamiento. ¡Qué bien le hacían las oraciones de la beguina a su madre!, añadió. «¿Más vino, pedís? Claro que sí. Mi madre estará feliz. Rezad por ella, os lo ruego, señora.»

Dos escudillas al día. Con aguardiente. Transcurridos tres meses Pedro alzó un odre por encima de su cabeza y lo pasó a través del ventanuco. «Será más cómodo para ambos», alegó. Regina bebió. Tampoco comía demasiado, ya que la gente era consciente de que una de las promesas de las emparedadas era el ayuno y la penitencia, de manera que solo le hacían llegar algún mendrugo, un pedazo de queso o una cebolla. Nada en los frecuentes días de abstinencia en los que los demás comían pescado.

Poca alimentación, un encierro entre cuatro paredes y vino, mucho vino, tanto como quisiera, que era cada día más y más, siempre mezclado con aguardiente. A veces lo pedía con voz pastosa; otras con urgencia, bellaca y exigente, como era ella: «¡Tráemelo ya, Pedro! ¡Ahora mismo! O dejaré de rezar por tu madre».

Mosén Juan averiguó lo que sucedía. Caterina excitó el dilema moral que provocaba en el sacerdote darse cuenta de que la emparedada de su iglesia estaba casi permanentemente borracha. El religioso conocía las razones por las que Regina había terminado en esa celda; no se trataba de piedad ni de entrega a Cristo. También sabía qué era lo que perseguía Caterina: salvar a una mujer injustamente encerrada. «Si realmente Mercè fuese hija del diablo —zanjó esta la cuestión con el religioso—, debería ser atendida por la Iglesia en lugar de permanecer presa, en las tinieblas, lejos de recibir ni la luz ni la misericordia divina.»

Hugo también sospechó que algo extraño sucedía ante el empeño por parte de Caterina y Pedro en destilar vino por las noches.

—¿Para qué tanto aguardiente? —preguntó.

Caterina vaciló, y el muchacho ni siquiera se esforzó por sostener la mirada de su patrón.

—Lo vendemos —se le ocurrió contestar a Caterina—. Ya que nadie viene a comprar vino, vendrán a comprar aguardiente.

El otro se encogió de hombros y mientras se encaminaba escaleras arriba, exangüe, Caterina y Pedro ladearon la cabeza al mismo tiempo con la complicidad reflejada en sus miradas.

Ahora, transcurridos nueve meses, Caterina esperaba como siempre junto a la fachada del templo de la Santíssima Trinitat. Mosén Juan le comentaba que Regina estaba más habladora, más necesitada de que el sacerdote se acercara al ventanuco que daba al interior de la iglesia y la escuchase.

—Eso, si no les da la llorera o les ataca la nostalgia, sucede con frecuencia a los borrachos —intervino Caterina—. Siempre andan en busca de quien les escuche.

—Lo sé. Pero cuanto más me llama, más incoherencias dice.

—Es cierto también —asintió ella—. Pero todas esas incoherencias, padre, tienen siempre un poso de verdad, de esa verdad que a veces ni ellos mismos son capaces de reconocer. Es ahí donde debéis estar atento, mosén. Seguro que os dirá algo acerca de Mercè y del lugar en el que la encerró. No puede haberla eliminado de su memoria, no es posible… ¡Le hizo de madre durante muchos años! Algún día debió de quererla. Algo en su interior ha de bullir al recordar a Mercè, y juro por Dios que se lo sonsacaremos.

—¡No jures! —la regañó el sacerdote.

Ese día, el de la boda de Bernat con la hija de Galcerán Destorrent, Caterina tenía el presentimiento de que sería decisivo, aunque no solo se dejó llevar por las sensaciones, sino que cargó de aguardiente el odre de vino que a primera hora de la mañana Pedro coló por el ventanuco de la celda de Regina.

Se habían atrevido a vender aguardiente. Los pocos clientes que acudían a la taberna, borrachos y delincuentes, se mostraron receptivos a esa bebida fuerte y desconocida para ellos. Lo probaron, se miraron sorprendidos, negaron con la cabeza, atónitos, lanzaron mil exclamaciones y alabaron a gritos el brebaje, repitieron y pagaron sin discutir el precio. La voz corrió por el Raval. La taberna se volvió a llenar y las autoridades aparecieron. Caterina bebió delante de ellos; muchos otros clientes lo hicieron. No causaba otro mal que no fuera el emborracharse antes, si es que eso podía considerarse un mal, dijo entre risas alguien. «¡Como cualquiera de los licores que preparan los monjes!», gritó a su vez un maestro zapatero, tosco, jurado del Consejo de Ciento de la ciudad, antes de pedir otra ronda. Algo similar pensó el mostassaf de Barcelona, el funcionario encargado por las autoridades municipales para controlar el mercado, los obradores, los pesos y los precios, la calidad y los posibles engaños, porque tan pronto como dictaminó los impuestos que deberían pagarse por esa nueva actividad, la permitió sin mayores consideraciones.

Caterina y Pedro trabajaban duro. Durante el día atendían la taberna y durante la noche destilaban, y eso les rentaba mucho dinero. Hugo empezó contemplándolo todo desde la distancia. Lo cierto era que nunca había imaginado la posibilidad de vender aguardiente.

—¿Recuerdas lo mucho que le gustaba a Barcha? —le preguntó Caterina, tratando de hacerle reaccionar—. Destilaba, y mientras lo hacía iba bebiéndolo.

Hugo asintió con el recuerdo de la mora en su memoria y se dispuso a ayudarlos en la destilación.

Más de un tabernero trató de imitarlos. Compraron *aqua vitae*, aquel vino de calidad destilado varias veces en busca de la quintaesencia, del néctar que se decía que contenía el sol y las estrellas, capaz de curar heridas y sanar enfermos. Lo aguaron tras probarlo y abrasarse la boca. El que se atrevió a tragarlo notó aquella quemazón en el esófago, y el que fue incluso más allá y osó ponerlo a la venta descubrió que sus clientes lo escupían nada más saborearlo, y amenazaban con denunciarlo y cerrarle el obrador.

El aguardiente había obrado el milagro. No solo ganaban dinero, sino que Hugo trabajaba, quizá recordando a la mora, y permanecía despierto casi toda la noche junto al alambique mientras Pedro extendía el jergón lejos del fuego y se tumbaba en la misma estancia y Caterina se retiraba a dormir arriba. Hugo quizá bebiera algo de aguardiente durante la noche. Pedro lo espió algunas de ellas, simulando que descansaba, y no lo vio beber en exceso: una escudilla como mucho, a veces ni eso, atento como un animal encelado al alambique y al goteo monótono del aguardiente. Luego dormía la mayor parte del día, pero al menos no bebía, y Caterina buscaba en sus ojos alguna chispa de vida.

El mismo milagro que el aguardiente procuraba en su casa y en su vida era el que Caterina esperaba que produjera en aquella celda hedionda adosada a la iglesia de los judíos conversos. Porque mientras que Hugo mejoraba, Regina se dejaba arrastrar por el vicio. Las mujeres que de cuando en cuando acudían a procurarle algo de alimento habían empezado a quejarse a mosén Juan. Regina las insultaba y les gritaba; les pedía vino en lugar de pan y las amenazaba con todo tipo de males si no cumplían con sus deseos. El sacerdote, que en principio había ido sorteando los problemas, temió finalmente que todo aquello fuera a más y que el obispo se enterase.

Por eso tenía que ser en ese día, el de la segunda boda de Bernat. Salvo por un par de ancianas que murmuraban sus oraciones, la iglesia estaba vacía, ya que los parroquianos se hallaban congregados en la celebración festiva de la playa. Mosén Juan tenía el tiempo y la tranquilidad necesarias para interrogar a una Regina que debía de estar totalmente borracha, y que, por lo tanto, había perdido ya aquel dominio frío y calculador que tanto la caracterizaba.

—Nada.

Caterina se sobresaltó. Absorta en sus pensamientos, con la mirada perdida en la celda, no percibió la salida de mosén Juan por la puerta principal, a su espalda.

—¿Qué me decís?

—Nada —repitió él con impaciencia—. Que esa mujer ni borracha revela indicio alguno.

Caterina notó que le temblaban las piernas y mosén Juan la ayudó a sostenerse.

—Me resulta imposible continuar con esto, Caterina. Debes entenderlo, no se puede consentir una emparedada borracha. —A medida que el sacerdote hablaba, ella iba perdiendo el color—. Hay que acabar cuanto antes con esta situación. Nos hemos equivocado... me he equivocado al aceptar que esto siguiera adelante.

Caterina se libró de la mano con la que la ayudaba a mantenerse en pie y se internó en la iglesia, seguida por un mosén que, si bien bajó el tono de voz, no así el apremio con que se dirigía a ella.

—¿Qué pretendes? ¡Caterina! ¿Qué vas a hacer? Estamos en la casa de Dios.

En pocos pasos alcanzaron el altar mayor de aquel templo pequeño, sencillo y de una sola nave. Caterina no reparó siquiera en las imágenes divinas; mucho menos se santiguó ante ellas. Miró a su derecha y allí, en la pared, por encima de su cabeza, se abría un hueco, menor incluso que el correspondiente al ventanuco exterior de la celda. Fue hacia él, dejando atrás a mosén Juan, quien, ya callado, lanzaba miradas de reojo a dos feligresas ancianas a pesar de que estas no les prestaban la menor atención.

Caterina se encontró debajo del hueco sin saber bien qué hacer a continuación. Mosén Juan, con las manos extendidas y abiertas hacia ella y los labios fruncidos, le preguntaba por sus intenciones. Ella golpeó con el puño el muro de la iglesia, obteniendo un sonido apagado, sordo. ¿Qué podía hacer? Golpeó de nuevo. Se volvió y apoyó la espalda en el muro. Mosén Juan la miraba; una de las ancianas también. Se planteó la posibilidad de gritar, de decir a Regina quién era, de amenazarla. Pero ¿con qué mal o daño se amenazaba a una emparedada?

—Vamos —le instó el sacerdote en voz baja, alargando una mano.

—No —rogó Caterina, y se arrimó más aún al muro.

Llevaba nueve meses con ese plan. Había conseguido convertir a Regina en una borracha, pero la perra hija de puta no cedía.

Mosén Juan le insistió.

—No —repitió Caterina.

Las ancianas abandonaron la iglesia, de manera que ya solo quedaban ellos en su interior.

Mercè. Caterina recordó a la muchacha en la bodega del palacio de la calle de Marquet, sonriendo, hablando ilusionada del conde de Urgell y de lo mucho que obtendrían el día en que fuera rey. ¡Cómo la quería Hugo! Debían liberarla. Y esa posibilidad se le escapaba.

Se llevó las manos al rostro y prorrumpió en llanto. Mosén Juan bajó la vista y se mantuvo en silencio.

—¿Quién llora?

La voz surgió del ventanuco. Caterina sorbió por la nariz, negó con la cabeza y lloró todavía con más fuerza. El sacerdote guardó silencio.

—¿Quién es? —dijo Regina con la voz pastosa, autoritaria—. ¿Quién… quién llora en la iglesia?

Mosén Juan ladeó la cabeza y entrecerró los ojos, pensativo.

—Nadie, Regina —respondió—. ¿Acaso oyes algún llanto?

La emparedada no contestó. Mosén Juan aleccionó a una Caterina que lo miraba extrañada, con los ojos irritados, a que siguiera llorando. «Hazlo suavemente…», le indicó con un movimiento cadencioso de sus manos.

—¿Oyes llorar? —preguntó de nuevo el mosén al ver que Regina no se manifestaba—. Solo estoy yo en la iglesia. La gente está de fiesta en la playa.

—Oigo llorar… ¡Sí! Llora… —estalló Regina—. Alguien… ¡Una mujer llora ahí dentro!

—Aquí no, Regina. Nadie llora. ¿Cómo es posible que oigas algo así? Quizá debas mirar en tu interior para saber quién llora.

—No…

—¿Has hecho daño a alguna mujer? —lanzó mosén Juan con intención.

Caterina sollozó con más fuerza, animada por la sonrisa esperanzadora que vio en los labios del religioso.

—Regina… —continuó el sacerdote—. Esos llantos que dices oír no pueden ser más que el alma atormentada de alguien a quien hayas herido.

Regina bebió más vino con aguardiente. La oyeron trajinar con el odre y el líquido, tragar ruidosamente, atragantarse y toser, y volver a beber. Caterina lloró, sollozó y gimió, y evitó con ello el descanso de la otra.

Regina se movió por la celda; murmuraba unas veces, hablaba las otras. Cayó al suelo en ocasiones. Gritó. Palabras incoherentes.

—¡Padre! —llamó. Mosén Juan no contestó—. ¡Padre! —gritó. Mosén Juan permaneció callado—. Todavía llora —afirmó arrimada al ventanuco con voz temblorosa.

—Regina, no te puedo ayudar si no me dices quién llora.

—¡Nadie… nadie pue… puede ayudarme!

Le costaba hablar. Las palabras se le atragantaban en aquella boca pastosa.

—En tal caso vivirás la eternidad con ese llanto en tu interior abrasando tus entrañas.

Ahora fue ella la que sollozó: un aullido largo.

—Regina, Dios es misericordioso, confía en su bondad. Él puede ayudarte, lo hará, seguro.

—¡No!

—Incluso los asesinos buscan la clemencia de Nuestro Señor…

—¡Yo no la he matado! —Lo dijo de corrido. Caterina calló al oírla y mosén Juan la instó a continuar con el llanto—. Prohibí que lo hicieran…

Caterina reprimió un chillido. Regina hablaba de Mercè. ¿Cuántas almas de criaturas por nacer debían de perseguirla? Decenas, centenares. Pero al defender que prohibió que la matasen solo podía referirse a Mercè.

Luego se hizo el silencio.

—El Señor espera tu confesión —insistió el sacerdote.

30

Se trataba del castillo de Sabanell, ubicado detrás del Garraf, en el interior, ya en el Penedès. Una planicie fértil plantada de vid y cereal, en uno de cuyos escasos promontorios se alzaba la fortaleza, erigida en lo que un día, junto con los castillos de Gelida, el Papiol o Eramprunyà, constituyó una de las líneas de defensa de la península Ibérica frente a la invasión musulmana, en los tiempos en los que Cataluña no era sino una marca francesa: la tierra destinada a impedir el avance de los sarracenos más allá de los Pirineos.

Hugo había recorrido aquella zona tantas veces que temía incluso que alguien lo reconociese. Poco más de una legua separaba Sabanell de Vilafranca del Penedès, adonde había acudido en varias ocasiones a comprar vino. Cerca de Vilafranca fue donde, a instancias de aquel niño, Manuel, bautizó a las dos mulas, Blanca y Tinta. Dejó atrás las mulas, en Barcelona. Ahora viajaba transformado en un humilde jornalero que buscaba trabajar en las viñas, y allí se extendían por doquier.

—¡Mercè está presa en el castillo de Sabanell, en el Penedès! —profirió Caterina nada más entrar en la taberna, vacía a consecuencia de la boda de Bernat.

Pedro reaccionó con un entusiasmo que contuvo ante la actitud de Hugo, sentado a la mesa larga de madera.

—No está muerta —se atrevió a augurar Caterina tras acercarse a él y apoyar una mano en su hombro.

A Hugo le costó hacerse a la idea de que su hija estaba viva. Era el día de la boda de Bernat, y había bebido y brindado en solitario por su desdicha. No bebió mucho, dos o tres escudillas, lo suficiente sin embargo para que las palabras de Caterina chocaran en ese momento con unas ideas que flotaban entre la ira y la complacencia. Entonces todo reventó en su cabeza: Bernat, Mercè... Terminó llorando con Caterina a su espalda, ahora inclinada sobre él, con los brazos alrededor de su torso.

Esa noche Caterina le habló de Regina y de cómo había conseguido su confesión.

—Hija de puta. La mataré —masculló Hugo.

—No es necesario —susurró Caterina—. Ya es una muerta en vida.

Al amanecer del día siguiente partió hacia el Penedès. Caterina le besó con dulzura y él dibujó una sonrisa en sus labios.

—No regreses sin ella —lo animó al mismo tiempo que le entregaba una bolsa gruesa con dineros.

Hugo cabeceó y la sopesó como si se tratara de cerrar un negocio importante.

—Es tuyo, por si lo necesitas —afirmó ella—. El aguardiente renta mucho. Tenemos más.

Pedro titubeó en el momento en el que Caterina le cedió su lugar frente a Hugo. Fue este quien puso fin a los instantes de duda y abrió los brazos para acoger al muchacho, quien se dejó estrechar con los suyos caídos a los costados, con torpeza, como si no supiera qué hacer con ellos.

—Gracias —le dijo Hugo, sabedor ya de su participación en el plan que había culminado con la confesión de Regina.

Caterina lloró ante el brillo que apareció en sus ojos mientras la miraba, todavía abrazado a Pedro.

No se aprovisionó de vino ni de aguardiente; en su lugar llevó agua, que acompañó con queso y salazones. Y allí estaba, observando el castillo de Sabanell: la torre del homenaje rodeada por un conjunto heterogéneo de construcciones que, con la victoria sobre los sarracenos, cuya presencia en la península estaba circunscrita ahora al reino de Granada, muy lejos de allí, habían perdido su carácter defensivo para combinarse con otros más palaciegos. Por encima de las almenas de unas murallas fuertes e imponentes se podían ver, empero, algunos cuerpos de edificio con delicadas ventanas ojivales y galerías abiertas con arcos sustentados por columnas esbeltas.

El castillo lo regía un carlán feudatario del barón de Sabanell, señor de las gentes, lugares y masías desparramadas que lo rodeaban. Hugo recordó su experiencia negativa con el caballero de la torre de defensa de Campdàsens, en el Garraf, y en esa ocasión optó por presentarse primero en el castillo. Se hallaban a principios de marzo; el sol brillaba en un cielo limpio, y alumbraba la extensa planicie de vides y cereales. La temperatura era agradable, todavía fresca. A partir de aquellas fechas el trabajo en las viñas se incrementaría: cavar, podar, estercolar incluso... Era entonces, con la vendimia, la época en que más jornaleros podían necesitar los payeses.

—La paz —saludó Hugo a un soldado de guardia a la puerta del castillo.

El hombre lo observó con una mirada que oscilaba entre la indolencia y la curiosidad. Mas allá de la entrada, Hugo vio el patio de armas, donde haraganeaban otros tantos soldados.

—¿Qué quieres? —inquirió el centinela.

—Trabajo. Me gustaría trabajar en los campos —añadió.

El soldado se encogió de hombros.

—Sé que estas tierras son feudo del barón de Sabanell, y querría contar con su autorización para hacerlo. No deseo tener problemas.

—¿Pretendes hablar con el señor? —preguntó el soldado, sorprendido.

—Claro que no. Quizá con el carlán del castillo. —El centinela lo volvió a mirar como si estuviera loco—. ¿El mayordomo? —preguntó Hugo, rebajando sus expectativas, pero el soldado no mudó su actitud—. ¿Tu superior? —probó por fin.

—¡Oficial! —gritó entonces el otro.

Le costó el pedazo de queso que todavía llevaba consigo. Con él consiguió dulcificar la hosquedad de un hombre corpulento, calvo y barrigudo, con unas facciones enquistadas ya en una permanente mueca de disgusto que escuchó con apatía las mentiras que Hugo le contó para justificar su presencia en Sabanell. Embustes que incluían un nombre falso, Pau, así como su lugar de procedencia, Tarragona.

—¿Solo tienes esto? —preguntó el hombre luego de coger el queso e introducirlo entre sus ropas.

—Sí, oficial —contestó Hugo haciendo ademán de acercarle el hatillo que portaba para ofrecerle la posibilidad de registrarlo.

El oficial dio un manotazo al aire, y Hugo se llevó el hatillo de nuevo a la espalda. La bolsa abultada con los dineros la llevaba escondida entre las ropas, más o menos allí donde el otro había metido el queso entre las suyas.

—Solo soy un jornalero acostumbrado a trabajar en las viñas —añadió entonces.

Tampoco quería revelar que había sido botellero, que entendía de bodegas y de cuidar los vinos; eso, incluso allí, en el Penedès, podía descubrir su identidad. Debía pasar lo más desapercibido posible hasta que consiguiera tener un plan para rescatar a Mercè.

—Bien —dijo el oficial ya dándole la espalda—, puedes trabajar como jornalero... —De repente se dio la vuelta—. Ve en busca de la viuda de Devesa —casi le ordenó—. Es una buena mujer. Su esposo acaba de fallecer y sus hijos son pequeños, por lo que le vendrá bien alguien que pueda ayudarla en las viñas. Además, de esa forma podrá pagar los impuestos al barón y a los acreedores. Dile que vas de mi parte.

Quizá aquella mujer todavía joven lograra pagar los impuestos al barón, tal como pretendía el oficial; lo de los acreedores no llegó a entenderlo Hugo, pero le pareció poco probable que, después de tanto gasto, la viuda pudiera asumir los jornales debidos por su trabajo. Adelaida, que así se llamaba, vivía a media legua del castillo con tres hijos, dos niñas y un niño, en una masía de una única planta, rectangular, de piedra, cuyo techo, de una sola pendiente y compuesto de ramaje y tierra, estaba en bastante mal estado de conservación.

Los pensamientos de Adelaida debían de moverse por los mismos derroteros que los de Hugo, porque negó con la cabeza a medida que él hablaba.

—No tengo con qué pagarte —replicó ella al término de un discurso que se había ido apagando ante la actitud de la mujer.

—No entiendo entonces por qué ese oficial me ha mandado a verte —murmuró Hugo.

Adelaida se encogió de hombros. Hugo desvió su atención hacia los niños que jugaban casi desnudos cerca de la masía. Podía quedarse allí y ayudar a aquella mujer. Él no necesitaba dinero alguno, pero se suponía que era un jornalero y que debía vivir de su trabajo. El oficial sabía sin duda que la viuda carecía de recursos.

—¿Tienes alguna relación con ese oficial? —se le ocurrió preguntar de súbito.

Adelaida escondió la mirada. Hugo lo percibió en su azoramiento: la tenía. ¿De qué tipo? Solo podía tratarse de una relación inadecuada; en caso contrario, ¿a qué ese embarazo? Estar cerca de la amante del oficial del castillo de Sabanell quizá le resultara de interés, pero ¿cómo trabajar para alguien que carecía de recursos para pagarle? Quien primero desconfiaría sería el propio oficial.

—¿Has vendido tu cosecha por anticipado? —inquirió Hugo. La mujer negó—. Cama y comida, entonces —le propuso—. De momento no necesito más. Me pagarás tras la vendimia, el día que vendas la cosecha.

—Todo eso de vender lo hacía mi esposo, yo no sé…

—Ya me ocuparé yo —prometió Hugo.

La masía rectangular estaba dividida en tres zonas: en un extremo había una estancia con cocina en la que vivía la familia; en el centro, otra que acogía una mula flaca y disponía de separaciones donde almacenar el grano y la comida, preocupantemente escasos ambos a juicio de Hugo; la tercera zona, en el extremo opuesto, estaba destinada a bodega y en ella había algunas cubas vacías, además de los aperos necesarios para los trabajos de la viña y para pisar la uva después de la vendimia. El olor penetrante, acre, a vinagre, mezclado con el del hollejo podrido hizo que Hugo torciese el gesto y saliera de allí.

—¿Hace cuánto tiempo que murió tu esposo? —preguntó a Adelaida sin disimulo, a la vista de unas vides en peor estado que la masía.

—Poco después de la vendimia del pasado año —respondió la mujer.

Hugo negó con la cabeza.

—Hace bastante más tiempo que estas vides están mal cuidadas.

Ahora fue ella quien negó con la cabeza.

—A Josep... A mi esposo, le gustaba más disfrutar del vino que trabajar para obtenerlo.

Hugo frunció los labios y reservó para sí la pregunta que le aguijoneaba: ¿bebía porque su mujer le era infiel con el oficial o ella le había sido infiel porque bebía? Los meses anteriores, borracho, entregado al vino, regresaron a su mente de repente. Se trataba de una sima infinita, absorbente, tan atrayente como cruel, de la que era casi imposible salir. Respiró hondo. Hinchó sus pulmones de aquel olor a tierra y a vid que tanto añoraba: su juventud, sus ilusiones, sus esperanzas... Suspiró. El hijo de Adelaida, que correteaba entre las plantas con sus hermanas, se volvió para mirarlo. Hugo le sonrió. No había vuelto a beber, ni siquiera le tentaba ya hacerlo desde que Caterina le anunciara que Mercè estaba viva. ¡Caterina! ¿Qué sería ahora de él si ella no hubiera estado a su lado, si no hubiera luchado por menoscabar la voluntad de Regina? Sintió un agradecimiento infinito a la par que una desazón ante la distancia que lo separaba de la mujer a la que amaba.

—Hay que podar estas vides —afirmó.

Dormía junto a la mula, sobre un jergón de paja. Habían transcurrido ya un par de meses desde su llegada durante los que, además de trabajar las vides, se dedicó a obtener la máxima información sobre el barón de Sabanell, su castillo, sus soldados, y, por encima de todo, sus mazmorras y los presos encarcelados en ellas. No le fue difícil llevar las conversaciones hasta tales derroteros, como cuando espiaba para Bernat y obtenía información de los barcos. Acudió a las masías que rodeaban la de Adelaida so pretexto de afilar alguna herramienta, pedir prestada otra de las que no disponía o cualquier excusa similar, como conocer el tiempo y las costumbres de esas tierras nuevas para él. Eso le proporcionó la oportunidad de charlar con los payeses de aquella planicie fértil.

Todos sabían quién era Adelaida. La gran mayoría estaba al corriente de su aventura con el oficial del castillo; unos tardaban más, otros no tanto, los menos lo soltaban a bocajarro, pero todos, sin excepción, derivaban la conversación con Hugo hacia la liviandad de la viuda tras enterarse de que trabajaba para ella. Algunos aparentaban escandalizarse, mostrándose píos y castos; los más sonreían con procacidad o guiñaban un ojo en un gesto de complicidad con Hugo.

—Cuídate del oficial —le aconsejó un payés joven que, a juzgar por la contundencia con que lo dijo, debía de haber sufrido en sus propias carnes la prepotencia de aquel soldado.

—No le gustará que duermas bajo el mismo techo que su amante —apuntó otro.

Hugo calló que había sido precisamente él quien le propuso que acudiera a ayudar a Adelaida.

—¿Sería capaz de detenerme? —simuló espantarse en su lugar.

—¡Por supuesto! Por bastante menos ese cabrón ha encarcelado a muchos de nosotros.

El barón ni pisaba el castillo; tenía otras tierras en la Cataluña vieja, en el norte, y allí era donde prefería vivir. Un carlán, un tal Riambao, era su feudatario en Sabanell. Luego estaban el oficial y los soldados, y todos querían mandar y, si no podían enriquecerse, por lo menos intentaban disfrutar del vino y de las mujeres del lugar, viudas o casadas. A las doncellas las respetaban por temor a las represalias del barón si desgraciaban a alguna de ellas y sus padres acudían en solicitud de justicia y una reparación económica; aun así, los payeses contaron a Hugo que más de una había sufrido algún ataque.

¿Habían sido detenidos alguna vez?, los interrogaba Hugo. ¿Conocían las mazmorras? ¿Habían estado en ellas?

—¿A qué tanta pregunta? —receló uno de ellos.

—Por miedo, claro, ¿qué otra razón podía tener? ¿Detienen también a las mujeres? —interpeló a otro que no parecía plantear reservas al tratar esa cuestión—. ¿Sí? Debe de ser más duro para ellas… Lo digo por los soldados y ese oficial… Claro. A eso me refiero.

Estaban en mayo y Hugo cavaba las viñas con la ayuda de Adelaida y la colaboración, poco eficaz, de sus hijos. Él tampoco prestaba la misma atención ni procuraba los mismos cuidados que cuando, años atrás, se ocupaba de sus viñas. Mercè llenaba constantemente sus pensamientos y lo distraía. Sí. Alguien permanecía encerrado en el castillo de Sabanell. Lo dedujo de las palabras de una payesa a la que encarcelaron durante más de un mes por introducir vino de fuera del pueblo y venderlo con el suyo como si fuera de la zona. Aquella mujer oyó cómo el carcelero andaba siempre más allá de la mazmorra en la que metían a los presos. Al cabo de poco volvía, como si hubiera atendido a alguien en otra mazmorra. El día que la liberaron pudo ver que el pasillo por el que el carcelero iba y venía carecía de salida, luego parecía lógico que hubiera otra celda al final de aquel pasillo. «No», negó a preguntas de Hugo. No sabía más.

—Por una apuesta —justificó él ese interés cuando la mujer manifestó su extrañeza—. Yo apuesto a que en ese castillo tan grande hay más de una mazmorra, y un conocido mío dice que no.

—¡Ah! —se tranquilizó la payesa—. Pues si quieres saber todo eso, no tienes mas que acudir a Francesc.

El esposo, presente y atento a la conversación, asintió en apoyo de su mujer.

—¿Quién es Francesc? —inquirió Hugo, si bien tratando de mostrar indiferencia.

—El borracho del lugar. Lo encontrarás en Sabanell... Si no está en la mazmorra, porque pasa más tiempo allí que en su casa por los altercados que origina. ¡Joan! —exclamó la mujer de repente dirigiéndose a su esposo—. Joan, ¿tiene casa Francesc? —Nada más oírla el otro se encogió de hombros—. Bueno. No tiene importancia. Durante el tiempo en el que yo estuve encarcelada a Francesc ni lo metieron en la mazmorra. Lo dejan vagar por allí con libertad hasta que está medio sereno; entonces el carcelero lo obliga a barrer y limpiar la mierda antes de soltarlo.

Cómo se emborrachaba Francesc fue un misterio que Hugo nunca llegó a averiguar. Sabanell no era más que un puñado de chozas de barro entre las que no se contaba taberna ni obrador ni comercio; barracas apiñadas a los pies del castillo y alrededor de una capilla pequeña y oscura, recia, de muros gruesos, de una sola nave y bóveda de cañón, consagrada a Sant Bartomeu. Una iglesia pobre como lo eran sus parroquianos, porque Hugo llegó a enterarse también de la razón por la que Adelaida, y como ella todos los habitantes de la aldea y los de otros tres municipios vecinos bajo la jurisdicción del barón de Sabanell, tenía que pagar a aquellos acreedores que mencionó el oficial el día de su llegada. Sabanell se hallaba en quiebra. Bastantes municipios de Cataluña estaban en situación similar. Sus señores feudales, condes y barones, habían contraído grandes deudas para mantener su vida suntuosa, su comodidad y boato, o también al objeto de cumplir con las obligaciones bélicas cada vez más costosas. A fin de atender esos gastos, los nobles vendieron censales a los prohombres adinerados de las ciudades, principalmente a los de Barcelona. Estos les entregaban una importante cantidad de dinero y aquellos se obligaban a pagar un censo anual, el correspondiente al interés del principal. Si el censo tenía carácter perpetuo, se concedía a un interés bajo, pero si solo debía abonarse durante una o dos generaciones, el llamado violario, se cobraba un interés que acostumbraba a duplicar la tasa del otro.

Para esas operaciones financieras los nobles exigían a sus siervos y vasallos que suscribiesen personalmente los censos, con lo que estos últimos se comprometían al pago de las pensiones anuales que comportaban. La peste que asoló el mundo entero y conllevó la disminución de la población, las malas cosechas, las guerras, nuevas epidemias, quizá sencillamente la avaricia de los señores feudales, todo ello llevó a que muchos de esos censales que los nobles habían vendido a los prohombres de las ciudades, y que sus vasallos habían asumido, no pudieran liquidarse. Entonces el pueblo entraba en quiebra y lo administraban los propios mercaderes, que negociaban y pactaban con la universidad medios de pago, quitas, o incluso conversiones del censal en un simple préstamo, con lo que el abono anual disminuía la cantidad debida.

Esa era la situación en la que se encontraban Sabanell y otros tantos lugares de señorío del barón. Los vasallos continuaban pagando el diezmo a su señor, y un rediezmo, en ese caso de una séptima parte de sus cosechas, a los acreedores del censal. Por más fértiles que fueran las tierras, la existencia se hacía ardua y cruel para aquellos payeses humildes que continuaban acudiendo a la pequeña iglesia a rezar a Dios y a la Virgen para que les procurase paz y la fortuna necesaria con la que combatir a la miseria.

Hugo sabía que en Sabanell no se vendía vino, por lo que el siguiente domingo a aquel en el que la payesa le reveló la existencia de Francesc, acudió a misa con un buen odre que había pertenecido al esposo de Adelaida y que, aunque hedía, no se molestó en limpiar. El vino lo compró al fiado, por no mostrar sus dineros, en una masía de las que recorrían en su camino a Sabanell. Nadie preguntó. Nadie concedió la menor importancia a que se hiciese con vino. Los domingos, después de misa, se juntaban todos en el pueblo, en ocasiones en el patio de armas del castillo, y festejaban antes de volver a sus casas a comer. Entre los habitantes de Sabanell, los del castillo y los de las masías dispersas por la zona no superarían la cincuentena de personas, niños y ancianos incluidos. Adelaida acostumbraba a desaparecer de la mano del oficial. En esas horas se bebía; uno de los soldados sabía tocar la flauta y, si el párroco lo permitía, amenizaba las reuniones con ella. Se hablaba del tiempo y de la vendimia, ya cercana.

No le costó reconocer a Francesc entre la gente que charlaba en la explanada frente a la iglesia: un hombre tan enjuto como sucio y andrajoso que iba de grupo en grupo mendigando un trago. Hubo quien le dio. Hugo se apartó y fue a sentarse solo, en tierra, bajo las ramas de un árbol que tapaban el sol cálido y templado de esas alturas de la primavera. Esperó y levantó el odre sobre su cabeza para beber en el momento en que Francesc lo miró, como si fuera una invitación. Al instante lo tuvo a su lado. El hombre señaló el odre. Hugo carraspeó y tosió, tal era el sabor acre que imprimía el odre y la acidez del vino que le habían vendido al fiado.

—¿Me invitas? —insistió el otro.

Hugo le tendió el odre, y Francesc se sentó junto a él y se amorró al pellejo.

—¡Eh! Calma —tuvo que advertirle Hugo; aquel hombre parecía capaz de acabar con el vino.

Hugo volvió a beber, lo menos que pudo. El otro hizo lo contrario. Hugo se presentó como Pau y le dijo que era nuevo en el lugar. Francesc asintió: ya lo sabía. Hugo aprovechó y preguntó por Sabanell, por la gente de la explanada. Señalaba a unos y otros, siempre volviendo a tenderle el odre. Alguno les miró e incluso señaló a la pareja sentada bajo el árbol, si bien casi todos mostraron una absoluta indiferencia. «Que soporte el nuevo al borracho impertinente», creyó leer Hugo en los labios de uno de ellos. Por su parte, Francesc no tardó en contestar de forma atropellada, a veces incoherente debido a la boca pastosa. Tenía un hilo de saliva blanquecina y pegajosa atada permanentemente a las comisuras de sus labios.

«¡El vino!», pensó Hugo antes de entrar en el tema que deseaba. Para bien o para mal, toda su vida había girado alrededor del néctar de los dioses. Caterina había averiguado el paradero de Mercè tras emborrachar a Regina y ahora él hacía lo mismo.

—Me han dicho que conoces muy bien el castillo —comentó.

Francesc se encogió de hombros y no contestó, así que Hugo le arrebató el odre. El otro se lo imploró con las manos extendidas.

—¿Conoces el castillo? ¿Sus mazmorras? —insistió Hugo.

—Sí. Hazme el favor... ¿Me das más vino? Te lo ruego... Te...

Mientras el otro suplicaba, Hugo revivió esa sensación: la necesidad imperiosa e incontrolable de beber. Escondió el odre del alcance de Francesc.

—¿Cómo son las mazmorras?

—Son... Pues ¿cómo van a ser? ¡Mazmorras!

Hugo se percató de que aquel borracho sería incapaz de definirlas. Le mostró el odre.

—Háblame de la mujer que tienen encerrada en la última celda, la del final del pasillo.

Pese a su estado, Francesc reaccionó.

—No... No puedo. —De repente tembló—. No. No se puede hablar de ella. Guillem, el carcelero... —Gesticulaba violentamente con las manos—. No puedo. No. Nadie puede saber de ella...

—Ya —le interrumpió Hugo al mismo tiempo que le entregaba el odre. Tenía que calmarlo antes de que alguien se apercibiese de su nerviosismo, de manera que le permitió beber—. Ya sé que nadie puede saberlo —insistió Hugo después de obligarlo a detener el trago—. Pero yo lo sé. ¿Verdad que lo sé?

Francesc lo miró confuso.

—Sí. ¿Cómo...? ¿Cómo lo sabes?

—Porque Guillem es amigo mío y el carlán Riambao también. Por eso lo sé. Conmigo puedes hablar de esa mujer. ¡Pero con nadie más! —casi gritó—. ¿Has entendido? ¡No debes hablar con nadie más de esa mujer! ¡Con nadie! ¿Has entendido?

Francesc asintió con la cabeza repetidamente, absorto en las instrucciones de Hugo. Luego bebió de nuevo.

—Al principio lloraba mucho y en una ocasión hasta habló conmigo —murmuró el borracho de repente—, pero ahora ya es raro oírla sollozar.

—¿Vive? —saltó Hugo.

—Sí —aseguró Francesc alargando la vocal—. Hace poco estuve y le llevé comida, y retiré el cubo con sus excrementos.

En ese momento Francesc meneó la cabeza, como si se quejase de la fortuna.

—¿La viste?

—No... Bueno, sí. Una sombra en una esquina, escondida. Temerosa. Se comporta así desde que algunos soldados...

Hugo golpeó la tierra con los puños cerrados. No quiso preguntar qué era lo que Mercè temía de los soldados.

—Es como un pajarillo —oyó sin embargo que continuaba Francesc.

—¿Qué quieres decir?

—La comida... Come poco, como un pajarillo.

Bajo el árbol, mientras Francesc le hablaba atropelladamente de su hija y de los demás reclusos, entre trago y trago, Hugo tuvo que reprimir las lágrimas en varias ocasiones y carraspear otras mil. Desde entonces la obsesión por liberar a Mercè ocupaba cada segundo de su vida. Y lo distraía, como ese día de mayo en el que, mientras trabajaba, estuvo a punto de cercenar la mano del hijo de Adelaida, que enredaba debajo de la vid haciendo ver que lo ayudaba

El castillo de Sabanell se le presentó más y más inexpugnable a medida que Hugo se preguntaba cómo liberar a Mercè. Su hija ya llevaba dos años encarcelada, aunque no todo el tiempo en Sabanell. Allí deberían haberla trasladado tras la condena de Benedicto XIII, cuya sentencia no incluía prácticas deshonestas con monjas u otras mujeres, y el fin del cisma con el nombramiento de Martín V.

Desde entonces, una posible confesión de Arsenda que perjudicase al Papa depuesto carecía totalmente de importancia, por lo que la prisión de Mercè solo tenía sentido desde el punto de vista de esconder cualquier rastro acerca de su secuestro. Si Mercè no reaparecía, nadie podría imputar delito alguno a quienes habían intervenido en el rapto de una ciudadana de Barcelona. Eso dejaba a salvo, principalmente, al obispo de la Ciudad Condal, Andreu Bertran, quien por su parte ya parecía haber arreglado cualquier posible problema con Bernat puesto que había anulado su matrimonio con la hija del diablo y luego ratificado la bondad en Dios de Arnau, su único hijo varón.

La razón por la que habían trasladado a Mercè desde la cárcel del Garraf, en tierras del obispado, hasta allí, Sabanell, bajo el imperio del barón, era algo que escapaba al entendimiento de Hugo, pero era tal el cruce de intereses entre la Iglesia y los nobles a raíz del Concilio de Constanza que cualquier situación era posible.

Hugo paseó por el patio de armas del castillo y se esforzó en no mirar hacia la puerta que llevaba al interior de la torre del homenaje. Al otro lado de aquella puerta, siempre vigilada por un soldado armado, había una escalera, a la derecha, que descendía hasta las mazmorras. Eso le había explicado Francesc.

Hugo estaba haciendo tiempo mientras Adelaida cocía el pan en el horno del castillo. Los vasallos del barón tenían que hacerlo allí, igual que molían el cereal en su molino o arreglaban los aperos y herraban a las caballerías en la herrería del castillo; también pagaban los correspondientes impuestos: por moler, por cocer, por cultivar las vides, por vender el vino. Satisfacían un censo por la enfiteusis de sus tierras y partes proporcionales de las cosechas, además del diezmo a la Iglesia.

Hugo volvió a mirar hacia la puerta. ¿Y si la bajada a las mazmorras quedaba a la izquierda en lugar de a la derecha? ¿Y si tampoco estaban allí? Necesitaba saber con exactitud la situación de esas mazmorras. Ignoraba aún cómo liberaría a su hija, pero lo que sí tenía claro era que conocer el interior del castillo le resultaría imprescindible para ello.

—¡Largo de aquí, campesino! —le gritó el guardia tan pronto como Hugo se acercó a la puerta de la torre.

Hugo se disculpó y se dirigió al horno, donde Adelaida todavía esperaba, algo apartada de las demás mujeres que, como ella, habían acudido a cocer el pan. Entre estas había algunos hombres, probablemente sus esposos. Hugo no lo pensó dos veces.

—¿Por qué la miras con esa cara! —se encaró con uno de ellos, el que le pareció más fuerte—. ¿Qué cuchicheas acerca de ella! —añadió señalando a Adelaida con una mano, mientras con la otra lo agarraba del jubón y lo zarandeaba con fuerza.

La reacción del payés, hombre de campo, rudo, no se hizo esperar. Ambos se enzarzaron en una pelea: cruzaron un par de puñetazos antes de agarrarse y rodar por tierra mientras las mujeres gritaban y varios hombres los jaleaban. Entre golpe y golpe, mermados estos por la escasa distancia a la que se producían y el lío de brazos y piernas entrelazados, Hugo tuvo tiempo de arrepentirse de la iniciativa ante el retraso de la esperada intervención de los soldados.

Con todo, finalmente tres de ellos lograron separarlos. Las acusaciones fueron unánimes: Hugo había iniciado la pelea y sin razón alguna había agredido al payés, un hombre sensato, pacífico y temeroso de Dios, como era bien sabido por cuantos lo conocían. Los soldados se zafaron de la cantinela de mujeres y hombres que pretendían defender a su compañero, y a Hugo no le concedieron oportunidad de abrir la boca siquiera. «¡Vamos!», le ordenó el de más edad.

Francesc no le había engañado: había unas escaleras a la derecha poco después de cruzar la puerta de la torre del homenaje. Aquella zona pertenecía a la antigua construcción del castillo: muros de piedra gruesa, escaleras y pasillos estrechos, todo sumido en una oscuridad solo rota por alguna que otra antorcha en la pared, una humedad que calaba los huesos, y el hedor de la podredumbre, los excrementos… Y sobre todo del miedo y de la muerte.

Aun así Hugo trató de memorizar cada paso que daba. Llegaron abajo, donde había una antesala con un catre para quien estuviera de guardia, un pasillo y una puerta, que abrieron y que daba a una mazmorra oscura.

—¡Adentro! —le exhortó el único soldado que ahora lo acompañaba.

Hugo se opuso. Necesitaba mirar más allá de su celda, al final del pasillo, comprobar si lo que Francesc le había dicho se ajustaba a la realidad.

—No —se atrevió a decir.

El soldado se irguió y se separó de Hugo lo suficiente para amenazarlo con la lanza que hasta ese momento portaba en posición vertical y de forma descuidada. Hugo alargó una mano por delante de la punta de hierro, pero cuando el soldado lo azuzó hacia dentro de la mazmorra, comprendió que le era imposible mirar y controlar el arma al mismo tiempo.

—¡Yo no he atacado a ese hombre! —protestó.

—¡No es mi problema! —gritó el soldado, que volvió a hostigarlo con la lanza.

—Pero sí que lo es de tu oficial.

El soldado dudó un instante, que Hugo aprovechó para mirar hacia el fondo. Vio que el pasillo continuaba, y que a la izquierda parecía abrirse otra puerta, por detrás de donde se encontraban.

—¿Qué dices del oficial?

Hugo no le prestó atención. Podía empujarlo, hacerse con la lanza y reducirlo. En la antesala tuvo oportunidad de ver las llaves de las celdas… Pero ¿y después? ¿Cómo abandonarían él y Mercè el castillo a la luz del día y a la vista de payeses y soldados? ¿Adónde huirían? De repente se encontró en el interior de la mazmorra. Había entrado, como si su instinto le hubiera aconsejado hacerlo. El golpetazo de la puerta al cerrarse a su espalda retumbó. Se dijo que tendría que preparar bien esa huida, porque Mercè no estaría en condiciones de correr.

Hugo escrutó la mazmorra en la oscuridad. Alguien se acercó a él. «¿Tienes…?» Hugo no le permitió continuar. Se deshizo del preso de un empujón y se acercó a la puerta. El oficial no tardaría en ir a por él y liberarlo: era mucho el trabajo pendiente en la viña de Adelaida. Mientras tanto sus pensamientos volaron a Mercè. ¡Solo un muro los separaba! Quiso gritar, decirle que estaba ahí, que la quería, que la liberaría, pero también que nadie debía saber de su relación. «Un pajarillo.» No podría andar. Carecería de fuerzas. La luz heriría sus ojos. Eso sucedía con los presos que pasaban mucho tiempo en la oscuridad, había oído. Suspiró. El castillo: inexpugnable; los soldados: muchos; el propio terreno: una planicie sin lugares en los que esconderse, y su hija: Mercè no estaría en condiciones de cooperar. ¿Cómo lo iba a conseguir?

El oficial lo castigó a esperar lo que quedaba del día y la noche entera antes de liberarlo al amanecer del día siguiente.

—Agradece a Adelaida que no te tenga un mes encarcelado —le reprendió tan pronto como puso un pie fuera de la mazmorra.

No había dormido, pendiente de los ruidos, intentando reconocer la voz de Mercè al oír la letanía de rumores sordos y apagados. Para él no fue ningún castigo; la soledad, la tristeza y el dolor le llevaron a tomar una decisión firme. No contestó al oficial. En su lugar se encaró con él mientras pensaba: «Te mataré si ese día te interpones en mi camino». El hombre pareció percibir el peligro que emanaba de los ojos de Hugo, porque reprimió su soberbia, calló y se apartó.

Y ese día por fin llegó. Durante los casi cuatro meses transcurridos desde su detención en las mazmorras hasta finales de septiembre, ya vendimiada la uva, Hugo no había hecho más que trabajar y rezar para que su hija, su pequeña, aguantase un día más, y el siguiente. Santa María de la Mar. Veía a la Virgen, su Virgen, en las noches, y le sonreía. Lo tenía todo preparado: el dinero, el cuchillo de Barcha y una mula con un carretón desvencijado que había comprado en el Garraf. «Me la han prestado mis anteriores señores porque ellos ya han terminado la vendimia —mintió a Adelaida, tiempo atrás—. Con ella terminaremos antes la nuestra.»

El día de Sant Miquel los payeses como Adelaida, que tenían en enfiteusis las tierras propiedad del barón de Sabanell, estaban obligados a pagar el diezmo, la onceava parte de la vendimia, y además el rediezmo para los acreedores de los censales. Ese día, le contaron a Hugo, el caos y el desorden imperaban en Sabanell y en su castillo. El procurador de los acreedores y el del carlán, de forma independiente cada uno de ellos, ya habían inspeccionado las tierras de Adelaida y de los demás payeses para fijar la cuantía de sus impuestos. Hugo aprovechó para vender al procurador de los acreedores de Barcelona, un mercader al que por fortuna no conocía, el resto de la vendimia de Adelaida. El mercader se vio sorprendido por los conocimientos de quien se presentó como un sencillo jornalero; Hugo lo percibió y decidió no forzar todo lo que habría podido, pero, aun así, consiguió un precio interesante para la viuda.

Lo importante de ese día de Sant Miquel no solo era que todos los payeses acudían al castillo, entregaban su diezmo para el señor y pisaban la uva en el lagar con la consecuente barahúnda, sino que tras ello se producía una suerte de cambio en el mando y poder de Sabanell. En todo lo relacionado con el rediezmo, la autoridad e incluso la jurisdicción, tanto civil como criminal, correspondía a los propios mercaderes y compradores de los censos. Así se establecía para que directamente, sin tener que requerir la ayuda de soldados y fuerzas del señor feudal, el procurador de los acreedores pudiera ejercer esos derechos que, en otro caso, habrían correspondido al barón de Sabanell. Decenas de payeses, el diezmo para uno, el rediezmo para otros;

soldados propios del barón; soldados contratados por los mercaderes; hombres y mujeres que pisaban la uva; vino de boca en boca; el talante malhumorado de unos campesinos saqueados; las reyertas, muchas del lado de los soldados... Si aquel no era el día apropiado para liberar a Mercè, no habría otro.

El ambiente en el castillo era tan caótico como Hugo lo había imaginado. Una vez que entraron en el patio de armas, junto con los demás payeses, descargaron la uva. Los procuradores del señor y de los acreedores no tardaron en acercarse para comprobar los datos de Adelaida y su aportación. Dieron su visto bueno y les hicieron esperar. El día era fresco, aunque la noche lo sería más, pensó Hugo. A juzgar por el sol, que brillaba con fuerza, debía de faltar poco para el mediodía. Tenía que esperar, se lamentó para sus adentros acariciando bajo sus ropas el cuchillo de Barcha y notando que su cuerpo se tensaba. Estaba decidido a dejarse la vida en aquel empeño si era necesario; nada ni nadie iba a detenerlo.

Adelaida desapareció tras una excusa ininteligible y una sonrisa avergonzada dirigida a Hugo. Los niños la siguieron un trecho por el patio de armas, hasta que el soldado que hacía guardia a la entrada de la torre del homenaje los detuvo. ¡A él no lo detendría!, pensó Hugo. ¡Por Dios! ¡Por su hija...! Por Barcha, por la mora que había entregado su vida para que él estuviera ahora allí. Corrió el vino, pero Hugo ni lo probó. Los niños desaparecieron de su vista cuando se empezó a pisar la uva, metidos en una cuba grande de madera en la que cabían hasta cuatro personas y que, a través de una abertura a ras de suelo, vertía el mosto al lagar de la bodega del castillo, en los sótanos.

Durante la tarde Adelaida regresó y volvió a irse. El guardia de la torre también iba y venía, como todos, a medida que el vino hacía su efecto. Hubo peleas, y detenidos que bajaron a las mazmorras. Ese trajín disgustó a Hugo, que sin embargo consideró un buen presagio que el ocaso del sol tiñera de rojo el cielo. Un par de hogueras ardieron en el patio de armas; fuera del castillo lo hicieron más.

Se dijo que había llegado el momento. Empuñó con fuerza el cuchillo y lo desplazó bajo sus ropas, sin llegar a extraerlo, solo para comprobar que podía sacarlo sin dificultad. Se dirigió a la puerta de acceso a la torre y se mantuvo merodeando hasta que el guardia abandonó su puesto para ir a comer algo que un compañero le ofrecía desde la hoguera más cercana. Sin pensarlo, Hugo se deslizó en el interior. A la derecha la escalera descendía hasta las mazmorras. No miró en derredor; si alguien vigilaba, él ni siquiera se habría percatado. La escalera, la escalera, la escalera... Llegó a ella y descendió. La humedad, el hedor. No los percibió. La antesala. Extrajo el cuchillo. Creyó oír voces. ¿Cuántos? Respiró hondo. Había matado en dos ocasiones, una por Regina y la otra por Mercè. Le había resultado sencillo, recordó al mismo tiempo que cerraba la mano con fuerza sobre la empuñadura. ¡Nadie! La antesala estaba vacía. Escrutó el espacio como si no lo creyese: ¡nadie! Entonces ¿las voces...? Provenían de la mazmorra. Las llaves estaban allí, para él. Cogió el manojo y corrió el pasillo. Tembló al probar las llaves. «Mercè, Mercè, hija», susurraba. No... Aquella no era. El manojo resbaló de sus manos, sudorosas, torpes, y cayó. El sonido, no obstante ser amortiguado por la tierra húmeda del suelo, le pareció un estallido. Esperó. Un instante tan solo. Nadie.

—Mercè —la llamó tras agacharse y recogerlas—. Hija...

La cerradura chirrió. Hugo corrió el cerrojo, abrió la puerta y entró en la celda. Una sombra. Eso era lo que buscaba, la sombra de un pajarillo, arrinconada en una esquina. Se acostumbró a la oscuridad y la entrevió. Lloró.

—Hija.

Se acercó a ella. Mercè, sentada de espaldas a él, se encogió a su contacto, como si temiera que fueran a hacerle daño.

—Hija.

Hugo la agarró por los hombros, pero la soltó. Aquellos hombros descarnados no podían pertenecer a su hija... La duda lo asaltó. ¿Y si no era ella?

—Mercè, hija mía... Soy tu padre, Hugo. —Intentó ver su rostro, pero no lo consiguió—. He venido a liberarte... Tu hijo, Arnau... ¿Recuerdas a Arnau?

Al oír aquel nombre, la mujer volvió la cabeza ligeramente.

—Arnau —susurró Hugo—. Está en Barcelona. Te espera. He prometido llevarte con él.

—Arnau —pronunció Mercè con voz ronca.

¡Era ella! Hugo no quiso esperar más.

—¡Vamos!

Empezaba a cubrirla con los harapos que vestía cuando una voz autoritaria le detuvo.

—¡Agustí!

El grito llegaba desde la antesala. Quien quiera que fuese se asomó al pasillo de las celdas, porque a continuación la voz llegó más nítida:

—Agustí, ¿estás ahí? ¿Tienes las llaves de las celdas?

Hugo reaccionó con rapidez. Se acercó a la puerta y la cerró por dentro mientras el soldado recorría el pasillo arrastrando a un nuevo detenido, cuyos gritos y quejas escondieron el rechinar de puerta y cerradura. Hugo se pegó de espaldas a la pared y oyó que el hombre se detenía frente a la celda anterior, la de los presos comunes. Allí tironeó de la puerta y estalló en improperios.

—¿Quién es el cabrón que se ha llevado las llaves de las celdas? ¡Hijo de puta! ¡Está prohibido extraer las llaves de la antesala! ¡Agustí!

Hugo lo oyó recorrer el pasillo de vuelta. No podía permitirlo. Si salía al patio de armas en busca del tal Agustí y este negaba tener las llaves, un tropel de soldados, borrachos o no, se plantaría en las mazmorras. Eso sería el fin.

—¡Estoy aquí! —gritó. Abrió la celda de Mercè y dejó la puerta entreabierta—. Aquí —volvió a llamar la atención del soldado.

—¿Ahí? —se extrañó el otro con una risotada—. ¿Qué haces ahí dentro con esa furcia mustia? ¿Todavía le queda algo de carne a la que agarrarse? Hace mucho tiempo que no…

Hugo saltó. Oír la carcajada le había llevado a empuñar el cuchillo de Jaume y el resto de la burla le empujó a plantarse en el centro del pasillo, directamente frente al soldado, al que, sin más, clavó el puñal en el estómago. La última frase del hombre quedó inacabada, en el aire. Hugo escupió a su rostro mientras el otro se deslizaba hacia el suelo con la espalda pegada a la pared y las manos tratando de taponar inútilmente una herida ya sangrante. El detenido que arrastraba el soldado estaba tan borracho que parecía no haberse enterado de nada. Hugo lo agarró y tiró de él hasta la celda de Mercè, donde lo dejó caer; luego metió también al soldado, que todavía vivía.

—No hay vuelta atrás —susurró después a Mercè, a la que se cargó sobre el hombro, a modo de un fardo, ligero, un peso demasiado liviano para contener en su interior algo que no fuera más que dolor y sufrimiento.

¿Quién podría sospechar que aquello que llevaba era un ser humano?, se preguntó en la antesala. Vaciló antes de iniciar el ascenso de la escalera; el centinela bien podría estar en su puesto, arriba, en el patio de armas. Ya había tenido demasiada fortuna con uno de ellos. Quizá estuvieran borrachos, sucios y desaliñados, pero eran hombres de guerra, acostumbrados a combatir, así que volvió tras sus pasos. Cogió de nuevo el manojo de llaves y abrió la primera celda, en la que permanecían encarcelados varios campesinos, ebrios o irritados por los impuestos.

—¡Fuera! —les gritó.

Todos se apresuraron a salir en tropel. Hugo no tuvo más que seguirlos por la escalera.

—¡Eh! ¿Qué hacéis…?

El soldado de guardia intentó detener al primero de los campesinos liberados, sin conseguirlo, y cuando vio que se le escapaba el segundo, pidió ayuda. Hugo se escondió al otro lado del pasillo al ver que otros acudían a auxiliarlo. Por un instante dudó si habría tomado la decisión equivocada, pues con el soldado acuchillado en la celda, la vida de Mercè y la suya estaban en serio peligro. Los soldados, algunos incluso bebidos, comparecían en la puerta.

No, no se equivocaba. Los campesinos pelearon; golpearon las lanzas con las que los amenazaban y se abalanzaron sobre los guardias. Ya les robaban su cosecha, el pan de sus mujeres e hijos; no permitirían que hicieran lo mismo con su libertad. Otros payeses acudieron en su ayuda desde el patio de armas, y Hugo se decidió a actuar. Sin adoptar precaución alguna, cruzó la puerta con paso firme y dejó a un lado a los combatientes. El carro con la mula lo esperaba. Depositó en él a Mercè, y al hacerlo tuvo que sofocar un suspiro. Dios, su hija no era más que un… pajarillo aterrorizado. Por un instante vislumbró sus ojos, saltones, hundidos en unas cuencas negras.

—Hija… —Le acarició el rostro por debajo de los harapos—. ¡Vámonos! ¡Te recuperarás! Arnau te espera.

La cubrió con un par de buenas mantas que se había procurado precisamente para eso. Se felicitó por su previsión y encaminó a la mula hacia la puerta del castillo.

—No hables, hija, no te muevas, te lo ruego.

Nadie los detuvo, no había centinelas en las murallas. Hugo había cerrado la puerta de la mazmorra de Mercè, pero la otra había quedado abierta. Los soldados no tardarían en darse cuenta de lo sucedido; en cuanto acabasen con la vida de alguno de los payeses, el resto se amedrentaría y dejaría de presentar combate. Entonces llegaría el momento de bajar a los nuevos detenidos a las mazmorras y sabrían de su fuga. Saldrían en su búsqueda, estaba seguro de ello. No tenía mucho tiempo de ventaja.

—¡Vamos! —arreó a la mula con un latigazo que restalló incluso entre el alboroto de la pelea.

Ya fuera de las murallas, alguien lo saludó desde una de las hogueras que ardían en las laderas del cerro sobre el que se erigía la fortificación. Hugo alzó una mano en contestación y continuó tirando del animal.

Luego volvió a arrear a la mula, intranquilo, con el oído puesto en los gritos a su espalda. La oscuridad se abría a sus pies. Dejaron atrás los fuegos y el castillo, las barracas y la iglesia pequeña y recia, y padre e hija se internaron en la oscuridad de los campos mientras una lágrima corría por la mejilla de Hugo. Olía a mosto, a uva, a tierra explotada y a la madera vieja del sarmiento.

31

No consiguió recorrer mucha distancia durante la noche. La oscuridad, a veces impenetrable, borraba los senderos. Hugo esperaba entonces a que corriesen las nubes, destapando una luna cuyo tenue resplandor le indicara por dónde andar. La lentitud le desesperaba; la tozudez de la mula, que a menudo se negaba a avanzar en tinieblas, le irritaba. El silencio... El silencio le tranquilizaba, en parte, ya que implicaba que nadie los perseguía. Pero esa quietud casi absoluta, en ocasiones detenidos entre un mar de vides, extraviados, le llevaba a soltar las bridas del animal e ir a tientas hasta el carretón para comprobar que Mercè respiraba todavía. Entonces lo hacía él y soltaba el aire inconscientemente retenido. Necesitaba llegar a Barcelona; la gran ciudad los protegería.

El rojizo de la aurora que iluminó los campos sorprendió a Hugo tirando de la mula por el camino principal que conducía a la Ciudad Condal. Salió de él y continuó por senderos, atento a cualquier cabalgada que pudiera seguir su rastro, sin saber cómo reaccionaría si eso sucedía. Alzó la mirada al cielo y rezó: «Señora, no lo permitas». El amanecer, a pesar de facilitarle el avance, le trajo otro problema: Mercè. Hasta entonces la había tocado para comprobar que estaba caliente, que respiraba, pero ahora podía verla y eso lo aterrorizaba, porque bajo las mantas palpó un cuerpo esquelético, descarnado; porque recordaba la liviandad del peso muerto sobre su hombro; porque no quería enfrentarse a la realidad de la desgracia de su niña... Y porque ya le habrían revelado que él no era su padre.

—Pero estás viva —afirmó con la voz tomada, en la soledad del camino, antes de tirar de la mula hacia una higuera que se alzaba a su vera.

Todavía quedaban higos en el árbol. Hugo arrancó uno de ellos y se situó junto al bastidor del carretón de dos ruedas. Mercè permanecía quieta, aovillada bajo las mantas. Le destapó la cabeza. Ella apretó los párpados ante la luz del sol, aunque esta era tenue a una hora tan temprana. El recuerdo de la belleza de su pequeña quiso entonces machacar la poca serenidad que le quedaba, y su felicidad se le apareció a base de fogonazos que se mezclaban con la visión que se le presentaba. Estalló en llanto. La vio saltar y correr con los niños del hospital de la Santa Cruz, y reír, y besarlo… Aulló al cielo. Descubrió el resto de su hija e insultó al mundo entero, con el puño alzado primero, luego con los dedos de ambas manos entrelazados con fuerza frente a su rostro, golpeándose la frente. Se encaramó a la plancha de madera, cogió a Mercè con delicadeza, temeroso de romperla, y la acunó. Ella no lloraba. La meció durante largo rato antes de hacerle mil promesas que no obtuvieron ninguna respuesta. Le acercó el odre con agua a la boca, mojó sus labios varias veces y se puso en marcha de nuevo. Si por la noche había sido la oscuridad la que ralentizaba su huida, ahora eran las lágrimas que enturbiaban su visión.

Llegaron a Barcelona antes de que la campana del castillo del veguer tañera el *seny del lladre* y cerraran las puertas de la ciudad.

—La llevo al hospital —declaró cuando uno de los guardias apostados en la puerta de Sant Antoni se echó atrás después de levantar las mantas bajo las que viajaba Mercè.

Dos ciudadanos que seguían al carro imitaron al guardia y retrocedieron unos pasos.

—¿Al de San Lázaro? —manifestó el soldado más como afirmación que como pregunta.

—No —respondió Hugo.

Mercè no tenía lepra, así que no debía ingresar en el lazareto. En cualquier caso, a Hugo no le extrañó la reacción del centinela. Las llagas que mostraban el rostro y el cuerpo de su hija podían levantar esas sospechas, pero sabía, por lo hablado en su época de botellero en el hospital, que eran muchas las familias y los médicos que ordenaban la reclusión de una persona en el lazareto por síntomas que en realidad no eran lepra. Cualquier alteración un tanto extendida en la piel podía condenar a alguien a terminar sus días en un hospital para leprosos. Y al cabo de un tiempo de estancia en él todos contraían la terrible enfermedad que mutilaba los cuerpos. El guardia negó con la cabeza e hizo ademán de oponerse, pero Hugo se le adelantó:

—No tiene lepra —aseguró contundente—, pero en definitiva eso lo decidirán los médicos del hospital de la Santa Cruz, ¿no te parece? —Por detrás se quejaron—. ¿Acaso crees que su administrador va a permitir el ingreso de una apestada? —insistió Hugo aproximando mula y carretón hacia la puerta.

—¡No te acerques más! —ordenó el centinela.

—En cualquier caso tendré que pasar —alegó Hugo desoyendo la advertencia.

Continuó andando. La gente se apartó y los guardias le franquearon la entrada. Era cierto: las nuevas murallas que rodeaban el Raval habían dejado dentro de la ciudad el hospital de San Lázaro. La puerta de Sant Antoni daba a la calle del Hospital, y en su recorrido se alzaban tanto el de San Lázaro, en primer lugar, como el de la Santa Cruz.

Diez años eran muchos, pensó Hugo tan pronto como, con una mirada de reojo, recelosa, dejó atrás el lazareto y continuó calle adelante. Ese era el tiempo transcurrido desde que el rey Martín lo llamó como su botellero, en 1409, poco antes de morir, y el año que corría. Hizo buenos amigos en el hospital de la Santa Cruz: los administradores, el sacerdote, algún médico... Un día u otro todos le pedían algún favor con el vino, con los preparados medicinales, con el *aqua vitae*, y él los prestó con generosidad. Esperaba encontrar a alguno de ellos en el hospital.

Reconoció al sacerdote, mosén Bartolomé de Vilademany, diez años mayor. «También para ti han transcurrido», replicó el religioso después de abrazarse y separarse, cogidos de los antebrazos, para mirarse el uno al otro en el interior de la iglesia del hospital de la Santa Cruz. Mientras, Mercè era atendida por un par de donadas que la acompañaron a una de las dos salas de mujeres de las que disponía el establecimiento.

La iglesia del hospital, con frente directo a la calle, no era otra cosa que lo que había sido el antiguo hospital de Colom. Por aquella misma nave de bóveda de cañón, entonces llena de camas para pobres y enfermos, fue por donde Hugo corrió para escapar de Mateo; poco después, en el patio, le reventaría aquel ojo que marcaría de por vida su fisonomía y le daría su apodo. Hugo trató de despejar su mente del aluvión de recuerdos y sensaciones que le trajo la imagen del tuerto.

—Parece que te has perdido en el tiempo —señaló mosén Bartolomé.

—De niño corrí por aquí —reveló Hugo.

—Lo sé, recuerda que yo era el rector de la iglesia de Colom y que me lo contaste un día de aquellos en que abrías la bodega para los amigos. —Hugo solo fue capaz de esbozar una sonrisa. El sacerdote percibió su desazón—. ¿Qué te preocupa?

—Se trata de Mercè...

—¿Qué le ha sucedido a la niña? —exclamó el mosén con la preocupación reflejada en el semblante.

Hugo se lo contó todo. Mosén Bartolomé no solo había mostrado siempre un aprecio especial hacia Mercè, sino que no era de aquellos sacerdotes beneficiados con capillas y dineros que peleaban por un cesto de melocotones como tantas veces llegó a presenciar Hugo en Santa María de la Mar. En el hospital de la Santa Cruz no se contaban más que dos religiosos: el prior, que ejercía como administrador, y el rector, mosén Bartolomé, que atendía la iglesia y los numerosos altares erigidos en las naves de los enfermos, quienes, en su padecimiento, en todo momento debían tener la oportunidad de ver a Cristo y sus santos. Mosén Bartolomé vivía con los enfermos. Hugo le había visto animarlos, atenderlos y consolarlos en su dolor y, muchas veces, en su agonía y muerte. Mosén Bartolomé había vivido tanto dolor y miseria que Hugo encontró en él a la persona capaz de ayudarlo. En vista del estado de su hija, necesitaba alguien en quien confiar.

Hugo se explayó. El religioso asintió al oír hablar de Regina, a quien también conocía, y entornó los párpados y negó con la cabeza ante la historia de la hija del diablo.

—En varias ocasiones oí esa estupidez —reconoció a Hugo—. El diablo... —se burló—. ¡Solo Nuestro Señor podría haber premiado a una niña con la alegría y la inteligencia de Mercè! Hija del diablo... —renegó de nuevo.

Hugo continuó con la historia y el mosén se santiguó tras la descripción de las crueles circunstancias en las que habían mantenido encarcelada a Mercè. Suspiró con fuerza al oír el relato del rescate en el castillo de Sabanell y compartió con Hugo su honda preocupación ante la posibilidad, altamente probable, de que persiguieran a Mercè. Hugo le contó que, si bien había ocultado su nombre y su origen, cabía pensar que no les costaría relacionar su repentina desaparición con la liberación de una presa tan especial, lo que los llevaría a buscar a la familia de ella, y de ahí a que los descubrieran solo había un paso. Estaba dispuesto a huir con Mercè tan lejos como fuera menester para que nunca los encontrasen, pero en su estado era imposible.

—No te preocupes —se le adelantó el mosén—. ¿Han registrado ya sus datos en el libro de enfermería?

—No. Cuando me enteré de que seguíais aquí como sacerdote pedí veros.

—¿Dónde querías que estuviese? —le interrumpió el otro rompiendo la tensión acumulada tras la historia—. ¿Ya me imaginabas en el cementerio?

—¡Claro que no!

Sonrieron. Mosén Bartolomé golpeó con cariño el antebrazo de Hugo y este prosiguió:

—Les dije a las donadas que primero quería hablar con vos y que después ya les proporcionaría los datos.

—Ni siquiera el prior sabrá la verdadera identidad de esa mujer —se comprometió el mosén.

Fue el religioso quien, de su puño y letra, rellenó los datos en el libro de enfermería: María Grans, la bautizó. «¿Qué edad tiene Mercè? —se preguntó en voz alta—. Pocos más de veinte, ¿no?» Antes de que Hugo contestara decidió: «Pondremos cuarenta. ¿Trabajo?» Hugo se encogió de hombros. «No se le conoce labor», escribió el mosén en el libro. «Y sin pertenencias que reseñar para devolver a su salida o a sus herederos, que tampoco se le conocen», siguió escribiendo. Y añadió: «La trae un ciudadano pío y temeroso de Dios a este hospital de la Santa Cruz después de encontrarla inconsciente y abandonada en un erial... ¿Dónde lo situamos?», preguntó en voz alta. «En el camino a Badalona, en el otro extremo de Barcelona», aclaró unos instantes después. «Ingresa ya consciente, con múltiples heridas resultado de su apaleamiento y violación por parte de unos bellacos miserables y desalmados según ella misma refiere al mosén que firma: Bartolomé de Vilademany», concluyó. Le explicó a Hugo: «Si me incluyo y alguien viene a curiosear los ingresos de las enfermas, casi seguro que me llamarán».

Añadió la fecha y cerró el libro de enfermería antes de ponerse en pie.

—¿Puedo verla? —inquirió entonces Hugo.

—No —se opuso el religioso con mayor énfasis del que habría deseado.

Enseguida rectificó su actitud y suavizó aquellos rasgos viejos y cansinos de su rostro, que tanto se tensaban ante el dolor de la gente como se relajaban plácidos para confortar a los enfermos.

—Ahora la estarán lavando —explicó—. Es lo primero que se hace tras el ingreso de un nuevo enfermo. No puedes presenciarlo, y tampoco están admitidas las visitas de hombres a las salas de mujeres. Entenderás que no es lo correcto.

Hugo asintió.

—Entonces —insistió no obstante— no podré visitarla hasta…

—Hasta que mejore y sea capaz de pasear por el claustro. Aunque no sé si convendrá que os vean juntos. Bueno, tiempo al tiempo. Mientras tanto, yo te informaré. Recuerda que la supuesta familia de María no tiene por qué saber que está aquí, aunque también se entiende que debería ser yo quien hiciera llegar recado a sus parientes. Cosa que, por otra parte, sería lógica; siempre tenemos que buscar a los allegados de los enfermos. —Vaciló—. Me ocuparé de todo —aseguró—. En fin —añadió dirigiéndose hacia la puerta del escritorio en el que se encontraban—, espera aquí mientras yo me intereso por el estado de tu hija.

Cuando mosén Bartolomé regresó traía el rostro demudado. Expresaba tal preocupación que Hugo se acercó a él a toda prisa, temiendo lo peor.

—Se salvará —afirmó el religioso con la voz tomada—. ¡Dios me debe muchos favores para negarme este! —exclamó sobreponiéndose.

Caterina se quedó paralizada al ver a Hugo en la puerta.

—¿Has encontrado a tu hija? —le preguntó desde la distancia con voz temblorosa.

—Sí.

—¿Está bien?

—Sanará.

Entonces Caterina dio un grito y se abalanzó sobre él. Todavía no había llegado a echarle las manos al cuello y ya las lágrimas corrían libres por sus mejillas. No logró decir más; gemía y sollozaba. Lo besó, una y otra vez, sin soltarlo, sin siquiera permitirle dar un paso más allá de la puerta de la taberna. Por detrás de ellos dos, en la calle de la Boquería, Pedro se preguntaba qué hacer con otra mula y otro carretón.

—¿La llevo al huerto? —inquirió.

Hugo no contestó. En ese momento él también besaba con pasión a Caterina. Quizá desde que Mercè había desaparecido hacía dos años, quizá incluso desde antes, lo cierto era que por primera vez en mucho tiempo notaba el deseo por su mujer. Creía estar extenuado; llevaba todo un día sin dormir, un día tirando de la mula, andando caminos intransitables, sufriendo por el estado de su hija, pendiente en todo momento del retumbar de los cascos de los caballos que indicasen que una partida de hombres del carlán de Sabanell iba a darles alcance. Y sin embargo, el contacto con el cuerpo de Caterina, sus besos, sus lágrimas, despertaron su deseo.

Dejaron a Pedro sin respuesta y se apresuraron a subir a su habitación. Las palabras fueron escasas, las imprescindibles mientras se desnudaban.

—¿Está en el hospital? —se preocupó ella.

—Mosén Bartolomé asegura que se curará, que Dios se lo debe.

—¿Se pueden reclamar deudas a...? —Caterina, de espaldas a Hugo, calló al notar el miembro erecto contra sus nalgas. Suspiró de placer—. A Dios.

Quiso terminar la frase antes de que su respiración se convirtiera en jadeos cuando él apretó sus pechos y pellizcó sus pezones.

—Los curas sí que pueden —susurró Hugo al mismo tiempo que le besaba y lamía el cuello, la oreja...

—¡Ah! —asintió Caterina—. Iré a cuidar de ella.

—No puedes. No está registrada como Mercè, sino como María, María Grans.

Hugo llevó una de sus manos hasta el pubis.

—No te preocupes… —iba a replicar ella, aunque tuvo que callar ante un estremecimiento que recorrió su cuerpo en el momento en el que Hugo jugueteó con los dedos entre los labios de su vagina. Pasó el espasmo. Respiró hondo y continuó—: Tampoco yo seré Caterina, la liberta rusa. Grans, ¿has dicho? Yo me llamaré…

—Date tiempo —la interrumpió él—. Tu pelo rubio, tu tez blanca, tu belleza… —Hugo se apretó contra ella para demostrarle cuánto le atraía, y ella gimió—. Todo ello te delataría. Seguro. El mosén se ocupará de Mercè de momento, y con el tiempo… Ya veremos.

Permanecieron un buen rato en aquella postura: en pie, él detrás, apretando, acariciando sus pechos, su vientre, su pubis, notándola húmeda, oyendo sus gemidos cada vez que descendía hasta la vagina. Fue Caterina quien no resistió y tiró de él hacia el lecho, en el que se acomodó a cuatro patas, con el rostro escondido entre las sábanas y el culo erguido, invitando a Hugo a penetrarla. Él le acarició la espalda y las nalgas antes de ayudarse con una mano para introducir el miembro en su vagina, luego se agarró a sus caderas y empujó con fuerza. Los jadeos y los gritos pudieron oírse en la misma taberna, y se sucedieron hasta que Hugo alcanzó el orgasmo. Caterina se estremeció al notar que se derramaba en su interior. Se liberó, se volvió y quiso besarlo en la boca. Hugo respiraba entrecortadamente, exhausto. Él admitió sus besos, pero cerró los ojos a su vez. Y no los abrió hasta bien entrado el amanecer del día siguiente.

Pedro le tenía preparado un desayuno suculento: queso, cebollas, carne en salazón, una buena hogaza de pan blanco y vino.

—Es de una de las cubas antiguas. Probadlo —le exhortó con orgullo—. No se ha avinagrado.

Hugo lo hizo: era fuerte, con cuerpo y con un aroma a viña y a la madera de la cuba que le recordó el trabajo en los campos y en el lagar, el trasiego en la bodega…

—¡Excelente! —exclamó antes de dar otro trago, largo este—. Te felicito —animó al aprendiz, al mismo tiempo que se arrellanaba en la silla y echaba mano al queso. La taberna estaba vacía y él tenía verdadera hambre—. ¿Y Caterina?

—Ha salido temprano esta mañana.

—¿Adónde?

—A rezar, me ha dicho.

Caterina regresó de la iglesia de la Santíssima Trinitat antes de que él hubiera dado cuenta del desayuno. Comía y bebía con parsimonia, deleitándose en cada bocado y cada trago de vino, observando con curiosidad a la gente que entraba y compraba aguardiente; eran pocos los que pedían vino.

—El negocio ha ido muy bien durante los meses que has estado fuera —le comentó Caterina tras tomar asiento frente a él—. Necesitamos más vino para destilar aguardiente. Pedro no quiere utilizar el vino viejo; cuida esas cubas como si le fuera la vida en ello.

—Lo he notado —contestó él alzando la escudilla—. Iré a comprar vino de calidad baja —dijo después—. ¿Tenemos suficiente para aguantar hasta enero o febrero? —preguntó, y Caterina torció el gesto—. Buscaré algo para destilar hasta esa fecha, cuando se ponga a la venta la cosecha de este año.

—Tengo que contarte algo que ha sucedido en tu ausencia.

Hugo irguió la cabeza.

—¿Malas noticias?

—No. Regina ha muerto. Encontraron su cadáver en la celda en la que estaba emparedada.

Hugo acogió la noticia en silencio. ¡Cuánto daño les había hecho aquella mujer! Recordó a Dolça y sus advertencias acerca de Regina, todavía niña; Barcha también le previno de ella. Ni siquiera saberla muerta disminuía su odio hacia aquella mujer, ya no por lo que le había hecho a él, sino por la tortura a que había condenado a su hija. Regina era la culpable de eso y deseaba que ardiera en el infierno para siempre.

—¿Cómo está Mercè? —preguntó Caterina trayéndole de nuevo a la realidad.

Hugo tardó en contestar.

—De momento no debemos dejarnos ver por el hospital —dijo al cabo—. Mosén Bartolomé nos hará llegar noticias.

Esa misma mañana les llegaron a través de una donada de confianza del sacerdote: Mercè había pasado una buena noche.

—¿Curarán sus heridas? —preguntó Hugo.

—Las del cuerpo sí, seguro. Lo malo son las heridas importantes, las del alma...

La mujer frunció los labios y negó con la cabeza.

—Cuida bien de ella —le rogó Hugo, que aprovechó para entregarle unos dineros—. Mi hija...

—Los cuidados del hospital son gratuitos y yo no cobro por mi trabajo; lo hago por caridad cristiana —lo interrumpió la donada a la vez que rechazaba los dineros.

—No te ofendas. Pero acéptalos —insistió Hugo, y le cerró la mano sobre las monedas—. Estoy seguro de que con ellos podrás atender a algún necesitado, a alguno de esos niños huérfanos. ¿Me equivoco?

La mujer lo pensó unos instantes y asintió.

—Aun así no quiero que pienses que cobro por cuidar de tu hija.

—Sabemos de vuestra entrega a la causa del hospital; nunca podríamos pensar nada extraño. Lo que sí es un regalo personal, que no me cabe duda él aceptará, es este buen vino para mosén Bartolomé. —Hugo le entregó un odre lleno de vino viejo que había pedido a Pedro—. Dile que lo deguste a mi salud y a la de Mercè.

—El vino es un regalo de Dios —afirmó ella.

—En este caso, es un doble regalo —añadió Hugo.

—Seguro que el padre Bartolomé sabrá apreciarlo.

El odre regresó vacío al cabo de dos días, y con él la donada y nuevas noticias acerca de Mercè. Admitió que a la enferma le costaba reponerse. No hablaba, ni siquiera en confesión. Pero comía y bebía, lo suficiente para que los médicos vieran en ello una señal propicia a su curación. Su temperatura era la correcta, y su orina y sus heces no mostraban sangre. «Rezad y estad tranquilos», trató de calmarlos la mujer antes de salir de la taberna con más dineros y el odre otra vez lleno de vino.

Rezar lo hacían, no en la iglesia de la Santíssima Trinitat como habría deseado Caterina, puesto que Hugo continuaba negándose a acudir al templo erigido por los conversos, sino en Santa María de la Mar, adonde acudían diariamente. La tranquilidad, sin embargo, no podían alcanzarla. Hugo estaba convencido de que los perseguirían; el barón de Sabanell y cuantos estuvieran envueltos en aquella trama no iban a permitir la fuga de Mercè y el asesinato de uno de sus soldados, si es que aquel hombre había muerto debido a la cuchillada de Hugo.

Para confirmar sus peores temores, a la semana de su huida del castillo uno de los alguaciles del veguer de Barcelona, escoltado por varios sayones, se personó en la taberna.

—¡Hugo Llor! —gritó el hombre.

Un par de parroquianos que estaban bebiendo pagaron y salieron precipitadamente del local; otros se dispusieron a presenciar los acontecimientos. Hugo se acercó al oficial.

—Yo soy.

Entonces vio a Guerao, apostado en la puerta por detrás de los sayones. Mientras Hugo y Guerao intercambiaban una mirada el alguacil buscó acomodo ante una de las mesas largas. Con la mano abierta, flácida, manoteó en el aire en dirección a los clientes que aún permanecían en la taberna.

—Echadlos —ordenó a sus hombres.

No fue necesario. Todos ellos se levantaron y se fueron. También los sayones, que salieron a la calle, por lo que dentro de la taberna quedaron Hugo, Caterina y Pedro, el alguacil y Guerao, que ya había tomado asiento en el banco corrido, algo alejado del representante del veguer.

—Fuera vosotros también —ordenó este último a Pedro y Caterina.

—Pero… —se quejó ella.

—Fuera —repitió el alguacil sin levantar la voz, con displicencia.

Con un gesto de la cabeza Hugo instó a Caterina a que obedeciera.

—Sabemos que has sido tú —soltó el oficial tan pronto como quedaron ellos tres solos.

Hugo se detuvo a medio camino de la mesa y luchó por que no se le notara la debilidad de unos músculos que se lanzaron a temblar. «Tienen que haberse percatado», pensó al sentarse frente a ellos dos.

—¿A qué te refieres? —alcanzó a preguntar al alguacil.

—A Mercè Llor. A su liberación del castillo de Sabanell. A la huida durante la noche.

—No —reiteró ahora con convicción—. Yo no tengo nada que ver con eso.

—¿No te alegras por la libertad de tu hija? —terció Guerao.

No había finalizado la pregunta cuando Hugo comprendió su error: no había llegado a negar la fuga de Mercè.

—¿Está libre! ¡Claro que me alegro! —fingió.

—Tú la ayudaste a huir —le acusó el alguacil—. Y para conseguirlo heriste a un soldado. Agradece a Dios que se haya salvado.

Hugo consiguió reprimir un suspiro.

—Repito que no tengo nada que ver con todo eso —replicó en su lugar—. Hace mucho tiempo que no sé dónde está mi hija.

—Nosotros te lo diremos —le interrumpió el funcionario—. En el hospital de la Santa Cruz, bajo el nombre ficticio de María... —dudó—. María algo.

Hugo palideció y un vacío inmenso se hizo en su estómago, antes de transformarse en una arcada que le obligó a esconder el rostro.

—No nos lo ha contado mosén Bartolomé, si eso te tranquiliza —apuntó Guerao.

Hugo consiguió dominar el vómito, pero cuando levantó el rostro hacia el mayordomo de Bernat, este apareció perlado de gotas de sudor frías.

—Los médicos... —aclaró Guerao—. Los síntomas de Mercè, de tu hija, no correspondían con lo relatado en su ingreso. Era evidente que esa mujer llevaba tiempo privada de libertad.

El silencio se hizo durante unos instantes.

—¿Qué sucederá ahora? —alcanzó a preguntar Hugo—. ¿La... la encarcelaréis de nuevo? Os lo suplico... —Hugo cayó de rodillas al otro lado de la mesa—. Llevadme a mí, pero no le hagáis más daño a ella.

—Tranquilízate. —La voz del alguacil resonó en el interior de la taberna—. Tu hija no sufrirá ningún daño, no está acusada de nada. No ha cometido ningún delito.

Hugo apoyó en el suelo las manos que hasta entonces mantenía entrelazadas, intentando no derrumbarse del todo. El alguacil le hizo una seña brusca para que se levantase y él consiguió, a duras penas, obedecer.

—El veguer —continuó el hombre, con Hugo ya sentado—, en nombre y representación del rey, no tiene motivo alguno para castigar a tu hija.

—Entonces... —acertó a decir Hugo—, ¿su encarcelamiento durante dos años?

—No sabemos nada de eso. Esa prisión no nos consta. Ni el veguer, ni mucho menos el rey, ni autoridad alguna que dependa de su majestad sabían de la cárcel de tu hija. Sin juicio, sin delito, no lo habrían consentido.

¿Qué significaba todo aquello?, pensó Hugo. No iban a encarcelar a Mercè, pero tampoco querían darse por enterados de su secuestro...

—Tengo que regresar al castillo. —La afirmación del alguacil interrumpió sus pensamientos. Su solicitud posterior le sorprendió—: Estas buenas noticias merecerían que me obsequiases con algo de esa bebida de la que tanto habla la gente. Lo llamáis aguardiente, ¿no?

Hugo asintió y se levantó del banco. Mercè era libre... Sonrió. Luego vaciló, antes de recordar que se había levantado para servirles aguardiente a aquellos hombres.

—¿Tú también quieres? —preguntó a Guerao, pero este rechazó la invitación.

Hugo llegó hasta el obrador, donde las cubas selladas por los magistrados, y vertió aguardiente en un frasco. ¡Mercè era libre! Pero... ¿por qué razón se desentendían de las penurias que hasta entonces había padecido su hija? Regresó sobre sus pasos, absorto, ensimismado en sus pensamientos, por lo que el alguacil le arrebató el aguardiente, se despidió y salió de la taberna. Hugo volvió en sí y se percató de que los sayones permanecían fuera e impedían la entrada de Caterina y Pedro. Fue a quejarse, pero unos golpes en la mesa lo detuvieron. Guerao permanecía junto al banco largo y corrido y lo llamaba a sentarse otra vez.

—Te lo explicaré —anunció el hombrecillo tan pronto Hugo tomó asiento—. Los concelleres de la ciudad han tenido conocimiento de lo sucedido a Mercè así como de su situación actual. Tú no has sido, ¿no? —Hugo negó—. En ese caso supongo que habrá sido mosén Bartolomé. Da la impresión de ser un hombre con arrojo. Lo cierto es que los concelleres han advertido al veguer de que todo eso de la hija del diablo a ellos les trae sin cuidado, que si la Iglesia o la Inquisición quieren juzgar a Mercè por algún delito contra el buen orden cristiano, que lo hagan, que ellos como devotos creyentes acatarán la sentencia, pero mientras tanto que se abstengan de importunar a una ciudadana de Barcelona. Lo cierto también es que el obispo se ha desentendido de Mercè; el converso ya no quiere ni oír hablar de la hija del diablo.

—Pero ellos fueron quienes la secuestraron —adujo Hugo.

—No. Alegan que fue tu esposa: Regina. Aseguran que nadie relacionado con la Iglesia tuvo que ver con ello.

—¡Mienten! —exclamó Hugo furioso.

—¿Llamas mentiroso al obispo?

—Regina carecía de autoridad para lograr que encerrasen a una persona en el castillo de Sabanell.

—El barón de Sabanell niega que estuviera presa en su castillo —afirmó Guerao con firmeza.

—¿Qué! ¡Miente también! ¡Yo mismo...!

La mirada paciente de Guerao le hizo callar.

—El obispo miente; el barón miente. ¿Quién más miente, Hugo?

—Todo el que no admite lo que ha sucedido. Regina la secuestró con la complicidad del obispo y...

—Parece ser que tu hija se está recuperando —le interrumpió el secretario de Bernat—. No busques problemas. Disfruta y agradece la fortuna.

—¿Fortuna?

—Sí, Hugo, sí. Fortuna —insistió Guerao bajando la voz—. Tu hija podría estar muerta hace mucho tiempo y sin embargo vive. Disfruta de esta nueva oportunidad que Dios te concede y no remuevas el cieno. No te servirá de nada, podría ser que la suerte que Mercè ha tenido hasta ahora se volviese en su contra.

—¿Me amenazas? —preguntó Hugo.

—Tómalo como quieras.

El silencio se hizo entre ellos.

—Y Arnau, ¿qué sucederá con él? —inquirió Hugo de repente—. ¿Podremos verlo?

—Hugo, el alguacil podría haber venido solo para decirte lo que yo te he dicho hasta ahora. Si lo he acompañado es para advertirte que ni tú, ni tu hija ni nadie de los tuyos debe acercarse al muchacho, o al palacio, o importunar a la condesa.

—Es el hijo de Mercè, mi único nieto —musitó Hugo.

—Es el primogénito del conde de Navarcles, almirante de la armada de Cataluña, su heredero.

El hombrecillo se levantó de la mesa con un suspiro.

—No te acerques, Hugo. Lo que podrían hacerte el obispo, el barón de Sabanell o cualquiera de los que intervinieron en la trama para raptar a tu hija sería un juego de niños comparado con las medidas que tomaría Bernat si no me haces caso. Lo conozco, Hugo. Ya ha sido bastante indulgente contigo. Lo he visto matar con sus propias manos a personas, cuando no hacerlas sufrir hasta que deseaban una muerte que entonces les negaba. Hoy, su hijo lo es todo para él. Aléjate de su familia. Marchaos de Barcelona si es necesario. ¡Desapareced! Sería una buena decisión.

—¿Desaparecer? ¡Nunca! Es mi nieto. Es el hijo de Mercè y no renunciaremos...

—Te lo he advertido —le interrumpió Guerao levantándose y encaminándose hacia la puerta.

—¡Métete tu advertencia por el culo! —exclamó Hugo—. Dile a Bernat que haré cuanto esté a mi alcance para disfrutar de Arnau.

En aquel momento, con la mano ya en el pomo de la puerta, Guerao se volvió hacia Hugo y lo miró con condescendencia al mismo tiempo que negaba con la cabeza.

—La primera ballesta que ese corsario tuvo se la di yo —le espetó entonces para sorpresa del mayordomo—. ¡Hube de robarla de las atarazanas! Volveré a saltar el muro que sea menester para disfrutar de mi nieto. Dile que tendrá que matarme para que renuncie a ese niño.

—¿Por qué no me lo reveló?

Caterina no se atrevió a volver la mirada hacia Mercè. A lo largo de los dos últimos días llegó a tener el presentimiento de que la enferma había superado el letargo y que aquella somnolencia rayana en la inconsciencia con la que ingresó en la Santa Cruz era ahora más voluntaria, simulada en cierta medida, como si quisiera enterarse bien de qué era lo que sucedía a su alrededor sin necesidad de manifestarse. A diferencia de todas y cada una de las noches en las que Caterina había acudido a velarla desde que el alguacil les comunicó que nada tenían contra ella, esas dos últimas llegó a sentirse observada en la penumbra de las linternas que ardían en la sala de mujeres. Al amanecer, cuando médicos y cirujanos entraban a pasar visita y las voluntarias se retiraban a sus casas, quería creer que no había sido así, que las sombras, los llantos o los quejidos de dolor le provocaban esa sensación. Al cansancio, lo achacó también. Llevaba algo más de dos meses velando noche tras noche a Mercè, luego se empeñaba en ayudar en la taberna y no se retiraba a dormitar hasta que Hugo no la amenazaba con todos los males posibles si no descansaba un poco.

No le extrañó, por lo tanto, que Mercè le formulara aquella pregunta que Hugo tanto temía: ¿por qué le había escondido su origen? Lo habían hablado, y Hugo recibía cada mañana a Caterina turbado, inquieto por si Mercè se había referido a aquel asunto. «No», lo tranquilizaba ella. Pero esa mañana ya no podría decirle lo mismo.

—Has sido siempre su hija —contestó a Mercè—. Hugo nunca creyó que fuera necesario revelarte una verdad que poco te aportaría; nada habrías ganado conociéndola. —Aguardó unos instantes—. Y Barcha opinaba lo mismo.

Mercè esperó todavía más antes de volver a hablar. Caterina, sentada en una silla a la cabecera de la cama, mantuvo la mirada al frente, fija en una linterna que ardía en la pared opuesta. Disponían de toda la noche.

—¿No creyó que el hecho de que soy la hija del diablo es algo que debía saber?

—Tu padre ignoraba eso; ni siquiera conocía tu origen ya que Regina nunca se lo reveló. Pensaba que eras hija de alguna mujer pobre. Pero en cualquier caso no eres hija del diablo ni de demonio alguno.

—Es mi madre… la de verdad, la que me parió, la que sostiene que sí lo soy —repuso Mercè—. ¿Y quién mejor que ella para asegurarlo? La otra, Regina, también afirma que soy la hija del diablo. Dos madres… y las dos coinciden.

A Caterina se le revolvieron las entrañas al oír el nombre de Regina. ¡Cuánto daño había causado esa mala puta! Después de desvelar dónde se hallaba presa Mercè, ni Caterina ni Pedro volvieron a llevar vino a la celda en la que permanecía emparedada. Las consecuencias no tardaron en producirse: Regina gritaba, loca, necesitada de vino y aguardiente. Los golpes que se daba contra los muros resonaban sordos en el interior de la iglesia de la Santíssima Trinitat, a diferencia de sus aullidos, que se colaban nítidos por el hueco que comunicaba la celda con el altar mayor. Mosén Juan no podía oficiar misa, y se veía interrumpido por gritos e insultos, a cual más procaz. Allí, en aquella iglesia que los conversos habían erigido para demostrar su cristiandad a una sociedad que los maltrataba, Regina volvió a gritar en hebreo, en el idioma que hablaba de niña en la judería y en las sinagogas. Los fieles, indignados, se quejaron, y para cuando el obispo tomó medidas y los obreros abrieron un hueco en la celda encontraron muerta a la beguina. Nadie le había dado de comer; nadie le había proporcionado bebida.

—Regina ha fallecido —confesó a Mercè—, pero de todas formas no deberías hacer caso a lo que ella decía. Era una mala persona, pérfida, capaz de vender hasta a quien consideraba su propia hija. Tú lo has sufrido.

Caterina calló, intrigada por la reacción de Mercè ante la noticia.

—No lo siento —dijo esta al cabo con serenidad—. No lo siento.

—Lo comparto —mintió Caterina ocultándole la sonrisa que se le escapó al saber del fallecimiento de aquella alimaña—. En cuanto a tu madre, Arsenda —añadió, cambiando rápidamente de tema por si tornaba la sonrisa—, Hugo opina que la engañaron. Era una joven excesivamente fiel y devota, capaz de creer sin discusión alguna aquello que le inculcaran sus superioras, y más si estaba relacionado con Dios y la Iglesia y, ¿por qué no?, con el diablo. Alguien la violó, sí, le robó la virginidad, y fue el primero y único en disfrutar de su belleza y de su juventud, porque lo era, era joven, y bella como tú, pero ese miserable nunca fue el diablo. Tu padre cree que se trató de algún preboste degenerado, un príncipe de la Iglesia que escondió su maldad tras esa historia. Y desde entonces tu madre ha creído en esa falacia: que efectivamente fue poseída por Satanás. Lo que ignoraba era que tú vivías.

—¿Y mi hijo? —preguntó Mercè al cabo de un rato.

—Está muy bien —respondió Caterina, y cerró los ojos antes de añadir—: sano y fuerte.

Mercè no volvió a hablar en toda la noche. Caterina respetó su silencio hasta el momento en el que llegó la hora de irse, cuando entraron el primer médico y un par de donadas.

—¿Quieres que le cuente a tu padre la conversación que hemos tenido o lo mantenemos en secreto?

—Un día u otro sabrá que lo sé, ¿no? —La otra asintió—. Dile que lo perdono —dijo. Caterina no se movió de los pies de la cama hasta que Mercè lo declaró—: Y que le quiero.

La sonrisa del médico que se acercó presuroso al ver hablar a la paciente con aquella soltura interrumpió la profunda comunicación visual que ambas mujeres mantenían en ese momento. La luz del día descubrió a una Mercè recuperada pero que aún mostraba los signos del maltrato: el cabello ralo, el rostro todavía enjuto con multitud de manchas blanquecinas allí donde habían saltado las costras, las manos descarnadas... Sin embargo el médico, cantarín, alegre, lanzó una exclamación que Caterina no oyó, porque la rusa bajó la cabeza para evitar que vieran sus lágrimas y abandonó la sala. Habían hablado del padre; todavía quedaba por hablar del hijo: Arnau.

Hugo la observó mientras se dirigía hacia él caminando con lentitud, agarrada del brazo de una de las donadas, por la galería cubierta del claustro del hospital de la Santa Cruz. Era su hija. Delgada y débil, pero lo suficientemente altiva para soltarse de la donada tan pronto como lo vio y andar sin ayuda. Hugo suspiró. ¡Ojalá fuera él igual de fuerte! Caterina la había mantenido engañada durante la semana que transcurrió hasta que Mercè pudo levantarse. «No puedo decirle que tiene prohibido ver a su hijo. Entiéndelo, Hugo. No lo haré. No seré yo quien le dé tal disgusto», se negó.

Desde la visita del alguacil y Guerao a la taberna, Hugo no había cejado en su empeño por ser recibido en el palacio de la calle de Marquet. Bernat no estaba, le confesó uno de los guardias, compadecido de él al verlo merodear por la calle, lejos sin embargo de las puertas del palacio. Se hallaba con el rey en Valencia, hacia donde había partido desde Badalona al mando de una flota de diez galeras, y si no en Valencia, estaba en Sant Cugat del Vallès, villa cercana a Barcelona en la que se celebraban Cortes para tratar de la guerra contra Génova y de la armada que ya estaba casi lista y aparejada para partir hacia Cerdeña. Día tras día impidieron a Hugo acercarse siquiera a los portalones del palacio. «¡A veinte pasos de la puerta o te detendremos!», le ordenaban los centinelas. La calle de Marquet no daba para más de tres pasos, por lo que Hugo se tuvo que alejar de la entrada del palacio. En varias ocasiones vio salir a la nueva esposa de Bernat e insistió, sin resultados. Suplicó por carta al rey y a los concelleres de la ciudad. Las cartas se las escribió un cambista que se había hecho con la mesa del viejo Raimundo a su muerte y que gestionaba los muchos dineros que Hugo ganaba con el aguardiente. El cambista se llamaba Higini, era un individuo alto y buen bebedor, aunque tenía el defecto de desaparecer sin explicación alguna dejando atrás la copa de vino o el aguardiente sin acabar. El rey no le contestó; los concelleres sí lo hicieron y, en voz de Higini, recordaron a Hugo que su hija ya no era la esposa del conde de Navarcles y almirante de la armada catalana; que su matrimonio estaba disuelto, y que, en consecuencia, ningún derecho la asistía para ver o relacionarse con el primogénito del conde.

Y todo eso se lo tendría que explicar ahora a Mercè, que acababa de refugiarse en sus brazos, se dijo Hugo. Ninguno de los dos parecía capaz de hablar. Hugo la besó en la frente varias veces. Ella permaneció agarrada hasta que la donada se acercó.

—No debe cansarse —advirtió.

Padre e hija se sentaron en un banco pegado a la pared. Hugo tomó una mano de Mercè entre las suyas y alargó deliberadamente el silencio perdiéndose en la contemplación del claustro. Solo existía una galería, la de la nave de levante puesto que la construcción de la nave de poniente todavía no se había iniciado. Frente a ellos, cerrando la galería cubierta, se hallaban los pilares con capiteles decorados con hojas que se unían unos a otros mediante arcos tras los que se veían jardines y huertos. De aquellos capiteles nacían las nervaduras que por un lado formaban los arcos y por otro las bóvedas que cubrían el techo de la galería, una bóveda por cada arco que se abría al jardín. Hugo las miraba: nervios que finalizaban el ábside con arcos en punta, igual que en el interior de las naves de los enfermos, aquella forma que hacía años le había explicado mosén Bartolomé con el ejemplo del ánfora cortada por la mitad. Sonrió a su recuerdo.

—¿Por qué sonríes? —Su hija le devolvió a la realidad.

Hugo soltó la mano de Mercè y juntó las yemas de los dedos de las suyas, extendidos y ligeramente combados aquellos, simulando las nervaduras de los arcos que se abrían por encima de sus cabezas.

—Me acuerdo de tiempos pasados, aquellos en los que jugabas y correteabas por aquí.

Ella se arrimó. Hugo le pasó un brazo por encima de los hombros y permanecieron un rato callados, sumidos cada cual en sus recuerdos.

No pudo decírselo. El brillo que apareció en los ojos de su hija en el momento de hablar de Arnau le impidió hacerlo. La sola mención del pequeño insufló vida en aquel cuerpo todavía débil y herido, y mientras él callaba las amenazas de Bernat, Mercè hablaba y preguntaba por Arnau con una vitalidad e ilusión que acongojaron a su padre.

—Bernat no permite que lo traiga aquí, al hospital —mintió ante la solicitud que en un momento determinado le planteó su hija—. Teme que pudiera contagiarse de alguna enfermedad.

Ella lo interrumpió con el gesto de una de sus manos, dándole a entender que apoyaba aquella decisión.

—En cualquier caso, me ha dicho el médico que saldré muy pronto —afirmó después.

Caterina no fue capaz de recriminar la decisión de Hugo. «¿Qué haremos cuando salga?», se limitó a preguntar con voz débil, sobrecogida.

Continuaron engañándola, engañándose a sí mismos, durante una semana más, hasta que, próxima la Navidad del año de 1419, el mismo día en el que el médico prescribió la salida de Mercè, Hugo se vio obligado a revelar la verdad de la situación en relación con Arnau y Bernat.

—No —trató de excusarse—. No quisimos... —titubeó—. No quisimos que pudiera afectar a tu curación.

Mercè lo miró con una ferocidad inimaginable en ella, se liberó de cuantas manos la ayudaban y abandonó el hospital de la Santa Cruz, si bien en lugar de dirigirse a la taberna se encaminó con decisión hacia el palacio de la calle de Marquet.

—¡Ya son demasiadas vuestras mentiras, padre! —reprochó a Hugo en el momento en que este trató de detenerla.

Hugo no dijo más y la siguió, manteniéndose un par de pasos por detrás, compungido, en su recorrido hasta el palacio de Bernat. Bajaron la Rambla hasta casi llegar al mar, donde buscó la calle de la Mercè, que recorrió sorteando los puestos de mercaderes y artesanos entre el bullicio y el griterío característicos de la gran ciudad. El día era frío y nublado, más todavía debido a la humedad que, proveniente del mar, a solo unos pasos, se acumulaba en el callejón al que se abrían los portalones del palacio de la calle de Marquet.

—¡Dejadme entrar! —exigió Mercè a los centinelas cuando estos cruzaron sus lanzas para impedir su acceso al patio empedrado.

—¿Quién eres? —preguntó uno de los soldados.

Hugo vio que el otro, que debía de llevar años al servicio de Bernat y por lo tanto reconoció a la recién llegada, indicaba al primero que callara.

—¡Oficial! —gritó al mismo tiempo.

—¡Déjame pasar! —le ordenó Mercè al percibir que la conocía.

—Lo siento, señora —se disculpó el soldado—. ¡Oficial! —llamó de nuevo, intranquilo, deseoso de que su superior lo liberase de aquella responsabilidad.

—¡Salvador! —exclamó Mercè tras reconocer al oficial que había acudido a los gritos de la guardia.

El hombre se detuvo, miró a quien había sido su señora, suspiró sin disimulo y se apostó tras las lanzas cruzadas.

—¿Qué queréis? —preguntó.

—Mi hijo, Salvador. Solo deseo ver a Arnau...

—No es posible —murmuró él.

—Es mi hijo, Salvador. —Ella se acercó más todavía a las lanzas y el oficial dio un paso atrás—. Llevo más de dos años sin saber de él. Tengo que verlo, y abrazarlo... Necesito...

El oficial la escuchaba cabizbajo.

—Son órdenes del almirante —interrumpió sus súplicas sin llegar a alzar la cabeza del todo.

—Pues dile al almirante que quiero verlo. Déjame entrar y hablaré con él —rogó Mercè.

—No está.

—¿Dónde puedo encontrarlo?

—No está —repitió el oficial—. Marchaos de aquí.

—No. No me iré. Tengo que ver...

—No podéis estar aquí.

Mercè pugnó contra las lanzas y empujó con su cuerpo, los brazos a los costados. Los soldados aguantaron firmes. Hugo se adelantó hasta ponerse al lado de su hija.

—¡Marchaos los dos! ¡Guardia! —gritó el oficial. Un par más de hombres acudieron—. ¡Cerrad las puertas! —les ordenó.

Y mientras unos aguantaban la presión de Mercè contra las lanzas, los otros cerraron los portalones recios de madera claveteada con flores de hierro que daban acceso al patio empedrado del palacio.

—No —oyó Hugo que rogaba Mercè—. No, no, no… —suplicó mientras las puntas de las lanzas desaparecían tras la estrecha ranura abierta entre las dos puertas antes de que se cerraran definitivamente—. ¡Es mi hijo! —chilló logrando acallar el ruido metálico de los cerrojos que se corrían por dentro—. ¡Decidle que estoy aquí! ¡Que le quiero!

Mercè aporreó la puerta, a pesar de los esfuerzos de Hugo por detenerla. Ella se zafó de su abrazo y apoyó la frente contra la madera. Lloraba. Volvió a golpear con los puños en la madera.

—¡Arnau! —clamaba una y otra vez. Su voz fue debilitándose—. Arnau… —susurró entre sollozos antes de que Hugo tuviera que tomarla en sus brazos, desmayada.

Poco pudo hacer Hugo para impedir que su hija recorriera una y otra vez, día tras día, el mismo camino frustrante emprendido tras la salida del hospital de la Santa Cruz: el que llevaba al palacio de la calle de Marquet para que los soldados le negaran el acceso y la posibilidad de ver a su hijo. Tanto él como Caterina temieron que Mercè cayera enferma, pero aquel cuerpo todavía delgado, maltrecho y débil ganó vitalidad al empuje del amor de una madre, de la lucha que Mercè había emprendido para ver a su hijo.

Bernat no se prestó a recibirla.

Llegó la Navidad.

—Bernat debe de estar en el palacio —argumentó Mercè una noche.

Hugo, Caterina, Pedro y ella se encontraban sentados en torno a una de las mesas largas, solos, con la taberna ya cerrada al público.

—No necesariamente —contestó Hugo—. El pasado martes el rey decidió prorrogar en Tortosa las Cortes que se celebraban en Sant Cugat del Vallès. No va a desplazarse hasta Tortosa el 19 de diciembre para regresar a Barcelona el día 25. Celebrará allí la Navidad, y es más que probable que Bernat acompañe a su majestad en lugar de pasar esas fechas con su familia.

Así fue, al almirante no se le vio ni en la misa del gallo la noche anterior a la Navidad en Santa María de la Mar, ni en ninguna de las muchas ceremonias religiosas o fiestas que se celebraron en Barcelona con motivo del nacimiento de Nuestro Señor.

Las Cortes continuaban en Tortosa, y Hugo aún seguía a su hija en cada salida que esta hacía en dirección al palacio de la calle de Marquet, tozuda ella, constante, insistente, como si el hecho de dejar de importunar a aquellos centinelas un solo día pudiera significar algo así como la renuncia al cariño de Arnau. Hugo no trató de convencerla de que cejase en su empeño. ¿Cómo iba a negar a una madre el derecho a luchar por su hijo, siquiera con aquellas armas tan endebles? Se limitaba a abrazarla al final de la jornada, cuando ella buscaba su protección con los ojos húmedos, prestos a llorar tan pronto como se sentía segura entre sus brazos.

Él no podía evitar su preocupación al verla tan consumida. Quizá al día siguiente decidiera descansar, pensaba entonces, pero el sol no traía más que una renovada inyección de vigor a una Mercè cada día más escuálida pese a los esfuerzos de Caterina por alimentarla. «Como un pajarillo», recordó Hugo el símil del borracho de Sabanell. Y así comía Mercè: como un pajarillo que picoteaba lo que Caterina le ponía en el plato. Con el transcurso de los días cambió de estrategia: ya no insistía ante las puertas de palacio, sino que se apostaba en uno de los extremos de la calle de Marquet a la espera de que la nueva esposa de Bernat saliera de él. La vieron en varias ocasiones, sin el niño, y la siguieron. «¿Para qué?», le preguntó en una de ellas Hugo a su hija. Ella se encogió de hombros: «Esa es la que vive con mi hijo», contestó al mismo tiempo que la señalaba con una mueca de desprecio en su rostro demacrado.

Corría enero del año de 1420 cuando una mañana tan soleada como fría Hugo dejó de prestar atención a la gente que transitaba por la calle, a las conversaciones y a los gritos que anunciaban o pregonaban todo tipo de sucesos y órdenes que hasta el momento le distraían, para volverse hacia su hija, siempre pendiente de cuantas personas cruzaban los portalones del palacio de Bernat.

Mercè temblaba.

Hugo se situó a su espalda y desde allí vio caminar a Marta en dirección opuesta a donde se encontraban ellos. En esa ocasión la acompañaban una criada que llevaba de la mano a Arnau y tres soldados de guardia.

—Es mi hijo —susurró Mercè.

Hugo le apretó los hombros, tanto para darle ánimo como para retenerla a su lado.

—Vamos…

Mercè se dio la vuelta dispuesta a salir en persecución de su hijo, pero se detuvo ante la expresión de Hugo.

—No —trato de oponerse él—. Los soldados vigilan a Arnau. Una cosa es estar a las puertas de palacio y otra abordar a la condesa en la calle —añadió recordando las advertencias de Guerao.

—No haremos nada, padre —le interrumpió sin embargo Mercè—. Solo quiero ver a mi hijo. Acercarme lo más que pueda a él. Os prometo que no haré nada más.

Evitaron subir por la calle de Marquet para no pasar por delante de los centinelas de palacio y, en su lugar, se apresuraron a rodear la manzana para situarse a sus espaldas algo más allá, por encima de la calle Ample.

Hugo tuvo que agarrar del brazo a su hija para que acortara el paso y guardara una distancia prudencial con el grupo al que la gente abría paso. Oyó sollozar a su hija ante la visión de Arnau tironeando de la mano de la criada para ir de aquí para allá, como haría cualquier niño de algo más de tres años de edad. Él mismo notó que se le agarrotaba la garganta y le costaba tragar saliva.

Giraron y ascendieron por la bajada de los Lleons, que lindaba con el palacio Menor. Hugo desvió la mirada del grupo que los precedía para posarla en el palacio, aquel magnífico conjunto irregular de grandes edificios, con su imponente torre circular en una de sus esquinas. Fue en esa calle —«Aquí mismo, frente a esa puerta», estuvo a punto de explicar a Mercè— donde el perro calvo y sus secuaces le habían propinado una paliza, y allí también había terminado la aventura de Bernat con su ballesta y su propósito de matar al conde de Navarcles.

—¡Padre! —exclamó Mercè alejándolo de esos recuerdos.

Hugo miró a donde le señalaba su hija. Marta, la nueva esposa de

Bernat, había decidido sustituir a una criada excesivamente benevolente con el niño y, tras cogerlo de la mano, tiraba con fuerza de un Arnau obcecado en volver sobre sus pasos. Berreaba y se dejaba caer al suelo mientras la mujer lo alzaba en el aire del brazo para obligarlo a caminar.

Hugo agarró a su hija.

—No, Mercè. Se trata solo de una rabieta…

Pero en el momento en el que Marta chilló a Arnau y le abofeteó en dos ocasiones, Hugo no logró impedir que su hija echara a correr hacia la mujer. ¿La había soltado él?, se preguntó al mismo tiempo que salía en su persecución.

Distraídos con la trifulca entre el niño y su madrastra, los soldados no se percataron de la llegada de Mercè, quien se coló entre ellos y empujó con fuerza a la condesa, que trastabilló y, de no ser por la criada, que la sostuvo, habría caído al suelo. Hugo, sin embargo, ya fue interceptado por un guardia alerta.

En aquella calleja, igual que sucediera años atrás con el perro calvo, la rencilla detuvo el discurrir de unos ciudadanos que, como Hugo, atenazado por el soldado, contemplaban cómo aquella mujer demacrada que había irrumpido en el grupo y empujado a la otra se acuclillaba frente al niño, que ahora permanecía callado, sorprendido.

—Arnau —oyeron susurrar a la mujer.

La condesa trataba de reponerse, los hombres que la escoltaban se mantenían quietos; conocían a la madre del niño.

—Arnau —repitió esta alargando la mano.

El pequeño dio un paso atrás, y su gesto, casi de temor, hizo dudar a Mercè.

Hugo cerró los ojos con fuerza. Los abrió cuando se confirmaron sus temores y el niño estalló en llanto. De los tres años que contaba Arnau, habían transcurrido más de dos sin ver a su madre, una mujer que ahora, además, parecía un despojo humano.

—Arnau —clamó Mercè alzando la voz—. Soy tu madre.

El chiquillo lloró más aún y se refugió entre las piernas de uno de los soldados.

—¿No te acuerdas de mí?

Arnau se agarró a la pierna del hombre y escondió el rostro a la altura de su rodilla. Miraba de reojo a aquella mujer de ojos hundidos y ojeras amoratadas que alargaba una mano descarnada hacia él.

—No me reconoce —se lamentó Mercè buscando la ayuda de Hugo—. Arnau —insistió al comprobar que su padre nada podía hacer. El niño volvió el rostro, negándose a verla—. Soy tu madre, Mercè, tu madre…

—¡Detenedla! —ordenó en aquel momento la condesa.

Hugo dio un tirón y se zafó de las manos del soldado cuando sus compañeros se agachaban ya para levantar a Mercè del suelo.

—¡Quietos! —gritó.

Uno de los hombres le amenazó con una lanza.

—¿No tenéis bastante con su desgracia? —imploró entonces.

Los soldados se detuvieron. Varias personas que se habían congregado atraídas por la escena asintieron a las palabras de Hugo.

—¡Suficiente pena es que su hijo no la reconozca! —se oyó de boca de una anciana.

Hugo recordó aquella misma escena, en esa calle, cuando también una mujer abogó por él tras descubrirse la ballesta de Bernat.

En esa ocasión la condesa se sintió observada por los ciudadanos que, cada vez en mayor número, se detenían. Los soldados también esperaban junto a Hugo, que se mantenía quieto al lado de su hija, todavía acuclillada, y de Arnau, que lo miraba todo con los ojos muy abiertos.

—Sé clemente —se volvió a oír de entre el grupo.

—¡Te conocemos, Marta Destorrent! —gritó otro—. Vosotros lo tenéis todo —aseveró, y un murmullo de asentimiento se alzó de los congregados—. Esa infeliz ha perdido hasta a su hijo.

Los comentarios se sucedieron. Fueron los propios soldados quienes indicaron con gestos a la condesa que debían continuar su camino, que la animadversión de la gente era incontrolable y que no estaban seguros. La esposa de Bernat se allanó a lo que le indicaban, ordenó a la criada que cogiera en brazos a Arnau y se pusieron en marcha.

Desde el suelo, Mercè vio que su hijo, protegido entre los brazos de la criada, la miraba ahora con cierta curiosidad.

32

Por más que lo intentó, Hugo no consiguió establecer la complicidad y el entendimiento con Mercè que logró en aquel viaje a Zaragoza, haría aproximadamente unos diez años, cuando padre e hija compartieron intimidad y se abrieron el uno al otro mientras espiaban para Roger Puig; en este ambos caminaban junto al carro en un silencio casi sepulcral. Llegado febrero, tiempo en el que el vino ya había finalizado su segunda ebullición y se ponía a la venta, Hugo se dispuso a viajar para comprar vino barato, de baja calidad, con el que destilar aguardiente. Le habría gustado cerrar acuerdos con vistas a proveer de vino a la armada que en breve estaría presta a partir hacia Cerdeña, pero era difícil, cuando no imposible, que Bernat lo admitiese como proveedor, pensó. En cualquier caso, el negocio del aguardiente les proporcionaba mucho más dinero del que nunca imaginaron. Solo necesitaba, pues, vino barato, y estaba haciendo los preparativos para el viaje cuando Caterina propuso que Mercè lo acompañara. «Le hará bien —sostuvo—. Se distraerá y se moverá. Lo necesita. Se pasa los días encerrada en esa habitación.»

Al día siguiente del altercado callejero con la nueva condesa recibieron la visita del mismo alguacil que ya había ido a verlos anteriormente, aunque esa vez llegó acompañado tan solo por su guardia, sin Guerao, y los amenazó sin ambages: los detendrían. Eso les advirtió a padre e hija, y si no lo hacía en ese instante era solo por caridad cristiana, porque sabía de lo sucedido con el pequeño… Pero no habría una segunda oportunidad; si volvían a molestar a la familia del almirante, los encarcelarían.

Hugo agradeció al alguacil que no los detuviera entonces. Ese día

Mercè permaneció callada, tan silenciosa como ahora, de camino al Penedès en busca de vino. Hugo, en cambio, habló mucho; se esforzó por hacerlo, y fue comentando cosas del vino y recordando anécdotas de aquel otro viaje a Zaragoza... Estuvo a punto de hacerlo sobre la familia, sobre su felicidad con Caterina, pero se contuvo, pensó que no sería apropiado dada la situación de Mercè. Retornó al vino; ese era un tema que dominaba. Ella caminaba en silencio al otro lado de la carreta. Hugo le contó de Mahir y de su infancia. ¿Qué habría sido del judío?, se preguntó. Nunca más supo de él; probablemente murió asesinado en la revuelta sangrienta de 1391. Le habló del vino de Vilatorta y de Dolça. En silencio, recordando a la niña judía como si anduviera solo por el camino, Hugo relató sus vivencias en voz alta. Nunca antes lo había hecho. Confesó sus amores y sus desventuras, lamentó el compromiso de Dolça con su primo, y se insultó al narrar cómo se prestó a hacer un vino especial para la boda de ambos, un enlace que nunca llegó a realizarse.

—«He sido feliz» —articuló con la voz tomada por el recuerdo—. Eso fue lo que me dijo Dolça antes de morir.

Mercè no hizo ningún comentario. Hugo carraspeó y siguió hablando del vino de Vilatorta. Explicó a su hija cómo lo elaboraba y cómo lo cuidaba, para terminar relatándole cómo perdió la viña a manos de Eulàlia. Mientras lo hacía volvió la cabeza, observó a Mercè y su voz se fue apagando. Ella ni se apercibió del silencio; envuelta en una manta para protegerse del frío del invierno, caminaba con la vista perdida. Arnau, la condesa, Bernat, Arnau, Arnau, Arnau... Esos debían de ser los pensamientos que la obsesionaban, concluyó Hugo. Se le hizo un vacío en el estómago y por un momento le costó seguir el ritmo de las mulas.

Mercè debía de contar veinticuatro años, calculó Hugo, aunque aparentaba muchos más, demasiados. La cárcel le había robado la juventud; Bernat, las ganas de vivir y a su hijo. En cualquier caso, aún podía rehacer su vida; eso era lo que sostenía Caterina. «Yo perdí varios hijos —argumentó una noche en la intimidad de su habitación cuando los dos, en la cama, aguzaban el oído para intentar oír algo de la habitación contigua, donde se alojaba Mercè—. Y los míos los vendieron como esclavos para ser explotados y ultrajados —añadió—. Arnau, por el contrario, es tratado como un príncipe. Eso debería tranquilizar a tu hija. Bernat morirá, Arnau crecerá y siempre podrá reparar el error.» Hugo adujo que, si Arnau no había reconocido a su madre a los tres años, era casi imposible que la buscara a los veinte. Eso si Mercè seguía viva para entonces… A ese paso, quizá muriera antes que Bernat, dijo, con la voz tensa solo de pensar en semejante idea. «Yo fui esclava…», empezó a decir Caterina, pero él la interrumpió: sus casos no podían compararse. Mercè había crecido en un palacio, rodeada de lujos, se había casado con el almirante, había sido condesa. «Confía en ella —insistió Caterina—. Tu hija es una mujer. Quizá la Iglesia diga que representamos el pecado, que debemos ser castigadas, y vosotros lo creáis y nos castiguéis por ello. —Acalló las protestas de Hugo y prosiguió—: Tú tal vez no, pero la gran mayoría de los hombres sí. Sufrimos. Parimos, Hugo, parimos. Damos la vida. No lo olvides nunca. Tu hija es madre, y en el momento en el que una mujer llega a madre, nada, ¡nada! —casi gritó— la detiene si de su familia se trata. Pero una madre también sabe aceptar el dolor si es por el bien de su hijo.»

Hugo volvió a mirar a Mercè. Tal como andaba no parecía capaz de pelear por nada, pensó; quizá comenzaba a aceptar la situación con resignación…

—Quiero conocer a mi madre —le sorprendió entonces ella.

Hugo asumió la solicitud en silencio. Conocer a Arsenda, a una mujer que había afirmado ante Bernat y el obispo que Mercè era hija del diablo; una mujer que había admitido que deseaba su muerte.

—No creo… —empezó a decir al cabo de unos pasos.

Mercè se detuvo. Hugo tuvo que hacer lo propio y tiró del ronzal de las mulas.

—Me han quitado a mi hijo y amenazan con detenerme si intento acercarme a él —dijo con voz firme—. Me entero de que vos no sois mi padre y de que quien en mi infancia actuó como mi madre me entregó como rehén en una disputa religiosa y después me dejó en la cárcel para que me pudriese. Mi esposo me repudia y me echan como a una perra de la que fue mi casa. Me cuentan que Barcha entregó su vida para averiguar algo de mí. Y por último me entero de que tengo una madre que está convencida de que la violó el diablo, que sostiene que el maligno es mi padre, y de que nada hizo en mi favor pese a que usted acudió a ella tras mi rapto. De todo este…

desastre, esta calamidad, padre, solo me falta conocer a esa última persona.

Padre e hija se miraron, la carreta por medio. Hugo no supo valorar los sentimientos de su hija: no lloraba, no reía, permanecía hierática, sin transmitirle sensación alguna que no fuera la derivada de unas palabras que repitió:

—Quiero conocer a mi madre.

Tras oír de su boca la retahíla de desgracias que había sufrido en los últimos años, Hugo se estremeció y compadeció a su hija. Hacía frío en el camino; el sol permanecía tapado por unas nubes bajas. De todos cuantos había nombrado Mercè, solo Barcha había peleado y muerto por ella. Hugo la recordó con cariño.

—Tuviste una verdadera madre. La mora…

—Lo sé, pero quiero conocer a la que me parió.

—Iremos a Bonrepòs —afirmó, pensando que, después de todo lo que había sufrido Mercè, no podía negarle ese derecho.

Sin embargo, también recordó la intransigencia de su hermana en la última ocasión en la que hablaron: él podía llevarla hasta allí, pero no podía prometerle que Arsenda la recibiese.

La celosía de madera que separaba la clausura de las monjas de la iglesia y que Hugo había arrancado del murete en su anterior visita aparecía ahora recompuesta con esmero. La monja que les había atendido a su llegada reconoció a Hugo y, tras balbucear una excusa, corrió a avisar a la abadesa Beatriz.

—Parece que está en el convento —susurró Hugo a su hija.

Habían tardado varios días en llegar a Bonrepòs. No compraron vino durante el trayecto. Hugo solo apalabró algunas partidas al recuerdo del sendero rocoso y empinado que descendía a través del bosque hasta el convento y el riesgo que correría al transitarlo con un carro cargado de cubas; lo recogería a la vuelta. El viaje fue silencioso pero cómodo. Pagó con generosidad a los payeses, y estos los alojaron y les proporcionaron cuanto necesitaban. En el Penedès buscó la masía donde vivía Manuel. También le habló de él a Mercè. «Fue quien me obligó a poner nombre a las mulas. Tinta y Blanca.» El niño no estaba. Los padres no le proporcionaron mayor explicación y él no la pidió ante los ojos vidriosos de la madre nada más oír de su niño. Se despidió de ellos con cortesía y prosiguieron camino.

—¿Por qué no hemos hecho noche allí? —inquirió Mercè.

—Manuel se compró una figurita de madera con la moneda que le di. —Tras aquellas palabras, Hugo continuó un rato en silencio—. Ni quería volver a ver esa figurita —dijo al cabo— ni creo que a sus padres les fuera agradable nuestra presencia. Es evidente que el crío ha muerto: unas fiebres que el chaval no consiguió superar, quizá un accidente en el campo…

A lo largo de todo el camino hasta Bonrepòs, Hugo dudó en numerosas ocasiones de comparar el destino de Manuel con el de Arnau. «El tuyo vive», quería decirle a su hija. Ese fue el consuelo que había propuesto Caterina. No se atrevió a hacerlo, y ahora, junto a la celosía de madera, los dos esperaban a que Arsenda acudiera, y mientras tanto se calentaban las manos con su aliento al mismo tiempo que pateaban en el suelo de aquella pequeña iglesia escondida en lo más frondoso de un valle perdido, a causa del frío intenso que asolaba el lugar.

—¿Por qué has vuelto, Hugo?

La pregunta sorprendió a ambos. No la habían oído llegar. ¿Cuánto tiempo llevaba allí observándolos?, se preguntaron los dos con un cruce de miradas.

—He traído a tu hija —contestó Hugo en el mismo tono adusto con el que Arsenda los acababa de recibir—. Quiere conocer a su madre.

—Niego ser madre de esta mujer… ni de ninguna otra.

Mercè se acercó a la celosía con decisión. Hugo permaneció detrás, mirando de vez en cuando a la Virgen que presidía la iglesia pequeña, preguntándose si debía rezar por ellas. Decidió prestar atención a la conversación entre su hija y su hermana.

—Me paristeis —replicó Mercè—, luego sois mi madre.

—Para ser madre hay que desearlo, quererlo. Yo solo fui el objeto del diablo, el medio a través del cual consiguió hacer el mal. Simplemente fui eso: un instrumento. Nunca he sido madre.

—¿Acaso yo encarno el mal? —preguntó Mercè.

El silencio con el que Arsenda acogió la pregunta procuró a Hugo un tiempo más que suficiente para reflexionar acerca de lo que acababa de plantear su hermana. ¿Y si Arsenda llegaba a convencer a Mercè de que verdaderamente ella era el mal encarnado en mujer? La muerte de Barcha, la pérdida de Arnau, la cárcel, su misma vida desgraciada... Todo podría achacarse a esa condición malévola y persuadirla de que su origen diabólico era el culpable de su infortunio.

En lugar de ello, Mercè rebuscó entre sus ropas, a la altura de sus pechos, extrajo una cruz de plata que llevaba colgada de una cadenita y la alzó para mostrársela a Arsenda. Ninguna de las dos dijo nada. Luego Mercè se dirigió hacia la imagen de la Virgen con el Niño, en el único altar de la iglesia, bajo el ábside, y se postró ante ella.

—*Ave Maria, gratia plena*... —Su hija rezó el avemaría en tono tan potente que resonó en la bóveda de cañón de la nave y reverberó en toda ella y, aun así, Hugo creyó oír la respiración acelerada de Arsenda tras la celosía—. *Mater Dei*...

¿Suspiraba Arsenda? Hugo se acercó a la celosía.

—Es tu hija —susurró a través de los agujeros en la madera mientras Mercè continuaba con la salve.

—*Salve, Regina, Mater misericordiae*...

La voz se elevaba enérgica.

—¿Sientes su devoción? —azuzó Hugo a la abadesa—. Escúchala, hermana. ¿Crees que es mentira, que engaña a la Virgen? ¡Siéntela, Arsenda! Siente su fervor.

—*O clemens, o pia*... —rezó Mercè.

—*O dulcis Virgo Maria* —murmuró Arsenda en un susurro casi inaudible.

Mercè rezó durante un buen rato. Hugo oyó que varias monjas se agregaban a la oración de las dos mujeres como si hubieran sido llamadas a un oficio divino más. Aquel templo pequeño, descuidado, húmedo, frío y poco acogedor, de repente se llenó de magia a través de unos murmullos que lo inundaron y que quedaban flotando en el aire. En un momento en que Mercè se tomó un descanso, todavía postrada frente a la Virgen, una de las monjas se lanzó a cantar desde la clausura. Al instante se le sumaron las demás. Mercè se irguió sobre las rodillas; las lágrimas corrían por su rostro.

Cantaron tres salmos. Luego, tras unos momentos de silencio, se oyó el ruido de cierto correteo tras la celosía. Hugo se acercó a su hija y la ayudó a levantarse. Pesaba muy poco y, sin embargo, notó que se desentumecía, se afianzaba con seguridad sobre el suelo y se dirigía con decisión allí donde se ocultaban las monjas.

—¿Madre? —Nadie contestó, pero se percibía el rumor de las monjas tras la celosía—. ¿Madre? —insistió Mercè elevando la voz.

—No está —contestó una de ellas al cabo.

—¿Adónde ha ido? Llamadla. Esperaré —rogó.

Más silencio. Hugo se arrimó también a la madera.

—¿Dónde está Arsenda... Beatriz? —se corrigió.

—La abadesa está rezando —respondió una voz.

—Pero... —la interrumpió Mercè.

—Hija —trató de sosegarla aquella monja con voz dulce—, la abadesa Beatriz se ha encerrado en su celda. Tiene mucho que pensar, mucho que rezar.

—Esperaré —insistió Mercè.

—¿Toda una vida? —se oyó en voz de otra de las monjas—. Eso es lo que se le ha venido encima a la abadesa: toda una vida. Permitidle recapacitar, rezar, llorar si es necesario.

—Sí —se sumó la primera monja—. Dadle tiempo. Lo que ha vivido hoy ha quebrado los principios que gobernaban su actuación, las bases de su entrega a Dios, quizá hasta su fe.

—¿Entonces? —inquirió Hugo.

—¿Qué pretendéis? —preguntó una.

—La primera vez que estuvisteis aquí —se oyó de boca de una tercera— queríais algo concreto: que la abadesa protegiese a vuestra hija. Dios lo ha hecho por ella. ¿Qué queréis hoy?

—Es mi madre —dijo Mercè adelantándose a la respuesta de Hugo.

—Si así fuera, ¿qué es lo que deseas? La madre Beatriz es monja, está entregada a Dios. ¿Buscas su bendición? Te la damos nosotras: que Cristo y la paz te acompañen.

—No aspires a más —insistió la primera—. Si la abadesa Beatriz desea verte de nuevo, te buscará. Tenlo por seguro. Hasta entonces, id los dos en paz.

—Tengo que saber que mi madre no me considera la hija del diablo —rogó Mercè.

Hugo alcanzó a ver movimientos tras la celosía. Una de las monjas carraspeó, como si estuviera dispuesta a hablar, pero no lo hizo. Susurraron entre ellas. Al final llegó la respuesta:

—No creemos que seas hija del diablo —se oyó tras la celosía—. Hemos compartido contigo la oración, hemos sido un solo espíritu y esa comunión de las almas no es otra cosa que la Iglesia. Hemos participado de tu virtud y nos hemos sentido llenas de ella. No, no es el diablo lo que vive en ti, lo que no excluye que la abadesa Beatriz pudiera ser forzada por él… Solo el Señor lo sabe. Sus caminos son insondables. Déjala, hija. Ha vivido siempre con el estigma de haber sido violada por Satanás, de que su cuerpo parió un demonio. Sí, te daba por muerta, pero nunca se liberó de la sensación de haber alimentado en sus entrañas la semilla del mal. Todo eso, por fuerte que sea la abadesa, no se supera en un día, ni en un año.

—Lo más probable es que esté de acuerdo con nosotras —arguyó otra.

—Por eso se ha ido —añadió una tercera.

—En caso contrario, si te hubiera considerado una diabla, ten por seguro que te habría hecho frente —sentenció la primera.

Hugo Llor no participó en el aprovisionamiento de vino para la armada con destino a Cerdeña, pero decididamente obtuvo mayores beneficios vendiendo odres pequeños de aguardiente a los soldados venidos de muchos lugares cercanos a Barcelona. El rey Alfonso partía para someter de nuevo la isla de Cerdeña a su autoridad. Las Cortes le proporcionaron unos recursos que el monarca destinó a la construcción de galeras, al flete de otros barcos, a su aprovisionamiento, así como a la contratación de poco más de setecientos hombres de guerra. A pesar de ese elevado número de efectivos, que habían de sumarse a los cuarenta ballesteros y veinte soldados por cada una de las treinta galeras con las que contaba el rey, el ejército no estaba capacitado para asumir aquella empresa bélica.

Alfonso disponía de dos mil quinientos guerreros cuando en realidad requería unas fuerzas que rondaran los cinco mil. Aquella carencia fue retrasando el inicio del bautizo de fuego del rey desde que en 1418 declarara la guerra a la señoría de Génova, aliada de los sardos. Durante todo ese tiempo Alfonso se había dirigido por carta a los nobles de sus reinos, más de seiscientos, así como a las ciudades libres como Barcelona y sus prohombres, para que, a sus expensas, acudieran a la guerra y aportaran sus gentes, caballos y armas, prometiéndoles que sabría recompensarlos con generosidad.

Los señores y las ciudades respondieron, y aquel abril del año de 1420 el monarca contaba con un ejército de cerca de seis mil hombres, repartidos entre ballesteros y soldados a pie, y algo más de mil caballeros. La armada estaba convocada en el puerto de Los Alfaques, en la Rápita, cerca de la ciudad de Tortosa, donde todavía se hallaba el rey, pues había decidido zarpar desde allí. A Los Alfaques se dirigieron naves armadas desde diversos puertos catalanes: Salou, Sant Feliu, Cotlliure, Roses, y por supuesto Barcelona, la ciudad que más había contribuido a la guerra. En Menorca estaba previsto que se unieran a la armada las naves del reino de Mallorca, otras varias que zarparían del puerto del Grao de Valencia, más cuatro galeras de la señoría de Venecia.

El aguardiente de Hugo, la nueva bebida que arañaba gargantas, quemaba estómagos y embriagaba con mucha más facilidad que el vino, entusiasmó a todos aquellos soldados jóvenes que acudieron a la Ciudad Condal para arriesgar su vida por el rey Alfonso, tanto como por la generosa recompensa prometida en caso de victoria. La taberna llevaba algunos días a rebosar, desde que se habían ido acuartelando las tropas en Barcelona. A Hugo y Caterina les costaba cerrar el establecimiento y despedir a cuantos remoloneaban en su interior. Todos querían beber, y la mayoría también pretendía aprovisionarse de aguardiente para el viaje a Cerdeña y la guerra segura contra los rebeldes sardos y sus aliados genoveses. Hugo, Caterina, Mercè y Pedro pasaban las noches en vela destilando vino para proveer esa ingente demanda que pagaba cuanto le pidiesen por el aguardiente.

El dinero entraba a espuertas; Mercè ni siquiera disponía de tiempo para pensar y hasta se la veía sonreír ante los piropos, cuando no impertinencias, de una soldadesca a la que poco importaba la delgadez y el aspecto demacrado de la mujer. Uno de ellos le palmeó el culo mientras servía. Hugo hizo ademán de correr en su defensa, pero Caterina lo agarró del brazo y le señaló a su hija con el mentón: insultaba al soldado joven, sí, pero algo en su forma de hablar, en su ánimo, había cambiado. Tras darse la vuelta y dejar la mesa a su espalda, Mercè no pudo reprimir una sonrisa de satisfacción, que borró de su rostro tan pronto como se dio cuenta de que su padre y Caterina la miraban; lo que no supo esconder fueron unos andares más alegres, más decididos.

—Además —añadió Caterina, con Mercè ya pidiendo otra ronda de aguardiente a un Pedro desbordado por la demanda—, ¿no pretenderías pelearte con un soldado joven?

—¿Por qué no? —se revolvió Hugo encogiéndose de hombros, con la ironía brillando en sus ojos.

Caterina soltó una carcajada que llamó la atención de muchos de los presentes.

El 2 de mayo de 1420, cuando a Hugo ya se le terminaban las existencias de vino con el que destilar aguardiente, y ya estaban embarcados tanto los aparejos como las provisiones, el almirante de la armada catalana, Bernat Estanyol, ordenó la salida de la flota que debía zarpar del puerto de Barcelona. Más de seiscientos caballeros acompañados por dos millares de sus hombres de guerra llegados de todo el principado, ballesteros y gentes de armas de las galeras, se dirigieron a la playa junto con gran parte de la ciudadanía, unos para despedir a sus allegados que partían y otros simplemente atraídos por el espectáculo de color, ruido y barullo que suponía el embarque de todos ellos.

Mercè se hallaba en la playa, confundida entre un grupo de soldados llegados desde Granollers. No fue el que le palmeó el culo y sus amigos; fueron otros semejantes, jóvenes también, como ella, gente del común que tenía sus oficios y que acudía a la llamada del rey con entrega, entusiasmo y mucha ilusión. El ambiente festivo que había inundado Barcelona los días anteriores a la partida de la armada terminó influyendo en el estado de ánimo de Mercè, y Hugo y Caterina trabajaron el doble cuando ella se sentó a las mesas de la taberna para charlar y reír con aquellos muchachos, muchos de los cuales no volverían a sus casas y quedarían tendidos en el campo de batalla de Alguer o sus aledaños. Esa realidad caracterizaba sus risas nerviosas, sus gestos tensos o sus miradas, en ocasiones fijas en algún lugar inaccesible, llevadas por la nostalgia por lo que quedaba atrás o el miedo a lo que se avecinaba. El aguardiente los tranquilizaba, soltaba sus lenguas y liberaba sus movimientos... y los de Mercè. Salieron en grupo, con más mujeres y más soldados, rieron, charlaron y recorrieron una Barcelona en fiestas, volcada en los hombres que arriesgaban su vida y acudían en defensa de su tierra.

En la playa, aturdida por el barullo, Mercè rememoró esa mañana lo sucedido la noche anterior. La campana del castillo del veguer ni siquiera había llegado a tocar el *seny del lladre* para llamar a los ciudadanos a recogerse. Miquel, se llamaba el soldado. Lo buscó entre la multitud, pero no lo vio. Hacía solo un rato que lo tenía a su lado, frente a las atarazanas reales. La noche anterior Miquel había requerido su amor. Ella tuvo miedo. Ni se veía ni se sentía atractiva, pero el aguardiente, la tristeza en los ojos del joven, y el hecho de que la mayoría de las mujeres se entregaran a ellos con alegría y despreocupación la llevaron a consentir. Fue rápido, insatisfactorio, doloroso incluso; ambos lo hicieron vestidos, tumbados en la playa al amparo de un barco de pesca y bajo una luna maravillosa, con los jadeos de Miquel confundidos con los de otros soldados y con los gritos de placer, ya fueran reales o fingidos, de las demás mujeres. Creía que después de lo sucedido en la celda de Sabanell, con la muerte por destino, y los carceleros que abusaron de ella hasta que su estado físico y su aspecto les causó repulsión, nunca más se entregaría a un hombre, pero el aguardiente no sabía de recuerdos, malos o buenos, y bebió uno, dos, tres tragos antes de permitir que el joven apretase sus pechos con las dos manos, con avidez. Entonces pensó en Bernat. Aquel era el único hombre al que le había permitido acceder a sus secretos. «¡Qué diferencia!», concluyó mientras, ya agotado Miquel, se arreglaba la ropa y la sacudía para desprender la arena. Bruto y hosco en sus maneras y en su vida, el antiguo corsario se deshacía en ternura al tenerla entre sus brazos, como si tuviera miedo de dañarla. ¿Qué mal habría cometido para que se la hubiera acusado de ser la hija del diablo, truncando así su felicidad? Había sido feliz con aquel hombre; Bernat la había hecho sentirse una verdadera mujer.

La necesidad de volver a ver a Miquel en la playa se diluyó en su ánimo. ¿Habría fornicado con ella de saber que era la hija del diablo? Mercè sonrió con un deje sarcástico. Se encontraba entre los soldados, como muchas otras mujeres. La actividad era frenética, el mar aparecía plagado de galeras y otras embarcaciones: galeotas, naves panzudas, y barcos de transporte de tropas y caballería. Oficiales y soldados gritaban. Sonaban flautas y timbales. Los barqueros trasladaban a los hombres armados hasta los barcos. Centenares de caballos, a la espera de ser cargados a bordo, relinchaban y coceaban nerviosos. Desorden, caos, griterío, llantos, besos, despedidas, peleas incluso... Mercè perdió la conciencia inmersa en esa vorágine. Un soldado desconocido que desfilaba hacia la orilla para embarcar en una de las naves de los barqueros la besó en la boca al pasar junto a ella. Fue un beso fugaz, sorprendente. Mercè no tuvo tiempo de reponerse ya que el que lo seguía imitó a su compañero. Ella sacudió la cabeza, como si no diese crédito. Un tercero lo intentó, pero Mercè se apartó presurosa, con las manos extendidas hacia delante. Los soldados rieron; Mercè terminó haciéndolo también y algunos aplaudieron.

—Volveremos a por ti, preciosa —prometió uno.

—¡Venceremos por ti! —exclamó otro.

—¡Y por todas las mujeres de Cataluña! —se escuchó de entre el grupo.

Vítores, aplausos, risas. Tras lo sucedido en la noche, la fiesta, el aguardiente y el vino, Mercè empezaba a vivir esa mañana como un sueño en el momento en el que el griterío aumentó.

—¡Larga vida a nuestro almirante! —oyó.

—¡Sant Jordi!

Muchos fueron los que repitieron el grito de guerra de los ejércitos. Al compás de aquella algarabía, soldados y ciudadanos congregados en la playa abrían paso a Bernat Estanyol. Mercè lo vio dirigirse hacia el lugar en el que se encontraba; tenía que pasar junto a ella si deseaba llegar hasta las atarazanas, donde, junto al obispo de Barcelona y una representación de clérigos, le aguardaban las banderas y los pendones que ondearían en las naves y que previamente habían sido bendecidos en misa solemne en la catedral y llevados a la playa en procesión. Bernat avanzaba protegido por la guardia, rodeado de sus oficiales y consejeros, acompañado por la nueva condesa, notoriamente preñada, y por delante de todos ellos, libre, entusiasmado, mirándolo todo, caminaba Arnau, vestido de seda azul, brillante al sol de primavera. El lunar sobre su ojo derecho destacaba tanto como el de su padre.

Iban directamente hacia ella. Mercè dejó de oír los gritos. El mundo entero desapareció de su campo de visión excepción hecha de aquel pequeño de poco más de tres años que corría decidido hacia ella. Alguien tironeó de su brazo para que se apartase. Mercè dio un codazo y se liberó de aquel estorbo. Arnau se encontraba a solo dos pasos de ella. Si Bernat, Marta o alguien de su séquito la había reconocido, no lo supo. No los veía. No le importaba. Se postró delante de su hijo y abrió los brazos. El niño, despistado con cuanto le rodeaba, cayó en ellos y Mercè lo abrazó con fuerza.

Arnau gritó. Mercè le suplicó que callara y llenó su rostro de los miles de besos que había dejado de darle durante su separación. Bernat se abalanzó sobre madre e hijo, seguido por su guardia. Soldados y curiosos trazaron un tupido círculo alrededor del almirante, que instaba a gritos a sus acompañantes a que liberaran a su hijo, pero Mercè no soltaba al pequeño, y mientras este berreaba, la rechazaba y trataba de librarse de sus brazos, los soldados dudaban por miedo a dañar al niño.

—¡Déjalo, Mercè! —gritó Bernat.

—¡Aléjate de él, diabla! —exigió la condesa.

Un oficial mantenía a Mercè agarrada del pelo, el rostro de ella pegado al de su hijo, acunándolo con fuerza entre los brazos. Arnau, congestionado por el llanto, casi no podía respirar. El oficial mantenía una daga en la mano. «Es sencillo», transmitía a su almirante con mirada y actitud: asida del cabello, Mercè presentaba su nuca, limpia, como un animal dispuesto al sacrificio. Bernat no vaciló:

—¡Hazlo! ¡Libera al niño! —ordenó.

El oficial tiró entonces del pelo de Mercè hasta casi alzarla del suelo y separarla lo suficiente del niño para que su garganta quedara al aire, cuando entre la gente, a gritos, codazos y empujones, se coló un hombre.

—¡No! ¡Detente! —Hugo se quedó quieto, temblando, como si su inmovilidad pudiera contagiar al soldado ya dispuesto a degollar a su hija—. Bernat, te lo suplico… —imploró sin desviar la mirada de aquella hoja afilada que relucía al sol.

Bernat no contestó a su ruego; en su lugar lo hizo el obispo de Barcelona, que, junto a su corte, todavía recorría con solemnidad los escasos pasos que les separaban del lugar donde se producía el incidente, con las banderas a sus espaldas, en las atarazanas, custodiadas por soldados.

—¡Alto en nombre de Dios!

La voz, clara y autoritaria, se elevó por encima de murmullos y comentarios, y el soldado que ya tiraba del cabello de Mercè, alzándola del suelo para acabar con su vida, se detuvo y la dejó caer.

Hugo exhaló con fuerza todo el aire que mantenía retenido en los pulmones. El obispo y los suyos llegaron al lugar donde Mercè todavía abrazaba a Arnau.

—Este no es problema de vuestra eminencia —bramó Bernat.

El obispo lo miró con displicencia.

—La misericordia y la clemencia siempre son asuntos de la Iglesia —contestó el obispo—. ¿Qué ganaréis con la muerte de una sierva del Señor? —preguntó alzando la voz.

Bernat hizo ademán de intervenir, pero el preboste lo acalló con un movimiento tan ligero como autoritario de una de sus manos.

—Hoy zarpa la armada catalana y lo hace bajo estos pendones que acabamos de bendecir en la catedral —dijo señalando las banderas, aquella en la que aparecía bordada la cruz de Sant Jordi por delante de todas—. Luchemos contra nuestros enemigos, no busquemos la desgracia sobre la armada con una venganza inútil —añadió—. Dios es misericordioso. Sigamos su ejemplo.

La gente transmitió con murmullos las palabras del obispo y, en un instante, Bernat se sintió observado por cientos de ojos que le rogaban que no cargase la adversidad sobre aquellos barcos que se disponían a zarpar. Partían hacia la guerra y cualquier mal augurio influiría en la moral de las tropas, y más si provenía del propio obispo de Barcelona, por lo que Bernat, de mala gana, accedió.

—Que suelte a mi hijo —exigió.

—Suéltalo, te lo ruego —pidió el obispo a Mercè al mismo tiempo que un sacerdote joven se acuclillaba junto a ella.

—Déjalo, hija —se sumó Hugo.

Mercè liberó a Arnau del abrazo y este escapó aturdido. «Te recuperaré», susurró.

—¡Te recuperaré, hijo! —clamó después—. Aunque me vaya la vida en el intento.

La condesa pretendió coger a Arnau, pero el niño corrió a refugiarse entre las piernas de su padre.

—La buena voluntad de los hombres... —quiso sermonear el obispo antes de verse interrumpido por un Bernat que, si bien había cedido en no aprovechar aquella situación para deshacerse de Mercè y su molesta persecución de Arnau, no estaba dispuesto a que el obispo le robase el protagonismo en lo que al fin y al cabo era el embarque de las tropas, y no una misa como la que acababan de celebrar para bendecir las banderas.

—Ese hombre —gritó señalando a Hugo— debería estar en el ejército defendiendo a nuestro rey y a nuestra tierra. Es más joven que yo, lo sé, y está fuerte y sano para hacerlo.

Hugo miró a Bernat, sin comprender qué pretendía ahora. Por segunda vez la credulidad de la gente lo había salvado. La primera también había sido en las atarazanas, allí mismo, de niño, el día en que Roger Puig quiso encarcelarlo y el genovés usó un discurso parecido al del obispo. Entonces se libró, pero las consecuencias fueron su expulsión de las atarazanas. ¿Qué era lo que le esperaba ahora? Lo intuyó con las siguientes palabras de Bernat:

—En lugar de eso, en lugar de luchar junto a vosotros por la grandeza de nuestro reino, emborracha a las tropas con ese brebaje que vende junto a su hija. Esa... —Señaló a Mercè—. Esa que estaba dispuesta a dañar a mi heredero y que así lo habría hecho de no ser por la oportuna intervención de su eminencia.

Sus últimas palabras de adulación al obispo pretendían, sin duda, ganarlo para una causa, pensó Hugo. Tras hacer una pausa, Bernat prosiguió, alzando aún más la voz:

—¡Y arruina a los soldados jóvenes cobrándoles precios exorbitantes por esos bebedizos!

Un murmullo se alzó de entre los presentes.

—No... —intentó defenderse Hugo antes de ser interrumpido por el obispo.

—Dios nos concedió el vino —clamó el religioso—, licor divino y celestial, pero también nos advirtió san Pablo: «No os emborrachéis con vino, que lleva al libertinaje».

—Y mis soldados no lo hacen —se le adelantó de nuevo Bernat—, puesto que beben con moderación, como exigen la Iglesia y el rey.

Hugo instó a Mercè a levantarse; adivinaba las intenciones de Bernat y comprendió que debía prepararse para algo terrible.

—Sin embargo —dijo el almirante—, hay quien convierte el vino en espíritu, pero no para curar como se hacía hasta ahora, sino para emborrachar a nuestros jóvenes.

Igual que Hugo, el oficial que acompañaba a Bernat también entendió el mensaje de su almirante.

—¡Y los arruina! —gritó.

—¡Y se emborrachan! —se oyó de entre la gente.

Mercè se arrimó a su padre ante la gente que los rodeaba, en número cada vez mayor.

—¡Nunca antes se había llevado aguardiente a la guerra! —continuó Bernat con su arenga—. ¿Cómo, si están ebrios, lucharán nuestros soldados?

—¡Nos vencerán!

—¡Traidor! —gritó una anciana de las que estaban más próximas a Hugo.

Otro escupió a los pies de Hugo y Mercè.

—¡Genovés! —le insultaron desde más allá de las primeras filas.

«Espía.» «Ladrón.» «Perro.» «Renegado.» «Pérfido.» «Vil.» ¡Mil veces traidor! Todo ello surgió de boca de una multitud que iba cercando a Hugo y a Mercè, quienes, como acababa de hacer Arnau unos instantes antes, buscaron refugio junto al obispo y su séquito de sacerdotes. Por su parte, Bernat miró con expresión de complicidad a su oficial y asintió.

—¡A la taberna! —aulló este—. ¡Hay que destruir ese antro de perdición!

Un rugido surgió de la muchedumbre, que abandonó la playa y se desperdigó gritando por las calles en dirección a la de la Boquería.

—Cuidad de mi hija —rogó Hugo a uno de los sacerdotes con la mente puesta en Caterina y Pedro.

—No vayas —le detuvo otro de los religiosos, que lo agarró de un brazo—. Es una locura. Te matarán.

—¡Padre! —se sumó Mercè.

—¡Allí está Caterina! —contestó este zafándose de la mano del otro—. Mercè, no me sigas, te lo suplico. No se lo permitáis —pidió a los sacerdotes.

Y corrió tras la gente. Mercè hizo ademán de seguirlo, pero el mismo sacerdote que había agarrado a su padre la sujetó ahora a ella.

—No vayas, mujer —le aconsejó—. Te harían daño, te atacarían y tu padre no podría defenderte. ¿Deseas ponerlo en esa tesitura? ¿Deseas que presencie cómo maltratan a su hija?

Mercè lo pensó, negó con la cabeza y se detuvo. De repente, como si despertase, abierto el espacio a su alrededor, el lugar cobró vida. Habría jurado que todos los soldados y ciudadanos de Barcelona los acababan de cercar para después, incitados por Bernat, correr hacia la taberna, pero eran miles los que continuaban en la playa, embarcando, ellos, sus caballos o sus armas, las provisiones... El sol la deslumbró y el griterío la sacudió.

—¿Y quién defenderá a tu padre? —preguntó la condesa con perversidad al pasar junto a ella, mirándola con la sonrisa en la boca.

La comitiva se dirigía de nuevo a las atarazanas, el obispo caminaba al lado de Bernat, que llevaba de la mano a Arnau, y el sacerdote que la tenía cogida del brazo tiraba de ella para que los siguiese.

Mercè no fue capaz de contestar a la condesa. ¿Quién defendería a su padre de aquella turba enardecida?, se preguntó dejándose arrastrar por el sacerdote, con el estómago de repente encogido y revuelto, y la boca extrañamente llena de saliva, anuncio de la primera arcada.

Cuando Hugo consiguió llegar a las cercanías de la taberna, se le había adelantado un grupo nutrido de ciudadanos y soldados. La turba se aglomeraba y colapsaba la estrecha calle de la Boquería. Intentó pasar. Empujó y se coló entre la gente hasta quedar inmovilizado entre ellos. No lo reconocieron; quizá no le prestaron atención, pendientes como estaban a llegar a la taberna. Él tampoco reconoció a ningún cliente ni vecino. Allí apretujado recordó una situación similar: los días en que también intentaba rebasar la muchedumbre aglomerada en las calles para llegar al Castell Nou, donde se refugiaba Dolça, solo un poco más allá de donde se encontraba ahora. Sin poder hacer nada, atrapado, encontró una diferencia con los días de su juventud: entonces se alzaban gritos de odio contra los judíos, clamores religiosos; ahora la gente reía. Algunos gritaban, pero la mayoría estaba allí por haberse sumado a la turba.

—¿Qué hacemos ahora? —se le ocurrió preguntar a Hugo a un joven que se hallaba a su lado.

El otro ni siquiera logró encoger los hombros como había sido su intención.

—Dicen que regalan vino.

—Aguardiente —aclaró un tercero.

La conversación se extendió entre los circundantes:

—¿Qué es eso del aguardiente?

—Mejor que el vino —apuntó otro, abriéndose paso a empujones entre la multitud que rodeaba la taberna dispuesta a entrar.

—¡Empujad!

—Nos quedaremos sin.

—¿Lo regala el rey?

—El almirante.

—¡Empujad!

Destrozada. La taberna estaba totalmente devastada como comprobó Hugo nada más entrar en ella. Vio que algunos de los que allí estaban buscaban infructuosamente y pateaban enfadados los restos de cubas, sillas y mesas al no encontrar nada. Habían robado el alambique, concluyó cuando uno de ellos se agachó, cogió un trozo del canuto por el que corría el *aqua vitae* y lo examinó con curiosidad alzándolo a la luz, por encima de sus ojos. También habían desaparecido las escudillas y los cubiertos, las ollas y hasta la cadena de la que colgaban sobre el fuego. Algunos de los salteadores bajaban de la planta superior. «No queda nada», advertían a quienes esperaban al pie de la escalera para subir. Aun así, como bestias carroñeras, había quienes ascendían. El vino y el aguardiente aparecían derramados por el suelo, y aquellos que llegaban del sótano, de la bodega, lo hacían con los zapatos totalmente manchados de vino. La mayoría de los que seguían a Hugo desistieron nada más contemplar el saqueo; otros, codiciosos como los que se dirigían al piso de arriba, entraron en busca de los despojos.

Hugo reprimió su ira. Deseaba gritar y golpear a todos aquellos que continuaban violando su hogar, su propiedad, ¡sus vinos!, pero eso solo le habría reportado más problemas. Ya no había nada que hacer, excepto encontrar a Caterina sana y salva, y a Pedro, por supuesto. Los buscó, desesperado, recordando la facilidad y la impunidad con las que la turba ejecutaba a la gente. Abajo no estaban. Subió a las habitaciones peleando con aquellos que creían que se les adelantaría en pos de un botín inexistente. No quedaba nada: ni las sillas ni el baúl con sus ropas ni los jergones en los que dormían. Tampoco estaban allí. Bajó a la bodega, anegada como preveía. Todavía tuvo oportunidad de presenciar cómo su preciado vino viejo, que había soportado años en las cubas, se filtraba poco a poco por el embaldosado. Corrió al huerto. Habían robado las mulas y los dos carretones, y el huerto estaba arrasado.

Miró de reojo hacia el comedero de las acémilas. Mantenían los dineros escondidos en los pesebres, por debajo de ellos, a modo de un doble fondo. Parecía intacto. Entró de nuevo y se apoyó en una de las paredes a la espera de que la gente desistiese de una rapiña ya inútil. Poco le importó que pudieran reconocerlo. La visión de su trabajo destrozado por una multitud perturbada lo llevó a prescindir de cautela alguna.

Transcurrió la mañana. Los soldados volvieron a la playa para embarcar con destino a la guerra de Sicilia y los ciudadanos dejaron de acudir a la taberna. Tan solo de vez en cuando alguien asomaba la cabeza, escrutaba el interior y se marchaba. Unos lo insultaron. «Te lo mereces.» Otros silbaron o rieron. Alguno se apiadó, pero no dijo nada. Antes de que el sol superase el mediodía, Caterina y Pedro cruzaron en silencio el umbral de la puerta.

—Escapamos por el huerto —explicó ella acariciando las mejillas de Hugo con ambas manos.

Hugo asintió como si lo supiese. Algo habría oído en el caso de que los hubieran herido. Caterina se acomodó a su lado, apoyó a su vez la espalda en la pared y buscó su mano.

—No sabíamos qué hacer. Hemos estado escondidos hasta ahora.

—Habéis hecho bien —afirmó Hugo apretando su mano.

En ese momento Pedro subía de la bodega, a la que se había dirigido nada más entrar. Intentaba disimular sus lágrimas.

—Volveremos a hacerlo —trató de animarlo Hugo—. Mejor si cabe. Y en esta ocasión participarás desde el principio. Te contaré algunos secretos que solo yo conozco.

Allí permanecieron los tres. Hugo les explicó en voz baja lo sucedido en la playa, hasta que por fin se presentó Mercè, quien, sin atreverse a cruzar la puerta de la taberna, rompió en sollozos al presenciar el estado en el que se encontraba el local.

—Pero estás viva —le dijo Hugo cuando por fin corrió hasta su padre y se aferró a él en un abrazo—. Estás viva, y eso es lo único que importa.

33

A mediados del mes de agosto de 1420 llegó a Barcelona la buena nueva de la victoria del rey Alfonso sobre sardos y genoveses. Toda Cerdeña le rendía pleitesía. La armada que partiera de Los Alfaques arribó al Alguer, en cuyo puerto desembarcó el ejército para ayudar al conde Artal de Luna que peleaba contra los rebeldes. Vencieron. Luego cayeron Terranova, Longosardo y Sácer, y en tres meses escasos se había conseguido pacificar nuevamente la isla.

Era verano en Barcelona: luz y calor a orillas del Mediterráneo. El espíritu de la gente se veía imbuido por esa vitalidad que transmitía el sol que iluminaba gran parte del día, y que llegada la noche se veía sustituido por multitud de hogueras que ardían frente a los edificios y las casas, en las plazas, en las almenas de las murallas y en los campanarios de las iglesias. Espíritu festivo. La ciudad celebró la victoria y las gentes de Barcelona se lanzaron a las calles.

—Ve a divertirte —aconsejó Hugo a su hija.

Estaban en la taberna, con Caterina y Pedro.

—¿Celebrar la victoria de Bernat? —desdeñó ella.

—La del rey, la del ejército —quiso convencerla Hugo.

Ahí murió la conversación, y el silencio volvió a atraparlos a todos en un ambiente opresivo debido a la gran cantidad de vino y aguardiente que en el asalto llegó a empapar maderas y suelos y que, con el calor del verano, lograba que el obrador hediera como una bodega repleta de vino rancio y agrio. A lo largo de aquellos tres meses se habían empeñado en reparar la taberna gracias a los dineros que, por fortuna, los saqueadores no encontraron en el escondite del doble fondo de los pesebres de las mulas. Hugo adquirió mesas y sillas, escudillas y cubiertos, ollas y cubas, así como jergones para dormir y otro baúl, que todavía estaba vacío. Encargó un alambique nuevo, de mayor capacidad que el anterior, pero todavía no lo había recibido. En cada ocasión en que acudía al calderero a reclamarlo, este lo despedía sin contemplaciones, e incluso se ofrecía a devolverle el dinero anticipado. Hugo no lo admitía y contemporizaba con el artesano, consciente de las razones por las que no trabajaba en su alambique. Lo mismo sucedía con los corredores a los que acudió para reponer el vino: ninguno se prestó a vendérselo. Muchos se excusaron alegando que no tenían, pero otros le dijeron directamente que no vendían a traidores. Baudilio, un corredor con el que mantenía cierta amistad, le confesó que un mayordomo de Galcerán Destorrent, el padre de la condesa, ciudadano honrado, rico, prohombre influyente, se había dedicado a amedrentar a los corredores para que no trataran con Hugo. Ninguno quiso contrariarlo, tampoco Baudilio. Hugo concluyó que el padre de la condesa también habría presionado al calderero. Aun así, confiaba en que algún día le haría su alambique; era un buen artesano. En Barcelona nadie podía comprar vino para su reventa si no lo hacía a un corredor, por lo que Hugo tuvo que salir de la ciudad para adquirirlo, y como ya no tenía carretones ni mulas hubo de alquilarlos a un liberto amigo que vivía en el Raval.

Había denunciado el saqueo a las autoridades.

—¿Pretendes que encarcelemos a la mitad del ejército del rey? —le contestaron en el castillo del veguer, en una estancia por encima de la cárcel en la que los escribanos llevaban los libros.

—Pretendo que hagáis justicia —replicó él.

—Tengo entendido que al rey Alfonso tampoco le gusta esto del aguardiente —oyó decir, a su espalda, a un oficial del veguer.

Hugo trató de medir sus palabras.

—Los gustos del rey nada tienen que ver con lo que se hace en un negocio honrado y…

—Dedícate al vino —le interrumpió uno de los escribanos—. Te traerá menos problemas.

«No harán nada», se vio obligado después a reconocer en la taberna.

Y ahora, con vino comprado en el Penedès, más caro de lo que usualmente le habría costado, tampoco nadie acudía a la taberna, como les había sucedido cuando los clientes les dieron la espalda después de que Hugo se hubiera enfrentado a Bernat en Santa María de la Mar reclamando que le revelara el paradero de su hija. Entonces volvieron a hacer negocio en el momento en el que sorprendieron a la ciudadanía poniendo aguardiente a la venta, pero ahora no disponían de alambique y la gente nada quería saber del vino que vendía Hugo.

—¡Traidor! —le acusó una mujer en la plaza de las Coles cuando Hugo empezó a pregonar las nuevas cubas de vino, debidamente selladas por las autoridades, que ponía a la venta en su taberna de la calle de la Boquería.

—¡Vino tinto del Penedès...! —se obligó a continuar entre más abucheos que murmullos.

—¡Fuera! —gritó uno de los vendedores de coles.

Hugo terminó de pregonar su vino en la plaza y continuó por Barcelona, pero aquel rechazo público dio pie a que los niños se sintieran autorizados para seguirle y acribillarle a pedradas tan pronto como se situaba en el centro de otra plaza e iniciaba de nuevo el pregón. La gente se reía. Repitió el anuncio en un par de lugares céntricos más, tan rápido como pudo, tratando de refugiarse o esquivar las piedras, que no las burlas y los insultos de los ciudadanos, y dio por suficientemente cumplida la obligación que tenía como tabernero.

Y allí estaban los cuatro, con su vino del Penedès y su olor hediondo a la espera de que alguien, un borracho o una prostituta a los que no atendían en otras tabernas, siquiera un esclavo, por prohibido que tuvieran acudir a beber, entrara en su taberna.

—Bien que estaríais celebrando la victoria del rey si no fuera por mí —se despidió Mercè aquella noche en que llegó la noticia del triunfo en Cerdeña, dispuesta a retirarse a su habitación.

Se lo dijo desde el pie de la escalera, y antes de que pudieran reaccionar ya había subido.

—Déjala —aconsejó Hugo a Caterina al hacer esta ademán de seguirla.

Al día siguiente, a media mañana, Mercè comunicó a su padre que salía de casa.

—¿Adónde vas?

—A reconocer mis... faltas.

—¿Me lo explicas?

Hugo se interpuso entre ella y la puerta.

—Voy a rogar disculpas a la condesa. Quizá así consiga mejorar las cosas.

Hugo tuvo que cogerla del brazo ante el ademán que su hija hizo de sortearlo.

—Te humillarás y nada cambiará.

—Es posible. Pero sé que ya ha sido madre; ha dado a luz un varón, me lo dijo el mosén el otro día. Quizá esa nueva condición la enternezca, la cambie y la haga entender la necesidad que tengo de ver a Arnau… Solo verlo, un instante. Si su padre dejara de perjudicarnos, vos y Caterina seríais felices.

—Somos una familia, Mercè. Afrontaremos esto todos juntos.

Ella escondió la mirada. Hugo recordó los días en que, cuando su hija era condesa, Caterina estaba relegada y no era recibida en palacio.

—Lo somos, hija —reiteró.

—Gracias —respondió Mercè esbozando una sonrisa—. En ese caso permitid que yo me ocupe de lo que me corresponde: de mi hijo, de mi familia.

—¡No te corresponde! —Hugo se arrepintió del tono de voz y de la fuerza con la que le apretó el brazo—. Tú no has hecho nada —trató de suavizar ambos—. No has causado mal a nadie. No tienes nada que arreglar.

—Pero no puedo cejar en el empeño de ver a mi hijo, padre, entendedlo. No puedo permanecer aquí… —Mercè sollozó—. No puedo… —repitió antes de estallar en llanto—. No… No debo conformarme.

Caterina se acercó a padre e hija y trató de separar a Hugo de Mercè, dándole a entender que consintiera en su pretensión de ir a ver a la condesa.

—La detendrán. —Hugo se volvió hacia Caterina—. Pueden hacerlo. Ya nos lo han advertido —insistió a su hija, negándose a soltar su brazo—. La última vez estuvieron a punto de degollarte.

—Fui una insensata. Procuraré no cometer el mismo error.

—¿Y si no lo consigues?

Mercè le sonrió con tal dulzura que Hugo se vio obligado a liberarla, y antes de que su hija hubiera puesto el pie en la calle, Caterina ya se había abrazado a él y le susurraba al oído:

—Nada malo le sucederá a tu niña.

Barcelona bullía en verano: pregones y gritos, peleas y risas, y una muchedumbre que se movía con dificultad por las calles y los mercados, con el espacio para transitar ocupado por obradores y artesanos. En la plaza de Sant Jaume colgaba expuesto el cadáver putrefacto de un delincuente. Los olores cambiaban de barrio en barrio según los artesanos establecidos en ellos. Y el sol, que se desparramaba por la playa y por las viñas, pugnaba por iluminar aquellos callejones tapados por las ropas colgadas a secar en sitios insospechados, dejando en la sombra aquellos lugares donde las numerosas construcciones que volaban de un edificio a otro para unirlos impedían el paso de sus rayos.

La decisión con la que Mercè salió de la taberna para dirigirse al palacio de la calle de Marquet menguó a medida que se topó con la realidad de las mujeres que trabajaban en la ciudad. Las había visto, siempre, pero quizá nunca había llegado a fijarse bien en ellas. La noche anterior Hugo soltó una carcajada en señal de incredulidad, pero Caterina, seria e inquieta por la falta de clientes en la taberna, aseveró que siempre podrían hilar o servir para ganarse la vida. Con tal augurio en mente, Mercè no pudo dejar de prestar atención a la gran cantidad de mujeres que, sentadas en los poyos encastrados en las fachadas de las calles, hilaban mientras sus niños jugaban entre la gente. Siempre habían estado allí, al aire libre, hilando para los mercaderes de tela, en busca de la luz que les faltaba en sus casas pequeñas y oscuras. Por la noche aquellas mujeres humildes continuaban con su tarea a la luz de linternas de aceite o de velas de sebo, aunque entonces su trabajo se hacía más pesado no solo por la escasa y tenue iluminación sino también por el cuidado adicional que tenían que poner para que sus labores no se manchasen.

Filas de hilanderas trabajaban, charlaban y reían en las calles de Barcelona ajenas al bullicio que las rodeaba. Mercè no sabía hilar. Había aprendido a bordar en los días en que acompañaba a la condesa Anna, pero nada más. Observó a aquellas otras mujeres que revendían los productos de su huerto agazapadas en los portales de sus casas, como si fueran delincuentes, y ya con mirada triste siguió los pasos de algunas ancianas que con movimientos lentos y cansinos cargaban a la espalda haces de leña que habían recogido en los campos para venderlos por las calles. Otras muchas que habían recolectado fuera de la ciudad frutas silvestres o hierbas medicinales vendían sus parcas cosechas de vuelta a ella. Había lavanderas y multitud de campesinas que acudían a Barcelona cargadas con simples capazos, cuando no con una gallina de la que tenían que desprenderse para ganar unas monedas en los mercados.

Miles de mujeres trabajaban por jornales mezquinos, siempre sometidas al hombre, y en el momento en que este faltaba no era extraño que se hundieran en la miseria.

Mercè quiso agarrarse a la carcajada de su padre ante la inquietud que la asaltó al contacto con la pobreza, pero la seriedad de la situación que Caterina había puesto de relieve se lo impidió.

Con ese talante se encontró a las puertas del palacio de la calle de Marquet. Levantó la cabeza y se espantó ante la altura de los portalones y de la tapia que rodeaba la residencia del almirante. Tampoco nunca, en su condición de señora de esa casa, llegó a impresionarle tal circunstancia.

—¿Qué deseas? —oyó que le preguntaba el centinela—. ¿Qué haces ahí quieta?

Mercè creyó reconocer al hombre de la época en la que ella todavía vivía con Bernat. No hacía más de tres años aquel mismo soldado la trató con respeto, sin duda, incluso con servilismo; ahora escupía las palabras y la miraba con descaro.

—Quiero ver a la condesa. Di a tu señora que Mercè Llor desea ser recibida.

El centinela se sorprendió.

—No creo que quiera recibirte.

—No es asunto tuyo —le interrumpió Mercè con brusquedad—. Mándale recado.

Nunca podía preverse la reacción de los grandes, pensó el soldado, por lo que, aun de mala gana, transmitió el mensaje.

—Tendrás que esperar —trasladó a Mercè la respuesta que recibió de la camarera de la condesa. Mercè hizo ademán de entrar en el patio del palacio, pero el soldado se interpuso—. En la calle —ordenó.

Esperó lo que restaba de la mañana, andando arriba y abajo la calle de Marquet, apoyada en los muros de uno u otro lado, siempre observada por los centinelas que se sucedían en los portalones. Criados, soldados y esclavos salían y entraban del palacio y también la miraban; la mayoría la conocía de cuando era la señora. Mercè era consciente de que la propia condesa la habría visto, paseando altiva en lo alto de la torre desde la que se divisaba el mar y las naves que se acercaban a Barcelona, y desde la que también se tenía visión de la entrada del palacio y de la calle de Marquet. Llegó la hora de comer y siguió allí, engañando al apetito. No quería preguntar. En un momento determinado creyó ver a su padre en una de las bocacalles, pero la figura desapareció al saberse descubierta; se permitió una sonrisa. Llegó la tarde y, con el transcurso de las horas, la gente se fue reuniendo en la playa para continuar con la celebración por la victoria de Cerdeña. Muchos eran los que descendían por la calle de Marquet, por lo que Mercè tuvo que arrimarse a las fachadas de las casas para permitir el paso de aquellas riadas de personas que reían y hablaban a gritos. Oyendo la música y las risas los imaginó bailar y los envidió por su alegría. Con la llegada de la noche regresó a la taberna.

Repitió al día siguiente. El soldado de guardia volvió a transmitir su mensaje y volvió a decirle que esperara, con idénticos resultados. La única variación fue el desfile de varias mujeres vestidas con lujo y acompañadas de sus criadas que a medida que llegaban o salían se quedaban un buen rato examinándola, con descaro la mayoría. La condesa de Navarcles presentaba a sus amigas su último trofeo, su último éxito: la humillación de quien había compartido el lecho del almirante antes que ella.

Marta no la recibió.

Sucedió lo mismo al día siguiente, solo que en ese fue la propia condesa la que salió de palacio para ver de cerca a Mercè. Los soldados que la rodearon no permitieron que esta se acercase, y ella lloró de vergüenza y desesperación.

Porfió en su intento un par de días más. Algunos de los centinelas parecían apiadarse, pero la mayoría se mofaba.

—¿Quieres esperar aquí dentro —la invitaban, al tiempo que esbozaban sonrisas procaces—, sentada con nosotros?

—¡Quiero a mi hijo! —replicó Mercè.

—No te preocupes, ya te haremos otro —le dijo uno.

—¡Muchos!

—Así no estarás tan triste.

Mientras las celebraciones por la victoria continuaban y los ciudadanos transitaban por las calles que llevaban a la playa, Mercè lloraba o reclamaba a gritos a su hijo, insultaba a la condesa y a Bernat y les deseaba todos los males. Mil veces juró que recuperaría a Arnau.

—Se divierten —reconoció airado Hugo a Caterina—. La mala puta de la condesa la considera un bufón; se ríe de ella. En otro caso ya la habrían detenido.

—Que me encarcelen, que lo hagan.

Esa fue la respuesta que proporcionó Mercè a su padre cuando este la previno de lo que sucedería el día en que la condesa se cansase de tenerla a la puerta del palacio gritando e insultando.

—¿Qué me ofrece la vida, padre? —continuó con voz firme—. No habrá hombre que se case con quien dicen que es la hija del diablo. Lo más para lo que me querrán será para fornicarme con prisas y dejarme después.

—¡Hija!

—Sí, padre, sí. No tengo esposo, no tengo hijo, no tengo futuro... más allá de haceros la vida imposible a Caterina y a vos. —Ahora fue Caterina la que la interrumpió y puso la mano encima de la de Mercè, las dos sentadas a la mesa—. No —insistió—. Vos no tenéis por qué sufrir mis problemas. No soy más que un estorbo que impide vuestra felicidad.

—Hija... —murmuró Hugo.

—Mercè... —intentó consolarla Caterina.

—¡No! —Se levantó airada de la mesa, negando la palabra a su padre y a Caterina—. Que me detengan y me encarcelen... ¡Que me ejecuten si es menester! No cesaré en mi empeño. Mi vida es mi hijo.

Hugo fue a replicar, pero unos golpes fuertes en la puerta le detuvieron.

—¡Está cerrada! —gritó molesto, pero al oír que los golpes se repetían, fue a abrir—. ¿Quién…? —calló al toparse con Guerao, solo—. ¿Qué haces aquí?

El mayordomo sorteó a Hugo y entró rápidamente en la taberna. Inclinó la cabeza en un saludo hacia Mercè, lo pensó un instante y repitió la acción en dirección a Caterina.

—Cierra —urgió a Hugo—. Atráncala —le pidió después de que este atendiera su solicitud.

Mercè miró sorprendida al mayordomo de Bernat. Confraternizaron en el palacio; él parecía apreciarla por haber hecho feliz durante un par de años al hombre al que tan fiel y ciegamente servía. Mercè tomó asiento junto a Caterina, que también recordaba a Guerao con cierto afecto: fue aquel hombrecillo el que llevó a casa de Barcha su carta de libertad.

—¿Qué te trae aquí? —inquirió Hugo.

—Si vienes a advertirme de que no vuelva por el palacio —se encaró con él Mercè desde la mesa—, ya puedes volver por donde has venido.

—No —contestó con síntomas de cansancio Guerao—. No es por eso —añadió al mismo tiempo que, con un suspiro, también se sentaba a la mesa.

—¿Entonces? —preguntó Mercè con preocupación.

—¿Quién es? —preguntó Guerao señalando a Pedro con el mentón.

—Como si fuera mi hijo —aseguró Hugo.

—Bien —asintió el mayordomo—. Arnau morirá —soltó de improviso.

—¡Qué! —gritó Mercè.

—¿Cómo…?

Guerao volvió a pedirles silencio, en esa ocasión extendiendo las palmas de las manos.

—Morirá pronto. La condesa matará al niño antes de que el almirante regrese de su campaña en Cerdeña. No va a consentir que Arnau herede y su hijo Gaspar sea tratado como un segundón.

Lo sabía a través de una de las criadas de la condesa, explicó, aunque conociendo a Marta Destorrent y a su padre no costaba preverlo, máxime tras el nacimiento de otro varón. Bernat no había querido ver ese peligro, les explicó, ¿cómo iba nadie a dañar a su hijo exponiéndose a su ira? Sí, estaba seguro, todo lo seguro que se podía estar conociendo a la condesa, una persona obcecada por conseguir poder y dinero, y aconsejada por un padre tan vil como ella.

—Hace unos días —susurró Guerao como si alguien pudiera escucharlo allí dentro— vino a palacio una comadrona que no era la habitual de la condesa. Desde entonces Arnau está raro. Duerme demasiado. No hay forma de despertarlo. Lo he probado incluso esta noche, antes de venir, para asegurarme de que estoy haciendo bien. Lo he zarandeado, le he levantado la cabeza tirándole del pelo... y no ha dejado de respirar con somnolencia. Durante el día come poco, está pálido y ni siquiera juega. Su madrastra le está proporcionando alguna pócima, seguro.

—¡Denuncia a la condesa y a su padre! —exigió Mercè.

Guerao le pidió mediante gestos que bajase la voz.

—Estás hablando de un ciudadano honrado de Barcelona, noble, prócer, rico, influyente donde los haya, y de su hija, la condesa de Navarcles, la esposa del almirante. ¿Pretendes que los denuncie? ¡Me colgarían de los pies hasta morir! No pienso hacerlo. Además, ya han avisado al médico. Actúan con astucia para que nadie les pueda acusar de nada. Ha venido uno de confianza del padre de la condesa que ha reconocido al niño...

—¿Y qué ha dicho?

—Le ha hecho una sangría y prescrito medicinas. Viene cada día. Sangra al niño... y Arnau palidece más. No mejora en absoluto. Temo... temo un desenlace rápido.

—Y a Bernat, ¿no le has escrito? —preguntó Hugo.

—¿Para qué?

—¡Cómo para qué! —saltó Mercè—. Pues para advertirle...

—¿De qué? ¿De que su esposa tiene intención de matar a su primogénito? ¿Sabes cuánto tardaría en llegar hasta Cerdeña esa carta, si es que llega algún día? Para entonces el pequeño ya estaría muerto, por lo que encima yo sería el culpable. Y si no estuviese muerto, se me recriminaría haber desconfiado de la condesa. Las cosas no son tan sencillas con los grandes y sus querellas. Yo no debo saber nada. No sé nada. Os lo digo a vosotros porque nos une el cariño hacia ese niño, pero si algún día me preguntasen, quien fuera, el almirante, el veguer o el mismísimo rey, nunca reconocería haberlo sabido ni habéroslo contado. Hace mucho tiempo que aprendí que, en mi posición, es mejor no saber nada de nadie.

—¿Entonces? —inquirió Hugo negando con la cabeza en señal de incomprensión.

—Quiero demasiado a esa criatura —reveló Guerao sin que ninguno dudara de la sinceridad de su confesión—. Ha sido… ha sido la alegría del palacio desde que nació. Tú lo sabes, Mercè. —La miró y ella asintió—. Os puedo ayudar para que raptéis a Arnau y lo ocultéis hasta que Bernat regrese y decida. No se me ocurre ninguna otra solución, y no conozco mejor protección.

Mercè estalló en llanto, nerviosa, agitada. Caterina se acercó y posó ambas manos en sus hombros.

—¿Cuándo? —preguntó Hugo.

Mercè dejó de sollozar y miró a su padre.

—No deberíais inmiscuiros, padre, ni Caterina…

—Sí, debemos hacerlo.

—Pero…

—Calla, niña. ¿Cuándo? —repitió Hugo.

—Esta misma noche —les urgió Guerao—. No creo que el crío aguante más días con la condesa envenenándolo y el médico sangrándolo.

Guerao escrutó los rostros de cada uno de ellos, incluido el de Pedro. Caterina fue la primera en asentir, Hugo la siguió, y Mercè se llevó las manos a la cara y agitó la cabeza arriba y abajo con violencia. Pedro sonrió y escanció vino hasta que rebosó de las escudillas.

—De acuerdo —se comprometió Guerao—. Hoy. A medianoche. Aprovechad la fiesta para que nadie desconfíe de vosotros. Estad frente a las puertas del palacio, yo os veré desde la torre e iré en vuestra busca.

—¿Y qué tendremos que hacer entonces? —preguntó Hugo.

—Yo os facilitaré el acceso. A partir de ahí… estaréis solos.

—Padre, no deberíais venir —planteó Mercè, ya repuesta, transcurrido un rato en silencio desde que Guerao los dejara a solas—. Ni tú —añadió en dirección a Caterina—. No es necesario que os mezcléis en esto.

—No nos dejarás al margen. Será tu hijo, pero es mi... nuestro nieto —contestó Hugo corriendo la mirada de Mercè a Caterina, que le sonrió.

—Aun así...

—No me discutas —la interrumpió Hugo al mismo tiempo que Caterina la zarandeaba con cariño por los hombros.

Mercè rió, nerviosa.

—¿Y qué haremos con Arnau? —se preguntó al poco—. No podemos tenerlo aquí escondido en la taberna. Será el primer lugar en el que busquen. Y si escapamos con él... ¿adónde podemos ir? Nos perseguirán. Dos mujeres y un hombre con un niño pequeño... Llamaríamos la atención. No conseguiríamos superar los límites del principado.

—Tienes razón...

—¿Y si llora? —le interrumpió Mercè, ya imaginándose con su hijo en brazos—. Quizá llore. Se despertará y llorará. Yo no puedo cogerlo —añadió angustiada rememorando el rechazo de Arnau en la playa—. Yo no puedo...

—Hija...

—Tendréis que cogerlo vos, padre —volvió a interrumpirlo—. ¡Yo no puedo cogerlo!

—Lo haré yo, sí —la tranquilizó Hugo—. A mí me recordará, aunque tal como Guerao nos ha dicho que se encontraba el niño, no cabe esperar que plantee muchos problemas.

Mercè asintió.

—¿Y después? —insistió—. ¿Qué haremos con él?

Todos contuvieron la respiración mientras se miraban en silencio. Ni Hugo ni Mercè se atrevían a proponerlo: conllevaba romper las esperanzas y las ilusiones de Caterina por causa de un niño al que poco la unía.

—¿Huir? —apuntó ella sin embargo.

—Gracias, querida, pero si lo hacemos —planteó Hugo— sabrán que hemos sido nosotros, y nos encontrarán allí donde estemos. Tendríamos que continuar aquí, en la taberna, para que nadie desconfiase, y encontrar quien escondiese y protegiera al niño.

—Busquemos ayuda con los libertos —propuso entonces Caterina—. No nos fallarán.

—Es muy peligroso —objetó Hugo.

—Quizá, pero nos deben mucho y son gente de fiar.

—Al final las cosas se saben —rebatió Mercè—. No es fácil mantener oculto a un niño. Come, llora, tiene que salir a la calle, jugar... Lo verán, los vecinos sabrán de él. Y siempre habrá alguien dispuesto a venderse a la condesa, que pregonará la desaparición del hijo del almirante y revolverá Barcelona entera para encontrar a Arnau.

—Ya, pero no podemos hacer que desaparezca.

—O sí —la interrumpió Mercè.

Hasta Pedro, desde su sitio junto a las cubas, la interrogó con la mirada.

—¿Cómo? —preguntó Hugo pese a imaginar ya la respuesta.

—En Bonrepòs. Es el único sitio donde no se les ocurrirá buscar. —Durante unos instantes se oyó su respiración—. Ella lo acogerá —aseveró Mercè rompiendo el silencio—. Tiene que hacerlo. Lo que no hizo por mí tendrá que hacerlo por su nieto.

Caterina y Hugo reflexionaron unos instantes. No parecía una mala solución, aunque dependía absolutamente de la voluntad de alguien que no les había ayudado en el pasado.

—¿Y si no lo hace? —inquirió Hugo.

—No perdemos nada por probarlo —alegó Mercè—. Dudo que además de negarse nos denuncie. Podemos llevarlo...

—Nosotros no —la interrumpió su padre—. Continuaremos aquí, como si no hubiéramos intervenido en nada. Será al primer sitio al que vendrán las autoridades en cuanto se descubra la desaparición de Arnau. Tendrás que ser muy convincente el día que vengan a por ti.

—Lo seré —prometió Mercè.

—Y para llevar al niño al Priorat, sí conocemos gente de total confianza que jamás nos traicionará —apuntó Caterina.

—¡Bien! —La exclamación surgió de un Pedro que se había ido acercando cada vez más a ellos—. ¿Yo que tendré que hacer?

Los demás sonrieron.

—Vigilar la taberna —le encargó Hugo. La contestación no pareció satisfacer al muchacho; deseaba participar—. Vendrán a por nosotros, Pedro —expuso Hugo en tono serio y firme—. Ese será el momento en el que te necesitaremos. Todos hemos estado esta noche en la taberna. Nadie ha salido. Eso tendrás que decir. Sin titubear.

—Es muy importante, Pedro —recalcó Mercè.

—No me arrancarían otras palabras de la boca aunque me descuartizaran —se comprometió el joven.

Mercè buscó su mano y la apretó.

—Gracias —musitó.

Quedaba mucho para la medianoche y Barcelona todavía seguía de fiesta. Hugo y Caterina se encaminaron al Raval. Avanzaron por la calle de la Boquería hacia la Rambla; cruzaron la puerta de las murallas viejas y anduvieron con diligencia por donde de día se asentaban las mesas donde los carniceros vendían sus productos. Llegaron a la calle del Hospital y buscaron la del Carme, por encima de ella. Ascendieron por la de Jutglar hasta el límite de la muralla, donde la calle de Tallers, un barrio humilde en el que vivían gran cantidad de libertos.

Eran muchas las ocasiones en las que Hugo y Caterina iban hasta aquella zona de Barcelona enclavada en el extremo norte de la ciudad, el más alejado del mar, junto a la nueva muralla que envolvía el Raval. Obradores en los que se fabricaban ladrillos y cortadores de carne constituían la mayoría de los negocios de la calle; pero entre ambos oficios el que le dio nombre fue el último de los dos: Tallers. Desde mediados del siglo anterior los libertos en «acta de libertad», esa situación jurídica que se producía mientras pagaban la talla a sus antiguos amos, instalados en una especie de limbo en el camino de la esclavitud a la libertad, tenían obligación de vivir más allá del portal de Santa Anna, superada la Rambla, fuera del recinto amurallado de la ciudad puesto que para entonces no existía la muralla del Raval. Con el transcurso de las décadas aquella norma cayó en el olvido, pero no así la costumbre de los libertos de establecerse en un lugar en el que llevaban viviendo años y que además se convirtió, precisamente por su presencia, junto a la de los tajadores de carne y los ladrilleros, en una zona deprimida, de censos y alquileres baratos, y en la que se congregaron gran parte de los menesterosos de Barcelona. Era en las calles de Tallers y Jutglar donde más tenía que volcarse la beneficencia para atender a las familias necesitadas.

La fortuna de Hugo y Caterina mientras vendían aguardiente también benefició a libertos y esclavos, puesto que los dos, con Barcha siempre en el recuerdo, con Caterina exultante por poder ayudar a quienes, como ella, sufrían la esclavitud, aportaron dinero para comprar la libertad de muchos de ellos.

Sin embargo, siempre que llegaban hasta aquella zona deprimida, Hugo no pensaba en los esclavos, ni siquiera en la mora. Lo hacía en el perro calvo. Allí era donde vivía. En una de aquellas calles fue donde le devolvió los zapatos y el otro no los quiso y le exigió el destral. ¡Cuántos años habían transcurrido desde entonces!

Se dirigieron hacia la casa de Llúcia, una mora lora como Barcha, quizá algo más pálida, que trabajaba como costurera. Era muy diestra en las labores, por lo que poco le había costado encontrar trabajo con un sastre y pagar su talla incluso antes de tiempo. Simón, su esposo, trabajaba como arriero y a menudo les alquilaba las mulas para aumentar su propia recua y trajinar con ellas; fue el primero en echar de menos a Tinta y Blanca y a la que Hugo se había traído de Sabanell, sin nombre, después de que la turba saqueara la taberna.

Era mucha la relación entre Caterina y Llúcia, aunque mucha más la que en su día existiera entre esta y Barcha, siendo las dos moras como lo eran. El matrimonio de libertos no tenía hijos.

—Acostumbramos a ser demasiado maduros en el momento de conseguir la libertad y con ella la posibilidad de casarnos —se quejaba Llúcia tal como se hablaba de aquel tema—, y si los concebimos en acta de libertad incumplimos el contrato y regresamos a la esclavitud.

Pero a excepción de la falta de descendencia, a Llúcia y Simón les iban bien las cosas. Vivían con cierta holgura en dos habitaciones que tenían alquiladas en un edificio de tres pisos de la calle de Tallers, y las pocas necesidades que tenían les permitían participar de esa solidaridad entre esclavos; ayudaban a los necesitados y garantizaban su talla, como un día hicieran Barcha y Caterina.

Pese a haber oscurecido, Llúcia cosía en casa a la luz de una linterna, y la sorpresa que reflejó su rostro en el momento en el que Hugo y Caterina se presentaron en su habitación, siempre abierta, mudó en preocupación al advertir los semblantes de ambos.

—Lo hará —prometió Llúcia tras escucharlos, adelantándose a la aprobación que su esposo ya tenía en los labios.

Hugo sonrió. Igual que Barcha, pensó: dominante, imparable.

—Puede ser peligroso —confesó Caterina.

—Jamás me libraría del fantasma de Barcha si te negara mi ayuda —bromeó la costurera.

—Es posible que venga el veguer.

—Peor sería tener al espíritu de Barcha rondando enfadado todo el día por la casa. —La mora rió—. Prefiero al veguer y a sus sayones. Ella quería a Mercè como a una hija, y nosotras… —Pese al tiempo transcurrido desde la muerte de la mora, Llúcia tuvo que carraspear en un par de ocasiones—. Nosotras, Barcha y yo, éramos como… éramos más que hermanas. Y la familia se ayuda —sentenció.

Mientras Hugo y Caterina estaban en el Raval, Mercè acudió a la iglesia de la Santíssima Trinitat y pidió prestados a mosén Juan papel y pluma. De nuevo en la taberna, sentada a una de las mesas nuevas, Mercè notó que le temblaba el pulso al enfrentarse al papel. Hacía mucho que no escribía. «Madre», rasgó tras obligarse a mantener firme el pulso. No lo consiguió. La pluma no corrió ligera sobre el papel, y los trazos le salían con torpeza. Le habría gustado repetirlo, pero no podía gastar todo el papel. «Espero que a la recepción de esta vuestra merced goce de buena salud.» «Yo la tengo», pensó comunicarle. No. No era cierto. Temblaba. Sudaba. Sufría. «Simón, el portador de esta carta, lleva consigo a vuestro nieto, Arnau…» «¡Su nieto!» ¿Qué estaba haciendo? Ni siquiera ella conocía a su madre; no llegó a verla. Solo sintió su presencia a través de la celosía de la iglesia de aquel convento perdido en el bosque. Arsenda siempre creyó haber parido a la hija del diablo, por ende asesinada tras nacer. Sí, rezó a la Virgen, y eso pareció afectarla, y la vieja de la voz pausada dijo que necesitaba tiempo. Había dispuesto de suficiente: más de un año y ningún mensaje le llegó a remitir. ¿Cómo podía fiarse…? «Es mi único hijo…», escribió sin embargo con decisión. ¡Era su madre! ¡Era su madre! ¡Tenía que ayudarla! «Nacido de mi matrimonio con el almirante de la armada, Bernat Estanyol, quien luego me repudió, y de cuya compañía he sido apartada. Según me ha revelado su mayordomo, en quien tengo puesta toda mi confianza, el niño corre el grave peligro de ser asesinado para que su hermanastro, menor, ocupe el lugar del heredero que por ley de Dios y de los hombres le corresponde a él. Os lo entrego para que lo protejáis, lo escondáis incluso hasta del rey, le deis de comer, lo eduquéis en la fe cristiana y cuidéis de él...» Dudó. «Puesto que es sangre de vuestra sangre. Probablemente el pequeño os llegue enfermo; confío en que vuestros cuidados tanto como en que la separación de su madrastra y el que dejen de envenenarlo lo lleven a la curación. Os envío también unos dineros, y más os haré llegar regularmente a fin de que el niño no se convierta en una carga para la comunidad. Iré en busca de él el día en que desaparezca el peligro.» ¿Cómo concluir la carta? «¿Os aprecia vuestra hija...? No, no, no.» Reflexionó. «Confío por el bien de esa criatura inocente en que atendáis mi ruego, con el deseo de que la Santa Trinidad tenga a vuestra merced en su guarda y protección. Escrita en Barcelona...»

Mercè leyó un par de veces la carta, cerró los ojos y negó con la cabeza. Olvidaba... «Posdata. Mi padre, vuestro hermano...» «Absurdo», se dijo, pero ya estaba escrito. Prosiguió: «Os saluda y os ruega por su recuerdo, por Dios y todos los santos, tengáis a bien acoger a vuestro nieto».

Mercè estaba nerviosa. Hugo y Caterina no regresaban y se acercaba la medianoche.

—Escucha, Pedro. —Y le leyó la carta en voz alta—. ¿Está bien? —le preguntó después—. ¿Añadirías algo?

El otro, de pie junto al hogar, donde dormía, negó con la cabeza.

—Está bien.

—¿Estás seguro? —insistió Mercè.

—Soy huérfano, Mercè —se explayó el muchacho—. Casi no recuerdo a mis padres, y a mis abuelos no llegué a conocerlos. Aun así, me pregunto ¿cómo va a negarse una mujer a proteger a su nieto?

Hugo, Caterina y Mercè se deslizaron en la noche por la calle de la Boquería, con la fiesta por la victoria de Cerdeña todavía viva en la playa y en los alrededores del Pla d'en Llull, la música sonando lejana, algunas hogueras ya apagadas, otras ardiendo aún y con muchos ciudadanos que transitaban por Barcelona, unos dando tumbos de regreso a sus casas, otros buscando dónde divertirse. Trataron de confundirse con ellos y anduvieron en dirección al mar por la calle de los Ollers Blancs hasta llegar a la calle Ample.

Los cantos de un enamorado rondando a su amada los sorprendieron. Los tres se detuvieron a escuchar; probablemente aquella voz iría acompañada por un laúd, pero se confundía con los tambores y las flautas de la fiesta. Quizá hoy permitieran cantar a aquel enamorado, aunque habitualmente estaba prohibido hacerlo, así como tocar instrumentos musicales durante las noches. «¡Necios!», susurró Caterina, sorprendiendo a Hugo y a Mercè. Qué más fascinante que la voz de un joven turbando a causa de una mujer la paz y el descanso de los viejos, recordándoles que también ellos habían sido jóvenes y habían amado. Qué mejor lección para los niños que saber del alcance y la fuerza del amor.

Ya en la calle Ample se dirigieron con decisión hacia el palacio de la calle de Marquet. Hugo y Caterina se tomaron de la mano. «Escucha», recordaron ambos que él la había instado la última vez que resonó en la noche el canto de un enamorado. Entonces Caterina lo abrazó en la cama y escuchó la sonata lejana. Y rogó a Dios que aquella pareja llegara a ser tan feliz como lo eran ellos dos. Eso le confesó a Hugo cuando este le preguntó qué pensaba. Luego se besaron e hicieron el amor.

Pero cuando se acercaban a la calle de Marquet, los cantos cesaron como si el enamorado quisiera jugar con ellos. Los grandes portalones de madera del palacio estaban cerrados y los tres, al mismo tiempo, levantaron la cabeza para mirar al torreón. Una luz tembló en su interior. Hugo y Caterina apretaron sus manos entrelazadas. Creyeron oír el mar entre los sonidos de la fiesta, pero por encima de su rumor percibían el de sus propias respiraciones agitadas, fruto de una inquietud que no podían disimular y que se acrecentaba con la espera obligada. Los tres conocían el palacio, Caterina y Mercè más que Hugo. No tendrían problema para dirigirse hacia la habitación del niño. Con su mano libre, Hugo acarició el mango del puñal de Barcha, que Caterina había salvado del saqueo de la taberna puesto que acostumbraba a llevarlo encima. Pensó que el espíritu de Barcha estaba con ellos. Pero Guerao se retrasaba, y Hugo empezó a temer que se tratase de una trampa. Observó los rostros de las dos mujeres a la escasa luz de la luna que se colaba en el callejón. Caterina apretó los dientes y asintió. Mercè sonrió nerviosa. Las dos estaban dispuestas a lo que fuera. Dentro se albergaban soldados, aunque también sabían que, con las puertas cerradas y todo el personal de palacio en su interior, hasta el centinela de guardia dormía con placidez en las cocinas.

Al cabo se abrió el postigo de uno de los portalones y, desde el interior, Guerao les instó a entrar con un movimiento de su mano.

Un solo farol mantenía en penumbra el patio. Guerao señaló a su izquierda, y les llamó la atención sobre el cuartucho situado junto a las puertas y en el que se refugiaban los centinelas. Los tres lo conocían y asintieron en silencio, conscientes de que era más que probable que algún soldado estuviera durmiendo allí dentro. Subieron las escaleras hasta el primer piso y, en cuanto se internaron en la zona de los dormitorios de palacio, dejando también a su izquierda el escritorio de Bernat, el que antes había sido de Roger Puig, Guerao se despidió de ellos con una inclinación de la cabeza y desapareció.

Hugo contuvo la respiración y durante un instante observó a Caterina y a Mercè: las dos parecían querer rememorar los tiempos en los que recorrían aquellos pasillos y miraban aquí y allá, donde los reflejos de las llamas de los faroles bailaban sobre las piedras. El silencio mientras los tres permanecían allí quietos era sobrecogedor.

—Vamos —susurró Hugo, y se dirigió con decisión hacia el dormitorio de Arnau.

—¿Y si hay algún esclavo durmiendo en los pasillos? —inquirió Caterina también en un susurro.

—En tal caso decidiremos —contestó Hugo, ya con el puñal de Barcha en la mano.

No encontraron a ninguno.

—¿Y la criada que duerme con Arnau? —preguntó ahora Mercè, cuando estaban frente a la puerta.

Hugo deseó contestarle que mataría a esa mujer por todas las veces que le había impedido disfrutar de su nieto, pero en su lugar abrió muy despacio la puerta. Otro farol iluminaba tenuemente la habitación, y un olor a enfermedad y a muerte les golpeó al entrar. Caterina se apostó junto a la puerta, Mercè corrió hacia la cama en la que dormía su hijo y Hugo se acercó a aquella en la que lo hacía la criada. No habían calculado qué sucedería si se despertaba... o quizá nadie había querido plantearlo; él mismo opto por omitir ese posible obstáculo porque no tenía solución. Si aquella mujer despertaba... realmente habría que matarla. Los reconocería; arruinaría sus vidas. Hugo apretó el cuchillo en su mano, dispuesto a clavarlo en el cuello de la criada en el momento en que abriera un ojo.

Su vigilancia le impidió reparar en que Mercè acariciaba y besaba el rostro de su hijo antes de levantarlo con delicadeza. Tal como había augurado Guerao, el pequeño ni siquiera protestó. Mercè ya lloraba cuando apretó contra su pecho el cuerpo exánime de su hijo. Fue Caterina quien tuvo que avisar a Hugo, puesto que la joven abandonó presurosa la habitación.

Cerraron la puerta del dormitorio y se encaminaron al patio del palacio, ahora con prisa, sin la prudencia y la cautela empleadas a la entrada, como si ya se vieran en la calle. Hugo acercó la mano al rostro de su nieto; mantenía el calor, y respiraba.

—No te preocupes —animó en susurros a su hija—. Está bien. Vivirá, sin duda. Hemos llegado a tiempo.

Padre e hija chocaron contra el brazo alzado de Caterina que, por delante de ellos, se había detenido de improviso y les instaba a que no continuaran.

—Silencio —les indicó.

Obedecieron.

Desde el patio les llegó un rumor de carreras y risas contenidas. Hugo se asomó a la baranda del primer piso.

—No estaban durmiendo —susurró—. Los guardias se habían escapado a la fiesta de la playa.

—Esperemos que se vayan a dormir —apuntó Caterina.

—Es muy peligroso. Puede despertarse alguien, una criada o un esclavo quizá. Además... —Hugo se asomó todavía más y escrutó en la penumbra del patio—. Además parece que se han traído la fiesta aquí. Hay mujeres.

Caterina se asomó también. Abajo, varios soldados bebían y perseguían a unas mujeres a las que constantemente les pedían que bajaran la voz y el tono de sus risas. Caterina acertó a ver que una pareja se perdía en el cuartucho de la guardia. Los demás, cuatro, quizá cinco, trataban de besar y manosear a igual número de mujeres mientras estas simulaban oponerse.

—¿Qué vamos a hacer ahora? —sollozó Mercè a espaldas de su padre y Caterina.

—Están borrachos —observó esta última ante los tumbos que

daban todos ellos—. Vamos —los invitó toda vez que empezaba a bajar la escalera arrimada a la pared, buscando las sombras.

Hugo fue a protestar, le parecía una locura, pero calló. Indicó a Mercè que le precediera y cerró la marcha. En el patio siguieron buscando el amparo de las paredes, las contrarias a aquella en la que ardía la antorcha, hasta que llegaron a varios pasos de los soldados. Tres quedaban todavía, junto al cuartucho, delante de la puerta; a la otra pareja la habían visto tambalearse en dirección a los establos.

—¿Y ahora? —susurró Hugo.

—Ahora es mi turno —le contestó Caterina—. Te pediría que no mirases, pero debes estar atento.

—¿Qué pretendes?

—Os quiero —le interrumpió ella.

Hugo no fue capaz de intuir lo que se disponía a hacer.

—Te reconocerán. —Trató de detenerla cogiéndola de la mano.

—No. Hace años que ya no estoy aquí. Están borrachos y está oscuro. Nadie me reconocerá —finalizó soltándose de la mano de Hugo y saliendo de las sombras para dirigirse hacia los soldados y las mujeres.

—¡No, por Dios, Caterina! —le rogó Hugo, pero ella ya estaba en el patio y salir tras sus pasos habría puesto en peligro a Mercè y al niño.

—¡Otra! —exclamó uno de los hombres al ver a la rusa introducirse entre ellos.

—¿De dónde sales tú? —preguntó un tercero.

—Tu amigo está tan borracho que no se le levanta. Yo necesito un hombre —contestó antes de besarlo en la boca y llevar la mano a su entrepierna.

Hugo suspiró y Mercè cerró los ojos. Mientras, Caterina fue tomando el mando de aquel pequeño grupo de soldados y mujeres, tan ebrios ellos como ellas. Besó a otro. Los apartó de la puerta. Acarició a un tercero e incluso a una de las mujeres, que le devolvió la caricia apretándole los pechos. Los soldados se quedaron quietos contemplando extasiados a ambas. Caterina estrechó a la mujer y la besó en la boca. Las dos se fundieron en un abrazo, que Caterina aprovechó para desplazarse todavía más lejos de la puerta, haciendo que los hombres se pusieran de espaldas a esta.

Enardecidos, los soldados no podían separar la mirada de aquellas dos mujeres e incluso de una tercera que se sumó. Hugo tampoco podía. Entonces vio que, con los dedos de una mano, Caterina le indicaba que escapasen. Era peligroso, pensó él, pero más lo era quedarse allí, arrimados a una de las paredes del patio del palacio de Bernat, con Arnau en brazos de Mercè.

Hugo vaciló. Los soldados estaban muy cerca. Caterina percibió la duda y le ayudó rasgando con violencia el jubón de la mujer a la que se abrazaba hasta que sus pechos quedaron al aire. Los hombres se abalanzaron sobre ellas, ciegos.

Hugo empujó a Mercè. Ningún soldado se volvió. Nadie se percató. Abrió el portillo y escaparon del palacio de la calle de Marquet, dejando dentro a Caterina.

Caterina tardó cerca de una hora en regresar a la taberna. Allí solo se encontraba Pedro, que mostró su preocupación al verla despeinada, con las ropas totalmente revueltas y hasta rasgadas. Caterina le tranquilizó, le pidió que le subiera agua para lavarse y se dirigió al dormitorio.

Hugo y Mercè, pensó la rusa, estarían en casa de Llúcia y Simón, tal como tenían previsto, a la espera de que con el amanecer, para el que poco faltaba ya, el arriero huyera con Arnau escondido en uno de los cestos de las mulas.

Cuando Hugo y Mercè se presentaron en la taberna, Caterina los esperaba sentada a la mesa, vestida y aseada. Mercè corrió hacia ella, pero se detuvo de súbito, a un solo paso. No recordaba haber abrazado nunca a la mujer de su padre. Caterina se levantó.

—Gracias —dijo Mercè.

Fue Caterina la que abrió los brazos para que Mercè se refugiase en ellos, un solo instante, porque Hugo la reclamó para sí y la besó en la boca con ternura.

—No digas nada —le rogó ella—. Voy a prepararos la comida.

Y se arrodilló ante el fuego, donde colgaba la olla, y se puso a cocinar. Mercè la imitó y se arrodilló a su lado.

No habían dado cuenta del sustancioso desayuno que las dos mujeres habían preparado cuando un grupo irrumpió a gritos en la taberna. Eran el veguer y varios sayones; también un hombre enorme, obeso, con un cuello tan ancho que, por contraste, su cabeza parecía pequeña; y, finalmente, la condesa, el juez, varios escribanos y Guerao.

Apartaron a Pedro, y asimismo a Hugo, que exigía unas explicaciones que nadie le proporcionó. Unos sayones subieron a las habitaciones, otros bajaron a la bodega, otros corrieron al huerto, y un par más inspeccionaron tras las cubas y en todos los rincones.

Mercè y Caterina se levantaron y se arrimaron a Hugo. Habían previsto que eso iba a suceder, que vendrían a por ellos, pero la brutalidad con que lo habían hecho no solo las espantó, sino que las hizo dudar de todo lo hablado durante el desayuno. «Esos soldados borrachos no confesarán sus correrías nocturnas —había sostenido Caterina—. Saben que se juegan la vida. Que si Bernat se entera, los mata.» Hugo asintió. Mercè rezó por ello. «Además, os lo aseguro —afirmó en otro momento Caterina—, ninguno de ellos me ha reconocido, y dudo que si se cruzasen conmigo ahora mismo supieran quién soy. ¡Estaban muy borrachos! ¡Completamente ciegos! A lo que si sumamos la oscuridad…»

—¿Dónde está?

El grito del veguer a Mercè los trajo de nuevo a la realidad. La joven se arrimó todavía más a su padre. Hugo fue a interponerse, pero el veguer lo apartó de un manotazo.

—No te lo recomiendo —le advirtió en el momento en que Hugo hizo ademán de defenderse.

—Exijo respeto para mi hija y para todos nosotros. Somos ciudadanos de Barcelona. ¿Por qué estáis aquí?

—¿Dónde está? —repitió el veguer mirando a Mercè y haciendo caso omiso de las palabras de Hugo.

—¿De qué me habláis? —trató de fingir esta.

—¿Dónde lo escondes, diabla? —masculló entonces la condesa al mismo tiempo que se abalanzaba sobre ella.

Marta trató de abofetear a Mercè, pero esta se defendió y la agarró de los brazos. Entre Hugo y un par de sayones lograron separarlas en el momento en el que la condesa empezaba a lanzar patadas a

Mercè. Hugo buscó la complicidad de Guerao, por detrás de todos ellos, pero este, tal como les había advertido que haría, le sostuvo la mirada con frialdad, como si compartiera las acusaciones de quienes venían con él.

—¿Qué dice esta loca? —aulló Mercè.

—¡No niegues saberlo! —gritó en esa ocasión el hombre obeso, con el cuello hinchado y la cara roja—. No trates de engañarnos.

Mercè se adelantó hasta él.

—¿Quién eres? —preguntó dirigiéndose a él de igual a igual, aunque lo presumía.

El hombre la examinó de arriba abajo con indolencia.

—Es Galcerán Destorrent —contestó en su lugar el escribano—, ciudadano honrado de Barcelona, conde de…

—El padre de Marta —susurró Mercè, interrumpiendo el enunciado de los títulos nobiliarios que aquel hombre había comprado a lo largo de su vida.

Caterina respiró hondo para sobreponerse ante la presencia de tanta autoridad e intentó mediar. No se lo permitieron.

—¡Cállate, esclava! —le soltó la condesa.

—¿Qué sabes de tu hijo? —preguntó el veguer a Mercè acercándose a ella.

Sabía que con el amanecer Arnau había cruzado las puertas de Barcelona oculto y adormilado en el cesto de una de las mulas de Simón, donde cabía perfectamente. Hugo y ella esperaron en la casa de la liberta a que esta regresara después de asegurarse de que su hombre dejaba atrás las murallas de la ciudad tan pronto como se abrieron las puertas. «Fuera de Barcelona nadie pillará a mi Simón», quiso tranquilizarlos. Ahora solo faltaba que Arsenda se apiadase de Arnau y que el niño superase el veneno que le habían proporcionado, aunque suponían que eran dosis mínimas, como si la condesa quisiera asesinarlo poco a poco, día a día, con la aquiescencia y la excusa de la presencia de su médico.

El veguer zarandeó a Mercè para que contestase.

—¿A qué os referís con eso de qué sé de mi hijo? —preguntó a su vez Mercè—. No sé nada. No me permiten verlo ni hablar con él.

—Esta noche ha desaparecido.

Hugo consiguió agarrar a una Mercè que no dudó en dejarse caer al suelo.

—¡Perra! —estalló la condesa. Tuvieron que volver a sujetarla—. ¡Marrana! ¡Tú lo has raptado! —Escupía las palabras—. ¿Dónde está? ¡Dinos dónde está!

Mercè dejó transcurrir unos instantes, como si no llegara a comprender bien lo que le decían. Al cabo se irguió, se liberó de los brazos de Hugo y dio un paso hacia la condesa.

—Lo has matado —susurró. El veguer ladeó la cabeza como si quisiera escuchar...—. ¡Tú lo has matado! —gritó Mercè con mayor vigor del que hasta entonces alguno de ellos había utilizado. Un instante de silencio se hizo en la taberna—. Hija de puta —masculló aprovechando el mutismo—, lo has matado para que tu hijo se convierta en heredero y ahora pretendes culparme a mí.

Hasta los sayones que habían vuelto a la sala principal de la taberna negando con la cabeza tras los registros efectuados sopesaron la acusación de Mercè acerca de la posibilidad de que la condesa, aturdida, realmente hubiera hecho desaparecer a Arnau en beneficio de su hijo. Mercè deseaba saltar sobre ella y golpearla, pero guardó la calma para exponer con claridad sus siguientes argumentos, que dirigió al veguer.

—¿Qué ganaría yo raptando a mi hijo? Solo le procuraría la desgracia; perdería su herencia. Bernat es un hombre de armas y puede morir cualquier día. Por otra parte, ¿a qué lugar iríamos que no alcanzasen el almirante o el rey? ¿Dónde lo tengo escondido? —preguntó alzando la voz a los sayones—. ¿Y cómo lo rapté? Decidme —preguntó ahora directamente al veguer—, ¿cómo he podido entrar en el palacio?

Mercè percibió que había sembrado la duda; las cejas fruncidas de un veguer pensativo, los movimientos nerviosos de algunos sayones y la mirada baja del escribano se lo confirmaron. Ahora era el momento, con todos sorprendidos.

—¡Ella lo ha matado! —aulló abalanzándose sobre la condesa—. ¡Ha matado a mi hijo!

Tardaron en separarlas por más que tiraron de una y de otra. Mercè aprovechó esos instantes y mordió y arañó a Marta, la pateó y la golpeó con los puños. La condesa se defendió y también lastimó a

Mercè, pero el triunfo, ya separadas, la una atenazada por Hugo y la otra por los soldados, gritándose y escupiéndose a falta de posibilidad de pelear, fue claramente de Mercè.

—¡Detenedla! —gritó la condesa—. Hace días que merodea por el palacio. Es evidente que preparaba este rapto. Ha jurado recuperar a su hijo. Lo gritó en la calle, mil veces, frente a las puertas de mi casa. Toda Barcelona ha podido oírla.

—¡Encarceladla a ella! —replicó Mercè—. Es una asesina.

—¿Es cierto que has estado merodeando por el palacio? —la interrumpió el veguer—. ¿Y que juraste recuperar a tu hijo?

Inconscientemente Hugo y Caterina cruzaron una mirada de preocupación que no pasó inadvertida a Galcerán.

—¡Han sido ellos! —gritó el hombre.

—No —replicó Hugo con firmeza.

—¿Qué hacías en el palacio? —insistió el veguer.

—¡Quería pedir perdón a la condesa! —chilló Mercè.

El silencio se hizo en la taberna hasta que una carcajada forzada lo rompió.

—¡Pedir perdón! —exclamó el padre de Marta con la mirada puesta en el veguer—. No hace mucho en la playa iban a degollarla y fue incapaz de disculparse. ¡Pedir perdón! —repitió en tono sarcástico.

—Perdón, ¿por qué? —preguntó el veguer.

Mercè vaciló, y la condesa aprovechó aquel momento de duda para gritar:

—¡Miente! ¿No lo veis?

—Es evidente que está mintiendo —insistió Galcerán Destorrent.

—¡Callad! —le exigió Hugo acercándose a él con la ira presente hasta en sus movimientos.

Los sayones se interpusieron.

—¡Silencio! —ordenó el veguer—. ¡Callaos todos! Veo por lo tanto que no niegas haber estado en el palacio —dijo a Mercè—. ¿Qué es eso de pedir perdón?

¿Por qué quería pedir perdón? No lo sabía. No lo había sabido entonces y tampoco ahora. Lo cierto es que había esperado, o deseado que aquella mujer cambiara de actitud. Pero la condesa no se había dignado recibirla y se había burlado de ella. En ese momento

Mercè decidió que no se humillaría más delante de aquella perra. No debería haber hablado del perdón.

—No lo sé —contestó al veguer.

—¿Veis? —saltó Galcerán—. Ni siquiera tiene excusa. Preparaba el rapto del niño.

—¿Dónde has estado esta noche? —preguntó el veguer haciendo caso omiso al prohombre.

—Hemos estado todos en la taberna —se adelantó Hugo.

—Le pregunto a ella.

—Aquí —afirmó Mercè—, con mi padre, Caterina y Pedro.

—¿Es así? —preguntó a Pedro, quien ratificó con la cabeza.

—¿No permitirás que te engañen? —terció Galcerán.

El veguer hizo gesto de que callara, y meditó al mismo tiempo que los miraba uno por uno. Hugo cerró los ojos con fuerza nada más oír el inicio de su discurso posterior.

—No has aclarado qué hacías merodeando el palacio justo los días anteriores a la desaparición del niño, por lo que te detendré hasta que aclaremos todo este asunto...

Mercè aguantó la decisión erguida, firme.

—Os equivocáis —interrumpió al veguer—, lo ha matado esa perra hija de puta.

—¡Silencio! —bramó este adelantándose a la réplica de la condesa—. El almirante no tardará en regresar tras la victoria de Cerdeña. Él decidirá entonces.

—¡No podéis encarcelarla por haber rondado el palacio! —saltó Hugo.

—Sí que puedo —respondió el otro con condescendencia—. Y a ti también podría encarcelarte, y a ella y a él —añadió señalando a Caterina y a Pedro—. La cárcel es precisamente donde debe estar tu hija. Esa es la función de la cárcel: la de custodiar a los presos. No olvides que la cárcel no es un castigo; para eso están las plazas públicas, los cepos y las horcas. Esperará allí hasta que finalice el juicio por la desaparición de la criatura. Entonces...

—¿Y a ella no la encarceláis? —intervino Mercè señalando a su vez a Marta.

—Es una condesa, mujer —replicó el veguer—. Vámonos —ordenó tras lanzar una dura mirada a Mercè.

Los sayones tuvieron que retirar a los curiosos que se habían apiñado en la puerta e incluso en la ventana de la taberna. «¡Fuera!» Todos se apartaron para dejar paso a la comitiva, con Guerao, que ni siquiera se volvió para mirar a Hugo, cerrándola.

34

Resultaba irónico que la única vez que Hugo había estado en la cárcel del castillo del veguer fuera cuando habían encarcelado a Bernat tras su intento fallido de asesinar al conde de Navarcles. Entonces pudo hablar con él e incluso entregarle los croats de plata que tenía ahorrados a través de la reja de la escalera que comunicaba con la prisión. Sin embargo, allí, en aquel patio interior al que daban las rejas, solo se hallaban los hombres; a las mujeres se las encarcelaba en unas dependencias situadas por encima del patio y de las celdas de los reclusos, no podían salir a pasear como hacían ellos y tenían estrictamente prohibidas las visitas y las comunicaciones con el exterior.

—¿Cómo sabré que mi hija está bien? —inquirió Hugo a Luis Pelat, el carcelero; de hecho, no era el carcelero titular, pues había arrendado a este su oficio.

No hacía mucho rato que Mercè había ingresado en la cárcel.

—¿Por qué iba a estar mal? —contestó—. Cuido bien de las reclusas. Cada quince días viene un médico a visitarlas, y lo propio hacen los concelleres de la ciudad. Si pagas mi salario, su manutención y la cama, estará bien.

—¿No hay ninguna manera de verla?

Hugo sopesó la bolsa de dineros en la palma de su mano.

—Guarda tus dineros —le aconsejó Luis Pelat—. Tu hija no es una vulgar delincuente ni una deudora. El veguer me ha advertido. Y no quiero problemas con el almirante.

Hugo pagó el salario del carcelero, una cantidad fija por preso y día, entregó dinero para la cama y la manutención diaria de su hija así como una buen hogaza de pan que acababa de adquirir de camino al castillo, y con Caterina abandonó la casa del carcelero, ubicada allí mismo, junto a las celdas, donde este tramitaba los asuntos concernientes a la cárcel.

Ni Hugo ni Caterina quisieron hacer comentarios mientras se dirigían al escritorio de un abogado que Higini, el cambista, les había recomendado y al que pretendían contratar para la defensa de Mercè en el proceso judicial ya iniciado.

Eran públicas y notorias las pésimas condiciones en las que se encontraban los hombres y las mujeres presos en la cárcel del veguer de Barcelona. Existía una institución benéfica, el Plato de los Presos Pobres, que se ocupaba de pedir limosna para su manutención, allí mismo, junto a la cárcel y también frente a las puertas de las iglesias, pero nunca eran suficientes los dineros y mucho menos repartidos equitativamente entre los cautivos sin recursos, porque aquellos cuyas familias sí los poseían no podían disfrutar de la beneficencia pública. Mal alimentadas, y viviendo en celdas húmedas y oscuras, sin higiene, se conocían casos de mujeres explotadas sexualmente en la cárcel, cuando no sometidas a muchos otros abusos por parte de los alguaciles del carcelero. Las había que hacían de criadas en casa de este, y era sabido que su esposa las tenía hilando sin jornal ni salario alguno hasta más allá de la medianoche.

En ocasiones llegaban quejas a las autoridades, pero el miedo reinaba en un lugar donde el carcelero tenía plenas facultades para castigar corporalmente a los presos, azotarlos o mantenerlos en el cepo, ponerles grilletes o incomunicarlos en una celda en los sótanos de la torre del castillo.

—Ahora es diferente que cuando lo de Sabanell —trató de animarlo Caterina ya cerca del escritorio del abogado, imaginando qué sombríos pensamientos ocuparían la mente de Hugo para que arrastrase los pies por las calles. Él esperó a que continuara—. Hoy Mercè sabe que su hijo está bien, que se halla a salvo. Luchará, Hugo. Aguantará lo que sea por ese niño.

—¿Cuál es la capacidad de aguante de una persona? —se lamentó el otro.

—Mucha… —A Caterina se le quebró la voz—. Mucha. Te lo aseguro.

Aquella bolsa de monedas que el carcelero acababa de rechazar siguió la misma suerte con el abogado.

—Las leyes me impiden cobrar cantidad alguna hasta que no haya sentencia definitiva —les explicó sin ocultar su molestia por el hecho de que Hugo le hubiera ofrecido los dineros.

—En ese caso —pretendió defenderse este—, os arriesgáis a no cobrar.

—Podría pedir caución suficiente, pero Higini os ha avalado, por lo que no lo haré.

Hugo y Caterina no dejaron sus dineros, pero sí gran parte de sus esperanzas ante un letrado frío y distante que los amedrentó sin compasión.

—¿Qué razón tenía tu hija para merodear por el palacio del almirante? ¿Pedir perdón? —se contestó él mismo antes de dar un manotazo al aire.

—¿Cómo sabéis eso si todo ha sucedido esta misma mañana?

Hombre de barba castaña tupida y sin más cabello que unos colgajos que le tapaban las orejas, Joan Borra, el abogado, los escrutó con mirada penetrante desde detrás de su escritorio, él sentado, ellos en pie.

—En Barcelona no se habla de otra cosa que no sea la desaparición del hijo del almirante y la detención de tu hija —dijo después—. Todo el mundo lo sabe ya. Tu hija no tiene muchas probabilidades de ganar ese juicio. Trató de robar el niño a la condesa…

—No es cierto.

—Se la ha visto agarrándolo, obsesionada, a riesgo incluso de morir —clamó el abogado—. ¡Barcelona entera la vio! El obispo, el almirante… ¡Yo mismo! Yo estaba allí. —Al oírlo, Hugo suspiró. A Caterina se le saltaron las lágrimas—. Esa mujer gritó a quien quisiera oírla que iba a recuperar a su hijo. Y no era la primera vez que sucedía… por lo que tengo entendido. —El abogado dejó transcurrir unos instantes—. Ha sido ella, ¿cierto?

Caterina arrimó la pantorrilla a la de Hugo. «¡No lo reconozcas!», quiso darle a entender.

—Estuvo con nosotros toda la noche —insistió Hugo—. No, no ha sido ella —se adelantó a la intervención del abogado Borra.

—¿Entonces? —terminó preguntando este—, ¿sostienes que fue la condesa?

—¿Quién obtendría mayor beneficio?

—No encontrarás tribunal alguno que condene a la condesa de Navarcles. Es este un asunto realmente complicado, Hugo. No deseo proporcionarte vanas esperanzas.

—¿Qué sucederá a partir de ahora? —quiso saber él.

—Hoy mismo la condesa ha acusado de viva voz ante el veguer a tu hija por el rapto e incluso el posible asesinato de Arnau Estanyol, primogénito del almirante de la armada de Cataluña. En consecuencia, se ha nombrado juez asesor del veguer, nombramiento que ha recaído en uno de los juristas de los matriculados en el Libro del Prior y que están de guardia esta semana. A partir de ahora el abogado fiscal, si lo cree conveniente, acusará en un plazo máximo de veinticinco días, puesto que la rea ya está encarcelada. Tomarán declaración a tu hija y si no confiesa... sin duda el fiscal solicitará del juez que la torturen hasta que lo haga. No me extrañaría nada que, con los antecedentes, este acceda; es lo que yo haría si me hubiera tocado a mí ser el juez.

Hugo tuvo que superar su propio mareo para sujetar a Caterina, que se tambaleó.

—A vosotros también os llamarán a declarar, y debo advertiros que la tortura es de aplicación, asimismo, a aquellos testigos de cuya veracidad se dude —continuó el abogado sin darles tiempo a reponerse—. Tendréis que estar preparados por si esa situación efectivamente llegase.

—Entonces ¿podéis defender a mi hija? —inquirió Hugo tras asumir tanto la advertencia que acababa de oír como el creciente temor acerca de que Borra tampoco quisiera efectuar el juramento de calumnia como le sucediera con aquel letrado al que acudiera cuando Eulàlia le quitó las viñas.

—Mal —afirmó Joan Borra—, pero no encontrarás otro que lo haga mejor que yo —se jactó después.

—La abadesa simuló pensarlo, como si quisiera demostrar que le costaba decidirlo; afirmó que suponía una incomodidad e incluso dijo que sus normas se lo prohibían —les comentó Simón un par de días después, de vuelta del Priorat—, pero tenía los ojos húmedos y las manos se le escapaban una y otra vez para acariciar el cabello del niño. Y al final, accedió al ruego de Mercè.

—¿Y Arnau? —inquirió Caterina.

—Continuaba adormilado, pero con mejor aspecto… incluso después de un viaje como el que hicimos. Le dieron de comer, y aunque no lo hizo con voracidad, sí que comió. Luego se impresionó un poco al verse rodeado por mujeres con hábitos, pero unas monjas jóvenes, una con un niño pequeño en brazos, se hicieron cargo de él, y eso le gustó. Preguntó por la condesa… así la llamaba, «la condesa», y hasta esbozó una sonrisa al saber que no estaba allí. —Caterina le pidió con la mirada, expectante, que les hablara del pequeño. Simón sonrió antes de complacerla—: Estará bien. Estará bien, no os quepa duda. Los efectos del bebedizo que la condesa pudiera haberle proporcionado menguan, remiten, te lo digo. Pese a todo, el que dejé en el convento no era el mismo niño que escondí en el cesto de la mula y con el que hice todo el viaje.

—La abadesa… ¿te dio alguna carta para Mercè?

—No. Solo me dijo que le comunicara que cuidará de Arnau como deseaba. ¿No está Mercè?

Hugo le contó lo sucedido. El semblante del liberto se ensombreció.

—Todos sabíamos que era peligroso —murmuró Simón.

Hugo empezaba a comprender ahora hasta qué punto era efectivamente peligrosa la decisión que habían tomado llevados por el amor y, tuvo que reconocerlo, sin sopesar como era debido los riesgos. El rapto de un niño conllevaba la pena de muerte, y el veguer había hecho caso omiso de las excusas que le plantearon en la taberna. ¿Qué sucedería si alguien hablaba bajo tormento? ¿Y si algún soldado confesaba? Caterina estaba implicada. Y Llúcia y Simón. Y Pedro. Bernat no sería misericordioso, y el veguer y los jueces tampoco. Se le encogió el estómago al pensar en la gente de buena fe a la que podrían perjudicar con aquella decisión precipitada.

—¿No te dijo nada más la abadesa?

Hugo retomó la conversación para dejar de lado el torbellino de dudas y congojo que le asaltaba.

—No. Bueno, sí… pero lo usual en las religiosas: que tu hija rece a la Virgen y todo eso.

—¿Qué es todo eso? —insistió Hugo.

Simón irguió la cabeza, contrariado.

—Pues… —Pensó—. Algo así como que no dudase que ella la acompañaría en sus oraciones —dijo al cabo. El rostro de Hugo se iluminó—. ¿Tan importante es? —se interesó el arriero.

—No lo sabes bien —contestó Caterina en su lugar, conocedora del encuentro de Arsenda y Mercè en la iglesia de Bonrepòs el día en el que las dos llegaron a rezar juntas.

—Tu hija no ha querido confesar el crimen —les comentó Joan Borra a Hugo y a Caterina.

Aquel hombre soberbio y presuntuoso se había convertido en el único hilo que los unía a Mercè. Él sí la veía. Él sí hablaba con ella.

—¿La… la torturarán? —acertó a preguntar Hugo.

—De momento no lo creo. Esperarán al regreso del almirante de la armada o a sus posibles instrucciones por carta. Eso es lo que por ahora ha exigido el procurador que el almirante ha dejado aquí para que se ocupe de sus asuntos… ¿Cómo se…?

—Guerao —lo ayudó Hugo.

—Sí —afirmó el hombre—, ese.

—¿Por ahora, dices? —inquirió otra vez Hugo.

Caterina no hablaba; la autoridad de aquel hombre la paralizaba.

—Exactamente. Tanto el fiscal como el veguer creen que si se tortura a la presa se enterarán antes del paradero del niño. Retrasar su posible liberación siempre es un riesgo. Nadie ha entendido muy bien la razón de esa actitud por parte del procurador del almirante.

—¿Lo sabe Bernat?

—Si no lo sabe, lo sabrá. Supongo que se habrán ocupado su esposa y ese procurador. Aunque, por supuesto, el veguer le ha comunicado oficialmente la desaparición de su hijo y el inicio del juicio contra su primera esposa.

Guerao había detenido la tortura, se felicitó Hugo. Por más que se exculpara y les advirtiera la noche que fue a la taberna, por más que también mostrara una actitud fría la mañana en que se presentó junto al veguer, el hombrecillo no podría ocultar ante su señor que el rapto de Arnau se había ejecutado por su propia seguridad, y por cruel que fuera Bernat, sería lo suficientemente comprensivo para desistir del juicio contra Mercè y liberarla... ¿o no?

—¿Os ha dicho algo mi hija?

—¿A qué te refieres?

—Que si os ha transmitido algún mensaje para nosotros...

—¡No soy ningún mensajero!

Hugo vaciló; aquel hombre tenía que defender a su hija, e Higini, tras las dudas que le trasladó Hugo después de su primera reunión, insistía en que era el mejor abogado que podían elegir. Hugo lo miró; el otro, tras su mesa, no se inmutó.

—No quería ofenderos. Disculpad, pero... decidme... ¿está bien de salud?

—Tampoco soy médico.

—Ya sabemos que no sois médico ni mensajero —estalló Hugo al mismo tiempo que se acercaba a la mesa, apoyaba los puños sobre los pliegos desparramados en ella y se inclinaba por encima hasta casi tocarse nariz con nariz—. Lo que dudo que seáis es un hombre recto y noble. Sin embargo, vuestra soberbia no os impedirá coger los dineros que han ganado con su trabajo un tabernero y una liberta. Solo pretendemos saber cómo está nuestra hija. ¿Los hombres como vos no sois capaces de mostrar compasión?

El abogado suspiró. Mercè estaba bien de salud, reconoció después.

—Aunque... —añadió— con las secuelas usuales por estar encarcelada. Ojos hinchados, suciedad, delgadez... —enumeró a instancias de Hugo—. Pero, sana. No debes preocuparte por eso —insistió.

Y no, no llegaron a hablar de nada que no fuera del juicio y que debiera trasladarles a ellos, aunque Mercè era realmente parca en sus explicaciones, empeñada como estaba en que la condesa era la asesina de Arnau.

Los días y las noches, insomnes, se hacían muy largos para Hugo y Caterina. El fiscal había acusado a Mercè, y ellos fueron llamados a declarar, los tres: Hugo, Caterina y Pedro. Sabían que no debían, pero aun así bebieron algo de vino para darse fuerzas antes de presentarse en la corte del veguer, donde en una estancia pequeña y desordenada, repleta de pliegos de papel y en la que tomaba nota un escribano, les preguntaron qué había sucedido esa noche. Pedro fue aquel que mantuvo más firme su voz en el momento de sostener que Mercè estuvo con ellos.

No se habló de tortura ni de cárcel, por lo que regresaron satisfechos y tranquilos a la realidad de una taberna que continuaba sin clientes. De vez en cuando entraba algún despistado y en ocasiones consumía, pero la mayoría no lo hacía, y huía del silencio y del ambiente sombrío y todavía hediondo que se respiraba en el interior del obrador.

Y mientras tanto todos esperaban el regreso de Bernat. ¡Era absurdo! ¡Ridículo!, se decía Hugo, esperar a que volviese aquel que ordenó que degollaran a Mercè en la playa. El mismo que la repudió y que la apartó cruelmente de su hijo.

—No le hará nada a Mercè mientras no se le devuelva a su hijo —expuso Caterina—. No puede arriesgarse.

—Arnau no puede ser objeto de trueque, querida. Mercè no lo admitiría nunca. ¿Qué haría ese miserable después de que le devolviéramos al niño? ¿Te lo imaginas?

—No sé cómo pudo ser tu amigo.

—Era diferente —contestó Hugo tras pensarlo unos instantes—. El corso lo cambió.

—No pienso como tú. Ya antes quería matar a alguien.

Hugo reflexionó. Cierto, tuvo que reconocer, aunque la causa se sostuviera aquella vez en la injusta ejecución de micer Arnau, ya entonces estaba dispuesto a matar al conde de Navarcles.

Dejaban la taberna solitaria a cargo de Pedro y salían a ver al abogado; «ninguna nueva» les comunicaba directamente uno de sus oficiales.

También iban a la iglesia a rezar por Mercè. Caterina insistía en acudir a la de la Santíssima Trinitat, donde mosén Juan. Hugo, como siempre, no quería ir a aquel templo, el de los judíos conversos, ya que él se sentía atraído por la Virgen de la Mar, aunque terminó accediendo a los deseos de la otra.

—Nos sobran días para rezar, rezar y rezar —cedió con un deje cansino de derrota.

Caterina negó con la cabeza.

—Confía en la Virgen —le animó—. Mañana iremos a Santa María.

Creían que sería cuestión de días, quizá de algunas semanas que la armada regresase victoriosa a Cataluña y con ella su almirante. Al día siguiente, de vuelta de Santa María de la Mar, comprendieron que no iba a suceder así al oír los comentarios encendidos de la gente reunida en el atrio porticado de la iglesia de Sant Jaume, en la plaza, allí donde ordinariamente se reunía la gente a charlar. Se acercaron con curiosidad.

Habían llegado noticias de la armada. La reina Juana de Nápoles acababa de ofrecer al rey Alfonso adoptarlo y nombrarlo sucesor en la corona del reino de Nápoles. Alfonso había aceptado, y ordenado luego a su almirante que zarpase al mando de doce galeras y tres galeotas para defender el reino de Nápoles del asedio al que lo tenían sometido los angevinos, aliados con los genoveses y con las fuerzas del condotiero Sforza.

—¿Qué es esto de Nápoles? —preguntó una mujer.

Hugo le podría haber contestado: un reino de Italia que produce un vino excelente. Él había comprado; tinto de Calabria, que embarcaban en el puerto de Tropea, o vino griego de Nápoles, el más caro del mercado, el mejor en Barcelona.

—Es un reino de los italianos. Ocupa más o menos la mitad meridional de la península... —contestó alguien de entre la gente.

—Y ¿por qué ha de intervenir ahora el rey Alfonso en los asuntos de ese reino? —se oyó de un tercero.

—Es complicado... —contestó otro que, a juicio de Hugo, debía de tratarse de un mercader; además, estaba claro que la concurrencia lo respetaba puesto que le hacían buen sitio, sin tocarle ni arrimarse a él.

—Como todo lo que afecta a los reyes —le interrumpió el hombre que estaba por delante de Hugo, este con toda seguridad un marinero por su indumentaria y ese olor a pescado que llevaban cosido al cuerpo.

—Lo que afecta a los reyes... —convino el mercader con el marinero— y al Papa.

—Así es —apuntó un tercero—. El Papa no ha querido ayudar a la reina de Nápoles, que se ve atacada por Luis de Anjou...

—¿Luis de Anjou? —se oyó—. ¿Luis de Anjou no era…?

—Sí, uno de los pretendientes a nuestra corona tras la muerte del rey Martín. Es nieto por línea materna del rey Juan, pero nada consiguió en Caspe. Ahora pretende la corona de Nápoles con la ayuda del Papa, de los genoveses y del condotiero Sforza, que antes estaba a las órdenes de la reina Juana.

—Con qué facilidad cambian las fidelidades —se quejó alguien.

—Sí. La fidelidad para los grandes, de aquí o de allá, es una virtud demasiado voluble. —El mercader se echó a reír. La mayoría de los que formaban aquel grupo, cada vez más numeroso, asintieron mientras lo escuchaban—. Cuando el Papa no solo negó ayuda a la reina Juana sino que además invitó al duque de Anjou a hacerse con el reino de Nápoles, a la reina no se le ocurrió otra solución que buscar la protección de nuestro rey Alfonso.

—¡Y Alfonso ha aceptado! —se jactó una vieja que acompañó sus palabras con un gesto obsceno.

—La posibilidad de hacerse con un reino de la importancia del de Nápoles, ¡media Italia!, ha arrebatado a nuestro rey —continuó el mercader luego de que se apagaran las risas por el gesto de la vieja—. Y, por si fuera poco, luchar contra el de Anjou, rival de los Trastámara, y contra sus aliados los genoveses, nuestros acérrimos enemigos, se le aparece como toda una aventura. Alfonso es joven. Ya ha vencido y pacificado Cerdeña, pero eso no es suficiente para un rey ambicioso. Le atrae la guerra, ha sido educado en ella, y pese a la opinión de sus ministros, que se lo desaconsejaron, quiere aumentar sus reinos para así compararse con los grandes de la Casa de Barcelona.

La gente clamó ante aquellas palabras.

—¿Y por qué desaconsejaron los ministros del rey que aceptase la oferta?

—Un reino nuevo nos hará más fuertes.

—Si esta reina lo adopta y lo nombra heredero… ¿qué de malo o peligroso hay en ello?

El mercader se hizo de rogar antes de contestar, como si fuera a revelar un secreto.

—Hay que conocer a los italianos. Italia es una tierra fragmentada, sin un poder fuerte que someta a todos esos señores y condotieros, que no son más que aventureros, como los almogávares nuestros, y en la que las rencillas y las alianzas son cambiantes día a día. Muy poco tiene que ver la forma de actuar de aquella gente, sea napolitana, genovesa, milanesa, pisana o veneciana, con el carácter catalán, aragonés y mucho menos, por supuesto, castellano. Sus prohombres son corteses y elegantes, atentos y cultos, muy cultos, pero esas virtudes no hacen más que esconder la perfidia, la avaricia y una crueldad a menudo brutal.

El silencio se hizo en el grupo. Algunos escuchaban boquiabiertos.

—La reina Juana, por ejemplo —prosiguió el mercader—. ¿Creéis que es una santa como nuestra reina María, la esposa de Alfonso? Traicionó a su capitán general, Sforza, que ahora lucha contra ella; encarceló a su segundo esposo, Jacobo de Borbón, luego de que este decapitase a su amante. Por cierto —comentó el mercader—, la reina tenía concertado su matrimonio con el hermano de nuestro rey Alfonso, pero cuando Juan llegó a Nápoles para casarse, ¡hechas las capitulaciones matrimoniales incluso!, resultó que la otra ya lo había hecho con Jacobo de Borbón.

Los murmullos y los insultos se alzaron del grupo. Muchos recordaban ese episodio humillante para la corona.

—Pues no le salió muy bien la apuesta a ese Borbón —exclamó alguien.

—No —convino el mercader—. Después de ser encarcelado y liberado, de tanto miedo como tenía a su mujer y a las intrigas palaciegas huyó a Francia y allí tomó los hábitos franciscanos. —Se escucharon unas risotadas—. Ahora manda en el reino otro de los amantes de Juana, al que ha nombrado senescal. La oferta que han hecho a nuestro rey no es nueva: hace bastantes años que la antecesora de la actual Juana, otra Juana, también adoptó y nombró heredero al abuelo de Luis de Anjou, y el Papa hasta lo coronó rey en Aviñón, aunque no llegó a reinar. De ahí toda esta trifulca, y de ahí los consejos de los ministros de Alfonso de que no se meta en esa ratonera, de que se dedique a defender sus tierras y no a pretender otras en disputa con franceses y genoveses.

—¡Por eso se ha metido en ella el rey Alfonso: para vencer a las ratas francesas y genovesas! —gritó otro que al instante se vio acompañado por vítores y exclamaciones.

Hugo suspiró y se retiró seguido por Caterina. Continuaba sin saber qué prefería, si que Bernat regresase cuanto antes o que se retrasase, y la confusión aumentó cuando al día siguiente por la mañana acudió a la cárcel a pagar los gastos de Mercè.

—¿Conocías al hombrecillo ese que hacía de procurador del almirante? —le preguntó Luis Pelat tras contar los dineros y asentir con satisfacción.

«¿Conocía?», se sorprendió Hugo.

—Sí, lo conozco —afirmó—. Guerao…

—Se ha suicidado en el palacio. Lo han encontrado colgado de una viga.

—¡No puede ser!

—Sí, sí que puede ser —se burló el otro—. Ayer por la noche. De una viga. Colgado.

El suicidio de Guerao fue interpretado por el veguer, el fiscal y la condesa como el resultado directo de la intervención del hombrecillo en el rapto de Arnau.

—Su espíritu atormentado por el pecado y la deslealtad le llevó a cometer un acto tan funesto como cobarde —comentó uno—. Nunca descansará en paz.

—Por eso se oponía al tormento de la rea —acusó el otro—, porque era cómplice de su delito.

—Será otro golpe moral importante para Bernat —especuló con cinismo la condesa—. No solo han raptado a su hijo, sino que ha sido con la complicidad de la persona en quien confiaba.

No eran aquellos los argumentos que manejaban Hugo y Caterina en la taberna.

—No puedo creer que Guerao se haya suicidado —afirmó ella.

—Yo tampoco. Lo han asesinado. Y sin duda ha sido obra de la condesa y su padre —contestó él.

—¿Por qué?

—Ellos saben que nosotros raptamos al niño. Imagino que han llegado a la conclusión de que lo hicimos con la ayuda de alguien de dentro, y ese alguien solo podía ser Guerao. La sospecha es lógica, máxime después de que el hombrecillo se opusiese a la tortura de Mercè; me temo que ahí se puso definitivamente en evidencia. Si la condesa y su familia tenían alguna duda, la situación se esclareció. Con su muerte, pues, alcanzan dos propósitos: eliminar a alguien que podría denunciarlos a Bernat a su vuelta y a quien seguro que este daría más crédito que a su propia esposa, y en segundo lugar…

Hugo no se atrevió a declarar en voz alta la otra consecuencia de aquella muerte: la tortura de Mercè.

Llegó poco después de que se conociera que el rey Alfonso había obtenido un gran triunfo en su nueva empresa bélica de Nápoles. El monarca todavía permanecía en Cerdeña, pero la armada catalana al mando de Bernat Estanyol puso en fuga a la escuadra genovesa a las órdenes del general genovés Baptista de Campo Fregoso tras arribar a la bahía napolitana. Desembarcadas las tropas en la ciudad, el duque de Anjou escapó a Génova y las fuerzas del condotiero Sforza se retiraron. El almirante y los demás embajadores enviados por el rey entraron triunfantes en Nápoles y ocuparon el castillo Nuovo, donde pusieron guarnición de soldados catalanes. No habían transcurrido veinte días y la reina Juana convocó a la nobleza napolitana y a los embajadores de Alfonso ante los que adoptó al rey, lo nombró heredero de la corona y le concedió el título que correspondía al sucesor: duque de Calabria. Luego hizo entrega del castillo de Ovo a Ramón de Perellós, a quien Alfonso nombró virrey de Nápoles y Calabria.

Parecía que las malas noticias llegaran siempre al mismo tiempo que las de las victorias catalanas, y la angustia y la tristeza se tuvieran que confundir con el jolgorio y el alboroto de las fiestas que celebraba la ciudad.

—Tu hija ha soportado la primera sesión de tortura —les anunció Joan Borra tan pronto como entraron en su escritorio—. No ha confesado.

El silencio los atrapó a todos. Caterina, con los ojos cerrados; Hugo sin atreverse a preguntar más; el abogado ya con la semilla de la duda acerca de si el tabernero y su extraña familia eran realmente inocentes.

—¿Cómo está? —se atrevió a preguntar Hugo—. Ya sé que no sois médico, pero me…

—Ha sido sometida al método más liviano: la cuerda.

Hugo miró directamente a los ojos al abogado; rara vez se atrevía a hacerlo. ¿Quería saberlo?, se preguntaba. ¿Quería saber en qué consistía la tortura de la cuerda? Las penas eran públicas: el descuartizamiento, la horca, los azotes, el cepo… La gente las veía. Pero la tortura no era una pena pública, era solo un medio de prueba y se impartía en secreto: verdugo y escribano, abogado y fiscal, juez y reo. ¿Qué era la cuerda? Hugo había oído hablar de ese método de tormento, pero…

—¿En qué consiste eso de la…? —preguntó al abogado.

—Una cuerda que se enrolla en brazos y piernas —se adelantó el otro tras fruncir el ceño—, y que se va apretando con un torniquete a medida que el reo se niega a confesar, hasta que traspasa la carne. A menudo se la empapa con sal para que escueza…

Hugo le acalló con el gesto de una de sus manos. Caterina continuaba a su lado, en pie, todavía con los ojos cerrados, como si de esa forma pudiera permanecer ajena a lo que se decía en el escritorio, aunque ahora las lágrimas encontraban salida por las comisuras de sus párpados.

—¿Dejarán de torturarla ahora que no han conseguido su confesión? —inquirió Hugo.

—Me temo que no. Esperarán a que las heridas que han ocasionado las cuerdas en los miembros de tu hija sanen, y luego le aplicarán otro método de tortura… más duro.

Un nuevo silencio.

Hugo se despidió sin querer saber cuál sería ese otro método.

Al día siguiente, cuando Hugo fue a pagar los gastos de Mercè a la cárcel, le cobraron los correspondientes al verdugo encargado de torturar a su hija.

En Nápoles la guerra continuaba. Tras la primera victoria de la armada catalana, la reina Juana consideró que Alfonso se retrasaba en acudir personalmente en su ayuda con un ejército superior en fuerzas, por lo que, tal como habían advertido al rey sus ministros, la reina mudó de parecer y entró en conversaciones con Luis, duque de Anjou, para adoptarlo a él y nombrarlo heredero.

Enterado Alfonso, mandó más tropas a Nápoles y contrató a un condotiero famoso, Braccio da Montone, quien con tres mil jinetes se enfrentó a las fuerzas de Sforza. El Papa, por su parte, continuó tomando partido por el duque de Anjou y, a su vez, mandó a otro capitán, Tartaglia de Labello, al frente de un ejército de mil jinetes que unió sus fuerzas a las de Sforza.

En guerra los condotieros, el rey Alfonso se vio en la necesidad de declararla oficialmente al duque de Anjou, y una vez su embajador hubo cumplido su misión, en junio de 1421 arribó a Nápoles al mando de una armada de dieciocho galeras, ocho naves y muchas otras menores que, a las órdenes del almirante Bernat Estanyol, zarparon del puerto de Mecina, en Sicilia.

El método de tormento de los garrotes consistió en apretar una serie de palos alrededor de los dedos de las manos y los pies de Mercè. Las heridas de la cuerda habían cicatrizado, pero en esa ocasión los dedos y sus extremidades se iban comprimiendo a medida que el verdugo la interrogaba y exigía su confesión.

Mercè lloró; gritó de dolor. El escribano rasgaba en las hojas el interrogatorio del juez y las respuestas de la atormentada: «No. Soy inocente. Detened a la condesa. ¡Dios! ¿Dónde tenéis a mi niño? No».

Ante su contumacia y a una señal del juez, el verdugo apretó todavía más los garrotes. Algunos huesos de dedos y pies se quebraron. Mercè aulló de dolor.

Continuó negándose.

Apretaron más.

Otro chasquido de hueso roto.

—¡Soy inocente!

El juez cerró los ojos y, con ellos cerrados, ordenó al verdugo que apretase una vuelta más.

—¡No!

—Tu hija ha soportado una segunda sesión de tortura.

En esa ocasión el abogado Joan Borra hizo que un oficial les llevara unas banquetas, que ofreció solícito a Hugo y Caterina para que se sentaran.

—Ruego a vuestra merced que diga a mi hija que todos estamos bien y que esperamos su vuelta.

—Lo haré —se comprometió este como si tuviera acceso libre a la rea, apartando esa vez la excusa de no ser mensajero de nadie.

«Todos estamos bien.» Lo hablaron Hugo y Caterina. «Sería bueno que Mercè supiera que Arnau está a salvo con su abuela», apuntó desde el primer día Caterina, pero ¿cómo conseguirlo? El carcelero persistía en su negativa. La condesa y su padre le habrían pagado por ello, concluyeron un día. No tenían forma, pues, de hacer llegar el mensaje a su hija. «Lo sabe —quiso creer Hugo—. En caso contrario, si el niño hubiera aparecido, el veguer o el juez se lo habrían dicho. Mi hija es consciente de que el hecho de que la mantengan detenida y la interroguen significa que nadie sabe nada de la criatura. Si aparece o lo encuentran, la tortura y el contenido de los interrogatorios variarán por completo.»

Finalizaron la conversación y en silencio, con el dolor de Mercè sacudiendo sus cuerpos y sus conciencias, y acallando el alboroto propio de la ciudad, regresaron a la taberna. Allí les sorprendió el calderero que tanto excusaba su retraso en fabricar el nuevo alambique. No solo ya estaba terminado sino que lo había montado. El fuego ardía con fuerza bajo el gran recipiente inferior y Pedro miraba con satisfacción. Probaba su funcionamiento con agua.

El vapor silbaba. El alambique brillaba.

Ante la aparición de Hugo y Caterina, aquel calderero que no hacía mucho los había despreciado bajó la cabeza y se dirigió a la puerta de la taberna.

—Espera —reclamó Hugo—, tengo que pagarte el resto.

—No es necesario ahora. Hazlo cuando quieras.

Y tal como se iba este, otro asomó la cabeza.

—¿Tenéis aguardiente?

Caterina interrogó a Hugo con la mirada. Estaban torturando a Mercè y...

—Mañana por la mañana —se comprometió Hugo con un hilo de voz.

El trabajo les hizo bien, pues les proporcionó unos momentos en los que lograban olvidar, aunque al acabar la jornada, una vez destilado el vino, afrontaban las noches como un reto insuperable. Se acostaban y permanecían despiertos el uno junto al otro escuchando sus lamentos.

Por el contrario, la gente sí que empezó a mostrarles cariño. En la ciudad se sabía que Mercè había resistido ya dos sesiones de tormentos, y eran cada vez más quienes se inclinaban por su inocencia. ¿Cómo podía, si no, resistir una madre dos sesiones de tormento?, se preguntaban muchas mujeres. Había incluso quien ya hablaba con insolencia de la condesa como la culpable de la desaparición de Arnau.

—Lástima que la ley impida torturar a las nobles —se oyó en la taberna al paso de Hugo, como muestra de apoyo.

—A la reina Sibila la torturaron —recordó uno.

—Sí, pero fue el propio rey Juan quien lo ordenó, no nuestros jueces.

Hugo no les hizo caso y llegó hasta donde estaba Caterina, junto a las cubas.

—Estos son los mismos que nos dieron la espalda después de que asaltasen la taberna —le dijo al oído señalando a los clientes con un gesto de desdén—. Alguno de ellos hasta participaría en el saqueo.

—Estos son los que nos dan de comer —replicó ella—. Míralos así. Solo nos tenemos nosotros, querido. Mercè y el pequeño... Tu hermana, ¿quién sabe? Pedro, Llúcia y Simón..., quizá el mosén. Y acaso cuatro más... ¿o no? Igual ninguno. Esa es la realidad. Luchemos por ella.

Nápoles celebró con grandes festejos el desembarco del rey Alfonso acompañado de su ejército y cerca de mil quinientos príncipes y nobles de Cataluña, Aragón, Sicilia, Castilla y el propio reino de Nápoles.

Y mientras el condotiero Braccio da Montone guerreaba contra Sforza y el duque de Anjou en tierras napolitanas, el rey Alfonso ordenó una armada compuesta por ocho galeras, que tras recalar en Sicilia para armarse debidamente, zarpó hacia Pisa, donde se le unieron otras dos galeras, y desde allí directamente al mismo puerto de Génova, dispuestos a atacar a sus acérrimos enemigos.

Alertado el duque de Génova, Tomás de Campo Fregoso, envió a su armada a combatir a la catalana al mando de su hermano Baptista.

La batalla se entabló en la Foz Pisana, y la armada catalana venció a la genovesa, ganó cinco de las ocho galeras que componían sus fuerzas, puso en fuga a otras dos y apresó a su general, el hermano del duque, Baptista de Campo Fregoso.

La victoria de la armada del rey Alfonso en la batalla naval de la Foz Pisana tuvo dos consecuencias importantes. La primera que las propias autoridades de la señoría de Génova se rindieran al duque de Milán, Filippo Maria Visconti, y le entregaran su estado. La segunda, que el papa Martín V, ante la rotunda victoria de Alfonso sobre los genoveses, impusiera una tregua entre este y el duque de Anjou, resignado ya a reconocer a Alfonso sus derechos como duque de Calabria y heredero de la reina Juana de Nápoles.

Pero si la tregua llevó una precaria paz al reino de Nápoles, no sucedía lo mismo en el reino de Castilla. Fernando de Antequera, el rey que con guerra, sobornos y astucia en igual medida había conseguido la corona de Aragón, de Valencia y de Mallorca, así como el principado de Cataluña a través de la sentencia dictada en Caspe, no solo centró su atención en esos reinos, sino que proveyó lo necesario para que sus hijos, los infantes de Aragón, llegaran a controlar el reino de Castilla.

Los enriqueció a todos ellos con títulos, castillos, grandes señoríos y extensiones de tierras, y maestrazgos de las más importantes órdenes militares, como la de Santiago y Alcántara, pero los hermanos, en lugar de actuar de consuno como pretendía su padre, compitieron entre sí y terminaron levando ejércitos para enfrentarse. El infante Enrique llegó a secuestrar al rey de Castilla, Juan II, de quince años de edad, y a su hermana Catalina, con la que aspiraba a contraer matrimonio.

Todo ello se volvió contra el infante Enrique, que se vio obligado a licenciar a su ejército, rendirse y someterse a la voluntad del rey de Castilla.

Eso había sucedido cuando corría el final de 1420. El rey Alfonso, en contacto en todo momento con su hermana la infanta María de Aragón, esposa de Juan II de Castilla, era consciente del fracaso del plan de su padre, Fernando de Antequera, del enfrentamiento entre sus otros hermanos, los infantes de Aragón, y de la segura venganza del rey de Castilla, Juan II, por el secuestro y la humillación sufrida a manos de Enrique.

Alfonso, por su parte, era plenamente consciente de que su hermano iba a ser detenido y encarcelado, por lo que cuando su almirante Bernat Estanyol, tras la victoria en la batalla naval de la Foz Pisana y la consecuente paz en Nápoles, le rogó licencia para regresar a Barcelona y así tratar del extraño rapto de su primogénito y de la muerte de su secretario, el rey se la concedió, necesitado como estaba de personas de absoluta confianza en sus reinos ante el conflicto que se avecinaba por razón de sus hermanos en Castilla.

En la tercera sesión se utilizó el tormento del fuego. Como había sucedido con el de la cuerda, Mercè recibió asistencia médica en la cárcel para superar la sesión anterior de los garrotes, sobre todo donde recibiría el fuego: en los pies.

Se los untaron con grasa de cerdo y la sentaron en una silla, obligándola a extender las piernas hacia una hoguera.

El juez observó a aquella mujer delgada, ojerosa, con las señales de las cuerdas y los garrotes en brazos y piernas, manos y pies, y le rogó, no sin un atisbo de compasión, que confesara antes de que la grasa empezara a calentarse.

—No fui yo —contestó ella—. Soy inocente.

Al cabo, la grasa de cerdo empezó a burbujear sobre las plantas de Mercè.

El juez insistió.

Ella negó.

En la sala de torturas pudo oírse el siseo del sebo al quemar y en poco rato la estancia se vio invadida por el característico olor de la carne chamuscada.

Mercè aguantó.

—Detened… ¡Detened… a la condesa! —llegó a gritar—. ¡Es una asesina!

—Confiesa.

Ya no había convicción en la voz del juez.

Mercè aulló de dolor. Luego se desmayó.

Era el llamado «efecto purgativo de la tortura». Tras esa tercera sesión el juez absolvió a Mercè de los cargos que se le imputaban y la puso en libertad. En Cataluña al reo que soportaba la tortura sin confesar su culpa se le tenía por inocente, sin posibilidad de juzgarlo de nuevo por los mismos hechos. Fueron muchos los que supieron de la decisión antes de que uno de los alguaciles del veguer acudiera a la taberna para comunicar la sentencia a Hugo.

Corrieron a buscarla rodeados de gente que aplaudía y vitoreaba. Con el tiempo, la prisión y tortura de Mercè llego a convertirse para la gente sencilla en la lucha de una condesa, rica y poderosa, contra una ciudadana humilde a la que habían robado su hijo. Por eso fue una multitud la que se congregó a la entrada de la cárcel y la que abrió paso con respeto. Mujeres principalmente; hilanderas, ancianas viudas vendedoras de leña, o aquellas que compraban o vendían grano en la plaza del Blat, junto al castillo del veguer, o en la plaza de la Llana o del Oli, cercanas ambas. En unas angarillas de madera, quizá las que usaban para transportar a los presos muertos, el carcelero entregó a una mujer semiinconsciente, sudorosa, rota, incapaz de andar o hablar, pero sí de sonreír, como el esbozo de victoria que hizo a la vista de su padre y de Caterina. Hugo no se atrevió a tocarla; en su lugar lloró. Un par de hombres se apresuraron a ocupar los puestos de los alguaciles que aguantaban las varas de madera y esperaron a las órdenes de Hugo.

—Toma —le dijo el carcelero a este—. Es lo que sobra por el tiempo que me pagaste la última vez.

Y le devolvió unos dineros.

—¿Has descontado la parte correspondiente al verdugo? —preguntó Hugo con amargura.

El otro no contestó.

—Vámonos —le instó Caterina tirando de su brazo.

Desfilaron entre la gente. Los vítores se convirtieron en murmullos ante el estado de Mercè, con los ojos cerrados y la boca prieta, sufriendo punzadas de dolor por el simple movimiento de las angarillas. Hugo y Caterina anduvieron aturdidos, con la visión nublada. El recogimiento de los presentes no tardó en mudar de nuevo en ovaciones y aplausos.

—¡Valiente!

—¡Madre! ¡Tú sí que eres una madre!

—¡Les has dado una lección!

—¿Dónde está la condesa ahora? ¿Ya la han detenido?

35

Lo esperaban. Supieron por algunos clientes de la arribada de la galera del almirante, que superó las *tasques* —los bajíos de arena que permitían el acceso a la costa—, escoltada por otras dos naves junto a las que recorrió, varias veces, de extremo a extremo, el frente marítimo de la Ciudad Condal en señal de triunfo, con la bandera del almirante al aire y la marinería en la borda recibiendo los vítores de una ciudadanía que se daba cita en la playa. Finalizada la celebración, una barca fue hasta la galera. El almirante embarcó en ella y permaneció en pie, solemne, retando al fuerte oleaje que imperaba ese día y que los remeros vencían con dificultad. Desembarcó a través de un precario puente de madera apresuradamente instalado a tales efectos, y a cuyo inicio lo esperaban el veguer, el baile y varios de los concelleres de Barcelona.

No se demoraron en exceso en saludos y felicitaciones por las victorias en Nápoles y Cerdeña. Estaban a finales de enero de 1422, el tiempo era desapacible, gris y frío, y el viento empujaba las gotas de agua del mar hasta más allá de la orilla, salpicándolos a todos.

Ya el día de su llegada, aunque hubiera sido a media tarde, Hugo y Caterina esperaron recibir la orden del almirante de que se presentaran en palacio. Sin embargo, nadie apareció en su busca. Continuaron el día siguiente, y con ellos un montón de clientes que dejaban transcurrir las horas apurando sus escudillas de vino o aguardiente, reacios a levantarse de unas mesas desde las que pretendían saciar su curiosidad. La gente se amontonaba en el interior de la taberna y hasta holgazaneaba en la calle de la Boquería. Durante esa segunda jornada tampoco se produjo la visita de hombre alguno.

—He visto al veguer entrar en su palacio —anunció alguien esa misma mañana.

—Estará explicándole lo sucedido... —apuntó otro.

Hugo volvió a donde las cubas, con Caterina y Pedro, ante el alud de comentarios que se originaron entonces.

—¿Te llamará? —le preguntó Caterina.

—Sin duda —afirmó Hugo.

No fue ese día, ni el siguiente ni el tercero. El cuarto, sin embargo, poco antes del amanecer, Bernat en persona se presentó en la taberna. Lo hizo solo, sin veguer ni soldados. Llamó a la puerta, que aún estaba cerrada, y un Pedro todavía legañoso abrió dispuesto a negar la entrada a quienquiera que fuera... Se apartó frente al almirante, grande, imponente. Ni Hugo ni Caterina habían bajado todavía de la planta superior; Mercè raras veces lo hacía si no era acompañada por alguno de ellos dos. Bernat se sentó a una de las mesas. Pedro fue a avisar a los de arriba, pero el almirante negó con la cabeza y, en su lugar, señaló hacia la olla que todavía colgaba sobre unas brasas que Pedro se ocupaba de mantener vivas durante las noches de invierno.

—Dame de comer y una buena escudilla de vino.

El otro obedeció.

—¿Deseáis que avise a Hugo? —le preguntó después.

—No. Deseo comer y beber. Después... ya te diré.

Y comió y bebió, no como el almirante de la armada catalana, ni como un conde ni como un ministro del rey Alfonso. Pedro lo observó dar cuenta de la escudilla de olla, del pan y del vino como si se tratara de uno cualquiera de los clientes que acudían a la taberna. Bernat pedía la segunda escudilla de vino en el instante en que Hugo descendía por la escalera.

Los dos hombres se miraron. Bernat rompió el hechizo y agitó la escudilla para recordar a Pedro que le sirviera más vino. Hugo aprovechó ese momento para llegar abajo y sentarse enfrente de él.

—Sírveme a mí también —solicitó de Pedro.

—Os mataré a todos —le amenazó Bernat entre bocado y bocado, como si careciese de importancia—, incluido a ese muchacho —añadió tras la siguiente cucharada, con la boca llena y haciendo un gesto hacia Pedro—, si en un par de días no recupero a mi hijo sano y salvo.

—Deberías preguntarle a tu esposa —replicó Hugo tratando de mantener la misma frialdad que Bernat.

Lo habían hablado, Mercè, Caterina y él, en la habitación de la primera. Muerto Guerao nadie daría crédito a la excusa de que el rapto había sido necesario porque la condesa pretendía asesinar al heredero de Bernat, y tampoco creerían que el mayordomo los había ayudado a hacerlo. Mercè les había rogado que no entregaran a su hijo. Estaba tendida en la cama, tenía los pies quemados, algunos dedos todavía rotos, y las heridas de las cuerdas aún visibles.

—Un día u otro Arnau sufrirá la ira de la condesa. Bernat volverá al mar y a la guerra, es lo suyo. Y entonces la perra de su esposa se ensañará con él. No lo hagáis, os lo ruego —les dijo.

Hugo no era capaz de imaginar qué sucedería. Arnau era feliz en Bonrepòs. Simón, el liberto, tomó como suya la responsabilidad de mantenerlos informados, y no había viaje que hiciera en dirección a Tarragona o sus alrededores en que no se desviara hasta el convento para saber de un Arnau cuya naturaleza se había recuperado del envenenamiento de la condesa.

—Dios dirá —puso fin a esa incertidumbre Caterina—. Mientras el niño esté bien, nosotros no sabemos nada de él.

A esa conclusión se sumó otra que les proporcionó Joan Borra, el abogado, el día en que fueron a satisfacer sus elevados honorarios. Mercè había sido absuelta con todas las consecuencias. El pueblo lo sabía... ¡y la admiraba! Ni el veguer, ni el baile ni los concelleres de la ciudad admitirían que Bernat tomase la justicia por su mano. El pueblo no consentiría que una atormentada que no había confesado su delito fuera nuevamente castigada, por más que se tratara del almirante de la armada. ¿Y si se ensañaba con ellos, con Hugo o Caterina?, preguntaron. El abogado resopló con fuerza. «No lo creo», sentenció.

—Sé que la condesa no ha sido —contestó Bernat a la acusación de Hugo.

—¿Cómo tienes tal seguridad?

Bernat bebió un largo trago de vino antes de contestar, pero cuando fue a hacerlo Hugo se le adelantó.

—¿Acaso la has torturado?

El almirante dudó y trató de aplacar su ira.

—Me basta con mirarla a los ojos —se revolvió, no obstante.

—¡Pues entonces mira los míos!

La voz provino de aquella escalera estrecha y empinada que llevaba al primer piso y en la que tan solo se veían los pies vendados de Mercè.

Bernat fijó los ojos en la escalera; Hugo, de espaldas, se volvió. Mercè bajó los escalones con lentitud, insegura, ayudada en todo momento por Caterina. Descendió con el dolor en cada uno de sus movimientos. Sus tobillos desnudos todavía mostraban las cicatrices del tormento de las cuerdas; el resto del cuerpo lo tenía cubierto por la camisa de dormir. Los mejores médicos de Barcelona habían atendido a Mercè y conseguido evitar que ocurriera lo más temido por todos: las calenturas.

—¡Mira mis ojos! —le retó Mercè en el momento en que llegó abajo, con Caterina junto a ella, siempre pendiente de que no perdiera el equilibrio y cayera.

Bernat se mantuvo hierático, con los ojos efectivamente clavados en los de Mercè.

—Has sido tú —afirmó con frialdad el almirante sin desviar la mirada.

Hugo sintió que se le encogía el estómago. ¿Sería posible que aquel corsario fuera capaz de hacer confesar a su hija cuando había superado tres sesiones de tormento? La carcajada de Mercè, triste y corta, muy corta, muy triste, le convenció de lo contrario.

—¡Necio! —gritó ella.

Bernat se levantó airado ante el insulto y dio un paso hacia Mercè. Antes de que Hugo saltara del banco para proteger a su hija, el otro ya se había detenido, como si la mujer que tenía delante, aun impedida y frágil, lo amedrentara.

—¿Qué vas a hacer? —inquirió Mercè—. ¿Matarme? Perdió el equilibrio al tratar de abrir los brazos para ofrecerse a Bernat. Caterina la ayudó—. Ya ves —se rindió—, no puedo moverme. Y todo porque tu esposa decidió asesinar a tu primogénito —aseveró. Bernat negó con la cabeza—. Y después asesinó a Guerao —afirmó—. Guerao jamás se habría suicidado. Guerao nunca le habría hecho daño a tu hijo. ¡Lo sabes! ¡Mírame a los ojos ahora! —le exigió en un momento en el que Bernat vaciló, probablemente con la lealtad de Guerao en el recuerdo.

Sin embargo el almirante se repuso en un instante y la desafió con la mirada. Mercè dio un paso adelante, tan impulsivo que tanto Caterina como Hugo se apresuraron a cogerla antes de que cayera al suelo; luego lloró en brazos de su padre. Bernat la observaba.

—¿No ibas a matarme en la playa? —logró articular al cabo entre sollozos—. Hazlo ahora, Bernat. ¡Mátame, hijo de la gran puta!

—Lo haré en el momento en el que recupere a mi hijo —replicó él con frialdad—. A ti y a todos ellos —añadió señalando a Hugo, Caterina y Pedro—. Dalo por seguro. Solo Arnau me detiene.

—¿Cómo podríamos convencerte de que tu esposa...?

La espada silbó en el aire y golpeó, plana, en la espalda de Hugo, derribándolo a él y a su hija. Bernat tendría algo más de cincuenta años, pero el arma apareció en su mano y golpeó a Hugo con un solo movimiento tan vertiginoso como violento.

—Nunca me convencerás, estúpido. —Bernat no esperó a que padre e hija, ayudados por Caterina y Pedro, consiguieran levantarse—. Sé que ha sido tu hija. Lo sé. Nadie me convencerá de lo contrario.

—¿Y Guerao? —preguntó Mercè desde el suelo—. ¿También participó?

—¿Dónde lo tienes escondido? —insistió Bernat haciendo caso omiso de la pregunta—. No puedes tenerlo en muchos sitios.

Hugo se levantó, dolorido por el espadazo, y ayudó a hacerlo a Mercè.

—¿No tienes un ápice de compasión? —recriminó a Bernat mientras lo hacía—. Nadie puede acusar a mi hija del rapto de Arnau. Ha padecido tormentos por demostrar su inocencia. La cuerda, el garrote, ha soportado hasta el fuego...

—A los diablos les gusta el fuego... —lo interrumpió Bernat antes de quedarse repentinamente callado.

Hugo lo presintió, Caterina también. Mercè cometió el error de entrecerrar los párpados, un solo instante. Bernat soltó una carcajada.

—¿Sabes a cuántos hombres he juzgado antes de tirarlos a la mar o ejecutarlos en el campo de batalla? La gran mayoría de ellos son culpables; esconden la mirada como acabas de hacer tú. Los diablos, ¿verdad? Os protegéis todos vosotros. Has mandado a mi hijo allí donde está la diabla.

—¡No! —gritó Hugo.

Bernat no le hizo caso. Ahora estaba seguro de que había dado con el escondite donde recluían a su hijo y ya nada le importaba.

—Huid, porque si no os mataré a mi regreso.

—Bernat... —trató de detenerlo Mercè, pero no consiguió siquiera que volviera la cabeza mientras se dirigía a la puerta de la taberna.

Transcurrió poco rato antes de que Hugo, provisto de una bolsa con dinero, pan y vino, y algo de ropa de abrigo, todo reunido con prisas, abandonara Barcelona con dirección al Priorat. No había cruzado todavía el puente de Sant Boi sobre el río Llobregat cuando el estruendo de los cascos de los caballos le anunció, igual que a los campesinos junto a los que andaba, que debían echarse a un lado en el camino. Cinco monturas a galope tendido los superaron levantando polvo y lanzándoles multitud de guijarros. Bernat los encabezaba.

Los días todavía eran cortos a finales de enero, y Hugo arañó los últimos rayos de luz para acercarse cuanto le fue posible al convento de Bonrepòs, consciente de que Bernat ya estaría allí. ¿Habría recuperado al niño? ¿Cómo podían oponerse aquellas trece monjas a los deseos del almirante y sus hombres? Caía la noche y se le hizo imposible continuar. Entonces imaginaba a Bernat enardecido e irrumpiendo en el convento... Y no logró más que dormitar a la espera de que el amanecer le mostrara de nuevo el camino.

El tránsito de personas por el camino que llevaba a Bonrepòs indicó a Hugo que algo sucedía allí abajo, en el valle recóndito en el que se erigía el convento. Siempre que había hecho aquel viaje, la última vez con Mercè, le acompañó un silencio solo roto por los ruidos propios del bosque frondoso que angostaba el sendero.

—¿Qué sucede? —inquirió a un hombre que descendía igual que él y al que acomodó su paso.

El otro, con una azada al hombro, lo miró sorprendido.

—¿No lo sabes? —Hugo negó—. Entonces ¿para qué bajas tú?

Hugo vaciló. No preveía esa pregunta.

—Una de las monjas es mi hermana, y como pasaba cerca de aquí…

—Ah. —El campesino debió de ver suficientemente satisfecha su curiosidad, porque acto seguido contestó a la primera pregunta de Hugo—: Pues tu hermana y las demás monjas tienen un problema ahí abajo. El almirante de la armada catalana las acusa de raptar a su hijo y de tenerlo preso. Las ha amenazado con asaltar a la fuerza el convento y recuperar al niño.

—¿Cuántos son?

—Llegaron cinco, pero uno de ellos ha abandonado el campo de batalla. —El hombre rió su propia broma. Hugo se esforzó por acompañarlo en la risa—. Suponemos que ha ido a buscar refuerzos.

—¿Y qué dicen las monjas?

—Las monjas dicen que no tienen que dar explicaciones a nadie que no sea el arzobispo de Tarragona, y que si esos nobles asaltan el convento serán inmediatamente excomulgados.

—¿Y vosotros?

—Yo soy vasallo de las monjas. Vivo arriba. —Señaló con uno de sus pulgares por encima de su hombro—. En La Morera. Y me han llamado para defender el convento. Hay muchos más vasallos de las monjas que han acudido en su ayuda. Gente del mismo Montsant, de La Morera, de Cornudella, de Albarca, de Ulldemolins… Nos turnamos para montar guardia sin dejar de atender nuestras obligaciones, aunque en estas fechas tampoco hay un trabajo excesivo. ¡Estos nobles han venido a distraernos del tedio invernal!

—¿Llegaríais a enfrentaros al almirante de la armada de Cataluña? Es ministro del rey Alfonso.

—¡Ni siquiera el rey puede violar la inmunidad de iglesias y conventos! —replicó el otro con rotundidad—. Esa es la ley catalana. Es posible que la Iglesia los excomulgue conforme a la ley de Dios, pero nosotros podemos oponernos y matar a quien esté dispuesto a incumplir esa ley, y nadie podrá imponernos pena ni castigo por esas muertes. Da igual lo que pidan o dejen de pedir o las excusas que den para atacar el convento. No pueden hacerlo. Eso se le ha hecho saber al almirante y a sus acompañantes.

—Pero si las monjas tienen secuestrado al hijo del almirante...

Hugo seguía tratando de tirar de la lengua a aquel hombre cuando ya se vislumbraba entre la espesura el fondo del valle.

—Las monjas son esposas de Dios. ¿Cómo van a tener secuestrado a nadie? Y si fuera así, alguna razón habrá. En cualquier caso, no nos corresponde a nosotros juzgarlas. Somos sus vasallos, y de no acudir en su defensa, perderíamos nuestras tierras y nuestros derechos. Los motivos de las rencillas entre los grandes y principales no nos atañen.

Lo que aquel hombre calificó entre risas de «campo de batalla» apareció ante Hugo como algo similar a una reunión casi festiva de cerca de una decena de payeses con sus aperos a guisa de armas. Los campesinos charlaban, reían y bebían con un ojo puesto en el almirante y los tres hombres que le quedaban, apostados algo más allá, en el linde donde el valle volvía a convertirse en bosque impenetrable. Dos monjas serviciales trabajaban el huerto aparentemente ajenas a la tensión.

—¿Y durmió ahí...? ¿El almirante? —se extrañó Hugo ante la inexistencia de campamento o tienda alguna.

—No —contestó el payés ya antes de separarse de él para dirigirse hacia donde se hallaban los demás—. Anoche permaneció uno de ellos de guardia, se supone que para controlar que no salga nadie del convento... aunque sería muy fácil burlarlo, y los demás, con el almirante, se retiraron a la hospedería del priorato de Escaladei. Allí se come bien, se bebe mejor y se duerme caliente.

Hugo recordó los días que vivió con los donados de Escaladei, y el sabor del vino, ese vino con regusto a la piedra pizarrosa en la que enraizaban las vides en busca de una gota de agua, se instaló de nuevo en su boca. Suspiró. Sintió el calor del sol que llegaba hasta lo más profundo del valle y que le reconfortó del frío padecido en la penumbra del camino boscoso. Miró hacia donde Bernat. No podía reconocerlo a esa distancia, se tranquilizó..., aunque era el único hombre que no portaba un instrumento de labranza. Bernat debía de saber que él le seguiría los pasos hasta Bonrepòs. Se alejó algo más para que no lo descubrieran. Evitó la fachada principal, donde los payeses, y rodeó el convento en busca de la entrada de la iglesia. Las puertas de madera permanecían cerradas. Llamó la atención de una de las serviciales del huerto.

«La paz», se saludaron ambos.

—Necesito hablar con la abadesa Beatriz —le comunico Hugo. La otra hizo ademán de negarse, pero Hugo continuó—: Dile que Hugo Llor está aquí, que desea verla. No lo comentes con nadie más. —La determinación con que Hugo se dirigió a ella terminó por convencer a la servicial. Era una chica joven de mirada despierta y alegre, quizá de la edad que habría tenido Arsenda cuando la violaron en el convento de Jonqueres—. Es importante que solo lo sepa la abadesa Beatriz.

Hugo esperó oculto en el vano de las puertas de la iglesia hasta que al cabo de un rato una de ellas se entreabrió lo suficiente para que pudiera colarse. Arsenda la cerró en cuanto él estuvo dentro.

La luz tenue y titilante de las velas que iluminaban el templo mostró a Hugo el rostro de una mujer cansada, lejos del de la abadesa intransigente que vio la primera... y última vez que estuvo con ella sin la celosía de por medio. Su voz, sin embargo, firme y autoritaria, desvaneció en Hugo cualquier duda acerca de su ánimo.

—Esperaba tu llegada —le dijo Arsenda. La voz resonó en la iglesia vacía.

—¿Cómo te encuentras, hermana? —se interesó Hugo.

—Con ese energúmeno a las puertas del convento —bromeó ella—, ciertamente atosigada.

No había donde sentarse en la iglesia, por lo que Arsenda lo llevó hasta la celosía, que cruzaron por una puerta bien disimulada. Se sentaron tras ella, uno junto al otro, con el titilar de las velas jugueteando ahora por entre los pequeños agujeros de la madera.

—Siento los problemas...

Arsenda levantó una mano y le hizo callar.

—No lo sientas por mí. Todo esto ha venido... no sé... ha venido a despertarme del letargo en el que ha transcurrido mi vida. He vuelto a descubrir el amor. No ese amor ideal hacia Dios, sino el real, el que una siente en el estómago. Un solo día con Arnau y he llorado al ver cómo añoraba su hogar, y al cabo de un instante, solo un instante, reía, y yo con él. He sufrido por si se hacía daño o se perdía en el bosque, y me he emocionado al ver que volvía a mí. ¡Un día!, Hugo. —Arsenda se secó los ojos con la manga del hábito—. Todo eso en un solo día —repitió—. No sé por qué Dios me ha negado tales alegrías y satisfacciones. Son inocuas; no desvían mi atención del objetivo de servirlo. Son muchos los años que he vivido con el corazón encogido y la culpa reconcomiendo mis entrañas. Consideré a Mercè la hija del diablo...

Arsenda estalló en llanto. Hugo no supo si abrazarla. ¿Podía? Lo hizo, y ella recostó la cabeza sobre su hombro.

—¿Te acuerdas de cuando charlábamos arrimados el uno al otro, bajo una manta, en el tejado de Jonqueres? —preguntó Arsenda entre sollozos. Hugo, con la garganta tomada, se limitó a asentir con la cabeza—. Lo borré de mi vida. Te expulsé. Así de sencillo. Sin embargo, desde que volviste con Mercè, y sus oraciones a la Virgen se colaron en mi alma, he recordado todas y cada una de esas noches con tal realismo que hasta he podido contar las estrellas que iluminaban nuestras fantasías infantiles.

—Arsenda, Mercè... Mercè está mal.

—Lo sé.

—¿Lo sabes?

—Desde que la conocí me interesé por ella y he recibido noticias de su vida. No es difícil. Lento sí, pero sencillo. Rezo por su curación. Sé de su calvario a manos del verdugo, y la admiro. ¡Ojalá Dios me hubiera concedido una décima parte de su fuerza para protegerla como ella ha hecho con su hijo!

—Entonces eras muy joven. No te lo reproches.

—Lo era, sí. E ingenua. Mucho. Estaba sola, Hugo...

—Yo...

—Con los años —le interrumpió Arsenda— llegué a conocer tanta maldad, tanta perversión... ¡tanta hipocresía!, que me encogí en mí misma y renegué de todo, hasta de mi familia. —El silencio se hizo entre ellos—. Bueno... —Al cabo la abadesa se recompuso, irguiéndose en su silla y alisándose el hábito con las manos—, ahora estás aquí y eso es lo que importa.

Hugo resopló.

—¿Puedo darte un beso? —sorprendió a su hermana.

—No sé yo si una monja debería... —dudó—, aunque he mediado en situaciones calamitosas, y también eran monjas. Sí, supongo que sí puedes besarme. Los únicos besos que he recibido en mi vida de un hombre... Sí, creo que lo merezco.

Ella le mostró la mejilla y Hugo la besó con ternura.

—Por nuestra infancia —dijo uno.

—Y por nuestra vejez —contestó la otra.

—¿Y ahora qué haremos con el niño? —inquirió Hugo después de que transcurrieran unos instantes.

—No he querido entregar a Arnau al almirante. Sé que es su padre, pero también sé que Mercè ha soportado unas torturas terribles por salvar a esa criatura de una muerte segura. Me consta que le costó recuperarse, pero lo consiguió con la ayuda de Dios... y las oraciones y los cuidados de todas las monjas, te lo aseguro. Sería sencillo escapar por la noche. El almirante deja un hombre de guardia, pero más parece que lo hace por mantener la sensación de asedio que por eficacia. Está a la espera de algo, no sé de qué. Dudo que sea ayuda militar; se basta y se sobra para poner en fuga a los payeses que nos protegen. No son soldados. Una cabalgada y cuatro espadazos, y todos huirían despavoridos. Igual pretende el permiso de la reina... o del arzobispo. Ignoro lo que dirá la reina, pero el arzobispo nunca le permitirá asaltar el convento; de eso ya me he ocupado. Lo que sí es cierto es que el almirante sabe que en la oscuridad cualquiera podría escapar.

—¿Adónde iríamos? —se preguntó Hugo.

—Esa es la cuestión, por eso el almirante está esperando. Sabe que no tenéis adónde ir.

—Así es —reconoció él—. Sería absurdo escapar. Mercè casi no puede moverse; necesita a Caterina a su lado. No tendría ningún sentido que yo huyese con Arnau a otro lugar, lejos de su madre... y de Caterina. —Hugo se mantuvo un rato en silencio, pensativo—. Tras la muerte de Guerao pensé... pensamos con Caterina —se corrigió— que la solución a todo esto sería que madre e hijo desaparecieran. Les haríamos llegar dinero suficiente para vivir allí donde fuera. Granada, por ejemplo. En Granada habría podido esconderse, con los moros.

Al mencionar Granada, Dolça regresó a su recuerdo como un fogonazo. ¡Granada era la ciudad adonde había soñado que podían huir, los dos juntos!

—La taberna vuelve a ir bien y rinde —prosiguió, relegando el recuerdo de Dolça a uno de los rincones oscuros de su memoria—. Pero hasta que Mercè no se recupere de las secuelas del tormento, es imposible. Y tampoco puedo volver a Barcelona con el niño. Sería como una confesión; me detendrían tan pronto como cruzara las murallas. Primero contábamos con Guerao para que nos defendiera frente a Bernat y contara la verdad, después pensamos en lo de Granada… ¡o donde fuere! Y ahora ni siquiera puedo regresar con Arnau a donde está su madre.

—Hasta que no hagáis las paces —apuntó Arsenda—, no podréis vivir tranquilos.

—¿Las paces?

—Sí. Con el almirante, hermano. Es un mal enemigo. Poderoso y cruel. Hasta que no alcancéis una tregua, ni tú ni tu familia viviréis tranquilos.

—¡Ha prometido matarnos a todos!

—Pues debes hacer ese esfuerzo… o enfrentarte a él.

Todavía le dolía el golpe que con la espada plana le había propinado Bernat hacía unos días en la taberna. No veía cómo podía hacer las paces con él. La única salida era enfrentarse al almirante y acabar con su vida, aunque tampoco sabía cómo matarlo. Jamás había empuñado una espada, y aunque había matado a aquellos arrieros que quisieron violar a Mercè en el camino de Zaragoza, o años atrás a otro para defender a Regina, se dijo que dar muerte al almirante no le resultaría tan fácil. A los arrieros los había engañado. No podía ser lo mismo con Bernat; tendría que retarlo, acudir a donde se encontraba, mirarlo a los ojos… Estómago y testículos se le encogieron ante la visión del corsario abalanzándose sobre él.

Durmió en la iglesia, junto a las puertas de entrada, lo más alejado posible de la celosía tras la cual las monjas acudían a cantar y rezar las horas. Arsenda le permitiría quedarse allí hasta que se resolviese todo, le dijo, y no, no podía entrar a ver a Arnau. Lo tenían engañado en una celda sin ventanas donde monja tras monja entraban para distraerlo. Habían inventado la historia de que unos hombres malos mandados por la condesa querían volver a llevarlo con ella. Nombrarle a la condesa fue suficiente para que el niño aceptase de buen grado su reclusión. Al anochecer, después de que Bernat se retirara a descansar al priorato, le permitían pasear y jugar un rato en el claustro. Arnau tampoco podía saber que era su padre el que amenazaba al convento; siempre hablaba bien de él, con cariño.

«Y no se puede tener a un crío de esta edad retenido durante mucho tiempo en la celda de un convento», le comentó su hermana.

¿Se trataba de una advertencia? Si lo fue, Arsenda no insistió, lo siguiente por lo que le preguntó fue por Mercè. Quería conocer algo más acerca de la vida de su hija, y escuchó ensimismada el relato que Hugo le hizo hasta que una de las monjas la requirió. Sus obligaciones la reclamaban.

Después de completas, ya anochecido, una servicial joven llevó a Hugo la cena y una manta para que se protegiese del frío. Tendría que dormir en el suelo, se lamentó la monja como si fuese ella la culpable. Esa noche no volvió a ver a Arsenda. Creyó que no conciliaría el sueño, no solo por el frío y el suelo sobre el que se tumbó, duro, sino por los cánticos y las oraciones de maitines y demás horas canónicas de las monjas tras la celosía. Sin embargo, el cansancio del camino, haber dormido mal y poco en pajares o con los animales, le rindió y le transportó a un sueño ligero del que despertaba para sorprenderse con el resplandor de las velas que iluminaban a la Virgen con el Niño. Una y otra vez durante la noche, en muchas ocasiones unos instantes nada más hasta que el cansancio volvía a vencerlo. La Virgen con el Niño se agarró a sus sueños. Y sonreía. Y lloraba. Y Hugo despertaba agitado para toparse con Ella, allí, envuelta en una nube de calor que flotaba en la iglesia y que le concedía vida, igual que le había sucedido con la Virgen de la Mar aquella noche en la que quiso devolver a través de la iglesia los dineros que Bernat le diera como pago por su traición a los marineros catalanes.

Y Bernat se mezclaba en sus sueños, con la Virgen, con Mercè, con Barcha y con Caterina.

Al amanecer, tras el oficio de hora prima, Arsenda encontró a su hermano postrado delante de la Virgen; rezaba con los ojos cerrados. Él finalizó al percatarse de su presencia.

—Tenías razón —le dijo.

—¿Acerca de qué? —inquirió ella.

—O tregua o muerte.

Arsenda frunció las cejas.

—Yo no hablé de muerte.

—Pero es la única solución. Esta misma mañana, en cuanto llegue Bernat, iré en su busca.

De poco sirvieron los consejos de Arsenda. Efectivamente, había hablado de enfrentamiento, pero no pretendía que lo hiciese en persona. Insistió en alcanzar la paz a través de intermediarios: el arzobispo de Tarragona, por ejemplo; era buen amigo de Arsenda y le debía muchos favores. En eso pensaba, en la intervención de terceros que tuvieran cierto ascendente y pudieran mediar frente al almirante. Y en cuanto se refería a un enfrentamiento..., si este era preciso existían medios suficientes para orillar la violencia; de eso bien sabía la Iglesia.

—No vayas —insistió Arsenda ante la estrepitosa llegada de Bernat y el resto de sus hombres a caballo entre un retumbar de cascos, relinchos y gritos—. Te matará.

Pero Hugo parecía imbuido de un espíritu invencible.

—Ella me ayudará —replicó santiguándose ante la imagen de la Virgen y el Niño.

El poco tiempo que Arsenda mantuvo su mirada en la Virgen, culpándose por haber llevado a su hermano al error y con la angustia atenazando ya su ánimo, fue el que utilizó Hugo para abrir con decisión una de las puertas de la iglesia y salir a campo abierto.

Vestía sencillo, como el tabernero que era: zapatos de cuero duro, resistentes; calzas pardas de lana de calidad; jubón oscuro y cota también de lana, roja desleída, hasta medio muslo. Con la cabeza descubierta, el único adorno que llevaba Hugo era un cinturón de cuero negro con hebilla de plata, regalo de Caterina, y que vestía por encima de la cota. Otro «adorno» que acostumbraba a llevar en los viajes, puesto que en Barcelona estaba prohibido por superar la longitud máxima, era el cuchillo de Barcha, pero ahora permanecía tirado en la iglesia, junto a la manta, la capa y sus demás pertenencias.

La bruma ya se había levantado a la llegada de Bernat, y el valle que se extendía frente al convento aparecía cubierto de una pátina de rocío. No hacía sol, pero Hugo tampoco tenía frío. Todos sus sentidos se centraban en aquella figura imponente que en ese instante reía a carcajadas la broma de alguno de sus hombres.

Bernat sí que vestía su capa, morada, casi hasta los pies, forrada en piel, con capucha y bordada con motivos en plata. La capa lo cubría por entero, salvo la empuñadura de la espada, que sobresalía a la altura de la cintura, y la punta, que asomaba junto a los tobillos.

Los cuatro payeses que habían permanecido de guardia aquella noche redujeron el tono de su voz hasta convertirlo en un murmullo a la vista de Hugo cruzando la extensión que se abría entre unos y otros. La calma repentina llamó la atención de Bernat y los suyos, que desviaron sus miradas hacia el convento.

Quedarían unos veinte pasos cuando el almirante ensanchó su sonrisa y se desembarazó de la capa dispuesto a pelear con Hugo, quien recorrió la mitad de la distancia y se detuvo.

Carraspeó un par de veces.

—Creo que deberíamos hablar, Bernat —dijo después.

—No tengo nada que hablar contigo —contestó el otro.

—Yo creo que sí. Hay muchas cosas que nos unen y que nos han unido —insistió Hugo—: Mercè, Arnau, tu padre, tu madre...

Bernat desenvainó la espada con violencia.

—¡No mentes a mis padres, perro! —gritó acercándose hasta él—. Ensucias su recuerdo —masculló ya a su altura, con la punta de la espada presionando el pecho de Hugo—. No eres digno de su memoria.

Hugo abrió los brazos para que todos, incluidas las monjas que siguiendo a Arsenda se apiñaban en las escasas y pequeñas ventanas del segundo piso del convento, pudieran ver que no escondía arma alguna.

—¿Ahora asesinas a personas desarmadas? —le retó Hugo.

Bernat no lo dudó: se desprendió del cinturón del que pendía la vaina de la espada y, sin mirar atrás ni dar orden alguna, la tendió en el aire para que uno de los suyos la cogiera. Lo mismo hizo con un puñal, los anillos y un collar del que colgaba una gran cruz de oro. También se quitó la cota, de seda, ribeteada con perlas pequeñas.

—¿Quieres que lo haga con las manos? —se mofó Bernat mientras sus hombres recogían sus cosas—. No serás el primero.

Bernat quedó vestido con un jubón blanco bordado, las calzas del mismo color y borceguíes para montar. Aun así, el almirante no perdió el porte, y Hugo reprimió un lamento ante el poderío que emanaba.

No tuvo tiempo para pensar más. Bernat se abalanzó sobre él, le golpeó con un puño en el vientre y, en el momento en el que Hugo se doblaba, le propinó otro en el rostro. Hugo cayó hacia atrás, tendido boca arriba sobre la hierba.

—Levántate. Pelea —le apremió Bernat.

Hugo boqueó en busca de aire y logró arrodillarse. La cabeza le retumbaba. «No te inclines ante nadie», recordó entonces el consejo de micer Arnau. Se permitió un esbozo de sonrisa y aguardó unos instantes, hasta que con un esfuerzo ímprobo saltó sobre Bernat.

El otro se apartó y rió. Hugo pasó de largo.

—¡Necio! —le insultó Bernat.

Hugo fue a parar a donde se hallaban los hombres del almirante, quienes lo agarraron y le dieron la vuelta para enfrentarlo a su señor. Los payeses también se habían acercado a presenciar la pelea. El silencio, sin embargo, imperaba.

—Esto tendría que haberlo hecho hace mucho tiempo —exclamó Bernat adelantándose hasta Hugo para volver a golpearle.

Sin embargo, en esa ocasión fue Hugo el que se adelantó y lanzó un golpe con el puño cerrado al rostro del almirante. Bernat reculó unos pasos, agitó la cabeza y mostró su sorpresa. Hugo se concentró en su rival. Había podido golpearle. Podía hacerlo más veces; debía hacerlo. Se inclinó hacia delante con los brazos extendidos, atento, presto. Bernat bramó al abalanzarse de nuevo sobre él. Hugo se apartó no sin antes poner la zancadilla para que Bernat cayese al suelo con estrépito, también donde sus hombres, de los que se desprendió a manotazos ante el solo ademán que hicieron por ayudarlo a levantarse.

Bernat rezumaba ira. Hugo trataba de mantener la serenidad. Bernat cambió de táctica y buscó a su oponente, despacio. Hugo se movía alrededor de él y Bernat no conseguía rodearlo.

—Peleas como los siervos. No te atreves a golpear. ¿Vas a estar así todo el día, dando vueltas y rehuyendo el combate? ¡Cobarde!

Hugo hizo caso omiso de los insultos y continuó igual. Bernat lanzó algún que otro golpe, pero no consiguió acertarle. El almirante resoplaba, y Hugo creyó que podría vencerle. ¡La Virgen le acompañaba!

Saltó sobre Bernat y volvió a golpearle en el rostro, pero en esa ocasión el almirante no se echó atrás, sino que se aferró a él en un abrazo con el que lo cubrió por entero. Hugo dio puñetazos en los costados a su adversario hasta que un rodillazo en los testículos le detuvo. El dolor estalló en su cuerpo. Aulló, e ingenuamente trató de liberarse del abrazo apoyando las manos en los hombros de Bernat, como si se lo rogase. La contestación fue otro rodillazo en la ingle. Y un tercero. Entonces el almirante lo soltó, pero antes de que Hugo se desplomara le agarró de la cabeza con una mano y con la otra le golpeó con crueldad. Lo dejó caer, y ya en el suelo se ensañó a patadas con él.

—Detente, por el amor de Dios.

No fue un grito, solo una súplica que, no obstante, tronó entre los presentes. El almirante desvió su mirada hacia Arsenda.

—¿Por qué debería hacerlo?

—Porque te entregaré voluntariamente al niño sin necesidad de que tengas que asaltar un convento y convertirte en enemigo de Dios.

—¿Así de sencillo?

—Sí —contestó Arsenda—. Solo te impondré una condición —añadió. Bernat torció el gesto—. Dejarás en paz a mi hija y a mi hermano. Tampoco los denunciarás.

El almirante asintió.

—No tengo ningún interés en ellos, siempre que no se crucen en mi camino ni en el de mi hijo.

—Sea —admitió la abadesa.

Hugo quiso decir algo desde el suelo y llamó la atención de su hermana alzando con dificultad un brazo. Arsenda sorteó al almirante y se acuclilló junto a él.

—No... No lo hagas —logró articular con el rostro contraído en una mueca de dolor—. Todo esto no servirá de nada.

—Servirá para que no te mate ahora. Debo hacerlo, hermano.

Arsenda evitó discutir más. Se levantó y pidió a los payeses que aparejaran la mula del convento y, en la carreta, llevaran a Hugo hasta Escaladei, donde lo atenderían de sus heridas.

—Acompáñame —ordenó después con frialdad a Bernat.

El almirante se echó la capa por los hombros y, con sus hombres, los caballos de la mano, siguió a Arsenda hasta el convento. Entraron por la iglesia.

—No necesitas armas en la casa de Dios —le recriminó Arsenda al ver que se abrochaba el cinto con la espada—. ¿Acaso tienes miedo de una decena de monjas?

—Más que de un ejército de hombres —replicó Bernat, devolviendo con un ademán exagerado la espada a su oficial, quien a su vez deslizó el puñal en una de las manos del almirante para que lo escondiera bajo la capa.

Arsenda se percató y le dio la espalda con un deje desdeñoso.

—Entra tú solo. Espérame aquí —volvió a ordenar una vez que estuvieron en el interior de la iglesia—. Podrías aprovechar la presencia de la Virgen para arrepentirte de tus pecados y empeñar tu palabra en la virtud y la bondad.

—La Virgen me anima a defender la virtud y la bondad con la espada, no con la palabra.

Arsenda no contestó. Desapareció tras la celosía para regresar al cabo de un rato. Arnau no venía con ella.

—¿Qué es este engaño? —bramó Bernat.

—Toma —le ofreció la abadesa alargándole un rollo de papel—. Léelo —le pidió ante las reticencias de Bernat a cogerlo—. No te hará daño ni mal alguno. En cuanto lo hayas leído, no faltaré a mi palabra, tenlo por seguro.

Bernat se acercó al altar, donde ardían las velas, y leyó con detenimiento, pero sin inmutarse, la carta que Mercè escribiera a su madre y en la que relataba el peligro que en opinión de Guerao corría Arnau.

Bernat finalizó la lectura. Arsenda reparó en ello porque pese a no levantar la mirada del papel sus labios dejaron de moverse.

—Tu hijo llegó a Bonrepòs envenenado. Si hubiera permanecido en Barcelona con tu esposa, habría muerto en pocos días, sin duda alguna. Mi hija me pidió que lo protegiera hasta que volvieras. El asesinato de Guerao trocó sus planes. Su asesinato —repitió— les impidió probar ante ti que actuaron en defensa y por el bien de Arnau. No los creíste, por supuesto. Por defender a Arnau de la avaricia de tu esposa, Mercè, mi hija, está desgraciada, y casi has matado a mi hermano. Deberías…

—¿Dónde está el niño? —la interrumpió Bernat.

—Póstrate ante la Virgen —le conminó Arsenda dando media vuelta para ir en busca de Arnau— y ríndele tu espada.

36

Fue Caterina quien le dio la noticia a Mercè. La hija de Hugo estaba sentada al sol en el huerto, con los pies todavía vendados, el cuerpo cruzado por las cicatrices causadas por las cuerdas y algunos dedos agarrotados, ya sin posibilidad de cura. Se lo dijo de improviso:

—Bernat ha vuelto de Bonrepòs con el niño.

Mercè dejó caer la cabeza. Ya no le quedaban lágrimas, las había derramado todas. Además, desde que Hugo partió al Priorat ninguna de las dos podía imaginar otro desenlace que no fuera ese: que el almirante de la armada catalana recuperase a su hijo. Caterina apoyó las manos en los hombros de Mercè.

—¿Y mi padre?

—No sabemos nada de él —contestó Caterina tratando infructuosamente de mantener la voz firme—. Bernat viaja a caballo. Hugo debería tardar más en regresar.

Siguieron sin tener noticias de Hugo durante los tres días siguientes, y su angustia se mezcló con los sucesos de los que sí tuvieron conocimiento esa misma jornada. Mercè oyó los comentarios todavía sentada en el huerto, y sin ayuda alguna, arrastrando los pies, se desplazó hasta el interior. El almirante quería matar a su esposa, comentaban exaltados los clientes de la taberna.

—Dicen —afirmaba un hombre sentado a una de las mesas— que nada más llegar y con la espada en la mano recorrió a gritos el palacio en busca de la condesa.

—¿Y la encontró? —preguntó otro.

—No. En aquel momento se hallaba fuera, en casa de una amiga.

Una criada corrió a avisarla de lo que sucedía y ella buscó refugio en la residencia de su padre.

—Galcerán fue lo suficientemente precavido para cerrar las puertas del palacio, porque en caso contrario el almirante habría entrado en tromba y se la habría llevado. Desde la misma calle juró que la iba a matar, hasta que llegó el veguer y lo convenció de que volviese a su casa.

—¿La ha denunciado al veguer?

—No, no lo hizo. El almirante no ha denunciado a nadie.

Mercè resopló ante esas palabras. Ignoraba la promesa que Bernat había hecho a Arsenda.

—Es evidente que la culpable del rapto del niño es esa mujer. ¿Por qué si no querría matarla el almirante?

—Pues entonces que la denuncie a la justicia… —sugirió alguien.

—¿Para qué va a hacerlo si él mismo la ajusticiará? —añadió el cliente que parecía mejor informado de todo aquel asunto.

Los hombres asintieron, y alguno bromeó al respecto. Pedro se percató de la presencia de Mercè, apoyada en la esquina del pasillo que conducía al huerto desde la planta baja, y le ofreció algo del vino que llevaba a una de las mesas. Ella lo rechazó.

Cuando el joven volvió a pasar en dirección a las cubas, Mercè llamó su atención.

—Mantenme informada, te lo ruego —le pidió haciendo una seña hacia las mesas—, pero sin que Caterina se entere. No quiero preocuparla.

Pedro asintió. Caterina pasaba la mayor parte del día en su habitación, intranquila, esperando recibir noticias de Hugo.

—Soy huérfano, lo sabes. Me habría gustado tener una madre como tú, capaz de hacer todo lo que has hecho por tu hijo —se explayó el joven—. No desfallezcas, Mercè. Te informaré de cuanto digan y te ayudaré en lo que sea menester. Cuenta conmigo.

A los dos días el griterío de los clientes fue mucho mayor. Bernat había vuelto a personarse en el palacio de Galcerán Destorrent con la misma intención: llevarse a la condesa y matarla. Los hombres, unos sentados a las mesas largas, otros de pie, se atropellaban y se quitaban la palabra unos a otros, tratando de demostrar que sabían más del suceso.

—Estaban las puertas abiertas —empezó uno.

—Entró con la espada desenvainada, como si estuviera en la guerra...

—Y se encontró con seis caballeros, feudatarios de uno de los señoríos de Galcerán Destorrent, que se le enfrentaron —prosiguió el primero.

—El almirante solo iba acompañado de dos soldados.

—Pelearon hasta que de nuevo apareció el veguer, y también el baile y varios concelleres de la ciudad.

—Los hombres de Galcerán no tienen autorización ni del rey ni del consejo para llevar espadas en Barcelona —puntualizó alguien.

—El almirante y sus soldados sí que la tienen. En verdad son marineros. Tienen permitido llevar armas —añadió otro de los clientes.

—Ya, pero Galcerán adujo que sus hombres solo las usaron en el interior de su palacio, para repeler una agresión, y que ahí es él quien concede o niega permisos.

—En eso tiene razón.

—No...

—El almirante —se le adelantó otro— replicó que no hay agresión alguna. Que allí dentro se encuentra su esposa y que no descansará hasta que retorne a su palacio.

—Y el veguer y el baile, ¿qué dijeron? —preguntó un hombre de mayor edad.

—Que los dos eran nobles y principales. Que se tranquilizaran.

—Hubo algunos heridos...

—¿El almirante?

Bernat solo tenía un pequeño tajo en un brazo. Mercè se recriminó a sí misma la atención prestada a esa cuestión, incluso el haberse relajado al saber de la levedad de aquella herida. Cuando los hombres ya se repetían en sus palabras y comentarios se obligó a caminar de vuelta al huerto, pisando algo más firme, notando más el dolor, pero necesitaba curar aquellas heridas. Bernat estaba enfrentado a muerte con la condesa y su familia; de una forma u otra debía aprovecharse de esa nueva situación.

Las noticias que Arsenda les remitió acerca de Hugo y su recuperación en Escaladei llegaron a la taberna poco antes de que lo hiciera él, y por su propio pie.

—Estoy convencida de que Bernat cumplirá su palabra —había venido recordando durante el camino lo que Arsenda le había dicho en una de sus vistas al priorato de Escaladei mientras él no estaba en condiciones de viajar—, pero vosotros también debéis dejarlos tranquilos, a él y al niño. Arnau es afortunado, heredará títulos y riquezas y está llamado a ser uno de los principales de Cataluña, lo presiento. Alegraos por ello. ¡Vivid la fortuna de esa criatura! Ya habéis sufrido bastantes penalidades a causa de vuestro empeño en ese chiquillo. Arnau es feliz. Dios dispondrá. Rezad y confiad en Él.

Arsenda tenía razón, concluyó Hugo, como en aquellas ocasiones en las que le aconsejaba o le regañaba en el tejado del convento de Jonqueres. Era cierto, Arnau estaba a salvo y viviría como le correspondía: como un príncipe. Por otra parte, pelear contra Bernat no les había deparado más que problemas y desgracias. Mercè tendría que entenderlo, por doloroso que fuera para ella. Su hijo estaba bien, eso era lo único que importaba.

Hizo caso a su hermana y rezó, ciertamente, pero también se prometió empezar una nueva vida, con Caterina y con su hija.

No demoró mantener una conversación con Mercè, tras darle su opinión a Caterina, que la compartió plenamente. «Deja que crezca tu hijo.» «No busquemos más problemas.» «Arnau será un conde, un principal de Cataluña.» «Vivamos nosotros.» «Confía en Dios.» Mercè fue asintiendo resignada a los argumentos de Hugo y Caterina. No deseaba discutir con ellos. Comprendió que no podía. Su padre llevaba años luchando por ella: espió para Roger Puig; le consiguió una buena dote que ella malgastó casándose con Bernat, una dote que le quitaron con la anulación de su matrimonio por ser la supuesta hija del diablo; luego su padre la buscó hasta liberarla del castillo de Sabanell; había luchado por Arnau hasta… hasta la desesperación. Y Caterina, la liberta rusa, había entregado su cuerpo como una prostituta vulgar para permitirles huir del palacio de la calle de Marquet.

Mercè no deseaba contrariar a ninguno de los dos, por lo que volvió a asentir cuando la animaron a rehacerse, a encontrar otra vida, quizá otro esposo… Ellos sonrieron. Ella ocultó su imposibilidad de hacerlo simulando un repentino dolor que la llevó a quejarse y masajearse un pie. No podía sonreír. Soñaba con su hijo, pero por otra parte su padre era feliz con Caterina, ambos lo merecían; no quería que sus vidas volvieran a torcerse. «¿Casarme de nuevo?», se planteó con cinismo una vez que los otros dos abandonaron el huerto. Lo único que la alentaba a continuar viviendo era la sola imagen del pequeño Arnau, poder besarlo y abrazarlo antes de que él la olvidase definitivamente.

Y aquellos sueños de Mercè se veían alentados por los sucesos que continuaban relatando los clientes de la taberna. Bernat había reclamado al veguer que si su esposa no estaba dispuesta a volver con él, la obligara a entregarle a Gaspar, su segundo hijo, que él lo trataría igual que ella había tratado a su primogénito. Mercè bien sabía lo que significaba aquella amenaza que Bernat gritó a las puertas del palacio de Galcerán en el momento en que el veguer reclamó la entrega de aquel niño.

La condesa y su padre no se plegaron al requerimiento del veguer y apelaron a la reina María, la esposa de Alfonso, en aquellas fechas reunida en Cortes en Barcelona como lugarteniente de su marido.

No había amanecido todavía cuando Hugo se encaminó a la mesa de cambio de Higini, aquella que había sido de Raimundo... de Jucef, rememoró en voz alta. Llegó demasiado temprano; Higini todavía no había abierto, por lo que tuvo que esperar. No le importó. La calle Ample le traía mil recuerdos. Cruzaba a la de Marquet, donde el palacio de Bernat, y llegaba hasta la entrada de las atarazanas. Estaba muy cerca del convento de la Mercè, y algo por encima de ella se ubicaba el palacio Menor. Por debajo se llegaba a la playa, a las Voltes dels Encants, o a las del Vi, donde las atarazanas viejas, al aire libre. Allí había trabajado con los barcos, y con los gatos después de que creyeran que estaba endemoniado; allí había conocido a Bernat.

—¿Por qué reniegas?

Hugo no se había dado cuenta de que, efectivamente, estaba andando cabizbajo y negando con la cabeza. Sonrió a Higini y volvió a hacerlo al entrar en aquella mesa de cambio, sencilla y modesta. Higini la había mantenido tal como la tenía Jucef: libros de cuentas, el viejo tablero, la cizalla para cortar la moneda falsa. Solo había renovado el tapete rojo que debía cubrir la mesa de todo cambista para acreditar que gozaba de solvencia y autorización del Consejo de Ciento para ejercer como tal. Ahora el desleído tapete de Jucef había sido sustituido por uno de seda roja que destellaba a la luz.

Allí fue donde Jucef le premió con las viñas de Saúl, recordó Hugo. Los judíos le recompensaron la entrega a las autoridades del perro calvo, del asesino de su gente. Hacía mucho tiempo de aquello. Un escalofrío recorrió su cuerpo. Lo presintió. Ahora, allí, en esa misma mesa de cambio, volvería a empezar y emprendería una nueva vida.

—Sé de un corredor que ofrece viñas en venta, en el Raval, cerca de... —le ofreció el cambista al escuchar del interés de Hugo, quien no obstante le interrumpió.

—Quiero esa, Higini, la que te he señalado. Cómprala.

Hablaron del dinero y llegaron a un acuerdo. Hugo disponía de recursos, creía que suficientes por más que pidiera el enfiteuta, pero si era necesario contaba con Higini para que le prestase el resto del precio. Lo garantizaría con las cosechas.

—He encargado a Higini que se ocupe de buscar un corredor de su confianza para comprar la viña de Vilatorta —confesó a Caterina esa misma noche.

La mujer tardó en sonreír. Luego se mostró entusiasta.

—Le hará bien a Mercè —aseguró—. Y a ti también, por supuesto. ¿Cuándo será eso?

—Confío en que después de que tú y yo hayamos contraído matrimonio.

Para Caterina esas palabra significaban algo más que una declaración de amor. Sus ojos se llenaron de lágrimas al pensar que, por fin, sería la esposa de Hugo ante los ojos de los hombres y de Dios. La vida, que tan cruelmente la había tratado en el pasado, le concedía ahora la culminación de todos sus deseos: ser la mujer de Hugo, el único hombre al que había amado. Sonrió y lloró a la par, y se arrojó en brazos de quien sería su marido sintiéndose, por primera vez, una mujer plenamente feliz.

Todavía era reconocible el edificio del lagar aunque a lo largo de los años hubiera sufrido modificaciones. Hugo se alejó de las mujeres y simuló curiosear, si bien en realidad buscaba aquellas rajas en el muro a través de las que se podía espiar el interior, donde Dolça, su madre y Regina trataban los problemas de sus pacientes. Ya no estaban. Habían transcurrido más de treinta años desde que se arrimó a aquella pared para estremecerse ante la mujer desnuda a la que aplicaban sahumerios entre las piernas. Observó las viñas: bien cuidadas. Aquellas tierras del *hort i vinyet* de Barcelona ya no eran propiedad de Jacob ni de David o Saúl, sus hijos; tampoco lo eran de Eulàlia. Todos las habían vendido.

No hubo problemas con el contrato, de cuya gestión también se ocuparon tanto Higini, el cambista, como el corredor. La actual propietaria era la viuda de un mercader que se consideró de mayor clase social que Hugo, un sencillo tabernero, por lo que este, tras pagar al enfiteuta una cantidad sensiblemente superior a la razonable por aquellas tierras, pudo subrogarse en su contrato de *rabassa morta*.

—Creo que tu padre está más contento por la compra de esta viña que... cuando se casó conmigo —comentó Caterina a Mercè mientras las dos miraban cómo acariciaba una de las plantas.

—Son alegrías diferentes —intentó convencerla la otra, consciente no obstante de la razón que Caterina tenía en su apreciación—. No se pueden comparar.

—Desde luego que no —la interrumpió Caterina—. La de ahora es exultante, la de nuestra boda era... contenida —dijo entre risas.

Así había sido: una boda sencilla en Santa María de la Mar. Pero la moderación no fue sino exigencia de la propia Caterina. «No quiero dar lugar a más habladurías», confesó a Hugo. Invitaron a pocas personas, Mercè, Pedro, mosén Juan, algunos corredores de vino y cinco o seis mercaderes con los que Hugo había hecho buenos negocios. Por parte de Caterina acudieron Llúcia, Simón y algunos otros libertos. Lo festejaron en la taberna, con buena comida y mejor vino.

—No es cierto —le recriminó Mercè—. Padre estaba muy contento por haberse casado contigo.

—No tengo celos de esta viña —bromeó la rusa—. La alegría de tu padre es la mía... y los dos esperamos que sea también la tuya.

Mercè suspiró con hartazgo.

—Inténtalo, te lo suplico —insistió Caterina ante la actitud reacia por parte de Mercè a trabajar en aquellas tierras.

No se había atrevido a decírselo a su padre para no empañar aquella ilusión desbordante y casi infantil, pero no se veía con fuerzas, ni mucho menos con ánimos, para acompañarlo en semejante aventura. Y en esos términos se sinceró con Caterina.

—Caterina —replicó Mercè con seriedad—, no ando bien todavía, y mis manos… —se excusó mostrando alguno de esos dedos que no se habían recuperado—. ¿Cómo quieres que trabaje en una viña?

—Pero en un tiempo tus pies sanarán. Eso dicen los médicos. Entonces podrás… —La expresión de Mercè la obligó a callar—. Algo más allá —señaló sin embargo— está la finca que era de micer Rocafort. No sé si seguirá siéndolo, hace muchos años que no sé de él. Allí me llevaron de niña, recién desembarcada. Allí me violó Roger Puig por primera vez y me compró como esclava, y allí habría fallecido de no ser por el empeño de tu padre, puesto que me daban por muerta. Él quiso que me curase.

Por un instante Caterina recordó a Regina: entonces le salvó la vida, con la ayuda de su esposo médico. Ella, por el contrario, había contribuido a quitársela con el vino y el aguardiente. Negó con la cabeza para apartar sentimientos tan contradictorios y se excusó en que la Regina que había muerto emparedada nada tenía que ver con la judía que la atendió y la curó de niña.

—Parece ser —continuó Caterina rompiendo un silencio compartido por Mercè— que tu padre se ha obstinado ahora en que seas tú la que te cures y seas feliz.

—¡Bah!

—No menosprecies sus intenciones. Bien conoces su constancia.

Tal como preveía el rey Alfonso, su hermano el infante Enrique de Aragón fue encarcelado por el monarca castellano. Pero si los acontecimientos en Castilla eran desoladores para Alfonso, Nápoles se había convertido en el laberinto de intrigas contra el que sus ministros le previnieron. El papa Martín V aceptó la adopción de Alfonso por la reina Juana y dictó una bula en la que le confirmaba como sucesor al trono, pero al mismo tiempo conspiraba contra él y se confabulaba con el duque de Anjou y el de Milán. Sforza, condotiero a favor del de Anjou, se pasó al bando de Juana y de Alfonso, para terminar traicionando a este y atacándole en la misma Nápoles, donde Alfonso sufrió una severa derrota. La reina Juana, por su parte, mudó de parecer una vez más, revocó la adopción de Alfonso y adoptó al duque de Anjou como sucesor del reino de Nápoles, al que también nombró duque de Calabria, título del que ya disponía el rey Alfonso. A todo ello había que sumar las camarillas de los nobles napolitanos, mutantes como su soberana, y las constantes conspiraciones del senescal.

Así las cosas, en aquel año de 1422 la reina María convocaba a las Cortes Catalanas en Barcelona para pedirles otra vez apoyo y la financiación de una nueva armada que zarpara a Nápoles en socorro del rey, en aquellos días refugiado en el castillo Nuovo de la ciudad en una situación crítica.

Los tres brazos que componían las Cortes Catalanas fueron emplazados en Barcelona: el eclesiástico, presidido por el arzobispo de Tarragona y formado por obispos, síndicos de los cabildos catedralicios, priores, comendadores y abades; el brazo militar, presidido por el duque de Cardona y compuesto por todos los condes, marqueses, vizcondes, barones, nobles y caballeros del principado, y por último el brazo real, formado por los pueblos de realengo, presidido por los representantes de Barcelona y compuesto por las ciudades de Lérida, Gerona, Tortosa, Vic, Cervera y veintisiete villas más.

Otra vez la ciudad volvió a verse superada por la llegada de los miembros de las Cortes y de sus numerosos séquitos. Una vez más en la taberna de la calle de la Boquería se trabajó a destajo, sirviendo y vendiendo durante el día, destilando durante la noche, lo que impidió a Hugo acudir a la viña con la frecuencia que deseaba. Era necesario allí, donde hasta Mercè, algo recuperada de sus heridas en los pies, aportaba su trabajo.

Las sesiones presididas por la reina Juana en el solio de la sala capitular de la catedral de Barcelona adelantaban con relación a propuestas de diversa índole, como los cuarenta y un capítulos que modificaban las leyes catalanas, pero en cuanto se trataba de la ayuda económica al rey Alfonso, bastantes miembros del brazo de las ciudades se levantaban y las decisiones se paralizaban, para desesperación de la reina.

Galcerán Destorrent era quien utilizaba sus influencias y presionaba para que las ciudades negaran la ayuda económica necesaria para acudir en apoyo del rey. Poco tardó la reina María en acceder a los deseos del patricio.

—Ha mandado llamar al almirante… —se oyó de boca de un sacerdote en la taberna.

—Ya no es almirante —apuntó otro.

—Cierto —afirmó el primero—. Yo lo vi. Estaba en la catedral. La reina lo ha destituido.

—¿Por qué?

—Porque la desobedeció. Antes de empezar la sesión, la reina pidió silencio y le dijo al almirante…

—Ya no lo es.

—Bueno, pues al conde… Le dijo al conde que su esposa, la condesa, se hallaba personalmente bajo su protección y que atentar contra ella sería como agredir a su majestad.

—¿Y?

—El conde le respondió que ya podía estar bajo la protección de la reina o del mismo rey, que si tenía oportunidad mataría a su esposa. Que la condesa había atentado contra su primogénito y había asesinado a su mayordomo, y eso no lo iba a consentir, como no debían hacerlo los reyes para los que él había entregado su vida y luchado durante años.

—¿Dijo que la mataría? —preguntó alguien entre las exclamaciones que se sucedían de boca de gran parte de los presentes.

—Sí. Seguro. Amenazó con matarla.

Luego se produjeron unos instantes de silencio antes de que un tercero preguntara lo que Mercè, como tantos otros, esperaba averiguar.

—¿Y qué hizo la reina?

El que hablaba resopló y gesticuló violentamente.

—Enrojeció. Dicen que le gritó y que hasta se levantó airada del solio desde el que preside las Cortes, pero sus ministros consiguieron tranquilizarla.

—¿Y?

—El obispo reiteró a Bernat que la condesa estaba bajo protección real y le advirtió que se cuidase de hacerle daño.

La gente aguardó expectante a que el que hablaba continuara explicándose.

—¿Y el conde? —le animó uno de ellos.

—¡Volvió a hacerlo! —anunció casi triunfante—. Aseguró que la mataría si tenía oportunidad. Que no era más que una perra bastarda y que merecía morir como tal.

Preguntas y exclamaciones estallaron y se atropellaron unas a otras mientras Mercè hacía esfuerzos por no plantarse allí y exigirles que callaran para conocer el final de la historia.

—Algunos de los pares del conde trataron de convencerle de que acatase las órdenes de la reina —se oyó en la taberna una vez recuperada la calma—, pero él se negó, y lo único que hizo fue pedir disculpas por haber gritado en lugar sagrado. El obispo lo expulsó de la catedral. Dicen que la reina sabe del gran aprecio que el rey le profesa, así como de la gratitud por su entrega y su valía en la guerra, por lo que esperará hasta ver qué decide su esposo acerca del desplante, pero en cualquier caso le retiró el cargo de almirante de la armada catalana, tal como exigía Galcerán Destorrent. El rey necesita el dinero.

—Y ese Galcerán, ¿qué decía? ¿Estaba allí?

—No se atreve a ir. Manda a un procurador en su nombre.

A mediados del mes de mayo de 1422, los ciudadanos despidieron desde la playa de Barcelona a una armada compuesta por veintidós galeras y ocho naves de las llamadas «gruesas», capitaneadas por el almirante Juan Ramón Folch, conde de Cardona. Cinco mil hombres armados cuyos salarios y manutención junto con los gastos de la armada serían íntegramente asumidos por el principado de Cataluña durante seis meses.

Hugo y su familia ganaron mucho dinero durante la estancia de aquellos cinco mil soldados en la ciudad, que consumieron y se aprovisionaron de aguardiente para el viaje. Apartado Bernat del almirantazgo, Hugo pudo participar, junto con otros corredores, en el abastecimiento del vino que el ejército consumiría durante su travesía hasta el reino de Nápoles.

—Siempre soñé con vendimiar estas tierras contigo —confesó Hugo a Mercè.

Corría el mes de septiembre de 1422. Hugo recordaba haber ido con su hija a vendimiar las viñas que el hospital de la Santa Cruz poseía en el Raval. Entonces era una niña que manoteaba al aire para espantar a las moscas que los asediaban debido al azúcar del jugo de la uva que tenían adherido a todo el cuerpo. Había transcurrido más de un año desde que la torturaran, y Mercè caminaba con sosiego y sobre todo mucha atención para no pisar en falso. Las cicatrices de las cuerdas permanecían escondidas bajo sus ropas, por lo que las secuelas del tormento que quedaban más a la vista eran aquellos tres dedos que definitivamente se le habían agarrotado.

Mercè se había excusado en sus dolencias para no acudir junto a su padre a trabajar las viñas: arar y cavar, plantar, deshojar, podar, enrodrigar, estercolar, limpiar el lagar y las cubas, preparar los aperos... No deseaba hacerlo; no se veía capaz de participar en lo que para Hugo constituía una fiesta, un regalo de Dios, por más que día tras día regresara de las viñas cansado, sudoroso y roto.

Caterina acudió en su apoyo.

—Tu hija no puede trabajar el campo, Hugo —arguyó—. Déjala aquí. Me ayuda en la taberna. Llévate a Pedro en su lugar y enséñale, lo merece. El muchacho... —Caterina dudó con la expresión— necesita prosperar.

Pedro ya no era ningún muchacho. Había cumplido veinte años, se había convertido en un hombre, no muy alto, pero sano y fuerte, siempre bien alimentado, que además pretendía seriamente a una muchacha con la que soñaba contraer matrimonio.

Hugo disfrutó enseñando a Pedro, en quien vio a su sucesor. El joven ya era como de la familia y se esforzaba por aprender, tanto como él en los tiempos en que trabajaba con Mahir, pero sobre todo, y eso fue lo que agradó más a Hugo y lo convenció definitivamente, mostraba cariño por las plantas y respeto por la tierra.

A partir de ese momento Mercè se liberó de aquella presión por parte de su padre. «¿Me ves a mí con un arado en la mano?», tranquilizó a Pedro el día en que este, incómodo y embarazado, le planteó si ella aceptaba que trabajase codo a codo con su padre.

Pero la vendimia era un acontecimiento que Hugo deseaba gozar con su hija, los dos solos, como tantas veces había soñado. Cerraron la taberna y Caterina y Mercè acudieron a la viña. Simón le alquiló las mulas para cargar la uva, y junto a Llúcia se sumaron a la fiesta. Todos ellos escucharon con atención las instrucciones de Hugo a la hora de vendimiar:

—¿Tenéis vuestros cuchillos para cortar? —preguntó mostrando un utensilio de hoja curva parecido a una hoz pequeña—. Debéis hacerlo con firmeza, sin estropear el sarmiento. No hay que estirar del racimo —les enseñó al mismo tiempo que tiraba del pezón de uno de ellos, que se resistió y no se soltó—. Porque el pezón, el tallo que los une al sarmiento, acostumbra a ser muy recio, y si tiráis causaréis daños a la planta. —Todos atendían alrededor del sarmiento que Hugo había escogido para darles las explicaciones—. Una vez cortado —les mostró—, debéis limpiar el racimo de hojas y bichos, y si veis alguna uva podrida, picada o estropeada, también la quitáis. Luego lo depositáis con esmero en la cesta, ni lo tiréis a la cesta ni lo apretéis. Lo de apretarlos lo haremos al término de la vendimia... —Se echó a reír—. Comeremos y beberemos, y nos divertiremos pisando la uva. Veréis que hay diferentes tipos de racimos: unos nacen de los pulgares, de las yemas del sarmiento. Estos son los mejores. En una cesta. Estos... —Cogió otros—. Estos son los de las varas; en otra cesta. Y por último los cencerrones, estos racimos que parece que no hayan llegado a desarrollarse y tienen estas uvas pequeñitas; en una tercera cesta.

—Ya nos fijaremos en ti y te preguntaremos —le interrumpió Caterina.

—No será posible —replicó Hugo—. Yo estaré con Mercè. Allí. —Señaló—. En el linde de la viña con la finca de Vilatorta.

Ver a su hija vendimiar las mismas vides cuyo vino debería haber servido para celebrar la boda de Dolça con su primo Saúl ocasionó en Hugo un encuentro de sensaciones. Al principio él no trabajó.

—Me gustaría que lo hicieras tú —le pidió a su hija—. Es algo especial. El vino que ha nacido de estas uvas significa mucho para mí.

Mercè cortó con torpeza uno de los racimos. Lo examinó, lo limpió y lo depositó en el cesto. Se volvió hacia su padre, al que encontró con los ojos húmedos y el mentón trémulo.

—Continúa, por favor —le rogó con la voz tomada después de carraspear un par de veces.

Otro racimo.

Allí mismo, quizá a un paso o a dos, junto a aquella planta... o la otra, Dolça se le entregó e hicieron el amor. Al poco murió asesinada en el castillo Nuevo. «He sido feliz», anunció ella antes de que el perro calvo le sajase el cuello.

Mercè trabajaba sola.

Con aquellas mismas uvas que Dolça exprimió en su mano para que él libase su jugo, Hugo elaboró el mejor vino de toda Cataluña, y luego perdió las tierras a manos de Eulàlia y su padre. Pero había conseguido recuperarlas.

—No solo es el vino que producen esta vides, ¿cierto? —le preguntó Mercè devolviéndolo a la realidad.

Hugo asintió con la cabeza.

—Un día, cuando eras muy niña, te prometí que estas tierras serían tuyas.

Mercè se esforzó por sonreír y se volvió para continuar trabajando.

—Hija, Dios me ha favorecido y me ha permitido estar hoy aquí contigo, después de muchos años y de muchas vicisitudes, eso es lo que pretendo demostrarte: no renuncies, algún día conseguirás estar con Arnau, tal como yo he logrado cumplir mi sueño.

—¡No quiero esperar años! —El grito de Mercè resonó en el campo y ahuyentó a los pájaros, que aletearon ruidosamente para volar sobre las viñas—. ¡Lo necesito ahora! —continuó gritando—. ¿Creéis que algún día el nuevo conde de Navarcles vendrá aquí a vendimiar conmigo? Cada día que pasa se aleja más de mí. ¡Ni siquiera me reconoce! ¡A mí, a su madre! Vos no perdisteis a vuestra hija, padre, vos solo perdisteis una maldita viña. ¿Qué me ha proporcionado Dios que no sean desgracias?

Caterina corría entre las vides alterada por los gritos. Antes de que llegase a donde ellos se encontraban, Mercè dio la espalda a su padre, lanzó al suelo el cuchillo y se encaminó de regreso a Barcelona.

—Hija... —la llamó Hugo.

—Es ahora cuando necesito a Arnau, padre —repitió ella sin volverse—. Hoy mismo, esta noche.

Hugo y Caterina la contemplaron sortear las viñas hasta llegar al camino, que afrontó con fatiga, triste.

Era imposible que el vino de aquella cosecha tuviera calidad, pensaba Hugo de regreso a la taberna. Tras la partida de Mercè vendimiaron en silencio. Luego pisaron la uva en el lagar, Caterina tratando de animarlos, los demás forzando sonrisas hasta que una y otros se cansaron y lo que debía ser una fiesta se transformó en una labor rutinaria. No. Aquel vino no sería bueno ni mezclándolo con frutas, especias o aguardiente. Había que amar a la planta, a la uva, al mosto y al propio vino; transmitirle la fuerza y la pasión con las que se afrontan las tareas destinadas a materializar el regalo que los dioses habían hecho a la humanidad. Ese vino, por el contrario, vendimiado con distracción y pisado con apatía, siempre cargaría con el estigma del abandono de su hija en el momento en el que él cumplía un sueño..., su sueño, como bien le había aclarado Mercè.

La taberna permanecía cerrada y silenciosa. «Tenía llave», afirmó Caterina. Subieron hasta el dormitorio de Mercè: vacío. Hugo negó con la cabeza. «Estará...», quiso tranquilizarlo Caterina antes de que él la interrumpiera con mayor brusquedad de la que habría deseado.

—Estará en el palacio de Bernat, como siempre, suplicando que le permitan ver a su hijo.

—Nos hemos equivocado al creer que podría olvidarlo... No quiero decir olvidarlo... —rectificó Caterina—. Tú ya me entiendes... Déjala. Ya volverá.

Hugo consiguió seguir el consejo de Caterina exclusivamente durante el tiempo que tardó en rememorar lo sucedido a lo largo de los últimos tiempos, desde que Bernat recuperara a Arnau, y notaba que se le encogía el estómago a medida que reparaba en su egoísmo.

—Voy a buscarla —afirmó de repente.

Caterina asintió. Preveía esa decisión.

—Tráela de vuelta —le susurró después de besarlo en la boca.

Hugo no pudo cumplir. Mercè no había estado en el palacio. Eso le aseguró el centinela, aunque él intuyó que mentía.

El soldado era joven, y desvió la mirada un instante, evitando la de Hugo, antes de volverse hacia su compañero como si buscara apoyo en él. El otro escupió al suelo y torció la cara en una mueca de desprecio. ¿Por qué tenían que dar explicación alguna a quien sabían enemigo del conde?

—Quiero ver al almirante…, al conde de Navarcles —reiteró Hugo al veterano—. Decidle que está aquí…

—Ya sabemos quién eres y también sabemos que el conde no desea recibirte.

—Insistid —exigió Hugo.

El otro lo observó y soltó un sonido sordo a modo de risa sardónica.

—Lárgate —le exigió antes de darle la espalda.

—¿Estás seguro de que mi hija no ha estado aquí? —preguntó al soldado joven en cuanto el otro se alejó unos pasos.

—Seguro.

—Podría ser que hubiera venido cuando tú no estabas de guardia…

—¡Échalo! —gritó el veterano.

—Aléjate de la puerta —le advirtió entonces el joven empujándole con la lanza—. Ya te he dicho que tu hija no ha estado aquí. —Volvió a evitar la mirada de Hugo, se dio cuenta y corrigió su error azuzándolo directamente con la pica—. ¡Fuera!

A Mercè no había sido necesario empujarla ni azuzarla con las lanzas; esa misma tarde había abandonado el palacio llorando, tropezando con torpeza al escapar con sus pies todavía heridos. Los soldados la vieron caer. Un par de ciudadanos trataron de ayudarla, pero ella los rechazó con aspavientos y continuó corriendo en dirección a la playa. Mercè había rogado que le permitiesen ver a su hijo. Los centinelas se negaron y ella suplicó, a pesar de que trataron de echarla. No se fue. Insistió. Al final compareció el oficial, quien la recorrió de arriba abajo con una mirada cargada de hastío.

—Solo quiero ver a mi pequeño —sollozó Mercè.

El otro arrugó el rostro.

—¿En verdad quieres que te lo traiga? —le planteó.

—¡Sí!

—¿Estás segura? —le advirtió el oficial señalándola con la mano abierta.

—Claro que sí. Es lo único que deseo en el mundo… ¿Qué…?

Mercè dudó y siguió la palma de aquel hombre que apuntaba

hacia las vendas de sus pies y sus zapatos, sucias unas, sucios los otros. Los dedos extendidos del soldado revolotearon en el aire destacando sus ropas, viejas y desgastadas, «las mejores para vendimiar», le había aconsejado su padre. Luego el oficial la miró a los ojos y sonrió con sorna. Mercè se llevó la mano al cabello, áspero y pegajoso, y sus dedos atrofiados se le engancharon en una guedeja. Recordó entonces la tortura, las laceraciones de las cuerdas en sus miembros, y se miró los brazos: ahí estaban las cicatrices. Las lágrimas aparecieron en sus ojos al mismo tiempo que se reconocía delgada, ojerosa y marcada de por vida. Un monstruo para el aspecto que podría esperar un niño de seis años criado entre sedas acerca de aquella madre a la que había olvidado.

—Voy a por él —concedió en ese momento el oficial a modo de amenaza.

—¡No! ¡Por Dios, no! ¡No lo traigas! —le imploró Mercè.

—¿No deseabas tanto verlo?

—¡No! —se opuso ella reculando ya hacia la estrecha calle de Marquet.

Las campanas de Santa María de la Mar llamaban a misa mayor aquel último domingo de septiembre de 1422. Hugo deambulaba por la plaza de Santa María a la espera de que Bernat acudiese a la iglesia, como acostumbraba. Llevaba tres día sin saber de Mercè. Bernat no lo recibió, y tampoco lo hizo el veguer cuando a la mañana siguiente acudió a denunciar su desaparición. «¿Otra vez?», se burló uno de los alguaciles. Le despidieron sin contemplaciones después de que fundamentara su denuncia en el presentimiento de que los soldados mentían y que, por lo tanto, Mercè estaba retenida en el palacio del conde de Navarcles, ¿por qué si no iban a engañarle? No hicieron nada.

Ahora deambulaba por la plaza. «Santa María. Siempre Santa María», pensó alzando la vista hacia los esbeltos campanarios ochavados. Allí habían acaecido los sucesos que habían marcado su vida. Contempló a Caterina, escondida en una bocacalle que desembocaba en la plaza. Sabía que había reprimido el llanto tras escuchar su propósito. «Y en el momento en el que lo tengas delante y te niegue que mantiene retenida a Mercè, ¿qué harás?» No supo contestarle. Ella no insistió. Él ni siquiera se lo planteó. Bernat podía matarlo; ya iba a hacerlo en Bonrepòs, pero lo impidió la intervención de Arsenda. De nada servía el acuerdo al que había llegado su hermana; ahora que Mercè lo había roto, Bernat no tenía por qué mantenerlo.

Las campanas volvieron a repicar. Hugo paseó la mirada por la gente que se congregaba en la plaza, algunos incluso en el cementerio, frente a la iglesia, a la espera de que se apartaran para franquear respetuosamente el paso al conde. Eso sería lo que sucedería, igual que venía ocurriendo a lo largo de la mañana con todos los nobles y principales que habían ido acudiendo a la misa. De lo que no se percató Hugo, pendiente como estaba de la llegada de Bernat, fue de la cantidad de personas que se habían dado cita en la plaza y que aguardaban bajo el agradable sol de septiembre sin entrar en el templo.

Caterina sí se apercibió de su presencia. Muchos libertos, bastantes esclavos, y junto a ellos gente corriente: marineros, *bastaixos*, menestrales, hombres y mujeres. Caterina había llamado a los libertos después de que el veguer no atendiese la denuncia de Hugo, quien los invitó a vino en la taberna y les rogó ayuda. La noticia corrió de boca en boca. Esclavos y libertos se lanzaron a la búsqueda de Mercè después de que un esclavo del palacio de la calle de Marquet sostuviera que no se encontraba allí, que de lo contrario él lo sabría, aunque la mantuvieran escondida en lo más profundo y oscuro del palacio. La gente supo de la nueva desaparición de aquella mujer tan desamparada como valiente que había soportado tres sesiones de tortura sosteniendo su inocencia en el rapto de su hijo. La actitud del conde de Navarcles al intentar matar a su segunda esposa después de rescatar al niño desvaneció las dudas que sobre la inocencia de Mercè todavía pudieran asaltar a los más escépticos.

Y ahora se rumoreaba que el conde había vuelto a raptarla, que la tenía encarcelada en las mazmorras del palacio de la calle de Marquet o quizá ya lejos de Barcelona, en su castillo de Navarcles.

Los murmullos, a diferencia de lo sucedido con otros principales, se apagaron al presentarse Bernat en la plaza, seguido por un par de soldados. Vestía lujosamente, de negro con perlas, sin espada, aunque de su cinturón sobresalía el mango de un puñal. La gente le abrió un pasillo que casi llevaba directamente a donde se encontraba Hugo.

El conde aminoró el paso por un instante; luego frunció el entrecejo, resopló y se encaminó con decisión hacia Hugo. Estaba al corriente de la denuncia de este acerca de que Mercè se hallaba secuestrada en el palacio, el propio veguer había ido a contárselo. Ofreció al funcionario que representaba al rey y a su justicia que registrase el edificio, pero el veguer declinó la invitación y afirmó que con su palabra le bastaba. Con todo, los rumores no cesaban, así se lo trasladaron el mayordomo, el secretario y los criados. Solo cabía esperar que Mercè apareciese... viva o muerta, se decía Bernat no sin sentir cierta congoja que lo llevaba a terminar de un trago la copa de vino, o a llamar a Arnau para zarandearlo en el aire o a realizar cualquier actividad que le apartase de aquella repentina angustia. Si sus hombres tuvieran las agallas y la constancia de aquella mujer, terminaba diciéndose, en aquel momento serían dueños del mundo entero. Bernat era capaz de admirar el valor ajeno, aunque nunca pensó que lo haría precisamente en Mercè, a quien había repudiado y tratado con crueldad. Lo que tampoco imaginó a lo largo de los días transcurridos desde la desaparición de ella fue que, después de la paliza que le había propinado en Bonrepòs, Hugo volviera a retarle, y en público, delante de su iglesia, de Santa María de la Mar. Porque eso es lo que parecía querer hacer, allí quieto, erguido, estorbando su camino.

—¿Qué es lo que pretendes ahora? —gritó Bernat todavía a unos pasos de él.

—Quiero que liberes a mi hija.

—No tengo a tu hija —le escupió al rostro el conde, ya delante de él—. No quiero tener a tu hija, ¿entiendes? Ni aunque se me entregase como esclava la recogería en mi casa. En cualquier caso —añadió tratando de apartar a Hugo con una mano, reacio a sortearlo por más espacio que hubiera a sus lados—, no tengo por qué darte explicaciones.

Hugo aguantó el empujón sin moverse, atento no obstante a la segura reacción de Bernat, que enrojeció de ira y alzó el puño para golpearlo.

—¿Por qué sostienes que no debes dar explicaciones? —se oyó en ese momento de entre los curiosos.

Bernat se detuvo y se volvió. Hugo siguió su mirada. Un anciano había dado un paso al frente.

—Sí —insistió este—, ¿por qué no deberías proporcionar explicaciones acerca de una ciudadana de Barcelona a la que se te acusa de haber raptado?

Bernat negó con la cabeza y chasqueó la lengua en el mismo momento en el que unos murmullos de asentimiento se elevaron en la plaza.

—Tengo prisa para detenerme a discutir contigo, viejo. Debo acudir a la iglesia...

—No mereces entrar en este templo; no eres digno de él. —El anciano pensó unos instantes, aquellos que Bernat tardó en recomponerse de la sorpresa—. Es más —continuó—, no te permito que accedas a esta iglesia.

—¿Tú?

Hugo, atónito, miraba al anciano. Creía conocerlo...

—Yo. Sí. Yo construí Santa María de la Mar, como muchos de los que están aquí.

El anciano posó la mirada en los congregados. Algunos asintieron, y un par de ellos, viejos también, se adelantaron y le secundaron.

¡Eran *bastaixos*! Hugo reconoció a aquel hombre y a sus compañeros. Mil veces había hablado con ellos en la playa.

—Y si no fueron ellos, lo fueron sus padres..., como el tuyo, Bernat Estanyol. Sí —afirmó el anciano con la mirada fija en el otro—, mi padre trabajó codo a codo con el tuyo transportando piedras para esta iglesia.

—¿Qué pretendes decirme con eso? —le retó Bernat.

—Mi familia tiene lazos con aquella de la que provenía tu madre: Mar, también hija de *bastaixos*. —Bernat abrió las manos y se encogió de hombros—. Este templo es propiedad del pueblo. No pertenece al rey ni a la ciudad, ni siquiera a la Iglesia... y mucho menos a los nobles como tú, y el pueblo te prohíbe el acceso a Santa María de la Mar.

Bernat se carcajeó.

—¿Y quién es el pueblo? —empezó a decir para interrumpirse al ver que primero una mujer, y luego otra y un hombre, que con su decisión arrastraron a muchos más, fueron apostándose frente a las puertas de Santa María, aquellos grandes portalones con las figuras en bronce de unos *bastaixos* cargando piedras como único adorno.

—¿Te enfrentarás al pueblo? Ahí, con ellos, está el espíritu noble y generoso de tu padre, Bernat Estanyol. Ofendes su memoria con tu arrogancia y arbitrariedad.

—No lo hagas —le aconsejó Hugo presintiendo lo que pasaba por la mente de Bernat.

—Son solo un puñado de... viejos —masculló el otro, sorprendiendo a Hugo por el hecho de que le contestase—. No aguantarían dos puñadas.

—¿Y qué conseguirías? —le interrumpió Hugo—. Entrarías en la iglesia, no me cabe duda, pero una iglesia es algo más, ¿no crees? Una iglesia es precisamente esa gente que está en la puerta.

Parado donde estaba, con Hugo a su lado, Bernat miró la barrera humana que le impedía entrar en Santa María de la Mar. Un nuevo repique de campanas le transportó al día en que inauguraron la iglesia, cuando entró de la mano de su padre. Entonces la gente, igual que habían hecho ahora, en la plaza, reconoció a Arnau Estanyol y le abrió paso hasta el altar mayor, donde le esperaban los principales. Su padre permaneció de pie con todos ellos: entre *bastaixos*, marineros y pescadores. Siempre había sido así en Santa María de la Mar, hasta su regreso triunfal a Barcelona como almirante de la armada catalana. Desde entonces él y los suyos ocuparon un puesto cerca del altar mayor, y todos aquellos que convivieron con micer Arnau, los mismos que hoy pretendían negarle el acceso al templo a él, su hijo, quedaban muy detrás, en pie. «¿La ves sonreír, Bernat?», le había preguntado su padre aquel día señalando a la Virgen de la Mar. No, no la había visto. Jamás había visto sonreír a la Virgen.

Bernat sintió vértigo al ver la vida a sus pies, y tuvo que hacer un esfuerzo para mantenerse firme, tal fue la flojedad que lo asaltó. Entonces se supo odiado y se sintió solo, solo y viejo. Miró hacia aquellos hombres y comprendió que toda su vida le había conducido a ese instante. Sus años de corsario le habían endurecido y no se arrepentía de ellos. Había logrado ser temido, pero el desafío de esos hombres y mujeres que tenía delante le demostraba ahora que ningún miedo podía durar para siempre. Su padre se había ganado el respeto de todos; él solo podía presumir de haber salido adelante, de haberse enriquecido peleando y matando. Luchó contra la soberbia que le impulsaba a hacerles frente, reprimió el impulso de reírse de todos ellos y se volvió hacia Hugo, quien le sostuvo la mirada sin pestañear.

—Tu hija no entró en mi casa —le confesó tras un leve carraspeo.

—Los centinelas me dieron otra impresión.

—De ser así, lo averiguaré.

—Te lo agradezco —dijo Hugo, percibiendo la sinceridad en la voz del conde.

Los dos se quedaron en silencio.

—¿Vamos? —le ofreció Hugo haciendo una leve seña al *bastaix* anciano para que ordenase a la gente que se retirase.

El hombre obedeció, y Hugo y Bernat Estanyol cruzaron juntos la puerta de Santa María de la Mar. A ellos se unió Caterina, quien se apresuró a ocupar su lugar junto a su esposo.

—No —se opuso Bernat en el momento en que ellos dos hicieron ademán de separarse de él—. Permitidme estar con vosotros.

Al día siguiente Bernat interrogó a sus soldados, quienes le refirieron, una vez más, que Mercè no había entrado en palacio. Le dijeron que se había ido, humillada, cuando el oficial la avergonzó por su aspecto. El conde les creyó, estaba seguro de que sus hombres no le mentirían, pero insistió en averiguar si alguno había visto a la madre de su hijo después de su partida. Si algo había aprendido en sus años de corsario era a percibir el nerviosismo de quien ocultaba la verdad, y tardó poco en discernir que uno de sus hombres le mentía. Endureció el interrogatorio como solo él sabía hacerlo, amenazó al soldado con la peor de las muertes y logró que, abrumado, al final confesara que trabajaba a sueldo de Destorrent. Había seguido a Mercè, la había encontrado deshecha en lágrimas, y, aprovechando su estado de debilidad, la había llevado a casa de la condesa.

—¿Para qué? —bramó Bernat—. ¿Qué quiere de Mercè esa puta?

El soldado, que se sabía muerto, dijo la verdad:

—La condesa la odia con toda su alma. Sabía que me recompensaría si se la entregaba y eso hice…

Bernat ejecutó al traidor antes de que terminara la frase, y con la espada aún cubierta de sangre se retiró a su escritorio, donde estuvo un rato encerrado con la única compañía de su secretario. Luego, cuando dio por terminada la tarea que le había llevado allí, salió al patio y ordenó a sus hombres que le siguieran hasta el palacio de

Galcerán Destorrent. Su voz resonó buscando la obediencia de quienes debían servirle y logró hacerse acompañar por cinco de sus soldados. Sin embargo, una vez llegados al palacio del prohombre, solo uno de ellos fue con él hasta el patio de la entrada, aunque cayó en combate poco después. Bernat se batió a solas con los caballeros que protegían a Galcerán Destorrent con el mismo arrojo y valentía con el que abordaba las naves enemigas cuando no era más que un joven capitán corsario. Hirió a dos de ellos, y acababa de enfrentarse a un tercero cuando un cobarde le asestó un sablazo por la espalda y acabó con su vida.

37

Barcelona, septiembre de 1423

Poco después de la muerte del conde de Navarcles falleció, ya anciano, el pertinaz Papa cismático Benedicto XIII en el castillo de Peñíscola, donde permanecía refugiado. Si la Iglesia confiaba en que con aquel fallecimiento se pusiera fin al Cisma de Occidente, el rey Alfonso se ocupó de desbaratar tales esperanzas puesto que consintió que los dos únicos cardenales todavía fieles a Benedicto nombraran poco después a un canónigo de Barcelona como nuevo Papa, Clemente VIII, quien a su vez eligió y conformó un nuevo colegio cardenalicio.

La actitud de Alfonso no era sino una advertencia al papa Martín, quien seguía conspirando contra él para apartarlo del reino de Nápoles y entregárselo al de Anjou.

Pero el rey Alfonso no se quedó en presiones diplomáticas o religiosas, sino que a ellas sumó las de las victorias en el campo de batalla, ya que con la armada catalana enviada por la reina María y capitaneada en esa ocasión por el conde de Cardona volvió a conquistar el reino de Nápoles. El domingo 11 de julio de 1423 se celebró una misa solemne en la catedral de Barcelona en conmemoración de la victoria del rey. Finalizada esta, la reina María, acompañada por nobles, prohombres, religiosos y pueblo entero, salió en procesión hasta Santa María de la Mar.

Dos meses después Hugo y Caterina, abrazados por la cintura, miraban hacia las viñas de Vilatorta, donde Mercè vendimiaba con su hijo.

—Este año tendremos un vino excelente —susurró Hugo con la voz tomada.

Las risas de Mercè y Arnau llegaban nítidas hasta donde se encontraban ellos, y más allá, donde vendimiaban los demás: Pedro, con su esposa, Llúcia y Simón y algunos amigos más que se habían sumado a la fiesta.

Tras la muerte de Bernat, la reina María llamó a Galcerán Destorrent y le exigió la inmediata liberación de Mercè.

—No sé de qué me habláis, majestad —trató de excusarse el prohombre.

—En ocasiones los reyes tenemos que adoptar decisiones injustas por un bien mayor como pudiera ser el del pueblo o el del rey mismo.

La reina permaneció en silencio un instante, consciente de las cesiones que se había visto obligada a efectuar para obtener la financiación por parte de las Cortes Catalanas. Pero había merecido la pena: Alfonso había triunfado en Nápoles.

—El que fuera victorioso almirante de la armada catalana —continuó alzando la voz, firme, seria, la reina—, y que tanto ayudó a mi esposo y antes a mi suegro, el rey Fernando, no podía estar tan equivocado para hallar la muerte reclamando que entregases a esa mujer. Bernat Estanyol murió sosteniendo que la tenías en tu poder, y yo, la reina, en honor a su memoria, le creo.

Aquel hombre de cuello grueso y cabeza pequeña titubeó e intentó justificarse de nuevo, pero solo consiguió balbucear.

—¡Encuéntrala! —le ordenó María—, sana y salva. Tu vida va en ello.

Mercè apareció el mismo día en que la reina exigió a Galcerán Destorrent su libertad. Y aunque Hugo quiso denunciar al prohombre, el veguer le aconsejó que no lo hiciera. «Déjalo estar —le sugirió—. Bernat ha muerto. No busques más problemas. Tu hija ya tiene lo que quería.»

Y así era. Mercè, peinada, perfumada y vestida de seda, acudió al funeral de Bernat Estanyol en Santa María de la Mar llevando de la mano a su hijo. Hugo y Caterina los acompañaban, como Pedro y su esposa, como la reina María y la multitud de nobles y prohombres que la siguieron.

—Hoy, allí… —Hugo vaciló antes de decidirse—: En el cielo,

seguro que verás que la Virgen sonríe, Bernat —susurró en el momento en el que entraron en la iglesia el ataúd del almirante.

El pequeño Arnau se volvió hacia su abuelo al oír esas palabras.

—Él siempre me hablaba de ello —comentó con la ingenuidad de un niño de seis años—. Cada vez que veníamos a la iglesia me la señalaba y me preguntaba: «¿La ves sonreír?».

—Claro que sí —afirmó Hugo, sin poder impedir que la voz le temblase por la emoción.

Caterina apretó su mano y él revolvió el cabello del niño.

Tras el funeral fueron al palacio de la calle de Marquet, donde ya vivía Mercè con su hijo, sin otra protección que la de los criados que se ocupaban de las puertas y la casa, ya que en cuanto Mercè puso un pie en ella despidió a los soldados.

Según el testamento otorgado por Bernat la misma mañana en que acudió al palacio de Galcerán, tras matar al traidor y salir con el fin de liberar a Mercè, Arnau era el heredero de todos los bienes de su padre, excepto un legado efectuado a su otro hijo, las obras pías de rigor para pobres, hospitales e iglesias, así como lo dispuesto para misas por su propia alma, la de sus padres, Arnau y Mar, y la de Guerao. Mercè quedaba como tutora de Arnau hasta que este cumpliera veinte años, y Bernat ordenaba que recuperara el importe de la dote que en su día le prometió.

—¿Y con respecto a la condesa? —preguntó Hugo al notario haciéndose eco de la preocupación de su hija.

—El único derecho que corresponde a la condesa... a Marta Destorrent —se corrigió el notario— es el que le concede la ley: el de permanecer un año de luto en el palacio viviendo a costa de los bienes de la herencia. No tiene ningún otro derecho; Bernat no ha dispuesto nada para ella que no sea la devolución de su dote. Hasta entonces, el conde de Navarcles dejó establecido que el niño viviese con tu hija. Un ministro de la reina María, sin embargo, ya me ha hecho saber que Marta Destorrent ha renunciado a ese derecho. Por cierto, también hay una disposición a tu favor —añadió dirigiéndose a Hugo, quien mostró su sorpresa—: dos croats de plata. El conde estableció que no quería irse a la tumba debiéndote dinero.

Ese día de septiembre la imagen de Arnau y de Mercè vendimiando se desdibujó en la mirada de Hugo a medida que el aroma a tierra, a sarmiento y sobre todo a mosto evocaba en un torbellino vertiginoso las vivencias que le habían llevado de nuevo hasta aquellas viñas. Ahuyentó los malos recuerdos, aunque no pudo impedir que la garganta se le agarrotase. Carraspeó un par de veces. Caterina se percató de su emoción y, como si no deseara inmiscuirse en su intimidad, hizo ademán de liberarse de su abrazo.

—Debería ir a ayudar a Pedro y los demás —trató de excusarse.

Hugo apretó el abrazo y la retuvo.

—Soy yo quien te necesita a mi lado. Una esposa debe estar con su hombre —le exigió cariñosamente.

Ella le agarró por la cintura, se arrimó todavía más a él y los dos juntos recorrieron las viñas con la mirada.

—Se lo merecía —afirmó Caterina sin necesidad de mencionar a Mercè, que brillaba bajo el sol e irradiaba alegría y vitalidad.

Hugo asintió con la cabeza antes de volver a Caterina hacia sí y besarla en la boca.

—Tú también te lo mereces —le dijo después.

El futuro se abría ante todos ellos esperanzador. En los últimos tiempos, Mercè había reconocido y agradecido a Caterina su esfuerzo y su entrega para lograr su libertad y después proteger a Arnau. Cualquier aprensión hacia quien había sido esclava desapareció, y el afecto irrumpió sin traba alguna entre las dos mujeres; un sentimiento que Mercè inculcó a su hijo, que aceptaba con cariño a aquella abuela sobrevenida. Por fin eran una familia, se felicitó Hugo. Solo faltaba Barcha...

Una risa, aguda, infantil, tornó a Hugo a la realidad. Se estremeció, conmovido, al ver que Mercè reía y lloraba al mismo tiempo, en una explosión de sentimientos, al tratar de ayudar a su hijo mientras este manoteaba para quitarse de encima las moscas que revoloteaban a su alrededor y se enganchaban al azúcar adherido a su cara.

Nota del autor

Tras el desarrollo del barrio de la Ribera, con la catedral del mar como símbolo, a finales del siglo XIV y XV Barcelona buscó crecer por su otro costado, el del Raval, alrededor del cual se cerraron las nuevas murallas defensivas de la ciudad.

Las atarazanas reales, allí donde el protagonista de esta novela, Hugo Llor, sostenía la bola de hierro que se veía obligado a sufrir un esclavo genovés, preso de la guerra intermitente que se libró contra Génova a lo largo de esos años —en realidad, las noticias que se tienen de prisioneros como él se refieren a 1354, un período algo anterior al que se sitúan en este libro—, y el hospital de la Santa Cruz, donde más tarde trabajaría como botellero, son con toda probabilidad las dos construcciones más representativas de la época, erigidas bajo los parámetros del gótico catalán —sin perjuicio de actuaciones posteriores—, un estilo tan majestuoso como sereno, al modo de Santa María de la Mar y otras grandes obras medievales de la Ciudad Condal.

Casi cien años antes de que los Reyes Católicos, Isabel y Fernando, expulsaran a los judíos de España, los barceloneses, al igual que muchas otras ciudades de la península Ibérica, asaltaron y destruyeron la judería, asesinando a todos aquellos a los que consiguieron capturar y que no se convirtieron a la fe cristiana. Los estudiosos sostienen que fueron las mujeres judías quienes en mayor número se inmolaron en defensa de sus creencias.

A diferencia de las atarazanas reales o del hospital de la Santa Cruz, los judíos conversos construyeron en Barcelona una iglesia pequeña, la de la Santíssima Trinitat, que, con algunas modificaciones, todavía hoy subsiste en la calle de Ferran, en el casco antiguo, si bien ahora se la conoce como la parroquia de Sant Jaume, la misma que en la época de la novela se ubicaba con su lonja porticada en la plaza de Sant Jaume y que fue derribada en el primer cuarto del siglo XIX.

Si la magnífica iglesia de Sant Jaume fue derruida, no corrió la misma suerte la del convento de Jonqueres, donde Arsenda profesó como servicial y donde Regina se refugió en varias ocasiones, por más que, a mediados del siglo XIX, la Junta Revolucionaria ordenara su derribo tras la exclaustración de las monjas que tuvo lugar en el año de 1835, consecuencia a su vez del decreto de extinción y desamortización de los bienes de las órdenes religiosas promulgada por el gobierno liberal.

Por fortuna, hoy podemos seguir disfrutando de esa construcción gótica, de su campanario y de su atrio, dado que se la trasladó piedra a piedra y se la convirtió en la iglesia de la Concepción de la calle Aragó, en Barcelona.

De los que no podemos disfrutar, puesto que no existen, es del castillo de Navarcles y del de Sabanell, ambos fruto de la imaginación del autor.

La historia de Barcelona a finales del siglo XIV y principios del XV, fechas en las que se desarrolla esta novela, está relacionada estrechamente, como una de las ciudades más importantes del Mediterráneo, a los sucesos tanto interiores como exteriores que acaecieron en aquellas fechas y, en particular, al cambio de la dinastía reinante en Cataluña, Aragón, Valencia y los demás reinos, al Cisma de la Iglesia de Occidente y, asimismo, a las constantes guerras por mantener e incluso aumentar el territorio, y por defender las primacías y los privilegios comerciales.

En esa pugna por la conservación de los privilegios de la ciudad, su alcalde ordenó ahorcar a una esclava que había solicitado su libertad ante el tribunal del obispo alegando su condición de cristiana. El obispo excomulgó al alcalde, después de que la esclava fuera ejecutada por las autoridades civiles como ejemplo y advertencia para el resto de los esclavos.

Martín el Eclesiástico, después llamado el Humano, fue el último de los reyes de la Casa Condal de Barcelona. Sus esfuerzos por engendrar un heredero legítimo mediante el uso de todo tipo de pócimas, procedimientos y artilugios —como el arnés que algún historiador casi coetáneo sostiene que se utilizó para que el monarca lograra consumar el acto sexual con su esposa— no fructificaron debido a la obesidad del rey. La posibilidad de un envenenamiento como causa de la muerte de Martín —en la novela, ejecutada por Regina— tampoco es ajena a la historiografía; de hecho, desde un punto de vista estrictamente lógico, casi parece la teoría más plausible.

Como la misma Mercè arguye en las páginas de esta obra, resulta absurdo pensar que un monarca que sabía que al día siguiente el papa Benedicto XIII iba a legitimar a su nieto para que lo sucediera en la corona contestara con un simple *hoc* («sí»), por enfermo que estuviera, a las sugerencias interesadas de los consejeros barceloneses. Es difícil considerar como un evento casual el fallecimiento del rey Martín justo la noche anterior a la legitimación papal de su nieto.

El conflicto de intereses que pudo dar lugar a la muerte del monarca desató una pugna por la corona, que finalizó con la sentencia dictada en Caspe y que durante muchos años se ha estudiado bajo el prisma de una solución pacífica, pactada entre los diversos reinos para poner fin a la falta de sucesor directo. En épocas modernas ese mal llamado Compromiso de Caspe se ha revisado en función de los sobornos que se produjeron, los intereses de la Iglesia representada por el papa Benedicto XIII y fray Vicente Ferrer —el azote de los judíos luego elevado a los altares— y, por supuesto, la presión bélica y la amenaza ejercida por el infante Fernando de Antequera.

En cualquier caso, los catalanes impidieron al conde de Urgell, su candidato por naturaleza, el desempeño del poder que lo habría equiparado con el aspirante castellano y terminaron sometiéndose y apoyando a un rey extranjero sobre el cual pretendían influir. Con esa coronación el pactismo catalán alcanzó su mayor esplendor y las clases dirigentes de entonces se aprovecharon de ello; una de las primeras consecuencias de ese pacto fue el endurecimiento de las condiciones de vida de los agricultores atados a la tierra, los denominados «siervos de la tierra» o *remenses*.

El Cisma de la Iglesia de Occidente, sostenido por el papa Clemente VIII como sucesor de Benedicto XIII, consentido por el rey Alfonso V de Aragón, finalizó en 1429, cuando el monarca se hallaba inmerso en una absurda guerra contra Castilla en defensa de los derechos de sus hermanos, los infantes Juan y Enrique, guerra que lo sangraba y que lo distraía de su verdadero objetivo: Nápoles.

En esas fechas Alfonso se reconcilió con el papa Martín V, quien revocó los procesos abiertos contra él y colaboró para obtener la paz con Castilla, que se firmaría un año después. Fallando el soporte real, Clemente VIII, el sucesor cismático de Benedicto, renunció a la tiara, por lo que se le premió con el obispado de Mallorca, y después de más de cincuenta años la Iglesia de Occidente quedó unida bajo un solo Papa: Martín.

Por su parte y tras numerosas vicisitudes, Alfonso V no llegó a conquistar el reino de Nápoles hasta el año 1442. Vivió hasta 1458 y nunca regresó a sus tierras en España.

Si el vino terminó imponiéndose como bebida a los bárbaros visigodos que pusieron fin al Imperio romano, podría parecer que los casi ocho siglos de dominación musulmana en España que se sucedieron a aquella invasión hubieran afectado al cultivo de la vid y a la producción de vino, dada la prohibición de beber alcohol en esa religión. Sin embargo, los autores que profundizan en la historia de la enología sostienen que incluso durante el dominio musulmán no solo los cristianos continuaron consumiendo vino, sino que los propios musulmanes disfrutaron de ello hasta que interpretaciones más estrictas de las normas coránicas, como las traídas por almorávides o almohades, lo impidieron.

Fuera como fuese, lo cierto es que tras la Reconquista española la realidad vitivinícola que refieren las fuentes escritas dista mucho de aquella cultura del vino de la que gozaron los romanos y, por ende, los españoles. Una simple comparación, sin ser experto, de los vinos medievales de España, que generalmente se consumían al año puesto que de lo contrario se avinagraban, con las referencias a los vinos italianos de Falerno o a los descritos por Plinio y otros autores romanos, caldos en los que se primaba el envejecimiento, podría llevar a la conclusión de que realmente esos casi ochocientos años de dominación musulmana, con su prohibición coránica, afectaron de forma esencial a nuestra viticultura.

No se encuentran excesivas referencias escritas al proceso de envejecimiento del vino en la época medieval española; es más, la dinámica de venta de esos caldos en los pueblos y ciudades en los que se impedía el acceso de vinos foráneos hasta que se acababan las existencias de los locales podrían llevar a concluir que pocos eran los vinos envejecidos y almacenados en Cataluña, sin perjuicio de que, efectivamente, existen menciones al *vi vell* o vino viejo.

Sobre el aguardiente contamos todavía con menos estudios, puesto que los tratados de la época (de Arnau de Vilanova o de Ramon Llull) se refieren al *aqua vitae* como un producto casi mágico, alquímico, y exclusivamente curativo. Las fechas en las que los entendidos establecen que el aguardiente superó su consideración medicinal y se utilizó como bebida alcohólica se fijan en Italia entre 1420 y 1430, aunque algunos autores las aplazan hasta el siglo XVI.

Lo cierto es que en los tratados sobre el vino que podrían aplicarse a la época medieval existen numerosísimos procedimientos para incorporarle aditivos como resina, pez, yeso o especias, y en ninguno de ellos se menciona el *aqua vitae* o aguardiente, pese a que en siglos posteriores se convertiría en el aditivo por excelencia para aumentar el grado alcohólico y favorecer la conservación de los vinos.

Esta novela, pues, se ajusta a esa teoría del uso del aguardiente como bebida alcohólica en los primeros decenios del siglo XV y, probablemente, se adelanta a su utilización como aditivo, aunque nunca podrá saberse si algún vinatero astuto utilizó esa técnica en época tan temprana.

Para finalizar, deseo expresar mi agradecimiento a mi esposa, Carmen, y a mi editora, Ana Liarás, por su interés, trabajo y colaboración en esta obra, así como a todos aquellos que han hecho posible su publicación.

Barcelona, febrero de 2016

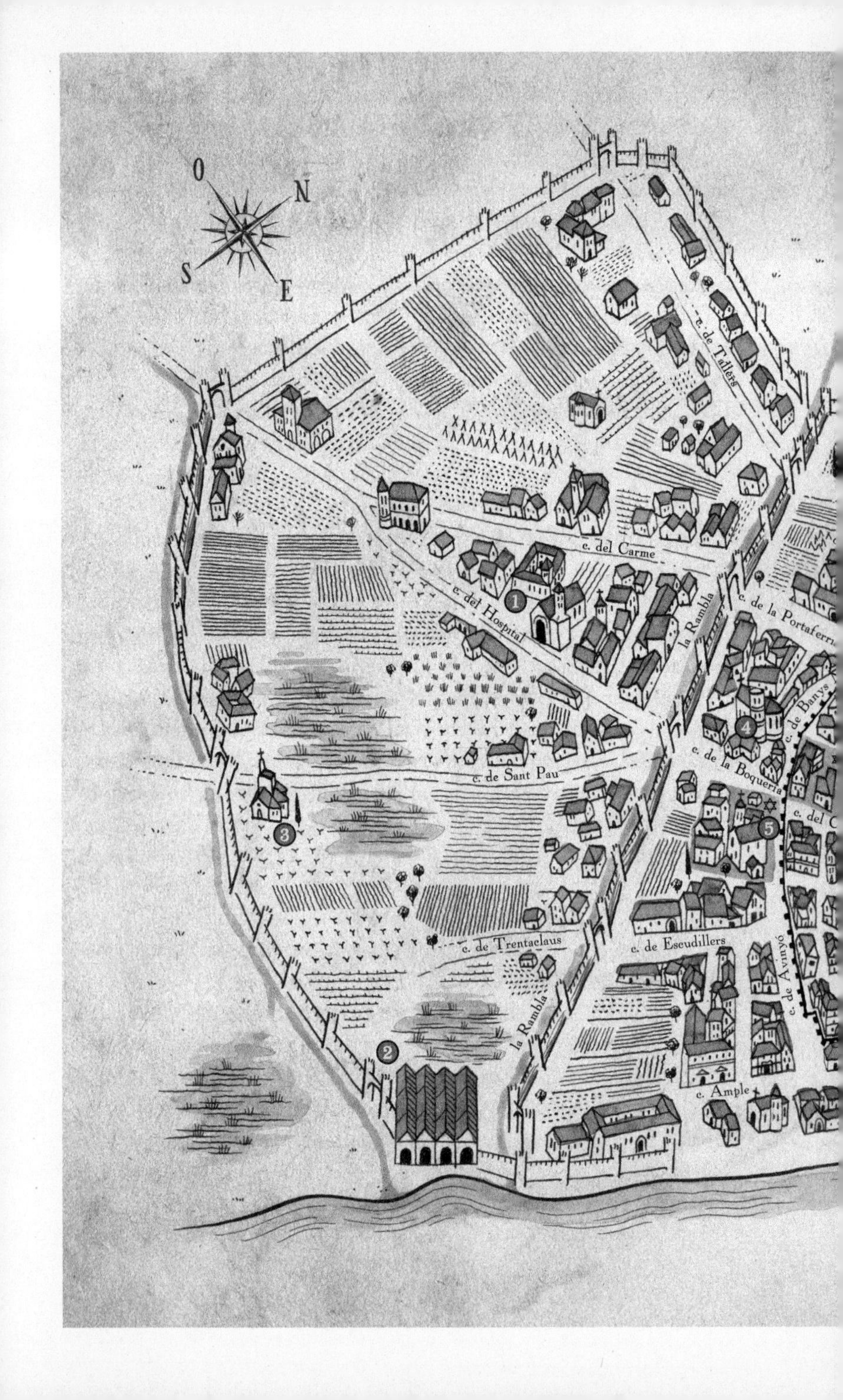

O
N
S
E
c. de Tallers
c. del Carme
c. del Hospital
la Rambla
c. de Banys
c. de la Boqueria
c. de Sant Pau
c. de Trentaclaus
c. de Escudillers
la Rambla
c. de Avinyó
c. Ample
1
2
3
4
5